陳天尺全集

上冊

〔清〕陳天尺◎著
王漢民　等◎編集校點

中國戲劇出版社
CHINA THEATRE PRESS

圖書在版編目（CIP）數據

陳天尺全集 /（清）陳天尺著 ；王漢民，陳大聯，崔溆曉編集校點．
— 北京：中國戲劇出版社，2021.9
ISBN 978-7-104-05142-8

Ⅰ．①陳… Ⅱ．①陳… ②王… ③陳… ④崔… Ⅲ．
①古典文學－作品綜合集－中國－清代 Ⅳ．① I214.92

中國版本圖書館 CIP 資料核字（2021）第 194790 號

陳天尺全集

責任編輯：張　霞
責任印製：馮志強

出版發行：中國戲劇出版社
出 版 人：樊國賓
社　　址：北京市西城區天寧寺前街 2 號國家音樂產業基地 L 座
郵　　編：100055
網　　址：www.theatrebook.cn
電　　話：010-63385980（總編室）
傳　　真：010-63383910（發行部）

讀者服務：010-63381560
郵購地址：北京市西城區天寧寺前街 2 號國家音樂產業基地 L 座

印　　刷：北京九州迅驰传媒文化有限公司
開　　本：787mm×1092mm　1/16
印　　張：57
字　　數：870 千
版　　次：2021 年 9 月　北京第 1 版第 1 次印刷
書　　號：ISBN 978-7-104-05142-8
定　　價：398.00 元（上下冊）

陳天尺

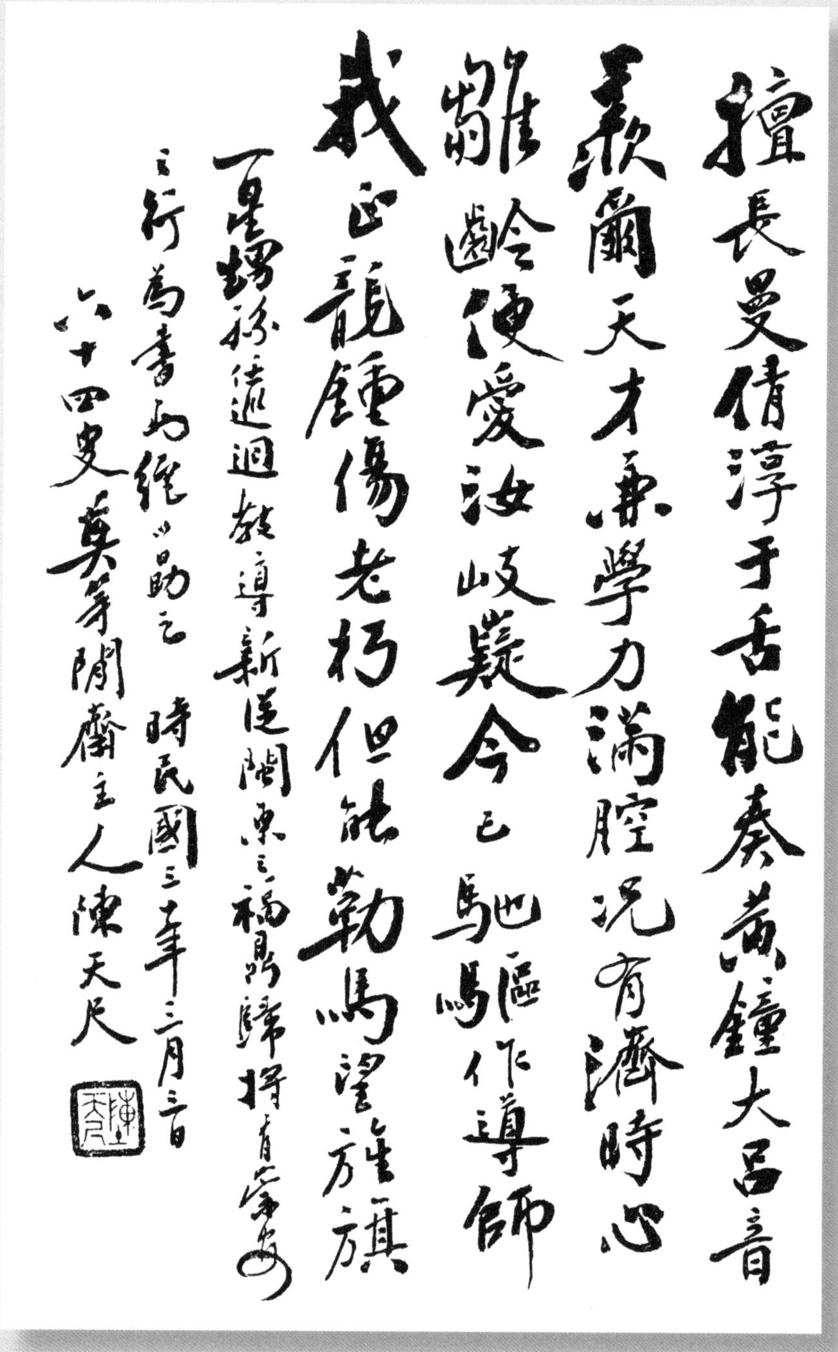

陳天尺詩照片

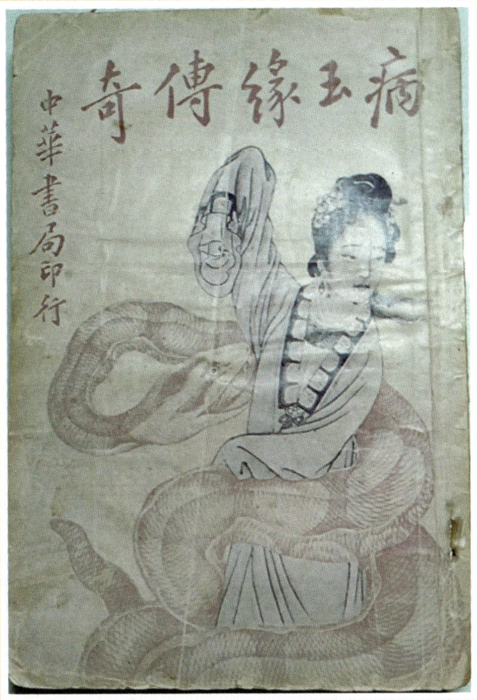

《病玉緣傳奇》封面

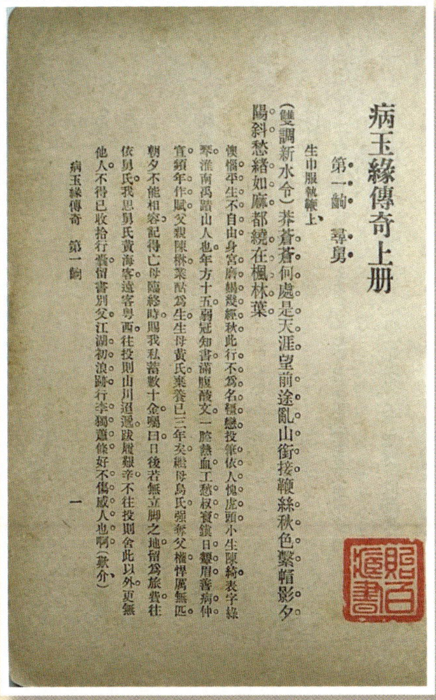

病玉緣傳奇上册

第一齣　尋舅

生巾服執鞭上

（雙調新水令）莽蒼蒼何處是天涯望前途亂山銜接鞭絲秋色緊帽影夕陽斜愁緒如麻都繞在楓林葉

懊惱平生不自由身宮府驅馳經秋此行不爲名韁戀投筆依人愧虎頭小生陳綺表字綠琴淮南禹踏山人也年方十五弱冠知書滿腹酸文一腔熱血工愁叔寶鎮日顰眉善病仲宣頻年作賦父親陳榛業酤爲生生母黃氏棄養已三年矣繼母烏氏强奪父權悍厲無匹朝夕不能相容記得亡母臨終時賜我私蓄數十金囑曰日後若無立脚之地留爲旅費往依舅氏我思舅氏黃海客遠客粵西往投則山川迢遞跋履艱辛不往投則舍此以外更無他人不得已收拾行囊留書別父江湖初浪跡行李獨蕭條好不傷感人也啊（歎介）

病玉緣傳奇　第一齣　一

《病玉緣傳奇》書影

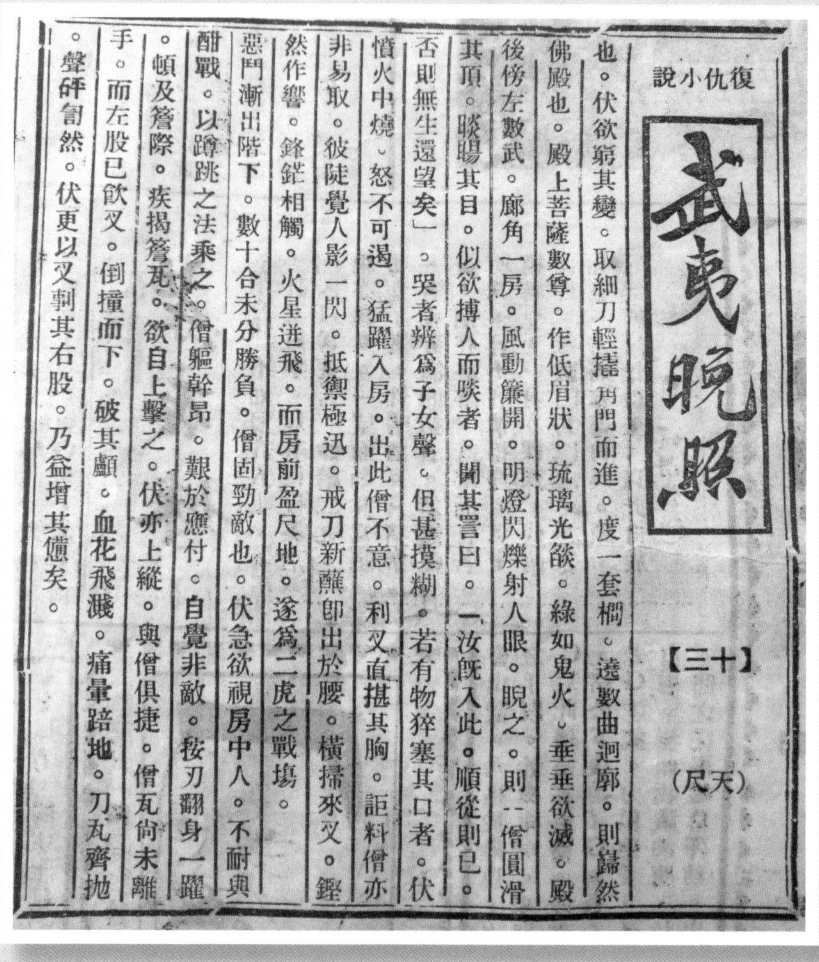
復仇小說

武夷晚照

【十三】

（天尺）

也。伏欲窮其變。取細刀輕撬冉門而進。度一套橺。遶數曲迴廊。則巋然佛殿也。殿上菩薩數尊。作低眉狀。琉璃光燄。綠如鬼火。垂垂欲滅。殿後傍左數武。廊角一房。風動簾開。明燈閃爍射人眼。睨之。則一僧圓滑其頂。睒暘其目。似欲搏人而噬者。聞其詈曰。「汝既入此。順從則已。否則無生還望矣」。哭者辨爲子女聲。但甚摸糊。若有物猝塞其口者。伏憤火中燒。怒不可遏。猛躍入房。出此僧不意。利叉直搗其胸。詎料僧亦非易取。彼陡覺人影一閃。抵禦極迅。戒刀新蘸卽出於腰。橫掃來叉。鏗然作響。鋒鋩相觸。火星迸飛。而房前盈尺地。遂爲二虎之戰場。

惡鬥漸出階下。數十合未分勝負。僧固勁敵也。伏急欲視房中人。不耐與酣戰。以蹲跳之法乘之。僧軀幹昂。艱於應付。自覺非敵。按刀翻身一躍。頓及簷際。疾揭簷瓦。欲自上擊之。伏亦上縱。與僧俱捷。僧瓦尚未離手。而左股已飲叉。倒撞而下。破其顱。血花飛濺。痛暈踣地。刀瓦齊抛。聲砰訇然。伏更以叉剚其右股。乃益增其憊矣。

《武夷晚照》

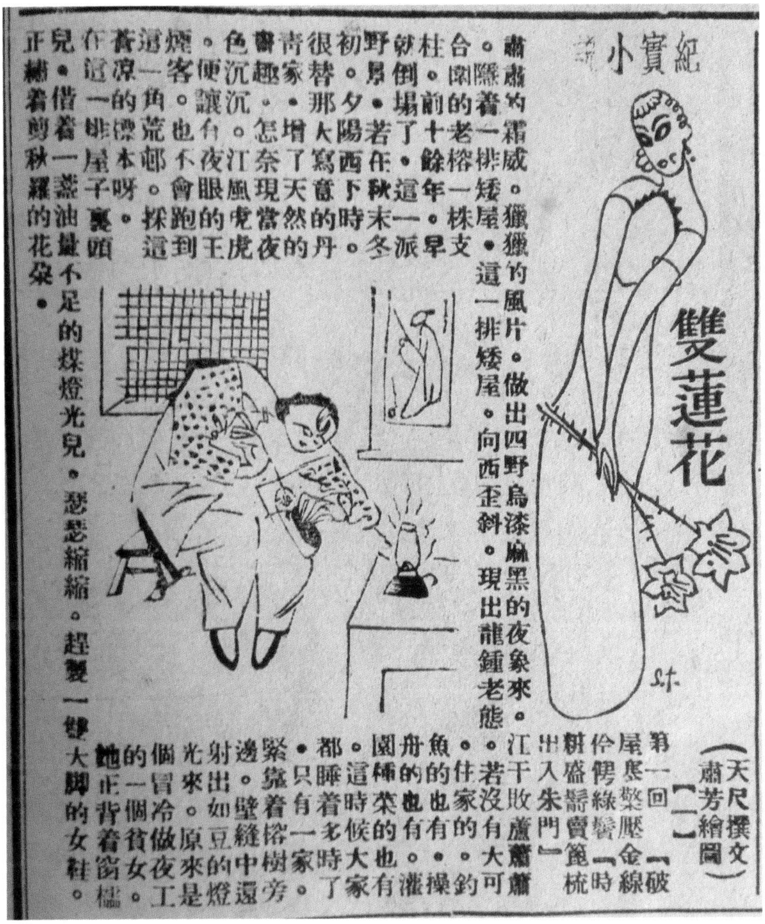

紀實小說

雙蓮花

（天尺撰文 肅芳繪圖）〔一〕

蕭蕭的霜威。獵獵的風片。做出四野烏漆麻黑的夜象來。。隱着一排矮屋。這一排矮屋。向西歪斜。現出龍鍾老態。合闌的老榕一株支杜。前十餘年。早欸倒場了。這一派野昇。若在秋末冬初。夕陽西下時。很替那大寫意的丹青家。增了天然的鬱趣。怎奈現當夜色沉沉。江風兜虎。便讓有夜眼的王煙客。也不會跑到這一角荒郵。採這蒼涼的漂本呀。在這一排屋子裏頭兒。借着一盞油量不足的煤燈光兒。瑟瑟縮縮。趕製一雙大腳的女鞋。正繡着剪秋羅的花朵。

第一回「破屋寒檠壓金線「伶俜綠鬢時耕盛鬚賣篦梳出入朱門」

江干敗蘆蕭蕭。若沒有大可。住家的。釣魚的也有。操舟的也有。灌園稀菜的也有。這時候大家都睡着多時了。只有一家。緊靠着榕樹旁邊。壁縫中還射出如豆的燈光來。原來是個冒冷做夜工的一個貧女。她正背着窗檻。

《雙蓮花》

（兒童小說）

【二】

（天尺撰文 一佛繪圖）

伯鴻接理店事時。只用三十塊銀元。買了一個俊秀穎慧的小孩子。這孩子那裏買來呢。有一天伯鴻在老寶和酒樓獨酌。看看報紙。個衣服襤褸的吃鴉片先生。帶着這個年約四五歲的小孩。他却認得伯鴻。便站在旁邊。嘴裏不住的小老板長。小老板短。說這個孩子。年纔五歲。是他的姪子。沒有爺娘。我自已窮得要死。白米沒得吃。黑米也沒得吃、沒

法只得把他出賣。小老板可憐見我這個苦惱[illegible]兒、隨便賞總十塊洋鈿。救我的命。我這個姪子。年紀雖小。却很聰明。小老板買去。做個店裏學徒‖好。便放作身邊使喚十好。免得跟我這窮阿叔。天大挨餓。小老板你做這個事能、伯鴻把這孩子。細看看。雖是為而飢容。生得眉目井常淌秀。肌膚也很白淨。不像寒乞一流。更們慢的興他問答。這孩子說話、却也清爽。問你是否叫他阿叔。讀孩子向那窮鬼覷一覷。點點頭。便問這窮鬼。要賣幾何銀價。他說要八十塊。伯鴻只還他二十塊。鄉這窮鬼懇哀求。纔添他丨塊。還要舖家保。纔肯承受。可憐這窮鬼尋不出保家。費了幾點鐘工夫。却拖着華清池浴塊裏一個扦脚的夥計來認保。好作那夥計。不日老替伯鴻修脚。是個爛熟的人。願替這窮明友保認。伯鴻使把三十元交付。喊個測字先生。寫張賣契。當面書了號。伯鴻便得這個孩子回店。

《合浦珠還記》

榕諺聲律啟蒙

（四）

（天尺）

炊。對切。 泡。對熬。 鈹。打。對銃。
皋。（下平） 爬。山。對。挖。嶺。跳。
井。對。投。河。 寬。寬。板。 樸。樸。袍。
拍。獺。對。鬱。駝。 不。打。不。相。識。
無。休。無。奈。何。 咬。伊。股。穿。仅。
嫌。臭。 做。拉。膘。手。賣。剃。毛。人。
情。抵。酒。樽。 半。碗。半。匙。 障。請。
呢。客。 衣。食。羈。裙。帶。 一。針。一。
線。 賣。瞞。的。婆。

《閩諺聲律啟蒙》

主　编　王漢民　溫州大學

副主編　陳大聯　福建人民藝術劇院

　　　　崔淑曉　湖北大學

參　編　陸凱明　劉川楠　鄒皓羽

序

記憶中的父親

陳子南

家父陳天尺，卒於民國三十三年（1944）。彼時我纔 10 歲，如今我已是 87 歲的耄耋老人了。我曾經有過兩位母親。大媽生有一個兒子，自幼聰明睿智，曾就讀於福州早期美國教會開辦的格致書院，畢業後曾任商務印書館英文編輯，18 歲時重病不幸去世。喪子對於父母的人生無疑是一個重擊，母親經此以吃素念經度日。無奈之下，父親經人介紹，迎娶了一位山東濟南籍的女子，她就是我的生母。我們兄弟姊妹四人均以“娘”尊稱她，娘前後生育了兩個姐姐、一個哥哥，還有最小的我。

先前，我家居住在交通便利的北大路擇日街（巷）。大約是因爲廳堂是傳統老式建築，堂前天井至多只能擺上寥寥的幾盆花草，家父總不滿意這所逼仄的宅邸。及至後來，他竟用心覓尋到西門街定遠橋元帥廟河沿一側的五福巷十八號（解放後元帥廟河改名爲元帥路，巷弄更名爲互愛巷五號，原址在 80 年代已建爲某部門宿舍樓，原建已蕩然無存）。這是一座有著兩道大門的宅院。其格局大相徑庭於先前宅邸，整體房高雖僅有一層，但層高達五六米，地板和天花板皆由杉木材質構成，地板下端設有一米多高的架高空間。此間雖無傳統制式的三進院落，但門房、大房、左右正房，大廳堂、花廳、厨房皆具。屋內墻體採用以釘妥木片後糊上薄泥，表面再刷以白灰的“假墻”，其門窗様式大有异於在地傳統民居那種雕花栅格窗，均採既可採光亦能通風的西式玻璃窗戶。正廳約有七八十平米寬。後院約四五十平米，築有面積較大的厨房。院中設有條石搭成的花台、石雕水槽，梧桐、桑樹和若干無花果樹矗立其間，還有一口直徑約二米、深約五米的飲用水井。每至黄昏衆鳥投林鳴叫聲不絕於耳。前院約有百來平米，設有兩個大花壇，内栽有梅花、石榴樹、柚子樹，初夏時分石榴樹繁花似錦，中秋時節樹上果實累累，可謂一樹的璀璨。南墻下有一株高矗而樹冠茂盛的柏樹，西墻下的梧桐樹總在秋天結下滿載的籽，西角小土坡上矗立著一片疏密相間的竹林，陽光投射下竹影婆娑……記得每逢禮拜天就會有三五好友到府相聚，飲茶、吟詩作賦。如此這般的景致與氛圍，滿足了家父那種“寧可食無肉，不可居無竹”的雅致情趣。

然而，這座令家父稱心如意的新宅第，却在交通進出上極爲不便。

五福巷的口上有一條小河穿過，其間設有一無欄杆的小橋供人過往。此河南接如今楊橋路上的雙抛橋，往北則穿過鼓西路進北關閘流入西湖，彼時民衆稱之爲虎婆宫河墘。五福巷是一條東西走向的巷弄，呈口小尾大之勢，路面由大小不等的花崗岩條石塊鋪成。不用説彼時罕見的小轎車根本無法入内，即便是家中診所爲此變通而設的人力車也得順著窄小的河沿小石板路顛簸著拐進巷内，因此到府上就診的人流遠不如北大路舊宅，影響了診所的日常收入。親友們爲此議論紛紛，家父固執己見，堅持不讓。家父早年追隨國父孫文加入同盟會，參加辛亥革命，後來曾爲國府主席林森先生的秘書，曾任連江縣知事。大抵是因爲不耐官場詭譎複雜而弃官歸里，以醫自隱，懸壺濟世。某年，林森主席返閩祭祖，期間抽空驅車前來探望當年的老部下。國府主席的堂堂座駕只能遠遠地停在定遠橋上，地方軍警也只能無奈地從橋頭抵巷弄内外設崗防衛。家父見狀，只好動用自己診所的人力車，將老長官載進巷内宅第，歡叙昔日情誼。

家父雖不飲酒却喜烟茶，每天一起床就要喝茶，我娘都要提前泡上一杯（蓋杯）茶待之。他喝的是明前花茶，用的是做工考究的銅制水烟筒，抽的是上好的沙縣烟絲，這也是他僅有的嗜好。家父日常喜愛收集整理閩諺並長期撰寫劇評，福州市内各戲班與他往來極是融洽，因此時常有人送票上門請他看戲品評。記得幼時，他總帶著我乘坐出診的人力車，去三坊七巷之黄巷內的南華戲院看戲，路途上藥局或藥店老板見到家父，都主動出來恭敬地向家父鞠躬請安。我記得當時看的是閩劇傳奇戲班演出的《七俠五義》，一直看到第十五本，因福州第二次淪陷，這樣逍遙的日子才告中斷。

抗戰期間，坊間傳說日寇要派飛機轟炸福州，我們全家老少多次離家去南平、古田、永安等地避難，此間花費甚巨。福州第一次淪陷，我娘帶著四個子女逃到浙江金華永康親戚那裏避難。第二次淪陷，二姊出嫁不在福州，大哥在馬尾高航學習，隨學校遷到南平將樂，大姊夫婦也去了南平，家裏僅剩三個大人和我。淪陷初期，府門上曾張貼一張通告，內容大約是軍警不得騷擾陳府之意。間或有人來誘勸家父出山擔任“維持會”偽職，每每遭其嚴詞峻拒。不久，布告被奸人撕毀，便時有持槍的日本鬼子來敲門騷擾。彼時五福巷宅第的府門厚實，前門拐進來還有一道厚實的二門。我們透過縫隙見是日本鬼子敲門，就不做聲也不開門，他們敲了一陣便悻悻離去。有一次，鬼子又前來敲門騷擾，鄰居的親戚說得開門，不然日本兵會將手榴彈投擲進宅，衆人驚恐之下只好打開大門，冲進來五個氣勢洶洶的日本鬼子，命令我們打開房內所有的櫃子和抽屜，鬼子搜去置放在內的首飾和銀元，甚至搶去家裏的大米！鬼子轉身見門廊上停著那架父親出診用的人力車，就將搶得的財物放在車上拖走。日寇這起突然闖宅搶劫事件，令家父爲之氣結，從此變得鬱悶暴躁，常發脾氣痛斥國軍第86師（防守省會福州部隊）不作抵抗就撤出福州。彼時坊間又紛紛傳言第86師預備反攻，家父聞訊對此極爲期待，待傳言幾次落空之後，他因氣而生病，體質虛弱竟至卧床不起。身爲名醫的他，給自己開的藥方亦不奏效，不久轉爲哮喘，態勢愈發嚴重起來。有一天，虛弱的他寫了便箋交待我去找他的好友郭雲團中醫師。郭見便箋，臉上露出十分驚愕的神情，問我：“這是尺師親手寫的字嗎？”我點頭稱“是”。他很小聲地嘆了一句“壞了”。午後，郭約上數位中醫名師一同至府上看視病重的父親。出來時，嘆息地對我娘說：“爲什麼不早來叫我？現在太晚了，要做後事的準備。”此後不到一個禮拜，家父就在一次大喘中憋不過氣來，撒手人寰。彼時因處於日寇占領時期，先父竟無法出葬入土，家人只好將靈柩一直停放於廳堂之上。直到1945年抗戰勝利，兄弟姊妹回到福州，家人與親朋好友纔爲先父在廳堂上舉行了隆重的追悼儀式，先父終得入土爲安。民國海軍總長薩鎮冰曾題字“是乃仁術”牌匾一副，懸於家中二門之上。很遺憾的是，身爲中華國醫館福建分館館長的先父，沒能把他精湛的醫術傳授給大姊或哥哥。也許是因爲民國那個紛亂時代，也許是彼時中醫在社會上已不受重視，上流社會都青睞西醫，以至於家學失傳。這一直是家人引爲至憾的事。

人生匆匆，往事如雲烟而過……“寧可食無肉，不可居無竹。”五福巷宅第花園內門窗外那片隨微風而動的竹林，竟是記憶中難以忘懷的所在。前些年偕妻赴外地旅遊，不經意地在一片竹林前留影，此後觀照竟頗有所思。我由省話大院搬至藝術家園近二十年，當年窗前那一小片稀矮竹子如今已然成林。近年陽臺一側的竹林葉枝逐漸伸展入內，那茂盛葱郁中也許是巧合了彼時五福巷內宅第花園中婆娑而動的竹影景象？隱約不明地感覺著先父的氣質與風骨與我們同在……世間很多事，真是很難講得明白。

值此著作出版之際，萬分感謝王漢民教授及其團隊的不懈努力與不辭辛勞，以及中國戲劇出版社的熱情襄助，將先父的事迹與文字彰顯於後世。

編校說明

一、《病玉緣傳奇》以上海中華書局 1932 年排印本録校;《孟諧傳奇》以上海中華書局 1916 年排印本録校;《奈何天》以上海改良小說社 1910 年排印本録校。

二、其他小說、詩文、雜著均輯自《華報》《萬國商業月報》《中華小說界》等報刊雜誌，資料來源，以脚注說明。

三、因報刊版面原因，連載時有語句不完整，本書註釋標號所在處即報刊連載的文末處。

四、報刊明顯的文字錯誤，徑改不出注。

五、涉及福州方言文字，均保留原貌。

前言

陳天尺（1878—1944），原名尺山，字昊玉，號韵琴，别署莫等閒齋主人，福建長樂人。他是晚清民國福建著名的文人、學者、醫生，在文學創作、學術研究及中醫領域等方面都有很深的造詣。

一、陳天尺的文學創作

陳天尺的文學創作十分豐富，因多發表於報刊雜志，前人未加輯録，今散佚頗多。這裏爲之略加介紹。

（一）戲劇創作

陳天尺創作戲曲二種：《病玉緣傳奇》《孟諧傳奇》；話劇一種：《鷄訟》。

《病玉緣傳奇》《孟諧傳奇》二種，作者署“莫等閒齋主人”。最早準確著録陳天尺《病玉緣傳奇》的是《福建戲曲歷史資料》第十輯中《民初長樂陳尺山所著傳奇》一文。該文引鄭容《無辯齋詩》中的《讀〈病玉緣傳奇〉贈陳尺山》，後附按語準確著録了陳尺山爲《病玉緣》的作者：“陳尺山，後改名天尺，長樂人。業醫。民初，曾在福州創辦《舞臺報》，以紀評當時戲曲活動爲主要内容。留心民間文學，撰述甚多，所著傳奇，《病玉緣》外，尚有《齊諧》一種，均由中華書局印行，今不易覓。”[1]之後，官桂銓《莫等閒齋主人考》一文，考

---

① 福建艺术研究所編《福建戲曲歷史資料》第十輯，1963年2月油印本，第18、19頁。

莫等閒齋主人爲陳尺山，長樂人。官桂銓先生未見二劇，引鄭麗生《閩中廣記》稿本云:“所著雜劇有《孟諧》一種，敷談《孟子》‘齊人一妻一妾’事”，可見鄭麗生亦未見二劇，均误。①

《病玉緣傳奇》，據宣鼎《夜雨秋燈録》中《麻瘋女邱麗玉》一文改編。據作者自序，該劇始作於光緒三十二年丙午（1906年），初載《小說世界》日報，未完。後續作，成於民國二年癸丑（1913年），共三十齣。1915年10月至1916年6月，以《麻瘋女傳奇》爲題載《中華婦女界》第一卷第10至12期、第二卷第1至6期，刊二十三齣。民國六年丁巳（1917年）上海中華書局出版單行本，1932年再版，分上下册。劇叙粵西地區，瘴氣嚴重，女兒們一生下來就帶有麻瘋惡疾。這種疾病在少年時期毫無反應，到了二八青春年華之際就會發作，女子若要保全性命就需要與男子結合，將惡疾過渡到男子身上，自己方可脱身。邱麗玉二八年華，麻瘋疾病將要發作，其父爲她四處尋找過渡男子。陳綺因千里尋舅恰好來到了這裏，受人惡意指引到邱府做了贅婿。邱麗玉不但天生麗質，美麗非凡，而且秉性善良，不願遺害陳綺。洞房花燭之時，她冒著欺父瞞母的駡名，冒著被遺弃的危險，將真相告訴了陳綺，並且想方設法幫助陳綺於幾天後逃離了粵西險境。後來，邱麗玉麻瘋病發作，父母哥哥知道真相後把她遺弃到當地的麻瘋病院。麗玉不堪受辱，準備放弃生命時，陳綺舅舅黄海客的鬼魂現身，將她救起，並且陪伴她到達陳綺的家鄉淮南。陳綺四方求醫無效，邱麗玉準備再次輕生。清明節，禹迹山千年巨蟒無意而至，醉死陳家酒甕。邱麗玉以爲是毒酒，寫下遺書决意飲酒求死。不料蛇酒意外治癒了她的麻瘋惡疾。後來，陳綺科舉高中，做了大官，邱麗玉隨夫還鄉，重見父母，治療麻瘋，改革粵西惡習。劇作抨擊醜惡，歌頌人性的真善美。

《孟諧傳奇》六齣，由《牽牛》《搏虎》《攘鷄》《食鵝》《烹魚》《獲禽》六個短劇組成，本事源於《孟子》，今存民國五年丙辰（1916年）十一月上海中華書局排印本。《牽牛》劇中孟子利用齊宣王以羊易牛不廢釁鐘典禮之事，既贊齊王“不忍”“仁術”，同時又諷刺齊宣王沒有做到真正的仁政，黎民百姓並沒

① 官桂銓《莫等閒齋主人考》，《文獻》第16輯，1983年，第185頁。

有得到真正的實惠。陳天尺把《孟子》中的故事進行想像發揮，把齊宣王自大欲王，思得民心，却又不行仁政的虛假面目諷刺得淋漓盡致，進而諷刺當權者。《搏虎》叙晉國馮婦以“技擊傳家，戎行馳名”，以搏虎而聞名天下，只要“猿臂兒掉一掉，管教那山君望影早驚跑”。後因三家分晉，不肯俯首事仇，“緑水青山”，“緊閉柴門”，不再打虎。後因衆人在山中打虎遇危，又出手相助，被士人嘲諷。《攘鷄》是《孟諧傳奇》的第三齣。劇叙梁上君子偷鄰家的鷄，鄰居以其曾有臉面，不好隨便羞辱他，讓村學究前去勸導，希望讓他改過。梁上君子以减少數量，以待來年停止來對付村學究，不想被村學究認可。陳天尺在劇本中把《孟子》中的簡短故事進行擴充和完善，通過塑造梁上君、主人翁、村學究三個人物，諷刺當時的社會現實。《食鶃》是《孟諧傳奇》的第四齣。劇叙陳仲子見齊國政局動蕩，孤掌難鳴，抽身遠引。因思念母親，前去看望。哥哥設計讓他食鶃肉，辱之。陳仲子“搯喉頓足”吐出。陳天尺將陳仲子“食鶃”的情節具體化，將《孟子》裏的一句話發展成一個有血有肉的豐滿的故事，只是到了故事結尾，陳天尺沒有像《孟子》中所說的那樣重點著墨如何才是正確堅持個人的操守，而是單純地突出陳仲子這種堅持自己操守的人被社會所笑，被人所逼，突出社會世風改變對個人操守道德等的影響。《烹魚》是《孟諧傳奇》的第五齣。劇叙子產有朋友送巨魚，子產見魚仍鮮活，讓校人提去放養。校人私烹食之，以言語蒙蔽子產。作者通過子產善良用心却被下人蒙蔽利用，對社會上政令不行的現象進行了諷刺。《獲禽》是《孟諧傳奇》第六齣。劇叙王良爲趙簡子家臣嬖奚駕車射獵，第一次王良以直道御車，嬖奚終日不獲一禽，罵王良爲天下之賤工。第二次王良以枉道御車，嬖奚一朝而獲十禽，誇王良爲天下之良工。趙簡子派王良爲嬖奚御車，王良不願，辭之遠去。孟子以趙簡子家臣嬖奚和車夫王良打獵故事來告誡陳代，禮儀雖小但是不可丟弃，小禮儀不行則大目標不達。陳天尺也基本是這個思想。

《鷄訟》是二幕話劇，劇叙木樨沙彌見其師父夜裏喝酒、吃葷，也偷偷把自己管的鷄賣掉，賺零花錢。後被師父發現，師父把木樨送到官府究辦。木樨求律師幫他打官司，並答應重謝。律師設計打贏官司，但木樨却食言逃走。這是一本滑稽短劇，諷刺了當時的宗教界、法律界。

（二）小說創作

據我們搜集整理，陳天尺共創作了九部小説《武夷晚照》《雙蓮花》《合浦珠還記》《蠻風瘴雨録》《豆腐店》《喜相逢》《孫行者》《明日黄花》《官家》。《武夷晚照》《雙蓮花》爲長篇小説，《合浦珠還記》《蠻風瘴雨録》爲中篇小説，《豆腐店》《喜相逢》《孫行者》爲短篇小説，《明日黄花》《官家》是小小説。另外，陳天尺還譯有（俄）亞力山杜盧的寫情小説《奈何天》。

《武夷晚照》乃復仇小説。小説中，獵人一雄家族原本南洋華僑，家產巨萬，其祖念及葉落歸根，回家辦善事，沒想到却被誣陷而死。一雄意欲輕生，被老翁唐衢相救。後擒伏大盜，並把當年陷害其父的官僚殺死，爲家族復仇。

《雙蓮花》是長篇紀實小説。叙洪塘貧女邱雪藕以針綫奉母生活，因貌美，被焦督軍弟焦應岡看上，逼迫成親，雪藕不從，被軟禁在焦公館中。歸國華僑顧南洲喜其刺綉，與朋友訪知後，設計救出雪藕。小説對當時福州醫界、官場、軍界以及普通百姓生活都有比較細緻的反映。

《合浦珠還記》是兒童小説，反映被拐兒童的遭遇。老九福綢緞莊的俞伯鴻在外喝酒時買了一個四五歲相貌俊秀小孩，讓歐陽卓生教之，人稱小俞。小俞長大後，在伯鴻家裏做傭人，後巧遇生母團聚。《蠻風瘴雨録》寫商界痴叟的一生故事，反映福建商人艱難的發家史。《豆腐店》是很有意思的社會小説。作者寫蒼霞洲一富翁聽到鄰居每天歌聲不斷，以爲是非常富有人家，派人打探，才知是豆腐店。富翁覺得豆腐店得利微薄，借三百金給豆腐店讓他們選擇好的職業。豆腐店老板一家商議多日，最後把錢退給富翁。很多年過去了，富翁的高樓幾易其主，而豆腐店依然存在。《喜相逢》寫銀笙約女伴阿瑟去會野男，沒想到前來的竟然是阿瑟的丈夫。《孫行者》叙孫行者西天取經歸來後，閒居水帘洞多年，一日突然聽外面吵鬧不斷，翻斤斗出來一看，原來是傲來國圖謀吞併東勝神洲。孫行者與《華報》社長黄華山人討論救世問題。

《明日黄花》《官家》是小小説。《明日黄花》篇幅很短，叙清朝從事珠寶業的黄姓老嫗，民國後改賣黄花，看透了世態炎凉、人情冷暖。自洪憲復辟，黄花不見愛於俗眼，老嫗改售迎合時好之花。人們紀念先烈時需用黄花甚多，而老嫗無此花應市。人有求購者，老嫗則以“明日奉獻”爲辭。《官家》是一篇諷刺小説，叙普通百姓略與官府有關係，就自稱官家，以之炫耀攀比。

這些小説對當時的現實有全面深刻的反映。“天尺君以生花之筆，描寫當日社會情形，且含清季掌故，所以較普通説部尤有價值，宜其譽滿藝林，膾炙人口。”因未有單行本，多篇小説未刊完整。

（三）詩詞曲創作

陳天尺詩詞未見輯録，今據報刊略加輯録。詩歌方面，有《集諺打油詩》100首、《竹枝詞》20首、其他詩作48首。另有詞4首、曲有4首、説唱5篇。他的詩既有傳統的酬答、遊宴、感懷、咏物等題材，還有諸多取材民俗、方物以及當時新生事物的詩作，内容相當廣泛。《集諺打油詩》100首利用淺顯通俗的形式，表達風俗民情以及生活道理，如“一夜夫妻百夜恩，三分容貌七分妝。銀錢難買外家路，莫管他人瓦上霜”等。《喜娘格之商品竹枝詞》16首，則是通過通俗的竹枝詞形式，來歌咏當時新出現的商品或新建築，有廣告效果。如《咸康麻瘋丸》：“咸康端是古韓康，靈藥藏多肘後方。新出麻瘋丸一種，癩家從此有慈航。”[①] 這些詩作，對瞭解當時的風俗民情有十分重要的意義。此外，《廿一年元旦新開篇》（大鼓詞）、《醉情樓小鼓調·阿儂最愛》、《二十二年元旦新道情》、《二十四年元旦新開篇》（大鼓詞）等，風格多様。

（四）散文創作

陳天尺在《華報》上發表文章70多篇，有長有短，既有文藝性隨筆，也有介紹性文字。其中系列組文有“遊戲文章”欄目文章、《披裘録》、《國技聞所聞》、“腦汁”欄目文章、《華樓月令》等，大都未見前人著述提及。其中文藝性散文36篇。

他的很多詩文反映了他的人生經歷。從他的詩文，我們知道了他的出生年月，知道他參加了黄花崗十周年紀念籌辦，紀念碑上的字幾乎都是他所寫，等等。

---

① 録自《華报》451號，1934年10月15日第2版。

二、陳天尺的學術雜著

陳天尺是一個著名的學者，特別是對福建的風俗民情頗有研究。其中影響最大的是《閩諺聲律啓蒙》800 條，作者以聲律啓蒙的形式來宣傳閩地諺語風俗，對福州文化研究很有意義。

（一）《閩諺聲律啓蒙》

《閩諺聲律啓蒙》，最初名《榕諺聲律啓蒙》，後名《閩諺聲律啓蒙》。

（二）《閩談正誤》

《閩談正誤》是《華報》的一個欄目，主要是陳天尺主筆，其他人也有創作。陳天尺一共創作了 64 條，對福州話的淵源進行了探討，對前人的一些錯誤予以訂正。

（三）《滑稽擬易》

《滑稽擬易》也是《華報》的一個欄目，陳天尺一共完成了 30 篇，其中多以閩諺來組織文字。

（四）《國技聞所聞》

本欄目對國內的奇人奇事進行記載，有小說的特徵。如《雙成》寫奇女雙成武藝高強。《霍小鞠》寫霍小鞠以針扎蠅，後成絕技。

（五）《燈猜叢話》

這是一部介绍猜謎的書。其中有燈謎的歷史，及一些絕佳燈謎。

（六）《藥轉室墨剩》

這個欄目主要記録一些逸聞趣事。如太平天國時期的科舉考試文章《平定江南文》，又如《李闖覆史可法書》，大都是少見之事。《李闖覆史可法書》文中，李自成把自己爲什麼落草爲寇，以及政府的言而無信，以致他越來越壯大，講得非常清楚。李自成說自己屢試不遇，本無大志，一切都因朝廷言而無信所致。《陳金鳳外傳》收録了閩王之后陳金鳳的故事。這些都保留了相當豐富的福建史料。

綜上可知，陳天尺著述豐富，其戲曲小說在晚清民國戲曲小說史上地位重要。其學術著作在閩俗文化史上成就卓著。他的醫學成就也在當時首屈一指，是國醫協會會長，研製了“胃金剛”“肥兒丸”等名藥。陳天尺的成就是多方面的，我們今天來研究他，對於我們認識晚清民國文學、醫學都有較爲重要的意義。

目録

·上册·

·下册·

第一部分

戲 劇

一、病玉緣傳奇

序

自簧皮投於時好，而俚鄙無文之曲，委瑣不韵之聲，亭毒於歌臺舞榭間。所謂西崑雅奏，已視若太古鬚眉，白雪陽春，居然絶響，引商刻羽，未足賞心。世變所趨！即卑無高論如劇本者，亦有江河日下之嘆矣！俗嗜如此，而僕猶以傳奇鳴，得毋強世人以食羊棗乎？然而廣陵散雖闃寂於塵寰，伊、凉州尚傳流於想像。桃花、燕子，或譜管弦。《還魂》《會真》，猶多膾炙。豎子固不足與品評，雅人宜可資其點正，則此調猶可彈也。丙午旅居滬瀆，侘傺無聊，閲天長宣瘦梅先生所撰《麻瘋女邱麗玉傳》，奇情奇事，得未曾有，爲之神往者累日。夜闌秉燭，戲譜聲歌。才脱稿一二齣，遽爲良友鍾心青君索登《小説世界》日報，頗不爲識者所瑕疵。嗣以故入漢，行色匆匆，未遑賡續，前作竟成風雨重陽矣！年來風塵鞅掌，倦鳥知還。偶於舊簏中，檢出前稿，叠加删潤，續譜成編，都爲三十齣。僕非砌抹專家，亥豕魯魚，附會知所難免。世不乏顧曲周郎，擅場賀老，勿笑其雷門撾鼓，批其郤而點其睛，是所望也。癸丑孟冬，莫等閒齋主人序於榕城。

目録

〔一〕哭墓，底本目録作“納寵”，正文作“哭墓”。據正文改。

第一齣　尋舅

（生巾服執鞭上）

【雙調】【新水令】莽蒼蒼何處是天涯，望前途亂山銜接。鞭絲秋色繫帽影，夕陽斜，愁緒如麻，都繞在楓林葉。

懊惱平生不自由，身宮磨蝎幾經秋。此行不爲名繮戀，投筆依人愧虎頭。小生陳綺，表字緑琴，淮南禹迹山人也。年方十五，弱冠知書。滿腹酸文，一腔熱血。工愁叔寶，鎮日顰眉。善病仲宣，頻年作賦。父親陳懋，業酤爲生。生母黄氏，弃養已三年矣！繼母烏氏，強奪父權，悍厲無匹，朝夕不能相容。記得亡母臨終時，賜我私蓄數十金，囑曰：日後若無立脚之地，留爲旅費，往依舅氏。我思舅氏黄海客，遠客粤西，往投則山川迢遞，跋履艱辛；不往投則捨此以外，更無他人。不得已收拾行囊，留書别父。江湖初浪迹，行李獨蕭條，好不傷感人也啊！（嘆介）

【步步嬌】記當初冷語侵人無晨夜，我怎經這般磨折，膽兒驚破也！白髮嚴親，忍心抛撇？遊子已無家，驀生生暫向長途别。

雖然如此，男子志在四方，當借遊歷以廣見聞。若困守里門，埋頭筆硯，此迂腐者流，非我志也！

【駐馬聽】書卷名家，席帽生涯。真苦劣，屠沽流亞。當壚身世未豪奢，銀河待泛斗牛槎。奈侯門不長青萍價，霜蹄輪鐵，把壯懷掛在長安月。

可憐我年少寡交，蹩蹩靡騁，四顧蒼茫，所堪投靠者只有吾舅一人耳！

【落梅風】前路多榛莽，崎嶇難策馬，破題兒客邊跋涉。問知音，海中撈明月，淚縱横滿腔嗚咽。

惟是舅氏久無音耗，不知此去尋得見否也。行路艱難，屈指將及半載，客囊垂盡，爲之奈何！（悲介）

【喬木查】冒風霜曉夜，把不住心嬌怯。痛窮途，人情冷似鐵。誰爲漂母者，一飯贈胡麻。

你看瀑布懸空，青山露骨，冬青黯黯，凉薄蕭蕭，絕妙一幅畫圖，好秋景也啊！問訊途人，前路已到陽朔了。

【攪箏琶】看叢林槎枒，前面是否渭陽家。柳岸曉風，茅店殘月，可憐捱一夜，如一夏。望得到漓門山，別夢醒些。嘆書生落拓，受無限啤嗻。愁似春草，瘦似黃花。嗳，這裏離淮南遠了。回首鄉關，早隔個峰巒千萬叠，捲西風暮雲如葉。

不知舅氏僑寓何處，須索沿途細訪者。（繞場介）

【鴛鴦煞】赤條條，苦况對誰說。冷清清，孤影教誰熱。犵鳥蠻花都成愁劫。落雁凄迷，孤烟明滅。露白葭蒼人不見，空悲切。度幽徑，走荒野，一雙鐵鞋踏破也。

（回望介）山窮水盡疑無路，柳暗花明別有村。那裏又是什麽墟落，索性再訪一遭者。（下）

第二齣　指墓

（丑學士裝上）學習專門奴隸場，半生絕技口雌黃。衣冠會上真名士，撮合山中活鬼王。老夫司空渾便是。粵西名宿，嶺表書生。翦子雙翹，奇姿絕世。眉尖一縐，妙計驚人。囊儲騙子之錢，倉積曹邱之粟。好不自得也啊！

【皂羅袍】莫笑我這般龜頭鼠首，到今兒也判不得我輩是清流濁流。奴顔婢膝世無儔，鷄鳴狗盜吾何有。舌頭三寸，順水行舟。黃金十笏，平地高樓。笑罵來則索性醉他個糊塗酒。

（笑介）哈哈，這幾日清鬱得很，並沒有什麽意外出息兒。且站在門外瞧一瞧波！（背手西望介）（生手捧瓦鉢襤褸裝叫花子上）

【仙呂】【點絳唇】踏遍神洲仳離，不偶牢騷久。舞罷吴鈎，浩氣冲牛斗。

【混江龍】人情蒼狗，炎凉氣味總難投。吹簫水驛，托鉢山郵。陌上花開，驚醒遊子夢。江干楓落，勾起异鄉愁。乞一盂冷飯，唱一曲

《凉州》。伊人何處，望斷雙眸。淚橫流，擊碎西秦缶。誰憐我南冠楚客，毷氉如囚。

（丑白）可憐可憐！兀那小乞兒，何貌之文而音之悲也？

（生白）噯，老丈！腹有詩書，安得不文？日暮途窮，安得不悲？

（丑白）你何方人氏？却因何故，流落至此？

（生白）一言難盡！老丈聽者！晚生姓陳名綺，淮南人氏，尋舅至此。遍訪闤闠，迄無音耗。勾留匝月，典盡行囊，薪水不繼。衹得煢煢走村郭，學唱蓮花落耳！（淚介）

【越調】【鬥鵪鶉】不知他生死存亡，竟如此參辰卯酉。不信他淪落風塵，沒一個知名舊友。獨憐我戴月披星，無早夜提心在口。莫不他拋世緣離塵垢，竟做了鶴化翩躚，厭歸華表。

（丑白）汝舅莫非黃姓海客，面白多麻者耶？

（生白）不錯不錯！老丈何處識他？此人近在何所？

（丑白）咦！海客死於此久矣！渠生前爲某巨室司會計，善於營運，曾娶青樓妓女，一病而歿。妓女竊貲，隨僕遁去。老夫與渠有杯酒之交，代市靈具，葬於東郭，屈指兩度寒暑矣！怪不得汝尋不著他！

（生頓足哭介）（良久白）多謝老丈仗義！晚生須到墓上一哭者！敢煩老丈指引墓所。

（丑白）此去投東四五里，詣叢葬處，有大柳一株，蔭翳尼庵，其側有短碣一方者是也。

（生揖謝介）多承指教，感不可言！（丑下）（生繞場作尋覓介）

【調笑令】聽松楸風颼颼，仿佛深山虎豹吼。嘆馬鬣蓬科地，誰曾到奠杯酒。料苔花，早把土饅頭堆黝。痛多少賢愚，都做了夢幻浮漚，剩一片斜陽兒曬著骷髏。

你看亂冢累累，蒿萊簇簇，舅氏夜臺，不知安在？（痛哭介）

【東原樂】白榆瘦，亂草稠，衹聽唧唧啾啾蟲兒奏，新鬼煩冤舊鬼愁。呀！阿舅，兀的般冷殯宮，長眠的怎生消受。

噯啊！我怎的這般善忘！那個老丈曾說葬在尼庵之側，兀那對面紅墻一角不是尼庵麼！

【收尾】撲簌簌木魚聲，婆羅梵語傳經咒。門外一抹兒栖鴉衰柳。我好待撲倒你小墳前哭到石碑朽。

嗳啊！阿舅，你便是這般奄然物化麼？噫！千山萬水尋君苦，尋得君時土一坵。（嗚咽下）

第三齣　毒媒

（丑旦扮老尼上）

【鬼三台】傍晚時宣了鐘唄，和揭諦來參拜。笑優婆詭怪，說甚麼舍利如珠，須彌如芥。誰見慈航，渡將俗子回，把黑心裝成玉鏡臺。俺是野狐妄想參禪，俺是羯鼓權時解穢。

貧衲東郭木樨庵智圓是也。半路修行，六根净盡。室有蓮臺，抱佛作主。門臨義冢，與鬼爲鄰。好不寂寥也！

（生內作哭聲介）

（丑旦聽介）天色已晚，誰在門外痛哭？不免開門一瞧者！（作開門望介）

（臺上排墓式，生上伏地大慟介）

（丑旦近前問介）嗳呵！你何故在此痛哭？墓中葬者，是你何人？

（生止淚白）小生淮南陳綺，死者吾舅黄海客也！長途迢遞，匹馬來投，不料已作古人矣！那得不悲！嗳！隻影蕭條吹觱篥，飢容憔悴泣棠梨。

（丑旦白）野墳荒僻，是誰指引你到此？

（生白）東郭一老丈也，不知姓氏。

（丑旦白）哦，是了，渠司空渾也！渠與你舅有刎頸之交。你窮苦至此，何不往求援手？但一言切囑：你若見他，勿道方外嘵舌罷了！

（生白）謹謝教！小生明日自往。（丑旦下）

（生白）路盡方知蜀道平，恩疎頓覺秋雲厚。好個司空渾，是我舅氏舊交。只是我有些不信。

【折桂令】最苦是异鄉身，秋去春來。草瘦還肥，花落還開。流離時心緒都灰，絕處逢生，我又疑猜。這壁廂飄蓬斷梗，那壁廂樂酒銜杯。縱當時文字鄒枚，膠漆陳雷，到如今，車笠寒盟，那裏肯仗義輸財。

咳，事到如今，不能管得許多。我明早衹索試一遭兒。萬一念及故交，慨然解贈，我好將舅氏骸骨送還祖域，不枉此行也！（徘徊下）

（丑上白）哈哈，好難好難！我同襟邱子木許我千金，托我代辦一事。這事又機密得很。縱使展開真手段，何從覓得活犧牲。（攢眉介）（生上）

【江兒水】過客聊彈鋏，侯門待掃苔，嘆滿身傲骨森鱗介。恨前生積欠求人債，沒奈何且向村翁拜。堪笑我哀鴻羽鎩，何日六翮騰霄，直飛到自由天界。（敲門介）

（丑白）是誰？

（生白）司空伯，是我！

（丑開門介）啐！小乞兒，你又來做甚？何得知吾姓？

（生鞠躬介）小侄不但知姓，而且知名。昨宿於舅氏墓側，夢見阿舅告我，且教我來此乞援。望老伯念故舊之情，施以援手。幸甚幸甚！

（丑作驚介）渠與我非知交也，不過曾覿面耳！（停思介）雖然如此，我當爲你圖之。（忽笑介）哦，有了有了！也是你的氣運到了。這裏過去六七十里，西山中有一邱姓富翁，雙名子木，老拙之葭莩親也。他有一嬌女，閨名元媚，小字麗玉，年與你等，貌則不啻天人。擇婿眼高，雀屏未選。你雖貧困，然清才雅範，此間莫與比儔。代你執柯，往就甥館，邱丈必有厚貺。難道不彀你運櫬還鄉麽？

（生驚作愕介）（良久無語介）（搖頭介）

【青歌兒】猛聽了離奇情話，早添起九分不快。我是拼個煮鶴焚琴無聊賴，誰想劉阮天台，魚水和諧。如此形骸，瘦似麻稭，滿眼塵埃。槁木寒灰，夢斷蓬萊，淚落瓊瑰。怎吹簫伍子，難道也引上鳳凰臺？真堪怪！

咳，老伯，這計似乎不妥，請思其次。

（丑白）這個不好，却是何故？

（生白）無論小侄一貧如洗，衣冠不備，難入高門。即使邱翁肯俯拾寒酸，允以入贅，能任我來去自由麽？

（丑撫掌笑介）哈哈，迂哉書痴也！是不過賺伊多少孔方，以充旅費耳！茫茫天壤，渠於何處捕逃亡哉？（生猶豫不决介）

【寄生草】怎孟浪，忒尷尬。烏鴉飛入鴛鴦隊，鷺鷥濫作黄鶯對，蓼花漫與芙蕖配。縱教踏破網羅飛，那堪污却青蛾黛。

我雖賺得財帛而去，難道好一個女子，嬌花嫩蕊，竟任人蹂躪弃擲的麽？

（丑白）你這小子真是腐儒！生死絕續之交，還顧得良心天理麽？

（生白）小侄寧死不爲！

（丑白）蠢才蠢才！你得資而返，情絲未斷，還可再卜團圓。難道地北天南永無再會的日子麽？

（生白）既然如此，小侄情願領教，望我伯賜我一書，只索試一遭兒。

（丑作函介）（授函介）（生懷函介）

（丑白）看你衣衫襤褸，不像個翩翩公子。我亦清貧，無他相贈。這裹有一襲綈袍，聊壯行色。（授袍介）（生更衣致謝介）

【賺煞尾】脱却薜蘿衣，束起芙蓉帶，現出那廬山本色。顧影驚猜真無策，羞答答扮作嬌客。慢徘徊且謝良媒，無端演出風流劇。嘆鯫生不才，受翁翁錯愛，但願此行鸞鳳早些諧。

（生）預備畫屏依孔雀。

（丑）安排香餌釣鰲魚。（同下）

第四齣　嘆嬌

（外扮邱子木上）眼孔小於窮措大，面形團作富家翁。老夫西山邱子木是也。白手成家，黄金滿屋。錢高北斗，粟爛南倉。似這般過日子也算是天上神仙了，只是有些缺陷。

【正宫】【端正好】不抱杞人憂，不管秦人瘠。我便是逍遥老，世不愁眉。甚婁囉，惹得天公忌，有女芳如蕙。

諸君聽者，老夫說出這幾句話，似乎不合情理。有女亦門楣之喜，怎麽便怨得天呢？諸君有所不知，敝處係粵西僻壤，積祖是瘴氣最盛地方。這種瘴氣名爲麻瘋，非常奇怪，向來不鍾於男子，單與女兒結不解之緣。女子幼年，並不發作。直到十六七歲時，那種病根就要出現。若不預早設法，那就成了一世廢人了。老夫膝下兩男一女，小女麗玉，年剛十五，嫵媚天然。弱不勝衣，慧能解意。春雲比潔，秋水爲神。最爲老夫所鍾愛。怎奈生長是邦，大半難逃此劫哩！（嘆介）

【滾綉球】小娃底自痴，老天不做美。惜明珠掌中如意，怎曇花一霎眼雨妒風欺。噯呵，我的女兒，如何能彀他勿藥有喜呢？欲將此病醫，除教浪子迷。暗度了陳倉消息，預修他棧道雲梯。但是我的女兒若肯倚門獻媚，學爲一笑之花，也無須入島求方，苦覓三年之艾了。奈他是斷不肯路旁桃李隨人采，更不願池畔鴛鴦逐水嬉。有計也難施！

（長吁介）咳，女兒雖然如此執拗，但我做父親的心上總過不去，衹得暗自打算。日前曾托同襟司空渾及尼僧智圓替我想法。他們想到招致遠方男子入贅之計，倒也穩妥。惟是此地僻靜得很，迥非通衢大邑可比。安得天遣遠人，投入圈套，這事真正爲難哩！

【叨叨令】現安排著鈎兒餌兒，叵耐那魚兒圉圉洋洋的逝。更準備著羅兒網兒，也沒有鴻兒翩翩拍拍的墜。不見那蜂兒蝶兒，他趁了春兒兩兩雙雙的戲。不見那花兒柳兒，纔到了秋兒葉葉枝枝的萎。兀的不悶殺人也麽哥，悶殺人也麽哥！眼看他臉兒鬢兒，已不似雛兒嬌嬌滴滴的媚。

（坐介）（攢眉作想介）

（老旦扮馬氏上）老爺你好自在啊！

（外讓坐介）夫人說甚麽話？老夫在此正替女兒苦哩！

（老旦白）不錯啊！女兒年已長成，他的毛病差不多也要發作。妾身正要問老爺，尋著過渡男子沒有。再者也要趕緊揀個佳婿，預備過渡之後，早成嘉禮，豈不甚好？

（外白）呸！你莫是在那裏做夢說夢話哩！

【倘秀才】你休管老夫得婿也不得婿，我衹問女兒願醫也不願醫。（老旦笑介）真是奇怪的話！他的暗病，豈有不願就醫之理！莫是老爺已請個大夫在那裏麼？衹怕這病名醫也要束手，除非如此這般。妾身是過來人，現在輪到女兒，那自然傳授心法。這個不消老爺慮得。（外冷笑介）怪不得糊塗娘親，纔生得出這個糊塗女兒。你尚以爲這事容易得很哩！（老旦白）何難之有？衹要機密些兒，瞞著這個代表人兒，使之不知不覺便好。（外搖頭介）你怕綉閣風開鸚鵡知，那能彀關朱户，覓黃狸，何處求之？

你說這個代表人兒，女兒若不願意招致，難道這人會自己飛來麼？

（老旦白）不錯不錯，我真老糊塗了！但是女兒最聽老爺的話，老爺何不婉轉勸導他呢？（外搖頭介）不濟事哩！

【石榴花】他春寒帘幕燕歸遲，猶自苦吟詩。那一晚正良宵花好月圓時，我曾委婉略試微詞。幾乎惹動無明氣，說什麼詆犢情私，爲他不伶不俐。嬌痴癖，險些兒磨殺我的老頭皮。

女兒這樣乖性，我實無法奈何。你何不出一臂力，暗暗勸他。或者他不聽爺的話，倒聽娘的話也未可定。（老旦流淚介）

（外白）究竟事已至此，徒悲何益？

【收尾】一瓜將及期，十年難待字。消受無端煩惱填胸臆，說什麼光耀門楣，教人憔悴死。

我告訴你，你一面即管婉勸，我一面再催老渾，作速覓李代桃者。（老旦點頭介）（携手下）

第五齣　閨怨

（旦淡妝上）

【中呂】【粉蝶兒】夢短鶯驕，料階前落花多少，度許多暮暮朝朝。奈何天傷懷日，無分昏曉。撥爐灰心字香銷，著個苦人兒背人啼笑。

儂家麗玉，黃金家世，錦片年華。稚歲學詩，往復白圭之什。深閨讀禮，摩挲内則之篇。弄月吟風，也知消遣。冰清玉潔，不染塵埃。照這樣的景象，還有什麽不解的憂愁，難消的苦悶呢？（墜淚介）嗳！諸君那裏曉得儂家是第一個可憐兒哩！

【醉春風】甚閒情，眉對遠山描，眼凝秋水瞭。捫心常自不分明，我好惱，惱！欲訴衷腸，撫弦弦澀，問花花愀。

嗳啊，儂家的爲難處，無可告語，况是這樣曲折！我女孩兒家，心中曉得的，口中說不得的，如何可以告訴旁人呢？究竟這事，說也不明白，不說也不明白，衹好自己說與自己罷了！（良久不語介）（斜坐介）

（貼旦上）俺家嫣紅，係小姐貼身的愛婢。俺服侍了小姐數年，從未見小姐有甚愁眉不展。日來百般憂鬱，千種牢騷，像有什麽說不出的心事，俺又不敢問他，真是一個悶葫蘆哩！

（旦喚介）嫣紅！

（貼旦白）有！

（旦白）你說什麽那？

（貼旦白）沒說什麽！小姐！

（旦白）你過來，隨我到園中散步者！（旦行，貼旦後隨介）

（旦白）嗳啊，久不到園中，你看園花這般寂寞了，好不傷感人也啊！

【普天樂】晚芳凋，春陰悄。儘闌珊了豆蔻，冷淡了芭蕉。剩竹葉兒青，剩柳葉兒俏。但聞草蟲嚶嚶叫，良辰美景不害心焦。衹贏得淙的露濕了羅裳，颼的風侵了翠袖，撲的淚漬了冰綃。

（貼旦）小姐何故傷心？

（旦）嫣紅，你不曉得我的心境，好生難過哩！

（貼旦）小姐上有父母，下有兄弟，家庭樂趣正多，有何難過？小婢實在不解！

（旦）你既不解，不必多問！

（貼旦）小姐，此處風凉，不宜久立，且到那邊軒裏一坐者！

（旦點頭介）（貼旦扶旦入軒，旦倚欄坐介）嫣紅，我的房間鸚鵡想是餓了，你且去添水飼粟，讓我清坐一回者！（貼旦下）（旦嗚咽介）

【哨遍】甚孽障，沒顛沒倒。把萬千愁，都撮在心頭攪。儂家不幸，生長蠻僻之鄉，傳染稀奇之毒。墜身入溷，厭看葉葉花花；薄命如雲，不耐風風雨雨。死則長已，不死奈何？生既如斯，偷生奚益？（嘆介）噯，古語說過的，天下無不是的父母。儂家做兒女的日在覆載之中，難道父母有言，敢不惟命是聽麽？怎奈勢有萬難，儂家又實逼處此，不遵命萬萬不可，遵命似又萬萬不能哩！他道我華年似水過垂髫，說而今嫩蕊正任含苞，太苗條。衹愁你未經一陣浪蝶遊蜂，你須防春盡也飄零早。這話父親對我說過數次。我想女子名節爲重，縱是生死關頭，切己利害，總不該捨身求活。况且殺人救己，斷非我輩青年女子所肯爲！但是我的父親，尚可以理折服。叵耐母親朝夕絮聒，說什麽他也是一個過來人，說什麽別家女兒歷來都是這般行辦，難道你一個人獨自求死麽？說來說去，總是這話，弄得儂家耳根不乾不净。噯呵，母也天只，不諒人只！天實爲之，謂之何哉？待拋下，教儂怎拋？誰想是刹那的烟景，一刻的春宵。料前生我是個可憐蟲，難道我今生更作傷心鳥？我衹得墨和淚自吟題，心和口自推敲，影和形自憑吊。

儂家從理想上研究，世間無不可醫之病，倘能對症下藥，豈有不瘳之理？此地麻瘋證候，系先天毒種，大概與症疹相似，未必盡爲不治之疾。療法自有藥餌，何必泥守俗例，輸傳男子，害他人生命，污自己清白呢？儂家本意，誓欲挽此澆風，求藥海山，歸醫鄉井，使此地女子概免沉淪。曾與父母商量數次，怎奈俗見所拘，牢不可破。偏說除喜捨法身外，別無他術。噯，既不得救人，且無從救己。天哪！（長喟介）

【小梁州】我是劫運無端此日交，種甚根苗。苦疽附骨總難瘳，如蠶繭自縛自堅牢。

所恨此鄉，竟無一個同志女子也像儂家執拗的。

【換頭】同病相憐，盡有如花貌，奈都是桃花三月廣陵潮。更似那小泥鰍偏憨跳，恨不一例兒跌在渾水裏攪。你瞧他們真鬧得一團糟！

儂家視死輕得很的，衹怕對不住父母。咦！妄想寒梅能鬥雪，須知弱絮已沾泥。

【四邊静】安得明珠十斛買佳人，教伊做阿嬌，擲李投桃，替儂賣笑。若能彀了他一了，早與人除煩惱。

呸！儂家痴了！此事若可替代，儂家何至這樣爲難呢？儂家不怨父母，祇怨逼人太甚者司空襟丈及尼姑智圓，連日來此纏擾。他們目的不過想得幾個金錢，竟把儂家弄到這步田地，真真可恨！他們因我抵死不出閨門，無法奈何，竟想什麽尋人入贅之計，這不是引蛾投火麽？

【紫花兒序】他慣著蜜蜂兒伎倆，横著惡鴞兒心腸，學著百舌兒風騷。欲弄個斯文來磨嬲，竟將我閨女來拆梢。堪羞。倒教儂似乳燕兒般啁啾不離了巢，真無計徒增懊惱。說什麽戚誼葭莩，無非是水魅山魈。

（貼旦上）小姐，什麽水魅山魈？怕人得很！這裹花園久無人到，想是樹頭的五聖，池畔的花妖作怪。小姐你莫是瞧見麽？

（旦白）呸！瞎胡猜的話！你看這丫頭，沒事大驚小怪！我這裹心煩得很，你道我在此作樂麽？

（貼旦白）小婢怎敢？小姐身體懦弱，不能久坐，進去歇一歇波！（旦點頭起立介）（悲介）

【尾聲】嘆生成蕙泣蘭啼料，拼個月缺花殘，總是無聊。能數得幾個黄昏銷到老！

（貼旦白）小姐，你看天色黑下來了，我們進去波！（旦點頭行介）（貼旦緩緩扶旦下）

第六齣　投書

（生上）司空老伯授我一函，囑謁西山邱姓老翁。據說他有一女，待字深閨，介紹我作贅婿。有此不可多得機會，無論真假，須索走一遭者。纔離月老府，便上丈人峰。（行介）

【仙呂】【點絳唇】阮籍窮途，斗來奇遇藍橋杵。閬苑清都，可有神仙住。

【混江龍】彩雲何許，隔河織女待黄姑。早曉射屏有雀，何憂彈鋏無魚。想像來登多寶塔，朦朧日過莫愁湖。且住，他便說得天花亂墜，我想世間斷沒有這樣便宜的事！或者邱家女子醜到不堪言狀，沒人要的，所以輪到我這卑田院的化子了。只怕是漁翁误泛武陵槎，遊人錯認天台路。見一個無鹽嫫母，戚施籧篨。

嗳，我的現象已到這般，自顧不暇，何敢多求？此行果得邱翁愛護，於願斯足。即邱女面貌不揚，亦復何害？你看前面倚山爲屋，一帶紅墻，難道不是邱家麽？

【僥僥令】紅橋横野水，綠竹護幽居。看鶯鶯燕燕門前舞，有一樹馬纓花似畫圖。

（作到介）（仰視門標念介）西山邱宅。不錯啊！這裏便是他的府第了！你看豪富氣象，咄咄逼人，如我寒酸，那便造次徑入呢？呸！怕他作甚！有書在此，不妨探一遭兒。（入門介）（作咳揚聲介）

（雜扮門丁上）哇！你是那裏來的？

（生白）邱老先生在家麽？司空先生有書一封在此，煩你傳報，我要面見一談者！

（雜白）呸！什麽先生先生，老爺二字也不會叫？你是那裏新到的家丁？這般不識規矩！

（生白）老管家認錯了！我不是家丁，我是司空先生的世好。

（雜白）不要多説！書在那裏？（生取書授雜介）

（雜白）你在此等一等者！（持書下）（雜引兩小生上）（生前拱手相見介）

（兩小生白）仁兄便是陳君麽？久仰久仰！俺弟兄們奉家君命，恭迓文旌！

（揖介）（生答揖介）（兩小生前導，生後隨介）

【聖藥王】你看他怎麗都、怎麗都，一對飄飄巾服引寒儒。喜得我來不虛、來不虛，果然千金難買數行書。我好待布衣瀟灑拜陶朱。

（兩小生導生暫下）（外、老旦同上）（笑介）

（外白）不料司空老頭兒，竟會尋得到异方男子！

（老旦白）這叫做家門有幸！

（外）异地飛來假鸞鳳。

（老旦）老天降下活猢猻。

（兩小生導生上）（外、老旦起迎介）

（外白）公子既是司空世好，與寒門誼即通家，敢以妻子相見。

（生展拜介）

（老旦凝睇笑介）司空妹倩，眼力不差，公子真可人也！

（雜上排筵宴介）（兩小生讓生中坐，勸爵介）（外、老旦、兩小生旁列圍坐介）

（外）公子籍貫淮南，到此數千里路了。敢問辱臨敝地，有何貴幹呢？

（生）不瞞仁丈，晚生實爲尋舅至此，不幸舅氏久已物故了。

【小桃紅】青衫浪迹遍江湖，省識關河苦。恨故人鏡花水月成終古，剩長途風欺露泣憑誰語。那個司空伯呢，憐我王孫路隅，絲牽一縷，引上最高株。

（外）舍親與公子說過否？僕小女麗玉，素所鍾愛，不欲嫁之遠方。但覓婿求如仙鄉人物，裙屐翩翩者殊不可得。今得紅絲牽引，文星惠臨，是真石證三生，花開並蒂。自是小女幸福，願即日遣奉箕帚。（生離席唯唯肅謝介）自慚樗櫟，仰托蔦蘿，良所深願。

【棉搭絮】我身似陌頭飛絮，藉伊極力吹噓。誰料意外文鸞，夢中彩鳳，演出春風蛺蝶圖。客况也匆匆，聘禮也無，怎艷說合璧聯珠。愧煞白袷書生拜錦毹。

（外）公子未免太謙矣！小女得配公子，寒門之喜也！

（生）小婿有一言奉禀，此來實爲尋舅，不爲求婚，何幸得蒙羽庇，不弃寒微。但婚後三四日即擬暫返故鄉，尚乞長者推情允許。

【絡絲娘】我不是爲今朝纔登桂府，便做個忘筌釣父。（老旦）賢婿何匆促若此！洞房花燭之後，豈可遽歸？（生鞠躬白）不瞞丈母，小婿衹因舅氏骨殖不便久瘞他鄉，擬即扶櫬回籍。葬事畢後，便當旋返。明歲桃花春再度，依舊此日作門中崔護。

（老旦笑白）賢婿，你不是說景况清寒，安能即日扶柩歸里呢？

（生長揖介）是不得不婉求兩大人代爲畫策者！

【園林好】望鄉山雙親倚閭，整歸鞭一棺載途。莫笑我英雄不武，捫旅槖已空虛，搔客鬢太蕭疎。

（外）賢婿孝心，何可過拂！容即代籌朱提五百，薄作旅費。（生致謝介）

（外白）來！（雜應介）

（外白）爾輩速備香湯，引郎君入房，沐浴更衣者。

（雜又應介）下！

（外、老旦向生同白）愚夫婦先入爲小女促妝，請賢婿一面更衣，預備成禮者！（生鞠躬應諾介）（外、老旦兩小生同下）

（生白）雖蒙主人高誼，托以絲蘿，究竟長安雖好，原非久戀之鄉。

【浪裏來煞】我愁似亂草蕪，我心似沸湯煮。只索明朝草率完了合歡圖，我便到緑楊陰裏聽杜宇。他一聲聲道不如歸去，誰耐煩强爲夫婿守青廬。

（雜上白）禀姑爺，香湯備了，天已快晚，吉時將届，請速入沐浴更衣者！

（生隨雜下）

第七齣　驚艷

（臺上結彩燃燈介）（生麗服上）

【仙吕】【村裏迓鼓】恰試了蘭湯浴罷，乍裝就翩翩紈袴。燭影搖紅三星照，畫堂初夜，調瑤笙，鳴錦瑟，似鶯簧脆炙。我綳了風欠，颼了乖覺，扮了奢遮，怎繁華炫得我窮神眼花。

（副丑扮儐相上）潦草婚姻，糊塗花燭，美女有緣，才郎沒福。區區儐相便是。今夜星輝雲爛，風細月明，却是邱家小姐第一度佳期，老夫理當來充儐相者！（見生介）呀，好個美貌郎君也！啊！娟娟嬌女配檀郎，美滿姻緣結綉床。省識春光漏泄也，遍身染得鬱金香。（笑介）

（外、老旦同上）（生肅拜介）

（副丑白）恭請新娘出堂成禮者！（奏細樂介）（兩貼扶旦艷妝上）（生遠立見旦介）（驚介）

【錦上花】似一片彩雲從天飛下，仿佛玉臉生春，緑鬢堆鴉。我微轉秋波，俏地覷他，宜喜宜嗔，難描難畫。

呀，這位邱小姐絕世丰姿，天人模樣，我一介書生，何福消受呢！

【後】不是水裏月，不是鏡裏花，爲甚裊裊婷婷，爲甚魚魚雅雅。衹覺一團皓雪，十面輕霞，罩定神仙，無分真假！

（臺上嘈嘈奏樂介）（副丑前迓贊禮介）（生、旦交拜介）（生、旦拜外及老旦介）（兩小生上與生作揖介）（副丑引生東立、兩貼扶旦西立介）

（副丑贊介）伏以風流嘉慶，錦片前程。柳遮花映，霧幛雲屏。夜闌人靜，海誓山盟。團圓景象，美滿恩情。一天好事從今定，兩個畫堂春自生。正是蓓蕾花開青瑣闥，悠揚韵灸碧桃笙。（副丑引外、老旦兩小生同下）

（生遠立睇視介）

【駐馬聽】似厭喧嘩，淺緑眉紋千恨壓。天然幽雅。濃青髮辮半肩拖，胸前一朵海棠花，指尖兒抓住香羅帕。行繞氍毹數匝，雙趺兒露出凌波襪。

呀！好個天足佳人也啊！不是南海觀世音，定是西歐女博士！好不令人羡慕也！

【喬木查】任紅嫣紫姹，從未閒情惹。遍長干多艷冶，我的雙瞳兒頗到家，儘秀麗不如他。

（低唱介）顛不剌的見了萬千，這般可喜娘罕曾見，我眼花撩亂口難言，魂靈兒飛去半天……嗳，《西厢記》説的不錯啊！世上真有這般美人兒哩！……我莫是在那裏做夢麽？

【天净沙】他斷不是竈婢村娃，也不是弱絮殘葩，是個絕等文明沒點瑕。今日個天孫下嫁，我疑是法蘭西第二茶花。

（副丑上白）吉時已屆，恭請新郎君新娘子，入房成禮，同飲合歡美酒者！

（臺上復奏細樂介）（副丑下）（貼四人上，各掌燈前導，兩貼扶旦繞場行介）（雜四人上，各掌燈導生後隨介）（生左右顧盼介）

【柳葉兒】通曲徑欄干低亞，翳松梢月影横斜，銀花火樹燒紅蠟。忘今夜，在誰家，添無數意蕊情芽！

你看我的小姐，行步何等舒徐，真是大家風範！

【寄生草】環珮聲搖曳，衣香風細惹。紗燈引過芙蓉榭，綉裙掩映薔薇架。來此已是新房了。珠帘捲上金鈎掛！你看房中排設，何等精緻！滿架圖書四壁畫，半爐香篆一張琴。我的小姐，如此風雅，端是天仙化人，不食人間烟火，小生未免自慚形穢。但是我料小姐天生一個情種，或者不至鄙夷寒士，自高聲價哩！多情倘得小青憐，知音早解相如渴。

（臺上排列几案，張燈設席，數婢吹奏笙管，生旦左右坐介）

（貼旦斟酒換杯勸飲介）今兒是小姐佳期，請與郎君換飲此杯者！

（旦接杯不語介）（貼旦勸生飲介）

（生白）小生得侍小姐，巧締良緣，可謂三生幸福，理合滿飲十觴！（飲訖向旦頻頻照杯介）（旦點頭接杯不飲介）

（貼旦笑白）不瞞郎君，小姐素性不善飲，還是郎君獨酌，小姐在此陪侍罷！正是美酒飲教微醉後，好花看到半開時！

（生連飲數巡介）（笑白）既是小姐不飲，小生量窄，酒已過多，還請撤席清談爲妙！（起立介）（旦亦起立介）（雜撤筵席下）（貼旦扶入內房更衣介）

（生流目四視介）

【清江引煞】破題兒洞房裏第一夜，一刻千金價。絳燭炧銀屏，翠被熏蘭麝，真個今宵魂兒銷去也。

（貼旦上白）魚更兩躍，夜不早了，小姐已在內房恭候，請郎君進去安寢者！洛女神光真裏假，姮娥心事缺中圓。（生點頭介）（同下）

第八齣　却郎

（旦慘淡上，對鏡卸妝介）（貼送巾盥面，代旦更換便衣介）（旦支頤斜坐介）

【南呂】【懶畫眉】重愁叠恨壓雙蛾，對此如年良夜何。偏偏好事是多磨，到頭熱劫誰能躲？贏得惡夢迷離著了魔。

（低聲長嘆介）（喚介）嫣紅，是甚時候了？

（貼旦白）約莫戌亥之交了。夜已不早，待小婢往請郎君入房安寢者。（旦微微點頭不語介）（貼旦下）（旦唱）

【不是路】儘自蹉跎，誰說是一世韶光似刹那。辛酸過。千尋恨海，已覺情身墜，後果前因事事訛。難掙挫。畫屏銀燭空酬賀，金屋珠樓是網羅。今夜是儂家第一次佳期，在他人方喜之不勝，在儂家已苦不可耐。咳！儂家天生缺陷，雖十死不足深惜，所最難堪者，這個陳家公子耳！未免有情，誰能遣此噫……飛來禍，池魚殃及城樓火，可惜你明珠一顆，玉瓶一個。

（貼旦引生微醉上）（旦含愁起迎介）（生含笑鞠躬爲禮介）（貼旦讓生、旦坐介）

（白）小姐玉體孱弱，不宜遲眠，與郎君早些安置則個。

（旦）我自會睡，不要你來閒管！這裏沒你的事，你且去睡波！（貼旦下）

（生帶笑白）小生不敏，幸侍小姐！珠玉在前，深自慚恧！小姐倘不鄙弃，所願同心帶結，並蒂蓮開，共誓白頭，不渝素志，未審小姐能表同情否？

（旦不語皺眉長喟介）

（生驚异介）（低聲背白）噯啊，决撒了也！（旦頓足悲痛介）

（生木立良久白）噯啊！小姐，今夜是合巹良宵，何故尋愁覓恨，短嘆長吁？小姐自是天人，小生何敢匹敵？小姐若不適意，小生不妨告退，免的小姐愁煩！

（旦墜淚嗚咽介）噯啊！陳郎，儂家並無此意，何見怪之深也！

（生白）不然，小姐何故如此？必有以見教小生！

（旦不語介）（取杯斟茶介）（送茶介）陳郎且飲此茶者！（生接飲介）（愁介）（旦停睇介）

【月上海棠】一杯苦茗朱唇過，你低首沉吟，微轉秋波。你見我淚痕多，你便雙眉愁鎖。你休疑我，你怎知我墜魂喪魄。

（生白）小姐有何不滿之事？莫是什麼幽怨在心？何妨傾告小生！小生才雖弩末，或能爲小姐籌劃萬一。（旦搖頭介）

【後】你疑我幽怨猶閒可，你禍事臨頭怎奈何！（生驚介）呀！小生有什麼禍事？乞小姐明以告我！（旦半晌不語介）（招手介）我有意訴衷腸，伴我並肩側坐。與你談因果，彈指間謎兒破！

（生急就旦旁坐介）

（旦嗚咽白）郎到敝地幾時了？

（生白）約有半載光陰。

（旦）入境問禁，入國問俗，郎到此許久，曾聞此間風氣否？

（生）小生一意尋舅，不暇及此，未之聞也。

（旦）郎曾見麻瘋病院否？

（生）那是見過的。

（旦）郎曉得此地男子麻瘋如何得的？女子麻瘋如何得的？

（生）這個小生不知。

（旦）此處地接獞猺，女子生來含有麻瘋胎毒。童年尚不發作，一過二八韶華，此疾即潛生暗長，一發之後，便成廢人。澆俗相沿，女子長成到了春末夏初，便有趕墟踏月之戲。所以引誘遊人，迷惑蕩子，求達傳染之目的。得過渡者，男即成疾，不得過渡者，女即成疾。此麻瘋之毒，所由蔓延也。儂家生性執拗，寧可犧牲身命，那裏肯效此無耻行爲呢！

（生咋舌良久介）嗳啊，此病難道沒有醫藥麼？

（旦白）咳，那得有這等良醫呢？

【賞花時】生小深閨抱宿疴，國手從無緩與和。拚做個沒頭鵝，却不料雙親計左。揚禍水，起洪波。

儂家父母，因爲儂家不肯隨俗浮沉，日夜說我不長進。儂家抵死潔身自守，父母無策，竟託司空姨丈、尼姑智圓，想出招贅之計，真真可惱！儂家難道不曉得伉儷爲歡，乃人生第一樂境麼？咳，可憐儂家爲天所忌，並沒此段福氣哩！

【後】怎奈紅顏薄命何，病葉愁花銜恨多。咳，儂家不怨天公之虐，祇怨父母毫不我諒耳！巧計結絲羅，賺卿賺我，魑魅喜人過。

（生驚屈膝介）嗳，小姐小姐，何計出我牢籠，小生銜結不忘。

（旦扶生起白）郎不知麼？此地求男子最難，入贅以後，環設陷阱，密布刀兵，逃是逃不脫的。

（生驚白）真有此事麼？（旦唱）

【二郎神】真個是愛河飛浪，脂山裂火，可憐你憔悴蕭郎遭坎坷。侯門似海，行不得也哥哥。縱讓你慧眼星星能瞧破，怎敲開重關金鎖。（生驚哭介）（旦急搖手起偵窺介）（作開窗介）（視介）幸得四無人聲，不然怎了，只是如何設法呢？（思介）（嗚咽介）淚滂沱，對月明，空庭花影婆娑。

（旦作閉窗介）（入坐介）呵，陳郎，事已至此，且莫心焦，這叫做杯蛇幻影，水蜮含沙的時節，須索緩緩籌個長策者。

【石榴花】你貂裘误走燕支坡，休問夜如何。也算是有些緣，鳥入北山羅，得過且過。你莫心多，相逢且締夫妻果。甚嘍囉，則索由他，勸君清談啜茗花間坐，任東風吹縐了一池波。

（生白）小姐愛我深情，篆於五內，只是留又不得，去又不能，計將安出？

（旦白）容妾熟思者！

【小梁州】莫疑我銀漢工投織女梭，與你耳鬢廝磨。我欲剔開紅焰救飛蛾，愁無計，前面有鸚哥。

只是將計就計，描就圖中虛蛺蝶，結成被底假鴛鴦，陳郎以爲何如？（生點頭不語介）（沉吟介）（旦唱）

【換頭】如此良宵，空把佳期误，只是入骨相思，何日消磨。（生含淚白）小姐如是多情，小生願爲卿死！（旦搖頭介）願你盡此生無灾禍！你是因風吹落的花朵，我做個護殘花的滿地绿莎。

妾與郎既成鶼鰈，兩心相照，百歲不移，何必枕席爲歡，始稱夫婦？郎不如匿迹洞房三天，神不知，鬼不覺，然後從容瞞過衆人，得金回里。守如處女，出如脫兔。豈不光明正大麽？

（生白）這樣說，我得脫身，未免難爲小姐了！（墜淚介）（旦亦流淚相向介）（良久，旦唱）

【紫花兒序】我憐你淚盈了眼角，愁蹙了眉心，恨壓了肩窩。忍把個書生來摧挫，忍把個嬌客來折磨。痴波！你且把乖念兒收，你且把呆臉兒裹，暫向我深閨偷躲。我做畫裏真真，你做龕裏彌陀。

（生白）小姐啊，你爲人真算爲徹了！叫我陳某有數的七尺之軀如何報答？

只是報答不報答還是後事，怎忍我的小姐，眼前遭此慘劫！我真俠腸寸裂了！

（旦白）與其郎死，毋寧妾死！只要郎歸，不忘妾可耳！妾何足惜？

【離亭宴帶歇拍煞】從此後你則角巾瀟灑歸孤舸，我則玉顏狼藉羞青鎖。鏡臺分破。黑沉沉冤海較深，渺迢迢蓬山較遠，漫寥寥情天較闊。悵懷人風雨搓磨，拼過眼韶光顛簸。這兩地的分飛怎那？陳郎啊！我想到你歸去之後，並想到我自你歸去之後，這時節，大家都要難過也啊！（重悲介）你也走霜毫空將玉札投，我也裹雲鬟不作花冠嚲，料世世生生難把金鈿合。古井兒早則眢，祆廟兒從今火，滿眼連天衰草西風大。那壁厢是萬里搏鵬拂暮雲，這壁厢是九秋病蝶栖蓬顆。

咦，神女生涯原是夢，小姑居處本無郎。我不自悲，並願郎不我悲也！夜深了，天也快亮了，與郎同夢則個。

（生白）感謝小姐厚恩，小生遵命便了！今宵有夢今宵做，不管明朝事若何！（生旦攜手同下）

第九齣　吮頸

（生上）無端一夢作遊仙，好合三朝當百年。衹有一般惆悵處，看花未結採花緣。（嘆介）小生入贅邱家，得遇邱小姐美玉爲骨，秋水爲神，以爲千里姻緣，一生嘉耦。不料却墜毒計，幾乎身命不保。感得小姐情深似海，義重如山，一見垂青，片言剖白，使小生瀕危而安，不至客斃他鄉，且得旋歸故里，這不是不幸中之大幸麼？惟是小生得蒙小姐羽庇，安然無恙，小姐之疾，從此莫救。小生深夜捫心，煞是難過。噯，小姐啊！你何苦捨身救我呢？你救得我活，我難道坐視你沉冤而死麼？正是靈犀有意通私語，鳩鳥依然祟合歡。（嗚嗚咽咽哭介）

（旦急上）（搖手介）（手挽生肩，拈巾代拭淚介）噯啊！陳郎，何事傷心乃爾？儂家垂死之人，得知己如郎，正自歡喜不了！望郎加意保護，勿爲無益之悲！後事渺茫，此日安知非福？夙緣宛在，何妨強自爲歡！（笑介）

（生點頭介）（旦唱）

【仙呂】【八聲甘州】低幃昵枕，款款綿綿。一縷痴情，喁喁交頸。無非海誓山盟。雖則是錦瑟華年罷素弦，銀燭秋光冷畫屏，也算得可憐兒暫慰平生。

【混江龍】况是鴛鴦同命，卿須憐我我憐卿。誰說衾同枕共，不如瑟鼓琴鳴。既是湘竹多愁能忍淚，海棠無語已傳情。那怕他妖魔鬼魅妒人緣，須知道英雄兒女關天性。管什麽望梅畫餅，浪得虛名。

（生白）小姐膽智過人，涵養到地，小生佩服之至！可惜小生沒福，不得常侍裙釵，此心難免抱憾。既承芳誨，自當永失弗諼，不敢再作兒女子俗態。惟是鍾情端在我輩，身非鹿豕，安能噩噩渾渾，毫不動念？若欲勉強，自持不獨，小生做不到。即如小姐巾幗英雄，於情關一界，恐亦難越雷池寸步哩！

（旦墜淚介）噯啊陳郎！儂家豈是索莫無情之輩！不過無可奈何！恐怕傷心太過，衹得強自制止耳！今聽郎言，不禁勾起一段愁懷了！

（生白）小姐既勘破一切，還望終始堅持，勿因小生失言，重自煩惱爲是！

（旦白）儂家所愁，並不在是！郎君在此，已屆三朝，明晨便是長別之期。儂家只管閒談，眼前一節，幾乎忘却哩！（仰首四望介）

【油葫蘆】月朗風清恰二更，微聞蓮漏聲。料他窗外人靜，我與你再叮嚀。分明虛凰假鳳權承認，提防瓜田李下留疑影！（生白）你我兩人清清白白，只有你我知之，他人何從看破？有何可疑之處？小生正要領教。（旦白）不是這般說！儂家生性倔強，父母親族素不滿意。此次完婚，他們費過萬千唇舌，方能說得轉圜。難道便信得過，暗裏並不提防麽？（生白）提防甚麽？難道更有什麽查驗法子麽？（旦白）他們會得提防，還苦沒有查驗法子，我們不得不預先設備。但是如何想法，又是一番費事哩！（低頭沉思介）這些時愁也頓添，心也頓緊，思潮也頓湧，熱腸也冷，衹怕是學語有猩猩！

【天下樂】我是欲即還離此夜情，風波猶未平，總關心草木作疑兵。護君家七尺軀，保儂家一世貞。你切莫望懸崖便策馬行！

（生白）據小姐意見，目下尚有險象。小生安危，繫於小姐之手。小生人地生疎，計拙才短，毫無把握，到底如何設法，仍乞指教！

（旦白）陳郎無須過慮！諺云：殺人須見血，救人須救徹！儂家所爲何來，既犧牲自己生命，總當極力成全足下。倘有一毫防備不周，勢必同歸於盡。嗳！一枝冷露蟬空潔，十面罡風鳥不前。（嘆介）

【哪吒令】我不解前生是怎般薄命，投至得今生似這般匹聘，便數到來生總一般孤另。真夫妻本無緣，假伉儷相廝並，我索性做趙女彈箏。

一語告君家，防閑不可差。眼前休潦草，舌底會生花。郎請來前，儂家有秘密數語相告者！（生傍旦坐介）（旦不語起，伏生肩介）

（旦白）郎請無怖，聽妾所爲！（生點頭介）（旦屢吻生頸、以舌舐吮介）

（生回頭視旦不瞬介）（微笑白）小姐口脂芳馥，沁人心脾，令人神暢。小生愚蠢，雖略解小姐用意所在，但不甚十分明白，仍望示教。（旦微笑介）

【鵲踏枝】我看你目炯炯，態盈盈，多半是意巧心靈，莫戀戀口馥脂馨。你個浪遊人能知猛省，則俺這苦閨娃不負伶仃。

儂家索性明告郎君，曾聞敝地傳說，凡有過渡麻瘋者，男子受其傳染，自頸以下，定必發現數處紅赤斑點，一望而知。你我兩人，徒有虛名，並無實際，何從得此斑點？若無此種憑據，即萬萬不能脫身。適纔儂家所愁者，即係此事。欲於假中妝假，不覺玄之又玄，無怪郎君莫從索解也！

（生墜淚介）小姐爲我慮得如此周到，真是感激萬狀！但不曉得小姐适纔所吮斑點，可能十分像樣？還求你再吮數處罷！

（旦微笑白）儂家也慮輕描淡寫，不甚逼肖。郎君若不怕痛楚，還是重重再吮幾口罷！正是欲得全身計，難辭苦肉刑！（生點首就旦介）（旦重吮良久介）（審視介）好咯！這回有些血暈了。

【寄生草】圭璧原無玷，鴻泥留此影。雪膚紅襯硃砂印，梅花艷點蝤蠐領，胭脂秀染書生頸。著色妝成傅粉郎，銷魂疑是熏香令。

（生失笑介）小姐妙語解頤，使人頓忘愁苦！不瞞小姐說，小生愛慕之情，達於極點，可惜小姐痼疾難醫，空成恨事！嗳啊！天哪，倘能再卜團圓，定當奉爲生佛。如卿未必絲能綉，有你何愁屋不金。（嘆介）

（旦白）儂家垂死之人，何足眷戀？衹要郎君出此陷阱耳！後事茫茫，一聽天命罷了！

【村裏迓鼓】僥倖得連環計定，先做就許多憑證。口澤星星君省識，猩紅堪認。任蛛絲兼蠶繭，漫天布陣。衹要你離開危地，脱却死籍，跳出愁城，則聽他窩兒捕風捉影。

不瞞郎君說，有這樣的護身符，他們瞧見，便心滿意足，不但不敢留難，且祝你早些遠離他方哩！郎君明晨往謁妾的父母兄弟，儘可放心了！

（生白）小姐不愧女中瑜亮，小生佩服之至！此後小生得歸故里，有生之年，皆出小姐所賜！但是愛根已種，佳果難尋，未知何年何月，再得相見哩！

（旦白）只恐地老天荒，海枯石爛，緣分止此，萬無再見之期了！

【元和令】好花兒剛轉瞬，心香兒已垂燼。空妄想好鳥得同林，到底參商如二星。伯勞飛燕兩無情，除相見衹仗這夢兒靈！

（生白）既無相見之期，小生何苦牽腸掛肚，恝然作此一別呢？嗳！人生百歲，終歸一死，與其失一知己而虚生，何如伴一知己而同死！小生實是萬般捨不得哩！（哭介）

（旦搖手介）嗳啊！郎君未免鍾情太過了！丈夫志在四方，奈何爲一女子，輕身以殉？郎君前程似海，來日方長，千萬莫作此想波！

【上馬嬌】從今後你魔劫銷，我心事明。你不過點水一蜻蜓，我衹祝好風吹你歸心迅。行，圖南此去作鯤鵬。

（生沉思良久介）小姐勸我，何敢不遵，去便去休，不知我的小姐你心中到底如何？

（旦白）人生最苦是離別，儂家第一次便嘗此況味，自然萬般難過。況是這樣離別，此中甘苦不言而喻了。

【鴛鴦煞】枉風流，海市翻虚境。惡姻緣，藥石成甘疢。九曲回腸，斷如殘梗。萬斛愁懷，澀如枯井。話到喉嚨談不出，真吞鯁。除來世再廝認，記取今兒弄潮信！

說便這般說波，長別尚是明朝的事，今夕何夕，春雲未散，仍有一宵歡聚，

夜已不早，請郎君照舊安置罷！（生破涕爲笑介）（旦握手同行介）

（生）依然紙帳梅爲伴。

（旦）不管陽關柳笑人。（同下）

第十齣　歸里

（外、老旦、兩小生同上）

（外）騙來窮漢上仙槎。

（老旦）人則寒酸貌則華。

（小生）不是痴生如美玉。

（小生）嫦娥那得動情芽。

（外、老旦分坐，兩小生旁立介）

（外）不想女兒一向乖癖，到了要緊時候，竟會順從如此，却是意料不到！

（老旦）新郎美貌，我見猶憐，何况女兒！自然一相情願了！

（外）我也是這般想！但是衹怕他們兩小無猜，既合得攏，又拆不開呢！

（兩小生）不怕不怕！我們目的既達，他不肯去，我們兩個對一個，抬也抬他出去，打也打他出去哩！

（外）不是這般行辦！妹妹性質，你們難道不知麼？倘是拆不開時，衹得再想軟法，硬來恐怕不行哩！

（老旦）那也不消過慮！這個漢子窮得地無立錐，愛財之念自應勝於愛色。他三日前，不是說過成婚後，要趕緊歸去麼？我們只須多贈他盤川，他自然歡喜而去了。

（外）倘能如此順事，豈不乾净！我所慮者，女兒心性有些古怪，萬一漏泄風聲，叫這漢子知機而走，我們費去許多錢財尚是小事，一向千方百計欲醫女兒的病，不成個海底撈月麼？

（老旦）這個更不消慮得！我看這漢子，到底一個雛兒，倘使女兒通信與他，那晚就要發作快了，安能等到今兒呢？妾身時刻防備，現已三朝，並無事故。你不聽說他倆歡天喜地麼？况且這事就與不就，是確有憑證的，可以瞧見。衹要稍稍查驗一番，便可明白，何必多一層擔心呢？

（貼旦上）啓上老爺、太太！姑爺、小姐請見！

（外、老旦同白）知道了！請出來罷！

（貼內喚介）老爺、太太有請！（生輕裝、旦亂頭便服上）

（旦俯首爲禮介）女兒拜見！陳郎歸心甚切，難以挽留，稟明爹娘酌奪！

（生長揖介）啓稟岳父母大人，小婿擬於今日啓行，特來叩辭！

【南呂】【梧桐樹】春心托杜鵑，客夢隨歸燕。作婿朱門，到底良緣淺。曉來辜負香衾軟，行色匆匆，輕別如花眷。一霎歌場，離合悲歡演。俺則望天台有約能重踐！

（外、老旦起立，前後睇視介）（外、老旦、兩小生四人各以目示意，點頭介）

（老旦笑白）賢婿入贅才三日耳，何必這般忙促？

（外白）我曉得賢婿關於舅櫬回籍一事！不必強留，我們預備送行罷！

（生鞠躬白）小婿不揣冒昧，竊有請者。前蒙兩大人面允惠貺旅金，望乞賜下，以便首途。小婿運櫬回里之後，遲則明年，早則數月，定當重來華府，再續前緣，決不背義！

（外、老旦笑介）些須旅費，理當代籌，不勞啓齒。賢婿請放心波！

（外）來！（雜上應介）

（外）趕速吩咐厨房，整治酒筵，爲新姑爺送行者！

（生）小婿歸心緊切，不勞治餞，謹謝厚誼，留待再來時領受罷！

（老旦）賢婿既這般說，我們倒不必客氣！邱福，你到帳房那邊，撥出白銀五百，作爲贐儀者！（雜應聲下）

（生）感激隆情，統容後報！

【東甌令】蒙青眼，受矜憐，幸玉潤水清成美眷。淮南不比蓬瀛遠，暫別仍相見。須知藕斷有絲連，總希望花再好月重圓！

（雜捧銀包上，外接交生，生長揖受介）

（旦嗚咽墜淚介）你這般匆促便行波，別樣都不必說，只是行李鋪蓋，件件俱無，一路雨露風霜，怎生消受得呢？（向外、老旦哭介）爹娘可憐見，看女兒面上，給他一副行裝波！

（外、老旦笑介）你看這小孩子，莫是傻麽？女兒女婿總是一般，難道捨得許多贖金，倒捨不得一副鋪蓋麽？邱福，速行備辦全套行裝者！（雜應聲下）

（生嗚咽向旦介）小生此别總不長久，小姐即請寬懷波！

【綉球花】愁腸千轉，無語意纏綿。淪落天涯，空負嫦娥愛少年。漫俄延，且整歸鞭。怎忘却你這瓊樓仙桂，璧沼幽蓮。倘有日金屋裝成，準備那補聘天孫十萬錢。

（兩小生背語冷笑介）你看這傻子，莫是在那裏做夢？他有十萬金錢，也不至落此圈套！他能彀再來，除非日頭打從西邊出來罷！

（外）賢婿無庸囑咐，且聽老夫一言。你去之後，我們倆替你養育妻小，你能彀再來，那是最好不過，萬一不能彀再來，我們打算把女孩兒送還你家罷！

（生喜笑介）果能如是，深感大恩，小生並無他言，就此告别罷！

（外哈哈笑介）好好好！便是這般一言爲定，你去罷！

（旦淚如聯珠，以袖掩面介）（生長揖下）

（老旦向旦笑介）呀！我的兒啊，你千灾百難，都給這個漢子帶得去了，從此爲娘的不用替你擔憂，真是歡喜過日子哩！

（旦掩泣不語介）

（外）今日女兒不快，這話改日再談罷！（外率兩小生同下）

（老旦唤介）嫣紅！快扶小姐回房者！（貼旦應聲扶旦下）（老旦隨下）

（雜上作倚門自語介）老爺花却五百金，買一個漢子來過癲，價值貴得很哩！這漢子也憊賴不過，得了錢財，還想全套行裝，我想老爺不過面上吩咐，其實心中不甚情願給他。俺深曉得老爺癖性，當面且自含糊答應，到底還是不理他爲是，且等他出來時俺自有話對付他。

（生上唤介）邱管家，我的行李鋪蓋，預備也未？

（雜笑介）真是癩蝦蟆想吃天鵝肉！要什麽行李鋪蓋？你們賣命的錢得了不少，何不自己買辦起來？老子没有這樣閒工夫哩！

（生冷笑介）沒有就說沒有，何必囉囉唆唆說許多閒話哩！你第二次再見了我，還是這般無禮，便算你強！（大笑下）

（雜）這個漢子，真是死在臨頭，還不覺悟！你看他一直去了，俺待報與老爺知道者！（作掩門下）

（雜數人扮車夫推車，車內裝置靈柩，生執鞭後隨上）

【一枝花】秋鴻破網飛，嬌馬尋途趱。俺叫做免却牡丹花下死，新從羅刹國中還，這些時墜夢闌珊。粉暈猶凝面，離愁尚壓肩，痛藐躬劫退灾躝，累彼美魂飛膽顫。

俺陳綠琴，自別小姐，出了邱家，一路雇了工人，徑到東郭義冢，將阿舅靈柩，起完遷畢，順訪木樨庵智圓尼僧。叵耐這個禿婆，見俺頸上發現紅斑，衹道俺已中毒，竟自閉門不納。俺急於旋里，也無暇與他計較。雇了僕夫，裝車秣馬，便自啓行。你看沿途風景，好不凄感人也啊！

【梁州第七】莽蕭蕭黃沙撲面絲，慘離離野草連天。雨如織兼風片，剛離烈焰，又墜深淵。纔登客路，怎度情關！嗳啊！回想小姐，愛我深情，可謂世間無兩。其奈款款喁喁，言猶在耳，清清冷冷，天各一方，這相思真害殺人也！憶連宵交頸低鬟，似鴛鴦不羡神仙。猛可地天魔作劇劫嬋娟，叵耐難容一刻人留戀。沒奈何帘分雙燕鏡分鸞，儘傷心你在深閨自憐，有多少辛酸淚向喉間咽。俺去之後，不知小姐如何景象，一念及此，萬感俱來。咳！我負小姐，小姐何嘗負我！未能庇汝傷騅馬，等是呼天泣子規！（嘆介）要團圓，真夢魘！不管你精衛能填，怎當他滄海無邊！

俺受過這一番磨煉，轉增了無限牢騷。在俺身上，既免危險，且得金錢，並無絲毫驚嚇，其如小姐一命喪於俺手，我雖不殺伯仁，伯仁由我而死，叫俺捫心如何得過呢？……（指車內靈柩介）咳，就是舅氏遺骸，得歸故土，也全仗小姐庇護之力哩！

【罵玉郎】間關越險過雲棧，携骨殖，葬鄉山，幸免得遊魂异域隨風散。嗳啊，我的阿舅呀！爾若一靈不昧，也會感激小姐！你若可憐見小姐這般墜落，料必代抱不平，暗中顯些手段。可能殼黑鄧鄧地府知，怒睜睜沉魄起，爽颯颯英靈現！

俺的舅氏，生前何等任俠，難道衝霄義氣，一死便自消滅麼？……呸！俺真傻了！

【感皇恩】枯骨重泉，怎起長眠，妄商量求死鬼補情天！我的小姐業已山窮水盡，無可挽回。就是舅氏重生，諒無轉移造化之力，何況已死。咳！我的小姐，你怎麼這樣結局呢？琉璃碎了，碧玉成烟，料艷福永消磨，痛深恩無報答，便十死也難甘！

語云，士爲知己者死，小姐真是俺平生第一知己，俺儘想陪他一死，無奈小姐一味憐惜，百般婉勸，俺只得勉遵芳囑，留此形骸者。（哭介）（雜推車繞場下）（生唱）

【尾聲】尹邢拼避終身面，從今後此恨綿綿無盡年，况是那曾經滄海無他羨。悉聽他紫媚紅妍，都當做來鴻去燕，誓不向野草閒花輕眷戀！

你看車夫已去得遠了，這馬只管慢慢的不肯快走。夕陽在樹，天色將晚，俺索性加上幾鞭趕到江邊趁船者。（揚鞭疾下）

第十一齣　露疾

（旦病容上）（斜靠胡床介）

〔望江南〕熏籠冷，斜倚到天明。蟋蟀當窗吟曙色，棕櫚隔院戰風聲，都作不平鳴。多情處，却似總無情。墜劫身隨秋葉瘦，傷心淚共夜潮生。病骨苦支撑。儂家自別陳郎之後，屈指時光，已有年餘。父母爲儂家，別議婚姻，熟魏生張，無非佳婿，蜂媒蝶使，不盡惱人。幸賴儂家恃愛撒嬌，百端執拗，陽飾選擇之苛，陰作守貞之計，遷延至今，尚無成就。怎奈儂家大限已到，惡疾上身，掩飾不能，求死不得，真是艱難萬狀哩！（悲介）

【仙吕】【桂枝香】蠻風蜑雨，可人長去。算剩了弱綫單針，苦織就情絲愁縷。嘆團圓願虛，嘆團圓願虛，倒引得病魔來覷。焰摩深處墜洪爐，炙肺煎肝痛，不幸今朝數到奴。

儂家祇因不忍滅絕人道，以致私放陳郎，瞞父欺母，陷於不孝。儂家亦深自知罪。惟是不孝罪小，殺人罪大，欲救乘龍，便成騎虎。若不甘爲逆子，安能勉作貞姑！蒼天有知，定當我諒！可憐一波纔平，一波復起。蘭因如是，絮果難堪，期已及瓜，病成不藥。咦！天哪！今日之邱麗玉，大非昔日之邱麗玉了。莫言落雁沉魚艷，已作沾泥墜溷身。（嘆介）

【翠裙腰】美人不壽寧虛語，任是掌中珠，揭來逆運誰能阻？慢踟躕，西江無水活枯魚。

（貼旦上）小婢見小姐夜間失睡，短嘆長吁，狠替小姐擔憂。小姐日來容顏消瘦，肌膚枯槁，像是得著什麼大病。小婢愚見，不如稟明老爺夫人，請個大夫來瞧一瞧罷！

（旦搖頭介）嫣紅，你那裏曉得我病源呢？我這病就是扁鵲復生，華陀再作，恐怕也不會瞧哩！

（貼旦白）現在小姐心內見得怎麼樣難過呢！

（旦白）連我自己也不甚明白，怎樣會到這般？大約快要死罷！

【六么令】桃根薄命蓮心苦。如痴如醉，陌上羅敷。不生不滅，青溪小姑。衹寸寸柔腸無主。（貼旦白）據小婢猜來，小姐這病大約因思念那陳家郎君而起，那郎君一去之後，杳無消息，怪不得小姐怨恨他。（旦白）是了，你見我天天念他，就會猜到我的病根，倒也不錯。模糊，昨宵有夢采蘼蕪。

但是我的病，雖非無情草木所能療，或者會得自痊也未可知。切不可無事張皇，遽報老爺夫人，到累兩老不安。什麼請大夫咧，贖藥餌咧，鬧到馬仰人翻，吵得我這裏轉不安靜。我現在也沒甚苦痛，你們儘可寬心退下，讓我靜靠一歇，養養精神罷！（作合眼欲睡介）

（貼旦作退出門外介）（低聲背白）真糟糕了！小姐得病，是我們的干係。若不稟報上頭，將來有什麼長短，我們做丫頭的，責成擔不起哩！寧可小姐面前認點不是，還是作速報與老爺夫人知道爲妥。（疾步下）

（外、老旦急上，貼旦隨後介）

（老旦氣急白）這丫頭真靠不住了，小姐到底幾時病起呀？怎麼不早些告訴我呢？

（外搖手介）不要慌！不要慌！待我瞧一瞧是什麼病再說。（貼旦作捲帘，

外、老旦作入房介）

（外）喂，女兒，你幾時得病呀？得的什麼病呀？

（老旦）噯啊！我的兒啊，你、你怎麽會病呀？

（旦驚醒介）（呻吟介）噯啊爺娘，何事這樣驚惶？女兒的病，莫非風火寒濕所致，調養數天，會得自愈。丫頭們無事大驚小怪，轉累爺娘不寧，女兒問心更覺難過哩！（外架起眼鏡審視介）（老旦握旦手，反覆細瞧介）

（外）呀，夫人，你瞧女兒這病，似非小可！怎麽皮膚燥的這般？面部狠有幾處紅腫，到底投著什麽症候呀！

（老旦捫旦肌膚良久，頓足哭介）噯啊！不好了！可憐我的兒啊！你莫是得著麻瘋麽？

（外錯愕介）我不相信這話，女兒麻瘋，不是已過渡乾净了麽？怎麽會得發作呢？

（老旦）妾身也狠不明白。既已過渡，自然不會發作，除非當初不曾過渡罷！

（旦嗚咽白）噯啊！爺娘，不要猜疑到這步田地！休說女兒這病决然不是麻瘋，萬一就是麻瘋，衹怨自己不幸，莫怨別人。若論世上病症，未必盡人皆同，所投醫術，似亦未必盡人皆驗。或者前法試之他人見效，試之女兒未必有效哩！

【么篇】總是無緣，總是無緣，人歸春去，料當時巧計成虚。說甚百靈符，無非是搗謊舊譜，無非是欺人末術。一例兒都變做夢幻華胥。

（外）難道日前妙計，竟成畫餅麽？

（老旦）我不相信！此法流傳到今，百發百中，豈有輪到女兒，反不靈驗呢？

（旦白）當初爺娘婉勸女兒時節，女兒就曉得未必靈驗，爺娘偏信他們一般人胡說，今日弄得女兒不尷不尬，纔是冤枉呀！（悲介）

【寄生草】真調侃，鬼畫符，望梅止渴多愚魯。買絲續命徒冤苦，刻舟求劍成謊語！若不幸女兒這病，果是麻瘋，大約命該短折，辜負爹娘一片苦心了。（掩面痛哭介）我衹得再生犬馬報親恩，料無幾、姬姜憔悴歸泥土。

（外作手勢向門外指介）夫人，咱們不要忙，商量先請什麼好大夫來瞧，讓女兒歇一歇波！

（老旦）我的兒，不要苦壞，娘請個大夫來瞧者！（旦搖頭介）（外、老旦同下）

（旦冷笑介）請什麼大夫呢！俺這病十有八九給爹娘看出來了！

【木丫义】一任齟齬，一任齟齬，胸藏成竹，拼教葬送微軀。祇回腸九曲，偏令人抑鬱難訴。俺只怕這病發得利害，那就真正不成樣子了。一現鬼頭顱，有許多鶯欺燕妒。（貼旦白）小姐吉人天相，暫時得病，何至就害到麻瘋？請個好大夫來，服一兩帖藥，便好了。（旦搖頭介）漫道醫瘡能剜肉，想飛龍沒藥在葫蘆！我巴不得立刻撇了氣便好！恨莫能銜冤海涘，化石山隅。

（好貼旦哭介）噯啊！小姐不要說到這般沉痛！小姐當真害到麻瘋症候，眼見不成個人樣了，那裏還找一個如花似玉的小姐呢！（嗚咽介）

（旦白）呸！傻丫頭！

【採茶歌】休慘沮，莫嗟吁，從今後，悟真吾。你道是羞花閉月盡仙姝，我自信魔母鳩盤成絕代，休教魚目混明珠。

（老旦怒容上）嫣紅，快出去罷！不要你的哭喪臉兒站在這裏！（貼旦怕介，徐徐退下）

（老旦氣急白）呀，女兒，你病到這般，這叫做生死關頭，無所避諱！你老實告訴爲娘罷，當初那個漢子，在此三夜，到底可曾占染？萬一沒有這一節事情，你的病就沒有救啦！

（旦白）噯啊，娘呀，這事極乎明白，何須查究？若說那陳家郎君呢，

【三段子】他品貌都好，一似朝陽鳳雛。身世孤，更不亞離群騄駒，天生是儂知心侶。白頭早誓同甘苦，却不道雙宿雙飛何事無！

（老旦）我想你這話有點靠不住！你這病分明是麻瘋作怪，分明是你當初不曾過渡，到了今日，還要欺騙爲娘麼？

（旦嗚咽介）噯！娘呀，女兒怎敢說謊！

（老旦怒介）我不親自查驗，你那裏肯說真話！

（老旦抱旦捫搽介）（旦痛哭支拒介）

（臺上下幕介）（幕中聞旦哭聲介）

（臺上開幕，旦掩面哭，老旦氣喘指旦駡介）喂，你這畜生！難道活得不耐煩，一定要死麽！可憐爲娘空費許多心氣養你這麽大，可惜你的爹爹空費許多金錢，替你消災解難。那裏曉得你這畜生，倒不懷好意。你是自己蹧蹋自己皮肉，算不是爲娘害你。但是給你爹爹、哥哥知道，連爲娘的也要恩斷義絕，不能留你在家過活哩喂！真真可惱！真真可惱！（忿忿連聲下）

（旦哭不能仰介）噯啊，娘呀！難道就是這般一朝割愛麽？

【墻頭花】千辛萬苦，結局歸何所。老死深閨事已虚，一任他萁豆同根，都變成參商子午。

究竟儂家惡疾纏身，怪不得爲人所弃。家庭樂事，大約從此一刀兩斷了，還要留戀甚麽呢？

【煞尾】撫芳心却似碧海枯，算華年已向陰山度。剩餘生渾如弱絮隨風舞，想到那兔死狐悲真愴楚！

（貼旦上）小姐病到這般，夫人還是那樣動怒，可憐小姐，不免柔腸寸斷了呀！小姐，天氣怪冷，不要只管悲痛，小婢已把內房收拾得潔净，被窩鋪叠得温暖，請小姐到裏頭睡一睡波！（旦點頭起立介）（貼旦扶旦緩緩下）

第十二齣　陷院

（外、老旦、兩小生同上）

（外）晦氣晦氣真晦氣！

（老旦）遭了娃娃弄把戲。

（小生）頓開金鎖走蛟龍。

（小生）换個妖魔坐家裏。（外、老旦分坐，兩小生旁立介）

（外氣忿白）你看這丫頭，這樣不知利害，弄得我花了錢財買了禍。如今變成一個癩鬼，怎麽樣計較呢？

（兩小生白）咳，爹爹，事到這般，還有什麽計較？妹妹這病未發之時，尚可急救，既已發作，第一須防傳染別人，關在屋裏是不妥的。

（外）難道把他殺却不成？

（老旦）何必殺却！外面不是有現成的麻瘋病院麽！把他送在那裏便了。

（外）送入病院不難，但是這個丫頭，自幼是我心愛的，生生把他送入這種牢獄，未免問心難過！（長嘆介）

（老旦流淚介）他是我親生的，老爺你捨不得他，難道我倒捨得他麽？叵耐這個丫頭，自己蹧蹸自己，值不得你我心愛。如今弄到人不成人，鬼不成鬼，除了割愛絕恩，再無別法了。

（外）是了，就是這般行辦罷！（喊介）來！

（雜上應介）有！

（外）你速到木樨庵，請那智圓師父前來罷！（雜應聲退下）

（兩小生）娘爹既是這樣行辦，須預先與妹妹說開，免得臨時吵鬧，倒不好下手了。

（外）這個自然！

（老旦向內喊介）嫣紅！

（貼旦上應介）太太何事呼喚？

（老旦）老爺有與小姐面商，你打發幾個小丫頭緩緩扶他出來罷！

（貼旦攢眉介）小姐日來遍身發癢，抓得膿血淋漓，小丫頭怕得不敢近前，還是小婢自己扶他出來罷！（貼旦下）

（旦亂頭垢面，衣服不整，扶貼旦肩，緩步上）（作拜見介）爹娘呼喚女兒，有何賜教？

（外）呀，女兒！你既害了這樣惡疾，一則沒法醫治，二則須防傳染，非是爲父的寡恩薄義，總之爲人不患麻瘋則已，患了麻瘋，家裏便住不得。嗳啊！女兒你曉得麽？（作掩淚介）

（老旦）嗳啊！我的兒呀！你既害到這病，在例不能不入麻瘋病院。你是自作自受，莫怨爲娘。從今以後，你只當沒有這娘親罷了！（作捶胸哭介）

（旦驚暈倒地介）（衆遙立驚喚介）（貼旦撫摩良久，旦醒轉大哭介）咳，爹娘呀，女兒早知有今日了！女兒弄到這般，只有自怨自艾，何敢咎及爹娘！爹娘有命，女兒理當服從。只是十餘載瞻依，一霎時愬別，爹娘捨得女兒，女兒却捨不得爹娘，未免肝腸痛裂哩！

【雙調】【夜行船】嬌小深藏碧玉閨，幾曾帶水拖泥。淚滴蟾蜍，命如螻蟻，苦郎當被人抛弃。

噯，爹娘呀！事到這般，女兒並無他求，可否就在家中，撥賜斗室，俾得苟延殘喘，以盡天年？一則不累他人，二則免入病院，未知爹娘可能恩准？

【風入松】鶺鴒一旦失枝栖，永作可憐兒。餘恩倘乞階前地，免教骨肉分離。薄命雖爲腐草，寸心猶戀春暉。

（外冷笑介）我倒不要你這樣假孝心！你如果真是孝順女兒，當初也不會瞞騙爹娘了。

（兩小生白）呀，妹妹，病院不是個天羅地網，何必這般害怕！那邊房舍寬敞，服伺有人，也是個好地方。並且同病的姊妹們甚多，儘可談心消遣，不強如閉在家庭，百不自由麽？

（老旦）是咯！那邊守貞守節的人多得很，儘彀陪伴你過日哩！

（旦哭介）噯啊！爹娘哥哥，既是這般決絕，我麗玉何忍以垂死之身，重重執拗！如何安置，遵命便了！咳，天哪！我麗玉何竟狼狽至此！

【喬牌兒】荒山泣子規，幽谷弃芳芷，從此金蘭別訂同年妹。還說甚守葳蕤，越教人成鬼魅。（雜引丑旦上）（雜下）

（丑旦白）婆心甜似蜜，佛口利如刀。一得財神召，連忙走一遭。自家木樨庵智圓便是。今日邱家老爺呼喚貧尼到此，必有事故，不免進去拜見者。（作入見介）老爺太太，阿彌陀佛，貧尼智圓叩見。（作回首見旦驚介）哎啊！小姐怎麽尚在這裏哭呀？是那個給小姐氣受呀？待貧尼扶你起來罷！（作欲扶介）

（旦搖手介）不要動手！不要動手！儂家現在是個麻瘋人兒，看仔細要傳染哩！

（丑旦縮手吐舌作驚介）哎呀，阿彌陀佛！罪過罪過！像小姐這樣天人，也會害到麻瘋，真正天翻地覆了。

（老旦）這丫頭真正叫做不信老人言，悽惶在眼前哩！

（外嘆介）咳，不要說起！都是這丫頭自己不長進，如今弄到這步田地，只索早入病院，免得害人。智師父，你不是認得院裏管理人麼？今日就煩你送他一盪，院費多少，自向帳房領取罷！

（丑旦）哎，可憐可憐！小姐既是這般，貧尼當得陪伴送行。那邊院主，與貧尼相熟得很，院費一節，問明再來支領不遲。小姐啊，咱們一路走波！

（旦力疾起，向外、老旦叩頭介）噯啊，爹娘，女兒今日長別膝下了！（向兩小生斂衽介）哥哥，妹妹並無他囑，只望兩位哥哥善事爹娘，代妹子多盡一份子職罷！妹妹去也！（向貼旦介）哎，嫣紅，難爲你赤心伺奉我一場，只可來世圖報罷！

（貼旦大哭介）（旦不顧，力疾前行介）（丑旦隨介）（外、老旦作掩淚揮手介）（兩小生掩面假哭介）（俱下）（丑旦扶旦上，繞場行介）

（丑旦白）噯啊！小姐！兩位老人家，心腸忒狠了！怎麼捨得嬌滴滴的小姐送入病院呢？

（旦悲介）噯啊！師父，儂家苦惱填膺，一言難盡哩！（回首望介）

【折桂令】第一是出家門，步步遲疑。月缺難圓，此恨誰知。淒凉中回望雙扉，檐雀猶喧，庭草猶肥。一家兒風光旖旎，一個兒短景萋菲。儘虛拋荳蔻芳時，桃李佳期。似這般雨散雲飄，何處覓香夢酴醾。

（丑旦白）小姐既已離家，即與貧尼祝髮空門一樣，家裏繁華無須留戀了。但是小姐你的麻瘋發作，有點不明不白。小姐到底受什麼委曲，可好告訴老身麼？（旦搖首介）

【江兒水】第二是海燕空營壘，春蠶枉吐絲。下鏡臺虛結同心喜，卸釵鈿辜負憑肩誓，謝鉛華無復齊眉事。望不見伊人秋水，打斷了千里姻緣，博得個爲郎憔悴。

（丑旦點頭介）哦，貧尼明白了！小姐你莫是當初招贅，不曾過渡，救了他人，反害了自己麼？咳，真是一片愚衷，怪不得父母恨你呀！小姐這樣情節，除了老身之外，恐怕沒人替你原諒。那病院裏頭，總看你這麻瘋，是當初過了別人，又被什麼癩子過了來的。不是老身多疑，因爲院裏的姊妹們，大概都是這種毛病。像小姐這樣守身如玉，是沒有一個的哩！（旦驚訝介）真有這事麼？咳，可惜這般姊妹們，未免忒糊塗了！怎麼把好好的皮肉，換了這種勾當？

【雁兒落】再休題惑陽城絕世姿，說甚麼比西湖傾國美。你看有的是向人前巧賣痴，有的是倚門兒工獻媚。繞珠圍不盡雪膚肥，對玉壺未免冰心耻。任意兒隨處舞楊枝，到頭兒都作殘花蕊。迷離！竟自吞魚子餌。傷悲！再難尋獺髓醫！

（丑旦笑介）哎啊！小姐，你駡却駡得痛快淋漓，只是自己也吃了這苦，皂白已自不分，還替別人抱屈，真是多事哩！（指介）閒話之間，不覺路遠。你看那，前面高墻那裏，便是麻瘋院了。（旦作望見介）

【慶宣和】毒霧彌漫，先將雙眼兒迷。只聽得一聲聲鴞嘯狐啼。那壁廂便是我這苦人兒遷謫地，嚇得我倒避倒避！

（丑旦白）小姐，病院已到。俗語說得好，醜媳婦免不得見翁姑。咱們索性進去波！（旦垂淚點頭介）（俱下）

（臺上懸"婦女麻瘋病院"橫匾，净扮院主，引貼四人扮麻瘋婦女上，净中立，四貼分立介）

（净白）最毒人間是七情，黴菌息息復生生。身司病紫愁紅事，不讓蓉城石曼卿。自家麻瘋院主便是。說起這座女病院，確是官紳合辦的慈善事業，專收在地麻瘋婦女。這種婦女，每年總有數起到院，因爲恐怕這般惡疾蔓延傳染，所以入了這門，永不許出。歷年以來，瘐死這裏頭不少。名爲設院養痾，其實就是一具活棺材哩！（笑介）俗語說得好，靠山吃山，靠水吃水。老漢也是一個麻瘋人兒，管了這個病院，就靠這麻瘋婦女的口糧過活了。今日清閒得很，不免領幾個病人，坐在門口，消遣消遣者！（坐介）

（丑旦扶旦上，徑入介）

（净笑介）呀！智師父，今日什麼風吹到這裏？這位又是誰家女娘？

（丑旦白）呀，院主，你的生意又上市了。這位小姐，說起名頭，管叫你耳朵也震得聾，他就是這裏西山邱老爺的千金。新近患了麻瘋，特命老身送入貴院，此後諸凡仰仗院主照顧者。

（净吐舌介）哎啊！罪過罪過！失迎失迎！老漢何福，得睹貴人身臨賤地。喂！你們作速收拾一所乾净房間，給這位邱小姐安置者！

（四貼應聲，向前笑迎介）呀，邱小姐，想不到你也有入院日子，真正神仙跌入茅坑裏哩！呀！小姐，我們進去看看房間者。（衆簇擁旦下）

（净白）呀，智師父，我們這裏例銀帶來沒有？

（丑旦白）你這麻瘋頭兒，真是一個小氣鬼！碰著這樣財神爺到門，還怕沒有金錢到手麼？今兒沒工夫，改日同你前往邱府領取罷！請了，請了！（下）

（净笑介）這邱家老剥皮，是個出名的一毛不拔。要想他的金錢幫助，倒不容易哩！咳，不要忙，咱們嚇詐的法子多的狠，不怕他不雙手奉送哩！且進去看看這小姐再說。（搖擺下）

（旦愁容上，掩淚斜坐介）儂家到了這裏，已算是天盡頭了，那知更有說不完的苦處。剛才聽得同病的姊妹們訴說，這裏院主對於病人，非常虐待。若家裏有錢財花消，還不十分苛刻。倘遇了貧苦人家，沒錢補助，不但逼他當苦工，還要克扣飯食，弄得瘠餓，除死方休。咳，這種死囚牢，不曉得犧牲多少生命！像儂家命比遊絲，那能再經這番風饕雪虐呢！

【收江南】呀，恁的般漫空際地布陰霾，我不想後塵粥粥，步群雌。問青天何曾六月有霜飛，眼見得愁城瘐盡偷生鬼。對風凄露凄，更鶯啼燕啼，苦煞我娟娟季女嘆斯肌。

咳，儂家所靠者，只有父母兄弟，今日大劫臨頭，爺娘不認得子，哥哥不認得妹，天倫樂事業已絕望。想生平可稱知己者，只剩得陳郎一人了。哎，陳郎陳郎！你千里還鄉，亦知我麗玉墜此陷坑，暗無天日麼？

【尾聲】玲瓏紅豆嵌骰子，似這樣苦痛相思古所稀，誰則會縮短關河成尺咫！

咳，儂家痴了！陳郎已歸樂土，逍遙無礙，那裏看得見儂家落難呢！縱使陳郎不負儂家，也無從遠施援手了！（悲介）

（兩貼上喊介）喂！邱小姐，不要獨自傷心了！院主坐在外面，傳你快些出去點卯者。（兩貼擁旦下）

第十三齣　感叟

（臺上飾病房，器具布置零亂，旦病容束帕粗服上）（斜坐床沿流淚介）

〔青玉案〕花梢細雨愔愔過，早夜靜，重門鎖，纔上燈時人盡卧。凄凉天氣，凄凉庭院，咳，著個凄凉我！（嘆介）咳，儂家麗玉，自落了這病院之後，日盼家中遣人前來探視，那裏曉得音信杳然，真算是恩斷義絕了！但是好生惡死，人之常情，儂家害到這樣惡疾，怪不得家人弃我如遺，這也罷了！若論這裏院主，他明明也是個麻瘋人類，自古道兔死狐悲，看待我們理當大加憐憫，叵耐這惡棍居然藉勢凌人，種種虐遇。儂家初來時候，還不敢十分苛待，日又一日，積漸放肆起來。這是分明欺負儂家形單影隻，沒人存問，落得蹧蹋一場哩！儂家病入膏肓，危在旦夕，那能受此慘痛！這樣度日，著實難堪。咳！受了千灾不如一死！你看今夜他們睡得鴉雀無聲，正是儂家絕命的好時辰咯！（痛哭解帕介）（登杌子介）（懸帕打結介）噫，花娟月媚消磨盡，一縷柔魂繞素羅。（作將投繯介）

（舞臺旋轉）（臺上飾小庭，庭花散置無序，庭角作大磷火急閃介）（末扮黃海客鬼魂背劍猛躍上）

【仙呂】【點絳脣】苦海迷茫，愛河泱漭生魔障。兒女心腸，幻作非非想。

俺淮南黃海客是也。列位不要慌，俺現在不是個在世的人，俺現在却是個出世的鬼，說起俺生平，狠有幾句兒出場的話套哩！

【混江龍】則爲俺風塵骯髒，虎頭食肉願難償。投至得華年似水，老鬢如霜。俺也曾墜淚捫碑悲叔子，俺也曾酣歌拔劍哭王郎。俺也曾困青氈書堆顛躓，俺也曾披白袷客路徜徉。俺也曾謁公卿毛生名刺，俺也曾權子母金積餘囊。俺也曾感白傅青衫淪落，俺也曾慕朱家短劍生芒。俺也曾走名都鳴鞭挾彈，俺也曾過酒肆罵座飛觴。轉眼間墓門拱木，葫蘆提滄海爲桑。只落得五陵豪氣成陳迹，七尺枯骸付彼蒼。漫翱翔，算不了紅塵帳。留一段情天公案，待我平章！

呀，佛家說的話，却也不錯。果能生因，因能生果。俺走了粵西一盪，並沒有什麼建白，日月如梭，光陰似箭，像是打一觔斗兒，便作古了。想不到却引了俺的甥兒陳綺，千山萬水，尋俺不著，倒落了大圈套。想不到又虧了這位奇女子，捨命救他。現在好了，俺的甥兒也穩回故里了，俺的屍骸也歸正首邱了。這般因果，不是出人意外麼？

【油葫蘆】俺是有幸三生賦渭陽，因此上瘴江吾骨得還鄉。誰想那脫身嬌客原無恙，倒累了離魂倩女遭奇創。嘆人心似虎狼，奈世途多魍魎。眼見那明珠又落妖魔掌，由則你銅人鐵漢也心傷！

現在這位邱小姐，苦痛也受得够了。他這般委曲，除了甥兒沒人曉得。他這場磨折，除了俺也沒人曉得。這事看起來，好像與俺做鬼的不甚相干，但是這些草蛇灰綫，却算由俺起點的哩！俺不理他那個理他？（作驚顧介）呀，不要說閒話哩，救人要緊！你看這位小姐，不是在那裏打秋千麼！火速火速，不要差一點兒！（作推窗介）

（舞臺旋轉）（旦作投繯介）

（末從窗上躍介）喂，慢點慢點！俺來也！（拔劍猛揮介）（帕中斷懸，旦墜地暈絕介）

（末喊介）醒來醒來！俺在這裏！

（旦悠悠蘇醒，見末驚介）

（末）不要慌，不要慌！俺在這裏救你哩！你爲什麼自尋短見呀？

（旦起坐地上，四顧神定，悲介）呀，你是何人？爲甚來救儂家呀？你怎麼曉得儂家尋死呀？

（末）俺就是這病院的緊鄰。你哭了半天，俺覺得有些蹊蹺，特地尋聲前來的！

（旦哭介）哎啊！儂家自願尋死，不幸被你撞著，你不是救了儂家，簡直就是害了儂家了！

（末）呔，說什麼話！天下那有見死不救的道理麼！你碰著俺，多大幸福哩！

【天下樂】難道你不要烈烈轟轟也做一場？賽兒郎，是女娘。你既是到人間，要遍將這苦楚嘗。是真金不辭烈火煬，是奇花自留晚節香。有錦片的好前程，休絕望！

（旦搖頭介）哎！老人家，莫怪儂家挺撞了你，你不曉得儂家來歷，這話對了別人說，還可破涕爲笑，對了儂家說，真是不入耳之談哩！儂家夙世冤愆，現身孽報，還有什麽希望呢？儂家若起了貪生怕死的念頭，早已逍遙自在，不到這般狼藉了。

（末笑介）哈哈，難道你一向所做的事，俺不曉得麽？你以爲你的苦心孤詣，天壤間只有一個陳綺明白，此外並無別人堪以告語麽？你以爲救了他人，捨了自己，便算得功德完滿麽？

（旦驚訝介）哎啊！老人家，你莫是仙人麽？怎麽曉得儂家這般親切？

（末笑介）豈敢豈敢！俺不是仙人，俺只是個凡人，俺這人頗善推測世人心理，曉得過去未來哩！

（旦）儂家的心理，不是這般！不瞞你老人家說，儂家前日救了陳郎，不過惻隱一念，並無他意。

（末笑介）不錯不錯！你當初救他，在事理上叫做取義成仁，在心理上就叫做因憐生愛。若道你不愛他，這話也說不過，但是你愛了他，不能叫他不愛了你。情緣愛生，愛因情篤，不論什麽千灾百難，這愛情是永不絕滅的！你不信呵，俺便說幾個古人給你聽罷！

【哪吒令】你不見那祝與梁，有如許深情獨往。你不見那崔與張，纔叫做痴心沒兩。你不見那鴻與光，是何等風流自賞！你展開雲有心把皓月藏，你掠東風無意把微波漾。難道是金針忘却度鴛鴦！

（旦俯首沉吟介）呀，你老人家猜却猜得著了！儂家原不是無情之輩，陳郎也算是多情之人，這番意外遇合，儂家自是念念不忘。怎奈儂家害了這般十死之症，別無所望，就是天天念他，也不能苟延殘喘，倒不如早决一死，還算是完全身殉哩！

（末）你這樣想頭，又弄錯了！

【鵲踏枝】你慢悽惶，休慮長。雖則是二豎爲災，害得你一病郎當。自古道吉人天相，何處覓不到扁鵲青囊。

（旦搖頭介）哎，老人家，再莫要冷嘲熱諷罷！天生儂家，簡直算是個不祥人物，吉從何來？儂家這病，若有醫藥，也不至串出這段把戲了！你老人家不要儘勸，還是讓儂家死了乾凈！（掩面哭介）

（末搖手介）呀，像小姐這般節烈，俺何敢妄加嘲笑？須知俺是一片熱心，語出肺腑，你若不相信，認定一死，不但於你絲毫無益，倒便宜了這院裏惡棍，多添了一筆收埋銀兩罷了！

【寄生草】則盼你莫替魚添餌，休隨虎作倀。須知道置身陷阱雖無狀，暫投泥溷非爲枉，自經溝瀆誰相諒！（笑介）俺有句笑話，你說串出這段把戲，你若不死，這段戲文還有趣味！不爭你呵一旦冰銷玉碎付沉淪，却難爲了後日稗官野史停歌唱。

（旦）哎，你老人家不要愈說愈遠罷！儂家苦命的人，生生死死不過野馬塵埃，烟銷雲散，那裏還有閒人爲儂歌泣呢！儂家漫漫長夜，待旦無期，苦在心頭，遲早不出一死，未免辜負你老人家好心哩！

（末）小姐，你未免太性直了！俺勸你休死，是確有見地的！

【後庭花】你也莫怨如年深夜長，也莫恨西風砭骨凉。你好把那愁懷閒處放，任踉蹌。衹要你留得個形骸健在，看取這美滿韶華一例償！

（旦）哎，老人家，你不曾設身處地，自然會說這冠冕的話！比如你做了儂家，就未免這般見解，恐怕歸局還是以死爲樂哩！

（末背介）你看俺這般苦勸，他還是那樣執拗，索性待俺說謊幾句嚇他一嚇罷！（向旦介）呀，小姐你還說死了快活麽？

【青歌兒】你只道新翻花樣，設瞧見那九幽情況。說的是見了閻摩百苦忘，那知道枉死城長，永別臺荒。日月無光，烟霧飛颺。劍樹刀崗，不見穹蒼。烈火寒霜，鬼哭神嚷。聒耳蜩螗，滿目豺狼。則任你心空一切也驚惶，纔悔得不若偷生一日還清爽！

（旦錯愕介）呀，老人家，你不是鬼，怎麽說得鬼話連篇？令人毛髮森然！我不相信，死了還是這般苦惱的麽？

（末）呀，小姐，俺這話句句不謬！古語說得好，世間最難得者人身，陰司地府，本非樂土，勸你還是看俺薄面，除了這個念頭罷！

（旦沉思良久介）是了，儂家便聽你老人家教訓，暫時留此殘生罷！

（末喜笑介）好了好了！

【賺煞尾】聽我老人言，收起輕生想。看萬古蟲沙蒼莽，也只讓那奇女奇男垂影像。比似你這般雪月冰霜，豈尋常？是別具俠腸，儘給那巾幗鬚眉留榜樣。不虧俺這護法的金剛，救災的符將，管教你這半生苦節付汪洋。

小姐，你既聽了俺的好話，別事再從長計議罷！這裏地臢，你不要儘坐在那裏，起來好好睡覺波！

（旦從容起立，向末斂衽介）哎，老人家這般獎愛，何以克當？儂家剛才多多冒犯，休見罪罷！

（末）不敢不敢！小姐你自己保重，俺去也，改日再來看你罷！（開門竟下）

（旦倚床坐介）呀，這位老翁俠氣逼人，所說的話句句打入儂家心坎。不意世上竟有這等熱腸的人，叫儂家不得不依從哩！哎，滿拚白練捐軀去，却遇黃衫援手來！（下）

第十四齣　引逃

（臺上作大磷火猛閃數閃，末輕裝背劍飛躍上）百感輪囷老淚潸，空空妙手到人間。等閒翻却閻浮案，要贖明妃返漢關。俺黃海客鬼魂便是。俺自從勸解邱小姐之後，便想走回淮南一盪，報知俺的甥兒陳綺，引他重到粵西，設法救這小姐離了病院，再行求醫下藥。怎奈程途遼遠，就讓俺鬼魂能彀飛行絕迹，也非旦夕所能往返。這一面又放心不下。那天殺的麻瘋院主，毫無愛憐少女之心，常有逼殺病人之慘。俺離開此地，萬一這小姐被虐不過，又起了輕生念頭，暗中沒人擁護，施救不及，不但误了小姐生命，還要再貼一個俺的甥兒生命。就是這部劇本，也變做哀情恨事，便要從此擱筆了。俺的罪過可也不淺！俺想到這裏，衹得轉一灣兒算計，不如待俺自救這小姐出險，一直送到俺的甥兒那邊，豈不直捷了當呢！（點頭介）（撫掌介）哈哈，不錯不錯，說不得辛苦一程罷！

【雙調】【五供養】誰說是女媧皇補天難，須知道天理如環，從缺陷，卜團圞。俏佳人，真才子，少不得絲牽繩綰。再莫攪那彩雲散，消災呵宜早，解厄呵休緩！

（仰首四望介）（虛指介）嗳呀！你看這小姐，又在病院那裏墜淚哩！善哉善哉！苦楚難挨！俺今不救，等待誰來？喂！列位不要笑俺也說出這幾句陳腐的鼓詞兒，其實小姐到了這步田地，除俺以外，再沒有第二個做他的護身符哩！

【新水令】眼見那死囚牢化做望夫山，沒飛槎怎通天漢。誰爲青鳥使，度彼玉門關。相對泛瀾，忍袖手從旁看。

且住！俺便這般打算，俺却不知道小姐果肯聽俺指導，慨然相從與否。論起這位小姐，賦性堅執，尋常勸勉的話，萬難入耳。幸得俺的三寸舌頭也不弱，總要罕譬曲喻，說到他心悅誠服方休。今日天朗氣清，山明水秀，確是旅行佳日，待俺入院，探一探小姐意見罷！（虛下）

（舞臺旋轉）（臺上飾庭院一所，樹木森疎，盆花散列。旦亂髮敝衣，形容慘沮，手携竹帚，遍掃地上落葉，復擄吊桶，蹲在井邊汲水，遍灌庭花畢，力弱不勝，坐在階沿嬌喘介）

〔菩薩蠻〕惱人不怪紅鸚鵡，猙聲狺語凌人苦。病骨已支離，怎禁傖父欺。澆花頻照井，不見當年影。密閉網羅中，曾無信息通。儂家麗玉，自陷病院之後，受不慣院主百般虐待，滿拚一死，却賴鄰家老叟，良言解勸，只得暫留餘喘，勉爲殘生。叵耐那惡人，既無感化之期。這怪病更無告痊之望。儂家長此閉置，日坐針氈，豈爲良策呀！陳郎陳郎，你知道儂家這樣苦痛麼？你能彀飛身到此，看儂家一遭，儂家死也瞑目哩！（流淚悲介）（籬門微開，末從樹下大踏步入介）呀，小姐，幾日不見，尊榮清減許多了。今日又爲甚麼事坐在這裏悲痛呀？

（旦驚顧介）（拭淚起立介）呀，老人家，難得到此！儂家並無別事，不過俯仰身世，傷心罷咧！

（末點頭介）小姐真是多病多愁，容易傷心。

（旦）你老人家，不曉得此間院主毫無人性。一般姊妹們怕其威焰，勉承意旨，爲奴爲婢，供其驅使。有幾個沒廉耻的，還給他疊被鋪床哩！儂家生性屈強，不受逼脅，屢遭毒罵。幸得姊妹們心腸較軟，力替儂家排解，纔派儂家管理這座花園。眼前雖沒甚危險，遲早必遭在這惡魅手中。你老人家勸儂休死，到底無益哩！咳！去日不如來日苦，禍根全是病根招。（掩淚介）

（末搖手介）不要哭！不要哭！聽俺一言！

【後】你是一塵不染美紅顏，怎禁這沒來由的病兒摧磨得慘。眼前事莫閒管，休坐待那海枯石爛。怕甚麽來日艱難，一瞥瞬星移物換！

（旦嗚咽介）呀，你老人家不必以空泛之辭虛相勸解。儂家爲天所忌，墜劫甚深，早已心灰望斷了。

（末）呀，小姐！俺今日前來看你，决不說空泛的話！你久陷此間，原非長策。俗語說得好，三十六計，走爲上計。俺勸你離開病院，自由行動罷！

【喬木查】還說甚心灰望斷，從來好事多磨難。莫學那駑駘空戀棧。你但出這牢門便眼界寬，不強如長夜苦漫漫！

（旦搖頭介）這裏雖是病院，那惡棍守衛頗嚴。儂家奄奄弱息，插翅難飛。這話不是空說麽？

（末）那不要顧慮到此！俺久在鄰居，難道這裏機關，倒不如你們熟悉麽？祇要俺肯幫一臂，不要說你一個人，就是放走全院病人，俺也能彀擔保得他們遊行無礙！

（旦）呀！老人家，你既有這般法力，何不陸續盡把那受苦的姊妹們放却？也算絕大功德！單救儂家一人，未免偏心哩！

（末）呀！小姐，你真是痴人說夢！古語云，救人須救徹。救人容易，救徹則難。况且他們孽重灾深，自作自受，並無可救之價值。只有你一個人，在天理上不當久遭冤抑！

【攪箏琶】你消受了憂和患，眼睜睜祇盼這魔劫有時滿。似這般錮病耽愁，越越的懸心吊膽！你眼前勢已瀕危，俺不得不早施援手。至於他們，儘可勿庸替他著急。你身墜貔豻，空奢望普濟雲帆。休管！能彀自家登彼岸，再計痌瘝。

（旦停思良久，點頭介）呀，難爲你老人家一片熱腸，但是儂家離開此院之後，何處投泊？難道還得重返家門麼？

（末搖手介）不是這般算計！你的家人，早已不認得你，你冒昧走回，不是自投羅網麼？

【沉醉東風】是毒霧橫迷家山，是冤雲鎖斷鄉關。莫想鳧雛傍母眠，何妨柳絮因風散。望天涯前途坦坦，摒擋他雨臥風餐，收拾起愁眉淚眼。

（旦）這般說難道要儂家東奔西走，便算了事麼？

（末）豈有此理！飛鳥尚且投林，何況一個青閨女子抱病在身，倒沒有栖止的所在麼？

（旦）然則要儂家投到那裏纔好？

（末）你不是旦暮在心有一個陳綺麼？一徑往投陳綺，豈不甚好？

（旦沉思介）是咯，儂家除他之外，著實沒有投靠地方。只是儂家以垂死之身，奔馳千里，孟浪投人，難必他肯否收納。還是先捎一封書信知會他，豈不千妥萬當呢？（末搖頭介）

【喬牌兒】快莫說那傳書遞簡，從何處央魚覓雁。王郎天壤，苦把嬋娟盼，這恩情寧割斷！

你既信陳綺是個有情有義的男子，俺料他這些時，定在那邊掛念你哩！你一投到之時，斷斷無不歡迎之理！

（旦）這般遠路，儂家病體弱質，恐怕走殺還走不到哩！

（末）小姐，你不要慌，天下無難事，只怕情不鍾，你既是這樣情深義重，還愁什麼路遠呢？

【甜水令】兩地相思，三生誓約，關河難限，只索路兒能通，脚兒能達，情兒能綰，遑問他萬水千山。

（旦點頭介）你老人家說得有理，儂家情願冒死一行。只是儂家自幼不出閨門，這些東西南北還辨不清，那裏便識得路徑？儂家記得陳郎原籍淮南，這淮南到底在何地呢？

（末笑介）呀，小姐，這一節更不消慮到。

【折桂令】地居處料不出塵寰，你能彀力疾奔波，晤面何難。你也不怕路陌生疎，你也不憚行旅孤單。俺則願明月清風爲侶伴，閒雲流水同飄散。繞遍了天山，踏穿了雲棧，飛越了金川，平登了銀漢。

（旦）呀，老人家，你莫是認得陳郎麼？

（末）豈但認得，淮南是俺祖籍，俺與他原是同鄉哩！

（旦鞠躬介）呀，失敬失敬！原來你老人家也是淮南人氏，怪不得口音酷似陳郎，儂家不敢動問尊姓大名。

（末笑介）俺的姓名，到也不勞下問。俺一生玩世，四海爲家，路見不平，拔刀相助，這便是俺的脾性，你見了俺，隨便怎麼呼喚都好！

【錦上花】俺本是日暮途窮，卧薪嚐膽。今日個俠烈心腸，見馬思鞍。但願你倆夫妻，成就了錦簇花團。千里姻緣，一雙睍睆。

（旦）你老人家却喜歡說笑話！儂家命等懸絲，運如轉燭，那裏還有這般艷福？僥倖未死，得見陳郎一面，於願已足。至於意外希望，儂家連做夢都不曾想到哩！

（末笑介）塞翁失馬，安知非福？你眼前不信俺的話也罷，到了日後纔覺得俺不是說笑哩！（仰視介）呀，日已過午，時光不早，閒話休提。你既决心，今日風和日霽，正可乘機出院，索性隨俺上路罷！

【後】則要你知道俺意拳拳，言款款。你也莫恨會少離多，你也莫愁亭長驛短。一聽俺仗劍橫秋，鳴鞭戒旦。終始提攜，全無破綻。

（旦）你老人家一味豪爽，令人欽仰，儂家自當從命。但是行便行波，那些一路盤川，必須打算，儂家隨身幸剩釵鈿數事，諒可換得銀錢。只怕水遠山遙，青黄不接，如何是好？

（末）這是微末的事，俺儘可代籌。不彀時再用你的釵鈿，萬一再有不敷，行乞也行乞得到地，愁他則甚？

（旦破涕爲笑介）難得老人家這樣好心！儂家末由報答，愚意欲認爲父女。一則藉此稍伸綿薄，二則長途跋涉，較爲便當些！

（末）言重言重！俺孤雲野鶴，顧影自憐，並無享受兒女的幸福。惟是小姐若慮途中不便，權認父女亦無不可。

（旦喜向末拜介）呀，爹爹既已承認，女兒便在這裏拜見了。

（末答揖介）不敢不敢！小姐既是怎般，俺倒不好推辭，只得斗膽以女兒相稱了。

（旦）呀，爹爹，便是這般上路麼?

（末）呀，女兒，語云：守如處女，出如脫兔。時不可失，事不可延。走波！走波！（向外指介）這裏籬門之外，轉一灣兒，便是俺的住舍。再轉一灣兒，便是陽關大路。且喜俺一身以外，並無轇葛，索性也不回家，就此動身罷！

（末推開籬門，促旦速行，旦疾步出，末後隨介）

（舞臺旋轉）（臺上布野景，緑陰蔭翳，路徑高低，旦數步一躓，末以手挾旦行介）

【清江引煞】俺送你呵，冷風殘月度桑乾，敢說司空慣。護了紫雲行，打起黄衫扮，管教這一場離合成美滿。

呀，女兒，你看夕陽西下，纔走了五六里路。似你這般不會走呵，便走一百年，也不會到淮南。俺囊中帶有健步妙藥，你坐在樹根，脫起鞋襪，待俺打起火來，燒著藥末，烘一烘便會走了。

（旦點頭介）（末取出火器，打火燒藥，旦脫鞋解襪烘介）

（末）覺得怎樣?

（旦）此藥甚佳！現在兩脚毫無酸楚，且更加強健許多了。

（末）既如此，起來走罷！（旦穿起鞋襪行介）

（末）須嘗行露宵征苦。

（旦）不作凌波款步遲。（同下）

第十五齣　途唱

（臺上布野景，末短衣背囊上，旦衣衫襤褸後隨介）

〔酷相思〕（末）一抹瀟湘聞雁語，閒領略湖山趣。問露白葭蒼誰是主，踹遍也天涯路，覓遍也天涯路。

（旦）覓覓尋尋郎去處，消受得奔波苦。悵影合形離儂與汝，不見也悲無數，便見也悲無數。

（旦白）呀，爹爹，這裏是什麼地方？離淮南還有多遠呢？

（末）哎，女兒，咱們纔到湖廣地面，淮南還差得遠哩！

（旦）哎呵，怎麼這般難到呢？

（末）呀，女兒不要性急，還有一半路哩！咱們這般廝趕著，總有一天到地。你且飽看這沿途風景，解解愁煩波！（旦四望介）

【正宮】【端正好】亂山愁，斜陽悄。丹楓外，秋色如潮。懷人獨抱傷心調，目送南飛鳥。

呀，爹爹，咱們一路曉行夜宿，渴飲饑餐，雖算是辛辛苦苦，還沒有什麼嘔心的事。只是如今盤川不够，爹爹的銀錢，儂家的釵釧，都用空典盡了，如何是好？

【滾綉球】客況寂寥，前程浩渺。未中途，行囊空了。問西風大家是落葉林梢。（末笑介）盤川告罄，原是一樁不如意的事，但這些細事，還不算十分爲難，不比你在病院裏頭那般苦楚哩！（旦笑介）比較起來，無拘無束，自然今勝於昔了。冒風淒雨瀟，度山亭水橋。嘗過了萬千荼蓼，對這苦旅行轉覺逍遙。但是旅費空乏，寸步難行，咱們必須早些打算方好！（末）俺的意思，那些陌路生疎，借沒得借，只得行乞了。論起乞食一途，自古英雄豪傑落魄窮途，多曾經過這般行徑，咱們何不也演一演這段劇本呢！（旦笑介）乞食沒有什麼耻辱的事，只是咱們如何乞法呢？（末思介）俺從前走遍江湖，也曾學唱道情兒，如今這囊裏帶有洞簫一枝，漁鼓一具，今日用得著了。女兒你編一兩套曲兒唱起來，俺打鼓也好，吹簫也好，只要和得合拍便佳！（旦）漁鼓如可當了拍板用，恐怕儂家也會打哩！（末）不錯不錯，當了拍板打更妙！那末俺就單吹著洞簫罷。（旦笑介）想不到我趙五娘呵乞起淮陰飯，你伍大夫呵吹將吴市簫，一例牢騷！

（末探囊出洞簫、漁鼓，旦取鼓試打介）

（末）呀，妙極妙極！引商刻羽，天然音節，女兒你真是絕頂聰明！這鼓兒不用俺教授了，你就編起曲兒來罷！

（旦）曲兒倒不用編，就把儂家經過的苦情，隨意譜些出來罷！

（末點頭介）這樣更好！俺這洞簫的調兒，但隨你的鼓兒抑揚頓挫罷！你看前面村莊，人烟稠密，過客必多，咱們便走到那裏演他一回，豈不甚好？

（旦點頭介）（末前行，旦隨介）（虛下）

（舞臺旋轉，臺上飾寬闊市場，衆扮老少男女、士農工商各流品上，三三兩兩，隨意聚談介）

（市場後樹木陰森，簫聲悠揚宛轉，自林間出）

（衆停耳介）妙呀妙呀！何處簫聲吹得這般動聽呀？

（末吹簫從林後轉出，旦手執漁鼓後隨，衆屬目介）呀，原來是江湖上賣技的！喂，老頭兒，你這一枝洞簫吹得好出色呀！

（末停吹介）不敢不敢！見笑見笑！

（衆指介）呀，這位女娘面目疥癩得很，像得了什麽病似的，是你老人家什麽人呀？

（末）這個是俺的義女兒，他自幼得了麻瘋怪病。他唱得一口好曲兒，打得一套好鼓兒。他面目雖不乾凈，技藝却算超凡。諸君若不厭煩，待俺叫他唱一兩出，給列位們賞鑒賞鑒何如？

（衆鼓掌介）妙極妙極！（招手介）來呀！你們都來聽這個女兒先唱曲子呀！

（末引旦走入廣場中間，衆中一人，端兩張椅兒，給末、旦坐介）那你倆父女坐了好唱呀！

（末、旦拱手謝介）（衆打圈介）（旦坐定，手點漁鼓咚咚咚，轉入正宫北調介）（末吹洞簫和介）（旦提高嗓子唱）

【貨郎兒第一轉】破題兒提起那人生苦惱，且慢說這窮通壽夭，先問他前身播種甚根苗。衹有這活冤愆難擺脱，惡因果未勾消，免不得向著火焰山中走一遭。

（旦鼓少歇，末簫暫停介）（衆嘆賞介）呀，這曲兒有點趣味哩！這裏頭冤愆咧，因果咧，到底指著那一個呢？

（旦墜淚介）呀，諸君呵！俺這段曲兒不指別人，是單指著儂家說哩！說起儂家出身，原是個好女子，不是這樣麻瘋人兒呀！（嘆介）咳，早知今日，何必當初，不說當初，安知今日。諸君休慌，聽俺慢慢說下去罷！

（末簫聲復起，旦點鼓介）俺的當初是怎麼樣呢？

【二轉】問年齡燕鶯嬌小，論身世綺羅華好，博得個翡翠嬉嬉戲蘭苕。倚庭階寸草自苗條，對鉛華也自賞青春妙。似這樣娉娉裊裊，儘消受二月風光荳蔻梢！

（簫鼓暫歇如前）

（衆）哎呵，你原來是個千金小姐！小姐呵，你既是大家女子，父母在上，自然愛如拱璧，那這衛生學理必定研究到十三分了，怎麼會害到這麻瘋惡疾呢？

（旦白）呀！列位不曉得俺這毛病先天就有，不是後天得來的呢！（起簫鼓介）

【三轉】休戀戀這庭闈色笑，轉眼兒那無常便到，一任你珠圍翠繞百般嬌。怎奈未出胞胎留缺陷，遺傳黴毒更蹊蹺。說甚麼屆破瓜提防宜早，說甚麼過標梅迍邅怎逃。須知道飛災不饒，天刑難消，沉疴誰療，拼得個斫喪銷磨命一條！

（簫鼓暫停介）

（衆）原來如此！可憐可憐！咱們聽得人說，粵西邊界瘴氣最盛，女子多有癩疾。小姐，你莫非粵西生長麼？（旦點頭介）

（衆）呀，小姐，難道這種毛病，沒有法子醫治麼？

（旦）醫法儘有，怎奈儂家做不到哩！（簫鼓提高一調介）

【四轉】想不透那大方家刀圭乖巧，憑習慣苗蠻峒獠，說的是除了瑤琴假奏瑟虛調，身難保。逢人賣笑，背人獻俏，渾不覺顏皮老。逞著風騷，稱著心苗，不管他誰氏兒郎都籠罩。任意兒煽狂飆，鼓洪濤，弄得個山川草木盡腥臊。似俺呵撫良心，這冤孽潑天寧肯造！

（簫鼓暫停介）（衆嘆介）哎呵，原來小姐是個貞烈女子，不肯隨波逐流傷風敗俗，真真可敬。但是身命所關，難道你的父母眼巴巴看你的麻瘋發作

不成？（旦搖頭介）（起簫鼓介）

【五轉】俺的父母呵，憐弱女針砭莫療，覓贗婿絲羅遠招。不想呵，瘦書生絮泊更蓬飄。魚入網，鳥投巢，驀生生把鴛鴦做一筆描。這叫做狹路寃家，相逢怎饒。可憐俺臨場無計弄開交，沒奈何洞房中預乞雙星巧。祇一片憐才心好，暗地裏網開三面放屠刀，雖則名花並蒂也魂銷。虧的是武陵櫂引棹，秦苑假吹簫，眼睜睜直縱這秋隼凌風上碧霄。

（衆鼓掌贊嘆介）（簫鼓暫歇）

（衆）哎呵，難得難得！這位小姐，真是捨己救人了！像小姐這樣好心，理該不害麻瘋，纔算得天公有眼。恁般好人還落了局，可見"善惡到頭終有報"，這話是靠不住的咧！

（旦白）呀，列位呵！休說這報應不報應的話，儂家當時雖算是捨己救人，總不免瞞父欺母的罪過哩！（簫鼓轉一折，漸入急調介）

【六轉】俺這些時呵，羞答答蛾眉輕掃，悲切切犀心私禱，却祇望輕輕巧巧、平平穩穩度昏朝，保得我這清清白白閨娃操。却不料寒寒燠燠、昏昏曉曉、悽悽慘慘、憂憂悄悄，憑空惡劫前來到，弄得個僬僬僥僥、膚皴肌燥，把那嬌嬌滴滴的身，換了癬癬疥疥的貌。轉眼間拋却那憐憐愛愛、疼疼熱熱膝下恩膏，投至得煢煢踽踽、孤孤孑孑栖身溝潦，真叫做紅粉骷髏混一淘。

（簫鼓餘音未歇，衆嘆介）哎，可憐可憐！這真正叫做大限難逃哩！呀，小姐，你只爲吃苦辭甘，竟至沾泥墜溷，你也未免忒熬自戕了！

（旦長喟介）呀，諸君呀！儂家自戕原是出於無奈，想起俺當時的主意，却也不錯哩！（鼓聲再起，洞簫轉入慢調介）

【七轉】說起那女人身，松筠節操。墜風塵，便花凋葉凋。胭脂隊何處沒妖嬈。可憐他愛河中剗盡了情苗，怎怪他歡場中叢生了苦蓼。似俺呵，幸福自犧牲，願寂寥，甘枯槁，都只爲不學那醜裙釵，別把琵琶抱。到今兒纔留得個一片冰心如日皦！

（鼓聲漸轉悽切，簫聲嗚咽悲凉，衆感傷介）（旦續唱）

【八轉】嘆人生形骸非寶，論宗門慈悲爲要。似俺呵，前生孽重墜塵囂，說什麽自繇自繇。念微軀入世已無聊，算紅顏薄命原非少。儘蕭條也麽哥，任飄飄也麽哥，淚珠兒自澆。怎忍的波及無辜，嫁禍輕佻，惹千人耻笑耻笑。落得個病燕哀鴻，逐隊跟淘，拼此生弱命隨秋草。卧芻蕘也麽哥，葬蓬蒿也麽哥。葬蓬蒿，還算是惻隱心腸好結梢！

（簫鼓暫歇，旦下淚介）呀，諸君呵，俺的出身節略並及得病根由，算也略述大概了。只是俺這回隨俺寄父，冒病南行，却有一段隱衷，還不曾表出哩！諸君再聽下去者！（簫鼓再續介）

【九轉】俺如今長途跋涉呵，難道是尋覓那仙家桃棗，纏綿處衹有這情緣未了。想當初魚和水，漆和膠，雖是個乞玉杵虚渡藍橋，開錦幄虚駕雲軺。意星星早許他個山河偕老，拼這身子兒似劫灰般廝燎。奈這心頭兒早月明般相照，生生泥雪留鴻爪。到今兒隔河梁思君窈窕，望雲山尋郎繚繞。這途中經多少雨虐風饕，更兼是囊空如洗乏錢鈔。一路上受不盡那揶揄譏誚，只贏得炎凉世態蒼蠅吊。安得仁漿義粟隨緣掉，助得俺馬當風順度蘭橈。則俺的感激諸君呵，再世銜環還結草！

（衆悲傷墜淚，同聲贊嘆介）（簫鼓暫停如前）（衆爭擲銀錢，或爭饋乾糧餅餌介）（末向衆拱手，旦鞠躬致謝介）

（衆）呀，小姐，請問你倆父女們，此行須到什麽地方呢？

（旦）俺的郎君原籍淮南，俺走到淮南再不走了。

（衆）小姐不但貞烈驚衆，更加一往情深，聽這幾段歌曲，也算得人世無兩了，哎小姐呵，咱們萍水相逢，挽留無計，不知何年何月再得一聞你的絕調哩！（衆多掩泣介）（旦復坐點鼓，末洞簫作激昂慷慨壯調介）（旦唱）

【尾聲】俺不過恨人自把哀情道，你諸君快不要入耳辛酸熱淚抛，須知道情天苦海多煩惱。俺唱畢這歌兒呵，向淮南走遭，向淮南走遭，好收拾這簫鼓，夕陽長别了！

（旦鼓逢逢作結束調，末簫聲悠曳，隨鼓戛然頓止介）（旦起向衆斂衽，末

收拾行囊，向衆作禮告辭介）（同下）（衆漸散，四人吊場介）

（甲）咱們被這女昆生，騙去了多少眼淚！說起他的身世，真正第一個苦人兒哩！

（乙）我看這個小姐，可惜害了麻瘋，不然真是個絕代佳人哩！

（丙）你怎曉得？

（乙）我耳朵聽他的曲兒，眼睛便瞅定他的臉兒，他的神情態度，剛健婀娜兼而有之，這天然美貌，不是麻瘋可以遮掩的呢！

（丁）便是他這套曲兒，也非江湖賣技的能彀趕得上，只惜我們都不是他的知音哩！

（甲笑介）知音說與知音道。

（乙）不是知音莫與論！

(丙)此曲祇應天上有！

（丁）人間能得幾回聞！（俱下）

第十六齣　抵淮

（臺上布野景，河流屈曲，野樹蕭疎）（末短衣背囊，旦亂頭破衣同上）

〔如夢令〕（末）汗漫江湖如戲。（旦）冷飯殘羹風味。（末）零落已多時。（旦）屈指一年將至。（末）慚愧慚愧！（旦）今日權收眼淚。

（旦指介）呀，爹爹，聞說淮南將到，那邊澌澌流水莫是淮河麽？

（末點頭介）不錯不錯！這水便是淮河。但須向南再走幾程，繞盡此河，纔到禹迹山哩！

（旦微笑介）走遍千山萬水，何怕些少程途？儂家這般勞瘁，不信也有歇步的日子。哎！莫非老天可憐見儂家，替儂家縮短了地麽？

【越調】【鬥鵪鶉】一任他地角天邊，冰河瘴海，祇仗俺一片精誠，千般忍耐，也到了悔罪靈山，懺情法界。俺呵，受盡苦，倒盡煤，今日個方能彀打消他夙世冤愆，還净他前生孽債。

（自視身上介）呀，咱們倆趲程辛苦，沐雨櫛風，不覺變了完全的乞丐行徑。真是天下無難事，一學便會，一會便慣了。爹爹，你看儂家身上，成了什麼樣子哩！

【紫花兒序】可憐俺呵罄空了行橐，破結了鶉衣，碎裂了弓鞋。（末笑介）呀，女兒，患難總有圓滿之時，咱們只怕走不到，既到這裏，你便交了好運了。此後灾蠲福至，夫唱婦隨，大有希望哩！到了那時，你要想襤襤褸褸，再做今日的乞丐，恐怕做不成功了！（旦搖頭介）呀，爹爹，儂家見了陳郎，便完心願。至於意外團圓，著實沒有這些痴想。你只道春噓寒谷，怎生般苦盡甘來。痴呆！無非是葉落歸根土一堆，贏得渠儂相對。似恁般破甑難完，再休題鏡明重揩。

（末）呀，女兒，天下事翻翻覆覆，不是逆料得到的。俺勸你只從好處著想，不要向絕處著想，便免得許多無益的愁煩了。你看前面河流回抱，峰勢蜿蜒，一路風景，漸漸引人入勝，不減一幅倪雲林畫本也呵！（指介）呀！好了好了！那禹迹山不就在前頭麽？（旦望介）

【小桃紅】山重樹複繞長淮，曲曲流如帶。地靈人傑真相配。想多才，料應不在青天外。呀，這裏山明水秀，怪不得生長陳郎這般英俊人物。儂家到了此地，靦顏求見，想陳郎情深義重，諒不至託故回避，辜負儂家一片苦心了！（末笑介）痴心女子負心漢，世上原也不少。若論陳綺這人，俺深曉他决不是這種人類。你儘可放心罷！呀，說話之間，不覺又走了數里。（指介）你瞧麽！這座山青蒼獨秀，便是有名的禹迹山。山下人烟稠密，村居櫛比。那向南傍河一家，有酒望一竿，挑出樹杪者，便是陳綺居處了。（旦喜介）呀，陳郎居處就在那邊麽？這一派風光自佳，青帘高掛，遙指杏花開。

（末）呀，女兒，你既認得陳綺家中，你儘可自己登門尋訪。俺到了故鄉，急待回家省視一遭，如今恕不陪伴，就此告別罷！

（旦驚惶，緊牽末袖哭介）噯呵！爹爹呀！你不要去呀！儂家一載賴你扶持，何在多留片刻？儂家羞答答的年輕女子，更加抱病在身，今日初次登堂，全仗你爹爹引進。爹爹若去，儂家未免進退兩難哩！

【天净沙】感熱腸一路追陪，念隆情未答涓埃。可憐俺父女相依離不開。你恩深似海，怎忍得到臨場撒手懸崖。

（末）這些感恩報答的話，不過世俗虛套，你我儘可無庸提及。譬如你這樣貞心苦節，就沒有俺來救助，暗中也總有鬼神呵護的！俺這番出力，也不過盡俺的義務，並沒有什麽功德於你，何必念念不忘呢！至於俺既到這裏，不能再伴你登堂，却有許多曲折之處，現在不便見告，過後你自會明白哩！但有一言奉託，你若見了陳綺父子，只言黄海客寄聲問好便了。珍重珍重！俺去也！

（旦緊牽末袖不放，淚如懸珠，一慟幾絶介）呀，爹爹，你怎忍得割捨儂家呀！

【調笑令】論起儂家呵，是枯荄，枉栽培，辛苦提携到此來。纔説得一聲分背，猛回頭略不徘徊。霎時間教人腸九回，險些兒跌倒塵埃。

（臺上作大磷火猛閃，末拂袖，旦暈幾跌介）（末虚下）

（旦驚四顧介）嗳呀，剛纔青光一閃，爹爹那裏去呀？

【禿廝兒】分明是蒼烟翠靄，難道是鬼使神差，莫非我眼花撩亂瞎自猜。哎呵，我的寄父呵！你來時有伴去奚歸誰偕。

（驚定沉思介）呀，他説是黄海客，這姓名爛熟得很呵！是了，他便是陳郎的阿舅哩！他分明已死，何以再生？他分明是鬼，俺錯認他是人，煞是怪事，煞是怪事！但儂家既蒙他引到這裏，醜媳婦免不得見翁姑，只索見了陳郎再説。管不得什麽羞澀，索性前到那酒家一探者。（行介）

（舞臺旋轉）（臺上飾街市，臨河酒肆一家，衆雜坐座頭，猜枚酣飲。副末著犢鼻褌當爐，笑容可掬介）（旦上遠立睇視介）

【聖藥王】傍市街，倚水隈，柴門兩扇爲誰開。聽賭杯，又濯罍，松花幾甕賣新醅。儘有玉山頹。

呀，這座酒肆，倒熱鬧得狠。這塵氛酒氣之中，俺清净的陳郎，料應不在這裏。那當爐的老人家，雖是店家打扮，態度却狠文雅，面目倒有點與陳郎相像，必定是俺的翁翁無疑了。只是俺如何進見呢？（自顧介）呀，俺做慣乞丐，素乞丐行乎乞丐，就是這般進見罷！（徑步入肆介）（向衆拱手介）（白）施捨有天知，疎財不皺眉。一錢一功德，三藐三菩提。呀，店家、客官們，可憐俺麻瘋人兒，隨意賞賜些須罷！

（衆望見吐唾介）呸呸！那裹來個醃臢丐婦，令人恶心！店家酒保，何不趕他出去？

（副末喝介）兀那丐婦，要錢我自給你，不要進來罷！

（旦立定，下淚介）呀，店家呀！

【麻郎兒】俺豈比那蜣蜋蜂蠆，你們呵，也無須吐唾疑猜。俺無非是落劫一裙釵，破題兒學做這乞憐流丐。

（副末）呀，你原來是個初做乞丐，怪不得傲氣未除，横衝直撞，連卑田院的規矩都不懂哩！（取一錢擲地介）哪，錢在那裹，你自拾去罷！

（旦不拾錢，仍哭介）呀，店家呀！俺不是爲這一文錢到此哩！說起俺的身世呵！

【後】命乖，運衰，自哀。守深閨驀遇飛灾，走長途飽受嗟來。如今呵，叩高門，非關索債。

（衆笑介）煞是奇怪！這廝不要錢，到底要什麼東西？莫是要喝一杯麼？

（衆中一人帶醉喊介）呀，店家！這個丐婦面貌衣衫，雖則疥癩，聲音倒也嬌嫩可人。問他會唱不會唱，如果會唱，叫他唱一兩套曲兒，給咱們下酒罷！

（旦）呀，列位！俺唱却會唱，只怕不堪入耳哩！（副末）會唱最好！唱得佳，我多給你幾文罷！

（旦點頭，坐在肆前石凳上，提高嗓子唱介）

女貞木，枝蒼蒼，前世不修爲女娘，更生古粤之遐荒。生爲麻瘋種，長即麻瘋瘡。銜冤有精衛，補恨無媧皇。畫燭盈盈照合巹，儂自掩淚窺陳郎。（一解）

陳郎翩翩好容止，彈燭窺儂心自喜。妾是麻瘋娘，郎豈麻瘋子。妾雖麻瘋得郎生，郎轉麻瘋爲妾死。（二解）

郎爲妾死郎不知，洞房綉閣銜金卮。孔雀亦莫舞，杜鵑亦莫啼。鸚鵡無言願飛去，郎墜羅網妾心悲。（三解）

郎不見駿馬不跨雙鞍子，烈女願爲一姓死。郎行依舊貌如仙，妾命可憐薄如紙。膚爲燥，肌爲皺，雲鬢拳曲黄且髡。掩面走入麻瘋局，不欲傳染傷

所親。（四解）

昔作掌上珍，今作几上肉。昔居綺羅叢，今入郎當屋。月落空梁懸素羅，一縷香魂斷復續。妾雖生，妾不願守故居。妾既生，妾自當尋我夫。可憐雖生亦猶死，不死不生終何如。（五解）

女貞木，枝扶疎，上宿飛鳥，下蔭游魚。鳥比翼者鶼鶼，魚比目者鰈鰈。生同衾，死同穴。衾穴即不同，妾心若明月。月照桃花紅欲然，李代桃僵被蟲嚙。女貞木，紅枝葉，悉是麻瘋之女眼中血。（六解）

（旦曲終嗚咽哭介）呀，列位客官們！俺悲來填膺，羽聲變徵。一人向隅，滿座不樂。還乞諸君原諒波！

【絡絲娘】俺呵，一咽喉遠山秋籟，滿肚腸寒爐死灰。萬淚千愁一唱三喟，越教人驚怪。

（衆贊賞介）這一套曲兒唱得却好，只是音調過於哀惻，倒把咱們的眼淚逼出來，酒興嚇回去了。

（副末）呀！女丐，這曲兒是你自編的麽？

（旦）不敢！這一篇俚曲就是俺的麻瘋歷史。不瞞你老人家說，俺的郎君非他，便是籍貫淮南，姓陳名綺，訪聞就是賢郎。俺當時捨身救他出險，贈以銀錢，遣其歸里。俺雖無狀，自謂於賢郎不無微勞哩！

【東原樂】留得良心在，招來切骨灾。雖則蓮花不染污泥滓，這一命珊珊倒爲彼賠，吃盡眼前虧。問郎君呵，可知道俺這苦人兒冤埋黑海。

俺這番萬水千山，迢迢到此，並無他求，所願獲見賢郎一面，結束這段因果耳！

【綿搭絮】俺是個醜魗魗登堂新婦，慘切切落魄閨娃。千里奔波，滿腔苦痛，待覓檀郎訴一回。莫猜道戚施爲求燕婉來，說甚麽鳳噦鸞諧，都付與春夢成空呆打孩。

（副末作駭介）呀！你原來是個大家小姐，倒難爲你遠道尋夫。可憐可憐！若論陳綺，確是豚兒。我只知其走過粤西一盪耳，他事並不曾預聞，不料却有這段情節。只惜吾兒春間已赴金陵遊學，不在家中，無從對證。小姐呵，我本擬留你在此，一則你抱病未痊，二則此間諸多不便。離此咫尺之地，有一尼庵，香火蒲團，頗爲雅靜。我囑託庵尼收拾一間房子，給你暫住，待吾兒秋試後回里，問明再爲安置。如果確有這段曲折，吾家非負義忘恩之輩，小姐你儘可放心罷！

（旦）呀！原來賢郎在粵遇險一事，翁翁尚未知道。目下郎君既赴金陵，妾身自當暫待。既有庵堂，自勝風餐露宿，不妨且住數天罷！

【拙魯速】聽說罷，稍舒懷，早代人巧安排，將儂家來錯愛。勸我片時忍耐，向庵堂暫伴蓮臺。待遊子歸來，離人相會，再與你消却千灾除百害。

唯是儂家既到此地，郎君縱未相逢，翁翁理當先認。呀，翁翁，妾身就在這裏叩見罷！（向副末斂衽下拜介）

【煞尾】低頭深向翁翁拜，仗哀憐使我這貞魄游魂有所歸。今日個託庇松梢罥蔦蘿，再無須行吟澤畔悲蕭艾。

（副末）呀，小姐不必多禮！你有病在身，風霜勞頓，且請前往茅庵歇息者。（旦點首介）（副末出肆前導，旦後隨介）（同下）

（衆帶醉四散，酒保吊場介）哈哈，真真怪事！今日主人家晦氣到了，糊裏糊塗認一個麻瘋叫化子做媳婦。這樣醃醃臢臢，那裏配得上阿哥。將來阿哥秋試回來，必定有一場饑荒打哩！俺待把這一段新聞，報給裏頭知道者。（下）

第十七齣　重逢

（生巾服緩步上，小丑扮書僮擔簦後隨，生仰首四望，蕭然長嘆介）秋風秋雨又蹉跎，紅豆青燈擲逝波。世事感傷心事湧，亂雲殘日訴陽阿。小生自粵西扶阿舅旅櫬南下，營葬之後，始自回家。不意繼母業於年前亡故，父子相見，不免悲感一番。小生丁了內艱，閉户讀書，不覺三易寒暑。淮南僻陋之地，文人學士寥若晨星。今歲因赴試之便，春間即遊藝金陵，藉廣學識。目下秋闈已畢，歸心似箭，便擬買棹還鄉。你看夕陽沉西，天色已晚，一輪皓月漸漸東升。侍墨呵，夜色甚佳，趕行數步，速到江干喚船者。

（小丑應介）

（舞臺旋轉）（臺上布長江風景，江天一色，月明如晝。輕帆幾片，容與中流。一舟離岸數尺，生坐船頭，小丑侍立，雜扮舟子兩人，在船後搖槳介）

（生望介）呀，好江景也呵！

【中呂】【粉蝶兒】秋闊天空，出南都木樨香送，趁扁舟行色倥匆。碧波平，冰輪滿，銀河星動。唱東坡歸去乘風，是何處玉簫兒向人凄弄？

呀，那裏簫聲，吹得這般慘切！咳，勾動我無限離情了。想起當年作客粵西，陷身險地，若沒有邱小姐，怎能彀今日這般自在呢！（嘆介）咳！我則逍遙無礙，想那小姐，墜入沉淪，病蟀啼螿，多凶少吉，不知他如何過日哩！怎麼能彀見他一面也好。噫，山遙水遠，人事變遷，大都月缺花殘，見他不著了。（墜淚介）

【醉春風】愁爲可人濃，恨因知己種。他鄉再見你離魂，除非是夢，夢！萬劫搓磨，三生冤業，迸做了一場哀痛。

呀，小姐呵！若說你我無緣，爲什麼地北天南，會得匹配？若說你我有緣，爲什麼不一竿到底，只做了三天假伉儷，便自分飛呢？當初若曉得這般結束，悔不如一死酬他，還免得牽腸掛肚。咳，普天下的害相思，料沒有我這般慘酷哩！

【普天樂】似離鸞，悲幺鳳，逼得我情長兒女，氣短英雄。你我呵，命不同，緣空種。絕好歡場成虛哄，生生勞燕折做西東。如今呵，玉碎琤瑽，曲殘囉嗊，鏡瘞矇朧。

呀，我的小姐呵！似你這樣聰明，這般艷麗，難道不消受得些閨房幸福？不料爲我一個人，反至飛蛾投火、香象焚身。你的病根，就是我的罪案。我一個人，顯然是你的五百年風流業冤了噫！

【快活三】分明是請君入甕，害得你一病疲癃。你今永作可憐蟲，你抱痛有誰共？

可憐你的苦處，只在我想像之中，我不但不能替代，且不能目睹，怎能彀將你這許多痛楚分些與我也好！（嘆介）咳，離別尋常隨處有，你我睽絕雲天，魚沉雁杳，遙遙相望，何以爲情？這種生離奚殊死別呢！

（雜喊介）風起了，咱們要張帆哩！相公坐定，不要顛下水去呀！（雜掛帆介）（生望介）

【朝天子】亂峰，萬重，望眼到天窮。隔關河秦隴，消息底難通。你看帆檣捷於陣馬，好快風也呵！（雜轉舵介）呵，相公，今夜風勢大佳，舟行如箭，淮河就在前面了。（生）呀，有這般爽利呵！雖然風利將孤帆送，又返淮中，重溫鄉夢。念蓬山心更慟，痛伊人有影無踪，撫痴心已似春冰凍。

（小丑白）相公，夜不早了，請進艙睡一覺波！

（生）呀，侍墨，我心內麻煩得很，那裏睡得著呢！

（小丑）相公，船頭風大，吹得怪冷，艙裏暖和些，睡不著，坐一歇也好。這船飛也似快，大約明日午牌，繞盡淮河就可到家了。

（生點頭入艙，小丑隨入介）（舞臺再轉）

（臺上飾小套間，明窗四敞，左畔排列大小酒甕十數，右畔陳設椅桌，副末上坐，生侍立介）

（副末白）兒呵，你回來甚好！眼下有一疑難事件，專待你回家解決。你纔到家中，風塵勞頓。本擬暫緩一兩天告你，怎奈這事於你大有密切關係，似難緩言。我問你，你從前遠客粵西，曾否與邱姓麻瘋女子訂婚？前月這女子扶病入淮尋你了。這事你先前並不曾說過呀！到底有此事沒有呀？

（生驚躍介）哎呵，他到此了麼？真是夢想不到的事！爹爹呵，這事千真萬確，沒有假的呀！孩兒若沒有這位小姐，早已客死粵西，不得生還祖域了。

【四邊靜】敢詡風流情種，怎奈這意外遭逢入彀中。不虧他密計彌縫，神機操縱，看這羅網重重，穩把殘軀送。

（副末）粵西邊境，瘴毒之鄉，原有這種鬼鬼祟祟的劣俗。你少不更事，以致遭人所算。天幸遇了這位堅貞義俠的小姐，得以全軀而返。若遇了那種水性楊花的婦女，管叫你死無葬身之地哩！

（生）這事固由孩兒欠於閱歷所致，但孩兒受了小姐深恩，一向鬱結心頭，未從圖報。這回能彀自來，是天與其便了！不知爹爹曾否留他在家，或是遣之回里，還求明示。

（副末）這個女子，帶病尋夫，千辛萬苦，滿懷悲怨，哀感動人。我當時若不收納，必致立刻傾生，但因你未回家，事無左證，更加他惡疾纏身，家中婢媼莫敢近前，留他在此，殊多不便，只得暫寄左近庵堂，權託庵尼照應哩！

（生喜極下拜介）深感爹爹慈厚！但孩兒尚有懇者。

【滿庭芳】難爲他萬里尋蹤，他是柔腸慘慟，他是弱命惺忪，不知他戴月披星呼誰送，這茅庵裏怎住嬌紅。定要呵，備斗室殷勤供奉，覓良醫藥石圖功，暫解他苦與痛。我的爹爹呵，但求你嚴命允從，俾孩兒藉酬他深恩萬一慰初衷。

（副末笑介）是了，我難道不是這般用意麽？這等義烈裙釵，豈容相負？你要接他到家，我就騰出一所房屋，給他養病便了。

（生）爹爹既有此意，孩兒即刻親往庵中，將他接回，豈不甚好？（副末點頭應諾介）（生便行介）

（舞臺三轉）（臺上飾庵堂、琉璃佛火，馥郁栴檀。貼扮老尼禮佛、誦經，旦背倚堂側欄干，低頭若有所思介）

（生上敲門介）（貼停止誦經出問介）誰呀？

（生白）老師父開門，俺陳綺呀！

（貼喜開門介）呀，原來是陳家相公！幾時回來呀？這裏邱家小姐，等你長久哩！（回頭喊介）呀，小姐呀，你念念不忘的陳家相公今日回來了，要見你哩！

（生徑入介）（旦驚喜翻身外瞧介）（作相見介）

（生趨前緊握旦袖哭介）哎呵，小姐你怎得到此呀？我陳綠琴想你好苦哩！

（旦哭介）呀，郎君呵，儂家不意再得見你呀！（牽衣大慟，咽不成聲介）

（生含淚撫慰介）呀，我的小姐呵！

【般涉】【耍孩兒】你雨絲風片過關隴，受無限悲凉怕恐，杜鵑血淚滿山紅。向天涯，斷梗飄蓬。你飛花忍付回腸水，你弱絮怎禁打面風，你一路誰人共？你瘦骨可憐盈把，你芳心何等生疼。

（旦嗚咽白）呀，郎君！儂家苦處一言難盡哩！儂家別你經年，惡疾即發，父母察知隱情，擯絕不聽家居，陷身病院，又遭那院主异常虐待。儂家自怨命窮，偷生奚益，决意懸梁自盡，了此殘生。不想臨危之際，忽有鄰家老叟，前來解救，百般婉勸。儂家求死不成，只得暫留餘喘哩！

（生墜淚介）哎呵，原來有這許多情節，死裏逢生，可憐可憐！

【五煞】你恨填胸，禍接踵，願犧牲，甘葬送，辭家投入修羅洞。素巾險作鞦韆鬼，青眼偏逢裃襶翁，喚醒邯鄲夢。驀地裏追魂奪魄，惜翠憐紅。

但是這鄰居老叟，是何姓名？如何這般仗義呢？

（旦白）呀！郎君呵！這位老者一片熱腸，不但救了儂家一命，並且保護儂家出院逃生。儂家感其高誼，認爲寄父。問其姓名，堅不肯說。他勸儂家來此尋你，途中甚賴其提携防護。纔到楚界，盤川不繼，又幫助儂家丐食度日。他一路吹簫，儂家沿門歌唱，殘羹冷飯，權且充飢，長路漫漫，經年纔能到此。不意剛抵淮南，這老叟忽然不見，只說一句“俺黄海客寄聲問候郎君父子”，從此消息杳然，不知是人是鬼。儂家記起郎君的舅氏恰是這樣姓名，莫非便是他麽？

（生驚愕介）呀，不錯不錯！確是吾舅無疑了！哎呵，阿舅英靈不遠，我的小姐蒙你完全呵護，甥兒感激你不淺哩！

【四煞】多情仗此翁，扶持患難中，也由你這貞心烈性能驚動。作成你三湘七澤爲流丐，陪伴你雨晦風瀟唱惱公。到處都沉痛，倒流傳了陽春白雪，抵多少暮鼓晨鐘。

只是小姐你既已到此，便算是天從人願了。你劇病在身，難禁悲痛。我勸你且把從前重重叠叠的煩惱一一寬解罷！

（旦）呀，郎君呵！儂家病入膏肓，不久萎謝，此身實無用處。這番冒死前來，見你一面，已堪瞑目了。

（生搖手介）呀，小姐呵！你這般見解又錯了！

【三煞】你我呵，奇緣得再逢，深情不獨鍾，則盼你芳軀百倍加珍重。

你沉疴或仗丹砂活，你離恨先教水乳融。休道身無用，權當作鼠肝蟲臂，莫管他蛇影杯弓。

我當時受你百般保護，你對我的愛情，已爲過分，你這回一命懸絲，理應受我保護。我對你的愛情，纔算個起點哩！

【二煞】你須知道呵，心空望未空，途窮命不窮。寒梅耐過銅瓶凍。從此後我苦心蓮子當憐你，你勁節冬青莫懊儂。敢說專房寵，無非是護花微意，結草私衷。

我想這裏庵堂，諸凡不便，還是移到家中，待我親自服伺，較爲周到些！

（旦）儂家病體支離，宜防傳染，郎君切不可朝夕相親。既承憐愛，此間儘足養疴，老尼亦能照拂，何必移往家中，令人生厭呢？

（生）迎接到家，雖出我的本意，實奉父命前來。我家不比你家，似你這樣天人，誰敢厭賤？你我虛凰假鳳，再續前緣。水月鏡花，作爲實境。傳染一節，更不必顧慮及此。不要遲延，待我扶你走波！

【一煞】蓬窗待你開，布衾待你擁，柴門夢穩無驚恐。再無鸚鵡能曉舌，不怕鴛鴦更笑儂。對此名花供，好消受這芳辰子夜，軟語喁喁。

（旦）承郎君這般另眼，儂家不得不曲意相從。郎請前行，儂家相隨便了。噫！可憐如此殘花卉，枉受春風一味吹。

（生喜笑介）呀！我不想也有今日呀！

【收尾】破除萬斛愁，打消千種痛，三載眉痕今日爲卿縱。似這般巧合玲瓏，還疑成幻夢。

（旦向老尼辭別出庵，生握旦袖行介）（同下）

第十八齣　求醫

（生巾服上）

〔踏莎行〕金井秋寒，畫廊日暮，欄干曲曲含情處。情深怎敵病魔深，生生都爲多情誤。一味濃愁，萬般沉痼，鬱伊待向幽花訴。秋風吹汝太闌珊，空階又落花無數。小生陳綠琴，自金陵秋試回來，忽聞邱小姐由粵到淮，不禁狂喜。及見了小姐玉顏瘦損，病骨支離，又不禁爲之一驚。聽小姐訴了許多情節，瀕死復生，令人痛定思痛。但以小生想不到的小姐，一旦能彀天外飛來，使我得以朝夕相對，自是我生平第一樂事。惟是小姐雖能到此，我目睹他病狀這般狼藉，又不禁憂從中來。只惜小生不是醫家，對此病人不能施治，殊爲可恨。哎，我這數日之間，忽喜忽驚，忽痛忽樂，忽恨忽憂，弄得如痴如醉，左也不是，右也不是。如今怎麼樣方好呢？哦，著了！我小姐的病，若要待他自痊，萬無此事。不如尋訪幾個超等醫家，給他療治。或者藥能對症，劫退灾消，一服便愈，也未可定。只是俺這禹迹山是個全淮最僻之地，一向不聞有出色大夫生長此間，那流寓的更不必說了。如何是好呢？

【正宮】【端正好】草木是無情，藥石非閒可。刀圭術，多半傳訛。窮鄉難得神醫過，孰證長桑果。

昨日有人對我說，藥醫不死證，該死不須醫，麻瘋是必死之症，無須延醫療治。這話我很不明白。我想古人發明醫學，原所以救疾癘夭亡，百病皆有立方，何獨遺漏麻瘋一症？若道麻瘋不能醫治，則是醫學爲不完全之學，那汗牛充棟的醫書儘可付之一炬了！豈有此理！咱們這裏沒有能治麻瘋的醫生，難道別處也沒有麼？我決計要尋訪幾個出來，替我小姐試驗試驗方好。閒話少說，我且進去瞧瞧小姐的病狀如何，再行計議罷！（虛下）

（幕啓，臺上置卧榻錦帳，旦病容便衣，擁衾斜坐榻上介）

（生上白）呀，小姐，今日玉體如何？昨夜曾否安睡？

（旦皺眉介）呀，郎君，儂家病勢有增無減，夜間苦不得睡，心頭煩懣异常哩！

（生）呀，小姐，我勸你且把這煩惱丟開，於你病體總有益處。你爲甚不聽我的話呢？

【滚綉球】你受盡折磨，你遭盡轗軻，忍再把這好身軀千般摧挫，任意兒織就了恨綺愁羅。你浩劫已過，你樂事正多，好一對卿卿我我，莫虛拋這日暖風和。須知道你害了年灾月晦有時滿，須想到你歷了水遠山遥爲甚麼？管甚婁囉！

（旦白）哎呵，郎君！你不曉得愁、病兩字原是相連的，若要莫愁，除非無病。儂家自到此間，既不鄙夷，且蒙優待，還有什麼不足之處？怎奈憂來無端，自己亦莫知其所以然哩！

（生白）呵，這般說，我明白了。你現在的愁大半是愁這病不得愈。我想你自得病以來，從沒有一個好醫家替你診視，從沒有一劑好方兒替你調理，以致拖延至今。你既到這裏，凡事有我在，你不要焦急，我自替你主張罷！

【叨叨令】我便要致魚書捎雁信，詢醫夥。我便要灼靈龜揲蓍草，求神課。我便要走吴頭奔楚尾，尋藥裹。我便要上瀛州，登海島，偷仙果。你休阻我也麽哥，你休阻我也麽哥。倘乞了廣寒靈藥，也救得你這嫦娥活。

（旦搖手介）哎呵，郎君！你千萬不要這般著急波！那些求神占課，訪仙採藥，全是子虛烏有的事。郎君你是讀書人，難道不明此理？

（生白）呀，小姐呵！你不曉得我的心裏難過哩！

【脫布衫】我衹爲難禁你撫芳心蹙損雙蛾，則盼你得奇方立起沉痾。早一天兒脫却網羅，不強如這排日兒的空房愁臥？

（旦白）呀，郎君！儂家抱病三年，不在著忙一旦。你這般急切，急殺也無用哩！（嘆介）唉，儂家這病，實是坐而待斃之症。郎君呵，你未免空費苦心了。

（生白）這話我總不相信！像你這般情俠，也算是世間有數的人物，若道竟夭天年，天道未免顛倒了。

【小梁州】你一片貞心自不磨，難道忘却了鬼護神呵。況是蒼蒼亘古不偏頗，憑因果，預料你無他。

【後】眼前雖是身叢脞，且看做苦海餘波。任若何，休拋躲，試料理這當歸獨活，百草細調和。

（旦白）郎君呵，你定要延醫調治，儂家雖明知無補，亦不敢強違盛意。醫家儘有，不妨慢慢託人尋訪，决不要你自己奔波哩！

（生點頭介）是了，我獨自奔波，倒不妨事，只怕覓不到真醫，空跑一盪。

你這裏又乏人照看，纔是兩误哩！只是我不去便不去呵，這醫生那會自己送得來呢？小姐，你且靜坐，我要請問我的爹爹，他見深識遠，諒有成竹在胸哩！（辭旦下）（臺上閉幕）

（副末上，手執書信一封，坐定，拆開封皮細瞧介）

（生上白）爹爹！

（副末白）吾兒何事？

（生白）這邱小姐的病，日加沉重，兒意早些請個醫生，給他試一試波！

（副末）兒呵，他這病症向來不聞有什麽治法。這裏淮南庸醫如鯽，問道於盲，實無益處。你未回淮之前，我已函致京滬各地，託友尋覓名醫。頃得京都回信，正在折讀，你自瞧者。（授函介）

（生接誦介）兹有都門馳名大醫士胡圖者，術貫天人，學侔盧扁，門庭如市，妙手回春。麻瘋一科，研究有素，尤能手到病除。如以爲可，先備聘銀百兩，寄由敝處轉致可也！（生喜介）

【上小樓】見説有良醫一個，據他這大名傳播。説的是枕藉長沙，伯仲丹溪，仿佛華佗，這先生非小可，安得他的高軒過。衹要他一劑投梭，好比這巧匙開鎖。

呀，爹爹！既有這個胡醫生，百金小事，可即飛函延聘。

（副末）延聘自然延聘，只是他的醫術，能彀照這書上所説的便好！你既決意，我便回函罷。（副末下）（生隨下）

（净扮胡醫士上）杜撰方書任我曹，草菅人命筆如刀。管他二豎膏肓疾，騙得金錢贍自豪。咱乃北京馳名大醫士胡圖便是！這幾天生意清淡得緊，恰好淮南一個酤家，飛札相延，要醫麻瘋怪病，咱只得走一遭者。吾徒安在？（雜上應介）

（净）趕早收拾行囊，帶了藥箱，雇好船隻，隨咱往淮南診病者。（雜應介）

（俱下）（副末、生同上）

（副末）聘函已去多日，胡醫士何尚未來？

（生）出名的醫士，架子自然擺得闊大。這日内恐怕尚不能到哩！

（小丑上報介）啓老爺相公，北京下來的胡大醫士到了。

（副末）速請速請！

（小丑應下）（净上，雜背藥箱隨介）（作相見介）

（副末）不知大醫士降臨，有失迎迓！

（净）不敢，不敢！貴府那一位患了麻瘋？

（生）不幸內子膺此惡疾。

（净）放心放心！這病除了咱，再無第二個會醫。咱既來了，這病總有把握哩！引咱一診再說罷！

（幕啓）

（旦倚榻畔方几，支頤坐介）（生近旦耳語介）（副末請净就診介）（净就診，細詢病狀畢，起立介）

（净）此病原不累贅，只怕掩延太久，有些棘手罷咧！待咱出外寫方配藥者。（副末、生導净下）（幕復閉）

（生上）真是晦氣！我以爲這個老胡是善治麻瘋的專家，那裏曉得一服兩服，不但毫不見效，轉添了許多不自在哩！

【後】我只道他名譽廣，識見多，誰知他滿腹茅茨，滿口胡柴，滿紙蟲蝌。笑專科，慣詐訛，似怎般迷藏捉摸，還辨不清那溫凉補破。

像這樣的名醫，再服幾劑，俺小姐的生命一定遭他手中了。幸得俺爹爹見機尚早，趕緊打發他走路哩，不然怎了？

（副末手執書信上）呀，吾兒！這是上海來信，據說已代聘一個外國醫生，即日到淮了。

（生接信細瞧介）呀，有這般的妙手呵！

【石榴花】別有西方和緩技，如何普習十三科，說是針砭雅善療人疴。他會吞刀吐火，剖解搓摩，人工巧把天工奪。他醫過聾啞癱駝，分明是度人彼岸來慈舸，似這樣的活神仙何不早張羅。

（小丑手執名片上報介）啓老爺相公，上海薦來一個外國醫生在外候見哩！這是他的名片。

（生接片念介）大美國醫科博士薩坯。呀，妙極，妙極！請請請！

（小丑應下）（丑西裝扮薩醫生隨小丑上）（與副末、生相見，脫帽握手介）

（副末）久仰大名，無緣相會，大駕遙臨，幸甚幸甚！

（丑）好說，好說！聞道貴府有位女人，患了麻瘋，這病敝國儘有，治法與貴國不同。病人現在那裏？待俺瞧一瞧者。（副末、生前導，丑隨介）

（俱下）

（幕啓，旦偎衾靠榻，半卧半坐，呻吟介）（副末、生引丑上）（生扶旦起坐榻前介）

（丑取出寒暑針聽管就診介）呵，據俺看起來，這病十有八九，是由傳染而得。這都是黴菌微生物作祟哩！你們不要慌，俺的西藥百發百中，不比中華藥品，有名無實。待俺配一兩劑，包管起死回生哩！（開皮包，量藥配藥介）（旦服藥介）

（丑白）這裏附近有教堂醫館，俺到那邊暫歇，過日再來覆診罷！

（副末、生引丑下）（幕復閉）

（生上跌足嘆介）咳，真是惱殺人哩！華醫不效，換了西醫，又是海中撈月，一點靈驗都沒有。你想悔氣不悔氣呢！

【前腔】他這青囊到處任婆娑，海陸枉奔波，無非是搗虛信口自開河。你看他紫髯欲活，黃髮將皤，饒他舌粲蓮花朵，勘不破症候煩苛。累得人危軀弱體多擔閣，蹭蹬了丹膏丸散一齊羅。

還虧我的小姐，見他診了數次，沒甚把握，便決意不服他的藥，教我作函辭絕他，這個庸醫方纔遠離。不然，西藥猛於中藥，萬一誤投，真沒有救哩！只是我的小姐，諸醫束手，病體依然，他的命運怎麽這般乖蹇呢！

（嘆介）

【快活三】試醫家無一可，到底他這病根是因何。我看他瑩瑩淚點落秋波，急得我、心如火。

我的小姐心內雖百般苦惱，有時對我却強爲歡笑。這是他恐怕我添了愁煩，特地體諒我，我難道不曉得？現在惺惺相對，除了你憐我惜之外，却也無計轉圜了。咳，空自回甘思倒蔗，終須耐苦嚼黃連。我且進去看看小姐波！（虛下）

（幕啓）（旦倚枕呻吟，生坐在榻旁撫慰介）

（旦）呀，郎君！儂家這病，料與醫藥無緣，徒耗金錢，轉增痛楚，儂家此後抵死不再服藥了。

（生下淚介）噯呵！我的小姐，你不服藥，這病何時得減呢？服藥尚有希望，不服藥不是絕望麼？（哭介）

（旦搖手介）呀，郎君！你休哭波！儂家的心被你哭碎了！儂家非不望愈，既無能愈之法，亂投藥品，實爲有損無益。儂家聞得外國醫院，設有看護病人的女娘，於病家身體，維持調護，無微不至。儂家倘得此等婦人，朝夕侍奉，比較延醫下藥好得多呢！

（生止淚介）呵，是的，如有這樣的專科，自勝於婢媼萬萬，待我慢慢尋覓者。

【朝天子】婦科，不多，拚厚禮重延個。儻是國手裙釵能救拔，願下榻還虛左。只是，尋得到這等婦女便好，萬一尋不到時，不是又擔误了日期麼？（旦）尋不到時，就家中婢媼素常耐苦的選一兩個，也可少減你的勞頓哩！（生搖頭介）家中婢媼，都是沒良心的，那裏用得？我一面託覓看護婦，一面還是我自家照拂，較爲知疼著熱哩！只是無論如何，你總以寬懷爲上。你芳軀雖向愁城坐，莫再蹉跎，休教虛過。甚牢騷先瞧破，莫天天徒喚奈何，轉速這危身禍。

侍病是我應盡的義務，你儘可無庸推阻。我雖不諳看護之法，但對於病人，要順行不要逆施，這法子諒無大錯。我且試一試者。

【四邊靜煞】你且擁這香衾靜卧，我只得自做巫醫自按摩。你尚寐無訛，今宵先過。告秋蛩莫向這耳邊閒聒，把好夢多驚破。

（生輕輕撫摩介）（旦閉目入睡介）

（幕復閉）

第十九齣　婢義

（小旦淡妝笑容徐步上）

〔玉交枝〕鬟髻雙丫不入時，兒家生小太憨痴。無根萍葉，曾受主人知。堂上簸錢堂下走，偷閒學誦謝家詩。梨渦善笑，從不解顰眉。小婢甘蔗便是。俺自幼賣入陳家爲婢，先主母黄氏太君，逾格見憐，竟以兒女相待。俺幼時一味嬌頑，並不知感。太君去世，主人繼娶烏氏主母，俺受他百般荼毒，倒長了許多見識，苦中作樂。又過數年，這第二個主母亡故之後，主人續娶了如夫人，俺纔略得自由。俺雖是個婢女，也算得吃苦慣的過來人了。不意俺的苦還不算苦，那粤西冒病尋夫的邱小姐，纔算的無涯受苦哩！說起他的遭遇，管叫鐵石人兒，也能下淚。所幸俺主人是個慈善人家，俺相公也非負義忘恩之輩。主人到處求醫，替他調治。相公自己看護，旦暮不離，確也難得。但是女人得病，很有許多不便之處，男人看護，就讓他加倍殷勤，總難十分周到。叵耐家中婢媼，怕他傳染，望望便去，沒有一個敢到他屋裏。俺相公見他們這般懼怕，便罵他們狗彘不如，連俺都不許近前。把我們做婢女的一味抹煞，未免令人難堪。俺想要乘間請命邱小姐，做個貼身侍婢，豈不甚好？咦，敢愬康成逢彼怒，願爲毛遂盡微忱。

（副末内罵介）你們這該死的奴才，難道我主人家身命，比你們還賤嗎？你們這樣怕死，索性給我一起死净了，還清爽哩！

（兩搽扮老媼、兩貼扮粗婢急上）（作驚惶避匿介）

（小旦）到底甚麼事，老爺又動怒呀？

（搽）不瞞你甘蔗姐說，自從這麻瘋鬼子，到了咱們家裏，天天吵得慌哩！茶咧！飯咧！咱們一一供給，他還不彀意，那些醃醃臢臢膿血淋漓的衣服，要迫咱們洗起來，你想怎麽下手呢？

（小旦）你們也忒膽怯了！老爺相公，都不嫌他臢，怎麽你們倒怕起來呢？

（貼）呀，甘蔗姐，你不怕臢，這項差使你去領了罷！

（小旦）這項差使沒甚煩苛！老爺不叫我做，叫我做時，我還要踴躍從事哩！

（搽）這樣鬼怪出現，難道你當真不怕嗎？

（小旦）我想你們的眼睛，有點不對罷！自古道真人不露相，露相不真人。俺看這位邱小姐沒有什麽不好處哩！

【雙調】【新水令】玉天仙遊戲到人間，葫蘆提巧遮凡眼。癰疽藏玉貌，疥癩裏花顏。絕好嬋娟，莫猜道精靈現。

（搽）你看這甘蔗姐，真叫做會說頑話。這鬼子病得像骷髏一樣，却比什麼天仙？莫是你的眼睛生得反背了？還道別人瞧不真哩！（貼冷笑介）

（小旦）我不是說頑話，還是你們在那裏做夢哩！你們難道不曉得這位小姐得病的緣因麼？他只爲捨己救人，纔受這許多苦楚。但就這一段情節看起來，豈是凡人做得到的？

【駐馬聽】他是好夢初圓，梁苑春深，曾語燕。柔腸千轉，蜀江水碧，更啼鵑。情絲繫住奈何天，病軀又陷入無遮院。他歷盡千磨百難，到今兒纔露出這冰霜面。

你們遠遠瞧他，自然瞧不出什麼來，我是近前看得親切的。我索性形容他的好處，說給你們聽罷！

【沉醉東風】是一片彩雲未散，是一輪皓月當前。誰言蒲柳姿，難畫芙蓉面。雖是個啼痕淚靨，分明是天孫謫貶，湘靈幽怨，洛神隱現。便千紅萬紫，都輸他婉孌。

（貼笑介）你看甘蔗姐，莫非中了邪氣麼？滿口說的全是瘋話！咱們醒醒白白的人，不要也被他傳染著了迷哩！

（搽）是啊，咱們不要聽他嚼舌！他說得那病鬼花娟月麗般的好，他有仙緣，讓他去伺奉罷！咱們沒有仙緣，只索做個凡人，早些遠離者。（搽、貼一哄下）

（小旦）你看他們頑鐵一般的頭腦，說也不懂，騙也不動，只索聽他去罷！俺且進去探看，相公若不在裏頭，俺便面懇小姐收録者。（下）

（臺上飾卧房，榻上錦帳半垂，旦倚枕斜卧介）（小旦躡足上）（掀起半帳視介）

（旦微睇介）呀，你是裏面的婢女麼？儂家好像見過你多次，忘記詢你名字，你叫什麼呀？

（小旦）小婢名叫甘蔗。今日探得相公外出，特地進來看看小姐。小姐，你這幾天病體怎麼樣，可有些微見減麼？

（旦）呀，甘蔗，難爲你好心！儂家的病沒有望愈的日子哩！儂家到了此

間，著實拖累你的相公不淺了！（拭淚介）

（小旦）呀，小姐，不要傷心波！你小姐是從容仗義，俺相公是宛轉報恩，各盡其心，各行其是，並無所謂什麼拖累哩！俺甘蕉言輕意重，還請小姐放開懷抱者。

【雁兒落】俺盼你珍重這似水流年，俺盼你愛惜這如花美眷。你莫作歡場抹淚人，你須憐綺閣知心伴。

（旦）呀，甘蕉，這些情理，儂家難道不想到？儂家若不是個情種，當初得病時，便已投繯自盡，一了百了，何至紆迴曲折，投到這裏？到了這裏，若是醫藥漸有轉機，儂家却不無希望。怎奈病不受藥，弄得不生不滅，一息懨懨。來日大難，何以遣此呀？甘蕉呵，儂家只爲情痴，才受這種情累哩！

（小旦）呀，小姐，你心上難過，俺甘蕉確也曉得。

【得勝令】你呵，哀雁幾回旋，春蠶自糾纏。你身前已種相思果，你劫後重溫未了緣。綿綿，這深情真罕見。娟娟，這痴心我也憐。

只是小姐你既已到此，百無所慮，所愁者只有這病急切難痊耳！據小婢想起來，麻瘋亦是有名的病症，只要藥能對症，沒有不治之理。這裏一向所請醫生，想是醫不得法，所以不能應手。小姐，你只存了望愈的念頭，再換良醫，另試他藥，總有見效的日子哩！

【喬木查】自古道無針不引綫，除藥餌誰消患。雖則是參苓术桂無奇驗，怕沒有洗髓仙方，換骨靈丹。

（旦）儂家歷試多醫，均無效驗，决意不再服藥。怎奈你的相公不允，我只得想出一法，請他尋訪個看護婦來此，也免得相公旦夕焦勞。噯呵，可憐相公，這幾日連睡都不得好睡哩！

（小旦）俺相公今日那裏去了？莫是又去尋訪這看護婦麼？

（旦）大約是的。

（小旦）這裏醫館確有，但不聞有什麼看護婦，恐怕尋不出哩！小姐呵，俺想不如待小婢充了此缺罷！似俺這般蠢鈍，不知小姐可肯收録？

（旦）呀，甘蕉，俺看你談吐聰明，舉止溫婉，恐怕看護婦還不及得多哩！

（小旦）小姐未免過獎了！

（旦）我先前與相公商酌，本擬就家中遴選一兩個婢媪，分分他的辛苦。據相公說，家中婢媪都怕這病傳染。我想貪生怕死，人情之常也，怪不得他們遠避。儂家垂死之身，何敢強人所難呢？

（小旦）呀，小姐！他們怕死，俺甘蔗不怕死。他們怕難，俺甘蔗不怕難。俺從今日起便請貼身服事小姐。小姐有什麼事，即管呼喚罷！

（旦喜介）你這般盛意，令人生感。儂家何修得此？

（小旦）小姐，你心裹想要甚麼，口裹想吃甚麼，一一都對俺說。只除是天上明月，俺拿不到，別樣儘可搜尋得到。還有那些排愁解悶的法子，俺儘多哩！（打掃房間介）（烹茶送茶介）（爐上添香介）

【甜水令】你對這滿院秋花，幾杯苦茗，一爐甲煎，儘可伴清閒。我便唱個山歌，話將村景，談些俗諺，也逗得你一笑嫣然。

小姐呵，你白天隨意儘可消遣，晚間要早些睡覺，養養腦力要緊。到了黄昏，俺再替你預備罷！

【折桂令】我早將這錦罽先攤，枕頭兒熏得香妍，被窩兒鋪得溫綿。你只要折轉蠻腰，你只要斜靠香肩，你倦來時輕舒皓腕，你睡來時微嚲雲鬟。只盼你呵，徹夜成眠，一夢遊仙，痛苦全拋，煩惱齊蠲。

小姐呵，若說看護學問，俺是一毫不懂，照俺這般布置，對不對呢？

（旦點頭微笑介）得你這樣好青衣，我已心滿意足，還管什麼看護不看護呢！只是我本紅顔薄命，與鬼爲鄰，衆皆遠避，你獨見憐，這般厚意，我正自無從索解哩！

（小旦）呀，小姐！俺甘蔗不是沒有良心的呀！

【碧玉簫】我最惱這雨覆雲翻，睜起黄金眼。附暖趨炎，阿盡朱門面。偏作踐，獨對這困窮人不見憐。有錢鬧裹捐，有花錦上添，雪深誰送消寒炭。

俺看破人情世態，所以打定主義，只向冷處著意，不向熱處操心哩！

【滴滴金】我是個細葉零枝，微且賤。也算得奇緣不淺，幸與天人伴。看你這病勢頹唐，芳姿慘楚，怎敢加凌踐。越要百倍扶持呵，你這風凄雨綿。

（旦）呀，可敬可敬！不意我病中轉添一個知己了！待相公回來時，我對他說，便留你在此作伴，不要再尋看護婦罷！

（小旦喜介）小姐，你真是善體人意哩！

【鴛鴦煞】你這活觀音好把慈雲展，我這女善財永向蓮臺戀。問暖憐寒，無他姻眷。樂事談心，自家庭院。俺主婢相依爲命聊過遣。盼得到你的迍邅滿，會有日還你個艷麗流光如錦片。

呀，小姐，你今早不是換下衣服給他們洗麼？剛纔他們怕你醃臢，個個不肯下手，老爺還在那裏動怒哩！今日天氣晴霽，俺索性出去，趕緊洗了乾净，掛上曝衣竿，曬好了，再來看你罷！

（旦）呀，甘蕉，難爲你哩！（小旦辭旦下）（幕閉）

第二十齣　却婚

（臺上飾酒肆，副末當罏坐，座客酣呼暢飲，酒保奔走伺應介）

（雜扮報子手執小鑼上）小子登山臨水，跑斷兩條狗腿，只因天上現個文星，忙殺錢神還驚了酒鬼。這裏好大酒肆，想就是他家了。（徑闖入肆，敲鑼喊介）報！報！報！貴府老爺陳綺，冠了江南全榜，請解元公出來發賞者。

（副末接報驚喜介）呀，不意吾兒得中解元！（座客群起，向副末致賀介）

（雜）呵，原來是個老太爺！恭喜老太爺！俺賞錢遲早發給倒不要緊，好酒先賞俺喝幾盅罷！俺跑許多路，嘴裏渴出火來了。

（副末）有有有！好酒多著哩！（酒保滿斟數大碗，雜狂飲醉倒介）（酒保放鞭炮介）

（雜驚醒介）呀，好酒好酒！俺貪飲幾碗，不覺有些醉意了。呀，天不早了，俺要趕路哩！老太爺速付賞封者！（副末給錢介）（雜下）

（舞臺旋轉）（臺上飾客廳，生緩步上）（嘆介）咳，中什麼勞什子的解元，引了許多親朋戚友登門致賀，吵得我手忙脚亂，真正討厭煞哩！

【南呂】【一枝花】未探上苑花，先捷南闈榜。微時誰識我，一舉便名揚，誰知道拾芥尋常。盧後寧相讓，王前不算強。笑書生作戲逢場，惹俗子無端嘆賞。

咳，我只因小姐的病，群醫束手，百藥無靈，弄得慮煩意亂，那裏有閒情料理這科甲的俗事呢！

【前腔】未填墜海冤，敢作凌霄想。一任他繁華來逼我，倒不如冷淡過時光。休看做騰達飛黃，分明是驀地施羅網，平空落鎖繮。可怪那些三朋四友，還把我的試卷朗誦起來，這個說是超超元度，那個又說是槃槃大才。聒耳嘈嘈，非常惹厭。可惜我的文章，只騙個無用的解元，倘能彀變做一帖好藥方兒，給我小姐，一服便愈，豈不甚妙呢！說甚麽宋艷班香，換不得良薑敗醬。

（小丑上）啓相公，外面有個鬍子客人，要請見哩！

（生）什麽鬍子客人？你難道不認得他麽？

（小丑）這個客人，時常來我們店中喝酒的，他還說老爺是他世交哩！俺只認得他鼻子是紅的，鬍子是蒼的，姓名倒忘記詢他。

（生）這等閒人，要來見我則甚？你回他我不在家罷！

（小丑）他在外面同老爺談了半天了，老爺早說相公在家哩！俺怎好辭他？

（生）那裏的晦氣，請他進來罷！

（丑搖擺上）老子姓包名吉，到處仰人鼻息。但憑舌劍唇槍，顛倒鸞儔鳳匹。俺媒人包吉便是。這裏淮上朱封翁，兩女長成，託俺擇配。他倚仗有些家當，偏要揀選這榜下名士。恰好陳懋兒子中了解元，正是門當户對。俺想一說便合，一合便成，豈不爽脆？叵耐這老兒自己不肯作主，偏要俺當面與解元商議。俺只索見他一遭者。

（小丑）俺相公有請！

（丑）呵，來了來了！（作相見介）

（丑）呀，恭喜解元公！俺包吉拜見。

（生讓坐介）呀，包先生，少會得很，今日光降，有何賜教？

（丑笑介）俺今日特來賀喜！

【商調】【鶯皂袍】裘馬五陵遨，報先生，名字標，南都新貴誇年少。上青雲步高，走長安氣豪。預卜你鰲頭獨占掄元早。（生）過奬，過奬！只怕小生沒有這般福分哩！（丑笑介）俺還有一事，須與足下面商。這裏赫赫有名的朱封翁，託俺覓婿。他不要平民，只要榜下的名士。俺想他家小姐，都是不櫛進士，除了解元公，沒人配得上哩！俺呵，是一臺玉鏡，作君家月老。是一絲紅綫，繫名門女嬌。休錯過這巧姻緣，看珠圓璧合聯雙好。

（生）原來爲此！謬蒙見愛，何以克當？但包先生未免膠柱鼓瑟了！

【南呂】【懶畫眉】相攸有意選東床，你看那一榜名流姓字香，何不就中曲奏鳳求凰。同時儘有瑜和亮，要俺這槁木寒灰錯主張。

（丑）足下無庸客氣了！這個現成妻小，是他願意送來的，並不是足下求他哩！若論科第名流，俺夾袋中也不少，恐怕不中他的意罷！

【商調】【鶯皂袍】名士遍塵囂，不如君，才貌超。鷄群鶴立真稀少。況且這位朱封翁，兩個千金，世稱雙絕，聽從足下挑選，豈不是難得的機會？任大喬小喬，儘花嬌月嬌，更加是琴書刺綉都通曉。便南威西子，也輸他窈窕。更銅山金谷，也讓他富豪。他要你耀門楣，算是你福星如斗當頭照。

（生大笑介）呀，包先生，難爲你說得這樣花團錦簇。財色兩字，盡人所慕，若說俺並不動心，俺也沒有這樣矯情。只可惜先生三年前不對俺說，如今晚了。

【南呂】【懶畫眉】你是個曹邱絕技肆雌黃，未免有眼無珠欠酌商。休疑我權門非偶謝齊姜，我閨房早已懸鴛帳。難道要迫我抛弃糟糠遣下堂？

（丑驚詫介）噯呀，奇怪了！怎麽足下已娶三年，把俺瞞在鼓裏，這話從那裏說起呀？

【商調】【鶯皂袍】數載幸知交，未聞君，娶阿嬌。誰家閨秀聯姻好？（生）不瞞你包先生說，俺三年前，作客粤西，便在邱府入贅，現在拙荊已到淮南多時了。難道你包先生還不曾知道麽？（丑）喂，難道便是那個麻瘋遍體的丐婦麽？（生）怎麽不是呢？（丑吐舌介）哎呵！原來是山魔水妖，是花精木魈，分明把這骷髏看做紅顔俏。這螫人蜂蠆，勸君莫撩。這迷人狐魅，願君早拋。還説甚並頭蓮，似這般捏謊搪塞真堪笑。

（生變色作怒介）呵，老包，你不要管人家的閒帳罷！你再要多話，莫怪俺得罪你哩！

【南呂】【懶畫眉】我想你這強媒惡妁太踉蹌，莫要硬著頭皮吃耳光。須知道我自情人眼裏出施嬙。管什麽花妖木魅相偎傍，不勞你陳穀芝蔴説短長。

（丑連連作揖介）呀，解元公不要動怒，算是俺失言了。足下心裏若不舒服，俺就此告退罷！只是俺的話也是好話，足下不要後悔罷！

（生）請請請！俺今日算是領教了，决不後悔，决不後悔！（丑下）

（生怒未息介）呀，這是從何説起呢？

【東甌令】真無狀，忒倡狂，敢把我這神女貞娥來挺撞。咳，這種狗吠蛙鳴，不要理他罷！世間那個媒人會説明理的話呢？蝦蟆妄作天鵝想，空自喉嚨響。都當你秋風拂耳過時忘，付一笑，莫思量。

咦，如山積恨，方憂舊恨難删；無地埋愁，偏有閒愁來惹。佳人易得，知己難求。肉眼何知，横來嘲晰。幸得俺的父親是個深明大義之人，不至被這混蛋説翻，不然又生出一樁糾纏不清的事哩！萬一父親誤聽他的話，俺緑琴只有小姐一個，嵌在心頭，無論横直如何，總難從命了。

【梁州第七】俺呵，笑形骸半生放浪，撫身世一味悲凉，葫蘆迴不猶人樣。博得個痴情有兩，影事成雙。這叫做巫山除却，滄海經將。雖則是一個病懨懨劫裏桃娘，一個苦星星畫裏檀郎，已算得花花相對葉相當。更何容那路旁野草窺書幌，就讓你傾城傾國也平常。一任他吹笙鼓簧，難把我冰心化作桃花浪。萬一俺的小姐病有愈期，是俺緑琴佳運到了。沒説中了解元，就是南面王也沒有那樣快活哩！萬一小姐竟然珠沉玉碎，哎呵！（悲介）俺緑琴只有一命陪他罷咧！倘收場成孽障，拼做個同命鴛鴦，一例兒零落山岡。

咦，俺緑琴也是個蓋世聰明的男子，爲何要想庇護一個女子便做不到呢？

俺只求他病癒，此外並無他求。這樣簡單的希望，尚不能如願相償，可見俺的福薄命孤，萬不如人了！你不見那王孫公子，倚翠偎紅，左擁右抱，金迷紙醉，酒膩花顛，他們這種濃福，不曉得是幾生修到哩！

【不是路】翠羽明璫，不少那艷冠河陽技擅場。風流況，儘銷受這歌圍舞隊粉脂香。比較起來，他們好似夜夜元宵，俺這裏好似朝朝寒食，只覺得清清冷冷。春花皆恨，秋月無歡，未免有情，誰能遣此？太蒼凉，對這流光馱宕誰同賞，剩得蝴蝶雙飛八月黄。咦，無可奈何惟妄想，萬難索解是柔腸。俺這些時到底怎麽樣呢？深惆悵，衹辦得心香一炷求天貺，祝卿卿無恙，卿卿無恙。

俺與小姐雖未曾正式成婚，却比那正式成婚的更覺百倍情深義摯，這叫做患難夫妻拆不開了。如果俺半路梟心，別擇婚配，不但負情背義，簡直是個禽獸不如哩！

【尾聲】夫妻翻甚新花樣，我不解那弃舊憐新甚肚腸。試回頭一聽這在山泉水響。

呀，這幾日虧得婢女甘蕉，倒有良心，代俺服侍小姐，百般周到。不然，俺那有工夫騰出身子，酬應這許多毫不相干的閒人呢！咦，俺也不要儘說閒話了，且進去瞧瞧小姐罷！（下）

第二十一齣　勸郎

（臺上飾卧房，几上銀燈一盞，燈光不甚亮）（床上錦帳半鈎，旦病容，靠枕偎衾，半坐半卧介）

【仙呂】【點絳唇】難得天明，苦捱鴛枕，呆呆等。如豆殘檠，吊此形和影。

儂家麗玉，帶病入淮，屈指已有數月。感得陳郎父子，多方訪求醫藥，更虧義婢甘蕉，早夜貼身伺奉。叵耐儂家怪疾依然，毫不見減，長此拖延，奚异旱乾望雪。儂家個人受苦，理所應當。怎奈累及他人，問心何忍？每念及此，五中俱裂。（嘆介）呀，今夕何夕，百感沸騰，長夜如年，睡不成寐。哎呵，聽麽，譙樓夜鼓，四更向盡，又轉入五更了。哎呵，聽麽，五更又敲完，快要天亮了。怎麽還不肯亮呢？

【混江龍】更籌數盡，遠鐘雲外一聲聲。早做就了曉風獵獵，小雨愔愔。呀，好冷呵！（翹首帳外望介）呀，原來天色已黎明了。薄凍微侵方錦褥，曙光透入折枝屏。呀，聽麽！這鼾聲囈語，想是甘蕉睡味方濃哩！儂家因他侍疾辛勞，連宵少睡，昨夜讓他安眠，不忍驚動。偏偏儂家又睡不著，沒得他問水問茶，閒談說笑，不免寂卧無聊，少一膩友了。金爐久燼返魂香，銅銚也未瀹澆愁茗。呀，只剩這蛛絲蟲語，伴儂岑寂哩！多謝你蚜蟁寫意，蟋蟀傳情。

哎，儂家徹宵未睡，背筋也躺得酸楚了。天已大亮，索性掙扎起來，坐坐半晌也好！（掀衾推枕徐徐起坐床沿介）

【油葫蘆】骨損香桃強自掙，如墜井，我不解這昏昏終日作麽生。（停思良久，長嘆介）呀，陳郎呵！儂家無端到此，累你不淺哩！你如今冠了南闈全榜，一舉成名，這算是老天不負讀書人。儂家也替你歡喜。昨天仿佛聽得外間傳說，有許多高門前來議婚，被他一起辭絕。呀，陳郎呵，你衹因了儂家一個，犧牲了無盡幸福，你何苦這般拘執呢？哎，射策纔馳開府譽，抱橋却怪尾生痴。呀，這都是儂家自误误人哩！早料雙星不照孤寒影，却悔三年枉歷這悲酸境。深憐你有情，但恨儂沒命。我樂昌呵，已自破了璇閨鏡。多事你周郎呵，還顧這玉房箏。

陳郎百般愛惜儂家，儂家若不愛惜陳郎，一味虛與委蛇，任其執拗，貽误他的終身大事，良心何在呢？今日待他進來時，不免苦費一番唇舌，婉譬曲喻，萬一能够說他轉圜，豈不甚好！

（小旦扮曉睡初醒態，擦眼打欠，緩步上）呀，小姐，你好早起來呵！怎麽不多睡一刻呢？

（旦）呀，甘蕉，你不曉得，我昨夜未曾睡覺哩！

（小旦驚訝介）小姐，你莫是又睡不著麽？哎呵，難爲小姐，一個子冷冷清清，枯坐達旦了。俺一覺到曉，並不知道，真正該死哩！小姐，你通宵未寐，今天身子想是乏了，俺來叩叩背好不好？

（旦）呀，甘蕉，我並不覺乏，你先出去瞧相公起來沒有，請他進來，我有話相商者。（小旦應聲下）

（生疾步上）（小旦隨上，打掃房間，添香烹茶介）

（生）呀，我的小姐，剛纔甘蕉告我，你昨夜又睡不著。你病體支離，再添了失睡的症，怎麼得了呢？

（旦）呀，郎君呵，失睡原是儂家常事，那裏算得添症，你不要慌，你坐在這裏聽儂家說波！（指床畔靠椅介）

（生坐定介）（小旦上床，爲旦輕輕捶背介）

（旦）呀，郎君呵！

【天下樂】我好比這秋末寒蟬咽露鳴，自分明，自品評。一任你扇陽和，也難教這槁木榮。顫巍巍是風裏燈，焰沉沉是曙後星。多管是日薄崦嵫催短景。

儂家並非喜說不祥的話，其實一病至此，百望已空，無可爲諱。郎君呵，你我雖曰有緣，簡直算個孽緣罷了！你此番鄉榜掄元，蜚聲里黨，荼火光陰，正未有艾，何不別求良匹，早賦關雎？戀戀儂家待死之身，殊爲非計。

（生變色介）呀，小姐，你說什麼話！俺陳綺非人頭畜鳴者，寧肯作此違心之事！你我夫妻名義從何而來？媒妁之言，父母之命，那樣有缺少的？雖經過駭浪驚濤，豈沒有盟山誓海？你我這段愛情，人神共鑒，天地皆知，難道你都忘記麼？

（旦微哂介）呀，郎君呵！莫怪儂家笑你，你也不免這迂腐氣派哩！愛情不過愛情罷了，怎麼看得這般鄭重呢？

【那吒令】想當初你受了虛驚，也沒爭沒競。你冒了虛名，也沒踪沒影。你訂了虛盟，也沒憑沒證。返迷途，休將這殢夢縈，跳情關，好把這雄心整，則盼你銷除綺慮歌舞承平。

（生）呀，小姐！這話不像你的口氣哩！

（旦）這話明明由儂家口中說出，怎麼不是儂家的口氣呢？

（生）我也不管是你的口氣不是你的口氣，總而言之，你的病未愈，我連功名都看的平淡，更無論什麼妻妾了。

（旦）郎君，你真傻了！

【鵲踏枝】你驊騮騁，雛鳳鳴。轉眼間萬里長鯨，浪破風乘。爲甚麼空守這冷淒淒的迦陵苦命，阻了你這浩漫漫的宦海前程。

（生）不瞞小姐，別人登了賢書，現在個個都預備入都會試。我只把這解元擯在一邊，沒工夫替他忙哩！

（旦錯愕介）呀，郎君，你爲了儂家的病，竟不圖進取麼？你嚴親在上，旦夕盼你早奪巍科，就是儂家沒用的人，能彀於未死之年，眼見你飛騰雲路，也自歡眉笑眼哩！

【前腔】你彈冠慶，捧檄行，博得個報最明廷，造福蒼生。莫偏戀這假姻緣壁間畫餅，误不少你的大經綸，閣上調羹。

（生）小姐，你今天真變成一個冬烘頭腦的八股先生了，爲甚麼嚕嚕囌囌，全說這利祿薰心的話來呢？

（旦）儂家說的話，確與利祿無干。難道男子漢虛生一世，都不要建些事業麼？

【寄生草】宗愨曾投筆，終軍亦請纓。你聲華既已驚鄉井，你文章儘可馳臺省，你勳名須早標鐘鼎。不爭呵，都爲這悲螿咽淚徹宵啼，冷却你的大鵬展翅凌風興。

（生）人生在世，誰也不想建白飛黃，但是勳名事業，總要心安慮恬，纔能彀慢慢的去擘理建樹。若方寸已亂，那裏做得成事呢？

（旦）若要方寸不亂，也非難事。你捨得把解元擯在一邊，何不也把儂家擯在一邊，另選個無病的阿嬌作伴，從前種種煩悶，自然化作雲烟了。你不要把儂家這病鬼看做天仙一樣，須知百步之內，必有芳草，風塵物色，豈乏麗人？只要你回心轉意，自不難如願相償哩！

【前腔】九畹多蘭芷，三湘有杜衡。你秋元不少清門聘，你英年自有名姝倩，你良緣早把佳期定。莫因我這藥爐鬼火未亡人，擔閣你銀屏綺幄無邊幸。

（生）小姐，你又說這話，你還算是知我麼？我若甘作負心背義輕情重色的人，當初由粵回淮，便已另娶，不待今日了。

（旦）呀，郎君，你另行匹配，豈爲薄幸？須曉得家庭大義，與這男女私情原有難以兼盡之處。捨輕就重，取義成仁，斯爲正當辦法。况且不孝有三，無後爲大，你難道忘了經訓麼？

【般涉】【耍孩兒】高堂白髮悲明鏡，也只望你的文鴛照命。難道這斷弦絕調不成聲，冷森森足慰親情？（生）呀，小姐，我的父親並沒迫我迎新弃舊呀！（旦）呀，翁翁百般優待，百般體貼，儂家日夜在心哩！雖則他的洪恩厚義難言報，我自顧這墜粉零脂已可憎。真無倖。莫把這蟲花蠹葉，當做了雁瑟鸞笙。

况且你的一片苦衷，我更心藏心寫。古語說得好，君子愛人以德，你不要一味姑息。能彀聽從儂家的話，還算是光明正大的愛情哩！

【三煞】你施恩已不輕，你閒愁莫再縈，願你毛錐早脫囊中穎。我自知那繁華福分無承望，你莫向這憔悴姬姜枉用情。難廝並，須另覓綺羅作帳，翡翠爲屏。

你果能體諒儂家，儂家也不無好處。或者你娶得快，儂家的病也愈得快，豈不是兩全其美呢？

【二煞】你閨房早定情，我心安病也寧，南柯惡夢從兹醒。或能彀平分你的舉案齊眉樂，卧看你這牽牛織女星。祝你多佳境，娶一個人間弄玉，天上飛瓊。

（生取杯就壺倒茶，送旦介）呀，小姐，你說了半天，想是口乾舌燥，且喝這一杯熱茶者！（旦接茶飲介）

（生）我的小姐，你今日可謂蘇張舌辯，語語玲瓏，其如說不入我的心坎奈何？我簡直告訴你罷，我陳綺只認得你一個人，除你以外，什麼西子、王嬙都不在我的眼裏。我陳綺只盼你的病癒，除你病癒以外，什麼富貴功名都當他糞土一般。你病軀痊可之時，纔是我憂心鬆解之日。如有萬一絕望，你既視死如歸，我復偷生何益，陪你一命罷了。

（旦失色揮淚搖手介）呀，郎君呵，你何致如此？

【一煞】說甚麼相陪一命傾，這叫做鴻毛太自輕。須知道你是個熙朝人瑞非閒等。看多少溫柔兒女情難割，每把那叱咤英雄誤一生。須早回頭省，再休說這功名敝屣，軒冕浮萍。

（生）呀，我的小姐，够了够了，不要再絮煩罷！這些好話，我陳綺算是領教了。待你病退身安之後，我定必一一遵行，現在還早哩！今晨風冷，你昨宵又失了睡，不要只管坐談，有礙病體。還是躺下靜卧，養養精神波。我即到醫院，購些安眠藥水，給你服下，今夜能够得一佳睡便好。甘蕉，你好好服伺小姐睡下者。（小旦應介）（生辭旦下）

（旦悲介）哎呵，天哪！我的郎君，怎的這般執拗呢！

【收尾】語君君不聞，喚天天不應，萬千煩惱重新迸。似這般鐵石痴情，教人如茹鯁。

（小旦）呀，小姐呵，不要空自焦急波！相公生性，原是這般。既是不從，說也無益。還是自己保重貴體爲要。（旦搖頭不語介）（作欲睡介）（小旦整理衾枕，扶旦徐徐卧下）

（幕閉）

第二十二齣　驚螃

（臺上飾卧房，旦睡起披衣，徐徐下床，倚几對鏡，挽髮束帕，復斜坐床前看書，既又自爇爐火煎藥介）

〔少年游〕半墻蘿月影婆娑，夢裏皺雙蛾。夜夜綿愁，年年沉痼，棖觸强經過。明窗净几清晨坐，裙帶手微挼。沉思回想奈伊何，空贏得、是蹉跎。（作推窗望介）呀，昨夕月色大佳，怎麽今晨又有微雨呢？怪不得淅淅零零，增人惆悵呵！

【越調】【鬥鵪鶉】春雨綿芊，春寒料峭。春睡惺忪，春愁窈糾。看罷金經，煎殘藥草。度一宵，更一朝。昨日是寒食纔過，今日又清明到了。

呀，今日清明佳節，他們合家都到墓上祭掃。不料甘蕉受些寒冷，得了瀉疾，不敢在這裏搔擾儂家，襆被到裏邊睡去了。剩得儂家一人，好不寂寞哩！呀，儂家想起一個人了。當日儂家陷身病院，急切自戕，却仗郎君的阿舅一靈不昧，親來解救，又承他保護出院，指引來淮。患難扶持，殷勤周至。每一念及，未嘗不感激涕洟。今日郎君到你墓前祭奠，儂家病重，不能相隨，寄父有知，定當見諒。噫，瓣香莫得伸微臆，滴酒何曾到九泉。（掩淚介）呀，儂家何不就在家中致祭，稍盡寸心也好。只惜這裏沒有預備祭品，奈何！（停思介）呵，有了！古人潢汙行潦，藴藻蘋蘩，尚且可羞可薦，何況這裏後面套橺，十數酒甕，都是滿滿的釀成好酒。我這裏香燭茶點都有了，難道不是現成的祭品？儂家何不就在那裏致祭呢？（作開門介）（舞臺旋轉）（臺上飾小套橺，左壁墻邊，排列大酒甕十餘個，甕蓋上散置零星器具，縱横無序）（旦在右邊案上，燃燭焚香，排設糕點畢，取杯到甕內挹酒，向案前奠拜介）

【紫花兒序】我燒著了蠟炬，焚起了沉檀，注滿了醇醪。你英靈不遠，好來受這悽愴焄蒿。哎，寄父呵，你生是人豪，死爲鬼俠，向蒙垂愛，導我入淮，俾遂痴情，藉酬素願。何意病終難療，力莫違天。半死半生，累人不淺。呀，寄父呵，你一片熱腸，至今未冷，何不再來一看儂家。儂家急欲見你一面，你曾否知道呢？要重勞，指引我到那地府陰山去一遭，也免得愁城坐老。你須憐我呵，病蟀寒蜩，再捱不了這雨夕花朝。

（悲介）哎呵，寄父呀！儂家這般念你，你難道不知麽？儂家這樣喚你，你難道不聞麽？你遊戲人間，難道可一不可再麽？

【小桃紅】你呵，九霄霞舉自逍遥，把我紅塵掉。我夢醒屋梁落月常相照，也不見你的鬚眉颯爽來談笑。悵你形亡影銷，越越的洞簫豪調，猶在耳邊飄。

哎，寄父呵！你抛却儂家，儂家原不足惜，可惜你一場辛苦，拖得儂家到此，轉害得郎君又墜入一層情網了。你愛儂家，難道不愛郎君麽？現在郎君受了這般苦累，料你也看得見，解鈴終賴繫鈴人，你引儂家來，不如還引儂家去罷！（慟哭介）

（內作蟒聲，刮刮遠叫介）

（旦停哭，傾耳聽介）哎呵，這是什麽聲音呀？

【天净沙】似遠山唳鶴摩霄，似深林老鸛爭巢，似野猿兒怒啼樹梢。

似群蛙嗷嘯，趁微風閣閣池坳。

（內作蟒聲，漸叫漸近介）

（旦驚介）哎呵，這是什麼動物？叫聲這般猛烈呀！這後面逼近禹迹山，想是山中乳虎飢嘯哩！

【調笑令】似山猫，肆咆哮，震得這瓦屋窗檽盡動搖。（雜扮巨蟒，頭大如斗，身粗如盎，頂有紅角，長約丈餘，大叫盤旋，穿入垣隙介）（旦）哎呀！這聲響已到這裏來了。驀地裏當頭狂踹，向頹垣破處來捎。到底什麼畜生，這般猖獗呢？（回首望介）哎呀！試翹頭猛瞧他一瞧，嚇得人魂膽都銷。

（蟒半身在墻外，半身下探，向旦昂頭猛叫介）（旦驚暈倒地介）（蟒垂頭舔入最大酒甕觸翻甕蓋，蓋飛墜地，蓋上器具四擲，鏗鏘作響）

（旦驚醒開眸視介）哎呵，這這這是蟒蛇呀！

【禿廝兒】蕩悠悠神魂入竅，猛錚錚金鐵飛抛。俺只道被你這毒蟒充腸做一飽，誰知道你却垂涎病渴想松醪。難熬！

（蟒探頭入甕，噏吸作牛飲介）

（旦）呀，蟒蛇呵，儂家被你嚇癱在這裏了！呀，不好了，他一定要把儂家來下酒哩！（作驚定自笑介）呸！儂家真是痴了！還戀這殘生作甚，送他一啖便了。

【聖藥王】你呵，飲也豪，啖也豪，須知道此間有酒尚無肴。俺呵，左莫逃，右莫逃，是個偷生待斃一僬僥。則任你磨牙吮血作脂膏。

（蟒墻外半身全入，尾掛屋梁，翹首甕外，向旦作得意鳴，倒盤一轉，復垂頭入甕吸介）（旦）呀，蟒蛇呀，你且緩些喝酒，快些兒先來啖我波！

【麻郎兒】我見你搖頭播腦，我知你口急腸枵，你也無須嗜麯餔糟，你也無須盤旋夭矯。

索性把我吃完，再來喝酒，豈不爽利！也免得我在此苦待。我並不心驚肉顫，我並不膚撓目逃，你即管啖波。只是我這個麻瘋病鬼，也不是個好吃的東西，沒有那象鼻駝峰的肥膿甘脆哩！

【後】肉銷，骨燋，血臊。渾不是肌潤膚饒，渾不是脂香粉妙。你只當做一頓的酸虀苦蓼。

我待死之身，恨不得快一刻死了，好把這層愁叠怨，還之太空，也結了這一樁冤愆公案。

【絡絲娘】我這病呵，試無盡千方百草，贏得個朝枯夕薨。到頭來也捱不過這花愁月懊，但求一死早自晨昏禱。

我一向要自尋死，怎奈他們防守得异常嚴密，無隙可乘，只恨沒有妥便的死法。今日難得他們都不在這裏，天賜機會，葬我蟒腹，是我的運氣到了。你啖我下去，還算是千乾萬净哩！

【東原樂】冤家近，狹路遭。我原是自甘鼎鑊如飴好，準備身軀贈老饕。無煩惱，祇算做落海鯨吞，登山虎咬。

呀，蟒蛇呵，你莫是我寄父的化身麼？否則必是我寄父憐我哭得慘切，特地遣你前來招我哩！果然如此，你怎麼還是這般蠢蠢蠕蠕，冥頑不靈，並不懂我的說話呢？

（蟒作酒醉，蜿蜒屈曲，意欲縮回，體硬不能周轉，砰然一聲，墜入甕中，攪擾翻騰，迄不得上，全身入甕，力盡聲寂介）

（旦慌張四顧介）呀，蟒蛇呀，你到那裏去呀？怎麼一瞥眼間，就不見你呢？（匍匐到酒甕邊探視介）哎呵！

【綿搭絮】我只道酒花四濺，一去夭翹，誰料你酒泉滅頂，一醉酕醄。呀，你做個市上青蓮睡一覺，你做個井底知章跌一交。祇憐你尺澤騰蛟，要翻身，難擺跳。

呀，奇怪了，你不聽我的話，我現成的肉體，你倒不吃，只曉得一味饞飲，弄得大醉，竟把這飛騰鱗甲，化做甕裏醯鷄了。哎，可憐，你到底遭了什麼劫呢？

【拙魯速】你走過處風蕭蕭，你撞來時聲嘵嘵，把人家來騷擾。我雖是吃驚不小，拚此身做你的鼎嚌盤肴。誰想你浮白空豪，沉酣潦倒。我依舊生存，你自家先不保。

呀，你莫是要給世間醉生夢死的人，做個榜樣麼？這般說起來，你不是自戕，竟是自误了。你無端覓死，死得確也爽脆。我有意輕生，倒百般的不得死所。看你這樣，未免自愧不如哩！

【尾聲】杯中蛇影真堪笑，這瞎疑團頗難了了。我蜉蝣身世慣寒號，沒來由更向這黯黯蟲天和淚吊。

呀，天已不早，看看他們祭掃將近回家哩！我倒不要再搭這死孽畜說閒話了。這一場飛來的恐慌，我想不說給他們知道，免得郎君又是不安，問長問短。倒累他受了虛驚，又害甘蕉捱了埋怨。這蟒蛇既已醉死，沒甚大事，不過蹧蹉這一甕酒罷了。我索性把他蓋好，過一兩天，慢慢告訴郎君得知罷。

（旦掙扎起身，緩緩蓋好酒甕，整理甕上零星器具，收拾案上祭品進房介）

（幕閉）

第二十三齣　飲鴆

（臺上飾臥房病榻）（旦愁容上）朱顏成緑慘，白日易黃昏。（坐介）

【中呂】【泣顏回】日日坐針氈，一寸眉心難展。贅疣身世，無端延此殘喘。茶烟藥火壁間燈，有例來消遣。看支床鷄骨銷磨盡，剩個身輕如燕。

（作倚窗望介）呀，今夜月明如晝，微風過處，遠遠的管弦雜遝，竹肉嗷嘈，聲聲入聽，令人轉增愁緒哩！

【粉蝶兒】風月無邊，儘開懷都讓與繁華庭院。似儂家晝夜熬煎，甚心情尋樂事，銀簫金琯，祇生生望眼成穿，盼不到這劫灰兒到頭流轉。

呀！今夜寂寥得很，郎君昨夕眠遲，儂家催他早睡。甘蕉未愈，仍在裏邊臥病，儂家又是形單影隻了。想起昨天蟒蛇墜甕，令人毛髮森然，郎君尚未得知此事。這蟒蛇平空飛來，平空溺死，真是奇聞。儂家想他這般死法，雖然出於不意，也算是死得其所哩！

【醉春風】莫笑他香象自身焚，神龍難羽變。他糟邱擇地好長眠，真可羡，羡。看這甕裏乾坤，樽中日月，興殊非淺。

儂家曉得世間最毒者莫如蛇。蛇而爲蟒，是曰蛇王，採日月之精華，鬱山川之戾氣。論其歲數，多則千餘年，少亦數百載。似他這多年神物，一旦斃命，想必大限難逃，來此應劫哩！

【迎仙客】我見他睛似火，額如丹，料他大澤深山多偃蹇。甲鱗鱗，聲喘喘，衹他這毒沫腥涎，已百倍那砒礵煉。

這蟒蛇不死於雷轟電擊，不死於水溺火焚，竟在我家酒甕中致命，就算他得了死所。但這兩三石好酒，把這樣龐大的毒物，浸在裏頭，好酒也化做毒酒了。萬一有人误飲，爲害不輕哩！

【醉高歌】怎經他麯海盤旋，怎經他酒池蜿蜒。釀成禍水香醪變，早攪得清渾莫辨。

儂家想起來，這一甕毒酒，實在沒法安置。若留在這裏，只恐盛夏毒氣薰蒸，萬一延及他甕，飲者受害，則我家酒肆，不免蓄蠱之名，賈禍不小。若把全甕弃去，也很有許多不方便之處。傾之河流，沿河飲水者，必無生全之望，造孽匪輕。瀉之山谷，則草木枯焦，蟲豸淹斃，又傷了天地好生之德，如何是好呢？（沉思良久介）哦，是了，這甕毒酒，原來與儂家大有關係哩！儂家幾度覓死，死不成功，都是不逢其會罷了。這蟒蛇不死於窮谷懸崖之際，特地送到此間醉死，難道不是老天指我死路麼？這蟒蛇死在甕中，除儂家外，並沒有一人眼見，難道不是老天指我死機麼？照這樣看起來，此酒分明送給儂家飲的，儂家飲下去，若像那蟒蛇一般死法，渾渾噩噩，也沒有什麼苦呀！果然如是，此酒不要看做毒酒，這是萬金買不到的好酒哩！

【紅綉鞋】是何异武夷苦荈，是何殊龕赭甘泉，笑沽春不費杖頭錢。我還要舉杯邀明月，把酒問青天。醉醺醺那管這柔腸成寸斷。

儂家細想，昨天的蟒蛇，不是孟浪前來嚇我，分明是捨身前來救我的。飲鴆止渴，古之人有行之者。儂家效法古人，從容赴死，豈不直捷簡當呢！

【脫布衫】託長齋我也逃禪，逢麯車我也流涎。拚做個破釜沉船，莫辜負這草蛇灰綫。

（嘆介）呀，儂家遇了郎君，一往情深，也算是世間無兩，怎奈天不從願，命也何言。留此殘軀，甚於魔障。儂家早死一天，郎君便早一天脫了情網。

况且儂家這般度日，他人雖不生嫌，自家已多惹厭。不如决意自了，轉覺一了百了哩！呀，埋愁無地生何趣，積恨如山醉亦休。

【墻頭花】驚雷掣電，末劫難逃免，準備微軀早化烟。一任那萬丈柔絲，都當做風箏斷綫。

但是儂家一死，原不足惜。一則只怕郎君未明這致死原因，疑團莫破。二則若不將此酒設法銷滅，未免身後累及他人。儂家不可不留幾句後言，以爲預防地步。只是這一紙遺言，如何寫法呢？（低頭作想介）（移燈案上介）（伏案伸紙，舉筆寫介）（寫完念介）琴郎足下，郎得見此書時，妾已冰銷玉化矣！妾非故意畢命，致傷郎心也。妾前生孽重，產於蠻瘴之鄉，蓋呱呱墜地時，妾身已注入死籍。所未死者，妾心耳。妾忍萬苦來滬，妾以心來，不以身來也。郎误以爲妾身既來，可以無死，千方百計以挽救之。郎之心幾碎矣！妾不忍郎心之碎，轉留萬死之身，以貽郎累也。請言妾得死之由：清明佳節，闔家掃墓，妾思海客阿舅，扶病致祭於後厢。突有飛蟒破壁來，盗於甕，醉而僵，滿甕良醅，頓成鴆毒。妾得致死之藥，秘不敢宣，夜靜掬而飲之，妾竟死矣。妾死至樂，郎勿以妾爲苦也。郎如愛妾，乞葬妾於禹迹山人迹罕到之地，即以甕酒爲殉，瘞妾墳前，勿遺後人毒，妾願足矣！老父在堂，前程萬里，毋以妾故，輒自灰心。千萬珍重，珍重千萬。妾邱麗玉絕筆。呀，這一紙遺囑，並沒有一字悱惻纏綿，儂家未免太恝些。究竟人之將死，其言也善。儂家不過胡亂寫幾句罷了。

【小梁州】我呵，煮鶴焚琴也自憐，沒個周全，祇有這鋼刀割斷不牽纏。休留戀，一瞑到黄泉。（向案頭取杯介）

呀，你看他們睡得鴉雀無聲，正是儂家仰藥的絕好機會。儂家索性徑到後面舀了滿杯試一試者。嗳，當罏未展文君技，盗甕誰憐吏部豪。（握燈持杯下）（旦左手擎燈，右手捧杯緩步上）（坐定作將飲介）呀，這酒飲下去，不曉得怎樣發作哩？

【换頭】試此壺漿，不減伊蒲饌，博得個炙膽烹肝，只等你這五臟神來鏖戰。這一杯呵，分明是索命追魂宴，休說是延年却病丹。（舉杯先嗅介）

呀，這酒芳烈無比，沒有什麼腥臭的氣味呀！（仰面竟喝一口介）

【哨遍】猛可地傾觴一咽，死到臨頭，也自覺心驚顫。呀，死罷了，怕甚麽！（連飲數口介）想人生如夢醉如仙，轉眼間脱殼作金蟬。儘翩躚，丟却這千瘡百孔的臭皮囊，把這魂靈兒好付與六道輪回轉。呀，儂家逆天而生，順天而死，不得謂死於非命。拈花微笑，情根散作飛灰。對酒當歌，世事譬如朝露。咦，未了因緣渾不管，他生會合更難期。紅塵債，風馳霧旋。但算個今生積欠，再世來還。只恐郎君情重，未肯干休，對此遺軀，正不知如何悲悼耳！恨沒得那罡風煽我骨颺塵，轉累你愛河葬我淚滔天。忒傷心剩這四壁蟲聲，滿几茶香，一階花片。（掩淚悲慟介）

儂家聞得误飲蛇涎者，遍身骨肉化爲清水，果然如此，更爲乾净了。也免得剩這遺骸，爲郎君觸目傷心之具哩！（忽作驚异介）哎呵，儂家喝乾一杯，良久良久，心裏並不見得什麽難過呀！怎的這等利害毒藥，不會發作呢？……呀，你看燈花結蕊，業身還在人間，蓮漏傳更，永夜並無鬼趣。真奇怪了！

【四邊靜】森羅十殿，料沒有牛鬼勾魂把令傳。看這鏡裏愁顔，枕邊病靨，只依樣葫蘆不變，轉離得這陰山遠。

呀，酒香入腦，有些醉意上來了。莫是這酒要慢慢的令人麻痹麽？這般性緩，想是儂家飲得太少哩！索性多舀幾杯，催他快些兒發作罷。（取壺移燈再下）（持壺作注滿狀，擎燈上）呀，這一壺酒，大約有十大杯之數。儂家打算一起喝下去者。（取杯傾滿再喝介）呀，奇怪了！這酒咽下咽喉，怎般爽快呀！通身筋節，只覺得羅羅清疏，並沒有酸楚了。

【煞尾】酌葡萄難將血肉銷，灌醍醐轉覺精神健。怎般死法，就是登仙證佛，料沒有這樣快活哩！（取杯連傾連喝介）更飛觴，當他個南浦臨歧餞，直飲到眼暈頭昏成瞑眩。

呀，儂家醉了，孟婆未來，趾離先至。只索睡他一睡罷。（收拾壺觴介）（緩緩登床，展衾靠枕入睡介）

（幕閉）

第二十四齣　脱癞

（臺上布卧房夜景，更鼓五敲，几上明燈一盞，旦扇鑪溫酒，取杯斟飲，復傾酒盆中，和水盥洗介）（坐介）

〔虞美人〕銀釭灩灩搖金粟，夢繞瀟湘竹。檐端雨溜幾時晴，總是淒淒滴滴做春聲。更闌自起煨醽醁，澆盡愁千斛。甕頭夜夜醉飛觥，勝似交梨火棗五侯鯖。呀，儂家只道蟒蛇入酒，毒可殺人，那裏曉得倒是一劑靈丹妙藥。儂家第一夜服下此酒，一睡到曉，覺得腹中微痛，起來瀉了數次，轉覺神清氣爽，燥解煩祛。只有皮膚奇癢非常，儂家便掬酒洗滌，說也奇怪，一洗之後，不但癢止痛除，身上破爛處，便自膿消痂結，瘢瘃處亦漸漸平復起來。過一兩天，痂瘢盡脫。連宵洗服兼施，愈覺骨節疎鬆，肌膚柔潤，對鏡一照，仿佛認得數年前故我。儂家曉得這病大約十愈八九了。呀，這幾天儂家串出這般戲文，却幸沒有一人知道，這是何故呢？甘蕉病仍未愈，郎君自那日祭掃回家，冒雨得了瘧疾，睡在外邊，好幾天不見面了。這裏除了這最知疼最著熱兩人外，只有侍墨書僮日裏送茶送飯，別的婢嫗不輕易走到此間，所以一聽儂家自由卧起，自由飲擦，沒有人來閒管。儂家忽然病癒，若給他主婢兩人知道，不曉得怎樣歡喜哩！呀，多坐片晌，不覺天已大亮，你看鳥聲清哢，雨意已消，日影漸漸上墻了。

【商調】【憶秦娥】晨曦透，膽瓶斜供桃花瘦。桃花瘦，如花人面，瘦容依舊。湘帘棐几消清晝，春光漸入眉梢逗。初晴天氣，黄梅時候。

（起來細步介）呀，今天步履也健得多了。哪，這裏几畔的針綫刀尺，不是甘蕉做的生活忘記收拾麼？儂家久不彈此調了。記得床頭還有一件舊衣，未曾補綴，何不試此活計，以資消遣呢！（坐定，取舊衣補綻介）（小旦淡妝笑容上）開到荼蘼花事了，闌珊一病已殘春。俺自寒食卧病至今，屈指十餘日了。丟得小姐沒人作伴，真正令人急殺。不意相公冒冷，也染了瘧疾，小姐越發形單影隻了。剩得侍墨這書僮，沒頭沒腦，那裏懂得伺奉？不曉得小姐的茶飯有無缺乏？藥物有無預備？日內病體有無增重？俺實在百不放心，今早稍可支持，須先瞧小姐一瞧者。（作入房介）呀，小姐，俺甘蕉多日不見你了。

（旦停針視介）呀，甘蕉，十餘天不見，想殺儂家了！你的病都好了麼？

（小旦）勞小姐懸念，俺病好了。哎呵，小姐！你怎麼有這般興致，做起針綫來呢？

【意遲遲】你弱質懨懨長在疚，病骨如柴瘦。怎今朝態度轉夷猶，阿蒙吳下睽違久。你春風滿面甚緣由？爲甚的縫裳不倦纖纖手。

（旦微笑介）呀，甘蕉，你不曾知道麼？你的病好，我的病大約也好了。

（小旦喜躍介）呀，小姐，喜殺甘蕉了！你當真病好了麼？你吃什麼藥好的？相公可曾知道？

（旦）相公不曾知道！我吃藥雖是吃些，但吃的不是凡間的藥哩！

（小旦作驚訝介）俺甘蕉不信！不是凡間的藥，那天上的藥，是誰人送來的？

（旦笑介）你不要慌，儂家慢慢說給你聽波！

【金落索】我呵，依人已自羞，掙命知難久。碧血沙蟲，一任爲芻狗。甚朝吁暮愁，儘啾啾。鵜鴂啼春蟀怨秋。雖則他梅花和月寒相守，怎奈我紅葉題詩水不流。真辜負，滿拼個琉璃破碎恨悠悠，想不到神山夢遊，仙醫藥投，伐毛洗髓嘗天酒。

（小旦）呵，原來是夢中吃了仙藥的！小姐你這樣好人，自有百神呵護。只是沒踪沒影的話，俺總不十分相信。到底你的病有沒有愈，讓甘蕉細瞧一瞧波！（倚旦肩撫旦髮，前後左右瞧介）

（旦笑介）你這傻丫頭，莫是瘋麼？怎的把我這般儘瞧呀，難道不認得我麼？

（小旦不答，再握旦手，攬袖細視旦臂介）呀，真不錯呵！怎麼幾年的病愈的這般快呀？

【金井水紅花】你霞頰紅光透，你雲鬟緑黛油。忒嫵媚漸溫柔，囀珠喉更聲聲圓溜。你自家知否？好夢醒羅浮，你苧蘿已解捧心愁也囉。春纖露指，梨暈生渦，秋水盈眸，驀現出蘭芬蕙秀。想福星來照，病魔遠投。凡胎頓換，病根不留。看取這當年面目，還你廬山舊。

呀，小姐，可惜相公這幾日病瘧，不曾曉得。若知道你的病好呵，管叫他喜得打跌哩！俺索性報與他知道者！（疾跑下）

（生病容，擁裘束帶，疾步上）（小旦隨介）

（生）紗窗聽得紅娘報，抵却髑髏詩一篇。俺無端病瘧數天，正在發冷，忽聞甘蕉傳說小姐病愈，俺心花一開，把瘧鬼都嚇跑了。

【琥珀猫兒墜】喜從天降，剗却萬千愁。報導心上人兒一病瘳，還疑是夢中囈語沒來由。呀，甘蕉，小姐當真好了麼？（小旦）誰說謊呀！小姐現坐在窗前，相公不信，瞧嗎！（生注視介）凝眸，好一個綠鬢宜春，花貌宜秋。（作入房介）

呀，我的小姐，俺一病數天，未來看你。甘蕉說你病好，你當真好了麼？

（旦起立讓坐介）呀，郎君，你病瘧未痊，何不靜養，跑出來作甚？儂家的病當真好了，甘蕉不是說謊呀！

（生）俺聞你病好，喜得一躍，汗出體鬆，這瘧疾大約也好了。小姐呵，俺恐怕是做夢哩！怎麼會得見你的舊日沒病容顏呢？

【前腔】別來無恙，皓齒更明眸。我只道碧海青天有盡頭，誰信是月宮靈藥你能偷。小姐呵，俺並無他望，只望你的病好。哈哈，難得今天，你的病居然好了，真是夢想不到呀！何求？只要你減却呻吟，贏個綢繆。

只是小姐你的病數年不減，百草無功，怎的一旦斗然脫體呢？甘蕉說你夢服仙藥，這話俺不明白哩！我的小姐，你不要藏頭露尾，快一點兒說給我聽罷！

（旦微笑介）不瞞郎君，你要知道儂家病好根由，且看這一紙遺言波！（旦取出遺囑，生接讀，驚駭，吐舌、搖頭、揮淚介）呀，有這般事麼？那裏來的巨蟒作怪，難爲小姐，嚇得破膽了。哎呵，我的小姐，你當真仰藥而死，我陳綺還有命麼？只是這般毒酒，你到底有飲沒有飲呢？

（旦）呀，郎君呵，儂家不飲這酒，那得有今日呢！

【集賢賓】我沉疴得痊原不偶，全仗這甕底蟠虬。謝潛鱗造出麻姑酒，一杯杯灌下咽喉。無非是蒙天暗佑，纔把這病魔驚走。這奇方呵，真難覯，抵百斗的靈砂勾漏。

（小旦笑介）呀，原來小姐却服了蛇酒而愈，怎麼竟說夢中飲了天酒呢？

（旦笑介）先前我不過說笑罷咧，你便相信！如今確是實話。你再不相信呵，那蟒蛇還在甕中，你去瞧波！

（生笑介）呀，甘蕉，小姐說的話原有含蓄，是你不會明白哩！若論這酒，人間那裏覓得到，分明是個天酒咧！

【前腔】誰想是蛇王捨身相急救，醫得你痼疾全瘳。總是蒼蒼憐你居心厚，遣飛龍宛轉來投。呀，可見得你這麻瘋，世間的庸醫凡藥，都不濟事哩！羞煞那名醫國手，抹煞那神針法灸。誰能够，驀地裏消灾延壽？

只是小姐，這酒也難爲你喝得下口哩！你到底飲了幾次？你是冷飲還是熱飲呢？

（旦）儂家先前也猜道這酒腥臊惡臭，難以入口，但那夜求死心切，便是蟒肉，儂家也要嚼下去哩！何况是酒！

【前腔】念人生不如杯在手，拚一瞑此外無求。不想這酒倒也香烈，絲毫沒有蛇腥氣味。儂家第一次確是冷飲，飲後便醉，醉醒便瀉，瀉後遍身發癢，以酒塗擦，瘡毒盡消，儂家纔覺得是個對症的良藥。從此一連數夜，換了熱飲，内服外洗，便一日好似一日了。誰料連宵酩酊奇功奏，仗杜康解盡煩憂。儂家自己攬鏡一照，也自覺希奇哩！想這酒呵，他會調劑了環肥燕瘦，他會恢復了蛾眉螓首。從今後覓不到宿瘤嫫母。

（生大喜介）呀，謝天地！原來你喝得這般爽快哩！

【前腔】嘆卿卿苦心天不負，難爲你大白能浮，把姮娥換却無鹽醜，倒作成我鳳侶鸞儔。但是小姐你新愈之身，更宜百般愛惜。須曉得你這無瑕玉體，經過了死死生生，不是容易得來的呀！莫將閒事來閒管，且把香軀刻意憐。則望你珍重這紅裾翠袖，呵護這唇櫻腰柳。一任微風逗，再休問那池波吹皺。

小姐呵，你現在雖未十分復原，我想你慘緑愁紅，已歸夢幻，豐肌盛鬋只在眼前。再過數日，更要刮目相看了。

【梧桐墜五更】〖梧桐樹〗你寒梅幾度修，你淡菊依然瘦。新月初三會，自有十五盈盈候。你風箏不误誰驚醜，錦瑟華年，好景憑消受。〖五更轉〗彌補你年年苦惱兼僝僽，不數那江南紅豆，漢南緑柳。

我真正想不到，你會得這般病好呵！回思前事，真同電影浮漚，別具痴心，何憚天荒地老。你守到這一日，我也盼到這一日。哈哈，我好樂呀！

【尾聲】我盼你早日凝妝上翠樓，展放從前眉兒皺。一聽那蟲絲繭迹散閻浮。會看你怨綺愁紋翻錦綉。

只是這甕中死蟒，甘蕉膽怯，且慢些去瞧，免得大驚小怪。這事大家尚未知道，且等小姐全愈後，通知他們，齊來一瞧，豈不甚妙！小姐以爲何如?

（旦點頭介）過一兩天同瞧，亦無不可。儂家尚須再行飲洗哩！今夜儂家仍自往掬酒，甘蕉，你只替我扇爐煨熱罷！

（生）小姐呵，俺須報給爹爹知道這喜信罷！（旦點頭介）（生疾趨下）

（旦）春光却被宫鶯泄。

（小旦）好事還看海燕栖。

（幕閉）

第二十五齣　驚衆

（副末作封翁打扮上）（笑介）哈哈，想不到吾媳的麻瘋，竟然獲愈。不虧他一片精誠，怎得這百靈護助。若說起這條蟒蛇，吾兒年輕，却不明白，俺倒曉得他的來路。俺幼時便聞父老傳說，這條蟒蛇，蟠據禹迹山中，已有千載，從不出來噬人，惟疾風雷雨時，偶一盤旋林際耳。昔年曾有番僧到此，入山求其片鱗隻甲，以醫癬疥拘攣之疾，迄不能得。何意老天特留此藥，專療吾媳！若論吾媳，真不愧爲世間一個奇女子！他種得好因，自然收得好果。可見禍福無常，惟人自召，這句話沒有落空哩！只是吾兒何德獲此賢配，俺亦何德，獲此佳婦。俺惟有叩謝天恩了。呀，俺想起當日吾媳行乞到淮時，親族鄉鄰，知道俺收留了麻瘋媳婦，百般訕笑。這些碌碌庸流，眼光如豆，原不足較。只是受了他們冷嘲熱諷，亦自可惱。現在吾兒完婚在即，若不先給親戚們知道此信，不但吾兒無以自明，吾媳一段苦情，未免埋沒了呵！侍墨何在？

（小丑應上）有！侍墨在這裏！

（副末）我的親眷家裏，你都認得，你給我走一盪，通知他們說，粵西來的邱小姐，麻瘋已愈了。

（小丑笑介）啓老爺，要不要說蟒蛇的故事呢？

（副末）不要你多話，只說病愈便了。（小丑答應下）（副末下）

（小旦淡妝笑容上）（仰天視介）呀，天已晚了！月意如人意，今宵分外明。

（小丑上）呀，甘蕉姐，你又在這裏玩月哩！

（小旦）侍墨，你看月兒好不明亮呀！

（小丑）甘蕉姐，你只愛月亮，今晚堂上張燈，纔是明亮哩！

（小旦）什麼事張燈呀？

（小丑）老爺因爲咱們小姐病愈，叫我通知各家親眷。他們知道此信，個個女人家，都趕來看希罕。老爺叫酒保們鋪設客堂，點起燈燭。小姐大約要出去賞他們的臉哩！

（小旦笑介）呀，有這事呀！

【南呂】【懶畫眉】撥開濃霧碧天蒼，一朵紅雲捧月光。畫堂燈燭已輝煌。報導諸姑伯姊齊來降，要看這石破天驚戲一場。

呀，侍墨，有鄰里的女眷沒有？

（小丑）沒有。鄰里不曾通知，來的都是親戚們，有十幾個女人妝得花紅柳綠，一個賽一個哩！

（小旦）呀，奇怪了！尋常這裏請他們沒有來，怎的今日這般高興呢？

【不是路】環珮趨蹌，錦上添花爲底忙。見說多親黨，脂攢粉簇鬥新妝。忒炎涼！閒時沒個來探望，到底人情紙一張。（小丑）呀，甘蕉姐，你不要罵他們，他們來了也好。我看他們個個自以爲美，若見了咱們小姐，相形之下，真是小巫遇著大巫哩！（小旦笑介）呀，不錯呵！真非枉，把天花付與凡花賞，越顯得佳人無兩，佳人無兩。

（副末上）甘蕉，在這裏嗎？

（小旦）有！老爺何事呼喚？

（副末）各家太太小姐們，聞得邱小姐病愈，大家都要刮刮眼。你進去告知小姐，引出客堂，給衆人賞鑒賞鑒罷！我曉得你頗能說話，各親眷若詢及小姐病愈詳情，你便細細說給他們知道者。（小旦答應下）（副末下）（小丑隨下）

（臺上布大廳夜景，燈光閃爍，左右設坐椅十數，貼旦或十人，或八人，扮女眷，濃妝艷服次第上，各讓坐介）（搽貼數人，扮婢媪，奔走伺應介）

（小丑跑上介）來了，來了！咱們病愈的小姐出來了。（小旦引旦淡妝雅服徐步上）

【夜遊宮】扶出莊嚴寶相，似一枝露艷凝香。也不設氍毹步障，也未披綷縩羅裳，只把這鬢雲梳，眉岫掠，眼波颺。

（衆起立，爭前圍繞注視介）（驚介）呀，好一位美人兒也呵！呀，好一位美人兒也呵！呀，這般俏麗，咱們淮南罕曾見呀！

（小旦引旦向衆斂衽作禮介）呀，諸位太太奶奶小姐們，俺麻瘋小姐在這裏拜見哩！

【採茶歌】披素氅，曳明璫，認姻婭，拜姑嫜，消受了聲聲贊嘆語悠揚。須知道呵，他便是托鉢沿門襤褸女，原非雲端落下杜蘭香。

（衆還禮介）（笑介）你這丫頭，長了幾歲，越發貧嘴哩！好好的一個絕代美人，還說什麼麻瘋咧，襤褸咧，不怕小姐動氣嗎？

（小旦讓衆坐，旦陪坐介）

（小旦笑介）不瞞列位說，俺小姐原是麻瘋出身的，如今雖不麻瘋，難道便忘了麻瘋的日子麼？

（衆笑介）咱們也聽得人說，小姐的貴恙，從前利害不過，想是傳訛罷咧！如今分明是個西子南威，分明是個洛神龍女，真是聞名不如見面，見面勝似聞名了。

（小旦笑介）呀，列位們只見俺小姐的今日，不曾見俺小姐的前日哩！

【月兒高】謬承誇獎，幸福蒙天貺。想起他當日呵，艱辛備嘗，說不盡朝悲夕惘，六月飛霜。陷入無遮網，誰相諒。都當個窮奇魑魅，只剩得苦伶仃暗自傷。

（衆）你這丫頭，竟曉得小姐的苦况，真是難得呀！咱們今天約會前來，一則急要賞鑒這位小姐的丰采，二則也要聽聽他從前的歷史，並及此次病愈的緣由。小姐初次見面，不便自述，你曉得恁般親切，便說給咱們聽罷！

（小旦）列位若不嫌煩絮，小婢便略述一二波！（旦低頭不語介）

（小旦）說起俺小姐呵，他在粵西邱府做小姐時節，確然如花似玉，不是麻瘋人兒，俺相公入贅時，親眼見過的呀！

【豆葉黃】今日個雲消月朗，提舊事倍悽惶。那粵西的過癩澆風，千家一律，想列位也曾聞過。俺小姐若也隨波逐流，俺相公便沒命了。想著他自守葳蕤，想著他自守葳蕤，誓不逐桃花作浪。畫屏綉帳，鴛衾象床，驀地裏把綺霞推散，驀地裏把綺霞推散。一任墜溷沾泥，換得個天遙恨長。

俺相公回淮讀書之日，便是俺小姐在粵得病之時。俺小姐一得了病，他的親生父母，憤他違命，也不認他了。他的同胞兄弟，怕他傳染，也驅逐他了。可憐俺小姐家居不得，竟陷在麻瘋病院了。（旦低頭垂淚介）

（小旦）叵耐那院主不是人類，百般虐待。俺小姐俯仰身世，舉目無親，決意懸梁自盡，這時候若不虧黃家舅老爺，那得俺的活命小姐來淮呢？

（衆驚詫介）呀，黃家阿舅不是死了已久嗎？

（小旦）是呀，便是舅老爺一靈不昧，來顯神通呵！不虧他臨難扶持，那囚牢裏插翅難飛，俺小姐怎得出來呢？只是出來便出來呵，這路上又是艱難萬狀哩！

【嘉慶子】走天涯蹴遍榛和莽，感鬼俠風雪同行，扮乞丐蓮花歌唱。到而今有餘韵繞滄浪，有熱淚落瀟湘。

俺小姐一路顛連辛苦，走了經年纔到咱們這裏哩！

【伊令】他呵，孤另另間關尋訪，悲切切登門悒快。似這樣深情獨往，問若個痴心相彷。俺小姐千里來淮，不過欲見俺相公一面，並無他求。俺老爺相公，歡迎優待，替他求醫覓藥，也算是知恩報恩，光明正大。還有什麽不可見人之處呢？叵耐那俗眼無珠，還要冷笑閒評謅短長。

可憐自從小姐來淮，俺甘蕉也聽了不少閒話哩！幸得小姐病中沒有知道，若知道呵，管教他立地氣死哩！

【品令】他滿懷骯髒，搊斷了九回腸。可憐他支離病榻，也沒見鬼來張，只剩個檀郎早暮相偎傍。嘆葭莩戚眷倒不及那深山蛇蟒，多謝伊千里鵝毛送到長生不死方。

（衆變色介）呀，你這丫頭也忒胡柴了！怎麼把親眷們比起蛇蟒來呀？

（小旦笑介）呀，列位呵，不要聽錯波！俺這裏當真有個蛇蟒送藥來哩！小姐的麻瘋，不仗這巨蟒來救，怎會好呢？

（衆驚异介）呵，這話咱們不明白哩！怎麼巨蟒會得送藥來呢？你快說下去罷！

（小旦招小丑來前介）呀，侍墨，你稟明老爺相公，叫酒保們把那甕扛出來罷！

（小丑應聲跑下）（雜扮酒保四人舁大甕上）（小丑隨上）（揭起甕蓋，以巨繩拖出死蟒，露頭甕外介）

（小旦）呀，諸位瞧呀，這蟒便是清明日纔來的。

（衆注目驚慌介）呀，怕煞怕煞！那裏來的這紅角巨蟒呀？

（小丑笑介）不要慌，不要慌！這是死的呀！（仍放蟒下甕閉蓋介）

（衆定介）呀，還幸是死的，若是活呀，立地要把人嚇死哩！

（小旦笑介）俺小姐當日不是見了活的嗎？

（衆）難道小姐不怕嗎？

（小旦）小姐還望葬在蟒腹哩！怕什麼！

（衆）呀，甘蕉，這蟒既是送藥前來，那得會死？他到底送的什麼藥呢？

（小旦笑介）這死蟒便是藥呀！

【么令】可知是天公奇想，早排下中山酒場。斗遣這神物醉僵，斗遣這神物醉僵，迫得他夜夜飛觴。他只道飲鴆吞蝗，拼做個琴在人亡。誰想這酒呵，可口更甘芳，抵無數椰漿蔗漿。

（衆驚奇介）呀，原來是喝了這酒病愈呀！

（小旦）說起這酒靈妙，不但可以内服，還可以外敷哩！

【江兒水】洗却周身瘴，贏來撲鼻香。屠蘇治瘵天孫恙，網羅解脱天魔障。畫圖省識天人相，漫道廣陵絕響。看他雪上加霜，煉出這素娥模樣。（酒保舁大甕下）（小丑隨下）

（衆咋舌介）真是奇聞异事！（嘖嘖向旦嘆賞介）

（甲）曖呵，小姐，你真是吉人天相，苦盡甘來。緑琴好福氣呀！（旦低頭不語介）

（乙）若是咱們做緑琴時，便要换一番看待。黄金作屋，白玉爲床，百倍奉承他纔好哩！

（丙）這樣秀色可餐，俺難得天天伴他哩！

（丁）俺也情願學甘蕉一般，做個貼身侍婢，替他掃地焚香也好！

（小旦笑介）小姐來滙匝歲，俺甘蕉先前不曾聽見這般好話呀！

【梁州第七】笑風塵偏多皮相，論渤澥怎可蠡量。誰料他戾庈有福今朝享。他好比羚羊香象，他何須玉琢金鑲。他儘可驚鶯妒燕，他絕無寶氣珠光。經許多夢裏黄粱，捱許多劫裏紅羊，纔博得這翩翩彩鳳對文凰，好贈與人間譜出鈞天唱。須知道恢恢天網自開張，問誰能慨慷激昂。似他這良心結果毫無爽，信窮通無二樣。莫因這富暖貧凉，失却了國艷天香。

（衆笑介）呀，甘蕉，你這伶牙俐齒，未免咄咄逼人了！

（小旦謝介）不敢不敢！俺甘蕉何人，豈敢開罪列位？俺甘蕉性直口快，所謂箭在弦上，不得不發咧！

【奈花子】莫怪俺口角如簧，鬱牢騷久難宣暢。借兹杯酒澆塵块，譬妙曲大家欣賞。悲壯，索飛上九天高唱。

（搽、貼近前介）呀，甘蕉姐，你莫是駡我們哩？小姐病時，我們只爲怕得慌，並不曾盡些孝敬，現在想起來，未免對這良心不住。不曉得小姐怪我們没有？

（小旦）小姐度量如海，那便見怪！俺甘蕉滿肚裏不舒服，很怪你們當日不應該哩！今夜索性直説出來，省得太太奶奶小姐們疑我指桑駡槐呀！

【東甌令】乘閒逬，細平章，少不得俺這竹裏樵青來引吭。俺呵，低人只合與低人講。誰是闕疴癢，管教你猛聞棒喝背生芒，回去也自思量。

（搽、貼低頭謝介）承你甘蕉姐見教，咱們曉得悔悟了。下次再有麻瘋人兒到門，咱們掩也掩他進來，死都不怕了。（向旦謝罪介）呀，小姐，咱們下人有眼不識泰山，乞小姐恕罪罷！

（旦麾袖介）呀，甘蕉，你真是多事！他們識見不過爾爾，却比不得你，還要搜根究柢則甚呢？

（衆大笑介）難得小姐度量寬洪！小姐呵，你來淮抱病多時，咱們親眷，不曾來瞧你一次，實在大大不該哩！統祈你包涵波！（向旦作禮介）

（旦起立斂衽介）諸位太太小姐，不要聽甘蕉的話波！儂家來淮一載，有病在身，不能一一造門叩見，儂家也有不是哩！

（小旦笑不可仰介）妙呀！

【尾聲】俺這分司刺史真狂放，無端嘵舌哄了華堂。你看那紅粉雙行齊俯顙。

呀，列位太太奶奶小姐們，不要客氣波！統算甘蕉的不是罷！恕俺小姐病體新痊，不能久陪。列位既來，還請多住數天，相公吉期不遠，吃過喜酒回去波！

（旦起向衆辭介）（小旦扶旦徐徐下）（衆隨下）

第二十六齣　合巹

（生飄巾麗服，笑容徐步上）

【仙呂】【賞花時】離恨天開婉嫿圖，丹鳳銜來月老書，破題兒喜氣溢門閭。收拾起愁雲悶雨，開綺閣，備青廬。

呵，列位們，可曾曉得俺陳綠琴今天心裏的愉快，纔算得真正愉快哩！俺與麗玉小姐三生有約，十死成盟，經多少展轉周遭，歷多少艱難愴楚，今日方纔遂俺心願，可見得天下的奇事妙事，定要千回萬轉，水盡山窮，一

旦苦境回甘，方算得奇，方見得妙。倘使一拍即合，一搓即圓，那就味同嚼蠟了。正是若教容易得，便作等閒看。（坐介）

（小丑扮侍墨上）呀，相公，甘蕉姐說，小姐嚴妝將竟，不過輕描淡寫，請相公進房瞧一瞧，到底對不對呀！

（生笑介）小姐天然玉貌，隨便怎麼妝點，都好哩！有什麼不對呀？（向內望介）呀，你看內房燈光照得雪亮，天已晚了麼？

（小丑笑介）天晚了，這裏外面也上了明燈，怎麼相公倒瞧不見呢？

（生笑介）呀，我真糊塗了！你對甘蕉說，隨便怎麼修飾都好，我在這裏紗窗也望得見哩！（小丑下）

（生向內瞧介）呀，原來甘蕉倒會梳裹，把我的小姐扮得這般出色呀！

【後】燕尾盤蛇別樣梳，淡掃修眉曳錦裾。呀，你看我的小姐站起來了。果然穠纖得衷，修短合度呀！妝罷侍兒扶，三星在户，艷奪夜光珠。

（笑介）哈哈，俺與小姐真算是天緣巧合。有今日的美麗光陰，令人却想當初的張皇情事。俺當初若沒有粵西一行，怎得今日這般滿志呀！

【村裏迓鼓】不到了瞿塘灩澦，怎遘這散花天女？吳頭楚尾爲伉儷，如牽紅縷。笑穹蒼，工戲耍，驀把個蓬山橫阻。偏教你藏了璞玉，塵了寶鏡，暗了明珠，屈受那沒來由的連年毒蠱。

俺想小姐，當初在邱府時節，嬌生慣養，真如寶貝一般。邱府若始終憐惜，留他在家養病，我的小姐也不免侯門似海，老死閨中了。豈能跳上舞臺演出這場離合悲歡的劇本呢？想起俺的丈人邱子木，無端釀起了家庭變態，倒成就俺夫婦奇緣。丈人呀，俺却感謝你不淺呀！只怕我的小姐這一節轉關兒，還不曾明白哩！

【元和令】你只道羅敷自有夫，你却怪謝公不憐汝。若不虧他老羞成怒弃嬌姝，則你這可憎才怎嘗百苦。到而今呵，甘霖一霈活千枯，你可感這老頭兒恩也無？

（小丑上）相公不去大廳上瞧熱鬧嗎？

（生）甚麼熱鬧呀？

（小丑）賀客都擠滿了。

（生作訝介）呀，奇怪了！俺寡交得很，除了寥寥幾家親眷外，還有什麽賀客呢？待我張一張波。（生跑到臺前作張介）呀，你看嗎，扇影衣香紛雜遝，香烟人氣兩氤氳，就是聽戲也沒有這般擁擠哩！

【上馬嬌】不是親族鄰，便是姊妹姑。村的俏的盡來娱，蓬門一哄香車駐。妙呀，你看他們的視綫都注在裏頭呀！盱，眼光齊射茜紗幮。

（雜上）老爺傳命，吉時將屆，請相公作速更衣出堂，行結婚大禮者！

（生應介）（舞臺旋轉）（臺上張燈結綵，鼓樂齊鳴，賀客各分男女，排列兩旁介）（生吉服上，小丑隨介）（生左右盼介）

【勝葫蘆】金碧輝煌麗且都，雅樂奏笙竽。（小旦扶旦淡妝麗服緩步上）（生注視介）捧出凌波羅襪步，十分婀娜，萬方儀態，踏上錦氍毹。

（雜扮儐相上贊介）〔菩薩蠻〕夫妻本是同林鳥，和鳴難得年華妙。聯臂一聲歌，今宵明月多。珊瑚交玉樹，咫尺銀河路。一水度雙星，飛橋駕彩屏。吉時已到，請新郎新娘，行正式交拜婚禮者。（生旦交拜介）（衆鼓掌贊嘆介）（生注視介）

【後】款款腰肢堪楚舞，細響動瑤琚。盈盈一拜，嫣嫣一盼，雙頰綻芙蕖。

（臺正面設祖先木主，爐香繚繞，儐相贊新郎新娘行廟見禮介）（生旦向木主拜介）（副末盛服上，儐相贊拜見介）（生旦雙拜副末介）（副末下）（樂作介）（儐相贊掌燈送新郎新娘入房行合巹禮介）（數貼掌燈前導，小旦扶旦繞場緩行，生後隨介）（儐相下，衆隨下）（生注視介）

【後庭花】你看碧紗燈紅焰吐，博山爐檀麝兒炷。行行蓮炬迎花貌，陣陣衣香襯雪膚。哎呵，俺在粤西邱府入贅之時，明明也是這般景象，俺莫是入了夢麽？慢躊躕，分明是劉郎前度，莫再把這良緣误。誰道新人不如故，似這樣花燭重歡古所無。（作到洞房介）（小旦扶旦先入介）（生遲疑審視，不遽入介）呀，這房子分明是俺家的房子，不是蜃樓海市呀！（作悟介）呸，不管他是幻是真，對名姝酌美酒，這也是難逢的雅集。俺好夢做過一回，何妨再做一回呢！洞房信不虛，佳人豈向隅，好共醉這葡萄酒一壺。

（作入房介，小丑隨介）

（舞臺再轉）（臺上布新房景，字畫圖書，排列嫻雅，明燈照耀如晝，中設綺筵，生東向坐，小丑執壺侍，旦西向坐，小旦執壺侍介）（生左右盼，旦微笑介）（小丑、小旦各斟酒介）（生勸旦飲介）（旦微笑，略略點首介）（生滿飲一杯，復周遭顧盼介）

【柳葉兒】遍屏後裙釵楚楚，瞧金童玉女投壺，銷魂京兆看眉嫵。催妝句，合歡圖，又教人身墜華胥。

哎呀，俺這夢有些趣味呵！

（小旦笑介）你瞧相公，還在那裏說夢話哩！（旦微笑介）

（小旦）呀，相公，你做的什麼夢呀？

（生笑介）俺只怕今夜不是合巹，分明是合掌了。

（小旦笑介）甘蕉不懂這話哩！怎麼叫做合掌呀？

（生笑介）譬如做八股的，前後意義重複了。

（小旦笑介）敢是相公頭巾故態發作哩！這裏是洞房，不是試院，怎麼談起八股來呢？

（生笑介）俺前數年粵西的幻夢，又到眼前了。若說不是夢呵，怎麼景色這般逼肖呢？

（小旦笑介）不曉得當初小姐身畔，有俺甘蕉沒有？相公身畔也有個侍墨沒有？

（生笑介）有呵，有呵！（指點介）你瞧嗎！

【寄生草】一樣床前月，依然架上書。傳杯家僕原知趣，窺人竈嫗偏垂顧，貼身閨婢能溫語。你不信呵，試問小姐，當年不是這般景象嗎？（小旦笑介）奇怪了，怎麼俺甘蕉却有兩個呢？（旦匿笑介）不錯呀！當日有個侍婢名叫嫣紅，與你身段一樣哩！（小旦笑介）哦，原來有這般仿佛哩！請問相公，還有什麼不相似的沒有呢？（生注視良久，笑介）不相似的只有小姐的容顏哩！俺記得小姐當年面色沒有這般喜笑呀！只缺少了他的眉巔蹙斷碧山雲，眼波漲滿瑤池雨。

（小旦笑介）可不是哩！當年是憂，今日是喜，自然當年是假，今日是真了。

（生大笑介）著呀，著呀！原來今日確是真境呀！既是真境，俺便放膽痛飲了。（旦笑不可仰介）（小旦斟酒勸飲介）（生旦對飲介）

（生）呀，小姐呵，你我有了今日，不免又想到當初哩！

【般涉】【耍孩兒】燕勞化作紅鸞譜，好良宵再難辜負。追思舊事笑胡盧，俺夫妻等是窮途。我則悲歌乞塊羞重耳，你也夤夜逃關學子胥，一對卑田侶。還憶否，激昂越曲，頓挫吴歈。

（旦笑介）這些情境，每一念及，都在目前，那得便忘！但是舊事如烟，不堪回溯，說起來未免招人齒冷哩！

（生）畸人玩世，俗眼何知？任他們訕笑罷了！俺想起來，不仗你精誠一片，怎能彀金石爲開呢？須知今日的千歡萬悦，都是當初的千灾萬難煉出來的呀！

【三煞】移山莫笑愚，回天事豈誣。錯中不錯誰能鑄？信是子規泣恨山成血，精衛填冤海亦枯。蔗境甘先苦！多謝你對花短嘆，望月長吁。

（旦）回想當日，未免令人痛定思痛。（生大笑介）痛楚者如意之媒介，今日只要痛定思樂，不要痛定思痛了。

【二煞】你我呵，雙雙泣路隅，雙雙結綺襦。沉沉子夜歌金縷。美人幸不歸吒利，嬌客居然是老奴。（小旦笑介）（旦亦笑介）（生注視亦笑介）一笑瓠犀齲，且消受娉娉荳蔻，再休吟采采蘼蕪。

（小丑舉壺斟酒介）（小旦執旦杯，與生换飲介）

（生笑介）小姐呵！

【一煞】昔爲富室姝，今爲酒肆胡。迷離撲朔真成趣，看你這洞庭龍女鬟如霧，滄海鮫人淚化珠。俺一介書生，何修得此？占盡閨房福！想日後畫眉有甚，問人間結髮誰如？

（貼上）啓相公，老爺傳命，夜不早哩，相公小姐不要過飲了。

（生旦俱起立，小丑與貼撤筵下）（生旦分坐，小旦送茗介）

（小旦作推窗視介）呀，相公小姐，夜深了，請睡覺罷！有話明日再說波！

（生仰視窗外介）俺醉了，不覺夜短哩！

【煞尾】斗柄已横斜，花陰過夜午，酒闌人散鷄催曙。莫再教好事多磨，遲遲招鬼妒。

小姐呵，你我安睡波！（旦微微點頭介）（小旦展衾移枕畢，辭生旦下）（生旦起立携手介）

（幕閉）

第二十七齣　哭墓

（生巾服執鞭上）驚呼故鬼熱中腸，熚熚青磷奪日光。若例千金酬一飯，鑄人十丈不能償。俺陳緑琴與邱小姐，成就了意外良緣，雖關天意，若沒得俺的阿舅黄海客仗義扶持，顯靈呵護，俺小姐奮翼莫飛，枉死城中，定抱戕身之恨。俺緑琴椎心飲泣，修羅場裏，難爲援手之施。早把這一部哀感頑艷的文章，打得七零八落了。要想今日這樣美滿光陰，不是海中撈月麽！奇哉此老！既勘破人鬼關防，復不受陰陽制限。恒沙世界，竟能縱意所如。异地朱陳，全仗多情作合。似這樣自由無束，問先生一去何之？（嘆介）咦，前塵未遠，怎禁排日追思。俠骨在兹，索共臨風灑涕。（舉鞭搖指介）呀，阿舅佳城就在前山，隱約望得見了。俺今日與小姐同往秋祭，俺馳馬較快，小姐車兒還未到哩！

【仙吕】【桂枝香】天低野兀，霜風凉冽。聽沿途松籟猿聲，迸做就清商凄切。過前村幾家，過前村幾家，斗露出一峰尖拔。山橋立馬路丫叉。指點牛眠處，早落盡棠梨一樹花。（繞場下）

（臺上布野景，幾樹秋楊，滿畦穲稏，野橋左畔茶肆一家）

（生上）俺且下馬，權在那邊茶寮一俟者。（作下馬介）（繫馬樹根，入肆飲茶介）（雜扮車夫御旦，酒保挑祭品後隨，到肆停車介）（旦輕裝雅服，從容下車介）呀，已到了墳上嗎？

（生笑迎介）墳墓就在對山，那邊山路崎嶇，車馬不便，還須步行哩！

（旦點首介）步行最妙！（小立肆前四望介）

【翠裙腰】荊釵戒旦山村發，野店暫停車。嵐光瘦碧侵林樾，盡咿啞蕭蕭秋柳亂啼鴉。

寄父墳墓，離此還有多遠呢？

（生指介）瞧得見呀！那邊便是！你看松檜如屏，還是俺當年手植哩！哪，那左近便是俺生母的墳塋呀！

（旦）咱們不要耽閣，便行波！

（生點頭介）呀，店家，車馬寄頓在此，俺祭畢再來乘坐罷！（店家應介）（酒保挑祭品先行介）（生旦携手繞場行介）

（旦）你看一路秋景，好不蕭索呀！那邊山下，多是人家的墳冢嗎？（生點頭介）（旦唱）

【霜天曉角】晚芳衰歇，步步行黃葉。看蒿萊不剪簇如麻，沒遍斷碑殘碣。

（悲介）當日寄父救儂家出院時，走的也是這般山徑。儂家不慣遠行，數步一跌，虧得寄父帶有烘脚良藥，一烘便能健步。今日對景思人，好生傷感呵！

（生）怪不得你想他！俺也在這裏悲痛哩！

【前腔】涼風天末，此景真凄絕。只蒼蒼滿目是蒹葭，懊惱懷人時節。

呀，到了，到了！（指介）你瞧前面數株白楊之下，是俺母親的墓，再過丈許，石碣猶新，便是阿舅的墓了。這裏山徑磊落，不易行走，待俺扶你上去波！（扶介）

（舞臺旋轉）（臺上布山景，松柏成行，左右樹陰下，兩座墳塋，距離丈許）（酒保挑祭品上，向左塋排設介）（生扶旦上）

（旦注視墓碣介）呀，這是姑姑的墓呵！咱們倆須先行祭拜者。（旦焚香，生奠爵介）（生旦同拜介）

（旦起，步向右塋注視介）這座便是寄父的佳城了。郎君呵，你不是清明日纔到此間祭掃的麽？你瞧墓草又盈尺哩！

（生）是呀，怎麽青草這般易長呢？（酒保打掃墓草，排列祭品介）（生焚香拜介）（旦掩淚隨拜介）

【前腔】銅爐香爇，酒果紛陳列。向姑姑拜罷拜爹爹，問靈爽可能憑接？

呀，爹爹，你曉得儂家今日與郎君同來上你的墳嗎？

（生）呀，阿舅，你英靈不昧，何不重現鬚眉，與咱們倆會一會者！

【前腔】如君情俠，死後腸猶熱。悵紅塵再不見朱家，剩一片蓬科馬鬣。

哎呵，阿舅，咱們倆這般喊你，你難道聽不見嗎？

（旦）儂家不相信呵，你當初既肯不速而來，今日何妨聞聲而起呢！（叩墓碣介）呀，爹爹呵！

【醉扶歸】你英風毅魄今猶烈，你虬髯蜷髮自風華，好比是丹山瑞靄赤城霞，顯神通斗然化作人間傑。爲甚麽見了江雲鄉樹不還家，虛飄飄竟似南華蝶。（嗚嗚咽咽哭介）

（生亦哭介）呀，阿舅呵，你當初路見不平，拔刀相助。俺緑琴若沒得你一臂之力，休想有今日了。咱們失意時，你倒肯出力操心。咱們得意時，你竟自銷聲匿迹。這是什麽緣故呢？噫，赤壁洞簫留怨慕，瑟城孤冢太荒凉！

【前腔】你烟波無際回舟楫，你法輪一轉現袈裟。向江湖汗漫儘奢遮，忍飢彈起無魚鋏。爲甚的只爲俺閨人吐氣現曇花，獨對我這甥兒永作幽明訣。

（旦）爹爹呵，你薄命的寄女兒在此哭喚已久了。儂家陷身病院之時，你遠遠地聽見儂家一哭，黑夜裏越自飛身來救，你當初何等心軟呀！

【皂羅袍】猛想起當年魔劫，儘好人遠避，惡鬼揄揶。拚把個弱燕驚鴻付塵沙，誰料到劍光燈影來奇俠。高持羯鼓，催花一撾，大張錦幔，漫空一遮。掠紅綃，驀地向那關河涉。

當初自粵來淮，迢迢長路，你不是伴了儂家一年麽？你既肯伴了儂家一年，儂家今日只要見你一刻，你難道連這一刻光陰都吝惜了麽？

（生）呀，阿舅呵，你若曉得咱們倆帶結同心，蓮開並蒂呵，俺想你在地府裏定必撫掌大笑，以爲不負你一番苦心撮合哩！

【前腔】嘔盡你丹心碧血，不虧你開籠放鳥，打草驚蛇。安得文姬譜胡笳，再無織女死鴛牒。想情天能補，君真女媧。愛河能渡，君真押衙。念恩慈怎不肝腸裂。

俗語說道是，知恩不報非君子！咱們倆受你深恩，你如果未死呵，咱們還能盡些兒女私忱，冀得稍酬萬一。如今呵，幽冥永隔，要想再見你一面，尚且無從得見，還說什麼報答呢？呀，阿舅呵，你也未免獨爲君子了。

（旦痛哭介）呀，爹爹呵，你爲何千喚不一應呢？

【好姊姊】你呵，既多情愛憐女娃，怎不管生離死別。問乘風歸去，何處是君家？輕拋撇，鬚髯如戟心如鐵，儘教人緬想音容淚似麻。

（生止淚勸旦介）呀，小姐不要儘管慟哭罷！俺阿舅大約永辭人世了！咦，已分神山仙迹杳，莫思空谷足音來。

【前腔】枉招魂頻歌楚些，一任你唾壺敲缺。痛大江東去，萬古浪淘沙。真飄瞥，雄姿颯爽今銷歇，空留這若夢前徽膾齒牙。

（酒保焚化紙鏹介）（生酹酒墓上介）（旦餘悲未歇介）（四顧感傷介）

【前腔】望雲天非耶是耶？只寥寥青山殘葉。看一抔黃土，墓木拱槎枒。悲重叠，紙灰化作千蝴蝶。早一綫平西落日斜。

（生）呀，小姐，咱們家去罷！（酒保收拾祭品介）（旦仍抹淚介）

（生勸慰介）你瞧天色漸漸晚下來了。

【前腔】遍山城吹殘了暮笳，看四野爨烟明滅，料英魂壯魄，寄在遠天霞。休嗚咽，神龍見首由來說。咦，夜臺難喚長眠起，日暮空教萬淚拋。依舊是相對無言你共咱。

（酒保挑擔行介）（旦止淚，徘徊不忍去介）

（生）小姐呵，你今日哭得過於慘切了，你這般弱體，怎禁得過度悲傷。阿舅地下有知，未免魂魄不安哩！明年清明日，咱們倆再來痛痛一哭波！（旦點頭介）（生旦携手行介）

【尾聲】（合）何年儂你歌同穴，重把兒女痴情，訴向英雄說。如今呵，且與山靈先話別，回家消受閒風月。（繞場行介）

（生）一例彭觴共剎那。（旦）電光石火迅經過。

（生）相期更及黃泉見。（旦）兒女英雄再嘯歌。（同下）

（幕閉）

第二十八齣　宦粵

（臺上飾內衙辦公室，壁間懸掛字畫，中設一案一座，筆硯文書，排列整飭）（生便服背手緩步上）（小丑隨侍介）

（生笑介）呀，諸君呵！俺陳緑琴只爲宦海羈身，公門鞅掌，一官匏繫，十載蓬飄，與諸君違面多時了。今日重上舞臺，理合把這數年間踪迹，略爲諸君一述者。俺與邱麗玉小姐結婚之後，次年北上公車，禮闈應試，却幸名標蕊榜，身入木天，歷掌文衡，叠膺州牧。博得萬家佛號，鼎無覆餗之譏；收他一路哭聲，碑有去思之字。如今升到兩粵制軍，敢云官運亨通，自是君恩優渥。呀，八千不憚潮陽路，直向藍關策馬來。

【雙調】【新水令】一鞭山色滿囊詩，染征衫緑蕉丹茘。行旌過嶺海，捧檄出京畿。先問瘡痍，恰今日下車始。

呀，諸君呵！休說做大員的體面威風，須知道天下最不容易的莫過於做大員哩！第一須深明大體，第二須洞悉民艱。差幸粵桂兩省，是俺舊遊之地，那些種種輿情，種種吏弊，都在俺夾袋裏頭。行政機宜，尚不至茫無把握呀！

【駐馬聽】俺呵，翰苑根基，民牧頻年彰政績。封圻聲勢，兵符在握掌戎機。積薪厝火每思危，高臺明鏡先知弊。念著春冰虎尾，把片心常裝在玉壺裏。

俺深曉得粵地俗蔽風漓，積重難返，今日新膺督篆，理劇治繁，到底開宗明義，從何下手呢？俺想弊不革則利不興，教不行則俗不美。土豪猾吏，在所必除，孝子貞姬，在所必表。此外惟有清慎勤勞，現身作則，廉明公正，遇物無私，本此而行，諒無大錯。這叫做實事宜求是，先聲自奪人。

【沉醉東風】化澆漓改良湊洧，求俊乂拔擢岐嶷。囊空暮夜金，花落門庭市。博得個臣心似水，衹看這兩袖風吹，清臞自喜。任蠅營狗苟，誰敢來嘗試。

俺想起當年作客粵西，日暮途窮，裘敝金盡，悲歌擊築，顧影吹簫，不是做過半年的流丐麽？轉瞬之間，江山如故，身世頓非，把個襤襤褸褸的花子，變做威威赫赫的制軍。棨戟遙臨，一呼百諾。前後判若兩人，雲泥奚殊再世。這様奇離幻化，不但在座諸君不相信，俺親歷此境，也自覺糊里糊塗，不甚明白哩！（笑介）此數年間，俺不但官運甚佳，就是俺的家運也很有趣味呀！俺與麗玉小姐成婚一歲，便得個寧馨兒。小姐深感甘蕉忠義，百般慫恿俺納爲側室。緑衣捧硯，紅袖添香，此樂豈可多得！哈哈，俺本是一個墦間乞食的齊人，居然有一妻一妾了。富貴利達，如願相償。想起嶧山孟老幾句齊諧，不是分明替俺寫照嗎？差幸俺十載宦遊，除了妻妾隨身外，那些“宫室之美，窮乏得我”這兩句，却都不曾做到。孟老有知，當不見鄙呵！你看俺此次來粤，妻孥婢僕何等簡單！琴劍詩書，自然瀟灑。此外並沒有什麽官親幕友，逐隊跟淘呀！正是里巷方期懸棒治，衙齋敢厠濫竽材。

【雁兒落】伴晨昏鶴子梅妻，供指使橘奴菊婢。見著這一床書似古人，倚著這三尺劍爲知己。

且住，若説俺數載臨民，並沒有一個幫手，難道這許多檔卷刑名，簿書錢穀，都要一人去擘理麽？俺也沒有孫行者萬變的毫毛，也沒有觀世音千個的手眼，怎能够做得到呢？須曉得公門中案牘如山，自有縉手吏胥，分曹辦理，這是缺少不得的。俺無非用當其材，人無廢事罷咧！至於重大事件，挈領提綱，除俺自己核定外，還有一個極好幫手哩！諸君試思，這位幫手是誰呢？便是俺的閨人麗玉小姐了。

【得勝令】則仗他慧眼辨鴞鴟，妙筆走龍蛇。案上無留牘，途中有口碑。雄飛，早抹煞修眉史。英奇，再休誇咏絮詩。

只是粤桂兩省，士習叫囂，民情頑梗，不比他省易於展布哩！更兼地勢濱海連山，盜匪充斥，城狐社鼠，弱肉強吞，良民何辜，遭此荼毒噫！

【喬木查】遍岑山孖水，蠻悍成風氣。恨不得呵，化荊榛一例爲蘭芷，請從隗始救弊扶衰。

（旦雅妝寬服上）（小旦捧卷宗一叠隨介）（小生扮十齡童子上，任意戲耍介）

（旦）呀，夫君！

（生回顧介）呀，夫人何事？

（旦向小旦手中抽出文卷示生介）儂家今日閱視案卷，尋常的業已隨閱隨批，中有兩三起緊急公文，須呈請夫君酌奪者。

（生）是何事體，這般緊要？

（旦）事體原不甚艱巨，惟民命所關，礙難延擱。這一起係桂省梧州一帶飛報水患，須籌辦急賑呵！

（生接卷閲介）（失驚介）呀！

【折桂令】猛可地吾山泛濫，瓠子流澌。可憐他千畝爲河，萬竈停炊。（旦愁眉介）似此灾區廣袤，籌辦急賑，大不容易哩！夫君須飛速設策者！儂家與甘蕉擬各自捐一筆，只是私囊羞澀，典質釵環又苦有限，如何是好？（小生笑介）呀，爹爹，俺手上環兒也脱下來湊一湊，豈不甚好？（衆笑介）（小旦笑介）你手上環兒值得幾文？免了捐罷！（生）夫人不必焦慮，待俺籌辦起來，不怕沒有大宗急款呀！百忙中籌措捐施，須知道集腋成裘，積粟成隄。你既捨簪釵珠珥，我也捐廉俸裳衣。還有那許多的蠹吏贓私，腦滿腸肥，索教他嘔出膏脂，濟了荒饑。

（旦）這般辦法，確也不錯。只是報灾的不止一處呀！（再抽文卷介）哪，這一起又是儋、崖二州告旱哩！

（生接閲介）呀！

【慶東原】降凶灾，天何醉。趁亢陽，一任那旱魃遨嬉，把禾苗盡數的枯焦死。痛的是平原赤地，急的是西江待濟。似這般滿眼流離，誰則會替龍行雨，做個三原李。

一方水患未平，一方旱灾又告。嗟哉！吾民何堪此厄！這兩起旱澇，可以併案辦理。一面急集捐輸，一面奏請蠲緩。待俺批定，交科星夜擬稿繕發罷！（向案上取筆批介）來！（小丑應介）

（生）這兩宗案卷，發科連夜擬稿者！（小丑接卷下）

（旦蹙眉介）還有一起累贅案件哩！（小旦袖卷呈閲介）

（旦）這是南雄、始興二縣，報告土匪猖獗，請兵剿辦呵！

（生閱介）呀，夫人無庸焦急，似粵省這種案件，真是司空見慣哩！虧你還是粵西生長，難道沒有聞知嗎？

【錦上花】須知道呵，竄萑苻無非赤子，漗嘯聚偶弄潢池，都只爲沒得個好官家來撫字。到而今伏莽遍山林，盟香多會匪，俺則要示恩威剿撫兼施。你看俺的軍令呵，雷轟電掣，火速星馳，不兼旬便盼他天河甲洗。

（旦）原來這般容易！但儂家鄙見，治本貴於治標，善政不如善教。此種孽帛妖旗，蜂屯烏合，剿洗則易，肅清則難。如要斬草除根，除非降心歸化呀！

（生）俺難道不是這般主意嗎？但此等政策，只可積漸進行，不能求效旦暮呵！如今急則治標，除用兵掃蕩外，並無他策。只堅囑軍官，不要過於殺戮便了。（抽令箭介）（草文書介）來呵！（小丑上應介）

（生）這一枝令箭連這一件文書，速飭旗牌，傳知中軍，連夜挑選精鋭，移營前赴南雄、始興一帶辦匪者。（小丑接令箭文書下）

（旦）儂家還有一樁誓願，夙夜在心，無從實踐。今日却喜夫君握了粵篆，高屋建瓴，設施自易，或者天從人願，亦未可知。

（生）呀！夫人，是何誓願，這般鄭重呵？

（旦）便是粵西劣俗，過渡麻瘋一事呵！此風若不急予洗除，不但婦女失身，節操掃地，而且男兒失足，生命關天，所係原非淺鮮呀！

（生）不錯呀！這種陷阱，咱們倆都跌過來了。夫人痌瘝在抱，推己及人，俺自當曲體雅意，痛革澆風罷！

【喬牌兒】似這樣倩桃代李，無非是誨淫喪耻，輶軒不日當巡視，莫放他錯到底！

（旦）彼都人士，原不十分殘忍，只因地氣所限，纔釀成這種劣習。略迹原情，堪從末減。若一味嚴刑厲禁，強制執行，男子可保青年，女子終沉黑獄。內外怨曠，因此而生，豈爲善法？安得把男女一齊救拔纔好！

（生）不錯不錯！真有這般流弊呵！俺想起來，要將男女一齊救拔，也非難事！不如一面懸禁，一面施醫，先將未及笄女子診治起來，使這病無從發作方妙。

（旦）辦法不差，只是何從得藥呢？

（生笑介）良藥有在這裏哩！

【滴滴金】想俺家一劑靈丹天所賜，回生起死，奇效原無比。定要呵，再釀醇醪，廣搜鱗甲，依方炮製，索普救這愁紅病紫！

（旦笑介）不錯呀，事隔數年，儂家幾乎忘記了。只怕單純一味蛇酒，未必人人皆驗哩！

（小旦笑介）俺甘蕉想起來，好酒隨處都有，只是禹迹山千年巨蟒，係空前絕後的藥料，那裏覓得到呢？

（生笑介）何必禹迹山巨蟒呢？俺想起柳子厚《捕蛇者說》一篇，開首便表明蛇的功用，可見蛇之爲物，與麻瘋瘻癘等症，大有關係哩！

（旦）果然如此，儂家原籍西山深處，峰重嶺複，人踪罕到，蛇蟒滋蕃。若廣募獵人，入山搜捕，管教你取之無禁，用之不竭哩！

（生喜介）妙極妙極！以本地天然之藥，療本地天然之疾，必定有效！俺深信天道好生，有病終須有藥，只因沒有人研究出來，就使藥在眼前，總歸無用呵！咱們既已發明此種奇方，索性大開方便之門，撤去從前病院，改創醫局，豈不甚好？

【碧玉簫】怨女葳蕤，先把根株治。美少痴迷，莫任風流死。掃乾坤再休容毒種遺。露灑酴醾，風清蘭蕙，看衆生苦海慈航濟。

（旦喜笑介）如此纔酬儂家的心願哩！只怕咱們倆志大言誇，將來做不到，纔是笑話呵！

（生）這事不過一舉手之勞，還怕辦不到嗎？

（旦）不是說辦不到，只怕藥物不靈，徒勞無功呵！

（生）俺信煞這藥一驗百驗，斷無不靈之理！夫人呵，你當年若不入淮，你的病何能望愈？如今又復返粵，想是西陲婦女，劫數已滿，天特假手於你，發明此藥歸醫鄉井呀！

【尾聲】如今不下窮途淚，泄盡岐黃秘。莫說是江山易改俗難移，俺則願無數的珊瑚玉樹成連理。

妙呵！將來瘴消劫退，士女如雲。夫人香車一過，不怕他們不望塵遮道，迎拜下風呀！

（旦）儂家也不敢受他們迎拜，不過藉此略表初心罷咧！（屈指介）呀！儂家別了家門，不覺十五載了。不知家中近狀如何，令人好生傷感呵！（掩淚介）

（生）夫人既是這般思念家鄉，俺這裏公事稍有頭緒，便當出巡桂省，夫人省親之期不遠了。（旦起謝介）（携小生下）（小旦捧案卷隨下）

（幕閉）

第二十九齣　見岳

（臺上布江邊風景。斜陽在樹，一座官船抵岸，桅杆高懸大纛，隨風飄捲。岸畔多官迎候，旗鑼傘扇，簇列江干。炮聲隆然中，小丑扶生公服登岸，小旦扶旦，貼携小生隨介）（生四顧介）

【南呂引子】【一剪梅】畫舫漓門日暮天，舊地如烟，舊事如烟。問津再到武陵源，好月重圓，好夢重圓！

俺兩粵督陳綺便是。此次輕車簡從，巡按西陲，一路舟行，不覺已抵省垣了。呀！別不多時秋樹老，似曾相識晚山迎。

（旦徘徊傷感介）呀！儂家邱麗玉，不想也有重到粵西的日子呵！

【後】輕別家山十五年，雲樹依然，江水依然。思親一念淚如泉，已斷前緣，還續前緣！

（衆官排班打恭介）輿馬已便，恭迎大帥前赴行臺。（生點頭上轎，旦、小旦、小生先後登車，小丑跨馬隨介）（鹵簿鳴鑼開道介）

（舞臺旋轉）（臺上飾行署公廨）

（生便服上）俺巡按粵西，到省十餘天，那這行香放告，省獄觀風，種種官樣文章，算都做過了。公事畢然後敢治私事。昨天纔遣材官，前往西山，細細探訪邱府現狀。今日得了確實回報，理須轉達夫人知道者。來呵！（小丑上應介）

（生）請夫人！

（小丑應聲下）（旦淡妝上）（小旦笑容攜小生隨介）

（旦）呀！夫君何事見召？

（生笑讓坐介）呀！夫人，昨日遣赴西山的材官回來了，據他探訪邱府情狀，頗爲詳細呵！

（旦喜介）到底如何？便乞賜教。

（生笑介）第一喜信，便是岳父母都健在呵！

【不是路】並茂椿萱，富擁銅山賽地仙！（旦喜以手加額介）謝天地！愁眉展，雙親有幸尚齊全。（生笑介）夫人勿遽開心呀！還有美中不足哩！（旦驚訝介）是何美中不足呀？莫是有什麽意外事故嗎？（生點頭介）怎麽沒有呢！奈迍邅弟兄却入瘋人院，狼藉了如花兩少年！（旦變色介）哎呵！儂家兩個哥哥，雖沒甚材幹，但伺奉兩老確有孝心，也算是保家肖子，何竟墜此惡劫呢？真乖蹇，寒門疊遘膏肓變，教人心顫，教人心顫。

呀，夫君，此外還有什麽消息呢？

（生）聞說當年還有個婢女，年已及笄，不肯過渡，十八歲上麻瘋毒發，也被岳父母驅入病院了。（旦驚介）這個婢女，必是嫣紅無疑了。

（生驚訝介）哦，就是嫣紅麽？俺當年見過的是個波俏丫頭呵！

【前腔】我亦呼冤，詩婢泥中劇可憐。（旦嘆介）嫣紅頗曉詩書，深明節義，若論他的生性，比儂家更爲執拗哩！（生笑介）強將手下無弱兵，居然婢學夫人，真是難得呀！（旦）黴毒蔓延，何時得了。可惜又蹧蹸了一個佳婢哩！難逃免，火坑劫盡一池蓮。（生笑介）咱們既已到此，愁他則甚？慢憂煎，卿卿既已邀天眷，想鷄犬淮南亦可仙。咱們家裏餘存蛇酒尚多，俺立遣材官星夜入淮取來，把兩主一婢，索性醫好，豈不甚妙！（旦）取藥不難，但是爹娘等久沾積習，頑錮性成，總以爲一染麻瘋，萬無生理。那已患麻瘋的人，個個自知不救，個個都是怕死，縱使良藥在前，視同鴆毒，豈肯便服！除非儂家現身說法，方能相信。衹是儂家當年被逐出門，今日赧顔回里，要想面謁爹娘，傳見鄉族，頗費躊躕呀！羞相見，誰識我這嫦娥會向輪回轉。何由露面，何由露面？

（小旦笑介）夫人要見爹娘，容易之至。相公何不傳請岳老爺前來，先在行署相見後，次日夫人即可從容歸省。豈不光明正大麼？

（生撫掌笑介）妙極，妙極！便是這般行辦罷！（旦點頭介）

（生喊介）來！（小丑上應介）

（生）速召材官，飛速前往西山邱府，傳請邱子木老爺來署者。（小丑應聲下）

（小旦撫小生背笑介）呀，阿哥，你的外大父快到了，準備拜謁，索他厚厚一封見面禮波！

（小生笑介）妙呵，妙呵！呀，爹娘，俺索得到外祖賞封時，俺一文都不要，統把給爹爹開辦醫院罷！

（旦笑介）你別喜歡，恐怕一文都索不到哩！（衆笑介）

（旦）儂家還有公忙未了，暫且告退。父親到時，通報一聲者。

（生點頭介）（旦攜小生下）（小旦隨下）

（小丑上報介）啓相公，邱府姻老爺傳到了。在外候見哩！

（生）速請速請！（小丑下引外上）（生笑迎介）

（外望見震懾下跪介）不知帥節遙臨，小民有失瞻仰！

（生大笑扶外起介）呀，岳父太謙卑了。（讓坐介）

（外不敢坐介）大帥在上，小民何敢抗禮！

（生）快不要這般稱呼，咱們原是翁婿呵！（強外坐介）

（外坐定，生笑介）呀，岳父呵！

【香柳娘】悵違顏有年，悵違顏有年，翁翁還健，紅光溢滿陶朱面。（外）幸承蒙樾蔭，賤軀粗適。（生）咱們翁婿契闊十幾年了。俺自從拜別之後，很想再仰德徽，輾轉至今，未克如願。岳父休怪呵！奈微官糾纏，奈微官糾纏，夢與粵雲連，身爲京塵戀。（外）不敢，不敢！（生）岳母大人諒必納福？（外）叨庇還好！（生唱）喜北堂壽延，喜北堂壽延，更渴思雙鳳齊肩，翩躚堪羨。

呀，岳父，兩位舅兄今日何以不來呢？

（外囁嚅良久介）頑兒等適不在家，深勞廑念。

（生笑介）未知小姐別後如何？俺迎迓來遲，抱歉之至。

【前腔】矚璇閨女娟，矚璇閨女娟，淡妝宜面，蘭輿夙駕迎仙眷。（外驚戰介）呀，小、小姐嗎？老、老帥不不要提起呵！（生作驚訝介）却是何故呢？（外作掩淚假哭介）呀，不、不幸小、小姐亡、亡故已多年了。（生故作驚怪介）哎呵，怎麼死已久了麼？害什麼病死呀？（外哭介）是心心痛死死了呀！（生掩面哭介）哎呵，俺這般沒福呀！恨白頭寡緣，恨白頭寡緣，冷扇未曾捐，埋鏡先遺怨。小姐既已亡故，死者不可復生，岳父也不必過於傷悲了。俺想起來，還記得當年代俺做媒妁的那個姨翁呀，他還在沒有呢？想司空慣見，想司空慣見，安得他揮麈談天，掀髯雄辯。

（外止哭介）呀，司空渾嗎？老帥未來時，他還健在。不曉得前幾天却因何故失足墜澗死了。

（生）哎，可憐可憐！誰知訪舊半爲鬼，始信吾生亦有涯。呀，岳父呵！俺此番親巡桂省，本意接回小姐，不料小姐早已病歿，俺未免空走一遭了。只是小姐既死，結髮恩情，難以恝置。靈輀殯在何所，當即見示。

【懶畫眉】珠沉玉碎痛何言，貧賤夫妻最孽冤。我便要乞骸歸葬擇牛眠，廨堂打掃營齋奠。須知道十萬於今有俸錢。

（外驚抖半晌應答不出介）哎呵，不瞞老老帥說，敝處風俗，火火葬居多，小女靈柩焚化已久了。

（生笑介）呵，岳父，既已焚化，即作罷論波！俺也不瞞你老人家說，令愛死了也好，俺陳綺也算是一個薄情郎呵！

【前腔】男兒情愛本難專，弃舊憐新性使然。却幸我衙齋携眷美如仙，襯了鳳冠翟茀真嬌倩。你老呵，索認個姻親見這續弦。

俺這裏已有個現成的夫人，岳父不是外人，請你見一見，也不枉你老人家來署一遭呵！

（外惶恐介）呀，老帥，不敢不敢！

（小丑上報介）啓相公，夫人出來了。

（外倉皇退避介）（生緊拖外袖，不聽避介）

（旦艷妝華服上）（小旦携小生同上）（外低頭不敢視介）

（旦叫介）哎呵，爹爹！（淚隨聲墜介）（小旦鋪氈在地，旦向外拜介）（外驚慌急跪介）

（生急扶外起介）呀，岳父呵，你瞧一瞧波，這位夫人不是你的親生小姐嗎？

（旦）哎呵，爹爹，怎地善忘！女兒非他，便是麗玉呀！爹爹瞧波！

（外驚擧眼瞧介）哎呵，我不相信呵！怎麽夫人你便是麗玉女兒呢？（再瞧介）呀！不錯呵，真個麗玉女兒呀！哎呵，女兒，你還在人世嗎？（哭介）

（旦）呀！爹爹，女兒並未曾死呀！

（外）呀，女兒，我記得當初，你不是患了麻瘋，送入病院嗎？你的病怎地脱體呢？你怎地得到淮南呢？我今日好像墜著五里霧中，好不明白呀？

（生笑介）岳父不要忙呀，坐定慢慢說波！（外坐定，生旦陪坐介）

（外）呀！女兒快些見告罷！

（旦）呀！爹爹呵，女兒別後，一言難盡，今日父女重逢，真如夢寐，儂家且把入淮脱癩的緣由，簡單說幾句罷！

【一枝花】自拋父母恩，飽受傖奴踐。懸梁驚俠鬼，引路仗飛仙。（外）哎呵，這幾句好像神廟籤詩，好難索解呀！這傖奴咧，俠鬼咧，飛仙咧，到底說誰呢？（生笑介）待俺來解罷！這傖奴便是病院院主，俠鬼飛仙，就是俺的阿舅黄海客呵！（外停思良久介）是呵！難道令舅也不曾死麽？（生）誰說他不曾死呀？奇在他死後却會顯靈，與尋常死鬼不同，所以猜他是飛仙哩！當時令愛陷身病院，叠遭院主凌虐，憤不欲生，投繯自盡，感動俺的阿舅，救他出險，一路指引來淮呀！（外）哦，我明白了，原來有這般奇遇呵！但是這裏距淮南千餘里，不是旦暮可到呀！難道女兒也會平空飛去嗎？（旦）呀！爹爹，女兒凡胎俗骨，怎的會飛？想起當初，路上奔波，好不辛苦也！淪落經年，行乞過湘水，悲歌繞楚天！（外墜淚介）呀！女兒，難爲你哩！（旦）到淮之後，幸虧翁翁格外優待，下榻養疴。這時節著實難爲夫君，到處尋藥求醫。（指小旦介）這位二夫人，他當時還是侍婢呵，難爲他不怕傳染，衣不解帶，晝夜貼身服伺哩！（外起敬介）哦，原來如此！是何處醫家，會醫你的劇疾呢？（旦搖頭介）誰想女兒的病，醫藥全沒有用，病愈却出人意外哩！覓良醫扁鵲喧闐，送妙藥靈蛇出現。

（外）怎麽靈蛇送藥？俺又不明白了。

（生）不瞞岳父説，寒舍逼近禹迹山，山中舊有千年巨蟒。合是令愛病當脱體，這蟒忽然入舍盗酒，醉墜甕中淹斃，令愛掬酒飲洗，十餘日間，劇疾全消。岳父呵！你想奇妙不奇妙呢？

（外大喜以手加額介）謝天地呀！女兒呵，從古以來，麻瘋會愈，算只有你一個人了。（低頭作思介）呀！女兒呵，你只爲當初一念不忍害人，竟能感召神鬼扶持，龍蛇奔走，種了好因，收得异果。如今洪福驚人，夫榮妻貴，可敬可羡。俺想起當初，對待你倆夫妻們，般般不合理。俺這裏愧汗浹背，百不自安，未知你倆可能見恕呀？

（生大笑介）岳父，前事休提罷！咱們倆絲毫不曾介意呵！

（小生近前拜見介）呀！外祖呵，請認認甥孫陳小琴波！

（外扶小生起介）呀！這個便是我嫡親的甥孫少嗎？哎呵，真似羊脂玉琢的一般！今年幾歲了？

（小生）俺十歲了。

（外探懷出銀封介）呀，俺的甥孫少呵，外祖沒甚贈送，這裏千兩紙幣，給你買書讀波。

（小生含笑叩謝介）長者賜，少者賤者不敢辭。甥孫簡直拜領了！

（生微呵介）呀！童年便學愛錢，將來怎了？

（小生笑介）呀！爹爹，你不是要開醫院嗎？俺買書用不著這銀子，就代外祖做點好事罷！（衆笑介）

（外）呀！女兒呵，俺急欲回家，報這喜信給你母親知道者！（向生介）鄙意還懇帥節，詰朝帶同小女，光臨草舍，未審鈞意如何？（生旦應諾介）（外鞠躬告退下）

（舞臺旋轉）（生乘馬，旦、小旦等各坐車，旗鑼傘扇呵道上，繞場下）（臺上鋪設富麗，輿馬到門介）（雜扮閽者奴僕匍匐蛇行，不敢仰視介）（生下馬見衆僕笑介）呀，奇極了，你們不必這般恐怕呀！難道不認得我麽？

【梁州第七】迎鹵簿兢兢戰戰，呼伺候諾諾連連，後恭前倨人情變！

（旦、小旦等各下車介）（小旦攜小生入介）（雜跪拜介）（旦四顧感傷介）淚痕界面，驀睹家門，春光入夢，重返庭軒。見家奴屈膝堪憐，累慈闈望眼成穿。（老旦扮馬氏上，兩貼扶介）（老旦作驚惶狀，遠立睇視介）（旦望見老旦，急趨前牽袖哭拜介）哎呵！娘呵！忽地裏牽衣慟哭涕漣漣，欲吐盡千言萬語喉嚨咽。（老旦惶急扶旦起介）哎呵！我的兒呵！娘害你受苦了，都是娘的罪過呀！我兒休要記懷波！（生趨前作禮介）呀！岳母，小婿久別慈顏了。（老旦驚戰介）呀！賢賢婿呵，老身罪惡千端，賢婿官尊量大，統乞包涵罷！（生笑介）岳母言重，小婿還感激岳母不小哩，怎敢埋怨？若說起令愛呵，可知是玉環再世化嬋娟，成就了如花美眷。虧得你當年呵，鋼刀割愛恩非淺。（老旦掩面慚愧介）呀！賢婿呵，你倆今天莫是前來問罪嗎？（生笑介）豈敢豈敢！岳母請放心波！俺今日呵，再登堂非報怨，無非是飲水思源，感謝蒼天！

（小旦引小生拜見老旦介）

（老旦）哎呵，這位便是二夫人嗎？這位便是甥孫少嗎？哎呵，真是明珠白璧，把我老眼都看花了！

（雜上排列筵席，外上招待介）（請生、旦等各上坐介）（外、老旦陪坐介）

（兩貼行酒介）

（老旦）呀，女兒呵，你倆夫妻們，一向經歷的景況，你的爹爹都告訴老身知道了，你倆萬福駢臻，令人敬仰。祇是咱們家裏，自你去後，百不如意，如何是好？

（生）請問岳母，何事不如意呢？

（外嘆介）不瞞賢婿，昨天俺不敢告明。俺兩個頑兒，不幸染了麻瘋，陷身病院了。

（生）向聞此疾獨鍾於女子，怎的男子也會發作呢？

（外）不要說起哩！他們三朋四友，引他遊耍花街柳巷，纔過了此疾呀！

（生笑介）哦，原來如此！

【罵玉郎】這是脂坡小受風流譴。岳父不必焦慮呵！咱們家裏，現存著專門醫治麻風的藥劑哩，待俺立遣材官入淮取去罷！有佳釀勝甘泉，管保他搜腸換骨除瘡癬！（外）哦，就是昨天所說的蛇酒嗎？妙極妙極！女兒既會脫體，可見此藥靈妙無匹了！（老旦）可惜此藥所剩有限，若有多餘，還可施捨別人哩！（旦）娘呵！咱們倆研究起來，此藥還可做制。向聞這裏內山，蛇蟒叢生，若能多雇蛇人，入山搜捕，制爲藥酒。雖不及咱們的蛇酒好，諒必抵得一半功效呵！（老旦喜介）如果這般，豈不甚好！（旦指生介）他還要呵，立大願罄私囊，展大慈羅妙藥，發大捨開醫院！

（外喜介）怪不得昨天甥孫少說的，要開什麼醫院呵！賢婿既有此願，俺想你做了歷任清官，私囊也有限得很，不如待俺出力捐輸，以贖前愆罷！

（老旦）莫說出力，便是要咱們破產，建此功德，老身也是歡喜哩！

（生起謝介）難得岳父母爲鄉閭造福呀！

（旦）呀！娘呵，當年侍女嫣紅那裏去呀？

（老旦嘆介）呀！不要說起哩！他也學你拗癖，發了麻瘋，入院多年了。

（旦掩淚悲介）

（生）這個婢女，俺却認得哩！

【感皇恩】一朵紅蓮，我見猶憐。難爲他守堅貞，標節操墜泥淵。西江有水，急救枯鱣！（小旦笑介）呀！相公常贊嫣紅，可惜俺甘蕉沒緣得見，怎地見他一面也好！（老旦笑介）這婢女生的却好，賢婿眼力確也不差，可惜他十八歲上得病入院，如今十載，大約三分像人，七分像鬼了。雖有妙藥，恐難起死回生哩！（生笑介）天佑善人，當有奇驗。（老旦笑介）如果醫治得痊，他年紀雖大，還是處子，衹怕他沒有這三夫人的福氣哩！（生大笑介）岳母不要误會波！俺一妻一妾，已爲過分，還想畫蛇添足嗎？俺想嫣紅的病，幸能治療，便取配家僮侍墨，豈不甚好！（旦笑介）不錯呵，確是一對天然配偶呀！願毒瘴水銷磨，祝情人成眷屬，便喜笑上眉巔！

（老旦笑介）女兒呵，記得當年引你入院的尼僧智圓嗎？

（旦）呀！他麼！記却記得，他現在怎麼樣了？

（外笑介）這個老狐狸，提他作甚？他不守清規，招引惡少，也自染了麻瘋了。

（老旦）他雖不好，咱們念他舊相識，也給他醫治罷！

（旦作色介）娘呵，這種下流東西，還有閒情管他嗎？

【採茶歌】真惹厭，莫哀憐。將佛土，作花天。分明是自投牢獄自腥膻！（生笑介）夫人呵，你既誓願掃蕩此毒，無使留遺，何在這一個呢？這叫做佛說衆生原一體，何妨米汁賜逃禪！

（旦笑介）夫君說得是呵！慈善事業，原是無分良否，儂家未免掂斤播兩了。

（外）敝處數百年來，毒氣纏綿不了。難得賢婿到此，建此驚人事業。想是此地生靈，灾厄將滿了。

（生、旦同笑介）只望如此便好！

【尾聲】（生、旦合）瓶中甘露能如願，要蘸上楊枝灑大千，佇看那黑霧烏雲成雪片。

（小丑執帖上）啓相公，撫臺大人有事相請呀！

（生起辭介）岳父母，小婿公忙，未克長談，改日再來領教。夫人們不妨在此盤桓數日罷！（衆起送介）（生下）（小丑隨介）

（幕閉）

第三十齣　醫瘋

（貼旦淡妝雅服上）

〔如夢令〕一味紅愁緑懊，拚個天荒地老，苦雨復凄風，黯黯度將昏曉。顛倒顛倒，忽地置身瑤島。呀！列位們，久違了，俺嫣紅便是。俺自幼原是邱府麗玉小姐貼身的侍兒，素蒙小姐鍾愛。當日紗窗捧鏡，綺閣學詩，竹裹烹茶，花間秉燭，回想前塵如昨，不識憂亦不識愁。可憐浩劫無情，先及主而次及婢。釵環隊裏，阿儂也作恨人。薜荔山中，此地又添怨鬼。呀！已分孽身沉瘴海，誰知快事遍春城。

【中呂】【泣顏回】絕處竟逢生，疑幻疑真疑影。塞翁失馬，由來禍福難定。十年做慣可憐蟲，萬念都冰冷。不想呵，飛繩百丈從空下，驀地救人眢井。

俺記得麗玉小姐患了麻瘋之年，俺只有十三歲，親見小姐得病情狀，觸目傷心，當時俺尚不十分明白。及至小姐被逐入院之後，聽得家中老媼們三三兩兩訕笑傳說，纔曉得俺的小姐捨己救人，苦心孤詣，不是尋常女子做得到的。小姐去後，俺舊主人見俺聰明伶俐另眼相看，竟把俺當做螟蛉女兒！俺十七歲時，便打算尋了男子入贅，依樣葫蘆，迫俺過渡。俺想小姐千金之貴，尚且吃苦辭甘，如今輪到俺時，俺這一條身命，不過螻蟻一般，還有什麽愛惜呢？當時決意輕生，嚴辭拒絕。主人盛怒之下，罵俺不識抬舉，還怪小姐把俺教壞。你想小姐冤枉不冤枉呢！挨至次年，俺的麻瘋也上體了，主人照例送俺入院。俺當日不但沒些愁苦，還自歡天喜地哩！這是何故？因爲俺得了這病，是個好機會，能彀與俺小姐見面了！誰想到院查訪，俺的小姐踪迹杳然。遍問同病姊妹們，大家都說得恍恍惚惚，俺想十有八九是亡故了。咦！難依故主爲蛩駏，一任微軀作馬牛！

【星犯序】俺呵，微賤更伶仃，好比風裏飛蓬，水面浮萍。况是久墜牢囹，嘗過了黄連苦梗。嘆多少落紅堆徑，對搖曳冬青吊影。剩一點兒宫砂在臂，獨自淚波瀠。

列位呵，俺陷身病院，十載於兹。這病院中簡直是黑暗世界，不見天日。此十載中，更番入院的婦女不計其數，也有入院不多時便死的，也有入院數年纔死的，只有俺這苦命總不會死，難道俺墜這孽海中，還有什麽留戀嗎？列位呵，俺並無留戀，俺心中念念不忘的，只有這個小姐呀！俺雖算定小姐必死，但俺乘隙細查院中死册，竟沒有小姐的名字。這段疑團始終莫破，到底俺的小姐那裏去呢？

【繞紅樓】俺只道他瘞玉埋香碎了瓶，誰料他化爲綺月照青冥。瑞彩千條，紅光萬道，罩住病魔城。

原來天佑善人，俺的小姐竟能離粤，俺的小姐竟自入淮。不但麻瘋脱體，而且冠帔加身。不但洪福齊全，而且婆心發現。俺十載中旦夕思念的小姐，一旦竟到俺的眼前，把俺立地救拔出來。俺十載中懨懨欲絕的病症，竟被他一劑良藥治癒。俺的小姐，不但醫好俺的病，且替俺配了年齡相若身分相等的良人。俺這良人，列位諒必相熟得很，就是俺姑老爺的家僮侍墨呀，你想俺嫣紅何修得此！俺嫣紅真是連做夢都不曾想到有這般快樂哩！

【紅綉鞋】斗然間鴛鴦入命，斗然間鸚鵡談經，向妝台重伴了女豪英。嬌歌還侍酒，素手復鳴箏。想再造深恩呵，怎不教人心耿耿！

列位呵，不但俺嫣紅深感小姐恩德，就是小姐的兩位哥哥，染了花柳毒癩，也多蒙他數劑靈方醫好了。不但這兩位少爺獲愈，就是這裏粵邊一帶患麻瘋的男男女女，都受他的保護哩！俺姑老爺巡按粵西，第一善政，便是創設麻瘋醫院，嚴禁過渡惡習。不但已病的一概得醫，且把未病的全行療治。你想若沒有回天手段，怎能建此驚人功德呢？說起當日此地，原有官紳合辦的男女病院。這種病院，不過預防傳染，硬把害病的男女閉置院中，勿使復出，並沒有置辦什麽醫病的藥料。這是分明開個死坑，預備活埋病人罷咧，那裏算得善舉？更加院中管院的領袖，向來選擇老麻瘋充任，社鼠城狐，成爲慣例。便把這病院，當做自己的祖業，把這病人當做羊豕一般看待。你想害病的人害到麻瘋的惡病，已算走到路盡頭了。不施憐恤，已爲非理，何堪再加荼毒呢？

【番烏舞秋風】叱燕嗔鶯，老魅何堪作主盟。你看這枯梨聚蟻，落絮黏蜂，腐草栖螢。當春桃李嘆零星，未老桑榆傷短景。問誰是惺惺惜惺惺，替殘花勤管領。

自俺姑老爺巡按到桂之後，便把男女兩院的院主，問了虐待病人之罪，沒產入官，永遠監禁了。本地原有兩院，頹垣敗堵，污穢不堪，由俺姑老爺及俺小姐，提倡各界捐助。俺舊主邱老爺，爲首題了一筆巨款，將舊址重新建築，煥然改觀。净几明窗，纖塵不染，分門別户，丹堊一新，比較舊院真有天堂地獄之别了。此外另設一所製藥工廠，廣募獵户蛇人，入山搜捕蛇蟒，送廠洗剥，取肉釀酒。藥酒以外，另製藥丸藥膏藥餅之類，以備院中取用。院中備設醫舍藥房，浴堂櫛室，講書廳，運動場。病人大得自由，不施禁制，並聘診斷看護人員常川駐院。男院院主已派邱家兩位少爺爲主任，女院院主便是派俺嫣紅了。

【醉高歌】俺却似點水蜻蜓，俺却似出墻紅杏。瑤池奉了司花命，權領這花城玉印。

這院中主任，爲何不派他人，偏派到俺呢？這也很有深意。因爲俺是患過麻瘋獲愈的人，一則深曉的病人苦痛，便於施藥。二則要他們害病的見了俺，便知道麻瘋是個可醫的症候，萬不是絕對不治的症候呀！那男院派了邱家兩位少爺，也是這個意思哩！只是俺做這醫院的主任，非常忙碌，不是安逸的差使呵！俺且把院中的職務，說於列位知道者。

【七娘子】房櫳雅，門庭靜，按晨昏藥餌調烹。依法施醫，分班問病，只望他們呵，脫胎換骨登仙境！

開院以來，不但已病者，駐院待醫，就是未病的，也逐日到院求藥。只是這藥料雖甚珍貴，原非賣品，也不是輕易便行施捨的。院中爲杜漸防微起見，立有定章，凡未病求藥的，須到院聽講三次，然後給藥。日間俺也無暇開講，一到夜間，又是熱鬧了。

【前腔】明燈放，良宵永，更清鐘警鐸齊鳴。宣布慈祥，閒談感應，只望他們呵，一場幻夢黃粱醒！

俺記得開院時，第一次便是俺姑老爺親臨演講，第二次便是俺小姐演講，聽講的無不感激涕零，歡喜贊嘆。此後還有甘蕉二夫人到院演講數次，他的粲花妙舌，端莊流麗，雜以詼諧，尤爲雅俗共賞。原來這演講一道，最能轉移風氣，不及數月，便把此間劣習潛消默化。不但曉得倚門獻笑的羞恥，連那趕墟踏月的舊俗都改良了一半了。你想這口舌的功效，大不大呢？列位呵！須曉得演講道德，原有益於社會。但沒有實驗的功果排在當前，一任你舌敝唇焦，終等於捕風掠影。好在這兩院中奇效卓著，病愈離院的日有數起，遐邇傳聞，信用大見。那男院中功果如何，且不具論。但就俺女院中病癒的看起來，便令人驚奇叫絕了。

【漁家傲】則見他們呵，出了門兒火伴驚。爲甚的禿髮焦眉鷄皮鴨頸，改頭換面都嬌靚？不信呵，清波如鏡，自照花顏，到眼分明。生怕是裊娜丰姿，丰姿兒傾了城！

俺只覺自此之後，駐院人數，逐漸減少，院外未病求藥者逐漸增多。半載之間，院中駐宿的只剩得一個了。列位試猜，這一個是誰呢？說起他的名字來，列爲應該認識，就是當年木樨庵的智圓尼姑呵！人人皆愈，只有他一個子不愈。他的藥酒藥丸，吞下肚的至少也有五六十斤了，怎奈總不見效。真真令人摸不著頭腦哩！

【駐雲飛】慢說良藥無靈，須知道天眼昭昭鑒在冥。失足原無幸，索自回頭省。轟，暗室有雷霆！俺想起來這個禿婆是世間壞透的東西！他做尼姑時，最喜拉攏男子，包攬過渡。如今罪惡貫盈，天也不容他漏網了。似他呵，六根不净。誰叫他垂老風流，自墜風流阱。真叫做現世泥犁活受刑！

可憐他的麻瘋不愈，自己曉得羞耻，無面見人，又不願坐老院中，不曉得是那一天乘人不覺，離院遠逃。俺稟明姑老爺，行文緝捕，杳無踪影，是死是活，至今還不明白哩！死了還好，只怕他仍活在世上，那就不妙了呀！咱們小姐誓願掃蕩毒氛，滿望一勞永逸，把麻瘋怪病從此銷滅，不至輾轉流傳，貽害後世。倘被這個萬惡禿婆，傳演出去，不是功敗垂成麽？（嘆介）

【前腔】難俟河清，遺憾還留五濁腥。人巧休爭勝，天演原前定！還幸這禿婆，年近知命，疥癩遍體，就讓他東投西靠，料想沒人敢招攬他呀！馨，鬼手冷如冰，更有誰憐憫。他走出去總歸一死，他死在深山窮澗，還不礙事，只怕死於人烟稠密之鄉，癩蟲四散，投入生人肉體，纔不得了呀！那正氣的尚不怕，只怕是蕩子蕩婦，毛孔稀鬆，最易感受蠱毒。噯！塵世何人無嗜欲，病家從此有瘖瘍。算將來女愛男貪，永古無乾净，怪不得天缺西南地不平！

呀，列位呵！現在西陲瘴氣，業將净盡，這裏藥廠病院，不日便可撤銷，將來改建男女學校，自有後賢接理。俺嫣紅差事告竣，便當隨俺小姐去了。俺今日登臺，一則須與列位話別，二則完結這部劇本。俺沒有梨園絕技，俺不是菊部專家，列位只當個妄人說夢罷咧！咦！敢迷下蔡誇波俏，竊附東方作滑稽。

【墻頭花】巴人楚郢，學譜叨叨令，莫笑我刻羽工爲變徵聲。無非是闡隱揚幽，權當做晨鐘暮磬。

呵，列位，俺嫣紅不過是這部傳奇中一個低微人物，不曉得做書的那位先生，無故的平空抬舉起來，把俺這丫頭硬拖上場，做他的全書結束。這位先生的意思，實在解人難索呀！列位聽完這本戲時，試猜一猜，到底什麼用意呢！

【煞尾】撥琵琶誰云賀老希，吹篳篥欲動香山聽。把宮墻妙曲翻與知音品，直唱到雲破月來花弄影。

弦管淫蛙不可聞，夜闌薄醉草奇文。

一聲河滿雙行淚，無複修簫起鐵雲。（徘徊下）

（幕閉）

二、孟諧傳奇

題　詞

【南呂引子】【滿江紅】門外蓬蒿，蓬蒿外、烟塵漲日。驚好夢，鼓鼙動地，不寒而慄。醋甕搬開酸鼻史，醬瓿跳出誅心筆。向吾家孟老索詼諧，閒嘵舌。　　觀蝸鬥，尋蛛迹，揮兔穎，評鷄肋。頓清歌九轉，唾壺敲缺。故事翻新資膾炙，羽音變徵多凄切。且呼僮持去譜絲簧，聲聲徹。

目　次

第一齣 牽牛

（净衮冕扮齊宣王上）

【雙調】【風入松慢】泱泱表海大王風，席餘威坐鎮山東。嘆中原逐鹿如春夢，誰則是一世之雄？想今日呵，除却觀兵問鼎，不成駿烈鴻功。

群龍野戰血元黄，自大還須讓夜郎。加我黄袍能豹變，試爲湯武也何妨。寡人非他，齊王田辟彊便是。奄有青齊，忝爲元首。官山府海，擁萬乘以縱横；駕楚鞭秦，角六王而睥睨。周德天既厭矣，列邦正虎視眈眈。帝制我自爲之，敝邑亦鷹瞵逐逐。（笑介）如果民情一致，天命攸歸，寡人其代周而王乎？哈哈！（坐介）（丑袍笏扮胡齕上）（跪拜介）臣胡齕叩見，願吾王千歲。（净點頭介）大夫來此甚好！這裏便殿，無庸多禮，且侍寡人清淡爲妙。丢開虎門龍爭事，偷得浮生半日閒。

（丑諂笑介）大王天顔有喜，莫是想出甚麽得意的故事，可否賜示一二？

（净微笑介）沒甚得意。不瞞大夫說，孤想古來幾人稱帝，幾人稱皇，神器所歸，尊無二上，何等光榮體面。現在七強並峙，中夏分瓜，九鼎誰遷，東周未艾，長此均勢，莫定一尊，很覺沒趣呀！

（丑）大王聖德巍巍，軼堯邁舜。將來闢土地，朝秦楚，莅中國而撫四夷，帝諦皇煌，正如探囊取物耳！

（净笑介）雖有智慧，不如乘勢。雖有鎡基，不如待時。目下吾齊能人確也不少，但時機未熟耳！

【夜行船】捭闔連衡各一宗，看彈冠忙煞群公。還有那輠炙蟲雕，鷄鳴狗盜，亂紛紛雲馳波湧。

古語說得好，不鳴則已，一鳴驚人；不飛則已，一飛冲天。寡人欲建殊勳，原非難事，所慮人才雖盛，民望未歸耳。從來收拾人心，端賴無形之權術。你懂得麽？市義不妨爲操莽，假仁纔許作桓文。

【喬牌兒】慈悲信口噥，權變隨機動。花花世界工操縱，孤則待小小顯神通，便將凡眼哄。

（末短褐犢鼻褌扮庖人牽牛上，繞場行介）

【仙呂】【醉扶歸】俺呵，窮途寧戚衣垂骭，誰曉的飯牛容易解牛難。慢誇是俺有庖丁伎倆舌翻瀾，沒來由碰著那閒情宰相偏驚喘。你們呵，再休對這披毛戴角把琴彈。須知道葛盧搗鬼真渾蛋。

（牛作聲長鳴介）

（凈回顧介）呀，大夫，這牛向寡人長鳴，却是何意？

（丑）博碩肥腯，民力溥存，這便是大王得民之兆呵！（牛躑躅介）

（凈）呀，大夫，這牛向寡人踴躍起來，又是何意？

（丑）臣思虞廷郅治，百獸率舞。這牛見了至尊，山呼舞蹈，歌頌承平，足徵靈性未泯。牛猶如此，民意可知。這便是國民擁戴之兆哩！

（凈大笑介）哦，是了，寡人想起來，牛雖六畜之一，他的歷史頗爲壯觀呀！

【雙調】【新水令】孤想那醜君瑞兆邁羆熊，采風詩牧人佳夢。主盟開五霸，播種慰三農。積健爲雄，看回首邱山重。

兀那牽牛的，你這牛要牽到那裏去呀？

（末放牛，上堂叩見介）啓大王，這牛要牽去宰的。

（凈作愕介）呀，活活的牛爲甚麼要宰他？怪不得他屢向寡人悲鳴躑躅呀！

（末）啓大王，不是無故宰他，祇因大典所關，不得不奉行故事耳！

（凈）除了祭祀，還有什麼大典？現在又不是冬至祭天時節，不得妄開殺戒呀！

（末叩首介）

【仙呂】【好姐姐】獻牲牷不上天壇，百忙裏奏刀難緩。洪鐘新鑄，懸在辟雍間。銅花燦，一經塗澤聲光奐。則待要劙此肥牛血染丹。

啓大王，釁鐘典禮，例須屠牛，不是祭祀用的。

（凈搖首介）呀，庖人，你只會屠牛，你還不曉得牛的勞勩正多哩！

【雙調】【駐馬聽】想當初涉地成風，管氏包茅征楚貢。犒師示勇，弦高乘韋却秦攻。而今垂老，嘆疲癃。料吴宫見月心還痛，更何忍一刀斷送。早開恩，好把這犠牲縱。

我想，你救他一命，勝造七級浮屠，放他去罷！

（末笑介）啓大王，小臣忝作庖人，殺牛無慮千百，不但釁鐘釁鼓缺不得牛，一切禋祀柴望也要在在需牛。如要小臣不開殺戒，除非天地不生牛罷！

（净冷笑介）呸，你這匹夫！好個糊塗蟲，怎麽殘忍乃爾！

【步步嬌】堪笑你自命屠沽真頑蠢，動詡操刀勇，這叫做心腸鐵石同。不想他觳觫臨刑，肉飛血湧。你呵，既不曾走狗念前功，也須憐他是無辜冤把頭顱送。

（末）既是大王這般吩咐，小臣便饒他一刀罷了！

【仙呂】【皂羅袍】不是我莽夫斗膽，俺也願衆生平等，物我齊觀。你賢王既把網羅寬，俺微臣且放下屠刀看。祇是牛不要殺，鐘也不要釁了。將來郊天祀廟，也祇剩蘋蘩藴藻之菜，潢汙行潦之水了。須知道，土牛布鼓，鬼神所歡，太羹元酒，馨香一般。從今後，把一例的繁文縟節都蠲緩。

啓大王，嗣後索性把那釁鐘故事永遠廢除，豈不直捷爽快？

（净喝介）胡說！那是昭昭國典，垂之史册，豈可率爾廢除？

【雙調】【沉醉東風】聽鼉鼓逢逢奏公，賡雅樂蕤磬笙鏞。這釁血刑牲古所傳，天家盛典非繁冗。慢說是前王作俑，不信呵，你試看那告朔禮隆，也少不得這餼羊供奉。

况是吾國樂音，馳名天下，昔者尼父在齊，聞韶三月不知肉味，可見大呂、黄鐘非同凡響。萬一廢了釁鐘，弄得律呂不調，纔是笑話哩！

（末）一鐘關係原來這般重大！敢問大王，還有别種釁法没有？

（净沉思介）除却殺牲，那裏有别種釁法？孤想只有一道，這牛既經特赦，總不要殺，索性以羊易之便了。

【雁兒落】既難廢明堂裏金鐵琤瑽，又缺不了御厨内刀碪飛動。則要這騂角兒免却及鋒，説不得先借那柔毛兒拖來抵空。

（末）謹遵王命！小臣宰羊替代便了！這牛既沐天恩，斯爲禁臠，小臣不敢承領，留在這裏，聽大王發放罷！難得桃僵教李代，劇憐兔死沒狐悲。（叩辭下堂介）（背笑介）說來說去，到底免不得宰殺。想是這牛爺爺交了好運，可憐悔氣的羊哥兒有冤沒處訴哩！

【仙呂】【寄生草】絕妙超生術，希奇越俎談。鄭君分鹿無斯判，衛侯好鶴無斯誕，燕王市駿無斯幻。怪不得封侯封尉滿朝端，羊頭羊胃從今爛。（徐退下）

（净）呀，大夫你也積些陰騭，替寡人放生走一盪罷！你先把那牛牽上堂來，寡人要對他說幾句話。

（丑應聲下，牽牛歷階上）

（净起撫牛嘆介）我的牛呵！

【雙調】【收江南】呀，可憐你壯心伏櫪，一皂驪曾同。若不是長髯主簿，先借重試刀鋒。一任你萇宏血碧，也染上自由鐘。今日，孤賜你金牌一面，掛你項上，權當做特別勳章，還要重煩這位大夫送你往桃林一遭。從此後你蹄齧逍遙，再不要心驚肉悚。你好覓那長林豐草，擺尾去嘶風。

你有這面勳章護體，沒人敢再殺你了。呀，牛呵，寡人有日幸登九五，你高躅大年，優遊歲月，也不減商山遺老哩！哈哈，你去罷！

（丑叩辭，牽牛下階介）列位，你看到這齣戲文，便曉得敝國大王確是好行仁義的。俺放過這牛回來時，順便告訴客卿孟夫子，也教他歡喜歡喜。（下）

（净笑介）寡人今日做了這樁好事，心內很是痛快。列邦聞之，都說我深仁厚澤，施及禽獸。將來果有大寶之分，不怕他們不承認了。帝王歷史上憑空添一段美談，豈不快活！

【尾聲】網開三面寧虛哄，要把那普天驚動，纔識我真主當陽有古風。

列位聽戲們，不要訕笑寡人放了無知孽畜呀！須曉得感應之理如影隨形，你們不信且尋那戰國史查查看。爲皇爲帝，寡人雖沒有這段福分，那後來田單火牛破了燕軍數十萬，奪回齊國七十餘城，這就是寡人種的因果哩！

（大笑下）

第二齣　搏虎

（臺上布野色，懸岩晚照，平野疎林，景象蕭瑟）

（净武裝扮馮婦，坐自拉繮雙輪車上）

【仙吕】【點絳唇】雁肅風高，疎林衰草，秋光老。落日鞭鞘，問何處停驂好。

小隱林泉足寤歌，移文不到北山阿。獸蹄鳥迹休閒管，明詔徵車奈我何。在下便是晉人馮婦，技擊傳家，戎行馳譽。春郊射獵，常矜貫革之能；夜帳談兵，曾厠運籌之列。仗義則拔刀相助，逼真郭解朱家；角力則舉鼎稱雄，奚讓孟賁烏獲。（嘆介）咳，只惜今日之馮婦，迥非昔日之馮婦了。低徊往事，不勝水流花謝之悲。俯仰當年，大有日暮途窮之感。噫，避世却因驚世早，入山再欲出山難。

【混江龍】想當日呵，俺是個太原年少，緑翩翩裘馬五陵豪。論文章，雕龍乏技；説功名，走狗空勞。俺也曾寒星試劍，俺也曾秋水横刀。俺也曾招徒侣少林術授，俺也曾慕將軍大樹名標。俺也曾上瑶池風追八駿，俺也曾走扶桑曉策六鰲。俺也曾媚山妻驅車射雉，俺也曾結群小升木教猱。俺也曾獵名場墜鞭挾彈，俺也曾逐利藪分道揚鑣。轉眼間垂楊在肘，彈指兒短剌生毛。到而今呵，厭塵囂早告了菟裘老，博得個一拳莫展，兩鬢徒搔。

呀，俺馮婦原非出身微賤，也是晉國一位大夫。自從韓趙魏三家分晉，寡君幽公，降爲廢主，君權杌隉，國體變更。俺既不能捨身殉國，又豈肯俯首事仇？况俺與三家同列朝端，彼此原爲僚輩，也不值得降志辱身，赧顔求仕哩！可憐朝綱紊亂之秋，正吾輩逃亡之日。武簦襄磬，去而之他。緑水青山，與此終古，這便是俺馮婦的結局了。祇是平生絕技沒世無傳，未免扼腕。諸君認得俺壯歲時是個搏虎的慣家麽？

【油葫蘆】俺獨對這舞爪張牙百不饒，只要俺這猿臂兒掉一掉，管教那山君望影早驚跑。怕甚麽呼饑倀鬼前途導，怕甚麽助威風伯空林嘯。他的犁頭兒舌正驕，俺的鉢頭兒拳已到。（作打虎手勢介）咄嗟兒便把那銅筋鐵骨推翻倒，看片片的風毛雨雪滿空飄。

俺白說一番，尚自津津動聽，若當真打起虎來，只怕比演戲還有味哩！可惜俺不彈此調業已多年了。夢中空有搜山願，酒後猶爲入穴談。

【天下樂】如今是緊閉柴門也，那結遠巢，隱蓬蒿，謝舊交，到臨頭把雄心一例抛。聽狐鼪白日號，讓豺狼當道嗥。俺則索假惺惺高枕邯鄲眠一覺。

迷途未遠，今是昨非。俺自從誓不搏虎之後，那虎確也超生不少，這就算是改過遷善了。俺武夫的天性，說一是一，說二是二，决不會更變的。此後無論什麽人，不容易改移俺的操守。就是明王聖主開了虎榜，招了虎賁，封我虎威上將，賜我文虎勳章，叫俺去搏一個虎，俺也不願服從哩！

【哪吒令】俺不管那舜和堯，龍登大寶。既做了許和巢豹藏遠蹈，决不學那禹和皋鷹揚討好。任懸旌把虞人拼命招，任徵書把勇士排名報。不爭的肯逐那蒼蠅吮血作時髦。

（舞臺旋轉）（臺上布危崖峭壁，叢樹陰森，丑扮斑斕猛虎，躍下打滚介）

（雜數人攀弓佩箭，挈杖掄刀，奔走喊叫介）

（虎打滚，大吼一聲，向衆猛撲介）

（衆嘩然退走介）（虎蹲伏爬搔介）

（衆復進，喊逐放箭介）（虎怒吼，繞場疾踴，箭紛紛墜地，衆驚失色介）

（虎少退，背崖蹲據，作勢怒視，衆遠立吶喊，不敢前介）

（虎豎尾努睛，吼聲不絶介）

（净驅車向左角繞上，作傾聽介）呵呀，這聲音不是大蟲出現麽？（四望介）

【鵲踏枝】是何處活山猫，恣咆哮？你看那漆黑叢林，路窄山高。（望見衆介）呀，好險！好險！這不是鬧得一團糟麽？像這樣七長八短的村漢，不看風勢，要想捉虎，如果捉得虎時，俺也不姓馮了。你看嗎！這孽畜呵，猛汹汹早據了羊腸鳥道，可憐那衆人呵，險些些做他的鼎嵛盤肴。

俗語說得好，虎落平原被犬欺。可見引虎離山，還可僥倖捕捉。現在，他們竟迫虎到山了，這不成了負隅之勢麽！

（衆望見净介）呀，好了，好了！那邊不是馮大夫來了麼！他是個伏虎大羅漢，我們懇求他去罷！（衆踴躍哄應介）（净車行漸近介）

（衆簇擁車前介）呀，難得大夫高軒過此，順便做點好事，給我們打發這大蟲上路罷！

（净搖頭介）呀，列位休怪，不是老夫不肯幫忙，老夫十年前早已放生戒殺，誓不幹這樣把戲了。况且這虎跳梁跋扈，恃勢負隅，萬難取勝，勸你們讓他去罷！不要打不著，反送了性命呀！

（衆拜求介）呀，馮大夫，明明一個猛虎，爲什麼好讓他呢？况且這虎爲一鄉巨害，你老打殺他，却算無量功德，不比那戒殺放生好得多麼？你老若不施援手，這養虎貽患之咎不在我們身上，只怕你老難辭其責哩！

（净笑介）不瞞列位説，老夫景逼桑榆，精力疲憊，實在不是這虎敵手呀！

【寄生草】俺呵，壯心雖未死，毅魄已全銷。郎當髀肉傷羸老，禠褫肝膽悲哀耗，生疎手脚防顛倒。莫認俺萬夫不敵勇猶前，只怕這當車螳臂須索回頭早。

（衆笑介）呀，馮大夫，你老是個大英雄，好男子，怎麼説出這樣沒氣力的話？長畜生志氣，滅自己威風，竊爲你老不取呀！

（净長嘆介）呀，你們不要囉唣罷！俺受不得這般挑激了。（撫膺介）馮婦，馮婦，醜媳婦免不得見翁姑。今日不該走到這裏。咳，是非只爲多開口，煩惱都因强出頭。（向衆麾手介）俺便答應你們罷，你們站開些。（衆分列兩排介）

（净輕躍下車，大踏步趨向危崖介）（向虎猛喝介）呔，虎呀，

【六么序】你休誇稔惡逞老饕，曾認否蓋世之豪。你只合月黑風號，箐密林凹，攫豕吞獒，搏兔擒猱，爲甚麼跳出老圜兒擺尾伸腰。你故意兒犯了俺的前騶道，引得人逐隊跟淘，亂攘攘强吞弱肉圖酣飽，真個是問天借膽坐地分鈔。

（虎作聲長嘯介）

（净喝介）呸！虎子！你死到臨頭還要嘯甚麼？俺索性宣布你的罪狀，教你死而無怨。

【么篇】你也無須作怪號咷，你也無須賈勇爬搔。你盤踞山坳，菹醢人膏，簸弄風濤，咀嚼腥臊，逐鹿爭豪，更驚蛇打草。你只道仲由已杳，卞莊不到，一任你搖頭播腦，再無人敢把你的尾兒掉。那曉得老楊香早搗你的巢，莽武松要撏你的毛。你罪貫盈條，法網難逃，絕不容你做態裝喬。俺也不要鑿穴埋弓，漫山舉燒，慢騰騰舞杖揮刀。只索兜頭兒便把你的威風掃。瞧！瞧我這雙拳奉贈，一臂開交。

（攘臂介）（趨前作勢擒虎介）（虎悲鳴介）（净揮拳猛擊介）（虎擺撲打跌介）（净連打介）（虎哀吼數聲倒斃介）

（净兩手舉起死虎擲衆前介）（大笑介）哈哈，幸不辱命。

（衆大悅介）呀，馮大夫，你老真是金剛手段，菩薩心腸。不但救了當場大衆生命，還替鄉鄰除了大患。惟是這裏山重嶺複，只怕還有餘孽。我們意欲爲你老建一府第在此，永鎮是鄉，豈不甚好？

（净）罷了，罷了！快不要這般行辦罷！俺這回搏虎，不過一時高興，後不爲例。將來再有虎患，俺却不管哩！

【後庭花】俺是個急先鋒膚不撓，老名公心自豪。况且見獵欣欣投所好，甚勳勞，不過是平生技癢，權把那昔日英雄顯一遭。

（衆笑介）呀，你老還是這般謙讓，既不肯讓我們攀轅卧轍，我們也不敢相強。只是大恩難報，我們只有到處揄揚以酬厚誼。否則鑄一銅像，建一生祠，永遠紀念，以資觀感也好。

（净搖手介）嗄，言重，言重！你們再莫說這感激傳揚的話，俺還後悔不迭哩！

【賺煞尾】無非舉手勞，切莫逢人道，聊當做一場胡鬧。但惜俺殺戒重開，落了圈套，葫蘆提惹下牢騷。再招搖，市虎成謠，衹怕半世英名都抹倒。儻被那嶧山一老拾做詼諧談料，纔弄得俺掩耳飛跑跑不了。

俺去也！（向衆拱手登車介）（揚鞭繞場下）（衆聚談介）

（甲）謝天地，今日若沒有馮公援手，我們怕不做虎口裏肥羊麽？

（乙）奇怪得很，馮公也沒有三頭六臂，怎的這般了得？

（丙）他當年的神力，你們還不曾夢見哩！沒說一虎，便是十虎、百虎，也不彀他瞅一瞅呀！

（丁）可惜他無故致仕，似這般神勇，若肯再做了官時，什麼揚威耀武的將銜，侯伯子男的爵位，管教被他一手撈得罄盡了。

（甲）咱們閒話少說！你看天色已晚，回去吃飯要緊。走罷。（衆抬虎一哄下）

（生末儒衣儒冠同上）

（末笑介）哈哈，今日馮婦被我們偵得著了。我只道他急流勇退，不仕新朝，連打虎的營生都洗手不幹。我們還說他清操拔俗，足以砥礪末流，怎曉得他却暗暗跑來這裏拔虎尾，捋虎鬚，真是無耻之尤了。

（生）你看利達場中，那個是有耻的。這赫赫著名的馮婦，晚年尚且失節，何況不如馮婦者乎！

（末）怪不得他的耳孫兒馮道，學慣了祖宗伎倆，吹牛拍馬件件都會。宜乎江山屢改，富貴不移呀！

（生）豈但長樂老寡廉鮮耻，就是晚近官僚一派，那個不被他傳染的。

（末）不錯，不錯！我們真是少見多怪！如今的馮婦，果然斗量車載呀！

（生笑介）馮婦越出越衆，老虎也越殺越多了。如要老虎不暴動，除非馮婦不出頭方妙呵！

（末）朋友說得是！老虎雖凶，倒有血性，還不失英雄本色。若像馮婦一流人物，鬼鬼祟祟，真是連虎都不如哩！（鼓掌同下）

第三齣　攘鷄

（丑巾服上）

【南呂引子】【臨江梅】〖臨江仙頭〗著了衣冠廉耻喪，徒誇七尺昂藏。〖一剪梅尾〗竊鈎竊國有專長，小則猖狂，大則強梁。

慣爲社鼠與城狐，無毒由來不丈夫。我亦聞鷄能起舞，孜孜爲利跖之徒。自家梁上君子是也。說起在下出身，煞是不醜。在下綽號又叫做賽時遷，當日在梁山泊時，確也曾替天行道，坐地分贓，論秤用金銀，換套穿衣服。交通利便，居然財可通神；儲蓄豐肥，真個富能敵國。叵耐千金孤注擲，阮囊有垂盡之時；更加一食萬錢空，馮鋏有頻彈之日。賊心不死，何須仰屋徒悲；故態復萌，纔識交鄰有道。（笑介）哈哈！

【南呂過曲】【香遍滿】天開异想，醫貧豈無奇妙方，且脫略形骸拼放浪。資財要滿囊，金珠要滿箱，珍饈要滿腸，除祛篋休奢望。

列位想想，在下現狀已算是個破落户子弟了。有家徒四壁之嗟，無日進斗金之樂，豈不窮絕餓死麽？然而，在下衣裳楚楚，看來似有財香。面貌團團，望去毫無菜色。這是什麽緣故呢？索性說個明白，免得列位懷疑罷！在下眼前還是本地風光，素偷竊行乎偷竊罷了！只是列位不要破口便罵。在下是個賊，須曉得從古至今，富貴利達場中，有好大半是賊哩！

【懶畫眉】鷄鳴狗盜最流芳，得士如雲羨孟嘗。逞風流鑽穴更逾墻，多情還混入東家帳。問那個不是黑夜捫搎技擅場。

咳，你看現在什麽世界呢？七盜八娼，何忍獨爲君子；營私罔利，不如權作小人。惟是在下如今做賊便做賊，却因天良未昧，不做大賊，只做小賊了。什麽小賊呢？俺金銀珠玉不要，布帛器具不要，馬牛羊豕不要，所要者衹有司晨的鷄兒。却不偷他家的鷄，單偷鄰家的鷄。這樣賊癖，可不算空前絕後麽？俺且把攘鷄的手法試演一演，請列位瞧瞧，很有趣味呵！（指手畫脚介）

【東甌令】燈初上，月微光，俺的絕技飛檐偏作癢。（作跳躍勢介）短垣躍過無聲浪，（作攘鷄手勢介）輕輕兒便了却鷄兒帳。不愁打鴨驚了鴛鴦，容易也勝探囊。

呀，閒話之間，不覺天色已晚，俺的時候到了。只得暫別列位，去幹俺的勾當罷！（鞠躬下）

（舞臺旋轉）（臺上布小園晚景，短墻一帶矮樹數株，縷縷炊烟，疎疎籬落，籬間豚栅鷄塒，隨便位置）

（丑上縱跳入園介）呀，今日較早些兒，他們還未晚餐哩！俺撞進去被人瞧見，那不弄得偷鷄不著反折了一把米嗎？別管他，且在這裏蹲一歇兒罷！

（蹲伏介）

【不是路】暮色昏黄，籬隙花陰暫躲藏。（探望介）賽偷香鑽窺，手段最高強。呀，差不多是時候了。（捷步躉入籬門介）（疾攘一鶏，夾入左脅介）（低頭再看介）呀，你看鄰家煞是闊綽，怎麽鷄兒養得這樣多呢？大約看起來不下數十隻哩！若照俺的高手略略一撈，至少也撈他一半。呀，不行不行，還是慢慢來罷。莫貪贓，區區一尾叨佳貺，取不傷廉趣自長。俺今日攘得一隻，已算心滿意足，不要求多了。應相諒，貪婪不比蛇吞象。尚稱豪爽，尚稱豪爽。

俺只能攘鷄，不能喂鷄。這許多鷄兒，權託鄰家代養，俺要用時逐日來取，豈不甚便！

【前腔】不費周章，手到携來捷勝常。佐杯觴，晨烹鼎鼐晚來嘗。任提防，賊心賊腦天生壯，那識栖栖有鳳凰。休惆悵，管甚麽風雨嘐喈唱。明朝依樣，明朝依樣。

哈哈，謝我東人能豢養，寄諸外府任徵求。俺回去罷。（越垣下）

（舞臺再轉）

（外扮鄰翁扶杖上）慢藏多誨盜，歧路慣亡羊。小老叫做主人翁便是。務農安分，薄有家私。當此國政日非，民權不振，兵荒寇警，境有烽烟，厚斂苛徭，野無青草。小老做了這時代百姓，雖有萬貫家財，也不够強權的魚肉。什麽國債公債咧，契稅糧捐咧，零星雜稅咧，累得個不亦樂乎。這也不在話下！衹是這幾日家中却出了稀奇的事，後園裏報了失鷄。我想，失去幾個鷄兒值得甚麽？且戒家人別去查尋，省得騷擾鄰里。不想這賊偷得手滑了，一天一隻，好像納他捐輸一樣，豈不奇怪？小老就從昨晚起留心暗偵，不料却是緊鄰梁先生作祟。原想當面衝破他，怎耐此人原是個著名的大老官，且有君子之號，不合便羞辱他。細細斟酌，還是托人暗暗勸導，叫他改過爲妙，只是要托什麽人好呢？哦，有了！這裏三家村老學究是個非禮勿言，非禮勿動的，不如懇他出面，善言規正，較爲得力呵！（行介）

（下）

（末白鬚儒裝上）冬烘無腦力，夏楚有威風。鄙人三家村某學究便是。剛纔主人翁見訪，述及這裏表表有名的梁上君子天天攘他的鷄。咳，世風愈下，吾道不行，乃至君子淪爲盜賊，曷勝浩嘆！難得主人翁休休有容，不忍當面質證，託我往見此君婉言規勸，我只索走一遭兒者。（下）

（臺上設餐几陳列杯盤，丑搖擺上）（坐介）（執壺自斟介）（取鷄臛緩緩撕食介）哈哈，隔壁的雛兒被俺連日偷得痛快，啖得痛快。他還不知不覺，這樣好鄰家，煞是難得呀！笑我斯飢權染指，教人欲炙屢垂涎。

（末上作叩門介）

（丑）誰呀？

（末）梁老官，是我！

（丑攢眉介）（低白）呀，這位酸溜溜秀才，今天爲甚來此？奇怪呀！（開門介）呀，不知長者降臨，未曾掃徑。

（末作揖介）只爲宵人出現，造次登堂。

（丑鞠躬介）（讓介）倉卒之筵，何如對飲？

（末不屑介）嗟來之食，弗敢叨陪。（厲色介）呀，梁老官，你爲甚日攘尊鄰的鷄？

（丑笑介）呀，老先生你怎麼無憑無證誣指人家？

（末）尊鄰親眼見你的，親口告我的，難道不是確據麼？不想你這樣君子人歟，君子人也，竟做出這無耻之事！

【越調】【山麻稭】名下士，儒冠耀，我只道你枕藉詩書，陋巷簞瓢。無聊！爲什麼偏學了穿窬道。照這般行徑，只怕你的名譽掃地了。休怪與奪牛劣俗，攘羊惡德，唾罵同招。

（丑大笑介）呀，老先生你真是坐井觀天，舉蠡測海。若論起掠奪行爲，豈獨在下？如今明王聖主、幹吏能臣，那個不行竊的呀！

【南呂】【梧桐樹】貪胥賽虎狼，苛政如蛇蟒。鼠雀空虛，羅掘供頤養，膏脂剥盡官家享。民怨如山，計吏猶蒙賞。予取予求，法令牛毛樣。真叫做偷天換日神通廣。

殺人越貨，弱肉強食，比比皆是。你不罵他而獨罵我，真是少所見而多所怪了。

【梁州第七】俺呵，無非是小偷扪蝨鼪伎倆，徒餔啜狐兔行藏。又不曾爭權竊位多狂妄。按章定律，不過賠償。原情略罪，儘可渾忘。論理，攘幾隻鷄，不比神奸巨憝。這無耻兩字，似還領受不起呀！（末改容介）呀，梁老官，你辯論滔滔，却也有理。只是攘鷄雖小，可以喻大。取非其有，君子所羞。還望你此後有則改之罷！（丑）既承明教，敢不懔遵！俺知過了。累微禽朔朔遭殃，荷鄰家日日輸將。未免扪心動魄自彷徨，剩得個濟生減口聊謙讓，暫向那臟神肚子告饑荒。從今後慨當以慷，且把這網羅三面先開放。只是俺改悔便改悔，不能一下戒絕呀！（末笑介）不能一下戒絕，便怎麽樣？難道還要偷嗎？（丑笑介）偷是要偷，但從此改日爲月，已算鋭減三十分之二十九了。再來攘，憑月望，且補撈他幾個肥甘侑酒漿，著甚匆忙。

俗語說得好，十萬買宅，百萬買鄰。古人結好鄰家，尚不惜百萬揮霍，何況幾隻鷄兒？諒主人翁素稱仗義，必樂從所請也！

（末）照你這樣攘法，是否永援爲例，或是還有斷絕之期呢？

（丑笑介）豈敢永援爲例，不過儘此數月罷咧！

【劉潑帽】供招不諱寧欺罔，向東鄰緩緩磋商，告延期待結個年關帳。不信呵，看春暖百花香，便收拾起這瞞天網。

待到來年，俺决意不做這把戲了。即煩長者代達敝鄰，再貼數鷄也不算折什麽本呵！

（末笑介）好好好！就是這般罷！

【越調】【江頭送別】偷兒術，偷兒術，教人失笑。敦鄰策，敦鄰策，如斯奥妙。不道朵頤猶嫌少，却弄得鷄肋難拋。

足下既願改過遷善，到也不爭遲早。若來年依舊這般，我便不當你是個人類，再也不來警告你了。言盡於此！再會，再會！（拱手下）

（丑笑介）他人之物，任意掠取，原是在下不義。只怪那主人翁，也忒自文弱，若使一下便給俺沒臉，在下的賊計也無從設施了。噫，豪強享福，良善遭凌。彼此參觀，令人三嘆。

【南呂】【尾聲】子公食指原無狀，况落得現成供張。且把那世態奇離演一場。

天下做強盜的能彀都像俺，還算直道而行，毫無作僞。若是大奸巨蠹，如新莽孟德一流人物，便萬萬不肯這般開誠布公呀！哈哈！（大笑下）

第四齣　食鵝

（生高巾破衣草履緩步上）

【越調引子】【霜天曉角】人間何世，日暮驚魑魅。擺脱紅塵沒計，似甕裏一醯鷄。

首陽千載是吾師，傲骨森森不入時。滿肚牢騷難得吐，儻來噱蹴漫相欺。俺陳仲子是也。舊爲齊族，今作楚狂，遁迹入於陵。地據瀟湘之勝，洗身做廉士。人居懷葛之間，寄興有沅芷澧蘭，灰心在黄泉槁壤。可憐絕智弃學，窮來只有杜門。其奈滅聰黜明，餓極不能出户。俺仲子好苦也！

【前腔】【搖頭】朝朝歌采薇，慊慊看待斃。且住，俺仲子如果一餓便死，今日那得還有仲子登場呢？俺仲子不死，原非偶然呀！天賜螬餘苦李，權匍匐一充饑。

俺仲子雖爲數奇命蹇之人，究非釣譽沽名之輩。俺遠避於陵，却是萬不獲已。（嘆介）咳，天禍青齊，陪臣爲逆。田族漸大，姜祚潛移。猶復倒持太阿，違拂民意。窺竊神器，簸弄國權。可怪那衮衮公卿，良心死盡，媕婀附和，奔走贊襄。連俺的哥哥田戴，也自推波助瀾，乘機竊爵。只剩得俺仲子一人，孤掌難鳴，抽身遠引。時局至此，秏矣哀哉！咳，俺仲子果是混俗和光，還怕甚麽高官厚禄不到手？其奈俺仲子不是這般人物何？

【越調過曲】【鬥鵪鶉】看不慣那紫色鼃聲，炯行媚視。做不來那諂笑脅肩，吮癰舐痔。走不入那勢路權津，名場利市。俺呵，膽已寒，心逾悸。說甚麽唾面自乾，怎能彀飲糟亦醉。

俺雖困頓無聊，却不孤芳自賞。賴有賢内助與俺偕隱，荊釵裙布，伴我栖遲，蘿月松風，同渠欣賞。噫，無地立錐難語世，有人抱甕自成家。

【紫花兒序】俺抛離了慈母，遠避了親兄，挈帶了嬌妻，辟纑織屨。

排日兒案舉眉齊。誰知！好比那巢樹鷦鷯自擇枝。遑問同心有幾，博得個匿迹銷聲，管什麼帶水拖泥。

只是俺避兄離母已久，俺雖不以兄爲兄，却未曾不以母爲母。怎奈我母竟在哥哥勢力範圍之下，無從迎養。俺嘯歌之暇，每念萱闈，輒爲涕下。咦，縱爲屈子甘投汨，不逮之推善隱綿。（長嘆介）唉，俺在於陵，望不見母親顔色，未免徒勞夢想。還是小別吾妻，向東齊走一遭罷！（暫下）（復肩傘袱上）（繞場行介）

【小桃紅】高堂白髮已絲絲，料在門閭倚。春暉寸草悲遊子，不如歸。暫辭七澤三湘地，一路裏風瀟雨凄。山川迤邐，鄉夢逐雲馳。

重岩複嶺，不見兒家。擊轂摩肩，重回母國。呵呀，魚龍溷雜，鷄犬相聞，早到了齊都也。你看冠蓋足汗牛，盡是公行東郭；簪纓堪比鲫，無非尹士王歡。俺哥哥貴號天潢，強同地痞，更是鶴立鷄群，爲人材中之傑出了。俺將母心殷，顧不得見兄顔汗，且索到門一訪者。（作到介）呀，這裏不是蓋大夫府第麼？（作探望介）

（雜扮門丁上、怒喝介）呔，你這叫化子在這裏張什麼？走你媽的路罷！

（生冷笑介）嗄，這裏便是我媽的路了，你還叫我走那裏呢？呀，門上先生不要動怒，煩你通報吾兄，俺於陵陳仲子請見。（雜笑介）你便是貴介弟陳仲子麼？人家都說你是個齊國巨擘，怎的這般襤褸？

（生笑介）你那裏曉得，不襤褸也不成仲子了。

（雜）既是真的仲子，不要亂跑，站在這裏等一等，我們給你通報罷！（下）

（生翹首四盼介）

【天净沙】仰閈閎鳥革翬飛，驚鹵簿虎視狼飢。俺對這似海侯門脚懶移，怎奈慈顔尺咫，也衹得強低頭俟寧乎而。

（舞臺旋轉）

（净扮田戴上）勸進爭先我領班，有功那管罪如山。衹嫌昆季分清濁，兄也難時弟也難。下官蓋大夫田戴是也。田氏篡齊，齊臣彈冠相慶。獨有吾弟仲子極力反對，改姓爲陳，遠遁楚之於陵，倒得了廉士清名，風聞朝野。呀，我想吾弟真是一個傻子。如今世界，騙得富貴到手便是，還管什麼廉

不廉呢。（坐介）

（雜上跪報介）啓老爺，門外有一文繿縷乞丐，自稱於陵陳仲子，想是二相公回來了。

（净驚愕介）呀，吾弟惠然肯來，莫是回心轉意麼？快請進罷！

（雜下引生上）（生向净長揖介）呀，哥哥久違了。

（净起迎介）賢弟僕僕風塵，遠來不易。

（生）小弟苦念母親，特來問候，並無他事。

（净笑介）當得當得！我想你兄弟反顔，斷不至母子避面呵！只是吾弟既來之，則安之。這裏世禄侈富，豈不強過你業屨過日嗎？

（生搖頭介）呀，哥哥不要說這話罷！

【調笑令】俺是個好男兒，自支持，不羡膏粱厭肉糜。弃萬鍾久同敝屣，視五鼎奚啻塵泥。不信呵，看門外雪深三尺時，俺夫妻猶擁牛衣。

（雜提鵝上）啓老爺，淳于髡大夫送隻生鵝在此。

（净）收了他罷！

（生頻蹙作不屑色介）呀，哥哥，這東西是什麽來路，收他則甚？

【禿廝兒】這不是山梁鷺雉，這不是窗下談鷄。你只道得蚌無如得鷸宜，又何取這鳴聲聒聒燥虚脾，稀奇。

大丈夫一鳴驚人，惡用是鶃鶃者爲哉！

（净笑介）呀，賢弟，千里鵝毛，物微意重。一毛且爾，何况一鵝？我們世家交際，兼金寶玉，日以爲常，區區生鵝，却之不恭，受之無忝也。

（生冷笑介）這是你們做官醜態，俺也沒有閒情來管你。俺見母心急，母親安在？

（净）業已通報，快出來也。

（貼扶老旦上）問天胡此醉，思子可憐生。呀，我兒，你回來了！想殺我也！（生跪老旦前哭介）

【聖藥王】見母慈，拜母慈，依依孺慕淚交頤。孩兒祇因記掛母親，奔波到此。見母親一面也好。（老旦）呀，我兒，生受你了！（抱生哭介）愛我兒，撫我兒，珊珊瘦骨已支離，頓使我心悲。

呀，我兒，我聞你在於陵三日不食，幸得井李療飢。可憐你世家子弟，嬌生慣養，怎受得這般苦趣呵！

（生）母親，這是已往之事，提他則甚！如今好了，孩兒媳婦均能自食其力，不至飢餓了。

（净）今日吾王命大夫莊暴籌備音樂大典，訂我前往參觀。賢弟且寬住數天，陪侍母親攀談者。（作出户介）（背介）吾弟當面辱我，說得恁地嘴響，我且試一試他，看他到底是真廉士、假廉士。他不是最恨那鶃麼，我且慫恿母親，宰了請他。他正在枵腹，難道不食嗎？如果不食，我便佩服到地了。

（舞臺再轉）（臺上設餐案，雜捧熟鶃飯菜上，陳列介）（老旦、生同上）

（老旦）呀，我兒遠來，爲娘沒甚請你，咄嗟一飯，陪我同用罷！

（生）朱門酒肉，孩兒未便沾口，母親請自用罷！

（老旦）呀，我兒你不過去國做個逋臣，却不是出家當了和尚，爲甚連葷酒都不用呢？就說你不食哥哥之食，難道爲娘之食也不食麼？唉，你餓得這般消瘦，娘好不心痛也！

【麻郎兒】誰憐你郇厨乏米，誰憐你范甑停炊？你不來便罷，既到這裏，不要苦違吾意，略略一嘗，也教爲娘歡喜。這現成的鴨臛鷄絲，不強似那園蔬澗薺。

（生）孩兒茹淡已慣，這等甘脆肥膿，要食也食不下咽了。

（老旦）這是家常便飯，並無兼味，我兒不妨一試者。

【後】莫疑，且支一飢。又不曾殺豕屠犧，又不曾炰鱉烹鼉，你只當做一頓的山肴野味。

（生）既是母親苦苦相央，孩兒只得遵命了。（老旦正坐，生旁坐介）（舉箸同食介）

（老旦）且喜我兒健飯，胃口尚未餓壞。（夾鶃肉送生前介）這是補助腸胃長養精神的肉味，我兒要多啖些。

（生接食介）（老旦連夾連送介）

（生飽食介）呀，母親，够了够了！孩兒肚子裝不下許多了。（笑介）呀，只道斯飢爲季女，不圖大嚼過屠門。

（净搖擺上）（微笑介）賢弟努力加餐，此味不易得也！

（生）哥哥休得取笑，王孫雖餓，氣節猶存，母命難違，聊一飯耳！小弟豈老饕者流哉！

（净笑介）賢弟休得误會吾意！一飯何關輕重？我所奇者，你開口便罵的鶂鶂之肉，亦復飽啖無遺耳！可見口之於味，嗜好同之，不以廉士而變也。

（生變色介）呀，哥哥，你也忒毒了！爲甚麽宰這東西給我吃？連母親也絕口不提，只管相勸。呀，俺仲子是那裹晦氣呵！

【前腔】俺只道杯羹分惠，不想是禁臠相欺。酩子裏煮鶴愁眉，葫蘆提食黿染指。

呀，今日只怪俺過於糊塗，落此圈套耳！

【後】一時吃虧未思，只圖了舌底甘肥，不計他腹内瘡痍。（老旦）呀，我兒，這鵝活活新宰，最爲滋補，並非有毒，吃些很有益處，何爲這等怕他？（净笑介）這肉豈但滋補，我們搢紳食之已慣，到也不見得什麽。吾弟啖此，就是象鼻、駝峰，龍肝、鳳髓了。（生大怒介）呀，老兄，你不要調侃得太過了。你宰鵝請我，不啻投我毒藥哩！還顛到說龍肝鳳髓。

（向老旦介）母親暫坐，孩兒便來。（作走出介）（净後隨介）

（生嘆介）唉，我曉得你明明要污我清名，故意騙我上當耳！俺難道沒法對待你嗎？

【絡絲娘】俺雖是個懲羹吹齏，你也不該煮豆燃萁。今日個误食嗟來遭你忌，請從此拜還君賜。

這鶂鶂之肉，俺嘔也嘔得還你，若留些兒在肚裹，也不算得陳仲子了。（搗喉頓足哇介）

【前腔】探舌頭吞蝗酷似，嘔心肝飲鴆難支。恨不得剖腹搜腸翻洗髓，迸出這腥膻滋味。

（連哇不絕介）（捫腹介）呀，此中依舊清虛了。

（净搖頭冷笑介）呀，吾弟何必如此！這裏清雅階兒，被你吐得狼藉，可見你這廉士，也未必十分潔净呵！你恁般性急，我也沒法奈何。但這樣哇法，不要哇得氣喘了。還是到裏頭歇歇兒罷！

（生搖手介）沒事，沒事！不要你多心罷！

【東原樂】尊意空煩膩，予懷倍鄙夷。你放甜頭向我喉嚨試，投美疚將人口腹欺。俺把你這齷齪東西，哇在你的齷齪庭院，難道你沒有用處嗎？休抛弃，看我吐哺餘腥，還飽飼你這權門犬豕。

（作走入介）（净隨介）

（老旦）呀，我兒，你慌忙出去做甚？你瞧面色都變了。

（净）真是好笑！母親好意宰了鵝兒請他，他一會兒都哇的乾净了。

（老旦掩淚介）都是你這哥哥不好，他吃也吃得下肚了，無端跑來胡說什麼。唉，你做到這樣大官，一個弱弟尚不相容，連他一餐都沒得安閒。怪不得他跑到於陵度日呵！（哭介）

（生勸介）呀，母親，不要傷心罷！孩兒並沒甚事。不瞞母親，今日孩兒得見慈雲，於心已慰，便欲拜別前往於陵去也！

（老旦哭介）你兄弟倆既不相容，爲娘也未便留你在此，只望你常常前來看我也好。

（生）母親放心，孩兒當再來省視者。（拜别介）

（老旦）呀，我兒，爲娘不忍看你去也！（掩面扶貼下）

（净大笑介）賢弟，休怪我不留你！你這般怪癖，一鵝尚且不能受用，無論勳位爵賞了。

（生冷笑介）希罕嗎？似這般沐猴而冠的勳位爵賞，還趕不上鵝肉清香，直同狗糞罷哩！去去去！小弟今日衹算無端造擾了。（向净長揖介）

【拙魯速】謝謝謝，這一餐飽猶飢。走走走，這一去疾休遲。悔悔悔，這一遭顛還躓。害得我佛頭著穢，沒來由咳唾淋漓。作成你笑眼迷瞙，掀髯得意。真不愧奸雄態度妖魔技。

（净哈哈笑介）山膏如豚，其性善罵，吾弟之謂也。只是罵由你罵，好官我自爲之。吾弟异日高興時，再跑來罵我罷，恕我不送了。（拂袖退下）

（生）俺仲子今日母國一行，倒像了一隻沒頭鵝，匆匆而來，忙忙而返。反惹得滿肚皮鏖鏖糟糟。如今作速南歸，叫俺的賢內助，滿掬清泉淘洗淘洗罷！

【尾聲】饑鷹好展圖南翅，料此去雲天萬里。再不願婢膝奴顏食蛤蜊，又何愁吞鈎嚼餌隨鱣鮪。（繞場下）

第五齣　烹魚

（外高冠飄髯扮鄭子產上）和衷共濟紓良策，實惠均沾慰下懷。（坐介）下官公孫僑便是。生身弱鄭，介晉吞楚噬之間；厠職巨卿，處族大寵多之日。獨支危局，吾民差免爲魚；力挽狂瀾，祖國庶幾有豸。我公孫僑煞費一番心血也！

【中呂】【粉蝶兒】潤色鴻猷，論經邦我勞何有。鑄刑書，獨運深籌。似鷹鸇驅鳥雀，安良鋤莠。事強鄰調劑剛柔，誰識我這外交家焦脣瘏口。

下官歷史，散見經傳，列位共見共聞，如今也不必贅述了。只是我公孫僑，到底是何等脚色，想列位尚未十分明白。我治鄭時，慘澹經營，不辭勞怨。黜尹何而辭豐卷，居然辣手革命家。褚衣冠而伍田疇，自是苦心維新派。我公孫僑，生平宗旨，只知取義成仁，不喜標奇立异。不意行人列傳，博物馳名，天下竟有以我爲智者。噫，我公孫僑，豈願與人角智者乎！

【醉春風】論政識然明，談幽窮伯有。誰言瓘斝禳天灾，吾獨否，否。就這數事看起來，怪不得衆人以我爲智。究竟這些事理，平常之極，不過談言微中罷了。（嘆介）咳，如今國勢雖曰粗安，內患外憂，危機隱伏，實事求是之不暇，還爭什麼智不智呢！棟折榱崩，更何心盜鈴掩耳，倒弄得捉襟見肘。

我公孫僑，丁此卧薪嘗膽時代，惟有體天地好生之德，懔衆人欲殺之機，開誠布公，待時而動罷了。（雜提魚上，跪稟介）啓相公，罕虎大夫送了一尾嘉魚在此！

（外笑介）子皮禮物，是乾凈不過的，却之不恭。你懸在這裏，去罷！（雜

應聲懸魚介)(下)

(外起立，背手緩步，向魚注視介)呀，好隻巨魚，還是活潑潑的呵。

【普天樂】我瞧你尾兒赬，腮兒黝。你終日裏跟淘蝦蟹，結隊鳧鷗。逐浪浮，隨波溜，與世無爭何事罹於罶。你爲什麽嗜餌貪鈎？博得個困如檻獸，痴同陶狗，僵似泥鰍。

我先前只道是死的，既是生的，咱們這裏恰好有口大池，放他養在那裏，也算是培養生機呵！(喊介)來呵！(雜上應介)

(外)傳那校人進來。(雜應下)(丑窄服翹鬚扮校人上)

【雙調】【字字雙】龜頭鼠目好容顔，自贊。投身相府作微官，偷懶。朵頤覬我最貪婪，誰管。懸河舌底起波瀾，調侃。

含沙如鬼蜮，升木作猿猱。雅號稱屠伯，佳名錫老饕。在下非他，子產府中一個最著名的校人便是。(作進見鞠躬介)大夫傳見校人，有何訓諭？

(外指魚介)今日罕大夫饋我一尾生魚，我憐他嘘噏求生，意欲免其刀俎，放之清流，豈不甚好？

(丑笑介)呀，大夫，鱠鯊鰋鯉是個下酒絶妙之物，何故放他呢？

(外正色介)呀，校人，你不曉得，魚雖爲水族之微，是具有靈性的，迥非木石冥頑所可比呵！

【中呂】【脱布衫】他呵，釣渭水上得鰲鈎，會孟津躍過龍舟。儘優遊蓼潊葭洲，避弋獲絲罶竹笱。

况乎豐年見夢於牧人，如毁示機於王室。魚之功德難以枚舉哩！吾輩八珍四簋，儘可適口充腸，何必嗜此一魚呢？你聽我説，咱們府裏，不是有口大池麽？

【小梁州】我想那水閣空潭六月秋，曲曲寒流，平波鑒影碧如油，蓴蘆秀雅景勝河洲。

我把這魚交代你，替我好生放下去罷！(解魚授魚介)

【後】紅蕖碧荇好個逋逃藪，且放他擺尾搖頭。他得這餘生良非偶。天然邂逅，免却釜中游。

(丑接魚介)大夫不但信及豚魚，而且澤加鱗介。魚呵，魚呵，你好福氣也呵！呀，大夫，這魚若交與別個，便有點靠不住。既交與俺校人，就是千穩萬當了。況且那口大池，本來是俺看管，俺時常小心防護，蕩滌瑕穢，收拾得如明鏡一般。不但數罟不入，連釣也不忍釣過一次。那裏魚子魚孫蕃滋食息，至少也要論千論萬哩！這尾大魚，蓄養其中，是最好不過的呵！

（外點頭介）是了。你不要耽擱，放下去，再來回信罷。（下）

（丑笑介）哈哈，真是笑話！一尾魚兒，也值得這等囉嗦囑咐？世俗所傳的救蟻掄元、埋蛇拜相，不料子產是個數一數二偉人，也難免這般痴想，豈不奇怪！

【雙調】【折桂令】沒來由發婆心，惠及魴鰥。丟了金鈎，折了絲竿，百忙中溫諭頻頒。却教我怡情濠上，遣興河干。俺別管他，這裏跑到池邊，至少也有里許路兒，俺那得有這般閒情逸致呢！怎奈是西江水遠，救不得涸鮒枯乾。（捫腹介，笑介）這現成兒腹巨腸胖，不強如那海闊天寬。這裏距離庖厨最近，俺索性行個方便，把它暗暗殺了，切作膾子，架起一把乾柴，燒他一個熱鍋，烹熟了，下點葱花，加些醬油，做一頓吃下肚去，豈不甚妙！呀，魚呵魚呵，罕虎把你當個禮物，已算晦氣了，見了子產，剛剛有點生機，不料遇著俺，憑空又取消他的赦令，你真是該死的了。難爲你上俎登盤，作成我強飯加餐。

閒話少說，烹魚要緊。俺且先去辦好公事，過一歇兒，再來說謊罷！（跳躍下）

（外上）解網有心由惻隱，操刀使割太糊塗。（坐介）呀，校人放魚，去了半日，不來回話，莫是當真被他烹食了麼？呀，斷斷沒有此理！我那般言之諄諄，難道他居然聽之藐藐麼？

（丑搖擺上）既醉以酒，既飽以魚，面前搗鬼，肚裏胡盧，俺校人回話來了。（見外介）呀，大夫，俺校人放魚回來了！

（外笑介）呀，校人，我正等你回話，那魚放了之後，到底會活不會活呵？

（丑笑介）呀，大夫，俺校人不放則已，放了魚斷沒有不活的呵！不過，這魚失水已久，要活也須慢慢的呀！

（外喜介）怎麽樣慢慢的活？你細細告我罷！

（丑）俺受了大夫珍重託付，便把那魚送到池邊。

【雁兒落帶得勝令】瞅著那碧水流，解起這紅絲綰。他下清波瑟瑟寒，俺倚雕欄孜孜玩。呀，只見他恢恢頓覺乾坤換，只見他帖帖能知網罟寬。只見他飄飄鼓鬣無羈絆，只見他罩罩揚鬐任戲頑。轉眼兒感深恩，猶自回頭看，驀地裏向深淵悠悠去不還，向深淵悠悠去不還。

俺始舍之，那魚圉圉然，動也不動，不過微微嘘吸而已。再等一刻，透過氣來，想是心曠神怡，便洋洋然潑剌起來，良久良久，出俺不覺，早已攸然而逝了。

（外大喜介）呀，這般有趣呵！

【般涉】【耍孩兒】田田蓮葉盈塘藕，料水國風光不醜。蠔居蠣舍更清幽，是天生鱗族菟裘。他江村雪重偏投罟，池館春深又脱鈎。機緣凑，巧值我懸庭不屑，彈鋏無愁。

這魚也算是三生有幸了。遇了我著意愛憐，也難得你細心解放。我想這魚一靈不昧，口雖不能言，心裏却會感激你了。

【三煞】索枯魚是可憂，泣前魚是可羞。濟生須减貪饕口。你不見那銜環黄雀恩知報，當道螳螂勇莫儔。非虚謬。只許你臨淵相羡，誰教你緣木空求。

此後，你不要再説魚我所欲了。咦，魚呵，此去好爲千仞雀，再來莫作五侯鯖。

【二煞】你貪心早自收，饞涎莫再流。放生特假你這庖丁手。我叫你放魚，却有深意。要你曉得造化生生，循环不息。你能够憫念衆生，愛育群類。小則爲庶物長生機，大則爲國家培元氣。關係原非淺鮮呵！（丑鞠躬介）大夫明教，自當洗耳書紳。自此以後，俺校人宣了誓詞，有生之日，決不食魚便了。（外笑介）僅不食魚，尚未爲充量之善舉。我叫你放魚，原要你愛護此魚，勿使失所，你明白麽？（丑）仁人之言，其利溥哉！大夫叫俺蓄魚，不但有益於魚，而且有益於俺。俺明白了。俺想起今日新放那魚，俺還替他得意哩！他見了水，縱横跳躍，很像餓鬼搶了饅頭，蒼蠅見了腥血一般，好不開心寫意呵！（外笑介）這便叫做投其所好，如願相償了。你既信他儵然得水能知足，且看我莞爾非魚也點頭。好事真難覯，纔悟得鳶天趣永，果然是魚水機投。

魚猶如此，而况民乎！魚之嗜好在游泳自如，民之嗜好在安居無擾。你曉得麽？

【一煞】民勞貴小休，民權重自由。觀魚省得臨民否？就今日這魚看起來，未放之先，何等跼蹐，既放之後，何等雍容！他濠梁自有逍遥樂，沼沚能爲汗漫游。幸福宜消受，不羡那蛟龍入海，鷹隼横秋。

呀，得其所哉，得其所哉！

（丑笑介）大夫説得不差，這魚雖好，却多謝這口好池。有俺校人細意蓄養，不怕漁人得利了。將來再有人送魚來，俺也照樣伺候罷！

（外喜介）你能够始終如一，不變初心，我便把這口魚池，完全給你管領罷！

【煞尾】從今後方塘暖似春，緑波濃勝酒。仁風浩蕩披淵藪，遑問他吹得一池清水皺。（含笑下）

（丑）俺今日碰著這位道學先生，説這許多文縐縐的酸話，險些把俺吃下肚裹的魚，酸的要嘔出來。呀，列位，你瞧這歷史上有名的鄭子産，天下萬國都説他是個智者，據俺校人看起來，不過是個傻子罷哩！沒説大事，小小一個魚兒，被俺吃得不亦樂乎，他還在那裹長言永嘆，説甚麽得其所哉，得其所哉！雖然世界有這樣破碎智囊，自然作成俺運用這完全詐術。你看俺食魚之後，胡謅了幾句假話，還騙下大池一口。如今池權在握，俺高興時，隨便撈他幾個肥魚暗殺暗殺，豈不爽快！（作頓悟介）呀，且住，俺剛纔不該向他信誓旦旦，只怕此後有池管，倒弄得沒魚食了。（忽笑介）哈哈，要什麽緊？如今赫赫臨民的，尚且食誓如飴，何况俺校人一句口頭套話呢！（大笑下）

第六齣　獲禽

（武旦箭袖綉衣，扮嬖奚上）

【商調引子】【憶秦娥】貂冠琕，冠檐側處簪花朵，簪花朵，荀香何粉，媚容婀娜。

東關阿五最時髦，旖旎風流屬我曹。權勢於今能炙手，回甘滋味是餘桃。在下趙簡子家臣嬖奚是也。年剛慘緑，顔若渥丹。怙寵爭妍，小丈夫丰標不醜；鳴鞭挾彈，假名士興致殊豪。能爲聚斂之臣，足媲美豎刁彌子；才學射招之藝，欲追踪飛衛甘蠅。俺嬖奚出身雖微，固趙家之驕子也。

【後】獵圍絕技曾傳播，雕鞍駿馬如龍過。仰天一笑，雙雕飛墜。

說起田獵來，不但敝大夫津津樂道，就是俺也興會淋漓呵！

【商調過曲】【梁州新郎】郊原淑氣和，草木萌芽破。鸒鸒鶩鶩，异獸奇禽夥。逢逢鼓奏鼉，唱鐃歌。羽葆金支映緑莎，則見那車如流水摩肩駛，箭似飛星瞥眼過。非閒可，健鷹在臂劍横磨。看旗幡影裏婆娑，恰顯出英雄我。

俺以善射著名，從禽爲樂，矢無虛發，勇可賈餘。素蒙敝大夫賞鑒，所惜俺雖知射，却不知御。猿吟雁落，每念既同既佶之材；馬足車塵，未酬載驟載驅之願。果能得個稱意馬夫，助俺一臂，俺嬖奚一弓一矢，馳騁太原，當不作第二人想也。昨日俺把這意思向敝大夫要求，敝大夫確也高興起來，指出百中選一的御者，叫做王良，給俺執轡。俺也聞得這王良名字，只是他的技術未曾眼見，不如請他來試一試罷！（喊介）來呵！（雜扮侍者上應介）

（武旦）你認得御車的王良麽？

（雜）這是晉國有名的御者，他的住處無人不識的！

（武旦）那更好了。這是趙大夫的諭札，你送給他看，請他今日來見我罷！

（雜接札下）（武旦下）

（武生巾服快靴緩步上）天馬行空劍氣寒，英名烈烈動邯鄲。悲歌感慨蒼茫甚，肉眼何曾照肺肝。鄙人王良便是。（坐介）鄙人以一個御者奔馳於風塵澒洞之中，賞識在牝牡驪黄以外。滿身傲骨，不屑趨炎。蒿目時艱，末從激濁。（嘆介）唉，列位，你瞧如今是什麽世界呀！

【山坡羊】亂糟糟突梯炙輠，鬧醺醺朱門青瑣。黑茫茫棘地荊天，冷蕭蕭沒處投身可。誰似我填胸塊磊多。（雜上）呀，王大哥，你的時運到了。趙大夫送個聘札在此，請你開讀罷！（武生接札瞧介）呀，說道是高原攬轡猶虛左，說道是華屋征車有禮羅。（再瞧介）呸，我只道是趙鞅聘我爲御，原來却是這個匹夫呵！騰挪，是憑空著了魔。么麽，怎低頭佐了他。

（作俯思介）呀，趙鞅在晉，頗負重名，我若孟浪謝絕，不知者反以我爲不識賢者。不如姑且答應試一遭兒罷！呀，煩管家回報貴主人，既是趙大夫有命，我王良不敢推辭，當即日趨謁者。（雜應下）

（舞臺旋轉）（臺上布圍場景，武旦獵裝背弓矢坐車中，武生擎鞭執轡跨車沿，緩緩上，繞場行介）

（武生指點介）你瞧前而好野景也呵！

【水紅花】一鞭驕馬上平坡，拂疎林春光淡沱。呀，那邊飛禽不少呵！南山有鳥北山羅，指遙天驚鴻掠過。呀，鳥來了，快射快射！看我橫流駕舸，罄控術如何。你手柔弓燥慢蹉跎也囉。

（武旦張弓射介）呀，落空了！（又射介）呀，又落空了！（車繞場數匝）

（武旦左右射介）呀，俺往常每發必中，怎麽今天這般不利市呢？（丟弓冷笑介）呀，阿良，你這般御法，不濟事呵！

【前腔】你瞧那崦嵫日落暮烟多，儘盤旋韶光錯過。呸，俺終日不獲一禽，莫是你有意玩弄俺麽？你只管剔開紅焰救飛蛾，悔今朝禽荒計左。（武生笑介）呀，阿奚，你未免錯怪我了。你自己故意賣縱，倒把旁觀的來出氣。今日我的拉繮手法不曾差謬呵！（武旦怒介）你自道拉得好，誰人信你？還說甚抑揚頓挫，拙似沒頭鵝。你虛名到底是傳訛也囉！

今日乘興而來，只有敗興而返了。回去罷！（驅車徐下）

（舞臺再轉）

（武生上）我王良無端給嬖奚拉一日車兒，惹得晦氣不少。昨日有人告我說，這匹夫因爲不獲一禽，回報簡子，說我是天下第一賤工。（嘆介）咳，黃鐘毀弃，瓦釜雷鳴，讒人高張，賢士無名。我王良受此兩字品題，勢所必至。只是這匹夫，若不給他個利害瞧瞧，未免目中無人了。呀，說不得辛苦，我只索再走一遭罷！（下）

（武旦上）今日說王良，明日說王良，都道他是個國手無雙。那知被俺一試，連汗都試出來了。咦，大名空自驚流俗，末技偏難耀廣場。

（武生上）（作相見介）呀，阿奚你前日一天失意，大約怪我技藝沒有到家，我也不耐煩與你辯白，便認個不是罷！只是你也未免過於孟浪呵！

【琥珀猫兒墜】你未窺全豹，破口便譙訶。不是我盤馬功程有錯訛，只怕你彎弓手勢未調和。磋磨，可也肯再賦車攻，重騁山阿。

我想不如再試一試，萬一葫蘆依樣，我王良只得任你品評，再也不敢出頭露面了。

（武旦搖頭介）呀，阿良，算了罷，不要多事哩！

【前腔】你鞭長莫及，空自口懸河。須知道射御從來一氣呵，工夫原要十年磨。透迤，我勸你莫忒殷勤，早自收科。

你的技藝只合跑到洋場上拉拉人力車還好，俺的馬車用你不著了。

（武生笑介）呀，阿奚，你說我不會御，便算不會御罷！只是你的射法，我也有點不相信呵！

（武旦怒介）呸，阿良，你的御法，與俺射法比較起來，差得多哩！你難道不曉得俺是個神箭手嗎？

（武生笑介）既是個神箭手，何怕御法不良？總而言之，你我兩人如要心悅誠服，除非再走一遭兒方好。

（武旦）許便許你重試一遭，若再弄得俺做個妙手空空兒，難怪俺不理你了。預備明朝去罷！（同下）

（舞臺三轉）（臺上現獵場前景，武生御武旦上）（繞場疾走介）

（武旦）呀，阿良你今天的御法，有點神出鬼沒了。

（武生）呀，阿奚，你不要贊我御法，留心射獵罷！

【金落索】追塵疾似梭，躡影旋如磨。一曲巴人，你唱吾能和。（指介）你瞧飛禽來了。（車往復馳騁介）（武旦連射連中介）（武生唱）看群雕遠摩，笑呵呵，你健弩盤雲落羽多。只要我奇肱能駕飛車柁，却免你倦眼空迷宿鷺窠。憑顛簸，博得個風毛雨血滿陵阿。費甚麽，漫天結羅，圍山伏砦。作成你叠雙貫七崇朝可。

（車稍停介）（武旦收弓笑介）哈哈，爽快爽快！俺往常雖不曾空手，沒有這般神速呵！呀，你瞧今天還不到午，不是獲了十禽麼！（拍武生背介）呀，阿良，俺今日纔拜服你的神技了，果然名下無虛。這許多佳禽，俺便做個禮物獻與大夫充充午庖，也教大夫歡喜罷！（驅車疾下）

（武生上）得失鷄蟲無了局，騰驤驢驥豈同塵。我王良第二次超乘，管叫這匹夫不敢齒冷了。長安雖好，原非久戀之鄉，不如勒馬懸崖，回頭去罷！

（武旦上）（笑介）呀，阿良，俺已請命大夫，說你是個天下有一無二的良工。大夫异常歡喜，現已派你給俺掌乘，你想好不好呢？

【梧桐墜五更】〖梧桐樹〗你強如造父多，你巧奪馮夷頗，大雅扶輪不愧英名播。你陽春白雪高誰和，也難得俺這异曲同工奏一歌。〖五更轉〗只願你丹心赤膽爲吾佐，看你我耳鬢廝磨，縱橫江左。

（武生冷笑介）呀，阿奚，這個重任，我王良不敢承擔，請你轉達大夫，收回成命罷！

（武旦變色介）呀，阿良，你真是變幻百出！俺一次二次登場，你不是都很贊成麼？怎麼一旦變起腔調來了？

（武生正色介）我並不曾首鼠兩端。第一次範我驅馳，是我以直道輔翼你，你不舒服，反因終日不獲，罵我以賤工。第二次爲之詭遇，是我以枉道奉承你，你不覺悟，反因一朝獲十，諛我以良工。（嘆介）唉，眼前道路無經緯，皮裹春秋空黑黄。你這般顛倒是非，無分皂白，我王良六轡在手，一塵不驚，豈肯昧却良心，以詭濟詭麼？

【集曲】【八寶妝】〖金梧桐〗你知否，畫蛇忒自訛，得馬寧非禍。錦綉乾坤，一網難遮裹。〖四塊金〗你一味裹暰獺驅魚，豢鸇捕雀。〖五更轉〗你只道乘風縱起無名火，不分那鷄鶩鸞鳳，咄嗟摧挫。〖琥珀猫兒墜〗好侑你佳肴美酒醉顔酡。〖三台令〗渾不管慘昏昏造孽多。〖山坡羊〗偏對我甜言蜜語來纏聒，硬拉我媚視烟行獻婞婴。〖緑襴衫〗唉，我怎比你的韓彭走狗易隨和。〖駿甲馬〗要我執鞭按轡資良佐，則看我拂袖歸山將奈何。

似你這般小人，阻兵安忍，般樂無厭，成得甚事！我若再佐你詭遇起來，不但爲虎添翼，何殊率獸食人！請從此辭，不勞枉顧罷！

【尾聲】我臨去轉秋波，休怒訶，則要你早回頭閉門思過。從今後，横行不得也哥哥，莫待到覆了車兒纔識我。

這是我王良最後之忠告，聽不聽由你，我去也。（一揖下）

（武旦半晌不語介）嗄，你瞧王良，他倚仗著是個當世名公，這般狂悖。你不願服從便罷，還要嘮嘮叨叨，駡俺個長篇累牘。難道俺沒了你，這圍場便打不成麽？呀，權門自有閒鷹犬，誓不收羅跅跎才。（長嘆下）

三、鷄訟

登場人物：

毛逍遙（律師）

性空（彌陀寺住持）

木樨（彌陀寺沙彌）

吴道南（縣署承審員）

（台上布大律師事務所）

第一幕

木樨沙彌，毛逍遥律師

木　樨　我的師父要和我打官司，我怕得很。沒法求你先生幫我的忙。這官司打贏時，必定重重謝你。

毛　可以可以。包在我身上，替你料理好了。惟是你須把經過情節，清清楚楚地告訴我，一句不許隱瞞。

木　樨　我是個彌陀寺小沙彌，我的師父叫做性空。我寺裏設個“無遮林”，好大一個空園，收受人家放生的牛、羊、鴨、鷄、兔，園裏一口池，收養放生的魚、蝦、龜、鱉。我師父專派我管領鵝、鴨、鷄三種。還有别的衆生，另派師兄管領。但我不過一個當苦工的小徒弟，三餐既是吃不飽，也沒一個工錢。這樣亂七八糟的年頭，挨餓也挨不過，我便在這裏頭，想出一個小活計。

毛　　你想出什麼活計呢?

木　樨　如果我師父認真放生，我也不敢拆他爛污。我知道他夜裏喝酒，常常過來撈隻肥鵝，或是大鴨，到裏頭自殺自煮。有時還叫我師兄向池裏釣兩三尾大魚，自家烹調來下酒。他老人家吃得不亦樂乎。怪不得我來揩他的油。

毛　　你莫是也來偷食他的鵝鴨嗎?

木　樨　不!不!鵝鴨數目有限。我不便在這兒算計。鷄是狠多狠多，至少有幾百頭。我便串通一個賣湯鷄的小老板，遇便抓幾隻來殺殺。廉價賣把他，那末這樣，我便有零錢用了。

毛　　你這樣行爲，替你自己算計，固然是占上風。只是殺了許多鷄，對你師父，怎麼掩飾呢?

木　樨　我報告他給野猫抓去的。現在呢，事情破裂了。前日天晚，我正拿著一隻鷄，就在它的脖子上刺了一刀。

毛　　我知道了。莫是給你的師父碰見嗎?

木　樨　對呀!被我的師父偵著了。也是我自家過於大意。剛剛那晚，沒有關好角門兒。他老人家悄悄地闖進來了。等我把鷄殺死後，不問青紅皂白，拿條木棍，拼命的向我腦袋上亂打。先生你瞧，現在我的腦袋，不是包著布，扎了綳帶嗎?他還罵我一共殺了他的一百六十隻鷄。又要送我到官究辦。我怕得很。所以跑來，請你先生跟我到堂上，辯護辯護纔好。

毛　　我知道了。要替你幫忙。打個勝訴時，確有兩條道路。你依那一條呢?

木　樨　先生請你明白告訴我罷!這兩條怎麼樣呢?

毛　　第一條，包你一個錢不要花，所有費用都歸你的師父出。

木　樨　那末，好極了。便用這一條罷!

毛　　但是，事後他要叫人打你的，說不定還打得你稀爛。

木　樨　這一條不要。第二條怎麼樣呢?

毛　　他現在不是告你嗎?頃刻就有人来傳你上堂了。

木　樨　不错。等一會，我必須到堂的！

毛　我只要你緊記我一句話。

木　樨　包你不會忘記。

毛　你上堂時候，隨便誰來問你的話，承審員也好，你師父也好，司法警察也好，承法吏也好，你師父的律師也好，我也好，你千萬不可回答一句。你只要做鷄叫。你會嗎？

木　樨　鷄叫會的。

毛　不是報曉的叫，是駭怕的叫，你知道嗎？

木　樨　駭怕的鷄叫，我學得極像。

毛　那就很好了。我這條計策，是根據你的腦袋受傷，方寸想到的。你照我的話，包你勝訴。可是你必要重重的酬謝我呀！

木　樨　那自然的。包你不少！

毛　等一會上堂，千萬別忘記我的做法呀！

木　樨　我都照你的交代就是。

第二幕

毛逍遙律師，吴道南承審員，性空住持，木樨沙彌

（台上布審判堂）

吴道南　（坐橫案靠椅上）司法警察承法吏旁立。傳原被告當事人上堂。

毛　（低聲向木樨說）隨便甚麼人問你，你照我的法子做，要緊要緊！

木　樨：（到案站在被告地位）

吴：（問毛）這個甚麼人？

毛：這便是彌陀寺的沙彌。被他的師父打傷了。

吴：（問原告性空和尚）你是彌陀寺住持嗎？有沒有代表律師？

性　空：我自己會講，沒請律師。

吴：性空住持，你是原告，該你先發話。

性　空：這個賊子……

吴：　　呀，此地用不着駡詞。

性　空：這個刁奴……

吴：　　別駡別駡！你叫他的名字，或稱他的職業好哩！

性　空：也罷！這個我的徒弟，偷宰了我一百六十隻放生的鷄兒。

毛：　　這話，一點沒有證據。

吴：　　你有甚麽確據，可以證明是他偷宰的呢？

毛：　　我否認這樁事。

性　空：那末，我的一百六十隻放生的鷄兒，甚麽地方去呢？

毛：　　大概都被野猫抓去了。

吴：　　（對性空說）你怎麽樣講？

性　空：這是僞造的話。我知道這鷄都被他宰了賣去。而且有一天晚上，我親眼看見的。

毛：　　這個沙彌，被他打壞了腦子，現在都變成神經病了。他沒有法子，所以假造許多話來，朦混堂上，希圖卸罪。

性　空：堂上別聽這位律師的胡謅。那天晚上，我躲在門邊，看見這徒弟拿出刀來。……而且……他……他……他……

毛：　　堂上，你看他連話都說不出來。

吴：　　別管他！我來親自問被告看。（向木樨說）你過來，你名叫甚麽？

木　樨：縠……縠……縠……閣嘰……

性　空：他說謊，他叫做木樨。

吴：　　叫木樨也好，叫縠縠也好，這沒有甚麽關係。（向木樨說）告訴我，你師父是不是交給你一百六十隻鷄兒？

木　樨：縠……縠……縠……閣嘰……

吴：　　莫是你初次見官，有些害怕嗎？你別害怕，我減輕你的罪就是了。你師父說那天晚上看見你宰了一隻鷄，是真的嗎？

木　樨：縠……縠……縠……閣嘰……

吴：　　哎呀！這是怎麽講？

毛：　　這是被他師父打壞了腦子的證據呵！

吴： 性空和尚，這就是你的不是了。

性　空： 我的不是嗎？他宰我的鷄，還是我錯了嗎？

吴： 是的，你錯了。你不應該打他。尤其不應該打他的腦袋呀！

性　空： 哎！烏漆麻黑的夜晚，我也不知道是不是打他的腦袋。

毛： 不是嗎？他已經承認打他了。

吴： （站起來）這案若是小題大做，原告應受刑事的制裁。我今爲省事起見，從寬發落。兩方概不受理。原被告著即却退。

性　空： 這算我倒霉罷了！（搖頭退下）

毛： （向木樨說）你謝謝堂上老爺罷！

木　樨： （向吴說）穀……穀……穀……閣嘰……

吴： 够了够了！快點回去養病罷！（退下）

（法警法吏退下）

毛： 好不好？這個計策，不是頂括括嗎？現在官司打贏了，你可要謝謝我呢！

木　樨： 穀……穀……穀……閣嘰……

毛： 很好！你裝得狠像。現在你把謝儀給我罷！你聽見嗎？

木　樨： 穀……穀……穀……閣嘰……

毛： 討厭！你照他們都走了。誰還要你做鷄叫？難道你要乾沒我的謝儀嗎？

木　樨： 穀……穀……穀……閣嘰……（回頭便跑）

毛： 你好大膽！好刁鑽！居然敢騙我嗎？你逃哇，看我饒不饒你這畜生！

（在後面緊追下）

（幕閉）[①]

---

① 本劇録自《華報》第241、242、243、244、245、246、247、248、249、251、252號，1932年。

第二部分

小 說

一、武夷晚照

（復仇小說）

第一章　僑商與祖國

"夕陽夕陽，爾勿迅以去也，盍待余？"

"嗟夫，余心碎矣！余望絶矣！余再不能視息於人間世矣！"

"彼蒼天者，余視爾蓋夢夢也，爾有知也耶？無知也耶？胡爲使余至於此極？"

"夕陽夕陽，爾勿迅以去也，盍待余，余將隨爾西歸耳！"

繄何人，迺如是作險語？閱者諸君，得勿疑其狂易乎？噫，日暮途窮，英雄氣短，若而人者，世上蓋不少也。

武夷一山，名茶之出產地，而佳勝爲諸閩冠。周遭百二十里，峰巒峭拔，溪流九曲，迴環如帶。當夫斷岫落霞，深林晚霽，遊幔亭玉女者，指隔[1]峰樵擔，聽沿嶺茶歌，若置身雲林畫本中也。

雖然，遙吟俯暢，逸興遄飛，有樂人然後有樂地。若以恨入厠身此境，匪特名勝在前熟視無睹，且益增其忉怛耳。

流水杳然去，亂峰相對愁。落暉一綫，斜射懸巖斷澗間。萬籟無聲，景色慘澹。一壯年獵者肩一叉，背一囊，腰一横槍，獨立老松下，徘徊瞻眺，百感騰湧。昂頭而望，長嘆數聲，熱淚盈把。良久解槍實彈，勢將自戕。

瀕危之頃，咄然一聲，出於繁柯密葉間，如聞谷裏鳴猿也。

---

① 録自《華報》83號，1931年7月15日第1版。

“呔，子將何爲？”一鬚髮如銀之邁翁，突現於獵者之身後。

“子勿然！速去而槍，聽老夫一言。”翁自後猛擊獵者之臂，獵者臂痛失勁，[①]手鬆槍落。回顧老者，則鶴髮童顏，神采奕奕，笑容可掬。

“勿怪老夫孟浪！子年華正當，器度之偉，氣矜之隆，未易覯也。奚輕生爲？試語我。”

“余最苦惱之畸零人也！今之社會，無余立脚地矣！余自嗜死，乞翁勿阻余。”

“嘻怪哉！僕未見子，子或得死。既見子矣，惡能聽子所爲？第世未有無故而嗜死者。子試言所以必死之故，果萬一無可生者，僕則聽子矣！”

獵者慘然涕下。

“僕非悠悠行路者，儻有不可告人之隱衷，請第言之。出子之口，入僕之耳，决不洩之第三人也，請第言之。”

促獵者並坐於松根之卧石。

獵者潸然嘆曰：“承翁垂詢，下走不得不概略言之。下走林一雄，松溪籍也。身世雖卑無高論，然固十年前南洋群島鼎鼎之殷商也。余祖阿九，壯歲被鬻與麻喇甲，爲銀礦礦工，備嘗艱苦。十四年而技進乎神，於礦脉之[②]延斷，礦産之淺深，輒一望而知。一經開採，批郤導窾，獨有心得。雖名礦師，無以難之。遂爲礦權者荷人所倚重，擢爲總工監，慫恿之入荷籍。適歐美各製造廠，需鎳甚夥，鎳價飛漲，而公司之營利，遂一躍而駕衆礦之上。荷人不忘余祖之績，劃公司紅利之三分之一報之。余祖乃藉以經營橡樹、栲皮、可可子、咖啡各種實業。不十年間，佳運儻來，庇能埠、新嘉坡、蘇門答臘、西貢、北波羅各島，商店林立。曩諸島所稱富僑者，莫能伯仲。不幸向所喜之荷人卒，余祖浩然嘆曰：‘吾華人也，奚可拋弃祖國，而甘爲异族乎？昔之暫安他籍者，以荷人知己之恩未可背。今愛我者已遐舉，而吾猶樂不思蜀，非夫也！’計决，即日摒擋脱籍，由北波羅回國省墓。抵松邑，憫鄉人之疾苦無告者如織，輒解囊

① 録自《華報》84號，1931年7月18日第1版。

② 録自《華報》85號，1931年7月21日第1版。

周之。不匝月，罄數千金。迺擇邑之負郭某村，山明水秀者，營一菟裘，爲娛老計。事竣來南，部署財產，各島店業，托友維持。擇期將挈眷返，突接鄉人急札，以水患告。余祖念切痌，遂緩移眷之舉，迺以第二次隻身挾款蒞閩。見邑左右各[①]村落，田園廬舍，淹沒過半，泛濫雖平，而滿目荒凉，餓莩載道。官廳徒有放賑之虛文，而灾民未沾絲毫實惠。余祖愀然傷之，遂自開賑所於某村之社公祠，鳩鄉人之能者，襄其事。三閱月，而邑縱横百餘里，賴無凍餒，然已耗數十巨萬矣。余祖之意，以爲解衣推食，救灾恤貧固富者之天職耳！施恩者原無望報之心，固不料受恩者乃有反噬之毒也。"

"是時邑之人，涎余祖多金，陽示親暱，陰則聚族而謀以魚肉。土豪惡棍，奔走張羅，嗾蠹胥，煽墨令，欲合一爐而冶之。而余祖乃在睡夢中，不之知也。方且修函往波羅，詳道賑灾事。促余父速挈祖母、余母與余，買舟返國，謂邑人愛敬有加，故鄉樂事滋多也。嗟夫！詎知余等歸棹度海之時，正余祖覆盆呼天之日耶！"

"先是福鼎、霞浦，以及泉之晉、南、惠，漳之銅、詔，瀕海之邑，素患劫寇。被劫者，時有所聞，泛海經商之鴨尾船，亦常有遭劫沉沒之事。劇盜猫頭鷹者，出沒無常，忽而閩海屬，忽而上下游，不時露其鱗爪。紳富家之被其[②]掠竊者，恒以猫頭鷹出現報，緝者四出，迄不得真盜，而挾隙栽贓，誣爲猫頭鷹窩主，瘐桎梏瘦死者，乃無數。彼險毒之邑令，遂以此莫須有之盜案，加之余祖。宣言真猫頭鷹在是矣！三木慘酷，無剖辯餘地。傷哉！六十三齡矍鑠老翁，竟一憤而絶於松溪之黑圄圄中。此余家之痛史一也。"

"眷抵松，余父詗得祖耗，痛不欲生，將與縣令拚死命。余父嫣丹在南洋時，素以謹愿見重於荷商。第赳赳武夫，賦性戇直，不知世路之險巇。倉皇歸里，人生地疎，土惡等又設計以愚之。故爲哀痛之容，集衆刑牲，設誓於某社，題爲簽名具狀，鳴冤於上官。余父方慟哭陳訴，而縣令已移檄營汎，猛率勇壯，圍困鄉社，以槍械從事。衆嘩然四散，出其不意，而余父已血肉狼藉矣。此余

① 録自《華報》86號，1931年7月24日第1版。

② 録自《華報》87號，1931年7月27日第1版。

家之痛史二也。”

“是時也，余等危機，間不容髮。賴有素感余祖賑恤之貧媪薛婆，冒險告急，指引前路，導以速逃。余家老僕阿蒼，年逾耳順，技勇絕倫，走及奔馬。聞變則力疾束裝，僅携乾餱輕軟之物。祖母與母，幸均爲馬來産，勇[①]健能行，迥非祖國婦女纏足者比。余歲纔舞勺，曾習藝於蒼者，亦視百里若庭户也。百忙中僅携隨身武器，夤夜從蒼護二老，取徑内山僻地，西向疾走。攀蘿葛，履巉巖，嶺盡而陸，陸盡而溪。越陌度阡，奔波幾殆，窮十餘日之力，迺抵兹山之下。賃田舍，延殘喘焉。倉卒所携之金錢珠寶，爲數有限，而沿途散失亦至多。阿蒼小勞頓怫鬱故，咯血數斗，病兼旬，遂以不起。余遭家不造，而阿蒼實爲余家之干城。嗚呼！老天亦靳而奪之，余將何以爲情耶？此余家之痛史三也。”

“阿蒼既歿，余輩三人，相依爲命。而余又童騃，不知爲活，流離瑣尾，舉目無親。記在波羅時，嘗從阿蒼習獵較。此次倉皇途路，差幸一叉一槍，尚未拋弃。乃入長林豐草間，射飛逐走，日有所獲，藉供菽水之費。蓋又五稔。詎料屋破墻傾，昊天不吊，邇在兩三月間，二老又以猝病，相繼弃余而逝。於是零丁孤苦，余獨孑遺矣。此余家之痛史，四而又五也。”

“嗟夫，余祖鬻身爲奴，致數千萬之産。儻願終身荷族者，雖未足以睥睨[②]島民，焜耀僑籍，而面團團作富家翁，沒世亦可以無困頓之患矣。乃一念祖國，而碧血青燐，舉家糜爛，早知今日，悔不當初。余等寧奴於外人耳！嘗聞惟天福善禍淫，余祖拯十餘萬之灾黎。其勇於爲善，詎常人所能逮，而竟食世界最慘虐之報。彼奸惡之徒，方且優遊歲月，以不義之金錢，膏其門閥，肥其子孫。嗚呼！天道果如是耶？”

“嗟夫，我翁視余豈顢頇無丈夫氣者，余非惜七尺之軀，而不早殉祖若父也。曩之埋頭窮谷，以獵餬口，徒以祖母與母故。今先後弃養，余復何望？男兒死耳，安能戀此刹那光陰，偷生於磨牙吮血之祖國耶？”

---

① 録自《華報》88號，1931年7月30日第1版。

② 録自《華報》89號，1931年8月3日第1版。

“余死，余家之痛史蓋絕筆矣！此段慘劇，翁既耳聞而目擊之。但願余死之後，筆之於書，寄示華僑諸父老伯仲，而告之曰：‘君等寧葬身絕域之表，萬勿愛及祖國而步林某後塵也！”

一雄語竟，趣起欲拾所落之槍。

翁復按之坐，曰：“噫！子勿然！子之家乘，沉冤深於海矣！子意殿以一死畢[①]乃事。僕則曰未可也。不共戴天之仇弗報，而強忘之，非丈夫也。祖若父之志未竟，而抛弃之，非肖子也。子以爲形單影隻，山盡水窮，事不可爲矣？亦知行軍之道，死地可生。立志之士，百折不變。有蟠根錯節之材，而後能建石破天驚之業。子不知子之負荷至重乎？胡爲死也？”

一雄悚然改容，愀然隕涕曰：“翁之言然，下走知過矣！然余不死易也，如後顧茫茫，有志未逮何？”

翁曰：“天下本無難事，惟事之至難者，恒爲淬厲英雄之機會。子所慮無良好臂助耳！僕不敏，固願爲子將伯也！”

一雄鞠躬謝曰：“得翁不弃，下走見天日矣！願聞翁之姓名爵里。”

翁曰：“僕贛人唐衢也。寓崇多年，草廬不遠，近在城南。僕性嗜山水，以青鳴術鳴於時。業雖卑劣，然頗知名於紳商。今日入山，蓋爲某紳覓牛眠地。山光傍晚，明媚撩人，偶上幔亭一瞔眺，不意遇子，亦奇緣也。爲子計，盍從僕返。僕一妻一子，膝下男子猶虛，三人正苦岑寂，得足下而[②]四之，亦可以暫慰晨昏矣！”

一雄泥首曰：“翁苟翼而庇之，則重生父母也。不以下走爲莽撞者，竊願父翁。”

翁曰：“僕奚敢者！弟子正在荊天棘地中，不露姓名，宜也。暫爲父子，亦計之得者。”迺遙指而笑曰：“子不見暮烟四起，涼月東升乎？曩欲夕陽待子，已無及矣。僕固較夕陽爲有情也，盍同行？”

一雄破涕爲笑，乃拾槍荷叉，逕隨唐叟下山。

---

① 録自《華報》90號，1931年8月6日第1版。

② 録自《華報》91號，1931年8月9日第1版。

第二章　采茶之女

閲者須知“林一雄”者，固亞洲技勇家之翹楚，而南洋實業界之有數人物也。其先世痛史，既如前述，彼一生之幸運，幾殉於幔亭峰下之一彈。然彼一生之幸運，未始非幔亭峰下一彈所玉成也。瀕死之“一雄”復活，於是吾書始開場。①

自是以後，一雄遂呼唐翁以父，更名曰“伏”，字以“未飛”，翁所命也。以下吾書，亦遂隱“一雄”名，而曰“伏”矣。翁妻羅，愛“伏”若已出。翁女“明哉”，雅識詩書，少“伏”四歲，兄妹怡怡如也。

居數日，唐翁謂伏曰：“子不言南洋諸島，尚有若祖店業，託人經理乎？子若復返南洋，固依然一巨富貨郎兒也。”伏嘆曰：“島僑天性，雖不逮吾邑之險詐，然勢利之見，固其通病。向者兒祖與父，席外族餘威，若輩自奔走恐後。儻回國有榮光者，猶不敢漠視。今若此，兒縱南行，恐無好消息也。”翁曰：“若祖與父所結識者，既以全權授之，其人未必盡非可靠也。姑往探之，或不無一二虛左以待者。”

伏曰：“祖之經理人，不盡華僑，半多巫來由族。祖母與母均巫産，素習商情。老僕阿蒼，則爲華産，素爲商店稽帳員。祖母與母若在，尚能以主母之勢指麾之。阿蒼若在，尚能以稽帳員之威懾伏之。兒則自幼驕縱，讀書習武外，不識商業爲何物。况暌隔多年，滄桑又不知幾變，非我族類，其②心必异，伶仃隻影，實不敢自命主人翁也。”

翁點首曰：“所慮良是！子誠不可冒昧往，但吾將爲子恢復舊業。吾力未衰，稍有寬閒，當爲子圖南一偵情况。或不無良好之希望也。”伏以爲然。伏不耐鬱鬱家居，閒嘗擎叉挾彈，裹粮入巖林深邃中，弋取野味，售於市廛。得錢輒市甘旨，獻其拜認之母妹。母妹慮虎狼之險，常勸阻之，而伏因樂此不疲也。

---

① 録自《華報》92號，1931年8月12日第1版。

② 録自《華報》93號，1931年8月15日第1版。

一日携獵具，上大隱屏（峰名，在武夷九曲溪第五曲），越晚對峰（一名小隱屏）。邏偵竟日，所獲甚少，僅野兔三四，取徑歸矣。道經接筍巖，穿雲窩道院而過，及撞冠石（巖名，在接筍峰下）。有蘭冶出其旁，顔其名曰"棘隱禪院"。寺雖古，粉堊猶新，似重修未久者。欲入一觀，忽聞嗚嗚若呼救，第其聲甚微，迹之不可得，不敢竟入。繞寺一匝，累易其嚮，屏息而聽，似出寺左之圍墻中。乃展其緣橦之技，超垣而下，蛇行索之，哭聲漸著。有間以唬嚇之聲，而前院晚課之聲忽起，木魚梵唄，相混雜[①]也。伏欲窮其變，取細刀輕撬角門而進，度一套槅，繞數曲迴廓，則巋然佛殿也。殿上菩薩數尊，作低眉狀。琉璃光焰，緑如鬼火，垂垂欲滅。殿後傍左數武，廊角一房，風動帘開。明燈閃爍射人眼，睨之，則一僧圓滑其頂，睒睗其目，似欲搏人而啖者。聞其詈曰："汝既入此，順從則已。否則無生還望矣！"哭者辨爲子女聲，但甚模糊，若有物猝塞其口者。伏憤火中燒，怒不可遏，猛躍入房。出此僧不意，利叉直揕其胸。詎料僧亦非易取，彼陡覺人影一閃，抵禦極迅。戒刀新蘸即出於腰，横掃來叉，鏗然作響，鋒鋩相觸，火星迸飛。而房前盈尺地，遂爲二虎之戰場。

惡鬥漸出階下，數十合未分勝負。僧固勁敵也，伏急欲視房中之人，不耐與酣戰，以蹲跳之法乘之。僧軀幹昂，難於應付，自覺非敵，按刃翻身一躍，頓及檐際，疾揭檐瓦欲自上擊之。伏亦上縱，與僧俱捷。僧瓦尚未離手，而左股已飲叉，倒撞而下。破其顱，血花飛濺，痛暈踣地，刀瓦齊拋，聲砰訇然。伏更以叉剚其右股，乃益增其憊矣。[②]

前院唪經僧侶，聞聲奔入。驀睹其大師狼狽也，尚思以衆克寡。各掣竹木棒杖，圍伏而攻。伏虎吼一聲，横叉怒掃，群械四飛。僧衆咸辟易顛躓，莫敢再前。伏猛喝曰："驢子再敢爾者，視此柱矣。"以拳力擊複道之亭柱，柱折，亭小傾側，瓦嘩喞墜。僧侶愈震慴，環跪乞命。伏曰："爾等欲免死，速吐實，和尚胡劫掠良家婦女。若輩出家人，乃以梵宇爲緑林耶？"僧侶泥首同聲曰："傷天害理事，皆大師爲之。衲等不過供其驅使耳！"

---

① 録自《華報》94號，1931年8月18日第1版。

② 録自《華報》95號，1931年8月21日第1版。

伏叱曰："樂供惡人驅使者，必非善類，余恕爾死，必不能縱爾逃。"乃出囊中短繩，各反縶其手，以長繩綜而結之，縛於大殿之巨柱，計其數得八人。乃反身入僧房，燈影之下，見一村裝女子，椎髻蓬鬆，巨帶數道，仰紮於長凳上。氣喘聲嘶，伏至危迫，急探其口，取出團絮，大如鷄卵。以細刀斷其帶，縛乍蘇，四肢似痺，蜷不能動。頃之百脉稍舒，略能屈伸。伏扶之起坐，則淚波如雨，酸楚不勝。迫視之，蓋麗姝也。

伏婉告曰："姊勿懼，惡僧擊踣矣！余實來救姊者。"①

女以袖拭淚，徐仰首視伏，停睇良久曰："壯士何人？胡以知妾遭急難，而夤夜來茲也？"伏曰："余城南之獵者也，路經寺後，微聞姊呼援聲，蓋越重垣，繞複室，苦覓而始得者。苟緩須臾，姊其不免乎。幸賊渠受巨創，徒侶均已成禽，姊可恬然出險矣。第姊何方人氏，胡以被誘至是，乞覼縷以告，當送姊歸也。"

女曰："妾松溪產，以避難故，西徙崇安，纔數年耳。敝廬即在九曲溪灣之三姑石左近，家無次丁，僅老母一人。妾貧無以資生，此間茶事稱盛。二月迄七八月，女紅之從事採揀者，輒空巷爲之。妾新從鄰媼習奔走，雖手足爲繭，而得貲較縫綉爲優，足以養母。今日採擷未覺，憶及母有微恙，須早歸，獨自下山。纔及半，頓迷歸路。值彼僧貿然前來，偶向一詢，不料被紿至此，逼辱兼施。呼天莫應，苟非壯士到者，妾必死是間矣！但妾一窶人女，感受洪恩，不敢言報，圖來世作犬馬酬耳！"

伏曰："姊胡言報，鋤奸殛惡，固鄙人應盡之義務也。且鄙人非前知姊有難②者，而機緣適相湊如此，冥冥中早安排一鄙人，爲姊後援。姊自吉人天相耳，鄙人何能爲？惟是魚更已兩躍矣。姊不宜久淹於此，救人救徹，鄙人當先籌送姊歸也。"

女顰蹙曰："壯士始終提携，實紉大惠。但妾似未可遽歸，請問惡僧已誅否？"

---

① 録自《華報》96號，1931年8月24日第1版。

② 録自《華報》97號，1931年8月27日第1版。

伏訝曰:“僧之生死，於姊奚關者？”

女曰:“妾聞是僧，日奔走於顯者家，固祟俗所奉爲聖佛者。君一旦戕之，妾若早歸，事無左證，君其危矣！”

伏曰:“僧固未死也，特創重耳，然此獠實不可留。”

女曰:“然則亦當表暴其惡行於衆，送之官而誅之，以絕後患。君不可自戮之，而嫁禍於身也。”

伏思女言，大有理，倘逕送女歸，此間事殊未易了。不送之，則黑夜相對，實犯瓜李之嫌。而禪房殊非綉閣，於女尤爲不便。爲至妥之計，不如趣請唐翁，並邀女母，偕女之鄰媪，或里居來，則處理玆事，良不難爲，但[①]乏人走報，勢必自行。數里之往返，於己雖無難事。而最捷亦需三四十分鐘，惡僧已創不足慮。慮者更有惡黨加入，衆擊俱解。女雖得救，勢必復瀕於危。左右籌思，竟無兩全之策，以商之女。

女思之久，曰:“君所縶之僧侶，當有一二良儒者。盍釋之使馳報，或不無佳助也。”

伏曰:“是豺狼也，惡可釋，釋之逃則奈何？然勢已至此，亦無他法，試之如何？”

乃復出，微聞僧衆怨艾之聲，似埋怨其侶，不當助桀爲虐，而自投羅網者。伏猛喝曰:“汝輩勿假惺惺，汝輩須知已陷不赦之罪矣！儻欲免者，當從余命，爲余馳函報邑宰。誰願往者，速應聲。”人人皆高聲應願往。

伏曰:“否，余僅需二人也，汝輩自行推舉。兩人行者，六人負其責，逃則六人抵罪，殺無赦。”僧衆商良久，乃舉二人，一明玄，一悟生也。伏曰:“其餘六人，願擔保否？”則皆應曰:“諾，不敢梗壯士命。”[②]

伏乃解明悟之縛，視之均五十許年事也。謂之曰:“速取紙筆。”明悟曰:“紙筆方丈有之，壯士可就繕也。”

伏曰:“來，汝等在側候余繕。”遂入房，兩僧隨之，視案上果楮墨俱備。

① 録自《華報》98號，1931年8月30日第1版。

② 録自《華報》99號，1931年9月3日第1版。

伏詳詢女姓氏居向，乃作兩書，一致唐翁，一致女母，授二僧曰：“頃言報縣，可暫緩。速將余函分送，若得兩家有人到此者，則汝輩皆免累矣。”二僧曰；“謹如壯士命。”

伏曰：“汝輩當以良心爲贖命之券，若有一逃者，余亦無慮。即讓汝輩先逃一二日，余亦能迹而得之。”一僧戰慄曰：“不敢不敢，衲等知壯士神勇矣！”賫書出，過殿柱，被縶之六僧，同聲哭告曰：“乞師兄等速去速返，勿以我輩生命爲孤注也。”

明悟答曰：“公等少安勿躁，吾倆誓死不敢負義也！”乃出寺，分途前去。伏視被創之和尚，暈絕仍未蘇也。①

第三章　劇盜猫頭鷹

二僧去後，伏入視女，則枯坐而垂淚。伏訝曰：“妹出險矣，何悲猶未艾也。”女曰：“承馳函告母，慮母黑夜驀受虚驚，且年邁不能行遠道也。”伏曰：“請勿憂！頃已函告老父，先迂道往尊府。渠老於世故，必善爲說辭，不至貽堂上驚。且托代覓山篼，不慮無代步也。”女改容謝部署之周。

伏乃就訊女家世，女蓋杜姓，字蘭翹，十四歲失怙。父故松邑宿儒，雖蓬門未識綺羅，而實讀書種子也。母女五年前以水患播遷崇安，纖纖十指，無以謀生，乃隨俗習茶事。茶工胼手胝足，類粗糙村姑所慣爲，而女以天仙化人之身段，強學携籃。上下峻嶺，一寒所迫，殊可憐生。伏不覺微嘆，亦略述己之獵事，並道唐翁家乘，而自諱其歷史。

庭樹婆娑，月光亭午。二僧尚無消息，六僧急不可耐，齊聲禱阿彌。獨階下被創之大和尚，暈醒起坐，忍痛而怒詈，聲狺狺然。伏舉叉猛刺其右臂，②喝曰：“咗，賊子，死在臨頭，尚嘵舌耶？”和尚復踣地，詈曰：“呸，若亦知咱江湖老身手乎？今夕被算於無名鼠輩，天地！復何言？速一叉了吾命。勿使吾寸

① 録自《華報》101號，1931年9月12日第1版。

② 録自《華報》102號，1931年9月15日第1版。

寸鱗傷也。”伏笑曰：“緩汝須臾死，固余之道德心也。第亦不讓汝自誅，宜留活口爲證。”乃探囊出巨繩，反接其手而綁之。

門聲砰然，明玄亮炬，引一叟虎步入。視之則唐翁也，伏笑迎之。訝其先至，問何不邀杜母來。翁曰：“余已到三姑石矣！杜母方候鄰媪，覓肩輿，當瞬至也。”乃以炬照和尚創，知非要害。和尚素識翁者，目若瞑，不敢聲，翁乃入視杜女。女斂衽爲禮，略述已事。語次，復低聲曰：“頃者妾探此僧行迹，似乎作孽不止一次者。妾以爲非剪徑之匪，亦胠篋之魁也。”

翁曰：“何以知之？”

女曰：“適令郎不在此，妾已得其帳後之革囊矣！”語畢，解囊授翁，翁出囊中物，則血腥觸鼻之短刃一，寒光撲面之匕首一，飛檐越脊之鈎繩二，[1]式様不同之鑰匙以百計。而最奇者，則一橢圓式之銅盒，裝褐色油。一長原圓式鐵柄之橡皮印，滿漬褐油，似常用者。

伏取印就燈，反覆細觀，猝不易辨其何字。取紙印之，非篆非籀，儼然一猫頭鷹也。翁頓悟，謂伏曰：“余知之矣，是僧殆即累犯巨案，四捕不獲之‘猫頭鷹’。而若祖李代桃僵之劇賊耶！”

伏驚駭至極，含淚呼曰：“天乎，殆不謬矣！不意此憝乃落兒手也！”女亦驚曰：“‘猫頭鷹’乎，妾在松時，固熟聞此賊大名也。妾聞鄉人傳其事云，此賊每入人家，或明劫，或暗取。臨去時，必畫一猫頭鷹於壁，以告事主。苟殺人者，尸身必有此記，兹印非其真證乎？”語畢，視伏，若重有疑而未便遽問者。

翁點首曰：“然則信矣，余亦飫聞其故事也。”三人正在喁喁之頃，殿外忽有老媪哭聲，間以人語喧雜，似有多人入寺者。女呼曰：“老母至矣！”力疾趨[2]出，翁與伏藏囊亦出。已見悟生提燈前導，兩村媪扶一頒白之老母，帶哭前來。勇健村丁數輩，擁其後，火炬熊熊，照耀若晝。大哭失聲，呼曰：“母勿驚，兒固無恙也！”

---

① 録自《華報》103號，1931年9月18日第1版。

② 録自《華報》104號，1931年9月21日第1版。

母得女，哭頓止，抱女而呼曰：“吾兒苦汝矣！”兩媪則力握女手，念佛不絕聲，蓋深幸女無他故也。母曰：“萬惡賊禿安在者？”女曰：“賊幸已受創，苟非唐壯士拔刀相救者，兒將不得見母矣！”遂備訴遭難及遇拯之由。

母疾呼曰：“唐壯士何在，予將致謝也！”斯時伏在殿柱，方解六僧之縛。女遥招曰：“壯士請來前，妾母急欲面君也。”伏趨前鞠腰見母。母拱謝曰：“壯士不第救吾女，實救老身耳，老身將何以報？”復握其手曰：“老身垂暮，何幸得見朱家郭解復生耶！”

伏謙曰：“母言重，侄非能仗義救人者，今夕適逢其會耳！”是時扶母之媪，及村丁等，咸嘖嘖羡伏之勇敢，爭前望其丰采。而明悟二僧，亦率其被釋之衲侶，環跪謝再生之德。①

唐翁趨前，麾之以肱曰：“起起，余將有詰於汝輩。汝輩須據實以答，勿許搗虛。”衆哄應曰：“不敢不敢，衲等果有所知者，不敢秘也。”翁於是乃就殿庭私開審判。

“爾大師名慧光乎？”曰：“然。”“渠掛搭此間幾何年？”曰：“七年餘矣。”“渠由何寺到此，抑爲遊方之僧，有無度牒？”曰：“由浙之天台到此，携有天台度牒，及西湖雲栖方丈之介紹函。縣令邑紳，均器重其人，許主此寺者也。”“渠未主此寺時，汝等是否爲此間僧侶？”曰：“此寺原名棘隱庵，曩爲六十餘歲之老尼所主，有姑子六七輩從之。蒲團香火，頗不枯寂。十年前尼死，姑子星散，庵改爲寺。衲等舊屬雲窩道院徒衆，分支來此主持，寺本荒凉，衲等又拙於募化。慧光來寺時，惟以貧乞度日兒。”

“汝等殆以竊劫爲生乎？”曰：“三世佛在上，衲等不敢謊，背理之事，實不曾爲。”“兹寺爲慧光所重新乎？”曰：“然，彼云自噴叻各島，募化多金，來②興土木耳。”“汝等奉之爲師，供其奔走，實見其殺人越貨乎？”曰：“否，未嘗見其劫殺，惟酷嗜漁色耳！”“彼擄誘婦女，皆曲從乎？”曰：“多有從之者。”“從之者約幾輩？”曰：“此數年間，無慮四五十輩耳！”“婦女被污後，

---

① 録自《華報》106號，1931年9月27日第1版。

② 録自《華報》107號，1931年9月30日第1版。

遣之乎，抑仍留在此？”曰：“贈以金而遣之。”“不從則殺之乎？”曰：“或者有之。”“有則曰有，何謂或者？”曰：“衲等實未眼見其手刃一人。惟婦女輩，或睹其入而未睹其出，此間又乏藏嬌之所，則是疑團也，”“汝等助彼四出擄掠乎？”曰：“無之。彼恒自誘之，不許我輩參其事也。”“汝等知其所爲之不善乎？”曰：“知之。”“知之胡不勸阻，勸阻不聽，胡不首之官紳？”曰：“彼孔武有力，飛檐走脊。其迅如風，衲等生死繫於其手，奚敢造次？此數年中，衲等蓋無日不心驚肉顫也。”“汝等亦知彼固著名之劇乎？”曰：“固疑之，第彼行爲甚秘，衲等尚未能得其爲盜之實據也。”

“余偵之至確矣，實據已在余掌握中，可一鞫而服也。第捉將官府裹去，必須汝等爲證人耳！”①

衆合十曰：“衲等謹如老檀越命！”

翁乃命諸僧，速備明燈火炬，伏以麻繩數道，牢縛慧光。據麾村丁，舁之出寺。已則收拾僧所落戒刀，及房中之革囊背之。謂女曰：“諸事已妥，姐可隨母歸，暫息數小時，詰朝相見於縣廨也。”

崇令長白德公，素以梗直重於上峰，來崇聽鼓年餘，廉明稱最。而於決訟一端，尤爲精果。惟生平最惡僧道，蓋滿人中之具有特性者。

棘隱禪院之案出，惡僧慧光，發覺人唐伏父子，被害人杜蘭翹母女，證人明玄等八僧，均到堂候訊。邑人聞信者，爭欲先睹爲快。聽審者實繁有徒，擁擠縣衙，路爲之塞。一鞫之後，案無遁情，慧光低首服罪，惟僅認爲初次之眚。唐伏侃侃而前，謂是僧形迹可疑。據昨夕該院僧侶所陳，似乎作奸犯科，不自今始。且恐有戕害多命，藏尸匿迹情事，非邑侯澈底鈎稽不可。德公然之，立選幹役，備携鍬鋤應用之器，帶犯躬詣僧寮，周遭踏勘。②果於後院枯井中，發掘零碎屍骸多具。有僅剩骷髏者，有血肉未銷者，慧光乃無所逞其狡辯。

德公盛怒之下，欲將全寺僧侶，悉判死刑，以詢唐翁。翁鞠躬對曰：“邑侯除惡務盡，極佩嚴明。惟鄙見罪在不赦者，慧光一僧耳！餘皆粥粥無能之輩，

① 録自《華報》108號，1931年10月3日第1版。

② 録自《華報》109號，1931年10月6日第1版。

被脅原非本心。且既爲證人，似可援自首免罪之例，予以减等判處。網開一面，實感仁慈。”德公允之，乃封禁禪院，科慧光以斬候，暫押八僧於獄，另俟發落。於是崇之父老婦孺，始知曩日景仰崇拜之大和尚者，實非善類，而尚未知其緑林巨擘也。

第四章　縣署之武師

兹案一結，崇人舉知邑有仗義之俠士，且譌爲唐翁義子也，恒欲一瞻其丰采以爲榮。而杜女身受救拔，尤爲銜感，亦常過從。伏他出時，則與唐家母女作温語，歡好如姻婭焉。[①]

崇令德公，尤重視此奇勇之少年。一日置酒，延唐翁入私廨，談讌甚歡。蓋德公有二子，長常壽，肄業於保定大學。次恒允，隨任，而酷喜習武，欲求一好身手之技師，竟不可得。極意欲伏受其禮羅，婉商之唐翁。謂令郎如不吝教誨者，除月奉修脯外，當爲力謀出身地也。

翁竊喜，知伏之蹇運，漸有生氣矣。躬身對曰：“祇恐孺子技劣，未免撾鼓雷門耳。邑侯不弃微賤，而提携之。愚父子感且不朽，當即遣其來廨，服伺公子，不敢叨領厚修也。”

伏固不以從禽爲業，向之嗜此者，特以磊塊填胸，藉爲消遣計耳。既應邑令之徵，乃罷獵事，而斗進爲縣署之名武師。二公子天性明敏，體質穩健，而姿勢甚佳。凡有指授，心領神悟。爲之師者，無事喋喋，尤爲伏所滿意。始覺師弟相得，勝於摯友，實爲人世最悦心之事。回視曩日之竄處山凹，與木石鹿豕群者，固不可同日語也。[②]惟奇冤未雪，癭結胸中，清夜捶膺，形於夢寐。賴東翁公暇，常過攀談，略能减其鬱勃。德心始以伏不過一拳術高手耳，自接談數次，乃知其不第武技超群，腹中固有許多墨瀋，雖非淹博，而於中外歷史地輿諸學，勝如掌上數螺。不圖山陬村僻中，乃有令人聒目之阿蒙也，於是敬禮

① 録自《華報》110號，1931年10月10日第1版。

② 録自《華報》111號，1931年10月12日第1版。

有加焉。居匝月，賓主稔如家人。伏乘其愉悅，拜而陳詞曰："老父母亦知唐伏固抱不白之冤，銜終天之恨者乎？"德公瞿然，扶之起，細詢其故。伏乃覼述其祖父之慘死，及己避禍埋名之顛末。

德公嘆詫良久曰："不意武師埋冤沉痛至此，世途萬險，殊甚驚駭。所云'猫頭鷹'事，余亦稔知。第聞其五年前，瘐死於松溪獄中，不圖其爲贋鼎也。彼宰官者，其人面而獸心者乎？然余聞前令業以丁艱回籍。此五年間，松溪已兩易宰官矣！卷牘具在，鐵案如山，欲雪此冤，談何容易！余亦一行作吏，權不逮百里外，鞭長莫及。對我武師，殊形顏汗也。"言畢，扼腕咨嗟不已。①

伏曰："儻拿獲劇盜正身者，黑幕得望揭乎？"德公曰："果獲正犯，或有着手處。然萬牛回首，重若邱山，非確據鑿鑿，衆證昭影，欲其水落石出，亦良難矣！吾國司法積習，向稱黑暗，官吏工於怙過，憚於平反。良有已放之獄，明知其無辜屈陷，欲雪之不過一反手之勞。而故任沉淪，悍然不顧者，蓋彼等私意太重，惟恐偶一造次，礙及前程。遂不恤其良心之昧也。"伏曰："萬一正犯投到，而且有證據時，老父母能爲力乎？"

德公曰："噫，武師囈矣！正犯鴻飛冥冥，安能自行投到？正犯未得，所云證據，亦不過捉影捕風耳！然余既承武師重託，當即隨在留心，多方偵捕。其濟與否，惟力是視可也。"

伏拜謝曰："逾格噢咻，伏沒世銜感也！謹告老父母，罪人已得矣！"

德公驚喜曰："武師得勿知其巢穴乎？"伏曰："非也，犯已就捕經月，老父母未之知耳！是犯非他，蓋即棘隱禪院之惡僧慧光也！"②

德公搖首詫曰："慧光乎？詎即'猫頭鷹'之變相乎？余殊未敢信。果也，當就捕時，武師何不早言而待今日也？"

伏曰："'猫頭鷹'案情重大，而關於伏之家乘，又曲折滋多，且伏當時未呈身於左右，慮遽言之，老父母未能必信。日來感蒙恩待，知明鏡無塵，當曲諒其清白，所以遲遲始發者，爲慎重也。"

---

① 録自《華報》112號，1931年10月15日第1版。

② 録自《華報》113號，1931年10月18日第1版。

德公點首曰："足見武師苦心，如武師言，賊果'猫頭鷹'無疑矣！第武師素非眼熟其貌者，胡從辨其確爲'猫頭鷹'也？"

伏乃呈寺中所得之革囊，曰："伏始固不料其劇盜也。賴杜女搜得此囊於帳後，而出人意外之證據乃露。"言次，探囊中物，陳之几上。刀鑰諸器，原無研究價值。而銅盒與皮印，最爲奪目。尚有紙上之模型二，則是夜在寺試驗之印模也。

德公一一閱畢，俯思良久曰："信矣！余聞是賊殺人劫物，類有戳記爲標識。[1] 是固緑林家之特别名刺也。"忽猛憶及一事，恍然曰："吾邑數年前，亦報有'猫頭鷹'劫殺之案。前閲交代卷檔，似尚有死者之衣存署也。衣上印模，當未漶漫。俟提出校封則真贋了然矣！"

越數日，德公語伏曰："血衣印迹，果無絲毫舛。余提盜密訊一堂，供詞確鑿。昨已彙齊證據，影取盜照。辦文分詳臬府二尊，並另摺將武師祖父銜冤顛末，及此次意外獲盜詳情，和盤托出。所幸臬臺爲余父執，府尹亦世交。此案當無慮壓延也。"著者曰："以水落石出之巨案，杖肝膽相照之縣令，且不足以操勝算，而猶須仰賴於父執世交之上司。既有可靠之上司，且不足資爲完全臂助，乃僅達無慮壓延之希望。難矣哉，清季之獄也！然則彼毫無奥援者，敢侈言訟乎哉！"

剥復相乘，否極而泰，濃陰四合之法界，驀現一綫曙光，亦飄零人之幸運也。詳文到府，府尹適病瘧，案牘代行，悉委之刑幕黄文韶。黄吴縣人，[2] 爲諳鍊之老法家，富於膽識，辦事果决而敏捷。披覽縣詳，即日批飭，調齊案據人犯，過府覆訊。德公即以押解之任，責之唐伏。杜女爲斯案之關係，亦隨行焉。

黄視斯案極重，立到立訊，間有曲折之處，伏從旁批郤導窾。咄嗟之頃，灼如燃犀。乃先結棘隱寺之案，薄懲八僧，釋使還俗。一面電詳臬署，選派幹役數名，專解"猫頭鷹"上省，以伏指麾其事。伏送杜女寧家後，乃辭德公首途。

---

① 録自《華報》114號，1931年10月21日第1版。

② 録自《華報》115號，1931年10月24日第1版。

臬司鹿某，烟癮奇重，性本顢頇，遇事游移。然迫於劫竊之案，積牘如山。紳商催促之禀，連綿不絕。正在無可搪塞之際，日夕獐皇，焦急欲死。得縣府函電，直視爲破圍衝陣之救兵，喜可知也。

著者曰："彼之喜，非喜真盗之罹網也。彼方顛簸於五里霧中，豈遑究詰盗之真贋與否，以爲苟有送吾一在獲之盗者。則吾皆可烹炰炙焨，使就吾案①之範圍。况所獲之盗，固儼然以'猫頭鷹'標名，而無事推敲煅鍊者。不費吹灰之力，而能立解吾厄，吾之官運，爲不蹇矣！"

果也盗犯到省，略訊一堂，糊塗了結，即日奏報弃市。松溪五年前之獄，慮其節外生枝，平反不易，一筆抹銷，弗之理也。夫劇盗結果於昏官之手，殆爲大誅。所難堪者，伏間關跋涉，彌天之冤抑，竟不獲一伸，而紳商且嘖嘖以青天頌臬憲。嗚呼！季世之折獄官，有高臺明鏡之譽者，胥視此矣！

第五章　花好月圓

伏嗒然喪氣，回報德公，相與書空咄咄而已。無何而恒允二公子，藝已垂成。其叔希隆阿，在保定爲防禦，馳函促其北上。肄業於軍官學校，爲養成將才之基礎。伏適得唐翁書，言妹明哉，嫁期將屆，當即乞假歸家，料理奩事。伏乃拜辭德公，恒允依戀其師不捨。伏執其手，慰之曰："天涯猶庭户也，行當再見耳！"②

明哉字於浙人李少駿，固書生之楚楚者也。父駿如，爲溫州殷商，有自置小輪數艘，運輸煤油麪粉之類。操奇計贏，營業日進。駿如與唐翁，先世有葭莩親，唐翁每過溫州，恒主其家。賓主相見甚歡，尤有故人鷄黍之誼。唐翁見其子之韶秀嗜學，知非等閒，欣賞不置，遂以女女焉。

明哉艷麗，不減杜蘭翹，而脫略英偉，饒有父風。加以書卷之氣，盎於眉宇。思想之奇，超於巾幗。李生雖溫文爾雅，而文弱如處子，殊未足以偶明哉。

---

① 録自《華報》116號，1931年10月27日第1版。

② 録自《華報》117號，1931年10月30日第1版。

然唐翁實相攸之於先，乃邁伏於後。儻其先得伏者，則雀屏之選，當取伏而捨李矣！雖然，使無伏之珠玉在前者，李生未始非人中之鶴也。伏別德公歸家，唐翁已摒擋嫁事，不豐不歉，設備得衷，衣衾服飾，淡雅不塵。奩晶之外，媵以書史數箱，翛如也。明哉素爲唐母所鍾愛，掌珠遠嫁，生離之感，未免依依。唐翁唯慮途中乏人照拂，婢僕輩殊不可靠，自己又不能隨女赴溫，乃以護送之事，商之於伏。伏與明哉，兄姊友愛，[①]有逾同胞，責無旁貸。且久別海洋，亦欲領略波濤之况味，遂力任不辭。

臨嫁數日，杜氏母女，偕來話別，並助理行裝。伏以妹遠適，已復隨行。老年翁媼，未免岑寂。乃乞杜母移家同住，以伴晨昏。母女以唐翁慷慨仗義，亦樂托其宇下，允以不日喬遷。

烟波浩渺，一舸中流。時維九月，風高浪湧，舟中之善暈者，多嘔吐狼藉。明哉與婢媼等，自幼不習海行，亦皆暈卧。伏一人徘徊顧影，無可攀談，徒倚艙面。遐矚海景，波詭雲譎，氣象萬千。陡憶及祖父生前，縱橫島嶼，握僑界商業之牛耳。今則一落千丈，乃遺一吊影之孫兒。昔何榮華，今何慘淡！其即蜃樓海市之變態耶！舊恨新愁，悵觸胸次，不覺淚下沾襟。欷歔久之，念海暈實爲奇苦，所幸穉歲在波羅島時，習爲弄潮兒。一任風濤肆虐，神經絕不受其顛簸。明妹深閨弱質，自非素慣。特憐彼貿遷有無之賈客，明知海行之不適，而于于往，穰穰來者，實繁有徒，捨家庭之安，[②]而試船舶之危，不惜以生命博蠅頭利，幸而累銖錙而致富，不知其經幾番嘔暈，而始得享有小封。不幸則與波丞伍耳！然則彼貪黠之官吏，慣以商家爲魚肉者，是誠何心？

船近溫州，風息浪平，搭客之暈卧者漸蘇。明哉僅瞑眩，尚無嘔之苦。船定，已從容起坐，婢媼漸集，奉匜沃盥，爲之梳櫛。伏喜觀下等社會之狀况，乃散步艙底，與統艙搭客，信口閒談。忽聞艙尾嘈雜之聲，逼視之。坐卧者、箕踞者，不下百餘人。大都短褐襤褸，垢面蓬首之徒。就探之，則籍貫不一，有隸於漳州廈門者，有隸於仙遊福州者，有隸於雲霄福鼎者。訝其何以不約而

---

① 録自《華報》118號，1931年11月3日第1版。

② 録自《華報》119號，1931年11月6日第1版。

同，群集於此。則曰："某國人現在溫州招工，需開煤鐵金銀諸礦，工值至厚，每名月給洋銀十四圓。吾輩在籍，困窮無告，得此絕好機會，是撥云見天也，何憚而不往？"

伏微笑曰："誰告爾輩以招工之事者，得勿訛傳乎？"曰："官府有告示，烏得訛傳？①"

伏曰："然則誰給爾輩資斧者？"斯時應者至爲紛雜。甲曰："苟無資斧者，吾輩何能來？"乙曰："但知總理其事者，爲福州趙某，某名似係長壽也。"丙曰："否否，殆長喜乎？"丁曰："尚有廈門白姓，其名甚似海水也。"又有爭辯者曰："吾以爲池水耳，烏得爲海水？"伏曰："每人給銀若干？"曰："川資三圓，安家費一圓。"伏曰："礦產在溫州乎？抑到溫州後，尚須放洋赴外國乎？"曰："是則吾輩不甚明瞭也，第據告示書溫州，則溫州耳，官府豈欺人哉？"伏不復問，一笑而退。

返告明哉，明哉顰蹙曰："噫，是殆所謂'賣猪仔'者耶？妹在家時，嘗聞老父談及趙、白二憝，實爲地方之巨害。愚民受騙，可憐哉！"

伏曰："是皆昏官與土豪之互爲傀儡也，洋人授意土豪，要挾官府。土豪既爲洋人牙爪，乃藉官府之勢，以誘愚民。從中漁利，爲虎作倀。若趙、白兩傖者，其罪寧堪擢髮數乎？"②

明哉嘆曰："吾國實業不振，貧民遍野，飢寒所迫，易受人愚。彼輩勞働家，方且以爲出地獄而登天堂，孰料其爲幕中之燕。斯時即有棒其頭，澆其背，而警告之，亦不之信。兄素以任俠爲志者，將何術解其倒懸耶？"伏曰："倉猝之間，亦無良計。且某國人此次販奴之策，頗爲詭秘，號曰溫州招工，殊不可信。吾料彼不過借溫州一地，作餌耳。此一大批之黑奴，到溫州後如何安插，抑將運往何地銷售，大足令人研究也。"

明哉俯思良久，似有所得，靦然曰："妹抵溫後，誓必運動李翁，極力設法，吾兄倘樂助一臂者，則三面之網，或可望開也。"

---

① 録自《華報》121號，1931年11月15日第1版。

② 録自《華報》122號，1931年11月18日第1版。

伏曰："萬一溫州而果有工程也，則華人服工於華地，亦足爲吾國貧民開一生路。吾輩固無庸多管閒事，所防者轉販之詭圖耳。彼如轉販，吾輩必用半途截劫之策。如觱篥之吹散子弟兵，儻金錢足敷揮霍者，其法原不甚難。寄父曾述李翁頗踈財仗義，無巨腹賈齷齪氣。渠果解囊者，則吾輩胸[①]中，固有成竹也。"

明哉曰："以妹三寸之舌，說慷慨之李翁，金錢問題諒無扞格。惟吾兄周旋兹舉，亦非易易。欲開籠放鳥，不得不打草驚蛇。強權所在，公理未必制勝。疲延不可，孟浪亦非所宜，乃望吾兄慎以從事也。"伏點首曰："吾妹慮事周哉！"

船抵溫州，駿如已得唐翁電，派人鼓枻來迎。伏指麾婢媪，簇擁明哉下船。輕舟容與，轉瞬已抵李家門首，綵輿鳳駕，簫管嗷嘈，新婦入門，而賀客填溢庭闔矣。

少駿準今酌古，行結婚禮。佳人才子，楚楚翩翩，見者爲之神怡。是日也，良辰美景，耳鬢廝磨，百琲明珠，一輪皓魄，未足以方其圓滿也。

伏進賀，先謁李翁，此老神采煥發，年逾耳順，鬚髪猶未斑也。次與少駿叙禮，兩人似有夙緣，一見如故。寒溫既畢，握手縱談，則镕經鑄史，齒[②]頰生香。雖貨郎家世，而淹博風流之名下士，不多讓焉。

李翁與伏，談讌尤歡，蓋伏家乘之牢騷，及其格調之卓犖，唐翁夙曾函述其梗概。未覿面時，李翁已遠聞心許，嘆羡形於寤寐。今日佳士當前，能不刮目相看耶！

過婚期三日，明哉已以船中所見之事，質之少駿。少駿力辯溫州並無開礦之事。明哉乃面謁李翁，詳述顛末，懇其一施援手。李翁嘆曰："兔死狐悲，物傷其類。吾微賤時，亦一勞動工人也。兹事果可以措手者，雖破吾產，吾亦弗惜。惟碧眼兒罄其血汗之貲本，越國鄙遠，黑心經營垂成之業。有人從而破壞之，彼豈甘心？萬一牽動交涉，嗾奸官污吏，而與吾較者，吾輩無噍類矣！"

明哉斂衽曰："翁苟玉成斯舉者，媳當與伏哥力思良策，必不使官府威權，

---

① 録自《華報》123號，1931年11月21日第1版。

② 録自《華報》124號，1931年11月24日第1版。

施及吾家也！”[1]

李翁搖首曰：“洋人勢焰，日盛一日。官吏之媚者，亦日工一日。吾民受其魚肉，匪一朝夕之故矣。吾媳非諳練外務者，談何容易！”

明哉曰：“吾國積弱，婦孺皆知。然所以致此之由，官吏之顢頇，實啓之漸也。媳身處深閨，心關時局，深痛外人之縱横吾國，肆無忌憚者。直視吾國人類，等於非洲之野人。其自由行動之伎倆，未必爲其政府所指使，類皆一二奸猾商賈爲之。苟有明眼者出，以公理爲抗爭，勿使得尺進尺，得寸進寸，則吾民之受毒，未必至於今日之甚也！媳以爲優勝劣敗之説，不能偏就國勢之强弱言之。而公理主持之效力，實居其大半。有至大至剛之公理，而無人主持之。一任强權者之横衝直撞，是之謂自暴自弃，甘處於極劣之地位。而欲人之不爲已甚，是何异於肥牛就縛，始知將死，而哀鳴觳觫，妄冀棰牛者之放下屠刀也，詎有及哉？吾國外交之失敗，無一不類此者。媳果易笄而弁，得參外部末議，决不使吾國主權，墜落至於此極也！”[2]

李翁嘆曰：“吾媳所言，殊爲沉痛。老夫雖耄，亦豈灰心國事者？惟今日之事，措施頗難。彼以招工爲口號，以官府爲護符。一若光明正大，行無所事，即有揭其秘而摘其奸者，亦無及矣！况吾不過一弱肉之商家，無尺寸之權足與官府辯難。亦無絲毫之力，足與外人抗爭。即廢吾命，破吾家，亦徒自苦耳，未見其有裨也。”

明哉微笑曰：“翁言重哉！頃者吾翁談及外務，媳積忿填膺，略借杯酒以澆壘塊，不覺言之過激耳！今日之事，出面對待，尚不至有廢命破家苦痛。果有捷足者，施以解鈴之策，未必不可化霹靂爲雲烟也。曲突徙薪，及今未晚。勿使焦頭爛額，釀成悲觀，則吾翁之功德無量矣！”

李翁曰：“果無履險之虞者，金錢一節吾願任之，但對待之策若何，吾媳能明以告我乎？”

明哉曰：“彼踴躍應招之愚民，寧盡願奴役於异族者？媳度其志無他，不

---

① 録自《華報》125號，1931年11月27日第1版。

② 録自《華報》126號，1931年11月30日第1版

過[①]困於饑寒，無聊生之徑路，遂視此爲無上法門耳。苟有善於彼者，使之歆羨，彼輩必立改其趨向矣。請問吾翁，吾家輪舶碼頭需工乎？”

翁曰：“吾家營業非巨，烏能容受如是多工者？輪船碼頭，需人雖衆。然原用工役，已有填溢之慮，斷不能捨其舊而新是謀也。”

明哉俯思良久曰：“翁能組織一新公司乎？”翁笑曰：“迂哉！組織公司，談何容易！此緩不濟急之事也。”

明哉笑曰：“媳之意，欲翁建築一蜃樓海市耳！以翁之名，邀集溫甬之巨家預爲說合。出而標榜，張布告於廣衢。姑擬一用工最夥之公司，招徠工役，誘以厚貲。使彼一唱百和，入吾網羅。此道濟量沙、孔明借箭之法也，吾翁倘有意乎？”

翁撫掌曰：“善哉術也！此事吾能爲之，第慮解散之後，彼輩不甘，必起而與吾公司爲難。一面復嗾官吏，掩捕工人，吾策不又成畫餅乎？”[②]

第六章　漁業股份有限公司

明哉笑曰：“媳第憂其不爲難耳，果其與吾公司爲難者，吾公司即可因此干涉，藉口解體。公司既倒，所招之工人，儘可徐徐遣散。彼輩既得金錢，必不吾怨，而且怨有攸歸矣。至於掩捕之來，則伏哥一人之智勇，足以排布之而有餘，不足慮也。”

翁喜曰：“吾媳算無遺策，誠運籌帷幄，決勝千里才也！老朽雖拙，必力行之。伏舅神人，素所心佩，果助吾一臂者，吾無餒矣！”

距翁媳談判之期，僅數日，溫州市上乃有惹人奪目之廣告出現。其略曰：

漁業股份有限公司廣告：“本公司確係完全華股組織，資本雄厚。置有大小堅韌漁輪五十艘，木質網船百餘艘，專營溫州及寧波洋面漁業。船上碼頭鹽配，一切工作，需人甚夥。本公司派員分赴濱海各埠，延聘技師，均已陸續到溫。

---

① 録自《華報》127號，1931年12月3日第1版。

② 録自《華報》128號，1931年12月6日第1版。

兹先招速[①]成班，練習工手二百名，鐵限兩月畢業，薪金每名先給十五元，技成月增三十元，至五十元不等。願應招者，不限年歲籍貫。某日爲始，可親到小横街金龍大王廟本公司招工報名處，報名試驗。幸勿失此機會也。”此項廣告一出，若磁引鐵，彼此互相告語，傳到被賣工奴耳中。先是某國人運致此輩工奴抵滬後，分作數起，寄居各洋貨囤棧，委一華人巡視之。專候斐洲黑輪（運售私貨輪舶謂之黑輪）到華，秘密運往轉售。蓋恃有官吏之護符，乃如是從容不迫也。然又慮華工狡猾，或因禁錮過甚，而悟破其計也。或三日，或五日，則放其自由出棧二小時。此事已爲唐伏所探悉，歸而布置。前項廣告，遂於此自由之時間，大生效力。

漁業公司招工日期内，此輩囤棧僑奴之出遊不返者，每棧日必十餘輩。不數日，而所剩者，僅寥寥三十餘人耳。巡視者不料奴之能逃，慢不稽察。迨覺而遍覓無踪，飛報某國人。某國人罪其私踪也，怒踢而痛鞭之，幾斃。[②]

乃移所餘之奴，鎖縶一棧之儲貨空倉，不使見天日，轉側均不自由。奴輩大恚，始恨抽身之不早也，然已插翅難飛，惟有日夕咒詛而已。

時夜方半，萬籟無聲，突有黑衣窄裝之飛將，不知何來。出其短刃，爲三十餘人解鎖斷縶，引之從間道出倉，逕抵江干。有五六小舟，泊於水次，黑衣者一一令其登舟。舟子雙槳俱下，咿啞數聲，離岸百尺，宛轉曲折，搖入蘆葦叢中。是夕無月，星光甚亮，岸畔泥徑，依稀可辨。

少年一躍而上，導衆人一一登岸，盤旋曲折，引至古寺之側。仰視天上，斗柄横斜，夜已不早，萬籟俱寂，四無人聲。少年立定，計點人數，得三十七人，令分立兩旁。少年乃宣言曰：“爾輩知死裏逢生否？爾輩家中，或有父母妻子，或有伯叔兄弟。咸以爾輩一出里門，遂超苦海。轉瞬將肥其囊橐，而衣錦歸也，即爾輩之自望，亦不出此。詎料兹行，乃墜入羅網乎？爾輩在鄉，諒亦

---

① 録自《華報》129號，1931年12月9日第1版。原刊日期误爲12月6日，今更正爲12月9日。

② 録自《華報》130號，1931年12月12日第1版。

飫聞賣猪仔事矣，今身爲猪仔而不覺，不亦至奇事耶？[①]

外商來華招工，即猪仔之買主也。而惡吏劣紳，招搖誆騙，牽引爾輩，以獻媚外人，即猪仔之賣主也。且外人之爲兹事，類皆殺人越貨之私商，非奉有其政府之認可，而爲之也。彼以爾輩爲奇貨，轉相販鬻。苟再更迭二三手者，爾輩不知葬身何地矣！爾輩迫於窮困，暗於外情，致墜圈套，固無足怪。當局者昧，旁觀者明。吾固預知爾等有今日事，早爲設備，得以黌夜援救爾輩於樊籠。爾輩之幸福，亦不淺哉！惟自今日而後，片刻不可勾留兹土。吾已備有小輪，距此不遠。當星夜渡往寧波，彼地自有接待。屆時爾輩自决行止，一切盤川費用，到甬後，向吾友李少駿支取，當有安置爾輩良法也。"

此絕處逢生之工人，聞少年言，感入心坎，有泣下霑襟者，咸以手加額，呼恩公不絕，堅請告以姓名，爲他日之記念。少年嘆曰："余之際遇，亦與爾輩同耳，兔死狐悲，物傷其類。余之來施援手，不費吹灰之力，殊未足[②]爲爾輩記念也。"

工人同聲曰："恩公愛吾輩，警而醒之，翼而庇之，不第任俠已也。而其濟以金錢，吾輩若不知感，是狗彘耳！"少年笑曰："嘻，余亦窶人子也，烏得金錢。仗義者非余，實爲兹地商家李駿如翁。余不過爲其指臂耳，眼前在甬候爾輩者，即爲李翁之公子也。"

工人又咸誦李翁德，且相語曰："恩公不肯自道姓名，吾輩勿相強也，到甬後自瞭然矣。"

少年呼曰："爾輩速從余來，勿緩。"少年行，而三十七人者隨。繞越古廟後，水光浩然，船火數星，閃爍港際。果有小輪，距岸西四十餘尺許停焉，舢板一艘，靠岸而俟。

少年撮口微哨，舢板中躍上一水手，引工人登舟。啞數槳，渡赴小輪。舢板每次約載八人，往返五次，而工人始盡。汽笛一聲，小輪遽碾波鼓浪[③]而逝。

---

① 録自《華報》131號，1931年12月15日第1版。

② 録自《華報》132號，1931年12月18日第1版。

③ 録自《華報》133號，1931年12月21日第1版。

彼少年者，亦揚長而去。

讀者諸君，亦知此兔起鶻落之少年，爲何如人乎？蓋即吾書之主人翁唐伏也。

少駿在甬，實受明哉運籌之策。工人抵埠，審其羸弱無能者，厚斧資遣之。其壯而多力者，留其三之一，安插於駁船帆船中，使練習駕駛備用。其慧而識字者，置之甬棧，使學跑街購貨之事。彼輩各得其所，群以爲禍中獲福，喜出望外，無間言。

吾書且回叙此空中樓閣之漁業公司，先是報名試驗者，實繁有徒。李翁與甬人吴某，蘇人鍾某，司其事，投報者輒詢其家世籍貫甚詳。試驗之法，亦甚周到，蓋藉以探認其是否確係工奴也。以故工奴之被收羅者，無遺珠，而註册之名，輒爲更換，恒不依其所報。彼輩工奴，不知其用意所在，以爲此公司者，乃能好整以暇，竟考究及名字之細微也。①

公司成立之日期，業已宣布，而開始教授漁工之日期，尚須有俟。李翁等預料工奴既離羈絆，無家可歸也。已與吴、鍾二人，規劃支配此百餘人，令分居十餘處。均派有招待者，監其起居，豐其飲食。朝夕且施以演講，導其愛國之性靈。工奴乃識有國家之關係，不宜賣身以辱國也。居數日，遂覺此間樂矣。

既而某洋商察悉倉内之囚，逃走一空，大爲驚詫。乃覺兹事爲破天荒之怪事。“以爲吾輩私商，自來華販奴以來，大率順水行舟，從無阻梗。不意此次乃受此不測之巨虧。第彼蠢奴，貿貿蚩蚩，如羊豕入牢，何能爲者。是必有不可捉摸之勁敵，窺吾秘，而施半途截劫之策。噫，莫謂中國無人也，吾儕其可輕視乎！雖然，吾儕以血汗之貲本，爲虚牝之擲，殊不願也，不報兹耻，誓不回國。乃謀之同侣，咸以爲華人中，固不少草澤英雄，誠非吾儕所能臆測。吾②儕欲籌對待之策，茫無涯涘。儻孟浪與之鬥智，必敗之道也。無已，其洩忿於官乎？中國之官僚，皆顢頇之凉血動物也，而蹂躪閭閻，則饒有偉大之能力。儻吾儕以勢挾之，雖欲彼剥國民之皮，以供吾寢處；剜國民之肉，以供吾烹調，

① 録自《華報》134號，1931年12月24日第1版。

② 録自《華報》135號，1931年12月27日第1版。

彼亦優爲之。吾儕兹行之損失，欲倍蓰取償，非官莫能爲力也。”

越數日，遂有悍役狼胥，奔走於途。令申文告，張皇於市。而漁業股份有限公司，乃受絕大之嫌疑。彼媚外之官吏，竟聽外商嗾使，以莫須有之罪，加之愛國之商家。以爲此公司者，招工開業，適乘兹隙，是誠膽大妄爲，顯與外人爲難，罪在不赦也。

溫州牧劉鼎盛，與標統李益智，有金蘭契。劉爲官僚派之翹楚，知溫三年，除朘剥膏脂外，尤以脅諂洋人爲能事。任内以教案冤戮平民者數起，怨聲載道。而上官悅其奉承圓活，且寵待有加，稱爲幹員之巨擘。李爲某武[1]備學校出身，從事戎行，亦極得上官青眼。兹二人狼狽爲奸，靡所不至。其劣迹種種，大足增廣《官場現形記》之材料，吾輩姑無暇及此。

逃奴之案發生，劉視爲重大之交涉。以火急公文，詳報撫軍，請檄李標統率徵兵數十會州役，趣圍龍王廟，搜集簿册，立捕董事吴、鍾二人，下之州牢。復以兵役困李家，索駿如父子急。翁與少駿適赴甬，明哉聞變，從容不迫，出見劉、李，委婉曲辯公司之創立，實無骫法，且與洋商招工一事，殊風馬牛不相及。萬一公司所招之人，有误收彼工者，據册確查，儘可水落石出，似無庸若是恟恟者爲也。侃侃陳辭，劉、李窮於詰責。第以強鄰逼處，辦事萬難。事涉嫌疑，非父子到案質證者，則交涉必及於國際。明哉坦然曰：“翁父子在甬，非聞風他避者，如以爲事關重大，有所召訊。渠輩所去非遙，可朝發夕至也。”劉、李以爲然，惟堅囑由家星夜趣召之返，限三日内到案而已，李家之圍乃暫蘇。[2]

第七章　子乃敢藐視吾華人乎

駿如父子在甬，得急電，以示唐伏。伏笑曰：“是何足慮！惡官府之叫囂，無非爲洋人作走狗耳！鼯鼠無長技，以伏當之，猶兒戲也。”

某洋商受逃奴巨虧，滿冀以官吏滅焰，大肆荼毒，爲其報復賠償之政策。

---

① 録自《華報》136號，1931年12月30日第1版

② 録自《華報》138號，1932年1月6日第1版。

良夜迢迢，乃集合其慣爲私商之儔侶於囤棧之曲室，呼酒設肴，聚談兹事。有罵者，有笑者，有懊恨者，有酣呼嘯歌者。而喪盡心肝之康伯度輩（買辦之名稱），方且趑趄奔走，獻媚鞠躬，若惟恐東道主之不歡也。

檐際一聲，厲如裂帛，群注目之。則一黑衣武裝之少年，若飛鳥墜，矗立庭前，臉深紅如噀血，其勢虎虎。座客駭絕，某洋商醉不知懼，喝問若奚爲者。少年努目不之答，洋商嗾康伯度驅之。康伯度等，初亦甚駭，繼見其木立不動，且辨其爲華人，非洋客，而手無武器也，易視之。

二人前迫而問曰："爾何人，胡來此？"少年突出一拳，觸左者肩，左立仆。[①]起一脚，抵右者腿，右跌丈許。其他之康伯度，見前徒敗衄，不敢復繼，蹲伏而鼠竄。而座上酒人乃大驚懼，群起欲奔。少年操最嫻熟之法語喝曰："不許移步，否無赦。"

半醉之洋商，於袴袋內，驀出其手槍，連轟數彈。少年避之若夙習，擊無一中者。洋商始大慌失措，瞠目愕顧，欲乘隙遁。少年審其彈盡也，亦出一手槍，遍擬主賓，四座咸震慴，不敢動。

少年乃發言曰："爾輩萬惡奸商，生命懸於吾手，吾殺爾輩，如屠狗彘耳。惟吾爲吾國主持人道之代表，若不聲爾罪，而遽加爾刑，爾輩或不免有枉死之憾。姑緩爾輩須臾死，其各洗耳，以聽吾言。"

"爾輩小醜，目光如豆，以吾國官僚之巽懦，乃並以巽懦藐吾全體之國民。嘻，誤矣！"

"爾輩亦知吾國之具有奴性者，僅少數之官僚已乎？若吾全體國民，固不自[②]承其有奴性也！爾輩以販奴之策，施之吾國，其不破網者，一二次之偶然耳。若屢爲之，爾輩必無幸。"

"抑吾尚有質者，爾輩來此販奴，曾得爾政府允許否？販奴之策，曾經萬國公法所承認否？爾輩飾其名曰招工，曾詳載約章否？爾政府曾有照會及吾京之外部否？以上種種，吾均未之前聞，而爾輩坦然爲之，烏可乎？吾爲吾國主持

---

① 録自《華報》139號，1932年1月9日第1版。

② 録自《華報》140號，1932年1月12日第1版。

人道之代表，决不使吾國國民，有毫髮受辱於爾輩。爾輩知罪者，速引頸飲吾彈。吾彈甚利，必能洞爾喉也。”

某洋商駭甚，酒氣頓醒，化爲汗，淋漓欲滴，急搖手呼曰：“止，止！容我輩申辯一言，可乎？”少年曰：“苟無公理者，徒辯奚益。雖然，爾輩亦何辯者？”

某洋商曰：“我輩之來貴國也，始亦規循矩蹈。及見華官之懼吾焰，可以威脅。華民之艷吾富，可以利歆。欲其不動心而乘人之數也，亦良難矣。歐[①]人擲其良心於地中海，衝波鼓浪而來兹，圖倍蓰利者，蓋實繁有徒。先生亦烏能悉問其罪乎？且是役也，我輩原非主謀，主謀者實爲經商閩省某行之大班鬼地先生。捨其主而戮其從，似未得其當也。”

少年曰：“吾固知鬼地屢鹽吾國民之腦，遲早必有以懲之。第爾輩爪牙，豈得無罪？吾既發其覆矣，欲倖免也？請問之吾槍與吾拳。”

洋商顰蹙曰：“嗟乎！先生，我輩遠投异國，服賈窮年，恒視利爲重，而生命爲輕。兹行之拆閱受虧，已較之洞腹絕脰，創深而痛巨矣！然先生苟能允我輩以不死者，我輩歸國，必播揚先生之勇敢於邦人。俾繼此以往，勿敢或藐貴國民。我輩得命，先生亦得美名，而貴國民亦可少減將來之苦痛。以視置我輩於血泊中者，似操勝算矣，先生倘亦首肯耶？”

少年曰：“黠哉辯乎！欲吾恕爾輩者，事亦可行，第須依吾約。一，當立繳鬼地所製招工之合約。二，當立措千金現款，賠償漁業公司之損失。三，[②]限三日内關照地方官，速出吴、鍾二董事於牢，取消前案。四，限五日，爾輩速離吾境，勿得逗留。此四者，有一不從，吾彈出矣！”

洋商與其友同聲急應曰：“諾，諾。我輩均能如約，惟千金現款，不能咄嗟立辦。苟寬以二日内者，當照納也。”少年笑曰：“果不食言者，三日亦無不可。”洋商誓無狂言，惟請示兹款，送交何地。少年曰：“爾輩備款，且置此間，吾自來取也。”

---

① 録自《華報》141號，1932年1月15日第1版。

② 録自《華報》142號，1932年1月18日第1版。

衆稍慰，洋商乃入室，取其招工之合約出。少年披閲之，有督辦福建全省洋務局及鬼地大班之印信，審無差謬，乃受之。囑曰：“爾輩且履行他約，吾暫去，徐圖再晤也。”語畢，舉手一麾，此少年者，已不知所之矣。洋商輩咸瞠目咋舌，以爲是固飛行絕迹之任俠家也。

此飛行絕迹之少年，無俟吾書表明，讀者已知其誰何矣。吾書且迴叙明哉，此通身是膽之女子，能舌戰赫赫之州牧標統後，閉户怡然，日以澆花讀[1]史爲消遣，似預料伏哥得電，必有奇妙之展布者。清晨對鏡，細貼花黄，意致蕭閒，神采馨逸。忽帘鈎微動，小婢報舅爺至矣。

明哉起迎，微笑曰：“伏哥得意哉，是纍纍何物者？”唐伏訝曰：“明妹何從知吾得意。”明哉曰：“伏哥眉目間，已報告妹以戰勝洋商矣，然妹願聞其詳。”伏笑曰：“慧哉妹也！”遂置所携之物於案，坐定，備述夜入囤棧顛末。指案上物曰：“是即某商賠償吾公司之千金，紙幣銀圓俱備。换言之，蓋即彼輩市命之金錢也。”

明哉喜曰：“伏哥手段，直如生龍活虎，兹舉尤爲痛快淋漓。惟官府一方面，則何如？”伏曰：“明妹且寬懷，碧眼黄鬚輩，爲吾收服。昨已函照劉鼎盛，謂兹案有误，立請撤銷，無累良善。吴、鍾兩君，既逍遥出獄，而彼自認鬼地之爪牙，大懼飲彈，亦可於今日離此他去。販奴之案，可謂霧散冰消。而吾輩空中樓閣之公司，不日亦當告結束矣！”[2]

明哉曰：“鬼地與華官所訂之約，必有冠冕堂皇之大文章。伏哥盍略述其顛末，俾悉其詐欺伎倆，亦良佳。”伏探懷取約出，笑曰：“是直可名之鬼畫符耳，愚官吏則有餘，欺吾輩則不足。謂爲文章，殊未稱也，原約在此，妹自閲之。”

明哉披視，乃華法並列之文，横行者不之識。第觀譯文，其冠首標序曰：“舊金山下部，羅西里亞之博旒銅礦公司，添招礦工。代理人鬼地，在福州照西歷一九零五年十二月八號，得博旒公司法京代理人馬顯之權立約，此約蒙福建省憲，准行存案。”

---

① 録自《華報》143號，1932年1月21日第1版。

② 録自《華報》144號，1932年1月24日第1版。

此下條列約章十有三，附以看工章程，出口捐項，其部署亦甚周密，似無隙可攻者。閲竟，仍以還其兄，微笑而已，第問羅西里亞何國轄地。伏曰：“墨西哥屬也。”明哉嘆曰：“奂哉！黑奴製造廠乎？”

駿如父子，既悉官事已解，亦相繼言旋，乃置酒高會。吴、鍾二董事亦與座[①]。酒次，駿如撫鬚笑曰：“老夫生平所佩服者，未飛（伏字未飛）一人而已。販奴事起，洋人將以吾溫爲拍賣場。彼工人輩，直如俎上之肉，毫無生氣。而未飛不費全力，輕描淡寫，不數日間，使彼已成之壁壘，前徒倒戈，嘩然四散。既漏多魚之師，復劫子反之榻，其痛快爲何如也！吾國倘有未飛十輩者，使膺交涉，則天馬行空，縱横無不如意矣，外交豈有棘手日耶！”

少駿與吴、鍾二人，亦極贊伏之勇俠。伏謙讓曰：“是不過個人之逢場作戲耳，於國寧有毫髮裨益者？”駿如嘆曰：“吾國之受人藐待，不自今日始，匪第官場窳敗，足咨其漸。吾輩商家，亦孰能嶄露頭角者，勿僅責肉食者徒也。”少駿曰：“父言良是，兒竊以爲吾輩商人，苟能盡愛國之責者，即此本地風光，極力圖進步，亦豈無日上竿頭之一日？兒意公司者，爲群策群力之基礎，吾輩既創設漁業之名目矣，不如化僞爲真，力圖進取，於計亦良得也。[②]

伏曰：“信哉，漁業所關非細。吾國海權不振，其罪不能專坐海軍，而漁海之失其犄角者，亦居十之一二。強國之業漁者，其漁父恒富有尚武精神，而輪舶每足爲戰艦守口之奥助。吾國漁人程度，良難一躍而幾此，然亦不可不爲初步之改良也。”

駿如曰：“以云漁業，老夫亦頗知其梗概。若夫高視濶步，力爭海權，實非吾所敢望。淺而言之，以圖一隅之富，固能略操左券。盖吾夙知漁業之發達，於市面金融，有莫大之裨益。而於國内鹺政，亦有密切之關係也。吾儕既以公司開幕矣，致力爲之，前程亦自遠大。諸君有意贊襄兹舉者，請浮一巨白。”

鍾董事屢搖其首曰：“駿兄老興殊不淺哉，鄙意則未敢贊同也。中國今日欲求富強，端在實業。此語在十年前，吾已飫聞之。而有志之士，亦嘗奮其心

① 録自《華報》145號，1932年1月27日第1版。

② 録自《華報》146號，1932年1月30日第1版。

智，破其家產，一往直前，事倍而功乃未半，甚且舉債如山。君等不聞[①]某礦某路某廠，皆無美滿之結果乎？試舉一事，以例其餘。如漢冶萍公司，功效彪著，非吾國中之五色雲耶？而眼前顛沛萬狀，外債纍纍，肩其任者，智竭力殫，大難爲繼。言及實業，幾於談虎色變矣！夷考其病，非實業之爲害，無良政府臂助之爲害也。今日之政府，蹂躪商民，烈於豺狼當道。而君等乃欲區區漁業，圖富於一隅，殆深宵夢囈耳！"

第八章　十八年之老囚

少駿曰："信如長者言，吾公司其終爲鏡花水月乎？"

吴董事毅然曰："速閉此幕，猶能苟延吾輩殘喘，否則不但破家，禍且不旋踵。"

少駿微笑曰："若是其甚乎？方吾人開演兹劇時，長者固曾踴躍從事矣。今乃前勇而後怯，豈數日之縲絏，遂足以寒君等之膽乎？"

吴、鍾二人同聲曰："吾儕寧懼牢獄者？今日之論斷，固從獄中醞釀而出者也[②]。吾儕獄中之滋味，尚未與君等細談，至有趣也。方吾儕被縶，即置之最湫隘穢濁之狴犴。彼萬惡州牧，以爲吾等既觸洋人怒，必無重見天日之期。而無良心之獄卒，亦視吾等魂魄，將與墟墓爲伍。以故，直以羊豕之禮爲優待。不意九幽十地中，尚有傷心仗義之奇人，引吾輩爲同病相憐者。其人非他，蓋中卒十八年之老囚也。"

駿如靜聽至此，乃滿斟巨觴，一吸而盡曰："快哉！是何可多得者！吾渴欲見斯囚也，斯囚何如者，速續陳之。"

鍾曰："是老囚者，十七歲時入獄，今三十四歲矣！年華猶富，而資格已深。□□權力殊偉，渠詗知吾儕之案，怒獄卒之有眼無珠也，欲奮老拳。獄卒慴其威嚴，諾諾不敢辯。渠遂引吾兩人入其室，增許一榻，使吾儕食宿與俱。

① 録自《華報》147號，1932年2月3日第1版。

② 録自《華報》148號，1932年2月6日第1版。

駿兄試思，吾兩人雖非席豐履厚，而家居自奉，亦頗不儉。以例彼囚之竹床草具，當不啻以百倍勝。然吾儕入此室處，乃覺花明柳岸，別[①]有一村。直視脫粟爲太牢，破榻爲錦衾矣。囚對待獄卒及他囚殊苛，而與吾儕相處，其和藹乃出人意外。吾儕在獄，不滿十日，而彼囚之滔滔告語，實不下數十萬言。夜漏遲遲，篝燈如豆，彼箕踞床沿，縷述身世。自言名爲屈錚，爲武孝廉屈文傑之子，精於拳勇。十八年前，以某教堂神甫，奸迫良家婦女。己出而抱不平，揮拳擊神甫幾斃。事涉教案，遂以繫獄。此神甫者，傷重，臥病半年，卒以不起，而己竟坐永禁之罪名焉。彼囚歷叙其十八年間坐獄情況，甘苦酸辛，五味俱備。彼固謂獄中實有特別世界，不足爲外人道也。如彼所言，今茲得爲群囚之首，蓋曾經萬千之顛連困頓，而始躋斯級，似較之共和國運動總統尤難。雖以南面王與易，彼殊有所不屑焉。彼之所謂樂者，吾儕實無從索解，特其慷慨道獄中遞年故事，殊津津動聽。今亦無暇轉述，即轉述之，亦不能遽盡，俟异日物[②]色有小說名手，當託其著成一部，爲稗史界放异彩也。"

"最堪駭异者，彼囚身不離獄中，而眼光能普及獄外。彼於歷任之府州縣，如何升轉，如何左遷，如何褫革，述之纍纍如貫珠。而某官卑鄙，某案苞苴，某州較賢，某縣殊劣，亦如掌上數螺。似其腦中藏有十餘年日記，一查即得者。彼自謂：'吾固坐井觀天者，而高談星宿，不爽累黍。'其言雖夸，而實不謬也。"

"彼於現任知州劉鼎盛，歷史尤詳。謂此劣官者，以捐班出身，候補於閩垣，逞其吮癰舐痔之絕技，以媚上峰。不一年，攫得光澤邑宰，以贓案褫其職。不知入京若何行賄，數閱月重指舊省，輾轉又印累綬若。聽鼓於松溪，故態復萌，以羅掘爲能事，民怨沸騰，幾壞乃事。不料忽辦一海盗巨案，官運因而大亨，卓异入都，極力夤緣，遂得爲茲州之牧。渠之做官妙術有四：一曰，諂事上司；二曰，力媚洋人；三曰，要結土豪；四曰，作[③]踐良善。於是乎脚根穩

---

① 録自《華報》149號，1932年2月9日第1版。

② 録自《華報》150號，1932年2月12日第1版。原刊刊號误爲149號，今更正爲150號。

③ 録自《華報》151號，1932年2月15日第1版。

而腰橐肥。”

“彼囚且深悉標統李益智，爲劉知州之中表。謂之二人者，文經武緯，朋比爲奸，隱惡萬端，未易枚舉。其最趣者，二人脗合，暱一絕色孌童，爲增撫所偵知。增亦酷嗜後庭花者，密令示意，欲乞紫雲。劉、李逼於上司之命，以美官固重要於美男也，不得已割愛以獻。而二憝之禄位，乃益堅矣！彼囚詢及吾公司之內容，吾儕不敢吐露其贋相，模糊以答。彼乃怒責吾儕曰：‘君輩商家，慣於億中，胡懞懞乃爾，竟與狼巖虎窟中，圖開業發財耶？幸爲洋商所搗亂，未獲完全成立。否則此公司者，直爲惡官之外府耳！’及釋放之日，彼乃不爲吾儕賀，而且諄諄申囑曰：“君等歸，宜火速收拾餘燼，偃旗息鼓。慎勿興高采烈，自慶禍中得福，而捲土重來也。果不依吾言者，行見君等破家赤族耳！”

駿如嘆曰：“善哉，吾納其忠告矣！”乃面少駿曰：“爾等稺年，未審世途萬險①。老囚之言，其味良永，吾輩勿孟浪取禍，貽貪吏流涎。此公司者，吾決不繼續矣。未飛所取於洋商之千金，吾將爲解散工人用也，未飛以爲何如者？”

是時伏兩目灼灼，直視若未之覺者。駿如詢之，迄不見答，少駿牽其袂曰：“伏哥醉乎，家嚴言胡未聞也？”伏乃悟謝曰：“晚殆醉矣，吾丈何言者？”駿如大笑，復緬述之。伏曰：“可哉，千金給散工人，固綽有餘裕也。”

讀吾書者，亦知鍾某暢叙屈囚之事，足傾座客之耳。豪爽英妙如唐伏，聞兹奇士，尤當撫掌稱快，而心許之矣！乃興味索然，不置可否，而且倉皇之態，頓披露於眉宇間，一人向隅，遂使滿座驚异，是何故者？蓋伏非不滿於盤根錯節之屈囚，而實震駭於殺人越貨之劉鼎盛也。

然伏之心中觸激，其思潮陡起陡落，雅不欲使人知。聞少駿言，旋復其故態，起而質鍾君曰：“快人快語，大足增吾人壯感。惟此囚所語，亦不過瓜②棚豆架之稗談耳。伏閩人也，於閩事較稔。聞之父老云，數年前之松溪令因盗案而卓异者，爲薛思齊，非劉鼎盛，姓名舛謬至此，似未足以徵實録。然其指鹿爲馬，或不盡無因，惜吾丈當日未加以研究也。”

---

① 録自《華報》152號，1932年2月18日第1版。

② 録自《華報》153號，1932年2月21日第1版。

吴董事接言曰："以老拙細察，彼囚似非信口開河者比。其舛謬之處，儻亦得諸傳聞乎。彼鐐禁深幽，高調外事，難免不無錯误，然吾觀其忠告吾儕之一副神情，則慨當以慷，誠令吾人感激涕零也。"

駿如笑曰："彼惡官之姓氏，錯綜變化，與吾輩何干者？吾以爲無容研究也，即使彼囚姑妄言之，吾輩姑妄聽之，等諸東坡之聽人說鬼足矣！至於劉鼎盛之貪婪惡劣，吾輩無不知之者。此獠未去，吾公司斷無幸福。吾輩爲保安計，解散之誠是也。"

是日席散後，在座者均雲過天空，不留感想。而伏獨夢寐不寧，胸際若兔起鶻落。蓋其祖若父之仇，無日不縈繫於腦海。而大庭廣坐間，偶聞有談[①]松溪官場典故者，必沾沾屬耳，聽之綦詳。且常購坊間所出之縉紳録，反復披查，未見有薛思齊其人。而遇有府廳州縣之薛姓者，輒摘誌於其日記簿。暇則舉以探詢諸好談時事者，而諸薛又多與薛思齊之成績者相背馳。以爲薛令必死無疑，終無手刃吾仇之一日矣！不意老囚屈錚之一席話，乃如巧鑰對鎖，猛唤起其骯髒之精神。仇人在邇，豈容稍縱，磨厲以須之念，斗然大熾。

長夜如年，睡不成寐，一燈相對，益復焦煩。壁際蟲聲，狂吟四作，似喋喋數其忘仇之罪者。伏搗枕而起，自言曰："吾欲屠此憨易耳，飛檐走瓦之術，不於是展其所長，爲吾祖吾父雪奇冤，而輕試於毫不干己之地。吾將勿負吾僕阿蒼一片赤心乎？向苦於不知吾仇所在耳。今吾仇在是矣，而猶趦趄不進，烏乎可？"

既而復却曰："此非吾仇，吾仇薛思齊也。彼則儼然劉鼎盛，奚可孟浪從事。[②]劉鼎盛惡官也，罪狀貫盈，殲之原不爲過當。然彼羽翼衆，而又有奥援，吾獨身遠引。苟大索者，勢且株及李翁一門，而於玆邑平民，毫無裨益，此事决不可行！"

廢然就枕，而愁緒如麻，輾轉反側，終不得佳睡。復推枕起坐，俯思久之，曰："嗟乎，吾勿乃愚乎？彼劉鼎盛者，安知非即薛思齊之化身？吾林一雄也，

---

① 録自《華報》154號，1932年2月24日第1版。

② 録自《華報》155號，1932年2月27日第1版。

以避難故，且易林爲唐矣！然則彼之易薛爲劉，其事乃至尋常耳！惟此亦不過理想之推測，未足以爲據。吾曷不秘密一探其黑幕乎？特偵探之術，吾非素長。兹事宜從何處着手者？大海茫茫，撈針無術。無已，其仍質諸十八年之老囚乎？解鈴須問繫鈴人。自彼言之，亦當自彼解之，旁敲側擊，無濟也。彼雖深禁重牢，以吾之身手謁彼，亦良不難耳。"

乃視壁上掛鐘，夜如何其，則針鋒已指三點二十分矣。計深秋晷漏，距天明尚有兩點餘鐘，爲時甚寬，可展吾技。苟與彼囚一見如故者，猶能作暢[①]快談也。

下床啓篋，取夜行衣具。結束緊嚴，熄燈推窗，一躍上檐，假途屋瓦，越家過舍。軟履無聲，起伏踪跳，迅如飛隼，轉瞬已達州牢。蹲於檐際，擬暫蘇息。俯探牢中，尚有數處瑩瑩燈火。正不知彼囚羈於何所，細譎燈光，隱約可辨。蓋禁卒及支更者，蝦伏斗室，吸食鴉片，正婆娑於軟烟梟霧中也。

念此數癮人者，誰爲彼囚，殊未易認。第憶吴、鍾二翁，未嘗述及彼囚有烟霞癖。則欲見斯人，當更求諸吐納導引外矣，與其守蹲在此，不如下探之爲便。方欲乘勢下屋，突覺肩際有輕輕掌擊者，翳何人？

回首一視，則亦一夜行人，裝扮與己逼肖，似其鷺行蛇伏，身段亦極靈者。伏者驚駭，急握槍於手，此人已覺，搖手阻之。既又以手下指，伏審其意殊不惡，惟不敢揚聲問。對之點首而已，此人又以手引之使下。伏姑隨[②]之。兩人乃駢躍至地，此人牽其袂，導之前行。伏思彼苟蓄惡念者，吾力猶足以制之。吾何妨亦步亦趨，觀其究竟乎。

牢中路，殊屈曲，屢折屢轉，已抵一室。此人不自門入，繞至屋隅，以手推窗。窗頓開，一躍而入，伏亦隨之入。此人閉窗訖，劃火柴，爇餘蠟，室中乃明。見其陳列者，一榻一几，及大小木櫈數張而已。几上置一茶壺、一瓦碗、一粗大之旱烟管。榻上纍然一衾一枕外，則枷鍊鈕銬也，伏大奇之。

"請坐，請坐，此間雖不乾净，固僕之卧室，亦即僕之老巢也，足下何事枉

① 録自《華報》156號，1932年2月29日第1版。

② 録自《華報》157號，1932年3月3日第1版。

顧者？”其人移欖按之坐，且詢來意。

伏頓悟曰：“噫，君非十八年之老囚屈壯士乎。”其人微笑曰：“不敢不敢，僕固重囚屈錚，而曰壯士，勿乃謬獎，但足下胡從識僕者？”伏趨握其手曰：“君果屈錚也，想殺鄙人矣！今夕專誠奉謁。獲睹丰采，實爲至幸！鄙人知[①]君，蓋由日前入獄猥承青眼之吴、鍾二老也。”因略述前事，且謝矜全之義。

屈錚笑曰：“是惡足言義！第僕固眼見足下之驚人義舉矣！足下姓名，可否見示。”伏告之，且探其何從謀面。屈錚曰：“快哉，足下之夜入囤棧也。僕聞吴、鍾二君言，夤夜立覓此商，欲爲足下之所爲，不意足下竟先我一步。僕只得爲壁上觀。然足下折衝樽俎，且善爲鴂舌之音，不卑不亢，能使碧眼兒驚慌失措，從容索約而退。僕雖不審何語，而鑑貌辨色。已悉足下之舌戰致果矣！倘使僕爲之，舍拔刃格殺外，無他術也。”

伏驚詫曰：“有是哉？君之夜行神技，實遠勝於鄙人！屬垣有耳，而鄙人毫不之覺，其拙可知。君如不吝教誨者，伏當拜侍門墻也。”屈錚笑曰：“僕奚敢爲足下之師者？足下亦太謙矣！夜行小技，寧有高低，足下前之不見僕者，精神有所專注，無暇旁及。而僕則所謂閒人喜管閒事，眼光自較足下爲周耳！”[②]

伏曰：“君恒夜出乎？”屈錚曰：“時偶一爲之，不夜夜也。”伏笑曰：“君夜行恒出何途，能否見語？”屈錚亦笑曰：“果如足下，奚不可語者，足下勿驚怪，僕梁上君子也。僕未爲囚時，不能爲盗，僕之爲盗，實十八年牢獄所養成也。度足下之意，必以爲僕有薄技，越獄亡命易耳，胡以鐐銬自甘者。然僕入獄後，家破人亡，孤影自弔，途窮望絕，安得不以此自娛。囚無足娛，囚而盗，則趣味滋永。僕之盗，與諸盗殊，凡盗之主義，胥爲損人利己，僕則專損損人者，以利被損之人，於己毫無所得，然亦有時略拾非義之財。儲方已橐，以備不時之需。政府不良，鰥寡孤獨，失業無告者，道相望也。僕有所見，稍分其所得，延其殘喘。雖難普及，然少數貧民，不無小補。此僕十年來，自謂爲消遣良法，足下聞之，儻亦責其横恣乎？”

---

① 録自《華報》158號，1932年3月6日第1版。

② 録自《華報》159號，1932年3月9日第1版。

伏起敬曰："是直空前絕後之囚中義俠也，鄙人五體投地矣！"既復撫掌曰："妙哉，想州中胠篋之案，累積如山矣，君已處於不敗之地。雖神差鬼役，[1]亦何能捉影捕風，蒐羅及此乎？第君苟非精於偵探術者，此詣亦大不易。聞之吴、鍾二老，述君最熟官吏交替之掌故，定非虛語。鄙人一事，懷疑已久，欲决於君，願不吝教誨也。"

屈錚變色曰："嘻，豈以足下之超妙拔俗，而亦艷羡儻來富貴乎？足下而欲厠身官吏者，屈錚有刃如雪，必一試尊頸矣！"

伏曰："君亦過慮哉！豈以鄙人來此，欲窮足下踪迹，而頓以白刃相仇乎？實告君，鄙人運命坎坷，與足下等耳！鄙人與官吏，實立於反對之地位。今兹冒險求見，蓋有沉冤海底之事，非君莫能爲力，欲乞大俠助我一臂也。"言未竟，而淚已縱横矣。

第九章　吾能使之他徙

屈錚愕然曰："嗟乎，僕失言矣！足下何冤，料必極端沉痛。如有所需，僕苟足爲助者，惟力是視，敢退怯乎？請儘言之。"[2]

伏欷歔曰："伏聞吴、鍾二老言，君於現州牧之歷史，知之綦詳，倘見告者，受賜多矣。"

屈錚笑曰："足下所欲聞者，僅此事乎？是亦至易也。"遂暢談劉鼎盛之過去現在，與鍾老所述者，無甚逕庭。言未畢，伏遽止之曰："君無庸娓娓縷縷，如講經也。眼前時間，至爲寶貴，天欲曙矣。伏大慮不能竟所聞，請君以簡單之語見告可乎？"

屈錚曰："此種汚吏，其罪史豈寥寥數語所能罄，簡單言之，只有兩字'民賊'而已。"

伏曰："鄙意非此之謂，所急欲研究者，無他，祇問劉鼎盛，是否確爲松溪

---

① 録自《華報》160號，1932年3月12日第1版。

② 録自《華報》161號，1932年3月15日第1版。

邑宰耳？”屈曰：“此則僕已言之，豈有虚謬？”

伏曰：“伏松籍也，松之歷任縣官，未聞有劉鼎盛其人者，君殆訛聞乎？”屈笑曰：“舍此魅者，詎有他人，錚固得其確鑿憑證也。”

伏曰：“松宰之曾辦海盗者，伏只知有薛思齊耳，寧即劉鼎盛乎？”

屈笑曰：[①]“足下松人，只知松事，苟證以他邑者，則可免有此疑問矣！此魅未宰松溪，先宰光澤，足下亦知渠宰光澤時，其姓名乃爲郭賢乎？足下未悉官場之牛鬼蛇神，以爲姓名固不可易，無怪爲其所愚也。渠在光以贓去職，乃變其姓名而宰松。宰松又平空得橫財，又不能不變其姓名，而鑽營他去。優孟衣冠，迷離撲朔，仕版中頗不乏人，惟不能瞞吾輩之冷眼耳！”

伏瞿然以驚曰：“然則果薛思齊乎？”屈曰：“彼之在松，固爲薛思齊，惟其真姓名，是否確爲薛思齊，僕亦未敢决也。足下若未能釋然者，僕曾得其宰光、宰松印信公文各一角，請一觀之。”乃啓其榻畔竹簏，出一小皮篋，篋中文件重叠，檢兩紙出。伏就閱之，果無訛。乃詫曰：“君殆神乎技者，此物奚從落君手乎？”

屈笑曰：“彼州牧之籤押房，錚視之，若庭闥耳。錚雖白晝縲絏在身，而夜午人静之後，恒徜徉於其中。傾箱倒篋，任我翻閲，此物能無入我夾袋耶？”[②]

伏點首曰：“可矣！此件君且藏之。伏數年橫梗胸際，欲獲而甘心者，即此獠也。彼鴻飛冥冥，變化百出。伏苟未承明教者，則刻舟求劍，將没齒不得兹仇矣！東方將白，伏當速去。敝寓即在李駿如家之墻東客舍，明夜丑寅之交，乞君過我一談。伏將以重重忍痛之事，訴諸君前也。”

屈曰：“妙甚，君可趣歸，僕夜當就教耳。”

次夕，伏託言頭痛，十鐘便睡，一覺即起，明燈自瀹佳茗，以待所約。夜深人静，階前惟月光竹影，鳴蛩相應而已。俄聞有指扣窗聲，啓而納之，果屈錚也。

伏延之坐，進苦茗，屈曰：“昨足下未罄所言，可賡續矣！”伏乃含淚略述

---

① 録自《華報》162號，1932年3月18日第1版。

② 録自《華報》163號，1932年3月21日第1版。

其先人銜冤大概，及己之變易姓名，投託唐翁，送妹來溫始末。屈聞言竟，憮然曰："僕固料足下，非紈绔少年，必有一段鬱勃之隱史，蘊藏胸際也。"

伏奇曰："君縱精湛，亦何從悉伏隱微者？"錚曰："足下眉目間，無食肉庸相[①]，而椎埋氣概，時流露於不覺。僕閱人多矣，如足下者，殆草澤之鳳毛麟角也。"

伏曰："君幸勿作門外人，徒以虛曠無着之奬語爲慰藉。君倘允伏以將伯者，大仇在側，宜示伏以進取之方針也。"

屈曰："足下既知其爲仇，疾取其顱爲溺器可耳。何事游移者？足下若不自行，僕之刃亦至利。蓋僕欲斷渠首，猶之刈蔗也。"

伏搖首曰："是奚可孟浪者？取一劉鼎盛，良非難事。特其冰山至多，儻大索者，吾輩固不易弋獲，恐莫須有之獄，移及他人。吾仇雖報，而爲孽蔓延矣。且吾妹在此，投鼠尤當忌器，聶政尚知有姊，而况伏乎？"

屈曰："足下倘有顧慮者，僕殺之，僕自首之。蓋以僕例足下，孑然一身等也。然足下上有寄父寄母，下尚有妹。僕則毫無連帶之關係，十八年牢獄之味，亦已厭嘗。殺頭之味，痛而且快，亦當决然一試也。爲足下死，僕[②]之至願，僕請行矣！"

伏急握其袂曰："嗟乎屈君，是烏乎可？不共戴天之仇，而假手他人，伏何以對祖若父？子胥得平王之屍，未聞有託人執鞭者。君滿腔熱血，伏已銜感無涯。然兹仇非手刃之不可，萬不能以君庖代也！"

屈笑曰："既不可代，則僕爲贅疣耳，足下何需於僕者？"伏曰："所求於君，欲商一遷地爲良之策耳！"屈曰："吾知之矣，足下殆欲先徙令妹於他方，而後從事乎？"

伏曰："非也！吾妹之家，爲兹地著名商族，一徙而影響至大。不第轉爲吾累，而且速其禍矣！且移家徙宅，瑣瑣事耳。伏豈不能者，而乃煩之君乎？"屈曰："然則何謂遷地爲良者？"

---

① 録自《華報》164號，1932年3月24日第1版。

② 録自《華報》165號，1932年3月27日第1版。

伏曰："吾所謂遷者，不欲此□亭毒於兹地。思移之他往，而後設計殲之也！"屈笑曰："殲之則易，移之實難。雖然，容僕思之。"[①]躊躇良久，既而矍然曰："吾能使之他徙也！"伏喜曰："君何術者，能預以見告乎？"屈曰："是何能預告者？天下事每不能以理想爲决斷，吾理想如是，而事實之相應者或大相逕庭矣！臨時應變，權衡在心。側擊旁敲，見機而舉。僕極力圖之，足下靜以俟之可耳！夜已嚮晨，僕且入獄，倘有良好機會，容當排闥來報也。"開門一躍，輕如蝙蝠，竹梢微動，而人迹杳不知所之。

伏大嘆曰："不意彼南冠者，乃居然妙手空空兒也，彼技遠出吾上矣！"

距是夜將匝月，而屈之消息，乃如石沉大海，未嘗以第二次訪伏作夜談也。屈固奇士，其來踪去迹，迥非常人所能臆測。所難堪者，伏望穿雙眼耳！客窗獨卧，焦急萬狀，夜恒數起，乃至失眠。終日昏昏，食量大减。李翁父子，以爲病也，伏則堅言無病。然未見其有笑容，慫恿其就醫，訖不肯。明哉雖略知其心緒，密詢其何思之深，又不以告。大家眩感，莫明其旨。又逾半月，而屈仍不至，伏乃嘆曰："吾其爲尾生乎，何必株守待渠者？吾[②]何不重造其牢，而詰其究竟耶！"是夜復往，入其室，闃然無人。次夕又往，亦如之。如是者五度，竟不得一覯屈錚之面。伏曰："嗟乎，彼殆遭不幸乎？以彼手段之神出神沒，宜不至有意外，然吉凶相倚，豈能逆料。若就現狀推之，彼之危機，十有七八也。"一念及此，愁恨交集。伏之精神，乃益趨於紊亂。不數日，而鷄骨支床，病莫能興矣。

駿如父子，延醫爲之療治，投藥迄不見效。日益迷惘，囈語喃喃，名醫咸爲束手。明哉以兄妹密切，尤爲張惶失措。彼雖略稔其兄之性情，而病根何由，殊無把握。日夕惟愁眉淚眼，相對欷歔而已。駿如擬電達唐翁，商之明哉。明哉以爲疾殊危殆，父到此，恐亦無濟。然儻得父來者亦佳，駿如乃即日電閩。

越日回電至，則迥出意外，其文曰："明姊鑒，電悉。伏哥病重駭絕，惟衢

① 録自《華報》167號，1932年4月3日第1版。

② 録自《華報》168號，1932年4月6日第1版。

伯已於十日前，赴星加坡。妹承母命，當尅日來溫省親，蘭啓。”少駿譯畢①，以示明哉。明哉焦急曰：“老父南行，不郵一書，是何用意？蘭妹一弱女子耳，奚能涉海遠來者？”少駿曰：“然則將電阻之勿來乎？”明哉曰：“阻之必無及，恐已首途矣！吾不嘗言乎，伏哥彼之救星也。彼聞伏哥病，如身能添翼者，將轉瞬飛至也！”少駿曰：“吾溫距閩亦匪遙，輪行一晝夜可到耳！且彼來亦大好。既與伏哥如許關切，一握手時，當能立起沉疴也。”

明哉曰：“君勿误會，伏哥英氣勃勃，胸懷净如秋水，非兒女子柔情所能動者。渠與蘭妹，雲過天空，毫無依戀。蘭妹之於渠，亦無非感其援手之義，而圖報末由，念念不忘，時形寤寐耳，豈有他哉？”

少駿曰：“伏哥人中之傑，吾何敢妄以蜚語爲推測者！惟病危至此，吾輩雖百術俱窮，然尚冀其萬一獲救。玆聞蘭妹惠然肯來，不覺偶作碧海青天之想，希望嫦娥携有靈藥耳！”

明哉曰：“深知伏哥之人格者，尚作如是觀，無怪彼輩庸醫，瞎猜盲診也。”②

少駿曰：“吾以爲藥不對症，無寧勿藥。伏哥之病，既非風寒暑濕之爲灾。彼醫生輩，亂投以無情草木，是轉促其綿綴耳。吾意不如辟醫停藥數日，吾兩人者，盡看護之力服伺之，或不無小補也。”明哉以爲然。

不日乃有至奇之事，一白皙美少年造門，逕訪李翁。駿如出見，意不相識。少年眉目如畫，彬彬執晚生禮甚恭，駿如延之入座，詢客何事枉顧者。少年曰：“晚生唐某，頃自崇安來，明哉吾姊也，乞翁引見。”駿如不勝愕异，竊念不聞衢翁有子，此翩翩之可兒，曷從來者？然未便面詰之。則答曰：“不意舅氏賁臨，足使蓬廬生色。風波勞頓，愧未遠迎，會當傳達令姊知之。”乃顧語家僮，令其入報。

此數日者，伏反側床席，若有知，若無知。少駿夫婦，設榻於其室，輪流服侍，恒徹夜不睡。明哉則淚痕界面，亂髮紛披，無心梳櫛，景象至爲愁慘。

---

① 録自《華報》169號，1932年4月9日第1版。

② 録自《華報》170號，1932年4月12日第1版。

家僮入曰："舅爺自崇安新到，候請見也。" 明哉乍聞是語，叱曰："爾得[1]勿瘋乎？病於床者舅爺也！安得復有第二舅爺者？" 僮曰："明明舅爺來此，老相公命傳報也。" 少駿問曰："新來之舅爺何如者？爾且形容其面貌。" 僮曰："此舅爺面貌，殊不易形容，第見其美麗無倫耳！" 少駿謂明哉曰："卿固有弟，胡不早見告？" 明哉曰："是真怪事也！吾安得有弟？何人冒爲吾弟者，吾當一辨之。" 乃隨僮步入客室，抵門，先於帘隙一窺。則僮所謂美麗之舅爺，儼然在座，清揚婉妙，似曾相識。恍然悟曰："是矣！"

掀帘逕入，呼曰："是非我蘭妹耶？" 少年亦驚起曰："噫，明姊，妹實蘭翹也。" 明哉趨握其手曰："蘭妹化妝至此，冒爲吾弟，吾乃不省。" 乃向李翁曰："是即媳之義妹杜蘭翹耳。" 蘭翹亦急道歉，駿如嘆曰："吾早疑其不類，不料果非男子。噫，是亦不櫛丈夫也。" 語畢退出，讓其久别初逢之姊妹，暢叙情愫。

明哉曰："吾妹珊珊弱質，其隻身來乎？抑帶有伴人啓程者？" 蘭翹曰："妹固[2]采茶女也，昔日上下山坡，不以爲苦，况一衣帶水之旅行耶？家中伯母老母，龍鍾相似，均非能遠行者。妹安所得伴人？此行蓋單身出發。承伯母教，防路中不測，薙髪易服，學作男兒耳。" 語未竟，遽嗚咽曰："姊髪蓬蓬，眼紅如棗，伏哥殆不諱乎？"

明哉搖首曰："病沉痼耳，未至不諱，姊連日忙於看護，無暇梳洗。吾妹非客，故亂頭粗服相見耳。" 蘭曰："伏哥可望救藥乎？" 明哉曰："和緩已束手矣，恐未必有再生望也！" 蘭墜淚曰："渠病何自始者？" 明哉曰："姊亦無從知。" 遂略述來溫後種種情况。蘭俯思曰："是皆非致病原因也，渠卧室何所，姊其引妹入視乎？"

明哉曰："請隨吾行，姊更當介紹吾妹於少駿也。" 斗室沉沉，藥爐茶火之中，燕語鶯聲，喁喁相對，少駿夫婦，服勞過度，亦幾成痗。得蘭翹來，乃得大節其苦，惟伏病象既不見減，亦不增加。彌留之中，時復囈語。少駿夫婦，

① 録自《華報》171號，1932年4月15日第1版。

② 録自《華報》172號，1932年4月18日第1版。

爲見慣之司空，任其唔唔，不甚留意。蘭[1]翹則細心聆，十略誌其一二。此一二語中，每多重複。或曰薛賊可恨，或曰吾友危矣，或呼其祖父祖母，或吾父吾母，兩眼或開或閉，而開亦如閉。蓋榻畔服伺者何人，彼若不之見，即見之，亦不之識也。

蘭翹語明哉曰："彼之病，非六氣所戕，殆由於重大之事，外感內傷，腦筋之知覺遂失，似非藥物所能救。妹以爲此病，以何事得者，亦必從何事而解，吾輩苦於囈知其根於何事耳。彼之囈語，所云祖父祖母也，大抵爲其致病之遠因。所云薛賊也、吾友也，大抵爲其致病之近因，姊以爲然乎？"

第十章　羊城一封書

伏沈綴床席，自冬徂夏，若醉中山之酒，一味迷離，知覺性竟無恢復之希望。雖有絕代麗妹，匪伊朝夕，爲之看護。而彼直如無知識之木偶，受人香火牲牢之供奉。惟看護亦不無效力，以明哉、蘭翹料理，向之食不下咽者，已能漸進稀飩。向之呼叫譫語者，已能漸安沈默，但臥起須人扶掖耳。[2]

少駿明哉，自伏病後，門外事概不過問。吴、鍾二老，亦常來視疾，略談外間消息，然多無關緊要之新聞。是日適在病室，與少駿等談及籌辦海軍大臣載洵、薩鎮冰，奉命南下，測勘軍港。先到吾浙之象山，增中丞帶有重要隨員，爲象山之鄉導。若劉鼎盛，若李益智，均在扈從之列。言至此，而病人遽嗔目大叫曰："劉鼎盛惡賊，尚在是乎？"聞者大駭，詢之又不答。僉咸謂伏之病，與劉鼎盛必有絕大關係。蘭翹則以爲証之日前薛賊之囈語，又殊不符。大衆研究一場，又莫能尋其蛛絲馬迹，亦衹得視爲痫人之天籟而已。

遲旬餘，街市沸沸揚揚，盛傳劉知州以事觸增轀怒，去其官。李標統亦以嫌疑，自請解職。兩憝均已離浙，其去職之原因，不一其說。或曰，李標統之去，以撫署發現暗殺案，不能捕獲。然被殺者，又非署中職官。或曰，劉鼎盛

---

① 録自《華報》173號，1932年4月21日第1版。

② 録自《華報》174號，1932年4月24日第1版。

之去，以溫州牢中，忽逃去十餘之重犯。究之人言籍籍，殊無[1]充分之理由。

駿如以語少駿，少駿復以語明哉。明哉猛然得計曰："伏哥有藥矣！君盍以此消息大聲朗談於病榻之前，使之聞之，或有偶如吾料之佳朕也。"

少駿果如其言，詣病榻而宣告。伏似有所聞，作勢欲起。蘭翹掖之坐，伏兩目眈眈，視少駿不轉瞬。少駿又重述之，伏猛喝曰："爾何人？"舉掌一推，少駿乃蹶於榻下。明哉適入，急趣扶之，幸病人乏力，所着手處，微痛而已，尚無所損。蘭翹乘機復就其耳畔，再告前事。語未竟，伏復喝曰："爾又何人者，乃漏吾秘。"握拳亂揮，三人早有所備，走出避之。拳無所着，乃猛躍下地，擊几上茶碗，作蛺蝶飛。抓架上銅盆而擲之，鏗鏘震耳。復碎玻璨檻，片片落地，其聲愈烈。舉脚一踢，用力猛而踢落空，而自傾跌，頭觸於所擲之銅盆。鏜然一響。若受極劇之刺激，靈魂來復，大夢頓醒，而瘋以止。[2]

三人遠立，憂懼交迸，明哉深悔其計之左，蘭翹亦驚疑莫定。少駿憚其神力，更逡巡不敢前。不料移時，伏則翻身坐起，嘔痰碗許，乃四顧曰："噫，吾何爲在此，殆其醉耶？"

蘭翹逕趨而前曰："嗟乎伏哥，爾識我乎？"伏仰睇良久，詫曰："噫，蘭妹，爾何爲在此，此何地耶，吾豈已返崇安耶？"

明哉亦前曰："伏哥，妹亦在是也！"伏熟視曰："噫，明妹，此非爾家耶？吾何時醉者，乃卧於此？"

少駿諗無他故，亦趨近笑曰："伏哥爾非醉也，爾大病數月矣，猶不知耶？頃纔擊我一掌，而忘之耶？"

伏俯思良久，曰："萬無此理！吾何事擊爾者，吾殆醉矣，不然何疲乏乃爾？"蘭翹笑曰："伏哥果醉矣！如疲乏者，妹與明姊，當掖爾到榻睡也。"伏搖首曰："是何敢勞兩妹者！"呈能力疾自起也。少駿笑曰："是真奇事，渠兩人者，扶持看護，衣不解帶，數閱月矣。今日乃斗[3]然謙遜耶！"

---

① 録自《華報》175號，1932年4月27日第1版。原刊序號有误。

② 録自《華報》176號，1932年4月30日第1版。

③ 録自《華報》177號，1932年5月3日第1版。

伏驚訝曰："爾何言者，吾都不解，迅爲吾道之。"明哉趨掖之曰："速就榻，妹等當爲哥覶縷陳也。哥不見地上碗屑痰涎，狼藉如許，豈可坐談乎？"伏乃隨掖徐徐起，少駿、蘭翹，已爲之整理被褥。伏坐定，若不勝疲憊者，蘭翹厚叠布枕，擁其右，使之斜靠。明哉進以茗，半晌而神識稍寧。

顧少駿微嘆曰："噫！吾乃墜五里霧矣！君等忍笑而不吾告，何相戲耶？"明哉曰："伏哥真錯怪吾輩矣！哥之病，九死一生。吾輩亦千磨百難。今日始得一接清醒爽利之談話，如濃雲密靄中，忽睹一綫日光也。"伏瞿然曰："吾乃病乎，病幾何時？"少駿屈指曰："矇矇若夢，約七度月圓矣。"伏曰："今日何日者？"少駿曰："今日乃天貺節，六月六也。"

伏曰："蘭妹以何時來？"蘭翹曰："妹去臘初間，到此已半年矣！"伏曰："水陸迢迢，誰伴妹來者？"蘭翹乃略述唐翁南行，及己之得電驚惶，易男子妝，[①]匆匆首途事。

明哉笑曰："蘭妹幸已復其故態，否則傅粉何郎，斗然在側，轉增伏哥以迷離撲朔矣！"伏亦微笑曰："怪道短髮鬖鬖，猶覆額也。"

既而垂淚曰："噫，吾以瀕死之人，累及君等，百苦俱嘗，吾之罪也。君等愛我之情，再生之德，涓埃莫報。惟有鐫銘心坎，禱祝君等前途稱意耳！"蘭翹復述其病中狂癇之態，奇離之語。伏俯思良久曰："嗟乎，吾之無狀，乃至此乎？"少駿笑曰："伏哥病重時，不過僵卧喊叫耳，今則毆人毀物，暴怒乃如出柙之虎，不見窗前几畔之零星碎片乎？然使吾知伏哥一怒而病能愈者，吾早設計使之大怒而特怒，無俟今日矣！"

伏顰蹙曰："噫，吾之憂鬱，乃至顛覆吾腦，昏其知識，失其常性，裂眥而起。幾仇視其親愛之人，君等亦悉其緣起乎？"蘭翹曰："妹等滿腹疑團，實不知此病之導綫也，伏哥儻不見外者，盍略陳之。"

伏曰："吾之先世冤史，明妹知之稔矣。蘭妹與少駿，或尚隔膜。"明哉曰：[②]"彼兩人者，均耳熟能詳，蓋妹曾告之也。"伏曰："既皆知之，無庸贅述。

① 録自《華報》178號，1932年5月6日第1版。

② 録自《華報》179號，1932年5月9日第1版。

吾病之來，實根於此，然所以致病之原因，則別有所刺激。君等亦聞吾不共戴天之仇，朝夕切齒者，爲松溪邑宰薛思齊乎？”明哉曰：“是故熟聞之，哥病中所謂薛賊者，殆即此乎？”伏曰：“然也。妹亦知溫州牧劉鼎盛，即薛之化身乎？”少駿詫曰：“是亦奇聞矣，伏哥奚從探之？”

伏四顧遲迴，似有所諱，少駿曰：“無慮也，請第言之，此賊已褫官遠去矣。”乃復述今晨之種種市談。伏聽畢，神色大定，似甚慰者，遂覼陳與屈囚訂交。屈囚許以設計驅逐吾仇，詎知一去杳無消息。屢覓之不得，吾以爲屈必遇害，而吾仇乃如虎負嵎，已無報復之希望。義俠如屈囚，竟以吾故，膏於斧鉞。吾不殺伯仁，伯仁爲吾而死，此吾所以痛心疾首，墜入病魔也。”

蘭翹曰：“以妹淺見推測之，手段之靈妙如屈囚，萬不至僨乃事。街談巷議，①豈盡子虛？如州牧標統之去職，撫署之暗殺案，州牢之逸囚，事實彰彰，詎能臆造？妹以爲是皆意中人之所爲，而所逸囚者，舍此人外，必無第二人也！”伏曰：“吾固料其爲彼，第彼事果奏效，曷爲不報吾以消息，而遽鴻飛冥冥耶？”

蘭翹曰：“彼之不來報告，或事有所阻，或別有作用。俠客一舉一動，往往神出鬼沒，出人不及料。伏哥請勿代彼過慮，而自戕新愈之體也。”

伏曰：“彼之飛行絕迹，伎倆還駕吾上。吾寧不知之？然成敗難以逆覩，吾力稍健，必親自鈎玄索隱，詳探其究竟也。”

言未畢，李翁緩步入，見地上零亂之璃碎磁屑，詢悉其故，亦深奇伏之一怒而痊，不覺狂喜。袖中出一郵函曰：“未飛有友在廣州乎？”伏曰：“無之。”李翁曰：“然則此尺素書，誰致爾者？”乃以函授伏。

伏視函面，不載寄者姓名，僅書“自羊城發”四字而已。拆而讀之，其詞曰：②“未飛足下，別後欲履行前約，時機未熟，末從着手。荏苒數月，卒不能得當，以報知己，罪甚罪甚！劉、李狼狽爲奸，欲動搖之，計非雙管齊下不爲功。二憝素不滿於上峰，而終無他故者，其關鍵全在於撫署之餘桃。此變原爲

① 録自《華報》180號，1932年5月12日第1版。

② 録自《華報》185號，1932年5月24日第1版。

二人舊好，貢於增而增暱之，且能爲二人獻殷勤。故欲離二人，必先殲此孌，而伺之四匝月，未能下手。蓋必得二人中有一在署時，發現殺案，彼乃不免連帶之嫌疑。否則徒刃一童，恐無濟也。雖然，精誠所至，金石爲開。老天似亦憫吾狙伺之苦，竟與吾一絕好之機會。某大臣南下，測勘象山軍港，而二人適從增往迎，返時留宿於撫署。吾即於是夕，掩執孌童，刃於二人卧榻之側，而二人之危機至矣。然增固赫赫中丞也，不敢以曖昧事暴於衆，而恨二人實甚。二人百口無以辯，吾知其去官速也，决不返獄。而州中又以重囚越獄報，益觸中丞之怒，乃下褫換州牧之令，而李亦插脚不牢，辭職立准。吾俟其新舊交替後，偵[①]其何之，不意彼等復有所鑽營。去浙赴滬，復由滬而之粵，吾緊隨其後，致未能得閒以報足下。足下倘欲行所志者，盍來兹乎。吾雖不敏，必助足下一臂也。臨穎曷勝翹待，屈錚頓首。閲讀焚之勿留。”

伏閲畢，遍示衆人，大笑曰：“吾固知吾友之不吾負也，然乃不料其奏效之神變至此。雖然，此數月者，苦吾友矣！”蘭翹笑曰：“伏哥一病支離，似較彼尤苦也。”伏躍起曰：“吾何病哉？行將束裝赴粵耳！”

在座四人中，惟李翁未詳兹事之顛末，乃以伏爲過舉，笑曰：“未飛殆力行墨道，知有人而不知有己耶。彼二憝爲地方患，既騙而去之，吾子已大達其福民之目的矣！何竟不恤瀕死復生之體，而追彼窮寇於嶺海間乎？”

伏曰：“老伯於兹事之關係，尚未洞悉，伏對於此舉，純乎爲己，非爲人也。”李翁曰：“若然，則吾尤不解矣！”少駿乃略述其情節。李翁嘆曰：“未飛之抱恨，乃如是沈鬱乎！有未飛之孝，自有屈錚之俠以佐之，天固不負孝子也。”[②]

伏曰：“伏不能雪此奇冤，使祖若父抱痛泉壤，不孝之罪，上通於天矣！老伯云然，使伏大汗浹背。有子顢頇若伏，是直豚犬耳，孝云乎哉？”

明哉曰：“伏哥勿躁急，翁之言，不過以己意爲品評耳！爲親復仇，人子之天職。哥既知仇之所在，兹行在所不免，妹等實無挽留餘地。但哥病體新痊，

---

① 録自《華報》186號，1932年5月27日第1版。

② 録自《華報》187號，1932年5月30日第1版。

能否再受跋涉舟車之苦，亦一最要之問題也。”

蘭翹曰：“萬一中途舊疾復發，形單影隻，誰爲服侍者。不如靜養數日，精神復舊，氣力稍充，磨厲以須，出如脱兔矣！哥既可寬之累月，亦何必忙在一朝乎！”李翁曰：“蘭姨之言甚當，未飛勿失之孟浪也！”少駿亦苦勸其暫緩啓程，伏不能強，自維孱弱疲羸，欲行不得，乃許以三日之勾留。

第十一章　珠江之餅船

“良宵風月快清談，十里波光色蔚藍。緑綺金樽花四座，教人心醉寶兒憨。”此某名士冶遊珠江得意句也。粤之珠江花舫，闢枇把門巷於浮家泛宅中，[①]其靡麗風光，比之秦淮江山兩勝，饒可鼎足而三。而羊城爲官紳商賈薈萃之區，墜鞭公子，買笑王孫，尤爲闐溢。以故每日之酒令筌歌，紅幺緑續，無俟夕陽西下，已與潮聲漁唱相酬答矣。

吾書所誌之事，爲壯男俠女，傳其軼史。雖筆墨孱劣，未足爲鬚眉巾幗之傑，傳神阿堵。然字裏行間，亦稍露虓虓之真相矣。今乃横空插叙平康風景，閲者能勿疑其佛頭着糞乎，然而英雄女兒，吐氣揚眉，固不限何時何地也。

晚潮初上，皓月徘徊，畫舫如織，歌聲四起。燈光酒氣中，乃有一輕舟容與，不爲獵艷之舉，而爲東坡赤壁之遊。舟有雅士二人，一年三十許，一纔可二十齡耳。少者尤翩翩楚楚，眉目如畫，着輕綃之衣，手一團扇，倚槳玩月，飄飄欲仙。長者亦斜靠船旁，横簫而吹，其聲清脆悠揚，娓娓動聽。舫中遊客，皆罷飲出視，群妓亦彈唱頓停，倚欄來聽，而是舟乃罄控[②]縱送，環繞花船數匝，不知者误以爲梨園賣技者流。或有詢以一曲之代價者，舟子摇手示意，見者深嘆其瀟灑不群，殷殷傾耳。迨曲罷峰青，扁舟不見，而舫中之弦索乃復起。

此小舟中，倚槳揮扇者何人，箕踞吹簫者又何人，斗然飛來，殊令閲者莫能捉摸。以清超拔俗之雅士，混身於金迷紙醉之場，果何爲者？且是夜也，環

① 録自《華報》188號，1932年6月3日第1版。

② 録自《華報》189號，1932年6月6日第1版。

繞花舫數周，翩若驚鴻，婉若游龍，招之不來，瞥然遽逝。而此美少年之衣香扇影，遂如仙子凌波，偶降塵世。過此以往，不能再飽遊人眼福矣！

數日而後，夕暉未落，前舟復來，舟子依舊，倚槳之玉人已杳。而吹簫之客，仍斜坐其中。時復於竹肉嗷嘈之際，一奏參差。群舫聞之，衆籟俱寂，爭先出睹。而此小舟者，乃不復鼓枻遠去，暫停於大舫之旁。兹客若展其平生絕技，婉轉抑揚，或作凄悒之聲，或作靡曼之調。遊客歌姬，神爲[1]之往，咸謂此曲只應天上有，人間難得幾回聞也。然吹者之意，似故匿其陽春白雪之音，而一變爲下里巴人之弄，以動俗聽耳。

是時大舫中，有一名妓，倚欄傳其恩客之命招之，問其是否售兹技者。舟子乃不若前此之傲，遽逢迎曰："然也。"妓曰："然則吾唱能和乎？"簫客答曰："是何不能者？度曲固吾所諳也。"妓喜曰："良佳良佳！爾願登吾舫乎？"簫客曰："願甚。"一躍而上，妓乃引入筵中，讌客畢集。妓引簫客坐於席次，視所謂恩客者，巨腹如匏，滿臉酒臭。座中亦無一雅人，某客乘醉點《賣馬》一折，妓倚無弦之琵琶而唱，簫客則横簫和之。妓之曲工甚劣，而客之簫，能彌縫其短，頓挫如意。曲終，四座爲之擊節，而妓則尤心感焉。

酒闌人散，妓家則送客留髠，延之上座，殷殷詢姓名籍貫。簫客曰："吾西子湖上之曲子師林步雷也。蘇揚教坊，海上菊部，執贄皆列吾門墻。稱女弟子者，不啻以數百計。兹行非他，以珠江爲選艷之場，工弦索歌吹者，[2]當不少。得閒一遊，冀欲飽聞佳曲，不料亦殊寥寥也。"言畢而嘆。

妓家大奇之，曰："不意君爲度曲名師，怪道如是高妙！吾輩姊妹花，何幸得見賀老！粤中花譜，繁盛雖不亞蘇申，而彈唱一道，不過如官樣文章，奉行故事。實無一人，能與念奴匹敵者。今名師辱臨，遂如伯樂之過冀北，凡馬空群矣！君果肯爲吾輩師者，吾輩雖無以報，然君之數月遊費，當能爲勉措也。"

簫客笑曰："亦佳亦佳，吾亦擬收羅幾輩粤中女弟子，庶不空此一行。"一妓問曰："吾聞滬江有林布青者，殆與師同族乎？"簫客曰："林步青，吾之昆仲

---

① 録自《華報》190號，1932年6月9日第1版。

② 録自《華報》191號，1932年6月12日第1版。

輩也，彼精於攘簧梆子，且善詼諧，最爲蘇滬花界所歡迎。吾則崑弋皮簧，不限一格，而於琵琶笙簫，尤爲慣技。古有雷海青者，善琵琶，彼之步青，吾之步雷，取義同耳。”

閱吾書者，必怪此簫客林步雷，是何人斯。乃一味自誇自贊，炫其技於珠[①]圍翠繞之中，寧不畏知音者之從旁齒冷耶？雖然，彼之自炫其長，亦自胸有成竹。蓋諗知粤中之善曲者，十無一二。而花舫中之操縵成腔者，愈趨愈下，直等於鴞嘯狐鳴。彼之一簫，既能傾動衆耳。崑弋尤其所長，皮簧更無足論，果其引吭一聲，直無异九天之廣陵散矣，則誠無怪其自誇自贊也。

雖然，林步雷者，果何許人。彼云知名於蘇揚教坊、海上菊部，以欺花舫中人則可，稍熟蘇揚海上之掌故者，舉知此人之不見經傳。然則彼之任情調侃，隨口雌黄，其非林步雷也可知。既非林步雷，與吾書奚關者，而作者乃爲之費十三分氣力，以揄揚之，何也？明告閱者，此人非他，蓋即前章所誌之十八年老囚屈錚耳。

吾書所記之屈錚，其俠義之氣概，直如空際飛龍，夭矯不可名狀。奈何一變舊態，而現身於徵歌選色場中，不爲評花之客，而爲度曲之師。其目的[②]玄之又玄，吾亦莫名其妙。第知其自此以往，東船西舫，大珠小珠，無不識有新來之綿駒者，喜而就之，熟而暱之。數月間生涯大盛，遊客輩遇淺斟低唱時，亦不可一日無此君也。

彼爲屈錚之孵化，吾既揭其幕矣。疇昔之日，與之同舟，輕綃紈扇之美少年，又何人者？讀者試一猜之，必恍然悟曰：“殆少駿乎？”然少駿無斯美也，否則杜蘭翹之化身矣！

杜蘭翹曷以來茲，彼實隨唐伏而來也。先是唐伏病愈，少息三日，急於啓程。李翁父子，明、蘭姊妹，皆憂其新痊之體，不能冒風霜雨露，而伏則去心似箭，刻不容緩。明哉以爲捨己外，能左右伏者，非蘭妹不勝其任。蘭固曾化爲不櫛男子，可一寧不可再？立促其易服就道，而少駿亦即日束裝，步其後塵。

① 録自《華報》192號，1932年6月15日第1版。

② 録自《華報》193號，1932年6月18日第1版。

既抵羊城，主於李翁之連襟鄺某，少駿持父書爲先容，託言伏與蘭，兩俱[①]妻舅，來粵爲山水之遊者。鄺某，一年老樸質之富商，見翩翩三少年臨其家，以爲天降玉人，敬愛備至，開軒下榻，招待甚殷。

鄺翁多財善賈，省港繁庶之埠，均設有商店，而營運藥材、時果、海味，十居五六。洋貨則專售華產之仿製者，若罐頭、牛乳、餅乾、啤酒、紙烟、火柴之類，應有儘有。其肆則分設於海珠雙門底等處，操奇計贏，善趨時間。而市面之顧客，乃如山陰道上之殷闐。少駿等三人，主於其家，其家在十七甫，別築匡廬，不近市肆，明窗净几，隔絕囂塵，雅足爲人留連之地。鄺雖商人，頗重風雅。彼胸中無甚書卷，而所居則缥缃箋列，不啻鄴架曹倉。以三人置身其際，手各一卷，賞奇析疑，大可爲消遣之良助。無如此三人者，有事關心，均無暇作蠹魚之想，而唐伏尤焦燥如火，行坐不寧，蓋匆匆來粵，所急欲覯面者屈錚耳。

卸裝甫畢，逕往所約之址探尋。數月濶別，乍得相見，苦道縈思，各述既[②]往之事。遂覺知己重逢，頓如隔世。伏急詢李、薛踪迹，屈錚笑曰："彼等狡兔三窟，黑幕正多，眼前又有肥差美缺矣。彼輩植黨營私，孳生極速，直如黴菌之於敗肉，蝗蝻之於禾稼。今日而欲施吾芟夷蘊祟之術，亦正自不易也。"伏詫曰："然則此兩憝者，又他去耶？"屈曰："否，彼過滬時，已各輦金捐二品道銜，來粵候差遣矣！金錢之勢力至偉，八粵又爲天高皇帝遠之地。大吏藏垢納污，欲如何，便如何耳！"伏曰："彼輩得何差使者？"屈曰："薛之名仍爲劉鼎盛，現爲山票徵捐局坐辦。李則藉都門大員八行書之宏力，已得購運軍火巨差矣！"

伏躍起曰："吾劍嘯矣！吾將揕其胸，取其顱，飲其血，以伸吾恨也。"屈止之曰："吾友且坐下，匆促無濟也。試問足下來粵，一人乎？抑有雅伴乎？"伏告以少駿、蘭翹同行事。屈曰："有居停乎？"伏告以鄺氏之别墅。屈大笑曰："若然，則足下兹行，距報仇之時期尚遠也。"[③]

---

① 録自《華報》194號，1932年6月21日第1版。

② 録自《華報》195號，1932年6月24日第1版。

③ 録自《華報》196號，1932年6月27日第1版。

伏作色曰：“是何言者？大仇在前，欲殺則竟殺之，奚事待時而動，此吾所不解也。”屈錚突曰：“足下復仇之志則切矣，足下復仇之舉動，則不可。使僕而能代足下也，則彼人頸血，濺吾刃久矣，何俟今日？惟不可代，而足下須自爲之，故暫貸其須臾死。使由浙而之粤，意謂足下能以孤身到此，迅取其首而行。所謂赤條條來去無牽掛也。今與足下偕來者，一則紈袴公子，一則閨閣嬌娃，均文弱未諳武技，非能爲亡命之所爲者。彼等雖熱腸摯誼，願爲足下冒萬險，而無端受足下之牽累，問心亦似未安。且足下來此，實爲血光劍影之搏擊，非遊冶湖山，徜徉花月比也。今乃主於商界馳名之鄺家，其輾轉不便，與在浙時，亦何以异，又安能行其所志乎？”伏憬然自失曰：“吾殊孟浪，吾殊孟浪！不意一病郎當之後，吾之思想力，遂薄弱至此，今則爲之奈何？”屈錚慰之曰：“無傷也，緩以圖之可耳！足下新痊之體，腦力未充，幸暫緩其一往直前之概，而加意珍攝。前途偵探[①]全權一畀之僕，苟得聞者，當立即走報也。僕眼前爲自由之身，隨時均可晤面，以視從前之鎖紐繫獄者，迥不同矣。足下姑先返寓，僕當以明午造訪，且欲一覘佳士美人丰采也。”

時序方秋，炎氛未減，粤城猶盛夏也，别墅中房軒寬敞，樹木森疏。主人之待客以殊禮，三人隔厢下榻，每厢各有两垂髫之童服侍，盥沐以時，食品潔備。午餐已過，三人聚談於荔支亭畔，清風拂面，蟬聲吱吱，奏於樹杪，如聽山歌村笛。童子報有不速之客來，伏知其所約之人也。延入，果屈錚。

屈錚者，爲少駿、蘭翹所耳熟，而急欲見其人。以爲此俠客者，彼虬髯環眼，熊腰虎臂，雄偉驚人也。不意覿面相逢，其貌乃至文雅，長眉細目，八字微鬚，面白白凈，姿勢飄逸，身御夏布長衣，冠一最時髦之軟草帽，大有蘇崐生、柳敬亭風度焉。[②]

屈錚飄然入座，微笑語伏曰：“此兩君者，不勞足下介紹，僕可一望瞭然。此李兄，此杜兄，非耶？見面勝似聞名矣！”少駿與蘭翹，相視而笑，隱佩其眼力之精。實則此兩人者，判別殊不費事，門外漢或不了了，彼屈錚亦既聞之

① 録自《華報》197號，1932年6月30日第1版。

② 録自《華報》198號，1932年7月3日第1版。

詳矣，剛健婀娜，自不瞞識者之一盼，亦何至迷離撲朔耶！

少駿握此俠士之手，極露景仰意，蘭翹亦略道欽佩。屈錚謙遜不遑，笑謂伏曰："足下亦欲作訪艷遊乎？珠江風景，迥异蘇杭，錦簇花團，良不劣也。"伏變色曰："屈兄胡語吾以是，胭脂坡上，賣笑評花，弟固生平所未歷也。"屈曰："是何可不一試者，此中蓋不少風味也！"

少駿笑曰："奇哉屈君！伏哥滿胸鬱勃，豈歡場酒杯，所能澆其塊壘耶？"屈亦笑曰："彼之塊壘，不在彼之胸中。捨歡場酒杯外，直無處覓其塊壘耶！"少駿曰："此言弟所不解，君所云塊壘者何指耶？"屈曰："吾所謂彼之塊壘者，宜於花叢曲海中踪迹之，他求則無濟也。"伏乃沉吟，蘭翹已微悟其意，①謂伏曰："屈君殆已探明仇人，近在珠江耳。"屈撫掌曰："慧哉杜兄，不愧猜謎杜家也。"

伏曰："屈兄，信乎？"屈笑曰："然！彼固三日兩日，顛倒於歌圍酒隊間也。"伏曰："然則兄欲吾效顰於彼乎？"屈曰："能暫爲狎遊客者，混迹其間，徐圖接近，固甚佳。否則降志辱身，能爲蕩槳之舟子，與夫賣曲之烏師（滬語教曲者名曰烏師），得乘機與船妓周旋者，亦未嘗無可圖之隙也。"伏搖首曰："狎客吾所不諳，烏師吾更無此資格，蕩舟之技，略知一二。弱冠在南洋，曾爲弄潮之戲。今則手脚生疎矣，非以十餘日重溫舊藝者，殊不敢自恃無恐也。"

屈笑曰："果能操舟，亦良妙。苟弗熟者，破一二月工夫練習之，無慮其不範我馳驅也。"少駿曰："吾隨父經商，住還溫甬，在水路時居多，故吾亦頗諳用槳。惟舢板之槳，尤爲應手，圓底小舟，則非所慣矣！"屈曰："亦佳亦②佳，伏兄得君臂助，誠百中選一雅伴也。舢板亦非難得，海珠之鄺家餅肆，不有常川往來之舢板數艘乎？君第向貴居停借其一，事無不濟也。"蘭翹覥然曰："君等皆有一藝之長，足以臨機應變，而蘭獨粥粥無能，此行殊贅矣！"屈微笑曰："君有驚人之丰度，僕則不能不借重玉趾，未諗高潔如君，肯與僕同入十丈紅塵中，略爲顧盼乎？"蘭赮顔曰："果爲伏哥大事，蘭何惜一行？第酒地花天，蘭

① 録自《華報》199號，1932年7月6日第1版。

② 録自《華報》201號，1932年7月15日第1版。

固未曾夢見。使之置身其間，得勿疑其不類耶？”屈曰：“君爲天上安琪兒，僕何敢使齷齪塵埃，偶沾玉人衣袂。第以僕有薄技，思逕登花舫而售之，頗嫌唐突，不揣冒昧。竊欲借君之翩翩楚楚，爲吾技之標榜耳！”伏亦笑曰：“奇哉屈兄！乃欲以渠爲市招也，果如何用渠者，請詳言之。”屈乃告以同舟泛月事，蘭笑曰：“是亦易易，君何時往者，蘭即隨行，亦欲一睹粤地群芳，藉擴眼界耳！”

此章開首所叙之月夜扁舟，簫聲扇影，傾動遊人，演兹幕者，蓋即屈錚與[①]蘭翹也。蘭翹一遊返棹，繭足不出。屈錚乃爲花界之歌師。數日而後，珠江之上，復有一小舢板，日夕鼓槳，往來於群舫中，如穿梭花之蝴蝶，點水之蜻蜓，則專售餅餌酒果之船也。

珠江自海珠之長堤，至大沙頭一帶，小划至夥，形式大小，亦至不一。蓋以渡遊客之往來花舫，而亦爲舫妓供採買物件之役。自午及晚，水濱尤麕集如蟻，相爭攬載。遊人彌多，而江市亦彌鬧也。舢板之數艘，亦以數十計。彼區區之餅船，溯回波際，直如群鷗之一，非江中罕覯之物。吾必涉筆及之者，以此舢板者，固有特异之點也。

舢板之製甚雅，蓬以漆布爲之，晴雨皆適用，所載物件雖寥寥，然多精緻，無低品，善趨遊客之嗜好。酒則潑蘭地、威士忌、香賓、開立素，烟則雪茄、緑錫包、阿芙蓉。糕餅時果，尤極鮮美，無隔宿物。船尾插鄺家店號之小幟。所售貨品，半取店中，半則購於市上。而取值於花舫，則較市[②]價爲廉，以故鄺家舢板之出色，遂嘖嘖於舫妓之口。

閲者早知此舢板之操楫者，爲少駿與唐伏矣。而花舫之稱其名，唐伏則以“老三”，少駿則以“老四”。晚潮初上時，老三老四之呼聲，紛紛四起。而老三老四，乃殊覺酬應之繁難。彼花世界馳名之曲子師林步雷者，嗜好亦最多，忽而雪茄，忽而酒餅，忽而牛乳，忽而咖啡，非購自鄺家舢板者，恒不歡。而彼已爲輦金買笑之闊客所垂青，舫人雖供億煩苛，弗敢惜也。

---

① 録自《華報》202號，1932年7月18日第1版。

② 録自《華報》203號，1932年7月21日第1版。

第十二章　大沙頭之火

讀吾書者，須知林步雷之按拍操弦，老三老四之弄船賣餅，非於旦暮之間，逢場作戲也。自秋徂冬，以迄歲暮。彼顧曲之周郎，興猶不淺，及門之妖桃媚李，數歲滿百。而二子乘時，汎汎其影，亦復與舫人結不解之緣。舫中歲闌之典禮至繁，酬神設讌，乃無虛日，高雅名貴之老三老四，居然一落千丈，爲倡門司奔走矣。①

大除之夕，舫中之度歲，尤爲別致。大沙頭船序排列，以五爲數，楚楚若魚麗之陣。酒醴牲牢，燃燈鳴炮，紙馬楮鏹之屬，焚化至夥，烟霧瀰漫於江滸。舫妓則雙髻簪猩紅花朶，傅粉涂脂，脚穿高底之蓮船。咭咯咭咯，行動往來，若作凌波微步，及其獻拜船頭，則幾疑數十齣之《祭江》同時俱演焉。

斯時老三老四，忙於舫中買辦之役，舢板之往返，快於飛梭。長夜漫漫，亦竟忘回寓守歲，而鄺家別墅中之花木蘭，顧影伶仃，只得與垂髫之童子，作天花法雨之談。夜闌雙童瞌睡，一燈相對，乃假架上之書，以解岑寂，倦極抛卷，伏枕一覺，而東方既白。日上三竿，舊歲去而新歲來矣。

新正數日，花舫中又別一風景，而每家皆有其認定之財神，紛紛戾止，爲舫妓獻大吉祥之兆。群舫皆以財神之多寡，定全年收入之旺淡，有一家而多至數十財神者，則鼓板歌唱以自豪。財神者何？善於揮霍之闊綽恩客，② 來開新歲之菓盤也。

紙炮隆隆，酒歌娓娓中，時有兩貴客，左閰須而右南威，嗅紛暈而醉皮杯者，非花舫中所視爲第一流人物，而加以財神之尊號者乎。彼何人斯？蓋其一爲候補道銜李益智，其一則山票徵捐局坐辦劉鼎盛耳。此數日間，最清閒無事者，允推衙署局所中人，蓋老例封印期間，無須濟濟從公。而當此開春伊始，遊冶酣嬉，聚飲博塞，尤为上峰所不禁。粵地賭風稱盛，僚屬差吏，咸預積博

---

① 録自《華報》204號，1932年7月24日第1版。

② 録自《華報》205號，1932年7月27日第1版。

資，以入呼盧喝雉之場。而闊綽官僚，豪富紈袴，每假座娼寮，爲品酒鬥牌之雅集。娼寮中，尤以花舫和酒之局，闐溢居最，脂圍粉隊，骰色牌聲，興至高，采至烈也。

是日爲新正之九日，相傳爲玉皇誕日。舫中咸於是日宣卷悅神，爲娼家之大典禮，舫妓多先期約客早降。某舫之設備經壇，最爲齊整，晨間道侶畢集，鳴鉦奏鼓，歌贊神庥。曲子師林步雷，亦預在是舫，助舫妓籌備招待①遊客。日光亭午，群客乘划畢至，老爺大人，稱呼不一，而兹舫之大主顧，實爲劉坐辦、李觀察兩人，率其同臭味之僚友十餘輩，聯翩下降，爲其心愛之妓，設和酒盛局，以作光輝。

午後舫前之道侶，經卷宣誦纔畢，而舫後簫管之聲繼之。劉所眷妓，爲阿銀，李所眷妓，爲宜春。兩俱善歌，得步雷之特別指導，而昆弋亦能琅琅上口。劉、李雖非雅人，而酷嗜昆曲，是日點唱《玉簪記》，步雷斜坐欄旁，簫聲徐起，宜春引喉唱曰：

"燭花兒分外光瑩，酒波兒分外香馨。宮紗扇子裹着袖兒擎，背面兒漏出梅花影，閃爍了郎的眼睛。偷覷了幾回，可是不分明，登時惱亂狂蜂兒的性。這一夜是何等恩情，何等光景。到如今，隔着紙兒喚不應，對着帳兒呼不醒，敢則是你儂故意兒薄倖。"

一曲既終，簫聲頓止。座客之識昆戲者，均爲撫掌擊節。李觀察連舉數觥。②群推阿銀度曲，劉坐辦知阿銀本領亦以《玉簪記》擅長，點令接唱。步雷簫聲繼作，阿銀發吭歌曰：

"一抹青螺，一寸横波，甚玉兔化身，渾似嫦娥，饒是聰明，真假雌雄猜不破。一霎時春愁無那，周旋迴避，儘教人兩般都錯，却待恁般纔可。料不是聞清歌，喚奈何。小黄鸝飛上花梢坐，花枝忒煞多。怎到得吾儂兩个，此意同緘鎖。上天日月，下地山河，眼前燈火，只落得儂知他意渠憐我。"

大家聽得出神，正在賞鑒此曲之妙，忽聽外面嘩然，人聲潮沸。查問何故，

---

① 録自《華報》206號，1932年7月30日第1版。

② 録自《華報》207號，1932年8月3日第1版。

舫人入報，剛纔隔舫失火。李觀察驚問曰："已撲熄否？"舫人曰："僅燬船頭一扇紗窗耳，幸取水近，已無事矣！"劉坐辦時已微醉，笑曰："是之謂水火既濟也。"林步雷曰："隔舫宣卷猶未畢乎？何鼓磬之聲，尚锵锵也？"舫人曰："宣卷早竣事矣，道侶未散，因失火故，又建醮以謝火神耳！"步雷亦笑[1]曰："道侶亦佳運哉，使家家盡得火神光顧者，彼輩不啻屢見財神矣！"劉坐辦謂阿銀曰："爾家道侶，且勿遣歸，留與火神綏頰可耳。"阿銀笑曰："大人誠善謔矣！吾家素與火神無交誼者。"

綺筵既罷，天色向晚，座客博興勃發，或呼鬥雀，或呼搖攤。舫人排列博檯四，任客所擇。適鄺家舢板至，老三送紙烟雪茄果餅，登舫助舫人整理賭具。客分班入局，劉、李均列賭雀之席。頃而骰聲隆隆，牌聲丁丁，燭影燈光，璨然四照。每檯均有陪妓，而周旋於諸檯之間，司奔走者，步雷、老三，尤得力焉。

老四繫纜舫旁，亦登舫觀熱鬧。步雷乘隙，與之閒談，既而命取各色洋酒。老四如命，下舟携十二瓶至。步雷接置椅下，阿銀笑問曰："是殆潑蘭地乎？此一打者，師欲自飲，抑留以款客乎？"步雷笑曰："此香賓也，吾不喜香賓，是特備爲讌客不時之需耳。即今夕晚筵，需此想當不少也。"[2]

李觀察雀興至豪，而輸贏亦頗巨。時方得佳牌在手，此牌之紅者爲龍字，緑者爲鳳字，李已握有三龍三鳳，及兩白，待和矣。坐李之下者爲劉，而對面則爲候補知縣郭某。劉忽打一白，李躍起呼和，而郭亦呼和。郭之和實爲白雀，李被其捷足先得，怒不可遏，以拳擊檯，且掀檯而起，檯上四保險燈，不翼而飛。燈碎而火油濺射，烈焰四騰。船板几案，一時俱燃。彼若未之見者，且汹汹作惡詈，座客及陪座之妓，衣皆着火，齊聲呼救。他檯賭客。驚駭失措，推案爭走，而燈亦墜地，艙內遂處處皆火。舫人聞信，坌集救援，汲水奪桶，鬨反沸天。

步雷疾取椅下十二瓶之酒，向火而摔，瓶破酒流。詎料火上加酒，烈騰添

① 録自《華報》208號，1932年8月6日第1版。
② 録自《華報》209號，1932年8月9日第1版。

油，其焰頓時增猛。頃之火勢蔓延，沿窗四燒，如怒龍之夭矯，穿檐破屋而上，不可撲遏。步雷以兩臂立挾劉、李出險。老三老四，爲之接下餅船，斷纜疾開，而舫中之火，已熾及鄰[1]船，光焰燭霄漢矣。

劉鼎盛下舢板時，老三扶入船内，使静坐，李益智則自坐船頭，目睹老四鼓槳如飛。方自慶絕處逢生也，不料利刃如霜，横頸飛過，而頭已落水矣。劉見李被戕，方驚惶間，而老三亦拔劍起舞，斷其四肢，絕其胸腹，倏切縷割，血肉狼藉。而斗大之餅船，頓成爲屠狗之肆矣。

是夜江風大作，火勢飛舞，連艢接舸，快如裂紙，狂飈與烈焰，直撞横衝。轉瞬之間，群舫都歸一炬，大沙頭幾成赤壁江，而舫妓之罹此浩劫者，十有八九。蓋不死於火，則死於水，逃生之路至隘也。附近小划艇子，舢板漁舟，遭池魚之殃，亦復不少。惟時風聲如吼，嚎哭震天，鄰近原有救生船，不敢逼。稍逼，則火挾風威，吸力倍巨，亦有一二艘被熾及者。江面此呼彼叫，鬧成一片。鄺家舢板，乘隙殺人，血飛肉薄，竟無人知，而銜冤抱恨之老三，乃於火光水影中，大快其復仇之志，不可謂無天道也。曲子師林步雷，既鋤滅奸宦李益智，知老三亦已手刃其仇，遂立促老四，[2]速划舟赴火。老四曰："是奚可者，君不見火勢之猛如彼。吾輩出險而復入險，殆亦欲葬身於彼劫乎？"步雷笑曰："君但如吾言，速送此舟於火，吾自有援君出險術也。"老三呼曰："吾仇已報，雖死何恤，况未必死乎，步雷之言是也。"

老四點首，已會其意，雙槳一搖，刺入火光深處。離火丈許，覺怒焰當頭，己舟漸已被吸。步雷乃以雙臂挾二人，從舟尾一躍下水，趁勢一脚倒踢。兹舟乃如怒箭射入火坑，而雙屍亦交與祝融氏，爲之殯殮焉。步雷水術至精，乃以己身爲舟，平鋪水面，臂挾兩人，運動之如雙楫。又若蓼灘之鳧，隨流上下，而兩人適爲其舒展之翼焉。且喜老三老四，雖非弄潮慣技，亦復習於波瀾。春寒料峭，江水如冰，無慮嚴冷侵骨也。轉瞬泳至抵東堤，踴身上岸，逼體濕漉，餘勇可賈。老四微形瑟縮，老三則舉動自如。三人亦不入鄺家餅

① 録自《華報》210號，1932年8月12日第1版。原刊序號有误。

② 録自《華報》211號，1932年8月15日第1版。原刊序號有误。

店，乃迂道逕歸別墅。時夜已深，魚更四躍矣。讀吾書者，舉知大沙頭之火，爲珠江花舫之浩劫，而亦爲羊城官僚不測之[1]巨災。斯役也，送命者不僅李益智、劉鼎盛二人，而候補幫中，道州府縣以及佐雜，化爲焦炭者，亦寔繁有徒。可謂興盡悲來，備嘗火熱水深之滋味矣。報章所載，傳於遠邇，咸謂劉死於火，而李則死於水。蓋有人見李躍下鄺家餅船，而誤傳爲失脚墜水淹斃者。且云鄺家餅船，已逃出險，江風反吹，復打入火中被燃者。五花八門，各創一說，莫可究詰。而豈知此一場楚炬，天網恢恢，固包涵有血泊刀光之軼史耶！

大沙頭劫後，不數月，重張旗鼓，花舫之繁華，不亞曩昔。而馳名曲子師林步雷，遂絕響於珠江。日在江干之老三老四，亦終古不復見面。舫人每於笙歌酒宴中，迴念三人，以爲與某舫之宜春、阿銀，同歸一燼也。而豈知此三人者，火其名而未火其人耶。大仇既報，巨憝已除，冒險雪恨之三人，乃脫其假面贋名，而復唐伏、屈錚、李少駿之真相。吾書此後亦不再道教曲賣餅之趣事矣。惟是夜火烈初揚時，少駿所携上舫十二瓶之酒，屈錚舉而[2]擲之。何以不能少挫火勢，而轉若添油，實爲可疑之點。吾書當於兹幕既閉之後，下一註解曰："十二瓶之酒，非酒也，直最劇烈之火酒耳。"彼等非未卜先知者，何以預儲兹酒。蓋屈錚腦宮最靈，善於觸類旁通，見機而動。聞鄰舫之小火，遂得一不敗之策，以爲唐伏欲除此惡人者，非焚船不可。故預存此引火之物，擬乘鬧舉燒，而不圖彼憝，乃不待人焚，遽自爲火手，乃致大焚而特焚。故吾書曰，不可謂非天道者，此也。

三人抵鄺氏別墅時，料夜深人靜，蘭翹必已香夢沈酣矣。到門不敢剥啄，伏與屈雙挾少駿，越垣而入。不意蘭尚未睡，孤燈危坐，手握一卷，似讀非讀，眉峰雙鎖，一似重有憂者。聞有脚聲，燈影之下，見三人濕服至前，乃拋書驚起曰："三兄何以出險耶？苦煞阿蘭矣！"

伏微笑曰："江上災事，亦聞之耶？"

---

① 録自《華報》212號，1932年8月18日第1版。

② 録自《華報》213號，1932年8月21日第1版。

蘭曰："十一鐘時，便聞童子來報，蘭固知君等之技，然亦甚慮君等之失陷也。君等殆鳧水而逃耶？彼仇何如者？祝融有眼，當不能幸而"①

（小说未完）

① 録自《華報》214號，1932年8月24日第1版。《華報》215號，1932年8月27日第1版有《〈武夷晚照〉暫停刊登啓事》:【編輯部啓事】本報自"第八十三期"起，辱"天尺"社兄，以《武夷晚照》小說見貺，□載以來，深得閲者歡迎。"天尺"君以生花之筆，描寫當日社會情形，且含清季掌故，所以較普通說部尤有價值，宜其譽滿藝林，燴炙人口。唯此稿已成僅迨十有二章，十二章以後，業經"編者"再三慂慫庚續，已得許可，唯脫稿尚需時日。下期起，先行停刊，改登他種記載，並承"恨海餘生"君，允以心得長篇小說惠登，當再婉速早寄，以快先睹。特啓。

二、雙蓮花

（紀實小說）

第一回　破屋寒檠壓金綫，伶俜緑鬢
時妝盛髻賣篦梳，出入朱門

肅肅的霜威，獵獵的風片，做出四野烏漆麻黑的夜象來。江干敗蘆蕭蕭，隱着一排矮屋。這一排矮屋，向西歪斜，現出龍鍾老態，若沒有大可合圍的老榕一株支柱，前十餘年，早就倒塌了。這一派野景，若在秋末冬初，夕陽西下時，很替那大寫意的丹青家，增了天然的畫趣。怎奈現當夜色沉沉，江風虎虎，便讓有夜眼的王烟客，也不會跑到這一角荒郵，採這蒼凉的標本呀！

在這一排屋子裏頭，住家的釣魚的也有，操舟的也有，灌園種菜的也有，這時候大家都睡着多時了，只有一家，緊靠着榕樹旁邊，壁縫中還射出如豆的燈光來。原來是個冒冷做夜工的一個貧女，她正背着窗櫺兒，借着一盞油量不足的煤燈光兒，瑟瑟縮縮，趕製一雙大脚的女鞋，正綉着剪秋羅的花朵。①

這個女兒，年齡很輕，最多只有十七八歲左右，穿一件不够暖的絮襖兒。一面趕她的針黹，一面時時回覷床上。這一張横床掛着百衲的布帳，一個老婦，睡在床中，忽然咳嗽數聲。女兒低聲喚道："阿娘睡醒嗎？今夜大寒，風烈烈如刀，穿人皮骨，儂家十個指頭，差些兒凍僵了，這鞋還有半片未曾完工哩！"

老婦打一呵欠答道："兒呀，夜不早哩！被窩頗不冷，快些來睡，別再熬夜，熬上病時，娘靠誰人呢？這雙勞什子的鰻魚鞋，甚麽緊要？明早日光上時，

① 録自《華報》683號，1936年7月24日第4版。

暖和些兒，再替她補綉罷！”女兒應聲道：“阿娘，這樣冷天深夜，兒難道不想早些歇息？但是蔡家阿嫂，面許兒十二個角子，綉這雙鞋，工資不算薄呀！她明天等着穿，要到城裏做佛會去。兒若不趕今夜做好，她明天穿不及時，工錢靠不住，豈不空費着辛苦一場嗎？”老娘微微嘆了一聲道：“我兒好苦呀！你父親在世時，偌樣愛你，真正寶珠般護惜着。如果你父未死，何至叫我兒這般受苦！蔡家阿嫂，近來真正闊闊了，交起城裏闊人來，算她爬上高枝。我平常只聽她說話，賣弄她的城裏親戚呀、朋友呀、姐姐妹妹呀、哥哥弟弟呀，說着一大灘。甚麽酒會呀、牌會呀，好像交際場中，缺不得她這脚色。如今竟加增甚麽佛會來了。叫做佛會，不是念佛看經、燒香持素的故事嗎？那末，隨隨便便，穿着潔凈的家常衣衫罷咧，何必做這花緑緑千針萬綫的綉鞋兒呢？[①]她自家落得快活，老早就挺尸般睡覺，累得別人家熬凍熬眠，替她拼命去趕。還說來不及時，工資沒得算，居然排出貴家太太的架子來。虧得我兒好性氣，服服貼的替她去做這苦工。如果你父在時，人家托他做文，莫說十二個角子，便是許他十二個銀圓，若不以禮相求，瞅都不瞅他哩！”

女兒搖手道：“娘，別這般高聲說話，隔鄰聽得着呀！娘別動氣，一雙鞋子，有十二角的工錢，也算個好利市了。至於甚麽酒會佛會，我們可不管牠。兒看蔡家阿嫂，年紀只得二十二歲，面貌生得很不錯，兩個酒窩兒，實在可愛。一笑時雙顴紅灼灼，好像映日的桃花。前日聽得楊家老艄公江邊閒話，批評她叫做‘洪塘一’。她生着這般俏面孔，怪不得喜歡妝飾，博得人家稱贊。阿娘已老，那曉得年輕人們的心事呢？”[②]

老母聽女兒的話，驟然翻身坐起來。女兒連忙丟開鞋片，過來抓著綿襖子，替阿娘披上。一面問阿娘何故不睡，老母長嘆着一聲道：“呀，我兒，你太糊塗了！你羨慕蔡家阿嫂麽？呀，惡習移人，真正可畏！你們吃飯太少，不明世故。只道裝飾奢華，容顏艷冶，是少年女子必經的階級。只道招人贊美，受人傳揚，是少年女子幸福的來源。呀，大錯哩！古話說的是‘慢藏誨盜，冶容誨淫’。你

① 録自《華報》684號，1936年7月25日第4版。

② 録自《華報》685號，1936年7月26日第4版。

父親在時，常常提及這話。現在世變急迫，到處伏着危機，做男子的還不能求全，做女子的更難於自保。我閲歷過幾十年世事，在你父親身旁，多聽着幾句書史，覺着在世做人，有許多魔劫跟着。避得過魔劫，還保得平安無事。稍稍大意，便有意外的禍害臨頭。我是個老太婆，離死不遠，還怕甚麼？一向不能放心的便是我這個愛女，現在又落着這荒村破屋裏頭，好像墜在深坑，見不着天日。這裏四面八方，都沒有善良可靠的人類，索性鄉俗樸陋，一例都是耕織漁樵。那這白叟黄童，村娃田媪，別成一所世外桃源，豈不甚好？想不到出這蔡家阿嫂，濃脂艷粉，妖服怪裝，竟向城市裏頭，講起交際來。不知道的還説是洪塘江上的地靈人傑，我只怕這個婦人，便是這鄉的禍水呀！我昨日聽見隔壁釣魚的天旺伯説，洪山橋及大湖附近的黄衣隊，每日定例有七八人，到這江邊巡察一次。① 眼睛都向蔡家門户瞭望。蔡家阿大，不過在兵工廠當茶房，有甚麼好處？招引這一班丘八哥光顧，無非阿嫂名望太大，纔驚動許多將爺降駕咧！我兒若不信時，且看十日以內，總不免一場岔事發生。纔曉得我這老人家不是瞎話哩！”女兒乍聽老母説話，以爲這是娘睡不着，又坐起來講古談今了。一面不經意的聽，一面又做她的活計，及至聽到黄衣隊來村偵視，纔覺得娘説的話，不是沒有關係的。女孩兒家年輕膽怯，細細忖度，不覺怕將起來。這時那片未完工的鞋，業已綉好，只缺着未曾夾脊的縫工。計算夜已不早，不如先伴阿娘睡覺去，明天起個清早，給她完這手續罷！收拾已畢，移燈床畔，伺候老母安睡。自家也脱了絮襖，吹了燈，便在老母身旁，歪身躺下，一時尚不能成寐。不免將娘的話，思來想去，急喚母親道：“阿娘剛纔説的黄衣隊不懷好意，② 雖不是蔡家阿嫂招引他們來的，但他們因爲阿嫂姿容生得俊俏，便起着壞心，這是有幾成猜得出的。我們不幸在她隔鄰，怎忍眼睜睜地看她磨難。阿娘，何不便求那天旺伯，將這事實，報告鎮上董事大先生，預先設法防護，或求大先生面見那駐防的營隊長官，下令制止，豈不甚好？”

老母冷笑道：“我兒真正孩子見識，我們這一帶窮村矮屋，那裏够上大先生

---

① 録自《華報》686 號，1936 年 7 月 27 日第 4 版。

② 録自《華報》687 號，1936 年 7 月 28 日第 4 版。

的眼？老漁翁甚麼人，那有得見大先生資格？大先生既爲大鄉董，氣勢大，眼光大，黨羽大，件件都大。一面收羅地棍鄉痞，助成他的威望；一面交結營隊，巴結營官，預備他的靠山。我們便是他的親戚族人，他不高興時，要欺侮，便欺侮，要踐踏，便踐踏，何况與他並無瓜葛呢！我想當此黑白不分時代，求人是無益的。我輩小百姓，窮百姓，更無求人的幸福，與其求人，不如求己。我們要省事時，不如關門閉户，勿出風頭。[①] 比較起來，還是避禍的上策呀！”女兒細味阿娘的話，覺得老人家見識深遠，這一層慮患，很有道理，也不敢再與辯論，衹心裹以爲凡事都有一定，老人家心緒太長，未免過於杞人憂天。我們做人，謹慎些兒罷咧！若必事事防閑，勿乃太苦。想到這裏，只有暫把愁懷放寬一下，先行打算今夜的睡覺。展轉移時，倦眼朦朧，便入睡鄉去了。

列位，你們别説這一段母女閒話，是小説家信口開河，須知道濃雲起於膚寸，大風起於蘋末，這一段母女閒話，便是本書的蛛絲馬迹呀！這個女兒，便是本書的主人翁呀！主人翁的家世名字，雖未表現明白，她的性情態度，自守葳蕤，早已從這母女閒話裏頭，隱約流露出來了。如今且趁這主人翁睡寐時，補述她的姓名，及其墜落可憐的身世。

原來這個女兒，當初本是故家的遺裔，她的芳名，叫做邱雪藕。她也沒有兄弟，她父親在世時，也是前清一個孝廉公。她的老母，是黄山鄭氏，外家也是世代書香。這孝廉公是個博學鴻儒，因爲生性孤介，不合時宜，不知生計，以致一貧如洗。先前家住鳳崗鄉，不幸遭着火患，把幾間祖遺的房屋，焚燒淨盡。一家兒沒處安身，衹得投託住在洪塘江的表兄李名揚家，暫且度日。這個李名揚表兄，八十餘歲年紀，是洪塘江一個安分務農的老前輩。不想數年以前，秋收晒粟時，跌了一交，中風死了。他的兩個兒子，[②] 得着兩樣痼疾，一個嗜賭，一個是有烟癮的。兩人性情，一般促狹，遠不及他的父親疎財仗義。這位老人家死後，便把業產鬮分，容不得這邱家母女寄居。難爲這倆母女，被那兩個促狹鬼，趕得沒處藏身，沒法子衹得遷到這一片江邊破屋裏頭，暫且過度。

---

① 録自《華報》688號，1936年7月29日第4版。

② 録自《華報》689號，1936年7月30日第4版。

說起雪藕這女子，好像生前帶來的俊慧，生得一副婉孌秀妙的容顏，自幼便得她父母鍾愛。最能引人憐惜的便是天真爛縵，胸無城府。如果這般佳麗，生長在貴族人家，把她金鑲玉裹起來，便稱得個天上安琪兒了。無奈紅顔薄命，越是完全的艷質，越配不到美滿的福命。造化妒才，古今一轍。這是自有天地以來，絕大的缺憾呀！

不但雪藕有賓命不猶之嘆，便是這位寡母鄭氏老太婆，在少年時，何嘗不是數一數二的閨秀。嫁着這個清貧如水的孝廉公，盼不到騰達飛黄。① 祇開個冷板凳的子曰店，還不能一竿到底，竟教這窮窘的伉儷，垂老分離。膝下沒有一個寧馨，祇留這位女嬌娃，算是一對苦夫妻剩下來的結晶品。列位們替這一家子想想，做人還有甚麽味道呢？然而弄到這般苦惱，老天還不讓她們平安過去，竟從這位女兒身上弄出無數可痛的文章來，請看在下細述罷！

雪藕女兒，自幼受她的父親教訓，加以生性聰明，自是貫通書史，怎奈遭這許多不幸，光剩着母女兩人，垂垂欲絕。這位老太婆，早已勘破一切，便不許她的愛女，再做這拈毫弄翰的工夫。她說我輩已陷在困頓鄉中，萬萬沒有讀書的運命，還是學些針綫，做些女紅，或者不至流於餓莩。當日寄居洪塘李家時，還得那位老翁的愛憐，替她兜攬多少活計，母女尚可藉這十指津貼，敷衍米薪。老翁死後，母女的灾星，未免又逼近一層。遷到這江邊破屋時，舉目無親，雪藕做些針黹，只有央托鄰居，替她帶到鎮上熱鬧地方售賣。本來這針綫小巧，不比那日用必需的柴米魚鹽，况在鄉村裏頭，更不容易脱售。虧得那個老漁翁，名叫天旺的，還肯出力，替她尋找買主。再加雪藕做的針綫，着實工巧，着實細緻，還可換些錢米。那個住在緊鄰的蔡家阿嫂，是個交際界的新名角，有時還肯坐城裏乞些零星綢緞，帶回給她刺綉。時常也帶那綉件，到城中紳富人家，賣些好價，所以雪藕心感阿嫂常川照拂，② 很當她做個閨中知己。老娘雖看她行徑不起，時常背後說她不好，但是除了這個帮手以外，並無知疼着熱的人了。如果像雪藕小姐，這一手綉藝，教她生長在蘇杭大家，只須一兩件

① 録自《華報》690號，1936年7月31日第4版。

② 録自《華報》691號，1936年8月1日第4版。

出品，得着名流鑒定，便可逕奪顧綉的頭標。別説蘇杭，便是生在福州，能够做了城内三坊七巷裏頭，或是南台上下杭的紳商子女，托着親友傳揚，把這針神介紹到展覽會中，給大衆品評品評，那就一登龍門，聲價十倍了。可憐一朵名花，墜落在這荒村野岸。索性沒有這種手技，還不至招引那一般俗眼，爭來窺伺。索性介紹她的活計，只有鄉媪村翁，也不至十分驚衆。千不幸，萬不幸，却附着這個“洪塘一”的蕩婦出名，這無非是她的魔障罷哩！

説起雪藕女兒，性情專一，接人忠厚。有人待她好處，她便感激在心，認做好人。世上種種口是心非，明瞞暗騙，以及迎奸賣俏的伎倆，她都不懂。那個蔡家阿嫂，深曉得這位女洛神，是個奇貨可居，滿心算計，要想收做自己的護法神君。又慮自己邪不勝正，一向偷偷摸摸，朝秦暮楚。自己雖做得不亦樂乎，總不敢在這位婉嫕尊嚴的淑女面前，露出馬脚。常時故意陪些小心，替她兜攬許多工作。把她出品，帶向城裏，給那闊闊的惡少們，交换代價，往往被她敲着好多竹槓。[1]譬如一條汗巾，綉着草蟲，或是花鳥，人家看她綉得神采飛揚，自然愛不忍釋，她便把價值抬高起來，要賣兩三元銀圓，纔肯交貨。得了好的價錢，回家時只把五六角給還雪藕，其餘都落在自己荷包裏頭。她有兩層算計，一則自家落得多賺些沒血汗的金錢，二則只可照尋常工價給她，人家纔不疑她有不正的行爲。這是蔡嫂城府深隱的緣故。蔡家阿嫂，年齡還未滿花信，她本是西門半街開當鋪黄第八家的婢女，當那二八妙齡時，便長成綏綏狐媚的姿態。黄第八本是一個急色兒，暗地裏已把她勾搭上手，兩口子打得火一般熱。怎奈河東獅吼，好事多磨，却安排着一個惡煞也似的婆娘，看出破綻來，偏不容她丈夫納寵。黄第八又是怕妻的都元帥，被她鬧得馬仰人翻，連一個屁都不敢放，結果只有聽憑老婆調度。這個悍婆娘，發狠起來，立刻要趕這婢女出門。恰巧一個在竈下帮忙的媽媽，替她做好做呆，擔任了媒妁的職務。説自家有個外甥，年紀只得二十五歲，現在洪山橋兵工廠裏頭，充當茶房差使。太太如肯恩典，便把這鴉頭賞給我的外甥罷！”

那悍婆娘道：“好却好，只是你的外甥，要想不名一錢，白得了一個妻小，

---

① 録自《華報》692號，1936年8月2日第4版。

天下沒有這般便宜的事。這個鴉頭，當年由三都買來的，原價八十元，要末，便照這價錢交易，我也不算你的飯頓衣服雜費。[①] 照這般行辦時，便把這鴉頭抬去罷。”這媽媽曉得非錢不行，一面通知外甥蔡阿福，說這婢女偌樣標緻，便花了八十塊洋鈿，也是普天之下，尋不到的。只是阿福不過當個茶房，一時那有計多洋鈿，便問廠中交好的厨役工匠們，商量息借，確也順意。不上三點鐘，便凑合了百零塊洋鈿，把六十塊交給媽媽。媽媽又向那東家太太，千求萬求，却幸達了目的。於是明公正氣，鼓吹花轎就把這個妙人兒，迎到洪塘江邊來了。這便是阿嫂的出身小史。

阿福家裏，還有一個五十餘歲的娘，一個三十零歲，孀居無靠的姊姊。母女二人也不是白食阿福的辛工。每月生計，除阿福靠得住進款十零元之外，母姊還貼他做女工所得的零錢。她倆做的甚麽女工呢？便是洪塘地道出產的篦梳。她們並沒有資本開張篦梳店，不過包那磨切炒刮的雜工罷。[②]

自媳婦入門之後，初時也幇母姊做這活計，月間所入有限得很。這個阿嫂，原是不安分的，在那黄第八老板家中，吃慣穿慣，玩慣耍慣的，那能過這苦楚無味的生涯。於是想出一條道路，便用花言巧語，哄騙母姊，說是這種替人辛苦的工資，太過微薄，那裏够敷用度。還是承買了十包八包的篦梳，跑到城裏大户人家轉販，還可賺着一筆好價錢。母姊被她游說動了，阿福自然也贊成的，便與篦梳店主人，訂定批發的合約。從此阿嫂便趁販賣篦梳的方便，跑進城裏，尋找主顧。頭幾次無非先到當鋪裏頭，尋她舊主，趁那叙舊的機會，留一兩包篦梳，打着幾回大抽豐。以後相識的少年夥計，漸漸多了，於是這賣篦梳的生涯，便賽過從前“賣楊桃”“賣蜜棗”的把戲了。阿福和他的母姊，真正被她瞞在鼓裏，還說這媳婦娶着了。阿福的財運亨通，纔得天賜這般賢慧能幹的妻小。那曉得戴上百十頂的緑頭巾，睡夢中間，還在嘻嘻哈哈的得意哩！若論一個阿福，算得甚麽東西，他便享受元緒公的重叠封誥，何足爲怪？下流社會，像這種猥猥褻褻，也是平常得很。做書人犯不着空費筆墨，替他寫照，只因難爲着

① 録自《華報》693號，1936年8月3日第4版。

② 録自《華報》694號，1936年8月4日第4版。

這位清清白白的雪藕小姐，險些險些，被這一起混帳畜生，拖入渾水裏頭，豈不可惱！要知後事，且看下回。①

第二回　叨叨令瑣屑良箴，聽北堂正襟訓女
粒粒珠按摩絕技，從南海上省尋春

如今再接敘雪藕的家庭。大凡明慧女子，生性是愛美好潔的，雪藕尤具一種孤芳自賞的脾氣。那日早晨，曉得阿嫂今天艷妝赴會，自己想要看她怎樣裝飾，便借送鞋的題目，給阿娘說一聲，就走過隔壁來。果然阿嫂起個清早，髻子已梳好了，恰在鏡前塗脂傅粉。瞧見雪藕送鞋前來，歡喜不迭。連聲讓坐，一面送茶送烟，一面把那雙新綉的鞋兒，細細賞鑒，滿口稱贊，便在兜肚中，捫出兩塊洋錢，把給雪藕，說是這雙鞋的代價。雪藕怪她給得太多，定不肯收，便說："這雙鞋，算是妹子一點薄意，孝敬你阿嫂罷，別算工值。妹子萬不敢收。"阿嫂笑道："呵，姐姐你別見怪，這是我不會說話。若論姐姐的綉藝，這雙鞋綉得這般工巧，別說兩元工值，便送你十元，也不爲多。如今我也不敢說是工值，只當送給姆姆買東西吃。我今天沒工夫送上門，只得敬託姐姐，代達誠意罷。若是姐姐分上，這雙鞋兒，只算綉了贈與知心的姐妹，我也萬萬沒敢講甚麽工值。因爲這是自家穿的，若算起工錢來，分明看姐姐不起呵！姐姐如不替我代收送上姆姆時，那便看我不起了。"雪藕瞧她這般勤懇，又說是孝敬阿娘的錢，猛然記得自己家裏，今天米已告罄。這兩元洋錢，若再客氣時，今天母女，便要挨餓了。想到這裏，只得道聲："感謝阿嫂！阿嫂既是這般厚愛我娘，妹子也不敢見外了。"於是勉強收了這兩塊錢，再說幾句閒話，告辭回家。②

心想這兩塊洋錢，原是阿嫂一番好意，阿娘面前，若不說明原委，只怕又難免着嘮嘮叨叨的絮聒一場。於是把錢交與阿娘，一面又替阿嫂說了許多好話。

---

① 録自《華報》695號，1936年8月5日第4版。

② 録自《華報》696號，1936年8月6日第4版。

老母却也體諒女兒的苦衷，這回確不曾動氣。便到江邊尋着那個天旺伯，把這兩塊洋錢託他多糴了兩斗米，挑了幾把柴，買了幾十文青菜。天旺伯又送他新釣的一尾鮮魚。母女倆弄了午餐，飽啖一頓飯後，老母又開起話箱來了。爲甚麼呢？因爲雪藕偶然提及阿嫂，說今天阿嫂參與城裏的佛會，梳甚麼巧樣的髻，穿甚麼鮮艷的衣服，配着他天然美貌，真個濃纖得衷，修短合度。今天佛會裏頭，得着這個善財龍女，[①] 足爲禪宗生色了。做婦女的，遇着這般盛會，能够在脂圍粉隊中，出出風頭，也算是人生幸事啊！

老母聽他這幾句講論，很不以爲然。不覺長嘆一聲道："呀，我的藕兒，你思想大錯了！婦女喜裝，不但亂世所不宜，便是歌舞昇平時代，也不合出來爭妍鬥艷。何況念佛壇場，豈容示人色相！我兒你羨慕蔡嫂，以爲她是正派人物。據我老眼推測，雖不敢斷她是個邪道中人，但是她的丈夫，不過小小的茶房差役。她雖然十分本事，無非做的有限小生理！便讓她出力能幹，那這販賣篦梳，又不是販賣鴉片烟土，輕本重利。我看她一向家用寬綽有餘。便是她這遍身羅綺，出一套，换一套，搽的上等胭脂，上等宮粉。要進城時，坐船坐車，這許多費用，那裏來的？細想一想，不能不怕。我們自顧不暇，並沒有這閒情，干涉別人家婦女。但古人說的是'近朱者赤，近墨者墨'。我怕我兒與她日親日近，傳染這種惡根性來，那就不對了。近來婦女昌言解放，這原是女界出頭的好機會，我以爲解放的元理，無非要求與男子公享平等自由的幸福罷咧！平等自由四字，表面看去，好像途路很寬，好像漫無限制。若就法律範圍内說起來，其實就是'旋中規周中矩'六個字啊！上智的婦女，知道這解放結果，便是婦女有婦女的責任，要她與男子共同負擔天下國家大事。並不是教她倣效那種野男人，三妻四妾，忘廉喪耻的行徑呀！[②] 賤的婦女，不明解放道理，只道網開三面，放任她們去嫖賭遊玩，把男子血汗所得的金錢，供她揮霍，把世界所有的樂事，供她享用。這樣錯誤的思想，亂七八糟，還成甚麼社會呢？我看蔡嫂在交際上頭，那般出色，大概誤認解放，跳出法律的範圍。藕兒，你切不可看

---

① 録自《華報》697 號，1936 年 8 月 7 日第 4 版。

② 録自《華報》698 號，1936 年 8 月 8 日第 4 版。

她是個正經的人物。照我老人家算計，還是躲她一步爲妙。別再和她親熱，有甚麽往來接洽事件，還叫我老人家替你傳遞罷！我不是存心偪窄，故意斷絕你們的交道，打攪你們的酬應，無非始終要掩護這一塊無瑕美玉，不忍眼見我的愛女，失陷污泥，玷辱你父親名譽罷咧！藕兒，你如果聽我的好話，打斷這羡慕蔡嫂艷妝的思想，自己要極力韜光匿彩，毁去一切妝飾，無庸修眉擦粉，髻子也不必梳，每日打個辮兒算了。衣服還是常穿破的舊的，有錢也不必再製新衣。最好肯用竈烟擦臉，遮去兩頰的淡紅色，教人家看不出你的美貌，當你是個醜穢不可近的村姑，果能照這様朦混過去，或能暫保平安無事。我老人家纔放得心，纔睡得穩。藕兒，你去想想，我這話是不是呢？”

雪藕聽完老母這一段教訓，心裏雖不十分自在，但曉老人家原是一團好意，做女兒的只有聽受，犯不着再把言語來頂撞了。大凡少年人心性，本如春花初發，無論怎様抑制，她的思想，總不肯十分退步。①

不比老年人經過許多磨折，凡事會在勘破上頭着想，所以雪藕任是如何服從母教，心裏總以爲何必這般認真。自念我們不幸，做着蓬門圭竇的女子，福分自然比不上大家閨秀。阿娘教我不要艷妝，我便不要艷妝罷了。至於教我自毁自污，我又不是報仇的豫讓，何必學那吞炭漆面的把戲呢？

過了幾天，蔡家阿嫂又得着桃花星照命了。那天阿福由兵工廠請假回家，帶着一個朋友，這個朋友，總有七八年不曾會面。他是阿福最知心的總角之交，與阿福認個把兄把弟。這次纔由廈門回省，惦記着多年不見的阿福，跑着數十里遠路，來尋他叙叙舊。在廠裏便天南地北的，講了幾點鐘，聽阿福訴説，近年新娶一個賢慧能幹的妻小，巴不得見見這位新嫂子。阿福感他誠懇，便在廠中告了兩三天的假，托着一個替工，自己便帶這個好把弟，一路回到洪塘來。

説起這個廈門朋友，並不是無□色的“阿木林”。他在廈門市做生意，確也名馳四遠，他姓柳，排行第二，人家都叫他柳阿二。他做生意，並不是開張駿發，童叟無欺的買賣事業。他却做這有手藝沒本錢的生意。這手藝照福州的土話，叫做“搬架”，是個按摩搥背的代名詞。柳阿二這種手工，不是在福州練習

① 録自《華報》699號，1936年8月9日第4版。

的，他一向遊手失業，流落在潮州汕頭一帶，[①]却從一個潮州師傅學來的。先時在潮汕往來，跟他的師傅賣藝，很賺了不少工錢。他想潮汕地方，有他師傅在那裏跑碼頭，自己總不能坐這第一把交椅，還是離去這個老地方，另尋自己的新大陸罷。由汕頭到廈門，只有一夕水程。柳阿二辭別師傅，趁着德忌利士公司的海龍便輪，搭到廈門上岸，逕往尋覓住在太史巷開烟館的朋友伍朝肆。這個伍朝肆老板，原是柳阿二的舅表。兩人向來交情好得起勁，隨便甚麽事，都商量得來的。只是伍朝肆大哥，有這勢利的毛病。一問聞得柳阿二這個老弟，沒有職業，閒散在潮州左近，沒意思招他前來，只怕來了虧累自己的本錢。如今曉得阿二做"搬架"，十分好過，便把冷淡的思想，放得火爐旁邊，[②]烤得火炭一般的熱。閒時很有書信來往，如今見他老遠的來，喜得什麽似的，便說自己做這開燈生意，年來確也順手，只是缺了一個帮忙的人，這裏廈門夥計，大概靠不住。"如今老弟前來，是最好不過的，你替我做了掌盤罷！"阿二說："我這回來廈，大題目在着賣技。我若做你的掌盤時，我這搬架便弄不開了。掌盤還讓你自家來罷！要我在你館中，照顧鋪面，料理茶水，却也相宜。因爲一面可以招徠我的主顧呀！"伍老板想想不錯，就便答應。由是柳阿二便在太史巷烟館中，當了頭等的搬架。果然名不虛傳，不到三個月，廈門市上，早已沸沸揚揚，說他手法怎麽好，怎麽妙。阿二獨得的秘訣，叫做粒粒珠。隨便那個做事勞乏，行路辛苦，筋骨酸痛，腰背不舒，經他的粒粒珠搥術，不上半小時，便可氣血調和，遍身通泰。起初阿二但做烟客的生意，過了一時，在地以及過往的闊紳商，都要掛他的號了。

閒言不叙，如今且說柳阿二到了洪塘蔡阿福家中，阿福便介紹他見了母親姊妹，第三個便是這個阿嫂了。阿二未見阿嫂時，以爲她是婢女出身，便讓她好煞，總不免染着油鹽醬醋的氣味。[③]及至望見顔色，不禁心裏驚了一跳，暗想："原來這般漂亮的人物，便讓汕頭廈門的堂子班，那個及得她來。我的阿福

① 録自《華報》700號，1936年8月10日第4版。

② 録自《華報》701號，1936年8月11日第4版。

③ 録自《華報》702號，1936年8月12日第4版。

哥哥，那裏修來的福氣呀！妙呀妙呀，我阿二今天的艷福，却也不淺了。”阿嫂是有錢人家的使女出身，嫁過來閱歷了許多人情世態，交際界上，又增加許多見識，那這迎新送舊，獻俏幇閒的伎倆，自然件件在行。見着阿二，便猜他是個下流社會數一數二的名角。阿二在按摩技術上，做熟招徠顧客的工夫，堂子班妓女，原是司空見慣的。這回對於人家的堂客，交際雖不比花界場中無拘無束，那這喜歡奉承，原是普通婦女的心理。阿二只須在寒暄話裏，[1] 加上幾句煊染，便可取得阿嫂的格外垂青了。俗語說的是“棋逢敵手，將遇良才”。他倆不意相逢在這荒村野岸說說笑笑，不上十分鐘，早已心心相印，這也算是天賜其便了。

論起如今社會的結合，不管甚麼親戚朋友、父子兄弟、夫婦姐妹，簡單說一句，都是靠不住的。最靠得住便是金錢，有金錢便成團體，無金錢便不成團體。家庭中的一團和氣，原是金錢做出來的。親戚朋友，往來密切，全是金錢做的黏質，除却金錢，那就一盤散沙了。大家既把金錢，當做極尊嚴，極需要的甲品。第一問題，可以解決，其餘一切牽合，無論如何模糊，如何顛倒，都排在第七八問題裏頭，無關緊要了。柳阿二深明這般訣竅，入門的方法，早已決定。那時便問兜肚裏，摸出一壘中國銀行鈔票，略點一點，約莫十元，交給阿福的娘。另外五元一張，送與阿福的姊妹。說是這回由廈來省，不曾帶甚麼土物，沒甚孝敬，這幾元洋鈿，不過代表微意。伯母姊妹，不嫌輕薄，請留下買糕餅吃。一面再點了十元紅票兩張，雙手送給阿嫂，說這少許薄意，[2] 算是我小叔的見面贄敬，嫂子賞臉，收下買花粉用，別弃嫌罷。阿福的娘[3]，合他的姊，向來愛錢如命，見了一兩角銀角，就像蒼蠅見血，何况有人送她許多的鈔票，那有不要的道理。這時只有滿臉堆下笑來，雙手便接，連推讓的客氣話，都不敢訊。似乎只怕說出口來，萬一人家順你的話，把這錢收回去，那不是空歡喜嗎。阿嫂是見過世面的慣家，一面替兩人道謝，一面自己便再三謙讓。說：

---

① 録自《華報》703號，1936年8月13日第4版。

② 録自《華報》704號，1936年8月14日第4版。

③ 底本作娘，据前文改。

“叔叔纔到福州，儂家不曾備禮接風，豈有反累叔叔破鈔的道理！”阿福也跟着推讓，剛在彼此再三的客氣時，幾乎把母女兩人，目灼灼的急殺了。阿二原有用意的，巴不得阿嫂直捷收受，那裏肯把這鈔票收還。結果還有阿嫂收去，母女兩人纔把心上一塊石頭放下。到底村嫗作偽，阿嫂這一番假惺惺，他們還不十分明瞭哩！①

阿福奉着妻小的調遣，便留阿二在房中坐談，有母姊阿嫂三人陪着，自己連忙跑到鎮上，預備張羅酒菜。鄉村沒有甚麼出色的食品，不過鷄魚猪羊。阿福每件買些，便託鎮上市場的小夥，替他搬回。自己沽着一罎老酒，還帶了一大包落花生，一籃瓜菓。挑到家時，阿嫂便發號施令了，打發姐姐，同阿福料理厨房的烹調，叫老娘坐在竈間燒火。自己一個子，獨陪叔叔，在房間坐地。先由閒話說起，一會問問潮洲汕頭在那方，兩地隔有多遠，有什麽好景緻。一會問問廈門風景，聽說鼓浪嶼是洋人的租界，聽說有許多外國的姑娘，都在那邊做生意。聽說廈門是個海島，沒得淡水喝，要喝水時，須由石碼用船運來。到底有這事沒有呢？阿嫂拉雜的問，阿二也拉雜的答。兩口子正說得天花亂墜，法雨繽紛。阿嫂又說起：“聽講下路茶葉，是出名的，叫做甚麽鐵觀音，甚麽白毫甚麽銀針。我們福州，是難得有的。昨天有姐妹送我一包，福寧的春分前巖乳。今天難得叔叔光降，我把來泡一杯，給叔叔潤潤口好嗎？”要知阿二怎麽對答，且看下回。②

第三回　柳二弟有意撞籌，情脉脉二分明月
丘八哥無端闖席，醉醺醺八面春風

阿二道：“謝謝阿嫂的盛意，我不甚喜喝茶，有便喝些，沒有便罷。嫂嫂對於茶葉，這般內行，想必是個茶博士。漳廈各種名茶，我這回帶來不少，嫂嫂合意時，我回去揀上等的送幾罐來。好不好？”阿嫂笑道：“那也不必，叔叔留

① 録自《華報》705號，1936年8月15日第4版。

② 録自《華報》706號，1936年8月16日第4版。

着自家慢慢喝罷！呀，叔叔，我忘記問你，你的嬸嬸，有沒有帶來？最好請她來這裏玩玩。我們鄉下，屋舍破陋，地方齷齪，原不敢屈你侄嬸的大駕，只是當個親戚往來，教儂家學習學習也好。”阿二笑道：“不瞞嫂嫂，我在廈門，天天生意忙不了，那裏還討家眷的累贅。我今年二十五歲，還不曾訂過婚咧！”阿嫂笑道：“恁地時，叔叔難道不嫌寂寞嗎？孤單的人，自然有孤單的快活，但是也有許多不便的地方。叔叔生意熱鬧時，一個人忙不了，得看一個幫手，成家立業起來，豈不勝過那單身哥子沒有下梢麼？”阿二笑道：“我難道不想成家立業，但是我在風月場中，看過不少人物，要娶一個如意的女子却難。比如像你嫂嫂，這般能幹，這般漂亮，只怕踏遍天下，總尋不出一個照模樣的。阿福哥真好福氣。我阿二命帶孤鸞，那裏趕得上呢？”說畢，嘆着一聲氣。阿嫂紅着臉笑道：“叔叔真是說笑話了，儂家那配得叔叔稱贊。叔叔年紀又輕，人品又俊，平常走碼頭，做生意，看過婦女，無千無萬，[1]難道沒有一個上等的堂客？那裏像儂家這樣笨手笨脚，笨嘴笨舌，反上叔叔的眼。叔叔真正顛倒說話了。我家阿福，是個愚蠢的鄉下人，成年家不過當個工役的差使，所賺的薪工有限，那能比得上叔叔做一兩盪好生意，就像‘海水沒門限’一般。說福氣還讓叔叔稱得起。儂家嫁鷄隨鷄，嫁狗隨狗，還有甚麼出息兒呢？”說罷，也嘆一聲的氣。兩人在房內，一吹一拍，儘管接遞這無綫的短波戀愛電。阿福看那酒菜差不多弄好了，便來房内陳設四方桌，調排坐椅。問他妻小，要不要請鄰居。阿嫂想了一想，說：“我們這一帶鄰居，大概沒見過世面的，請他們時，只怕未必肯來。跑到鎮上請客呢，路又太遠。我們自弄的酒菜，無甚高明，也不配請甚麼客。叔叔就算自家人一般，用一兩餐便飯，諒也無須陪客。你要客氣時，還是江邊的天旺伯，和隔壁的雪藕姑姑，我們是常常勞動他倆的。天旺伯你自去約他，雪藕姑姑，非我親身往請不可。[2]因爲她是謹慎不過的人，不比我們花花草草呀！”阿福得着這一道閫令，連忙跑去請天旺伯。這裏阿嫂先把雪藕如何聰明，如何美貌，一塌刮子告訴阿二。說是我們這塊窮鄉破屋，難得出產這般

① 録自《華報》707號，1936年8月17日第4版。

② 録自《華報》708號，1936年8月18日第4版。

珍珠寶玉。“叔叔雖是見過上千上百的婦女，只怕像雪藕小姐這般出色人物，敢保你不曾會過哩！”

阿二笑道：“嫂嫂，這話我有點不相信，我雖然自誇見識不少，今天見著阿嫂，纔曉得我是坐井觀天。我以爲嫂嫂這人才，已算萬里選一，那裏更有出超嫂嫂以上的人物呢？如果嫂嫂所言不虛，那末，不是神仙，也是妖怪了。”阿嫂瞪着眼應道：“叔叔，你不要胡里塗的判定人品。你如果不相信時，我立刻去請這天仙般的活小姐，給你叔叔開開眼界罷！”說畢，便匆匆的走過隔壁來。那裏曉得乘興而來，敗興而返。阿嫂十分高興來請雪藕，不凑巧了，雪藕的老母說：“小女今天病在床上，不能起來了！”阿嫂疑道：“雪姑姑昨天不是好好的拈針綫嗎，怎麽今天會得病呢？”老母說：“她在裏頭，偎着被窩，喊頭痛哩！你不信，瞧瞧她羅！”

阿嫂一脚踏進房內，便見那張横床，垂下百衲的布帳，裏頭果然有呻吟聲音，拉開布帳瞧時，却見雪藕偎着絮被，靠着横枕，聲喚不輟。兩額角貼着膏藥，臉上擦着幾點烟煤，兩顴紅灼灼的，好像得了熱病。阿嫂喊雪姑姑時，她似應不應的，微微哨了一聲，捫她頭上，沒甚麽熱。①

阿嫂有事在心，沒工夫在這裏細察，知道請她赴席這節問題，勿庸提起了。要請老母時，看她衣服破碎，東一扯西一扯的，實在看不上眼，越發不必說了。只說幾句：“我今天備着便飯，要請雪姑姑賞光，那曉得這般不凑巧，這病怕是風寒感冒，諒不妨事，躺一半天，靜養靜養就好了，我明早再來瞧她罷！”便匆匆的回家。

那阿二急色鬼，正在天井角旁，繞來繞去，等着歡迎美人兒，到底怎樣的美法。阿嫂喊道：“叔叔不巧了，天仙般的活小姐，今天病得好重，倒在床上聲喚。叔叔要會面時，只可改個好日子罷！”阿二笑說：“嫂嫂别忙，這是在今天沒有眼福，這般天上神仙，如果能應嫂嫂的話，便叫在阿二跑了幾盪，等了幾天，也是應該的。劉備拜訪諸葛亮，還要三顧茅廬，何況我這不成才的阿二，想見一個活神仙，那有一拍便合，這般容易呢？”阿嫂笑道：“叔叔真會說

① 録自《華報》709號，1936年8月19日第4版。

笑話，真正滿腹唐書，雪姑姑也是一個女才子。日後見着講經講典，真是對勁。我是一肚子草包茅塞，那配得上和你們談天呢？”阿二笑道：“豈敢豈敢！我又不是前清的秀才舉人，那會說什麽經典，不過聽聽市上講書的先生們，記着幾句陳穀爛芝麻罷哩！那配和女才子說話，嫂嫂不要見笑波！”這時候阿福也回來了。阿福道：“天旺伯上鎮賣魚去了，沒得旁的客人，還是我們家裏自家人，陪着二弟用飯罷！”阿嫂道：“天旺伯不來也好，這個老漁翁，常常翹着鬍子，說長說短，討厭煞人，他只好在鎮上酒店，喝醉了使酒風罵人。①我們家裏，不合將酒請他，反招他的謾罵。他不來也罷了，我們陪着叔叔，多喝幾杯罷！”於是指揮阿福，排好酒菜，便請阿二坐上頭居中客位，阿嫂自坐對面，執着酒壺。老媽媽和姐姐，坐在左旁，阿福坐在右旁。阿嫂滿斟一杯，送到阿二面前，然後大家都斟滿一杯。席間五個人，阿二是個絕好酒量，喝不醉的。阿嫂也將就陪得過，老媽媽與阿福，略喝得幾杯，只有阿福的姐姐，是天然怕酒的，一些兒都不喝。

阿二生性貪飲，杯到便乾，何況對着這樣妖嬈的阿嫂，酒興越發起勁了。老媽媽母女倆，蝎蝎螫螫，不會說話，只會吃菜。阿福在他妻小面前，加倍恭順。今天遇着多年久別的阿二，原有好多敘舊的話兒，因爲要讓妻小出風頭，自己倒沒得說，除了勸酒勸菜而外，只裝着啞巴兒，索性不響了。阿嫂對着中意的貨色，心花加倍怒開，那櫻桃小口，便像爆豆兒般，東拉拉西扯扯，說得十分熱鬧。她平日壓制丈夫，不用硬法，全用柔軟體操，阿福已弄到望影生怕。母女兩人，原是泥塑木雕的材料，更不在阿嫂眼中。所以今天對這阿二，便是當面吊起膀子來，那個敢道一聲不字。阿二是狡獪不過的。看這阿福的家庭，原來這般支配，心中早已了然。覺道露水的愛神，分明贈他絕好的機會，既是百無禁忌，何必裝聾裝痴呢？②

這裏正在興高采烈，想不到好事多磨，横風吹斷。席上阿嫂阿二，剛纔你一杯我一杯的喝得起勁，門外忽然闖進兩個不速的丘八爺來，同聲喊道：“太快

① 録自《華報》710號，1936年8月20日第4版。

② 録自《華報》711號，1936年8月21日第2版。

活了，怎麽不請我們喝一盅呢？”說聲未畢，一個便來搶阿嫂的酒壺，一個便來奪阿二的酒杯，弄得席上的人，摸不着頭腦。大家嚇得抖做一團，喝酒的秩序，早亂起來了。

這時幸虧阿二在場，他却爛熟這丘八哥的習慣。因爲一向在潮汕各地和那填防的軍隊，來往最熱，所以見着武裝打扮的，並不慌張。心裏却曉得今日光顧阿福家的兩個兵哥，不比那有訓練的官軍。但是他們的來意，大概十知七八。那時便站起來，和他們招呼，老媽媽母女倆，是膽子最怯的，早趁阿二會話時，一溜烟溜開了。①

席上剩着阿福夫妻倆，阿福對於丘八，雖是司空見慣，今日却是個當事人，不免懷疑擔怕。阿嫂是交際的慣家，對這沒標準的士兵，却弄得心頭十五個吊桶，七上八下。夫妻都捏着一把汗，見那阿二有些把握，替他張羅，心想今日諒無十分不好的消息。趁那阿二招呼時，不免也凑上幾句。阿嫂勉強裝着笑容，請兩個客人，補上母女逃席的缺，换了盞筷，倒兩杯滿滿的酒，恭敬奉承。這兩個丘八哥，難得這個美娘子肯賞他們的光，自是喜出望外，舉起酒杯，連乾數杯。阿二送上幾筷的菜。阿福夫妻，瞧這兵哥歡喜喝酒，便不十分恐怖了。阿二趁他倆高興，便請問兩位的營部在那裏。那個身段高的答道：“我是陳君山司令的部下，駐扎在大湖左近。”指着那個道：“他是周振斌司令的哨兵，向在關源裏一帶，新近開到西鄉來打糧的。我名叫賽鼠狼齊八，他名叫獵犬李四。我們弟兄，今天却在這江岸碰着，打算要到酒店裏喝幾杯。李四告訴我，今早遇着鎮上挑酒夥計，說這裏蔡家，有甚麽喜事，設席請客，特約我來這兒闖席的。”李四接着大笑道：“好不好，我沒騙你嗎？②今天我兩弟兄算是口福不淺呀！”阿嫂插口道：“你們兩位將爺，肯賞光寒舍時，即管遇飯吃飯，還說甚麽闖字，難聽得很呵！不過我們這裏窮村，不比城台鬧市，沒甚麽酒菜孝敬你們，你們别客氣罷！”齊八笑道：“豈敢豈敢！我若知道娘子這般和氣時，早就登門打擾了。但是今天你家到底甚的喜事，請甚麽客，我們還不明白。告訴我

① 録自《華報》714號，1936年8月24日第4版。

② 録自《華報》715號，1936年8月25日第4版。

時，我們也該預備賀禮。我們當兵的，雖然窮苦，但要預備賀禮，極乎容易。你們這兒，缺少甚麽東西時，好説給我，我只須跑到鎮上店鋪，吩咐一聲兒，他們都會馬上送來的。”阿嫂笑道：“那得甚麽喜事，將爺們聽錯了！我來介紹兩位，給你們認識罷！這個蔡阿福，是我的丈夫，他在洪山橋兵工廠當差，將爺們應該知道的。這個柳二哥，是我丈夫的親戚，他新近纔由廈門上省的。我們因爲柳二哥是個遠客，又是多年不見的親戚，所以今天弄些粗酒粗菜，替他接風洗塵。這是極平常的事。鎮上小夥計，真會搗鬼，虚報軍情，那不是笑話嗎？”阿福、阿二也跟着笑起來，阿二笑道：“四海之內，皆兄弟也！將爺們若不弃嫌，過往這裏，頓茶頓飯，他便當些。我的阿福哥哥，做人忠厚，他在廠裏該班，沒得空閒，照顧家事。[①] 這位我的嫂嫂，是個又能幹又和光的婦人家。你們將爺營部駐扎，既近在這裏，想是這一帶地方，歸你倆司令看管。將來遇着派捐派餉時，托你倆照應照應，能够輕減些須，也是好的。”

李四哈哈大笑道：“這話還等你柳二哥吩咐麽？我們這個齊八大哥，生成是鋤強扶弱，劫富濟貧的脾氣。今天既喝過你們的酒，自然出力替你們幫忙。阿福哥，你别忙罷，你沒工夫時，即管放心在廠裏當值，我們弟兄在這江邊一帶巡哨，只要你嫂子，另眼招待我們，我們應該替你保護呵！”齊八也笑道：“别説保護，便叫我們弟兄來服伺時，也是情願的。因爲嫂子做人，實在春風，還賽過我們的司令十倍呀！”阿二拍掌笑道：“齊八哥真正快人快語，如果蔡嫂子做到司令時，比什麽司令都好。别的司令，八面威風，嫂子做司令，就是八面春風。”阿嫂紅着臉道：“叔叔别鬧笑話！儂家若配做司令時，真正叫做倒竈司令了。兩位將爺别認真，我們如今説正經話，我家阿福，向來做苦工的，月間沒得甚麽出息。兩位將爺，能够介紹他交結上你們的軍需老爺，抬舉一兩盤軍裝的生意，賺得多少抽頭，比甚麽工錢都厚。”

李四搶着答道：[②]“那是容易的，我們周司令的軍需官，别號叫做洗裏鰍。人家别得罪他。他不高興時，略略滾了一滾，甚麽水都教他滾渾了。齊八哥營

① 録自《華報》716號，1936年8月26日第4版。

② 録自《華報》717號，1936年8月27日第4版。

部軍需，也有綽號，叫做鐵豆腐。豆腐本來是軟的，但是越煮越硬，豆腐上頭，加上一個鐵字，那就硬上加硬了。我們弟兄倆，要運動這一隻泥鰍，一塊豆腐，不怕不上我們的當。只是我們這兩個司令，大家都窮得可憐，我們當兵的薪餉，已欠了一年零七個月。前一個月，發了一次，却纔發到前年十一月份。要想再發一次，① 只怕還要等到卯年卯月。前幾天我們周司令的參謀，綽號穿山甲的，確曾奇想天開，獻了一策，叫做繳收甚麽四脚捐。那時定了章程，好像陳平奇計。不料給西鄉一個土豪，極力反對，這事至今還不能舉行哩！”齊八哥笑道：“甚麽叫做四脚捐？”。

李四道：“詳細的辦法，我不明白，或只聽得這四脚捐，分了甲乙丙三等。甲等便是水牛、黄牛、馬、大猪，這是活的。乙等便是卧床、土竈、衣櫥、碗櫥，這是死的。丙等便是小猪、山羊、猫犬、四方桌、長方桌、椅子，這是死活都有的。”阿福插口道：“鷄犬有沒有捐？”李四道：“那是兩脚的畜生，不在此數。”阿二笑道：“我見鄉村人家，也有養着頑的烏龜、鱉。人家家裏，都有耗子，這種畜生，豈不是四個脚的，難道也有收捐麽？”齊八道：“是呵，我瞧那打魚的，沿街叫賣那種田蛙，土名叫做水鷄的，也是四個脚，應該要列上丁等的捐輸了。”李四笑道：“若把田蛙龜鱉，都納起稅來，那這多脚的蟲蟻，不計其數哩！如果援例收捐，推行無礙，我們當兵的，還愁欠餉嗎？”②

齊八道：“別妄想！籌餉等得富裕時，都替官長的荷包做好。我們當兵的，到底免不了喝苦水。”阿嫂接口笑道：“你倆別說這窮話，現今世界，隨便甚麽執業，都是喝苦水的。還讓你們捐鐵筆大哥，容易招財進寶。你倆各喝幾杯罷，這酒是我們村裏出色的青紅酒，又釀又甜，別误認做苦水呀！”阿福道：“兩位大哥，想是這酒不對，下次托人到城裏，帶兩三罎紹興，索性請你倆喝個痛快。”齊八道：“罪過罪過，我們有這土酒喝喝，便算過分，還想甚麽紹興？不瞞你阿福哥，我們的司令陳君山，在山裏守望幾個月，窮得要死，隊裏火食，

---

① 録自《華報》718號，1936年8月29日第4版。

② 録自《華報》719號，1936年8月30日第4版。

都弄不周。我們當兵的，有一頓，沒一頓，米都沒得吃，還想有酒喝嗎？[①]陳司令本身，也是個酒友大尊。這回開到大湖打糧時，頭一天便派酒家，送了四罎老酒，他留在上頭，自己合參謀軍需，慢慢受用。我們餓得酒蟲攢到咽喉，沒望到他一點一滴。這幾天我們也如法炮製了，只難爲着洪塘幾個酒店，見着我們，不免連呼晦氣罷哩！白喝人家的酒，原是不應該的。但是官長既不客氣，難道我們當頭目的，倒客氣起來嗎？”李四接口道：“我的周司令，也是一般行徑。軍隊纔到西鄉時，好不開心。東打人家的麥，西打人家的豆。不想他的造化低，真正餓鬼碰着監齋王，却遇中房鄉一個土豪，心術比他更狠，和他排着天門陣鬥起來。周司令却鬥他不過。”阿二插口笑道：“原來你們軍隊，有秦漢、竇一虎、楊戩、土行孫，在裏頭畫符念咒？”李四道：“這是那裏說起？我不明白。”阿二笑道：“若沒有神通廣大，這幾個法師，怎麼會打天門陣呢？”李四笑道：“我說的天門陣，不是《封神傳》的天門陣。鬥法是鬥法律的法，不是鬥變化的法呀！這個土豪姓章，名叫三木，原是西鄉出名的地霸，平日是個食人肉不吐骨的大蟲，藉強欺弱。他花了幾個臭銅錢，賣張大律師執照，掛起事務所牌子來，包攬詞訟。[②]西鄉一帶，所有訴訟民刑案件都歸他一人辦理。不論甚麼案，要他勝訴便勝訴，要他敗訴便敗訴，有這樣的神通。我們周司令，真個糊塗，不看風勢。軍隊到鄉駐扎，不曾走他的門路。自古道強龍不壓地頭蛇，要和他硬幹時，自然免不了吃虧了。”齊八道：“這也難怪人們頂撞！總怪着我們軍隊，也是鬼子偷生的。如果正式官軍，槍械富足，開到那裏，便是地盤，還怕甚麼土豪劣紳。不高興時，叫做滾湯潑老鼠，一窩兒都是死。甚麼法律訴訟，教他都向有槍階級上頭來解決罷！”

李四道：“現在只爭勢力強不強罷了，管甚麼正式不正式？我們弟兄，不過當個頭目。衣食住行四要素，都要仰着別人的鼻息，何必替別人擔憂？酒也喝罄了，菜也沒有了，別儘管在這裏發牢騷。我們今天打擾人家太久了，去罷去罷！改日再來，替嫂子做壽。我們弟兄自備酒菜，便借這裏，痛快的樂一天。

① 録自《華報》720號，1936年8月31日第4版。

② 録自《華報》721號，1936年9月1日第4版。

阿二哥，阿福哥，你倆那一天閒空，預先告訴我們罷！”阿福道：“你倆何必客氣呢？今日因爲不知道你倆會來賞光，諸凡不曾設備，以致酒也不够喝，菜也不够吃。如今訂定日子，待我張羅好了，請你倆再來罷！”阿二道：“阿福哥，大後天是重陽節。[①]你廠中應該可以請假，我末，帶一兩籃西湖毛蟹，帶一大罎老舊花雕，來這兒過節。齊八哥，李四哥，你倆早些約着來罷，算我做東好不好？”阿福笑道：“重陽節却妙，凑巧你嫂子正是這一天生日。”阿二尚未答應，齊八、李四跳起來都拍幾個響掌，連叫：“好哇好哇！我們那天一定前來慶祝。阿二你不能一個子把這東道搶去，還讓我倆來預備罷！”阿二笑道：“既是碰着嫂子千秋，那更好啦！你倆不必爭着做東，我們三人，索性聯合起來，各自隨帶各自的酒菜菓品，不要阿福哥花一個銅錢便是了。”齊八、李四，也都贊成，便站着行個軍禮，說聲打攪，肩着土毛瑟都去了。要知後事，請看下回。

第四回　絕妙大體雙，葡萄架垂青偷叔叔
歡招重陽九，菊花觴浮白逕姑姑

這裏阿福家中，本來替阿二洗塵，想不到被這倆個冤桶闖了席，弄得大半天不快活。媽媽、姐姐，躲在竈間，響也不敢響，等這兩個去後，纔敢出來，還在那裏索索的抖。阿嫂笑道：“你倆老人家，[②]膽子真像螻蟻一般，怕甚麽呢？這兩個丘八，不過多兩柄槍枝，也是個尋常的人類，又不是甚麽樹神天聖，何必怕到這般田地？真正可憐！”阿二道：“別怕別怕！這兩個兵哥，還懂得講交情。大後天重陽九，他們還要來替嫂子祝壽哩！媽媽姐姐，只當他們是尋常親戚。現在總是亂糟糟時代，我們窮百姓，能够交結幾個有槍的朋友，藉着他們看家，也不怕人家上門欺負了。”母女聽阿二這幾句開解，方纔明白。阿二便要辭着回去，說：“阿福哥，你這裏地方淺窄，沒是閒房，我也不便在這兒過夜。我是個單身哥子，隨便那裏，都可歇息。我也不忙着動身，打算在省城頑耍月

---

① 録自《華報》722號，1936年9月3日第4版。

② 録自《華報》723號，1936年9月4日第4版。

餘日，便就西門街揀個客棧住幾天。嫂子不是常常進城嗎？便路到我棧里談談，也便當些。”

阿嫂會意了，便說：“叔叔，西門街客棧却便當，只是交星棧來往客人太雜，還是天馨棧、佛唵棧，清靜些。我教叔叔還是揀着佛唵棧罷！”阿二聽阿嫂這般吩咐，心裏早瞧料着八九分。如奉綸音一般，連聲應諾，說：“果佛唵棧比交星棧清靜得多，我便住在那裏罷！阿福哥如有進城時，[①]順便看我一看。”說到這裏，便覷着阿嫂，通個眼電。阿嫂微笑一笑。阿二起身告辭，出門時瞧那太陽，快要沈山，天色差不多要黑下來了。趕到江邊，雇隻圓底划子，搖頭洪山橋邊，早已萬家燈火。打發船錢上岸，喊輛車子，逕投西門街佛唵棧來。本來旅館通例，沒有鋪蓋行李，不能留宿。好在阿二做的搬架生意，聞名四遠，無論那裏棧友接水，全是熟的。佛唵棧的帳房老謝，尤其同他相好，自然無限歡迎，替他開了房間，聽他自由住下。喂！做書的你說高興了，只管阿二阿嫂，講着一大灘，未免喧賓奪主了。怎的反把邱雪藕小姐，擱在一旁，連提都不提呢？呀！列位看官，做書的只有一張口，不能兼說兩邊，如今把那搬架二，先行安頓[②]在佛唵棧裏面，回頭再說藕姑姑，諒也不遲。

且說雪藕小姐，那天怎的忽病起來呢？原來鄉村不比城市，無論那家有甚麽客到，或是請人喝酒，好比似一椿大典，遠近皆知。那天阿福設席請阿二，鬧得洪塘鎮上的人都知道，何況隔鄰呢？這位老太婆，早曉得阿嫂定來邀請雪藕，不欲女兒出頭露面，故意教雪藕假裝十足的病狀，預先鑽在被窩裏頭聲喚，所以阿嫂竟被她輕輕瞞過。那天若沒有這般躲一躲時，雪藕小姐，不但避不過阿二這急色鬼，那兩個丘八，横衝直撞，豈能輕易放她呢？這是老人家慮患預防的好處呀！究竟天生一副好容顏，十有七八，不是吉祥之兆。好比一顆夜光珠，浮在海面時，蛟龍蝦蟹，見着都要搶，落到人間，便起了許多爭奪的禍殃。何況是個傾城絕世活美人？要藏也藏她不住，這位愛女心勝的老太婆，未免空費一番心血罷！

---

① 録自《華報》724號，1936年9月5日第4版。

② 録自《華報》725號，1936年9月6日第4版。

如今且放過一遍，仍舊讓做書的，再說阿嫂。這婦人看中了阿二，巴不得兩人便滾做一堆兒。等不到大後天重陽九再會，第三日就起個清早，[①]梳着一個最時髦的抛家髻。且住，讓做書的打一個岔，現在最時髦的婦女，不是剪髮燙髮，燙得像獅子狗的鬃毛一般嗎？怎麽還有這背時的髻呢？呀，列位，須曉得在那個軍閥囂張的年間，婦女還不曾昌言剪髮，何况燙髮。這種抛家髻，便是那時最最時髦，最最摩登的了。阿嫂梳好這髻之後，揀着三四條漂亮的汗巾，噴滿林文烟花露，重復對鏡匀了粉，點了胭脂，刷就兩道遠山眉，换一身新製的襖袴，穿上雪藕小姐那夜纔綉剪秋羅的鞋，忽的記起雪藕去年贈她一條湖包蘇綾綉帕，上面綉著本地風光，一派江景，[②]遠景是金塔，近景是江邊竹籬，滿種菊花。一條漁舟，款乃烟波之間，題句是"櫓摇背指菊花開"七個行書的字。這帕曾經阿嫂向著紳富人家賣弄。有人出她二十元、三十元的代價，她不肯賣。今天因爲要去拜見新結交的叔叔，想來想去，沒得一件貴重不俗的禮物。恰好想出這綉帕來，雖是不忍割愛，但與情面比較起來，自是物輕人重。覺得備著這般絕技的綉帕，贈送人家，於自己臉上，很有光彩。打扮清楚，趁阿福不在家，順手帶兩包篦梳，對婆婆說，要進城做些生意。拔步便走，還怕路遠，步行太慢，到江頭，叫隻加快的鼠仔（船名），摇到洪山橋頭。跳上坡來，抓着一輛人力車，並不講價，坐上去，喊他快跑。這個人力車夫，瞧這婦人這般性急，却疑是那家姨太被人略誘私逃，但也不敢說破，只聽她使唤，一步迸作兩步，一直奔到西門街佛唵棧來。車夫早已跑得臭汗淋漓，[③]方纔喊他歇下，給他兩角車錢。車夫定要索起十個角子，拖着阿嫂衣襟，不肯放鬆。激得阿嫂怒火上衝，打他一個耳刮子。鬧得站崗警察，過來幹涉，把那車打了一棍，車夫還是汹汹不平。棧裏帳房老謝，也跑出來，替阿嫂解紛，結果由老謝補給兩個角子，方纔開交。裏面阿二也知道了，連忙趕到門前，見是阿嫂，好像平空掉下寶貝一

① 録自《華報》726號，1936年9月7日第4版。

② 録自《華報》727號，1936年9月8日第4版。

③ 録自《華報》728號，1936年9月9日第4版。

般[①]，連忙招呼問訊。阿嫂見着啊二，那時氣也平了，粗糙的喉嚨，也變做嬌聲軟語了。

阿二笑道：“嫂子別合這沒智識的東西計較，我們和他打架時，也失了身份，請到裏面坐罷！”一面便對老謝介紹道：“這位蔡家阿嫂，便是我結義哥哥蔡阿福的令正，難得她由洪塘江老遠來看我，便當嫡親的自家人一様。[②]下次如有再來時，請你招呼，替她打發車錢，別讓那頑皮車夫，欺負我的親眷罷！”老謝笑着，連聲答應。阿二便引阿嫂，直走到後進一所單身客房裏，喊茶房打盆臉水，泡着一壺香片緑茶。阿嫂取肥皂洗了手，喝了茶，坐定便說：“今早也難爲這個車夫，跑得飛快，我本應不合他計較，只是今天起得早，一心想到這裏來看你，忘記多帶零錢，身上光剩兩角小洋。叵耐這個車夫，伸開五爪龍齷齪的手，抓住我的衣襟，把我衣服弄髒。我急起來，摑他一個耳光，却忘記着他跑得滿頭滿面汗淋淋的，把我的手也弄髒了，你想不是晦氣嗎？”

阿二笑道：“嫂子辛苦了，因爲着我，吃這大虧，我心上好過意不去。衣服小事，過兩天我送套衣料賠償嫂子罷！”阿嫂道：“叔叔真會說笑話！車夫弄髒我的衣服，怎的要叔叔賠？甚麼道理呢？只是今天大清早起來，坐船坐車，跑着老遠的路，我身上筋骨[③]顛頓醋一般的酸痛，又受着一肚子車失的氣，越加痛起來了，怎麽好？”阿二笑道：“不要緊不要緊，筋骨酸痛，是我的治療專門，只要一半點鐘工夫，包你回復原狀。”阿嫂笑道：“呵，忘記了，叔叔却是搬架專家。那末，我要勞動叔叔，替我試試這手術罷！只是叔叔一向搬的，都是男人的架，[④]恐怕不曾搬過女人的架呀？”阿二道；“我在汕頭廈門，替那堂子班的姑娘，搬過不少，怎的不會搬女人的架呢？”阿嫂笑道：“我是不客氣的，只怕這裏地方不方便罷？”阿二道：“原來嫂子你不知道，如今婦女提倡解放，都在澡池洗浴。要男人替她擦背，剪髮店裏剪髮，剪髮匠不曾另雇女人，何況

---

① 録自《華報》729號，1936年9月10日第4版。

② 録自《華報》730號，1936年9月11日第4版。

③ 録自《華報》731號，1936年9月12日第4版。

④ 録自《華報》732號，1936年9月13日第4版。

在客棧裏頭搬架，平常得很，何必大驚小怪呢？只是嫂子，你肚子餓了，現在差不多午正了，開頓飯來吃飽再說。嫂子如不喜歡棧房的飯，這裏叫菜，非常便當，有好幾家菜館。可然亭、小有天，都近在前面。茶房你快些替我到可然亭，叫個頂好的四小碗，加料的蚌湯來。"

茶房應一聲，便跑去叫菜了。阿嫂道："早哩早哩！我還不覺餓，腿臂痛得緊，叔叔别躭閣，先做個好事罷！"阿二笑道："嫂子忒性急了，好事要慢慢的做，鬼搶饅頭般，也不暢快。要末[①]我先給你揑着筋路，把那臂灣腿灣，搓摩幾下子，屈伸便爽利了。那這'倒垂柳''倒掛鸚哥''文王拖車'，許多細論條目的工夫，等着下午再來慢慢奉承你罷！"阿嫂笑道："那裏來這一串哨語，我不懂，只要把我的酸痛弄好便算了。"

阿二道："嫂子放心，我是個手到病除的特效郎中呀！"說畢，先跑出去，向老謝耳邊，咕嚕了幾句話，老謝笑着點頭。阿二纔進來，關好房門，施展那粒粒珠搬架的技術。做書人對這按摩一道本事外行，他關着房門之後，[②]怎樣的揑筋，怎樣的挪骨，看也看不見，只剩着他倆知道，也沒工夫替這一對搭臘酥寫照了。約莫一點多鐘時，可然亭的四小碗和蚌湯都送到了。老謝進來，瞧那房門時，還是關着，老謝在窗外咳嗽一聲。阿二在裏頭應道："來了來了。"接着開了房門，老謝瞧阿嫂時，躺在床上，慢條斯理的坐起來，還拖過靠枕，斜簽兒的歪着，微微一笑。老謝道："菜送到哩！你們挨餓的工夫却好，食飽了再來睡覺罷！今天的醋炒草魚，確也新鮮。排在隔壁房間，别躭擱，冷着不好食。蚌湯凉了，我叫他再傫了送來。酒也有了，真正萬豐的老舊太雕。"

阿二阿嫂到隔房來，阿二便拖老謝陪坐。老謝道："我用過飯了，吃不下。"阿二道："喝幾杯酒，好不好？"老謝便坐下來，阿嫂坐在對面，阿二執壺，先勸老謝滿飲一杯。老謝笑道："嫂子不喝酒嗎？怎的只管勸我？"阿二道："嫂子酒量刮刮叫哩！因爲今天全仗你這老人家，替他保標，所以我先謝你一謝。"老謝笑道："奇怪了，我做甚保標呢？"阿二道："慢些兒和你說。"一面先斟阿嫂

---

① 録自《華報》734號，1936年9月15日第4版。

② 録自《華報》736號，1936年9月17日第4版。

的酒，自己也滿斟一杯，於是大家輪流着喝。蚌湯也送到了，阿嫂口渴，這碗湯，却對他的脾胃。[①]

阿嫂搬了架後，神氣雖然有些疲倦，但她心上，業已十三分愉快，也不喊腿臂痛了。更加酒動春色，兩頰梨渦，漸漸泛出霞彩，越增嬌媚。不但染過指的阿二，愛不忍釋，便是這個鬚髮斑白的老謝，心裏也嘖嘖嘆慕。一則自家自傷老邁，二則暗羡阿二，有這一段露水艷緣。想到這裏，酒也忘記喝了。阿二覷他，好像神經發作，猛然在肩上打一掌喊道："謝先生，酒冷了，換一杯罷！你儘管傻覷着，想甚麽古事呢？"經此一掌，老謝神魂方纔歸舍，笑道："我記起昨夜的夢，模模糊糊着，在這裏想。"阿嫂笑道："謝先生有甚麽好夢？想是夢着萬國儲蓄票，中了頭彩，或是上海的馬票，中了頭彩。"老謝笑道："那裏有這般好夢，我夢着看電影哩！"阿二道："電影做的甚麽故事呢？"老謝笑道："做的好像潘金蓮大鬧葡萄架，又像是潘巧雲入寺看佛牙哩！"

阿二笑着罵道："嚼爛你媽的舌根！[②]你瞧頭髮都白了，還是這般刻薄，罰你二十大杯。不喝時我不答應。"老謝笑道："我喝多了！再加這二十杯，那酒一定要湧出來。我每常酒醉，定要揀着人家臉上，向他還席，大嘔大吐起來。你倆不怕時，我便喝。"阿嫂慌着笑道："别喝别喝，我最怕人家醉着嘔吐。謝先生别勉強，隨量喝幾杯罷！"老謝道："説正經話，我有好幾天的帳，還不曾結，明早江門、鎮波兩車輪都要開到，恐怕又有客人，我沒工夫陪你倆開心哩！"説畢，便辭出去。

阿嫂臨去時，提包裏取出雪藕綉的汗巾，贈與阿二。阿二攤開細瞧，他本是一個下流人物，對於風雅物品，雖不甚合脾胃，但瞧着這般好綉藝，内行人固然視爲稀世奇珍，便是外行人，也不能不愛，况是阿嫂的贈品。聞名未曾見面的雪姑姑神技，加着阿嫂替他揄揚，也不由阿二不愛了。受着這件鄭重禮物，自念無以爲報，那時便從無名指上拉下一枚鑲寶石的金戒，交與阿嫂，説："這

① 録自《華報》737號，1936年9月18日第4版。

② 録自《華報》738號，1936年9月19日第4版。

是不算甚麽回答,[1] 待我回去廈門，瞧有可意的東西，日後慢慢補寄罷！”阿嫂這盪出門，對家中原説進城賣篦梳，如今篦梳不曾出脱，倒先脱了玉交剪，未免難於繳令，便對阿二説知。阿二笑道:“這更容易了，篦梳留在這裏罷！”取出幾張中國銀行壹圓的鈔票，交與阿嫂。

重陽佳節到了，阿嫂起得很早。梳洗光鮮，對鏡勻了粉臉，兩頰敷着淡淡廈門桃，瞧着指上寶石金戒，斗的想起隔鄰雪姑姑來。這兩天沒得空看她，不知這位可意姑娘，病好了沒有。今日打算請她來過節，只怕那個古板的老太婆不肯，我且過去撞一撞木鐘罷！

“雪藕姐姐，好幾天沒和我攀話了，你的貴恙，好了不曾呵？”

“哎呵，我只道是誰，原來却是阿嫂。請坐請坐！阿嫂，你好早起來呵！你今天不是又要到那裏做會嗎？你瞧，粉都勻好了。妹子纔在這兒梳頭，我的媽媽，還睡着哩！妹子病了兩三天，今早纔好，難爲阿嫂記掛。”

阿嫂笑道:“今日重陽九佳節，姐姐難道忘記嗎？我今天沒有做會，因爲阿福回家，打算請幾個親友過節，所以起得略早一點。姐姐，你今天身體爽快，不妨到我那邊玩一天。媽媽也請過去，喝杯酒罷。”雪藕道:“阿嫂別客氣！[2]我媽媽這兩天，也有些不舒服，恐怕不能奉命。我若去時，媽媽三餐沒人照顧。謝謝阿嫂，我們母女，只有心領罷！”

“藕兒，誰在這裏説話呀？”“呵，媽媽，是我！”“阿嫂麽，好早呀！”老母起來，穿好衣服，雪藕過來，鈎起帳子，伺候媽媽下床。老母看着阿嫂笑道:“你瞧，我年紀老了，身上稍微不如意，一睡下去，便不能早起。花紅柳緑，粉媚脂香，還讓你們年少受用，我這沒才幹的老太婆，趕不上了。”

阿嫂笑道:“媽媽説那裏話？老年人正當放寬心緒，得樂且樂，得過且過。那這起早睡遲，當家理計，原是年輕人做的，老人家何必費心呢？”老母笑道:“悲歡哀樂，都在八字上頭排布定的。你叫我得樂且樂起來，難道也像你們，塗粉畫眉，扮做老妖精嗎？”阿嫂笑道:“油蠟花粉，自然不上老年頭。年紀輕

---

① 録自《華報》739號，1936年9月20日第4版。

② 録自《華報》741號，1936年9月22日第4版。

的，若沒有妝扮，人家便看做丐婦一般。我面貌生得平常，妝也好，不妝也好。像藕姑姑這般美貌，大概是幾世修不到的，若沒有好脂好粉，好首飾，好衣服，替她打扮，未免蹧蹉一個天生麗質了。媽媽你想想，我這話對不對呢？”老母道：“阿嫂，你別顛倒的稱贊我的女兒，旁的地方，我不敢說，這裏洪塘地面，你阿嫂便算是數一數二的美人了。我的女兒，醜鬼也似，那裏趕得上呢？人家都有眼睛，批評的絲毫不錯。青春行樂，正好及時，這是阿嫂的福分大。我女兒只合荊釵布裙，蓬門作苦，萬萬沒有綺羅的運命呀！”①

雪藕趕忙攔住道：“娘別說閒話罷！阿嫂忙得緊哩！只怕沒工夫伴娘長談。阿福哥今天回來請客過節，阿嫂特來請娘，娘去不去呢？”老母道：“呀，你瞧，我這般善忘，今天正是重陽九，你父在時，每年逢這佳節，總要帶你山頭跑一盪，應那登高的時令。家裏還預備着酒菜，晚上過節。如今說着，十幾年了，好不教人傷感呵！阿嫂，你今天請的甚麼貴客？我不願見生分的人，因爲年紀老了，不能招呼，更加這兩天賤體有些不快，還是不去的好，謝謝你罷！”阿嫂笑道：“媽媽真客氣了！媽媽是個長輩，還要給那晚輩招呼嗎？我們這鄉下地方，也沒有甚麼貴客會到這裏，無非自己家裏買着幾碗祭祖，阿福便請一兩個親友，他們男人歸着男人一席。我們女人，另備一席，有甚麼不便呢？說起女人，並沒生分的，就是我的婆婆。②我的姑姑，連我算做三個，添了媽媽母女，一起只得五個人，那有旁的女眷呢？”老母想一想道：“既是這樣，我便來領你的情，藕兒留着看家，不必去！”阿嫂忙道：“媽媽，肯賞我的臉，我是非常感激，只是我的婆婆，心愛藕姐姐，見着她時，一定格外喜歡。藕姐姐如不來，婆婆定會怪我不會請客。媽媽，如果念我至誠，何在多帶一個藕姐姐呢？”說罷，叉着手，連拱帶揖，不斷的懇求。老母却不過面情，只得勉強答應。雪藕搖手道：“哎呵，我不去，我不去！我這卑田院衣服，見不得人，阿嫂何必苦人所難呢？”阿嫂笑道：“姐姐別忙，只要你肯來時，要我預備甚麼衣服都有。到我那邊過節，原用不着妝束，只是姐姐近日，也忒自作踐了。我瞧你臉

① 録自《華報》742號，1936年9月23日第4版。

② 録自《華報》743號，1936年9月24日第4版。

上灰塵，擦得一塌糊塗，洗都不洗。這是甚麽用意呢？時光還早，我來替你打扮罷！”

阿嫂替雪藕挽了一個墜馬髻，連忙回去，取了兩套衣服，一套顔色老些，是借給媽媽穿的。一套鮮艷的夾襖袴，迫着雪藕穿上。不由得母女執意，站着催促他倆，把門鎖上，十分勤懇的，招呼到自己家裹來。時間還早，阿福尚未到家，那二個客人也未來。母女已有阿福的媽姐兩人招待，她們老人家見着，自有許多婆婆經奶奶經演講，無庸做書人浪費筆墨了。如今且說那寓在佛唵棧的阿二，因爲要替阿嫂做壽，自己要格外好看，預備着一大籃湖蟹，一大罎紹興，一大簍水果，還添上許多罐頭食品，各種雜味調和，雇人挑至洪山橋。順路逕到兵工廠，邀同阿福，在橋邊雇隻四槳快船，搖到洪塘江岸。只得午前十點半鐘，把那酒菜，搬到阿福門口。阿嫂歡笑，連忙迎出來。要知後事，且讀下回。①

第五回　計拙倒繃孩，野猫三揮拳懲暴客
飲酣商拜母，獵犬四屏息覯真姝

阿二拱着手，先給阿嫂拜了生日。阿嫂笑道：“難得叔叔老遠跑來，預備這麽多東西，累你這樣破鈔，儂家怎樣過意得去！”阿二道：“嫂嫂別客氣，自家人還說這話嗎？那兩個丘八爺，來了不曾？”阿嫂道：“不曾來呀！”阿福道：“他倆不來也好，讓我們自家人，樂了一天。我還要到鎮上，添買幾碗葷腥，大嫂你陪着二叔談談罷！”阿嫂笑道：“陪客是應該的，只是今天請到隔壁邱家母女二人，她倆是個古板，有點書獃氣。我今天陪女客要緊，沒工夫陪男客哩！”

阿二問道：“便是那天請不到的藕姑姑嗎？那是格外貴重的，嫂嫂別怠慢着，趕緊進去招待！我是自己兄弟，熟不講禮，還要你來陪嗎？今天待我自己來弄菜，我當過大碼頭飯店的厨子，烹調工夫，雖未必討人喝采，比較你們鄉下，總勝幾倍。”阿嫂道：“原來叔叔是個烹調好手，真正能者多勞了。本來不

① 録自《華報》744號，1936年9月25日第4版。

該勞動叔叔，只是我們弄的碗菜不中食，索性苦你叔叔一場，抬舉我們也嘗嘗這可口的菜，改天做一下謝勞罷！哎呵！纔說曹操，曹操便到。你們瞧，那邊岸上粗工，挑着一擔，後頭押着兩個兵哥，不是老齊、老李嗎！”阿福、阿二回頭一看，都說是他是他。阿二道：“這一擔若是葷腥，儘够享用了。阿福哥，不要花錢去買哩！”阿嫂掩着阿二向他耳朵吩咐道：“我有一句要緊的話，託你說與這兩個冒失鬼知道，今天藕姑姑在這裏，[1]他倆要擔待着我，凡事規矩點，别胡鬧，萬一把她嚇着跑回去時，我這主人家面子下不來哩！”

阿二點頭道：“嫂嫂放心，我自會調停，這兩個丘八先生，還講些情理。”話尚未完，齊八、李四，早已大踏步趕到門前了。那個挑担的粗工，放下担子，齊八、李四，先趕過來，向阿嫂行個軍禮，又鞠個九十度的東洋躬。阿嫂笑道：“難爲你倆將爺記着，又花了錢，儂家那裏當得起呢，都請裏面坐罷！”齊八、李四，又向阿二、阿福倆招呼着，大家行了見面禮。齊八纔說道：“阿二哥，那天所訂的預約，我倆是滾熱的記在心頭，别說在這裏過節樂一天呀，便是嫂嫂的千秋，我倆應該早來伺候纔是。我今早六點鐘，就跑到鎮上酒館裏，抓着店老板，叫他替我代辦兩桌葷腥酒果，叵耐這老板東推西推，惹得我性起，拔出刺刀和他講價，他纔貼貼伏伏的幇我張羅。這個挑担的，便是酒館的厨子。一客不煩二主，索性叫他帮忙煮炒，免得阿福哥自家動手，豈不爽快。我預備好了，李四哥還不見到，我一逕尋到他家裏，原來他給天雷打着了。他的兄弟老六，賭輸了發起昏來，[2]趁他阿哥睡着，五更時候，偷偷的穿了阿哥軍裝，把那一桿土毛瑟抓着，要想到那裏綁一票，發發洋財，賠補他的賭本，真正糊塗了。這時候大家都在酣睡裏頭，有錢人家的門户，關得牢子般堅固，鑽也鑽不進。只剩着豆腐店，是趕四更做工的。他記着做豆腐的野猫吴阿三，有個女孫子，纔五六歲，想綁她一綁。花了幾個銅板，進去買碗豆漿，順便探看那女孩子睡醒了沒有。恰好野猫三的老婆，起來磨漿，那女孩子正在磨架旁邊。老六抓起孩子，抱着便走，連槍都忘記帶了。那孩子怕得哭起來，這個野猫三，不

---

① 録自《華報》745號，1936年9月26日第4版。

② 録自《華報》746號，1936年9月27日第4版。

是好惹的，瞧這光景不對，連忙拾着槍枝，拔步便追。老六抱着一個孩子，走路累了，不十分快，被阿三幾個大步，便追着。[①]就把這毛瑟柄頭，向他腿灣上盡力一撞，老六撞跌了一交，孩子更哭得厲害。野猫三是會短打的，抓着老六，送他幾十下拳脚。老六殺猪也似，喊起痛來，鬧得附近人家店户，都從睡夢中驚醒，個個開門出來查問。野猫三手略放鬆，老六趁亂一溜烟走了。野猫三奪轉女孩子，反拾得一桿槍，你想他多麼得意。叵耐老六回去，響也不響一聲，鑽到被窩裏頭便睡了。四哥起來，尋不着這桿毛瑟，衣帽也不見了，只疑昨夜失了盗，喊老六時，却見帽子在他枕旁，號衣也穿在身上，越發摸不着頭腦，推他醒來。問時纔說明白，急得老四，熱盤螞蟻也似，迫着老六，賠償這桿毛瑟。弄得兄弟打起架來，正在不得開交，恰好我也到了，查明情由。幸虧這個豆腐店的野猫三，我認識的，便道：'你們弟兄，別儘管瞎打瞎鬧，這桿槍支，如果落到阿三店裏，我擔任替你索還便了。只是老六，下次切不可做這勾當呀。'老四氣不過，告訴我道：'我們天天打雁，今天被雁啄着眼睛。你叫我怎生不氣呢？'我催着老四，把他兄弟身上軍裝剥下穿好。兩人廝趕着，到野猫三店裏交涉，托言老四酒醉了，同他開頑笑，不是有意做綁票的勾當，你不應該誤認，更不應該奪他這槍。槍是老四當班的，報給司令部知道時，小題大做，只怕你這吃飯家主，安不着脖子上咧！阿三還是悔悔的說蠻話，虧得他的老婆怕事，迫着他把槍交出，這事算是告了結束。只是躭閣得工夫大了，來到這裏時也遲了。"[②]

齊八說這一大灘的話，這裏左右鄰舍，都聽見了。大家圍攏來聽，當做一段有趣的新聞。那個老漁翁天旺伯，也站在那邊聽。覷着李四笑道："我早晨到鎮頭趕早市時，怪道街上沸沸揚揚，都講昨夜有綁票，還說眼見那綁票大王，三頭六臂，有碗大的眼睛，鈎鐮的鼻子。我纔罵他們瞎三話四，原來却是你這位將爺的令弟，真稀奇了。"李四氣勃勃的搖手道："別說別說，這是我家庭不幸，纔出這不肖的兄弟罷咧！"

---

① 録自《華報》747號，1936年9月28日第4版。

② 録自《華報》748號，1936年9月29日第4版。

阿二笑道:“李四哥,你别動無名火氣。今朝有酒今朝醉,我們還是快點弄起菜來。天不早了,還提這鏖糟的隔壁帳做甚麽呢?”阿嫂道:“難得你倆今天替我作光,我心裏着實感激,只愁這裏房舍窄狹,傢生欠缺,不委屈你倆了,别儘站在門口,都請到屋裏坐談罷!”阿二道:“屋裏地方太小,房間又有女客,成想不如移出幾張棹椅,便在這株老榕底下,鋪排坐位,豈不便當?今天天氣又好,又没有風,望着江上景致,金山塔便在對面,真山真水,好比一幅畫圖。你倆高興起來,多喝幾杯,對着這邊有水有船,售一套《單刀赴會》罷!”李四拍掌道:“在這裏樹下喝酒更妙,我不唱《單刀赴會》,便唱起‘孤王酒醉桃花宫’罷!”① 天旺伯也笑道:“我來唱一段《討魚稅》最好。”阿嫂笑道:“也好也好,我也來凑個熱鬧,唱一套《盪湖船》罷。”

這裏衆人說笑時,阿福已帶那挑担厨子,搬出一張四方棹,幾張骨牌椅,放在樹根旁邊,大家隨意坐下來。阿嫂告明要到裏頭招待女客,齊八問阿二甚麽女客,怎般要緊。阿二附耳告他,怎個女客,怎的人材出衆,怎的技藝驚人,怎的書卷精通,怎的舉止正派,説得十分鄭重。齊八驚异道:“二哥你别搗鬼罷?若説這個堂客,從城台來的,我還有點相信,你説她住隔鄰,我差不多,這地方,一個月至少也巡哨十次八次,向來不曾見有這般出色神仙。你這話那裏來呢?”阿二道:“不但你倆不曾見,連我也不曾見哩!我在先聽阿嫂説他好處,我也像你這般不相信。昨天從阿嫂手上,瞧見她的綉品,真正蓋世無雙,人間少有。如果不是個十全美貌,萬萬不配有這般十全工夫呀!”

齊八道:“你耳皮忒軟了,但憑一件綉品,便信他才貌雙全?萬一變個癟嘴的老太婆,或且變個黑炭麻臉的村姑奶奶,你不上人家的當嗎?”阿二道:“别人説的,我自然不在意,阿嫂親口告訴我的,他豈有無故騙人的道理?你這般駁我,不是駁我,分明是駁阿嫂,你真正有罪過!”齊八跳起來道:“我錯我錯!該打該打!你别當我在説話,只當狗屁罷!”李四見兩個人咬着耳朵説話,聽不明白,問道:“你倆商量甚麽私房密話,這般絮絮叨叨?”齊八道:“别響别

---

① 録自《華報》749號,1936年9月30日第4版。

嚮，你過來，我告訴你罷！”便把剛纔和阿二所說的話，也附耳告給李四。①

李四笑道：“你何必狐疑，我替你充個臨時偵探罷！好比衙門辦案，要尋連帶關係的證人，頂要緊是左右鄰舍。這個女客，就算個案中事主，阿嫂算個左臨，再找一個右鄰，證見纔全。分明排個右鄰在這裏，我查他一查，就明白了。”於是便拖着天旺伯，走到江下，蹲在釣魚的石步上，細細查問，恰好這個漁翁，也是好管閒事，多嘴多舌的，便把雪藕的年齡品貌，連她母女，遷到這裏的經過，一塌刮子，背書也似的背出來。

李四聽罷，便猜道：“着呀！這位邱家媽媽，大概和我有些親戚，她先前往過我伯父李名揚家中，她的丈夫，是我伯父的表弟，我一向當兵，不理家事，只知道這邱家母女，從前家在鳳崗裏，因爲遭了回禄，纔投奔我的伯父。我伯父在世時，狠敬重這倆母女，叵耐我這兄弟老五老六，都是不成材的壞東西。我只聽得母女倆，被他們熱趕出來的。不想却流落在這兒，可憐可憐！這個小姐，我從前好像見過面的，果然生得好，只是那時年紀還小。小孩子生活，誰都不注意，光陰真快，不想如今長成了。”天旺伯笑道：“恭喜恭喜，原來都是你的親戚，你有這般親戚，實在難得，只是母女日食難度，針黹苦工換的錢也有限，那裏得個慷慨高親，提携她倆纔好呀！”② 說罷，連聲長嘆。

李四滿心得意，想向齊八、阿二前誇耀，這老漁翁蹲在那兒，眼覷江流，自言自語，也不在意再聽他的話了。一谷碌跳起來，走到樹下，只剩着椅桌在那邊，尋他們時，原來都聚在竈間。燒火的燒火，操刀的操刀，烹調的烹調，這幾個人，都聽阿二的指揮。阿二站在鍋邊，正做紅燒牛肉。挑擔的厨子，也蹲在水桶邊，洗黄芽韭菜，預備做肉餃子的餡，齊八握着斧頭劈柴。李四說：“二哥，也派我一個執事罷！”阿二道：“你懂不懂做菜呢？”李四道：“我不懂。”齊八道：“你不懂時，請到外邊坐地，豈不寬閒？”李四道：“我一個子閒坐，沒有甚麽味道呀！”阿福道：“四哥幇我料理茶水好不好？”李四道：“也好也好，燒湯、泡菜、燉酒，我都會，我來幇你的忙罷！”

---

① 録自《華報》750號，1936年10月1日第4版。

② 録自《華報》751號，1936年10月3日第4版。

人多事易舉，今日酒筵真快，只得兩點多鐘，兩桌菜都弄齊了，別看阿福是窮檜，小小屋裏，所藏盤碗匙箸却多。他在廠裏，當茶房丁役，別的沒有甚麽好，那這盤碗匙箸，都是整副偷回來的。莫說兩桌菜，便是十桌傢生，也能包辦。今天這株老榕樹，算是交着好運了。丫叉上頭，供着樹神，一向香火，寂寞得可憐。阿嫂主意，把今天的菜果，滿裝十幾碗，先向樹神面前燒了紙。齊八、李四，高興不過，點起香燭，放了鞭炮，化了幾陌元寶紙錢。阿二纔把那菜，分做內外兩席，外面男客，是天旺伯、阿二、齊八、李四，連阿福五個人，裏頭女客，是雪藕母女、阿福的媽姐，連阿嫂，也是五個人。男客都會喝酒，把阿二所帶的萬豐花雕開用，女人會喝的只有阿嫂。①

邱媽略飲些須，把齊八送的土製鷄老開用。今天湖蟹，格外鮮肥，雖不及上海的蟹，也將就充得過。大家樹下環坐，猜起拳來，東一杯，西一杯，喝得异常起勁。阿二、李四兩人，是另外有心緒的，意不在酒。阿二思想，是極端混賬的，他滿心只在藕姑姑，希望阿嫂替他做個過渡的紅娘，要達到一箭雙雕的目的。李四雖是粗人，心性却直，他確沒有甚麽妄想，他滿心也在着藕姑姑，打算趁着今天，認個親戚，將來慢慢想法，替這母女遷到妥善地方。齊八是個糊塗蟲，喝着酒時，甚麽都忘記了。李四要說出自己與邱家母女關係時，瞧齊八這樣貪杯，看看醉將上來，和他說也無益，所以默默的也不說甚麽。這個老漁翁，有話本是藏不住的，更加有些酒意，越發忍不來，便開聲問李四道：“李將爺，你說與邱家母女有親，這話是真是假，如果真有親戚時，正叫做踏破鐵鞋無覓處，得來全不費工夫了。趁這今天好日子，待老拙替你給邱家媽媽說一聲，介紹你們會了面，叙叙這幾年的疎闊。將來母女倆，添着一門親戚，也不孤單了。”②

席上大家聽這話時，都摸不着頭腦。天旺伯便把剛纔在石步旁邊，與李四密談的話，都說出來，大家拍掌稱奇。齊八乘着酒興，向李四道賀。阿嫂在裏頭，也知道了，出來問個明白，便說：“這是難得相逢的！那末，不勞天旺伯介

① 録自《華報》752 號，1936 年 10 月 4 日第 4 版。

② 録自《華報》754 號，1936 年 10 月 6 日第 4 版。

紹，我替李將爺報告罷！”邱家老母，年雖老邁，耳朵却未曾聾，記性還好，午前聽見齊八在門口説的老六綁票一事，心裏便猜到這般行徑，很像李名揚第二子。這個李四粗豪的聲音，也有些仿佛相熟。因爲阿福的母姐，只説是兩個掏槍的兵哥，還訴説那天無故闖席，吃去好多酒菜，把他倆形容得像強盜一般。虧得阿嫂説話在行，説這兩個當兵的，很懂道理，今天的酒菜，便是他倆和那姓柳的二哥，破鈔相請，把他們三個人的性情，説得非常之好，母女纔略略放心。①

及至阿嫂替李四介绍，老母却記得他是李名揚的侄兒，很想見他一見。雪藕小姐，似乎有些爲難，怕見這生分的丘八。阿嫂笑道：“姐姐膽子，只有芝麻般小，丘八也是一個人，不過服裝有些赳赳氣象罷了！並不是吃人的老虎，怕甚麽呢？况且他是姐姐嫡親的中表，不過隔別多年，沒會過面，有甚麽生分呢？”老母道；“既是李四哥一片好心，念着親情，明天請他到我舍間相見罷！”

阿嫂出去傳話，李四答應，阿二、齊八，心裏都有些不自在。阿二道：“今天沒有我報告齊八哥時，這親戚管叫你一百年碰不着，要見大家公見，不許你一個人私見。”齊八道：“不錯啊！我和四哥，是拜把子兄弟，比胞兄弟更爲親密，你四哥的親戚，難道不是我的親戚？四哥登堂拜母，我也要登堂拜母。”阿嫂瞧他倆都有七分醉意，恐怕鬧出岔子來，不免左右爲難，便笑道：“説起拜母，也是敬老尊親的好意，邱家媽媽是最慈祥最仁愛的老人家。你倆果是一片至誠，媽媽總不至十分推却，我再替你倆罷。”老漁翁接口道：“長輩見晚輩，是不折本錢的，請媽媽不必客氣，索性今天在這裏給他們通通拜見，豈不直捷爽快呢。”②

阿嫂笑道：“天旺伯，你不知道，媽媽老年人，很講情面，祇須噴噴符水便靈，但愁這個藕姑姑，癖性古板，她又最怕生人，怎麽勉強她？我也做不到，還請你這老人家，充個説客罷！”老漁翁酒喝够了，仗着一時勇氣，連聲答道：“我來我來。”便放下酒杯，站起來，大踏步走入房間，果然不上幾句話，便把

① 録自《華報》755號，1936年10月7日第4版。

② 録自《華報》756號，1936年10月8日第4版。

母女倆請出來。阿嫂在套間拖幾張椅子，請母女天旺伯坐定，喊阿福帶三人進來。往日的雪藕姑姑，遵從母教，污面破衣，扮做窮苦村姑模樣，誰都瞧不出她是天人相貌。今天給阿嫂替她淘洗乾净了，換套鮮艷衣服，分明變個粉妝玉琢的藐姑射仙子。

沒說阿二、齊八，兩人見所未見，便讓舊年認識的李四，也辨不出當日容顔。他們三人，借題拜母，那裏把這鶴髪老太婆放着心上，緊要目的都在這個藕姑姑罷了。他們未見這個佳人以前，大半當她像阿嫂一流人物。見了面後，纔覺這位小姐，艷如桃李，冷如冰雪，與狐媚鶉奔的阿嫂，差到天淵。不但重話不敢說，連這醺醺酒氣，都嚇醒了。《紅樓夢》書中，說的是“氣兒大了，吹化了林姑娘”。這時他們確有這般心理，只怕酒氣太粗，把這絕代美人熏壞。不得不假揑斯文，都妝做彬彬知禮的樣子。列位，你想一個閨秀的魄力神煞，多麽大呢！要知雪藕姑姑，怎麽對待這三個寶物，且看下回。

第六回　浩浩蕩蕩整師干，青山緑水兵家物
滴滴涓涓開利藪，鬼火民膏大府財

且説邱媽受了李四等拜見之後，阿嫂很會招呼，調開坐椅，請各位簸箕式坐下攀談，阿福母姊，也參與着旁聽席。邱媽詢問李四，近年弟兄情狀。李四述了大概，説伯父身故後，遺下二十幾畝稻田，幾口魚池，十餘處園地，都給這老五老六，敗乾净了。現在只剩着祖遺房屋一座，他倆五次三番要押，虧得自己不答應，纔擱下來。不然，連自己都無家可歸了。邱媽長嘆一聲道：“積善之家，必有餘慶。這話大概靠不住的。你伯父在世，何等厚道！不想這兩個畜生，不爭志氣[①]，把父親千辛萬苦做的家業，全都破蕩在鴉片牌九裏頭，豈不可惜！僥倖你這侄兒，還能自立。我只怪你伯父愛子愛昏了，把遺產通給這倆畜生。若分些與你時，這幾畝田地，還不至改了姓哩！我問你，昨夜鬧出綁票罪孽的，便是這個老六嗎？”李四道：“不是他，還有誰呢？”齊八閉着半晌的

① 録自《華報》759 號，1936 年 10 月 12 日第 4 版。

嘴，聽到這裏，有機會搭檐了，接口笑道："說起老六，真是胡鬧！今早若不是我替他排解時，四哥的槍，怕不容易找回。"阿二道："軍械還怕他藏匿嗎？不過動起大題目，難爲鄉里罷了。"

天旺伯道："老六固然亂做，那豆腐店的野猫吴三，也是個頂壞的壞蛋，平常倚仗有幾步臭拳脚，慣會欺弱，這混帳東西，須得懲戒懲戒他纔好。"李四道："這事分明老六不是，不能怪他，我生性不肯護短。"邱媽點頭道："四哥說話很公平，我聽說現在當兵的，仗着一把槍枝，横衝直撞，十有八九，不講公理。總而言之，無非百姓遭瘟罷哩！如果能够保境安民，主持公道，便是難得的好兵。俗語說的是，公門中好修行。現在武人當權時代，軍營強過公門，我只望你們當兵的念念不忘着軍營中好修行一句，便是自求多福了！"①

李四、齊八，連應着幾聲是。阿二暗笑這個老太婆，真個蘇州白叫做壽頭碼子，竟向土匪面前，說起《感應篇》來。似這般對牛彈琴，他們那裏聽得入耳呢！難爲這位小姐，天天伴着這腐氣媽媽，消受那古家庭的冷淡滋味。一些風花雪月，都沒有領略過，真也可憐。阿二心裏這般想，眼睛不瞬的，在着藕姑姑臉上。李四、齊八，雖有時也偷覷兩眼，總不像阿二忘其所以般傻看。邱媽書痴氣發作，只顧發揮他的言論，却不防這幾個目淫式的舉動。藕姑姑早覺着了，默默的把頭低下，眉眼間隱隱露出薄怒。座中却急壞了阿嫂，她別個如何神色，倒不十分經意，只恨這阿二膽子忒大，敢在自己面前，排出得隴望蜀的姿勢。礙着大衆在座，不便醋海興波，但這一時酸溜溜的味素，不能遏制，便借着倒茶機會，故意失手。把一個雨過天青的蓋碗，摔在地下。嘩啷一聲，零星碎裂，纔把阿二的魂靈兒，嚇得歸竅。

雪藕小姐，腦覺最敏，瞧出阿嫂神情不對，趁着摔碗餘聲，霍的站起來，牽着老母衣襟道："娘，我們家去波。今天吵得人家够了，客去主人寬，也好讓姆姆姊姊們歇息罷！"邱媽也覺着阿嫂這碗，不是失手破的，却猜不出甚麼緣因。只知道主人有些不快，總是取瑟而歌的用意。借着女兒要走，便趁勢起立告辭。阿嫂苦留不住，只得同着阿福、姆姐，及幾個男客，送至門口。雪藕替

① 録自《華報》760號，1936年10月13日第4版。

老母道謝，對衆人福了一福，驚鴻也似的扶着娘去了。

雪藕回家了，這裏衆人也猜道主人不歡。撤了席後，大家略談幾句閒話，向阿嫂、阿福，道了打擾，也分途自散了。這一天過了重陽佳節，算個無事。列位們，若是到底無事，做書的犯不着動這無謂筆墨，寫出這費力不討好的文字了。須知道燎原起於星火，巨浸發於涓流。若沒有今日重陽九的飲啖，藕姑姑也不會露面，後來滿城風雨，便也無從發生。[①] 他們這一淘下流社會的冤桶，懂得甚麽叫做關繫。這次酒酣耳熟，認做一場佳話，不免信口傳揚，把這藕姑姑才貌，說得天上有，地下無。豈有不引那些遊蜂浪蝶，尋香來嗅呢？

如今暫擱一筆，先說阿二忽然交着好運了，那天回棧時，老謝交他一封廈門電報，却是他的哥哥柳大年拍發的。老謝替他繙繹出來，先給阿二道喜。原來柳大年鑽營着金門縣知事，早就接篆下車了。電催阿二馬上就要動身，署中留着庶務課一缺給他。原來柳大年與阿二是同胞兄弟，素常脾性不甚對勁，大年運氣未出，流寓廈門做無常職的閒民，也有好幾年了。遇着緊手時，很多謝阿二接濟。這次平步青雲，握着百里侯印柄，心想自己做到縣長，兄弟還執着搬架賤業，未免辱沒縣老爺體面，所以電召他到縣，捧一個好看的飯碗。[②]

阿二早懂大哥用意，便對老謝道："你以爲老大是抬舉我嗎？我要這勞雜子的庶務做甚？最多不過給我幾十塊罷了。我只做個勞工百姓，月間收入，至少有兩三百元哩！誰耐煩做官親！"

老謝冷笑道："你也忒憊賴了，排着一個親王般的課員不做，難道當搬架要當一世嗎？這也難怪你的大哥！爬着馬上，面子自然要顧的，你何苦扯他的臉呢？縣衙門幾十元薪俸，便算好缺，你嫌少時，難道盲猫抱死鼠，不會弄些油水，貼補貼補嗎？你瞧現在隨便甚麽衙門，當庶務的，個個都發了財，怎的這般看不起？"

阿二想了想道："不錯不錯，我聽你的話，便跑一盪罷！"老謝道："我有個侄子，叫做謝春，他寫算俱佳，你帶了去，隨便在課裏補個丁役，便感你的

---

① 録自《華報》762號，1936年10月15日第4版。

② 録自《華報》763號，1936年10月16日第4版。

情。”阿二笑道：“寫算俱佳，補個録事豈不好，怎的要補丁役呢？”老謝道：“你不懂，録事不過十幾元薪水，沒得絲毫出息兒。當丁役便可出街買辦，抬舉他賺些零錢，還可以幫你敲敲老百姓竹槓，不比録事強過十倍嗎？”阿二道：“是了是了！照你這般行辦，你替我寫好船票，我不躭擱，日內便動身。”老謝道：“船票容易，後天海龍可到，我替你張羅一切便是。”①

阿二摒擋赴廈，先到廠里給阿福告辭，順路也到洪塘，辭了阿嫂。心裏設罣雪藕，想臨行再見她一面，却被阿嫂攔住，說那天被你儘管瞧她，她動氣了。阿二也知道阿嫂拈酸，不敢分辯。因爲行動緊促，沒工夫找那倆丘八辭別，匆匆要去。阿嫂掩着，吩咐多少肉麻的話，阿二又破費了幾張鈔票，纔得分手。

阿二離省之後，洪塘江上，多麼寂寞！有話便長，無話便短，光陰迅速，一年容易，又到秋風。列位知道書中所叙的事，在着甚麼時期呢？這時黨軍尚未入閩，正是惡軍閥焦應瀛，移軍出發上游時候。那這洪山橋透至洪塘江，竹崎上至水口延平，都被這如狼似虎的丘八爺，蹂躪得不亦樂乎。軍隊封禁船隻，驅逐商農。②

最利害的却在那年八九月，那時有個省議會議長林西園先生，目睹村民可憐情狀，賦有《洪江即事》絕詩四首，寄給做書的。這四首詩，可算得最有價值的地方軍事小歷史。

“大旗日暮夾江多，鶯燕驚飛□鸛鵝。水上最宜横槊飲，□教紅袖聽高歌。（船妓避匿）”“鄉里無丁尚有家，緑郊人馬亂於麻。執炊不應河陽役，椎髻街頭學挽車。（焦軍迫村婦拉車）”“橋下投鞭水濺衣，官船多處估船稀。江村鷄狗饑無食，山後山前戰馬肥。（商船歇業）”“野市無人八月寒，鱸魚正美趁墟灘。青山緑水兵家物，那有烟波着釣竿。（魚市閉門）”③

讀這四首詩，便曉得那時焦家軍隊，所占洪江地面，以及沿岸遠近村莊，揚威耀武，隳突叫囂，吵得老百姓不能安居樂業。焦軍陸續開去上游之後，西

① 録自《華報》764號，1936年10月17日第4版。

② 録自《華報》765號，1936年10月18日第4版。

③ 録自《華報》766號，1936年10月19日第4版。

村人民，依舊不得安閒。土匪乘虛出沒，借題籌餉。前門虎去，後户狼來。那這陳君山、周振斌，兩支依草附木的隊伍，又有生氣了。先前陳部駐在大湖獵食，周部駐在西鄉獵食，刮地皮刮得太兇，兩處都弄出小小民變。西鄉地霸章三木，與陳君山是素常要好的，想借陳部的勢力，驅去周部，便趕到大湖，與老陳當面接洽。

老陳說："我與周振斌原有交情，犯不着和他決裂。子彈來源不易，無故開火，把子彈打缺了，用甚麼接濟呢？大湖百姓與我也有些齟齬，索性由我派人，與周振斌磋商，彼此換防。只是兵無糧不行，開拔費，草鞋禮，要出在地方。你回去作速籌備罷！"三木諾諾答應，不上半個月，果然彼此對調，地方上空費一項冤錢。結果只是以暴易暴，三木倒賺得一筆好油水。周振斌移隊大湖，因爲不是正式官軍，只怕附近北軍乘機繳他的械，想出傀儡牽綫的辦法，預先與陳君山商議，必須托人向省防司令季至冬部下疏通。只苦沒有路徑，却虧哨弁獵犬李四，探得絕好的門路來。[1]

原來這幾個月以前，蔡家阿嫂，斗然爬上高枝了，她結識着一個熊七爺。熊七爺不過一個長隨，來頭却不算小，他是焦督軍弟弟焦應棠的差官。阿嫂怎的會結交這個紅差官呢？說起來不免七屈八曲。城内開元樓旁邊，原有一家老字號篦梳店。店内發客的篦梳，的確是洪塘上地道貨色。這家店鋪，雖開在旮旮口裏，生意却是馳名四遠。阿嫂携帶篦梳，遇到不够售賣時，就近多在店裏盤用。店家遇有辦貨時，也常常托阿嫂，替他下鄉打包，由是這店便成爲阿嫂打尖的行在。這一條路，便成爲阿嫂來往必由的路。附近法院照墻後，叫做顯巷，巷裏有一家藏垢納污的烟館。光顧吸烟的，上中下社會，諸色人等都有。

這家烟館主的老婆，是清季著名的粉墻妹。[2]她在年輕時候，曾經度過惑陽城、迷下蔡的生活。徐娘老大，烟癮已深，便合這個烟館主，訂了白頭之約。她的條件很簡單，衣食用之外，供給她下半世的黑糧。說起抽烟的程度，這位女掌櫃，算得極端考究。她不吸土膏，單吸紅膏，紅膏還須趁煮膏時，選擇第

---

① 録自《華報》767號，1936年10月20日第4版。

② 録自《華報》768號，1936年10月21日第4版。

一次濾出的清膏。她年雖半老，還不肯馬馬虎虎的梳妝。她通髮所用篦梳，必要洪塘出產的妙製麻竹篦。閒時自到篦梳店揀選，因此會着阿嫂，數語投合，阿嫂有時也常到她的烟館盤桓。

這位熊七爺，天天都到館裏過癮，碰見阿嫂好幾回了。細問館主，知道這個千嬌百媚的尤物，可以偷營劫寨。恰好這間烟館外面一座，租給一個綽號白日鼠阿清，專營這小巧合基生計。他收拾兩間小豹房，床帳陳設都有，作爲兩性發洩獸慾的壇場。很有許多善男信女，要達目的，都喜歡利用這間便陽臺。阿清從中取利，收入很豐。這個白日鼠，人雖瘦弱，却會幾步拿手拳脚，平日也結交幾個有勢力的軍警，做他後盾。所以地痞衙役探捕，不能吃他的横水。熊七爺也算阿清有力的靠背，七爺身邊，有的是錢，火到猪頭爛，錢到大事辦，旁的沒有甚麼問題。只差不曾徵求阿嫂同意，便托女掌櫃秘密斡旋，替他做個媒一介。①

女掌櫃也是竹槓辣手，覷着老七荷包，給她敲去百元，只把四十元交與阿嫂，自己平空吞沒五分之三。阿嫂意也足了，於是便與老七逕入阿清小豹房，罄控縱送，成其好事。熊老七的東家焦應棠，也是個嫖賭都頭，鴉片一物，尤其是他惟一的消遣品。晚上抽烟過了癮時，便叫老七尋個把土娼來陪宿。城台有名的“半開門娼户”，被他頑厭了，定規要老七找個良家少婦，給他解饞。老七挹注自己的荷包，全仗這幾樁頑意兒，借題好揩他肥油。良家少婦，不比路柳墻花，可以隨意攀折。②一則倉猝尋覓，未必文能對題，而且不容易尋覓。二則這筆豐厚肥膿的代價，只可一口氣吞來，以供自己澆裹，不願分潤別人。於是便向阿嫂切實計議，把她介紹上去。阿嫂初時不肯，大罵老七不要臉。

經老七三跪九叩首，還雙手進貢她五十元遮羞錢，阿嫂纔勉強答應他一度春風。那曉得應棠這個大老官，眼睛識貨，見着阿嫂，真個五百年冤孽，棍打不開，說這個雌兒，纔合我的胃口。從此旁的剩粉殘脂，一概不要了。馬上便給熊老七三百元賞封，把阿嫂硬留在公館中，停眠整宿，兩三個月，不放她回

① 録自《華報》769號，1936年10月22日第4版。

② 録自《華報》770號，1936年10月23日第4版。

家。阿嫂居然做起焦應棠二大人的姨太來了。阿福也知道了，羡慕焦家將勢焰，大有“願作金龜不羨仙”之意了。①

那時焦督軍帶兵出發，浩浩蕩蕩，節次向浦城推進。他的貴介弟應棠、應檀、應岡，担任後方接濟餉需，抓着好多肥缺在手。兵工、造幣、田畝、燈捐，一切的一切，全都聽他支配。那許多鑽營捐税的寄生蟲，知道阿嫂來源，也有直接向阿福運動的，也有間接求老七吹嘘的。一個小小鄉村的蕩婦，儼然炙手可熱。列位你想，奇也不奇。

這時省城捐税，最博碩肥腯的，却算城台的鴉片燈捐。焦軍未出發之前，每月包辦征額，已達至一萬四千元。焦應岡接手下去，借口後方籌餉，月額增加至四萬多元。這時有個面孔漂亮的男子，叫做古月台的，蹈着阿嫂門路，出來明委暗包，做個禁烟處處長，還兼着造幣廠督察員。這時阿福夫因妻貴，早已解脱兵工廠茶役，前來焦應棠公館裏頭，充個紅帶跟班了。齊八、李四，兩個土哨兵，也多謝阿嫂提挈，齊八充應棠馬前的駁光差弁，李四却薦到應岡身邊，做個擎槍侍衛。還牽引那不成材的兄弟老五老六，都充做燈捐稽查員。阿福闊起來了，江邊的破屋，不高興再住下去，母姊都遷到城裏來。房屋傢生，搬不動的，都交給邱家母女看管，雪藕越發孤單寂寞了。要知後事如何，且看下回。②

第七回　充紅帶乍補親隨，小護兵失聲炫玉
見素巾陡驚絕藝，貴介弟妄想量珠

李四未充應岡侍衛之先，正是周振斌急要疏通省防司令之日。李四在老周面前，自告奮勇，說：“目下省垣勢力，實際都握在焦家將手上。季至冬雖握這省防印柄，不能自己主張。司令要運動時，還是兜着捷徑，直走焦家兄弟門路罷！”周振斌道：“這情形，我難道不知？只是老焦兄弟，與我更沒有瓜葛，如

---

① 録自《華報》771號，1936年10月24日第4版。

② 録自《華報》772號，1936年10月25日第4版。

何兜得上呢？”

李四便把阿嫂的趣事，詳細報告，喜得老周直跳起來，說：“難得有這湊巧機會，那末，你替我張羅張羅罷，要花多少錢時，向軍需支付，聽你便宜行事。”於是李四先到應棠公館，找着阿福，帶他見了阿嫂。送上一兩重赤金項鍊一掛，說這是我們周司令的些須孝敬，求你在焦二大人旁邊，出力說些好話。託他轉達省防方面，掛個正式軍隊名目，阿嫂滿口答應，替他進言。吩咐李四暫在公館門房候信，阿福陪着他閒談。①

果然晚間阿嫂在烟榻上等應棠過了癮時，談起西鄉大湖兩處狀況，說到鄉間盜賊如麻，幸虧這兩三年，陳、周兩部白頭營，（西鄉稱土匪爲白頭營）狠替地方做事，百姓纔能過這太平歲月。只是城裏北軍相容不下，累次揚言，要繳他們的械。我想大軍既開拔上游，推進江浙，省防未免空虛，雖有駐軍，勢力總是薄弱，似這般好軍隊，教他們閒散在鄉僻地方，實在可惜。不如您老給季至冬說一聲，叫他收編進來，做個羽翼也好。應棠罵道：“季至冬狗養的直娘賊，那裏配做老大心腹，他平日瞧老大腰包壯起來，眼中有些出火，我們犯不着助這老虎添翼。你知道倆土匪情願投誠時，索性編在蔣騰跤旅部麾下，與我們弟兄，還有益處。”

說着焦應岡也來了，躺下抽了幾口烟，問：“你們談甚麽山海經？”應棠便告訴他剛纔的話。應岡道：“收編手續，多么麻煩，掛個蔣旅部下的糾察隊罷了。②只要他們能够刮刮地皮，或者挑選個把頑意兒，孝敬我倆兄弟，我倆可保他一百年不會繳械。省防司令知道是我阿底下的隊伍，也未便干涉吓。”

阿嫂插口笑道：“你老要甚麽頑意兒，只怕鄉下找不到，這脚是個難題目嗎？”應岡道：“我說的頑意兒，不是珍珠、鑽石、骨董、字畫，這麽死寶，我喜歡的是活寶呀！”阿嫂笑道：“我不相信，活寶到鄉下去找，那不是問和尚借梳子嗎？”應岡道：“分明排着一個活寶在這兒，難道不是鄉間出産的？你還辯是城市貨色嗎？”阿嫂仍不明白他的語意，應棠大笑道：“他說你哩！你是否鄉

---

① 録自《華報》773號，1936年10月26日第4版。

② 録自《華報》774號，1936年10月27日第4版。

下的活寶呢？”

阿嫂笑着，要擰應岡的腿，說：“你老有些熱昏哩！怎的單把我來取笑？”應岡笑道：“虧得我近來不大喝酒，若像當日喝醉時，放着你這寶貝在面前，定歸要做陳平了。[1]我告訴你，限你半個月，要照模照樣的，尋一個給我，我便饒你。”阿嫂把應棠腿上擰一把道：“你瞧，你這兄弟越講越糟了。你老怎不禁止他呢？”

應棠道：“他有他自由的嘴，只好讓他自由說話，我怎好干涉起來。如今說正經話，老四也實在可憐了。你做點好事，替他尋一個罷！”[2]

阿嫂道：“我又不能化身，照模照樣的我，那裏去尋？凑巧老周的代表在外頭，你老喊他來商量，恐怕他倒有點數目。”應岡道：“他叫甚麽名字，是周振斌的甚麽人，你怎的認得他？”阿嫂道：“他是我的鄉里，他叫獵犬李四，在老周部下，不過當個哨弁，做人却非常伶俐。”應棠按着叫鈴，喊熊老七，傳李四進來見我。阿福帶李四進來，向應棠兄弟磕倆響頭，站在一邊。應岡大略問他周部情形，李四原有口才的，報告情節，極乎得體。應棠很歡喜他，說：“你這哨弁倒能幹，我身旁現缺這項人材。你回去對老周說，先借給我，做個衛兵，肯不肯呢？”李四先自叩頭謝下去，說：“大人抬舉小弁，這是小弁的幸運。我們周司令，既蒙恩典准編，大人要調用一兩個差弁，豈有不遵之理？”

應岡道：“二哥，這個李四，先讓給我，你再找一個罷！”應棠道：“你這人真孩子氣，總喜歡奪我所愛！”阿嫂接口道：“四大人既中意這李四時，便帶去使喚罷！[3]老陳那邊，還有一個能幹哨弁，叫做賽鼠狼齊八，比這李四更勝，你老要補衛士，便吩咐李四傳他來見罷！”應棠纔無話說。

應岡連抽了幾口烟，把烟槍遞給應棠，叫李四過來，站在烟榻旁邊。應岡先由西禪寺談到金山塔，末了，問他洪塘江附近，還有像這蔡嫂人物沒有。你能够替我尋個出色的，便記你的頭功。李四低頭想了半晌，失口答道：“有却有

① 録自《華報》776號，1936年10月29日第4版。

② 録自《華報》777號，1936年10月30日第4版。

③ 録自《華報》778號，1936年10月31日第4版。

一個，才貌算個刮刮叫的。[①] 惟是這人是個書香人家的小姐，家道雖窮，不比閒花野草，只怕九牛二虎之力，也弄不到手。小弁見過婦女無算，生平只有拜服這個小姐，真正人間絕無僅有的。”

應岡跳起來道：“你這話真的嗎？如果確是十全才貌，我弄不到手時，焦字也不姓了。據你口氣，不過鄉間一個窮娃娃罷了，又不是王妃公主，深藏在宮禁裏頭，何以說到這般爲難？你這話有點荒唐了。”李四打個跧道：“禀大人，這不是小弁說謊，這個小姐，不但與小弁有些親戚關係，她家便在這位姨太（指阿嫂）隔壁。她的家事，姨太知道的比小弁更真。”

應岡覷着阿嫂罵道：“你這狐狸精，分明藏個寶貝在家裏，怎的響也不響一聲？你不把這活寶進貢我弟兄時，要留着給誰？”阿嫂長嘆一聲道：“有末，確有這個人，只是她們家道雖窮，心性却傲，她滿口說詩說禮，她娘又是一個掉書袋的。[②] 若不合她們脾胃時，便是財勢力天來大，都不在她倆母女眼裏。她倆母女，相依爲命，大概要揀個讀書子弟，年齡相似，才貌相若，纔肯說到嫁這一字。那裏像我們，可以隨隨便便跟人呢？所以我一向提都不高興提她。因爲提她總歸無益哩！”

應岡道：“我不相信，一個窮娃娃，有這般倔健，她不過在你面前排排架子罷哩！只怕徒有虛名，不值得空費氣力。如果中我的意時，便是廣寒仙子，我也有本事弄她上手。”

阿嫂道：“別儘管說嘴罷！天下事易還易，難還難，你老別看得這般容易。若說這個小姐，才貌出衆，我是第一個拜服倒地的。不相信，我這裏有一條手帕，是她前幾個月纔綉的，借給你瞧一瞧波！”說畢，在兜肚內摸出一條素綾帕子來。應棠接過一看，便喝一聲采，應岡細細瞧時，原來綉的一樹杏花，正在盛開時候，鮮紅蓓蕾，枝梢配着幾個學飛的乳燕，樹下布置石擡石椅，四個妙齡女子，環坐那裏[③] 鬥葉子戲，帕角題着十硯老人的香草箋成句“杏壇紅子

① 録自《華報》779 號，1936 年 11 月 1 日第 4 版。

② 録自《華報》780 號，1936 年 11 月 3 日第 4 版。（刊號有误，應爲 781）

③ 録自《華報》783 號，1936 年 11 月 5 日第 4 版。

門樗蒲”。這幅綾帕，綉得神采飛揚，栩栩欲活。七字行書，仿着何子貞筆法，也仿得逼肖，句旁題着“雪藕穀雨”四個小字。

應棠道：“這句詩，不但難綉，而且難畫，看這精緻綉工，便讓仇十洲、改七薌，兩位工筆畫家，還畫不好，何況飛針走綫，比畫尤佳。”應岡道：“這四個美女，面龐是畫的，沒有一個不韵秀嫻雅，她不但工綉，而且工畫，針神畫家，出於一手。不想荒村野岸，却藏着這種天才。如果才貌相符，這個佳人，真算得前無古人，後無來者了。定要討她做第四房姨太。這媒人做得成功時，隨你甚麽謝禮，我都有。你便要一百擔的廣東香蕉，我也包辦得來，你別推三阻四罷！”

阿嫂搖頭道：“四大人，我勸你歇了這念頭罷！別件差使，叫我水裏水裏去，火裏火裏去，我都不敢推辭。[①]獨有這家媒人，我萬萬沒有這能耐，你老另派別人去波！”應岡道：“你一定做不到嗎？”阿嫂道：“我一定做不到！”應棠笑道：“老四，你忒急性了，天下無難事，只怕心不專，這也不是一時一刻成功的事，慢慢再行打算罷！”

阿福插嘴道：“這事，我們總要替四大人想法子。只是我們一向住在緊鄰，知道母女脾氣的，冒昧開口時，討了沒趣，這事便僵了。齊八也認得她的娘，或者托他試探試探，有意思時，我們再做後盾未遲。”應棠道：“你也說得是，明兒吩咐老齊來見我，我便派他這樁差使罷！”

恰好這時門房送進一張請客票來，應岡接過一瞧，原來禁烟處處長古月台，訂着幾個西輝洋行闊朋友，在法大金月華房間吃夜飯，開輛汽車，來接應棠兄弟。應棠瞧壁上時鐘，已指着一點了。應岡道：“花酒我也頑厭了，誰耐煩天天夜夜慣吃。”應棠道：“我也有點麻煩。[②]只是子平（月台別號）今夜臨時請客，恐怕還有旁的事，我們只索走一盪波。”應岡吩咐檢枝匣子槍交給李四，應棠也帶四個護兵。兄弟好不威風，踏上汽車，司機開足速率，風馳電掣般，直向塢尾去了。

---

① 録自《華報》784號，1936年11月6日第4版。

② 録自《華報》785號，1936年11月7日第4版。

這年鄉間鬧旱，過了夏季，還不見一點半點的雨，禾苗枯槁，燥象迫□，飲料缺乏，秋收是不成功的。村農村婦，抬着各社的地頭神，大鑼大鼓，大燭大香，絡繹不絕的在午日當中，迎賽祈雨。鬧着兩三個月，絲毫沒有效驗。那這白頭營軍隊，掛起糾察隊招牌，越發蠻横了，東一批，西一批的，派出來布哨，打抽豐，把鄉民祈賽的猪羊鷄鴨，搶掠一空，還不够他們享用。路上無主的野狗，都拖去殺剥，不高興時，還搶那耕田的黄牛水牛，守户的家狗、鄉間替人豢養的番鴨，也縛去烹宰。

囊道肚子飽時，更不安静了，挨家挨户，把壯年婦女，[1] 任情調笑取樂。農村人衆，敢怒不敢言。洪塘江岸，帶歪斜房屋，原是窮苦村民聚居之所。阿嫂移家去後，這地方很沈寂了幾個月。雪藕母女，雖是有一餐沒一餐的過活，還免了許多丘八騷擾。雪藕依舊遵從母教，毁妝污面，破衣遮體。媽媽年邁，洗晒衣服，是不能够自做，這些勞働工作，大概雪藕獨任。這一天把娘换下的衣服，蹲在水邊石步底下漂洗。娘在家裏，把着一本《楞嚴經》，默默記誦。柴門兩扇，是開着的。忽然來了兩個武裝官長，慢慢入房内，開口便問邱家老太太，在家裏嗎？欲知來者何人，甚麽事情，且看下回。[2]

第八回　泥裏鰍聯臂作冰人，徒費摇唇弄舌
鼓上蚤飛身盜玉女，偏教爛額焦頭

邱媽見兩人大踏步入房，忙即放下念珠，站起來答道："老身便是，你倆將爺，何事光降呢？"那個黑臉有鬍子的，應道："我是西鄉糾察隊陳司令的參謀，毛天梁。"指那個黄臉仁丹鬚的道："他是大湖糾察隊周司令的軍需，史幼籛。我倆今日奉令來謁老太太。"邱媽道："不知二位官長駕臨，有失迎接，請上坐罷！我這貧乞婆子，衣食不周，交際不講，貴司令何由認識，莫是有錯误嗎？"

---

① 録自《華報》786號，1936年11月8日第4版。

② 録自《華報》790號，1936年11月14日第4版。

史軍需道："一點不錯，我倆打聽着千真萬真纔來，不是冒昧登門的。"邱媽詫异道："既是不錯，到底甚麽事光顧呢？"毛參謀道："無事不踏三寶殿，我們司令，知道老太太有位令嬡千金，才賽道韞，貌勝西施，年已及笄，標梅待字，特來替他做個媒。"史軍需接上說道："恭喜老太太，我們倆司令，肯替令嬡做媒時，這個男子身份，可知是驚天動地的人物了。一則令嬡福星照命，二則你老人家，也難得碰着這良好機會呀！"

邱媽心裹驚了一跳，慢慢答道："呵，原來如此，說起小女，確有一個，只是生得醜陋不堪，那得甚麽才貌。你們司令，大概弄錯了，官長不相信時，儘可叫當面拜見，管教你倆乘興而來，敗興而返哩。"毛參謀笑道："老太太你太謙了！①我們若非打聽真確，决不會孟浪上門。在下是個有名的泥裹鰍，眼光比別人精鋭。西施是西施，無鹽是無鹽，只怕遮掩不來呀！"史軍需也笑道："我倆不比尋常人類，判別好醜最真，見一下便明白了。老太太，請您令愛賜光何如？"邱媽搖頭道："這是誰人多話呢？呀，回來咧，這個便是小女了，你倆瞧瞧，一個不見世面的竈婢村姑，怎麽可以冒充西施來呢？"

這時雪藕捧着一堆溼漉漉衣服，剛從石步回家。瞧見自己門前有站崗丘八，早嚇了倒退幾步，心念老母在家，恐怕有甚麽不測事故。只得壯着膽子進來，見娘陪着兩個軍官坐地，心裹稍安，把衣服放下來，正要問娘兩位客人是誰。那兩軍官都站起來，走近身旁細瞧。雪藕被他們瞧得不好意思了，摸不着甚麽原因，慌得連話都說不出。

只見那個仁丹鬚的男子，拍掌笑道："這個小姐，别打甚麽啞謎兒了，你這般烏烟瘴氣扮着花臉，只好瞞騙凡眼俗流，怎好瞞我穿山甲的眼睛，這五官位置，身段腰肢，②分明是個絕世佳人，怪不得明動公侯，早預備着金屋玉樓，等你享用哩！"雪藕聽這幾句話，覺得自從做孩子至今，不曾受過這般當面侮辱，那時無明孽火，衝到頂門，也顧不得甚麽退避了，眉峰一蹙，星眼圓睜，厲聲喝道："你們省得胡言亂語，我這裹不是娼家窑子，豈容你輩調戲！我倆母女，

① 録自《華報》794號，1936年11月18日第4版。

② 録自《華報》795號，1936年11月19日第4版。

聽不慣這種非禮之言，還請你們早些回步罷！”

那個翦子笑道：“小姐你別動氣，我們一個參謀，一個軍需，奉令來這裏專誠拜謁，也不辱沒你們了。小姐便是惱着時，也撻我們不動，還是從長計議罷！”仁丹鬚子也鞠着躬陪話道：“小姐未免錯怪我們了，我們的來意，想你小姐還未明白。請坐下來，待我們倆慢慢告訴你，好不好呢？”邱媽道：“藕別性急，且聽毛參謀、史軍需的話罷！毛參謀、史軍需，你倆來此，到底聽着那個教唆，畢竟受着何人指示，可否詳細見示呢？”

毛參謀道：“仰慕小姐的，不是普通人物，說出姓名來，管教你老太太耳朵也震聾了。當今顯顯赫赫焦督軍的貴介弟，名叫應岡的便是。”[①] 邱媽大驚道：“冤愆啦！焦督軍的貴介弟，怎的看得見我女兒呢？”雪藕道：“娘別聽他瞎說，他們大概是無事生波的，他們看焦督軍天樣般大，我們小百姓不知道諂媚的，我們不怕強權，只講公理。”史軍需笑道：“小姐別說這太平話波，現在世界，只有強權做事罷咧，那裏講甚麼公理！”

毛參謀便把阿嫂、齊八、李四在着應棠兄弟身邊，應岡如何托他們物色才貌女子，李四如何說出邱家小姐怎樣美貌，怎樣多材多藝。應岡如何硬要阿嫂做媒，阿嫂如何推却，應岡如何與齊八、李四商量，如何硬派陳君山、周振斌兩司令，辦理這事。陳、周兩司令，如何差遣我們二人前來傳達，一切始末情形，詳細說出。聽得母女二人心上十五個鈴鐸齊鳴，七磕八撞，半響開聲不得。

毛參謀道：“你倆母女，快些商量答應罷！要想避免時，定規不行，無論躲到那裏，他也要尋到那裏，除非能够插翅飛出他的勢力範圍以外。你倆母女，不過他的脚底下小小百姓，強煞不過兩個婦女，沒脚蟹一般，要想與她彎拗時，那裏彎拗得過呢？”[②] 史軍需道：“應岡雖然娶過妻妾，年紀還輕，他的正副夫人，都不在這裏。小姐肯嫁他，便同夫人一般，這也算難得的機會。不但小姐終身得所，便是老太太半世，也得着快活，不怕養老乏人了。不但太太得靠，便是我們陳、周兩部軍隊，托着小姐福蔭，也不怕給養無着了。說起來多麼好

---

① 録自《華報》796號，1936年11月20日第4版。

② 録自《華報》797號，1936年11月21日第4版。

處，都靠着你小姐一人身上，你小姐何苦不爲呢？”

雪藕冷笑道：“他們眼光也太陋了！只道天下婦女，通是阿嫂一流，見着富貴，便忘了廉耻！所以不論甚麽女流，都要叫她屈伏在勢利底下。你倆知道嗎？世間惟有爛污沒骨節的婦女，見着勢利，纔會流涎，那這稍稍自愛的，便不容易誆騙了。匹夫不可奪志，女子的志向，有時比男子更爲執拗。我雪藕一生，就坐着這種執拗毛病。莫說督軍的令弟，便是督軍自己，來迫我時，我也只有‘不答應’三字對付他哩！我雪藕幼年失父，沒有兄弟，老母在堂，相依爲命，立志是不嫁人的。世間美女多得很，比我超過的[1]，諒也不少，拜煩你倆善爲說辭，回報前途，請他另向别處物色罷！”

史軍需瞪着眼道：“不想小姐，竟會說出這山窮水盡的話，擦着我們滿臉的灰，叫我們怎麽繳令呢？”毛參謀道：“小姐須怪我們不得，你小姐的芳名慧質，分明有幾個内應，守着那裏，盡力吹嘘，並且還留着一條綉帕在那裏。人家當做一件寶貝，這便是你小姐真才的鐵證。人家下個軍令，限定我們尅日成功，這事怎麽改變得來？若照小姊這話，回報前途，上頭翻起臉來，不但我倆躭不起，便是我們兩司令，也有脱不了的干係。你小姊這裏，還想平平安安過日子嗎？”

雪藕道：“這話對我說，是不相干的。我不能犧牲這個身子，替你們做巴結上司的禮物。世上濫用威權，強迫良善，只有做強盜的，纔下得這種絕手，光明正大的官家，决不至這般不講理。你們只管把我的話，回報上去，定能脱卸關係，萬一不肯罷休時，我雪藕一人承當便了。[2]我雪藕雖然小小蓬門貧女，是一個貧賤不能移，富貴不能淫，威武不能屈的，隨便他們怎麽魚肉便了。”

毛參謀吐舌半晌道：“噯呵小姊，你果然這般執意嗎？我們也沒話可說了。老太太你是老年有閱歷世故的人，請問你老人家，便是這般回覆嗎？”邱媽道：“小女自幼便是這般倔強咧！她說話不免過於率直，據老身細細想來，既是不能服從這命令時，說話便十分圓轉，也無濟於事，不如據實報告。至於上峰的喜

① 録自《華報》798號，1936年11月22日第4版。

② 録自《華報》799號，1936年11月23日第4版。

怒禍福，也顧不得許多，聽其自然罷了！”

毛、史兩個面面厮覷，半晌沒得話說。老毛道：“既是她們態度這般強硬時，我們勸導也無益了，不如且退一步，先把這情形報告上去，聽上頭自己主張罷！”老史道：“我們只得這般收煞，索性把這差使辭絕，如果再派我們時，只有敬謝不敏了。”於是兩人起立告辭，向母女行個軍禮，步到門前，帶領護兵，開步便走。①

今天算是硬過去了，母女也曉得種了不少禍根。只是事到這般，無從逃免，除却“聽天由命”四字，並無其他計畫。母女雖是這般算計，但也不免提心吊膽。想到焦應岡那邊，除非免了這個念頭，從此不來纏擾，那就謝天謝地了，只怕他賊心不死，第二次定規有人到此。據雪藕的推測，阿嫂一定會跑一盪，或者齊八、李四、阿福，三個人中，總有一個前來說話。邱媽料着這四個人，都未必肯來，恐怕再來時，不是這般柔軟工夫，我們母女，這兩條生命，大概保不住哩！

揣度是這般揣度，誰料過了一天兩天沒有事，三天四天也沒有事，一直遷延二三十天，都沒有一個人來。邱媽心也寬了，雪藕更不當他一件事，那天的一綫危機，好像雲過天空，了無痕迹。邱媽仍舊早晚念她的《金剛經》《楞嚴經》，雪藕仍舊做她的針黹刺綉，日裏三餐，夜裏一宿，過她的苦中安樂光陰。老漁翁有暇時，也常來坐坐便去。②

夜深了，邱媽上床睡覺。有一兩點鐘時間了，雪藕還在燈下趕製綉件，房門忽然有人撬開，闖進一個黑帕包頭，身穿短衣的賊，說時遲，雪藕瞧見有賊，嚇了一跳，那賊手脚甚快，一閃便閃到雪藕身後。雪藕丟開活計，趁空一蹲，從桌旁躲到窗前，那賊也跟過來，張開兩臂，要來抓她。雪藕驚得偏身打顫，手頭又沒得一件抵禦的傢伙，恰好身邊是個碗籃，滿貯着磁器碗碟，這是阿福搬家時，不曾帶去，托她看管的。那時快，雪藕摸着一把大茶壺，拚命的攔頭摔去，那賊躲閃不及，被她摔個正着，碰着眉稜骨上，用力太猛，茶壺震裂了，

---

① 録自《華報》800號，1936年11月24日第4版。

② 録自《華報》801號，1936年11月25日第4版。

原來壺內還貯着兩顆滾圓的鐵球，這是從前人家練手勁，放在掌上轉旋的。茶壺被鐵球撞碎，直衝出來，逕打那賊額骨，那賊不防有這意外武器。[①] 但覺一兩個渾圓東西，都奔他眼睛上來，一時眼火迸出，眉額受傷，血花四濺，只認是顆炸彈。吼了一聲，回頭急避，接着還有第二三個大碗摔來，那賊逃命要緊，慌急奪門奔出。

賊跑脫了，雪藕有點發瘋了，還抓着碗碟，不停手的，往外飛摔，深夜碗聲砰訇，床上邱媽也驚醒了，連聲問甚麼事，雪藕神經完全慌了，答應不出。天旺伯那夜刺船張網，正在江下夜釣，得着一雙大魚，剛剛回船繫纜，猛聽破碗聲音，出在邱媽屋内。回頭一看，從那窗隙射出半明不滅的燈光，恰見一個人影，衝門跳出。覺道這是一個賊，連忙綽起一股魚叉，跨上岸來，迎着黑影，當背一叉，噶噠哧，想是刺着脊骨。那賊蒙受這一下打擊，知路上有了埋伏，顧不得痛，拔步回身，沿岸亂竄。漁翁在後緊追，那賊向着這株老榕樹奔去，撲到樹幹時，好像便有他的生路了，施展爬高伎倆，一旋風已上槎枒。

漁翁暗裏看不真切，用力一叉却误刺著樹皮，拔起叉時，那賊已盤上樹梢，[②] 向垂江那一枝爬去，漁翁罵道："你這笨賊，看你走到那兒，這樹上還有你的出路嗎？" 罵聲未歇，只聽樸當一聲，水花飛濺，原來那賊會水，竟向江面水遁去了。

漁翁笑道："好了，你水裏去，難道我不會追嗎？" 打一個大鵬展翅，也縱下江面來，說時遲，那時快，那賊聽着背後水聲，拚命拿出本事，半浮半沈的泅，頃刻已離開兩三丈遠。漁翁究竟年紀大些，水裏生活雖好，總趕不上他，他泅到金山塔那邊，打一個圜，直向北岸箭一般射去。不到一杯茶時，早已傍岸涌身跳上，一溜烟不知去向了。

漁翁空趕一程，覺得老邁不濟，氣吁吁的，仍從水面回來。再到邱家探視時，母女同着左右鄰人，都聚在一淘，正在點着火把，收拾地下的破碗。瞧見天旺伯回來，遍身水淋鷄般，大家聚攏探問那賊怎麽樣，漁翁喘着應道："追不

① 録自《華報》802號，1936年11月26日第4版。

② 録自《華報》803號，1936年11月27日第4版。

上哩！這賊不是本鄉的，可惜我年老沒用，被他跑脫，能够抓着時，也好拷問他的來蹤去迹了。”①

邱媽道：“我推測這賊，決不是來偷東西的，大概受人買用，乘夜到這裏掠人。這賊既會爬高，又熟水性，本事確不算小，那裏用幾個茶壺碗碟，便可打跑？我猜他黑夜心虛，倉猝之間，误認是一種爆炸物件，以致這般駭怕。藕兒開手打出去的，不過一把茶壺，茶壺不碰着硬物，那便就破？好在壺中存着鐵球，那時拚命抓起來摔，鐵球衝擊，磁壺受震，纔有急裂的動力。那賊所以驚慌，全藉這鐵球作用，壺碗飛摔，繁聲急響，不過助威而已。那賊如果辨出這般無用的東西時，定要重行掠搶。這又虧得天旺伯外面救護，纔把他趕跑。今夜沒有天旺伯時，藕兒還想安穩無事嗎？”衆人聽這話，細想情形，都說媽媽所猜不錯，定是有人差遣這賊到此呵。要知這賊從何而來，且看下回。

第九回　一頃火中蓮，負母避灾窮檐俱燼
二犯江兒水，撞舟援溺巨網方張

自從這次江岸鬧賊之後，邱媽母女格外藏着戒心，晝夜提防，只怕還有不測的禍事。老漁翁天旺伯，也替雪藕躭憂，夜間垂釣睡覺，很不放心，究竟事後防備②好像賊去關門一般，其實是沒用的。

邱媽母女，也曉得防備不過虛文，像這荒村破屋，絕不是守禦的地方。一籃碗碟，一股魚叉，更不是防衛的器械。如果前途有意擄人，便是白天到此，也無法抵抗，何況黑夜呢？雪藕決計，只把這條生命，做個孤注，萬一被搶時，除死更無他策。只是邱媽愛女，逾於拱璧，豈忍眼見女兒，白白送了生命？想法子末，又無法可想。這幾日朝愁到夜，夜愁到朝，把斑白的頭髮，苦得完全花白了。

如今暫擱一筆，回頭且說焦應棠公館裏頭，那夜已有三更時候，電燈開得

---

① 録自《華報》804號，1936年11月28日第4版。

② 録自《華報》805號，1936年11月29日第4版。

异常光亮。烟榻上應棠躺在左邊，應岡躺在右邊，阿嫂靠着應棠腿灣，榻前沙發椅上，斜簽兒坐着古子平。當差阿七、阿福，護兵齊八、李四，陳部參謀毛天梁，周部軍需史幼鑊，都集合在房內。一面伺候絞手巾，泡茶水，挖烟灰。一面好像計議着一樁機密事件。應岡過了癮，盤膝坐起來，駡道："你們這一起沒用東西，管一個女娃管不服，還要辦甚麽事呢？兩個做媒的塌了臺空走一盪。[①]熊老七獻甚麽盗美女的巧計，把我的排長賽時遷，打傷了背脊骨，摔破了眉稜骨，累我還要貼了博愛一筆醫藥費，真糟糕了。"阿嫂道："這也怪不得他們！這個女子原不容易收服，我知道她若不是心裏願意，就讓你千軍萬馬，也攀她不倒，可知我前日不肯替你老設計，並不是故意刁難。"應棠道："老四，我勸你算了罷！用强硬做，事又不成，名譽也不好，我們官家，不值得與百姓鬥武，何况一個女子？還是就此罷休，免得許多嘔氣。"應岡冷笑道："豈有此理！一個民間女子，隨隨便便，可以侮辱我們，我們還想在福建做官嗎？呀，阿嫂，我問你，這個女子，是否有些武技？"阿嫂道："這個我不知道，或許也有點'四門斗里'的武工。她的本事，向來不在人前露眼，我怎麽曉得！"應岡道："我的脾氣，越難越要幹。這個女子雖然可惡，她的人格，確是上等上的。古語說的是，'若教容易得，便作等閒看'。她越拒絕，我越捨不得。一不做，二不休，我非弄她到手不行。"覻着毛、史兩個道："你們快去再想法子。這女子實在十足吊猴，你們慢條斯理的做，她越瞧我們不起了。還是火速從事罷！"毛、史兩個，不敢辯駁，只有連聲應道："是，是！"[②]

古子平靠在沙發，聽了半天，一句話都不響，這時嗤的一聲，笑起來了。應棠道："子平你笑甚麽？"子平道："我瞧你老信任這幾個哈迷嗤軍師，夾七夾八的辦起來，那裏會成事呢？要末，還是問我。"

應棠笑道："子平，你別儘管說嘴，這事雖小，要達到目的，很不容易。你別看做燈捐一般，可用壓制力榨出來呀！"子平道："你老瞧我太不起了，你們道我只有辦捐才幹，旁的伎倆都不會嗎？潘驢鄧小閒，我件件都考究得到

① 録自《華報》806號，1936年11月30日第4版。

② 録自《華報》807號，1936年12月1日第4版。

家，隨你們揀擇那件門徑罷！”應岡跳起來道：“子平，你別笑我所用的人材不對勁。”指着毛、史兩個道：“這倆個口才也不錯，叫他們辦理交際，不亞隨何、陸賈。我的排長，是個有名的賽時遷，絕好的高來高去工夫，他還兼着水裏游泳。不但無愧‘鼓上蚤’，而且可稱‘浪里白條’。我派這幾個頭等脚色出發，全打了敗仗回來，還說甚麽？子平我不知道你這般多才多藝，如今別任我大敗虧輸，儘着袖子旁觀罷！有甚出刁的妙計，快說出來！”①

子平笑道：“你老性忒急了！你老手下這幾個能耐，我都知道。我不是瞧不起這幾個將才。無非說你將將不得法罷了！自古軍不厭詐，理不廢曲，像你老這般直僵僵幹事，對方的只要棋逢敵手，已自不能取勝。何況敵人方面，文武打俱全，怎麽不敗？兵法：知彼知己，百戰百勝。我便有好計策，只可秘密行事，那能當面說出。萬一漏洩軍機，結果不是依然失敗嗎？要瞧我的錦囊時，第一，人數不可太多，只能你我在內，統計三五個人，當面秘密設計。第二，派出去行事的人材，要選擇十分靠得住的。第三，那寶貝到手時，須你自己用着‘棉裹針’的細嫩工夫，纔能叫她死心塌地。”

應岡道：“有理有理！你今夜不要家去，索性到我那裏，慢慢告訴我罷！”說着便拉應棠同行。應棠道：“你倆自去計議罷！這是你體己事情，又不干我甚麽事，何必拖着我呢？”應岡、子平去後，這裏阿嫂對應棠嘆一口氣道：“子平肚裏，確有些須老鼠藥。弄末，或許弄得到手。只是難爲雪藕，那個孩子一條生命，只怕活活要送在子平計中。”②

應棠道：“豈有此理！螻蟻尚且貪生，何况一個弄姿自愛的女子？你別替她躭憂！事到臨場，或許有轉圜思想。再者我的老四，雖比我鹵莽些，心却不狠，到那要緊關頭，自己不至沒有把握，决不至走盡頭的路。我只愁子平吹牛皮，雖說得天花亂墜，依舊不能成功，那纔是笑話哩！”

過了冬至兩三天，江邊這幾日刮着大風。一帶人家，天纔黑不多時，早就閉門睡歇。雪藕依舊在燈下做夜工，邱媽誦完幾遍《大悲陀羅尼》，登床先睡。

---

① 録自《華報》808號，1936年12月2日第4版。

② 録自《華報》809號，1936年12月3日第4版。

約在戌末亥初時候，四下裏人聲沈寂，外間只剩一片風聲。雖沒有雨，黑雲如幕，遮却月光，做出愁慘烏黑的夜景。雪藕耳朵最靈，只聽得鄰近有熚熚卜卜的怪響，心裏驀地一跳，趕緊放下活計，開了房門。從籬隙中，望着外面，見有焰熊熊的一團火光，距離很近，知道鄰居失火。這時驚慌不小，顧不得甚麽，只念娘還睡着，連忙趕到床前，推醒老母，只說兩句，快走快走，隔壁失火了。邱媽驚得遍身斗顫，穿衣下床時，那火趁着風威，已衝天價燒起來，照得江岸通紅。外面喊救奔走聲音，已鬧得馬仰人翻了。①

雪藕這時覺道禍事臨頭，母女逃命要緊。媽媽慌急，是一步不能走的。自己本來文弱，臨時沒有救援的人。急起來，也顧不得自己能幹不能幹，便把娘背在身上，三步併作兩步，奪門衝出。那火已燒到這間房子後頭了，雪藕趁火光照耀，奮力拚命，背着娘避到江岸寬曠地方。那邊恰有一塊平坦的洗衣石，把娘放下，扶她坐定，自己力盡筋疲，吁吁喘上來了。回頭一瞧，這一帶十餘座歪斜老屋，通通燒着，烈焰飛騰，自己那間住屋，連那阿福的空房舍，都燒得倒塌下來，那株幾百年的老榕，也連帶遭這浩劫了。

風勢猛烈，火光越發飛舞，喊救啼哭的聲音，被那風聲攪散。這十幾家窮户，在睡夢裏走不及的，想也不少，大概葬在火焰裏頭了。躲到江岸一帶，逃命的鄰居，男婦老幼，約莫也有六七十個人，這時大家呼天喊地，哭得一團糟。邱媽只有斗顫念佛，拖住女兒，不肯放鬆。老漁翁天旺伯，今夜忽然不知下落，不曉得是死是活，雪藕母女，更是舉目無親了。②

從上流頭弩箭也似，放下幾隻快船，先後傍岸。船上滿載那黄衣丘八，赳赳荷槍，陸續跳上岸來，一字長蛇式，排在岸旁，不像救火的消防隊，只像戒嚴期中的步哨。第二起來的鼠仔平底船，也到岸邊，船上來的，却是洪塘鎮上救火民團，帶的鐃鈎、鐵叉、水桶、噴筒、坌息趕來救火。剛剛跳上岸時，站脚未定，却被這一排有槍的軍隊，用那槍尾刺刀，挑的挑，刺的刺，都趕到水裏去。跑得快的，抓着來船，拚命的逃走。那岸上軍隊，朝天又放了一排空槍，

① 録自《華報》810 號，1936 年 12 月 4 日第 4 版。

② 録自《華報》811 號，1936 年 12 月 5 日第 4 版。

迫得那民團船隻四五分散，落水淹壞的，至少有十幾個。這時代惡軍閥鐵蹄下的民命，比螻蟻還輕，水火既濟中，蹂躪幾十個無辜無告的男女，算甚麼事。那時走避江干未死的灾黎，雖是目睹這慘狀，也只有嘿嘿存在心裏，誰敢說一句不平的話。

這時火勢已漸緩下來，因爲一帶房屋，都被祝融收拾乾净了，那株榕樹，也化做紅炭，還是烘隆隆地點天燭也似，火焰尚未消熄，旁的東西，沒有可充燃料了。只見那軍隊中，走過兩個好像排長的，捏着手電，向這一淘逃難男婦隊裏，周圍照一照，[1] 喝問道："你們是這一帶失火的人家嗎？邱家母女，逃出來沒有？在不在你們當中？我們軍隊長官，是她的親戚，特地前來救援的。"雪藕不敢答應，裏頭有個賣油條的小孩子，指着母女道："哪，在這裏呀，在這裏呀！"兩個便過來招呼說："邱家老太太小姐，別害怕，這是意外天灾，不幸遭這禍變，我們已預備安穩快船，在這兒，請你倆母女，快些登船罷！"

雪藕認真一看，這兩個排長，雖是本地口腔，面貌却生分得很，問娘認不認得他倆。媽媽搖頭說："我從未見過這兩人。"雪藕便回答道："我們母女苦命，不幸遭這禍變，閃得無家可歸，貴隊前來救護，人非木石，豈不知感。只是今夜被火的，不止我們母女一家，貴隊既有船舶，何不全體救護？單獨向我母女施恩，我們母女，實不敢承領此惠！"那排長道："這是敝隊上峰的內眷與太太小姐有親戚關係，所以特別派船前來，專誠迎接的。太太小姐，請勿見疑！至於今夜被灾人民，明早自有地方官吏辦理善後，不干敝隊的事呀！"[2]

邱媽接口道："原來如此，承情之至！請問貴隊長官，是何官章，與我們母女，有何戚誼，能够明白見告嗎？"那排長道："甚麼戚誼，我們當排長的，也不甚明瞭，我倆不過奉令前來傳諭的。太太小姐，如要認識熟人時，待我們請示後，再來回話罷！"說畢，兩人逕自回身，跑到岸旁下船，約莫十幾分鐘，便帶兩人上來，都握着一柄手電，到了邱媽面前時，邱媽一瞧，原來一個却是蔡阿福，一個正是獵犬李四。兩人一齊軍裝打扮，徽章佩帶，分外鮮明，已不

---

① 録自《華報》812號，1936年12月6日第4版。

② 録自《華報》813號，1936年12月7日第4版。

是從前當茶役，當哨弁時，那様褦襶態度了。只聽那兩個先來的排長，喊道：“邱太太，你瞧這二位爺，也是你的親戚，快來認一認罷！”

雪藕瞧見這兩個壞東西，不覺怒火上冲，恨不得同他們拚命，但想自己現在落難，除却忍氣吞聲外，沒有旁的法子。這時只得壓住怒氣，冷笑一聲道：“呀，原來你倆也在這裏，恭喜你倆都高陞了，我們母女，遭這不幸，死神已跟在背後，你們還來看我做甚？”阿福笑道：“藕姑姑，別說這樣盡頭的話！我麽軍隊駐扎在對岸，和金山塔那邊。[1]瞧見這裏失火，臨時集隊封船，趕過江來救援。不想來遲一步，施救不及，把一排房屋，都燒空了。這也是天數該遭火劫。你們母女，得慶生全，已算萬幸。如今諸話慢說，這裏地方，黑暗潮溼，夜寒風大，老人家那能禁熬得住，姑姑有孝心時，還是照顧媽媽，過江找個房舍，先尋個安身所在罷！”

李四道：“表母娘，休怪我保護來遲，待我照應你倆母女下船。有話過江再說！”邱媽到這時候，已沒有自主的能力了，李四喊一聲船户木水嫂，“來呀”。有個健婦，應聲跑到邱媽面前說：“老太太，小婦背你下船波。”不由分說，早把邱媽掇在肩上，傍邊又走過一個年輕的船妹，說“小姐，我來背你。”

雪藕見是女娃，只得聽她背負，於是母前女後，兩旁跟着阿福、李四，及兩個排長，大家呼哨一聲，早到船上。雪藕母女，剛剛下船坐定，船婦船妹，不曾離開，一人伏侍一個，船上黑暗沒有燈，只點着一枝洋蠟燭。艙裏確也寂靜，沒載別人，那防護她們的兩個排長，和阿福、李四，道了安置，也都跳到別船去了。胡哨一聲，岸上丘八，紛紛下船，鼓槳離岸，這時風勢略定。[2]

這條船，圓底不甚大，船上除船婦船妹外，船尾還有兩操舟的婦人，一個把舵，一個搖槳。正在逆風上駛，上流忽到一艘大帆船，張着順風帆，飛隼也似衝駛下來，在曙色迷茫中，“嘭嚨”一聲，單單撞翻雪藕母女這艘圓底船。立時船身欹側，船底朝天，把母女似蓋碗般，覆在水裏。各船見那船失事，圍攏將來，火速救援，把這覆船翻轉，船婦、船妹，是慣熟水性的，在水裏救起雪

① 録自《華報》814號，1936年12月8日第4版。

② 録自《華報》815號，1936年12月9日第4版。

藕背出水面時，雪藕已灌得不省人事。單單邱媽老太婆，不曾救得，想這巨流急漲中，漂到那方去了。未知母女生死如何，且看下回。

第十回　風高月黑滿江紅，念奴嬌芳軀墜劫
日出烟銷四邊靜，漁家傲義憤填膺

這時天已大亮，那隻大帆船，早被軍隊牽過來，吩咐船婦倆，把雪藕送上這條船，軍隊都到船上，七脚八手，齊來伺候這落水美人。船上有備來現成女子全套精緻衣服，阿福、李四指揮船婦船妹，替雪藕換去溼衣，瓦盆中生起炭火，煎碗紅糖薑湯，輪流灌救。一頓飯時，雪藕漸漸吐出水來，知覺還是模模糊糊，那船已慢慢傍到對岸了。①

等到雪藕完全蘇醒時，睜開眼四旁一瞧，自己却卧在一張美奂的銅床上面，帳褥被毯，非常華麗，房間排設格外精采。房內有四個年輕的看護婦絞手巾，倒香茶，不斷的輪流伺候。雪藕覺得這光景不對，只道在着夢裏，想不出自己何以到這地方。但是這時腦覺尚未復原，手脚還不能動，像是得着重病在身，一切記性，不能回復。心裏只牢記着娘一個人，不知道娘在那裏。嘴裏只喚着娘呀，娘呀，那看護婦禁止她說話，只說娘很平安，不必你掛念。醫官交代着，小姐貴恙，要隔離親人，所以娘不能來看你呀！幸虧你今天精神清爽，再靜養幾天，便可出院了。

雪藕凝思了半晌，漸漸的記出來了，便道："嗳呵，我不曾患過甚麽病呀，我只記得江岸失火，住屋延燒。那夜黑雲遮月，風聲如吼，我負母避在水邊洗衣石上，火光熊熊中，遇着阿福、李四，送我母女下船，我只記得蓬潼一聲，翻船墜水，以後我便茫無所知了。我想我自己溺水後，或是被救到這裏，不知道我娘下落。嗳呵，娘，你是死是活呢？"說到這裏，不覺傷心酸鼻，淚流雙頰。②

---

① 録自《華報》816號，1936年12月10日第4版。

② 録自《華報》818號，1936年12月12日第4版。

看護婦連忙絞把熱巾，替她擦臉，安慰她道："小姐省得煩惱，我不是說過嗎？你的娘不曾死，那天也救上來了，現在很康健哩！"雪藕道："娘不曾死，那是謝天謝地的，只是娘在那裏，怎的不給我見面呢？"看護婦道："小姐，你已睡了五天了，昨天娘也來這裏看你哩！今天奉着醫官囑咐，特地教她躲開，因爲恐怕小姐清醒時，見着傷心呀！"

雪藕道："豈有此理，我又不是瘋人，怎的禁絕我母女見面呢？我問你們，這裏叫做甚麽醫院，醫官叫甚麽名字？據他診斷，我是甚麽病，我娘如果未死，她住在甚麽地方，是否就在這院内？請你們一一告我。"看護婦搖手道："小姐，你説話説得太多了，這是於病不相宜的。醫官命令，我們不得與病人長談，等你静養幾日，精神回復後，我們慢慢奉告罷！"雪藕道："我只要你們答應我幾句，使我明白，我也不再多話，你們若強制我時，不但無益於我，意要迫我發瘋了。普世界的醫院，沒有這種醫法，也沒有這種看護法。你們到底弄的甚麽玄虚？怎麽欺哄得我！"雪藕這般質問時，幾個看護婦，我覷着你，你覷着我，正在不得開交，忽聽革履橐橐的聲音，行近門口。[1]

一個看護婦揚聲道："你不相信？哪，醫官來了，你自問他罷！"醫官果然旋着門鈕，進來查問，看護婦便述雪藕剛纔的話。那醫官聽罷，逕到床前站住，雪藕瞧這醫官，是個白臉漂亮男子，陸軍服式，露出陰險眼光，上下注視。雪藕打算候他診過病候，慢慢問他個徹底。那曉得這個醫官，不用聽診器，不用按脉的時表，也沒有熱度針管，袋裏摸出一個圓底的綿餅。向雪藕鼻尖上一按，雪藕只覺得一股辛烈的氣味，刺鼻透腦，頓時天旋地轉，眼睛也暗了，喉嚨也乾了，手脚也麻木了，耳朶也聾了，甚麽一概都不省了。

雪藕在這裏，受着麻醉性最強的蒙藥，迷惘不醒。

如今暫閣一筆，回頭先説那杳無消息的漁翁。這個漁翁天旺伯，自鬧盗後，自任爲雪藕母女的保護者，何故那夜火灾，這様吃緊關頭，這老人家竟致失踪呢？原來那夜天旺翁，因南岸乏魚，放船到北岸那邊下網，不料那夜風緊，北岸也找不得魚。遇着一個同道的漁船老朋友，繫纜松陰底下，重篷避冷，點了

① 録自《華報》819號，1936年12月13日第4版。

一盞“氣死風”（燈名）[1]，暖了壺酒，蹲在艙裏獨酌，正苦岑寂。見着天旺翁，却投心意，尋個裝水的小磁罎，冒風赴鎮，又沽了半罎好酒，買一斤炒熟落花生，回來船上。兩個倚老賣老，且談且喝。說起焦督出發時，一般軍隊占領江面情狀，正在信口謾罵，鬚髯戟張，忘其所以時候。只聽得一聲呼哨，岸上手電齊明，來了二三十個步兵，吆喝着，沿江船户，驅逐上岸，留船聽用。那個漁翁，喝得半醉，使起酒風，破口大罵，被兩個排長，抽起皮鞭，迎頭亂打，虧得天旺翁，挺身攔住，說話在理，自承酒醉，把船奉讓，方纔免禍。兩人剛受着滿肚子臭氣，無處發洩，不想對岸，忽然火光衝天。天旺翁回頭一瞧，認着那株老榕，覺得這火，就在自己家裏，這時焦急萬狀，船被丘八搶去，無法過江，恰好鎮上民團救火船隻也到，天旺翁便趁隻熟悉的鼠仔，渡過横江，剛纔跳上岸頭，又給軍隊的刺刀，刺下水去。

天氣嚴寒，又近着四五更時分，老人家雖諳熟水性，早已凍得四肢僵硬，刺刀傷着腿灣，拉了好大口子，冷水一浸，血也凝了，拚命泅開十幾步，力乏筋疲。[2]抓不着船隻，虧得上流漂下散碎的柴排，極力拖住，爬在上面，半浮半浸的，淌下一二里路。半途又拾着一把竹篙，纔把這柴排支柱。正在哮喘時候，那曉色朦朧中，上流又淌下一個人來。漁翁忘記了自家苦楚，心念先救這個溺者要緊。把竹篙一攔，柴排趁勢，便靠近了。抓住這浮尸盡力一拖，已到柴排上面，原來是個老婦，肢體已半殭了，胸頭還突突的跳。大概新溺不久，尚未氣絕，這時東際日光甫上，細瞧這婦人時，哎呵，不想却是邱媽。

這時江面船隻漸多，天旺翁相熟的船户不少，一聲喊救，各船都搖攏過來，大家齊集，把邱媽扶上有家眷的篷船，托幾個船婦，設法灌救。内中有個老船婦，專門慣救溺水的。她在着指揮衆人，把口船上燒飯的鐵鍋，翻過來，將邱媽肚臍，覆在鍋背，吐出不少的水，一面把薑湯灌的灌，按摩的按摩，老太婆命不該絕，不到兩小時，幸得復甦。邱媽復活後，知道失了愛女，險些哭得肝

---

① 録自《華報》820號，1936年12月14日第4版。

② 録自《華報》821號，1936年12月15日第4版。

腸寸斷，幾番又欲尋死，幸虧幾個船婦按住守着。[①]

天旺翁立時駕條小船，在江面上上下下，穿梭也似，替她查探。不到一點鐘，早已探出消息，有人眼見那軍隊把雪藕救上帆船開去。再到鎮上細查，有人知道，這一排軍隊，由東湖昨天開來，認得是督軍署的憲兵隊，揚言趕來洪塘辦案。天晚後散開駐扎，一半駐在金山寺，一半駐在南岸江邊。今天七八點時，都已匆匆的集隊進城去了。天旺翁查得明白有心裏早已瞭然，回報邱媽說，藕姑姑決不至死，被那軍隊帶去，雖然吉少凶多，但眼前想得出的，决無危險。

邱媽把前後情形，細細一猜，叫道："天旺伯，不好了！這分明是惡人預布定的圈套，使我母女分離，故意弄出這水火既濟的毒計，把我女兒單獨擄去，一定藏在甚麽秘密地方，迫她服從。只是我女兒自出娘胎，生性非常執拗，也不是好惹的，她見不着娘時，定要和他們拚命，决不肯馬馬虎虎，跟這惡人過活。他們既是這般狠毒，便迫死幾個良家女子，也不算甚麽大事。我的女兒，休想再和我見面了！"説到這裏，又是痛哭，决意自盡。[②]

天旺伯怒氣勃勃，要把這條老命，和這惡軍閥奮鬥。説："媽媽，你別起這短計思想，我這老朽，三寸氣未斷時，總能替你母女做事。我們別管他泰山也好，鴨卵也好，合他們鬥一鬥罷！鬥力不過，鬥智或許鬥得過。我雖是肚裏草包，還讓我再尋個尚義任俠的出來，替你母女，向法庭起訴，好不好呢？"船夥當中，有一個慣駛溪船的，名叫湖鰍，挺身插口道："要起訴時，缺不了律師，我們總要請個有能耐的律師。敝鄉慣打勝訴的章三木，掛起律師牌子，生意很發達。只是這位先生，看錢份上，向來不走正路的。媽媽要打這官司，大概難免上他的門。"

天旺伯道："我們是講天理國法的，要提起訴訟時，須要光明正大的律師纔行。章三木，這東西，鬼鬼祟祟，藉強弱欺，那配替我們辯護呢？"邱媽嘆口氣道："現在到處亂七八糟，司法獨立，原是一句口頭的話。法律也受強權的支

① 録自《華報》822號，1936年12月16日第4版。

② 録自《華報》823號，1936年12月17日第4版。

配。你瞧那個法官，會替無勢力的平民，吐氣伸冤呢？律師更糟糕了。[①]簡直說一句，比從前的訟棍更壞。訟棍還在暗裏作孽，律師竟在明裏作孽哩！我知道的，如今現任高等審長蘭自香，高等檢長桃不應，天天都在奔走焦家將的門路，飯碗要緊，便顧不得臉皮。高級法官，尚且這般行徑，下級更不必說了。你們要替我起訴，真正叫做撞木鐘，不但不響，還要惹禍。我們母女，犯着滅門太歲，死絕了倒乾净，何苦連累別人呢？"

天旺伯想了半晌道："不錯呵，這官司果然不好打。只是我們憑空遭這凌辱，怎麽氣得過呢？雪姑姑雖被他擄去，眼前總不至十分磨滅，天幸留得生命回來，媽媽還有下半世的靠山。媽媽，你若先死時，不是絕了雪姑姑的望嗎？"邱媽道："放她回來，這是萬一的思想，要我留着苦命等她，我固然勉強得來，只是我這龍鍾老邁，一無所能，難免拖累人家了。"天旺伯拍拍胸前道："媽媽放心，這是我的責任！媽媽一個子的衣食雜用，若還照應不到，我還成個人嗎？"[②]

天旺伯在北岸親戚家借個房子，把邱媽托他看顧。漁户生活，雖不十分舒排，也還維持得過。如今暫且按下。讓我先提搬架的柳阿二，去年他哥哥柳大年，電召他前往金門縣署，充當庶務。每月給他五十元薪俸，勉強當了兩個月苦差，不耐煩再幹下去，决意辭掉。大年與他面約，庶務不幹，是可以的，只是也不許他再在廈門當搬架，扯他縣長的面子。阿二說："我若改業，便要挨餓了。不許我在廈門賣技時，我便過海，在鼓浪嶼居住。搬架還是搬架，這是我的自由職業藝術，我掛面推拿醫生的牌子罷。我定這五不赴簡約，一烟館不赴，二堂子班不赴，三菜館不赴，四茶樓不赴，五客棧不赴。至公館人家生意，總要幹的，我當個推拿郎中，於你縣老爺面子，並無絲毫妨礙便是了。"大年却也無法制止，只得聽其所爲，那庶務仍舊老弟掛名，却叫老謝的侄子替代。因爲這五不赴的交換代價，大年每月還要供給阿二八十元乾脩，要知阿二在鼓浪嶼如何自立，且看下回。[③]

---

① 録自《華報》824號，1936年12月18日第4版。

② 録自《華報》825號，1936年12月19日第4版。

③ 録自《華報》826號，1936年12月20日第4版。

第十一回　見綉品極口贊針神，捎素書空勞緑衣使 蓄疑團隻身尋釣叟，救白髮遠避紫竹盧

鼓浪嶼雖是區區一島，却算華夷雜處，人文薈萃的區域。南洋、台灣回國的僑商，多在這裏築宅居住，林菽莊、黄仲訓、陳嘉庚等，許多表表人物，都在這裏建築園林別墅。面海與廈門對峙的，一座天然小山，叫做日光巖，當時就是鄭成功一處緊要防地，以後這座山便成全嶼數一數二的名勝。如今統被殷商黄仲訓，一塌刮子圈購了去，做個家園，花了巨萬金錢，雇工改造，把許多天然風景，剖解割裂，弄得不成文理。巖石鑿做城堞，峰巔築就望臺，還加上紅紅緑緑的染色，把日光巖舊名，改稱晃巖。峭壁上刻了許多現任官長的詩句，據說這是仲訓自己布置上，工程耗費很大，結果妝就一座不尷不尬的園林。過客登覽，都說這主人胸無邱壑，未免近於煮鶴焚琴。那時却有一位傑出的工程師，是個留美博士，當初也在仲訓幕下，只惜他的設計圖本，不合主人之意，不曾採用。這座新園，未興工時，工程師早已不辭而去，却被林菽莊聘做座客，林家花園出色，大概出在這位工程師之手。廈門堤岸工程，也是遵用他的設計圖稿。①

這位工程師，姓顧名叫南洲，年齡只得二十四歲，具有絕頂大才。學術博洽，胸次光明，爲人任俠尚義，路見不平，真肯拔刀相助。可惜生性過於梗直，不善逢迎，所以社會闊綽紳商，羨慕他的很多，妒忌他的也很不少。他對這排架子的紳士，倒懶於折節恭維。下等社會人物，做苦工的勞働者，却肯另眼相待。工商僕役，沒一個不稱贊他和藹，都願意受他指揮。柳阿二借着搬架手術，寓居鼓浪嶼，專在這幾個出名的僑商家奔走，上上下下，都和他相好。這位顧博士，也品題他是個按摩推拿能手，閒暇時，却也和他談談。阿二在交際上，原有一副口才，很討顧博士歡喜。有一天，博士偶然談到刺綉技藝，阿二記起在福州時，阿嫂贈他一條綾帕，却是雪藕小姐的綉品，便取出來，請博士評鑒。

---

① 録自《華報》827號，1936年12月21日第4版。

博士見着這幅刺綉，好像白香山乍聽潯陽的琵琶，蘇東坡纔啖嶺南的荔子一般，不禁大贊特贊起來。①

大凡俠客心性，多與風雅相近。詩歌字畫，原是顧博士所嗜好的，何况飛針走綫中的字畫，比那毛筆油筆的字畫，尤爲難能可貴。粗俗如阿二，平空見這幅綉品，還曉得加倍珍惜，况是遇着具眼的顧博士，豈有輕易錯過！那時便問阿二，能否割愛轉售與他。阿二笑道："若論這條手帕，我是不配使用的，能得博士贊許，這綉藝諒非尋常可比。我如果是用金錢買來的，確也不妨奉送，只是我這條綉帕，是由情面上贈與的，我若不珍重保存，便對這贈與的人不住，博士須要原諒我不能奉讓。博士如果喜歡這綉品時，這個針神，現在省城，能出一筆豐厚的潤金，我可以托人轉求。"顧博士喜道："你認得這個針神嗎？"阿二道："我見過一面的，不但綉技第一，便是美貌，也不在第二，是個妙年女子。"博士便問家世如何，阿二細述雪藕母女的歷史，説到津津有味時，差不多把雪藕的性情態度，都描摹出來。顧博士道："你只見她一面，怎的知道這般親切呢？"②

阿二便告訴他洪塘蔡阿福，與自己是總角的朋友，雪藕是阿福的緊鄰，所有詳細家事，是由阿福妻小阿嫂處聽來。這條綉帕，雪藕贈與阿嫂，阿嫂轉送與自己的。只瞞着佛唵棧中一段風流小史。顧博士便煩他購幅蘇綾，馬上寫信寄省，逕托阿福，轉求雪藕替他刺綉，代價若干，悉聽前途吩咐。

不想這信掛號付郵，不及半個月，原封竟退回來。據洪山橋郵局簽註，收信人不在兵工廠，也不在洪塘江岸，無法投遞。原來這信寄在洪塘江岸火灾之後，雪藕已杳無下落。阿福、阿嫂兩口子，都已爬上高枝，郵差不負偵探責任，那裏尋得到呢！阿二因這信駁回，不免滿腹狐疑。馬上寫信，托佛唵棧帳房老謝探查。老謝細詢由洪塘來城做生意的工夥，馬馬虎虎，知道大略。回信叙明阿福夫妻怎樣走了紅運，怎樣發財，江岸房子，遭了回禄，雪藕母女，不知去

---

① 録自《華報》828號，1936年12月22日第4版。

② 録自《華報》829號，1936年12月23日第4版。

向，只怕葬身火窟了。[1]

阿二接着這信，便來顧博士那邊回話。顧博士嘆道："罷了，罷了！造化忌才，不想一個窮檐女子，也不容她平安過日。竟教她遭這火劫，玉碎花殘，天公也忒憒憒了！"

阿二的頭腦，是不會轉旋的，得着老謝報告，信煞雪藕母女，真個焚死，把平日癩蝦蟆想吃天鵝的妄想，一下便丢開了。知道阿嫂已屬吵咤利，自己更無藕斷絲連希望。這條湖綾手帕，便看做眼中釘子，沒有甚麽珍惜的價值了。趁着顧博士心愛，便想借這機會，拍他一下大馬屁也好。那時便對博士獻着殷勤道："這個針神，既已去世，這綉技已成絕響了，寶劍贈與烈士，駿馬贈與將軍，博士倘能替我珍藏，我便割愛奉送何如？"顧博士喜逐顔開道："奪人所愛，原非君子所爲，只是這件珍品，不比珠玉鼎彝，你既誠心肯讓，我也不便十分拒却。但我白手收受，問心實在不安，你在客中，金錢總是需要的，這裏有百元中鈔，給你製幾件衣服罷！"阿二見他給價這般豐厚，[2]確也出乎意外，故意再三推辭，博士定要他收，阿二只得直捷道謝。從此這條綉帕，便算顧博士的所有物了。顧博士得着這條綉帕，愛不釋手，一天總要玩賞幾回，却念天生麗質，原不是輕容易的，斷斷不會這樣一霎曇花平空短折。江岸火灾，那裏便會燒死？阿二但憑一紙不明不白的來書，便信確有其事，或許傳聞失實，萬一這位女士還在世間，我豈不是失之交臂呢？想到這裏，决意要親自上省偵查一番。這意思也未便與阿二商量，也不告知衆人，匆匆束裝，只說上省看看親友。到了福州，並不歇在旅館，一直雇乘肩輿，逕出西門外，住在何氏裏一個吴姓中表家中。纔過一宿，次日早晨，換了布衣草履，托言要到兵工廠訪友，順便往西禪寺逛逛，一個子跑到洪山橋，叫條小船，直向洪塘江岸搖去。這條圓底小船，船户却是一夫一婦，男的盪槳，女的把舵，都有四十五年紀。博士趁着閒暇，便和他兩個搭話，原來這兩個恰是洪塘人氏。[3]

---

① 録自《華報》830號，1936年12月24日第4版。

② 録自《華報》831號，1936年12月25日第4版。

③ 録自《華報》832號，1936年12月26日第4版。

博士便細查前日江岸火灾。這兩個船家，確是喜歡健談的，一五一十，背書也似，都說出來。把居住江岸一帶若干家，某姓某姓，老的少的，男的女的，先說了一大淘，那夜怎的發火，居民怎的喊救，怎的有一隊憲兵，奪船過江，怎麽鎮上民團，救不得火，反被刺傷落水，雪藕母女如何被軍隊迎接下船，如何船被撞翻，母女如何墜江，雪藕如何被軍隊帶去，媽媽流到半途，如何被天旺伯救上，零零碎碎，都告訴博士。

顧博士暗想，今日此行，可算不虛了。雪藕母女的關鍵，大概不離這個天旺伯老漁翁，聽他們所說雪藕果然沒有被火燒死，這一場火患，原來不是天灾[①]，分明有個惡人，從中算計，便是翻船墜水，母女分離，也是做定的圜套。全場劇本，都因着謀奪雪藕一人而起。雪藕此去，除自裁外，斷不會死的。只是劫向甚麽地方藏匿，還須細細偵查。如今別事不管，第一步先要訪交這個老漁翁，纔能見着邱媽，索性見着邱媽後，再來打算罷！便問那船家道："你說這個漁翁天旺伯，你認識他嗎？"

船家道："怎麽不認得？他是我的本家前輩，我們姓蘇，他是蘇家輩數中，最高的一個，我還算他的侄孫子哩！"博士笑道："這般說，他是你的叔祖了。我托你一事，你替我做個中人罷！我有一門親眷，住在西門外何氏裏，他家下月做壽，酒筵很多，要用七八尾大鯿魚。城裏魚市缺貨，買不到許多，聽說洪塘江鮮魚正旺，所以叫我跑到那邊尋尋。這個天旺伯，能够替我預留幾十尾，價錢倒不論的，這也是一起大批生意呀！"

船家道："若論洪塘魚市，原是有名的，只惜如今要吃這樣大魚時，有些困難了！"博士道："這是何故呢？"船家道："有五六斤重的大魚，都給軍隊儘先截留，我們民間吃的，市上賣的，最大不過三四斤罷了！"博士道："那也不妨！我要當面合他商量，或許想個法子，能够留些斤兩重的，也未可知。這老人家住在那裏？[②]煩你帶我往見罷！"船家連聲答應，說話之間，船已傍着南岸。船家指出那夜火燒的地方，那株老榕樹，還剩着老大幡虬的根，上面燒壞

---

① 録自《華報》833號，1936年12月27日第4版。

② 録自《華報》834號，1936年12月28日第4版。

的，已被人家鋸斷了。

博士從大皮夾內取出照相簡便手機，問這塊失火地方拍了照，復向金山路，拍張遠景的片。船家趁船，搖到北岸，查問岸旁船户，知道天旺伯剛纔繫了纜回家去了。船家便引博士上岸，灣灣曲曲，走了約莫半里多路，楊柳叢樹旁邊，露出一角矮矮竹籬。進了籬笆門，船家叫一聲："天旺公公，有個遠客在這裏，要尋你買魚哩！"

老漁翁正蹲在日影上，補綴破網，隨口應道："魚，好幾天沒找了，你不知道嗎？還引這客人前來做甚？"博士在籬外，望見他的背影，便大踏步到他面前，拱手向他作禮道："天旺伯，你老人家好嗎？小子是老遠來此拜訪的。"天旺伯忙站起來還禮道："請問尊客，貴處那裏？尋我便是買魚嗎？"博士笑道："你老人家別忙，魚是不急用的，有便買些，沒有時便罷！只是小子久慕大名，無緣會面，今天難得遇着你老人家，可肯賞光，和我到酒店裏，喝三五杯嗎？"天旺伯把博士認真一瞧，見他丰神瀟灑，眉目清揚，韶秀年華，英姿朗發，覺道這個客人，不是浮薄佻闥一輩人物，① 不禁心裏歡喜，便道："你先生不必客氣，我是個老柯漁户，冷淡生涯，何敢勞你先生光顧？我生性粗率，不喜七彎八曲，你先生有何見教，請便說罷！"博士道："小子姓顧名南洲，這回係由廈門上省，暫寓西城外何氏裏敝戚家中。因爲路上傳說，這裏南岸，有一樁奇離案件。這案原與小子無關，小子生性好打不平，遇着冤屈事件，定要查個水落石出。能够替他出力時，便替他出力。我知道你老人家，也有這樣胸襟，且與這案有直接的關係，所以小子一逕來尋你攀談。"

天旺伯驚疑道："這裏有甚麼案呢？你先生平空說出，我好像丈六金剛，摸不着頭腦哩！"博士附耳道："那夜江岸失火，你老人家在不在場呢？"天旺伯搖頭道："這是天灾，難道有甚麼冤枉在裏頭？"博士覺着這個漁翁有些假惺惺了，回頭看那船家還站在那邊未去，便取出船費賞錢，打發他先回船上，不必站在這裏老等，船家謝着去了。博士便對天旺伯道："你老人家萬勿動疑，小子不是軍界的走狗。這回知道火灾一案，你老人家也吃着大虧，邱家母女平空拆

① 録自《華報》835號，1936年12月29日第4版。

散，分明中了惡人毒計。我一路業已查明，你老別瞞我，我特地前來，做你老的幇手，要替邱家出力，[①] 和那惡軍閥决鬥呀！”

天旺翁微微笑道：“足下膽量很不錯呀！像你這般熱血熱腸，實在難得。但是打虎不能衹仗空拳，足下有甚麽可靠的勢力呢？”博士道：“有沒有對待的勢力，還是第二問題。我們能够站在他的勢力範圍以外，他使有天大勢力，也用不着了，怕甚麽呢？”

天旺翁搖頭道：“足下休看得這般爽脆，我是飽受驚嚇，不能不談虎色變。我一個老骨頭，還愛惜牠做甚，衹是她母女相依爲命，萬一做不過關時，不是救人反而害人嗎？”博士道：“你老顧慮很是！小子向來做事，不曾冒昧，若沒有把握時，也不敢挺身擔任了。你老放心波！”

天旺翁改容道：“如果足下胸有成竹，能替這母女援手，這是小老日夜禱天，求之不可得的，怎麽不喜出望外？只是計將安出，足下能否明白見告？”博士道：“俗語說得是，水來土淹，將至兵迎，這是出於臨時計畫，不能預先推測的。我想世界最有魔力的，第一件是金錢，第二件是智術。金錢一項，小子能够完全擔任，便是智術，諒也不出人下。凡事要在知己知彼。小子愚見，眼前邱家媽媽，不可居住此地。他們既用毒計，定要斬草除根，須早一點 [②] 替她安置在穩妥地方，我們纔好放心辦事。今日的鼓浪嶼，好比世外桃源，不如快些把這位老太太，遷到那裏，避一避這惡煞風頭。第二步，我們便著手調查雪藕小姐藏在甚麽秘窟，設法援救，你老以爲何如？”

天旺翁點頭喜道：“狠是，狠是！我這幾天也揑着把汗，很替邱媽媽耽心。這裏前後左右，都排布着糾察隊。這隊就是土匪孵化的，沒有一個善良。我們鄉民在虎狼中過日子，誰不提心吊膽？足下算個天外飛來的救星，此後一切拱聽你的指麾罷！”博士道：“言重言重！這原是小子分內的事。邱家媽媽移居日子，不能耽閣。我想明日就要預備動身。今天便煩你老介紹小子拜見，合她先說明白，纔不動她的疑。”天旺翁道：“不錯不錯，她就在裏頭，我帶你進見

① 録自《華報》836號，1936年12月30日第4版。

② 録自《華報》837號，1936年12月31日第4版。

罷！只是這位老太婆，滿口的子曰詩云。你顧先生和她攀談時，多掉幾個書袋子，一定合她的脾氣。若使話不投機，管教説她不動。這是第一要緊的！”博士道：“承教承教！小子自會臨機應變，討她的歡喜是了。”

博士見着邱媽，談得异常投合。邱媽正因失女，滿目孤悽，得着博士替她出力，好比雪中送炭一般，[①]自是歡喜過望，便當博士是個親人，一切聽他調度。數日之間，邱媽已安安穩穩，送到鼓浪嶼，歇在舅父何秋堂別墅中。何秋堂是個星架坡殷商，他的夫人薛氏，原是故家才女，博古通今。膝下兩個兒子，長的名叫天衢，次的名叫天陸。天衢跟他的父母，在星洲經商。天陸送入廈門大學肄業。這座別墅，便交與博士看管。薛夫人研究佛學，這座別墅，裏面一所佛堂，供奉白衣觀音大士。墅外四周，環種紫竹。這墅題額，便叫做紫竹廬。博士把這地方，經營得清靜幽雅。收拾一間書室，鐘鼎字畫，名花异草，布置井井，毫無俗氣。他的表兄吴雲橋眷屬，也住在這裏。這次邱媽來鼓，就托吴家女眷招待。博士深知邱媽好佛，便在佛堂右廂，打掃兩個房間，床榻几案，是現成的。自己便抽身重到省城，仍住在何氏裏表弟吴樵山家中。説起這位吴樵山先生，也是個青年英俊之士。他也是何秋堂的外甥，吴雲橋是他的胞兄。雲橋在泉州經營糖業生意，樵山在福州擔任理工學校教員。他祖居便是這西城外何氏裏，房屋寬敞，家口也有八九人。顧博士與樵山兩人[②]可算得明珠仙露，兩人音氣極其投合。博士這次重到省城，便將邱家母女情節，詳細告訴樵山。據樵山意見，這個老漁翁，也是個大目標，須要離開洪塘。博士深以爲是。於是派人通信天旺伯，叫他速速離開江岸，别在那裏惹禍。天旺伯便把自己這艘漁船，交付那個撑溪船湖鰍看管。自家略略收拾，也來何氏裏吴宅。不肯白吃人家的飯，自願替樵山料理家中瑣事。博士趁暇，便着手探查雪藕的下落。跑了好幾天，沒得絲毫消息。畢竟雪藕被困的地方，博士查得着否，且看下回。

---

① 録自《華報》839號，1937年1月5日第4版。

② 録自《華報》840號，1937年1月6日第4版。

第十二回　求俠侶四出探幽，真博士破工搜隱閫
媚權門百端設穽，假醫官助虐困葳蕤

顧博士一個人跑了幾天，沒得要領，便向樵山談及。據樵山的推測，大概博士走錯了門路："南洲你以爲這是軍閥做的事，衹知向參謀副官兩處探取破綻，你這方針便不對了。這是放火劫人的勾當，他們那肯在軍界裏面明白宣布？我猜他們全用下層人物行事，幹得機密一點，自然神不知鬼不覺了，那會有綫索給你看出來呢？要末，有好幾處地方，想你還未曾走過，我頗熟悉，[①]帶你前去逛逛，或許有蛛絲馬迹露出。你以爲如何？"

博士俯首一思，撫掌稱是，便問先到何處探聽。樵山道："我想那夜的憲兵隊奪船搶人，絕不是真正憲兵隊幹的，絕對是土匪化妝出來。現在羅布江岸的糾察隊，就是土匪變相的。他們這一次行動，完全利用土匪軍，夤夜作法，拂曉便開。手脚弄得簡捷些須，便可瞞人耳目。要知藏匿麗人所在，除非與糾察隊頭目，有密切的交際，那就一探便明。只是你我都沒有朋友在內，這門路是打不開了。其次，是城內達明里地方，有個海南廖宅，這是有勢力官僚消遣的總會。宅內主人，原是粵籍，專長拍達官馬屁。他的寓所，並不十分寬大，但是排設精雅，花木骨董字畫都有，招引人家在那裏玩耍。要賭博時，麻雀扑克牌九番攤，件件齊備。要酒席時，隨便那家菜館叫菜，都叫得來。要叫局時，隨便堂子清唱密賣淫，都喊得到。冬有暖氣，夏有冰盆。鴉片燈槍，是極端考究的。我想這個場合，一定有焦家將的系屬在裏頭。第三處，在水部門外第三橋，有個嫻園俱樂部。這個場所，更闊了。娛樂的路道，着着都好。更加設有溫泉浴座，异常精緻。[②]這是福州半官式的大公司，預備迎合高等達官貴人，公暇消遣的絕妙壇場。這裏頭定有焦家兄弟的踪迹。第四處呢，在東門，有一所神道筏堂，叫做悟善社。是供奉呂純陽祖師的乩壇，香火極其熱鬧。這裏頭

① 録自《華報》841號，1937年1月7日第4版。

② 録自《華報》842號，1937年1月8日第4版。

官紳商賈，曼衍魚龍。焦家兄弟，常在社中行動，或許也有些踪迹，可以偵查。我也是這社的社員，不妨借着問事請乩的機會，可以介紹你和那武朋友周旋周旋。其餘別處場所，有焦家將左右篾片出沒的地方很多，我都記在日記册裹頭，不妨按圖索驥，慢慢察訪。”順手向衣袋取出日記册，給博士翻閱。

博士看完笑道：“樵山，你真有閒情，怎的調查這般精確，怪不得你自稱福爾摩斯第二呀。我在社會上交際，不過渾寫大意，那及得你在在留心。如今這事，救人如救火，請你幫我的忙，總要查到水落石出纔好。”樵山道：“我計算這個女子失踪時，距離至今，已有兩三個月。如果這女子是混俗和光的，定規被他軟化了去，現在早已抱衾與裯，沒有文姬回漢的希望了。這女子若是鐵中錚錚的，定規和他硬做。這一起壞透的東西，斷沒有容人度量，大概凶多吉少。這朵名花，已受狂風暴雨的摧折，性命總保不住。[①]我們未免空費奔波。從這兩層着想，如果不幸言中，你雖是一片熱腸，我倒懶於動彈了。”

博士道：“天下事那裹可用臆料爲解决？你未免腦筋太敏了！如今別管她死活，你只當替我做事，盡你的能力，給我偵個下落罷！”樵山知推辭不得，只有答應，自去暗裹進行。

呀，做書的把雪藕女士丢在一旁，只顧指東話西，指南話北，看書人未免急煞了。做書的設個比例，譬如一把鎖子，被人鎖住，總要尋個配鎖的匙兒來開。書中邱雪藕小姐，好比是把鎖子，被人鎖着，顧南洲是把配鎖的匙兒。不過這把匙兒，在着很遠很遠地方，做書的，只得費了許多筆墨，請這把匙兒，趕來開鎖。如今匙兒確已接近，只是還不知道鎖在那裹。我且按下這匙，先說這鎖。

却說雪藕那天，嗅着那醫生麻醉刺激藥之後，失了知覺，迷惘着睡在榻上，約莫一日一夜，方纔漸漸蘇醒。感覺雖然略有迴復，眼皮仍是緊緊罩住，力睜不開。要動手時，兩臂綿軟無力，不能屈伸。要動脚時，好像麻木不仁一般。只覺喉際乾枯，渴不可耐，開口要喊，[②]音帶失了彈擊力，也喊不出聲了。極力

① 録自《華報》843號，1937年1月9日第4版。

② 録自《華報》844號，1937年1月10日第4版。

忍苦，約略經過一兩個鐘頭時，喉舌纔有些微活動。好像在着夢魘裏頭，連聲喊道："水呀！茶呀！水呀！茶呀！救我一救波！"這時似乎有些音響，只覺有人送了幾瓢蜜湯，注她嘴裏。雪藕得着這蜜湯，好像喝着甘露般，十分滋潤。這幾瓢甜汁，勝似起死回生的仙液，慢慢的纔把五官機能，回復轉來。張開兩眼，便瞧見房間陳設，以及諸色人等。

日光自琉璃窗射入，房間异常明亮。榻前電燈，還開着未熄。壁上掛鐘，恰敲九下。那四個青年看護婦，一個也不曾缺，都在房間裏頭伺候。沙發椅上，倒添了一個標緻女人。雪藕認真一瞧，原來是一向久違的蔡家阿嫂。仇人相見，分外眼明。雪藕積忿在心，恨這女朋友次骨。平日念着，不得見她一面。如果見面時，定要責問她：何故害人到這步田地。或者趁這氣頭上，咬她幾口也好。不想今天自己陷着圈套，弄得癱瘓般躺在榻上，不能動彈。要泄忿時，真正叫做力不從心了，只有嘆上一口氣，淚流滿頰道："阿嫂，阿嫂！你好，你好！你自家作樂罷了，無故拖我入混水來。害得我上天無路，入地無門，你的心未免忒毒了！"①

阿嫂聽她這般怨恨自己，便趕到榻前，握她的手，附耳細聲，安慰她道："藕姑姑，可憐可憐！你錯怪着我了。弄你到這裏來的，並不是我，我可以發誓聲明的。我雖然也在這裏頭，我知道你的性情，並不曾招引他們，來幹這事。阿福是曉得的！我費過無數唇舌，三回五次，諫阻他們，無奈不肯聽受。只怪你的才貌忒好，有人把你當作禮物，進貢他們，纔布出這樣天羅地網來。我很替你躭憂。你到這裏，我來看你好幾次，你總是沈迷不醒，幸虧今早醒轉來了。你墜這圈套，舉目無親。這裏除了我外，再沒得第二個姐妹可以談心。你別误認我是個壞人，我在這裏，暗地常常替你保護。只要我力量做得到時，我沒有不幫你的忙，你放心波！"

雪藕聽她說得這般懇摯，細想這回被人暗算，也許是齊八、李四、毛天梁、史幼鑲等，那一起壞蛋弄的鬼，未必單是阿嫂一個人。便是阿嫂有分，自己到這田地，形單影隻，除了阿嫂，再沒有第二者可以托賴。明曉她是個邪鬼，也

---

① 録自《華報》845號，1937年1月11日第4版。

要當她一尊正神供奉了。想到這裏，嗚咽半晌答道："阿嫂，你肯救護我，我感激你不盡，豈敢錯怪你呢！只是我雖然略略有些才貌，就是我惹禍的根苗。[①]這一條苦命，早死原不足惜。我割捨不得的，就是老母一個。如今生死不明，你知道呢！"

阿嫂道："我也很替媽媽關心，暗地裏也叫阿福到江岸探查。有人眼見她給天旺伯救去。我想老人家，既有天旺伯照應，諒無危險。倘有確實消息時，我再來報告便了。你休要急壞，保重身體要緊。"阿嫂催着看護婦，預備牛乳、鷄蛋、蘇打餅，送到榻前，親視雪藕用了早點。臨去時，附耳吩咐道："藕姑姑，你別焦悶。耐守幾天，我自替你想法。這裏幾個看護婦，不是我們同類，是和那醫官，串通一氣的。你別和她們親熱，也別合她們鬧癖。萬一瞧見她們奇怪的動作時，不要詫异，只閉著眼睛，當作看不見便了。"雪藕一一點頭，問她此去幾時再來。阿嫂說："那再看機會罷！"

阿嫂去後，雪藕把她囑咐的話，細想一想，不覺怕將起來。"她說看護婦有奇怪的動作，到底甚麽動作呢？這句話有些費解，莫是於我不利嗎？我一個單身閨女，失陷在這狐群狗黨裏頭，她們如果用強把我排布時，我手無縛鷄之力，那能抵抗呢？呀，別管他！既到這般山窮水盡，除死以外，難道還有什麽大灾嗎？我已視死如歸，一任她們如何算計，都不在我心上了。"[②]

革履橐橐，前日可怕的醫官又來了。緩緩步到榻前，兩個灼灼的眼睛，射着雪藕臉上。雪藕很怕他，如果再取出棉餅時，真要沒命了。不想今日，不是前番做作，又換了一副嘴臉。對病人微微笑了一笑，一句話不響，便退幾步，靠在沙發椅上。向袋裏取枝雪茄烟，齧了烟蒂，銜在嘴裏。那看護婦連忙擦根火柴，送到面前替他燒着。那烟吸了幾口，從鼻管裏噴了濃白的烟霧來，良久良久，覷着雪藕問道："女士今日貴體諒必十分舒服，還須靜養幾天，這病纔不會再發。我現在有三條約法，要你履行。第一，因你腦筋鬱結，思想陳舊，化解之法，須盡情娱樂。我要開演活動戲劇，給你消愁。第二，你這病，須平卧

① 録自《華報》846號，1937年1月12日第4版。

② 録自《華報》847號，1937年1月13日第4版。

一百零八點鐘。切戒性急暴怒，也不許接近親人，須過了一百零八點鐘之後，纔可自由。第三，你的病，含着極重的刺激毒素，若不用藥排洩化導，必發癲狂。須要遵服一種藥酒，每次一格，每四點鐘服一次。”

雪藕聽他說了一大灘，想要辯駁，又怕他的麻藥厲害。不敢十分向他頂撞，但搖頭道：“先生說的話，我聽得很明白。只是我自己想，我一向不曾有病，這幾天的病，好像是你先生有意給我製造出来的。像這般人造的病，慢慢磨滅我，實在難受。不如直捷給我一口毒藥，立刻便斷了氣，我很感你的恩。”①

雪藕的話，雖然說得可憐，但未免軟中帶硬，那醫官便不能承受，回顧看護婦道：“你們聽嗎，她還是滿口瘋話！這人神經受病已深，快要發瘋了！”雪藕冷笑道：“先生別糊塗瞎斷罷！我現在的神經，是清清白白，瘋從何來？”

醫官厲聲應道：“大凡病人，不聽受醫生的判斷，便是瘋病。你再要挺撞時，非用重量的催眠針注射不可！”雪藕慌得喊道：“先生，我從今不說這話了，別注射罷！你先生的意旨，我知道了，無非叫我妝啞吧罷哩！我知道這裏，不但是製造瘋人院，而且是製造啞子院。叫我純做啞子，我却勉強得來。何必把這麻醉藥品來磨難我呢。”到底這醫官如何對待雪藕，且看下回。

第十三回　逗芳心活演肉蒲團，色即是空情弗動
驚險語迫成血杜宇，生不如死志難移

醫官道：“你這幾句話，還是瘋瘋癲癲的。姑念你尚有一兩句合理，大概病人一入醫院，總以服從醫生爲天職。醫生有生殺之權，病人無辯駁之例。倘有不遵訓諭，任意嘵舌，一律照瘋人規則辦理，你明白嗎？”雪藕嗚咽著應道：“我明白了，原來醫院便是牢獄，醫生無异刑官。”醫官喝道：“你還說瘋話嗎？”雪藕趕緊閉了眼睛，再也不敢多話了。下半天，看護婦伺候雪藕，哺些午餐。雪藕那裏吃得下，不過略進一兩匙牛乳，兩三瓢西米粥，便搖頭不吃。②

---

① 録自《華報》848號，1937年1月14日第4版。

② 録自《華報》849號，1937年1月15日第4版。

看護婦收拾盤碗去後，房間沒有一人，雪藕精神疲倦，漸漸沈睡。一覺醒來時，天尚未晚，房內電燈三四十處，一齊開起來了。那邊沙發椅上，正在演劇。演甚麽劇呢？原來正演那《石頭記》大觀園裏妖精打架的新劇。男的正是這個醫官，女的却是年齡最輕的看護婦。兩口子都剥得赤條條的，醫官斜靠椅背，看護婦騎馬式騎在醫官身上。刮的刮的，恰在那裏酣戰。别的三個看護婦，不知道躲到那方去了。雪藕向來沒見過這般變戲法，羞得面孔熱騰騰的火燒也似。自己四體，還是癱瘓麻木，不能動彈，要避也避不來。眼睜睜地看他們，那裏看得過。想他們這般忘廉喪耻，故意在青天白晝，向我閨女面前，宣淫無忌，這不是狗彘所爲嗎？那時雪藕怒火衝心，氣得發昏。忽然記起昨日阿嫂臨去交代的話，教我見著奇怪動作時，不要理牠。這時我之爲我，除痴聾不理外，别無辦法。只得緊閉眼睛，裝做睡寐。但是眼雖不見，那這斷雲零雨的怪聲，無异飛機軋軋，偏向耳朵裏進攻，心肝不免突突地亂跳。

雪藕暗想："扮啞容易，扮聾却難。儒家的不動心，根於養氣。佛家的無色聲香味觸法，根於息念。這養氣息念的工夫，原不是一朝一夕做得到。但他們這般排出沒遮攔的陣勢逼我，我如把持不定，正不知墜落到甚麽地步。[①] 現在只有勉強支撑，把自己身體，當做槁木死灰，一任他們袒裼裸裎，豈能浼我？"想到這裏，不覺頭腦昏暈，模模糊糊的，又睡下去。約莫暈過了一兩小時之後，知覺又漸漸迴復了。那邊沙發椅上的劇本，不知幾時下臺，那這翻雲覆雨的怪聲，一時完全沈寂了。好像房間裏有許多人走動。

微微睜開眼睛看到，那戲又换一幕了。這張沙發椅，不知道幾時移去，却换著一張銅製横榻。獨上正點著兩盞鴉片烟燈，横躺著兩個華服的紳士。四個看護婦，都站在榻旁伺候。認真向榻旁一瞧，右旁横躺的，便是這個剛纔發洩獸慾的醫官。這時却穿上衣服，不是光邋遢的樣子了。左旁那個紳士，年紀約莫三十餘歲，並不認識他。瞧他的神氣，諒不是平常人物。居移養移，架子排得很大。這個兇很的醫官，却替他燒烟，很恭維的，裝好遞過烟槍，那紳士接過手來，一口一口慣吸。這時房內非常肅静，只剩著壁上掛鐘"滴達滴達"，和

① 録自《華報》850號，1937年1月16日第4版。

那紳士抽烟“渣打渣打”的聲音相應。這紳士大模大樣，似乎看不見正榻上有個受罪的女子。一句話不說，只管吸他的烟，那醫官守著那盞孔明燈，[①] 只管燒泡，另裝上一把烟槍，等紳士吸完那槍時，便送過去，抽換輪流不輟。約莫交換十餘次，兩個人還是默默相對，不發一言。遠遠似有汽車喇叭聲響，那紳士纔發話道：“老二來了。”醫官應道：“時光不早，他們也該到了。”約有一杯茶時，只聽得門外履聲錯雜，有人從外面旋動門鈕，又進來一個紳士，背後跟著一個漂亮時裝幼婦。雪藕瞧時，原來便是阿嫂。滿眼奇離的生客中，參加一個熟人，雪藕好像拾著寶貝一般。撩亂無着的神經，略略定了一定，似乎心裏正在盼望這人。如今果然望到，或者念及前情，替她做主。

醫官站起來，迎著來的紳士，讓他用烟。那紳士便就醫官的坐位躺下，自燒自裝，抽了幾口。那靠在左旁紳士，問他何故遲來，在那兒耽閣？他說：“剛纔悟善社開鸞，恰值呂祖降筏，我替你密叩這樁好事能否如願。”這個紳士道：“妙呵妙呵！呂祖怎麽說呢？”他道：“呂祖却不曾明白指示，只給下兩首詩，吩咐我轉交與你。你自己猜詳罷！”便在身上撈出抄録的詩句，這個紳士連忙伸手接過來一看，朗聲念道：“慢誇曲逆策神奇，倘有崐崙覓柳枝。善惡到頭終有報，只愁斷送老頭皮。”[②]“任汝侯門海樣深，黄金難買美人心。網羅雖困南山鳥，莫想紅綃爲抱衾。”

那個紳士道：“老四，我想這詩讖有點不合拍。子平未免空費一番心血了！”這個紳士道：“這詩不曾說到子平呀？”那個紳士道：“頭一句不是明白指着他嗎？曲逆侯是陳平的封號。曲逆應讀做曲遇，這是地名。”這個紳士道：“第二句崐崙是誰呢？”醫官接口道：“你倆兄弟，未免忒多心了。這算甚麽事？又不是軍國大計，犯不着去求仙問卦。我向來做事，全是自己的主張，自己决斷，用不着三思顧慮。俗語說的是：‘疑心生暗鬼。’你老先蓄了一片疑心，怪不得鬼神乘機戲弄？若論這事，十有八九成功了。緩急全憑你老的吩咐，還怕甚麽歪纏呢？”這個紳士撫掌道：“子平說話，真正直捷痛快！二哥你別把這

① 録自《華報》851號，1937年1月17日第4版。

② 録自《華報》852號，1937年1月18日第4版。

詩橫在心上，打攪我的豪興罷！”

這裏三個人咬文嚼字，阿嫂不甚麽懂。趁他們說得熱鬧時，便坐在雪藕榻沿，牽過雪藕的手，暗地捏了一把。乘衆人不覺，飛個眼色，好比遞過消息，特來暗中幫助的意思。雪藕理會了，雖然感激阿嫂，但聽那醫官說，十有八九成功，猜着他們，定規採取強硬手段。阿嫂便是十三分好意，替我解圍，只怕她也居人籬下，也沒有甚麽大力量哩！心裏正在胡思亂想，阿嫂已開話了，[①]指著烟榻上面道："藕姑姑，你病在這裏好幾天了。我想這幾位長官，你還不識，今天我替你介紹相見波！那坐在右旁的，便是焦督軍的貴介弟，官章應棠的二大人。左旁便是官章應岡的四大人。這位醫官便是現任禁烟處處長古子平先生。"

雪藕隨她所指，有意無意的，看了一看，也不向他們致意。阿嫂道："藕姑姑，你這回顛沛流離，我想你心裏還不曾明白。這幾天你病得沈重，也難怪你糊塗。今天趁你神識清醒，我特來告訴你這始末情形。當初江岸回禄，你倆母女，沒得憲兵隊保護，不但無家可歸，且要立地挨餓。江面翻船，母女墜落，非仗憲兵隊馬上援手，你倆早已葬身魚腹。你從水裏救出來時，懨懨一息，若不送到這裏醫治，你休想有命。若論這憲兵隊，和這裏病院，與你水米無交，你便有鄧通的金錢，也買不到這兩回的救星。算起來，三次施恩於你的，不是別人，便是這位焦應岡四大人了。你我明人不說暗話。這位四大人，站在山高皇帝遠地方，不能未卜先知。難道預算你姑姑有難，特地遣隊飛來援救嗎？難道無緣無故，特來做這一場好事嗎？這是有個大題目在裏頭。四大人訪著你姑姑的才貌[②]，說是世間有一無兩的，想要量珠聘你，充補這如夫人的優缺。據說當初曾遣兩個糾察隊軍官，登門求聘。你倆母女，一味推辭，說的話很不中聽。四大人得了回報，他半點沒有動氣。他說是'曾經滄海難爲水，除却巫山不是雲'。無論你姑姑怎的辱駡他，都不以爲意。你越駡的兇，他越看你的重。他徹底主張，以禮要求，非得你姑姑答應不止。所以預先派支憲兵隊，分

---

① 録自《華報》853號，1937年1月19日第4版。

② 録自《華報》854號，1937年1月20日第4版。

途駐扎。一部分駐在金山寺，一部分駐在洪塘的北岸，暗地保護你姑姑住宅，不許土匪毒皮造擾。不料事有意外，平空遇這火灾，救得你姑姑母女到手時，又遭撞船的變。江流汹急，竟至救一失一，弄得母女分離。四大人聞報，後悔不迭。一面派人沿江尋撈，一面又須急救你姑姑。幸得天從天願，你姑姑得慶更生。四大人一片至誠，你姑姑若不知感，未免辜負美意了。[①] 我今天索性打破砂鍋璧到底，表明來意，給你姑姑報告一聲。事到如今，你姑姑不能不從命了。況且諸事俱已布置，從也是這般辦，不從也是這般辦。你姑姑不如直捷答應了罷！”

雪藕方纔知道，阿嫂這套長篇的話，分明來替他們作說客。話意半真半假，半軟半硬，確也難爲她，扭捏出這一篇大道理來。剛纔捏我的手，原來不是爲我，不過爲她自己，脫卸做說客的關係罷了。如果阿嫂這話，出於本心，今日直來要我的命，那裏是替我緩頰呢？心裏這般想，嘴裏便答應道：“原來這般難爲人家，我那裏會知道呢？但我是個蓬門貧女，薄命紅顔，怎當得起大人先生們這般注意，未免折殺儂家了。怪不得天灾人禍，重叠交加。如今是家散人亡，我雖蒙拯救，剩着一個孤身，伶仃無靠，死了倒十分乾净。若叫我視息偷生，乞憐賣俏，我那裏做得到呢？阿嫂，你如果可憐我時，煩你代求大人，早些賜死。我也知道這樣死法，未免忘恩負義。只是這樣不答對的恩義，叫我今生也無從報答，容我來生犬馬圖報罷！[②]”說畢，嗚嗚咽咽，淚流滿面。阿嫂心裏非常難過，正想設辭安慰她，子平早忍不住了。

子平笑道：“這位小姐，未免忒執拗了。人生世上，不過數十寒暑，得過且過，得樂且樂，豈不爽快？像你這般執意，大概是受那舊禮教所束縛，受那傳統留毒所麻醉。什麼孝咧，禮咧，廉咧，耻咧，節咧，義咧，這些學說，全是害人的無形桎梏。你瞧古今孝子義士、烈女貞妃，那箇享過福來？都是被那虚名欺騙罷了。小姐天分甚高，何不能跳出禮教範圍，自尋樂趣？我想你有這良好機緣，不可自误。怎麼生路不走，反走到死路去呢？”

---

① 録自《華報》855號，1937年1月21日第4版。

② 録自《華報》856號，1937年1月22日第4版。

雪藕搖頭道:“感蒙指教。我雪藕雖也懂這見解，惟是像你古先生這般脫略形骸，超出禮教以外，我雪藕只怕望塵莫及，只有敬謝不敏了。我雪藕的皮肉，是人類的皮肉，不是獸類的皮肉，教我脫人類而學獸類，這是萬難的事，那裏做得到呢？”子平聽到末了幾句，像是冷水澆背，那能經受？不覺老羞成怒，變做冷笑道:“雪藕，你別惡語傷人！你的性命，懸在我子平手上。我只把你當做瘋人看待，教你生不生，死不死。到那時，真個悔不當初了。”①

阿嫂見兩個說到極端，只怕決裂起來，不好調處，急向子平陪話道:“古處長，你看我的面，別聽她的話罷！我這姑姑，素來有火氣的！我們知道她的性氣，遇有誤會地方，總要讓她三分。她現在思母心切，難免說話顛倒，處長須格外體諒她纔是。”應棠兄弟同聲道:“子平你也忒褊狹了！這位小姐，遭際不幸，難免滿腹牢騷，便讓她罵詈幾句，要什麽緊？”子平見大家褊袒雪藕，覺得一人做惡，未免近於煮鶴焚琴，太殺風景，也只得一笑而罷。

阿嫂握着雪藕的手道:“藕姑姑，事到如今，叫做騎虎難下。你一個子任性，是不行的。你便是說死說活，結果也總歸無效。我想你會到這裏，也是天數該然，不如順天應人罷！”雪藕索性不答應了，一任阿嫂怎麽樣寬喻曲解，總是一聲不響。應岡急起來，只得自己說話了，叫道:“邱女士，你別看我是個恃勢凌人的。我在福建，固然惟我所欲，要什麽便什麽。只是對於女士，却不曾用過強硬手段，這無非是愛敬憐惜的真誠罷！在我已算折盡威風，你女士還是十三分抱屈。如今長話短說，我已一切齊備。②只要你女士答應一聲‘可’字，你女士要附帶甚麽條件，我都照辦。至於女士所說‘死’字，只有讓你嘴裏說說。你既在我掌握之中，要活容易，要死却難。你想我派這許多人，在你前後左右防衛，你要自裁，她們責任所在，豈有見死不救的道理？你別動這念頭罷！”

雪藕尚未答復，子平便接口道:“雪藕，我知道你心裏不喜歡我。這幾天在這裏臥病，我替你診察，你定規恨我切齒。這事與我無干，隨你恨我也好，罵

① 録自《華報》857號，1937年1月23日第4版。

② 録自《華報》859號，1937年1月25日第4版。

我也好。我這人心直口快，不喜七灣八曲。我不説時，又忍不住。我索性告訴你罷！你的現狀，已沒有自立的能力。除非插翅能飛，一下能飛離這地方，那就諸事全休。若沒有翅時，休想和我們彆拗！你的喜事佳期，早已種種設備。擇日不如撞日好，便在今日今夜。喜娘不叫別人，阿嫂帶着這四個女護士便是。洞房不在別處，後進房間便是。四大人的喜筵，都吩咐停當了。你還要假惺惺做甚麼呢？”雪藕聽到這裏，好像半天打個霹靂，怒火攻心，急得全身顫動，血管沸騰，號咷痛哭，[①] 淚如湧泉，猛然翻身起來，把頭向銅榻的方柱上，拼命撞去。虧得阿嫂坐在榻沿，極力抱住。額角已撞破了，鮮血淋漓，濺染褥毯，幸虧兩三個女護士，掩得快些，沒有傷骨，只撞傷額皮寸許。

應棠兄弟，也驚慌了，連喊怎了怎了。子平也有點慌張，喊女護士速扯包布，倒些止血藥粉，調和凡士林敷上，替她扎了帕。雪藕還是哭着尋死，四個看護婦和阿嫂極力防護，剛剛制住他的跳躍。

應棠罵道：“子平，你沒得唬嚇人家，她已是驚弓之鳥。剛纔若措手不及，豈不弄了糟糕呀？邱女士，你別聽這老古信口嚼蛆。我信老四，要辦這喜事時，斷斷不會這般唐突西子。第一，是要徵你女士同意；第二，也要等你女士貴體復原；第三，也要擇個清雅地方，設備齊全。豈有今天便自冒昧舉行的道理！”“女士，你放心波！”應岡也說，“我也沒有這般性急。這話大概是子平信口胡謅。女士，你別相信！”子平哈哈大笑道：“奇怪了，我倒替你倆出力，希望四大人提前幾天圓成好事。那曉得左右不討好。我從今不管了，若再管下去，將來兔死狗烹[②]，只怕要做蔡哀侯啦！”要知雪藕願否服從，且看下回。

第十四回　作虎倀瓜蔓任株連，惡偵探指麾牙爪
丁狐蠱草菅教李代，現果報斷送頭顱

阿嫂畢竟愛憐雪藕，又附耳說了許多寬解的話。雪藕纔暫時安靜，歇了一

---

① 録自《華報》860號，1937年1月26日第4版。

② 録自《華報》861號，1937年1月27日第4版。

歇，嘆口氣道："你們要我相從，我不過犧牲這一世身子罷了。原也犯不着合你們相拼，只是叫我抛弃身子容易，叫我抛弃我娘却難。我也沒有旁的條件，只要你們尋着我娘，和我相見時，我便死心塌地了。萬一我的娘，不幸已死，那末，迫我俯首從命，我便苟延殘喘，在世日子，想也無多。你們偏要這紅愁緑慘的人做伴，有甚麽好處呢？不如有捷放我早歸地下，豈不乾净？這是我雪藕自心上的話，你們聽得入耳也好，不入耳也好，我這話任是海枯石爛，不能改移的了。"

應棠點頭道："女士這話，不爲無理。我便勸老四，暫且按下這一章。一面替你尋覓老太太，一面你自家須要保重身體，不可蹧蹋，免得我們早夜擔心。"應岡道："女士既是答應寬緩日子，原無不可。只是我要交代一句話：我極力替你尋母，到了母女倆見面時，切不可又翻前約呀！"雪藕點頭應道："那是自然！話說過了，如白染皂，豈有翻悔的道理？只是如果我母不在世時，你也休想迫我從命。[1] 也不能重行禁錮我，使我不得自由。"應岡道："女士不嫁給我，難道還有别的意中人嗎？"雪藕冷笑道："你真正糊塗極了，我一個不出閨門，自守葳蕤的女子，幾時有過意中人？阿嫂是知道的。我説的禁錮自由，不是禁錮我自由嫁人，是禁錮我自由赴死。你明白嗎？"

應岡拱手道："承教承教，我明白了。只是在我們派探覓母期間，你女士萬萬休起這尋死的念頭，教我防備不及呀！"雪藕道："請放心，我只守候娘的消息，在未得報告之前，自當勉留殘喘。惟是這裹地方，我不願意住，最好另外遷移。如不能遷移，能够屈留阿嫂作伴，也可稍慰我舉目無親之苦。這位古醫官，我不喜歡見他。女護士也不必許多，四個中，我揀一兩個便够了。"

子平笑道："病來求醫，病去恨醫，原是世俗的通病。女士既忍得過橋丟拐，我也不妨趁勢銷差，免得在這裹，做你的眼中釘罷！"説罷鞠躬告辭。應棠兄弟，因要敷衍雪藕，這時也不便相留，聽他自去。這裹阿嫂，也答應暫留作伴。雪藕揀兩個年長的看護婦在房間候，兩個妖冶的，却不要她。烟榻也移

---

① 録自《華報》862號，1937年1月28日第4版。

向前進房間。與雪藕卧房，只隔一壁。那個房間，① 馬上打發勤務兵，收拾裱褙乾净，便做應棠兄弟臨時的秘密行臺。這房間的左厢，也布置富麗，作爲阿嫂的卧房。雪藕今天，可算是平安過去了。

應岡自與雪藕訂約之後，立刻派遣能幹人員，前赴洪塘江上下游，分段調查邱媽的下落。阿福、齊八、李四，都充做鄉導管帶，禀承阿嫂意旨，教他們先覓那個老漁翁天旺伯。那曉得去了兩三天，洪塘江前後左右，直尋到西面蜆山各處，都踏遍了，不但邱媽杳如黄鶴，連那天旺伯，也不知去向。只帶了幾個漁户，及漁人回話。衆口同聲，都說日前眼見有個老太婆溺水不曾淹死，救她上水的，確是天旺伯。救活之後，寄居北岸人家。不上兩個月，兩人前後相繼失踪。再派幹練偵探，查了幾天，也查不出。有一天却得高等偵探，叫做“官話張”的報告，纔說是邱老太婆有人帶往鼓浪嶼躲避。這個老漁翁天旺，匿在西門外何氏裏吴宅，充當管理花草的園丁。應岡得訊，馬上派兵秘密馳往何氏裏圍捕。那曉得撲了一空，吴宅只剩個空房子。這消息不知何人透漏②，吴宅早已全眷在逃了。

應岡因軍隊空跑一盪，怒不可遏，立刻把吴樵山名字，列入匪黨。行個廣捕文書，令飭軍警，認真踹緝，標封房屋。過了十餘天，又接官話張的密報，據說引帶邱媽及吴樵山、蘇人旺潛逃，是個住居鼓浪嶼的顧南洲。應岡恨極了，便把顧南洲名字，做個叛黨的正犯；吴樵山做個從犯，用十萬火急軍密電碼，通電駐廈海軍引渡密捕送省。那時廈門海軍，正在胡天胡帝，那裏看得焦家將上眼。顧南洲博士，又是閩南數一數二的名士，駐廈海軍林司令，早已聘他充任高等工程顧問，豈肯輕易得罪了他。所以任他火急的雪片來電，只有一概閣着不理。③

說起這個偵探官話張，真正一個壞透良心的壞東西。他是鼓浪嶼的漢軍旗籍。他的祖宗，便是老地道出産的漢奸，怪不得生育這種害人的狗彘。這人生

---

① 録自《華報》863號，1937年1月29日第4版。

② 録自《華報》864號，1937年1月30日第4版。

③ 録自《華報》865號，1937年1月31日第4版。

性極其勢利，心術也極端險很。他姓張名國華，年輕時候，也念些英文，他便妄充一個學界的前輩。他沒有甚麽正當職業，巴結那些八洞的英美教會教師，薦入青年會學校，充任國語教員。青年會的組織，本來華洋混雜，魚龍曼衍。焦應瀛做督軍時，他歆慕軍界權勢。軍界的達官，多半在青年會俱樂部頑要。他用全套特别的聯絡手段，向他們結交。他仗著國語流利，心計狡猾，知道軍閥正在搜捕黨人。他專把這富有熱血的學生，做進獻的禮物。青年學子，被他煆煉周内，害死不少。他因爲替焦督軍做了幾盤屠伯的生意，焦督軍便利用這個人材，給他高等偵探的頭銜，分明用他做走狗。他竟看做榮宗耀祖的顯官。由是廣設爪牙，濫行逮捕。工商學兵各界，略有團體的，被這一部分的狐群狗黨，搗得七零八落。這回顧南洲、吴樵山兩人，幾乎跳不出他的羅網，不能不佩服官話張的能幹呀！①

應岡因爲顧、吴漏網，幾乎氣得一佛出世，二佛涅槃。子平在旁冷笑，應岡罵他狐猾，只會袖手旁觀。子平道："這怪不得我，我替你空操了一場苦心。你膽子忒小，只顧守甚麽規矩，講什麽感情。當日若趁我施用麻醉手段時，這個雌兒，不是軟綿綿的任你戲玩嗎？可偏要等她清醒，纔肯下手。如今手不但不得摸，弄得連我都不許近前，這題目不是越離越遠嗎？叫我如何補救呢？"

應岡道："子平，你真糊塗！你那裏懂得戀愛的行徑！我選着這個愛人，並不是選做玩物用。我希望她，將來可以做我賢内助。她内才外貌，確是上上的資格。如果一拍便合，我就看她不起了。她婀娜中含有剛健的個性，這是我最佩服的。可你在她面前，排演的活劇，她見着毫不動心，可悟出她的品性堅純，不是那種淫蕩外誘，可以誘惑得來的。我的心裏，平空更添了一層敬愛。我若慢慢的說動她的心坎，那時的樂趣，纔算真正的樂趣。你說當時趁她麻醉時，任我玩弄，固然可以達到目的，只是味同嚼蠟，有甚麽情感呢？如果照你那樣急色主張，且有立時致死的危險。②你知道嗎？如今閒話少說！現在她的條件，只求見母，便可順從。我很怪你從前計劃錯误，無故害她母女分離，纔有這場

① 録自《華報》866號，1937年2月1日第4版。

② 録自《華報》867號，1937年2月2日第4版。

阻礙。這顧南洲、吴樵山兩個，也實在可惡了。你如今只替我兜捕這倆東西來，我要活吃他倆的肉。”

子平道：“我又沒有捕人的職權，你老何不授書省防司令及警務處長呢？”應岡道：“這兩個合我不十分融洽，我犯不着去承他倆的情。便是越海捕人，他倆也沒有許大權力。”子平道：“既是沒有辦法，那須要看機會。等我覷便合張國華商量個巧法罷！”這時恰好有個吴樵山堂侄吴耕畬，在造幣廠服務。子平想要先把這個癩頭黿，拖出來頂缺，暫且搪塞應岡的忿怒。趁着市上發現僞角，叫官話張，硬證是吴耕畬私造，報告廠長，判處死刑。

耕畬槍斃之後，應岡不過略略出氣，究竟於事無濟，還是旦暮催促子平想法，子平心裏常焦燥[①]，尋着官話張商量。官話張也想不出隔海提人的辦法。子平十分煩悶，跑到達明里廖寓賭牌九，又輸去三千餘元。更加一向嫖蕩無節，淘虛身體。金福堂看中兩個蘇班，一箭雙雕，還不够意。乘隙還要尋嬌訪艷，露水爲歡。夜裏自然沒工夫睡覺，白天忙於捐務，兼營雜碎的差使，不免積勞成疾，患了最重的小腸炎病症。延醫調治，心性急於烈火，醫生進藥，要他立地見效。三天換了一十幾個中西醫。小腸炎未瘥，又添了腦膜炎的劇症，床上床下，裝着十餘盆冰塊，仍是喊熱。應岡知道，派個頭等軍醫官來。他斷作膽囊炎，和急性的腸加答兒，調藥與服。下咽不到十分鐘，翻胃大吐，吐後又打一個極重的冷戰。神昏譫語，循衣捫床，種種壞症，同時並作。家人見這病勢不妙，馬上送到木井醫院，要求著名的猛醫生診察。子平正在昏沈迷亂時候，語言顛倒，手足舞踏，猛醫生認爲中惡，很很地伸開巴掌，連打他幾個耳刮子。打得子平三尸暴跳，雙眼上翻，兩個跟去伺應的憲兵，拔起匣子槍來，要向猛醫生彈擊。虧得家人制止，纔免惹禍。大家商量，[②]把子平送回。據賣卜的推算，所住八角樓陽宅不利，建築之時，犯着五鬼惡曜，子平得病原因，或由於此。不如移往吉皮巷親戚家中暫避。就在那裏，再延中醫診治。這時子平業已失去知覺，一任他們搬來搬去。統由他的中表主張，請個北後街老悖庸醫，替

①　録自《華報》869號，1937年2月4日第4版。

②　録自《華報》870號，1937年2月5日第4版。

他調理。不上幾天，便把活活的子平，送到森羅殿點卯去了。

小說原是通俗文字，有時也含着時代性的。當日的時代性，與現在的時代性，判然不同。那時社會迷信這風水神怪的頭腦，雖沒有二十幾年前的麻醉，但是父老婦孺，總不能消除這種炫惑的心理。子平自包辦燈捐之後，荷包裹也漸漸膨脹起來，得着不少的横財，除自家嫖賭揮霍以外，還有許多。第一步正當開銷，自然是買宅修建。房屋的掮客，替他看準了八角樓一所舍宇，確也清靜寬敞，花了三千元成交。那這舊式房間，不合子平的意，馬上大興土木，修改一新，外面拆去了舊墙，改築新墻。正在拆卸磚土之時，墻裹突然跳出一個七八寸長的鬼怪。這個怪物，確也衣冠楚楚，十足是滿清一個官僚，[①] 袍褂靴帽，滿地跳躍旋轉，嘴裹嘤嘤唧唧，叫出蟋蟀的聲音。那這土木匠，雖是青天白晝，見着這種鬼怪，未免毛髮聳粟起來。末了，那怪物喊出幾句話來道："古月台，你不要太高興啦！你助紂爲虐，罪惡貫盈，快要死了。報應是不爽的呀！"說這幾句話後，一跳有兩三尺的高，連跳兩跳，就不見了。子平未病之前，便有人傳出這稀奇消息。那墻剛剛築好，不上四五天，子平便病了，居然一點沒有救了。

悟善社社友，知道這段秘事的，都說吕純陽降鸞兩詩，异常靈驗。子平死在橘皮巷親戚家中，有眼見殮尸的傳出來說，抬尸下棺時，頭項好像齊肩中斷，只留着軟皮牽聯脖子。這種怪事，哲學家必不相信，總疑是一段胡謅諸談。做書的並不預備與人校正甚麽科學哲理，只援自聞必録之例，亦不敢強斷子平必有是事。不過當做小的時代性神話罷了。

子平圓寂之後，應棠兄弟好像失去左右臂，沒有助惡的機械子。閒話不提，如今且說顧南洲博士，看書的必疑博士與吴樵山兩人，得着緝捕涉息，定是挈同吴家眷屬，逃避鼓浪嶼去了。原來挈眷前往鼓浪嶼的，只有樵山一人。且在張國華未報告之前，南洲早已料到，必須先機遠避，所以樵山很從容不迫，打發眷屬及天旺伯束裝南行。[②]

---

① 録自《華報》871號，1937年2月6日第4版。

② 録自《華報》872號，1937年2月7日第4版。

南洲博士，並未動身，仍是寓居省城。樵山安頓家眷停妥，仍舊上省。焦家將正是準備甯弓，密排獵網，要捉他倆，何以捉不着呢？難道他倆也有《封神傳》楊戬的八九玄功、變化不測嗎？變化總須變化，玄功未必是玄功。要知兩人如何免禍，且看下回。

第十五回　冒萬險游戲化妝，雙俠士間關仗義
擲千金從容急難，一佳人航海言旋

話説南洲、樵山兩人，都是膽大包身，富有才智。不但軍警偵察不到，便讓張國華左道人物，有神出鬼沒的伎倆，也不知道他倆踪迹。正在搜捕急切之時，他倆却都化了裝。好在他倆都是青年美貌，前幾年曾在滬漢京津各地，做過新劇界的票友旦角。男改女裝，尤爲順水行舟，服飾釵釧，原是預備現成的。省中各學校，知心的朋友很多，兩人只暫假着教會校友家中，住宿一兩夜，便已打扮整齊。樵山扮做勝家公司的女學徒，南洲扮做職業學校女生。兩人都是校友替他展轉尋了殷實介紹人，還托着勝家公司[①]，薦入澳橋下工廠，充做踏機女工。原來兩人對於機綉織，確是很內行。

真是匪夷所思！兩人既改女裝，何故不早些脱險，偏要謀幹那織廠的女工呢？原來樵山早由悟善社社丁處探出秘密。

雪藕匿藏在甚麽地方，如何受着子平的蒙藥，如何假設醫院，冒充醫官，假飾女護士，種種詭秘行動，都給這個社丁知道。樵山因見這社丁，常常和應棠、應岡的跟班相熟，認定這個門徑，設法探查。恰好這個社丁，賭牌九輸了，沒得本錢翻本，樵山却借給他三十元，又輸光了。樵山又借三十元與他，並不問他取討。這個社丁，自然格外感激。樵山便乘這機會，閒談焦家將的密事。這社丁不免一五一十，都告訴他知道。這間假設的醫院，就在河西街中段，四個女護士全是澳橋下工廠的機架女工，都是被子平吊膀子吊來的貨色，和子平常常演那肉蒲團劇本。這次應岡却花一筆絕厚的倩金，倩她們充當這臨時的女

① 録自《華報》873號，1937年2月16日第4版。

護士。樵[①]山還怕這消息不十分準確，又在三橋俱樂部淴浴和一個朋友閒談。於無意中，談及應棠、應岡兄弟，在女色上，極端嗜好。應棠還肯插爛污一點。應岡就考究了，他要揀上等上的人材。現在這個美人，却被他披沙揀金的揀到手了。只是落花有意，流水無情。他打算慢慢的用水磨工夫，像他這般耐心耐性，將來總有極圓滿的收穫。樵山得着這段奇奧的消息，歸家和南洲商量。南洲却想出這化裝入廠的巧計。以爲乘這機會，臨機應變。或者能够攙入這假醫院裏頭，充當女役，可以接近雪藕，遇便救她出險。列位，你們試想這兩個仗義的儒生，膽子大不大呢？

南洲、樵山，化裝入女工廠，不滿十天，早去晚歸，廠内領工，狠贊他倆勤慎敏捷。那天得着子平死耗，樵山暗暗對南洲説："我們籌畫，又失敗了。我倆化裝入廠，原想再進一步，踏着老古門路，纔能得近雪藕身邊。如今老古突然作古，這個僞設醫院，却無人引進。[②]我倆單在廠中吃苦，未免無謂。外面訪拿又急，萬一被人看出馬脚，我倆還有命嗎？"

南洲道："我倆既不得其門而入，須早些打算脱身爲妙。"過了兩三天，樵山吃飯時，故意在領工面前，自己添飯，失脚跌了一交，打碎飯碗。領工駡他不小心，他惡狠狠的應他幾句，激動領工怒氣，馬上辭他出廠。第二日，南洲裁布，有意裁錯，蹧蹋了兩件衣料，領工責他賠償。他不肯認錯，領工立傳保家到廠，估價索賠。南洲故意裝做恨恨樣子，認罰一元五角，不願再作工了。由保家調處，算了十日工薪出廠。領工嫌他説話不好聽，也不留他，任憑保家帶出。兩人既已脱離工廠關係，覺得省城立脚不住，打算暫且回鼓。臨時又改扮女學生，買了船票，托言要赴集美學校插班。兩人跟着海軍家眷赴廈之便，一起登輪。這是出於偵探目標之外。船到廈門，逕上鼓浪嶼，一路平安，確也無人發覺。[③]

南洲、樵山兩人，同歸紫竹廬時，省視吴家眷屬，業已安頓妥善。天旺伯

---

① 録自《華報》874號，1937年2月17日第4版。

② 録自《華報》875號，1937年2月18日第4版。

③ 録自《華報》876號，1937年2月19日第4版。

正在園中藝蘭，見兩人脱身回來，非常欣慰。家屬知道省垣緝捕兩人甚急，正在日夜憂慮，只怕误投羅網。那知兩人游戲三昧，居然行所無事，自然喜出望外。天旺伯嘖嘖稱羨說："還是讀書人膽智俱優，變化不測。雖居虎口，安如泰山，強過我這老朽萬萬。"樵山嘆道："不要說罷！我倆空費張羅，不成一事，反送了我的侄子一命。還說甚麼膽智，真要慚愧死哩！"

天旺伯道："別急別急！天下無難事，只怕心不專。自古道精誠所至，金石爲開。你倆總有一日戰勝這惡軍閥呀！"南洲問邱家老母近日如何，天旺伯道："很好很好，老人家雖然愛女心切，但也料到急也無用。外面既有你倆先生，替她苦幹，她心裏自然寬慰了。還有一件喜訊，你倆纔到不會知道，原來顧先生，有這個明慧令妹，前兩天纔由美洲回國，邱媽得着這個好伴侶，真正樂而忘憂了。"南洲跳起來道："啊！[①]我的妹子回來了？妙極妙極！真正天與其便，我不怕沒有幫手了。"

天旺伯道："顧小姐早一刻還在家裏，剛纔陪著邱媽媽，遊玩林園去了。"南洲對樵山道："我這妹子，確是滿腹經綸，這事和她商量，當有絕妙辦法。"樵山道："這事最好得個婦女出仗，婦女裏頭，有才智的很多。我們強煞，究竟是個男子。雖會臨機應變，那這化裝假冒，到底危險。萬一露出馬脚來，自己先不容易解脫，哪能替別人營救呢？如今，天遣顧妹回國，況是個裙釵魁首，不比尋常女子。如果她肯替你出馬時，這事十有八九把穩成功了。"

南洲道："你不要太高興！我妹子生性固執，有些不好說話。萬一不肯出頭時，這希望便僵了。且待我和她見面後，切實磋商，得她允許時，纔有把握。"天旺伯笑道："不怕顧小姐不答應，我猜她是千肯萬肯的。第一，博士與她同胞手足，一本之親，豈有拒絕的道理？[②]第二，顧小姐與邱媽，這幾天形影不離，說得非常投合。藕姑姑蒙難，她也動起兔死狐悲之感，萬不至置身局外。"樵山道："老人家說的有理，南洲你放心吧！"

却說博士妹子顧横波，年齡只有二十一歲，是個留美自費生，在紐約醫科

---

① 録自《華報》877號，1937年2月20日第4版。

② 録自《華報》878號，1937年2月21日第4版。

大學卒業。生得秋水爲神，梅花作骨，秀婉中含有俠氣。生性與博士相似，也喜歡排難解紛。博士英姿卓犖，生性過於爽直，橫波真正一個智囊。她的方寸，賽過水晶鏡子一般。她出洋留學，在交際場中也算一個明星，世界青年朋友很多。誰都不能牢籠她，誰都不能搖惑她。她比博士少三歲，她與博士極乎友愛。兄妹早年失了父母，寄養舅家。舅父何秋堂，經商暹羅仰光各埠。舅母薛老夫人，原係故家才女，博古通今。兄妹自幼，都是舅母薛老夫人帶往南洋，親自教訓。十餘歲時，都插入星架坡中學肄業。秋堂愛這兩人聰穎不凡，便備足學費，送到紐約專門學校。南洲習工程，① 橫波習醫學，兩個都畢了業。南洲得了博士頭銜，橫波也得了碩士學級。南洲先歸，秋堂命他看管鼓浪嶼別墅，這次邱媽、天旺伯合樵山眷屬，就寓這別墅房屋。前回所述的紫竹廬，便是這個地方。

閒言少述，如今且說顧橫波碩士。那一天，顧橫波女士，陪伴邱媽到林園游玩，過午纔回。兄妹中表，久別重逢，自有一番歡喜。邱媽見南洲、樵山兩人無恙回家，格外欣慰，便問雪藕消息。樵山把在省所聞的悟善社社丁，及三橋俱樂部朋友說的話，詳詳細細述與邱媽知道。南洲也細述兩人化裝入廠始末情形，大家却笑起來。邱媽道："孔子微服過宋，厄於陳蔡之間，聖賢亦有通權達變之時。你們別笑他倆不端莊，一是自毁避禍，一是代人解厄。豪俠舉動，無非菩薩心腸。不得視爲游戲呀！"南洲嘆道："伯母休得過獎，我們倆因爲這事，弄得心亂如麻。雖知道藕姑姑軟困地方，侯門似海，施救無從。堂堂男子，要學崐崙奴、古押衙兩義士還做不到②，那敢高比聖賢豪俠，真正愧死哩！"顧橫波笑道："你倆雖比不得崐崙、押衙，却已打扮紅綃、紅綫，如果得步進步，何怕達不到目的？你倆膽子究竟未壯，無故半途而廢，畏首畏尾，怪不得功敗垂成。若使是我設身處地，不管什麽禍福吉凶，冒險衝鋒，到底不懈。或者藕姑姑，早已遁圍而出了。"

南洲冷笑道："妹子，我不見你三年，原來却長了油嘴學問。你眼前袖手旁

① 録自《華報》879號，1937年2月22日第4版。

② 録自《華報》880號，1937年2月23日第4版。

覷，自有許多冷嘲熱調。我倆固然才智有限，唯是對於這事，立誓赴湯蹈火，沒有悔心。怎柰事與願違，平空生了波折，樵山犧牲一個侄子，我已心膽俱裂。若使冒昧做去，萬一我倆也送了命，還有那個出來復仇呢？所以不如暫退一步，從容想法，預備再接再厲。難道真要半途而廢嗎？”

邱媽道：“南洲侄兒，計劃一些不錯，耕畬慘死，便是前車之鑒。無端從井救人，於事無濟。以生命爲孤注，老身不敢贊同，還是站定脚跟，從長計議爲妥。”① 橫波笑道：“哥哥，莫怪妹子剛纔信口滑稽。據妹子的見識，這次你倆化裝入廠，還幸古子平適患重恙，不能到廠，沒看見你這倆麗人。像這般見色如蒼蠅見血的狗子，你倆一定被他選中。到了近前迎合他時，我問你倆贋貨，怎麽避免？這是一種行險決無僥倖的計劃，你倆真正叫做聰明一世，懵懂一時了。好在天網恢恢，疎而不漏，子平竟一病而死。你倆即免破綻，且能避過張國華的弋獲。這一盤生意，總算不虧不賺罷哩！”

南洲、樵山兩人聽她這一段評斷，細思確有至理。邱媽也說：“説話不差。”樵山道：“橫波表妹，你的見識卓越尋常，我知你一定有應付的真本領。我倆站着前綫，差不多鼓衰力竭，打不出勝仗來，還求你這秦良玉，出來掛帥罷！”橫波道：“若以救難扶危論，便是陌路相逢，也應該替人出力。② 何况世間無兩的雪藕姊姊，又是伯母的命根兒。我們若不想法救援，還有誰來救援呢？只是吴表兄和我哥哥，才幹比我強過百倍，兩人都弄得弃甲曳兵而走，要我這碌碌女子，濟得甚事？我不是不肯捨身去幹，只怕幹壞了，反誤了大事。”

南洲笑道：“妹子休得推辭。假如你未回國時，自然趕你不到，只剩着我倆去瞎撞。如今天假其便，不先不後，你恰好這時回來，這是天數前定，責任輪到你身上，不能擺脱。我知道你的天才，事事胸有成竹，遠出我們之上，我們面前，你休裝做王莽謙恭。”

橫波尚未答應，天旺伯老人家，早已撲的跪在地下，向橫波叩個響頭。橫波想不到老頭子忽行此禮，慌得手足無措，趕緊還禮，扶他起來。天旺伯淚隨

---

① 録自《華報》881 號，1937 年 2 月 24 日第 4 版。

② 録自《華報》882 號，1937 年 2 月 25 日第 4 版。

聲下，[①]不肯起來。說道："顧小姐須切實答應，我老朽纔放了心。如果小姐不願做這好事，我要這老命何用，便撞死在你小姐面前罷！"

橫波不料老人家這般憊賴，一時擺布不下，只得滿口答應，說："你老人家休要如此，這是我顧橫波切已的事，萬無藉故推辭之理。你老放心，我拚命去干罷！"天旺伯纔謝了唐突，慢慢站起。

邱媽也向橫波拱手道："這是老身家事，應該讓老身跪懇。天旺伯既這樣熱誠，便算替老身說話。侄女恕我老邁，不能拜跪。"橫波搖手道："呀，伯母，休說這話。天旺伯這般舉動，已經折殺儂家，怎當得伯母也來。真叫侄女置身無地了。侄女早晚便行，只是如何打算，還須與吴表兄、阿哥倆，從長計議，免得臨事周章。"南洲喜道："妹子既已首肯，這事總有八九希望。忙不在一朝，行期盡可從容。[②]我們數年闊別，剛纔聚首，索性暢叙幾天，再行打算進取罷！"邱媽、天旺伯、樵山三人，皆點頭稱是。這天南洲便備辦一筵豐盛酒席，當做彼此接風。一半叙別，一般遣悶，大家暢談一日。

按下鼓浪嶼紫竹廬小聚會，做書人趁閒又想到在省城軟禁，度日如年的邱雪藕。雪藕幽閉在河西街假醫院裏，雖得阿嫂作伴，想盡法子，逗她歡笑。叵奈雪藉自己字典中，沒有笑字。日夕相對，總是愁眉淚眼。焦家兄弟，近在隔房，烟榻橫陳，高朋滿座，有時鬥鬥雀牌，有時唱唱京曲，嘈嘈盈耳，確也不寂。只是要使雪藕開懷，却不容易。雪藕自從子平死後，病也漸漸瘉了，這幾天却不卧在榻上。額角傷痕，也已平復。阿嫂替她梳櫛，天然佳麗，儼如圖畫中人。雪藕只許淡妝，不施脂粉，[③]不御綺羅，但總不能遮掩她的美貌。應岡雖是急色兒，看她艷如桃李，冷如冰雪，愛却愛她到極點，怕也怕她到極點。可望不可即，可近不可犯。只因有約在先，能够尋着她的老娘，不怕她翻了口。眼前生米雖不成飯，只當她是個待闕的鴛鴦罷了。

邱媽避在鼓浪嶼消息，這裏大家都曉得，只不敢給雪藕知道。阿嫂雖也聞

---

① 録自《華報》883號，1937年2月26日第4版。

② 録自《華報》884號，1937年2月27日第4版。

③ 録自《華報》885號，1937年2月28日第4版。

知，因爲應岡教守秘密，所以也不敢在雪藕面前，露了實話，只說四大人派探查得娘甚平安，現在住居在天旺伯的親戚家中。雪藕問娘何時能來這裏，只說娘遲早總會入城，四大人已派隊前往洪塘迎接。阿嫂這話雖說得圓轉，究竟僞造的話，好像支票沒根可對，不能敷衍多天。反啓雪藕的疑團，只猜道娘已遇難，他們這一輩，無非朋比爲奸，全是騙她的話。畢竟雪藕母女，何時可以會面，且看下回。[①]

第十六回　折肱冒味笑名醫，病懨懨遂沈永巷
援手高明求碩士，心察察竟入侯門

雪藕是純孝的女子，現在除希望見母外，無論甚麽樂事，都不在她心上。希望既窮，精神日漸萎頓。過了幾天，又懨懨的病下來了。以前的病，是子平用蒙藥製造的。這次的病，却從思母緊切，弄成功的，心病沒藥醫，雪藕真個卧床不起了。以前子平硬派她是瘋疾，這次神昏語亂，真正有類瘋人了。阿嫂心裏難過，想要趁機報告她的老娘消息時，已太遲了，因爲她神經异常，聽不入耳。除非邱媽立刻當面給她相見，或者有望。現在母女已成兩地參商，哪有覿面機會呢?

據應棠的推測，决定雪藕必死。因爲他腦子總误解吕祖的詩，料着應岡納寵，勢必無成，力勸應岡斷了妄想。應岡以爲這塊羊肉，經已到口，那肯吐弃。况且他不相信這種神話，定要請醫調治。暗托了好多相信屬員，物色國手，雖有幾個慣拍馬屁的篾片，[②] 薦引十餘個中西出名醫士，先後診斷，但這許多庸碌醫師，不曾眼洗長桑神水，那識她的病源。應岡又不便將這致病原因說出。個個醫師，都误認作應岡的姨太太，查問勤務兵，勤務兵也說是四大人的姨太太。大家都不知道她是個未破瓜的閨女，弄得診案各執一是。也有說是閉經的，也有說是貧血的，也有說是癇疾發作的，也有說是血壓過高，腦膜發炎的。來了

---

① 録自《華報》886號，1937年2月29日第4版。(原刊號爲885，按順序實爲886。)

② 録自《華報》887號，1937年3月2日第4版。(原刊號爲886，按順序實爲887。)

一個最著名的西醫士，却指做膽囊炎，替她注射一種新發明專治膽囊炎的藥液，毫不見效。真正亂七八糟，驢唇不對馬嘴，醫藥費却花了不少。

僑閩外人，傾慕權勢，交官結吏，原是他們外交路道上應有的文章。我國軍閥中的武朋友，只好作威作福，欺侮本國商民。對於外人，又是一副巴結的面孔。焦家將盤踞要津，不免門庭如市。每值宴客，缺不了外賓在座，各國領事股商，以及教會司鐸，銀行大班，來來往往確也熱鬧。①

那日却值軍署設讌日期，海錯山珍，淺斟低酌，正在賓主歡洽時，美領衙門的翻譯官，會着應岡，接談半晌，袖裏取出一封薦函，説是領事特薦一個人才，請爲録用。應岡拆讀，却是一紙英文，一紙譯語。應岡不懂英文，把那譯語細閲，原來薦的却是一個醫科碩士，名叫辜帆浦，是個華籍的妙齡女子，説是紐約專校畢業。這個碩士，在中國門第，確也表表著名，是英文著作家辜鴻銘老前輩的侄孫女。函上保證她醫術精通，手到病除，女科尤爲獨步。應岡因爲雪藕病篤，正在四處覓醫，得着這封薦函，自是滿心歡喜，那時連聲答應，便託翻譯官速送這個辜女士來署。翻譯官許以明日，果然第二天這位辜帆浦碩士，就來謁見。

應岡真是犯着美人星照命了，一個邱雪藕，纏得神魂顛倒，不得開交。怎經得又來一個明眸皓齒，②秀外慧中的辜帆浦。不見猶可，一見着又弄得三魂剩一，七魄走六。辜帆浦又與雪藕不同，雪藕是舊式的女子，帆浦是新式的女子，西裝飄灑，不染纖塵，氣派大方，舉止嫻雅。應岡心想，不料同時有兩個超群軼倫的女子，教我毛施不分，尹邢莫辨。如果天從人願，一箭雙雕，我焦應岡的幸福，雖南面王不與易了。只是心裏雖這般妄想，外面仍裝做安詳穩重樣子，和顔悦色，與他周旋。寒暄已畢，便詳細查她出身履歷，帆浦也照那領事薦函中所説的資格，當面再述一過。應岡露出十分敬重禮貌，便説："難得碩士到此幫忙，只是軍署已有現成的醫官，未便更换。只屈碩士暫時在我幕下，充個高等的醫務顧問罷！"帆浦起立，鞠躬致謝。

---

① 録自《華報》888號，1937年3月3日第4版。

② 録自《華報》889號，1937年3月4日第4版。

應岡借勢便說："我幕下新近有個女書記，名叫邱雪藕，染病甚重，經過好多名醫，施治無效，[1] 今日難得碩士到此，能否替她診斷呢？"帆浦道："診病原是醫士天職，既承明諭，豈敢推辭？但是這位邱書記，病在甚麽地方，煩大人派個差弁，帶我往診罷！"應岡道："就在左近。碩士坐我的汽車先行，我隨後就到。"帆浦連聲答應。應岡按鈴喊熊老七預備汽車，叫阿福引帶辜顧問上車，風馳電掣，瞬息已到河西街別墅。阿福開了車門，請辜顧問下車。

列位試猜一猜，這位辜帆浦女士，平空飛來，到底是誰呢？原來便是顧南洲妹子顧橫波化身。這諧音的姓名，非常巧妙。顧橫波，辜帆浦，這倆姓名，翻作洋文，字母原是一字不改的，橫波的心思靈敏，已可見一斑了。

顧橫波既改名辜帆浦，做書的只就她的假名叙述，免得讀者混淆。且說辜帆浦坐着應岡的汽車，阿福附坐車沿，到了別墅。帆浦下車，阿福引領進去。[2]

帆浦瞧那座房屋，是參酌中西式建築的，明三暗五，上面層樓崇奐，四邊花徑迴廊，種着芭蕉紫薇，境況到也清爽。阿福直引到最後向南那㮰樓上。旋了門紐，阿福先進房報告。半晌兒見一個妖冶的少婦，背後跟着兩個看護裝束的下女，含笑出迎。

那少婦鞠躬致敬道："這位便是辜顧問先生麽？久仰久仰！我們這個邱小姐，病到神識昏迷，人事不省。難得辜先生肯來施治。真正五行有救，纔得這國手降臨。請進房罷！"[3]

帆浦略致謙詞，走進房間，一眼早望見精美的銅榻上，卧着一個憔悴麗人，知道這是雪藕。那少婦先請帆浦就坐。帆浦坐定，請教少婦尊姓，少婦答道姓蔡。聽那兩個下女，口口聲聲，叫她姨太，帆浦記起南洲的話，便猜定她是洪塘阿嫂。現在又是赫赫焦應棠二大人的姨太太，真是聞名不如見面，見面勝似聞名。那時和他寒暄幾句，便問這個邱女士得病原因。阿嫂是很明瞭的，只是礙着應岡，不便吐露實情。約略說了大概經過病象，帆浦原是深曉前因後果的，

---

① 録自《華報》890 號，1937 年 3 月 5 日第 4 版。

② 録自《華報》891 號，1937 年 3 月 6 日第 4 版。

③ 録自《華報》892 號，1937 年 3 月 7 日第 4 版。

但不能不扮作門外漢。兩人問答，無非皮面的套話。正在彼此搗鬼，外面忽報四大人到了。

應岡走入房中，便問辜顧問診過脉沒有。帆浦答道："剛纔查詢病情，尚未審脉。"應岡道："他的得病原因，無非鬱鬱罷了。現在昏昏沈沈，似非佳象。①煩你高明判斷，有無危險。"帆浦連聲答應，便即趨坐床沿。阿嫂取了脉枕，把雪藕左腕安置枕上。帆浦細按一番，又換過右手來再診。一面審睇雪藕臉上，見一雙眉愁鎖，兩眼似開似閉，瞳子散光，好像瞧不見人。鼻孔搧扇，唇口發顫，舌苔青黑，手脚時有掣動。審系肝病最重，血壓亢逆，神經顛覆，症頗不輕。帆浦本知道雪藕暴病，顯由思母所致。因查詢應岡、阿嫂兩人，都不肯分明說出，自己居於醫士地位，只有照病理詮解。不再多話，反啓人疑。診查完畢，對應岡報告病情，說："邱女士的病，异常危篤，不是一兩天可以解决。這病關係神經，十居七八，神經反常，病象一日數變。大人如欲救其一命，顧問必須犧牲一切事務，專心致意，守在這裏，替她調護。方可望愈。"

應岡喜道："辜顧問判斷不差，語語中的。②顧問想是兼精中國醫術。"帆浦道："大人怎麽曉得？"應岡道："我看今天出診，全用中法，與西醫診斷不同。所以有此疑問。"帆浦微笑道："顧問今天初次奉命，尚未稍帶聽診器，及溫度表，只就脉搏面色舌色上審察，實不悖於西法。本來臨床診病，就不離望聞問切。世界醫學，中西原無二致。中國醫生施用指診，實比器診更精。因人體有自然□□流，感覺敏捷，這是含有哲理性，非尋常一知半解的醫師，刻舟求劍，所能理會。"應岡道："承教。足徵醫術高明。邱女士纏病多日，歷經中西有名醫師輪番診斷，他們所說，各執一見。大概模糊影響，似是而非。顧問所斷，言簡而賅，我聽着非常明白。這病倘有回春希望，③無論如何用費，悉憑顧問主張。顧問如果沒有其他私事，即請自今天起，便在這裏居住。我打發勤務兵，替你收拾一所乾净房間。你要用幾多丁役，或是女護士、器用藥品，吩咐下來，

① 録自《華報》894號，1937年3月9日第4版。

② 録自《華報》895號，1937年3月10日第3版。

③ 録自《華報》896號，1937年3月11日第4版。

我一一預備罷！你怕寂寞時，這位阿嫂，是家兄的如夫人，雅俗都會，可以做你的伴侣。你看好不好呢？”要知辜帆浦如何答覆，且看下回。①

第十七回　雙關活套巧投機，現色身能使色魔伏　一紙奇方旋起死，識心病還須心藥投

辜帆浦説道：“姨太若肯屈駕，在這裏幫我的忙，好極好極！”應岡笑道：“難得這兩個，都是顧問鄉親，你們談起土腔來，更容易磨合。”帆浦微笑點頭。一面繕封洋函，開了清單，請應岡派差即往倉前山醫院，借取醫生應用的器具，一面開一組藥方，派人到西藥店配藥。帆浦部署已畢，應岡還在那裏背坐。

一向來這裏診病的醫生，大概阿福引進，女護士及阿嫂招待，應岡都不曾和他們周旋。這次應接辜帆浦顧問，特别青眼，並不是大人們待醫士的禮意隆重，只因看這顧問，有如散花天女，環佩仙姝，秀色可餐，覺着多與晤對片時，便抵得千金一刻。如果這個麗者也同時入幕，真賽過雙鳳齊飛。應岡此時的心理，真個想入非非，隨口便説道：②“呀，顧問，這裏地方，不必衙署，原是我們退公的俱樂部。顧問住在這裏，儘可當做家裏一樣，並無拘束。顧問要用甚麽，吃甚麽，只管交代下去，馬上便有。我的二哥應棠閑暇時也常常到此。等一會他來時，我介紹給你相見。他也喜歡談天説地，也喜歡喝酒賭錢。呀，顧問，你會喝不會？昨天有人送我兩打的威士忌、兩打的香檳，開幾瓶來喝喝，好不好？”

帆浦鞠躬致謝，説：“我不會喝酒，大人留着自用罷！”應岡道：“那末，顧問會抽大烟不會呢？”帆浦笑道：“謝大人，這工夫我却不曾學過。”應岡道：“既不會抽，我不相強。顧問原來是個志誠君子，不比阿嫂亂七八糟，件件都來。”帆浦笑道：“原來姨太多材多藝，我真望塵不及。”阿嫂接口道：“顧問出身

① 録自《華報》897號，1937年3月14日第4版。

② 録自《華報》899號，1937年3月16日第4版。（原刊號爲898，按順序實爲899。）

高貴，怎麼比得儂家！[①]那這喝酒吸烟，賭博彈唱，都是風月場中的幫閒技倆，那裏稱得才藝兩字？四大人你未免瞧人不起了。”應岡拱手笑道：“休怪唐突！我剛纔算是失言了！”帆浦道：“豈敢豈敢！大家要怡心時，休拘着我一人，請自便罷！喝酒賭錢，原是悦性怡情的消遣工作，世界無論哪一國，都有這種娱樂場合，顧問從來不反對。只惜在學業勞碌期間，沒有工夫兼習及此。[②]將來跟着大人，順便也想學習。二姨太别误會我瞧不起這幾件樂事呀！”

應岡撫掌道：“顧問真是胸襟開闊，毫無小家女子氣派。我生平最不喜歡那種慣搭臭架子的人。表面上裝腔作態，這也不好，那也不好，背後就不可問了。顧問這般隨隨便便，率真無偽，却合我的脾胃，真是難得！”帆浦笑道：“大人過獎了！[③]我生平都不知道甚麼叫做作偽，我也不懂甚麼裝腔做態，只是吾行吾素罷了。能合大人的意思，這便算我的際遇啦！”

這時應棠也到了，見着辜帆浦，心裏也嘖嘖稱奇。帆浦也與含笑周旋。接談半晌，恰好阿福進來禀稱午飯已開，應棠、應岡倆兄弟和阿嫂，都陪着辜帆浦用了午餐，飯菜特别考究。[④]

飯後，勤務兵取到醫用器具，藥方也配好了，帆浦纔開始替雪藕治療。帆浦審查雪藕的病勢，先用按摩手術，替她遍體摩擦。打一注補心針，隔離每一點鐘，注射一次健腦藥液。雪藕漸漸醒轉來了，手脚自會屈伸，耳目漸次清爽。到了次日，知覺筋的電性，迴復如初。白血輪的工作，循環依舊。她先頭覺着自己身畔，[⑤]好像偎着一個溫藹的麗人，替她撫摸喂哺。模模糊糊只道是夢裏相逢，心中愛她至極。要與她說話，舌頭蹇硬，又說不出。要與她握手，兩臂麻木，又舉不起。只剩着眼睜睜地覷她，不覺一日一日，越覷越真實，有到神識清爽時，果然身畔，真有這麼一個麗人。那時喜得甚麼似的，還怕是個幻影，

---

① 録自《華報》900號，1937年3月17日第4版。

② 録自《華報》901號，1937年3月18日第4版。

③ 録自《華報》902號，1937年3月19日第4版。

④ 録自《華報》903號，1937年3月20日第4版。

⑤ 録自《華報》906號，1937年3月23日第4版。

這時口雖不能言，手却能動，耳却能聽，趁她近身施行手術按摩時，[1] 舉起纖爪來，抓住她軟溫的玉臂，眉梢眼角，帶着笑容，面頰溢出薄薄的霞暈。好像遇着知疼着熱的親人，要把自家重重疊疊的苦痛，和盤托出也似。

帆浦瞧這情狀，知道雪藕用意，先向四旁瞧一瞧，恰好阿嫂和兩個女護士，都不在這裏。應棠兄弟，也到隔房吸鴉片去了。房間异常沈寂，只有壁上時鐘，滴答滴答的微響，覺道這機會不可失，便俯首下來，[2] 向雪藕耳邊，細聲透個消息道："藕姐姐，我知道你的沈痛。你放心波，我不是别人，我是你的母親代表。冒險來這裏，充個醫士，替你醫病。你寬心靜養幾天，便可復原。你别疑我，我有好多要緊的話，待要告訴你呀！"

雪藕聽帆浦這樣說，會意却也會意，只是有很多不明白的情節，神態露出疑訝的樣子。[3] 一則因爲自己尚不能說話，肺部音帶還未復原。要痛快查問帆浦一番，只是開口不得。二則知道自己尚未脱離羅網，想要恢復自由，尚難如願。三則，這女醫雖藹如春風，怎奈素未謀面，從前吃過子平的虧，現在不免懲羹炊虀。任是帆浦說得如何動聽，總不十分相信。這時只有注視帆浦，目不轉瞬。帆浦是個聰明絕頂的人，瞧瞧雪藕神情，早已猜透她的心緒。[4] 趁這時候房中寂靜，惺惺相對，並沒有第三個人。懷中取出一紙草書短柬，給雪藕自看。信柬上寫道："藕兒，汝被錮羅病，我知之詳。我尚健在，眼前寄居在穩妥地方，並無危險。汝寬懷自食，勿以我爲念。欲知巔末，來醫汝的俠女，當相面告，此不贅言。汝母手筆。"雪藕認得娘的筆迹，這一喜非同小可。[5]

他這得病，原係思母急切所致。藥不對症，任是龍宮秘方，金匱靈藥，無非如石投海，總不能解這頭糾結。如今平空得着這一紙千金方，好比巧匙開鑰，投個正着。俗語說的是：人逢喜事精神爽。這時雪藕心花怒放，笑容上臉，不

---

① 録自《華報》907號，1937年3月24日第4版。
② 録自《華報》908號，1937年3月25日第4版。
③ 録自《華報》909號，1937年3月26日第4版。
④ 録自《華報》910號，1937年3月27日第4版。
⑤ 録自《華報》913號，1937年3月31日第4版。

禁嘻嘻一笑。這笑聲之縱，不但帆浦在她身畔聽得親切，便是隔房烟榻的焦家兄弟，以及伺奉奔走的男女僕役，都聽得着。[①] 應岡詫异道："呀，奇怪了，這笑聲是誰呢？"帆浦心靈手捷，趕緊搶過那紙短柬，塞在衣袋。隔房衆人，陸續都走進來了。爲首一個，便是應岡，第二個便是應棠，第三個便是阿嫂。後面多是跟人，都來查詢剛纔笑的是否藕姑姑。帆浦從容答道："不錯不錯，是她剛纔發笑！"應岡奇怪道："妙呀！她自到這兒，想來沒露過笑容，[②] 今天能開笑口煞是難得。辜顧問的醫術，真正神妙驚人！"應棠笑道："古人一笑千金，不笑的人，便醫她使笑。辜顧問應得千金之報。"阿嫂笑道："你瞧藕姑姑愁容盡解，一定想着甚麽開心事，纔有這一陣笑聲。藕姑姑，我猜的可是不是？"雪藕睬也不睬她，立刻閉了雙眼，翻身向裏，好像衆人評論的話，全不知道，依舊像瘋人一般。帆浦淡淡的對衆人道：[③]"她這笑，算不得病癒。大概心臟病的人，哭笑無定，這是常有的事。大人們別误認她病已脫體。大凡纏綿的病，移重就輕，都有一定的步驟，那裏能够馬上便癒呢！"

阿嫂道："我聽說病人發笑，是不好的症候，藕姑姑如果不是因喜而笑，恐怕有些不妙呀！"帆浦道："那也不盡然！說起傷寒瘟疫，神識昏迷，邪陷心包纔會發笑。[④] 這笑是不好的笑。藕姑姑是情感激觸致病，無非神經作用，或哭或笑，忽驚忽喜，却是無關生命。腦系一清，諸疾均可解決。你們不信，再等數天罷！"

應棠兄弟，信煞帆浦的話，認定雪藕仍未十分清醒。大家無精打采，依舊走出隔房，抽烟遣悶罷了。應棠過癮之後，高談闊論，指東說西。應岡拉着琴唱起"一輪明月照紗窗"來，音調抑揚，摹仿孫菊仙一派。阿嫂正在拍掌叫好，外房許多篋片，都中意四大人的唱。這時雪藕翻身向外，把帆浦的衣袂，輕輕一拖。帆浦低首細聲，問她何事。雪藕把她肩背一按，向她耳朵一指，帆浦便

---

① 録自《華報》914號，1937年4月1日第4版。

② 録自《華報》915號，1937年4月2日第4版。

③ 録自《華報》916號，1937年4月3日第4版。

④ 録自《華報》919號，1937年4月6日第4版。

知她要說話，把耳朵靠近她的嘴旁，果然雪藕會說話了。

雪藕道："宰姐姐，你告訴我，我的娘在甚麽地方？能否給我見她一面。"[①]帆浦附耳道："遠哩遠哩！老人家不在省城。你要通信，我可代作寄書郵，若想母女相會，時期還早。你放心罷！老人家康強無病，現在避居我的家。你要見面時，除非跳出這火坑。要跳出这火坑時，除非你的病快些脱體。別性急，我既到這裏，自然替你想法，你養着精神波！"

雪藕道："宰姐姐，我的母親，怎的會到你家裏？我不明白，最好能够詳細告我。但是你我在这裏，不便說長久的話，萬一給他們看出破綻時，爲禍不小。我眼睛復原了，看字却甚分明，求你把我母親怎的離省，怎的會到姐姐府上，姐姐如何與我母親計議，如何劃策，纔到這裏。你瞧個機會，細細寫一篇，給我慢慢的讀，我便感姐姐大恩。我心裏一明白，我這病便好得快，那不強過給我吃藥嗎？"[②]

帆浦道："叫我寫幾個字，到沒甚麽爲難。只是這字萬一防備不周，被他們覺察時，怎麽得了！你我生命，都關係着這一紙字迹，我想還是不寫的好，免得露眼惹禍。剛纔你娘的信，幾乎被你一笑弄出事來。虧得我搶奪的快，才能敷衍過去。如今你既知道母親無恙，便可安心。何必定要尋根究底？你要知道始末詳情，還是容我分做幾次，慢慢講給你聽。"雪藕想了半晌，點頭會意。剛說到這裏，外間已有人進來了。

帆浦回頭一看，原來是女護士送到一碗牛奶、四塊芝古辣糖，給帆浦吃。帆浦接過來，放在榻沿。先舀幾瓢牛奶，哺與雪藕。雪藕這時神清氣爽，肚子覺餓，一瓢一瓢的接受。帆浦把這四塊芝古辣糖，統給她吃，雪藕都吃完了。那個女護士，覺得希奇，說藕姑姑自到這裏，食量很不好，天天總是挨餓。[③]勸他用點東西，總是搖頭不吃，勉強迫她，每天只用一兩瓢牛乳，半掌兒大的麵包，不想今天却吃得下。帆浦道："這算什麽？你再去交代厨房，下兩碗麵來，

---

① 録自《華報》920號，1937年4月7日第4版。

② 録自《華報》921號，1937年4月8日第4版。

③ 録自《華報》922號，1937年4月9日第4版。

我陪她吃。她現在胃機業已活動，須給吃個飽纔行。”女護士飞也似的去了，要知雪藕吃麵不吃，且看下回。

第十八回　女孩兒橫直相幫女孩兒，我不懂雙方戀愛
武朋友始終無變武朋友，你只當一齣滑稽

却說女護士飛速拿了麵來，果然雪藕吃得下咽。帆浦哺她吃完，自己也吃了一碗。外面應岡等知道了，喜得進來查問。帆浦據實報告，說她食慾現已復舊。應岡親就榻畔慰問，雪藕指東話西，忽然說起瘋話，認應岡做阿福，叫道：“阿福，你的祖宗骸骨，葬在龜穴，福蔭兒孫，怪不得你運命亨通，事事如意。[①] 可喜可賀！”應岡笑道：“奇怪了，你和誰說話，阿福不在這裏呀！阿嫂你聽見嗎？藕姑姑給你賀喜哩！”阿嫂紅着臉，叫道：“藕姑姑，你怎的把我來開心哪？”雪藕又認阿嫂做天旺伯了，亂喊亂說，越說越不成話。帆浦知道雪藕原是妝瘋，只怕她說得太過，忙掩着她的嘴道：“睡罷！別亂說了！再說時，我便用麻醉藥，封你的口，你怕不怕？”雪藕果然不敢說了。

應棠笑着問帆浦道：“辜顧問，她既會吃東西，應該神識也回復，何以還是這麼胡說白道呢？”帆浦道：“病也是有秩序的，先前是甚麼樣子，挨餓的會食物，啞巴的會說笑，這便算我醫術沒有失敗，便算病人進步的快。現在差的，只有腦神經未曾恢復，認人認錯，說話說差，也是病人應經的階級。你們別性急，明後天還你一個清醒的人便了。”[②]

一天過了又一天，雪藕的病果然逐漸癒了。也不睡在床上，起來梳洗了，在房間裏走來走去。兩脚也漸覺自然了，只是定一個房舍，總不肯過一門限。阿嫂要引她外出，她搖頭不答應。應岡兄弟進房看她時，她總是無精打采的。問她十句，纔答一兩句。或者所問非所答，再多說時，她的瘋話又來句。帆浦在這還好，答話尚不十分乖謬。帆浦偶在外邊，應岡單獨相對時，不仅沒有笑

① 録自《華報》923 號，1937 年 4 月 10 日第 4 版。

② 録自《華報》924 號，1937 年 4 月 11 日第 4 版。

容，開口便駡。還好在應岡面前，不駡應岡。駡的只是子平，有時還駡到齊八、李四。應岡却聽的駡，當是燕語嬌嗔。有時也順他的口氣，幫他兩句。帆浦聽見她無端破口，便來制止。他好像很怕帆浦，好像學生看見先生一般，服服貼貼，聽她管束。應岡、阿嫂兩人，不怕雪藕駡人，只怕雪藕向他們索娘。[①]有時被她問得無話搪塞，弄到不得開交時，幸仗帆浦替他們解圍。帆浦雖明白得這一齣始末戲文。應岡、阿嫂不説，她也故作聾，總不会研詰。

應岡見雪藕病已痊然，與阿嫂私下計議，要擇日舉行納妾典禮。阿嫂怕雪藕不願服從，以爲必待徵求雪藕同意之後，纔好舉辦。幾次試探雪藕，怎奈提及這事時，雪藕便問索娘。應岡自己當面接洽，不説這話還好，提及這條目時，雪藕瘋話便來了，人變得更利害了。應岡、阿嫂倆先還瞞著帆浦，現在覺得窮於應付了，急切間只得據實直書。請帆浦出去，切實商量，托她這個紅娘，替自己完成這樁好事。帆浦暗笑應岡不打自招，今日事到臨頭，也會把一切務事，和盤托出。但想："他既托了我，我不妨將計就計，玩弄這個色魔，教他顛顛倒倒，纔曉得我們裙釵隊裏，[②]不容易欺侮的。"心裏這般想，嘴裏便諾諾答應，説："我不知道四大人有這一段良緣。這位藕姑姑，真是明珠仙露，世上難逢。如果降心相從，不亞金谷的緑珠、唐宫的合德，四大人幸福，真也不淺了。"

應岡笑道："佳人難得，這句話原是不錯。只是我既得着佳人，佳人偏不願從我，叫我也無法可想。或者她與我前世無緣，纔有這許多阻礙。但她落在我掌握之中，我老四總不願讓與他人享福。她若要跳出我的大門，别圖締合，這却休想。你不妨把我這話，盡情告她，勸他早些覺悟罷！"[③]

帆浦笑道："四大人你忒多心了！若説雪藕，這個女子完全是天真爛漫，品質精純。我可以斷定她於男女情感四字，還未曾經這種歷程，並可以斷定她沒有一個外遇。她是用情最純摯的。她除了專一愛母以外，並不知道還有男女情感的側面文章。所以離開自己的娘，便似失了自己魂靈一般。此番她的病源，

---

① 録自《華報》926號，1937年4月13日第4版。

② 録自《華報》927號，1937年4月14日第4版。

③ 録自《華報》928號，1937年4月15日第4版。

全因失娘而起。難怪她見着你老，是開口也是要娘，閉口也是要娘，好像有人送還她的娘時，隨便叫她犧牲甚麽都可以。你老要她相從，並無難事，只須尋着她的娘，和她見面，諸事都可解决。他眼前不肯相從，[①] 並非另有意中人，她的意中人，就是她的娘咧！你老知道不知道呢？”

應岡道：“她捨不得娘，我難道不知。可恨有人與我做對頭，硬把這個老太婆劫去，脱離我的勢力範圍以外，教我無法可想。勢力既用不到，金錢也贖不來，便是這一節爲難。我所以特别和你商量，因爲你醫好她的病，自是她的感恩知己，定會言聽計從。能否除却這見母問題，另想其他法子？或者你能够另撰一遊説的話，讓她捨弃這個老太婆，絕了母女念頭。另把男女愛情、夫妻樂趣，引動她的想頭。[②]助我先圓成這件好事，豈不直捷了當？我想顧問靈心慧口，一定馬到成功。”

帆浦笑道：“我也是個女孩兒家，女孩兒横直相幫女孩兒，説的也不外女孩兒的話。那這男女之情、夫妻樂趣，不但她絲毫不懂，便是現在時節的雙方戀愛，連我也絲毫不懂。一部二十四史，叫我從何處説起呢？四大人還是另請高明罷！”

應岡笑道：“顧問别客氣！現在的女孩兒家，那個不懂愛情？你是醫學專科，男女生殖器的功用，以及媾合孳生的交感原理，大概教科書裏頭都有，顧問若説 [③] 不懂，難道連這科學原理也不懂嗎？這須瞞我不得！”帆浦道：“生理學原是普通科學，隨便那個學生，都爛熟的。不過普通學校的教科書，直説個大概。至於專科，更有深造的工夫。惟是我們所肄習的，只有男女性的形體解剖、生理構造以及花瓣傳染、患病原因、治療要訣。在醫理範圍以内，各種問題，倘承下問，我自有答覆的天職。至於兩情戀愛，這是關係肉慾問題，我却不曾學過，世界上也没有這般學校。學校裏也没有這種教科，叫我不曾經歷的

---

① 録自《華報》929 號，1937 年 4 月 16 日第 4 版。

② 録自《華報》930 號，1937 年 4 月 17 日第 4 版。

③ 録自《華報》931 號，1937 年 4 月 18 日第 4 版。

女孩兒，何從答覆呢？”應岡改容道歉道：“辜先生你別認真，[1]我剛纔不過說笑罷！這一樁事，我既敦託了你，你也無庸推却。你對雪藕如何說法，悉聽你便宜行事。只要說得她心悅誠服，幫助我倆早幾天成禮時，便算你的頭功。至於酬勞一節，隨你怎樣吩咐，我都辦得到。我不是得魚忘筌的人，你知道嗎？”

帆浦道：“若論這事，我不過承命傳達，能否說得入港，不敢預料。我又不是慣做氤氳使者、月下老人。這酬勞一項，大人千萬休題。事成不敢居功，不成亦不敢受過。只當個試撞木鐘何如？”應岡也不便再歪纏下去，只得拱手奉託。[2]

帆浦入見雪藕，叫兩個女護士暫避。一面附耳密談，把剛纔與應岡問答的話，一塌刮子告訴雪藕。雪藕錯□道：“他如果當面合我攪擾，我一味裝瘋，不怕沒法對待。阿嫂說過好幾十次，我都聽厭了。如今毫不客氣，竟央到姐姐來，這人可謂無耻之極了。我知姐姐所居地位，食他的俸，不能不說他的話。如果完全幫我，豈不動他的疑？我若到底枝梧，姐姐未免左右爲難。因爲姐姐近於賓師職分，不比阿嫂啊。如今迫在眉睫，叫我如何是好呢？”帆浦道：“你別理他，我有我的把握，你即管做出不即不離的態度。[3]我替你敷衍下去，能够遷延日期，等我們外援一到，就不怕他囉嗦了。”

雪藕道：“此人仗乃兄勢焰，魚肉平民，無所不至。飽暖思淫欲，對於色道，尤不肯放。我病中聽那女護士閒談，從前子平未死時，甘願做他的走狗。想盡方法拍盡馬屁，招誘許多婦女，給他過癮。這些勾搭上手的婦女，也有良家的，也有那賣淫的，也有婦女工廠的女工。他玩厭了，那這路旁桃李，便也不上眼了。託東央西，尋嬌覓艷。不知道那個天殺的奴才，把我做個頭等禮物供獻，害得我家破人離。[4]母女不得見面。我又不是忘廉喪耻，醉心富貴的東西，至死也不願落他圈套。所以遲遲未死，一則因爲沒有自裁的機會，他們看

---

① 録自《華報》932號，1937年4月19日第4版。

② 録自《華報》933號，1937年4月20日第4版。

③ 録自《華報》934號，1937年4月21日第4版。

④ 録自《華報》935號，1937年4月22日第4版。

守的嚴緊。二則未得老母存亡的確實消息，不能糊塗便死，害怕老母傷心。如今天不絕人，幸得姐姐兄妹們仗義，替我救護老母。得姐姐冒險來此，醫我的病，並報告我母消息。姐姐的恩義，真是天高地厚。我雪藕墜在陷坑，不知何日可以脱難。萬一天幸得出這牢籠，我雪藕有數的風雨飄零之軀，不知何以報答？”説到這裏，淚如湧泉，嗚嗚咽咽的哭起來。[①]

帆浦急把自己汗巾，替她拭淚。附耳勸她：“别這樣高聲，我倆都是鬼子偷生，寄人籬下。你若這般放膽大哭，萬一哭出禍來，怎麽好呢？”雪藕只得極力忍住哭聲，半晌纔説道：“姐姐，我原是視死如歸，萬一受迫不過時，便走這一路罷了，沒有甚麽大不了的事，只是難爲姐姐。我看他色中餓鬼一般，他迫我不下時，定要轉個方針，移到姐姐身上。我這幾天，猜他神情，聽他語意，大概放不過姐姐。我看透他的心緒，一定得隴望蜀。他以爲譬如我肯相從時，第二步還要連帶勾結姐姐，做個一矢叠雙。萬一我還是崛強，便不要了我，把姐姐做個雪藕的替身。姐姐你知道嗎？”

帆浦笑道：“藕姐姐，你真絕頂聰明！一猜便猜得着。我來到這裏，頭一天承他招待，早就理會了。[②]只是我冒險充這個醫士，預定計劃，分明便是替你解圍。他如果真要了我時，你便好脱身了。”

雪藕大驚道：“呀，姐姐，你原來有毛遂的蓄意。如果姐姐是個拜金主義，不惜犧牲千金之體，我索性作成了你罷！”

帆浦笑道：“我不是拜金主義，我是個釋迦牟尼主義。我只因你母女分離，參商兩地，復可憐你受不慣磨滅，要保全你這無瑕白璧，纔有這捨身相代的決計。我雖説是捨身相代，到了吃緊之時，我自有金蟬脱殼之法。藕姐姐，你别看我是個傻子，我並不是從井救人呀！”

雪藕詫异道：“呀，姐姐。你真是神機不測的天人，我雪藕只有五體投地而已。”説畢，倒身下拜。帆浦連忙扶住，説：“藕姐姐，你别這般認真，[③]你心裏

---

① 録自《華報》936號，1937年4月23日第4版。

② 録自《華報》937號，1937年4月24日第4版。

③ 録自《華報》940號，1937年4月27日第4版。

別看他是個吃人的魔鬼，我打量他的能幹有限。好在他是個武朋友，大概武朋友的頭腦，總是單純的。不比那奸巧利詐的小人，壞透了心術，步步用毒計算人。像從前的子平，那便是蛇蝎的心腸。這種壞東西，就難以對付。應岡兄弟，沒有子平助惡。我要戲弄他，真正易如反掌。因爲他始終不變武朋友的間架，我便就這間架上設法籠絡他，不怕他不墜我的彀中。你只當做一齣的滑稽劇本，你好比一個名角，我不過充個配角罷咧！如今不要再談了，我出去回他的話。簡單告訴你，眼前你對他的法子，只有敷衍遷延，不必十分拒絕。我則別有遊戲三昧的作用，不弄他顛顛倒倒不休。藕姐姐，你只放開心花，做個壁上觀戰罷！”要知帆浦如何作弄應岡，且看下回。①

第十九回　擫洞簫婉變故調情，怎當你秋波那一轉
聞鼙鼓婆娑能解偈，偏教他春夢了無痕

話說辜帆浦與雪藕秘密接談後，即回報應岡，說：“細探雪藕的意見，並沒有不願相從。一因身體尚未復原，不能這般急迫；二因母親久無確信，大人尚未履行前約。如果母親已故，她伶仃無告，除相從大人外，還有誰呢？”應岡無話可駁，細思只有聽她。

這時應岡手上拿着一把洞簫，正在學吹，展轉吹不成調。帆浦笑道：“大人真正多材多藝。這洞簫板眼，不比尋常的簫管，很不容易吹呀！”應岡道：“辜先生你一定是內行的。”帆浦道：“懂却懂點，只是弄不純熟。”應岡央及道：“辜先生，你別客氣，我正愁着沒有明師傳授，你吹一吹我聽罷！”

帆浦也不推讓，接過手來，調神靜氣，吹一套〔仙侶點絳唇〕，轉入〔鵲橋仙〕〔臘梅月〕〔掉角兒〕諸調。② 應岡雖是門外漢，聽她吹得宛轉低昂，聲聲悅耳，不禁大贊特贊起來。

帆浦這一口好洞簫，係由留美女生譚遠薌傳授的。今天見應岡不會吹，不

---

① 録自《華報》941 號，1937 年 4 月 28 日第 4 版。

② 録自《華報》942 號，1937 年 4 月 29 日第 4 版。

覺觸其所好，試吹一套。在帆浦不過一時技癢，原沒有甚麼用意。那曉得不吹猶可，一吹竟吹出應岡的胡思亂想來了。應岡心性，自是愛才。但惜他不是公正用愛，所以弄出邪路的思想。從前要娶雪藕，原因見她一幅刺綉，佩服她的絕技，便動用金屋貯嬌的妄念。如今聽帆浦洞簫，吹得這般動耳，心裏便想，這個十全的尤物，不應落在他人手裏，讓他人去享福。立刻把愛雪藕的心猿意馬，移向帆浦身上，恨不得一口水吞下肚去。這時眼光專注在帆浦的臉蛋，半晌不瞬，話也忘記説了。①

（其中缺一期報紙）

他却偷了幾百銀子。應岡駡道："季至冬這狗娘養的，他做了省防司令，簡直眼裏沒有人，瞧我兄弟不起。暗裏却交着巖石，朋比爲奸。看那一天，我總要合他算帳。"

應棠道："我今天得了外面消息，便是季至冬報告的。他説唐生智已打破湖北，蔣介石也取了南昌。革軍勢力，十分厲害。孫傳芳打了幾陣□仗，長江上游被他占領。我們福建也危如累卵哩！"應岡笑道："理他做甚，差得遠哩！我們老大兵力也不算弱，前方既軍精械足，我們後方，只管解餉罷呢！老大進可以戰，退可以守，怕甚麼呢！"

應棠道："老四你别在那裏做夢！這幾個月南軍進行，勢如破竹，到處響應，北系雖然軍精械足，②其奈士無鬥志。革軍所至，弃甲倒戈的，不計其數。吴子玉那樣英雄了得，尚且大敗虧輸。孫馨遠眼下，雖未倒煤，但這幾年享福似乎太過，只怕樂極悲生，冰銷瓦解的劫運，將近臨頭了。"應岡笑道：③"你不是五行專家未卜先知，怎麽料他這般透澈？這是聽那個算命先生説的？"應棠道："這不是我瞎斷。我前天到悟善社，恰好柳山人降筱。談及時局，我順便叩問孫、吴兩帥的大運，筱論下來，雖不十分説的明顯，但多是不好語氣。老吴只怕一蹶不能復振。老孫到底如何，我想不久或將瓦解了。"

---

① 録自《華報》944號，1937年5月1日第4版。

② 録自《華報》945號，1937年5月3日第4版。

③ 録自《華報》946號，1937年5月4日第4版。

帆浦笑着問道："筊論批的孫、吴兩帥甚麽話，二大人可記得完全？"應棠道："我都記得，每人是二十字偈語。批吴大帥的是：[①]'文曲化武曲，逐鹿弗得鹿。李廣數終奇，雄飛卒雌伏。'吴子玉大帥，是個秀才出身，第一句確很明瞭。底下三句，指着將來失敗的事，語意總不甚好。批孫聯帥的是：'元戎膺領袖，勳高宜免胄。蓮池幻火坑，十年猶有臭。'這偈語也是首句最明白，第二句含有懸崖勒馬的話意。三四兩句，那就不知所謂了。"應岡道：[②]"我們的老大，前途如何，你有問及沒有呢？"應棠道："問却問過，只說天機不可漏洩，留下四句隱語，我正在末從索解哩！"應岡問："甚麽隱語？"應棠在衣袋內，取出一紙抄的草稿，大家爭看。那隱語是："塵埃起處荻蘆寒，纔上龍華眼界寬。黄鶴白雲如此盡，齊烟九點迓雕鞍。"

帆浦笑道："這首詩却算好詩，仙人也是一個詩家！"應岡道："宰先生你是絕頂聰明，這詩如何解釋？"帆浦道："這却難解！我只愛這詩句鏗鏘，念來確很順口。[③]詩意深奥得很，不甚麽懂。"應棠道："這上頭有兩處地名，一是龍華，一是齊地，差的好遠，怎麽會聯起來呢？照這詩的語氣，似乎吉少凶多。"帆浦道："仙語向來是預說的，這是與外國的預言家相像。譬如世上所傳的劉伯溫《燒餅歌》，每到事過之後，方纔明白。我們凡人，那裏推測得準？詩中的龍華咧，齊烟咧，也不一定是指地方。大人別誤會呀！"阿嫂接口道："宰先生說的不錯呀！我在鄉間時，見過不少神廟求籤的，先前由你怎麽詳解，總在疑似之間。必須等到事後[④]，纔有應驗。你說他不好，却是再好沒有的。你說他好，或者又變做不好來了。這個柳山人，聞是呂純陽祖師的徒弟。他的道行，差不多同師傅一樣，豈肯用淺明的話告人。你衹看他先說一句，天機不可漏洩，隨後便寫這詩，可見這詩是非常含蓄哩！"

帆浦道："大人別把這筊論胡亂註解，請您收藏起來，萬不要傳揚開去，難

① 録自《華報》947號，1937年5月5日第4版。

② 録自《華報》948號，1937年5月6日第4版。

③ 録自《華報》949號，1937年5月7日第4版。

④ 録自《華報》950號，1937年5月8日第4版。

保那些搗亂派，不會藉題生事。萬一市虎成謠，似於軍政後方，有許多不便呀！”應棠點頭道：“辜顧問明見不差，你們本地人專會造謠。[①]我知道這裏俗諺，有句說是福州人不說假話，三日地就會沉。可見無論甚麼話，由福州人口中說出，總會添枝添葉。這兩三首筊詩，關係很大。我馬上交代悟善社理事會員，謹守秘密，不准信口傳揚就是了。”

應岡道：“二哥，你膽子忒小，無事偏要大驚小怪。你瞧民國十幾年來，年年鬧革命風潮，到底革命失敗，那一次弄得成功？便讓他打得落花流水，結果還是替北人出力。我信煞北人福氣大，南人想要爭霸圖王，真正做夢。自古沒有南人管北人的事實。[②]我們僥倖都站北系底下，急甚麼呢？便就我們老大而論，席捲全閩，坐鎮南服，實力也不薄弱。這回從征的猛將如雲，雄兵如雨，前方很靠得住，便是後方未開拔的。還有張毅一團，孔焦桐、蔣騰蛟兩旅。省防方面，季至冬部下，也不算稀疎。鐵桶江山，不過如是。何必無病呻吟，反向那虛無縹緲的神仙問起禍福？真正多餘！我勸你喝喝酒，叉叉麻雀，還是正當的娛樂。辜先生、阿嫂，你倆自想想，我說的話，對不對呢？”帆浦撫掌道：“四大人真正胸襟浩蕩，[③]膽識俱優。人生不過數十寒暑，若不及時行樂，未免空生一世。詩人說的是：‘戰士軍前半生死，美人帳下猶歌舞’，這是大將能樂其樂。‘正是無愁天子事，戰書雖急不開封’，這是明主能樂其樂。古人身当大任，還會這般作樂。你倆大人，沒有軍旅之責，一切負擔，都不在肩上，何必自尋煩惱呢？”阿嫂也笑道：“我們這裏土諺有一句道‘天塌有高人頂’，說是便使天塌下來，還有長身的人頂着，累不到矮子頭上。你倆現有督軍在上，千金萬擔，也難道不會負荷，還等着你倆兄弟頂缸嗎？”[④]

應棠道：“人生行樂，得過且過，我難道不曉得。只是人無遠慮，必有近憂。老大的運途順逆，與我們確有密切關係，自當在在留心。孫馨遠的成敗，

---

① 録自《華報》953號，1937年5月11日第4版。

② 録自《華報》954號，1937年5月12日第4版。

③ 録自《華報》955號，1937年5月13日第4版。

④ 録自《華報》956號，1937年5月14日第4版。

和我們風馬牛不相及，原也不必過問。但他現在執掌聯軍帥印，老大歸他節制，就不能說毫不相干。所以我們也要留意。希望他沒有山高水低，累及我們的老大。我這幾天心緒不寧，正在眼巴巴的盼望前途好消息。分明知道仙師下降，豈有不問一問的道理？不但是我，便是高文薈這老東西，他也天天來社，上香叩首，問長問短哩！”①

應岡笑道：“高文薈問的甚麼事呢？”應棠道：“他也關心時局，趁着開筏時總要叩問前方的消息。他和張毅、曹萬順倆，很有交情，常常問及。好像筏上判斷，賽過新聞紙的專電。他不看各種報紙，也不看路透電訊，巴巴地只守着乩壇，盼有捷音，你想好笑不好笑呢？”帆浦插口問道：“高處長叩問張、曹兩人，乩上怎麼批示呢？”應棠道：“乩上零零碎碎，批示却也很少，我也記不了許多。昨夜却記得四句短偈，似乎與曹、張兩人，有些影響。但語意却在可解不可解之間。乩上判的是：‘黄鬚出遯，白條入艮。欽使來臨，獲福無巽。’②這四語深奥得很。據高文薈猜，黄鬚似指老曹，因爲曹操兒子曹彰，曹稱黄鬚兒。白條似指老張，《水滸傳》不是有個浪裏白條張順嗎？只是“遯艮臨巽”四個卦名，不知指着何事？無算是算數的算，怎的故意寫作別字？這裏頭恐怕蒙着不少機鋒，須待臨時纔見。幸先生你是隨何陸賈一流，一定別有見解，請你試解一解罷！”

帆浦笑道：“凡屬符讖預言，措辭多屈曲深奥。因爲這是暗藏着未來的事實，不關文理典故。我也是一個凡人，哪能穿鑿強解？高文薈所猜的一曹一張無大謬，③這四個卦字，大概隱着未來的事。欽使指着何人，不能瞎斷。民國改元以後，所有前代的欽差欽命字樣，久已不見經傳，諒必不是京派的大員。巽與算閩腔音同義异，似不能混用，或者別有用意，决非我們凡間頭腦所能推測的準呀！”

應岡道：“你們偏要把這無稽的神話，空費精神來研究，未免徒解其意，有

---

① 録自《華報》957號，1937年5月15日第4版。

② 録自《華報》959號，1937年5月17日第4版。

③ 録自《華報》960號，1937年5月18日第4版。

甚麽益處呢？辜顧問有驚人的絕技，吹得一口好洞簫。你倆不曾領教過，何不再央她吹一吹？着實好聽呀！”應棠詫异道：“呀，辜先生有這般能耐嗎？真想不到！洞簫我雖不會吹，聽却會聽。[①]不比老四連聽都不會，辜先生别吝教，再吹一套，給我賞鑒罷！”阿嫂也慫恿着要聽，帆浦推辭不得，只得吹一〔排江城梅花引〕。應棠果然不是門外漢，撫掌擊節贊好，説：“這技術不但福州難遇，便是蘇浙名家，也趕她不上哩！”

應棠躺在榻上抽烟，正與帆浦談宫商支配。應岡拖着阿嫂，説有幾句體己的話商量，阿嫂便跟他走出房外。迴廊旁邊，兩人坐在鵝項椅上。阿嫂問他甚事，應岡便把自己看上帆浦的話，秘密告訴她，託她切實做個蹇脩，向帆浦探探口意。阿嫂笑道：[②]“你這人真正叫做貪多嚼不爛，裏頭排着一位掛名姨太，費盡無數心血，賠了無限金錢，還不能如心所願。怎的賊心不死，還要得隴望蜀？一個雪藕，讓我已累得呼呼氣喘，那能再做第二個紅娘。請你另聘高明罷！”

應岡笑道：“便是這一個不肯上手，壓采座空了，纔想到第二個問題。如果第一個能够一帆風順，我何苦畫蛇添足呢？阿嫂你替我設身處地一想，我也不像個啞子吃黄連，苦在心頭不可言嗎？雪藕實在可惱，我有些不喜歡她了。這個雌兒，比雪藕性氣柔軟得多，容貌不亞於雪藕。我也吊過她的膀子，[③]她的神情意態，非常和藹可親，似乎於我有些樂就樣子。只是我倆不便當面自説，你肯替我玉成這好事時，一定沒有雪藕那般困難。不過順水行舟罷哩！”

阿嫂笑道：“現在盛行自由結婚，男女都是自家説合，不用媒妁。况是這個辜顧問，好比自送上門的禮物，你要怎麽便怎麽罷了，何必多一層曲折，一定要拖我做這撮合山？不但我嫌你累贅，便是老辜，也怪你不直捷哩！”

應岡笑道：“阿嫂，你便替我説幾句話，也不折本，何必這般作態規避？若

---

① 録自《華報》961號，1937年5月19日第4版。

② 録自《華報》962號，1937年5月20日第4版。

③ 録自《華報》963號，1937年5月21日第4版。

要我謝媒，事成時，[1]我自會重重送你一筆。你還怕我是個空心大老嗎？”阿嫂道：“四大人，你也忒懵賴了！您只會弄富豪，難道我沒見過錢財，巴巴的要敲您的竹槓嗎？不過我已冒着瓜田李下的嫌疑，這裏上上下下，都說雪藕的媒人，是我做的。便是雪藕自身，也疑我攛弄他到此，至今有口難辭。如果我向老辜開口時，從前的疑點，更洗不清了。您想這冤桶的媒人，我合做不合做呢？”應岡連連作揖央着道：“好阿嫂，你做人真好，凡事有我耽待着，你不必多這顧忌。你只管替我去說。我不敢當你是個冰人月老，我只當你是我的親嫂子一般。[2]我是你的阿叔，你只當替我解圍罷！”阿嫂看他只管這般纏擾，一時面子下不來，只得答應替他去說。

阿嫂等着帆浦回房時，剛剛整理枕簟，將要就睡，便輕輕地叩她的門。帆浦開門，見是阿嫂，早已猜出蹺蹊了。手按着電機開起三百活特電燈來，房間耀如白晝。讓阿嫂坐定，問道：“姨太，夜不早了，怎的這般高興，前來看我？”阿嫂說：“無事不登三寶殿，我是奉命而來的。軍令急如星火，只得黃夜出馬。”帆浦笑道：“甚麼事這般緊急呢？”阿嫂便把應岡所託的話，據實說出，問帆浦如何答覆。[3]帆浦若尋常女子，自然板起面孔，說出拒絕的話。但她心裏早準備着窩弓，安排着香餌，不但一點沒有詫异，居然滿臉堆下笑來。

古語說得好：怒者常情，笑者不可測。帆浦聽應岡要納她作妾，不禁眉開眼笑。就是狡猾出刁的阿嫂，也被她瞞過，便問道：“辜先生，您笑甚麼？莫是笑他不知足嗎？其實他也很可憐。他家眷不在這裏，很想娶一個知心着意的姨太太，伴伴寂寥。才貌平常的，他又看不上眼。這個邱雪藕姑姑，最合他的脾胃，不想岸祇攏船，船不攏岸，弄得望梅止渴，畫餅充饑。他正後悔不迭。天幸平空來了你這辜先生，不但閉月羞花，沉魚落雁，便是內才，他也五體投地。他見了你，早已顛倒傾慕。[4]今天又聽見你的洞簫，幾乎把他魂靈兒吹去半天，

① 録自《華報》964號，1937年5月22日第4版。

② 録自《華報》967號，1937年5月25日第4版。

③ 録自《華報》968號，1937年5月26日第4版。

④ 録自《華報》969號，1937年5月27日第4版。

那裹肯讓你出這門兒呢？辜先生，我是粗人，不會說話，我只記得兩句書語，叫做‘士爲知己者死，女爲悅己者容’。四大人於你，雖非久交，不能不算做你的知己，更不能不算做你的悅己，請問你如何對付他呢？”

帆浦哈哈大笑道：“姨太，你真會說話！若論我這才貌，那裹趕得上雪藕姑姑。我辜帆浦淪落風塵，走遍世界，正苦沒遇着一個憐才惜貌的男子。四大人如果不嫌弃我，我便跟了他，也沒有甚麽不稱意。只是我這人有一種不合時宜的乖癖，四大人倘能體貼依從，我便死心塌地，做他的伴侶。如他不能履行我的約法，這事再也休提。”要知帆浦對應岡有甚麽約法，且看下回。①

第二十回　閉門推出床前月，發揮潑醋好文章
傳檄驚聞塞上雲，報告團糟惡消息

阿嫂道：“辜先生甚麽約法呢？不妨明白告我，我替你去說。”帆浦道：“我這約法非常簡單。我生平只認男女用情，是專一的。我瞧四大人對於戀愛一途，似乎沒有把握，今天見甲愛甲，明天見乙又愛乙。這般泛濫的愛情，不成篇段，我是極端不贊成的。四大人如果娶我，我倒不爭這妻妾的虛名。只是娶我以後，不能再娶別人，便是藕姑姑，我也不能相容。他與藕姑姑若有成約，不如直捷單娶了她，不能兼娶了我。既是娶她不成，須先與她脫離關係，然後再來與我商量。我生性爽快，斷不像藕姑姑那般刁難。姨太，你瞧四大人，對這藕姑姑肯不肯割愛呢？”

阿嫂道：“他倆衹有單面愛情，眼前雖藕斷絲連，到底總要實行割愛。如果辜先生肯爲入幕之賓，②他看藕姑姑，自然一文不值了。”帆浦道：“不是這般說！我平生做事，不喜歡帶水拖泥。四大人真要娶我時，須先把藕姑姑安頓別地方去。③留在這裹，總不成事。或是送她回去。她若無家可歸，還有兩途辦

① 録自《華報》970號，1937年5月28日第4版。

② 録自《華報》971號，1937年5月29日第4版。

③ 録自《華報》972號，1937年5月30日第4版。

法。一則派人查她有無親戚在省，便託這親戚照看。二則送她入教會學校插班，或送到醫院學習，她一定喜歡。如果四大人對於教會醫院，不十分在行時，我便替她張羅。美領事衙門我很熟，便託領事繕封介紹函，替她安置。還怕沒有妥善地方嗎？”阿嫂聽到這裏，便接口道：“妙呵妙呵，宰先生，[①] 你肯替藕姑姑尋覓安身所在，不但藕姑姑感你栽培，連我也要給你磕頭道謝哩！”

帆浦道：“藕姑姑的事，與姨太甚麼相干？怎的要你替她道謝呢？”阿嫂道：“宰先生，無怪你不知道，藕姑姑和我的根源，我還不曾向你說過。我倆同是洪江人氏，又在緊鄰居住。藕姑姑來到這裏，並不是我招致的。我到這裏，有我的介紹人。她到這裏，另有她的介紹人。[②] 我知道她脾氣的。四大人當日要羅致她時，我曾三番五次勸阻，無奈四大人總是不肯罷休，害得她母女不能見面。她到這裏，無限抱怨，見着我的面，總疑我從中調唆，我有口也難分辯。如今幸得四大人動起悔心，你宰先生又肯以桃代李，還替她設法出這網羅，她自然感你萬分。我也從此洗了嫌疑。這一場好事，不是你宰先生做的嗎？我怎的不感激你呢？”[③]

帆浦笑道：“我那裏知道，原來有這許多的曲折？这般说，我吃醋吃得着了。我實不相瞞，我帆浦生平，天真爛漫，無論甚麼事，都是認定我的性情做去。我雖是女子，我却忘記我是女子。一切行徑，與男子無二。只有這吃醋的癖性，不脫婦女蹊徑。不過別人吃醋，是暗裏吃的。我帆浦吃醋，是分明說出。我對於藕姑姑，十分欽羡，十分愛惜，只是我若與她同室，又像勢不兩立。所以，我對於她，有兩句現成的，叫做：‘閉門推出床前月，分付梅花自主張。’這便是我的吃醋文章，那裏曉得這醋，却吃得無損於己，有益於人呢？真正出我的意外！”

阿嫂笑道：“宰先生真會說笑！吃醋原是小家婦女的通病，像宰先生這般高

---

① 録自《華報》974號，1937年6月1日第4版。

② 録自《華報》975號，1937年6月3日第4版。

③ 録自《華報》976號，1937年6月4日第4版。

雅，那裏會吃甚麼醋？[①]這不過信口滑稽罷了！”帆浦道：“姨太，你別看輕這吃醋兩字。吃醋也是婦女的美德，吃得不好，固然弄出許多笑話來。吃得正當的醋，原有許多好處哩！”阿嫂道：“如今閒話少說，言歸正傳。辜先生既是這般主張，待我回覆四大人。他只求你辜先生允許，似這簡單條件，定可得他同意。夜不早了，辜先生請歇息罷！明日我再來報您喜訊！”[②]

應岡雖捨不得雪藕，但她始終落落不相合，未免惹動應岡的氣。阿嫂從旁勸解，說：“你弃了明珠，得着拱璧，也不算折本。而且雪藕始終未見你的恩，只銜著你的怨，怪不得她心裏不舒服。你既不能尋回她的娘，你先自失了信，她便取消前約，也不爲無理。如今天送這個才貌殊衆的辜帆浦來這裏，又肯做雪藕的替身，這便是您的特等幸福了。[③]還要戀戀雪藕，做甚麼呢？你如果把雪藕托付帆浦，替她安置，送她入學，果能滿其所願，將來雪藕，未必不知感。况又不是把她另嫁出去，雖然離開這裏，還在你的勢力範圍以內。眼前不過暫寄外間，等到事過境遷，舊恨漸忘，新恩漸厚，那時還怕她不是你的人嗎？”[④]

應棠聽阿嫂這般解說，先自撫掌稱妙，說：“這便是諸葛亮七擒七縱的攻心妙策。老四你可算真有艷福。眼前雖有些齟齬，結果還是一可化兩。古語說的是佳人難再，你居然左閶須而右南威了。”應岡笑道：“別說這般滿話！我只怕命裏犯着孤鸞，沒有嬌妻美妾的福氣。且看將來何如。阿嫂的話，却有意思，我便照這般行辦，也無不可。阿嫂，煩你回報帆浦，說我並無違拗，[⑤]一一從命。雪藕這人，便奉託她安置。一面再煩你給雪藕通知一聲，她既不願在我這裏，我便網開三面，放她自由罷！”

帆浦答應阿嫂之後，乘隙通知雪藕。兩人早已元神會合，等到阿嫂再來回覆帆浦時，帆浦自身，已無話可說。第一步進行，便是解放雪藕的事了。阿嫂

---

① 録自《華報》979號，1937年6月7日第4版。

② 録自《華報》980號，1937年6月8日第4版。

③ 録自《華報》981號，1937年6月9日第4版。

④ 録自《華報》982號，1937年6月10日第4版。

⑤ 録自《華報》983號，1937年6月11日第4版。

要去與雪藕接洽，帆浦攔住道："姨太，你一個子說話不濟事，[1] 她不相信時，只道不是好意，還疑四大人又用甚麽巧計，來算她哩！要末，還是我和你一齊去說，因爲我的話容易入她的耳呀！"阿嫂點頭道："不錯不錯！她這幾天，與我有些枘鑿。幸先生肯助我一臂，甚好甚好！"於是兩人約定，往見雪藕。

讀吾書的，須知道帆浦須是女子，膽智強過男子十倍，這回用這金蟬脱殼之計，不但瞞過應岡兄弟，[2] 便是阿嫂，也被她瞞在鼓裏。她對阿嫂說話，滿口恭維焦家將。一面還要敷衍阿嫂，常常送些小巧玩器與她，買得阿嫂眉開眼笑，在應岡兄弟面前，極口稱道這個辜顧問怎的風雅，怎的圓光。便是這小別墅裏頭，上上下下，沒有一個不說辜顧問好處，沒有一個不贊辜顧問美貌。她步步全用買好手段，直到應岡開口要納她時，便是她奏凱的日子。[3]

如今且說阿嫂和帆浦兩人，見了雪藕。阿嫂先傳應岡解放的話。雪藕早已知道，故意露出猜疑口氛，說："我不受他的騙了！他三番五次騙我，我吃他的苦不少了。如今無論他娶我也好，不娶我也好，留我在這裏也好，攆我出去，不許我住在這裏也好，但是要我聽從他的命令時，只須送還我的娘。我的娘和我見面，諸事都可解决。若沒有我的娘，休想我聽他的話。[4] 我便老死在這裏，他其奈我何？"帆浦心裏暗地佩服她裝得很像，阿嫂覺得話不投機，不得不轉求帆浦，幫她說說。帆浦笑道："藕姐姐，你難道瘋疾還未愈嗎？你便老死在這裏，生生世世，也不能會見你的娘。四大人既許解放了你，你出這院門，便是你見娘的機會了。我可以幫你的忙，代求美領事，送你入教會學校肄業，一面還可求學，一面可託美領事行文各處，替你尋娘。豈不兩全其美呢？"[5]

雪藕沉吟半晌，纔答應道："帆姊姊肯替我做主，我便聽他調動。我知道倉前山華英女校，有幾個學生，是我多年不見的親戚。要作成我讀書時，能够送

---

① 録自《華報》984號，1937年6月12日第4版。

② 録自《華報》986號，1937年6月16日第4版。

③ 録自《華報》987號，1937年6月17日第4版。

④ 録自《華報》988號，1937年6月18日第4版。

⑤ 録自《華報》989號，1937年6月19日第4版。

入這女校插班，我便感四大人的栽培。”帆浦道：“那更容易了，華英女校的校長、學監、教員，我都認識。[①]便由我一力替你轉托，可不必再向美領討情了。話既說定，我便先到倉前山走一遭，替你預先布置罷！”

這幾天外面風雲緊急，革命軍勢如破竹的，早已出了武漢，長江流域震動。聯軍雖宣布戒嚴，無如軍心瓦解，士無鬥志。福建距離雖遠，閩南的警報也來了。[②]說是廣東軍政府，派着總指揮何應欽，由粵援閩，三路進取。中路係由汕頭取道詔安漳浦，飛機大礮，無人抵禦。曹萬順全軍投降了，外傳焦應瀛在龍華打了敗仗，幾爲俘虜，夤夜匹馬潛逃，不知下落了。孔照桐、蔣騰蛟兩旅，軍心離散，前進無路，陸續退却上省了。張毅退入晉江，泉州也困在垓心了。督軍署接到告急電訊，雪片也似，一日數驚。高文萶、季至冬漸漸不能維持現狀。焦家兄弟，這幾天慌得像熱鍋上螞蟻，還希望焦督敗訊不確，眼巴巴守盼前方的軍密電文。多日不至，似乎吉少凶多。那裏曉得電界人員，早已暗暗倒戈，聯軍情報的聯絡线，早就截得七零八落。這裏閩人久困焦氏苛政，父老婦孺，日夕祈禱黨軍速至，解除深水火熱的痛苦。還仗省長薩鎮冰，與閩人感情不錯，他却負責擔任省垣治安，民心稍定。只怕張毅一軍，如狼似虎。萬一泉州不守，回竄省城，商民不免遭這亂兵焚燒劫掠。[③]

這時薩老桑梓關心，確有把握。一面和省防司令季至冬，切實計議，保障省垣。一面請海軍陸戰隊，開到南港峽兜烏龍江卦山一帶，擋住張軍。如果張毅失敗竄省，一致迎頭痛擊，勿任一兵一卒上省擾亂治安。部署粗定，也算得暫時七鬯不驚，城台安堵。只剩應棠兄弟，提心吊膽，寢食不寧。應岡加倍心亂如麻，不但雪藕的事，無心料理，便是帆浦答應的好事佳期，也只得寬緩下來了。要知前方消息如何，雪藕曾否解放。且看下回。

① 録自《華報》990號，1937年6月22日第4版。
② 録自《華報》991號，1937年6月23日第4版。
③ 録自《華報》992號，1937年6月24日第4版。

第二一回 假市義簉鳳出高墻，宛爾脱身梁苑雪
强絶情逝騅傷末路，斗然破膽禹門雷

辜帆浦雖未離開這間别墅，外面消息却靈。她故意趁這紊亂時間，約着阿嫂，面見應岡。請示如何安置雪藕。應岡這時心亂如麻，那有這段閒情逸致。[①]又怕帆浦瞧出他的慌張，勉强裝出鎮定樣子，説："辜顧問，我既敦託了你。你只管替我部署一切，我是相信你的。隨你把她安置甚麽學校，可以便宜行事，不必問我。"帆浦得這命令，偏要約了阿嫂，陪伴雪藕出城。阿嫂這幾天知道老焦敗仗消息，早已暗暗纏着應棠，要他帶去上海避難，也没有心情再來關照雪藕，又不便將這實情告訴帆浦。這時只得辭謝道："辜先生，偏勞你走一趟罷！我今天身上有點不舒服，肚子痛得緊，不能奉陪。"帆浦明知她是託辭，巴不得她不去，便順口答道："既是你有貴恙，還是我一個子送她出城罷！"原來帆浦早已安排着外應，顧南洲博士和吴樵山兩人前十幾天業已秘密上省。他兩個化裝做海軍陸戰隊隊兵，服裝與陸隊無二。這幾天城台常有多數陸戰隊兵丁，在街上穿梭般來往。因爲隊兵大半閩籍，[②]也有勤務奉公奔走的，也有告假回家，出街買辦物件的。街上便多了一兩個，也不覺得怎麽破綻。所以南洲、樵山兩人，白天總在城内走來走去，帆浦早已見過幾回，暗裏知會他們，準備一切。這一日探得雪藕出了别墅，便暗暗跟定。雪藕與帆浦坐着應岡汽車，兩人也踏着自由車，遠遠跟出城來。那輛汽車開到台江汎萬壽橋邊停住，那時萬壽江南兩橋，尚未建築，汽車不能直達倉前山。帆浦扶着雪藕下車，瞧見南洲、樵山已到，丟個眼色，兩人會意，一直趕到泛船浦海關埕等候。帆浦雇艘過渡小舟，帶了雪藕下舟，[③]約到舍人廟上岸。船上附耳告訴她："前面有我的哥哥顧南洲和吴樵山等着。他倆自會護送上輪船。你放心跟去，萬無一失。我須往托好友，

---

① 録自《華報》993號，1937年6月25日第4版。

② 録自《華報》994號，1937年6月26日第4版。

③ 録自《華報》995號，1937年6月29日第4版。

替你偽造入校證書，回去纔好銷差。你即便上船，計程後天可到鼓浪嶼，和你娘見面。你別管我，我不怕沒有脱身機會。”説話之間，那小船已摇傍舍人廟道頭。帆浦開發船錢，携了雪藕上岸，帶她步行繞到海關埕。那兩個隊兵裝束的，已在那裏專候。帆浦介紹雪藕，和他倆相見。雪藕細瞧兩人，英采烈烈，俠義氣魄，露放眉宇。南洲態度，尤爲不凡，面貌神情，極像帆浦。這時帆浦催着火速出發。無暇攀談。[①]

南洲指着江下道：“我已借着一艘汽船，這是美領署出差用的，非常快捷，邱女士請登船罷！”帆浦扶她入船，南洲、樵山聯步跟上。帆浦説聲珍重，匆匆作別上岸。汽笛嗚嗚，眼看那汽船開向下流去了。帆浦回身，逕到倉前山嶺后，找着學友，問她所託代填空白入學證書，曾否填好。

那學友説：“昨天接到你的快信，都已預備完妥。”帆浦取了證書，仍到舍人廟碼頭，雇了舟子，搖過台江汎來。坐上原來汽車，進城來見應岡。

説起應岡兄弟這幾天，好像鼠子吃砒霜般，外面雖勉撑鎮靜架子，心裏却非常難過。[②]督署平日豢養的狐群狗黨，惹是生非，火炭一般獻盡殷勤，這幾日連影都不見了。官話張所轄的偵探牙爪，好幾天沒有公事報告了。來往最熱的幾個臺籍朋友，却連絡不絕的傳遞警信全是不好的消息。也有説泉州失守，張毅全軍竄省，已開到距離烏龍江不遠了。也有説張毅移軍省垣，決計強奪焦督的地盤，宣言誰與他抵抗，便向誰痛擊。也有説城台有兩三千便衣黨軍，四散埋伏，預備響應。應檀得看這般噩耗，膽顫心驚，也不通知應棠、應岡，暗地托着大版公司，包一艘日輪，秘密離開福州，竟往上海去了。阿嫂也扭着應棠，催他作速打算，别再留戀。阿福也暗暗與阿嫂商量，教她离了應棠，捲款潛逃。阿嫂却有良心，念着應棠素常待她好處，不忍割捨，游移未決。應岡希望海軍陸戰隊，能够一陣擋住張毅，還可暫救燃眉之急。正在守盼好音，行止未定。在督署辦公廳，旋來旋去，不覺焦躁起來。那辦公人員，漸漸散盡。只得低頭喪氣，走出署來，吩咐汽車，開往别墅。

---

① 録自《華報》996號，1937年6月30日第4版。

② 録自《華報》997號，1937年7月1日第4版。

平日這别墅，每到傍晚，异常熱鬧，燈光酒氣，弦管之聲，真賽得夜夜元宵。這幾天却静得出鬼來。[1]素常熊老七、阿福、齊八、李四，這幾個紅帶當差，跟着不離。還有糾察隊的陳君山、周振斌兩司令，和那毛天梁軍需、史幼籛参謀，常替換着，都來門中伺候。近這兩天，全都不見了。應棠、阿嫂倆，今日也沒有來。應岡入門時，除了站崗勤務，和少數打雜丁役外，屋裹面沒有一個當差，出來鞠躬迎接的只剩着醫務顧問辜帆浦一個。應岡見着帆浦，心裹暗暗贊她忠勤，便問昨天雪藕入學校沒有。帆浦懷中取出入校證書呈上，報告昨天保送雪藕入校手續，説："她也很喜歡華英校内同學，恰有幾個她的中表姊妹，諸凡有人照顧。我送她入校安置之後，臨别時，雪藕寄聲給四大人道謝。她説四大人這樣栽培，感銘心坎。"

應岡笑道："很好很好！她也有感激我的話，真是聞所未聞！這全仗顧問替我布置，纔有這般四平八穩，我那裹有這閒情呢！"

帆浦道："説起入校念書，正合藕姑姑的脾氣。四大人如她所願，她怎不感激。我辦這樁事，一則替藕姑姑解憂；二則替四大人市義，可謂一舉兩得。"

應岡笑道："如此説，顧問是我的馮驩了。[2]只是我慚愧不能爲孟嘗，未免對不住你這女馮驩呵！"

帆浦道："四大人門客如雲，指揮若定，怎説比不得孟嘗？"應岡嘆道："前半月的焦應岡，還勉強做得到孟嘗，如今四面楚歌，親也離了，衆也叛了，差不多要做孤哀子了呀！辜先生，我深慨得你太晚了。承你慨然以身許我，我不知道能否履行前約，只怕我沒有這段幸福哩！"説到這裹，隨口唱着垓下的歌道："力拔山兮氣蓋世，時不利兮騅不逝。騅不逝兮可奈何，虞兮虞兮奈若何！"

帆浦聽他唱出這歌，心裹正在暗笑。只見勤務兵持片進來道："警務高處長來拜。"應岡下烟槍，坐起來，説聲請。帆浦乘勢避入隔房，高文薈已大踏步進來了。應岡讓他就坐，問："高處長甚麽要事，夤夜到此？"高文薈道："特來

---

① 録自《華報》998號，1937年7月2日第4版。

② 録自《華報》999號，1937年7月3日第4版。

報告，張毅兵渡烏龍江，海軍陸戰隊，接觸開火一陣。”應岡搶着問道：“勝負如何？”

高處長搖頭道：“陸戰隊打敗了，唐岱筠團長身先士卒，不想竟自陣亡了。”應岡跳起來道：“哎呀，團長陣亡，想必全隊覆沒了？”高文薈道：“隊兵死却有限。海軍警備司令部，又調生力軍接應，季至冬也有兩連勁旅，迸力迎擊，張軍也殺敗了。”應岡以手加額道：“僥倖攩這一陣。不然，張軍不是竄上省嗎？”①

高文薈道：“四大人幾時動身？”應岡道：“那也不定的，走總要預備下。或者大局尚有挽回，再看一兩天，也來得及。”高文薈道：“據偵探隊的報告，季至冬有些變卦了。”

應岡驚訝道：“季至冬原是九尾狐狸，變卦自在我的意中。但他怎樣變呢？”高文薈道：“禁在陸軍監獄的民黨要犯黄魚頭，早給他保釋出獄了。這幾天季至冬極力向他聯絡，和他十分要好，難道這不是變卦嗎？四大人如要脱身，須早些決斷，省垣民黨不少，這幾天漸露頭角了。萬一季至冬要討好革軍時，四大人不是很貴重的禮物嗎？”

應岡點頭道：“難爲你想得周到。或許他走這一着的棋，我自會步步提防。但這狗娘養的，畏首畏尾，患得患失。無論他對民黨怎麽獻勤，民黨决不信用這種野狐狸。我料他沒有這般斗膽，敢在我周倉爺面前弄刀。你放心罷！”高文薈鞠躬告辭，應岡送到門口。

應岡送客進來，躺在烟榻，連抽幾口烟，喊當差請辜顧問。帆浦尚在隔房，聞請便入。應岡道：“剛纔高文薈報告的消息，諒你都聽見了。現刻省城危在旦夕，我站脚不住，非離開這地方不可。應棠、阿嫂今夜不來，大概溜之大吉了。我對福建，絲毫沒有留戀。”②

“我所心愛的，只有你辜先生一人。前言未冷，時勢已非。我要想在這裏和你璧合珠聯，這事已成畫餅。上海寶山路我有新購的住房，建築倒也不劣。

---

① 録自《華報》1001號，1937年7月5日第4版。

② 録自《華報》1002號，1937年7月6日第4版。

我明後天便行，你能否相從？老實對我說罷！”

帆浦點頭笑道：“從行原是常事，在我沒有甚麽爲難。只是我在社會上耳目中，也不算一個非常小人物，四大人路上多了我一個人，未免目標太大。你又是悄聲出境，沒有我相隨，還可無聲無臭，從容不迫的離了險境。我若同行，萬一被人看出破綻，豈不惹出事來？四大人還請三思。”應岡道：“同行真個不妥！只是你幾時能來尋我呢？”

帆浦道：“眼前烽烟四起，戎馬倥傯，我也想覓個世外桃源，暫圖□影。四大人，我想上海這地方，也不十分安靜。除了外人租界以外，將來難免用兵。且近年綁票盛行，不論租界華界，紳商豪富，十有六七，吃这綁匪的虧。四大人，你是焦督軍的貴介弟，只怕這一起無法無天的劫盜，不肯放你逍遙自在。四大人我勸你別戀這上海繁華。寶山路又是華界，這地方不算甚麽穩妥。要末，還是海外爲妙。日本的名古屋，及富士山、横濱一帶，風景很佳。四大人若肯到那裏，覓個安身福地。[①] 我也可以摒擋一切，逕往尋你，圖個下半世的安閒快活，不強如在槍烟彈雨裏頭，過這可怕的光陰嗎？”

應岡道：“很是很是！你替我計劃，確是久遠之圖。你我圓成好事，忙也不在一朝。且看老大前途能否順意，萬一再出了岔時，我們在上海也住不得，大概總要到日本，或是巴黎，躲一陣。那時候通信給你，你再來未遲。”

帆浦笑道：“我想人生聚散，皆有前定。暫時爲別，後會有期。四大人幸勿以我關懷。”應岡道：“說起事有前定，我先時很不相信這話。如今閲歷許多世變，覺得我們有似傀儡，暗中受着造化的牽綫，不知不覺的跟他播弄。不但我們一兩人遇合，早有安排，便是眼前前方軍事的勝負，只怕也有天數在裏頭哩！”帆浦道：“軍事勝負，關係大局，更非人力所能左右。據今晚高處長的報告，可證悟善社乩壇偈語，預先示警，如今可以明白了。”

應岡道：“怎麽曉得？”帆浦道：“日前高處長不是叩問曹萬順、張毅的運氣嗎？乩語四句，不是‘黄鬚出遯，白條入艮。欽使來臨，獲福無咒’嗎？我猜這四句便是這一方面燒餅歌，黄鬚指曹，白條指張，那是前次猜得不錯的。出

---

① 録自《華報》1003號，1937年7月7日第4版。

遯兩字應作降順解。[①] 謂成軍而出，遯此投彼。‘入艮’兩字尤妙，艮是卦中的山，張毅不是陷在卦山嗎？從前欽使只認甚麽欽差，如今纔曉得是何應欽。獲福定閩，說他取得福建。‘巽’字並不是別字，應作讓字解。‘獲福無巽’，猶言得了福建，並不遜讓。照這般猜釋，閩省大局，不是結果在這四句預言嗎？”

應岡低頭想了半晌，怕將起來道：“真也不錯！顧問解得很明白。這四句偈語，既這般靈應，那老大的一首絕句，語氣更不妙了。‘福無雙至，禍不單行。’真正令人毛髮皆聳。我們兄弟，大概走着冰消瓦解的壞運了。”帆浦正在設辭勸慰，只聽南向墻壁上，霹雷也似，轟然矸礲一聲，屋宇搖動，窗上玻璃，震得碎裂。

應岡嚇得從榻上跳起來，想要奪門而出。脚底跳下跐着一隻哈吧狗，又給這畜生咬了一口，一脚絆在門檻，憐跌得五岳朝天。帆浦見他這般慌張失措，心裏又可憐他。連忙趕過去，扶他起來，叫他靠在沙發椅上歇一歇。精神略定，喊差弁時，半個都沒有了。[②] 想是給這砰訇一聲，通通嚇跑了，只剩站崗的兩個護兵，戰兢兢的面無人色，進來伺候。

應岡問：“剛纔這一響，什麽東西？”護兵答道：“回大人，恐怕是炸彈。”應岡問：“打在那裏？”護兵道：“聽那聲音，似乎就在院裏墻內。不曾踏看，也不敢就去踏看。”應岡驚道：“院裏發現炸彈，那還了得！這不是打我，要打誰呢？顧問，我這裏住不得了。汽車夫在也不在？”護兵答：“在門口，還未離開。”

應岡吩咐：“預備開車。我要到造幣廠長王之綱那裏去一遭，叫他火速籌備一筆現款，給我做了盤川。還要趕到台灣銀行，托他在日領署，要求派艘輪船，保護我出險。你瞧他們一個個都去了，光剩着我這傻子落後。把生命做孤注，真是不值。顧問，你若怕時，趕緊離開此地，尋個安穩人家，暫避一避，別在這裏頂缸。我對不起，先走一步罷！”

畢竟這一聲震響，是什麽東西，把應岡轟得這樣魂不附體，夤夜奔逃，且

---

① 録自《華報》1005號，1937年7月9日第4版。

② 録自《華報》1006號，1937年7月10日第4版。

看下回。①

第二十二回　倒戈以應，省防司令掩耳自盜鈴　鳴鼓而攻，軍閥偵探到頭難漏網

看書人知道這一枚炸彈，是誰擲的？怎的不先不後，恰在這夜裏，趁着焦應岡心慌慮亂，故意發這一聲，趕他快跑呢？甚麽人也不會這般凑巧，原來却是辜帆浦預先授意的。她送雪藕下船時，在海關埕見着她哥哥顧南洲和表兄吴樵山，只怕雪藕去後，應岡合她歪纏。萬一不得開交時，須得這樣一聲雷，做她的後盾。顧博士是個製造炸藥專家，吴樵山有跳高的絕技，往常一兩丈的墻，會得飛越。這小別墅中，南角一堵墻，不甚高，樵山白天早已踏勘明白。等到上燈時，輕輕跳入墻内，藏身在假山的窟洞裏。知道這幾天外面風雲吃緊，這裏幾十個兵丁厨役，躲的躲了，逃的逃了。把個花團錦簇、酒讌笙歌的俱樂部，變做肅靜迴避的壇場。樵山放了膽，悄悄地在各處偵探一遭。上房高文薈與應岡談話，早已聽得清清楚楚。帆浦在迴廊前面，暗中會着樵山，知道南洲也在墻外，預備接她回去。帆浦打個手勢，教樵山再等一個多鐘，在假山樹後，“如此如此”。樵山點頭會意。帆浦仍舊步到上房，恰好應岡送高文薈出來，請她攀話。帆浦有意嚇他，先把乩上偈語，解釋一回。應岡雖不十分迷信神鬼，怎經帆浦説得有憑有據，不能不信，心裏未免更亂。正在萬般絕望，百種驚慌之時，加這一聲猛烈的怪響，安得不震慴失常？這時打算逃命要緊，顧不得佳人在側了。樵山這個炸彈，原是第四五等的炸性，只會發聲，震動屋宇，不會傾墻倒壁，也不會殺人。但想嚇嚇應岡，教他快些滚蛋，這便是帆浦的連環妙計。

説起帆浦此番對待應岡，完全是一種高妙的“拆白”□手段。“拆白”兩字，怎麽解呢？簡單注釋，便是叫做美人計。若論拆白行爲，原不是正當的行爲，但以對付無惡不作的焦應岡，又變做極光明極正大的作用了。列位，你想

---

① 録自《華報》1014號，1937年7月18日第3版。前面一大段與上條重複，這裏删去。

一個妙齡少女，絕代佳人，[①]能够置身在如虎如狼的軍閥幕下，施展神通，從容不迫。不但救出一個失陷的同志女子，自己還能全始全終，不露破綻。這豈是尋常巾幗，做得來嗎？

焦家兄弟，纔離福州，所有助紂爲虐的貪官污吏，也漸漸的走的走，藏的藏了。一向各地自稱民黨軍隊的，趁這時機變動，爭先策應，臨時都換了青天白日旗幟，集隊紛紛上省。省中原有秘密結合的青年團，各立一幟。這是專制軍閥鐵蹄下所產生的反動分子，一般桀驁不得志的青年，趁這時機，也紛紛出來揭竿策應。省防司令季至冬，瞧得來勢不佳，趁風轉舵，反穿起馬褂來，也稱做國民革命軍，歡迎前方黨代表。這時確有不少閩人，隨軍回閩，擔任前方宣傳工作的。先期上省，沿途黏貼"打倒軍閥"，"不怕死不要錢"，各種標語。季至冬便派員接洽。一面宣布焦應瀛、張毅等罪狀。一面露天演說，出示安民，做得十分像樣。黨代表們因爲總指揮何應欽大軍未到，省垣的有限策應兵，沒有什麽實力。對於季至冬，不過虛與周旋。季至冬表面上，雖然做出一百二十分誠意，暗裏不免懷着鬼胎。這時却仗着開賭場的粵人廖巖石站在背後，主他的胆，告訴他："趁這時機，利用民黨，總攬財權。一面收羅孔焦桐、蔣騰蛟的殘部，一面暗地與海軍聯絡。民黨最強的，却是焦應瀛時的偵探，須下令一概拘捕，勿使漏網。革軍最惱的却是焦應瀛的苛捐雜稅，須下令蠲除屯田捐、烟苗捐、鴉片燈捐，但是這幾種捐稅，軍餉所關，如果實行豁免，百姓固然歡喜，掌兵的不要吃南風過日嗎？我教你採用内外异向的手段，出真方，賣假藥，能够做得過關，將來老司令便是福建的開省元勳了。"季至冬很佩服這哈迷嗤軍師，自然言聽計從，照他的政策進行。

說起焦應瀛的偵探，沒有一個不和巖石相好，官話張與巖石交情[②]尤爲莫逆。這次何以反教季至冬拘捕他呢？原來官話張與巖石，因爲在焦應瀛時代，相爭包辦閩北田畝捐，結果巖石做官話張不過，銜恨在心。這回要想借季至冬手上收拾他，希望公報私仇。若論官話張這個壞東西，無惡不作，平日陷害善

① 録自《華報》1015號，1937年7月19日第3版。

② 録自《華報》1016號，1937年7月20日第3版。

良，不計其數，便把他來凌遲處死，也不冤屈了他。只是這個壞蛋，不但廖巖石不是他的對手，便是季至冬當真要捕他，也不是他的對手。何况季至冬對這拘捕偵探，並不曾切實下令，不過告訴黨人，說一句話罷了。這時却有一起新出獄的政治犯，咬牙切齒，都要生吞活剥官話張的皮肉。得着季至冬這句話，大家摩拳擦掌，約着許多同志，四處兜捕。但這官話張，好像具有千里眼、順風耳的神通，早已匿迹銷聲，不知下落。究竟天網恢恢，疎而不漏。這時却全仗兩個好身手的能人，纔能够追捕這個賊子。這兩人是誰呢？原來便是吾書中的顧南洲、吴樵山。

吴樵山上省之日，早已留意官話張，暗中密布綫索，要自親手殺他，替侄子報仇。顧南洲也幫着樵山，探聽這壞蛋的踪迹。如果官話張能看風勢，在焦應瀛將近倒馬之前，預先離省，或者能够保全這條性命。但是惡人終無倖免，他自恃歪才，倚勢濟惡，目空一切，以爲福州人都不是他的對手。這幾天風聲不好，軍閥失勢，雖不能做他的護符，還藉着有些下八洞的外交手段，平日結識黨籍光蛋不少，洋行上至買辦，下至細崽，都與他相熟。各領事衙門的通事、排棹、馬夫、洋奴，無一不如兄如弟。他的學生也不少。因爲擔任過各教會學校的國語教員，誰不識他的官話，是個刮刮叫的。這人好像水銀瀉地，無孔不入。他只有收拾别人，欺侮别人，斷斷沒有被人收拾被人欺侮的事。這回聽見出獄黨人，要兜捕他，他不禁哈哈大笑，說："么麽草蟲，也敢向我大公鷄撩撥。[①]我便坐在這裏，看他們抓得動，抓不動。"他這幾天本來打算往上海南京一行，他想焦應瀛既倒，還有孫傳芳聯帥那邊，可謀得一兩件要差。只聽說有人緝捕，偏要擱起行期，和他鬥法。那裏想到黨人背後，還有顧南洲博士，好比《封神傳》上的陸壓道人一般。再加上一個樵山，八九玄功，不亞楊戩。帶着二三十個吐氣如虹的同志，單擒這個九尾雄狐，還怕有甚麽把不穩嗎？

官話張手下，原有一輩狐群狗黨，一向助紂爲虐，作浪興波。只須官話張畫符遣將，這一輩都服從他的呼唤。所以明目張膽，天不怕、地不怕的，做那喪盡良心的工作。這一次革命，風行雷厲，實行打倒貪官污吏、土豪劣紳。對

① 録自《華報》1017號，1937年7月21日第3版。

於軍閥脚底下的偵探，尤難容其偷生苟活。這消息傳開，早把官話張的牙爪，嚇得東躲西藏，不敢搖擺喚於青天白日旗下，官話張未免呼打不靈了。他經這迅雷不及掩耳的擊，不能不恐慌了。他想這時候，只有外人勢力可靠。投託幾家洋行，都被他們拒絕。那天覺得八面包圍，越迫越緊。剛剛尋着查打洋行大班，懇求保護，大班還未答應，行裏管事，暗暗叫他暫上三層樓躲避。黨人查得詳確，立派代表向大班交涉。大班不承認有人逃匿樓上，代表要求先許查檢。大班不肯答應，却虧顧南洲博士，與大班素有交情，面訂臨時檢查規則，大班纔許他帶人上樓。南洲引導這十幾個黨友上樓，是空手的檢查，不能携帶器械。這裏洋行細崽，早已接二連三的報告上去。黨友纔上扶梯，官話張早有預備，取出兩把實彈手槍，分握左右手。衆人剛剛踏上樓沿，兩槍一齊開放。南洲是有防備的，打不着，一彈却中在一個黨友脚部，一彈打空了。那脚中彈的朋友，却也不弱，那時顧不得痛，拼命闖過去擒拿。南洲也從側面飛也似的，一擁上前，想要奪他的槍。說時遲，那時快，官話張又開兩槍。①一彈由南洲耳畔飛過，打在壁上。一彈又打着一個朋友手臂。官話張趁這空隙，闖下扶梯，已到二樓。衆人跟追下來時，他又站住放一槍。這一彈雖打不着，究竟阻住追者脚步。這時吴樵山帶着好多有拳術的黨友，防守街上，聽見樓上槍聲，只怕衆友受傷。樵山顧不得許多阻碍，施展跳高的技術，取着餓鷹盤雲勢，一縱縱上二樓檻窗。恰碰着官話張闖出窗口，正想湧身跳下，兩人撞個滿懷。官話張被撞一下，倒退兩步，掙命要緊，砰的又放一槍。樵山眼睛最靈，看他舉手，連忙蹲身一閃，那彈却從窗口上打出街坊去了。

樵山也取出手槍，向這賊連放兩響。這兩槍打個正準，一中左腿，一中右臂。官話張受這猛擊，跌了一交，後面南洲與衆人，圍近擒拿。這賊還想掙扎，猛躍起來，向窗上逃命。樵山抓着臂膊，他拼命一摔，抓他不住。樵山站住，便盡力送他一脚，喝聲“去罷”。官話張便打個觔斗，由窗户倒撞下街坊來，跌得個發暈。樵山跟着，也由這窗口躍身下去。抓起官話張正身細看時，腦跌破了，人已昏沉不省了。

---

① 録自《華報》1018號，1937年7月22日第3版。

這時南洲和黨友，也火速趕下扶梯，辭了洋行大班，出來幫手掩捕。但官話張跌得利害，早已奄奄一息，不能動彈。約莫半點多鐘，這賊便就哀哉尚饗了。黨友臨時動議，宣布他的罪狀，把這屍首，遊街示衆，給那喜歡做軍閥偵探的，警覺警覺。沿途民衆，都說打得好，打得不錯，都說將來所有助紂爲虐的惡偵探，都照這般結果，纔有天理，纔算得有報應。官話張死後，畢竟如何，且看下回。

第二十三回　品茶日上五湖樓，望歸人風帆沙鳥
壓綫早排八門陣，談往事江橹籬花

官話張結果之後，過了幾天，困在卦山的張毅，末日也到了。[①]兩萬多的北軍，都被何應欽繳械收編了。張毅隨軍軟禁，大軍撤去南鄉的包圍。陸續都隨總指揮開拔上省了。大局粗定，政會成立。南洲、樵山兩人，可算是民黨的巨擘。這回大軍戡定閩疆，若敘起功績來，確也轟轟烈烈，但是兩人生性，不喜與人爭名奪利，眼見許多少壯派，摩拳擦掌，劍拔弩張，未免觸動懸崖勒馬的思想。不但政界裏頭，不去鑽營活動，便是黨部的工作，也不喜歡出風頭。趁衆同志彈冠相慶之時，兩人約定南歸，一帆風順，旋返鷺門。鼓浪嶼又添一番熱鬧了。

如今，說雪藕當日跟着南洲、樵山，登上汽輪，駛到羅星塔。海龍船上，南洲、樵山，替她定了一等艙。輪上船主買辦，均與南洲交好。南洲介紹雪藕與船主買辦相見，一路即托船上照顧。兩人不能親送雪藕赴廈，一則軍事吃緊，須在省垣策應；二則妹子顧横波，尚在蔭江手裏，總不放心。雪藕亦力阻兩人，別送到廈，所以兩人仍回省工作，雪藕單身抵廈。鼓浪嶼家眷，早得省中密碼電報，海龍到時，有人下輪來接。雪藕母女，别離許久，此番纔得見面。母女抱住，痛哭失聲。天旺伯亦喜極流涕。樵山家屬，治酒接風，替母女慶賀重逢之喜。雪藕見母以後，終日惟有歡笑，合家喜氣融融。邱媽焚香念佛，比在洪

① 録自《華報》1019號，1937年7月23日第3版。

塘時，加倍起勁。大家心裏所牽掛的，南洲、樵山、橫波三個人未回，尚不十分愉快。幸虧知道這三人，均有臨機應變的本事，不至陷入網羅。惟有盼望他們，早日事竣，回來暢敘而已。

天旺伯日日划條艇子過海，在茶樓上撿個面海的坐位，守盼由省開到輪舶，有無南洲三個人附搭來廈。有時揀個酒樓，倚欄獨酌，回望海天無際，飛鳥風帆，藉以消遣，天天如例。早晨八九點過來，傍晚纔回。有時也帶雪藕母女倆過廈，登樓品茗。雖明曉得三人不能便回，[①] 或者先後參差，不能一齊同舟回來。但他們盼望歸人，成爲癮癖，若有一天不登樓望海，心裏便不爽快。莫笑這個老人家，像傻子一般，這也是一片熱誠，纔有這一段趣史。

那一天盼得着了。恰好早晨，天旺伯伴着雪藕母女過海，上了五湖樓茶居，揀個樓前茶座，堂倌泡了三杯明前綠茶。雪藕叫取新聞紙來閱，堂倌送過本日的《大江日報》，雪藕接過報紙，問今天福州有船進口沒有。堂倌說："今天有兩艘福州開到的商輪，一是德忌利士的海康，一是日本的長春丸，剛纔都先後進口了。"

邱媽道："今天說不定，或許有人回鼓。"天旺伯站起來道："我到碼頭打聽打聽，或許碰着一兩個熟人，他三個便未回來，也可打探省城近日的消息。"雪藕道："你老人家探聽一遭也好。"

天旺伯獨自下樓，剛纔走到海邊，早望見長春丸船上搭客紛紛下船。天旺伯跳下小艇，叫他先搖到長春丸船邊。打一圜子，艇子便搖到輪旁，剛剛距離四五尺遠近。早見一個西裝女士，挾着皮包，從上艙扶梯下來，踏上一個艇子，正要駛開。天旺伯認真一看，不禁失聲喊道："前面不是橫波姑娘嗎？"那人回首向天旺伯一覷，果是橫波，含笑相叫一聲。詢知雪藕母女，都在這邊茶樓，橫波吩咐艇子，暫緩開㠾，先靠這邊道頭。天旺伯問南洲、樵山曾否同回，橫波答"他倆閣在省城有事，不曾同行。我沒事干了，先行一步。"於是天旺伯也不再向海康船上探聽了，引着橫波直到五湖樓上來。雪藕母女，見橫波到來，好像天上墜下珍寶一般。雪藕加倍歡慰，牽着手問長問短。

---

① 録自《華報》1020號，1937年7月24日第3版。

邱媽天旺伯同聲道："你倆別後重逢，不免有許多要說的話。這裏茶居人雜，不是說話地方，要麽，留着回去細談罷！"

橫波、雪藕都說："我倆因爲心裏喜歡，不覺忘其所以。這裏果然不是暢談之地，我們快些家去罷！"[①]於是天旺伯算清茶錢，橫波、雪藕扶着邱媽下樓，逕到碼頭，喚艇過海。

橫波抵家後，對雪藕訴說別後情形。并談焦家兄弟，被革軍嚇得膽破心寒，一個個不相爲謀，自行離省。"阿嫂大概跟隨應棠赴滬，阿福曾否跟去，尚無確信。應岡最後動身。軍閥末路，可憐亦復可笑。最妙這個瘟生，始終看不出我這顧橫波，是個女奸細。臨去時還說捨不得辜顧問，且與我預訂後會，妄想藕斷絲連。若不是哥哥送他一顆炸彈，我幾乎擺脱不開哩！"

雪藕道："姊姊，你不但是我的替身，分明是我的救命恩人。不但救我一條命，便是我娘，若不虧姊姊一家保護，早就迫死在洪塘江邊。豈能留這老命，等到母女團圓呢？我雪藕無可報答，惟有綉着姊姊的像，朝夕焚香禮拜，祈保姊姊長生萬歲，稍表我一片熱忱而已。"

橫波笑着："藕姊姊原來也會滑稽，怎麽把個神主牌待我？我又不是皇帝，怎的祝我萬歲？你的綉藝，可算世間罕有。替我傳真，自然比甚麽照相都好，這是我求之不得的。你綉完時，便把這像送我，豈不直捷爽快！誰要你當個神主牌來朝拜暮拜呢！再說一句話，你我年齡不相上下，或許你比我還長些須，你嫡嫡親親的，叫我一聲妹子，豈不加倍親熱？若向我焚香膜拜，叫我甚麽恩人，不但折殺了我，姐妹之間都照這般行辦，還成個話嗎？"

雪藕牽着邱媽的衣襟道："娘，你瞧顧姐姐，這般天真爛漫，真正令人愛煞。娘不是認過她做寄女兒嗎？如今她既施恩不望報，女兒豈可受恩便忘了報？娘在上，監察我們至誠，我倆便在娘面前結個姊妹罷！"

天旺伯在旁哈哈大笑道："你倆結姊妹，原是應該結的。這個平常得很，怎麽可算得報恩呢？"雪藕道："天旺伯，你不曉得，她以至誠待我，我以至誠答

---

① 録自《華報》1021號，1937年7月25日第3版。

她，若不親親熱熱的做一場，這至誠便無從發洩。[①]我倆結個姊妹，將來日子正長，可以容我慢慢想法報答。顧姊姊不是世俗的人，自然不受我的禮物，我倆母女，貧無立錐，也辦不到貴重的禮物，只有一片愛情誠意，可以滿盤供獻，顧姊姊諒必樂受嗎？”

邱媽笑道：“這也說得是，你倆認個姊妹，我更喜歡。我替你倆序了齒，藕兒痴長波兒一歲，只得屈了波兒做妹，此後藕兒別稱她姐姐，簡直叫她一聲妹子罷。你倆原是同患難的，結了姐妹，沒有什麼合算，只便宜了我這老太婆，老運亨通，平空又添一個滿腹經綸的愛女，養生送死，可以無憾了。”

雪藕、横波兩人，聽邱媽的話，正合她倆心意，於是便在邱媽面前，對拜四拜。横波叫聲藕姐姐，雪藕叫聲波妹妹，兩人相視而笑，莫逆於心，好像平生最樂，便是這一日，邱媽樂得都是笑。

天旺伯看他們這般得意，也喜得拍掌高□，說：“我這老頭子，真有幸福，得見你們仙露明珠，□□瑤草，奇遇巧合，今天教我分外眼明了。”

雪藕笑道：“我占便宜了，妹子面前，我實在過意不去。今天趁這結拜的機會，妹妹請你坐定別動，表我死心塌地，拜你一拜。”

横波阻住道：“姐姐你也忒多餘，還要拜甚麼呢？”

雪藕笑道：“受恩不報非君子，甚麼結草銜環，這都是無稽的古話，我也不喜歡說。今天在妹子面前，就想畫一個誠心圖報的記號，好比買東西一般，物價未還，定錢先付，這一拜便算我的定錢啊！”

横波搖手道：“藕姐姐，你別認錯了人！若說起救你的人，却不是我。你失陷在焦應岡手裏，我那時還在美京紐約，你我尚未會面，也未接洽過。次長波綫□，我不是什麼黎山老母，心血來潮，怎麼曉得你在這邊落難，立刻騰雲駕霧，回國來救你呢。那時知道你遭這無妄之灾，立誓要施援手的，却是我的哥顧南洲博士，他在我未回國以前，早已費却不少氣力。”[②]

“還慮單絲不成綫，獨木不成林，掩着一個絕好的幫手。這幫手是誰呢？

---

① 録自《華報》1022號，1937年7月26日第3版。

② 録自《華報》1023號，1937年7月27日第3版。

便是我的表兄吴樵山。沒有樵山時，我哥哥一個，也無能爲力，得他幫手，媽媽和天旺伯，纔有躲避的地方。那時若沒有這萬惡偵探官話張作祟，媽媽和天旺伯，也不必跑來鼓浪嶼避難，樵山的侄子，也不至於白賠了一條生命。何氏裏的房屋，也不至被封了。樵山犧牲一切，爲的是我哥哥。我答應自身出馬，願入這似海侯門，救你出險，初意不是爲你，也爲的是我哥哥。如今僥倖成功，我雖然有些微勞，不過替我哥哥辦事，只好叫做幸不辱命罷了。對於姊姊，無所謂恩，姊姊若要提起報答的話，對我報答不着，還是報答我哥哥，纔算毫無差謬。但是我哥哥生性光明磊落，是個不望報的義俠，他也不是圖你這一拜，纔出來嘔這心血，姊姊你別操心罷！”

雪藕低頭凝思半晌道：“妹子說的話，我大概明白了，只是我有懷疑未解之點。說起令兄南洲博士，與我邱家既毫無瓜葛，與我更爲水米無交，他怎麽知道我落了陷坑，怎會相信我母女是冤枉的，特地犧牲一切，遠路奔波，巴巴的平空救我，施這援手呢？”

橫波道：“姊姊若問起我的哥哥替你抱這不平的原因，也不是有人替你求取救兵，也不是我哥哥閒着，沒事尋事來幹。尋根究柢，還是姊姊你自己招致他來的呀！”

雪藕詫异道：“妹子，你這話從那裏說起？我與你的哥哥，既然無素，怎識他會抱不平，呼救於他呢？我是個舊禮教範圍內的女子，生平既不曾認識其他男子，也不曾離開閨門出來講過交際。且論耳目中，一向沒有你的哥哥影子。便算有些影子，但我當日陷在天羅地網，舉目無親，除了乞祈速死以外，並無他望。試問從何處托人前來通信呢？妹子這話，未免太滑稽了。”①

橫波笑道：“姊姊別急，姐姐落難之時，雖已百望俱絕，但姊姊在前一年，好比諸葛武侯一般，早埋伏着一幅八陣圖，在魚腹浦了。”

雪藕道：“這話我更不明白了，甚麽魚腹浦八陣圖呢？妹子你別弄這燈虎頑意兒，率性簡單淺顯說出來罷！愚姊學識淺陋，不能猜這啞謎兒呵！”

天旺伯呵呵大笑道：“我來說給你聽波，這幅八陣圖，瞞不得我。我在洪塘

---

① 録自《華報》1024號，1937年7月28日第3版。

江岸時，却曾親眼看過。藕姑姑，你記得那年我在江中晚釣，你不是說這一片天然江村風景，定要綉出來嗎。後來你果然不出幾天，便綉一幅秋江寫意。我還依稀記得，你題一句叫什麽‘櫓搖背指菊花開’的成語，我那時還贊你是個唐六如後身。我知道後來你把這幅綉綾，贈與阿嫂，有這事嗎？”

雪藕點頭道：“不錯不錯，這條綾巾，阿嫂纏着我要買，我因爲母女常常得她幫忙，所以並不索價，慨然相贈。難道這條綾巾，幾時又落在南洲哥哥手上麽？但我知道阿嫂，並不曾認得博士呀！”

天旺伯道：“阿嫂不認得博士，却另有一人，認得博士。阿嫂把這綉品轉贈這一人，這一人又轉贈與博士，於是這一幅八陣圖，便生出許多效力了。”

要知天旺伯所指這一人是誰，且看下回。

第二十四回　青春俠女，早厭世緣，兄妹欲超婚嫁外
白髮老孃，高談人道，聖豪總在性情中

雪藕道：“這一人到底是誰呢？”

天旺伯道：“蔡阿福的把兄弟，不是有個當搬架的柳阿二嗎？前二年，柳阿二不是由廈門上省，也到洪塘頑耍嗎？”

邱媽記着道：“不錯不錯，果然有個阿二，來到洪塘。阿福請他喝幾次酒，他和阿嫂很熟呀！”

天旺伯笑道：“何止很熟，他們兩口子調上了，姘得火一般熱，江岸鄰舍，那一家不知道？[①] 只瞞着阿福這個緑毛龜。”

邱媽笑道：“我知道了，這條綾巾，必是阿嫂暗贈與情人了。”

横波笑道：“姊姊，你如今可以徹底明白了，你這幅清白無玷的綾巾，第一次，落在阿嫂手裏，便算這綉品遭着第一劫。第二次，又落在阿二手裏，算是遭着第二劫。及至落到我的哥哥手裏，這綉品的劫運滿了。然而若不是經過這兩度劫運，姊姊這一場横禍，也無人赴援了。細細想起來，便是這小小綉品，

---

① 録自《華報》1025號，1937年7月29日第3版。

也有天意在裏頭。我雖是做學生出身，這因果兩字，我是最相信的。沒有姊姊種這妙因，便不會結着佳果。可見保護姊姊這次出險，不但不是我幹的，並不是我哥哥和樵山表兄幹的，簡單說一句，是姊姊自己救自己罷了。”

雪藕笑道：“妹子真會脫卸，你不承認也罷了，怎麽連你哥哥一片苦心，也給你輕輕一句，洗刷得無影無踪？真正罪過！既有這段因果，我心裏已自瞭然。古人說的是，‘得一知己，可以無恨’，博士便是我的知己。生我者父母，知我者博士。妹子既指引我向他報答，我已有成竹在胸，將來博士要我怎麽樣，我便怎麽樣罷了！”

橫波驚訝道：“姊姊，你又誤會了！我的哥哥，心性非常坦白，我相信他，並沒有什麽要求於你。他這回替你奔走張羅，無非愛惜姊姊的才華，憐憫姊姊的遭際。他所痛心的，是你母女分離；他所切齒的，在這强權肆虐，纔有這一番舉動。他若有一毫私心，若有一毫妄想，不但樵山不肯出力，我也未必肯替他跑這一盪哩！他生平脾氣，瞞不過我這同胞妹子，萬一存心不正，與焦應岡這賊子所做的事，有甚麽分别呢？我在媽媽面前，何敢替我哥哥遮飾？[①]剛纔因爲姊姊误認做恩人，我不能不分辯明白，並不是替我哥哥作說客呵！”

邱媽撫着橫波的肩背笑道：“我的親愛誼女兒，你說話也太過謹慎了。你說南洲博士的脾氣，瞞不過胞妹，我是相信的，便是你藕姊姊脾氣，也瞞不過我這親娘。我知道藕兒今天所說的話，確是她心坎裏頭流露出來。我這藕兒，生平心口如一，不是因爲你幾句話，針鋒相對，故意設辭來挺撞你。你也不要误會，她的主張，我已默認是正當的，你别打她的岔罷！”

橫波道：“媽媽老年人，天性篤厚，姊姊尤爲心地光明。我知道你倆母女，生平涓埃必報，不肯負人。我兄妹倆得遇着這樣好人，自是三生有幸。但我兄妹倆，生性執拗。媽媽、姊姊還看不出我兄妹倆，雖然年紀尚輕，對於世緣，早已看得透徹。不但富貴榮華，不在我兩心上，便是男女戀愛，也當做水月鏡花。數年以前，我兩分途遊歷，在加拿大温哥華旅館晤面，哥哥問我這幾年在交際場中，見過男子不少，有沒有意中人。我對他說情場便是苦海，我已決定

① 録自《華報》1026號，1937年7月30日第3版。

不嫁人了。哥哥説，好好，你决心不嫁，我也决心不娶哩！人生不過數十寒暑，只求無所羈絆，優游自在，過了一生，便是幸福，何苦自尋枷鎖呢？所以我哥哥二十五歲，我也有廿二歲，已過婚嫁的年齡，在社會上閲歷愈深，情懷愈淡。但遇親友，提及這嫁娶問題時，我兩不謀而合，總是極端謝絕。媽媽來此未久，大概不曾知道，如今索性説個明白。姊姊便曉得我哥哥此次替你解圍，完全出於義憤，並沒有爲己張本。如果他有私心，我也斷斷不肯成人之過哩！”

邱媽、天旺伯兩老，聽見橫波這一段替南洲剖白的話，不禁同聲贊嘆。[①]

天旺伯道：“博士的性情品格才學，我一見便拜服倒地，却不知道他還有這一種大悟大覺的見解。現在普通少年，佻闥輕浮的，十有八九。老實忠厚的，十無二三。博士正在色慾勃發年華，便有擺脱世緣思想，真是超人難得。”

邱媽接口道：“難得却算難得，只是我尚嫌他見解太高，覺悟太早。我也是信仰佛理的，我也不能説博士見解錯误，也不能説博士覺悟歧離，但世界上有先天的佛教不可□後天的儒宗。我們既入世做人，不能不就人道範圍内，過了一生。儒宗設教，便是輔世長民的準繩。若使世界人民，都向寂滅虛無裹頭討生活，人類早就斷絶，那裹有現在繁榮？既不能求長生不死的法門，那就打不破養生送死的大道。父子、夫婦、兄弟、朋友，這裹頭許許多多的天經地義。從少至壯，從壯至老，必須遵循人道的階級。惟有從老至死，這短促的時期，可以勘破世緣，所以老年人纔許他學佛，少壯年華，正是德、智、體三育發達時期，豈容他遁入空門，抹煞一切？你哥哥現在未回，我將來見着他時，定要啓迪他一番。我的親愛誼女兒，快些回頭，别學你哥哥一般，獨往獨來，這是大背人道主義呵！”

橫波道：“媽媽所説的，是人道的常經。女兒雖不敏，這道理難道不曉得？只是女兒在社會交際上，閲歷頗深，對於世態炎凉，人情冷暖，色色形形，令人恐怖。覺得入世做人，簡是一生磨難，並沒有絲毫樂趣。至於家庭戚屬，尤難擺脱。若有一兩個不明理的，夾在裹頭，好比背疽一般，刮不去的切膚奇痛。女兒眼見怨耦成仇，操戈同室。不但中國人的家庭，十有八九是糟的，便是外

① 録自《華報》1027號，1937年7月31日第3版。

國人的伉儷，兇終隙末的，也不計其數。從前以爲我國婚姻制度不良，[①] 纔有這種種反應的結果，那曉得世界文明結婚，也難免意見衝突，變節紛起。法庭下的離婚訴訟，層出不窮，可見夫婦結合，是人生最不好的結合，是人生仇怨鬥毆的導火綫。不如各謀自立，各奔前途的好。女兒誓不嫁人，便是這種見地，哥哥决意不娶，這段操守，想也是從經驗上得來的呵！”

邱媽微笑道："原來你倆得這見解，都把別人的景象，借來反照自己，你倆未免自視太低了。你倆兄妹，既自命不是尋常人物，自然要高視闊步，不受世俗見識所牢籠，何至墜落苦惱一途呢？我這老太婆，年事較高，見聞也不算淺少。雖沒有你倆環遊列國，那這人情世態，也閱歷過無數萬千了。我可以簡單說幾句來包括。凡人看不透處，只有嗜慾權利四個字，橫在心上，以致種種爭端，種種欺詐，由此而起。莫說是最親的如父母夫婦，觸着這四字毒素，立刻變更常度。反眼若不相識，便是較疏的朋友鄉鄰，交情破壞，無非給這四字弄糟了。你倆兄妹，難道對這嗜慾權利的門檻，還跳不出嗎？既不受這四字所包圍，無論朋友也好，夫婦也好，只要結納一個同聲相應，同氣相求的，便可享受下半世的幸福。除非這個同調，尋不出，覓不到，那就不得已成爲畸零人物了。如果你倆兄妹，遇着現成清超拔俗的同輩，排列當面，連睬都不睬他，珠玉在前，失之交臂，豈不可惜呢？”

橫波道："媽媽一篇教訓，却有至理，無异灌頂醍醐，女兒自當領受。只怕女兒無福，運命孤寒，碰不着可意的人兒，不免獨行踽踽了。過此以往，再看邂逅的機緣罷！我的哥哥，已有天作之合的佳耦，如果當面錯過，誠爲可惜。他不久回來了，我决意先替他玉成姊妹的好事，但哥哥是執拗不過的。[②] 非仗媽媽、天旺伯倆，助我一臂，必定不能成功。"

雪藕嘆口氣道："妹子，你別這樣操心！若說起女子嫁人，分明是剥奪幸福。作姊姊的前幾年，便對我娘說過，决計丫角終身，在家伴着娘過生活。不料天不從願，無風起浪，生出這許多枝節來，險些兒母女不得見面。這却怪我

① 録自《華報》1028號，1937年8月1日第3版。

② 録自《華報》1029號，1937年8月2日第3版。

自己不能韜光養晦，無端學這勞什子的綉藝，纔引出這冰消瓦解的飛災。天幸遇着你倆兄妹，從虎口上奪我回來，我這下半世生命，得以保存，完全是你倆兄妹所賜的。便叫我粉骨碎身，報答你的高情厚義，我也情願。因爲現在這個微軀，我是不能自主的了。剛纔聽見妹子這一段議論，原來你倆都已跳出情關，有這超群軼倫的見解，更使我拜服無地。我以爲當今之世，只有我這個傻丫頭，實命不猶，纔有不嫁的思想。不料竟有兩個同志，萍水相逢，真正是我夢想不到的事。媽媽所説，固然是做人免不得的階級，但非免強人所難。南洲哥哥回來時，妹子幸勿十分迫勒他。如果媽媽的話，他聽得入耳時，我也不便強違母命。萬一他仍守前言，不欲改變方針時，媽媽、天旺伯，可也無庸苦口勸導，做姊姊的依然故我，仍舊母女相依。他既不娶，我也不嫁，他便算我的哥哥，我便做他的妹妹，難道兄妹相處，不及夫妻親密嗎？難道世界上，只許夫妻可以偕老，兄妹不可以偕老嗎？我决意自我作古，打破兄妹隔閡的無謂嫌疑，提倡兄妹偕老。無論甚麽人，不許干涉！”

横波拍掌笑道：“妙極妙極！你和他算做兄妹，我和你算做姊妹。兄妹既可偕老，姊妹難道不可偕老嗎？衆口如簧，俗眼如豆，豈能干涉我輩行藏？我也來附你倆的驥尾罷！”

天旺伯笑道：“真奇怪了！[①] 説了半天，和合不攏，還添上一個單身的同志。古有風塵三俠，你們三個，真正叫做風塵三獨□，將來藕姑姑若把這三人細細綉一幅出來，豈不是這一番結合的絕妙寫真，絕妙紀念呢！”

邱媽笑道：“説是這般説，不過説説罷了！若果實行起來，你這三人，一世事業，豈不完了？我想你們天分太高，未免把性情兩字，看做風馬牛不相關，任性太過，往往絶情。現在你們事過心安，不是任性時期也不是絶情時期，須向人類中頣養天和，豈容你們獨行其是。如今南洲、樵山未回，你倆不要以己之心，度人之心，隨意唱起高調來。此事忙不在一朝，且等他倆回嶼後，再開談判。你們這幾天，別提起這話，先尋些樂事，各自消遣罷！”

過了十餘天，顧博士、吴樵山兩人果然聯袂回鼓了，説起省垣秩序初定，

---

① 録自《華報》1030號，1937年8月3日第3版。

重軍雲集。政務財務兩委員會，業已次第成立，各委員暫由何應欽選派，多係閩籍紳豪。漳泉延邵，占居多數，閩海道屬，所占甚少。黨部交邵武人組織，將來不免醸成府界决裂。省局面子上雖能敷衍，只是養癰貽患，還有變態，伏在後頭。

天旺伯道："我想這回革命，是完全民黨制勝，大概可以一勞永逸。民黨裏頭的穩健人員，勞苦功高，理應享受禄位，分居要職。你倆奔走革命，有十餘年了，雖資格不及元老，也可算得黨中有數人物，怎的空手回來呢？"

南洲笑道："我两人正叫做'介之推不言禄'，禄亦弗及。算了算了！何苦向勢利場中，搖尾乞憐呢！"

樵山道："這回革命標語，大書特書甚麽'打倒軍閥，打倒貪官污吏，打倒土豪劣紳'。我看今日上臺攫取要職的，土豪劣紳，十居七八，安知將來不是變相的軍閥、[①] 變相的土匪。革命兩字，題目原是光明正大。但是革來革去，先把我倆自己的命運，革除净盡。現在我們自己，差不多要到度命不遑的時代，還想做官嗎？"

邱媽道："樵山賢侄，你也説得太過了！難道眼前新貴的大人先生，沒有一二舊時的同志嗎？"

南洲接口道："同志何嘗沒有呢！只是民黨同志，犯着一種通病，可與同患難，不可與同安樂。患難時便認我們作同志，一到富貴尊榮，他自己生活解决了，臨時不免添了新夾袋的人才。吮癰的也有，舐痔的也有，鬨的一聲，包圍他前後左右。好像新築一座四面的風火墻，教他東西南北，看不見舊時患難的朋友。我們要想和他見見面，説説話，再沒有這機會了。"

樵山道："媽媽。你老人家應該知道我倆都不會巴結奉承，也不會夤緣排擠，除非有人推薦，有人聘請，四平八穩，問心無愧，纔肯出來任事。眼下當軸偉人，既掌了軍政大權，滿前有許多蠅營蟻附的新同志，人浮於事，要用還用不了，那裏等到推薦，也用不着聘請。科秘員書的人才，無慮滿山滿谷，不怕無人，只怕無缺。便是記着有我倆舊同志，也只得閣在一旁冷板凳上坐坐。

---

① 録自《華報》1031號，1937年8月4日第3版。

何况早就不在他們心上呢？再者現在當道名公，所焦慮的，只在有貝之才，不足供他澆裹。那這無貝之才，何關緊要？他只覺得無地非才，無人非才。會鑽營會干進的，還贊他實心奮鬥，努力工作，把舊日同舟共濟的朋友，一概拋到烏魯木齊去了。便是偶然有人提及，良心發現的，還肯說一句對不住。良心已喪的，便怪推薦的人，無端嘵舌。再壞些的，還加幾種新創的標題，轉替舊朋友定個永不敘用的罪狀，甚麼標題呢？[①] 輕些叫做腐化，再重些叫做惡化了。還有最不相干的無罪名詞，呼做老朽。這老朽兩字的稱呼，還是對待前輩享過盛名的同志，不敢十分說他不好，因爲防他起用。只須把老朽兩字品評他，於是這個老同志，便給他葬送到墳墓裏頭去了。我倆年紀還輕，巴結不上老朽的資格，那這腐化、劣化的頭銜怕不免戴上一兩枚哩！"

南洲笑道："這却怪不得他們，只怪我倆不去實心奮鬥，不去努力工作，自然受天演的淘汰了。"邱嫣道："這樣說起來，難道現在黨政當道諸名公，都是青年弱冠，沒有一個老前輩嗎？"

南洲道："上臺執政的，也是前輩。不過包圍在他身旁的，全是三頭六臂的夜叉罷了！我倆此次，很想乘這機會，建些有益民生的事業。軍界自然鑽不進去，政界上也不想去攀緣，意欲在省市黨部裏面，實心任事，那曉得這個中央派來組織黨部的領袖，他未到省以前，[②] 早被許多魑魅罔兩，前呼後擁，殺氣騰騰。我倆雖是他的舊同志，怎奈不得近身，我預料他必不能唱出好戲來，所以決意不幹，回來了。"

横波聽到這裏，便插口道："真正老民黨，都是孫中山先生的信徒，十有五六，是有氣節的。若使民國初元，便讓孫中山先生，做正式總統，國政歸於民黨。有宋教仁、林森、胡漢民、譚延闓，廖仲凱、陳其美、汪精衛、柏文蔚、鄧鏗等，出來展布經綸，何至鬧到這般田地？只因十幾年來，內戰不息，顛沛流離，盜賊在朝，端人去國，武夫干政，貪官當道，民黨失意，遷徙無常，流派紛歧，黨中遂無乾净份子。經了幾次革命，黨人愈多，品流愈雜。十三年後，

---

① 録自《華報》1032號，1937年8月5日第3版。

② 録自《華報》1033號，1937年8月6日第3版。

黨中竟被□□黨徒侵入，暗蝕黨權，離間黨義。此次蔣總司令，誓師北伐，所向無前。青天白日旗幟由珠江流域，一直飄揚到揚子、閩江流域。表面上看來，似乎黨運亨通，實際上却被赤化黨徒，暗裏偷營劫寨。所以黨軍多履一步，赤徒也多得一步活動。他們分布軍政農工商學各界，黨部裏頭，尤居多數。別處我不十分明瞭，你所説的這個邵武人班先生，我却知道他的脾氣，他是最愛少年，尤迷信青年的出洋生。他這次操着全閩黨權，兼任政務委員。別人沒有好處，他定規先替那赤色弟兄，闢了殖民地。若説他有意容納□□主義，也是冤枉的話。他却給這一陣小魑木魅，迷弄的天昏地暗，還不知道哩！”

南洲道：“我何曾不曉得，我預料這黨部，眼前尚在草創，黨流阿附，紛如亂絲，將來必經幾番淘汰。所以，高興插足進去，只怕日後黑白不分，反惹焚身之禍，眼下不如先退一步爲妙。”

樵山道：“照他們眼下所布的黨規，你我都犯了罪哩！”①

南洲道：“我倆不幹罷了，還犯着甚麼罪呢？”

樵山道：“你沒見他們的律例嗎，第一是反革命，第二是僞革命，第三是不革命。你我不幹，豈不犯着第三條的罪名嗎？”

南洲笑道：“我倆要幹，他又攔着，不容我倆入門。萬一我倆設法運動入門，也不能免罪，他們又指我倆作投機份子了。再毒一步，便誣我們作西山派了。横也獲罪，直也獲罪，稍出鋒頭，便走死路。我們何苦在那裏冒死？三十六計，走爲上計，鴻飛冥冥，弋者何慕，索性犯這不革命的罪，還輕微些兒啦！”

列位讀者，別怪樵山、南洲信口開河，當日情形，確是這般烏亂呵！後事如何，且看下回。

---

① 録自《華報》1034號，1937年8月7日第3版。

第二十五回　暗投機矛盾相戕，赤俄化猝然得勢
明解放樊籬盡撤，白晝宣恬不知羞

橫波笑道："我前幾天和藕姊姊閱報，說是這回革命，確有價值，實行男女平權。在婦女也許行軍參政，聽說省城軍黨政財各機關，都有婦女參預。這是婦女破天荒的出身機會。我倆暗自商量着，想要活動一兩個科員充任。我倆學識雖欠淵博，公文筆墨，原不甚難，諒可勉強得到，不至倒捧案卷。如今聽見你倆報告各方面現象，既是這般麻亂，這般糊塗，我們沒吃羊肉，何苦惹得一身膻。幸虧你倆早回，說敗我們的高興，也免得空跑一盪了。"

樵山道："婦女在機關裏頭辦事，確也不少。若說起她們的才學來，却未見十分高明。大概一個女職員背後，都預備著一兩個异性白袍將，替她們出些鋒頭。別說機關的辦事員，便是報界方面，婦女創辦新聞，創辦通訊社，也有幾家。[1]我只道女界近來一躍千丈，文才輩出，好像春筍怒芽，那曉得也是奔走拉着替身。現在最流行的，不過幾篇白話文，幾首白話詩。白話文沒有什麼精采，不過把通行國語的話套，拉長些兒。白話詩更容易，詩既不像詩，話亦不成話，啞巴唱曲般，沒有韵，沒有律，也沒有限定的句法。幾句話也成一首詩，幾十句話，也成一首詩，三四百句話，也成一首詩。世界自有詩歌以來，却未見這種體格。有人叫做赤化詞章。是否赤化，我也未便肯定，但我一見這種體裁，便覺頭痛，我無以名之，名做頭痛粉。男性要充任女性的白袍將，却也不難，只須曉得放幾聲白話屁，便受婦女的歡迎。至於淵博老宿，蘇海韓潮，却用不着。你兩個幸虧未曾上省，像你們這般鎔經鑄史，只怕不合時宜，管叫你丟在冷攤上過日子哩！"

雪藕笑道："吳兄的話，似乎調侃太過，我不相信！難道政務、黨務機關的長官，不是讀書出身嗎？怎麼把舊日文化一概抹煞呢？"南洲道："這也是那一輩青年團，要乘機大出鋒頭，掮着假共產高脚牌，宣言要打倒舊文學，打倒舊

---

① 録自《華報》1035號，1937年8月8日第3版。

道德。[①]社會少壯男女，喜新厭舊，一時隨波逐浪，鬨然盲從。黨報總編輯，請着彭勇公主筆。說起彭勇公這個怪物，他也是一個老舊文學家，想不到他垂老年華，一時中着甚麽毒，忽然反仰起來，報上所撰的文字，全是鼓吹共產主義。一紙風行，風氣隨之一變。由是各報社、通訊社，及婦女通訊，翻波助瀾，弄得不成世界。這是省垣最近月餘日的怪現象。這風氣傳染甚速，閩廈一衣帶水，相距不遠，廈地新聞，想亦不免一唱百和，你們難道沒有瞧見嗎？"

橫波笑道："何曾沒有瞧見！但是我們向來不喜歡讀白話文字，有精采的白話文還略略看一看。現在廈江的報紙，不但尋不出精彩，只有搖旗吶喊的宣傳，還有甚麽看頭？"雪藕接口笑道："現在新時出鋒頭的報紙，倒不是搖旗吶喊，照我說是舞杖吶喊！"

橫波笑道："怎麽舞杖吶喊呢？"雪藕道："報紙標語，開口便是喊着打倒打倒，豈不是舞杖吶喊？"說得在座諸人都笑起來。

天旺伯道："報館先生，那裏會做打手，他們不過握着三寸管，怎麽可以當杖用呢？"

樵山笑道："毛筆固然當不得杖道，但是他們不斷口的'打倒打倒'，要充起這一類打手來，又非杖不可呵！[②]我給他們起個綽號，索性稱作'杖不杖先生'罷！"

大家又鬨堂一笑，連邱媽這位不善詼諧的老人家，也笑得前仰後合。

橫波道："前幾天我在報紙上瞧見省城兩則新聞，一是宮巷凌家，被民衆搗毀，損失不貲。一是斗中街天主堂內育嬰堂，被軍隊搜索封禁，因爲察出死孩纍纍。傳是教會醫生，採用嬰孩屍體，化爲流質，配製藥料。我對這兩事，非常懷疑，不能了解，到底甚麽原因。你倆新由省垣回來，諒必曉得詳確呀！"

南洲道："這事我略知大概。原是□黨青年，要想趁機活躍，借題開斧頭的動作。宮巷凌家，本是鼎鼎大名的鄉紳。他家有個子弟，包辦捐稅。一向收捐，不免有過當的舉動，商民嘖嘖不平。再加從前凌家有位大老官，名叫慧麟，

---

① 録自《華報》1036號，1937年8月9日第3版。

② 録自《華報》1037號，1937年8月10日第3版。

在民國歷任運使財廳。他本是理財能員，會替軍閥聚斂，民怨沸騰。但這位名公，已死數年，餘焰已熄。這次趁這打倒土豪劣紳呼聲最猛之時，碰着這個凌家將不洽民情，未免死灰復燃，爆起炸彈，自然十分劇烈了。這個凌家將，原不住在宮巷，□□派青年，故意移禍東吴，意向他的祖家，搗起絕大臭蛋來。把凌家祖傳的寶物器具，書籍服飾，傾箱倒篋，毁瓦畫幔，以及前人御賜匾聯、彝鼎，都摔得一場糊塗。幸得没有打出人命來，你想這是甚麽法度，甚麽道理！”①

（小説未完）

① 録自《華報》1038號，1937年8月11日第3版。

三、合浦珠還記

（兒童小說）

這家老九福綢緞莊，在上海開張好幾十年了。這莊的東家，是浙江金華數一數二的殷商，名叫俞寶祥。他在上海地方，經營别種生意，確也不少。這間老牌號的綢緞莊，資本第一雄厚，所辦的綢緞，花色質料，應有盡有。别家綢緞業，做他不過。店裏用人，上自掌盤、司帳、擋手，下至跑街、招待，暨小朋友學徒，五層洋樓，不下一百五六十人，其中學徒却占多數。因爲小孩子入店學習，大半是不支辛工的。學業滿了五年，量材器使，得着店東或掌盤的認可，纔漸漸起了薪水。所起薪水，爲數却也有限。這是做生意的，獨占便宜的老例。說起這許多學徒，一半是招來的，一半是薦來的，都有鋪家擔保。前三年寶祥的大兒子伯鴻，也在店裏充個小老板。這位小老板，心地却隘，城府甚深，不比他的老子和氣。寶祥七十三歲了，垂暮年華，龍鍾老態，也沒有許多精神管理這麻煩的店事。這間老九福綢緞莊，便交給伯鴻做個全權大臣。伯鴻執掌店事，居移養移，頤指氣使，排出老員外架子來，十分吃緊管束店員。許多服務朋友因爲飯碗關繫，由寬鞋換穿緊鞋，心裏雖不情願，確也未便違抗。店中既沒有怠玩的夥友，生意自然日見起色了。①

伯鴻接理店事時，只用三十塊銀元，買了一個俊秀穎慧的小孩子。這孩子那裏買來呢？有一天伯鴻在老寶和酒樓獨酌，看看報紙，一個衣服襤褸的吃鴉片先生，帶着這個年約四五歲的小孩。他却認得伯鴻，便站在旁邊，嘴裏不住的小老板長，小老板短。說這個孩子，年纔五歲，是他的侄子，沒有爺娘。“我自己窮得要死，白米沒得吃，黑米也沒得吃，沒法只得把他出賣。小老板可憐

① 録自《華報》628號，1936年5月29日第4版。

見我這個苦惱小兒，隨便賞幾十塊洋錮，救我的命。我這個侄子，年紀雖小，却很聰明，小老板買去，做個店裏學徒也好，便放在身邊使喚也好，免得跟我這窮阿叔，天天挨餓，小老板你做這個事罷！”

伯鴻把這孩子，細看一看，雖是滿面飢容，生得眉目非常清秀，肌膚也很白净，不像寒乞一流。便慢慢的與他問答，這孩子說話，却也清爽。問：“你是否叫他阿叔？”這孩子向那窮鬼覷一覷，點點頭。便問這窮鬼：“要賣幾何銀圓？”他說要八十塊，伯鴻只還他二十塊。經這窮鬼懇懇哀求，纔添他十塊，還要鋪家保，纔肯承受。可憐這窮鬼尋不出保家，費了幾點鐘工夫，却拖着華清池浴場裏一個扦脚的夥計來認保。好在那夥計，平日老替伯鴻修脚，是個爛熟的人，願替這窮朋友保認。伯鴻便把三十元交付，喊個測字先生，寫張賣契，當面畫了號，伯鴻便得這個孩子回店。①

這個小孩，雖然只得五歲年齡，他的智慧性情，却和尋常普通的孩子不同，似乎生有自來，得天獨厚。他却懂得自家是賣身來的。他跟着伯鴻，回到老九福綢緞莊。莊裏夥友，都喜歡他，爭向他問長問短。他有問必答，所答的話，不像纔離乳娘的小孩子，便是十歲以外的大孩子，也不及他的大方伶俐。問他家在那兒，他不懂地名，不能答應。問他帶來賣身的那個人，是否你的親阿叔。他搖搖頭。問這個阿叔，愛你不愛。他說：“我不懂甚麼叫做愛！他打着我，迫着我，要我叫他阿叔。我不叫他阿叔時，他不給我吃飯。”問：“你這阿叔，是否天天頓頓，給你吃飯？”他說：“不不，那裏天天頓頓有飯吃？我記得也有二天一碗飯，也有三天一碗飯。”問：“這樣吃法，你不餓嗎？”答：“我不知道甚麼叫做餓？我只聽他天天罵我，都說要餓死你。我知道死是不好的，但我也沒有死過。”大家聽小孩子的話，不覺大笑。店中有個姓歐陽的擋手，年紀最老的，名叫歐陽卓生，動起憐憫的心，說：“這個小娃娃，真正可憐。大概不是這窮鬼的侄兒，恐怕是那裏拐來的。今兒若不遇著東家，不餓死也要打死。如今既落到我們店裏，也算這孩子絕處逢生的幸福。請問小老板，你買他來，如何安置呢？”伯鴻笑道：“你別误會我買他做兒子，我自家男女已有六個了。我們

① 録自《華報》629號，1936年5月30日第4版。

店裏用得着的，就是學徒。這孩子尚幼，還趕不上學徒的資格。最好得個老成人，照顧管束他。再過三五年，便可充個家生的學徒了。”①

歐陽卓生道：“家生學徒，比外招的學徒，合算得多。小老板，你這算盤打着了。但是一個好孩子，栽培教訓，非費幾年的苦心不行。這個保母式的師傅，却難得哩！”伯鴻笑道：“我便把這孩子，托付歐陽兄罷！店裏朋友雖多，像你富於耐性的，却沒有第二個。”歐陽卓生道：“掌櫃盛恭甫，最喜歡小孩兒家。小老板何不一逕托他呢？”伯鴻道：“恭甫事多責重，我犯不着把這瑣事來麻煩他。歐陽兄你別推辭罷！”這個小孩子，由歐陽卓生領去，伯鴻給他取名叫做“小猢猻”。因是伯鴻花錢買的，便從伯鴻的姓。店裏朋友，都呼他小俞。這一年之中，小俞跟着卓生學習，記性也好，癖氣也好。教他一說便會，一會便幹，事事能討卓生意旨。卓生愛他不過，看做自己兒子一般。店裏上自掌盤，下至學徒，都歡喜跟小俞玩要。第一，小俞長得面貌很俊秀，很白皙，不比從前挨餓瘦削如柴的樣子。第二，小俞生性聰明乖巧，店裏一切貨色料件，以及價值他都懂。三層樓存貨，盈千累百。積叠架上，那一種，那一號，小俞都記得清清楚楚。什麼貨售罄了，什麼貨藏積多少，店裏管貨先生，不免模糊忘記，只問小俞他都明白。小俞好像一本現成的簿記。所以很得全店夥友的憐愛。光陰迅速，小俞不覺八歲了。②

俞寶祥原籍金華，却遷在杭州石烏龜巷居住。他有三個兒子，兩個女兒，婚的婚，嫁的嫁，可算得向平願畢，老頭子再沒有未了的家事。素封相公，沒有蹭蹬的八字，一派坦途，財源廣進。這種福命，不是尋常的人家，可以希望得到。只是在世做人，究竟脫不了苦惱兩字，窮人有窮人的苦惱，富人也有富人的苦惱。若論俞寶祥這人，也有苦惱，誰都不肯相信。做書的却曉得他真有說不出的苦惱。女兒嫁出去，是別人家的風水，與母家雖有關係，有時還可以推得開。兒子娶了不賢的媳婦，那纔是附骨的癰疽哩！寶祥三個兒子，伯鴻居長，次是仲鴻、叔鴻。三人未有媳婦以前，還懂得友愛的道理。及至先後娶了

---

① 録自《華報》630號，1936年5月31日第4版。

② 録自《華報》631號，1936年6月1日第4版。

妻小，不約而同，便生了親疏厚薄的觀念。枕邊浸潤工夫，暗暗占了勢力。不管他父母兄弟，怎樣的親，怎樣的厚，轉眼便漸疏漸薄了。先頭兄弟不曾分爨，妯娌不能相容，弄得兄弟不時打架，老母被他們活活氣死了。寶祥調停不下，只得請許多公親調處。把家產劃作十八份，三個兒子，各占四份，寶祥只留養老金六份。兩個已嫁的女兒，也回家來無理要求。三個哥哥，鐵一般的硬，不肯半點分潤。寶祥只得在自己項下，起了兩份，分俵與大小姐、二小姐。於是老人窮的養老金，與兒子享用平等了。寶祥雖然折盡做父親的志氣，這般分派，只求敷衍得家庭平靜。①

那曉得長媳焦大少奶，却不舒服，他是上海爛泥渡火柴廠股東焦鳴鳳的女兒。娘家也有些金錢勢力，說得話響。他用意大利算盤算起來，說老太爺的六份家產，將來也是兒子的所有物。女子出嫁，不能占潤外家的財產。老太爺未經兒子媳婦認可，不得擅以財產與人。寶祥聽見這話，氣得幾乎要死。幸虧公親裏頭，有個伍崐山現任公堂的律師，兼代火柴廠出關。他替寶祥不平，馬上請姻家太爺焦鳴鳳來，叫他訓飭女兒。若不遵依，將來打起官司，大家都不好看。鳴鳳覺得女兒理短，自己向寶祥謝罪。一面制止女兒，這事纔得暫時告一段落。

寶祥還慮焦氏大少奶，將來無事生波，便把自己養老份下的老九福綢緞莊，暫付伯鴻管理，焦氏纔沒得話說。寶祥經這家庭風浪，早已勘破塵緣，覺得做人沒有味道，趁這風燭殘年，决意念佛持齋，修修來世。於是把莊事付與伯鴻以後，便向靈隱寺借榻，與方丈印雪和尚盤桓。他是刮刮叫的大老板，和尚豈有不歡迎之理。他也知道和尚沒有好東西，也知道和尚比俗家還勢利。但是比較起來，在家受兒子媳婦的臭氣，總不如在大叢林充個大檀樾，坐受長老沙彌的供養，這也算是富家翁的大覺大悟哩！②

老翁避開了，那這石烏龜巷内的家庭，還是不平靜。隔一兩天，兄弟妯娌，總要吵鬧一回。俗語說的是："大事化小事，小事化無事。"這俞氏家庭，恰恰

---

① 録自《華報》632號，1936年6月2日第4版。

② 録自《華報》633號，1936年6月3日第4版。

把這兩句話，顛倒來說，叫做無事生小事，小事生大事。總而言之，婦人家不明理，把男子做她們開火衝鋒的工具。"牝鷄司晨，惟家之索"，這話是不錯的呀！

三個婦人之中，大少奶焦氏最強。二少奶唐氏、三少奶賀氏，角色雖稍遜一等。但到了爭口時候，舌劍唇槍也不弱。三個兄弟在家時，各人護着自己妻小，戰鬥力算個平均。因爲一個娘子軍，各有體己的開道神。自從伯鴻到上海，管理老九福綢緞莊，焦氏的開道神離遠了，失了衝鋒的大籐牌，後隊接應不免吃力。再加焦氏醋性甚重，深怕伯鴻在上海，涉足花場。如果看中一兩個小老婆時，給他娶來，自己甚麽權利，都損失了。很想移家上海，暫住些時，趁勢監督丈夫。這口風在無意中露出，兩個妯娌，便暗裏聯盟，算計使她起了馬，於是故意造作謠言。暗使使女娘姨，在她面前，陪個小心，做成莫須有的報告。說是聽見某人上海回來，眼見大少爺在某家長三堂，報效了幾十檯和酒。新租着某處房了，幾樓幾底，怎樣闊綽，怎樣體面，聽說擇定日子，快要迎娶新姨太了。這段謠言，說得四脚零一尾，有憑有據。焦氏不聽猶可，聽見這話，無明孽火，起了三千丈。馬上收拾行李鋪蓋，買了滬杭車票，帶了兒女娘姨，立刻動身，到了上海。尋着丈夫，開起臨時審判，纔曉得毫無影響。但凡婦人家，到上海，看見那般繁華熱鬧，總不免留戀徘徊。况且焦氏潑辣忌刻成性，對於伯鴻，到底不能相信。既到上海，不肯就回，吵着要住房子。伯鴻拗她不過，便在法界霞飛路，看定一間三樓一底房屋。一月花了八十五元租金，作爲自家公館。焦氏居然自稱太太起來，這回杭州娘姨，另換上海娘姨大姐使喚。①

上海的娘姨大姊，不容易管束。要制伏她們時，必須老上海的資梧，熟悉風土人情。蘇白上海白說得流利，這一起下人，纔不敢十分逞乖。焦氏雖住過杭州，杭滬口音，固然相近，但她還不脫金華土腔。排着太太架子，諸事外行，用錢又异常吝嗇。老九福的小老板家眷，名頭太大，拍出來的氣派，又不相符，不免引動她們的議論。焦氏又不肯故作痴聾，聽見她們不好的話，馬上就發起雌威，破口怒駡。他們原無絕對服從的習慣性，結果都是自行引退。一個月之

---

① 録自《華報》634號，1936年6月4日第4版。

中，換了十幾個娘姨，三十餘個大姐，到底留不得一個。這凶惡叫關的俞公館太太，聲名傳播出來。上海灘上的娘姨大姐，罰咒不願上她的門了。薦頭店的老板，也怕她了。叫他薦人時，總沒有回話。焦氏火氣勃發，總怪她的丈夫不好，定規要丈夫馬上雇用可以挨打捱駡的娘姨大姐。無奈增價去雇，也雇不來了。伯鴻因爲這小小問題，弄得不能開交，真是晦氣到了極點。①

一天伯鴻在店，打發管棧買了一斤燕窩，一簍鮑魚，叫粗工担回家去。自己沒有閒空，恰好小俞這孩子在他身旁，便派他押担到公館走一遭。這差使不派別個學徒，因爲這一担補品價值很貴，相信小俞靠得住的。所以另眼相看，特派他這一趟差使。那曉得小俞，因着這項特別差使，反抬舉他觸着大大的霉頭。

小俞押担，到了霞飛路俞家公館，把這燕窩鮑魚，當面點交太太親收。一面打發粗工回店。焦氏瞧這小孩子面目可愛，說話在行，便拖着問長問短。店中大大小小的事，都查問他，小俞答覆，有條有理。焦氏問他，在店每月賺了幾何辛工。小俞回說“我是店內練習的學徒，年齡還幼，不曾起有薪水”。焦氏問店裏做事的學徒有幾多。小俞說“有一百多個”。焦氏便駡起伯鴻來，說：“小老板忒會自家享福。店裏不過小小的綢緞生意，何必兜攬這許多無用東西，坐着吃白米飯。家裏又沒得一個子幫忙。米也沒人掏，飯也沒人炊，衣衫也沒人洗，老娘這裏苦殺哉，他在店裏呼三喝四，倒會安閒自在。②看他回來我不敲他百十記耳光，我也不姓焦。小俞你回店告訴他，我要留你在家中呼喚，明早便來罷！”小俞回店，見着伯鴻，把焦氏的話，一五一十，都說出來。伯鴻原是怕老婆的都元帥，這日內被她這個河東獅，勒逼着要雇大姐娘姨，正在無法銷差，聽見她要使用學徒，想道，店裏要尋稱意的娘姨大姐却難，但尋學徒，真正有這現成貨色。便派幾個回家聽用，不但可以減省薪工。不高興時，也不會鬧癖性，豈非一舉兩得？便把這意思，向掌櫃盛恭甫商量。恭甫道：“小老板，我想這事只怕不行罷！人家送兒子來店，因爲有藝可學，將來有出頭的日

① 録自《華報》635號，1936年6月5日第4版。

② 録自《華報》636號，1936年6月6日第4版。

子，纔肯吃苦一時。並不是犧牲這個兒子，叫他去當奴才。小老板若把奴才看待他們，那便錯了。他們在店裏，有約定的店規，還有服從使喚的義務。若叫他們離店，給私家公館，當奴僕來用，這却犯着迫良爲賤的律條哩！小老板請你三思罷！”伯鴻道：“別個學徒，自然是不行的。這個小俞，是我用錢買來的，在店算個家生的學徒，在家便算我的家僮。我可以完全做主，不怕別人家來干涉。我打發他回去，好不好呢？”恭甫道：“他是小老板的所有物，天然排着奴婢的資格，誰敢說句不是？只是據我的眼光看來，這個孩子，隨便那一個學徒，都不及他。現在年紀還小，如果好好栽培，長大時，便算店裏數一數二的人才。若把他作踐起來，未免可惜，小老板你自家斟酌罷！”①

伯鴻細想盛掌櫃的話，很有道理。自己也捨不得把小俞來蹧蹋。惟是閫令嚴於軍令，兩相持衡，覺得對於小俞，在勢不能不割愛。又把這話，向歐陽卓生商量，卓生力執不可，道：“這個娃娃，你從前把他托我時，說的是要栽培他做個學徒。我愛他資質不凡，却費了不少精神。把綢緞業一切商情貨色價值，教他件件牢記在心，將來便是本店一個大脚色。你當時不曾叫我教訓他做奴才，若使那時我知道你存着買良爲賤的壞心，我也不替你掮這三四年的硬木梢了。”伯鴻覺道卓生這話，鋒芒顯露，有些咄咄逼人，也不便再說下去了，只得在第三等學徒裏頭，揀兩個背後沒有硬勢力的，撥回公館，給焦氏使用。那曉得這兩個笨貨，却不中焦氏的意。不上兩天，都被她趕回店來。伯鴻又被他搶白臭駡一場，定規要用小俞。伯鴻只得據實告訴他，說：“這小俞雖是我用錢買來的，但前三年却交與歐陽擋手處學藝，現在他的師傅，不肯放他出來，我是不能出主意的。”②

焦氏一聽這話，怒不可遏，駡道：“你這囊糟的小老板，怎的這般沒用？歐陽擋手也是吃你的飯，又不是你的祖太爺，怎麽怕他到這步田地。將來他不高興時，要奪你的店業，你也拱手讓他嗎？你別管，我自己和他當面交涉去。看他還敢霸占小俞不敢？好便好，不好時，瞧老娘不打他落花流水，也不見老娘

---

① 録自《華報》637號，1936年6月7日第4版。

② 録自《華報》638號，1936年6月8日第4版。

的手段。”伯鴻看她這樣放蠻，無法制止，只得赸赸的，掩着耳朵走開了。

焦氏立刻走出門前，喊部黄包車，逕來老九福店裏，恰好這位歐陽擋手在店，一直尋他說話，見面時，一句寒暄都沒有。兜頭便問他：“這個小俞，是你的人，是我的人？你若敢說一句是你的人時，我和你到新衙門打官司去！”

歐陽卓生，原是著名忠厚和光的老人家，向來不曾和人家鬥口。尤其是，不曾和婦人家盤駁。一見着女人，臉子便紅透了項。像焦氏這般潑辣無賴的女人，向來並未曾碰着，今天可算觸着啞子、夢見媽的霉頭了。①

焦氏那時板着面孔，睜着眼睛，野猪也似的兇狠。嚇得卓生戰戰兢兢，一句話都說不出，如像中風不語一般。這時虧得盛掌櫃出來轉圜，十分和藹招待焦氏。請她到裏面帳房坐地，故意慢慢的問她。焦氏雖兇，碰着盛掌櫃柔可克剛，不能不漸漸的熄了火氣。便就伯鴻的話，添枝加葉，說是歐陽擋手，無端占霸這個小俞。盛掌櫃哈哈大笑，說：“太太你聽錯了話哩，這個小俞，原是小老板花錢買來的，不過付託歐陽師傅教訓，現在還不曾出藝。如果太太必須調用小俞時，自然要聽太太的呼喚，歐陽師傅斷斷不敢阻撓。只怕這個小孩子，年齡太小，不知規矩，萬一不合太太調度時，將來別怪歐陽師傅不善教導。那便感太太的盛情了。”焦氏含着一肚子怒氣，原要問歐陽卓生發洩，這時經盛恭甫一席話，却弄得火氣都平，沒話可說。小俞這孩子，聰明乖覺，料道自己若不答應，一定不得開交。趁這機會，暗暗向歐陽師傅，丟個眼風，便走到焦氏身旁。太太長太太短，喊個不住。一面倒茶送烟，十足恭維她。焦氏雖惡煞臨凡似的，給這小孩子，一陣馬屁價拍，不覺轉怒爲笑。焦氏要他馬上便跟回去，小俞只得向盛掌櫃、歐陽師傅兩人，當面告了假。焦氏上車，便跟她車後步行，逕到霞飛路公館來。②

說起做奴才，也有幸不幸，遇着慈善東家時，把婢僕當做自家子女，同等看待，這樣的奴才，便做得過。不幸遭際那種不明理主人，夜郎自大，只圖自己享福。居奴蓄婢，高興時還肯寬假，不高興時，便遷怒在下人身上，鞭杖交

---

① 録自《華報》639號，1936年6月9日第3版。

② 録自《華報》640號，1936年6月10日第4版。

加，打得痛痛快快，不管他們血肉淋漓。這種不平等待遇，在民國以前，真正司空見慣。革命以後，人道主義，稍稍伸張。除了軍閥以外，尋常紳商，雇用奴僕還不敢十分專制。俞寶祥是有名的商家，世代相傳，忠厚待人，向來沒有虐待婢僕的劣習慣。傳至伯鴻，確也懂些人類平等的道理。叵耐這位娘子，自幼既沒有家訓，刻薄待人，尤其是她的習慣性。聽人說到解放平等的話，她大大不以爲然，破口大罵革命不好。丈夫被她征服怕了，在她面前，不敢講理。她出嫁十年，生了四個男兒，兩個女兒。這六個男女，全是聽從母教，伯鴻不能干預。兒女尚且不許他教管。降而至於婢僕，自然惟有太太獨尊了。小俞命裏，大概犯着五刑八敗的兇星拱照，輾轉賣身，到了伯鴻手下，大家纔替他歡喜，都說是離了鴉片鬼，遇着財神爺。那裏曉得財神爺跨下，有個雌黑虎。財神爺保護不着，又被這個雌黑虎抓去了。①

閒話不提，如今且說焦氏帶着小俞回家，十天以內，確也相得。小俞這孩子，知道這個主母，兇狠有餘。凡事只須先意承志，別觸她的怒時，便不怕她無理取鬧了。這幾日焦氏覺得這孩子，件件都好，自然格外喜歡他。却不曾動着一回氣。但她對於小俞這奴才，雖是另眼相看，若比方到她的兒女，便不能一視同仁了。焦氏既是一個未開化的生番婆，她的兒女，自然驕縱得無所不至。平日自己兄弟姊妹，要爭便爭，要打便打，甚至鬧到不得開交時，彼此用口相咬，常常咬出血來。焦氏尚且勸解他們不住，何况加了一個年級不相上下的小奴才，豈能和悅相容。幸虧小俞諸事知道退讓，遇着這一陣畜生鬥毆時，却會想法，引他和好。遇着他們相咬時，極力從旁排解。自家却賠着皮肉，替他受咬，纔肯罷休。②

歐陽卓生自小俞去後，很不放心。知道這個娃娃，入了虎口。可憐那野獸窩巢中，斷斷不是一個忠實的小孩弄得開。想來想去，沒有解脱的法子，只得在自己家中，挑選一個中年能幹的娘姨，當面向她磋商，叫她耐着苦心，也到俞公館去服伺焦氏，替小俞分些勞苦，減輕這小孩子的負擔。每月辛工，無論

---

① 録自《華報》641 號，1936 年 6 月 11 日第 4 版。

② 録自《華報》642 號，1936 年 6 月 12 日第 4 版。

俞太太給不給，另外由歐陽家加厚的常川墊付。俞太太如有打罵時，格外更有約明的附帶條件。打一回賠兩元，罵一次賠五角，這項賠款，皆向歐陽家支取，別給俞太太知道。這個姨娘，得着這項特別的待遇，纔肯答應。一面與伯鴻暗暗定了約法三章，便由伯鴻帶她回家。小俞得着這一支生力救兵，纔漸漸的減少了苦痛。

伯鴻長男九歲了，次男七歲，三男六歲，四男三歲。長女八歲，次女四歲，焦氏雖野蠻成性，却也知道兒女不可不讀書識字。早晚絮聒着伯鴻，要他叫個先生來家教讀。伯鴻說起上海有現成的初等小學校，年齡再小些，也有幼稚園，儘可送去肄業。①

焦氏罵道："學校那裏有書讀，我聽見人說子女送到學校裏頭，學的是講白話、練拳頭、唱京腔、打氣球、切咆咯的哨語。（國音字母也）。男女吊膀子，做汗膈滂的野詩。（白話新詩也）。好好子女，弄得一塌糊塗。我的寶寶乖乖，罰咒不上這牢門。我們金華鄉村，還沒有上海灘這般胡鬧。隔一二里路，就有教書匠，開櫥子曰店，一天到晚，書聲不歇。子弟多念幾本書，便多識幾個字，豈不比那打球唱曲，強得多嗎？你只雇個這樣的教書師傅來家，至多工錢，比泥水匠、木作，合倍給他。另外每天給他三餐飯，不怕沒人來就這館地。你留意去尋罷！"伯鴻不敢再和她辯駁，只得諾諾連聲答應。

到店時，把這話和盛恭甫商量，托他物色個照模照樣的塾師。恭甫轉托棧友去尋，怎奈俞公館太太的兇很聲名，早已傳播四遠。慣做學究的，多有擔任學校國文鐘點。才識卓越的，多有改途售賣字畫，或是懸壺爲醫，那裏肯就這樣牢獄般的館地。②

年紀輕的讀書人，大半改業逃儒學賈，寧願做商店的記賬先生，或是郵局的送信郵差，都不願捧這猢猻王飯。尋來尋去，却尋出一個在么二堂的記賬相帮，恰好節□在么二堂弄了虛項，被烏龜頭解退出來，名叫吴梁昇，願來應聘。伯鴻不管他學問如何，只圖可向太太銷差，便訂了日期，請他到公館中，坐這

---

① 録自《華報》643號，1936年6月13日第4版。

② 録自《華報》644號，1936年6月14日第4版。

教書的席。

說起這個吴梁昇，那裏會教書？《千字文》一本，還認不完全。《三字經》裏頭，還有讀錯的字。伯鴻那有工夫，考究這陳穀爛芝蔴的學識，以爲小孩子發蒙，先要識字。只向商務印書館，買了兩匣字片，付給先生教授。吴梁昇却滑頭，抽出自己認識的字來教。三個男的，一個女的，都來上學，只有兩個幼男幼女不曾附學。梁昇也給這四個臭桃爛李，取了名字。他只牢記得福、禄、壽、喜四個吉祥的字，便把這四字，分配給這四個新拜門墻的學生。焦氏只曉的吉利名詞，聽得順耳，還贊這位教書匠很通。①

只是這四個上學的寶貝，日常和小俞頑慣的，到館念書，硬要小俞作伴。小俞一面伺奉焦太太呼喚，一面還要陪伴哥兒小姐念書，真正叫做疲於奔命。幸虧娘姨替他分勞，還不至十三分忙碌。叵耐這個教書匠吴梁昇，不是正派人物，他瞧小俞這般漂亮，這般慧黠，心裏便起了拐誘的胡思亂想。

八九歲小孩，智識有限，容易欺騙。小俞這孩子，偏與尋常孩子不同，他却能辨別人類的邪正。吴梁昇就館之日，他便識這個教讀先生，不是好人。一見他的面，便有點怕他。日裏雖陪伴伯鴻的兒女在館，不敢親近這個先生。梁昇有意和他兜搭，有一搭沒一搭的，問東問西。他總是板著面孔，十句話只答應他兩句，再問時搖搖頭辭他不知道。但是小俞雖極力裝傻，究竟逃不過梁昇的賊眼，知道這孩子异常狡怪，對他沒有誠意，特地裝出惺惺樣子。

福禄壽喜，四個學生，天天打架打慣的，那裏肯受先生管束。梁昇到這裏就館，原是混飯吃的，只要敷衍得東家沒話說，便是他的本事。他自宣誓就職兩三天之後，便覺得這幾個學生，驕生慣養，只要討他們歡喜，這一家飯碗，便捧得牢。若一味教他們念書，他們猢猻般一刻都坐不定。打又不好打，罵又不好罵，萬一弄得這一淘寶物都厭煩起來，我這先生，便做不成功了。於是想出好多玩耍的法子，天天教他們來頑。②

捉迷藏玩厭了，換着一件新鮮的玩法，叫做騎牛騎馬。小俞真晦氣，單單

---

① 録自《華報》645號，1936年6月15日第4版。

② 録自《華報》646號，1936年6月16日第4版。

派他做牛做馬，給這四個寶物來騎。要小俞手足並行，滿地爬跑。跑不好時，每人抓着一條籐鞭子，向牛馬沒頭沒臉亂鞭。不高興用鞭時，便伏下來，齩他的耳朵，齩他的肩背，別喊痛。喊了一聲痛時，先生握着一條半段的馬鞭條，狠命打他的屁股了。可憐小俞，體無完膚，痛得厲害時，只有暗暗啜泣。

捉迷藏這把戲，他們最喜歡的。每遇演這戲法時，定規要小俞把帶子縛了眼睛，教他老充做小鬼妖精，指引四個學生去躲避。等到小俞開步捫索時，教學生乘隙打他。左一拳，右一脚，小俞成了一個衆矢之的，成了一個拳術舘的沙袋了。小俞若躲一下，不給他們打着時，四個學生就圍攏將來，亂打亂咬，不到痛快，不肯放鬆。不到疲乏，不願罷休。虧得一群都是小孩子，不懂得武術步數，小俞纔不致傷着要害。不然，豈不成了一團肉醬嗎？①

焦氏只圖兒女開心，還贊先生教法不差。小俞流淚，偶然給他碰見，便駡他無故做這哭喪臉，不識抬舉的野東西。小俞不敢答應，娘姨看不過意，便說這是哥兒小姐齩他，先生打他，痛不過纔哭的。焦氏駡道："我以爲甚麽大不了的事？哥兒小姐便齩一兩口，也犯不着哭泣呀！這畜生真正該打！先生打得不錯，下次再敢如此，我也來打了。娘姨，你別替他抱不平。小俞是我的，不是你的，打也好、齩也好、殺也好、剮也好，都要憑我主意。你休管。多說一句話時，我便要打你哩！"娘姨道："太太，你若不喜歡時，別打小俞，索性我來替打。我皮肉粗糙，禁得打。小俞細嫩，若打得條條縷縷的血痕，怪可憐的。"焦氏勃然大怒道："小俞不是你的兒子，何用你這般袒護！你愛惜他的嫩皮膚，我偏要在你面前打他，看你會不會心痛。"娘姨道："太太，别误會我的話，我勸太太別打小俞，我原是給太太裝門面。小俞是太太買的，便不當他一個人看待，也好當做添置一件衣服，或是添置一件器具般。如果衣服破裂，器具打缺，不是怪不好看嗎？太太將來如有出門應酬，缺不了帶個跟班。像小俞這般漂亮，一定替太太裝不少體面。如果把他打得左一條血迹，右一塊疤兒，人家不說是太太教訓，反說太太怎的雇着三花臉一般的當差，太太面子上，便沒有光輝了。

① 録自《華報》647號，1936年6月17日第4版。

太太你自想想，我這話對不對呢？”①

焦氏想一想道：“你這話有點意思，我從今不打他上半截罷！”姨娘道：“太太，打下半截也不好，萬一太重些兒，把他打閃了腰，打瘸了腿，那不成個彎腰跛脚的跟班嗎？”焦氏道：“也是也是！你警戒他，要我不打他時也容易，自己凡事當心點，别碰在我的氣頭上，便可以免打。”娘姨背後告訴小俞，小俞泣說：“全是這個先生不好，常常尋事來作踐我。”娘姨道：“你别怕，你這小孩子，肚腸太直，平日你看這先生不起，他所以懷恨在心。你不知道，越是不好的人，越不能合他鬧脾氣。我教你自明天爲始，你向他賠了小心。想法去巴結他，我帮你忙。要買這個賊骨頭歡喜，却也不難，你只管殷勤伺候，别惹他的惱。他以後若待你好，我便讓他多坐幾天館。若再不懷好意時，我也有法子，叫他滾他媽的蛋。”小俞點頭會意，從此假意合吴梁昇親熱，在他身旁，總是笑臉相對，不到兩三天，吴梁昇却被他敷衍上了。

吴梁昇究竟不是好東西，先前小俞合他不對勁時，他恨得牙癢癢地，天天借事摧殘拷打他。及至小俞變了方鍼，合他有說有笑。他便暗暗轉了絕壞的念頭。要想在這小娃娃身上，發了一筆沒天理的横財。他這一副惡毒蛇蝎心腸，不但小俞瞧不出，便是這個閲歷世故的娘姨，也摸不着。②

這裏日間常常有個洗衣服的婆子，常來吴梁昇房内，换取衣服洗濯。她走熟了俞公館，上下的人，都給她認識了。原來這個婆子，慣做馬泊六，兼幹誘拐的營生。吴梁昇在么二堂管賬時，早合她朋比爲奸。她借着洗衣服的名色，出入大家公館，以及大小客棧，旅館飯店，常常引騙良家婢妾，幹這偷偷摸摸的勾當。她的黨羽很多，吴梁昇也是帮中一個空空妙手。上海灘上許多仙人跳，拆白捲逃，拆姘頭，種種桃色的把戲，這兩個十不離九，總有影響牽帶的關係，也算得惡貫滿盈了。

這婆子有名的，叫做“爛污陸稿薦”。她初進俞公館時，眼便看上這個小俞，暗中早與吴梁昇擠眉弄眼，私下起了符號。叵耐這孩子十分狡猾，急切不

① 録自《華報》648號，1936年6月18日第4版。

② 録自《華報》649號，1936年6月19日第4版。

能上手，這幾天覺道船將靠岸，有些離題不遠了。

站在小俞背後這姨娘，從前也是鹹肉莊的出色人物，叫做大塊頭阿庚。她如今放下屠刀，罰咒不幹這烏漆麻黑的勾當了。她的眼光煞是厲害，從旁瞧見這婆子合吴梁昇，不尷不尬的神氣語調，心裏早瞧料了七八分。別事她都不管，只怕小俞有甚麼山高水低。萬一給這一對搭臘酥，弄去出水時，俞公館倒沒有甚麼損失，自己便對不住歐陽老的付託了。况且自家也是一個慣拉皮條，慣弄把戲的行家，不知道便罷了，現在既看出破綻，豈容這殺千刀的鬼怪，在我太歲婆頭上起土。但我若便給他們當面說破，也不見得我的手段，不如將計就計，教他們到口的唐僧肉，吞不下吐不出才好。①

小俞夜裏，原伴阿庚睡覺。阿庚等他來睡時，暗暗告訴他，說是這個先生，合洗衣服的婆子，常常交頭接耳，唧咕唧咕。我知道這兩個賊男女，向來慣做奸拐的牽頭，恐怕於你有所不利。你別怕，有我站着你的身旁，不管他們使出甚麼變戲法，我都會看風使舵，替你預防不測，你不用擔心。這幾天先生如有對你說甚麼話，你不要合他撇拗，他無論怎麼說，你只管諾諾遵依。他如有差遣你出街，你先給我通知一聲。你先走，我跟你背後便來。如果有把柄抓着時，我自有方法，能够擒他到巡捕房說話。這場官司，只怕不打，當真打起來，好叫他們都到西牢坐一坐。

小俞道：“媽媽，甚麼叫做西牢？”阿庚道：“牢便是牢獄，是關閉罪人的所在。西牢便是外國人所設的牢獄，上海租界纔有。”小俞道：“關閉裏頭，幾時纔放出來呢？”阿庚道：“那須看犯罪的輕重，輕的，一兩個月滿期，或一兩禮拜滿期，便放出來。重的，終身監禁，這是關閉到死的。上海西牢的禁子，大半是印度紅頭鬼充當，有錢給他，或可寬待。沒有錢時，便把水中浸濕的皮鞭，向背上亂抽。最厲害的是牛筋絞的長鞭，抽一下，背上便是一條血痕。抽幾十下，便是無數的血痕。說起來也可憐，所以做人不要做犯法的呆人。若任意爲非作歹，罪不可赦，便難免享受這孽刑了。”②

---

① 録自《華報》650號，1936年6月20日第4版。

② 録自《華報》651號，1936年6月21日第4版。

小俞嚇得吐舌道："媽媽，這樣說起來，真正怕煞。現在我還沒有被拐。媽媽，你饒恕他們罷，別害他們坐西牢。"阿庚笑道："你這小孩子，忒忠厚了。他們若不拐賣你時，我也不能合他理論。如果實行把你拐賣時，這便叫做良心喪盡，像野獸吃人一般的很毒。那時有憑有據，當場破獲，便也無可饒恕，只好對不住他們，叫他們受刑法的裁判了。況且這兩個賊男女，從前曾破過案的，他倆若能悔過自新，我也何必合他爲難？叵耐賊心不死，還想再做這拐賣人口的營生，你想可恨不可恨呢？"

小俞道："媽媽，你別替我躭憂。他倆要算計拐賣我，除非我不知道，那就不免上他們的當。如今我已知道了，還怕甚麼？到了臨時，我自己會脫身。如果不能脫身時，媽媽，你再來救我，也不算遲。"阿庚笑道："你這孩子好大膽！你不知世上危險！慣做拐誘的，有種種隱秘的手段，施展出來，神出鬼沒。便讓你十分乖覺，你的年齡不過八九歲，乖覺殺也有限，那裏預防得到呢？"小俞道："這樣說，却難爲媽媽費心，我此後諸事都要請教，不自作主張罷！"

過兩三天，吴梁昇取出一包换下的衣服，叫小俞送到婆子家中。小俞一面接了衣包，一面故意到裏頭，給焦太太說一聲。說是先生派我送衣服去洗。焦氏道："送便送去，别躭擱，快些回來。"小俞答應一聲，向阿庚丢個眼色，阿庚待小俞走後，便說："太太怎的便許小俞出去，我也要到菜市買菜。都走空了，太太身旁，不是沒人伺候嗎？"焦氏道："我現在沒什麼事，買菜不能太遲，你幹你的事去罷！"阿庚取了錢，拔步便走，菜也不去買，一直望那婆子家中走來。①

那婆子住在愛多亞路，鄭家木橋轉角。阿庚認得的，剛剛到她門口，只見有個黑瘦漢子，那一雙像煞有介事的鮮眼睛，活像《水滸傳》的鼓上蚤時遷。這個賊漢子，從那婆子門裏走出，便見小俞低着頭，空手跟在這漢子背後，兩個相離，不及一尺五六寸。

阿庚瞧小俞時，只見這孩子眼睛望着地下，一逕跟着那漢子脚踪兒前進，并不曾旁視。阿庚覺有蹊蹺，趕快幾步，跟他背後，在小俞肩上，輕輕拍一下。

① 録自《華報》652號，1936年6月22日第4版。

小俞竟自沒有知覺，頭也不回，脚也不住，直跟那漢子走。好像漢子身上，有牽綫一般，索着小俞，傀儡也似，給他拖去。阿庚心裏非常詫异，那時也不喊破他，拔步也緊跟着走。在馬路上轉幾個彎，那漢子往東，小俞也往東，漢子轉南，小俞也跟着轉南。阿庚心中明白了，這孩子一定受了甚麽邪術魅着了，或是中着甚麽蒙腦的麻醉藥了。

三個人廝趕着，走了不少的路，不覺跑到公共租界四馬路大新街口。恰好有個英國巡捕頭，合一個站崗的華捕，站在路旁說話時。阿庚心裏算計，這是一個絕好的機會。搶先幾步，拼命把那漢子兜領擒住，一面力喊巡捕先生，快來拿這個拐匪。

華捕聽得喊聲，連忙過來帶住漢子，英捕也趕過來，帮同擒拿，阿庚纔放手，背後小俞也站住了。阿庚指着小俞，告訴巡捕，說是這個拐匪，把甚麽邪術麻藥，蒙住這個孩子，拐他出賣，這個孩子被他迷昏了。[①]

巡捕拖住小俞問他時，小俞兩眼直視，話也不會說了。那漢子掙扎着，不肯承認是拐匪，說我不認得這個孩子。英國捕頭過來問華捕，華捕用洋涇濱英語回答。查知是個拐案，不由分說，袋裏取出警笛一吹，附近印度巡捕，合幾個上海巡捕，圓攏將來。英國捕頭，指麾他們，都帶到工部局審問。剛到工部局門前，有個年老包探，從裏頭出來，他却認得阿庚，問是什麽事。阿庚和他很熟，站着把大略情形告訴他。那包探英語嫻熟，便對英國捕頭咕嚕半晌，捕頭吩咐這幾個華印巡捕，押住三人候訊。一面查明婆子和吴梁昇住址，星速派了副手探捕，分途知會越捕，前往掩拿。

這兩個混帳東西，果然出其不意，甕中捉鱉也似，手到拿來。人證既齊，捕頭略問一問，便吩咐老包探，把這一起人犯，到押法庭。拐案本屬刑事範圍，法庭看得异常嚴重，立刻審訊。阿庚站着原告地位，仗着這個老包探幫他的忙，這官司便格外好打了。

說起這個老包探，名叫任宣徽，他在工部局當差，約算有十四五年資格，破獲過好多沒明不白的案件。他年紀已在六十以上，包探班裏，好算個道長了。

---

① 録自《華報》653號，1936年6月23日第4版。

工部局頭目，以及歷任公堂會審員、領事，沒一個不借重他。阿庚怎的認得他呢？百忙中先替他敘一敘。

他倆十年前，原是同居。阿庚年輕時，幹那仙人跳的營生，却瞞不過任宣徽。後來秘密小房子，被人告發。幸虧任宣徽替他掩護，不至吃虧。經過這老人家嚴厲訓飭，方纔决計不幹那些不正當的行爲。在他面前設誓，改過自新。以後果然循規蹈矩，但願吃碗娘姨的苦力飯。勤儉蓄積，身旁也有五六百元，放在錢庄裏生息。自家業已四十餘歲，也不想再軋姘頭。買了一個私生子，寄在相好的姊妹處撫養，也送入小學念書。年齡和小俞相似，所以見着小俞，加倍愛惜他。①

阿庚自改邪歸正後，很感宣徽的勸化，拜認這位老人家做寄父。有這父女一層感情，所以這次官司，一見面便格外出力。若論上海包探，大半不是好東西，弱肉強食，乘機打劫的，十居七八。仗着外國人勢力，欺負中國人，真是司空見慣，並不算甚麽對不住同胞的事。做書的從前久寓滬濱，知道租界居民，很吃包探的虧。②

所以遇着大庭廣座，信口談天時，最不喜歡上海包探。這裏書中，何故費這累贅筆墨，特替包探表揚呢？列位別疑，俗語說的是“行行出狀元”。這個老包探任宣徽，確是能幹的人材，正派的人物。做書的不忍抹煞，不得不出力替他寫一寫呀！閒話不提。

如今且說俞公館的教書匠吴梁昇，他和那洗衣服婆子，暗中約定，某日某時差遣小俞送衣服出來，吩咐婆子預備一切。他倆以爲這事做得機密神速，不過半個鐘頭，便可人財兩交。東家失了一個小小家奴，也不算甚麽大不了的事。到了發覺時，無非報捕房出賞格，登報尋覓，這幾條路道罷了。無論怎麽樣，總不疑到是我教讀先生幹的，便是刨根追究時，疑到先生，疑到婆子，無憑無據，儘可隨口強辯，風馬牛都犯不着。不想千穩萬當的買賣一場，都被阿庚冷眼瞧破，用了迅雷不及掩耳手段，對待他們。更加一個老包探任宣徽，辦理這

---

① 録自《華報》654號，1936年6月25日第4版。

② 録自《華報》656號，1936年6月27日第4版。

案，便讓吴粱昇十足的奸猾，也跳不出這天羅地網。焦氏在家裏，焦燥得不亦樂乎，絮絮叨叨的罵小俞，説這孩子近來越發沒樣範了，多時不□，他膽子便壯起來。馬路好白相，又跑到那裏躲懶去了。你瞧婦姨，今天買菜也去了半日。辰光不早了，十一點敲過哉，一個子也沒有回來，難道他倆忘記得吃午飯嗎？耐看這一對子格路倒屍。

焦氏排着太太架子，正在大發脾氣，殺千刀殺萬刀價罵。吴粱昇聽着，暗暗特别開心，料着小俞查無消息。“我這夥計爛污陸稿薦，這一場買賣，定規成交了。[①]這個娘姨，像煞有介事的，不回來也好，索性永遠不回頭。我在這裏更好弄乖，沒人挑我的眼。”心裏正在想入非非，不料突來兩個包探，一個印捕，一個華捕，一個越捕，問明他是吴粱昇正身不錯，取出手銬來，把他拷住。老鷹捕雀般，一逕擒拿了去。焦氏摸不着頭腦，還疑這個教書匠，無緣無故，犯了官符。俗語説的是“閉門家裏坐，禍從天上來”。到底是那一個沒良心的，陷害他呢？

但是這時俞公館裏面只剩着太太和幾個兒女。大的兒子，菽麥還辨不清，路更認不明白。想要報給伯鴻知道時，老九福綢緞莊在甚麽方向，叫這位大少爺，休想尋得到，焦氏被包探、紅頭捕、安南捕嚇得遍身發戰，手脚都酥軟了。自家又不能往尋伯鴻，沒法只得懇求鄰居，替她向店裏跑一盪。好在鄰居裝有電話，替她向電話簿一查，查着老九福樓上號碼，搖過去遞個緊急的情報。[②]

伯鴻聞訊，一時也莫明其妙。歐陽擋手聞是小俞、阿庚兩個，同時在逃，心裏也很不自在。連忙跟着伯鴻，趕回來查問情形。焦氏一見丈夫，不分皂白，兜頭亂罵一頓。歐陽卓生勸她不要性急，今天這事，必有原因。待我跑到捕房，細查一查，或可水落石出。

歐陽卓生，本是脚踏車來的，便踏着這車，馬上到英界捕房探聽，原來這案一起關係人，已到法庭審問。歐陽卓生再到法庭時，堂上正在審理這案。卓

---

① 録自《華報》657號，1936年6月28日第4版。

② 録自《華報》655號，1936年6月26日第4版。

生站在旁邊旁聽，一眼望見小俞、阿庚，都在那邊。阿庚站在原告地位，老包探任宣徽做證人。吴梁昇和一個婆子、一個黑瘦目灼灼漢子，都站在被告地位。小俞站在當中，法官審問小俞。這孩子變做啞吧，不能説話。阿庚説："這孩子向來沒有啞疾，在這兩三點鐘以前，還是好好的説話，分明在這短時間之內，被人用藥毒啞。"

法官再問還有旁的證人沒有，歐陽卓生趁這機會，上堂聲明："這孩子係由老九福綢緞莊店東，在五歲時買做學徒。店東俞伯鴻，托我撫養教誨，歷有三年。我歐陽卓生，是他師傅，可以證明他沒有疾病。"

這個會審領事，執法嚴厲，他最恨拐匪在租界横行。原告阿庚一口咬定，串拐小俞的正犯，是吴梁昇合那婆子，證明他倆在俞公館鬼鬼祟祟，形迹可疑。老包探任宣徽，也證明這兩個，前七年曾在三家園犯過事，前四年又在胡家宅犯過事，新衙門都有檔案可稽。領事訊明屬實，不管吴梁昇和婆子怎的狡辯，一概不理。

領事指麾印捕，把這一個罪犯，先押西牢，一面傳請醫生，當堂診察小俞，吞服甚麽毒質藥物。醫士驗明所服係一種麻醉藥汁，知覺神經脉登時頑痺，音帶受傷。不但致啞，兩耳也聾了。領事問他能否醫治，醫生道："現在還辨不出误服甚麽毒草，當投以吐劑，把那痰涎吐出，纔能化驗。這孩子須帶到醫院住院幾天，方有把握。"歐陽卓生聲稱願擔任醫藥費，領事許可，認定歐陽卓生，是小俞的親屬關係人。這案訊畢，打發阿庚暫回俞公館，遇訊再傳。阿庚得了勝訴，滿心歡喜，帮同歐陽卓生，護送小俞前往醫院。阿庚自願住院照顧小俞，歐陽卓生取出三十元鈔票，交他料理，自己纔回俞公館報信。①

俞伯鴻平空受妻小一場囉唣，正在滿懷鬱悶，卓生回來，告他始末情形。焦氏纔如夢初覺，知道這個教書匠，原來是拐匪化身，一向误認他做好人。伯鴻道："幸虧這個娘姨，今天纔能馬上破案，這也算是小俞的僥倖。"卓生道："小俞現狀很危險，這蒙藥若沒有解法，只怕成個廢人了。"焦氏聽兩人這樣説，便駡道："你們看這孩子太重，他又不是我家甚麽親人，横直不過一個家奴罷

① 録自《華報》658號，1936年6月29日第4版。

了，其實生也好，死也好，成了廢人也好，與我們甚麽相干？”卓生道：“太太別說太平話兒，現在這一場官司，小俞便算俞公館的關係人，我們須希望他早一天醫愈。如果有甚麽危險，太太你也擔着血海的干係，難免須到公堂走一遭兒哩！”

焦氏跳起來道：“怎的我也要上公堂，難道我也有罪嗎？”卓生道：“我剛纔聽見吴梁昇在公堂上，一口咬定小俞在公館裏，太太用虐刑拷打，迫他服毒，他還敢證明是親眼見的。你想這賊子歹毒不歹毒，可怕不可怕？却會這般反噬。他分明欺着小俞不會說話。如果小俞能够說話伸辯時，這賊子罪狀，便可上判决，不用寄牢復審了。所以我說小俞必須早些醫好，太太纔可脱却這重大嫌疑哩！”

原來焦氏這個潑辣貨，無論甚麽都不怕；無論甚麽人，丈夫的家族長輩，鄉鄰朋友，見着全不講禮。稍稍不合她的脾氣，當面先受她搶白挺撞一場。然則她却怕甚麽東西呢？一怕做官的老爺，二怕洋鬼子，三怕雷公，四怕鴉叫，五怕蜈蚣，六怕狗子。①

阿庚在公館裏，服伺他幾個月，知道她的毛病，曾向歐陽卓生說過，所以今天卓生有意指桑罵槐嚇她一嚇，說出吴梁昇在公堂，怎的反噬，怎的架誣。這時如果换了一個剛直的婦人家，聽見這話，定規怒氣冲天，痛罵吴梁昇一頓。那曉得焦氏是不經嚇的，這時都沒有工夫罵吴梁昇了。他想被人反噬，自己冒着犯罪的嫌疑，且想到自家對待小俞，雖不曾迫他服毒，也很有許多過分的地方。萬一公堂上的洋鬼子，合那會審老爺，要她上堂對質，自家不免也像吴梁昇和那婆子一般，套上手銬，跟着包探紅頭巡捕在馬路行走，那纔丢了臉子哩！記着早晨起來，老鴉着頭亂叫，心裏早不自在。難道當真有禍事臨頭嗎？越想越怕，越怕越抖，弄得上下牙齒，捉對兒廝打，好半晌的說不出話，只着哼兩句道：“我犯罪了，你們救我一救波！”

歐陽卓生心裏暗暗好笑，知道這婦人原來也容易對待，今天弄她也弄彀了。只得略略安慰她道：“太太放心，公堂上老爺，我都認得，我看個機會，替你排

---

① 録自《華報》659號，1936年6月30日第4版。

解。中西官吏，都是很明白的，諒必不至反聽那流氓的瞎話。太太你要洗刷這嫌疑，都在小俞身上。小俞這孩子，我知道他心性極乎爲主，太太只要關顧小俞些兒，能够早一天給他醫好，這孩子萬不至反幫那沒良心的賊骨頭。他如果會說話，一定說出誘拐的主動，一定指出給他蒙藥吃的拐子。那時情真罪當，太太你不就脫了關係嗎？”①

焦氏靜默一想：這話不錯。便道：“小俞這孩子，既是這般重要，不知道外國醫生，能否解這麻藥？我想拐子把藥與他吃，他定規有解救的秘法。這個黑瘦漢子，諒必是個下毒的兇手。可否暗暗套他口氣，慢慢騙他把解法說出來，如果有效，那時單獨減輕他的罪名。歐陽先生，你想這事可行不可行呢？”

伯鴻道：“這話却有點意思，俗語說的是‘解鈴全仗繫鈴人’。他一定有極靈極快的解藥。如果他迷人沒有解法，這中毒的孩子，便拐得出關，也換不得錢了。只怕他不肯說，也怕捕房不許這般變通辦理。”

歐陽卓生道：“說是這般說，刑事犯人，既押西牢，自然要照租界司法的程序辦理。但是也許一兩事，可以變通的。我知道這個老包探任宣徽，他在新衙門，有很大的權力，或者托他，可以希望辦得應手。只有他可以出入西牢，換一個人，都做不到。我即刻跑去，合他切實商量，看他贊成不贊成再說。”

卓生往訪任宣徽，他倆平日很有交情，說話不用客氣，一見面便謝他這案仗他出力。談到小俞身上，便把焦氏的話，和他磋商。宣徽道：“這道理我難道不曉得，還等你來教導我嗎？但是你要知道，拐匪用藥迷人，便赦他不死，或是重價向他購買，總不肯獻出這秘傳藥方。因爲洩露秘密，他也是死。不死於官法必死於私刑。毒藥既不肯招，解藥也一定不肯說。這是他們黨裏，罰咒至死不傳的神秘，那裏可以套出口氣來呢？②現在小俞這孩子，西醫擔任化驗，聽說已注射三次醒腦針，兩次補心針，還不見甚麽效果。如果醫藥無靈，這孩子便成終身殘廢，再也沒有法子了。”

歐陽卓生不禁下淚嘆道：“可憐可憐！這個孩子，實在聰明太過。他的運

① 録自《華報》660號，1936年7月1日第4版。

② 録自《華報》661號，1936年7月2日第4版。

氣，可謂蹭蹬到極點了。”言下，便細述小俞過往的歷史。宣徽道：“我有一個老朋友，叫做康青豁，他住在愛而近路五號。他職業是個獸醫，我知道他是緑林好漢出身，曾在山東道上，做過響馬，或許他知道解藥。因爲闖江湖的人物，慣用一種蒙汗藥，所以我猜他必能識點解法。且看西醫沒有辦法時，我便往找這個朋友，替他醫治，或者尚有萬一希望，你放心罷！”

過了三天，小俞的傻形傻狀，還是照舊，西藥絲毫沒有效驗。阿庚很替他擔心，據醫生說，這種麻醉藥，毒質煞是厲害，無法可解。還請個世界著名的德醫，來院診察，開用愛克司光鏡來照，也照不出内部何處受毒。用新發明的電氣療病法，仍是泥牛人海，杳無消息。大家正在面面相覷，束手無策，任宣徽知道專靠西醫，是不濟事的，决意尋訪康青豁。

康青豁先生是個單門獨市的獸醫，他是個麻臉的，在山東時，□名的叫做康麻子，又叫做康八亂子。雖是江湖出身，做人確也直爽任俠。他和任宣徽，是不拘形迹的好友，一向工部局的馬，外人的狗，有病時全介紹給他醫治。這次任宣徽來訪，還误認是甚麽狗馬的生意。[1]

任宣徽坐定，詳述小俞現在的病狀，問他能否救治。康麻子道：“病非臨診不能瞎斷。”任宣徽帶他逕入醫院，細細察驗，暗暗告訴宣徽道：“我知道這麻藥，名叫鐵布衫。係用茉莉根、鬧楊花、川三七和纔死三個月以内的小孩天靈蓋，已葬多年骷髏的燐質，及各種野獸骨殖的燐質，磨粉化煉爲藥。我從前在緑林隊裏，親見一個響馬製煉這藥，所以大概認得出，解法頗難。我當時因爲看不過強盜的行爲，曾暗中偷録得解方。用好多難得的藥品合成，這方名叫金鎖匙，我採集了幾個月，費了不少工夫，纔找齊全方的藥品。我製備這藥，私下裏救濟了不少的人。現在出山多年，這藥沒有用了，記得瓶中還剩有幾兩，不知道丢了沒有，須回去尋一尋。如果這瓶兒還在時，這孩子便有救了，只是這孩子須設法弄他離院，到我家裏醫治。因爲院内不許中醫施行診術呀！”

任宣徽道：“弄他出院不難，這都在我身上。你快些回去尋覓這藥罷！我在這裏老等，有這藥時，通個信來，我即刻和阿庚送他到你府上。”

---

① 録自《華報》662號，1936年7月3日第4版。

康青谿去後，不到兩點鐘，便打着德律風來，通知金鎖匙業已尋出。宣徽和阿庚，喜出望外，趁醫生不在時，即刻託辭告知醫院管理人，說奉法庭命令，要帶這孩子過堂。臨時雇兩輛黄包車，宣徽阿庚各坐一輛，小俞附在阿庚車上，拉到愛而近路康青谿寓裏來。

小俞送到康青谿醫寓時，還是傻頭傻腦的，把東西給他吃，他便吃。不給他吃，他也不找。拖他行走，他便走幾步，不拖他走時，他一倒頭便睡。這孩子完全成個木鷄了。①

康青谿取出瓶兒，傾下金鎖匙藥粉，約有五六分許，冲碗百沸的開水，等稍凉，便把小俞灌下。吩咐兩人左右扶着他的臂膊，按在榻上坐定，不許他躺下去。約莫半個鐘頭的辰光，只見小俞低下頭來，似睡非睡，張開口來，不斷的流出濁涎腥唾。康青谿開起自來水管，浥取一碗冷水，自咽數口，乘小俞正在流沫，兜頭連連噴去。小俞被這冷水一澆，立刻打了幾個寒噤，忽然大嘔大吐，吐下不少痰涎。突然睜開眼睛，左右一看，叫一聲嗳呀，我怎的在這裏？回頭看着阿庚叫道："媽媽，你怎麼拖着我的手？嗳呀，這個是誰，怎的也拖着我的手呢？"

衆人見小俞忽然清醒，會說幾句明白的話，不覺驚喜參半。喜是喜小俞居然得救，驚是驚這金鎖匙，恁般靈驗。阿庚道："小俞，你現在醒轉了，你這幾天，心裏到底怎樣，難道都不懂嗎？"小俞道："我不知道，我還記得吴先生叫我送衣服到婆子家裏。婆子倒碗茶給我喝，還有一個黑面孔的，站在我旁邊，看我喝了茶後，向我腦袋上猛打一掌，我只覺天旋地轉，我連忙閉了眼睛，休息一下。心裏有點模模糊糊的，睜開眼睛一瞧，只見房子都沒有了，兩旁都是汪洋大水，當中只得一條窄路。這條路看不真通到那裏，面前只剩一個人走路，我認得便是這個黑面孔的。我以爲翻轉了世界，認不得前後是甚麼方向，又怕丢下水去，只得暫跟着那人一直走去。纔走了幾十步，我又糊裏糊塗了。以後的事，我完全不知道了。今天好像惡夢初醒的樣子。纔知道，媽媽牽着我的手，

① 録自《華報》663號，1936年7月4日第4版。

我到底怎麽攪呢？”[①]

阿庚便把這幾天被拐情形，以及打官司，住醫院，經過的事，慢慢的都告訴他。小俞跳起來道：“呀，原來我是死裏逢生，好險呵！”便向任宣徽叩一個頭，站起來，又向康麻子拜謝救命之恩。康青谿笑道：“這不是我的本事，這是你不該死，纔會碰着我，我若沒存這藥，也沒法救你。總而言之，你這孩子，苦難該滿，交着幸運了。”任宣徽也稱贊小俞漂亮，説這孩子可惜墜於奴僕，沒有出頭的日子，可憐可憐。歐陽卓生，也來看小俞了。知道這可憐的孩子，已給康麻子醫愈。尤爲喜出望外，小俞看着歐陽師傅，不禁涕淚縱横。好像乳羊戀母般，牽衣不肯釋手。因爲自入俞公館以來，好幾個月，被焦氏主母禁着，不許到店，不能與歐陽擋手見面。這回遭了患難，絶處逢生，不意又見着仁慈撫養他的師傅，自然格外依戀了。

卓生撫慰他一番，叫他寬心靜養，師傅自會替你做主。小俞哭道：“師傅，我這次被拐，拐匪把毒藥給我吃，弄得我耳聾眼瞎，説不出話。現在蒙着這位康老爺救我，實算萬幸，但是我的頭腦，還有些昏洞洞的。從前的事，只記得馬馬虎虎，臂膊腿灣，軟弱酸痛，只怕不能再到俞公館伺候了。俞太太的脾氣又兇，癖性又急，我現在病到這般，沒有從前的氣力。公館裏幾個哥兒小姐，再要我做牛做馬時，恐怕做不成功了。”

卓生道：“你放心，現在經過這次風潮，他也不敢十分磨難你了。前天被我嚇一嚇，怕得什麽似的。原來這婦人，雖然兇惡，却怕犯官符，你這次再回俞公館時，我有法子保護你，你暫且守一時。[②]我再想法提拔你出來，况且排着阿庚一個，在那裏照顧你，他如有虐待你，馬上報我知道，我立刻就到，你還怕甚麽呢！”小俞聽這許多安慰的好話，心裏非常感激，當下點點頭，沒有話説。

任宣徽道：“小俞病愈了，法堂結案要緊。明早傳訊期到，阿庚你要帮着小俞，助他的膽。堂上訊問甚麽，小俞你不要害怕，你須指出那一個叫你送衣服，那一個請你喝茶，那一個打你的脖項。你須將那一天中毒被拐情形，明明白白，

---

① 録自《華報》664號，1936年7月5日第4版。

② 録自《華報》665號，1936年7月6日第4版。

在公堂上說出，你別說錯。人證分明，這案便可一堂了結。一個小孩子掩翻三個流氓，打着得勝官司，這却是租界上空前絕後出色的新聞。明天看審的人，應該不少罷！”

康麻子道：“小俞，你要牢記堂上問你的病那個醫愈，你萬萬不可說出我來。你只說院裏醫生治療有效便了。上海出名的大醫院，刮刮叫的西醫，費了好幾天工夫，結果沒有辦法，却給一個獸醫繳械，這是何等塌臺的事！他們做醫生的，怎肯干休？不如把這盛名，讓他們去享受罷！”

這一天新衙門傳訊，英國副領事約翰森主席。任宣徽帶阿庚、卓生、小俞到案。印捕也由西牢吊出三犯過堂，今天却讓小俞這孩子出風頭了。堂上怎麼問，他怎麼答，他一口咬定吴梁昇和那婆子起意拐賣。婆子怎的給他碗茶吃，這個黑瘦漢子，怎的打他的脖子，藥力怎麼厲害，怎的迷惘之後，帶他走路。[①]

阿庚重行證明，在婆子門外，遇着兩個鬼祟情形。英捕頭及華捕，也證明半途碰着阿庚，擒扭這拐匪聲喊情形，任宣徽證明，這三個確係破過案的拐匪，人證齊全，三個無可狡辯，這案立時判决。三犯定爲終身監禁。副領事約翰森，很稱贊小俞伶俐、聰明，吩咐傳喚照相的，當堂替他拍張影片。這天看審旁聽的人，异常擁擠。都說這個孩子乖巧，九歲兒童，打勝訴官司，真是罕聞罕見的事。

這案判决之後，卓生和阿庚，仍送小俞回歸。伯鴻夫婦，很說阿庚能幹，卓生把公堂上審問情形，詳細訴說一遍。焦氏聽說領事替小俞拍照，便問卓生，這照片拍做什麼用。卓生道：“這照相，是公堂上存案最要緊憑據。這張照片，存在領事手裏，將來如有甚麼人，欺負小俞時，或是打傷了他，便可馬上傳案，馬上把對方的人問罪。小俞如今可算是官裏的關係人了，無論甚麼人，都不能動他一根的毛，這是洋領事親口訓諭下來的呀！”焦氏舌頭吐出半晌，不敢說甚麼。

原來這一場官司，傳揚很遍，上海灘人人都當做一則有味的談料。新聞界好事的，却把這照片，鑄作電板，在報上發表出來。過了半個月，天氣很冷，

---

① 録自《華報》666號，1936年7月7日第4版。

俞公館門外，有一輛很精緻的汽車停着。車上有個很體面的太太，穿件白狐外套，戴頂獺絨帽子，隨帶兩個年輕的漂亮娘姨，下車來扣門，問："這裏可是老九福綢緞莊俞老板的公館嗎？"阿庚出去答應，說："不錯，這裏便是俞家，太太您尊姓，那裏來的，尋俞老板有甚麼事？"①

那車上的太太，問俞老板在不在家。阿庚回說："老板現在店裏，我們太太在家。"那個太太點頭道："俞太太在家很好，我特來拜訪，煩你通報一聲。"□□吩咐娘姨取出名片送過來，阿庚是學唱過灘簧的，頗認得幾個字。那娘姨道："我們葛太太，特地拜謁俞太太。"

阿庚接了片子道："請葛太太暫等一等，待我通報俞太太，出來迎接。"阿庚忙進去對焦氏說："外面有個葛太太，坐着汽車特來拜訪太太。"焦氏道："甚麼葛太太，我不認得，他有甚麼事訪我呢？恐怕弄錯人家哩！"阿庚道："聽他說來訪老九福綢緞莊老板的太太，那裏會錯。他要談什麼事，太太見面自會明白。我們底下人，不便站在門口，尋根究底呀！"焦氏道："我自到上海，一向並不曾合甚麼太太小姐往來，你替我辭脱罷！"阿庚笑道："人家專誠來拜，是瞧您太太很起的。這個葛太太交關體面，看來很富豪的。或者特來接洽綢緞生意，或是來請太太赴讌。這是太太合闊人往來的機會。怎麼反把上門的財神，輕易推出去呢？"焦氏生性，本來勢利，聽阿庚說得有理，便道："那末，你請她進來，到客廳相見罷！"阿庚傳話出去，這裏幾個頑皮哥兒，早已圍繞着汽車旁，亂跳亂叫，要想踏上車沿頑耍，却被汽車大喝住。阿庚高呼道："我們太太有請。"葛太太從容下車，背後跟着兩個娘姨，步進客廳，這裏焦氏纔出來相見。問訊寒暄已畢，賓主坐定，那葛太太不說別的，祇管向客堂裏四下張望。②

那在車旁頑皮的幾個孩子，也一擁進來。葛太太也向這幾個細瞧，焦氏莫明其妙，便先開口道："請問葛太太光降舍間，有甚麼見教呢？"葛太太答道："小妹聽說府上四年以前，曾買了一個孩子，可有這事嗎？"焦氏見她問得這樣鶻突，不懂她甚麼意思，一時答不出話來，又見那葛太太臉上似乎狠着急。兩

---

① 録自《華報》667號，1936年7月8日第4版。

② 録自《華報》668號，1936年7月9日第4版。

眼左右顧盼，神色不定，心裏更加狐疑。葛太太又說道："小妹因爲着這一件事，特由杭州搭快車趕來的。倘是那孩子還在府上呢，請姊姊喚他出來，讓我瞧一瞧波。"焦氏越覺得所問稀奇，便隨口答道："說起這孩子末有是有一個，但我還不懂葛太太甚麽緣故查他，請你說了明白，我纔好叫他出來。"①

葛太太回顧背後的娘姨，叫她把皮包打開取出一件東西，紅紙包得牢固，折開裏面，却是一張小照。葛太太接過手來，一手指着這小照，向焦氏問道："太太買的小孩子是不是這個呢？"那時阿庚也站在焦氏旁邊，心裏已十分疑惑，料是這個富豪太太，或者聽見俞公館虐待小俞，動了慈悲，特地趕來打救。又想道，她如果當真要救拔這個孩子時，也該想個妥善法子，照這般鶻突孟浪時，恐怕惹上這兇惡婆娘的氣，一定不成功的。阿庚一面想，一面也看那小照，原來便是新衙門所拍的小俞相片。焦氏看了，詫异起來，問道："葛太太你這小照，那裏得來呢？"葛太太道："說起來就話長了，現在請您先把這孩子給我見了，然後慢慢把這事情，講給你們聽罷！"

焦氏心裏揣度："莫非她見這好子長得僂，便來硬要我讓把她嗎？倘是認真這般要求時，我决不答應。無論她加我幾何價錢，我一定教她失望。她雖然排着闊綽，我也不是扯面子的人家。"心裏正在躊躇，尚未問出口。

不想小俞剛纔在後頭天井裏劈柴，聽見外面熱鬧，連忙丢了工作，也閃出來，在門邊探看。只聽來客說什麽照片呀，孩子呀，心裏很不明白，但聽這個女人，聲音很熟，似乎曾在那裏依靠過她的。一時又想不起，這時便不知不覺的，那頭又探出來些兒，這纔看清楚這個女人。②

見那女人面貌也是怪熟得很，也不知從那裏見過的，好像不止見過一次。那時按着頭腦，苦苦的想着，一心要記這個女人是誰。越看越愛她，越看越捨不得她，覺得這個女人，一百二十分的慈仁和藹。她一言一動，好像都很討人歡喜，好像都很討人愛慕，比較這裏俞太太，差得天地。這時看得出神，脚不由已，不覺跨進門檻來，連身子都鑽將進去。焦氏一眼瞧見，心裏正想叫他迴

---

① 録自《華報》669號，1936年7月10日第4版。

② 録自《華報》670號，1936年7月11日第4版。

避。因爲小俞□身的衣服，非常破爛，别給那葛太太看見，失着我家體面。正要示意阿庚，拖他出去，不想這孩子，這時忽然腦鑰開了，已經迴復他的記憶力了，業已認得這個女人了。

說時遲，那時快，他忽然鼻孔裏一酸，失聲喊道："嗳呵嗳呵，我的娘呀？"隨着哇的一聲，大哭起來。這可憐的孩子，平日當着焦氏娘兒面前，不敢笑，不敢大聲喊叫。這時認得她是自己嫡親的娘了，不計死活，好像猛將衝鋒赴敵一般，憑着一腔勇氣，没命的跑過去，投着他娘懷裏，伏在他娘身上，嚎嚎咷咷，哭個不休。①

葛太太看見自己的兒子，蓬頭垢面，滿臉疤痕，衣裳襤褸，好像街上叫化子一般。越發傷心，緊緊的抱着她的兒子，哭個天昏地暗。焦氏雖是惡煞神降世，這時也看得呆了。阿庚見是他們嫡親母子相逢，不禁也感觸中腸，流了幾行熱淚。停了一會，還是阿庚先開口問道："葛太太，這個孩子，就是您的兒嗎？"葛太太一面拭了眼淚答道："是呀，是呀。他便是我親生的兒。"

阿庚道："既是太太親的兒子，怎的捨得賣給人家呢？"葛太太拉着小俞手臂答道："嗳，這並不是我自己賣的！"焦氏搶着問道："雖不是你親自帶他出賣。我聽見我的丈夫說，當時由你的小叔帶他來賣的。據他說這孩子没有爹娘，日食難度，境况可憐的很，迫着我丈夫買他。我丈夫動了憐憫之心，纔多出幾塊錢買下的。我丈夫本心原要救你們的急，現在你大約發了財，也難怪想着自家兒子了。"②

葛太太跟來的娘姨，見自己的少爺，穿得衣服破爛，面容憔悴，便看得出俞家虐待情形，又見俞太太說話輕薄，太没分寸，便憤然答道："俞太太，我們太太近來並未發得甚麽財，從前也並未曾窮過的。"焦氏見這娘姨頂撞，心裏惱起來，便冷笑道："嘻，我從來未見過不窮的人，會拿兒子賣給人家做奴才的。"說完，還冷笑了兩聲。那一個娘姨，推着說道："俞太太，您别生氣，我把我太太的家世告訴您罷！我老爺做過滬杭甬鐵路協理，開着一間綢緞骨董茶葉貿易

① 録自《華報》671號，1936年7月12日第4版。

② 録自《華報》672號，1936年7月13日第4版。

所，在西班牙國都，專辦中國的絲茶骨董玩器，運往歐西發賣。又開一家珠寶五金鋪，在杭州省城。上海大英大馬路，也有一家鑽石玉器店。這三間店鋪，都在未生我們少爺的時候，就開下來的。上海永安、先施、大新三公司，我老爺算個大股東。”那娘姨正絮絮叨叨，說個不歇，葛太太止住她，不許她多講。一面取出一張名片，很和氣低聲的，遞給焦氏道：“這就是拙夫的名字，太太一瞧，便可明白。”

焦氏向來一字不識，接過名片，急得面孔飛紅，又要充做識字樣子，把名片顛倒來瞧，正在不得開交。這時却湊巧得緊，忽來了兩個救星。伯鴻帶着歐陽卓生，恰好回家了。虧得阿庚乖覺，趕忙跑近他倆身旁，簡單說幾句。伯鴻正疑門外這倆華美汽車那裏來的。聽阿庚的話，纔曉得葛太太來認兒子。這時卓生和伯鴻，都到客廳，面見葛太太。阿庚跑近葛太太身邊，介紹這兩人姓名，葛太太起立襝衽行禮。焦氏順便把這名片送過來，說這便是他丈夫的片子，伯鴻和卓生一瞧，[1]不覺嚇一大跳，原來這個人，便是葛致和，可算中國南省數一數二的闊人。在上海可算名傾中外的殷商，便是他老人家俞寶祥，經營別項五金珠寶各種的生意，大半是靠着葛致和的股本名譽。阿庚早已一眼瞧見那名字，便在焦氏耳房，輕輕通知一聲。焦氏也嚇了一跳，原來這名字，婦孺皆知。焦氏雖目不識丁，那這名字，平日却聽得爛熟了。

伯鴻、卓生，連忙向葛太太陪笑道：“葛先生的大名，我們已經久仰。不想却遇這樁不如意的事。但是少爺何故失踪，這個緣因，倒要太太見教。大家也好解了這個疑團。”葛太太點了點頭，答道：“那是一定要告訴俞老板，和歐陽先生的。請問您兩位還記得前幾年，盧永祥坐鎮浙江時，不是有個三角聯盟的事實發生麽？那時候東三省的信使，絡繹不絕，張作霖的手下委員，非常闊綽，確沒有什麽騷擾民間的行動。怎奈他們所帶來的差弁，良莠不齊。其中不免有關東鬍匪，投伍當差。他們有幾個戀着蘇浙繁華，不欲回奉，在浙運動充當連排長。這一起緑林出身的，究竟賊心不死，有少數暗中結連本地流氓，在着鄉僻地方，任意擄人勒贖。浙省近年綁票蔓延，便是這幾個賊骨頭，種的禍根了。

---

① 録自《華報》673號，1936年7月14日第4版。

先頭不過鄉間發生綁案，漸漸的延及城鎮。我的孩子，剛剛四歲，便是那年戰釁開始時，給這帮奉匪綁去。兩三個月，杳無消息。

有一天接到一封奇怪來信，說這孩子在着寧波某處，要贖一萬銀子。可憐我的拙夫，最愛這個兒子。别說一萬，便是兩三倍的一萬，也要贖回。那時馬上派個能幹家丁，帶着現銀，前到寧波，照他信内指定的地方、[1]時刻，專候前途有人來取，人銀兩交。那曉得這人沒有來，空候着兩三天，依舊石沉大海。這時戰事方亟，火車輪船，來往載兵，不能通行，白白焦急也無用。等到軍事平靖之後，四處派人尋找，終無下落。算定這孩子凶多吉少，不知道流落到甚麼地方去了。這幾個月之間，我萬分悲痛，也在杭州、蘇州、無錫、上海各處新聞上登了廣告，聲名願出五千元的賞格，訪尋我這孩子。無奈廣告登了幾個月，也毫無反響消息。再加這幾年綁匪遍地，我聽見被綁的肉票，也有馬上就賣了現銀，也有轉售到旁的票壑，連過了三四手，便不知去向了。究竟回來的很少，被他們撕去的，也不計其數，真叫做人禍天灾。我想我這孩子，這張肉票，大概撕去多時了，我的希望也絕了。不料前天，有個親戚，由上海來杭，帶着新聞報，和這張相片。據他說最近新衙門纔鬧了拐賣的案，這個孩子，當堂打着勝訴，公堂看這孩子稀奇，替他拍張影片，永遠懸掛，預備做審判的成績。外面各社會，也喜歡這事新奇，輾轉由照相館裏面，套映了去。我把這照片細認，雖是年齡大些，相貌倒不曾改變，我便撿出他四歲那年，在三潭印月所拍的相片，對一對，真個神似貌似。我猜道一定是我兒子，面貌相仿，年齡計算也不差。天下再沒有第二個的孩子了，所以我拼命趕來廝認。這也算是天意賜我母子相逢呀！”歐陽卓生拱手道：“恭喜葛太太，母子奇逢，真正叫做吉人天相了。只是太太怎生曉得令郎落在這裏，這是誰告訴太太呢。”[2]

葛太太道：“這孩子當時由貴號老九福綢緞店承買，這一節新聞紙上，早已登載分明，我本意來滬，逕到貴號查訪。因爲這案既經新衙門判結，想這孩子存身所在，公堂在事人員，當更詳悉。恰好我有個親眷，在捕房充當包探多年，

---

① 録自《華報》674號，1936年7月15日第4版。

② 録自《華報》675號，1936年7月16日第4版。

名叫任宣徽，報紙上也說這案由這位老人家一手經理。我想不如一訪他，自可水落石出，比我自己尋訪，不更省一層麻煩嗎？不竟瞎撞却撞得着。我找着任宣徽，提起這問題時，這個老人家，如夢初醒，直跳起來，自認年高記性不好，把我從前托他尋兒的事，丟在腦後，想不出的匙對鎖。原來這個被拐的小俞，便是我所失的兒子，真個無巧不成話了。他對於這孩子最近歷史，却懂得碧清。所以告訴我詳詳細細，我也不用再到貴店查訪了。”

伯鴻生性，雖極勢利，但他究竟閱歷過交際場面，這時却不能不裝點皮面風光。便向葛太太鞠躬道：“太太既認明無錯，這位令郎，自應就跟太太回去。只是我們有眼無珠，苦於不知就裏，這幾年未免有屈令郎。尚望太太寬宏大量，恕其既往罷！”焦氏也搶着說幾句勢利的話。列位你想，但說勢利兩字，也有專門學問，據焦氏這般土頭土腦，那配講這逢迎訣竅。不但出口搔不着養，反而得罪人家。幸得葛太太世故已深，聽着不過微微一笑。

這時葛太太示意她的娘姨，把個小皮包拿過來，自己打開了，點了叁千圓鈔票，便站起身來，恭恭敬敬，雙手把這一叠現鈔，遞給了伯鴻。[①]說道：“這一點東西，也不算甚麼。小兒在府上攪擾了幾年，又蒙俞太太教訓一番。吃的穿的，都要破費俞老板。如今這一點就算貼補些衣飯錢罷！”伯鴻本不好意思收她，正在客氣推讓。焦氏眼睛紅了，面儿前堆着許多鈔票，心上小鹿，早已亂撞，那肯把上門禮物，讓還人家。掙開兩眼，向伯鴻瞋着猛覷，伯鴻便不敢再說了。這神色却給葛太太瞧出，也不過微微一笑。

那一個跟來的娘姨，另外拿過一個大皮包開了，取出一套很華麗的鐵機緞衣服。褲子是裝綿的，長襖子是簇新的銀鼠皮。替小俞脫去破爛的舊衣。阿庚送過一盆熱水，帮着替小俞洗澡，換上新的綿褲皮袍。娘姨又取出好幾雙皮鞋，給小俞揀合脚的穿上一雙。又取一頂獺絨小帽子，帽沿嵌一枚渾圓閃爍的猫兒眼，給他戴上。一瞬之間，把個憊憊賴賴的家奴，化做金裝玉琢的公子哥兒。若使這時舞臺上扮演《石頭記》新劇小教他上台，儼然天造地設的怡紅公

---

① 録自《華報》676號，1936年7月17日第4版。

子哩！今天的小俞，五行上纔交着好運，真正大家夢想不到的快事。[①]

小俞換過服裝，葛太太身上又取出一張縮影的相片，便是那年在西湖三潭印月那邊拍的。相片背後，註明“某年某月，爲四歲珠兒留影”一行小字。便將這相片給大家看過，果然眉目神氣，與小俞無异。便對小俞說道：“吾兒，你也忘記自己的名字了，我今日給你恢復本名，仍叫你珠兒罷！”焦氏看着，覺得十分慚愧，十分妒忌，伯鴻只有羨慕。倒是卓生和阿庚都替小俞歡喜的眉飛色舞。那幾個頑皮的男女，眼見自己從前做牛做馬的小家奴，馬上變做華麗無比的大少爺，站在旁邊，都看得呆了。葛太太便拉着兒子的手，向着伯鴻、焦氏面前，行了恭恭敬敬的辭別禮，說道：“俞老板、俞太太，我此刻領小兒回去了。”又向卓生、阿庚兩人辭別，珠兒不覺流下淚來，嗚嗚咽咽的道：“歐陽師傅、庚媽媽，我一向很感您倆特別愛護我，我無可補報。最好過一兩天，來我娘家裏，頑一頑波，千萬別忘記呀！我在家裏專候您倆罷！”卓生、阿庚答應着，也替他流淚。這時大家都送到門外，眼睜睜地，看他母子娘姨，踏上摩託卡，風馳電掣而去。[②]

這篇小說，可算結束了。做書的還要交代一筆。過了幾天，卓生、阿庚、任宣徽、康青谿四個人，都接着杭州葛公館的信，請他們約齊來杭一遊。果然大家約着，同搭滬杭快車，來到葛致和家裏。他們回滬時，每人都得了厚贈，這算是珠兒知恩報恩的表示。還有一事，爲讀者諸君必須知道的。葛致和先生，這時却不在祖國，他鑒於外貨充斥國中，漏巵極大，很想振興國產，開源節流，所以自到歐西考察一番，以作回國時整頓商戰的預備。珠兒母子重逢，他却不知道。這時他在維也納旅社中，得着家電，真是喜從天降，兼程趕回還有一番熱鬧。便是珠兒自身，幼齡穎悟，既博得許多人稱贊，自然是不凡的神品。葛致和先生歸國後，便帶他逕往歐洲求學。還不到十年，早已處囊脫穎，現在已充出使某國中華公使館的小參贊了。只因天尺這篇小說是冗乏無味，不像新文藝的筆墨，所以也不高興再寫下去了。【完】[③]

---

① 録自《華報》677號，1936年7月18日第4版。

② 録自《華報》678號，1936年7月19日第4版。

③ 録自《華報》679號，1936年7月20日第4版。

四、蠻風瘴雨録①

（商僑小説）

朔風獵獵，雪花如掌。痴叟方披狐白之裘，坐逍遙椅，口銜雪茄，烟灰簌簌墜襟袖。顧余而笑曰："老拙年越古稀矣，而筋力倍疇昔。兩臂可挽百石弓，善飯雖不逮廉將軍，然每食恒兼人。步履素健，五六十里不需車也。居恒未嘗涕唾垂膺，作龍鍾態。曩之與我遊者，咸穉於我，率多晏然凋謝。墓上白楊，漸堪作柱。其存者大半頭童齒豁，去三尺蒿不遠矣！烏飛兔走，歲月如梭，數十星霜，即爲斑白。古人云：'人生不滿百，常懷千歲憂。''人間世不如意事，恒居八九，歡樂不及二三。'如之何而不老死也。雖然，老拙尚有一見解在其間，質之於君，當不以爲囈語也。"余曰："唯唯！願聞。"

痴叟乃言曰："蒼蒼生人胚，以靈魂護以軀殼，畀以精神，授以權利。凡以玉汝於成，非若壑穴之長鼯鼪，窪澤之生蟲豸。么麽騷擾，爲宇宙內之厭物也。天以最貴之物予人，珍之者自強而壽，暴之者必萎而殤。我以爲未壯而短折，未老而羸憊者，皆自取之，不得歸咎於天也。世之最易白人鬚髮者，無過於窮愁。窮愁之境，非天爲之，抑亦人力之未盡耳。天之生財，非吝而匿之，不以分俵衆生也。黄金布地，白鏹如林，取之無禁，用之不竭。捷者先得，鈍者後得，惟惰弃自甘者，卒不可得。不可得而忌人之善得，於是而牢騷之感集，不平之鳴生。世之仰屋咨嗟者，皆此輩也。我非好爲嘵舌，不顧若輩之唾罵，我蓋曾歷千磨百劫，萬死一生之煩惱而至今日。今日豪富之我，與昔者困窮之我，無二我也。然則我固苦海之過來人，而火坑之不壞身耳。請舉我半生之歷史，以塵君聽可乎？"

---

① 此小說録自《萬國商業月報》，原題"痴叟口述，莫等閒齋主人筆載"。

“我少壯時，非商界中人也。我之祖若父，亦非以商業起家。我之姻若戚，亦無一知操奇計贏者。然則我何由爲商，我何由爲南洋數一數二之富商，我未嘗懸絳帳，設皋比，延一老宿於貿易者爲我師，我未嘗於商業學堂，枕藉三年五年，領取卒業文憑，而後出而權子母。當我之幼也，海禁未開，中國商界，正在黑暗時代。青年之頭角崢嶸者，類皆磨其腦力於帖括，爲弋獲功名計。欲於二十二行省中，覓一商業學堂，若巨浸之撈月焉。其間所稱爲經商老手者，無非坐井觀天，取蠡測海，巨腹如瓠。一丁不識，眼孔小於黑豆，見金錢輒吃吃作鷗鷺笑。兒撫一世英雄豪傑，所謂看財牛、守錢虜，不是過也。使我當日竟學爲商，與若輩晨夕摩盪，亦不過蒼蠅逐臭，養成如是如是之資格已耳。

我垂髫時，即喜讀書。先君憐其穎慧也，教之讀。晝則執卷不忍釋手，鄰兒索我遊，不顧也。夜則挑燈喃喃誦，更漏三下不思睡。老母屢促，始釋卷就枕。初讀四子，獨注意於《大學》一書，恒謂‘生之者衆’十六字，爲實業界之玉律金科。十三經既畢，旁及諸子、史、漢，而尤膾炙於史遷《貨殖》《游俠》兩傳，嘆賞夫管氏山高乘馬諸篇。至於老莊輩之談玄鈎隱，佶屈聱牙，我則略閱一過，束之高閣，以爲是固厭世派之筆墨，而非救時之經濟。僕病未能也。

我之伯叔兄弟輩，皆鼎鼎名下士。披一領青衫，傲睨不可一世。所什襲藏之腹笥者，類皆周犢山、管韞山諸先生之編纂。時下所稱爲飽學鴻儒者也。渠輩讌會或相值燈炧酒酣，高談闊論，旁若無人。即而聆之，之乎者也。信口嚼蛆，拉雜欲嘔。制藝以外無學問，科甲以外無思想。天地之大，未有見也。種族之繁，未有聞也。若夫世界之歷史，波譎雲詭，智識之戰爭，神出鬼沒，更非渠輩夢想所得到矣。渠輩聚談時，恒以我爲門外漢，謂我乃苗而不秀者，相率擯我於學界之外。我亦不願與之徵逐。是以我之爲我，不知置身何等，常覺形單影隻，自賞孤芳而已。

我弱冠便遭陽九，椿萱相繼而謝。門祚衰薄，承祖脉者唯我一人。我幼未有室，毫不知經營家業之艱難。吾父生時有平原好客之癖，數十人竟夕談讌，恒以爲樂。見有貧苦者慨然解囊以借，未嘗署券，以故弃養之後，所遺財産寥寥無幾。忽遭祝融氏之變，數椽老屋成爲焦土。僕從星散，婢嫗相率而逃。我如鳥之失巢，如魚之離水，㷀㷀踽踽，寄居於同里老嫗家。嫗辟纑織席爲業，不足以養我也。時届秋末冬初，酸風刺骨，短褐被體，飢寒不可暫忍，赧顔乞於吾父之舊交，乃被辱詈鞭笞而出。我垂頭喪氣，忿火中燒。路過江濱，思躍入巨流，葬身於魚鼈腹中，拚以一口怨氣，還之太空。陡念男兒在世，當轟轟烈烈，建一場事業，若是輕生，與自經溝瀆者何异？殊不值一錢者也！乃浩然而歸。[①]

富炎窮凉，舉世皆然。我不嘗此苦，我無由知世態之如是如是也。我悟世態之如是如是，我遂誓不作求人想。雖然憤鬱而死，與凍餒而死，等之死也。欲避死之一字，似又不能不求人。我之一擊不中者，或不擇人而求耳。輾轉思維，大率曾爲吾父座上之客者，皆夏蟲不可以語冰，無已其求之親戚乎？俯念我之母黨，遠適异鄉，音問懸絕，存亡未可卜。我之父黨，唯一寡姑在焉。回憶我總角時，姑最愛我，恒撫我告吾父曰："是兒跨竈也。然大器當晚成。"我自守苫塊後，不詣姑家者將一載。遠隔數十里，回禄之變，姑當未有聞。我往投之，或憐我乎！

果而我姑見我襤褸若丐，抱我痛哭。喋喋詢近狀，淚纚纚如墜珠，沾我破裳，繼而以衣衣我，以食食我，憐惜如己子。我受人冷眼後，心若死灰，幾疑世界上無我立脚之地矣！一旦得吾姑雙行老淚，一片熱腸，若再睹天日，若重依怙恃。其冷暖相差之度，迥非今之法倫表所能測也。

姑家式微之裔也，姑早寡無出。膝下衹有一女，以遺産嗣一族人子。是兒嗜賭，恒從牧猪奴遊，時竊姑之簪珥，供孤註一擲。姑屢責不悛，恨之入骨。幸女兒聰慧絕倫，性純孝依依如嬌鳥，桑榆得此，差强人意。第女大當嫁，掌中珠終爲他人物，以是恒鬱鬱不舒。女於母前誓不適人，體母意也，以故及瓜猶未字。

女名蕖，穉於我一歲，工刺綉，知書史，母所授也。我自依姑家，姑愛我甚於愛蕖，蕖亦曲體母之愛，而貽特别之愛情於我。寒士窮途，得一閨中知己，爲之送暖迎寒，雖有無限牢騷，杳不知其所之矣！蕖倦綉之暇，輒捧卷問奇字，往往苛我以所難，幸我不甚負腹，未爲娘子軍所窘。然蕖非有意窘我，蓋不慮

---

① 録自《萬國商業月報》1908年第1期，第46—48頁。

吾之才短，而第慮我不屑教之也。回想曩者，我嘗睥睨名下士，向之高談雄辯，毫無芥蒂於胸中。今則對一不櫛少年，常懍懍然若恐不敵，乃嘆今之名士，固不逮美人萬萬也。

蕖貌娟秀而性極孤冷，尤惡其兄，見之若芒刺在背。嘗告我曰：‘彼自頂至踵，無一雅骨，是戾氣所鍾也！’我竊笑其言之過當，而不知其兄之狠毒，蓋有不齒於人類者。一夕樗蒱敗歸，問蕖假金釧一事。蕖不允，而又憐其困頓也，脫一戒指與之。其兄不滿所欲，語涉譏訕。蕖怒曰：‘兄勿向我作此態！我一女子耳！不能飽兄慾壑也。’蕖俚卧病，兄爲之延醫市藥，而潛投毒草於其中，欲以酖蕖。蕖不識藥性，略視一過，呼雛婢煎之。我適詣榻畔問所苦，覺藥氣縷縷，穿鼻入腦，幾欲眩暈。索方觀之，大惑不解。乘其兄不在側，遽以一脚蹴翻藥鑪，淋漓滿地，蕖頓悟其异也。撫枕呻吟曰：‘險哉！此獠也！微夫子，蕖其爲骷髏乎？’

居無何，疫氣起於城市，蔓延於村落間，死者如麻。風聲鶴唳，旦暮數驚。青燐鬼火，若熠燿之宵行。吾姑病三日而逝，蕖晝夜痛哭，目如腫桃，哀毀屢不欲活。我爲之料理喪事，廢寢忘餐，奔波幾殆。欲嗣子之稍助一臂，迄不知匿於何所。時或歸來，非擄取銀錢，即席捲衣服。姑之所藏者，若青蚨之不翼而飛。蕖日夕以眼淚洗面，無力與爭。其忿然攘臂者，唯我而已。彼嘗切齒曰：‘何物措大，強與人家事！’我於吾姑，受恩深重，任勞任怨，不屑與豚犬辯也。

技擊拳脚之學，我童年時嘗習一二。嗣子銜我甚，屢欲與我鬥，而苦力不我勝。偵我外出，呼嘯其狗黨狐群，困我於窮谷。我一試故技，踣者十餘人。以是鼠輩膽裂，不敢觸我前騶。蕖之不遭蹂躪者，賴此舉也。顛沛之際，草木皆兵，蕖與我形影不離，相依爲命。蕖睡則我醒，我睡則蕖醒，互相防警，不敢稍疎。如是者兩匝月，而兩人益憔悴。姑既葬而我病矣！始而寒，次而熱，繼則寒熱交攻，骨若浸於醯醋，肌若炙於沸鼎，而神經亂矣。譫狂發矣！暈於卧榻而不動矣。初但覺纖纖細拳叩我膚，嚶嚶哭聲刺我耳。一瓢一瓢之苦茗沁我舌，一點一點之淚珠滴我面。我惘惘之中，心知其爲蕖也。我欲揮之使勿近，手若縛不能舉。我欲慰之令勿悲，口若噤不能聲。再過數日，則墜層雲密霧中，茫乎不復有知矣！嗚呼！我今老矣，一念及之，猶覺心戰膽寒。蓋當日我即瞀然以歿，固不足哀，而形單影隻之蘗，其景象寧堪設想耶！

使我當日竟登疫籍，蘗之歷史亦畢矣！我一死，蘗斷不能生。我倘有一綫生機，蘗或可苟延殘喘。此我瞀亂時之希望也。不意傖奴之毒計，乃如狂風驟雨，伺隙而發。不獨我料不及此，即以蘗之絕頂聰明，當亦不知其鬼蜮至此也。我迷惘之際，氣如屬絲，不知歷幾許光陰。第覺清風習習，涼氣一縷自我鼻孔入，注於腦宮，又覺遍體熱度漸漸減輕，如脫千觔重負。耳畔但聞流水瀼瀼，胸次爲之一爽。清光如箭，射於眼膜。開眸四顧，則晨曦徘徊於山凹。匡廬卧榻，不知何往，幕天席地。若劉伶之大醉方醒，一躍而起。視所卧處，則亂草爲茵，釣磯作枕，江流宛轉，去身盈尺。細審草際潮痕，則高於卧處者尺許。危哉！早潮一至，我其魚乎！然則我僵卧於是不過兩三小時耳。俯首凝思，頓悟爲傖奴所弃。蓋乘我昏迷，移置水濱，冀胥濤一怒，捲入江心，俾與波丞爲伍，豈意我轉以是而得生乎！

雖然，彼愛我甚，我即垂危，當不忍傖奴弃我，力雖不敵，必拚命與爭。今我竟至是，蘗其香銷玉碎矣！一念至此，頓忘病之新痊，力疾奔返姑家。入室則几案依然，玉人已杳。翻箱倒篋，蓄積盡空，縱横零亂。擲於案旁者，書數册，筆數枝而已。墨迹在紙，髮香在奩，餌我之藥香，猶馥郁在座也。而蘗則若神龍之見首而不見尾焉。欲尋傖奴而拳之，乃亦逝如黄鶴。痛定思哀，我安得不悲，我安得不慟耶！

斯時也，覺有探首於窗間者。伊何人？即而視之，但聞其噭然一聲，似見鬼者，返身竟走。我自後驟追之，相距四五丈許，望其背知爲傖也。彼落荒而遁，疾趨西山之隙。我雖洪量，不難含容一浪子。然彼實殺蘗之罪魁，不擒之則蘗之消息無從問。以故我益力追，山石巉巖，榛蕪滿眼。彼慌不擇路，如怒猿之脱鎖。目不回顧，捷於穿梭。我以新愈之軀，飢鳴之腹，罷軟之脚乘其後。固知其不敵，第積憤填膺，必欲得而噬之。勇往之氣，當勝彼百倍。我窮一日之力，披荊繞棘，汗流氣喘，未嘗稍停。無如終不能及，抹危崖之角，迄不知其所往。維時我肢體已疲，手足皆血，第覺兩眼一黑，蹶然倒地，靈魂與軀殼，兩不相依矣！不知暈絕幾何時，醒來月色西沈，晨星落落，東方已晞。噫，蘗安往耶？我一偉丈夫，不能庇一弱女子，令其膏於虎狼之口，我死有餘辜。生亦何樂，仰視松楸瑟瑟，一枝低垂，解帶而縊。但聞咄咄之聲，若半空霹靂，懸根斷絕，嚗然墜地。一縷游魂悠悠頓醒，開眸一視，則一岸然荷斧之樵夫立我前，异哉彼何人斯？”

痴叟談及此，從容起，取案畔潑蘭地酒，自浮一白，復傾觴向余曰：“先生盡此爵，老拙爲述荷斧之樵夫，頗有趣味也！”余引滿訖，微哂曰：“翁耄矣！猶不忘慘緑少年時風流倜儻耶？雖然翁老於商界者，僕急欲聞翁之所以投身商界者，今乃暢陳一寫情小說，令人屢爲酸鼻，而無一字涉及商業。陳穀爛芝蔴，毋亦去題太遠耶？”痴叟啞然笑曰：“我之投身商界，豈我始願所及此耶？天固使我曲曲折折，迫而操此觚耳！因能生果，我不種此一段原因，亦未從獲許多佳果。況世界爲有情之世界，寧獨許佳人才子，逍遙嘯傲於情天，而置身商界者流，遂不許其談情耶？我正襟危坐，談及此段歷史，後日仗先生雄筆以紀之。正欲使後之聞者，知我老商家，固有一場佳話。未嘗寂寞老死於錢眼中者也。”余改容曰：“若然，翁請竟其說，幸勿爲僕橫風吹斷也。”①

痴叟捋髯微笑，復展其詞鋒曰：“此樵夫者，固與我無素也。當其猛然大喝，幾疑一棒晨鐘，轟我腦竅。我若於醉夢沈迷中，直隨其聲浪顛簸而醒。神魂稍定，始知頸上之繩，被其一斧斫斷。我於斯時，心固了了，第覺遍身麻木，動撣不得，唯目灼灼仰視之而已。

樵夫若知我之甚憊者，解我頸上斷繩，弃之草際，一臂挽我負於背，移步便走。攀藤附葛，其捷如風，坌息抵其家。我在背上瞠目四顧，見其依山臨水，結一茅廬。編竹爲門，牽蘿補壁，炊烟蓬蓬，起於屋後。樹上栖鳥磔磔飛避，鷄鳴犬吠，清脆可聽。庭中新種芭蕉，纔如掌大，不除苔蘚，雅似氈青。噫！是殆隱君子之居耶？

俄頃入其室，琴書瓶兒布置井然，我益信所猜之不謬。我在背上受其運動力，血脉漸已流通，頓覺屈伸如意。便呼曰：‘某已蘇矣，不勞負荷，乞放下。當謝丈人再生之德。’樵夫聞言，若甚喜者，緩緩納我於藤椅中。囑曰：‘靜坐

① 録自《萬國商業月報》1908年第2期，第35—65頁。

勿動，余索湯水先爲君解渴也。’乃呼雛髮僮烹茶，蓬頭婢淅米。頃之茶沸於鼎，飯熟於鍋。主人勸進甚殷。我飲啖竟，精神頓增數倍，崩角在地。主人扶我而笑曰：‘奇哉！孺子。既知生之樂矣，胡爲死也？’

我囁嚅以情告，淚隨聲墜。主人點首曰：‘若是殊可憐！第以余老眼觀之，君之意中人，不至花殘月缺也，但少受顛沛之苦耳。余觀君暫息此念，以圖自雄。世路條條，任君擇走，唯須認明生死兩途，宜入生門，勿投死境。立定脚根，然後再生枝葉，則不至節節爲難。况乎人生離合皆有定緣，此緣未盡，寧無復續之機？至於彼傖奴者，不過緣中魔道耳。既有眉目，余當爲君極力偵探之，生死存亡必得確耗而後告君，請君卸此肩於余，而自謀立志地也。’

我聞此言，感激萬狀，答曰：‘丈人金石之言，敢不銘心刻骨！第某自幼徒讀父書，不知所用。愧無寸長薄技，得邀人憐。前顧茫茫，後顧茫茫，未知何業之適從。願丈人有以教我！’

主人欣然曰：‘君有志自圖乎？余導君以終南捷徑。君知經營子母否？’我答曰：‘不知也。某幼失怙恃，終鮮兄弟，雖爛熟數卷典墳，寒不得以爲衣，飢不得以爲食，所由困窮至此也。’主人曰：‘是固無妨。貧者士之常。處盛世而爲士，或可以文章博冠冕。處閉世而爲士，筆耕墨耨，日暮辛勞，上不足以養父母，下不足以畜妻子。爲糊口計則可，爲家業計則非。唯有弃儒冠，脫儒服，著犢鼻褌而學負販，差爲得計。足下春秋甚富，智識又出人頭地。去而學商，不數年間，蛟龍得雲雨，終非池中物也。余拭目俟之。

余之弱弟，客於臺灣之淡水。初爲邑侯司書啓，繼以薄俸不足自養，改業爲小經紀。屈指十年，稱小封矣。目下復於鷄籠設錢肆，余之子若侄，皆從之遊。聞於此道，亦頗知一二，第渠輩不善於籌算，非適用之材也。足下能之乎？縱其未能，若斯穎慧，天下豈有難事耶？足下如以爲可，余將藉君作寄書郵，一紙尺素足當曹邱矣！’

我感主人之意良厚，首肯至再曰：‘既承錯愛，敢憚馳驅。特方寸間所黽皇者，衹恐下駟駑駘，不足以邀青眼，終負丈人重望也！’主人撫我背曰：‘姑爲之。男子無畏難。凡事不冒險，不成功也。吾子勉之。’語畢就案側立揮一書，珍重付我。我觀其字若飛龍夭矯，不可捉摸，雖今世之大法家，弗能及也。而視其軀幹偉岸，鬚髯如戟，一似不能操筆者，益嘆其爲畸士不置。覺向之以樵父目之者，殊昧於物色也。①

我得書後，主人復贈我葉子金一束，約十餘兩，堅納我懷，笑曰：‘行者必以贐，君幸勿以爲菲也。’我感主人意厚，諾諾不敢却，淚盈盈在眶而已。是日即拜别主人，買舟南下，五晝夜抵臺之鷄籠。

懷刺登岸，謁錢莊，訪主人之弟。寒暄畢，出主人書。厥弟略閲一過，喜溢眉宇。微笑曰：‘僕正苦敝莊無一精於書算者。君適來，巧甚。請君屈就斯席可乎？’我觀厥弟豪爽之氣，如春在花，與主人並無愧二難。得居宇下，亦三生幸事也。乃唯唯謝曰：‘幸蒙不弃，得隨鞭策足矣，奚敢辱此重任！’厥弟笑曰：‘君勿謙却！吾兄薦剡，寧敢漠視耶？速就爾職！’

我居錢莊六閲月，晨夕弗敢造次。持籌握算之暇，教莊東之兩幼子，一七齡，一六齡。皆知喃喃誦孔孟矣。莊東憫我勤勞，增益月俸之外，時有所贈。是年鷄籠市面適值銀慌，錢肆倒閉十餘家。莊東早知其影響，先爲未雨綢繆之計，支持至於臘盡，幸告無恙。我恒竟夕不寐，爲莊東分勞，以故年底花紅獨得五分之三。其餘兩分，莊東兄子得其一；遠房之侄，亦得其一。然兩人皆知足，無閒言。

我客囊頗裕，思暫出一遊。新春莊中無事，小夥性皆嗜賭，呼盧喝雉，達旦不休，例不可禁也。我最厭此道，早起邀莊東兄子，及其侄，緩步於海畔。是日天氣新霽，日色可愛，海邊空氣，清爽無比。仰視青天無雲，胸次塊磊，泊然盡銷。

鷄籠地濱海，魚鹽蚌蛤之鄉也。海風屢起，霪雨時行。半年之間，或不得十日晴。一月之間，或不得半日晴。我居此六閲月，幸見十四日好天氣，但皆不能匝日。暴颶一來，濃雲率雨而至矣。市上漉漉皆泥水，遊客甚稀，車馬亦不常見。若夫今日之晴，樹影蕭疎，鳥聲清脆，殆匝歲難遇之良辰乎。遠望波平如掌，白鷗拍拍於海面，佳景信如畫也。”②

① 録自《萬國商業月報》1908年第4期，第59—60頁。

② 録自《萬國商業月報》1908年第6期，第60頁。

（中缺一期）

“我大吐後，繼之以瀉，神識昏迷手足筋節皆拘攣，醫者以爲感觸瘴氣，投入霍亂證候，謂此疾乃鷄籠所常有。重者過三日不治，輕者過七日不治。我得恙，剛兩日，莊東以爲是猶可救，但僅餘一日之希望，不免張皇耳。

醫者進以薑桂，毫不見效，十日病如故。鷄籠素著名之盧扁，皆束手無策。再過三日，瀉止，繼之以痢。小腹暴痛若針刺，呻楚之聲，達於四鄰。莊東製有治痢丸藥，百試百效，土人沾此疾者，服數丸，無不霍然。餌我百餘丸矣，不愈而且增痛。反側號呼，達旦不寐者又十餘夕。

鄰有老翁扶杖過我，問所苦，我伏枕呻吟告之。翁曰：‘此疾雖遍嘗百草不爲功。僕有良藥，第慮君不屑服耳！’我曰：‘果有效，何論牛溲馬渤，翁第言之。’翁曰：‘無他，罂粟耳！’我曰：‘醫者嘗進罂粟殼數劑矣！何無影響？’翁曰：‘罂粟殼奚濟於事？僕所謂罂粟，即印度阿芙蓉也。君試挑燈吸之，彈指之間，病當若失。’我顰蹙曰：‘此物令人癮，奈何？’翁曰：‘此物屢吸則癮，然必數旬不斷，方能爲祟。倘以治疾，不過暫充藥餌耳。無慮癮也。’我痛楚之際，急不擇音，以爲姑一試之，當無礙。乃問翁有此具否。翁曰：‘僕於此調羹常彈者，不妨借君一驅二豎也。’乃命童子向其家取烟具來，陳於榻上。翁則横卧燈畔，以鐵籤蘸黑膏，向火燒之，若宜僚之弄丸。丸熟裝於烟槍之口，教我試吸，意甚殷。我吸盡數丸，痛良已，若無病然。再盡數丸，覺腦筋微暈，酩酊如中酒，沈沈睡去。醒時已詰朝矣！不知翁何時挾具而去。我推枕起坐，神采奕奕，癱瘓頓愈。乃嘆曰：‘阿芙蓉，真神藥也！’不意日影纔亭午，腹痛又徐徐起，俄而手足之攣如故，下痢猶昨日矣。不已，復命童子假道於虞。翁又于于然來，若慈母之字乳，導我吸數丸後，疾復鋭減。乃授以裝烟秘訣，我由是吐納導引鍊氣學仙，不日亦隸黑籍矣。①

維時臺民腦識，尚在黑朦朦時代，老幼男女，不知鴉片之毒，且以爲九轉靈丹也。中瘴氣者，症多赤白痢，醫者咸以罂粟殼投之。不驗則進以烟灰，再重或啜以烟汁，什九多不死。然此物確爲救瘴之功臣，舍此實無他藥，可以代

① 録自《萬國商業月報》1908年第8期，第60頁。

之。尤奇者一隸此籍，則終身不染瘴。以故鷄籠萬竈，習持槍者，十居六七。其俗諺云：'家有一槍，瘴鬼遠颺。家有一斗，瘴鬼驚走。'我初聞之，以爲齊東野語耳。及細爲調查，始知稱老癮家者，疫鬼固不敢公然問鼎也。

我以病故，竟墜此魔道，我竊憂之。莊東則略不介意，渠固不嗜此，然亦家置一具，什襲藏之，以備不虞。見我日乞諸鄰，以爲不便，乃出其所藏之具贈我。燈盤一套，皆以銀爲之，精緻可愛。槍幹則老蔗也，長尺有二寸。雖不常御，然以禦老癮則不足，以解新癮則有餘。我乍得此具，如獲珍寶，不啻盲者之得杖，雖南面王不與易也。

然而劉邕從此得嗜痂癖矣！病未見痊，而烟技因之大進步。始而一日七八丸可解饞，未幾而十丸二十丸，至於五六十丸而後快於心。自謂盧同七碗之茶，焦遂五斗之酒，無此豪邁也。由是旦夕與共，片刻不離。枕藉於烟霞窟宅中，不問人間世事矣！

四閲月後，烟學之程度愈高，每日非一兩五錢不足以已癮。初亦強自寬解，以爲非癮也，病也。繼而憮然悟曰：'余不吸烟，余病不若是頹唐也。余病殆非瘴，此物實劇於瘴。余寧病瘴而死，不願病癮而活。瘴猶得速死，癮則不死不活，肢體憊矣。腰膂曲矣！肩鳶而背駝矣！齒黑而目赤矣！手足不仁，神經如醉，轉側需人，蜷伏類彘，世界安用此人屙耶？嗟乎，古者吴中名士，求死不得，我何不幸而類是耶！

一日適有一奇士，碧眼紫髯，鬚眉古雅，神狀瑰奇，造莊東閒話。蓋美洲教士雷克博德先生，邃於醫術者也，亦善爲華語。莊東見我病莫能興，導雷君近榻省我疾。雷君診畢，愁眉不展，良久嘆曰：'病本不重，所以致此者，殆罌粟之爲害歟！足下若能去烟，僕當竭效綿薄，解此沈痾。倘戀戀此道，不久即與鬼爲鄰耳！僕無能爲也。'

我聞此言，如暮夜聽一杵清鐘，如絕壑得一綫出路也。力疾起揖曰：'謝先生教，某銜此物已次骨矣！恨其若贅疣在頸，不能以剛刀割之耳！求先生爲我去之，我不戀戀也。'

雷君莊容曰：'果然，君須立誓，僕便下藥。'

嗚呼！我亦錚錚男子漢，豈於身命關係之際，而不能永踐前言者，何必信誓旦旦，作兒女態哉！然我聞基督教規，所以立信者在於設誓。我不誓，不足取信雷君。第其誓詞，非如我中國‘有如白水，有如皦日’等語也。言必稱耶穌，罰必舉地獄，蓋浮屠氏之濫觴耳。雷君教我誓曰：‘我主耶穌，鑒臨在上。我所不能斷烟者，有如地獄。’我如言誓竟，雷君笑容可掬，乃解囊取藥。

藥水貯一小玻璃瓶中，其色微紅，香氣撲鼻穿腦。僅半瓶耳，竊怪其少。雷君若甚鄭重者囑曰：‘此藥每日午飯後服一度，服時取熱水一小盃，蘸藥一滴，和於杯中飲下。初日一滴，次日兩滴，按日遞加，至第五日五滴而止。第六日復減至四滴，按日遞減，至第九日一滴而止。第十日以後遞加如前，照此法週而復始，一月之外癮斷而病亦如失矣！’我叩其藥名，雷笑曰：‘三十日後當告君也。’”（未完）[1]

---

① 録自《萬國商業月報》1908年第9期，第59—60頁。

五、豆腐店

（社會小說）

余嘗謂勞動社會中，不乏趣史。苟有心人摭拾其瑣事筆之書，殊令閱者得味外味。有如饜甘脆肥膿後，忽聞菜根香也。吾閩勞動家之足供小說資料者甚夥，如永泰人之工版築，長樂人之善魚鹽，福清人之長抬轎，是皆俱有傳家絕技。一似可操必勝之券，迴非他方同業能與頡頏。而所稱手柔弓燥，熟極而流者，則莫如興化人之制豆腐矣！余試述二十年前父老告余以豆腐店之趣事。

臺江蒼霞洲，負水巍然建大宅者，漳平某商之新第也。商以經營木排起家，致巨萬之產，愛臺江風景不寂，遂出貲築室，移家來閩，爲寓公焉。商年事過耳順，皤然一翁也。而精神猶矍鑠，自以爲獲免病魔，得力於阿芙蓉不尠。彼有特別見解，謂鴉片爲世界藥石中之至寶，吸之得訣可益壽延年，彼鳶肩鵠面，慽慽欲絕者，大都不得其道耳。其讏言可笑類如此。

第翁亦有足多者。巨腹賈性恒吝嗇，而翁獨海量，不喜較錙銖。凡孤貧無告，下至麻瘋丐者，四時八節，翁皆有周恤，里巷稱善人焉。翁有二子，克紹父業，遠出經商，恒隔歲一返。而兩婦積不相能，家庭中時有勃谿之聲，觸翁耳鼓。姑邁而且懦，雖腹非之，而無力遏制。翁稍稍勸戒，輒反唇出惡語，甚而擲碗投盤，狺狺狂吠。於是欲不痴不聾而不可得矣。

二子素相友愛，乃浸潤於床笫之言，竟成冰炭。歸里時，提出析産之問題。晨夕絮聒，幾致鬩墻。翁爲積悍所懾，不敢參末議。雖欲勉爲張公藝，而勢有不能。

牝鷄司晨，惟家之索。二子婦言是聽，遂以父母爲贅疣。翁爲菟裘計，欲析産作十一分。兩房各四，而老伉儷僅取其三。二媳不之許，欲各攘其五，而留一焉。翁乃嘆曰：“惜吾輟業已十餘年，吾囊雖贍，猶不足以貽吾後也。苟吾眼前尚奔走江溪上下者，則所入源源，取無禁而用不竭。吾子婦方且媢予一人，奚暇爭此區區哉！”

一燈入夜，短榻横陳，吸芙蓉膏以自遣。思潮起落，似與烟氣相衝突者，而吁聲噫氣，時雜於吞雲吐霧之中，方寸之不寧，達於極點。忽聞急管繁弦，間以歌唱，抑揚頓挫，妙合天然。就聲浪而辨之，其豪趣高懷，有不可以言語形容者。又若示人以此間至樂，特設以傲彼斗室愁嘆之老翁者。是聲也，果從何來？審之，蓋邇在西鄰也。

翁驚异久之，忽有悟曰：“吾足不出户數月矣！彼西家者，殆新喬之富室乎？儻非巨富驚人者，胡爲酣嬉淋漓至此？”

乃呼僕，問曰：“西鄰近有新遷巨室乎？”曰：“無有也。”“然則歌唱之聲，胡爲乎來？”曰：“是豆腐店之戲耍耳！”曰：“豆腐店乎？彼幾時爲吾鄰？”曰：“開張僅五日耳！蓋從横山鋪遷來者。”曰：“渠輩殆有瘋病乎？胡如是樂也？”曰：“彼自樂之，奴輩何從知？”翁遂不復問。

俄而聲唱闃然，視壁鐘，剛指十字也。翁仍吸烟以消永夜。而念及家庭交涉，尚無完滿了結望。殷憂復起，但心愈忐忑，而吸度愈驟，不覺斗中烟灰之飽填密塞也。無何，萬籟俱寂，街柝四敲矣，而西壁之聲復起，惟與前迥异。非弦非管，蓬蓬然若鼓風琴，拍拍然若按曲板，而繼以娓娓山歌，柔喉宛轉，則婦女聲也。其歌爲涵江土腔，圓滑入聽，與蓬蓬、拍拍聲相間而作，別成節奏。若直刺翁之心坎，使之怦怦動，良久無言，第微嘆曰：“此家愉快哉！余愧弗如也！”

既而窗色微明，天已向曙，而西壁之聲戛然頓止，翁亦倦甚，抛槍齁齁入夢矣！一覺而醒，日已下舂，而家中詬誶之聲，復洋洋盈耳。翁不耐煩絮，欲他往以避之，而苦無世外桃源，且戀戀此一星鬼火。一若捨己家槍斗外，無足以杜癮魔者，於是不得不褎如充耳，一任同室之操戈。

凉月東生，隔院之竹肉又作。嘔啞嘲哳，自成腔調，以視家中之狰聲狺語，殊有仙凡之判。如白太傅之久厭山歌村笛，而忽聞江上琵琶也。如是者一連三夕，翁內羨之，不能復忍。念“吾鄰苟非富埒王侯者，必不若是夜夜元宵也。吾僕告我以豆腐店，殊不類。”既而悟曰：“吾方慮儲財不豐，少許孔方兄殊未足爲兒媳和事老也。富以其鄰，其假我乎？”乃復問僕曰：“西家唱者，殆殷户乎？”僕笑曰：“誰爲殷户，豆腐店耳！小人詎敢謊者！”翁曰：“果豆腐店耶？爾能延其店東來此一談乎？”曰：“何須延者，一呼即至耳！”翁曰：“甚善！爾趣召之。”

未幾，僕引一黑漢人，指曰：“是即鄰店之主人也！”翁注視之，則裹頭破褐，短袴及膝，赤雙脚，大有不衫不履之概。翁奇之，然翁固非藐貧賤者，延之坐。微笑問曰：“若吾鄰乎？操何業？”曰：“予莆田人也，業製豆腐。翁何事見招者？”翁曰：“無他。若既吾鄰，吾忝爲地主，例當一通問訊也。爾業生意佳乎？日可得幾何？”曰：“多可售青銅錢一二竿，少則數百耳。”翁曰：“然則所入微甚，操業亦苦矣！爾輩不以爲苦乎？”曰：“予輩小人，苦固其分。且慣於爲此，並不知苦也！”翁笑曰：“然則樂乎？”曰：“予亦不知何者爲樂，第覺得過且過耳！”翁曰：“吾以爲爾等至樂耳！苟非然者，胡夜夜謳歌達曙猶未艾也。”店主笑曰：“予輩窮蹙生涯，營營終日無少歇。晚餐後閉户休息數小時，恒借村歌以舒胸臆，而勞乏之筋骨，亦得以少蘇。不料擾及東鄰也。翁苟厭聞者，予歸囑妻女工夥，勿再嗚嗚何如？”

翁搖手曰：“否否！若勿误會吾意！吾酷嗜音樂，吾夜恒不寐，得此幸解吾寂也。但吾有疑者，欲質於若。黄昏弦管交作，吾固知其爲胡琴、横笛矣。特夜闌時蓬蓬拍拍者何樂也？”店主俯思良久，啞然失笑曰：“翁所謂蓬蓬者，殆予妻挨動豆磨之轆轤乎？拍拍者，殆予女整理壓漿之木板乎？蓋是時，渠輩正早起篝燈操作也。”翁不覺鼓掌曰：“妙哉，爾家製腐，技進乎神矣！苟音樂家聞之，必大贊曰，此曲衹應天上有也。”

翁復詢曰：“若店中人口幾何？”曰：“胞弟二，現爲予夥。妻一、女一，子尚乳哺，並己而六也。”翁曰：“爾家兄弟、妯娌睦乎？”曰：“睦甚！”翁曰：“從無爭執乎？”曰：“予輩日忙工作，相助爲理之不暇，何暇爭？”翁嘆羡不絕口。既而曰：“吾念爾業，勞悴殊甚，且所入不豐，似非久計，盍更他業者？”店主嘆曰：“予輩窮人，非多財善賈者。自食其力，不填溝壑足矣！敢有奢望！”翁曰：“若無憂。吾假若資本三百金，任擇較善於爾業者爲之，吾不急索償，亦不取子金也。”

店主瞿然驚曰："翁殆戲言乎？胡爲貸予金者？"翁曰："否！吾愛爾樸實渾厚，姑取金去，其勿辭。"語畢檢紙幣一束授之。店主作傻笑曰："翁果慷慨見貸乎？予當承翁美意，歸與妻女兄弟謀改業矣！"受金而歸。

俄而西壁彈唱，悄然頓寂，徹夜無聲。次早遣僕往視，則豆腐店閉歇矣！僕回報曰："彼傖固甚黠者，殆匆騙吾金而逃乎？"翁搖首曰："諒不至是！金吾自給之，不得謂騙。果逃者，吾不之追也。"如是數日，夜則停唱，晝則杜門，亦不聞其操作也。僕懷疑甚，私從門隙窺之，則舉家俱在。第見一燈如豆，團坐攢眉愁嘆而已。以報翁，翁甚奇之，嚴囑勿往擾。

翌午，店主捧紙幣詣翁，致辭曰："承翁見愛，貸以巨金。予輩無福消受也。謹奉還。"翁笑曰："殆不足乎？吾倍之何如？"店主搖首曰："幸翁勿再苦予。予不受翁金者，安所得苦？今予苦彀矣！苟倍此金者，即不啻倍予苦。予不任受多苦也。"翁詫曰："怪哉，胡得金而苦也？"

店主愀然曰："予受金歸，聚妻女兄弟謀。左右不知所可。蓋予輩駕輕就熟者，惟豆腐與落花生耳。是二業，固無需多金者。將幡然改圖乎？而布帛米麫，予輩向未問津，奚敢漫然嘗試？予輩歇業畫策，蓋數日矣，終無良好之把握。而慢藏多金，入夜又慮胠篋者乘其後，予兄弟妻女輪睡坐守，憊甚矣！乞翁恕予輩蠢鈍，收回此金。幸甚！"

翁大笑曰："果如是乎？吾欲爾輩進一步樂境，不圖轉陷爾輩於苦境也。吾知過矣！若姑返乎！"乃取還紙幣而擲之地，嘆曰："金錢金錢，天下苦惱之事，皆假汝以行也！"

店主揚長去，而嘈嘈切切之雅奏復發矣。翁躍然起，集子媳於前曰："産業一任若輩分之。吾取一份，爲我老伉儷娱暮景足矣！"子媳既滿意，喋喋之聲稍靜。而翁遂得享數日清福。

二子以各擁富厚，怠於經營父業。漸交非類，酒肉徵逐無虚日。豪賭浪遊，財産日漸銷縮。不數年，翁夫婦相繼逝，而二子貨其宅矣！屈指十餘年，巍巍巨第已四易其主，而豆腐店乃若靈光、魯殿，巋然猶存。（完）[1]

---

① 録自《中華小說界》第三卷第三集，1916年6月。作者署"莫等閒齋"。

六、喜相逢

（一）方針

“銀笙姐，今天的頑要算了，你也花了幾塊錢，我也花了幾塊錢，究竟不過汽車打一個圜子。大菜吃着肚子不爽快，瞧瞧電影戲，雖然演得好，看得我心裏怪難受的，到底有甚麽實際的樂趣呢？”

“阿瑟妹，我勸你隨遇而安罷，世間趣事，不過這般，這不算樂，還有什麽可樂的玩兒？要末，换個地方消遣，浴池洗澡好不好？”

“洗澡？我是隔一天洗一回的，洗得麻煩了，一些沒有味道，我不……”

“哈哈，我知道了，你快些家去，幹你的樂事罷，但是現在只有七點鐘，你的丈夫定規不曾回來。你家去時不是撲了一個空麽？”

“呸，銀笙姐，你真會把我來瞎開心，你只道我是餓得慌嗎？像這家常便飯，不但我有些討厭，便是我這野心家的男子，他不過寫寫意，精神也沒有甚麽愉快了。”

“呵，阿瑟妹，妙極妙極，想不到你也會這樣開通。你要打獵野味時，我恰恰有個超等的獵場，你如果高興，跟我來。參觀，和實地試驗都行。”

【野老按】駕言出遊，不是男子們專享的權利。女人們也應該十二分半享受的。她的他，更應該“志心皈命禮”般絕對情願給她預備出遊的一切手續，因爲世界上他靠着她吃飯的地方多着呢！她一方面爲他努力，一方面却“求其所大欲”咧！家常便飯，吃得厭煩，想弄些野味來嘗，確是人們的恆情。這樣，銀笙姊阿瑟妹出台了。她倆的他，有沒有舉手贊成，却不可知，候查稟復。①

① 録自《華報》36號，1931年2月21日第3版。作者署“昊玉”。

（二）條件

倆姐妹不坐車了，在人行道上手携着手，慢一步緊一步的走。

阿瑟妹含笑附着耳朵道：“你剛纔說的野味，怎樣的標頭，你自家嘗過沒有，索性告訴我罷！如果中看不中吃，或是中吃不中看時，倆都不妙，免勞薦引。”

“豈有此理，我若不把你當做親妹妹時，這樣上等好殽饌，也不作興分你一杯羹了。”

“這般說，我明白了，這那裏算得野味，分明是你的御用禁臠呵！你肯這般慷慨讓與，我還有甚麽不放心的。”

“這也平常得狠，古人肥馬輕裘，與朋友共。何況是這宗玩意兒呢！這客氣話不必說了，但是這裏頭還有一層規矩，索性與你約了停當，免得發生轇轕。”

“甚麽規矩呢？好姐姐，你盡情說給我知道罷！”

“規矩麽，簡單得狠。第一，先要破費三四十元的手數料，這是入門法程，不能免的。當時我得着這物事時，花消還不止此哩！第二，你我倆的附條件，也要預先議明，我是天生不會吃醋的。讓與便算讓與，這是暫時的讓與，並非永久的讓與。好比存在錢莊裏頭，一筆活支的款，我也得用，你也得用，將來別認做你的所有物，向我酸溜溜的辦起交涉來呵！”

“呀，好姐姐，你也太嚕囌咧，我難道是那種不識高低的阿三嗎？放心罷，姐姐怎麽說，我怎麽辦算了。”①

（三）地點

七灣八折的曲巷，約莫過了二三十家的參差不齊房子，銀笙姐不走了，站在一家墻屋高聳的門前，輕輕地報告道：“到了。”

① 録自《華報》37 號，1931 年 2 月 24 日第 3 版。

她不是剥啄剥啄的扣門，她只翹着食指，向門旁柱子窟窿上，按兩三按。裏向知道了，開着半邊的門。門內側身站着一個半老徐娘，向門外瞧一瞧，滿臉堆下笑來，道："銀笙姐回來怎早，這位姑娘是誰？"銀笙姐沒工夫答應這個婆子了，不過點點頭，一面拖著阿瑟妹的手，一直跑到最後一間排設精緻的房子。

婆子擎著手電，跟在背後，隨手在窗子旁，按那電燈的鈕。忽然房內大放光明，十幾盞的百光白絲電泡，捧出雕床綉帳，角枕錦衾，在阿瑟妹眼裏亂幌。

銀笙姐指着圓几兩旁籐椅，招呼阿瑟妹一同坐下，婆子獻上新泡龍井的茶，白金龍的香烟。

銀笙姐仰面瞧看燈光，嘴裏不斷的吸烟，良久良久，一句話不響。

阿瑟妹耐不得了，便道："好姐姐，我知道你又騙我來白坐了，這是何苦呢。"

"辰光早得狠咧，你就急起來了？再等一等，總有個可意的人兒，來奉陪你。"①

（四）接近

"蔡嫂，今兒六少來過沒有？"

"來過哉！前半點鐘交代我，說的是，銀姐回家時，等一歇歇，他就來。"

阿瑟妹道："六少麼？這個排行好熟，姓甚麼的六少？"

銀笙姐待理不理的道："會一會面，不熟也熟了，何必問名道姓，世間排行老六的多得狠，你別瞎猜。"

的零零，的零零……"蔡嫂，電鈴響咧，你還站在這兒，怎的不去開開門。眼睛睜得像地牌，莫是耳朵聾嗎？"

婆子回頭就跑，嘴裏唧咕唧咕，一路走，一路說："這個姐兒，有些傻氣，她也來等六少，難道六少變做香餑餑？"

---

① 録自《華報》38號，1931年2月27日第3版。

“誰啊？”“是我！”“我知道是你咧！”

門半啓，六少側身進來，笑著問道：“蔡嫂，銀笙姐在也不在？”

“等你好久啦！六少，我告訴你，今兒還有一個標緻姐兒，她也坐着裏向，等你攀攀話！誰呢，別響。銀笙姐出來啦！”

“阿六，你真正沒良心得咧！你過來，我給你耳光吃吃！”

“呀，銀笙姐，對不住的很，我剛纔有些鴉片癮，到朋友家裏抽兩口，來遲了，別怪別怪！”銀笙姐咬著六少耳朶，輕輕地說：“阿六，閒話別說了，我替你尋個活寶在這裏，你要末？代價重得咧，五十元。”

“如果稱得起活寶時，五十元也不算貴，好姐姐，你先介紹我見一見波！”①

（五）衝突

“跟我來，我介紹你會會這個新妹妹罷！這個妹妹難得來，今兒光臨，好比月亮照在屋裏呵！”銀笙姐一面高聲說，一面帶着六少進來。

阿瑟妹坐在房子間，聽得脚步聲響，心裏也喜得突突地跳，連忙站起來，預備接待這個新歡，眼光只在門帘上滴溜溜的轉。

六少喜得忘其所以，腦海中臨時結搆一千嬌百媚的安琪兒在那裏。

銀笙姐一手搴起帘子，六少真的進來了，一脚跳入門檻兒了。

兩人不約而同的，四個眼睛，打了直接的無綫電。

咦……咦……門外的六少，好像半天打個霹靂，趕回身來，只怨少生兩隻脚，抱頭鼠竄去了。

咦……咦……門內的阿瑟妹，也像觸著高壓的電流，中風般軟癱在椅子上了。

蔡嫂莫明其妙，只見六少扯開門兒，跳出街上，溜之乎也，杳不知其所之了。

這裏銀笙姐，好像丈六的金身，摸不著頭腦，半晌半晌，方纔明白這一段

---

① 録自《華報》39號，1931年3月3日第3版。

原因。“哎，糟糕了，怎的误打误撞着這一對搭蠟酥！”

“呀，阿瑟妹，阿瑟妹，你醒醒波！别怕别怕！喝盅茶，定定神罷！”

阿瑟妹良久良久，精神迴復過來了。

“哼，銀笙姐，你鬼魅、蛇蝎，你不是人類。你原來勾結我的丈夫，做這亂七八糟的勾當，還要花言巧語，騙我也來湊這熱鬧。哼，如今叫我怎麽下場呢？”

“阿瑟妹，好妹妹，你别慌！千不是，萬不是，我都認了不是，我也算悔氣透了。如果早些知道，萬萬不敢這般冒昧呵！但是你也别怕阿六，兩人只叫做扯一個直罷咧！我送你家去，寬心睡你的覺波！阿六敢說你一個不字時，你一塌刮子，向我算帳，好不好？”（完了）[1]

① 録自《華報》40號，1931年3月6日第3版。

七、孫行者

（滑稽小說）

孫行者取經回向後，在我佛座前告准長期的假，回去花果山水帘洞看家，便在洞裏修心養性。不覺歷過幾千寒暑，只聽得空中轟轟軋軋的聲音，不斷的打攪他的禪定。一時心血來潮，站起來跳上雲端，睜開火眼金睛向東北方一瞧。原來是“傲來國”圖謀吞併“東勝神州”的錦綉江山，正在礮火飛機，鬧得一塌糊塗。掐指一算，知道黑龍江流域以內的人民免不得這番浩劫。想要拯救他們，自家一個子未免孤掌難鳴。守在這兒看又看不慣，只有暫時躲他一躲罷！當時打個觔斗雲，向南瞻部洲而來。這個觔斗，剛剛墜落在一家天井裏頭。認真一瞧，左邊是“西醫方聲濬診察室”，右邊是“《華報》接洽處”。心裏想道：“西醫我是內行家，當年取經西進時，老孫却曾醫好一個三年膈疾的國王。這個方聲濬先生，老孫若和他見面時，認個同道，諒必說得入港。但是這邊的《華報》到底甚麼玩意兒呢，等老孫探一探再說。”

搖身變個蜜蜂，“嚶”的飛進玻璃窗。只見裏頭沒甚麼陳列，架上重重叠叠全係印字的紙。“這莫是我玄奘師父所譯的《法華經》麼？櫥中裝訂的一册一册，想是全部經文，待我看一看。”便變做一條蠹魚鑽進櫥門，把那彙訂的一二三四册都瞧過。鑽出來又把架上零星的紙堆，一葉一葉細細檢閱。一直看到第一百九十九期，笑道：“我只認是經，這原來叫做‘報’。這‘報’，大概是人類中興妖作怪的紀録，却合老孫的脾胃。老孫最高興的，就是除妖捉怪。既已下凡一遭，便在這兒帮他們的忙罷！”

默念唵字咒，召個當地土地來詢明社長黄華山人住址。連忙搖身一變，變個現時代的書生。拔根毫毛變張名片，把“孫行者”三字化作“孫荇渚”，請見黄華山人。

黄華山人不知道他是大聖化身，見面寒暄之後，行者說明原委並且表示願充華社的義務訪員。山人驚异道："大聖，你數千年前不是享過驚天動地的大名麽？現在一般社會還在那兒香花供奉你哩！為甚麽大材小用，忽然肯替敝報出力呀？如果大聖必要逢場作戲，我這社長一席便虚左讓你罷！只是大聖何以忽動這念頭，可否明以告我呢？"

行者笑道："你這報紙，我統統看過。我知道這是狠有勢力的一種小擣抗，内容蒐羅不少社會上的現形妖魅，這却搔着老孫的癢處。惟是報上所載的種種怪物，大概與老孫有些連帶關係。除非老孫，誰都尋不出這許多魔頭所在。所以必須老孫來做訪員，這報纔有特別効力呀！"

山人笑道："大聖如肯屈就，那是敝報求之不得的。但云報上所載，與大聖多有連帶關係，鄙人却不明白。"

行者道："報上去年所載好幾篇的亡陰和尚，係是一個饒舌骷髏假冒我三藏師父。還有'西園的跑猪'及'猪角府正堂''猪角上臺盤'，這幾節也係一種剛鬣妖魔假充我的八戒師弟在這兒出風頭丟架子。不但我不能放任他這般胡為，便是我八戒師弟知道時也不答應，這是二。還有甚麽'沙太太的艷史'，這個蕩婦未免玷辱我沙和尚師弟門閥。報中所列'形形色色的誨淫婦女''窺浴記'以及'韓園''松有泉'發生的兩宗奇案，係是我當年經過'無底洞''盤絲洞''子母河'各處的妖魅，年久月深，淫魔又復作怪，不免播穢城市，這是三。'除瓜酒醋尿'這一則笑話，分明是敝族的不肖灰孫子弄出來的玄虚，未免不太替我花果山爭氣，老孫能够不管他麽？這是四。□□□□在□南焚燒劫掠，那便是我當年經過'火雲洞''火焰山'的火妖作祟。那時幸有南海菩薩甘露瓶、羅刹夫人芭蕉扇，纔得撲滅。誰知道星星不熄，餘灰復燃，竟弄得烘天熾地。善哉善哉，苦楚難挨。吾今不出，等待誰來……"

山人喜道："我明白了！難得的狠！大聖願發這樣佛心，不但是我小《華報》的無上榮幸，簡直是現社會的絕大救星呵！二百期紀念日子到了，我通告社員開個歡迎會，歡迎你罷！"仗着大聖在這兒帮忙，請看二百零一期以後《華報》的希有精神。[①]

---

① 錄自《華報》201號，1932年7月15日第3版。

八、明日黄花

“富貴花、合歡花、忘憂花、如意花，一籃滿貯吉祥花。官人買着阿姐花，陞官發財錦添花。阿哥買着阿姐花，戀意情人美如花。”

小雨新歇，朝暾試晴，深巷逶迤，軟泥芊綿。有聲尖脆，衝破曉陰。而喚醒樓居晨夢者，此一曲賣花歌也。

賣花者爲一嫗，髪星星而面多皺紋，年事甚高，鐘漏垂盡，而嬌喉宛轉。初未老蒼，乃酷肖未破瓜之閨女。天若憐此婆子，留其韶齡雅韵，以資其餬口之一綫生機者，噫亦罕矣！

嫗黄姓，前清光宣間，操珠玉業。民國初元，改而賣花。相傳其始終不嫁，至老尚爲黄花女兒。里中以其姓黄而業花，則信口呼以黄花姐云。

黄花姐雖爲老處子，實一積世老婆婆也。人情冷暖，世態滄桑，不能逃其一瞬。光復伊始，審黄花爲衆所珍，種而售之，輒獲善價。而於每年黄花節，尤赢利市數倍。自洪憲復辟，督軍團變亂紛更，軍閥相繼干政。先烈紀念，視若弁髦，而黄花遂不見愛於俗眼。嫗之黄花，採而顑頷，高呼過市，無過而問者。自是以往，乃改售迎合時好之花焉。①

黨治昌明，南北統一，黄花節改以國曆舉行。衙署社會之致敬於先烈者，需用黄花甚夥，恒取購於花圃，或花店。而黄花姐尚無此花應市，有向之購者，則對曰：“明日來，明日來！”

今年此日又屆矣，年爲雙十之年，節爲黄花之節。而黄花姐籃中所售之花，仍雜花也。所唱賣花之曲，又未及黄花也。

門開，一剪髪時裝女士，招嫗來前，向購黄花。嫗笑曰：“小姐時髦甚，果

---

① 録自《華報》48號，1931年3月29日第3版。

入電影劇場與大菜間遊者，需此過時之物奚用乎？且此花爲死士之花，非富貴吉祥者，小姐何愛而購之？”

女士斥曰：“爾何知？勿嘵舌，速以花來！”嫗微笑曰：“小姐倘需此花，明日奉獻，明日奉獻！”携籃高唱而去，其歌曰：“黄花節，插黄花，黄花化作明日花。一朵黄花一朵血，插花緊記黄花節。富貴場中無此花，烈士致死忘其家。飲水思源今蓋寡，買花先問黄花姐。”①

① 録自《華報》49號，1931年3月31日第3版。

九、官家

民國以來，充機關勤務的，大半近城鄉人。一家父子兄弟侄，分任各機關跑差茶房的役。回家向他的妻小閒談，説我們闔家，吃的衙門飯，自然要擺出官家架子。與他們做田家，不能平等。他的妻小，得着這話，對左鄰右舍，便張起十倍威風，出口官家，閉口官家。一天，隔鄉某姓喜事，這個婆子充做官太太赴席。有個窑角婦人，在席上被他侮辱，氣不過駡他道："若説官家，理應讓我們窑角稱呼。你家什麼東西，也配得稱官家？無論我們窑角二百餘竈，指'官'爲姓，是天然世襲的官家。便是我的丈夫，也曾當過官錢局工頭。我的小叔，也曾充過警察署巡官。難道比你不上嗎？"①

① 録自《華報》311號，1933年6月18日第3版。

十、奈何天①

（寫情小說）

（譯著）

原　叙

亞力山杜盧曰：情之一字難言哉！草木蟲魚，莫不有情，微論人類。獨至於男女之感情，尤爲奇譎俶詭，不可思議。余亦地球上一情種也，故於酒闌耳熱時，恒喜集二三知己，環坐斗室，移燈煮茗，暢談宇宙間發現之情史。暇輒筆爲記之。最奇者莫若予鄉一段故事。予蓋得諸老博士葛司海文所述者，中間情節，可驚可嘆，可恨可憐，泚筆誌其顛末，都為十六章，以證世界之言情者。

目　録

①《奈何天》，（俄）亞力山杜盧著，莫等閒齋主人（陳天尺）譯，上海改良小說社1910年版。

第一章 儇薄子

彼何人斯，彼非聖彼得堡之一儇薄子乎？

彼非上流社會人，彼之目睒睒深而碧，彼之髮如蜷，鬚如蝟，身不滿六尺，貌猥獕如鬼。

彼不講脩飾，面垢忘洗，領結恒斜至肩際，履穿至裂不易，外套多破隙，若被嚙於鼠，父老子弟恒指而嘲之曰：“彼哉彼哉，彼固吾鄉第一懈人也！”

彼乳哺時即失怙恃，長養於育嬰堂，弱冠入蒙塾，不善讀書，塾師惡其劣，斥之歸，無以爲計，乃投身於捕房，司賤役。

彼善佞，突梯滑稽於長官，雅得捕憲歡。不數年間，旋擢爲捕頭。

彼雖庸劣，然非碌碌無所能。彼善辯，口若懸河。彼善搏，有力如虎。鄉有鬥毆者，彼必出爲解紛。素武斷於鄉曲者，恒望望然去之。以故婦孺皆知名，常哺以酒肉。

彼栖身於聖彼得堡之小村，村之名曰納敦盧。水聲潺潺，瀉出於深林密篠間者，納敦盧之曲溪也。彼搆屋於溪側，匡廬雖湫溢，繞屋風景，亦頗清幽，過者輒疑爲隱者之宅，而不知其爲捕頭之蝸居也。

彼之名曰虎蘭士，彼之妻曰律梭。律梭丰姿綽約，態度翩翩，蓋二十許佳人也。

去納敦盧十餘里，爲律梭之主人家。主人富商也，律梭笄年，貧不自給，婢其家。能以目聽，以眉語，善伺主人意。主人悅之，愛情屢動，礙於悍妻，未敢發也。爲妻窺覺，操杖逐之，律梭伶仃無所歸。天寒日暮，躑躅中途，倉皇迷路，竚立納敦盧溪畔，眼望一泓綠水，哭失聲。

於時履聲橐橐沿橋西來，翳何人？虎蘭士自捕房歸也。見而艷之，詢所苦，律梭哽咽以告，虎蘭士知其可謀也，慰藉之良殷，携之歸，飲以酒，逗以妮詞，遂成伉儷焉。

律梭風鬟霧鬢，弱質姍姍，露西亞中所罕有也。貴介公子每有罄巨萬囊槖，殫畢生精神以求尤物，漫不可得，瑣瑣之虎蘭士，乃於無意中拾一美婦，彼之僥倖固何如，彼之珍惜又何如。

並蒂者花耶？同命者鳥耶？虎蘭士與律梭，鶼鶼耶？鰈鰈耶？夫何彼之愛情，輕描淡寫，乃如不著墨之畫圖耶？蓋人世間之物，獲之過易，視之必輕。彼視律梭，若微塵栖弱草，以爲予取予携，非他人所得奪也。嗚呼！艱難而就者福也，邂逅而成者孽也。彼若然福耶？孽耶？

第二章 夢醉

律梭當窮無所歸之際，慘淡之花容，纍纍然若喪家之狗，飢者不擇食，渴者不擇飲，漫漫兮長夜，寂寂兮芳春，念得此居留地，意亦爲之稍慰。

顧以姚冶阿那之麗質，儷此傖囁穰槈之莽夫，入我彀中，虎蘭士方自鳴得意。而美玉溷於泥塗，姬姜辱於皂隸，造物弄人，往往如是。身當是境之律梭，對此月夕花晨，自不免有彩鳳隨鴉之感矣！

當結昏之彌月，捕房之同僚，暨與虎蘭士交素厚者，咸醵貲致賀。飲虎蘭士於露西亞之特各別墅，慶其得艷匹。觥籌交錯，雜沓歡呼，虎蘭士亦掀髯狂笑，任情恣飲，忘其玉人之候已也。𪔂更三躍，猶留連而不知返。

鴞聲四起，月色孤冷，曠野寂寥，芳心猝警。律梭待其夫未至，一種幽怨之意既發現於眉睫，而色界之邪魔，遂緣是而入擾。情天之孽果，亦由是而造因。其幸耶？其不幸耶？

延候既倦，坐而假寐。恍恍惚惚，如置身於公園中。枯寂無侶，顧影自憐。正惆悵間，瞥見一美如冠玉之少年翩然而前曰：今夕何夕，見此粲者？律梭亦似曾相識，羞顏腼腆，囁嚅而問曰："子非露西亞著名之美男子蕚都乎？"羊車人物名下無虛，相視而笑，莫逆於心。兩人遂携手入花陰深處，互道其傾慕之誠。相偎相依，娓娓情話，兀自不休。

一對可憐蟲，三生同命鳥，此境似之。律梭方如醉如痴，綺夢正濃，忽爲剥啄之聲所破。星眸微睇，情境依然。好事多磨，檀郎安在？未及啓户，虎蘭士已闖然而入。醉眼朦朧，醉意迷離，益做作其狂醉不情之態，以自暴於美人之前。入座未定，呼律梭曰："取咖啡來，爲我醒酒。"如命與之。又語律梭曰：

“我醉欲眠，卿速伴我。”律梭乃扶之入寢，倒頭便睡，睡未移時，狂吐不已。茵褥浪浪，幾爲之滿。腥穢之氣，撲鼻而欲嘔。蓋爾時之律梭，悲遇人之不淑，傷實命之不猶，對眼前莽浪之狂且，益思夢裏溫存之情郎。萬種凄涼，一心懊惱，長吁短嘆之聲，儼與虎蘭士酣睡若死之鼾聲相應和云。

第三章　露水痕

晨曦射窗，雪氣侵榻。律梭慘淡起，壁右時計，鏗然七敲。虎蘭士宿醉惺忪，倦睛忽啓，呵欠作，半晌抬身起坐，笑曰：“昨夜醉耶？乃眠於此，汝未睡耶？”

律梭攬镜掠髮，默不作一語。

虎蘭士取架上盆，向窗角注自來水，濯亂髮，水花飛濺，濕律梭裳。律梭作微惱色。虎蘭士笑取巾拭面，輕風自窗隙入，鬚髲鬖動。

勒生曰：“醜態百出，令人不可耐。嗚呼！美如律梭，何以爲情？”

取麵包，取牛肉，向火爐炙。傾潑蘭地酒一杯，立罏側，且飲且嚼。呼律梭曰：“卿盍來食？”律梭答曰：“儂飽不思食。”

虎蘭士視時計針將指八點，披外罩，携短杖，握帽匆匆去。

日影透檐，曉雪初霽，鵲聲亂噪。律梭敞璃窗一片，望隔溪餘雪未消，樹林一色如粉妝玉琢，心頭小鹿爲之猛觸，嘆曰：“佳哉！雪景使影裏情郎，置身此際，皚皚銀海，翩翩玉人，不儼然一紙特色之圖畫耶！”

“萼都君乎，餐霞之仙耶？羽衣之客耶？彩雲何在？盍使儂一望丰采。”

“好事多磨，明月易缺。彼美一人，或不在人間世耶？”

“試望前村，攘攘往，熙熙來，踏瓊瑤，步玉屑，翳何人。”

“胸一囊，自東而西者，非郵局之某信差乎？肩一鋤，自西而東者，非前溪之某農士乎？”

“纖纖素手，握一束畫革書，脚步細碎，香風襲人。儂識之，非某學校之女學生乎？”

“態度翩躚，神情閒雅，披淡色套，圍鷺鷥巾，一步一步，度略彴而來者伊誰？”

“若一朵鏡中花，若一團水中月，殆意中人耶？”行將近，視之，廬山面目，果然逼肖。

“驀然見五百年風流孽冤，儂其夢耶？”

律梭喜色上於眉梢，神魂顛倒，眼迷睽不停睇。

渠於不經意時，眼角一瞬，秋水盈盈，中忽有一麗人，鏡其瞳子。渠頓覺腦膜中豁爾開朗，胸次壘塊，泊然盡銷。渠不覺置身於何地，鵠立橋頭，足不能移步。

兩人眼中之交易點，於幾何界上，引成一直綫。久之久之，律梭情不自禁，舉纖手向窗中招之。渠覺身輕如風箏，竟隨其招綫，疾步入虎蘭士之廬。渠察室中無人，漸近律梭旁，脱帽握手爲禮。兩人之愛情，自眼而漸移至唇。嬌顫之聲浪，自喉中發。

律梭頰暈朝霞，低聲詢曰：“君萼都耶？”渠亦低聲答曰：“然！麗人從何處識余？”律梭笑曰：“君小影遍聖彼得堡，寧獨不許儂一識耶？”

語次，萼都喋喋問，律梭喁喁答。萼都始審爲虎蘭士之妻，并悉律梭之歷史，心中喜曰：“吾願酬矣！”

唯時由愛生感，由感生憐，時乎不再來，刹那之頃，兩朵名花竟墮風塵之劫。君不見，磁石與鐵乎？二物莫使近，近則吸力倍神速，重學家不能設阻力以阻之也。律梭其磁乎，萼都其鐵乎？

第四章　漏洩春光

律梭既鍾情於萼都，暮暮朝朝，潛潛等等，非萼郎不歡。萼都亦以律梭爲空前絕後之尤物，佳人難再得，願於牡丹花下死。

虎蘭士家無應門之僮，室無解意之婢，烹調紉刺，皆律梭任之。虎蘭士之在捕房也，捨禮拜日外，晨八句鐘入直，晚五句鐘出直。

疇昔之日，此數辰内，帘幕低垂，玉人靜坐。惟有檐雀啁啾，瓶花蓓蕾，足以伴寂寥耳。今則唯雀有巢，唯鳩居之。幸哉萼都！艷哉萼都！

兩情浹洽，形影相吊，匪一朝矣。特礙於虎蘭士，不獲晨昏相共。每值壁鐘五敲，便惆悵話別，兩人常銜爲恨事。

巧甚，屋後多情之小門，能駐寸陰，維短晷也。何以故？蕚都輒於五句鐘時，相對不忍去。兩人約，蕚都偵前門，律梭偵後門，皆於窗隙遙望虎蘭士。虎蘭士從前門歸，渠則後門出。虎蘭士或從後門歸，渠則前門出。彼等無他謀，以爲少留片晌，即快事耳。

木揑拉集者，前村之牧馬兒也。目灼灼如賊，黃髮覆額，作憊賴狀。嘗出入捕房，識虎蘭士，亦識蕚都。

一日牽健馬，過納敦盧溪側。馬四蹄怒躍，噴氣盈斗，嘶吼之聲，從鼻孔出。木揑拉集知其渴也。卸鞍於地，引至低磯處，縱之下溪飲，自握鞭立橋畔。樹陰下，瞠目四顧。

對溪小屋，呀然一聲，門啓，一少年出，門頓闔。渠行數武，屢回顧。有一美婦人，露首窗中，招之以手，渠復返，近窗不知作何語。頃之，婦人以一物授少年，掩面閉窗入。少年木立良久，始返身，緩步過橋北。

木揑拉集，凝神視之，審爲蕚都也。若爲弗知者，前迎數步，含笑問曰：“蕚都郎君，好久不見。”渠點首微笑，淡紅色汗巾，自衣袋中露一角出。

蕚都注目橋下，驚詫曰：“异哉，一匹神駿，其主爲誰？”木揑拉集曰：“某爵府之代步也。郎君賞鑒不謬，誠良馬，韁轡俱在，莫欲一試否？”蕚都點首者再。

木揑拉集下溪牽馬，配鞍韉。蕚都飛身上，馬一躍尺許。紅巾一裹，從襟底墜。木揑拉集急拾藏之。蕚都不之覺，縱轡絕駛。食頃馳回故處。蕚都下馬，氣度怡然。逡巡移步去，木揑拉集贊曰：“郎君豪興哉！”

木揑拉集視蕚都去遠，乃取懷中物細視，紅巾裹一豆蔻匣。匣中寶石指環，一髮數縷纏其上，香氣撲鼻，審爲美人之貽也，奇之。

“咦！我知之矣！蕚都偷花之蝶也，彼姝必非良家子。”

“咦！我知之矣！此非虎蘭士宅耶？聞虎蘭士妻美甚，渠亦自由結婚者，胡乃移情於蕚都？”

“嘻！彼姝可謀也！”繫馬於樹，乃過橋叩麗者之扉。

律梭疑虎蘭士歸，啓扉，木揑拉集突然入。律梭驚甚，退數步。木揑拉集近前笑曰："卿與蕚都之交涉，我知之詳。儻分我一杯羹，我當爲卿密，不然確證在此，不能爲虎蘭士諱也。"語次出淡紅巾。

律梭瞋目結舌久之，紅暈漸起雙頰，上侵眉際，秋波流盼，嗤然一笑，低語曰："此易事耳，還我巾，當如命。"

木揑拉集心醉神迷，遽與之。律梭藏巾於懷，面色猛變，冷如冰雪，取架上利刃，指木揑拉集喝曰："我與蕚都善，我之自由也。爾何人，妄干我事？咄！鼠子縮頭去，不然，非爾死，即我死耳！"

木揑拉集驚駭欲絕，慚汗如漿，拔步走。出門詈曰："不拆此一對野鴛鴦，不能消此恨也。"解繮牽馬，懊喪而歸。

第五章　冷笑

高樓突兀，結構精工，聳於博羅街中者，非聖彼得堡之大餐間乎？殽則象白駝峰，猩脣熊掌，羅山珍海錯而炙之。

酒則芳烈入腦，清香沁脾，駕葡萄酸威士忌潑蘭地諸品而上。

客則群賢畢至，少長咸集，樓中座常滿。

虎蘭士好飲，木揑拉集亦好飲。濁醪中之知交也，每飲以二十斤爲度，然非博羅街大餐間之酒不愜意。

一日木揑拉集暇無事，五句鐘過捕房，虎蘭士公務畢，携手出。

木揑拉集曰："又隔數日，未與君痛飲矣！盍往博羅街。"虎蘭士諾。

頃之抵其處，鈴索動，兩人登樓，入一最僻靜之厢。

虎蘭士呼酒，木揑拉集呼菜。虎蘭士豪飲，木揑拉集大嚼。

盡數爵已，木揑拉集問曰："君亦歡伯一知己，敢問飲中何品最高？"虎蘭士曰："聞之善飲者無量，百爵不改常。左手舉觴，右手治事，毫忽不紊，是爲上品。若夫以醉爲度日，沈浸酒海中，不察理亂，不知寒暑，此甕底之冷血動物耳。上品余不敢望，唯不溺於下流，於酒德宜無缺憾。"

木揑拉集撫掌笑曰："然則君不爲牛飲，當爲鱉飲。"虎蘭士愠曰："何例余於牛與鱉？”

木捏拉集曰：“曩者，余误以甕底動物爲上品，故視君重。今而知君之不足重也。”

虎蘭士曰：“余何以爲甕底動物。”

木捏拉集曰：“君愛酒否？”曰：“愛酒。”

“君之愛酒，孰與君之愛妻？”曰：“愛酒亦愛，愛妻亦愛，其爲愛等耳！”

“然則君之酒，可與人分飲。君之妻，可與人分眠乎？”曰“是何可？”

“君以爲不可，君不能禁他人之可也。君之妻，久與人可矣！”曰：“謬甚！余何不聞？子其戲我乎？”

“甚矣，君之久爲甕底動物也！”曰：“子見之否，果何人？”

木捏拉集笑曰：“其人非碌碌，蓋愛冷村之莩都。”虎蘭士亦笑曰：“愛冷村之莩都耶？”

木捏拉集曰：“然。”遂詳告以所見，唯諱其拾巾事。

虎蘭士舉觴，徐徐飲盡，鼻觀中嗤嗤烈烈發冷笑，聲震壁厢。

木捏拉集曰：“奇哉，動物何爲笑也？”虎蘭士曰：“按妄言律，子當罰十巨觥。莩都非他，余至交也。與余妻爲葭莩親，渠以戚誼往來耳！子何少所見而多所怪也！余固知余妻不至此！”

木捏拉集面如土灰，半晌問曰：“真耶？”虎蘭士曰：“渠小影猶在我衣袋中耳，何爲不真？”語畢取影片出。

木捏拉集起謝罪曰：“余固弗知，妄言獲罪。君恕余無禮，請受十觥之罰。”酌乞告辭。

木捏拉集去，虎蘭士亦緩步歸。途中展轉自思，忽得不可思議之妙策。

抵家將及門，聞室中窸窣聲，後扉開闔聲，璃窗忽啓，律梭之艷顔，含笑一影，虎蘭士推門入，擲帽於案，欹逍遙椅上，作微醉狀。

律梭斟咖啡進，虎蘭士飲迄，握柔荑之手，問瓶花饇頳否，壺酒告罄否，厨中食物可支明日否，律梭一一答。兩人之親愛倍昔日。

嗚呼，情之一字難言哉！真假之判，濃淡之分耳！益淡則益真，益濃則益假。謂余不信，盍觀虎蘭士與律梭今日之調情。

第六章 意外之兄弟

林花含笑，木葉向榮，嬌鳥吟晨，曉風送暖，墻頭薜荔，階下苔菌，皆欣欣然作春色。

律梭方倚鏡試晨妝，握巾灑花露，微風動，布帘開處，葶都自外入，手捧一長方匣置寫字檯上。

律梭啓匣，匣中鮮花十餘朵，含苞帶露，清香沁腦，愛不忍釋。笑曰："郎贈儂否？儂愧無以報。"

"曩者巾中物，幸不落狡童手，不然事幾敗。"

葶都曰："彼狡童兮，亦識虎君，事得勿露否？"

律梭笑曰："醜夫沈湎於酒，醯鷄者流也，第勿慮。縱有影響，儂粲花之舌猶在，寧不能欺一蠢物乎？木捏拉集何能爲？"

葶都曰："我兩人天作之合，雖海枯石爛，此情莫能絕也。若以細故而止，吾愛境之進步，是兩人永無自由之一日也。不自由，毋寧死耳！"

律梭曰："且食蛤蜊，勿管許事。"葶都微笑不語，吸雪茄烟，烟灰簌簌，墜於襟之角。

虎蘭士既有此恨，紋纏於心竅，飲不知渴，食不知飢。寸餘腦界，忽而裝一律梭，忽而裝一葶都，但覺鼻孔中每含酸質，眼帘內時有淚光，然於人前，絕不露些兒憂鬱態。是日也，捕房無甚事，虎蘭士於午後二句鐘歸，抵家蛇行鼠步，轉至屋後，彈指叩扉，久之微聞應門聲。

復疾步至前門，乃見葶都垂頭喪氣，神色慘沮，將度橋。

虎蘭士自後呼之曰："葶都先生，不見數月矣！何過門不入？"

葶都回首，驀見虎蘭士，面失色，強作笑容，半晌，脱帽，答曰："君在家時少，奚敢孟浪！"

虎蘭士近前，握手爲禮，笑曰："我輩知交，何云孟浪？草廬咫尺，盍過我一談？"

葶都不得已隨之，虎蘭士推前門讓葶都入。律梭望見，驚駭欲走，虎蘭士笑曰：“此非他，是吾友萼都先生也，勿避，速前來相見。”

兩人聞虎蘭士言，神色始定，以爲彼固不知也，遂漸近，飾作初見寒暄狀，禮畢各就坐。

虎蘭士笑曰：“士別三日，當刮目相看，况數月乎？先生神采倍飄逸，姿態益橫流，不啻神仙中人也。”

萼都亦笑曰：“邇來心緒惡劣，貌逐境移，枯貧之相，顯頳甚矣！烏足以入君眼。”

虎蘭士曰：“先生固貧，我豈富耶？士寧清貧，勿爲濁富。布衣之交，淡而有味。此後願勿遠我也。”

語律梭曰：“新客在坐，速備酒殽。”萼都起辭，虎蘭士作欲慍狀，萼都乃留。俄頃，烹炙前陳於圓几，美酒分注於璃杯。虎蘭士讓萼都坐，呼律梭曰：“佳客難逢，旨酒無價，卿盍來共飲乎？”律梭喜出望外，不覺盈盈而亦坐也。

酒酣，虎蘭士撚鬚，談近日包探新案，娓娓動聽。復殷殷問萼都家事。萼都愀然，以剥落對。

虎蘭士嘆曰：“昔君先人在時，座上笙歌，食客幾滿，至於今日，門可羅雀，富炎窮凉，良可慨也。雖然，友貴擇交，如我者自謂不謬。先生如岑寂，盍常來我家。我公忙之暇，杯酒談心，亦消遣之一法也。”

萼都聞言，暗中喜，律梭亦暗中喜。相視而笑，莫逆於心。

萼都之言發，律梭之言亦發。

萼都曰：“如蒙不弃，願與虎君爲兄弟，得以常聽教誨，幸甚！”

律梭曰：“孤居寂寞，久無姻婭往來，得先生常臨草舍，良佳！”

虎蘭士滿斟一大白曰：“快哉！快哉！萼弟真爽人也！請盡此觥，兄弟之交從此始。”萼都飲畢，盡歡而散。

第七章　賺藥

萼都自與虎蘭士作假手足，坦然無礙，日盤旋於斗室中，顛倒溫柔鄉，迷離美人陣。以爲天假之緣，固人生第一樂事也。

最可憐者，愛冷村中尚有薄命佳人碧蓮膚耳。萼都締律梭後，視碧蓮膚爲色界公敵，避之若魍魎，輕之若泥沙。時或相對，彼努目，此攢眉，不啻眼中之針，背上之刺也。以故恒少歸家，將以律梭之室，爲菟裘終老之鄉。律梭亦惟恐其歸也。千種溫存，百般腼合，遂如玲瓏骰子之嵌紅豆焉。

然則斯時之虎蘭士將奈何，得毋拾手槍，裝飛彈，一秒鐘時，轟斃兩人，以泄吾恨歟？异哉！彼何迷睽醉眼，不改其常度也，世界固有如是蠢物耶？抑故作之合，使兩美萃於一室，以爲千古風流佳話，而不忍蹂躪之乎？噫嘻，世之不忍人者，真不忍也。世之飾爲不忍人者，其心豈第忍而已哉？陰險無倫，變幻不測。吾觀今日之虎蘭士，吾爲律梭出冷汗，吾爲萼都抱隱憂。

世之慧眼善觀斯劇者，當以萼都爲鷸，以律梭爲蚌，而以虎蘭士爲漁人。

谷魯勃圖堅者，馬納口邱人也，精化學，善刀圭，爲露西亞著名之醫家，設醫院於聖彼得堡之格利斯街。

先是虎蘭士疽發背，就醫於院，三禮拜霍然愈。虎蘭士未有以酬之。

谷魯勃圖堅夜出獨步，失所佩徑寸之金表，有極晶瑩之鋼鑽數枚，嵌表鍊。倉促不知落誰手，商於虎蘭士。虎蘭士爲之遣探，四日而得。谷魯勃圖堅感其殷勤也，與之善。

虎蘭士暇時，常來院觀醫病，見夫痿痔癰疽，老癃弱瘠，呻吟之聲，庭實旅百。

渠左握藥瓶，右執藥刷，指揮如意，應手而効，深嘆其術之巧，竊羡其藥之良。禮拜日，虎蘭士午後步格利斯街，過醫院，尋谷君不見。僕歐手指內藥房，虎蘭士推門入，見小壺滿案，罏烟如縷，發茄花色之霧。谷魯勃圖堅焙藥方畢，直藥末於琉璃器中，架輕氣筩吸其火氣。

虎蘭士問曰：“製何藥物，而用輕氣筩？”

谷魯勃圖堅曰：“此外敷藥粉，去滯血生新肌，治刀劍傷者也。是藥緑質極多，而含碘養，有大毒。若不過火，遇濕結爲矽養質，不可用。既過火，又含有炭氣，不適於用。故以輕氣筩微去其炭氣也。”

虎蘭士曰：“若然不可食乎？”谷魯勃圖堅笑曰：“毒藥烏可食，食之必死。”

虎蘭士曰：“食多少乃致死？”曰：“二釐耳。”

虎蘭士曰:“误食之奈何?”曰:“误食之,絞腸立絕,死後不能辨,欲辨之,灌以淡磷強酸,毒色乃盎於面。”

虎蘭士驀然得計,又曲折問他藥,展轉談他事,移晷始去。

隔數日,虎蘭士在捕房,以利刃刳其掌,狀爲切物误中者,血涔涔滴,以巾裹之,疾馳至醫院,作呻楚聲。

谷魯勃圖堅驚問所苦,虎蘭士示之以掌,血漉漉滿巾。

谷魯勃圖堅取藥瓶傾三四分許,解巾敷之,血頓止,痛漸減。

虎蘭士審爲前日之藥,乞多給數分,留以自敷,免明日重來索也。谷魯勃圖堅又傾四五分許,取片紙,作小裹與之,虎蘭士珍重藏於懷。

出仰天笑曰:“割我掌中肉,斷彼腹中腸。掌割猶可醫,腸斷不可續矣!”

第八章　杯里鴆

秋風起,松楸葉亂落。四野蕭瑟,孤雁悲鳴。夕照在樹,紅樓半角。有一黯淡之麗人,浩然長嘆,非愛泠村之碧蓮膚耶?

眉鎖遠峰,淚潮秋水。荼丁比苦,梅子含酸,伊何事耶?蓋萼都之劣點,久已傳聲於碧蓮膚之耳鼓中。蕩子不歸,美人善怒。樓頭秋色,何以爲情。

虎蘭士以捕事自村中過,驀見丰姿若驚鴻、若游龍,芳草不足喻其妍,秋花不足譬其淡。心中竊嘆曰:“此非萼都之妻碧蓮膚耶?有妻如此,亦足銷魂,何得隴而復望蜀耶?賊子真不可恕!”

途中復自思曰:“彼之艷在皮,律梭之艷在骨,彼固弗如也。天乎!天乎!既生律梭,何生萼都?余恨萼都,余并恨律梭。”

律梭方散金縷之髮,披白綃之衣,徙倚鏡屏側,顧影自憐。萼都並肩而立,以臂攬之。睇視鏡中,恍疑明月入懷,軟雲在抱,意滿神怡,不可一世。

電鈴響,虎蘭士推扉入。

萼都愕然前迎,強爲笑曰:“虎兄何歸之早也?”虎蘭士撫掌笑曰:“妙甚!萼弟適在此!微風試冷,秋色撩人,菊子已花。鱖醃新脆,有酒不飲,非雅人也!我有壺漿,與子共之,何如?”

葶都笑諾。虎蘭士呼律梭備酒肴。

少焉，月照於璃窗之上，其色慘淡。輕風過凉薄，掠屋角，作肅殺聲。

三人團坐共飲，虎蘭士酒興勃發，舌底生蓮，詼諧萬象。

律梭亦引滿數爵，酒過雙暈，花顔酡然，一笑百媚，如映日芙蕖，因風楊柳。

葶都顧而樂之，心花怒開，一杯一杯，若莽泉之驥，若吸浪之鯨。食頃，醉態迷瞑矣。

律梭亦醉，作倦容，雙眼半閉，僅露一綫之光，欠伸起曰："儂醉欲眠。"脚步横斜，裊娜嬌顫，思向卧榻，一暈欲踣，扶葶都所坐之椅背，細喘不歇。葶都起，以兩手掖之，扶至榻畔，使暫卧。律梭剛倚枕，兩腮紅艷，映燈花作桃花色，葶都情不自禁，伏而吻之。虎蘭士乘其不見也，向衣袋内取藥少許，擂指末，密彈葶都杯中。執壺傾滿，促葶都來飲。葶都模糊中，移步就坐，舉盞一吸而盡。約四秒鐘之久，葶都忽發呻楚聲，虎蘭士故詢之。渠愀然以腹痛對："咦！痛甚！痛甚！"漸不能坐，急起斜卧於自由椅，呻響大作，烈烈如鴞，凄楚之聲浪，直擊律梭之耳。律梭驚醒，香汗浹體，酩酊漸退，力疾起，詢何事。

葶都昏沉，屢喚不省。虎蘭士亦就呼之，迄不應，故作慌張狀。語律梭曰："渠腹忽痛，盍爲之按摩，當漸愈。"

律梭前撫之，葶都雙眼作努，口咻咻然。一刻鐘之久，聲漸寂，鼻孔無納氣，膚冷如冰，推之不動。

律梭驚曰："咦！葶君死矣！"淚簌簌如雨，濕衣袖。

虎蘭士叱曰："安得便死？爲此不詳之言！"近前視之，良然，亦驚曰："奈何？奈何？何故致死，令人不解。"語次亦涕淚縱横。

律梭嗚咽曰："葶君莫中毒否？"

虎蘭士曰："必非必非，酒爲三人共飲，渠安得獨有毒。吾昨聞醫生言，時下暴厥之症甚多，藥之不及，渠或罹此疾耶？雖然渠死於我家，我之干係也，將奈何。"

律梭柔腸寸斷，悠悠無主，亦顫聲曰："將奈何？"

虎蘭士思之良久，忽得計曰："不妨不妨，我將移之秘處。"

壁右時計，琅琅兩敲，虎蘭士曰："夜過半矣，此其時也。"

呼律梭收拾杯盤，啓扉，觀微月朦朧，四無人聲，乃負屍於背，倉皇出，過橋東去。

律梭佇立門前，酸楚萬狀，望虎蘭士不見，始悵然入。

闔扉，背蘭泊燈坐，淚如湧泉。

彼美人兮，遂如曇花一現，索解莫從，如斯結局，夢耶真耶？蓋斯時之律梭，樂極生悲，哀定思痛，欲涸愛河之浪，而興恨河之波矣！

第九章　葡萄園

過納敦廬村東三里，有一廢圃，面積六七畝許，舊爲公家花園。遊人車馬，絡繹不絕。一千八百四十九年，經得累司登革命軍之風潮，黨人蜂起，草木皆兵。兵燹之後，蹂躪不堪。瑤草奇花，成爲陳迹。荒榛敗莽，遮蔽天日。某富商以廉價得之，芟夷蘊崇，以藝百果，四周無墻，護以短樹，緑陰葱蒨，饒有野意。

先是邨多小偷，佳果熟時，遺失無算。某商末如何，乃雇莽農夫四五輩，邏守之責，以種藝。無工值，約採擷時，商取其七，工取其三。

秋高氣爽，葡萄初熟，珠實累累，紫色映眼。樹下週張韋幕，四五莽夫，值宿其際，無虛夕。

斜月昏黄，薄雲如幕，萬籟俱寂，鷄犬無聲。夜色荒凉，微辨路徑。虎蘭士背萼都屍僞悚前行，輕風拂耳，啾啾如聞鬼嘯。

抵果園外，偵守者熟睡，躡足逕入，擇一株最大之葡萄樹，卸屍其下，灣其兩臂，使抱株作猱升狀，安置畢，俯伏快步出。

拾石子十數枚，從園外猛擲樹杪，葡萄簌簌墮，樹葉嘩然。幕下一守者從睡夢中驚醒，疑偷果者來，猛拾短杖，起而攫拿。

"來！偕來！有盜！有盜！"四五莽夫，聞聲咸集。睡眼朦朧，參差握杖，喊曰："盜安在？"

守者模糊見樹下有人，指曰："盜在是，盜在是！"喊聲未畢，群杖並至，敲撲數十，屍蹶然倒。

虎蘭士時潛身於園右之厠中，聞閧擊聲，故作咳嗽，緩步入園，高聲喝曰："黑暗中爾輩作何勾當？"

守者識虎蘭士之聲也，趨而前迎，忿急告曰："捕長來大好，盜盜葡萄，適已獲。"

虎蘭士曰："盜安在？"守者指樹下曰："卧地詐死者是也。"虎蘭士曰："昏黑不辨，速取火。"

守者取牛目燈至，虎蘭士執燈一照，良久忽大叫曰："誤矣，誤矣，此非愛冷村之萼都先生耶，爾輩所素識，而云盜耶？"以手探其鼻，撫其膚驚曰："冤哉！爾輩何鹵莽至此！真死矣，而云詐耶？"

守者大驚，手足罔措，奈何之聲，如泉滚波湧，出於四五輩之口。

虎蘭士故作疑訝曰："渠翩翩雅人，何作盜耶？嘻，我知之矣，渠善飲，莫非醉後誤撞至此？"守者伏其口，酒氣薰薰襲鼻孔，皆曰："良然！良然！"

虎蘭士怒曰："咄莽夫！咄莽夫！即云盜也，以四五人擒一易事耳，奈何杖之？况渠固名士，而誣之爲盜，且斃之耶？幸余適在園側解手，聞聲入，始罷杖，不然將敲之作醢耶。噫！捕房又出一段命案矣！"

守者心膽俱裂，噤不能答，環而跪虎蘭士，求援手。

虎蘭士叱曰："余非上帝，不能赦爾罪。捕房自有律例，余無權。"

守者環跪不起，崩角有聲，皆曰："我輩大懼牢獄，萬一可以轉旋，各願獻百盧布以謝，懇爲彌縫。"

虎蘭士良久始首肯，叱曰："起！起！勿作此態，幸有一法可以移禍。速作券，明晨賫金送我家，當爲爾輩了此案。"

守者喜甚，起謝。篝燈入幕，各以帋紙書欠券，劣不成字，潦草如蛇虺，交虎蘭士。虎蘭士藏券訖。

視衣袋内時表，小針已指五矣。仍至樹下，掇萼都之屍，背之而出。

第十章　門前之博士帽

雲片漸濃，月色昏黑，凉風撼樹，冷氣穿肌。風過處，微雨濛濛，鬆泥滑滑，虎蘭士負屍出園，冒雨迤邐而西。

抵納敦盧溪側，聽流水瀼瀼，與蛙蛤之聲相答，遥望隔溪，燈光一綫，知律梭尚未睡。

乃踱過橋南，擇溪水淺處，亂石谽谺，舉屍倒投而下，首浸水中，兩脚參差，翹於石罅。

乃回家推門入，燈光之下，律梭斜倚於逍遥椅，容光瘦減，精神疲倦，見虎蘭士入，起而詢曰："移屍何處，速語儂。"

虎蘭士熄燈，答曰："未也，暫置溪橋側，余將復往覓秘地。"乃於暗中覓得萼都之博士帽，密取瓶酒麪包，放衣袋中小語曰："卿且睡，余即來。"復出門去。

過橋投北，直入愛冷之村，雨點漸大，淆淆溼襟袖。

抵萼都家，擲博士帽於階下。

取麪包和酒，細嚼令碎，盡吐於地，復吸酒噀門前，瓶罄始休。

拔門左電鈴綫，不少停，鈴聲丁丁，達於碧蓮膚之卧樓。

碧蓮膚聞鈴驚醒，以爲萼都歸也。披衣起，開璃窗，推百葉門，俯視，黑漆不能辨。乃痛詈曰："蕩子又從何處歸耶？盍宿於虎蘭士之家，歸何爲？"

虎蘭士默不答。碧蓮膚怒甚，復詈曰："不答，我誓不開。"閉窗入，寂無聲。虎蘭士靜俟良久，天色漸白，乃疾趨歸。

入門，脱濕衣，律梭尚未睡，乃携手小語曰："榻上共卧，余細細告爾。"律梭乃寬裳倚枕，復喋喋問。

虎蘭士曰："余循環覓數處，皆非秘壤，不得已，投之於溪矣！"

律梭驚曰："投之於溪……將奈何？"

虎蘭士曰："狀渠失足落水耳！"

律梭曰："偵探某某，素蜚名，生前落水，與死後落水，蓋有辨耳。若然，信不礙耶？”

虎蘭士曰：“捕權在我，偵探何能爲？”律梭哽咽不語，虎蘭士倦極自睡。晨光透窗，檐溜浩於瀑布，壁鐘錚錚九敲。虎蘭士一覺而起，盥漱畢，律梭亦起，問曰：“入直勿乃晚乎？”虎蘭士笑曰：“今日禮拜日，爾忘之耶？”

九句鐘之前，值晨班之莽街捕，披雨套，沿溪行，見溪中有人，倒插於亂石間，急流奔湧，戰戰自動，驚甚。以爲误落水而未死者。號笛鳴處，兩捕尋聲來。

三捕約，從低磯處，涉水舁之，置橋側，驗之，頭破裂，面部膨脹，死已久，不知誰何。一捕睇視久之，曰：“余識之，此非愛冷村之蕚都先生耶？”兩捕亦注目細視之：“不錯，不錯，渠家在前面，速往報。”

俟雨漸小，一捕守屍，兩捕疾走愛冷村，到蕚都之門。

忽見階前之博士帽，拾視之，帽裹有蕚都之名，門前嘔吐狼藉，酒臭烈烈，襲人腦。

一捕掣電鈴綫良久，無應門者。一捕火急，出老拳叩扉。

碧蓮膚始聞鈴聲，又疑爲蕚都也，故不理之。繼聞扉聲砰訇，覺有异，乃呼老婢下樓，開扉視何人。

扉啓，兩街捕入，驚聞何事。兩捕同聲曰：“速報主母，知爾主昨夕落水死矣！屍尚在納敦盧之橋。”

一捕授婢以帽，手指門前曰：“爾主之帽落於此，且嘔吐，昨宵莫非醉耶？既歸矣，胡又溺於溪耶？”

老婢大驚，哭曰：“主人蕩甚，屢夜深歸，主母輒弗納也。詎料其至此耶？”語次，飛步上樓。

碧蓮膚聞信痛哭，悔焰中燒，下樓見兩捕，慘聲致謝。乃與老婦冒雨隨兩捕至納敦盧之溪橋。

遥見蕚都之屍，淚如雨下，一暈欲絕，脚不成步。老婢挾之，逡巡至於屍之側。

第十一章　墳上之記念花

維時萼都之屍，橫臥於橋旁，頭顱破裂，口鼻青紫，血暈模糊，頰車肥脹，衣袖濡溼，時有紺赤色之水，雜泥水橫流於地。

昔也含英咀華，今則沈浸醲郁，在旁人觀之，且欷歔太息，不能已已。

况碧蓮膚以同衾共枕之人，對此慘象，撫今思昔，能勿柔腸寸裂，熱淚泉湧歟？

溼雲四收，蔚藍色霽。虎蘭士緩步自屋中出，至橋頭，三捕舉手作禮。虎蘭士見碧蓮膚，脫帽，碧蓮膚視若芒刺，以首微頷而已。

虎蘭士見萼都之屍，作驚駭狀，問三捕從何得屍。三捕同聲，以墜水答。

虎蘭士俯伏摩撫，涕泗滂沱，大呼曰："嗄！我之愛友乎，胡爲至此？"哭益慟，不成聲。

碧蓮膚見其哭之哀也，感觸萬狀，亦相對哭，淚珠錯落，如帶雨之棠梨花。哭有真僞，斯時兩人之哭，孰真孰僞，慧心人當能辨之。彼二三莽捕，劣如牛，蠢如豕，弗之解也。見捕長哭，亦受其反動力之擊觸，而下數點無情之莽淚。既而虎蘭士止淚，囑三捕曰："爾等暫守屍，我趨捕房，報消息，延醫生，驗死狀。"三捕噭然應曰："如命。"

半句鐘後，司官矮拔术、醫生木菊生、仵作三四輩，聯步隨虎蘭士來。

木菊生驗屍畢，舉筆填屍格一紙。

"一頭左角破，鼻壞，兩肩骨微損，係爲溪石撞傷者。二面部虛腫，係酒後倒墜，水脹面竅，氣厥暴絕之證。"

填畢，以授矮拔术。矮拔术復詢情形，三捕以墜帽嘔吐對。碧蓮膚亦以夜深叩扉對。

矮木兩君，勘得實情，囑碧蓮膚速瘞。

矮木去後，三捕亦告退。虎蘭士謂碧蓮膚曰："先生靈魂，既已升遐，當謀所以妥屍骸。碧娘幸勿哭也。"

碧蓮膚揮淚告曰："敝廬之側，舊有墳園，爲先人殯葬地。寒家窘寂，妾身而外，只此媪耳。襄理乏人，言之慘戚。妾意敢以煩之捕長。”

虎蘭士曰：“無論捕房公例，某當效勞。先生與某至交，某亦當竭力營兆，不勞碧娘囑也。”語畢，於衣袋內，出捕照一紙，指麾仵作等，速赴市，備桐棺，購氈毯花卉。

營殮既畢，日已過午，舁棺到愛冷村之墳園。

園之四週，環以及肩之短墻，墻頭薜荔森疎，平剪及尺。草虫嚶嚶之聲出其中，衰惻動聽。墻內散種小樹，三五成業，一方草地，細草茸茸，平鋪如緑氍毹。冬青樹下，緑蔭婆娑。小墓四五，脩築精堅。覆石之上，苔紋斑駁，字陸離不可辨。

白石鐫作天使，矗立墳前，散髮趺足，兩翼飛張，栩栩欲活。

碧蓮膚擇隙地，匠作劚土納柩，窀穸既合，牧師乃來，手舉鮮花，口中伊唔不知作何語。事竣，如鳥獸散。

虎蘭士右手握小鉄鍬，左手携細竹籃，籃內黃菊如拳，毛茛鮮茁，蹲新墳邊，旋轉自鋤自植。頃之成一長方形之花園。

語碧蓮膚曰：“先生千古，此花亦千古。今日何日，眼中見花，不見先生矣！謂余能勿悲耶？”碧蓮膚噙淚稱感謝。

虎蘭士去後，碧蓮膚徙倚墳前，玉容無主。

碧蓮膚哭，老婢亦哭。

頃而老婢嘆曰：“虎捕長仁愛哉！主人生時，酒食徵逐，朋輩如雲，無一至者，虎捕長獨盡送終之禮，蓋多情人也！”

碧蓮膚曰：“余感捕長，余甚恨律梭，蕚都不戀此妖，不致死也！”

老婢曰：“主人之死，自貽伊戚，寧捕長之過耶？”

碧蓮膚齧齒有聲曰：“余不殺律梭，誓不爲人！”

老婢曰：“何爲而殺律梭？”

碧蓮膚曰：“以捕長之仁慈，而得律梭之穢亂，非捕長福也。余殺律梭，余即所以報捕長也。”

語次顧新墳詈曰：“子據人之室，而亂其妻，死尚晚耳！彼多情人，尚爲子種記念之花，淫魄有知，能勿愧乎？”

“子有何功德，使人記念耶？子有何情愛，使儂痛哭耶？儂從今不哭，儂從今誓不哭。”

乃携老婢，目不回顧，忿忿歸家。

勿四曰：“虎蘭士之伎倆，至使閱歷世故之老婢，面冷如冰之碧蓮膚，悉入其籠罩中而不覺，咄咄怪事！咄咄怪事！”

第十二章　美人之鏖戰

律梭自喪萼都，日昏迷如有所失。輒於無人時，自嗟薄命，屢喚奈何。幽怨沈沈，深愁黯黯，朝淚鏡潮，夕淚鏡汐。以爲天奪其偶，初不疑虎蘭士之毒也。

虎蘭士時對之談萼都軼事，未嘗不咨嗟太息，神色慘變，益勾起律梭憐香惜玉之幽情。

斯時之律梭，積痛成痴，積痴成恨，此心不轉，有口難言。覺秋風落葉，夜雨吟蛩，適足增人惆悵。雖移高加索山之石，不能壓其愁；涸波羅的海之波，不能洗其怨矣！

虎蘭士張萼都小影於玻璃鏡，懸之左壁，適對律梭晨妝之所。於是律梭於一日八萬六千四百秒鐘中，無一秒忘萼都矣！

莫等閒齋主人曰：“望梅止渴，畫餅充飢，此人間世最煩惱之事也。萼都既死，律梭絕望矣！既使之絕望，又使之望非所望，絕不能絕。舊恨新愁，連綿鬱結，其煩惱豈斗量車載所能盡耶？何物老奴，惡毒至此，吾不忍讀矣！吾譯至是，一縷辛辣之氣，直透腦門，蓋橐筆三日云。”

一日虎蘭士語律梭曰：“萼都先生，溘逝兩禮拜矣，卿忘之耶？”

律梭慘然曰：“儂不計其死幾日，第覺若前日事。”

虎蘭士曰：“卿以我與渠交際若何？”

律梭曰：“是朋友之兄弟也。儂無間然矣！”

虎蘭士曰：“渠之愛我，勝於我之愛渠十倍。渠以愛我，故因以愛卿，且勝於我之愛卿百倍，卿不覺耶？”

律梭悲咽曰：“儂覺之，儂常禱於我上帝，祝其壽比我長也，詎料儂之目見其死耶？”

虎蘭士曰：“邇日方寸不寧否？”律梭曰：“不寧甚！”

虎蘭士曰：“我知卿之仁愛，曩昔見一花之萎，一蟲之僵，輒攢眉愁眼，匝日不怡，况伊人慘逝。我見猶憐，能勿戚耶？然過戚必病，我不忍見卿病也。”

律梭曰：“儂心碎矣，不能自解。”虎蘭士曰：“我有一術，爲卿解之。”

律梭曰：“將奈何？”

虎蘭士曰：“凡治鬱之法必以宣。新墳近此，盍往痛哭，胸次磊塊，一哭而蘇，此善法也。且渠於我有手足之情，於卿亦有嫂叔之誼，憑墳一吊，禮也。”

律梭欣然願往，虎蘭士告以葬所。

律梭掠鬢淡妝，穿黑色之衣，握青紗之傘，翩躚出門，赴愛冷之邨。

碧蓮膚方倚樓四望，香風一陣，拂來鼻觀，俯視之，有一麗人，迤邐入墳園去。命老婢偵之，始知爲律梭。

碧蓮膚忿焰上騰，嬌脆之顔，忽變爲不可思議之兇相。疾步下樓，踱過隔壁墳園。

律梭入園，轉過冬青樹底，望見新塚一區，花草四繞，蹲在十字石下，淚如急雨，哭且慟。

樹上栖鳥，聞聲磔磔飛起，遲廻雲霄不能下。

碧蓮膚適至，見其哭也，指而詈曰：“啐！蕩婦，逼人至死，耳哭何爲？”

律梭哭方酣，忽聞背後怒罵聲，一縷柔情，恍若鋼刀割斷。回頭一顧，知爲蕚都之妻。乃起答曰：“死者不可復生，憑墳一哭，盡吾禮耳！碧娘何其怒也？”

碧蓮膚瞋目叱曰：“假惺惺勿作態，爾若識禮，不至偷人男子耳！”

律梭羞暈於面，亦怒曰：“爾以一婦人，不能庇一男子，寧不愧煞耶？確證安在，而誣我偷耶？”

碧蓮膚忿不能答，纖纖春筍，揎袖露拳，嚗然一聲，及於律梭之頰。律梭怒與之鬪，香氣鬱勃，微風往來，一隅草地，頓成爲尹邢酣戰之場。

律梭弱骨珊珊，屢戰屢北，衣如碎蝶，首若飛蓬。碧蓮膚愈接愈厲，力逼之不肯休。

老婢聞聲奔至，横身阻之，律梭始獲破圍逸去。

力疾抵家，氣咻咻如懸絲。虎蘭士適外出，憤忿無可告語。喉間汩汩作癢，熱血騰湧，哇然自口中出，玉肌火熱，腦際暴痛，乃掠髮易衣，登榻睡。

第十三章 枕邊之日記

律梭既得血疾，漸漸昏瞀，但覺此身飄起如葉，飛舞於濃雲密霧中。頃之又覺體重如巨石，隨風顛簸，沈沈下落，不如以幾萬阜斯得計，墜於大海。驚濤駭浪，矗立目前，一浪紋中，皆現一蕚都之俏面，嫣然含笑。忽水聲砰湃，轟於耳鼓，如聞億萬碧蓮膚怒詈之聲，浪花如雹，幾疑無數碧蓮膚之拳，劈面而至。魂驚魄裂，開眸一顧，萬象俱空。一盞半明不滅之蘭泊燈，閃映一人，立於榻畔，則紫髯碧眼之虎蘭士也。

律梭執虎蘭士之手，嗚咽曰："虎郎歸耶！儂病至此，將與鬼爲鄰矣！苟報吾仇，儂死當銜佩不忘。"

虎蘭士驚曰："卿何出此言耶？誰爲卿仇者？"律梭悲哽半晌，顫聲述墳園被窘事，語未竟，欬逆喘急，熱血上湧，噴濺枕衣。

虎蘭士怒罵曰："啐！彼惡婦，何欺人太甚耶？我當爲卿戮之。卿幸自保重！"律梭點首至再，復矇然昏去。

虎蘭士知律梭去死期近也，無一毫悲惻容，亦不爲之延醫，日入捕房，照常治事。

律梭螺髮伴枕，鷄骨支床，柳腰瘦不盈握，日在迷離惝怳中，香吻喃喃，如與人語。時或甦醒，飢腸雷鳴，渴喉火炙，欲飲欲食，呼喚不靈。雙睛輾轉，視室中輒不見虎蘭士。斯時之律梭，如閉黑暗地獄，慘無天日，其苦楚蓋達於極點矣！

壁風有聲，檐月無色，燈影閃爍，鐘點九敲。口中呼曰："蕚郎！勿遠去。乞少待，妾與君同行也。"

虎蘭士適推門入，聞其呼聲，近榻喚之不應。雙瞳灼灼，珠汗淋漓，兩頰紅於霞彩，幽魂一縷，竟如墜夢無痕。絕代佳人，從此香消玉碎，傷哉！

莫等閒齋主人曰："情者，人之第二生命也。律梭沈醉於情釀中，萬古無醒時也。莩都既折，生命斷絕，吾料律梭必爲情死。吾不料律梭之死，如是悲慘。碧蓮膚辱之於前，虎蘭士困之於後。遂使雲散雪消，花殘月缺。吾譯至此，一再泛瀾，吾不知吾涕之何從也。"

又曰："律梭不死，虎蘭士不休也。然拔劍以刃之，設藥以鴆之，律梭死無怨也。乃必假手於碧蓮膚，使之血淚淋漓，肝腸碎裂，齧冤銜恨，抵死不悟，真推人墜淵手段也。吾拜服之！吾恐怖之！吾痛惡之！吾蛇蝎之！"

律梭已死，虎蘭士略不哀惻，停尸一夜，次日營殮既畢，未有葬所，權厝於斗室中。

掃除卧榻，得一小簿於被底，簿上血花細濺，紅點斑斑。閱之，上作斜行細字，知爲律梭筆迹。細讀一過，乃莩都死後之日記，其略曰："今日中秋第五日，黄土蓋莩郎已三日矣！妾阨於病，不能勉強往墓亭一奠。小墓新花，群英飄落殆盡。昨莩郎念妾，尚有把臂之時，今妾念莩郎，終不復見莩郎乎！竟卧荒凉清境，與蒿萊爲伍矣！"

"先我而亡，懸人之念，索人之淚，而去爲地下之幽魂者，誰乎？莩郎是也。莩郎去世後四日，妾空床獨守，墜歡莫拾。前日相對，荼錦燦爛之愛友。今倏變巨魔猙惡之渠矣！然妾與莩郎相處日慣，旦夕之樂，忽忽而過。蘭期幽會，每怕渠知。兩人苦心鑽營，枕席之歡，不啻地獄。郎今不幸而死，妾求曩時之苦，並不可得。寒月當窗，孤衾如鐵。今視昔之地獄如天堂矣！"

"十六日，渠未歸。皓月如玻璃，徘徊雲際。妾開窗憑眺，以消胸塊。遠望叢樹蕭蕭，寒露溼葉，作碎銀色。想莩郎無語，冷卧幽墳，曩昔風情，一朝星散。恨無情空氣，不能留莩郎殘喘於須臾也。"

"十八日，早起，更褻衣，左臂上齒痕儼然。妾哭不成聲。郎其死耶？妾其夢耶？齒痕如昨，嚙痛猶存，而郎已不見矣！郎之死，皆妾之由。妾乃携《聖經》，口吻者三。望天父在天，當讖我莩郎在生之罪，當宥妾負郎暱愛之愆，究竟祈禱者愚衷也。生必有死，死不更生。天父有知，當使妾死後與郎爲永遠之伉儷。”

“茫茫者大地耶？耿耿者明月耶？疇昔之夜，妾與蕚郎並肩誓。郎願爲地球，妾願爲月，輾轉相隨，萬古無變。今夕何夕，妾眼中見月見地不見郎矣！郎之芳魂，隨風飄蕩，依於東半球耶？依於西半球耶？郎愛月盈，郎亦悲月缺耶？噫，月猶如此，人何以堪？時十九夕。”

“妾與蕚郎樂，忽忽而逝。妾念蕚郎亡，刻刻而傷。以昔日之樂，不足償今日之苦。苦樂本無定位。若以昔日既往之樂，而爲現在之樂，則昔日既往，所失之樂，足償今日所得之苦。妾所自恨者，不自由結婚。妾所自信者，世界無永遠之樂矣！二十日泚筆。”

“世界最愁慘之境，未有甚（死）者也。世界最殘酷之事，未有過‘不自由’者也。有專制之帝國，乃有不自由之律梭。今日二十一日也。妾淚珠洗面，鬢衣如蓬，飽相思之苦味。此妾未生以前，所作之罪愆。至既生以後，幸遇蕚郎，復中道死別，可知造物無私，以妾未生以前之罪愆，至今生而慘報之。”

“二十二夕，頭痛欲裂，腦熱目焚，傾冷水半杯，飲之。約四五分鐘久，頓覺寒戰，伏枕偎衾，瑟縮如鼠。又四五分鐘久，熱象又作，遍體炙若洪爐。強起翻衾，靜睡片刻，夢見蕚郎，妾忘其死，以手招之，若可望不可即。妾極力呼之，忽不見。喉間蟲蟲作癢，咳嗽而醒，腥臊之味，薰於肺管，痰涎泉湧，衝口而出。燈光射入唾壺內，色紺紅若桃花片。噫！血耶？真血耶？力疾起，取燈細照，果然血。噫！妾從無失血疾，今若然，殆去死不遠耶！”

第十四章　佳人再得

虎蘭士讀律梭日記畢，勃然怒曰：“啐，是蕩婦也！死恨晚矣！”既而罣然思曰：“無怪其然，蕚都之狡，我見猶憐，况水性之律梭乎！”又淒然嘆曰：“噫！是痴情人也！余向未之知，使余早知，而爲之膕合，彼一雙可憐蟲，必永遠感我，亦一段佳話也。余悔甚，余悔甚！”

勿四曰：虎蘭士有此晚蓋之言，自是情俠中人物。

莫等閒齋主人曰："萼、律之交情，顛撲不破，虎蘭士知之久矣！既盡置之死地，乃發此假惺惺之嘆，所謂掩耳盜鈴者非耶？此恰是亞力山杜盧君禹鼎象奸之筆，讀者勿被其瞞過。"

虎蘭士自律梭死後，桐棺在室，心怯怯，夜不敢歸，宿於捕房中。越三日，抵鬚掠髮，披淡黃布之衣，戴淡黑晶之鏡，往愛冷村，抵碧蓮膚之門。掣電鈴，老婢開扉延入。登樓，報虎捕長來，碧蓮膚淡妝珊珊下。

虎蘭士脱帽問早安。碧蓮膚微笑頷之，問曰："虎捕長何事而需儂歟？"

虎蘭士顰蹙曰："余妻前三日已逝世，慚無寸土可以安葬。碧娘壙園中綽有餘地，可乞余半沙先之壤否？"

碧蓮膚曰："沾何劇疾，如是速耶？"

虎蘭士曰："嘔血耳！"語次，淚盈眶，潸潸滴於鏡。下取巾，緩緩自拭。

碧蓮膚停睇良久，愿然曰："敬如捕長命！"

揣碧蓮膚之意，蓋密計其嘔血之起點，實由於壙園慿哭之日，深悔已之孟浪也。故於虎蘭士乞地，慨然許之。

虎蘭士致謝去，碧蓮膚乃入壙園，佇立以候。

頃之，匠作舁柩至，虎蘭士兩手捧花圜，隨其後。

碧蓮膚指片壤，距萼都窀穸，約一藍斯納之地，曰："是可以瘗律娘乎？"虎蘭士曰："甚善。"

葬訖，匠作去。虎蘭士安置花圜，哭甚慟，碧蓮膚爲之情動。

虎蘭士既歸，灑掃斗室，安排几榻，拂拭無纖塵。

勒生曰："以第一之懶人，始則抵鬚掠髮，繼而掃室安榻，一變舊日劣習，其意何居？"

越十餘日，虎蘭士歸家，得一函於寫字檯上。展讀之，斜行小字，纖妍柔媚，其詞曰："薄命未亡人碧蓮膚，致書於多情之虎蘭士捕長座前。捕長於萼都良友也，捕長於律娘愛妻也。萼郎奪捕長之愛，捕長夷然不之怒。萼郎之死也，爲之營葬，爲之記念，可謂過矣！律娘失身於萼郎，以死殉之，於萼郎爲有情。然於捕長情絲已斷矣。藁葬之可也，火葬之亦可也。乃餘愛娓娓，於送終之禮，毫無所缺，且使之與蕁郎合殯，妾甚奇之。雖然捕長多情人也，妾寡情人也。多情人之舉動，非寡情人所能夢見也。寡情人愛多情人之感觸，冷腸化熱，寧可遏耶？妾將循自由結婚之例，委身君前，君其許妾乎？”

虎蘭士得書甚喜，什襲藏之。曰：“吾計酬矣！彼美一人，乃如是易得耶？”作書以答之曰：“得書過蒙贊美，愧甚恧甚。蕁、律兩人之交點，僕所深悉而憐愛之也。兩人均爲僕所憐愛，熱居未久，遽皆短折，僕心痛之。駢葬其骨，使之相逢地下，重續舊歡，以補生前未盡之愛，此僕之痴想。不料見奇於碧娘也。僕一身伴影，孤處無寥，碧娘憐其寂寞，而許以伉儷，是世界第一多情人也。僕唯有五體投地而已。謹覆。”

書訖，黏以火漆，趨往保羅街，投信箱中，約四句鐘之久，此函直達於碧蓮膚之眼。碧蓮膚得函，一再讀之，柔情騷動，以意示老婢，使爲青鳥之使。往返數日，遂贅虎蘭士於愛冷村之廬。

唯時朔風凛冽，天氣試寒，賀客盈門。虎首刮髯，蝦行蟹步，皆捕隸也。酒百瓶，殺四座，歡呼暢飲，談謔詼諧。虎蘭士與碧蓮膚，顧而樂之，兩人之愛情，如火初熱，如水初沸，渾忘蕁、律之骷髏，冷卧於白楊青草中矣！

第十五章　觀劇之感動

虎蘭士與碧蓮膚締伉儷後，更湫隘而居爽塏，拋舊好而訂新歡，其愉快蓋不可一世矣！於是展其逢迎手段，獻媚於閨房中，雅得碧蓮膚之歡心，如魚得水，如蝶依花，較之蕁都在日，相對冰霜，大有霄壤之别焉。

時光迅速，又過一冬，春色可人，花光明媚，虎蘭士出所得葡萄園數百盧布之金，講極精緻之服飾，貢之碧蓮膚。碧蓮膚嫣然一笑，心花怒開，喜色溢於眉際，乃更時樣之妝，掠鵝黄之髪，纖腰一握，百媚叢生，幾欲因風飛去矣！

虎蘭士曰：“卿頗欲出遊否？”碧蓮膚曰：“邇日鬱甚，頗思遊。”於是携手同行，徐徐而步，領略途中風景，道傍緑樹葱鬱，潔净之新空氣，襲人衣袂間，清爽無比。

不覺至保羅街中市，抵一金碧輝煌之菜樓，匾額上横書曰：“拉丁思夫。”

鈴聲動，兩人登樓，擇一最清净之房間，酒炙紛陳，刀叉并舉。虎蘭士對此冰肌玉骨之佳人，杯中之物，不覺頻傾。碧蓮膚佐以甜言蜜語，益覺色飛眉舞，幾忘人間何世，置身何地。

門啓，侍者手執一淺緑色之紙片，獻於虎蘭士之前。視之，則尼洼河濱大戲園之傳單也。上書："新演成絕妙故事之美劇，准今晚六句鐘開唱。"

碧蓮膚顧虎蘭士笑曰："盍往一飽眼福乎？"虎蘭士曰："妙甚。"取衣袋中小時計視之，已六點四十分矣。

罷飲，按鈴呼侍者，代雇一輛四輪車，乃握碧蓮膚之手，出拉丁思夫菜館。下樓，新月已上，與電燈爭耀，御者請上車。嘂哨一聲，碾花痕月影而去。

頃之，抵尼洼河之大劇場，門口警軍環列，虎蘭士出五盧布，購招待券，携碧蓮膚上樓，賃一潔净之厢。

電燈燦燦，如火樹銀花，斯時舞臺上方演《安那宜萬皇后造冰宫》之劇。用極晶明之玻璃，代冰塊，穹窿重叠，巧不可階。燃電其中，光芒四射，不可逼視。

樂聲細轉，劇本翻新，前劇已畢，繼演《大彼得納加他鄰》故事。遺貌取神，盡態極妍，影射於碧蓮膚之腦膜，若有所感觸，一縷羞暈之紋，起於兩頰，酒窩微動。

既而又演一新劇，爲軍官剖特累京，殺學生涅庫倫，而誘其妻色列士。既爲色列士所覺，自剄於剖特累京之前，血濺讐衣，淋漓痛快，滿場拍掌之聲，轟然作。虎蘭士啞然失笑，維時碧蓮膚如有不可言狀之反擊力，觸於腦髓，坐不安席，促虎蘭士曰："儂倦矣，盍歸乎來？"虎蘭士曰："諾。"視懷中時計已十一點矣！於是兩人下樓，仍坐四輪車而歸愛冷之邸。

虎蘭士餘醉猶酣，不能就睡，坐於自由椅，口銜雪茄烟，緩緩噏吸，半晌問曰："今夜之劇佳否？"碧蓮膚答曰："甚佳！涅庫倫之被殺，甚可憐！雖然，色列士既歸剖特累京矣，何故自殺？勿乃愚耶！"

虎蘭士笑曰："余亦笑彼之愚，雖然，余竊服卿之智。"

碧蓮膚驚問曰："君云何？儂甚不解。"虎蘭士復笑曰："余與卿數月伉儷，親愛之情，淪肌浹髓，言之當無礙。"

碧蓮膚覺有异，佯作媚態，以艷如芙蕖之臉，親近虎蘭士之口，笑曰：“君其吻儂，有何所礙，請詳告儂。”

虎蘭士曰：“噫，余之與卿，猶剖特累京之與色列士也，特余毒不至是耳！”遂以手抱碧蓮膚之頸，縷縷述莩、律之交情，及所以陷莩、律之計。

碧蓮膚屏息聽之，至終，激烈之火，幾自七竅中爆裂而出，極力遏之，而強化爲傻笑之容。

是夕也，碧蓮膚鬱伊不自得，暗自慘傷，如萬箭之攢心，群刃之刺腹，毫不敢露其恨紋於面，反覆籌思，不能成寐，虎蘭士未之知也。

莫等閒齋主人曰：“犀角未燃，魍魎畢露。虎蘭士殆鬼奪其魄耶！雖然，吾得小尋其隙而疵之矣。虎蘭士之長處在善欺，虎蘭士之短處在善媚。律梭純乎任情者也，易於受欺，無取乎媚也。碧蓮膚純乎任性者也，欺之一術，不能彌縫其終始。於是轉而用媚，媚之不已，且多方以媚之，圖窮而匕首見矣！嗚呼！媚者敗露之母也。世之婾嫛取容者，盍鑑之虎蘭士！

第十六章　定讞

聖彼得堡有讞案會五，一千七百十一年，彼得第一之所設也。各部大小讞案，皆就决焉。

某日上午十一句鐘，第四之讞案會。總司令官喀利高，方據几訊瑣案，突有青紗罩面之婦人，張皇入視之。苗條身段，衣裙純青，草冠不整，散髮披肩。左手握黑絹之囊，囊内不知何物，立於階前，口呼奇冤不絕聲。

喀利高异之，大聲詢曰：“爾何人？爾何人？”婦人不答。

徐徐於衣袋中，取一訴牒出，授堂吏曰：“冤情在是，請長官察之。”

堂吏呈訴牒於几，喀利高方取閲。婦人疾解絹囊，取一短槍出，向喉際訇然一聲，白烟繚亂，紅雨繽紛，堂前衆人，嘩然大驚。

烟散處，衆目注視之，婦人横卧階下，血漬淋漓，一縷芳魂，已歸離恨天界矣！喀利高駭愕不知爲計，半晌驚定，乃披訴牒，始知婦人名曰碧蓮膚。

原牒長篇細叙，情節離奇，憤激悲涼，令人下淚。限於篇幅，不能悉録，僅記其牘末數行曰："嗚呼！主宰者亦過矣！既生碧蓮膚，何又生反對之律梭。既生虎蘭士，何又生文弱之蕁郎。雖然上帝生人，必生魔鬼，不知所避，宜其顛倒錯亂也。妾一生懞戇，所行多误，自鑄之錯，毋咎造化。悔焰一發，如久鬱之火山，屢欲崩裂，往往力遏而止。至於今日，不可遏矣。妾與蕁郎，結褵而後，五年於兹，絕無相戀之愛情。夫婦之間，遂如冰炭。非郎不愛妾之過，妾不愛郎之過也。妾而愛郎，郎日在妾範圍中。寧至東眠西宿，迷於律梭，死於虎蘭士耶！然而妾無嗜好人也，尚罹虎蘭士之網，蕁郎與律梭，安得不死。律梭之死，妾無所悲，獨悲蕁郎之死之慘也。蕁郎之死，皆妾之由，妾當一死以謝蕁郎。死而有知，靈魂相遇，無顔以對蕁郎，并無顔以對律梭矣！妾生不得爲人，死且不得爲鬼矣！雖然，妾所恨者虎蘭士也。仁愛之長官，苟爲妾到虎蘭士，細割其肉，以喂犬豕。妾之魂魄，雖化爲飛灰，散爲微塵，所不惜也。惟長官鑒之。"

喀利高訝曰："虎蘭士者，某捕房之捕長也。知律犯律，奸宄百出，世界上容有是人耶？"顧命鹵簿，速赴某捕房，擒拿到案。

須臾虎蘭士到，捕房之長官矮拔术隨之來。喀利高握手爲禮延之坐。

乃命堂吏捧讀訴牒，先是虎蘭士慌張入會，猛見階下之卧人，青紗罩面，血迹迷離，不知爲碧蓮膚也。

牒中哀訴之事，達於耳膜，始大驚失色，啞口無言，膽幾裂。

堂吏讀畢，喀利高問虎蘭士曰："此事實否？"虎蘭士狀如痴，答曰："實。"

喀利高乃顧矮拔术曰："執事何以處彼？"

矮拔术答曰："惟司令官按律定罪。"

喀利高曰："定律殺人者死，渠以藥毒人，較之殺人尤重。不僅殺一人。雖然凌遲之，臠割之，極點不外一死耳。"

矮拔术近前小語曰："死固其所，然虎蘭士之才可愛，望司令官開一綫之生路。"

喀利高曰："吾閱此案，亦甚奇之。致之死，固可惜。方今軍務孔急，求才頗難。恕渠一死，或於國家有尺寸利益也。"

矮拔术曰："盍流之西伯利亞之荒，約以年限，使磨練於風霜冰雪之中，他日生還，必成堅厲之材料。"

喀利高拍掌笑曰："善。遂定罪。"讀律曰："按律流西伯利亞八年。"

虎蘭士去西伯利亞後，湮沒無聞。

西伯利亞之荒野，風灾鬼難之域也。以虎蘭士之狡怪伎倆，當不銷磨至死。或曰，虎蘭士毒矣！其暴骨於荒邈也，固宜。

（宣統二年孟春再版）

陳天尺全集

下册

〔清〕陳天尺◎著
王漢民 等◎編集校點

中国戲劇出版社
CHINA THEATRE PRESS

主　編　王漢民　溫州大學

副主編　陳大聯　福建人民藝術劇院

　　　　崔淑曉　湖北大學

參　編　陸凱明　劉川楠　鄒皓羽

目録

·上册·

·下册·

第三部分

詩文詞曲

一、詩

一、集諺打油詩

（一）

一夜夫妻百夜恩，三分容貌七分妝。銀錢難買外家路，莫管他人瓦上霜。
舉頭三尺有神明，一炷名香透天庭。大王賣曉弟子苦，上床難保下床眠。
樓頂點火樓下紅，毛時遇着對頭仏。是非只爲多開口，俤仏講話嘴生蟲。
金龜□毛叔仅毛，老鼠跳上天平羅。親母自羨胶腿白，賣做媒仏扁擔靠。
（註：眠：讀作冥。靠：下平聲。）①

（二）

人生何處不相逢，傘燈高照滿堂紅。三月枇杷出好世，滿天那看五色雲。
宰相家人七品官，務錢講話響叮單。門限仅歲犬仅大，七落透後傲凉廳。
毛胶燈馬跋跋跑，自酒自醉自猴投。兩耳鼎羈草鞋鼻，一雙箸寄竈廊頭。
黄金贈富不贈窮，烏是目周白是銀。百萬家財康華瑞，一等光棍朱光龍。②

（三）

出爐光餅確確酥，細姨表妹親家姑。食飽弄朝做皇帝，故倜郎罷討田租。
家運够衰犬肏猫，過山伓看仔啼嘛。想起世情真泔溅，頭過人參二過茶。

---

① 録自《華報》4號，1930年11月18日第2版。
② 録自《華報》7號，1930年11月27日第2版。

煩惱皆因強出頭，分明丁厝漢呢樓。自家打掃門前雪，莫代兒孫做馬牛。
油菜開花滴滴金，親上加親親做親。一錢壓倒英雄漢，犬棍拍出小方卿。①

（四）

小姐伙樣一蒲花，一蒲花插牛屎疤。唐晡故毛鷄賊樣，蝦蟆三跳兩歇胶。
毛油毛燭烊烊光，和尚晡食十一方。大聲大肴講大話，好頭好面臭股穿。
七胶八手麻太爺，筍壳做帽灣灣伲。響亮一聲齊動手，大掌細掌拍伊啼。
今晡滿天都是星，仅毛火把仅毛燈。一路行程風似快，搖搖擺擺去北京。②

（五）

大大猪頭謝蒼天，五帝賣拿世乇愆。胶踏馬屎藉官勢，富伙毛病就是仙。
各伙洗面各伙光，好命伓使貴人帮。犬肉附勝不附敗，一事無成兩鬢霜。
竹篙一抒船開頭，細姑兄嫂齊齊侯。面塗江南蘇州粉，搖去江中賣土苗。
務米煮飰伓驚遲，京鼓花轎扛裹來。那捌公婆祖宗聖，紅紅帳裹出孩兒。
（抒：黜角切。）③

（六）

後生不信老人言，搿着油垢是諸娘。錦上添花天下有，騙罷騙奶去排場。
一人做事一人當，家伙一場盪盪光。毛水儺泅三鋪路，哪吒楊戩土行孫。
食着親母洗胶湯，光棍儺碰看光光。半日嘴皮犀犀白，扛够大伯大廳中。
二胶亭下好歇凉，利利拉拉講賣完。講够皇帝牛食麥，荔支儺對蜈蚣娘。④

① 録自《華報》17號，1930年12月27日第2版。
② 録自《華報》42號，1931年3月12日第2版。
③ 録自《華報》44號，1931年3月18日第3版。
④ 録自《華報》46號，1931年3月24日第3版。

（七）

兩其姊妹去投河，尼姑拍死課黎婆。大橋毛欄井毛蓋，惡人自有惡人磨。
矮矮弄籬窄窄廳，細婆僆做鴨雄聲。胶踏上門尋相罵，外媽隔壁科場兄。
肞脾放屁沙隻沙，膠手賣搖知都㗳。毛錢哺做務錢代，旗下企奶干巴巴。
鴨仔乍剥四對花，茶豆借其酒碲賖。少爺都務少爺癖，食罷誦奶卡撩爹。[①]

（八）

做花毛做夾竹桃，受罪僆受莫奈何。新黨狐狸強過豹，做够務功拍毛勞。
賣蓆賣藕毛行情，解鈴全杖繫鈴人。好話伓講講呆話，獅仔拍破葫蘆瓶。
萬般都是錢艱難，扁擔拍倒一字平。做够務鼎毛米煮，心肝着拿打單横。
日禮擔担盲禮閒，自水賣流別仈田。石頭僆長仔僆大，攙鹽伓使箬壞鹹。
（閒：如層切。長：讀作黨。）[②]

（九）

羊肉毛食滿身膻，三十六計走爲先。趙錢孫李周吴鄭，鯉魚放子化三千。
除之瓜梢興化婆，七夕客鵲頭毛毛。揀隻唐哺不奬俊，看命先生樸樸袍。
上臺容易下臺難，背後務仈禮晝圞。愆孽做够頭髮尾，牌套寄乞無祀壇。
表兄表妹好做親，賽過南海活觀音。長長短短思量汝，一哺目周獺獺金。[③]

（十）

講够傷心目滓流，如兄如弟勝同胞。手指亞裹毛亞出，白鴿那認厝脊頭。
一回做賊百回疑，金銀財寶抬裹來。鴨卵莽密掩出仔，看汝横行到幾時。
一哺七姐講天光，破鉢逗汝璃皮缸。毛柴領啦牛膠爆，賠錢解賊隻是倉。

---

① 録自《華報》49號，1931年3月31日第3版。

② 録自《華報》51號，1931年4月6日第3版。

③ 録自《華報》54號，1931年4月15日第3版。

討啦新婦賣開通，一時韭菜一時葱。三頓食飰三頓吵，半盲肝火婆籠樓。①

（十一）

大食野像鬼搶糈，一箸就付面前褑。桌禮毛配伓食飰，家伙一場慢慢豁。
日頭落山紅丹丹，風水都着別人山。一把凉傘遮厝脊，後門雙斗企旗杆。
倒運過着白虎肶，瘦損容顏羞對伊。上氣賣接下氣着，活馬莽當死馬醫。
一厝都中做教師，吵代都是二撇鬚。公衆廳當毛人掃，頭靠門墊故禮於。②

（十二）

連江築築兩頭猫，一日屎屎毛閒那。邊邊角角做够盡，柴米油鹽醬醋茶。
務這福地務心田，人講心寬出少年。好柴賣流閩安鎮，好仔伓趁六月錢。
上梁不正下梁歪，草索賣縛的風颱。尚幹外甥大過舅，目周賣隙一粒沙。
騎馬具杖鋪綿花，古怪眠床十六胶。侯人賣經三回惹，那使一帳就駁家。③

（十三）

千年不死佬烏龜，好漢賣食眼前虧。籠裹晝眉檻裹粟，捏仅鷺死放鷘飛。
餓鬼碰着監齋王，心肝共腹自思量。腹歸毛共飽人講，這嘴着掛猪姆梁。
鬍頭諸娘欲戴花，一日够暗毛撯家。鴨姆妝死嘴是扁，狐狸猫尾滿地拖。
年紀不多二十三，一晡卡撩二三更。露水夫妻伓成代，酒肉朋友毛相干。④

（十四）

鼇戥够捌沒銀稱，四把腰刀插腰身。開聲不把別來叫，救苦救難觀世音。
十八廿二正當時，井水毛食食雪梨。昧見棺材伓下淚，晡想姐夫接細姨。

① 録自《華報》56號，1931年4月21日第3版。
② 録自《華報》58號，1931年4月26日第3版。
③ 録自《華報》59號，1931年4月30日第3版。
④ 録自《華報》60號，1931年5月3日第3版。

山猪碰着人家�，使船那看一時風。姆姆偨中伯伯意，伓察皇帝表叔公。
八字行庫偨破財，羅漢毛拿窮鬼咳。針綫換啦飫黏劑，大魚不來小魚來。[①]

（十五）

皇帝也務草鞋親，草鞋也務三日新。東廊看見西廊好，拳頭胶踢當點心。
姉夫講話盡胡塗，鱟圭倒餌秫米糊。一轉工夫二轉做，真正老鼠偨變牛。
長長飫配噩噩魚，七主來請八主辭。螟蛢食尾自食自，千灾百難盡銷除。
阿伯共伊毛利拉，惡犬偨管百人家。快看甲甲拍郎罷，自鱟賣點點蚨胶。[②]

（十六）

歲歲年年人不同，無緣對面不相逢。頂平額闊天尊滿，宰相腹老好撑船。
地皮滚去箬懷重，門户盪起來扒銀。佬媽開聲鐵鐵墊，鵝姆偨對番鴨雄。
蜆壳晡擾靛楻乾，討啦佬媽敗家精。伓像蘿蔔伓像芋，水禮畫眉影灣灣。
老鼠邀猫看元宵，長索放汝短索收。老爹講鄭再講起，三推六問伓肯招。[③]

（十七）

一朝天子一朝臣，七疤八紐做夫人。三國全歸司馬懿，只愁富貴不愁貧。
伓存明月照臭溝，講醬就醬糟就糟。金仔銀仔務身份，那篆佬使拔死鬮。
交啦朋友毛渣渣，過了東家又西家。一嘴偨講八其過，頭闊賣捫耳邊花。
仈前做啦揞登登，劉劉上轎故着牽。伊大骰家烟館主，乞伊溻去做門生。[④]

（十八）

情人眼裏出西施，心病還須心藥醫。黄土埋够頭髮尾，淡淡青天不可欺。

---

① 録自《華報》61號，1931年5月6日第3版。

② 録自《華報》63號，1931年5月12日第3版。

③ 録自《華報》66號，1931年5月21日第2版。

④ 録自《華報》69號，1931年5月30日第3版。

七處磕頭連拍籤，一年算算務幾千。面前務佛賣曉拜，一心那想上西天。
漢伊家伙做上樓，討啦新婦目滓流。鉸刀引針針引綫，不是冤家不聚頭。
真正屎急兩頭惶，膽大哺想跳過墻。冥衣錢紙燒昧透，干伊滿厝捫毛門。①

（十九）

半個錢覆捫賣梨，僙想上天拿鵶螃。燕子銜泥空費力，冬節是前晦是遲。
老爹破布之遮遮，生瘖賣瞞鼻空胶。草蜢哺撩絨鶏角，菩蠅想採牡丹花。
歉哥擂鼓通隻通，真正好悰仅伓悰。傀儡換頭仈換面，皇帝看鄭保長公。
光棍那篆一重皮，少體皮厚盪褲螺。渴着一條褲頭帶，舞够躐踢精光膠。②

（二十）

鯉魚落鼎目隻開，厝瓦僙做蝴蝶飛。後勇一帮鶏扒杖，頭緒先看馬上吹。
桉麫昧做架先排，懇恩救難務冬犂。是鬼莽當做神僫，鄭咪夢食佬羊蹄。
雙車難破鳳凰全，篆啦芋蛋插香櫞。一銃僙拍鶏角術，齊齊去見梁惠王。
門仔關起自做仈，頓頓酒肉放禮淙。猪肝好食鼎禮炒，一鼎二嘴三喉嚨。③

（廿一）

伲仔拿來卓飳甑，觀音賜伊四兩糖。花蛋伓食頭伓剃，一粒油蘇咬對搪。
一鶏死去一鶏鳴，暴乍梅香做夫人。逐犬搵門拍乞食，丫頭那是丫頭形。
犬肉賣上的蹄盤，穿胶攄倒打單横。一張校椅輪輪坐，故罵天地賣公平。
來朝早旦天又明，仁宗帝主坐龍庭。八鎚大鬧朱仙鎮，武將持刀定太平。④

① 録自《華報》71號，1931年6月6日第3版。
② 録自《華報》73號，1931年6月12日第3版。
③ 録自《華報》76號，1931年6月21日第3版。
④ 録自《華報》78號，1931年6月30日第2版。

（廿二）

姑笑是笑嫂是侯，衣裳扯够柳絲條。偷食台家疑新婦，恩愛夫妻不到頭。
七龜八蟹六狀元，七人八穀九鳳凰。好命貴人生貴子，我家出隻啼嘛王。
死蛇仅臭命仅長，圓鼎僙對四角甑。孔子伓收隔盲帖，刣犬就曉犬腹腸。
十其二婿九毛情，俤伶務錢養俤人。衣裳欲新仈欲舊，貧賤夫妻毛內尋。[1]

（廿三）

黄連樹尾彈琵琶，伓存犬嘴出象牙。浪子回頭金不换，斧頭拍鑿鑿拍柴。
相罵九主副者饅，六月大夏拍蘆寒。前世對頭目出火，拍伊北斗僙移南。
巧妻常伴拙夫眠，點水落地珠珠炎。嫁乞唐哺扒猪屎，猪屎莽臭故值錢。
油嘴諸娘剃刀心，時來喝水僙成冰。總務一日天倉滿，害人害己害自身。[2]

（廿四）

一條香插兩個爐，竈媽落地保護奴。討隻惡婆惡欺扆，蛇郎目周乞屎糊。
七其食飵八當家，看見蝦米下把抓。肚袋毛錢講毛話，洪塘伲仔伓捌爹。
僙做媒仈三疋羅，四四十四落伊棒。企奶額頭一粒痣，親母胶下七條毛。
雙胶賣踏兩船旁，生死着過按司堂。封條總着一轉破，犬屎僙講成那長。[3]

（廿五）

都是大蟲食細蟲，草仈仔也僙駁僮。寡人有日登九五，舂臼塌底來枷仈。
大食賣窮失算窮，僙做蚯蚓賣做龍。一朝權在肱牛目，珍珠量管秤稱銀。
仈仈都罵佬不修，擔柴去賣賣柴燒。家花不如野花好，溪頭依嫂麻的嬌。

---

① 録自《華報》79號，1931年7月3日第3版。

② 録自《華報》81號，1931年7月9日第3版。

③ 録自《華報》83號，1931年7月15日第3版。

孤王酒醉桃花宮，驚風碰着慢郎中。那開一帖關門藥，腰痛杜仲頭川芎。①

二、竹枝词

（一）"好呀是呀"——喜娘格之商品竹枝詞

"好呀是呀"爲福州"喜娘"之口頭禪。閩垣商品，五光十色，美不勝收，問有名馳遐邇者，值得"好好是是"之贊揚，因擇其登過本報廣告者，每家與以一詞。

一、雲章百貨行

出色雲章百貨行，鐵床精緻況銅床。膠鞋綫襪皆佳品，曼衍魚龍衆妙場。

二、華來國藥行

天喜天醫三合辰，華來老板術通神。梅花大鹿臨衢宰，妙藥能回萬户春。

三、企公牛乳公司

代乳功傳勒吐精，哺兒補品久風行。鷹牌牛奶兼馳譽，滋味甘醇足養生。

四、虎標永安堂

虎標胡氏永安堂，頭痛探源有妙方。油是萬金丹八卦，水名清快賽瓊漿。②

五、商務印書館復業二週紀念

驚天劫火曹倉燬，再築書城豈等閒。新出奇書千二種，教人重見舊瑯環。

六、金山行經理自然散鷓鴣菜

金山上市藥新鮮，諸痛都蠲散自然。省識菜根風味好，兒童齊唱鷓鴣天。

七、廣生行化妝品

老牌雙妹廣生行，粉蠟油脂擅化妝。荳蔻年華春二月，家家傳遍鬱金香。

八、百合浴園

溫泉設備孰掄元，第一還推百合園。金粉樓臺無此麗，故應名勝甲湯門。③

---

① 録自《華報》89號，1931年8月3日第3版。

② 録自《華報》448號，1934年10月3日第2版。

③ 録自《華報》449號，1934年10月6日第2版。

九、咸康麻瘋丸

咸康端是古韓康，靈藥藏多肘後方。新出麻瘋丸一種，癩家從此有慈航。

十、美林化學社美髮霜牙膏

功能美髮搗元霜，妙品風行司的光。鴻福牙膏推獨步，美林化學有專長。

十一、華美烟公司買司干香烟

留芳齒頰買司干，特種名烟氣勝蘭。華美公司新出品，酒邊一試絳霞餐。

十二、陳作椒立止遺精丸

夢洩曾傳封髓丹，發明今有止遺丸。作椒陳氏肱三折，勸汝登門早識韓。[①]

十三、國貨第一商場

馬龍車水觀音井，國貨商場第一家。美盡東南羅萬有，勝如天女散天花。

十四、永光行批發美兒果奶粉

發明代乳美兒果，此是嬰孩特健方。助衛養榮功獨勝，無須更乞五雲漿。

十五、南星公司麗光理髮部

美術宜時數麗光，熨機助汝巧梳妝。墜鞭公子摩登女，艷說南星理髮王。

十六、利亞藥房

藥品還推利亞強，丹膏丸散賽琳琅。無人不道方聲濬，說是西醫此最良。[②]

（二）扁食担竹枝詞

福州之扁食，即上海之餛飩。昔年扁食担過市，或呼賣扁食，或以壘碗作聲。今則擊柝爲號，與海上同。吾社社員，晚過華樓，多有嗜此者。戲占竹枝詞四章，蓋紀實也。

一、擊碗當年夜市喧，湯丸白粥及餛飩。而今剥啄聲盈耳，却似僧敲月下門。

二、误認巡街御史聲，點心小品勝調羹。厨房揹在肩頭上，擊柝沿途不論更。

① 録自《華報》451號，1934年10月15日第2版。

② 録自《華報》452號，1934年10月18日第3版。

三、公退歸來腹每枵，療飢專揀此肩挑。過街麵食真滋味，斜倚樓窗手亂招。

四、豈云佳味賽江瑤，碗碗餛飩上麗譙。十二銅圓聊適口，還呼添醋與胡椒。①

三、其他诗作

贈一星甥

擅長曼倩淳于舌，能奏黄鐘大吕音。羨爾天才兼學力，滿腔况有濟時心。

齠齡便愛汝岐嶷，今已馳驅作導師。我正龍鍾傷老朽，但能勒馬望旌旗。

（一星甥孫任巡迴教導，新從閩東之福鼎歸，將有崇安之行，爲書兩絶以勗之。時民國三十年三月三日，六十四叟莫等閒齋主人陳天尺。）②

黄花節詩稿

七古一首·民十親祭黄花崗

黄花之崗环土山，黄花之名何自□。有幸青山葬國殤，崑崙泰華皆□子。黄花烈士世能詳，獨破國史□入荒。林子徵詩都一集，衢歌巷誦今流芳。辛亥迄今又辛酉，十度春三二十九。其間怪象竟紛呈，海市蜃樓事事有。當年排滿氣何隆，滿運終時漢火紅！漢家□器已十稔，變爭起伏□鷄虫。溯源飲水忘誰力，貪大之功爲自得。三間竄死之推焚，說客縱横權門闢。竊鈎者誅竊國侯，潢沚轉眼爲鴻溝。海帥吹角漁鷸蚌，武夫按劍誇貔貅。封疆日蹙外海亟，萑苻篝火侵城邑。野哭家家不忍聞，秦人自肥越人瘠。死者在天應嘆嗟，當初寧料成今日。酸心高目年復年，龜山蔽魯前途黑。今春盛會復徵歌，謁墓無詞可奈何！撰成滿紙告衷語，嗚呼吾淚已滂沱！

七律二首·民十親祭黄花崗

十霜世變浪淘沙，搔鬢崗頭感歲華。爆爆不磨留碧血，年年有例哭黄花。

---

① 録自《華報》516號，1935年5月15日第4版。

② 録自陳天尺書法复印件。陳子南提供。

燃箕同類傷煎豆，抱蔓當途任摘瓜。訴與英靈應愴楚，青山無語日西斜。

成敗論人豈足憑，一堆白骨有鋒稜。男兒赴死傷南八，春日吞聲哭少陵。國事於今趨蔰䞈，黨流無復辨淄澠。危崗十上摩崇碣，欲起雄魂喚不應。

天尺於十七春黄花節祭烈士祠，曾撰一對云："十七年烽火，對大局何等酸心，苦盼明時，歌嘯激昂懷節烈；廿三省版圖，到今日纔無异色，恰逢佳節，焄蒿悽愴拜英靈。"嗚呼！今日之版圖，東北隅變成何色耶！①

賦得毛鐵拍破鼎

（得毛字五言八韵）

此鼎奚容破，其如鐵已毛。猛聞聲劈拍，薄示意牢騷。婦苦炊無米，鄰疑賣有刀。揚湯難久待，鑄錯敢辭勞。顧甑驚兹舉，抽薪笑爾曹。桓寬空作論，烏獲枉稱豪。停鍛嗟中散，呼饑任老饕。能爲金石響，擲地傲時髦。②

結繩行

天尺於一六政變后，即辭《南聲》編輯職務。與閱者睽闊，蓋已整十個月矣。當時有《結繩行》一篇，未能發表於報端，兹補録之，不厭其明日黄花也。

古之結繩以治民，今之結繩能擄人。擄人勒贖國無禁，致富終南之捷徑。儻來富貴生盜心，輦金市槍強積金。不織而衣不耕食，鼉叢魚㒵坐可闞。槍爲後勁繩前驅，亂縛婦孺如縛猪。今年蹂躪鄉之曲，明年越縣來逐鹿。官家慮盜謀招安，謂可弭伏歆以官。虛銜搔不着盜癢，縱繩無變舊伎倆。狡兔三窟不可尋，老巢蒂固根尤深。大酋久作負嵎虎，建纛巉巖勝開府。一呼百應山靈驚，偷閒獵較來都城。高會壁衣潛伏弩，擲杯座客齊縶組。吁嗟乎，縶組一去不復回，劍津之水奔如雷。

今日被綁長官，除陳愛吾不幸病歿，其餘五人，均得脱險生還。前篇已成過去之歷史，然而百折千磨，英雄乃見，炎凉冷暖，世態頓殊。回憶前塵，不

① 録自《華報》912號，1937年3月29日第3版。署"天尺舊作"。

② 録自《華報》20號，1931年1月3日第2版。

能無感喟也！天尺附誌。①

拜年曲

拜年拜年重拜年，拜到民國廿六年。甲自拜新乙拜舊，新新舊舊年復年。新年拜到舊年止，四十餘日都恭喜。樂者自樂愁者愁，民生凋瘵何時已。國難未艾人人危，風雲險惡生蒙綏。十萬健兒好身手，奪回大廟安邊陲。歲暮蔣公忽磨蝎，零雨東山民震慴。驀聞免胄無恙歸。燃爆張燈勝報捷，至誠感格内亂平。元戎無愧民干城，今年之年纔足賀，千門萬户皆春聲。②

戲寄何秋芙答天尺剃頭

（詩署名芙秋之作）

芙秋顛倒替秋芙，滑稽如今德不孤。

人可可人兼兩美，尺天天尺任相呼。

剃頭師父稱禾火，曉舌先生是草夫。

想到胡椒加了醋，適宜酸辣拌冬菰。③

戲答何秋芙君絕句二首步元韵

游戲詼諧作獻酬，秋芙怪底變芙秋。

僕非稺子重重帽，何致臨場怕剃頭。（閩諺有“小孩子重重帽不好剃頭”之語）

虛名笑汝願難酬，羨煞芙蓉大有秋。

世界花花君不信，試爲廷尉望山頭。（罌花名阿芙蓉）④

---

① 録自《華報》2號，1930年11月12日第3版。

② 録自《華報》839號，1937年1月5日第3版。

③ 録自《華報》154號，1932年2月24日第3版。

④ 録自《華報》159號，1932年3月9日第3版。

迎虎四章

（仿剃頭詩格）

一、兩度傳迎虎，今番虎可迎。所迎都在虎，非虎不須迎。虎本神通虎，迎爲熱烈迎。慎無迎虎尾，但向虎頭迎。

二、大開迎虎會，一虎萬家迎。虎是南洋虎，迎爲東道迎。迎來真好虎，虎至合歡迎。願虎頻頻降，教人日日迎。

三、虎固踈財者，何疑大衆迎。受迎無別虎，見虎總當迎。虎异負嵎虎，迎真掃徑迎。請看迎虎輩，虎亦笑相迎。

四、虎是非常虎，東迎西也迎。空前惟此虎，盛事有斯迎。父老齊談虎，官商盡樂迎。虎來忙虎去，到處又爭迎。①

十之曲六章

十里黄雲白日曛，赤眉銅馬鬪紛紛。騰殺氣，煽妖氛，遍野哀鴻不忍聞。

十年征戍憶遼陽，今日遼陽夢一場。翻陵谷，變滄桑，陣馬風檣震朔方。

十叩柴扉九不開，中原無地覓春臺。少陵哭，庾信哀，錦綉河山落劫灰。

十三學得琵琶成，黄連樹下試新聲。猿狖嘯，鴟鴞鳴，真宰上訴天爲驚。

十月先開嶺上梅，黄昏胡騎滿龍堆。外憂迫，内患來，伏莽如麻起草萊。

十千沽酒不辭貧，何處桃源好避秦。朝嘗膽，夜卧薪，瞎馬深池寄此身。②

鷓鴣菜童謠

（本行此次徵求“鷓鴣菜童謠歌”，承《華報》社林石廬先生轉託陳天尺先生評定，并蒙天尺先生寵錫三首，增敝行無限光榮。謹此一併鳴謝。兹將陳天尺先生大作刊登於左。金山商行啓。）

---

① 録自《華報》576號，1935年11月15日第1版。

② 録自《華報》347號，1933年10月10日第3版。作者署“昊玉”。

鷓鴣菜童謡（参用閩諺）

一、一山頭，一鷓鴣。鷓鴣菜，賽真珠。寄信細姨表妹親家姑，兒孫自有兒孫福，保養兒孫費工夫。家家備有鷓鴣菜，三灾八難盡消除。

二、一仔一仔糧，一鷄一鷄米。積德出佳兒，克家有令子。大家信用鷓鴣菜，此菜功能兼衆美。化疳消積長精神，故勝燕窩白木耳。

三、鷓鴣菜，性中和，丁寧賢母氏，奉告小兒科。良方採用鷓鴣菜，童年可保無風波。跤手僲力健，腹老通瓏歌。長命兼富貴，拍手笑呵呵。①

南無阿彌陀佛

剜肉醫瘡弄不通，南無阿彌陀佛。大家枵腹去從公，南無阿彌陀佛。
譎者乘火來打劫，南無阿彌陀佛。戇者開口吃北風，南無阿彌陀佛。
軍中少將不知愁，南無阿彌陀佛。歲暮提兵踏翠疇，南無阿彌陀佛。
望見陌頭罌粟茂，南無阿彌陀佛。勝於萬户貴封侯，南無阿彌陀佛。②

太乙救苦天尊

國勢危亡如累卵，太乙救苦天尊。權利熏心都不管，太乙救苦天尊。
救國救國救什麽，太乙救苦天尊。千千萬萬爭飯碗，太乙救苦天尊。
中央協款硬不到，太乙救苦天尊。理財鷄㹀爬糞燥，太乙救苦天尊。
侏儒飽死方朔飢，太乙救苦天尊。結果薯籐縛牌套，太乙救苦天尊。③

瑞甫先生館長六十有四大壽

延陵家世有傳經，肘後真方善解鈴。南極星臨頭未白，上池水洗眼常青。海隅紙爲成書貴，門外車多問字停。舞綵文郎皆卓犖，壽顔一笑看趨庭。④

---

① 録自《華報》466號，1934年12月3日第4版。

② 録自《華報》140號，1932年1月12日第3版。

③ 録自《華報》141號，1932年1月15日第3版。

④ 録自《國醫旬刊》第十期第十版。

有感

唾壺掔碎不成歌，豪氣銷除奈爾何。指水心違盟裹約，讖花夢自劫中過。青衫淚漬多情誤。紅豆思深好事磨。惆悵鵲橋波浪惡，投梭織女隔銀河。①

門丁

出門難，出門難，出門不難入門難。門丁如怒猲，門限如高山。唯有孔方兄之能往還。太原公子褻裘至，車馬翩翩好風致。門者笑前迎，探手索賞賜。少年意氣本驕人，安肯門前投重贄。臧獲頓搖頭，辭以主人尚酣睡。請君立待馬槽前，臭氣薰蒸如溷厕。日晏主人出畫堂，振開重鑰聲琅琅。高車駟馬前途去，云謁達官某侍郎。公子且歸去，主人今未遑。盛氣而來喪氣返，反惹鮑魚之臭侵肝腸。咄咄若不聞，關中鄧伯翊。城狐社鼠聞聲匿。安得借彼老拳飽傖奴，大爲天下名刺之毛一生色。②

有感寄贈小林黛玉（並引）

棘地荊天，蹙蹙靡騁。歐風亞雨，咄咄逼人。浩劫臨頭，何心風月。僕以沛中碌碌，學平原翩翩。萍泊蓬飄，不無奇遇。無如溫柔骨髓，莫鎔鐵石心腸，所以五飲申江水，從不作長干日暮遊也。是歲春三，停車南浦。粵西舊雨，邀僕夜遊。不結同心，先爲薦剡。紅樓入夢，倏見顰兒。流麗端莊，知非凡艷。歌闌酒半，未免有情。奈架上鸚哥，頻呼歸去。伯勞燕子，各自西東。好事多磨，春蠶未死。朔風瑟瑟，再度劉郎。領袖鶯花，已非舊識。樓臺燈火，笙管嗷嘈。欲覿伊人，殊慳一面。良辰美景，輒喚奈何。僕爲陌路蕭郎，卿是章臺柳妹。羌無香象，通此心犀。妄揮俚句數章，以博玉人一粲。

骯髒紅塵已十秋，敢將巨眼學荊州。此行事業隨流水，物色花叢舊狀頭。揚州憶否夢樊川，紅粉雙行襯綺筵。畢竟紫雲無俗韵，芳名當日不虛傳。細腰

① 録自《寧波小說七日報》1908年第5期。作者署“莫等閒齋主人”。

② 録自《消閒録》1903年第38期。署“三山莫等閒齋主人未定草”。

纖削可憐生，扶病前來侑一觥。半闋琵琶三疊曲，銷魂真個繞梁聲。墜劫青樓豈夙因，絳珠何事尚風塵。情天缺憾猶堪補，可有怡紅認故人。一莖香草幻全身，樣出瀟湘舊美人。誰道捧心效西子，卿卿端不讓顰顰。花樣更新簇簇翻，枇杷門巷幾掄元。桃紅依舊人何處，司馬青衫有淚痕。錦樣年華水樣過，妒花風雨暗銷磨。洛陽富貴如堪護，願買金鈴十萬多。莫道壺中歲月長，神仙爭不羨鴛鴦。却愁薄倖遍天壤，豈獨風流李十郎。[①]

新詩經

有狼在堂，食我膏粱。亡日去矣，室家徬徨。(興也)

有狼在户，食我倉庾。亡日去矣，室家消沮。(興也)

有狼在野，食我牛馬。亡日去矣，室家頽敗。(興也)

《有狼三章》，章四句。(官吏貪婪，剥削脂膏，人民苦之，故托言有狼入室，於何日可去是邦也。)

蒼天蒼天，旱魃炎炎。禾黍萎兮，龜我薄田。無獲粒食，溝壑允填。(賦也)

蒼天蒼天，河伯浩浩。屋廬沒兮，風雨飄搖。流離澤國，妻孥莫保。(賦也)

蒼天蒼天，旱兮水兮。哀此下民，何所安之。乞賑乞糶，倉廪空虚。備荒良策，綢繆三餘。(賦也)

《蒼天三章》，二章六句，一章八句。(此人民因水旱頻年，饑饉遞至，散諸四方，想備荒之要而作。)

静女其英，鬒髮如雲。既行且止，俟於城闉。(賦也)

静女其玉，衣兮羅縠。既行且止，俟於路角。(賦也)

彼狡童兮，泄泄來徐。相偕相將，乘驂且車。載馳載驅，胡爲乎中途。(賦也)

---

① 録自《消閒録》1903年第27期。署“三山莫等閒齋主人未定草”。

靜女三章，二章四句，一章六句。（時尚淫亂，作者刺之。）

蒲兮蒲兮，生彼水涯。莫涉足兮，污我裳衣。（比也）

蒲兮蒲兮，生彼水國。莫涉足兮，陷我履舄。（比也）

《蒲兮》二章，章四句。（俗好賭博，作者自戒之辭。）

東方之鵬，獵者施弩。養息之不遑兮，自傷其羽。我心憂矣，何時飛舉？（比也）

東方之鵬，鴟梟潛撲。奮翮之無力兮，自啄其足。我心憂矣，何時回復？（比也）

東方之鵬，藩籬久困。張翅之匪易兮，自折其脛。我心憂矣，何時冲仞？（比也）

東方之鵬三章，章六句。（外侮環逼，國勢飄搖，復自相攻擠，作此詩者憂之。）①

① 録自《餘興》1915年第10期。作者署“莫等閒生”，不知是否陳天尺之作。

二、詞曲

【減字木蘭花】賀麗生作新郎

月圓花好，淺寒一氣元霜搗。郎字鷓鴣，河目山眉未有鬚。葳蕤却扇，玳梁記取栖雙燕。弋雁聽鷄，有客催妝得雋題。蘭釭菱鏡，絳仙秀色黎渦靚。綺歲芳時。健筆薰香試畫眉。花陰亭午，良宵細數譙樓鼓。夢醒春臺，明日巡檐□索梅。①

【踏莎行】暮春有感

翠幕春寒，畫廊日暮，欄干曲曲含情處。情深怎敵病魔深，生生都爲多情误。

一味濃愁，萬般沉痼，鬱伊待向幽花訴。春風吹汝太闌珊，空階又落花無數。②

恭贺新禧

千秋歲調賀字爲韵

新禧恭賀，有喜原當賀。紅卡片，爭投賀，愁眉收拾起，笑臉胡盧賀。君不見，冰山倒去青蠅賀，淚落箜篌賀，恨觸琵琶賀。臨國變，何心賀，鼓鼙渾不管，烽火來相賀。飛電集，南都新貴人人賀。③

---

① 録自《華報》858號，1937年1月24日第4版。

② 録自《華報》980號，1937年6月8日第3版。

③ 録自《華報》137號，1932年1月1日第4版。

【滿江紅】題謝君飛艇圖

大族蟲蟲，孰染出墨棱黄白。到今日蠻爭觸鬥，困龍無色。縮地長房山鬼哭，御風列子天公嚇。問捧心誰敢學西家，嶺南傑。

拿雲上，千鈞力。排空去，雙飛翼。看縱横碧落，扁舟如葉。蕩槳不勞邀月姊，張帆無俟呼風伯。唱一聲玉宇不勝寒，壯懷烈。①

（謝君纘泰甲午年發明電汽飛艇）

二十年元旦新開篇

（大鼓調）

暑往寒來節序過，光陰如箭復如梭。衣冠優孟逢場戲，换得黄□醉尉訶。民國開基十九載，逐獅逐鹿叠操戈。盼得到，二十年頭元旦日，南都統一舊山河。星輝雲爛烽烟熄，樂得須臾享共和。改歲賡揚依老例，雪窗又把筆尖訶。心血來潮心緒湧，風風雨雨幾蹉跎。揮不盡窮途秏秏酸心淚，唱不盡末路流離瑣尾歌。斗然攬鏡哈哈笑，自顧鬚眉泰半皤。一霎風塵成老朽，端詳來日已無多。身無半畝憂天下，咄咄書空爲什麽。侏儒一飽原無謂，曼倩雖飢只刹那。黑貂之裘紫騮馬，不如江上一漁蓑。曉來携個知心友，同上南樓覓醉窩。一盤醃菜雙□蟹，説地談天兩頰酡。吾儕賀歲如斯足，無俟祈年倩祝鮀。憑空隔座嘩聲起，使酒呶呶側弁俄。灌夫氣魄如虓虎，罵語纍纍積幾籮。他説：“民國做官原不惡，只要有槍階級莫敢誰何。即管貪饕穢劣無防礙，有財有勢有嘍囉。可憐那斯文手下無丘八，不管你帶博與冠峨。若然触着霉頭運，便是烏龜忘八也敢割他靴。去年一六，滿城風雨。一官五委，犯着天魔。五花大綁尤溪去，弄得天兵天將鬧嘈嘈。西郊烽火連三月，商旅船艘行不得也哥哥。僥倖是旗開得勝魔頭伏，血戰沙場奏凱歌。蘇武生還襄老歿，六人缺一下山阿。烟塵澒洞剛沉寂，平地無端又起了波。任勞任怨偏無幸，登臺的江乙也墜落旋渦。想入

① 録自《萬國商業月報》1908年第2期。

非非，要做驚人事。說是追踪法助古頭陀，修橋鋪路闢陰隲。大家都認做猫兒食了鹺，十二月興梁纔舉事。濟人溱洧費張羅，鹽甕生蟲真不料。硬掩着閭山法主來插科。青天白日飛緹騎，鬧得個大觀園裏，大大查抄。傳聞是，乘機告密雙科秘，背義忘恩來拆這梢。一個是，子公嘗不到黿羹的鬻。一個是，羊斟抓不到羊肉的鍋。磨刀霍霍，把伽藍劈。輕輕的一根麻綫，要牽倒韋馱。自古道，官廳卸罪水流下。如今是，水流向上，豈有此桃。只苦那，年關逼近冬防緊，影響民生越轗軻。中洲一島，成匭脫，隔絕江流似水牢。橋期忍痛原難受，怎堪得，袖手觀棋爛了柯。"此公意氣真蓬勃，怒髮衝冠粗且豪。停杯不飲雙睛突，絮絮叨叨，口若懸濤。小子旁觀難忍俊，走過來，向他背上慢推摩。呀，老哥呀，勸君暫熄無名火，底事干卿費貶褒。且食蛤蜊休嚼舌，任他世路自偏頗。官家自有官家福，莫替官家喚奈何。今朝有酒今朝醉，付與沉酣春夢婆。①

廿一年元旦新開篇

（大鼓調）

歲歲年年人不同，人生何處不相逢。光陰似箭催人老，世上原無不倒翁。幾句閒談當灑口，言歸正傳剪斷閒文。

民國開基廿一載，新正元旦又到眼前。歌舞承平原老例，也想大吹大擂來賀新年。怎奈是風雲變色山河動，只剩得驚心喪魄老淚漣漣。鼙鼓聲中除夕過，黄連樹下彈起三弦。

自古道英雄造時勢，也須時勢能造英雄。奉化出頭原不錯，南征北討建了奇功。收拾中原歸統一，風呀從虎雲也從龍。只爲一朝權在手，僉壬卑鄙盡登庸。弄得七寶樓臺成碎裂，內灾外侮一時叢。六年好夢黄粱熟，阻兵安忍究竟成空。一聲下野冰山倒，赢得閒人唱惱公。

滿地江湖惟一老，黨中信仰阿彌陀。萬方多難纔歸國，群擁登臺執斧柯。

① 録自《華報》19號，1931年1月1日第2版。

砥柱狂瀾肩鐵擔，加身莫認是黃袍。所望慈航能引渡，使君與操盡隨和。公爾忘私趨國難，莫道春風吹皺滿池波。

在下閩人但說閩中事，近年省局實在不敢恭維。巧婦難炊無米粥，強龍不壓地頭蛇。東一榔槌西一棒，滿坑滿谷，伏莽潛滋。事來總揆先驚避，身自痴肥嚼自糜。銀樣槍頭誇部落，只好替喪家出殯耀武揚威。連柄港麾帥真意外，居然弃甲曳兵回。而今是潢池竊據成篝火，釜底抽薪事已遲。財記老爹十八變，自誇是弘羊卜式絕大天才。東拉西扯空鉈跳，急打三槍弄不開。聚斂能員左右弼，私囊塞飽倒繃孩。一根蘇綫拖得韋馱跌，空頭債票飛滿城臺。溜之大吉尋常事，只苦了繼仕空拳掃草萊。倭兵久寇東三省，烽火連天震近郊。倚靠國聯徒取辱，弱國由來說不得外交。除却國民能自奮，背城□一伐鼓鳴鐃。勝固足豪敗何恤，豈不強於低頭忍氣作膿包。一面死心來抵貨，貿遷斷絕莫使翻梢。電汽公司如作祟，大家勿與鬧咆哮。曲突徙薪寧乏術，協心對待卯金刀。不點電光真細故，瓦斯亦可亮通宵。煤汽開消原有限，何苦滿城風雨亂糟糟。

小子是理亂弗聞忘黜陟，冷心冷面久逃名。鷸蚌鬥爭無我分，鷄蟲得失不關情。今朝略飲三杯酒，眼睛睜得像銅鈴。塊磊未消多抑塞，牢騷勾起不平鳴。無聊說幾句窩心話，當作新年喜起賡。①

二十二年元旦新道情

（十三攝调）

酒酣一曲鬱輪袍，瞬息冰山莫自豪。西望夕陽無限好，碧天萬里雁行高。在下厭世山人是也。一筑一板隨身，半醉半醒過日。星星白髮，叠嘗辛苦酸鹹。落落青衫，飽看炎凉冷暖。三千丈縱横豪氣，消磨在書劍輪蹄。五十年瀟灑閒情，生受些杯香弦索。無多風月，儘教俗士摩挲。如此江山，幾被傖夫斷送。蒿目殘山剩水，驚心滄海桑田。廿二度履端，葫蘆提又來賀喜。十八尊羅漢，薩婆訶無計送窮。說來幾曲道情，權當山謳村笛。潮動一時心血，如聞鐵板銅

① 録自《華報》137號，1932年1月1日第1版。

琶。屈子行吟，感生蘿荔。唐衢痛哭，淚迸葦蕭。三閭廬中人，薄翻古意。一聲河滿子，誰表深情。步工部同谷之歌，正值萬方多難。效司馬江州之唱，伏惟四座無嘩。

【一拍】鼓淵淵，第一聲。喚大家，仔細聽。恨年來吐不出喉間鯁。塞翁得馬原非福，莊子呼牛豈爲名。嘆百年世事猶俄頃。羨什麽案頭金印，倒不如墻角寒檠。

【二拍】大元戎，好男兒。執干戈，動鼓鼙。誓此生宣威沙漠酬雄志。内爭衹爲三刀夢，外侮誰能一矢遺，害良民肝腦來塗地。震黑水轟轟巨炮，繞白山軋軋飛機。

【三拍】捧神州，送契丹。屈臣躬，示奴顔。把祖宗發祥河嶽教人管，奇觀傀儡誰牽綫。新沐猿猴各振冠，似這般安榮尊富如何慣。縱學步莊宗獻帝，還不如石勒曹瞞。

【四拍】大將軍，有精神。弃遼林，坐平津，儘無憂東西南北皆高枕。能乘時勢爲驕子，不重江山愛美人，管甚麽鯨吞蠶食風聲緊。一任他當頭白棒，都看做拂面紅塵。

【五拍】活天仙，財神爺。朘脂膏，佐奢華，自肥甘由他嬉笑由他駡。污池數罟新經濟，壟斷泉刀老鋪家。築園林罩飛鳥革真無價。説金銀純陽點石，談珠寶道濟量沙。

【六拍】仗宣傳，作運籌。滅經書，詡新猷，上演臺椎胸意氣冲牛斗。家庭革命稱平等，戀愛言情算自由，慣詐欺借題斂費金錢有。噪國難談兵紙上，倡民權流血口頭。

【七拍】煽兵灾，起紅羊。奪城池，散虎狼。肆凶殘，焚燒殺掠成蒼莽。鴻儒方臘無斯虐，李闖黄巢不可當。播長蛇，楚閩皖贛灾區廣。問何日烽銷河朔，免連年火劫崑岡。

【八拍】回頭來，説八閩。匪與兵，鬧不清。廿一年改良整頓成風影。邵汀延建多殘破，興福漳泉屢震驚。痛黎民蕭條生計如蓬梗，誰能够蒼黄接濟，費幾番慘淡經營。

【九拍】福州民，貧又貧。商景艱，周轉停。看起來花花緑緑皆虚牝。店家拍賣銀根緊，灾地逃荒人口增。况年關米珠薪桂饑還冷，說不盡牛衣對泣，更難尋兔窟逃生。

【十拍】盜賊繁，風俗澆。道德亡，倫理淆。痛世途罝維陷穽如添竃。夫妻恩愛常中變，朋友交情沒下梢。怪不得城狐社鼠相騰趠。到處是木鐘亂撞，逢人是竹槓爭敲。

【十一拍】生活難，失業多。物價昂，稅率苛。數年來如山商賬更番倒。收租却被抽捐累，坐賈還憂綁票訛，萬千千筆耕針耨如何過。驚惡夢半天靂霹，陷飛灾平地風波。

【十二拍】曲將闌，漁鼓稀。琵琶凄，觱栗悲。聽蕭蕭角聲變徵西風起。漸離慟哭今何世，皋羽狂歌能幾時。鎮昏昏重裀列鼎誰家子。渾不識釜魚猶樂，更深憐幕燕何痴。

【尾聲】身無半畝憂天下，學不慣聾和啞。袖手看龍蛇，低頭作牛馬。俺却把這拉雜的道情兒，當做新年話。①

二十四年元旦新開篇

（大鼓調）

【初拍】水流花謝恨綿綿，人老珠黄不值錢。自家打掃門前雪，兔走烏飛又一年。四句閒談當灑口，新年老例再開篇。廿三度春秋風似快，廿四番花信又到當前。表面是風景不殊城市在，却經過幾回滄海與桑田。

【入拍】想起那客歲履端猶捧腹，滿城風雨鬧驚潮。吾省忽經陳蔡厄，機聲軋軋馬蕭蕭。野心家無數來烏合，篝火狐鳴氣忒驕。推翻國本甘梟獍，刺眼星旗滿店飄。國軍四集空軍降，衆叛親離鬥志銷。抱頭鼠竄烏江去，輜重機槍作擔挑。半夜大呼天絕我，峽兜一炬，精鋭皆焦。五十六日涅槃真短命，草草山河也算做一朝。

【變拍】自取滅亡何足惜，只嘆城樓失火，魚鱉遭殃。天灾人禍循環起，打

① 録自《華報》258號，1933年1月3日第2、3版。

底是安分閭閻頂了缸。豕突狼貪雖短晷，風吹草動孤兔跳梁。兵荒之後民生困，四野哀鴻餓且僵。頑民走險爲焚掠，□匪乘機弄斧斨。上游烽火連三月，寇盜生心迫省疆。會垣震動困關陷，喪膽商黎倍恐慌。差幸鋭師雲集迎頭擊，碩鼠難禁潑滚湯。貔羆一蹶圖他竄，折向連羅作鬼倀。邑宰斷頭衙署破，碧血蟲沙也鬧一場。迨及縣城克復人心定，赢得元氣摧殘百業傷。

【風雨大江濤】閩垣紳富原無幾，什九窮黎喚奈何。況值烽烟頻告警，謀生乏術費張羅。邇來環境皆蕭索，商店更番報倒戈。影響金融周轉澁，連年捐税復煩苛。自古道"紙褙福州"空殼似，豈容再畫紙韋馱。銀行横票如花絮，上市疑投織女梭。外籍浪民尤狡獪，公開賭窟與烟窠。花會風潮纔惹禍，猫兒猶想吃腥鹺。舶品填街還塞市，現金吸盡漏巵多。航空彩券沿途賣，窮巷財神那肯過。失業人繁誰援手，難民乞丐甚嘍囉。教訓無功生聚絀，再難長此任蹉跎。

【鈞天廣】布新除舊換桃符，照例好語聯翩似貫珠。叵奈塊磊難澆空使酒，牢騷一片徒哭唐衢。不景氣流年今送了，滿望是春到人間草木蘇。鼓鼙動地軍聲壯，報道皖贛豺狼已掃除。揚鑣分道清餘孽，洗刷溪山淨毒痡。銅馬赤眉成史料，慶雲甘露啓祥圖。三羊開泰民權立，萬象回春庶政敷。到那時鞏固國防銷國耻，東隅雖失得了桑榆。綱維促進新生活，治績脩明軌道紆。官箴整飭貪污化，個個冰心在玉壺。老子婆娑無事憂天下，高卧茅廬足自娱。①

癸酉中秋節新開篇

（大鼓調）

一年容易又秋風，鷺白蘆黄落照紅。咄咄書空渾不解，洞簫聲斷月明中。都説是中秋風景好，今年好景太朦朧。東北雲烟依然滚滚，西南兵燹又鬧匆匆。三灾八難同時起，老百姓何辜遭這鞠凶。

厭世山人方不樂，填胸塊壘沒處勾銷。十年市隱無聊賴，名利關頭看得輕

① 録自《華報》475號，1935年1月1日第3版。

飄。窮居亂日無奢望，只盼那大家穩善度昏朝。遇年遇節平平過，也讓我陋巷清閒挂一瓢。誰知道人心墜落難收拾，吵得個天心發狠不肯寬饒。

自古道黄楊厄閏無寧歲，尤怕的雙層五毒閏端陽。角黍龍舟重點綴，轉瞬是夏去秋來一味凉。雙星駕過河橋鵲，化做鶉火奔奔赤焰長。説甚麽蘇俄主義來搖惑，好比那黄巢方臘亂跳梁。贛閩接壤遭蹂躪，劫殺焚燒甚虎狼。漫山寒野篝狐集，七月飛蝗六月霜。

羽書雪片延津急，錦綉山河陷劫灰。王台茂地連洋口，下道商民盡遇灾。死者江原齊暴骨，逃生匍匐受嗟來。老老幼幼男男兼女女，忍饑挨苦都集省會城臺。官商急籌救濟如星火，設計南鄉闢草萊。黄山連坂通濂浦，江口流沙各拓一抔。汽車船隻蟬聯送，移粟移民幾費酌裁。

坐鎮延城蔣旅長，省軍開拔司徒非。下游接濟毛維壽，尤溪推進有盧師。綏靖軍勁旅兼程合，見説是旌旗走馬槍礮連鷄。前方敵愾軍聲壯，後方水陸也擁雲霓。城防鞏固翁司令，江防戰艦密布陽岐。陳師鞠旅自有元戎在，何用汝百姓驚心苦不支。

只爲那失業人多生活困，喪心敗類布散浮謠。蕭墻伏莽誠難測，啼嚇宣傳莠亂苗。大官眷屬先逃避，紳富慌張也駕雲軺。刹那市虎危言遍，草木皆兵白晝興妖。上户先期投港滬，中户移家馬尾栖僑。馬江變做逋逃藪，雲房租漲似春潮。湫隘囂塵非樂土，换得一豎爲灾病失調。都説是江干蕞土勝似桃源洞，誰料做痴儍丈人承了蜩。這回損失非常大，大半是啞子吃黄連口苦心焦。

今歲會垣叫闢不景氣，怎經得這般平地風濤。典鋪錢莊乘機倒閉，捐輸税事又不斷的煎熬。湧泉寺綁票泥牛入海，白鷺橋慘案醉蟹加糟。獄吏尊嚴誰敢犯，白日纍囚逐隊奔逃。爭鋒戀愛招奇禍，猴衕移屍血肉腥臊。昏天黑地成何世。大家頭腦弄得渾淘淘。囫圇度過中秋節，鹹酸甜苦餅配上糟糕。

唱一聲一輪明月照窗紗，山人心緒亂如麻。不識憂愁小孩子，爭索銅錢要買娃娃。他説西鄰阿姊都排塔，我也要買個觀音拜釋迦。南後街塔市雖闐溢，無非應是粉飾喧嘩。驅兒童但揀一兩尊泥菩薩，沒見個多買胭脂來畫牡丹花。夜深還怕栅門閉，大都打點早歸家。魚更躍躍傳聯甲，柝聲一路緊似胡笳。秋宵佳景如斯耳，莫當做洛陽羯鼓三撾。破除萬慮無過酒，酒價高抬沒法來賒。

歸來燈下殊伊鬱，且盡盧仝七椀茶。夢騰一夢華胥去，不管他家怎樣奢遮。①

小半兒（四闋）

衙門八字坐春風，華穗花團緑襯紅，元旦官家慶典隆。笑村翁，一半兒模糊，一半兒懂。

部頒曆本定春秋，二十年來尚自由，陰錯陽差鬧未休。不相侔，一半兒從新，一半兒舊。

海邦眷屬似神仙，紅刺便娟競拜年，守歲吾家高枕眠。費周旋，一半兒回箋，一半兒免。

債臺百級費搓摩，從俗財廳莫奈何，這個年關容易過。慢張羅，一半兒遷延，一半兒擱。②

① 録自《華報》345號，1933年10月4日第2版。

② 録自《華報》137號，1932年1月1日第2版。

三、文

一、華樓月令

（一）孟春

孟春之月，日在東壁，昏高談中，元日闊論中。

其日上元，其神東坡，其主髯翁。

其蟲牡蠣，其音喇叭。律中人籟，其數獨一。其味酸，其毛翳，其臭馨。其祀蔡倫，祭先紙。

東風解凍，電燈始亮。魚滑湯，黍堆盤，餅包來。

主筆居華樓左個，酌花雕，吸嘉立克。戴高帽，衣大兜，食餅與糕，其容傲以謔。

是月也，以立春。先立春三日，記者謁之主筆曰："某日立春，春日載陽，主筆宜設饗醴。"立春之日，主筆乃親率訪士、編輯、校對、電訊、發行、印刷諸員，以□春。東門大街還反，宴諸員於東亞。肆筵設席，既醉既飽。命之曰：吾儕記者，其有四目，達四聰，廣微博采，遍及郊野，毋有遺漏。

是月也，天氣下降，地氣上騰。天地交泰，草木萌動。主筆命咨諏農事，踏勘阡陌，估測田畝，詳辨丘陵原隰土地之□。五穀所殖，百果所藝，菜蔬藥草所蒔，以資農業改良之先導。①

是月也，燈事鋪張，民衆悦懌。里社童稚，合提燈舞龍舞獅。百技曼衍，鈎心鬥角，間以簫鼓，喧闐於六街闠市。金吾不禁，歡聲雷動。

① 録自《華報》904號，1937年3月21日第3版。

是月也，大放焰火。東莞之花，瀏陽之炮。火樹星橋，雜遝賽伎。高蹺之戲，鮑老之舞，萬人空巷。舞隊脂闐，主筆與社員登斯樓也，左顧右盼，喝采鼓掌，□□而記，其樂只且。

是月也，髯翁東狩獲狗，喟然而嘆，《歹辭典》宣告絕筆。乃呼千里眼，騎千里駒，採俚鄙之童謠，集破爛之郵票，自以爲博。

是月也，月小盡，爲後九節。主筆予社員放假，回家各與其老妻煮果糖粥，啖之至飽。禦窮九，袚不祥。

孟春行夏令，則雨水不時，雷不應節，有雹爲灾。訪士荷傘，報童戴笠，夜行良苦。行秋令，則風高物燥，長髯參差，蝟毛繞喙。謹戒吸烟，吸烟則灼。行冬令，則嚴寒凜冽，硯水爲冰。夜工苦凍，炭費增重。消夜一餐，必加暖鍋，侑以旨酒。[①]

（二）仲春

仲春之月，日在東隅，昏稽十餘日詼諧中。

其日花朝，其神康成，其主聿旦。

其蟲頭蠶，其音嗩吶，其律雙黄，其數扁二。其味醇，其臭清。其祀工部，祭先詩。雨妹□，桃始華，客鵑叫。魯筆化爲□雛。

主筆居華樓中央，手半硬軟之司宙卜，眼半近遠之咤力克。穿革履，罩外套，吸小烟袋，服中山裝，食粥與餛飩，其態溫以□。

是月也，日夜分。雷乃發聲，蟄蛇驟動。桑柘怒芽，蠶子蠕蠕。

是月也，植樹節至。演講於廣場，官府倡植樹。沿溝劚壑，每丈一方。樹秧未宅，坎窩星羅，爲阱國，使民戰栗。

是月也，桃浪應時，春聲万户。秉蘭贈芍，桑柘相期。訪士採摭，輶軒□□，桃紅滿紙。

是月也，百花生日，主筆爲花請令。設讌華樓，命社員改筆而司庖，着犢鼻褌，分任烹炙入時之饌。春韭、春蔬、春餅、春醪，陳之盤盂簠簋，侑以春

---

① 録自《華報》905號，1937年3月22日第3版。

茗。先薦花神，後供咀嚼。

是月也，土地千秋，市肆陳陳，熱烈慶祝。明燭高香，焚鑼放爆。街衢填溢，以祈阜財。但今歲坎離不合，陰陽失調，土地公公方流清汗，似不易如願相償。①

是月也，聿旦老人，六脉調和，四體輕健。常登王墓山，引吭長嘯，躑躅於春烟晚照中。遝吊王□，興盡下山。少憩花巷之茶寮，時與吴航之親家翁小酌，高談古董金石。暮靄四合，電炬通明。乃上華樓，倚窗左右眺，開愛克斯光，演里曲之隔壁戲。忽莊忽諧，雙管並下，以儆桃汛泛濫中之登徒蕩婦。

仲春行秋令，則卯酉相冲，秋氣刺激，戀愛不遂者，或至自戕。秋芙道老、秋石法官，及駟介旁旁之四律師，分道揚鑣，綢繆未雨。

行冬令，則春陰沈瀫，陽光揜鬱，天氣凝寒。社員乃環倚酒甕，且酌且談。烹冬鷄，啖冬菜，以及半寒冬之冬筍，使寒□調節。

行夏令，則陽和早洩，熱度驟增。蚊蠅爲患，傳播疫瘧。社醫方聲濬、陳天尺，乃大忙特忙。社員亦設備蚊拂蠅拍，大張撻伐，以杜病菌。②

（三）季春

季春之月，日在東陸，昏嬉笑中，旦怒罵中。

其日上巳，其神右軍，其主石廬。

其蟲杜蝶，其音三弦。律中姑洗，其數三覺。其味□，其臭烈。其祀杜康，祭先酒。

長春始花，玫瑰吐蕊。大少弄鵪鶉，小姐豢白燕，乞食養畫眉。

主筆居華樓右個，乘自備車，駕自備夫。日落西山，萬家燈火。主筆衣褐寬博，冠處士冠，徐徐而至。握椽筆，删來稿，品茶食肉，其度明以决□。

是月也，清明至，編户插柳。先清明一日，爲寒食節。主筆極力鼓吹禁烟，以補救黑籍之陷落。

---

① 録自《華報》906號，1937年3月23日第3版。

② 録自《華報》907號，1937年3月24日第3版。

是月也，荳蔻開，鵖鳺鳴。廬園演隔歲《烏盆記》。石盆化爲雙凫，越江而走。九九八十一日，又化爲鵓鴿，說厝脊而來歸。

上巳菜在門，事開始。主筆約諸社侶，脩禊於百合之溫泉。

是月也，寶岱閣主，赴說報社星期十讌，必縱飲，酕醄半醉，顏飛紅如牡丹。

時夜未半，報稿遍發。主筆每以其餘暇，市酒與脯，呼朋飲啖盡酣。是爲春宵一刻之樂事。①

校對羊舌大夫，勛勤闌夜，亥豕魯魚，主筆每對之喃喃喋喋，深更賴此，頗不枯寂。

鐵拐爲得力□差，主筆善怒，鐵拐善跛。主筆愈怒，鐵拐愈跛。春夜迢迢，得此趣劇之點綴，令人失笑。

主筆善繪事，能爲奇松。亦善書，能爲漢魏六朝之體。但不易求，每索必諾，每諾必負。不食諾者，十不及一。或□置絹紙，七八寒暑，而終不報。

是月也，畫屏四開，參觀雲集。主筆必寓目焉，歸而評其優劣，識者題之。

是月也，航空降，京報來，郵函重叠。張恨水之諧文，黃□□之短著，汪玄之之閩歌圖畫。風趣淵雋，布之報欄，以饗同好。

季春行冬令，則花信失時。嚴霜夜集，北風吹面，報差號寒。主筆酒債，出超激增。

行夏令，則時雨不降，熱濕薰蒸。文具生霉，蚊蠅蟣蝨，乘機肆虐，記者苦之。

行秋令，則天多沈陰，月暈而風。肅殺之氣，被於卉木。報端秋士投稿，如蟋蟀之悲吟。主筆爲之疾首蹙頞。②

（四）孟夏

孟夏之月，日在南斗，昏妙舞中，旦清歌中。

---

① 録自《華報》908號，1937年3月25日第3版。

② 録自《華報》909號，1937年3月26日第3版。

其日麥秋，其神龜年，其主圓其。

其蟲青蛙，其音箜篌，律中黄鐘，其數四豪。其味苦，其臭焦。其祀伯牙，祭先琴。

乳燕飛，枇杷熟，大麥黄，蜜蜂鬧。

主筆居華園別墅，迓圓其博士。拉二胡，拍八板。唱《打漁殺家》，奏西皮二黄，板過門。食麵包與辣椒。其調高以亢。

是月也，以立夏。先立夏三日，記者謁之主筆曰:“某日立夏，月德在火。主筆宜登舞臺。”立夏之日，主筆飛柬，延人籟劇社、閩郵劇社、鹽務俱樂部諸名家，迎夏於南華。夜燈始張，幕景乃布。排演《打嚴嵩》《出關見娘》《珠帘寨》《查頭關》《花田錯》諸劇。全園滿座，鼓掌歡悦。乃訂樂師，招鼗擊磬，討論律吕，主張請政府提倡音樂。

是月也，浴佛節至，湧泉寺開，新僧受戒。優婆夷，優婆塞，善男信女，聯袂參觀。主筆率社友登峰，行隨喜巡禮。①

是月也，方丈易位。虚雲去，圓瑛來。觀自在顯真，大勢至混俗。和障足恭，檀樾喜捨。

是月也，石遺老人，八十三初度。詩弟子獻詩於蘇州。

是月也，八日慮雨。一粒雨一朵鲊，鲊季益吐，愚夫益多。

是月也，月支建巳，赤蛇當權。圓其博士，預畫虎以制之。華樓右個，懸一酣睡方醒之白額猛虎，以鎮蛇妖。

是月也，虎入報紙化爲豹，馬化爲鷄。以故博士不畫虎而畫金錢豹，不畫叔寶賣馬，而畫時遷偷鷄。

博士癖於梨園，爲各劇部之導師，尤擅長工筆畫。興至常繪《赤壁洞簫》《潯陽琵琶》。或作劇譜中之《女起解》《醉倒山門》《梅龍鎮》《汾河灣》《十八扯》諸圖，工巧絕倫。傳神阿堵，得珍藏軒老板，爲之鐫刻，一絲不走，時稱雙絕。夏日初長，資爲消遣之良法。

孟夏行春令，則清明穀雨，凍死老鼠。死鼠不檢，鼠疫必作。利亞西藥，

---

① 録自《華報》910號，1937年3月27日第3版。

銷數激增。

行秋令，則小滿不滿，芒種無芒，民多病瘧，博士之壽人氏如意丸，價以高抬。

行冬令，則風瀟雨晦，溪洪暴至，博士必唱《水滲金山》與《水淹七軍》之劇。①

（五）仲夏

仲夏之月，日在南樓，昏明眸中，旦皓齒中。

其日端午，其神湘娥，其主道真。

其蟲蛸螬，其音九弦，律中蕤賓，其數五□。其味旨，其臭馥。其祀易安，祭先詞。

女兒節至，龍船鼓響，艾始香。蒲花爲劍，榴花吐苞。主筆居華闌藝苑，披實地紗，冠通草帽，握派克自來筆，寫時毫午時書，食糉與荷葉包，其象幽以默。

是月也，華樓過節，賽應時畫藝。道真室主，拂曹素功五綫絹。獨繪閩江及西湖競渡圖。

主筆調集特等諸畫家，秋芙老人、圓其博士、竹生、士兼、向椿、一佛、四先生，作《五毒圖》。甲飛虎，乙臘蛇，丙蟾蜍，丁蜥蜴，戊蜈蚣，暨雷聲普代符、普庵符、鎮宅驅邪符應有儘有，以裝點《華報》之架子。

是月也，日長至。氣候暖燠，衫扇得時。道真室主，平日瘦骨……弱不勝衣。病後忽易瘦而肥，穠纖得中，修短合度。謝鉛華，辟脂粉，不作兒女子㦞㦞態。畫藝亦日以高超，天相名士，乃玉成其健體美。②

是月也，案卷緊張，簿書鞅掌。室主平明騎兩脚馬入直。日之夕矣，自公退食。登華樓，復於燈下理丹鉛，調赭緑，□絹素，慘淡經營其林泉丘壑，手不停揮。

---

① 録自《華報》911 號，1937 年 3 月 28 日第 3 版。

② 録自《華報》913 號，1937 年 3 月 31 日第 3 版。

室主癖嗜長短句，直入姜白石之室。畫藝則雲栖之竹、匡廬之瀑，尤爲精緻絕倫。置之王烟客集中，不辨褚葉。得一幅張座間，足爲消夏神品。

是月也，室主撰遊記，誌新春方廣之遊。履巉巖，披蒙茸，得一百八景。狀其陸離光怪，鋪張揚厲於□華園。

竹籜解，知了鳴。小暑至，半夏生。

華來之痟積散，金山行之鷓鴣菜，永安堂之虎標萬金油。普益茶莊之獅標平安茶，廣告飛舞，如春笋怒芽。

仲夏行冬令，則雷雹兼至，水潦泛濫。重陰□陽，民多胃疾。生生號之胃金剛，期爲特效藥。

行春令，則百菌爲殃，疥癬大發。林爲霖之擦掌疥藥，出色當行。

行秋令，則西風不定，火患堪虞。利生公司之滅火機，不可不備。[①]

（六）季夏

季夏之月，日在南陸，昏詩云中，日子曰中。

其節天睍，其神甘地，其主天放。

其蟲蠨蛸，其音鐵版，律中林鐘，其數六麻。其味奥，其臭腐，其祀米癲，祭先硯。

溫風始至，水泉乃肥；烏龜過門限，蟼蛤作將軍。

是月也，鴉螃叫，荔枝紅，猢猻跳，夏□有聲。

主筆居華園陋巷，坐板凳，樂簞瓢，戴霎靆鏡，穿達摩履。披絺綌，搖蒲扇，食苜蓿與糟菜，其顔蒼以黑。

是月也，禿筆化爲撲撲管，天將以夫子爲木鐸。

主筆精五行，善推步，操子平術，惟以黄花魚與人駁命。

是月也，無土□溽暑，大雨時行。主筆一笠一履，一鬼谷子之水烟袋，躲雨消夏於茶居。興酣輒使茶罵座，聲淵淵如出金石。座有薦紳，或大腹賈，則

① 録自《華報》914號，1937年4月1日第3版。

原壞夷俟，倨不爲禮。①

是月也，夏至第三庚，初起伏，大暑至，汗流浹背。主筆登華樓，袒裼裸裎。磨臭墨，拂粗紙，作亂七八糟録，老氣橫夏。

主筆短小精悍，老當益壯。如廉將軍，一頓九大碗，而矢不遺。

主筆之壯也，同游十方，遠萬里。亦博亦雅，不惠不夷。堆面風塵，壯心未已。皮裏陽秋，矮如晏子。喝酒五碍，皺顔凝紫。滿口□□，庚辛戊己。

季夏行春令，則猫兒叫春，洋洋盈耳。老精乾涸，微陽斯起。欲熄老火，必用白虎湯。（注：何以知□子必動心也？觀於麗生洞房之賀新郎詞，□知“老僧大有猫兒意”耳。）

行秋令，則鳴蟬病啞，化爲蠐螬。佝僂丈人，龍鍾咳嗽，慮或承蜩飛去。勸其勿飲冰，勿食西瓜。

行冬令，則六月飛霜，民有冤獄。主筆之腦，當熾炭以烘之。否則夏蟲語冰，老頭子傴僂之首，必僵凍如木乃伊。②

中央土，爲松坡之土。

土德寄旺四時，季末各十八日，“分配七十二候”。

其日戊已，其帝神農，其神元化，其主天寄。

其蟲寄生，其音博浪鼓，律中正宫，其數十三覃。其味甘，其臭氤氳。其祀雷公，祭先藥。

主筆居華巔大廟，山節藻稅，橘井杏林。冠大夫冠，席夫子席。廬鄭巷，放鄭聲。執門弟子禮，捧經聽講者，實繁徒。食草頭與木屑，其學博以約。

是月也，桃爿紅，李稜紫，棫樸芃芃，間以菜普醬樾。

是月也，湛露降，上水清，浥以洗眼，則門生慧而俊。

是月也，中郎打觔斗，化爲郎中，郎中三拆其肱。行有餘力，則□屬稿。

---

① 録自《華報》915號，1937年4月2日第3版。

② 録自《華報》916號，1937年4月3日第3版。

文藝爲主筆土產，相其土宜，以時供給華園之樹秧，及蕃薯栽。[①]

是月也，編《近代逸話》載國初下八洞偉□史事，窮形盡相，勝於溫嶠燃犀。

是月也，狀國會議員敗類，獨疏湯化龍之奸，纍纍數萬言。

是月也，誌國會播遷，南北分裂。北庭議士，化爲猪仔，足以補國史之遺，而道人所不敢道。

英雄劉永福，義民簡大獅。以雷霆精鋭之筆，寫跅弛愛國之傑。揚微闡幽，生氣勃勃。

是月也，撰《國技見所見》，提倡尚武精神，良爲病夫國之上藥。

是月也，《醫鐸》出版，爲國醫界放一綫曙光。代醫林之啦啦前進甘。

沙塏《生番探險記》，最爲華樓生色。春寒料峭，稿忍中斷。閲者深以見首不見尾爲感。唯下渡迎神，好看在後。如何如何，還以問諸天寄。[②]

（七）孟秋

孟秋之月，日在西園，昏浮光中，旦掠影中。

其日中元，其神三影，其主白陽。

其蟲螯弧，其音匏笙。律中夷則，其數七週。其味辛，其臭薰，其色白。其祀林宗，祭先鏡。

涼風至，甘露降，天高氣清，午日如璧，晚霞如錦。

主筆居華園楊橋，出入銀行大路，故於銀幕藝術獨精。左顧右盼，有十萬家皮箱店，供其儲藏影片，良足自豪。

乘銀車，駕白騮，冠白冠，衣白衣。手最時髦之快鏡，自邇及遠，其器簡以捷。

是月也，以立秋。先立秋三日，記者謁之主筆曰：某日立秋，秋陽以暴。主筆宜採摭烟景，以達秋氣。立秋之日，主筆親率影社諸藝員，以迎秋於西禪。

① 録自《華報》918號，1937年4月5日第3版。

② 録自《華報》919號，1937年4月6日第3版。

還反，集合社侣暨影員，聚餐於洪江酒肆。

坐既定，主筆環視其間，獨少天覺□君。本社福爾摩斯，起而對曰："客歲，無可奈何之月，天覺下樓，迷途不返。諜出，乃知入贅於小西湖之隱秋簃。"登評壇而嘔其秋虹之氣，華樓四大天尊，遂缺其一。①

是月也，北斗移南，天河横亘於霄漢。黄姑織女，駕橋相會。主筆携弧光鏡，立楊橋頭，攝其渡河儷影。

是月也，盂蘭開，饅頭熟。僧道執鐃鈸，敲魚磬，虔請菩提消灾。太乙救，鬼聲啾啾，鬼影憧憧，紙入大爐化爲衣。

是月也，克謙博士，遵海而南，歸去來兮。剪取廈門大學及兢強池、台灣土番村、山腰鹽池、龍巖煤山、永定烟菓各片贈於主筆，爲華報增色彩。

是月也，天地始肅。政府注重體育，各校賽武，選士厲兵。簡練傑俊，列陣賈勇以待。主筆派影員，攝映其颯爽英姿。華樓□士，化爲籃球鐵餅，距躍曲踴。東奔西走，載筆疾書。

是月也，鴻雁在空，蟋蟀在壁。主筆夜坐無聊，揮毫續《閩中廣記》。

孟秋②行冬令，則陰氣偏勝，介類大出風頭。知縣納錫大龜，博物，開迎龜大會。

行春令，則陽氣迴復，秋燕徘徊不忍去。主筆乃衣春紗春羅，命四海春製灮春盤侑酒，以調節春秋不和之氣候。

行夏令，則旱魃爲虐，祝融不時税駕。主筆命投函各電戲場，多演《濟公祈雨》，而禁開《火燒紅蓮寺》之片。③

（八）仲秋

仲秋之月，日在西冷，昏紅么中，日緑□中。

其節桂秋，其神海青，其主高屋。

---

① 録自《華報》920號，1937年4月7日第3版。

② 秋，報紙作春，據前改。

③ 録自《華報》921號，1937年4月8日第3版。

其蟲蟋蟀，其音清商，律中南吕，其數八齊。其味辣，其臭芬，其色素。其祀李□，祭先出。

柿子熟，橙皮黄，文旦肥，葫蘆脆，湖水始平，花乃白，鷗鷺戲於洲。

主筆居華園大雅之宅，建高瓴，坐高榻，冠高冠，躡高屩。吹楚竹，撥吴弦。食蛤蜊與醬油。其神舒以暢。

是月也，人月雙圓，主筆携其夫人公子，作踏月之遊，歌遏雲之曲。

是月也，定光净光雙塔，燈火燭火，六街車馬，塔市喧闐。衣裙雜沓，佛像萬千，翁媪嘆賞，童穉翩翩。香球飛舞，月餅肥鮮。

是月也，先中秋一夕，參斗之辰。比户兒女，踴躍宵闌。高香明炬，瓜果滿盤。主筆邀濟功道友，下華樓，登斗壇，敲鐘磬，爇沉檀，曼歌雅韵，響徹廣寒。①

是月也，銀河修净，玉宇無塵。迢迢良夜，斗柄斜横。主筆於屬稿之暇，適性陶情。乃約黄鐘社侣，一星瀾平，或調趙瑟，或按秦箏。遙吟俯暢，逸興環生。玉笛三弄，飛鴻一聲。

主筆濃眉環眼，燕頷蜂腰，相非食肉，志在聞韶。能識英雄於草莽，特採才技於芻蕘。有陳娟娟，厄於際遇，影外拾遺，明珠仙露，浪漫天真，推爲獨步。眼裹西施，莫知其故。

仲秋行春令，則乍寒乍暖，春陰盤旋。主筆撰稿方竟，腹飢思餐，皮垢思浴。乃啖滷麵於四海春之樓，濯溫泉於醒春居之沼也。

行夏令，則白露不涼，秋陽忽烈。劇場乃演夏金桂之《賨蟾送酒》，夏侯惇之《拔矢啖睛》。主筆當筵顧曲，爲之愀然不歡。

行冬令，則風暴數起，霜信早嚴，秋金失候。主筆喉嚨必梗寒奇燥，欲唱前奏曲，不免取資於冬蟲夏草，及三夾冬。煎以代茶，滿飲一斗，顙腔乃寬。②

---

① 録自《華報》922號，1937年4月9日第3版。

② 録自《華報》923號，1937年4月10日第3版。

（九）季秋

季秋之月，日在西崦，昏磨□中，日擦掌中。

其日重陽，其神歇後，其主謀今。

其蟲蚱蜢，其音耶葫，律中無射，其數九佳。其味鹹酸甜，其臭菩通涑。其祀土茂生，祭先水。

蟆□食尾，螃蟹團臍，丁香游西湖，麻獅煦縮被帕，紙入大風，爲鷂。

主筆居華園節鉞之第，乘東洋車，吸西洋烟，戴南洋帽，穿北洋鞋。食萏菜閣光餅，其貌赳以健。

主筆態度英武，善跳躍如鼓上蚤，善採訪如多筲熊，自稱福爾摩斯。

是月也，社人提倡登高，舉行風箏大會。

主筆年正壯，興正豪，脚迅如奔馬，直上烏石之峰。放九連環，雙蝴蝶，一紙風行，滿空飛舞。

是月也，小鴉噪於園（註一），田蛤鳴於浦（註二）。

註一:《謀今紀事》，工爲歪譜文章，社人謂爲不登大雅之林，謀今以爲知言，乃自名爲小雅，小雅者小鴉也。

註二：謀今編稿時，一手按紙，一手揮毫。口吸紙烟，鼻則噴烟。耳則旁聽，舌則喋喋與人辯駁。人言西，彼則東。人言白，彼則黑。衆呼爲纏夾。纏夾者，田蛤也。[①]

是月也，主筆約社友，酣飲於社。酒半醉，暢談自身戀愛膩史，眉飛色舞，聞者大粲。主筆曾自叙當日愛情瑣事，纍纍如貫珠，名其書曰《捲插日記》。

主筆與其內子，恩愛甚篤，育小纏夾六七人，啁啾滿前。而床笫之歡，猶孜孜不倦。每有所事，必預裹銅圓一大包，分俵小纏夾，令其各自購餅餌。童穉得賞，嘩笑四散。乃從容閉户，過其敦倫之癮。

主筆出身黄埔軍校，歸而偃武修文。兒女情長，英雄氣短，識者深爲惋惜。

---

① 録自《華報》924號，1937年4月11日第3版。

是月也，海産大走私，主筆在去毒會服務。而海産之毒，實部處此，無法取締。一怒而口努如猪，眼睜如豹，徒唤奈何。

季秋行夏令，則氣候暴熛，主筆睡醒口渴，必大飲檸檬水，大嗜冰麒麟。

行春令，則濕熱薰蒸而下注，主筆不病膀胱炎，則患淋濁。

行冬令，則寒露身不露，主筆衣服不加，飲酒過量，防有酒後傷寒之患。①

（十）孟冬

孟冬之月，日在北斗，昏搖唇中，日鼓舌中。

其日小春，其神曼倩，其主養志。

其蟲蠨蛸，其音□馬，律中應鐘，其數十藥。其味沒鹹沒醋，其臭半生半熟。其祀維摩，祭先墨。

風始肅，籜盡落，夜有薄霜。□乃收聲，蝨牳生蛋，猪角出風頭。

主筆居華園蒼霞之洲，乘兩脚自跑車，腿束□行，保之甲馬，袖藏剪報之一州快剪，食豆芽、炒興化□，口尖以饞。

是月也，以立冬。先立冬三日，訪士謁之主筆曰："某日立冬，四季之殿。主筆宜炙焨煎燀，普同□養。不能大烹以養聖賢，亦宜小吃以養朋友。"立冬之日，主筆躬率社人，訪士、發行、印刷、攝影、繪畫諸員，以迎冬於北嶺。還反，選勝於磨溪、鱔溪之間，取影而歸，以供報料。

是月也，山西來雁，老少□始□，主筆□毛爲白。

是月也，主筆微服察訪，託名爲報館郵差，先上華樓，撰小食譜，及□婆、蟚婆、三簪婆外傳。□□竟從容下梯，復大跑特跑，□登□□，草其瞎三話四講七道八之文字。②

主筆適在妙年，丰姿自喜。風流文雅，含英咀華。既自命爲薰香荀令，傅粉何郎。而胭脂隊裏之粥粥群雌，亦視之爲潘安、衛玠。於是群上以尊號，曰"衆家女婿"。

---

① 録自《華報》925 號，1937 年 4 月 12 日第 3 版。

② 録自《華報》928 號，1937 年 4 月 15 日第 3 版。

主筆之一人，容才兼擅，報端常露其吉光片羽。因其氏翁，主筆乃戲呼以“翁頓婆”。而自署則曰“翁頓婆之夫”，伉儷諧名，乃爲不脛而走。

是月也，飛機降，輪船下。滬漢京津小報，紛如雪片，置郵而至。《金鋼鑽》《福爾摩斯》《晶報》等，堆金積玉，如數家珍。主筆陸續披閱，第聞剪刀軋軋聲，摘其愜性怡情之作。裁之糊之，黏於袖珍小册，以供玩賞。不知者误爲掠美也，主筆啞然笑曰:“我有旨蓄，亦以御冬而已。”

孟冬行春令，則凍閉不密，地氣上泄。紙上新聞，嫣嫣作□子色。主筆眉毛一縐，紀之不厭求詳。

行夏令，則万冬不寒，蟄蟲復起。華樓仈鼠，輒出勦襲。主筆夜坐不歡，濡筆摹黠鼠賦，唧唧復唧唧。

行秋令，則酸風悽厲，苦雨不時。主筆眉毛，轉白而灰。乞其夫人爲之畫，夫人误以胭脂刷之，乃如五顯靈官。[①]

（十一）仲冬

仲冬之月，日在北苑，昏佳肴中，旦美酒中。

其節冬至，其神盧方，其主俠佛。

其蟲寒號，其音觱栗，律中十番伿，其數十一軫。其味肥膿，其臭芳烈。其祀畢吏部，祭先甕。

霜始嚴，月始暈，狗始交，猫兒不鳴，蝙蝠化爲鼠。

主筆居華園鰲峰，乘家車，戴困帽，衣短裝袈裟。吸美麗牌香烟，飲萬豐太雕，食棗泥與猪爪，其碗大以深。

月建在子，雄鼠當權。老鼠鬚戟張，老鼠目古董豹，老鼠頭菩東獅。

是月也，一佛出世，二佛涅槃。文佛入定，壽佛低眉。俠佛乃入社住持，自稱饕餮大方丈。[②]

是月也，主筆揮鼠毫，作撇蘭大會，登可然之亭，社人食指乃動。鼠聲啾

① 録自《華報》929號，1937年4月16日第3版。

② 録自《華報》934號，1937年4月21日第3版。

啾，鼠尾搖搖。鼠肝躍躍，鼠耳攤攤。鼠牙嗑嗑，鼠爪搔搔。十鼠鬧館店，強於五鼠鬧東京。電燈四亮，壺觴雜陳。呼酒嘯歌，迭爲主賓。其樂無極，五簋八珍。

乃命亭役，盞箸必齊。麯蘖必旨，陶氣必良。菜蔬必備，魚肉必鮮，烹炙必究。既醉以酒，復飽以肴。亭娘侍側，巧笑低嘲。夜闌軟語，勿或號呶。杯盤狼藉，各破其鈔。

是月也，日短至，月當頭。回回進寶，家家搓圓，水淌菊上市。主筆退食自公，應鷄樹雅會於枇杷門巷，酕醄而歸。

主筆登樓每在夕陽西下時，其撰稿也不以筆而以口。口講指畫，授之速記，纍纍如貫珠。

俠佛自命天厨星下凡，一簠一簋，炙煿煎炰，種種朵頤。游戲代庖，可然亭上之可鼎俎者，恒請命於我佛之前。佛於色聲觸法外，授以製造香味之微旨，而亭上之盤飧，乃甲於城市。

仲冬行夏令，則午火上干，氛霧四布，雷電交加。主筆肝熱大作，痰嗽不休，社醫以戈夏崔夏，雜忍冬籐療之。

行秋令，則酉金氣勝，風雨如晦，鷄鳴不已。主筆一斗一石，四筵寡歡。高談雄辯之餘，必以《南華秋水》篇，及杜少陵《秋興》八首，爲下酒物。

行春令，則卯木氣泄，臘梅繁花，歲蘭努箭。主筆滿面春風，一團酒興。狐裘貰酒，玉壺賣春。樂其所樂，自賞天真。①

（十二）季冬

季冬之月，日在北辰，昏交頭中，旦接耳中。

其日嘉平，其神開府，其主關生。

其蟲牛鑾鎮，其音郎暢，律中樸樸□，其數十二文。其味大老銃藥，其臭親母胶帶，其祀竈君竈媽，祭先糖。

懶猫烘火，黠鼠偷油。凍雀噪於竿，寒鴉拂其羽。昆蟲咸蟄，松柏後凋。

---

① 録自《華報》935號，1937年4月22日第3版。

主筆居華園五峴之舍，曠大園而弗居，擇小園而主之。冠小帽，衣布袍。其上華樓也，若太原公子，裼裘而來。寧靜寡言，幽默微笑。食屐屐糖與確確糕，其色諧以莊。

是月也，月建在丑，牛魔王用事。主筆以禿筆短墨，舉行大儺。出土牛以送寒氣，守呼牛亦可主義，而大吹其啤啤響之牛屄。

是月也，主筆舉行結婚週紀念。

麗生伉儷最篤，其新孔嘉，新娘亦明慧韶秀。閨房之樂，有甚畫眉，爲同輩所欣羡。

電燈熒熒，報務方集。主筆慢條斯俚，率其愛人，聯步登樓，斜坐案隅。明媚秋波，督主筆作我輩語。短草方脱，携手同歸。①

是月也，霜風凄厲，冷月高懸。社人稿事既竣，高屋、養志、謀今三巨頭，餘興未闌，賭癮大起。乃登五峴之門，作竹城之戲。寒夜客來，淪茶當酒。碰對、元寶、烏龜，艮頂開花、海底撈月。蠟淚堆盤，鷄聲報曙。東方既白，雀乃收聲。歠豆腐漿，啖油炕粿，四散言歸。各搶其現成之熱鋪，各抱其黄臉家主婆，雀入大蛤化爲水。

合昏尚知時，鴛鴦不獨宿。主筆韶齡正秀，子夜多情。其發揮於紙上之艷體白話文，恒署名爲伽伽，爲灑灑。投稿者皆爲情海青年，愛河文侣。

季冬行秋令，則戌土之氣所應。寒蟲復吟，飛鴻遠唳。主筆稚氣横秋，孤坐不怡。稿未卒篇，輒托故而去。歸與夫人作摸秋之戲。

行春令，則辰土之氣所應，桃李自花，梅柳競茁。主筆柔情旖旎，小酒微酣，必購觀我頤之糖菓，蘇蘇之醬鴨，歸遺細君。屋小如舟，春深似海，度其長夜漫漫之樂。

行夏令，則未土之氣所應，當寒無寒，不暑而暑。主筆編稿初畢，微汗浹背，擲筆而起，必挾其閨中膩友，作百合溫泉之浴。曰：歲聿云暮，吾將送窮。滌暇蕩垢，過此隆冬。②

---

① 録自《華報》936號，1937年4月23日第3版。

② 録自《華報》937號，1937年4月24日第3版。

二、游戏文章

（一）鵝姆與番鴨雄解除婚約啓事

啓者：鵝姑娘與鴨博士，前由社會口頭，滑稽意旨，糊塗對偶，混合主張。當時敝姑娘與敝博士，明知非我族類，豈願強就姻緣？無如衆口同聲，逼教畫虎，衹得低頭從命，權與委蛇。以故庚帖雙方，雖曾交遞，辰杯合巹，終未定期也。邇者敝博士爲李太白聘去，教寫番書。敝姑娘爲王右軍換歸，伴臨草帖。蛩駏不能相倚，勞燕各自分飛。况復日居月諸，星移物換。打翻舊禮教，男女竟奉旨以自由。製造新家庭，婚姻亦臨時而解放。鼓瑟不宜膠柱，求劍無取刻舟。後顧無窮，前言可廢。女也不爽，翻嫌我我與卿卿。士豈無良，誰能左左而右右。從此一竿不打，鴛鴦寧受虛驚。無肉可啡，蝦蟆休生妄想。既合離婚律例，無妨百事從權。迴殊骫法行爲，不待三司會審。戀我霜毛玉羽，籠內不乏書生。昵伊紅足緑頭，泥中儘多詩婢。何苦乞憐鶂鶂，反招陳仲子之顰。無庸相惜猩猩，致惹蒲留仙之罵。右啓露布，咸使風聞，阿鵝阿鴨謹啓。①

（二）佛說芙蓉經

如是我聞，一時佛在“人非人”國，“曼殊室利”園，以恒河沙數金錢布地。一刹那，一強彈指間，現“大陀羅尼”全身，手執楊柳枝，蘸瓶中苦露，遍灑閻浮净土。咄嗟之頃，萌芽煥發，枝幹交加。一葉二葉，乃至無數葉。一蕊二蕊，乃至無數蕊。一花二花，乃至無數花。我佛忽而低眉，忽而努目，合掌長喟，於意云何。

佛說，善哉善哉，道高一尺，魔高一丈。道積黍粟，魔積京垓。三千大千世界，善男子，善女人，乃有若是浩劫，佛法無邊，難可解脱。我若以散花天女身，布散恒河沙數花種，於三千大千世界。使三千大千世界，善男子，善女

① 録自《華報》101號，1931年9月12日第2版。

人，受無量數大魔毒，證無量數大癮果，是我罪愆。

“琰魔”王“阿修羅”，偏袒一肩，右膝着地。而白佛言，不也世尊，信爲閻浮浩劫，於佛無愆。花花世界，萬惡亭毒，種有遠因，發爲近果，是謂自藝之果，自蓓之花。佛不造果，世自生花。是花何花，願我世尊錫以名，使眷戀兹花者，猛有所覺，亦我佛之無量慈悲。佛說，是花名爲芙蓉。芙蓉者，是爲腐蓉。人類將及滅度，先腐其容。不得有壽者相，不得有衆生相，何以故？芙蓉國土，出現者皆餓莩相、哭喪相、藥叉相、羅刹相。如是乃入涅槃，如是乃墜荼毗。罡風内煽，鬼火外焚，肉銷骨立，涕唾交頤，是爲燃燈今佛之幻相。①

“琰魔王”言下大悟，稽首而白佛言。佛說燃燈今佛，即非燃燈今佛，是名燃燈今佛。

復次“寶檀華”菩薩，頂禮佛前。而請命曰，我佛大慈大悲，大捨大願。如是衆生，横被魘魅蠱毒，馴致瘦癟乾枯。欲令是等疾苦觸除，世尊當以何等妙法，起死回生。

佛說，善哉善哉，我見猶憐。善男子，善女人，墜入無遮劫海。我當立誓，誓以至深佛法，點化“燃燈古佛”，爲“藥師琉璃光菩薩”。指引劫内衆生，志心朝禮，恭敬供養，勤宣佛號，引渡慈航，受持五戒，聽講三乘。一時芙蓉花化爲十丈蓮花，罌粟化爲億萬舍利。法雨繽紛，回頭是岸。

一切孽障，從此拔除，斯時“諸菩薩摩訶薩”“婆羅門居士”“天龍八部”“藥叉大將”“若刹帝利灌頂王”等一切大衆，聞佛所說，皆大歡喜，信受奉行。乃合掌同聲而說偈曰：“佛說芙蓉經，芙蓉貴如金。丹成九微火，味奪五侯鯖。倒媒阿羅漢，染皂觀世音。吐納管城子，閃爍孔明燈。唏呵呼哈咽，千榻千横陳。不生亦不滅，不痴亦不嗔。誰以此魔毒，普醉於衆生。如來來苦海，見之心怦怦。點化藥師佛，琉璃放光明。如露亦如電，如日亦如星。大粲蓮花舌，改造芙蓉城。從兹鴉片鬼，變作蔣門神。南無藥師琉璃光菩薩，摩訶薩。

（註：經中所引佛號，皆有所本，並無信筆杜撰。）②

① 録自《華報》103號，1931年9月18日第3版。

② 録自《華報》104號，1931年9月21日第3版。

（三）飯桶與醋甕之問答

飯桶謂醋甕曰："吾所藏之食料，與子所藏之食料，本源則同，而成效則异。吾有巨功於天下，而子則爲厲之階，子誠世之贅疣也。"

醋甕勃然變乎色曰："是何謂也，試詳言子之功，與吾之罪。"

飯桶曰："吾視天下之飢猶已飢，潔粢豐盛，取之無禁，用之不竭。而民無菜色，使民鼓腹含哺，熙熙皞皞，是功不亞於后稷也。子糟粕之餘，渣滓之瀝，以酸素灌輸人之心坎，刺激人之腦宫。乃使權利之見明，爭鬥之風烈，子之罪不綦大呼哉！"

醋甕曰："嗟乎，子之庸且努也！七情者人道之根本，其發洩恒屬於肝，肝爲木臟。曲直作酸，酸之爲味，能開通智慧，牖闢靈明，其爲用至爲廣袤。而子則既飫既飽，寒胃充腸，必使天下人類，盡爲饞口之猪八戒、善飯之廉將軍，而後能滿子意。是率天下而混混沌沌，黜聰塞明也，惡乎可？"

飯桶曰："天下之民，寧愚無寧智也。愚則馴，智則狡。馴則無事，狡則生事。故夫吾桶者安天下之利器也！子之甕醋海生波，直亂天下耳，奚敢與吾桶衡？"

醋甕啞然笑曰："天下皆以子桶爲權利之的，未聞以吾甕爲權利之的也。然則亂天下者，皆子桶致之耳，吾甕何能爲？吾甕文雅風流，惟酸秀才、酸娘子，或假此中爲發揮性情之具，推而廣之。中醫所用之山萸烏梅，西醫所用之燐酸蘇打，皆取資於吾甕之氣味。而製爲療病之特健藥，是吾甕固於人無損，於世有裨也。豈若子桶所在，内外闐溢，環而伺之者，無隙地哉！"①

（四）南台姊妹烟草公司廣告

本公司南洋兄弟烟草公司，同爲國貨性質，所選姊妹名花，均係南部胭脂。閩都粉黛，嫣紅姹紫，衆美畢臻，尹艷邢妍，群芳所聚。雖曰分門別户，並無海菜洋糖。大都媚李□桃，不離野鷄鹹水。"杏花天"笙管嗷嘈，一任淺斟低

---

① 録自《華報》110號，1931年10月10日第3版。

唱。“宜春樓”履舃交錯，何妨倚翠偎紅。“德泰”“麻炎”不數群雌粥粥。“紫鸞”“玉記”無須十索遲遲。“花亭”之蝶扳鶯簧，樹枇杷而買笑。“新厝”之柔雲殢雨，擲橄欖以分甘。有美一人“月清”儘堪選色，自鄶以下。“阿郎”亦許銷魂，“新泰”共“泰記”齊開，優待薰香荀令。“寶貢”與“貴喜”媲美，歡□顧曲周郎。“賽月”“雲仙”四弦裂帛，“彩蓮”“雙菊”一曲繞梁。“秀喜”唱而“秀福”隨，覓念奴於夜半。“金福”歌而“金玉”舞。認蘇小爲鄉親，不弟有女如荼，肥比環而瘦比燕。倘得請君入甕，酒若淮而肉若□。五味八珍，佐以杏仁瓜子；萬錢一席，排來魚翅燕窩。釣魚捫雀，任爾消閒；撲克番攤，憑君遣興。至若葡萄架畔，潘金蓮別具工夫；荳蔻梢頭，杜樊川定呼快活。大體何足道也，十八模好自爲之。當夫涼月東升，不少墜鞭公子；夕陽西下，儘多走馬王孫。“拍索埕”無限景光，不減六朝香艷；“安樂鋪”只談風月，何殊三楚繁華。惟望桂花大少，聯臂來游，草鞋相公，醉心忘反。輦金以填此壑，固所願也。量珠而聘阿嬌，不敢請耳。至於將軍負飯，不無胡麻飯相延。大老空心，亦有閉門羹以餉。金錢目的，所求賓至如歸。皮肉生涯，但得座能常滿。謹此露布，咸使風聞。

【編者按】文內所舉妓寮，今昔略有變遷，第以游戲文章，無須拘泥也。①

（五）紙烟火柴之一席談

紙烟鬱鬱不樂，語火柴曰：“使世而無子也，吾得以永保壽命矣。既生瑜，何必生亮。子迫吾灼膚之痛，摩頂放踵，煬爲灰燼，子實吾不共天日之仇也。”

火柴啞然笑曰：“惡是何言？吾之爲用，星星可以燎原，受吾焚滅者不第子也。且吾固大有造於子者，子不遇吾，不過一草包茅塞耳。何由吐氣揚眉，流芳於世人之齒頰哉？”

紙烟曰：“今之衛生家，恒以吾含有麻醉刺激之毒質矣。子之燬吾，適以迫吾流毒於衆生。吾雖粉身碎骨，不以爲忤，其如舉世罪我何？”

火柴曰：“否否，衛生家之言何足憑？吾未聞不吸烟者，壽逾百旬也。子有

---

① 録自《華報》113號，1931年10月18日第3版。

振奮腦筋，啓迪思想之奇功。凡七情之過度，常假子以調劑之，非衛生家所知也。吾聞三個鴉片鬼，合成一個諸葛亮。子之能力，雖不逮鴉片。然以吾輔子，聚無數吸烟家，亦可以伯仲哈迷嗤矣，毒云乎哉？”

紙烟笑曰：“子勿以吾爲誇而且自誇也，吾與子皆一現之曇花耳。子性甚烈，而光焰易息。吾性雖較子爲醇，然愛我者恒弃其半。吾與子一離世人之手，皆廢物也。”

火柴曰：“吾觀世界上形形色色，何者非石火電光，一瞥即逝。彼耀武揚威，爭權奪利者，亦不過片時之蠻橫。氣焰一熄，安往而不爲廢物也耶？吾與子特其么麽之模範品耳！①”

（六）麻雀與撲克之問答

撲克謂麻雀曰：“識時務者爲俊傑，吾以海邦能征慣戰之將，乘時而舉。拔子幟而立吾幟，彈指間耳。子何不韞匵而藏也？”

麻雀夷然曰：“若以戰術而論，吾勢如破竹。方城爲城，海底爲池。築礮臺於艮頂，布埋伏於坎墩。以此克敵，何敵不摧。子不過紙上談兵耳，奚足以睥睨吾也。”撲克啞然笑曰：“吾陣花團錦簇，共分爲四組。子之陣僅‘筒’‘索’‘萬’三梯團耳，組織之完備，遠遜於吾。吾觀子之角勝也，軍聲嘩然，達旦不寧。吾之陣師鞠旅，好整以暇，人馬無聲，銜枚疾走，出其不意。乘其無備，運籌决勝，捨吾其誰屬也？”

麻雀曰：“嘻，子殆所謂管窺蠡測者耶！吾軍有中發白三大元帥。益以東西南北之四方面軍，兵數達一百三十六師。子不過‘K’‘Q’‘J’三小將佐以‘A’之獨脚隊。兵數僅五十有二師，衆寡懸殊，主客异勢。充子之量，爲鼓上蚤之偷鷄，火孩兒之放火，僥倖取勝可耳。且子以王后爲將，婦人在軍，兵氣不揚，烏敢與吾逐鹿於中原哉！”②

① 録自《華報》123號，1931年11月21日第2版。

② 録自《華報》124號，1931年11月24日第2版。

（七）《繩兒曲》并序

客歲綁匪蔓延，漸及城市。匿名嚇詐之函，日有數起。膽怯者佁有相驚，引以爲憂。膽大者司空見慣，不以爲怪。日前城南某商，接得郵筒一件，開封並無隻字，惟紙上繪作無數繩兒，長短參差，斷續鬆緊，各不相同。以示某君，疑爲綁票擄勒之作用。日昨有友述於天尺，天尺憶及古有圜兒信《圜兒曲》之趣事，因仿其體，作《繩兒曲》。

單繩兒是男，雙繩兒是女。像葱根的繩兒是翁翁，像瓠蒂的繩兒是妮妮。細繩兒是要他金與銀，粗繩兒是要他柴和米。長繩兒是騷擾鄰封，短繩兒是蹂躪鄉里。鬆繩兒是得着甜頭，緊繩兒是灌他苦水。亂繩兒是迫你夫散妻離，整繩兒是叫你朝愁暮喜。接續的繩兒，是得票多。截斷的繩兒，是把票扯。還有那綁不盡的零星兒，預備着一路繩兒綑到底。①

（八）彌勒佛與餓道佛之談話

彌勒佛熟視餓道佛而笑曰："苦惱哉吾友也！子非厭世派，奈何自殘其肢體如是？吾以鏡與子，子自照之。必見其骨巉巉而筋離離也。子即不食嗟來之食，井上有李，可以療飢。何不一爲陳仲子乎？"

餓道佛喟然嘆曰："吾憂心悄悄，食不下咽者久矣！吾先天下之憂而憂，豈若子先天下之樂而樂乎？吾子一袋之米，尚不足以遍給孤獨，而嘻嘻哈哈，日開大口如栲栳，聳巨腹如五石瓠。渾渾噩噩，不知大劫之將至，甚矣子之□也！"彌勒佛捧腹笑曰："吾視一切治亂，如蜂屯，如蝸鬥。視一切劫運，如石火，如電光，毫不以攖吾慮也。而子均以爲莫大之隱憂，宜乎子日以瘦削尫羸，而吾日以博碩肥腯也！"

餓道佛愀然答曰："子誠肥矣！然子肥而天下瘦，則是以天下之膏脂，榮子之軀幹也。使吾瘦而天下能肥，吾寧瘦矣！吾瘦而天下尚不能肥，吾且自甘絕食，更益吾瘦，以爲天下之飢溺者請命也。豈若子之自愛痴肥，而不顧國土之

---

① 録自《華報》125號，1931年11月27日第2版

瘦削，不問民生之凋瘵耶！”

彌勒佛呵呵大笑曰：“今之有國土民生之責者，無一不以民膏民脂，塗澤其軀幹矣。子曾見高官厚禄者流，捐軀救國，毁家紓難乎？子固閒民無常職者，而歲歲年年，朝朝暮暮，永爲杞人之憂天！雖碾子之瘦骨，化爲微塵，由微塵而化爲恒河沙數之粥飯，既不足以濟内荒。即由微塵而化爲恒河沙數之槍彈，亦不足以禦外侮。然則子之傎也，不視吾而尤甚耶？”①

（九）西湖主致木柵門神書

木柵門神麾下，久儀風骨，素仰直腸，允推當道顯官，無愧抱關良將。設藩籬於歧路，防彼亡羊；列棨戟於轅門，教人下馬。既威既猛，若拒若迎，邇在比鄰，能無避舍。惟是麾下則投機事業，賣盡威風。鄙人以倒運光陰，受其影響，不平之事，孰甚於兹。鄙人奄有湖山，忝爲主宰，園林不夜，士女如雲，或聯袂而踏青，或舉觴而浮白。澄瀾閣憑欄品茗，何等温馨；飛虹橋倚棹徵歌，如斯華膴。馬龍車水，絡繹宵闌，釵影衣香，翩翱夜午。誠足以平章風月，粉飾昇平。不圖麾下無端煮鶴，殺風景於咄嗟。有意連鶏，示鄉鄰以震駭，竟至貽珠交甫，夢想漢皋，作賦陳思，徘徊洛水，夷塞伊誰使塞，色空宛爾成空。如今大好湖光，衹有風姨過訪。無邊山色，讓他路鬼揶揄。片片落花，荒凉如此。離離野草，蕭瑟可憐。損失既多，賠償誰任。鄙人追原其故，麾下實厲之階，豈曰犬牙交錯，平增五夜之漏聲。無非蛇足自添，徒動八公之草木，久蓄懷疑之念。敢投問罪之書，專候覆音，不勝翹盼，衹頌柱安，諸惟條鑒。西湖主頓首。②

（十）木柵門神答西湖主書

西湖主執事，得披竿牘，辱荷關垂。冷語諷人，如挹西山之爽；藹懷好客，久欽北海之豪。僕與執事依切齒唇，誼關膠漆。既承問難，敢不拜嘉。惟是君

---

① 録自《華報》126號，1931年11月30日第2版。

② 録自《華報》130號，1931年12月12日第3版。

爲濁世翩翩，但識鶯歌柳色。僕乃干城赳赳，能防鶴唳風聲。祇因苦樂殊科，無怪嫌疑交集也。如僕者，舊是牛山種族，自知非作楫之材。今爲馬路屏藩，有幸備當關之選，學作攔門五帝。不管攔誰，任他過海八仙，也難過此。儘可拍鑼驚鬼，居然奪以先聲。無須桀石投人，已足賈予餘勇。際此厲行秋令，萬難玉女於成；吃緊冬防，豈比金吾不禁。執事只談風月，不知烽火之連天；雅愛笙歌，未解庭花之亡國。以西湖比西子，無乃不倫；謂南國有南威，誠堪一笑。大夢亭常多秘史，山靈未免含羞；開化寺無一高僧，佛土奚容着穢。僕也赫然斯怒，恝爾無情。行露多人，無使越雷池一步；懷春有女，豈容向月府來奔。替湖山蕩穢滌瑕，辛無錯怪；爲城市警宵戒旦，寧乏微功。凡屬摩登，休遣何郎贈粉；果爲碧玉，莫教韓掾偷香。敢貢直言，諸希曲諒。祇請遊安，惟祈朗照。木栅門神頓首。①

三、其他文章

輓林平冶

嗚呼我平冶，篤厚一學者。知交廿四年，心藏而心寫。等是戊寅端月生，同官同社復同庚。痴長於君十二日，寒儒傲骨俱崢嶸。君之文章足名世，顛頷如我難飛鳴。貧而兼病病乃劇，冬至子夜驚騎鯨。鵂鶹悽唳墻東竹，闌宵起坐望朝旭。京華冠蓋自囂塵，斷絕故人饜粱肉。霜晨老子獨婆娑，消瘦勝梅淡勝菊。爲君此日一汍瀾，他年我死誰臨哭。②

十年回首

廣州黄花崗，舉行祭典，以民國十年爲極盛。當時仍沿用夏曆之三月廿九日，國曆則爲五月六日，蓋總理就職大總統之次日也。總理履揆，震動世界，中外人士，不期而會者，實繁有徒。既賀總理，且知黄花紀念盛舉，遂留而參

---

① 録自《華報》132號，1931年12月18日第3版。

② 録自《華報》608號，1936年3月3日第3版。

觀典禮。是年黄花紀念，已於前一個月籌備，主其事者爲林子超先生。黄花崗建築崇焕，豐碑矗立，向皆子超先生苦心經營。其歲復增修墓道，遍植墓樹。環墓四周，結構如公園，更築音樂臺於墓右。展墓期届，工猶未竣也。天尺及鄭君蘭蓀在粤，曾襄理其事。崗上鐫刻之字，多半爲天尺所書。是日早晨七時，首行舉祭者，爲閩籍國民黨員，約二百餘人。公推子超先生主祭，祭文爲劉通（伯瀛）先生所撰，潘訓初先生宣讀。濟南死難之蔡公時亦與祭，製有四首律詩，極爲感憤激昂。至今讀之，猶勃勃有生氣也。是日與祭者皆有詩歌，登載於《黄花集》中。閩籍黨員祭畢攝影。次則總理致祭，隨總理行禮者數百人。繼則各界人員，及友邦士女，次第登崗，陸續不絕。第見花圜載道，車馬闐溢，直至下午六時，猶有三五來者，漪歟盛哉！花塔街牛巷沈演公先生，組有“與社”吟寮，以黄花崗紀念徵題，亦於是日下午開唱。來賓到社與唱者濟濟，佳作甚多，不能盡載。《黄花集》中，多有採摭，可索而觀也。天尺僅自記其七律兩首，附録於左。

十霜世變浪淘沙，搔鬢崗頭感歲華。爗爗不磨留碧血，年年有例哭黄花。燃萁同類傷煎豆，抱蔓當途任摘瓜。訴與英靈應愴楚，青山無語日西斜。

成敗論人豈足憑，一堆白骨有鋒稜。男兒赴死傷南八，春日吞聲哭少陵。國事於今趨兀臬，黨流無復辨淄澠。危崗十上摩崇碣，欲起雄魂喚不應。

天尺當時對於大局，隱有悲觀，故不覺措語之沉痛也。蓋若前知陳炯明之跋扈，不能爲總理匡佐大業者，次年果有暴亂之舉。及今思之，尚爲髮指心悸。屈指十年，前塵未昧。噫！天尺老矣！未知尚有復上黄花崗展墓之日否也。①

祭喬倩文

維中華民國二十有四年，一月二十四日，天尺以清酌庶饈，東籬之黄花，海南之丹橘，致祭於小友王君喬倩之靈。而侑之以文曰：嗚呼喬倩！若竟溘然逝耶？若行年祇二十有八耳！長衢未半，健翮中摧，非人之所及料，且非己之所及料也。吾識喬倩，僅五稔有奇。雖相知日淺，而披肝瀝膽，逾於久交。握

① 録自《華報》48號，1931年3月29日第2版。

手談心，略無掩飾。偶有微恙，必餌吾藥。得詩詞脱稿，必出以示，苟爲之點竄一二，則睪然喜。最不滿意於時尚之白話新詩，以爲非詩非曲，無韵無腔，直矢橛耳。其誠款率直，有如此者。吾嘗謂一見喬倩，猶周瑜之飲醇，非過語也。喬倩以天縱聰明，而生於枘鑿不相入之世，懷跅弛之才，而不屑爲趨時之文字，鬱鬱不得志。居恒輒長歔短嘆，未嘗見其捧腹展眉，爲自然之歡笑。吾嘗語之曰：人世不如意事，十常八九。古之大人物，鮮有不經磨折，而即履坦途者。以若荼火春秋，前程似海，何苦自築愁城，而納身於膠漆纆索之中耶？喬倩亦自知其不宜爾，而勉爲詼諧滑稽之遊戲。然於不自覺間，又露其棖觸不怡之態。以此故，吾嘗憂之，懼其年之不永也。寧知吾所引爲深憂而忖度之者，不幸而中焉。嗚呼悲夫！窮途儤路如閩垣，繁愁多病若喬倩。自不相容，嚮者變計壯遊，浩然有四方之志。自滬之寧，自寧之鄂之豫，吾竊幸其翺翔汗漫，足以脱其無形之桎梏，而爲鯤鵬之遠徙也。何圖天不假年，一病而捐館於鄭。嗚呼喬倩！若遽以是長終耶！玉樓之召，距今已周歲矣！若兄仲敏、若姊耐軒，吾晨夕與之晤對時，恒思喬倩。一似頓忘其怛化者。死苟有知，其靈爽當必迴旋於吾左右也。嗚呼！天尺老矣！閲世一深，灰心彌甚。理亂不知，黜陟不聞者，蓋十易裘葛於兹。而所遐想者，爲吾重視之少壯人才。及身獲睹其飛黄騰達，於願斯遂耳！之數載間，吾心中所存之傑出青年，賫志而歿者，不一而足，靡僅折一韶俊之喬倩也！而喬倩亦適丁兹厄，乃觸起吾無窮之悲。泉壤茫茫，焄蒿悽愴。吾意復何望哉？嗚呼！哀哉尚饗！[①]

小滿之童嬉

本月二十一日，爲夏節中的小滿節氣。這個節氣，外省農村風俗，也有舉行慶祝的。吾閩只當一個過渡節氣，大家都不甚留意。吾家有個頑皮小孩子，自前月兒童節，盡量頑耍外，日間工課之暇，合了鄰家兒童，研究農曆的節氣，對這小滿名目，確有特別的舉動。他們在兒童節裏頭，剩着幾件的玩物，都搬出來競賽。最特別注意的，便是一個泥燒的傀儡。這個泥傀儡，本是一個空腹

① 録自《華報》482號，1935年1月24日第2版。

便便的撲滿。從前是向市上買來的，大家都有一个，把做儲蓄銅元的个人金庫。由兒童節起，儲蓄到今日，銅元大概貯飽了。由是各个兒童，建議起來，她們說："今天是小滿節日，適值五月二十一日，可當作二十一條件的創痕。這个泥傀儡，背上都貼着'小滿虜'三字。今天實行撲滿的舉動。大家齊舉着堅實的棍子，把這泥傀儡打破，叫這守錢虜腹内的銅元，通通嘔出來，給我們買果子，買糖餅用。我們大家盡量飽啖一頓，做個小滿節的紀念盛會，好不好呢？"大家鼓掌贊成。在那無數小掌聲擘拍中，歡呼踴躍。只聽得一個較長的兒童，發號施令："一，二，三。"接着便同時舉棍，打破傀儡，銅元便嘩喇嘩喇，倒了滿地。兒童同聲高呼民國萬歲。我適在院裏澆花，眼見他們這般熱烈的頑皮，腦筋不禁一動，知道將來吾國的民氣，很有希望。①

"白面厝"與"白面館"

福州話，呼妓女爲白面，妓寮爲白面厝。白面云者，謂其粉白黛緑，善於修飾也。天津某國租界有白面館。所謂白面者，即嗎啡毒物之代名詞。最近華北此種販毒館子，幾於星羅棋布。患吸食白面者，實繁有徒。多數爲下流社會，勞動工人，癮發必須入館購吸，或打針。近日海河浮屍案，甚囂塵上。曾經津市警察局，截獲扛抬屍體人犯一次，審明係由某處白面館嗾令扛擲河中者。由是觀之，白面是什麽東西，能使上癮，能吸人財，甚而能致人死，死且爲流屍。世界之毒，當無過於此者。福州之白面則若何？徜徉其中者，固非下等之苦力，而爲有錢階級之人物。白面厝之客，走馬墜鞭，徵歌侑酒，固迥殊於白面館之客鳶肩駝背，淚眼愁眉。從表面觀察，似不能相持並論。但妓女之技術，亦能使人癮，能吸人財，甚而亦能傾家蕩產，致人於死。則亦一無形中流害社會之毒物耳！白面兩字，本極文雅，似乎水天一色，不着纖塵，不意爲俗人所濫用。一爲毒藥之名詞，一爲娼妓之稱號。墜落至此，是則製字者所夢想不到者也。②

---

① 録自《華報》966號，1937年5月24日第3版。

② 録自《華報》975號，1937年6月3日第3版。

教師節與芒種

昨日爲教師節，適值夏節之芒種司令。芒種之義，爲農村種稻出芒時期。雖南北氣候，容有參差不齊，而稻麥獻芒，厥期不遠。教師施教，對於學生，猶之農夫種植。去草捕蟲，無害嘉穀。莘莘學子，智識正在萌芽，體育正在勃發。執教鞭者，尤宜特别注意，訓育兼行，灌溉無忽。行見將來蔚成健壯博慧之人才，儲爲國用。是則教師節之舉行，關係全國教育之進步，奚容淡泊視之乎。①

關老爺磨刀水

暴雨兼旬，溪洪下瀉，迅如奔馬。省垣鬧水，計已五次（或曰四次，實則一二兩次，已退復漲耳）。末次的水，可算最大了。不但低窪民衆叫苦，即建屋稍高地方，亦竟波及。其來也緩，其去也尤緩，譬如浸潤之譖一般。田園淹沒，墻屋傾圮，災區廣袤，百業罷歇，損失巨大，黎庶怨咨，實在是省會最不幸的景象。此次的水，民衆説是“關老爺磨刀水”。蓋因關公生辰，是農曆五月十三日。此日前後，若有溪洪，大家都認做是關老爺磨刀水。不但無識的愚民有這般話，便是上中社會，亦普通認做的確有此事，真正莫名其妙了。這句話不知何所從來，不僅滑天下之大稽，而且滑千古之大稽呵！細想起來，關老爺與洪水，什麽干涉？未有關老爺之前，豈無水患？上溯唐堯之時，九年洪水。那水是何人磨刀用的呢？若説關公與水的歷史，只有水渰七軍，擒于禁，斬龐德。那時的水，並不做磨刀用呀！若説磨一把青龍偃月刀，何必需用許多的水！若必需用這許多水，試問關老爺的刀，究竟有若干長大？所用磨刀的石，安置在甚麽地方？語云：“泰山如礪，黄河如帶。”關公的刀石，似乎全座泰山纔能適用。刀石既安置在泰山，則磨刀之水，取諸黄河，豈不甚便？何必遠求之福州？更何必等候福州夏季之洪水，始足以磨其刀乎？若有人問我，關老爺磨此大刀，做甚麽用？我必答之曰：“現在賣土地的漢奸甚多，關老爺的大刀，磨得鋭利，先把華北的漢奸，排頭殺個乾净，然後再殺各地引導走私的漢奸。殺完

① 録自《華報》979號，1937年6月7日第3版。

漢奸，天下太平。”哈哈，盗賣聖農園的谷文富，都釋放了。關老爺的刀，那裏中甚麽用呢！①

悼江道沂

革命巨子，現任閩海關監督“江道沂”，突遘五三之禍，其死狀尤慘於吾友“蔡公時”。以轟轟烈烈，中央所倚爲幹才，吾閩所視爲碩果者，竟喪命於蜂蠆有毒之刺，失身於么麽小醜之手，得非天下之至痛乎？然逝者長已矣！吾人對於逝者之觀念，宜如何傷悼哀矜？爲下“仲行”“奄息”“鍼父”之淚。而對於狙殺現任大員之兇手，宜如何尅期厲行判决？立處極刑，方足以慰英靈而警賊子。此案正常辦法，宜依“懲治盗匪法”，由省會公安局執行。逕送綏靖公署，以軍法制裁。不宜遵照常例，移交法庭。輾轉需時，一任逝者沉冤於地下也。顧以吾所聞，日内少數挾有意味之街談巷議，居然爲倚附台籍之兇手左袒。而反以前度橋案，周内架誣，使逝者反蒙生前不白之冤。其顛倒是非，污蔑賢俊，孰甚於此？橋案業經法律證明，江氏不特可告無罪於天下。而橋工落成，行旅利便，社會方且飲水思源，歸功於任勞任怨之江氏。公道自在人心，無俟“天尺”爲之贅辯矣。五三慘變，顛末詳情。本報調訪精確，外間欲明真相者，請據爲南鍼焉可。②

恭　喜

世間可喜的事，雖種種不同，簡單一句包括之，總不外“妻子財壽”四字。有靠得住看得見的喜徵，娶妻、得子、做壽，三者。無論什麽人，都有嘗過這種滋味，究竟實在有無可喜的事實，這也難説。因爲這三件事，沒有財字做個後盾，要着實開心一樂，只怕有許多勉強罷！所以普通慣例，新年大家相見，總説一句“恭喜發財”。可見世間一切樂事，非財不以爲悦。照這樣説起來，妻、子、壽三件事，只能算做喜的間架。要妝點這間架好看時，萬萬不可不借

---

① 録自《華報》991號，1937年6月23日第3版。

② 録自《華報》298號，1933年5月6日第2版。

重財神爺呵。

人人都說做官是一件大喜的事，怪不得新得任的官長，至少有好幾天的熱鬧。近的親友，大家不約而同的，都跑來道喜。遠的親友，聞這消息時，也紛紛地函電交馳，替他獎飾着一大堆喜話。做官便做官罷，我不解他們究竟有什麽得彩的實際，怎的親朋和許多附屬品，便喜到這般田地呢？有人笑我怎的這樣不知世故，做官便是發財的捷徑，所以人人都要巴結到做官地位。如果自家巴結不到做官的地位，只能希望親友們做官，大家就好預備着充做火腿繩子，向這位官老爺身旁，沾沾他的光兒，分分他的潤兒。這光與潤，到底是什麽東西。白話說一句，大家不想捫搎些小財，還想甚麽呢？

這樣說起來，"恭喜"的元素，也不是恭維他官階大，也不是艷羡他名譽好。公則替這位官老爺撑撑架子，私則好歹也替自家或親友，營幹一兩個枝栖。眼光總是在錢孔裹頭鑽來鑽去罷了，但是不知世故的我，還有好多不能明白的問題。太平時代的官，不要説了，但就現在亂七八糟地方，所有縣令，以及税務司法鹽政範圍内的官吏，不但揑着五日京兆的汗，而且接續不斷地辦理兵差。再利害些，便遭匪□入境的蹂躪，寢不安席，食不甘味，弄不開交時，只有三十六計，走爲上計。這種官吏，難道還有什麽好處在裹頭？若是政府委我去做，或是貼了工錢雇我去做，我只有敬謝不敏，那裹有這膽智前往赴仕呢？怎的這種壞到極點的缺分，也有許許多多的逐鹿先生，托情托勢，爭先謀幹，並且前仆得繼，一個比一個勇敢百倍。結果還是，個個嘗着苦水，碰了釘子，免不了一個跑字，這是何苦來呢？若説他們費了許多氣力，百般營幹，但謀得一紙委任狀到手，换得親友們説聲"恭喜"的空話，世上那有這般飯桶？無非利令智昏，一念貪字，妄想碰着命運，纔弄得這樣糟糕罷了。

黨國設官，第一件有遵守廉潔的信條，第二件有舞弊處罰的宣誓。如果這話要確切實行時，應該這官沒人敢做纔是，何以反跑出無數萬千的官僚，爭着要做呢？這樣搗亂的年頭，再加這樣枯窘的財政，所有捧檄的老爺們，我想一定淘濠大哭。大家圍攏將來，吊他纔是，還説甚麽"恭喜"。誰敢説句"恭喜"時，除非掇起狗棒來，重重奉敬他幾棒，纔能發洩一肚子的臭氣。

我寫到這裹，背後有個朋友，哈哈大笑道："天下都是傻子，只有你一個乖。大家如果都學像你這乖時，那字典當中，也用不着這‘恭喜’兩字了。‘恭’字上頭二十人，底下一個反覆的心。‘喜’字上頭十一口，底下二十口。萬一用不着這恭喜兩字，試問這二十一心，和三十一口，吃甚麽？穿甚麽？思想甚麽？難道都跑上首陽山去食薇蕨嗎？你這不識‘恭喜’的阿木林，別太嚼舌，防着大家罵你哩！”①

取締謠言告示

【集閩諺四六體】

爲剴切曉諭事，照得明是明，白是白。瞞官莫欺官，青不青，藍不藍。做客毛倜客，查有毛尾蛺蚤。務骨蚡蝨，科胶獅公，臭頭鷄仔。出名家三馬，別號天九牛。矮仔矮兵邦，惡婆惡歆屐。山高皇帝遠，無法無天。巷少乞食多，毛渣毛粕。七敷八嚇，務嘴講別仏。十翳九騷，毛鼻拿伲仔。日肖鷄，盲肖鴨，放屁成梨花。南逐鹿，北逐獅，講話迸橄欖。七轉灣，八轉曲，船堵板莽扼莽浮。一更富，二更窮，糞坑石仅臭仅硬。際兹風清月朗，春暖花香，沉沉當當。做一世仏，平平安安，食三頓飵。豈容蛹蟻拜天地，螻蜞行暗盲。呆犬當路頭，烏龜爬門限。似此南腔北調，惹蜂釘頭，東倒西歪，畫蛇添足。牛仔昧貫鼻，都是伊平地起風波。鷄姆儎叫冠，難怪仏半天拍霹靂。本司令手掌中迸火，頭頂蒂剥烟。鼻空朘吹簫，心肝頭擂鼓。少所見，多所怪，倪老先問竈君。一不做，二不休，鍾馗着拿小鬼。自示之後，倘仍眉來眼去，口是心非。逢證都晡沙，自屎伓捌臭。惟有拿猪上架，抬犬落湯。虎豹之，犬羊之，目周挖來搵醋。乞食我，孤老我，膠手割去炒糟。刣仔種瓜，石頭拍伊出火。奪魂轉竹，鐵尺磨汝成針。蜆殼晡舀靛楻乾，絲綫儎牽磨盤轉。鼻屎當鹽食，退悔潟遲。目滓鬮飵扒，回頭趁早。切切懍遵，勿違特示。②

① 録自《華報》33號，1931年2月12日第2版。

② 録自《華報》51號，1931年4月6日第3版。

致野老書

野老我兄足下：歲首握别，天各一方，彼此遂成勞燕。君忙耶，抑我忙耶？我懶耶，抑君懶耶？竟無一字往來，亦太疏略矣！不圖遠顔未久，乃有死耗訛傳。君處南海，何從空穴來風。我愧東坡，忽作屋梁落月。斗聞蜚語，莫識緣因。一介狂生，略無忌諱。彭殤丘蹠，平等齊觀。新鬼故鬼，陳陳相因。我即怛化，亦奚足怪。所以引以爲幸者，良朋愛我。揮淚滄江，較之生索輓歌，更饒風趣。知心之悲愴，榮於華衮之褒嘉矣！惟我之近狀，足以爲君道者。則我固以少微，既隕自况者也。入春以來，萬念俱廢。一切競爭，視同傀儡。不特毁我謗我者，不足以逢我怒。即有推我譽我者，亦不足以結我歡。我直如槁木死灰耳。彼夫登臺袍笏，作福作威，似能千秋萬歲者，我何曾不以千秋萬歲奉之。然而咄嗟萬變，泡影紛更，當局者昧，旁觀者明，我亦一旁觀者也。自古帝王將相，寒乞酸丁，其最後問題，誰能跳出“死”字圈套。我固非富貴尊榮中人，不妨姑作富貴尊榮想，我又非寒乞酸丁者輩，亦不妨姑作寒乞酸丁觀。何以故？因最後問題等也。我今乃能於未死時，得領略“死”的滋味，良用自豪。試問富貴尊榮中人，及寒乞酸丁者輩，亦曾於生前享受野老一滴淚泉否？哈哈，天尺頓首。

書竟，忽憶及“拜農”所譯之希臘諧乘。中有一則，云：“兩哲學家相遇，甲曰：‘聞君已死，信耶？’乙曰：‘否，余尚活。’甲曰：‘汝猶謊耶？某君謂我，君已確作古人。某君生平不作謊語，其言必信，君故善謊，余詎能信君？’”野老所聞於傳信之某君，苟不作謊語者，則天尺必善謊者矣。鄭所南詩云：“不怕明日死，且喜今日活。”我則進一解曰：“難道汝無死，不信我猶活。”野老以爲謊否？①

泔三糊三

長溪郭伯宜先生，道德文章，爲當世所推許，書法尤得鍾王神髓。任省署

① 録自《華報》56號，1931年4月21日第3版。

科長時，求字者幾於户限爲穿。簿書鞅掌之隙，常見其飛豪拂素，揮灑自如。一日自到“馬文琳”筆店，購羊毫筆，選擇良久，無愜意者。筆店主人告之曰：“敝店羊毫，爲‘湯三氏’所賞鑒，渠非敝店之筆不購，先生何獨不滿耶？”湯三者在鹽道前街，賣字爲活，定價低廉，一般市井商人，趨之若鶩。其字俗不可耐，而名亦盛噪於下流社會。先生於臨穎時，每引筆店之言，以告知交，意若謂市儈乃比曾西於管仲也。先生作古，蓋七年矣。屋梁落月，輒爲愴懷。摯友陳君西園，亦書家之不脛而走者。其精神恬定，手腕純熟，尤爲難能可貴。案牘勞形，而乞書者沓來紛至。較之伯宜先生，酬應尤忙。一日正揮毫蘸墨，酣暢淋漓之際，忽與天尺談及伯宜先生所述賣筆者言。天尺笑曰：“足下寫字生意，如是暢旺，可謂‘于湯有光’。將來以之問世，掛起市招，當取用‘泔三’兩字，最爲貼切也。”西園問：“‘泔三’何意？”天尺曰：“閩諺不云乎，‘湯莽熱那是水，泔莽凍故黏挪’。足下欲駕名‘湯三’之上，非用‘泔三’不可。”西園大笑曰：“果爾，將來書法苟有勝於我者，必以‘糊三’爲市招矣。”[1]

披裘録

（隨筆）

【一】

旬日前天色陰晦，迅雷暴雨，連日未霽，頓成爲春行冬令氣候。天尺老矣，輕微寒威，便耐不得。在衣櫥中，隨意拈出皮衣一襲穿之，意在取暖而已，不辨其爲何種毛裘也。穿著數日，懶於更换，見者嘲曰：“是何節候，尚穿狐裘耶？”天尺自顧，亦不禁失笑，然而狐裘自狐裘，天尺自天尺，並未覺其温度太強焉。一則氣候反常得太過，一則身體孱弱得太過，由是仍搆造成天尺之懶矣。

“消遣”兩字，當日不知作何解釋，邇來始悟此兩字，實爲失意場中過去之途徑。聲色狗馬，豪博纏頭，一笑千金，一擲巨萬。名爲流連縱恣則可，名爲消遣則不可。蓋玆事皆得意場中之所爲，失意者無此豪舉也。消遣者，含有排

---

① 録自《華報》64號，1931年5月15日第2版。

愁破悶意義。一山一水，一草一木，一文一詩，一琴一畫，一花一鳥，每足以陶情悦性，游目騁懷，此則消遣之正宗。非麻雀鴉片，曲院勾欄，所得而比擬焉。信陵之醇酒婦人，雖亦失意者之歸局，然彼實有厭世自殘之念，不得目爲消遣也。①

【二】

忌嫉之於人也，不第毫無所益，而著著招損，七情之致痛也，甚於六氣。而七情中尤以忌嫉一念，爲不易化之酸素。苟不自化，萬非藥石所能爲力。然是第從“己的”一方面言。至於對人，種種禍患，莫不根於忌嫉而生。社會之不得安全，元氣之日趨斲削，細覓其草蛇灰綫，則皆由於一二操有權力者，對於某甲某乙，不能忍其忌嫉所發端。小則犧牲數人，流血數步，大則火炎崑岡，玉石俱焚。是故忌嫉方在萌芽，知機者早自删刈，種福不小。否則即足以禍天下蒼生。

恩怨分明，此等人物，求之亂世，亦不易覯，何也？受人之恩怨，有“詳細帳簿”，記在懷中，是亦“言必信，行必果”者流。此人必不負恩，必不忘仇，不愧爲“君子人也”。夫事事必斤斤計較，固非高明上智。然晚近之旋踵忘恩，轉瞬背義，甚而將仇報恩，以怨報德，吾所耳聞，而目見者，無慮千百。梟獍世界，寧有良心。於權力所在，斤斤計較，則有之。於恩怨所在，斤斤計較，已成鳳毛麟角。“金欲二千酬漂母，鞭須六百撻平王”，此種思想，當不合於今日之世矣！②

【三】

伺候於公卿之門，奔走於權勢之途。此天下之最苦事，亦最辱事。而身厠其列者，恒不自覺其苦，而以爲樂。恒不自悟其辱，而以爲榮。噫，奔走伺候者輩，殆於過去生中，負欠公卿權勢幾許孽債，及兹始脅謟盡瘁而償之。而公卿權勢，苟不得此輩奔走伺候，遂無以顯其富貴尊榮。芻狗人類，以飾其光華，寧非罪過。然而公卿權勢，不知自己固藉衆生之奔走伺候，以掞張其煊赫。而

---

① 録自《華報》171號，1932年4月15日第3版。

② 録自《華報》176號，1932年4月30日第3版。

旦暮暴據要津，頓忘本來面目，作福作威，嘷蹴叱咤，其狂妄之氣焰，囂張之聲態，咄咄逼人。有所求者，隱忍受之，不以爲過，而在冷眼觀之。不過優孟衣冠，爲俄頃之鬚眉戟張耳，一曲未闌，生丑易位，電光石火，爲歡幾何？況乎生存華屋，免不得零落山邱，爲此刹那之訑訑，亦復何快。

塵塵世界，古往今來，所有一切作爲，都在強弱優劣大波瀾中，製造其譎詐欺凌的史料。要尋一“最公道”之途徑，絕不可得。余友平冶告余曰：“天下古今‘最公道’的，只有一‘死’字。”此係見到閱歷之談，非平冶說不出。①

【四】

“謀事在人，成事在天”，人皆能言之，及至生計所逼，無不忘其所以，奔走徵逐，運動鑽營。雖嘗盡百苦，靡所顧也。夫既知人不勝天，何苦力征經營，爲此無謂之勞碌乎？佛氏之言曰，一切自爲法，皆有因果，然則謀幹者流，當係過去生中，曾受某當道某有力者之要求。或以八行敦託進身，或以五體乞憐得手，或靦顏而獻妻妾，或諂笑而進苞苴，或得寵而加諸膝，或見嫉而墜諸淵。前世所種因，今生受者是果爾。則今日之高坐堂皇，接受某僚某吏之百計獻勤。即其當對方立竿取影之醜態，至於事之成否，當亦取證前世之成否爲定案。不明因果者，概諉諸天。嗚呼，天何言哉？天亦不任受過也。

宇宙內色色形形，大有不可思議者在。寒暑晦明，推遷無紊，豈非至怪，然此猶其大者也。至於人類之榮枯壽殀。離合升沉，似乎冥冥均有主宰之者，酷肖傀儡之綫然。如果有綫，誰司牽扯之職，安得人人而牽扯之。“一飲一啄，莫非前定。”苟人人事事而前定之，時時刻刻、分分秒秒而前定之，似此瑣碎麻煩，如何管理？況乎人類以外，尚有植動衆生。億兆京垓，不可數計耶！②

毛溪專葉短引

磨溪之勝，昔賢罕有道及者，境既幽□，地非廣袤，過者多不注意，致絕妙林泉，沒而不彰，深爲扼腕。古今抑□磊落之才，困於風塵，猶是溪耳。最

---

① 録自《華報》183號，1932年5月18日第2版。

② 録自《華報》207號，1932年8月3日第3版。

近一二年間，風雅遊人，漸有涉足溪干而嘆賞者。華社同人，□歲曾聯袂過此，略狀其奇，撰爲紀遊專頁。繼之者，則有說詩社諸友。在去冬農曆十月，約伴覽勝，得紀一篇，詩七首。昨始録貽天尺，急採入吾華，再爲兹溪介紹於社會。有一邱一壑癖者，盍往觀諸。①

老鼠頭的解釋

吾華五百期紀念，髯公所撰之華樓速寫，報館跑差所撰之華社素描，都注重這個老鼠頭大哥。試問大哥，怎麼得這老鼠頭的特銜呢？閩語“撇蘭”之戲，叫做“拔老鼠尾”，因爲他是鼠尾會的領袖，所以擁護他做個鼠頭。事實上固然這樣，但是忽頭忽尾，未免有些纏不清罷！

鼠的綽號，最可寶貴的，無過於鬧東京的五鼠，這是刮刮叫的義士。我們大哥既是稱做老鼠頭，起碼要比他做“鑽天鼠的盧方”纔合，其餘什麽徹地鼠呀、穿山鼠呀、翻江鼠呀、錦毛鼠呀，只好分讓給鼠會的各個朋友罷。

還有《水滸傳》書中，許多好漢，比大哥還比不上，那最會學做老鼠叫的“鼓上蚤時遷”，萬萬不敢把大哥作比例。至於更降一等的“白日鼠白勝”，更沒有說話的餘地了。

我們大哥曾任過赫赫的秘書長，閩人滑稽的，往往呼秘書長做“啤啤響”。“啤啤響”是個叫笛的名頭，吹起來很像老鼠叫，這也是大哥應上“老鼠頭”尊號的一種意義。

有人說這老鼠頭的尊號，是狹義的，不是廣義的，不過只限於饕餮部裏頭的當家罷了。那末，成語中有一句“燕頷虎頭，飛而食肉”，我們只要輕輕地把虎字改做鼠，便是“燕頷鼠頭，飛而食肉”了。呀，不對不對，飛鼠是“蝙蝠”別號，我們大哥，斷斷不是蝙蝠派的人物。

大哥的台甫，叫做石舫。石舫的意義，不是石做的船，石字應做“碩”字解釋，詩經有“碩鼠碩鼠，爰得我所”的句。上游溪道來往不絕的船，叫做鼠船，鼠船也是交通缺不了的東西，我們大哥，大概是碩大無朋的頭號鼠船了。

① 録自《華報》896號，1937年3月11日第4版。

這艘鼠船當中，裝的大概是“可然亭”的新鮮好菜，連亭娘、亭夥，以及鼠會許多會員，一塌刮子，尾接尾的，都登船上，還配上“萬豊”號的老年大雕，一罎一罎，以至十罎二十罎，裝得滿滿。一,二,三，吹起震天價響的啤啤響來，船拔錨開頭了，對不對呢，哈哈。①

芒種到底那一日

二十四節氣，是地球繞日一週，寒暑遷移的分配，與陰曆無干。今之制定國曆者，乃並此而删之，未免有些太簡單罷！在朝曆家，既略而不講；在野曆家，復各據其所據，而曆書遂入紊亂時期。吾國以農立國，二十四節氣，於農事有絕大的關係。譬如夏季之“芒種”一節，爲舉國農人所注意。本年各家所出日曆，或以“六月六日”爲“芒種”，或以“六月七日”爲“芒種”，究竟是那一日呢？這個問題，“觀象臺”是不會答對的，試問我們在野的曆家，能够指出確鑿可據，那一日是“芒種”呢？②

何以弭盜匪

福建古稱盜匪最少之省。以其重山叠嶺，僻在海隅。民俗謹願自守，不但無爭城奪地之野心，且乏殺人越貨之能手。其間即有上下游數縣，勇悍著名，動輒以械鬥從事，然不過甲姓與乙姓之鬩爭，丙鄉與丁鄉之衝突。其原因類皆起於微瑣。鼠牙雀角，彼此尋仇，或至數世不解。初與政治上無風馬牛之涉也。

夫械鬥者多無意識之鄉愚，與盜匪性質，不可同日而語。械鬥雖至糾紛，苟得好官爲之仲裁，解決乃至易易。盜匪則嘯聚草澤，嫉視官廳，不第非官威所能懾伏，甚或臨之以兵，鋌而走險，轉成滋蔓難圖耳！

滿清時代，官於福建者，咸悉其民俗醇良，稱爲易治。改革之始，各縣浩然景從，初無所謂揭竿反側者。許世英巡按閩疆，無所事事。乃假械鬥大題目，爲整頓民政入手。謂械鬥者爲盜匪之萌倪。禁止械鬥，即以弭絕盜匪。言之似

① 録自《華報》505號，1935年4月12日第3版。

② 録自《華報》524號，1935年6月9日第2版。

乎成理，其實搔不着癢也。然禁止械鬥，固治閩一善政。許世英雖藉此沽名，以視彼夜郎自大、毫不留心民治者，亦居然鳳毛麟角矣！

許氏張大其詞，以炫其禁止械鬥之成績，其實當時四境晏然，並無盜匪出沒也。迨許氏離閩年餘，李厚基中督軍團之毒，欲以不義干戈，縱橫天下。暨獨立之幟，熸寇粵之師。於是乎閩疆乃多事矣！然則福建盜匪之充斥，誰實爲之？孰令致之？李厚基其可諉曰："非我也耶！"

蟹之有鉗，蜂之有蠆，牛羊之有角，海螵蛸之有烏烟，此天授生物以自衛之利器也！有困之者，則用其利器，以爭生命於呼吸耳！民亦何獨不然？槍烟彈雨，遍於市廛。悍卒驕兵，搗其巢穴。暴骨盈野，卧屍載途。加以征斂百出，供億繁苛，急不擇音，烏得不爲盜爲匪，以求殘喘之或延耶？彼等亦明知螳臂當車，終亦必斃，而火燃其眉，似乎其勢不得不出此者。苟不究其所以致此之由，而第曰彼輩人民，奈何目無法紀，竟敢犯上作亂。是何异罪蜂蟹牛羊曰："汝不宜生鉗蠆與角也。"罪海螵蛸曰："汝不宜有烏烟也。"烏乎可？

種惡因者得惡果。佳兵不祥，古有明訓。福建盜匪之充斥，至於不可收拾，其結果之惡，不待智者而知。而種因者尚不悔禍，且自以爲功德巍巍。必如黄臺之瓜，三摘四摘蹂躪狼藉，而閭閻乃不吾抗也。不亦謬乎！

一夫不耕，或受之饑。一女不織，或受之寒。古之牧民者，恒於農時女紅三致意。蓋不欲以他務擾其耕織也。福建西北多石巖，東南多斥滷。土之所産，已苦求過於供，而况以累千巨萬虎狼之兵，坐而索其糧，分其衣。即無戰事兵荒，饑寒可翹足而待矣！閩粤劇戰期間，即向不被兵之地，亦毁屋掘竈，靡爛無遺。良民既失所憑依，耕無可耕，織無可織，老弱轉於溝壑，死者已矣！壯者不死，雖欲不爲篝火狐鳴之所爲，其勢不可也。

李厚基不啓兵端則已耳，既啓兵端，必有如是不幸之結果。既往者不咎矣。事後之收拾餘燼，葺陋補苴，爲長官應有之職責，匪异人任也。搆和息戰，距今已歷數載，寧遂無生聚教訓之良法，而爲之善其後乎？以吾所聞，今日之盜匪，較之有戰事時，尤爲狼狽。嗚呼！李氏對於弭匪，用剿殺之策乎？用撫綏之策乎？剿殺既疲於奔命，撫綏亦窮於方術。力不足以服人，德復不足以感人。爲李氏者，能勿宵旰焦勞，寢食俱廢乎？

李氏而果宵旰焦勞、寢食俱廢也，則吾亦何說之辭。以吾所聞，舊歲之秋，李氏病愈之後，且以巨金答謝神祐矣。（李氏病禱於倉王而愈，以千金資其迎賽。）且爲其太夫人大開壽筵矣！（李氏爲其母慶壽，官紳輦金而祝，絡繹不絕。勒迫城市商民，使之燃燈結綵，僭擬前清之普天同慶。）嗟夫！慶雲甘露，粉飾承平，集一路之哭，而作一家之笑，此即李氏坐弭盜匪之策乎？①

西湖遊記②

余慕西湖山水之勝，非一日矣！往歲曾一經其地，乃以小病，遊覽不及什一。匆匆而去，時引爲恨。年來人事牽絆，卒卒無閒，輒欲蹈隙一遊，迄不可得。三竺六橋，衹能縈諸夢寐。今年春，先寒食兩日，余姊偕凌鷗兩妹遊杭，遺書相招。因以閏二月十二晨，乘七時四十分滬杭車往，以午後一時抵杭。逕投湖濱旅館，姊等所寓也。詢侍役知姊等已赴靈隱。坐候一小時，靜對山色湖光，遊興勃然，乃喚瓜皮艇子容與水中央。天淡無雲，空翠爽肌，湖光瀲灩，魚藻可數。遙瞻保叔塔，亭亭天末，如美人遺世獨立，塔尖直刺寥空。溯白隄，迤邐至平湖秋月，詣陸宣公祠。適值姊等歸自靈隱，相見迸喜。立遣肩輿去，同坐瓜艇入後湖。沿葛嶺麓，至葛稚川莊。旋赴孤山，謁林處士墓，復放舟外湖。打槳徐行，雲漾波光，春水如揩，巒幛叠翠，綿亙數十里。遠山潑黛，如被雲綃霞縠之衣。蘇白堤桃柳正華，緋翠相間。芳草芊芊，野花作態。時聞小兒女叩舷，信口作歌。斜日射波，粼粼作金碧色。山光倒浸湖中，蕩漾生漪，韶華燦爛，令人神宇爽然。余戲改昔人詩曰："若把西湖比西子，西施今日恰濃妝。"相與大笑。

十三晨爲寒食節。吾姊告我靈隱之幽邃。八時乃策騎南行，道經表忠觀、净慈寺，沿山趹而進。修竹夾道，澗水瀰瀰，可十餘里至靈隱山門。由山門達寺，半里許，沿途古木蒙密，日光篩影，穿樹罅映射襟袂間，靜極若圖畫。靈隱廟貌蒼古，廣殿崇墀，高迴無匹，時值香市，游人如織。寺前飛來峰，古拙

---

① 録自《福建月刊》"社說"，1922年第2期。

② 録自《寸心》1917年第5期。作者署"莫等閒生"。

孤拔，藤蘿自絕壁下垂，蒼翠悅目。至一綫天、呼猿洞之古迹，大抵寺僧之聳愚遊客，了無足觀。冷泉亭，翼然山澗之上。俯視山泉湧出，滙爲小沚。泉流石上，若飛珠濺玉，潺潺有聲。歸途經徐伯蓀、陶煥卿、秋競雄諸烈士女墓。過鄂武穆廟，俱下騎瞻禮，順道觀玉泉寺，大魚悠然喋水，相對忘機。池上榜曰："魚樂國。"董香光筆也。余久不乘馬，殊覺勞頓。坐久之，遂以十時返寓，與姊等縱談詩文至樂。午後乘肩輿遊龍井。崇崗起伏，山路崎嶇。道周荒塋纍纍斷碣殘碑，不乏悲歌感泣之文，惜未得一一讀之耳。山中老樹盤虬，巨石蹲虎，峰迴路轉，頗有"山從人面起，雲傍馬頭生"之致。遠寺鐘磬之音，時度林薄而出，聞之瀟然意遠。達龍井寺小憩。山僧導覽池沼，掬而飲之，涼沁齒頰。尋赴烟霞嶺，可四里，蹬道石級，喘息而登。迴視西湖，片光如掌。烟霞嶺半有洞，即以嶺名名之。石壁多佛像，與飛來峰絕壁佛像，同爲元僧楊蓮空伽所鑿。唐突名勝，殊屬無謂。洞黝然而黑，不辨咫尺。乘燭傴僂而進，深可二丈許。寒凜侵人，毛髮灑淅，不可久淹。拾級登嶺腹古屋，俯瞰群山，如列眼底。沃壤雲連，蒼緑彌望。仰矚峰嶺，巉峻峭聳，頽然氣沮。南高峰峙其西，歸矗雲表，尤峎屴不可攀登。青山斷處，波光動天，則錢江也。下逾風篁嶺，趨斜坡而下，數百武，折入虎跑。落葉沒逕，禪關雲封。甬道修廣，莓苔斑駁。野香撲鼻，嫩緑上衣。

寺踞崗巔，歷磴而上。泉井明漪絕底，纍纍咸见沙石。泉眼叢伏欄底，雖沸而沈沈無聲，是山泉之最冽者。僧出茗款客，葉爲龍井所産，瀹以虎跑之水，清瑩而無色，香沁心脾。寺繚石爲垣，嚴整如堡壘。門以外群山萬壑，老樹參天。新篁解籜，滕薛爭長，葱翠欲滴。風過處，蕭然作清越之音，若美人環珮之聲來自雲外。澗底流水淙淙然，瀉斜槽而下，曲折流入池塘，長松挺植坡岩間。斜陽射之，慘然無光，幽奇至此。始嘆唐人詩"泉聲咽石""日色冷松"之妙。余等坐松蔭下階石與方丈僧談。僧耄耋矣，微言禪理，娓娓不倦。指前山曰："玉皇，喬皇冠冕，爲湖上鎮山。右爲美人峰，左爲大士山。後爲獅峰，爲蓮花峰。山色四圍，使古剎隱藏於此。一若天公愛此清幽，深秘弗使俗人至者。"時則萬籟俱寂，並寺僧梵唄之聲亦渺。余等身處萬山之中，塵襟盡滌，如入上界清都之府。吾姊低吟唐人冲澹之詩，徘徊不忍去。迨日薄崦嵫，始茫茫謝老僧而回。道經錢武肅、于忠肅公墓，爲之肅然起敬。緬想英雄霸業，孤臣苦節，熱血又爲之潮上矣。

十四日爲清明節，踏青士女如雲。風和日麗，亦似解識人間佳節，著意使山水明絢，若美人之梳裹入時，特與遊女鬥新妝者。余等十時放小艇至昭慶寺，湖中鷗鳧戲水，出沒烟波中，若傲人生在水雲鄉者。旋到張勤果公祠堂，小坐，復至左、蔣二公祠，瞻遺像魁梧，洵非凡品。三公武功炳彪，雖效命异族，亦所處之時代不同耳。既而泊舟湖心亭。所謂湖心平眺者，是水天一色，極畫舫烟波之觀。日中解纜至孤山之樓外樓。買酒賞春，見紫蝶翩遷，遊蜂上下，黄鶯喚侶，鏘然鳴於緑陰深處。花片柳絲，銷魂殢魄。錦綉湖山，風光如畫。畫師能狀不能肖也。我儕對此春色，陶然如醉。盡忘人世間有憂患事，富貴更浮雲矣。席次醋魚蓴菜，爲湖上名産。把盞薰然薄醉，挪舟泊楊柳岸邊。掬水解醒，旋登小瀛洲。昔爲彭祠，今則改祠陽明、晚村諸先生。乾坤正氣，其不可磨折如此。祠前石橋九曲，偏西臨水爲卐字亭。再前則三潭印月，水木明瑟，淪漣映人。池沼植荷，方春未芽。莖密若林，盛夏避暑，宜無有佳於此者矣！艤舟西趨，穿映波橋，入小南湖，謁張蒼水先生墓。先生孤忠亮節，取義成仁，爲我族光。祠堂落成未幾，布置雖簡樸，頗有樓臺邱壑之勝。地較幽僻，遊客罕至者，與小萬柳堂、望衡對宇，一衣帶水之隔，如展歐人名畫。祠嫗殷殷以避暑相招，口雖唯唯，心中則悵恨無此清福耳。出門數十武，登映波橋。顧小南湖，萬柳舞風，長條拂水，漁舟欸乃，倦鳥歸林。左望雷峰夕照，坳藏蘭若，遠風微逗，時送鐘聲，山戴斜陽，野僧歸寺。墟裹孤烟，裊裊入空際。長堤古道，桃柳相間。落紅成陣，如怨東風。天半晚霞，閒雲來去。日漸西徂，嵌入遠山缺處，紅若胭脂。疏星閃爍，明月如晶盤，冉冉徐升天半，若不待晚霞之去。急急發光下照者，則蒼蒼愛兹山水，不忍使花柳寂寞耳。對兹幽澹意遠，飄飄影仙。凌鷗兩妹，爲天然景物所動，至於泣下數行。乃遙對山靈，訂明年此日重來之約。時晚鐘四動，似詔我人今日光陰又忽忽逝矣！始愴然登舟，泛棹月下。雲翳悉空，月輪愈皎。水光受月，幻爲琉璃世界。暮靄烟籠，萬山沈酣於月明之下。漁火兩三，明滅不定。抵岸時已鬠簗四起，燈火萬家矣！翌日以人事牽率，不能久留，遂匆匆别湖山而歸。

罷遊歸來，心神尚滯，雪泥鴻爪，不可以無記。記之又自愧不足志斯遊之樂，又無以寫山水之勝，則學力限之也。同遊三女士，學識皆備於我，以此請益。且待明歲續遊，出斯記對湖山而證之。

測字先生新開篇

測字先生國字面，大名叫做馮不拘。鼻梁架着弧光鏡，嘴唇翹起仁丹鬚。十字街頭排個横案，桌圍寫四字“明辨慎思”。他是個清季的青衿秀士，腹中却積着八斗文才萬卷書。鼎革後請纓無路生涯窘，鬚髮皤皤，落魄閒居。賸得三寸舌頭三寸管，冒充個三坊七巷一字明師。

話說這位馮不拘先生，測字生意，倒不寂寞。一天到晚，仗著搖唇鼓舌，確也混得三餐粗飯。這日恰值雙十節早晨，第一個顧客，寫個“華”字，要求一測。請教他問的甚事，他說我問的是國運前途。馮不拘先生把筆哈哈笑，你問國運前途大吉祥，今天是二十四番國慶日，天心人意兩當陽。朝野群趨新生活，權集中央有紀剛。掃蕩萑苻歸一統，國軍我武正維揚。千尋華表高高聳，萬丈華光作作芒。東隅雖逝桑榆鞏，多難興邦福祚長。這是“華”字渾寫大意，若細細剖析起來，却與民國過去、現在、未來歷史，很有相關哩！

開國良辰十月十，雙十佳名首紀元。鳳兮鳳兮原一鳳，十字巍巍定一尊。自古國運分則亂，合則治。就“華”字筆畫推測，我們民國却分了三度時期。第一期雙十對峙，是帝孽與民黨打架時期。

袁氏籌安成畫虎，張勳復辟甚教猱。起義雲南三輔應，誓師馬廠一軍豪。這叫做“華”字草頭，草草塗個雙十節的頭面。雙十之下，界了一畫，算是過度的一關。第二期又是雙十對峙，是南北分製、國會兩歧時期。國會播遷來百粵，非常總統鎮珠江。南強北勝糟糕甚，馮徐竊位殿曹錕。猪仔議員真黑暗，紙糊閣老劇披猖。軍閥縱横黎庶苦，潢池弄刃沸蜩螗。這是民國最糊塗時代。一直到了蔣總司令南征北討，戡定中原，算得過度第二關。所以“華”字當中，又界着一畫。十七年以後，直至今日，可算第三期的統一時期，這雙十不分而和，只有當中一個十字。

定都錦綉金陵地，京國峨峨氣象雄。大江如帶山如礪，颯爽英姿汗馬功。

國民黨治標旗幟，白日青天滿地紅。五木先生居首揆，老成持重，萬國來同。憲政布時登軌道，天心悔禍物阜年豐。建瓴高屋民瞻仰，任爾東南北西風。內亂澄清外侮定，太平萬歲字當中。這個居中的“十”字，好比基督教的十字架，屹屹不移；好比如來佛的合十掌，如如不動。這“華”字便似一面挺大的高脚牌一般，脚根站得穩，插得牢。過去如彼，前車可鑒。現在如此，來軫方遒。那未來的前途，自可逆料得到。這“華”字，怎麼不算得一個大吉祥的文字呢？①

課黎

閩人稱蜑户爲曲蹄，亦曰科題、科蹄。其名義殊屬費解，或強釋之曰：“因其螻居小艇，朝夕趺坐，兩足遂成彎曲之形，故呼以曲蹄。”至科題、科蹄，則皆曲蹄之副音耳。此解不無牽強。以余所聞，則异於是。是固數千年來地方土人之一段痛史也。蜑户之初，原爲無諸王之國民。自唐季群雄並起，割據稱雄，王審知以尋覓地盤，帥師入閩。滅無諸，戮土著，弱肉強食，枕骸遍野。唐兵乘勝占據民家，擄其婦女，而盡驅其男丁於海隅。奪其民權，不以人類齒。而所被擯之男丁，聚居水濱，無以爲活。漸有習操舟，習捕魚，習晒鹽者。水畔有浮洲壅沙，密插竹枝蘆榦聚之，漸成沃壤，以耕以種。水産有鯉蛤蚶蠣諸介類，便營捕介之業。其得蜑户之稱，當緣於此。蜑户云者，以捕捉水産小動物營生也。當閩越建國時，審知踐祚年□。繼傳延鈞昆仲，溺於聲色狗馬，暱比孌佞，互相疑忌殺害。其事雜見於《十國春秋》及《陳金鳳外傳》。官吏習於獻媚酣樂，不問民生疾苦。海隅窵遠，尤似屏諸匹夷，聽其自生自滅。及聞其繁榮致富，官府審爲有利可圖。乃科之以税率，令其按四時八節納課，別其户爲課黎。課者徵收魚鹽介類，艇儎洲地之課也。黎者，別其爲奪權之族，而賤之以黎也。《十國春秋》關於閩越文獻中，恒有是稱。斯時凡屬江海流域之國，如錢塘、南粵及蜀中三峽，其操舟漁户，無不呼之爲黎，不但閩都然也。閩人數典忘祖，憚於考據，遂仍其俗慣“曲蹄”之號，不爲修正，久而不知其非矣。

① 録自《華報》564號，1935年10月10日第2版。

吾閩之農歷新歲賀年，亦爲課黎掌故。當時唐兵屠殺無諸人民，擄禁婦女，擁爲妻妾。婦女勉強相從，由是婦之呼夫，曰唐晡。唐晡者唐部也。（即唐部兵之簡稱，或作唐捕，以其善捕人也。）①

兵之呼妻，曰諸娘。諸娘者，無諸留遺之女娘也。至今此稱尚無更改。當日鐵蹄下被壓迫之婦女，不盡無情。有憫其故夫與子，被驅之窮困者，時與秘密通信，濟以銀物，第不敢公然施捨。婦人之黠者，逐創爲下界爺謝之舉。年關歲暮，比户以米麪之粉，團作饅頭粿餌，昌言祀下界神鬼。而特別巧製糖糰，纳银碎於中，備爲救濟所親之用。一届新正，課黎如約。各携竹籃，分赴城市，挨門賀歲。所製賀歲之歌，楚楚自成音節。雖極粗淺，亦復琅琅動聽。今之所謂“糖粿湯”是也。課黎入門，必揚聲唱歌者，所以達閨房之耳也。婦人辨爲故夫與子或戚屬之聲，遂給以特製之糖糰。非其親屬，則以無銀餡之糖粿予之。今之閩諺嘲謔者，有二語，一曰“毛情毛義課黎婆”，一曰“汝奶做糖毛餡”，皆含有歷史深意。此兩諺即其蘽矢也。歷年久遠，賀之風雖未廢，而成爲一種習慣之舉動。賀與受賀者，均恝忘其爲當口一段沈痛之史矣！迨至民國改元，蜒户復權，實爲仁政之一。然而爲課黎者，不解權爲何物，亦不解復權有何益處。而每届除舊更新，尚聞糖粿角之村歌，洋洋盈耳也。

余於民國初年，曾隨喜慶城寺旁之閩越王廟，讀王之碑。尚憶其紀年，爲閏十二月，以上所載，廟中老丁，尚能喋喋言之。此次林主席回里，與吕參軍長曾詣廟一撫此碑。蓋聞余談此史事，而欲質證之也。本報陳養志君，日前彙輯曲蹄婆佚事，搼豐富，而竟漏叙及類此之故實。故特補編一則，以資參攷。六十叟陳天尺附誌。②

後九節

閩俗以農曆正月二十九日爲拗九節。“拗九”兩字，名詞甚怪。詢之博雅前輩，云係“後九”之误。農曆新正，初九、十九、二十九,三日皆有掌故。初

---

① 録自《華報》873號，1937年2月16日第3版。

② 録自《華報》874號，1937年2月17日第3版。

九謂之前九，傳爲玉帝生日，俗呼爲玉皇誕。十九謂之中九，相傳爲丘處機真人生日，俗呼爲燕九節。見於《帝京景物略》。閩人向不舉行是節，少有知之者。二十九謂之後九。《天中記》：池陽風俗以是日爲窮九。掃除塵穢，投之水中，號爲送窮。閩俗大掃除日，多擇歲暮。而於是日則家家煮糖粥，和以花生、紅棗、荸薺、龍眼、黑白油麻、瓜子，此粥名曰後九粥，猶之臘八粥意也。閩人最忌年歲逢九，有明九、暗九之别。如九歲、十九歲、二十九歲等，謂之明九。十八歲、二十七歲、三十六歲等，謂之暗九。遇某親友年齡逢九，則於是日，送粥前往，名曰過九。沿傳既久，遂误後九爲拗九，其意略近窮九。食粥者，所以袚除不祥也。①

佛說燃燈經

南無燃燈佛，開說燃燈經。佛光大普照，化作虞美人。美人來救苦，於世無所忤。濟衆百藥王，涅槃萬佛土。三千大千世界中，粒粒金丹皆法乳。一燈幻作恒河沙，山鬼吹竽牛魔舞。南無大癮至菩薩，南無大横陳菩薩，摩訶薩。南無大吞吐菩薩，南無大欠伸菩薩，摩訶薩。

佛告阿難言，一切有爲法。如膏亦如泡，如挑亦如撥。都在一燈中，衆生大活潑。勤點此燈者，自然得解脱。南無迴光菩薩，迴味菩薩，晞呵黑甜鄉，鳶肩菩薩，五百大阿羅漢，魘魅弟子身。一氣呵成佛，聚精而會神。摩鳩摩鳩，消瘦比邱。官事以散，私事以休。迷離燈影下，鬼語聲啾啾。美人在何許，滿眼皆骷髏。南無長明燈菩薩，南無未央燈菩薩。閃爍九微火，攢簇千佛頭。象床寶帳無言語，與爾同消萬古愁。

願以此吞咽，普及於妻妾。燃燈以終身，墜入無遮劫。②

竹楨与木鐘

竹楨努目睨木鐘而罵曰："子真所謂不成材之物耳！觀子外貌，突兀穹窿，

① 録自《華報》898號，1937年3月15日第3版。

② 録自《華報》10號，1930年12月6日第3版。

儼然大人先生之架子。謂能窾坎鏜鞳，淵淵作金石聲也。誰知虚有其表，吾誠末如之何也已！”

木鐘啞然哂曰：“甚矣哉！子之好動也。天下事一動不如一静，吾惟静以制動。雖善動如子者，吾直以傀儡視之而已，焉能損吾毫髮哉？”

竹梆夷然作不屑狀曰：“嘻，木鐘先生，人間何世，醉生夢死者，不知凡幾。苟非我之善打繫，何由驚之使醒，震之使懼，嚇之使匍匐，脅之使拜跪。分其杯羹，以潤飢腸。破其慳囊，以濟饞口也耶。果如子之木木者，仗馬耳，土牛耳。徒擁高位，能無汗顔。唾罵所叢，嘻笑所集。子伈伈俔俔，頑無所覺，世何貴而有此？”

木鐘笑曰：“子所短吾者，乃吾之所長耳。吾不倒之翁也。世之悚然於子者，以子之工於敲耳。吾木鷄養到，四平八穩。雖柴老爹，土菩薩，如吾之具體而微者，尚不及吾之萬一。即銅山西崩，出全力以撞吾，吾猶無聲無臭，豈子之區區善敲，所能分我杯羹，破我慳囊也耶？噫，吾子休矣！”①

花面殻公司廣告

爆竹一聲，唐花萬樹。年關穩度，民俗更新。大家解脱臭皮囊，曰爲改歲。小子發明花面殻，可以生財。乃組公司，不惜資本。別開生面，獨具匠心。鳩股份於烏魯木齊，九光十色。辦骨架於蘇門答臘，五角六張。則有厚比牛皮，薄逾蟬翼，醜同嫫嫫，美賽施嬙。生旦丑末淨，選舞徵歌。潘驢鄧小閒，鈎心鬥角。閻羅現象，如包孝肅、海忠介之威嚴。罔兩驚人，具韓侂胄、曹阿瞞之奸詭。古裝則書空咄咄，不無遁世黄冠。現狀則殺氣騰騰，亦有跳梁赤化。花花緑緑，陸陸離離。羅庶類之奇觀，極世途之變相。炎凉冷暖，如願以償。巧佞僉壬，無微不備。溫犀不能照其怪，禹鼎不能鑄其奸。良爲干禄階梯，呼牛呼馬。備作賀年材料，化魚化龍。價極廉宜，品從選擇，交易概收現款。賜顧請認招牌，兹臚列其種類如左。

一、“有耻面殻”。色微绛，其額有泚。良心發現，人道未漓者，宜購之。

---

① 録自《華報》18號，1930年12月30日第2版。

二、“無耻面殼”。厚如龜甲，皺似鱉裙。廉耻喪盡，無面見江東父老者，宜購之。

三、“乞憐面殼”。曲盡奴廝恭維之媚態，暮夜搖尾，工於吮癰舐痔者，宜購之。

四、“驕矜面殼”。描摹官家威焰，惟妙惟肖。出則摩託卡，居則洋樓，食前方丈，侍從滿前者，宜購之。

五、“凶煞面殼”。欲學李自成、張獻忠、黄巢、于七，風高放火，月黑殺人者，宜購之。

六、“慈悲面殼”。欲參阿彌陀、觀自在、須菩提、釋迦牟尼者，宜購之。

七、“哭喪面殼”。日暮途窮，吹簫吴市者，宜購之。

八、“腐敗面殼”。自安守舊派，及三家村學究，滿口虞夏商周者，宜購之。

九、“文明面殼”。自詡維新派，及打倒舊禮教，提倡家庭革命者，宜購之。

十、“財神爺面殼”。滿面裝金，喜戴金邊眼鏡，好鑲金牙齒者，宜購之。

十一、“狐媚面殼”。迷人之妓女、仙人跳、拆白黨，及有手段之姨太太，均宜購之。

十二、“痴呆面殼”。素有神經病，及厭世派之不得志於俗眼者，宜購之。

十三、“假惺惺面殼”。外溫恭而內忌刻，城府深沉隱者，宜購之。

十四、“虎頭蛇尾面殼”。外勇敢而內懼怯，行事有始無終者，宜購之。

十五、“半寒冬面殼”。欺窮重富，喜怒不測者，宜購之。

十六、“狗頭假羊頭面殼”。依附門户，慣爲冒牌伎倆者，宜購之。

十七、“大律師面殼”。包攬詞訟，詐欺取財者，宜購之。

十八、“之所爲面殼”。有法官資格，慣以法律條例爲利器者，宜購之。

十九、“洋裝官僚面殼”。洋裝者趨時之飾，官僚者致富之階。兩不齟齬，斯爲合拍，工此術者宜購之。

廿、“新聞記者面殼”。竹槓能敲，木鐘能撞者，宜購之。

廿一、“曲綫美面殼”。曲綫之美，隱於內者也，不有表徵於外者，誰識其美。巧笑倩兮，美目盼兮。此種面殼，實具此不可思議之吸力。

廿二、“摸特兒面殼”。摸特兒亦內看貨色者，非有以顯之。則闇而不章，得此面殼，使人一目了然，此控鶴監之牌子也。

廿三、“電影明星面殼”。最近藝林粲者，以電影明星馳名者不少。然必得此種特別美麗面殼以掞張之，則銀幕上乃獲觀衆之捧臺。

廿四、“三民主義面殼”。三民主義宣傳，投機份子，每自稱革命同志，以獵取一官半職，然必戴上此種面殼，則信而有徵，遇有讀囑宣誓時，膽氣不餒。

本公司所出面殼，貨色甚多，不能備舉。光顧者如有特殊製作，與廠處工程師當面接洽。無論蒼狗現形，烏龜幻相，均能一一描摹，全盤托出，爲新年社會上放絕大光彩也。①

建立頭陀寺原文

榕南十里外，有臺江焉，納上游之水，波濤澎湃，橫至中亭，濟度往來，多虞覆溺。元至正間，適有頭陀禪師，法號法助，本貫泉州王氏，卓錫於此。寓目惻然，發菩提念，宏普濟心，思欲捨舟而徒，易危而安，創造輿梁。閱二十載，工未蕆，而師將圓寂。乃自斷無名之指，授其弟子曰："三十年後，有某巡按來，以此示之。"及巡按誕生，仍缺是指。三十年後，果蒞閩邦，巡視臺江。見輿梁基址，似曾經營，到寺停車，如逢舊館。寺僧因述遺言，隨獻藏指。巡按試續其缺指之處，即時渾合，無异生成，恍然悟澈。遂奏請頒帑，厥功告成，即今之萬壽橋也。後人思其功，就其所居，立像祀之，榜爲萬壽頭陀寺，以誌不忘。

贊曰：仁哉我師，功德堪思。臺江觀渡，善願心持。十方普濟，辛苦不辭。架梁叠石，再世成之。往來行旅，絡繹奔馳。昔憂險阻，今樂坦夷。其利溥也，施及來兹。是宜享祀，在此江湄。②

① 録自《華報》21號，1931年1月6日第2版。

② 録自《華報》40號，1931年3月6日第1版。署“天尺照録”，估計非天尺所作。

第四部分

闔諺聲律啓蒙

一、〇〇一至二〇〇

一

溅對鹹，酸對澀，甜湯對滷汁。餓頓對熬眠，過年對做節。咩咩聲，嘔嘔色，身題對口德。大面像釜蟳，毛胶企砒蝨。在伊嫖曝耳真蕪，乞汝卡撩心僐惻。內手丈故差七八丈，攔轎遞呈。當心鎚乞擂二三鎚，傾盆血吐。①

二

葷對熾，窄對滂，摔碗對補缸。停停對搭搭，碰碰對扛扛。半路孝，雙門喪，過槅對圍莊。討嫫看細舅，養仔拍我孫。搿魚搿蝦做受怪，變豬變犬來報恩。郎中掏斧頭，那開一帖關門藥。陶代收花彩，先食三箭起馬烟。②

三

接對盤，纏對捲，半斤對八兩。黨蒂對生根，跋梢對擒本。達達嗤，卑卑響，原差對保長。上床撲腹臍，轉厝拍巴掌。拿着回回戴網巾，教伊鎮鎮做米管。輕輕仔富戴糠帽，膽大心粗。環環地轉掏蒲團，胶酸手軟。（嗤：下平聲。臍：所才切。管：讀作廣。）

前在《南聲》登載之《閩諺啓蒙》三百餘首，原稿散失甚多。中有對偶重複及裁對未工者，兹特重行彙集修正删改，與新製者相間發表。將來擬另訂單

① 録自《華報》2號，1930年11月12日第2版。按：陳天尺所作初取名《榕諺聲律啓蒙》，後爲《閩諺聲律啓蒙》，本书統一爲《閩諺聲律啓蒙》。

② 録自《華報》3號，1930年11月15日第2版。

行本，托由華報社刊行。藉供酒後茶餘一粲。天尺附誌。①

四

炊對切，泡對熬，鈒打對銃皋。爬山對挖嶺，跳井對投河。寛寛板，樸樸袍，拍獺對鬱駝。不打不相識，無休無奈何。咬伊股穿又嫌臭，做拉膠手賣剥毛。人情抵酒樽，半碗半匙，障請呢客。衣食羈裙帶，一針一綫，賣瞞的婆。②

五

扭對擒，攔對奪，捷勞對刻薄。變馬對偷鷄，牽猴對養鶴。四胶爬，三腹撮，離胡對剥落。年佬仈胡塗，財破心安樂。嘴脾故紅猴股穿，目周野像犬令核。含顛不遂，碰着先生就看命，單叮單。受怪可憐，我做保長真隙虧，朴吓朴。（撮、朴，均下入聲。）③

六

交對換，攸對嘗，去厝對回門。抽筋對截脉，通氣對走陽。破地獄，上天堂，鞋獺對褲豚。身葬螃蟹穴，面覷麒麟墻。牛能看淡水豆腐，羊屎那漢烏梅丸。柏蟹生的呆，一壑一坵田，麻面。竹鷄食毛快，三頓三腹屎，直腸。④

七

刷對糊，漿對洗，投標對收買。鐵譜對鬮書，箔儀對葷禮。渾不拘，死毛解，猴酬對鵝睨。皮厚伓驚仈，能大就是奶。快看新人落竈前，伓管依奶納鞋底。巴結都賣上，山猪碰着人家籿。亞贈以之中，老鼠爬裹牛肞脾。⑤

---

① 録自《華報》4號，1930年11月18日第2版。

② 録自《華報》5號，1930年11月21日第2版。

③ 録自《華報》6號，1930年11月24日第2版。

④ 録自《華報》7號，1930年11月27日第2版。

⑤ 録自《華報》8號，1930年11月30日第2版。

八

煩對悶，歇對恂，毛祖對不宗。瓦楹對廊斗，墻帽對門封。猪頭瘴，鵝掌瘋，的搭對另掄。手指務長短，腹老賣流通。六月風颱生九仔，一年遇閏看兩春。樓頂點火樓下紅，五更八早做猴戲。床頭冤家床尾好，三腹一時上馬風。（楹：讀作諳。）①

九

煉對燒，燃對鑄，過文對門課。胶綁對腰刀，肚爿對肩布。佬不修，胡之註，新章對奇貨。膽大跳過墻，運衰𢱋裹墓。受罪儩受莫奈何，做情着做務的過。拳頭拔出節，鼻督督，敢量汝通場。膠手氣剥烟，嘴歪歪，多謝伊一厝。②

十

嘮對嘪，哈對呵，閒屐對佃槽。糊驢對濫鹿，吞鶴對唊鵝。班班姐，像像婆，少體對多勞。炒米花生拌，切麵豆腐撈。笊籬漉泔渣渣漏，砝鍋煮屎慢慢烤。頭靠門墊野於，夾蚤蕩落破綿絮。面掏屎缸去照，老鼠跳上添枰羅。（嘮：讀若驢。嘪：古萬切。哈：敷嫁切。呵：讀作河。撈烤：均下平。）③

十一

格對量，添對凑，饑荒對械鬥。怨命對破財，起遷對上吊。七轉灣，三折透，忌辰對生肖。京鼓知都打（上平），喇叭懿獨哮（去聲）。關公面睥紅丹丹，孔子令脬紋綯綯。頭頂中放茶罐，鷺鮬碰着獺犯冲。棺材裹打算盤，猪㹀拍倒粸照扣。④

---

① 録自《華報》9號，1930年12月3日第2版。

② 録自《華報》10號，1930年12月6日第2版。

③ 録自《華報》11號，1930年12月9日第2版。

④ 録自《華報》12號，1930年12月12日第2版。

十二

除對撤，碌對氿，伓副對毛閒。保支對看當，在見對承行。桶盤面，布袋能，刀柄對磨層。符鼻符鼻腦，剃頭剃頭爿。好馬伓食回頭草，自水賣流別伙田。菩蠅叫拉姨，單身哥討親，自家主意。鳳凰不如我，賭錢鬼借債，明旦就填。①

十三

利對鈍，粗對糙，認真對看破。揑緊對放鬆，思豪對駁燥。犬皮膏，鷄毛報，翻搜對纏到。尿壺使篾箍，門墊是柴做。三步併作兩步行，只手掏來許手去。令脬毛汝房，膘手毛汝上。籠臂掏的鹹，皮袍拈去洗。嘴鬏拈去烘，行頭靠一套。（鈍：讀作當。）②

十四

尋對討，乞對干，拿溜對叫更。草包對花獵，火駁對冰頒。菩毒述，蕪圖縵，竅能對灣胼。三千年結子，十八省透番。銀錢難買外家路，風水都着別伙山。老板嫂行時伙，比街中馬肉故罡幾十倍。諸娘仔賠錢貨，是廟裏猪頭務主伓使爭。（罡：無化切。）③

十五

撤對搬，攔對托，光祥對暗瞙。帮旺對解衰，買褒對學懊。別伙樓，依奶閣，勸蠻對聽曝。那做皮面光，故篆骨頭乇。乞食伓過爛柴橋，矮爺僬爬横頭棹。膘手驚踏坎腮，剥干伊老鼠彈琴。胶仔亞插股穿，毛管汝惡牛損索。

（註：托，係以手托物之托，閩音讀作土閣切，與請託之託殊。瞙：牧閣

① 録自《華報》13號，1930年12月15日第2版。

② 録自《華報》14號，1930年12月18日第2版。

③ 録自《華報》15號，1930年12月21日第2版。

切，不明也。懊：上入聲，智也。）[1]

十六

梭對綉，補對痕，破爛對囫圇。簡妝對高照，宜桶對困床。乞食廠，觀音堂，削痛對驚灯。矮爺食神粬，塌骨銜檳榔。師爺搬厝拍蕩嫫，漁子撑船來討郎。買膏藥看小弟招牌，百發百中。做文章像親母胶带，仅臭仅長。[2]

十七

詐對貪，奸對狡，居奇對取巧。浮面對過肩，破頭對制肘。五毒神，三花丑，幾乎對完了。伲仔解心焦，呆伙假膽小。做花莫做夾竹桃，栽樸伓栽垂楊柳。荔支對莿，奶頭親，嫣頭親，不如家親。西瓜黨籐，兩代表，三代表，就去伊奶表。（代：讀作袋。）[3]

十八

兜對攬，剔對抽，羊嚼對猫哮。火狂對金硬，草寫對花銷。胶毛段，腹老歐，拖穗對戰鍬。目周光耀耀，嘴舌苦雕雕。蛇落竹篙節節難，馬過柴橋步步敲。爭氣不爭財，食食賣飽，餓餓賣死。笑窮毛笑賤，麻麻的嬌，烏烏的超。（雕：的溝切。難：去聲。）[4]

十九

獺對狐，猪對象，貪情對誓願。看轎對提爐，彎刀對叉杖。罵罵啼，爬爬癢，高升對來旺。羅漢請觀音，陶代換和尚。父母生成那這形，姆嬸相罵像乇樣。煮水備吷鼎，扒猪屎碰着病瀉猪。看風好使船，開飫店故驚大食飫。[5]

---

① 録自《華報》16號，1930年12月24日第2版。

② 録自《華報》17號，1930年12月27日第2版。

③ 録自《華報》18號，1930年12月30日第2版。

④ 録自《華報》20號，1931年1月3日第2版。

⑤ 録自《華報》21號，1931年1月6日第2版。

二十

閂對閘，插對楦，賭本對嫁裝。粗茶對濺酒，薄餅對厚烟。四寶菜，二丸湯，爬辣對攤酸。藥渣鉛鐵碎，花架盆魚缸。嗚吓段落胶桶下，咷吞關着甕城中。好是親家，呆是冤家，那當乞癲犬咬。日裏徒弟，盲裏契弟，毛法着死蛇吞。（咷：音桃。當：去聲。）①

廿一

踢對跑，跏對蹲，生驚對死算。轉板對排盤，跋盆對扛槓。錢毛鑾，飦是鋼，賭輪對典當。

料好務斤身，空寬毛尺寸。井水毛食食雪梨，嶺柴伓燒燒艾烘。三嬸婆葫蘆聖，伓像裝共丑二一胚。大少奶桃花顛，相思病屈倭六禮困。（烘：許降切。聖：音綫。）②

廿二

搜對拌，併對參，解熱對收驚。修胶對接骨，剃面對搥胼。長樂桶，廣東攤，輸夾對贏單。薸仔薸禮漉，菜蟲菜裏生。大魚大肉食賣厭，別牛別馬毛相干。老爺要不要高陞，窮富伓差汝一粒鴨姆蛋。伲仔多的多賤作，頑堘就賞伊幾倏猫筍乾。

（註：薸：音瓢，萍也。胼：撲廳切，背也。）③

廿三

撞對掄，搖對擺，前夫對後奶。得罪對開恩，承情對失禮。石敢當，鐵毛解，歪嚽對雜擠。會伯嘴鬆牙，親母股穿脾。生瘡賣瞞鼻空胶，寄信拍段腹老

① 録自《華報》22號，1931年1月9日第2版。

② 録自《華報》23號，1931年1月12日第2版。

③ 録自《華報》24號，1931年1月15日第2版。

底。五帝務拿，野仔務食，現拍現傷。百姓誦鞋，老爹誦靴，一嘁一矮。（掄：上平聲。嚽：諸乖切。）[1]

廿四

㘈對嗶，怒對悰，捏緊對放鬆。封鰻對蘇鯽，淵蠘對臭魴。目周翕，腹老空，驚政對罰工。布篷四胶赧，火管兩頭通。伓像蘿蔔伓像芋，一時韭菜一時葱。牛尾賣遮牛股穿，貪共貧一樣寫。羊毛出着羊身上，扛連理全包冬。（嗶：上入聲。悰：音椶。）[2]

廿五

置對藏，留對蓄，商量對見覺。箬壞對毛拘，枝離對壳落。三股攤，兩頭捽，嘛喳對嘈啐。伊奶氣漲膠，汝哥頭出角。元寶鎮庫長春花，鼎筅火管緑豆殼。務理講理，勞動鄉里，的着請東講西。毛頒作頒，受怪�班，那捌去南去北。（落：旅角切。啐：諸角切。）[3]

廿六

忤對愕，惨對凄，短站對長差。慌獐對渦鹿，倒馬對挨犀。長樂我，福安彼，爬挖對占倪。謝恩面覷北，講話耳斜西。大王毛錢就補庫，乞食味飽僫叫街。風雨不移，隔壁婆婆做生日。祖宗務聖，對面妹妹是奴妻。（我：魚委切。彼：僕低切。倪：吾西切。）[4]

廿七

就對該，兼對僫，討關對駁第。壯骨對頑皮，呆胚對賤劑。邏邏圈，滂滂

---

① 録自《華報》25號，1931年1月18日第2版。

② 録自《華報》26號，1931年1月21日第2版。

③ 録自《華報》27號，1931年1月24日第2版。

④ 録自《華報》28號，1931年1月27日第2版。

鐐，覆蟶對含蟹。證做興化兄，寒死佬郎罷。一厝都中做教師，半盲剥想收徒弟。洪山橋光餅本地麥，劉劉食，劉劉嫌。寶來軒炒米磕齒酥，半半買，半半賣。（湧：波桶切。寒：音銜。）[①]

廿八

殘對刻，滑對侻，目水對面泥。灯燒對躐蹋，縛束對排黎。跪踏板，討眠鞋，合式對唊題。拍蛇拍七寸，買馬買四蹄。冤各有頭債有主，街也毛賣攤毛排。叫先生念奴後生，水流灣開閒架店。務今旦也毛明旦，鼓樓頂掏時辰牌。[②]

廿九

掛對羈，承對探。請封對慶贊。撖榭對迴廊，籬笆對衕柄。模模光，混混暗，菜婆對花旦。無糧不聚兵，務聲毛來擔。油菜開花滴滴金，竹篙燒火長長炭。半日嘴皮犀犀白，平平路跋死伙。一晡目周獺獺金，鹹鹹樓企禮看。[③]

三十

勾對搭，賽對排，酒碎對鹽箂。磐顱對覆甲，哼嘴對吧頦。伓像仔，毛拿孩，躭閣對扛臺。先生伓捌字，老板大發財。公婆祖宗坐的正，細姑兄嫂夾真呆。膽小驚賊賊來，去洗烘湯，伓洗蘸注。命長務奶奶做，得伙錢財，替伙收埋。[④]

三一

怪對精，妖對孽，困裝對懷挾。骨梗對筋伸，甲跟對毛滅。扁擔刀，簸箕笏，佤侻對扭揑。干汝滿地爬，詛伊乞天喇。放屁也着使紙包，那尿僆渦的飦食。年節排椅仔禮做，滿厝僆鬧够八球。心肝比剃刀故呆，共伙賣夾呢一碟。

---

① 録自《華報》29號，1931年1月30日第2版。

② 録自《華報》30號，1931年2月3日第2版。

③ 録自《華報》31號，1931年2月6日第2版。

④ 録自《華報》32號，1931年2月9日第2版。

（刺：七驛切。渦：上入聲。）①

三二

枷對拷，紮對箍，解口對請膚。口才對手氣，貌相對工夫。豆腐棗，杏仁酥，麻雜對菩蘇。都司管遊擊，和尚邁尼姑。欲聽親母講世事，故㑋郎罷討田租。好漢賣食眼前虧，大窟窿䊀出大蟧蟹。明人伓講背後話，一山頭都務一鷓鴣。②

三三

整對零，收對束，奪魁對抒卒。割草對添花，唊糟對紿穀。打單眩，排等覆，塾腰對縛腹。菩蠅最馬膘，草蜢撩鶟角。三十六計走爲先，二百五樣做盡足。更長夢佪，目周光丹丹，乞鬼邀落坑。福至心靈，肐毛烏碌碌，養仔做總督。（抒：土角切。最：上平聲。）③

三四

多對寡，碎對權，務勢對毛緣。茶婆對燈媽，醋姆對酒娘。跋伓倒，活無常，迸斗對添盆。甲甲拍郎罷，行行出狀元。好仔伓得祖上業，後生不信老人言。貪便宜去多長，隻隻都像漢獻帝。毛好大害着細，齊齊去見梁惠王。（行：如杭切。）④

三五

簸對搧，氳對籟，裁刀對實蓋。嚇影對彈聲，居奇對作怪。馬上吹，鶟頭拜，抽租對欠債。本事十般全，古老百年載。送伊兩盞轎後燈，恰着一條褲頭

① 録自《華報》33號，1931年2月12日第2版。
② 録自《華報》34號，1931年2月15日第2版。
③ 録自《華報》35號，1931年2月18日第2版。
④ 録自《華報》36號，1931年2月21日第2版。

帶。浸水鯉兩頭吐，大王倜夫人，肞嘴上菩蠅。鳳凰鳥百樣毛，轉奶傻伲婿，能干炒韭菜。①

三六

蜆對蚌，蛤對鯉，鼎片對瓢羹。前面對胼後，尾斗對頭筀。鷄毛拂，猪姆針，闊少對佬生。春臼拍塌底，門梹銃淡邊。三十盲晡剃晦遁，正月初一門夜登。時時翻，刻刻變，時時當航，毛乞伊騙。劉劉架，蟹蟹森，劉劉上轎，故着仈牽。②

三七

鋸對鎚，磨對鑪，猴薑對蛇葯。水撇對灰匙，柴扒對草銼。單倒蚩，亂搖譗，知㖃對噢秏。護起儺爬單，拿着毛踢蹽。君子伓殺頭滿棋，陶代賣困隔盲疏。噢汝食毛噢汝賭，秫米飰軟時時。好就笑伓好就啼，蕃薯粿肥娜娜。（譗：菊葯切。秏：夫鑪切。娜：汝葯切。疏：去聲。）③

三八

熬對泡，煮對烹，夾蝨對冷鯉。脾花對肉菜，血蔭對汗斑。老而老，僧不僧，票摺對錢針。過身使目箭，見代占頭筀。毛法着來請師父，乞伊恰去做門生。存捌存驚，抱拉伲仔痞，儺再抗三斗米。務黏務瑞，炖隻蓮魚頭，故勝食四兩參。（冷：上平聲。抗：下平聲。）④

三九

絪對牽，搖對動，耳針對髻紘。看底對轉灣，趁嘈對湊嗹。硬丟丟，熱滂

---

① 録自《華報》37號，1931年2月24日第2版。

② 録自《華報》38號，1931年2月27日第2版。

③ 録自《華報》39號，1931年3月3日第2版。

④ 録自《華報》40號，1931年3月6日第2版。

澇，血池對飦弄。畢虎𠎷傷人，偷鷄毛論重。這嘴着掛猪姆梁，一銃𠎷拍鷄角衝。頭角身伓過，圓梨扁柿病屎西瓜。目開嘴就開，熱糒清粿隔盲芋蛋。（澇：悲洞切。）①

四十

麻對癢，痺對痒，搭壁對碰門。五唏對六另，九怪對八傳。毛乇倚，伓中圜，出力對帮言。烏龜做太老，蛹蟻肆大王。一錢壓倒英雄漢，雙車難破鳳皇全。那者狀告者仈，大犬爬墻，細犬學樣。將伊土塑伊佛，前人栽樸，後人乘凉。（唏：敷遮切。另：吕正切。倚：音藹。圜：空防切。）②

四一

舊對鮮，長對暫，解鬮對騙撒。吵代對駁家，寡居對破病。拍頂千，帶手二，取齊對認鄭。看正鑿𠎷歪，貪多嚼不爛。麥貴食餅其出錢，糖価做糝故毛餡。伲仔哥多湫鯽，出世味過百日關。親家母毛濫驢，落水𠎷講一身汗。（撒：實汗切。驢：侶梳切。）③

四二

兜對捻，覻對暲，甜筍對辣薑。呆裝對好塊，鹹配對葷張。做辦辦，看光光，頭桶對話箱。漿袋邁胼後，柴糟塞股穿。鉸刀引針針引綫，衣裳誦布布誦漿。真𠎷算，真𠎷華，一個錢剃頭故着連扒耳。務話起，務話倒，毛值伊潑糞也伓使燒香。④

---

① 録自《華報》41 號，1931 年 3 月 9 日第 2 版。

② 録自《華報》42 號，1931 年 3 月 12 日第 2 版。

③ 録自《華報》43 號，1931 年 3 月 15 日第 2 版。

④ 録自《華報》44 號，1931 年 3 月 18 日第 2 版。

四三

活對硬，肥對膀，奉承對接送。横秤對直閂，沉糟對浮涌。清明寒，白露暁，搓丸對改粿。荔支暴乍紅，青仔欺負癩。五帝賣拿世乇慫，一晡儕做乇好夢。孤老孤老，歪頭蹩腦，大蟲食細蟲。青盲青盲，行路倒彈，前巷穿後巷。（硬：上平聲。膀：捧甕切。涌：統巷切。癩：古甕切，改讀作鬼。）①

四四

噥對喘，罵對噪，糊碌對噢哪。含符對透索，嗆囉對噶渠。鼻啄啄，齒踈踈，頭垢對灠洙。偏偏共我拗，定定伓冬嘈。頭仔只尖即管擂，令脬儕駁伓經嚎。輪輪轉儕落財主的皋，秦叔寶賣馬。惻惻心伓看畜生其面，張果老騎驢。

（註：此首韵脚，均有音無字。閱者當以閩腔讀之，如噪宜讀匕豪切。哪、渠、踈、洙、嘈、嚎，皆非本音，以意會之，則得矣。囉：魯苧切。垢：鼓卯切。皋：下平聲。）②

四五

蹩對嫌，疑對忌，畫嬌對務媚。爛粿對麻糬，歇薯對佬柿。想當然，賠不是，翻聲對走味。犬面羈生毛，猪頭攄過耳。相罵九主副煮饅，那差半爿賣過字。莫笑贏單輸夾，那篆啦竹桁下仙家。伓别屎臭尿香，也做過糞坑頭守備。（攄：律梳切。）③

四六

圖對賴，欠對賒，盪痞對摛疤。直腸對軟骨，眵眼對跩胶。由在我，不理

① 録自《華報》45 號，1931 年 3 月 21 日第 2 版。

② 録自《華報》46 號，1931 年 3 月 24 日第 2 版。

③ 録自《華報》47 號，1931 年 3 月 27 日第 2 版。

他，托腎對嚎脬。毛錢坐中堵，做癖轉外家。加三利錢鷄啄米，第一生肖鼠食瓜。五帝面生驚仸，一哥一達達，二哥臭都拔。六月肊阿伺候，九螺九俥俥，十螺做老爹。（眵：且夜切。跩：曲和切。脬：波他切。）[1]

四七

糟對滷，酒對殺，麥熟對糖流。謝年對壓歲，攀數對抽骰。搶錢虎，看命猴，手痺對胶爻。

主仸毛箸厝，家伙做上樓。缺嘴尿壺渣渣漏，毛胶燈馬跛跛跑。三五兩銀就活成龍，弄籬厝，上厝搬下厝。十二月卯伓看見草，眠床頭，只頭爬許頭。[2]

四八

嚼對唧，嗆對嚓，剥瘟對上翳。畫號對抽籤，拈鬮對做契。務命根，毛心勢，尿槽對屎揥。食酒绾桌胶，鬧房掏籠臂。一粒橄欖撩過溪，三月枇杷出好世。解伓副那趁絊，野花沒名，野仔沒成。侯毛定假正經，呆山価剌，呆人価企。（绾：古萬切。絊：音作。剌：音翅。）[3]

四九

揀對抽，抄對揞，勢長對截短。毀佛對勞神，衰仸對惡鬼。墻頭花，坎爿䔸，肉丸對糖粿。棺材扛上山，牌套蕩落水。蝦鮮食够路通橋，鬻圭寄去糞船尾。嘴只擠受怪你奶，頭頂蒂剥烟。理伓平氣死旁人，手掌中迸火。（揞：卑委切。）

（註：蝦鮮鬻圭二句，係水部通諺。）[4]

---

① 録自《華報》49號，1931年3月31日第2版。

② 録自《華報》50號，1931年4月3日第2版。

③ 録自《華報》51號，1931年4月6日第2版。

④ 録自《華報》52號，1931年4月9日第2版。

五十

關對契，狀對憑，後事對前情。落元對做晉，慍宋對聲明。尋毛主，抱佢平，好樣對呆形。九哥戴眼鏡，二婿管酒瓶。三層凉傘遮厝脊，一炷名香透天庭。爬上皇帝糞坑，千里傳名，萬里傳姓。抱着金剛胶腿，上馬管兵，下馬管民。①

五一

滿對空，乾對凈，扒墻對攏岸。開剪對駁錘，偷盤對割檻。禎符包，元寶錠，晝行對賠定。乞食嫌飫餿，秀才慶糧賤。掃帚也務掃帚名，韭菜那是韭菜命。矮仸煞矮馬，儕舞够魂智沙銓。平水行平船，那求啦胶手力健。（餿：讀作偷。賤：讀作檻。健：姑凈切。）②

五二

糖對蜜，蠟對膠，混帳對夾紗。糊蘆對煞葛，落絮對調瓜。沉當當，乾巴巴，喝喝對哈哈。小事化無事，千家過一家。慫孽儕做頭髮尾，瘍痝賣瞞手門叉。久病成郎中，飫頓討的着，故勝食補藥。欠債怨財主，股穿那毛疤，佢中當仙胶。（沉當當之當去聲，佢中之中去聲。）③

五三

種對埋，鋤對掃，能膻對話漏。趕早對投盲，拍環對過透。五爪龍，六骰豹，掛牌對拌竈。施主奴儕驚，先生汝毛拗。三更燈火五更鷄，大暑荔支小暑鬣。鼎糴被，被糴鼎，騙罷騙奶去排場。盤迸碗，碗迸盤，請公請媽來食罩。（漏：侶透切。）④

---

① 録自《華報》53號，1931年4月12日第2版。

② 録自《華報》54號，1931年4月15日第2版。

③ 録自《華報》55號，1931年4月18日第2版。

④ 録自《華報》56號，1931年4月21日第2版。

五四

挪對湊，換對移，象正對梟離。石龜對柴馬，硋犬對蕨蛇。拜企奶，做大爺，墨斗對湯匙。神仙佬虎犬，和尚猪頭鵝。千刀萬刀鍘毛血，大掌細掌拍伊啼。認明地道賣藥材，本山牛那食本山草。黜破天窗講亮話，大家馬着讓大家騎。（黜：杵角切。鵝：魚爺切。）①

五五

捏對搓，扛對儎，出恭對受戒。大鼓對破鑼，搖籃對飄帶。尾條籤，頭碗菜，小心對大概。毛位占大中，自身難保泰。鼇戥够捌沒銀稱，酒席伓食多伙怪。十八歲儺見廿四代，果然早子救的窮。一句話伓益兩個伙，莫是前世欠伊債。②

五六

勻對拌，夾對參，透夜對巡更。過盤對拍板，照票對看番。牌西席，鎮東丹，凉硬對曝乾。驚政困壁裏，卡擦趁後生。蝦蟆教書講子曰，老鼠掏枷見泰山。光棍那篆一重皮，借火籠，看燈謎。荒唐儺挐四角屎，毛粗紙，塞瓦胼。③

五七

鋸對俥，鎚對鑿，灰爐對糞斛。裏駁對落空，噶糊對漉濯。正面龍，回頭鹿，畏羞對使毒。反蓋多開三，零碎合巧六。歕哥擂鼓通隻通，駝子拍鑼惑一惑。半目開半目刻，錢券頭錢券尾在伊抓。自腹痛自腹挼，米篩上米篩下莽去摔。（濯：芝惑切。挼：汝爲切。摔：索六切。）④

---

① 録自《華報》57號，1931年4月24日第2版。

② 録自《華報》58號，1931年4月26日第2版。

③ 録自《華報》59號，1931年4月30日第2版。

④ 録自《華報》60號，1931年5月3日第2版。

五八

刋對割，綻對線，逞桌對捫床。加和對定做，附會對串行。擔水嫂，賣油郎，病笨對窮忙。肉爛汁禮討，船過水毛痕。鼇毫難倒英雄案，生死着過按司堂。何若安將伲，呆匏俩子呆仈俩道理。依舊光力檄，孱瓜毛囊孱仔毛腹腸。（難：去聲。子：音只。）①

五九

幼對乖，肥對腤，務充對賣狠。破布對呆錢，薄刀對厚板。匏屯獅，牌等犬，鷄籠對猪笐。兄弟皆座𪍑，衣裳鉸刀剪。聽曲欲聽十八捫，揀親莫揀廿一點。公修公得，婆修婆得，城隍頂算盤。南風南斜，北風北斜，復初庵牌匾。②

六十

霉對醭，爛對醃，變蕒對成精。小匡對大號，短做對長班。坐清椅，跑大攤，犅死對頭生。牌套蕩落水，棺材扛上山。仈頭一隻六斤四，女命今年七十二。務錢講話響叮單，白面哥拜企罷。毛仔諸娘烏碌黜，青盲媽包外奸。（醃：而廳切。）③

六一

罪對愆，闢對礙，毛成對自在。苦累對樂捐，厭煩對冤賴。加三歆，帶八敗，官場對賊寨。跋捽賣開闔，便宜僣上癩。困着袋袋毛內搜，夾隻龕龕放禮傺。郎中三其擺，扛扛扛，扛够大廳當。小姐十般全，邁邁邁，邁去乞陶代。④

---

① 録自《華報》61號，1931年5月6日第2版。

② 録自《華報》62號，1931年5月9日第2版。

③ 録自《華報》63號，1931年5月12日第2版。

④ 録自《華報》64號，1931年5月15日第2版。

六二

查對認，勸對叨，生醭對臭嵯。平長對細膩，浮燥對禁訶。褒褒粿，磕磕糕，竹槓對荷條。半天拍霹靂，平地起風波。裹媽外媽都一樣，七哥八哥差不多。船欹透板浮，衣裳褑拖來拭屎。兵過籬笆破，掃帚蕩拿去過刀。①

六三

迫對催，除對討，新鞋對破襖。在下對原初，居中對夸左。謔嘴婆，欹頭嫂，秤鍾對網栳。水鹹船也鹹，墻倒基伓倒。富仪毛病就是仙，大漢伓痴變曰寶。挑賣成洵，挈賣成箸，課黎請親家。東不着店，西不着村，原差倜地保。②

六四

裁對撇，篤對圜，犬宿對猪欄。穿針對拔綫，走索對拍秤。牛鑾鎮，馬藍嵁，出汗對噣痰。刣鷄請和尚，共犬做孝男。珓杯連跋三聖駕，后擔拍倒一字平。功勞死，功勞生，借錢一樣面，討錢一樣面。財主長，財主短，起厝半數盲，賣厝半數盲。（宿：音綉。）

（註：牛鑾鎮，馬藍嵁，皆蟲名。）③

六五

革對升，屯對否，髻心對手指。帮旺對過衰，丁憂對報喜。花生羹，蕃薯米，解差對禁子。場中莫論文，酒後休評理。各家做債歸一頭，百姓講鄭拍半死。心肝使磨層壓，三姑六婆，閒時不許進曹。嘴舌下絲綫羈，臭桃爛李，好食毛內講起。④

---

① 録自《華報》65 號，1931 年 5 月 18 日第 2 版。

② 録自《華報》66 號，1931 年 5 月 21 日第 2 版。

③ 録自《華報》67 號，1931 年 5 月 24 日第 2 版。

④ 録自《華報》68 號，1931 年 5 月 27 日第 2 版。

六六

鑲對銃，銲對錤，破膽對開脾。小腰對獨脚，直背對横眉。拖拖轉，講講歧，掌鼓對掏旗。頭髮生蝨姆，胵骨像鷺時。石頭僻□仔僻大，井水莽象城莽來。九其九欲排場，偏偏佬媽共知縣。三月三去鬥寶，睹睹姊夫接細姨。

（註：城：泉也。閩語呼泉爲城。）[①]

六七

黜對挑，穿對透，犁巴對張罩。骰管對筝鑼，耶胡對横哨。三劑灣，五亨臭，添盆對企竈。大將趙子龍，呆仏申公豹。揀親賣銃落胶鞋，磨將先防當心炮。爹務奶務，不如自家務，倆胶亭下好歇凉。姊其妹其，都是别仏其，公衆廳中毛仏掃。[②]

六八

剛對硬，狠對嚴，傻送對弃嫌。汗花對力草，脾土對心田。蕃椒醬，橄欖鹽，胼臚對胶臁。手網半長橛，目周雙重墘。和尚那食興化肉，神仙難趁長樂錢。真烏仔，啄柴牌，伓捌字欲看告示。麻獅爺，縮被帕，仅毛錢晡想彈綿。（臚：吕苧切。橛：匾霍切。）[③]

六九

耐對鶩，驕對勁，跑差對卸任。凑鬧對壓驚，帮忙對養靜。長短胶，大細胥，跟班對排陣。後行乞鬼抬，放屁毛仏認。利利拉拉講賣完，邊邊角角做够盡。人中窽鼻，賣食廿四，丁香鮰莽大伓值錢。股穿在墻，敢量通場，黄花魚共汝去駁命。[④]

---

① 録自《華報》69號，1931年5月30日第2版。

② 録自《華報》70號，1931年6月3日第2版。

③ 録自《華報》71號，1931年6月6日第2版。

④ 録自《華報》72號，1931年6月9日第2版。

七十

除對撤，合對姘，騙假對瞞真。過肩對倒手，假腹對替身。馬前卦，轎后燈，點卯對添丁。閻王出告示，強盜畫壽星。君子抱孫伓抱仔，亡人見土如見金。大食賣窮，失算儺窮，啄神鳥僩卦。報亡毛份，填錢務份，孤老蟲認親。①

七一

翕對偎，拔對盪，掏枷對□楨。道喜對舉哀，鬧房對送葬。渾蜚蜚，光崙崙，粗妝對狡算。年佬做水灾，鹹歲等迎霜降。莊家去看十九炎，媒人着食百二頓。覆栳神覆栳聖，賣存拍符洩只快就完。眠床公眠床婆，那曉儺逝尿伓成去困。（蜚：朴低切。崙：呂壯切。）②

七二

雙對隻，半對全，漆桶對旋楻。牙槽對□甲，嘴斗對鼻梁。單倒水，半開門，行硬對用強。手快三分臭，屎急兩頭惶。書騃開嘴講書語，賭棍空身落賭場。乞依跋倒去啼，獨木不成林，單絲不成綫。伓使歧襲儺笑，三畫也是王，大肚也是黄。③

七三

掘對埋，屠對宰，貝戎對禾乃。進寶對招財，奪標對開彩。節節高，端端楷，呆錢對粗紙。講話頭肘頭，驚政齖拍齖。法師下山乞鬼迷，卒仔過河當車使。八隻買八隻，上半盲肖鴨，下半盲肖鷄。一帮過一帮，前台家近逝屎，後台家逝屎。（齖：吾海切。使：所乃切。）④

---

① 録自《華報》73號，1931年6月12日第2版。

② 録自《華報》74號，1931年6月15日第2版。

③ 録自《華報》75號，1931年6月18日第2版。

④ 録自《華報》76號，1931年6月21日第2版。

七四

灯對翕，凍對凝，反面對回心。紙儺對柴客，墓伯對鄉紳。鐵羅漢，硋觀音，風膊對露晴。惡仈儺做鬼，好仔伓當兵。封條總着一轉破，草鞋也務三日新。象，鼻鉤鉤，大王仅着拍，馬夫仅着拍。駝，胼韫韫，刣犬也這身，禮佛也這身。（凝：魚因切。）①

七五

嗜對迷，貪對樂，務神對毛貌。排布對搬擔，累追對吵鬧。按司前，總督後，駁桃對食藕。務轎扛毛仈，同床夾够佬。破病着食猫屎乾，發財故快蛇皮痘。魯搶魯奪，欲食肉味，火腿猪肝。鄭做鄭行，少體皮厚，花生蠶豆。（樂：語效切。）②

七六

量對掬，格對稱，碼子對錢串。鉤鉤對搭搭，沓沓對鈴鈴。揖三揖，升一升，遮影對落陰。做晦仅毛月，喝水儺成冰。猪刀刣死假秦檜，犬棍拍出小方卿。禮生禮之所生，叩首叩首三叩首。乞食乞隻務食，發心發心大發心。（量：下平。鈴：上平。）③

七七

摺對搓，攤對捲，咬牙對拍掌。夾帶對抽包，割根對擒本。務當毛，硬欺軟，大褉對小網。酉時伓殺鷄，日大好曝鲞。看汝横行到幾時，共我把繞伓使想。東討鑼，西討鼓，毛油毛燭點够烊烊光。南逐鹿，北逐獅，仅醬仅糟，拖伊擋擋轉。④

---

① 録自《華報》77號，1931年6月27日第2版。

② 録自《華報》78號，1931年6月30日第2版。

③ 録自《華報》79號，1931年7月3日第2版。

④ 録自《華報》80號，1931年7月6日第2版。

七八

鬆對塾，慣對便，討聖對坐禪。渣渣對粕粕，粉粉對綿綿。栗栗儉，藜藜㘄，拉雜對條黏。命好做太老，心寬出少年。伲仔伓冬蟲只定，先生毛法馬着嚴。半路死瀠渤嚌嚌流，伓講理故加嘴臭。八其扛骹骨䔡䔡重，毛掏錢也着腹炎。（䔡：疲黎切。）[①]

七九

撇對叉，爻對竅，糖燒對醋溜。吊掛對橫披，小吹對高照。歡喜喪，啼嘛笑，無圖對不肖。胶手犖犖酸，心肝爬爬跳。頭過人參二過茶，今年菓子明年槵。發財故晡想發發，菖蒲花罕的開。光棍僬罷着光光，韭菜命長就扭。（犖：禄角切。扭：女幼切。）[②]

八十

圍對截，劫對偸，吊帶對搭鉤。排前對退後，企裏對行兜。嘴闊闊，目矚矚，盤本對拆梢。猪肝炒猪肚，猫屎投猫糟。昧見呆山出好穴，伓存明月照臭溝。和尚頭卵卵光，故那漢怡順哥燭蒂。尼姑屎寸寸寶，都着裹忤膩伯荷包。（卵：音論。）[③]

八一

漬對燃，凉對蔭，噶疤對破稜。百衆對雙生，六章對五信。尺二盤，斤六秤，掛刀對過印。蚯蚓抱當胎，蜈蚣爬上面。三司會審玉堂春，八鎚大鬧朱仙鎮。倚老賣老，七十莫留罩，八十莫留盲。將心比心，上聲毛好講，下聲毛好應。[④]

① 録自《華報》81號，1931年7月9日第2版。

② 録自《華報》82號，1931年7月12日第2版。

③ 録自《華報》83號，1931年7月15日第2版。

④ 録自《華報》84號，1931年7月18日第2版。

八二

中對保，託對干，女愛對男貪。話頭對氣尾，頦藏對牙關。那屎仔，臭尿兄，菩蒂對菜乾。苦主食兇主，新棺逐舊棺。務鬼僻啼毛郎罷，靠俤伓共我先生。四四十四落皋，大舌皷扛竈齊齊死。五五廿五算數，跛胶七拍鑼犖犖寬。（那：下平。皋：下平。）①

八三

旺對衰，強對霸，題緣對抄化。短命對年長，小祥對大赦。毛底囊，夾紗褂，賤茅對雜蔗。算盤拍鄭櫚，牌套上板架。一事無成兩鬢霜，務錢難買六月瀉。山明水秀，狀元歸去馬如飛。春暖花開，尼姑看見犬相肏。②

八四

遷對變，調對移，公媽對仔伲。嬸婆對孫婿，姑奶對舅爺。生的好，死毛啼，滷鴨對燒鵝。一針肘一綫，者鎖對者匙。胶踏上門尋相罵，鼻長過卓貪便宜。耳聾策假捌真，臭頭牛是死漢是困。青盲鎚亂不舞，廟前馬好看伓好騎。③

八五

座對廂，櫚對堵，通風對起土。節半對年全，明三對暗五。鐵公鷄，柴佬虎，揑嗜對摕股。王子去求仙，仁宗不認母。城隍祈雨去西雷，學院觀風遊北府。有求必應，做一日和尚撞一日鐘。不打自招，開自家祠堂擂自家鼓。（摕：音哲。）④

---

① 録自《華報》85號，1931年7月21日第2版。

② 録自《華報》86號，1931年7月24日第2版。

③ 録自《華報》87號，1931年7月27日第2版。

④ 録自《華報》88號，1931年7月30日第2版。

八六

傳對告，拿對囚，洗灰對湠油。猪牢對馬閘，猴桶對鷄梱。鼓督臼，棋溜球，孤露對鮮潮。耳仔像蒲扇，嘴睥做飦瓢。那捌大地務聖，莫代兒孫作馬牛。篆隻單身哥鎚，騙騙騙，騙來做鼎片。討條課黎婆盪，搖搖搖，搖去買土苗。（臼：苦路切。球：氣求切。）①

八七

癬對瘡，疤對痞，開花對結子。潭蝨對水蜞，毫猪對喇鯉。尅嘴頭，換能齒，承情對講理。田塍做枕頭，井欄當班指。攙餚伓使箬懷鹽，偷鷄也着一把米。逢仏都想唐僧其肉，香噴噴食賣來。這貨野像劉老身屍，裔流流輔阿起。（當：去聲。裔：上聲。）②

八八

平對正，淡對濃，窄窄對重重。貼金對拍錫，換玉對爬銀。泊壁蟹，過山龍，落薄對興隆。風吹單條竹，雷拍萬年松。猪胶故加佬虎手，鵝㹀僻对番鴨雄。有福同享，有禍同當，三日風故兼二日雨。是金便赤，是銀便白，十家富難濟一家窮。③

八九

倒對欹，爬對跪，出匡對落枘。並且對當然，務多對故昧。大八成，長一位，漢寬對帶累。死蛇遠遠拖，共犬平平㗊。一等光棍朱匡龍，百萬家財康華瑞。福清哥講大話，獅仔拍破葫蘆瓶。下南兄發洋財，猪姆也帶金耳墜。（枘：奴會切。長：上聲。）④

---

① 録自《華報》89號，1931年8月3日第2版。

② 録自《華報》90號，1931年8月6日第2版。

③ 録自《華報》91號，1931年8月9日第2版。

④ 録自《華報》92號，1931年8月12日第2版。

九十

唆對啄，搵對抓，拔竹對調瓜。魚頭對猴耳，犬爪對猪脬。拍達達，做哇哇，接印對掛巴。幾條靈香草，包放牡丹花。黄牛莽衰三箂骨，惡犬僱管百人家。做好做呆，諸娘仔賊佫偷鞋面，也偷鞋帛。不倫不類，朋友親家味食鷄習，先食鷄胶。①

九一

早對遲，希對罕，條鹽對趁泔。破爛對光鮮，奢華對儉省。輕重頭，大細眼，醋婆對茶仔。務菜佫食菰，毛鉄拍破鼎。佫僾伙時也僾錢，不怕官來只怕管。頂水難淌，頂湯難滾，後浦奶阿出宫。見糟就醉，見錢就戕，閫老爺抱逮井。②

九二

烘對浸，澀對乾，拔直對亞灣。落身對遷世，蕩路對討關。十錦素，三缸青，入利對貼搬。牛頭配着九，馬腦占過三。鬻圭故驚乞湯託，鴨卵莽密務仔生。佬虎食菩蠅，兩塊半蕃薯粿塞齭角。安蜂掩家蠟，七錢二頭髪綫䥧胶單。③

九三

式對形，模對像，温馴對漂亮。佽麪對搶糒，唱湯對辭飦。窮秀才，野和尚，開刀對舞杖。在伊請毛辭，邀汝去仅遠。一身猫疽礸礸梢，半盲獅疥爬爬癢。隙虧做快活食，腁脊骨務蝦坵許灣。暴乍富欺負伙，目周子共蠣肚一樣。④

① 録自《華報》93號，1931年8月15日第2版。

② 録自《華報》94號，1931年8月18日第2版。

③ 録自《華報》95號，1931年8月21日第2版。

④ 録自《華報》96號，1931年8月24日第2版。

九四

賠對塹，减對添，肚尾對胶尖。刁才對撇曰，達土對抒天。大細嫩，鹹酸甜，苦惱對冤慾。猴袋儘僬袋，猫鞭自細鞭。猪膽拍破一腹苦，羊肉毛食滿身膻。頭鬧賣拇着耳邊花，燒啦香拍倒佛。毛捲僬揷呢纏心燭，過的海就是仙。①

九五

盪對挨，鈎對攬，雜條對古板。勢尾對抽頭，通腸對破膽。十一鬚，二五眼，解衰對貪懶。房桶簡妝燈，草鞋包袱傘。碰着場面做糖酸，想起世情僬泔醆。鷄上斤，仔上十，攙鹽賣下箬壞鹹。糠養猪，米養伙，食餅那漢伓使瀵。②

九六

粗對笨，巧對俚，黄腫對白麻。慢行對請坐，着踢對趁爬。錢爐掛，火管儍，鋸角對鑲牙。那上三碗菜，多謝一杯茶。人心不足蛇吞象，家運够衰犬肏猫。東坐坐，西行行，文章將萬做。横爹爹，直奶奶，屎尿毛閒那。（俚：魯茶切。儍，沙下平。）③

九七

册對批，憑對據，遮攔對抗拒。剪柳對拍花，做葱對重絮。一當三，五留四，畫師對符使。食菜強看經，搶標連迸注。親家待伙都毛拘，老板講價作做盡漬。女子無才便是福，普庵符抵煞，夫人奶抽戠，郎中自病不能醫。鼻空胶吹簫，喉嚨頭拔鋸。④

---

① 録自《華報》97號，1931年8月27日第2版。

② 録自《華報》98號，1931年8月30日第2版。

③ 録自《華報》99號，1931年9月3日第2版。

④ 録自《華報》101號，1931年9月12日第2版。

九八

穌對脆，臭對淵，排布對開張。扒灰對灌水，夾瓦對拍磚。風透透，月光光，食蔗對咬薑。擔遲莫擔錯，離祖不離腔。無意栽花花不發，有心拍石石務穿。變犬變豬，好仔來填錢，呆仔相欠債。做猫做鼠，窮仏好看命，富人欲燒香。①

九九

炸對浮，炊對翕，青驚對白急。目暗對頭汪，空寬對竅失。安竈胶，壓厝脊，遷居對降級。拏寶不居財，閒民無常職。斷氣乍鎮四條釘，養家那靠一本筆。老爹死寂寂寞寞，手指莽硬賣做門宣。烏龜叫奇奇呱呱，股穿竅喊拍破水滴。②

一〇〇

椆對堵，柱對梁，直透對橫量。鑄錢對駁票，辦酒對完糧。黄燜鴨，紅燒羊，碰壁對騎墻。枇杷倜滾斗，芋卵插香櫞。一猪二鷄三伲使，七龜八蟹六狀元。坐地分贓，王伯當招親，死跟李密。看天食飰，諸葛亮拜斗，僯碰魏延。③

一〇一

認對包，中對保，破鑼對巧鎖。拿字對請封，過文對起稿。耶耶胡，擵擵寶，代書對赶考。拍快伓見輸，爬喊就跋倒。倒運遇着白虎肐，得財濕隻金鷄㹀。虎死成人，人死成虎，上台容易下台難。龜莫笑鱉，鱉莫笑龜，東廊看見西廊好。④

---

① 録自《華報》102號，1931年9月15日第2版。

② 録自《華報》103號，1931年9月18日第2版。

③ 録自《華報》104號，1931年9月21日第2版。

④ 録自《華報》105號，1931年9月24日第2版。

一〇二

尖對禿，曲對灣，平八對再三。修胶對接骨，剃面對爬胼。金龜母，土鷄精，搬架對搖攤。務請務築銃，莽拍莽翻參。露水夫妻伓成代，酒肉朋友毛相干。目周賣隙一粒沙，伏毒膠肏死親家母。喉嚨也生兩個管，白直骨髏倒興化兄。①

一〇三

駛對撐，搖對盪，帮鋪對扛槓。縛把對翻梢，強梁對尖壯。眉毛菁，頭髮亂，全來對冒降。討姆換衣裳，養仔算飵頓。親家講話務斤身，老板發財毛科算。講够活靈活現，七驚八驚狐狸猫成精。管依變好變呆，一寸二寸老鼠仔去困。（亂：奴算切。）②

一〇四

揑對掏，□對趁，野心對高興。見影對當痕，倒思對參證。口頭禪，手尾勁，出聲對失信。閒嬃講賣完，短命叫毛應。銀錢是白目是烏，傀儡換頭仈換面。久病床前無孝子，僯爬够頭頂當裂窩。情人眼裏出西施，伓驚伊骨犖下臭陰。（勁，音禁。裂，吕紫切。）③

一〇五

噴對吹，嗆對嚼，鋪攀對忽略。痰累對尿馨，能痕對瀯渤。搭搭柯，當當橛，塌臺對落局。偷食檄欖鹹，看見枇杷箬。鯉魚落鼎目乍開，春蠶作繭身受縛。嗄心共藍季子伊奶毛二様，犬肉賣上蹄盤。這而比猴聖王表妹故禮兼，猪肝袍當麪餑。（馨，許廳切，柯下平，橛，可略切。）④

---

① 録自《華報》106號，1931年9月27日第2版。

② 録自《華報》107號，1931年9月30日第2版。

③ 録自《華報》108號，1931年10月3日第2版。

④ 録自《華報》109號，1931年10月6日第2版。

一〇六

湔對濾，澤對瀧，皮蛋對肉絨。抽菁對炒麥，覆竹對纏松。狐跟貴，猫投窮，嘴角對牙齦。一喝變作鴨，偕講活成龍。天眼乍開務一綫，地皮儺滾去幾重。老爹發發財財，請仈客何在一雙箸。少爺大大氣氣，刣郎罷故着三分銀。（瀧，音隆。菁，七廳切。）[1]

一〇七

張對補，□對妝，嘴臭對胶酸。企邊對看底，格外對帶中。禁尿桶，破粋缸，清□對燥湯。乞仈掌嘴脾，養仔毛股穿。蛹蟻大王鷄角指，螽蜞企弟鵬兄烟。和尚管一個包，南無阿彌陀佛。陶代搭三層桌，太乙救苦天尊。[2]

一〇八

冲對破，塞對通，保舉對誥封。闗前對顧後，坐北對朝東。牙闗硬，額島崩，解癮對開葷。偕詛即管詛，好皺仅伓皺。表子假做先生母，皇帝看鄭保長公。伊奶去虚，做生日請啦歇伲婿。這仔毛救，急驚風碰着慢郎中。[3]

一〇九

遑對迫，歇對停，務式對做形。象裝對猫雜，馬報對鷄淫。水隹蠟，金菩蠅，欒助對歡迎。萬般都是命，半點不由人。結髮百年爲夫婦，舉頭三尺有神明。老爹老爹，偕聽佬媽嘴榮華富貴。菩薩菩薩，不及地頭神顯應威靈。[4]

---

① 録自《華報》110號，1931年10月10日第2版。

② 録自《華報》111號，1931年10月12日第2版。

③ 録自《華報》112號，1931年10月15日第2版。

④ 録自《華報》113號，1931年10月18日第2版。

一一〇

湁對塗，磨對洗，查親對送禮。挑剔對張羅，歸除對開解。紅歧嗥，白洗晥，長琅對矮睥。這話伓使提，務錢毛内買。菜補醬樾拜先生，尾蒂蹄科謝娘奶。三頓泔花醪莽禮過，掃帚柄磕頭。原桶蝦鮮滷迸出來，布袋根斗底。①

一一一

拍對吹，褒對許，官親對神主。冷拌對生炊，紅燒對白煮。活烏龜，死老鼠，訴牌對洩語。命好做夫人，量小非君子。莽仔收成看仲秋，荔支中食過小暑。做官福蔭鄉里，大模大樣，的着保護奴。毛仔怨誕祖宗，行後行前，好藝思量汝。②

一一二

衰對佬，腐對贏，矮嫩對魁巍。通融對輪活，調動對炎圍。半硬軟，包來回，苦筍對酸梅。火鉗做轎槓，燈芯當鼓鎚。俟伙賣經三回惹，光棍那篆一重皮。膘手頭抹瀠假精，慍聵做慍聵着。令核子泡茶好幸，喇渣食喇渣肥。③

一一三

密對疎，鬆對墊，調停對打辦。軟主對衰家，前門對後殿。單單批，嘖嘖唸，貼金對染靛。腹老通肘通，拳頭硬拍硬。伲婿寄批乞傳伙，宰相轉厝拜知縣。討討討，討啦古董粡，逝屎滿眠休。行行行，行够福州城，搬胶過門限。④

---

① 録自《華報》114 號，1931 年 10 月 21 日第 2 版。

② 録自《華報》115 號，1931 年 10 月 24 日第 2 版。

③ 録自《華報》116 號，1931 年 10 月 27 日第 2 版。

④ 録自《華報》117 號，1931 年 10 月 30 日第 2 版。

一一四

喘對哼，哮對嘔，生腥對噶垢。辯駁對串通，遮攔對把繞。食碰丁，拍蕩卵，禳牙對請口。頭腦拍頂干，股穿跋參九。家伙一場盪盪光，媒仏七處臂臂走。去街那屎拍糞齪，乞其仔都賣開祠堂門。騎馬具杖鋪綿花，過啦關故着拜崑崙斗。①

一一五

娼對婊，賊對官，看鋪對排攤。五魁對四喜，八寶對十歡。兩胶轎，三條簪，倒桶對扛棺。課黎九十七，監生百八三。羅經朝着廿四向，算盤拍够十三椆。福清哥扛轎去城，看底大篤看底馬糞。鄉下嫂擔柴落崎，碰呵空手碰呵胶單。（崎：可計切。）②

一一六

淵對漠，濫對渾，馬椅對龍船。門公對縣伯，酒鬼對書僮。邁黄狀，補白裙，生相對亡魂。葷其十錦素，白的千日紅。南風不出三日雨，滿天那看五色雲。定定着着趁倆個錢，公衆糞坑儺那公衆屎。平平安安食三頓飯，各仏燈馬那照各仏房。③

一一七

横對儨，薄對輕，豆腐對漿冰。開樽對搬俽，接轎對跟燈。鄉下妹，嶺表兄，太歲對魁星。沙面元寶額，油嘴剃刀心。跑去西天拜羅漢，賽過南海活觀音。蝨姆仅價頭髮仅毛，伲仔哥伓成劑。鞋鼻相交，門風相對，姑舅表好做親。④

---

① 録自《華報》118 號，1931 年 11 月 3 日第 2 版。

② 録自《華報》119 號，1931 年 11 月 6 日第 2 版。

③ 録自《華報》121 號，1931 年 11 月 15 日第 2 版。

④ 録自《華報》122 號，1931 年 11 月 18 日第 2 版。

一一八

鋤對革，䅳對犂，毛鄭對真齊。烏獅對赤豹，青蛤對黄蜚。牛角管，虎頭牌，懶鷺對稱麑。師父補皮褲，伲仔拍草鞋。此處收買烏龜尿，本店寄賣白馬蹄。自運雲貴川廣南北道地藥材，駜包包鯽紮紮。精褙唐宋元明古今名人字畫，麃掛掛貔排排。（蜚，疲黎切。）①

一一九

詛對呻，唔對喝，合蝦對扁鴨。兜骨對孔毛，齊眉對踐甲。簸箕紋，斗笠煞，腰包對手塌。毛面見天尊，割膠供菩薩。野像表爺食鼻烟，昧見小鬼補背搭。一個嘴儘呵僬牌欓。矮仔拍報單過城門。八字胶好藝禮兵班，課黎賣泅水嫌江窄。

（註：“斗笠煞”，瓦檐煞水也，檐沿罩出墻外，謂之斗笠煞。呻：初生切。）②

一二〇

旺對生，傷對尅，捐班對換帖。絮絮對紋紋，欹欹對側側。串心爿，對面格，封條對綵結。轉厝尋地方，出門看天色。大半一家一行形，本來務貨務仸捌。快活肘痛，嫖賭飲鴉片拳頭伬。苦楚難挨，癆膨膈羊眩痔瘡血。③

一二一

閏對挨，疲對糕，肝肝對膽膽。淪醋對調油，篤鹽對騙泔。撞木鐘，拍鐵鐗，請安對走反。講話企上風，那尿落古井。伲仔拿來卓飳甑，陶代教伊點油盞。吞仅賣裹，吐仅賣出，尼姑尿滴葡萄。横伓够濶，直伓够長，和尚頭挺橄欖。（甑：所堂切。）④

---

① 録自《華報》123號，1931年11月21日第2版。

② 録自《華報》124號，1931年11月24日第2版。

③ 録自《華報》125號，1931年11月27日第2版。

④ 録自《華報》126號，1931年11月30日第2版

一二二

春對擂，跳對蹚，豈敢對伓存。投軍對做陣，合算對充行。奴才鐯，伲仔糖，拍破對對搪。歉哥望小姐，和尚做新郎。好鐵賣經三爐火，圓鼎哺對四角甑。呼鼻心像觀音，月裏孩兒新來新婦。曲腿柄跳羅漢，地下蘇杭天上天堂。(鐯：區學切。甑：所堂切。)①

一二三

抹對塗，梳對派，講盤對開蓋。貫匣對勸盃，提刀對扣帶。拍嘴花，閏皮菜，遮瞞對蓋載。姆嬸尋冤家，夫妻相欠債。如兄如弟真交情，毛仔毛孫做受怪。鷄角仔鬥大，轎上也是伙，轎下也是伙。鴨脰骨削箍，碗面一樣菜，碗底一樣菜。②

一二四

虛對腫，脹對膨，作疾對爲難。上轎對當塢，肘椋對行枰。胼黴黴，面鼉鼉，吞鶴對拿鰻。江山有日改，天地賣公平。頭髮僻氣條吊直，心肝着拿打單横。長長飥配鼉鼉魚，務錢使鬼來挨磨。南南胶騎在在馬。毛事乞伙去畫圜。③

一二五

命對財，衣對食，多疑對久疾。捫搽對搓挪，挖搜對歧襲。夾手摟，對頭逆，做柴雖毛蜜。先行爬樓梯，那屎戴斗笠。鴨姆生卵填主伙，燕子啣泥空費力。鷄毛神，鷄毛聖，三隻三其排，帶當第的齊。蛇郎哥，蛇郎奴，一晬一生日，講話賣平直。④

---

① 録自《華報》127號，1931年12月3日第2版。

② 録自《華報》128號，1931年12月6日第2版。

③ 録自《華報》129號，1931年12月9日第2版。原刊日期误為12月6日，應爲12月9日。

④ 録自《華報》130號，1931年12月12日第2版。

一二六

搥對捽，曝對吱，年結對月支。太婆對表伯，企奶對乾爹。鼻卓卓，嘴攜攜，柴把對竹批。雷公欵欵叫，雨妹傻傻施。新黨狐狸強過豹，退毛鸞鳳不如鶏。文武打俱全，元寶灰僆斛四兩錫。堯舜胶拔直，青盲算哺展十歡伬。①

一二七

熱對凉，粗對雅，困遲對起早。正好對歪邪，圓當對扁把。兩爿光，對搪亞，割烹對煎炒。大王欲食鷄，皇帝拖下馬。死蛇伓臭命伓長，漢馬莽大心莽野。三姑六婆都是熟，閒錢好使，閒話躙聽。七胶八手亂不來，碎做毛工，碎食賣飽。②

一二八

公對牳，角對雞，闢醬第噶糊。肥猪對欵馬，癲犬對禿驢。去南嶼，游西湖，國卓對邦菩。行船行板透，祭竈祭葫蘆。尾證揀啦毛尾犬，頭符輸去一頭牛。花旦倜扛戲箱借錢，毛尷尬做啦尷尬。掌鞋共賣水鮓講政，僆胡塗即管胡塗。③

一二九

蒂對根，枝對枒，死拖對生咬。真澤對假沙，無塗對加泥。毛噶題，僆拍賣，好心對呆話。橫山白石魚，彭海金錢蟹。跛胶知縣見上司，臭頭軍師收徒弟。慢慢食百二頓，請東請西，毛請對面街。長長盲十八更，看上看下，伓看佬郎罷。（枒：語蟹切。泥：奴第切。）④

---

① 録自《華報》131 號，1931 年 12 月 15 日第 2 版。

② 録自《華報》132 號，1931 年 12 月 18 日第 2 版。

③ 録自《華報》133 號，1931 年 12 月 21 日第 2 版。

④ 録自《華報》134 號，1931 年 12 月 24 日第 2 版。

一三〇

磋對錠，辣對醃，縋惹對難怔。生吞對活剥，死駁對硬拼。永福表，古田兄，作怪對杀驚。乞食行大路，公婆□後廳。媳婦孝順台家乇，兄嫂受治細姑精。務這福地務這財，千里來龍，千里結穴。多啦香爐多啦鬼，一百頭犬，一百樣聲。[①]

一三一

嗦對嚎，唆對嘖，通瓏對活牐。畢駁對壹拖，另掄對習娶。起雙杯，拍七屐，糊□對飜翎。桶塌毛下箍，船欹多仈跐。五更嘴舌苦雕雕，半日心肝蜜嘍嘍。覆萬窽索猴投餅，壓莽壓，催莽催。食罷補奶卡撩爹，擔賣擔，掮賣掮。（嘖：即屐切。牐：楚屐切。此篇韵脚，多有音無字。讀者需緊切閩腔以意會之，則得矣。壓：知仄切。）[②]

一三二

歡對喜，苦對哀，火柱對刀梯。水槽對柴塔，錢摔對米篩。九五扣，四六開，酒鬼對書獃。目周古董豹，頭髮瓠東獅。頭醋賣酸二醋薄，上梁不正下梁歪。秤斤撇貯蝦鮮，去年借錢，今年錢篆。被鋪墩恰蠷紐，上厝管仔，下厝仔乖。[③]

一三三

遁對追，邀對逐，圍屏對掛軸。手鐲對頭梳，骨牌對皮褥。肥瓜瓜，硬苗苗，稀奇對粗俗。錢心總晡長，碗底故禮淘。路上行人口似碑，書中有女顏如玉。巧言不如直道，倒東一擔柴，倒西一擔柴。遠親莫拿近鄰，手底也是肉，

---

① 録自《華報》135號，1931年12月27日第2版。

② 録自《華報》136號，1931年12月30日第2版

③ 録自《華報》138號，1932年1月6日第2版。

手面也是肉。(萷：驅欲切，收入聲二沃韵。)①

一三四

抬對押，稅對租，拍白對擦烏。前尖對後肘，下皂對中籦。耳聾伯，腹老姑，嘴快對心粗。進進肘正正，吊吊對都都。開鼎蕃薯波波熱，出爐光餅磕磕酥。這親母親母該，拿啦諸娘形，乞伙做玩具。毛台家台家俩，中的主人意，便是好功夫。(擦：音葯。皂：上入聲。正：祖綫切。波：樸梳切。)②

一三五

捷對勞，寬對耐，詐欺對冤賴。湊尅對開鬮，當興對落敗。笑迷迷，啼邁邁，把衙對壓寨。錢多錢債多，人在人情在。毛男也着靠女傳，是鬼莽富做神傺。開井讓大家食水，真正公平心。掏錢乞伙客起身，伓貪快活代。③

一三六

槽對枘，蓋對櫳，厚赤對番紅。謝年對減壽，懺斗對投僮。噶鼻齇，流耳聾，腹桶對胶箒。乞食寫大字，產鬼討親伙。前世對頭目出火，俤伙講話嘴生蟲。鄉紳家，自家騙自家，螟蛔粿貼金箔。秋分夜，一夜冷一夜，蠐契叫綰火籠。(枘：奴會切。)④

一三七

繳對催，追對比，將其對可以。撩事對帮言，諒情對評理。衰肘衰，喜冲喜，白丸對烏米。薦賢不薦醫，恨生毛恨死。七層寶塔半天嘁，百尺高樓平地起。真話毛蠻，卡撩偕惻，吞灒着倜心肝。少體糲過，欠債難償，偷食賣瞞嘴

---

① 録自《華報》139 號，1932 年 1 月 9 日第 2 版。

② 録自《華報》140 號，1932 年 1 月 12 日第 2 版。

③ 録自《華報》141 號，1932 年 1 月 15 日第 2 版。

④ 録自《華報》142 號，1932 年 1 月 18 日第 2 版。

齒。（㖠：古騰切。）[①]

一三八

填對塞，罩對縵，查夜對看更。横牌對直幅，拜帖對知單。馬王廟，虎婆庵，捫雀對擘蚶。一晡講七姐，單片拍十歡。看命先生半路死，宰相家人七品官。佬公媽含打顛，隔壁厝腹老筋笑撟都㑲顧。親兄弟明算數，自家仈頭髮蒂扭緊放禮爭。（縵：迷安切。擘：彼窄切。）[②]

一三九

鉢對鍋，箱對籠，撤癆對挫腫。鷄髻對鴨絨，龍鬚對馬鬃。旗下婆，湖南勇，臭龜對毒蜢。秤尾枰枰犁，鼎頭帕帕滾。洋船拍破一聲咳，唐書𠲥勻倆截講。卡撩影𠲥逝尿，一百歲賣捧的香盤。拍破硋就發財，十三千故零啦水桶。（籠：上聲。蜢：米港切。）[③]

一四〇

掩對欠，仗對掏，覆蔽對窾槽。金龜對土鱉，木蝨對火蛾。海獅姆，川驢婆，僧帽對道袍。面䐽白都凍，嘴舌紅其嗥。伲仔腹老三斗火，親母胶下七條毛。雷嘴之甜，表兄表兄弟，盪褲拿螃蟹。鬼頭毛出，逞功逞功勞，牙箸挈蟑螯。[④]

一四一

雜對純，粗對藐，帳眉對門肘。重整對分開，經拖對耐久。敬節糧，討親酒，骨枷對耳鈕。毛勢頭欷欷，𠲥蠻嘴扭扭。富貴好比及時花，夫妻本是同

---

① 録自《華報》143號，1932年1月21日第2版。

② 録自《華報》144號，1932年1月24日第2版。

③ 録自《華報》145號，1932年1月27日第2版。

④ 録自《華報》146號，1932年1月30日第2版。

林鳥。務厝務厝頭，務墓務墓地。仈雜言蠻，一鷄一鷄米。一仔一仔糧，官大氣小。[①]

一四二

膏對汁，粕對渣，摔店對搬家。學奴對乞汝，在我對添他。尿壺陣，手網巴，倒手對横胶。

轉去食泔粥，跪禮賣糊粑。陰陽那隔一重紙，衣食都着四季花。趁官錢，賣私鹽，目周看仈到到。食家飵，捺野屎，肞脾糞屁沙沙。[②]

一四三

織對梭，挑對紡，調查對察訪。蝘紐對蚶爿，蝦超對蠘羞。撤骨窮，遍身軟，池纏對局轉。草□僆□旗，蜘蛛賣結網。頭髮乍留邏邏環，膠手僆做吥吥管。食够土猫爛醉，捺尿渦韮菜——羈肥。講的死馬縛蹄，放屁成梨花——加響。[③]

一四四

燻對熇，熾對焴，肥大對黨成。修橋對鋪路，上墓對環城。拍鐵銜，洗銀謍，辭職對記名。目周乞屎潑，肩頭做路行。做癖三吼四伓應，賭錢十輸九毛赢。僆再一仈飽，賣再倆其空，拍股穿放錢債。那求保平安伓求增福壽，盪踐胶過火埕。[④]

一四五

琢對雕，披對削，大裁對碎剥。斬草對穿花，跪香對挺燭。買買燈，籠籠粟，多長對欠缺。仈客長股穿，姑婆毛頭髮。世事繁華鏡裏花，自家打掃門前

---

① 録自《華報》147號，1932年2月3日第2版。

② 録自《華報》148號，1932年2月6日第2版。

③ 録自《華報》149號，1932年2月9日第2版。

④ 録自《華報》150號，1932年2月12日第2版。原刊刊號误149號，應爲150號。

雪。果然務天意，雷伓拍糞船，火伓燒營房。都講好人家，男莫學三國，女莫看小說。①

一四六

衝對撞，抵對當，覆鼎對圍莊。伯公對娘舅，姊俤對姑孫。呵絡□，囫圇吞，艮頂對坎中。企弟竹仔撥，親戚薑姆酸。近廟欺神單不信，賠錢解賊隻是倉。餓仅餓，寒仅寒，晡發一帮財，着食烏龜飰。病做病，藥做藥，若是他人母，必用白虎湯。②

一四七

友對親，師對伙，鼇金對繳火。麵粉對棗泥，肉丸對糖果。跑馬埸，泛船浦，領班對散夥。花盆正好埋，炭甕毛內躲。膘手僣講蛇菂長，令脬拍破橘皮補。佬虎仅來，草鞋帶拍黨。時衰鬼弄仈鬣鷄毛柄。水管仔常權，家敗奴欺主。③

一四八

漿對蠟，漆對朱，出帳對帮鋪。抄裙對紮褲，盪帽對補靴。日暈蕩，星離渦，鬥快對服輸。紅白都昧見，頭尾毛內摺。牌哥毛共猪見貨，侯仈野像猫討珠。大頭靠食西瓜，引路龍僣戳野猫衕。轀鮀胼拍滾斗，巴話烏單占客鵲窠。④

一四九

驗對徵，傳對領，辭行對弔請。頦脫對胼灣，嘴歪對胶跛。滑魚湯，焞蠣

---

① 録自《華報》151號，1932年2月15日第2版。

② 録自《華報》152號，1932年2月18日第2版。

③ 録自《華報》153號，1932年2月21日第1版。

④ 録自《華報》154號，1932年2月24日第2版。

餅，掌鞋對補鼎。紅青白緑黄，鹹酸苦辣澀。銅刀豆腐兩邊光，芋汁薯湯一下擤。鼻屎糊飰□刷，務做務勞狸風。茶豆借酒碎賒，仅歇仅伓象仔。（脫：黜濁切。跛：匹嶺切。）①

一五〇

顛對混，扼對假，烏檄對糊蕤。巡風對起水，放火對燒灰。行毒步，做死胚，企槅對褙坯。鄭堂燒火豹，張義釣金龜。後勇一帮鷄扒杖，頭緒先看馬上吹。藍先生騎馬，伊做伊班，野像三軍司令。楊壽金僴犬，你作你樂，故勝五子奪魁。②

一五一

嘔對眩，吞對尚，毛名對各樣。彈面對替肩，喊冤對行願。糞斗乩，香爐篆，食能對爬癢。除釦就斷銅，毛配伓食飰。面前講話盡好聽，手裏趁錢賣去遠。徒弟共師父亞手，下部夸虛。細姑教兄嫂黨臍，内行務傳。（内行之行，如行切。傳：去聲。③）

一五二

堆對積，扯對揞，在汝對含伊。鷄糖對鴨搵，猪角對猫咪。黄錢紙，白字詩，璺隙對開絲。蛹蟻拜天地，佬虎假慈悲。皇帝晡食鷄角卵，神仙難齣虮蠟肐。睹睹出人生，花會字務頭毛耳。真真講天話，青盲算未卜先知。④

一五三

揔對囊，攗對擢，當家對落局。抄紮對鋪攀，帕紗對光縛。掌心雷，眉毛

---

① 録自《華報》155號，1932年2月27日第2版。

② 録自《華報》156號，1932年2月29日第2版。

③ 録自《華報》157號，1932年3月3日第2版。

④ 録自《華報》158號，1932年3月6日第2版。

月，猫哮對羊嚼。一百二層階，五十三對石。蕃薯配鷄伓合盤，芋瓠拍犬差一橛。乞伙道毛乞伙號，雙料忘八烏龜糖。救的病也救的窮，一囷雜症老鼠藥。①

一五四

擒對亞，挈對挪，長禁對硬痾。蒙頭對蓋面，創嘴對搧嗸。水口粉，厦門桃，煞鼓對停鑼。烏字上白紙，藍衫換紫袍。教仔着教仔本事，做伙毛做伙細婆。拍鐵鼓起凉棚，強中賽過強中手。落油鍋抱火柱，惡人自有惡人磨。②

一五五

替對帮，安對倩，拍平對卓正。辛苦對丁當，午流對亥痛。打單眩，興頓𧎵，鋪張對駁迸。鯉魚排等嗤，紙鷂拍黨綫。都是親戚大細伙，那捌公婆祖宗聖。自家文章，別伙老媽，句句中環。旁邊尿缸，帶中金剛，真真難看。③

一五六

楦對塾，座對輪，小帽對横裙。跑街對出店，接水對伴房。夾蝲縫，搓螺紋，蹩指對猜拳。天上九頭鳥，地下五爪龍。好柴賣流閩安鎮，大水拍破山東船。生意行一講就在行，鱘比蟹差的價。親戚轉乞伊騙倒轉，鷄共鴨賣夾群。（縫：去聲。搓：初窩切。蹩：下入聲。生意行在行，均而杭切。）④

一五七

剥對抽，坑對勒，鈎連對搭截。急谷對揶湖，含沙對淘澤。化三千，做八十，病疳對生瘧。摺被對尿壺，補靴掏鞋拔。紅紅帳裹出孩兒，長長手網僻做賊。猪牳務的過，猪豚仔帶使驚。牛尾莽禮粗，牛股穿遮賣密。⑤

---

① 録自《華報》159號，1932年3月9日第2版。

② 録自《華報》160號，1932年3月12日第2版。

③ 録自《華報》161號，1932年3月15日第2版。

④ 録自《華報》162號，1932年3月18日第2版。

⑤ 録自《華報》163號，1932年3月21日第2版。

一五八

犁對致，邁對骯，帮侶對議行。漏瓢對炖鈷，炒鼎對炊甑。乍浦甕，寧波床，回主對過堂。伓貪鷄肝肸，賣曉犬腹腸。親母自羨胶腿白，下人那怕手頭長。儺是腂手塞着喉嚨頭，講話歧噶噶。害我心肝驚蕩腹老底，滿厝鬧昂昂。[1]

一五九

俊對鮮，齊對滿，回心對放膽。掌櫃對添箱，擤針對摔碗。拍聯塗，倒啖鯁，歸還對教管。胶指拍算盤，目周像燈盞。千言萬語伓八聽，三年五載仅一欵。扛啦壽身亭卖擺尾，只頭跑許頭。闗起矮門仔自做仸，大眼看細眼。[2]

一六〇

舒對暢，谅對原，上輩對同門。占溪對開路，做局對碰場。搬戲板，抱骰盆，守節對從良。威鑾張許大，惱戇死賣完。嘴舌共鬍儺相傍，心肝透腹自思量。三爺使四爺，四爺故蓄啦下巴手。窮鬼碰餓鬼，餓鬼仅牱着監齋王。（牱：篤角切。）[3]

一六一

鬱對彎，寓對蹲，活埋對死算。正柿對臭桃，破梨對獨蒜。鴨雄聲，鴉片困，缺金對全鋼。五朝儺出屯，七國毛許亂。野像八美拍擂臺，哺想單刀劫皇槓。成則爲王，敗則爲寇，拍草鞋毛當伊仔生。慈不掌兵，義不掌財，燒火厝那漢呢做烘。（亂：奴算切。烘：夫降切。）[4]

---

① 録自《華報》164號，1932年3月24日第2版。

② 録自《華報》165號，1932年3月27日第2版。

③ 録自《華報》166號，1932年3月30日第2版。

④ 録自《華報》167號，1932年4月3日第2版。

一六二

汪對邵，薩對倪，清楚對整齊。插標對起價，過秤對掛牌。戴高帽，補緊鞋，丐首對曲蹄。出門不認貨，做文賣對題。翕翕僯食倆碗半，寢寢够宙一棡排。老爹自做，奶奶自稱，出關入長偌壞闊。心氣相通，官官相衛，懇恩救難務冬犁。①

一六三

扣對捐，提對撥，犁巴對抄紮。雪鯗對風鰻，火鷄對水鴨。斗底磚，坎爿塔，生成對收煞。能說不能行，所問非所答。毛共伊急心盡寬，伓使你察頭僯蘙。上句講下句應，務理務爭，務鳥務欄杆。前伙做後伙傳，各家各法，各廟各菩薩。②

一六四

勦對猛，畢對於，亂做對胡思。熾鷄對餂鴨，刣鱟對鐓猪。半爿目，二撇鬚，鶴膝對猫疽。眼觀手勿動，膽歉心先虛。一年够尾毛出息，七落透後盡寬舒。二三月糟菜墊不腸，毛厝干汝宙廟。十八錢尿壺買啦嘴，務仔送依讀書。（猛：母罕切。）③

一六五

篦對梳，鉸對剃，關闌對節制。水字對山標，地租對田契。體面錢，像頭戲，行香對上祭。秀才不出門，乞食做現世。瀵呸犬頭空人情，胶踏馬屎藉官勢。被鋪墩蜱紐恰够嘴，何苦掘依奶墓頭。褲斗裏蝨㹌食自膘，故勝泊別伙門翅。④

---

① 録自《華報》168號，1932年4月6日第2版。

② 録自《華報》169號，1932年4月9日第2版。

③ 録自《華報》170號，1932年4月12日第2版。

④ 録自《華報》171號，1932年4月15日第2版。

一六六

叉對挐，勺對滂，碎喘對急淋。添丁對發甲，坐癸對向壬。和尚命，細婆形，抽剔對擔承。鈴搖三設拜，鏡破兩分明。日間不作虧心事，世上應無切齒人。無地自容，饑寒起盜心，飽暖生淫慾。惟天可表，家貧出孝子，世亂顯忠臣。①

一六七

慢對閒，寬對曨，傳流對奉送。炭簍對灰爐，靛缸對油甕。韭菜園，橘皮巷，拍圜對絞啌。風水生的呆，冰霜毛許凍。快轉外媽去食糝，莽叫先生來詳夢。毛胶師公坐禮做法，破鑼偕拍的天開。青盲親家防去看燈，舂臼伓存乞水涌。（曨：律甕切，涌：通巷切。）②

一六八

燒對劫，殺對剿，出馬對牽猴。皮皮對骨骨，面面對胞胞。七穿井，八角樓，美酒對佳肴。滿街做馬遁，轉厝趁猴投。新人偷食糖鷄角，小鬼昧見大猪頭。親兄弟掏刀，伵少那爭一塊肉。大細婆搖會，輸贏都着六粒骰。③

一六九

橘對瓜，柑對柿，盤詩對準謎。過路對排場，游街對企市。馬祖生，楊公忌，剥瘟對澤痢。無事起風波，自然謝大地。屁放芋瀧毛仈聽，尿捺石硤乞汝庇。青盲錢鼠偕變枇杷豆莢，人生何處不相逢。白蜜黃螺故勝茉莉水規，好食那篆只一味。④

---

① 録自《華報》172 號，1932 年 4 月 18 日第 2 版。

② 録自《華報》173 號，1932 年 4 月 21 日第 2 版。

③ 録自《華報》174 號，1932 年 4 月 24 日第 2 版。

④ 録自《華報》175 號，1932 年 4 月 27 日第 2 版。

一七〇

挼對撚，摘對拉，死對對生拖。碗糕對盆結，笏粿對鍋粑。集至菜，奔離花，齷齪對喇渣。掩軍掩帶墨，搖船搖橦俥。�毛僀換把膽鼓，賿手賣搖知都嗏。輪够盪褲螺，皇帝皇帝，股穿白粞粞。閅咾靸鞋獺，老爹老爹，破布之遮遮。（挼：汝爲切。）

（註：集至菜，即上已菜。奔離花，即將離花。）①

一七一

鯽對鰱，鯿對鱓，務擒對毛挀。炒亂對撇清，刨光對掃凈。看真真，討定定，舒齊對輕健。尼姑走下山，水鬼爬上岸。財主頭戴雉鷄毛，魁星手掏元寶錠。扛轎拍京鼓，伓食便賭，馬賿手湊胶。花架盆魚缸，毛仔傳孫，羊腹腸世命。（鱓：楚錠切。挀：匹淨切。亂：奴算切。健：居凈切。）②

一七二

吩對咐，喚對嘈，落薄對消磨。糊蘆對擬艾，漏柿對駁桃。唱小管，拍大鑼，撮帽對掛袍。四角十六斛，三醭百二毛。干伊僀急仅賣怒，做够務功拍毛勞。驚政屈炭甕帶中，拳頭沛埕死仈該悖。看錢務楮蒲許大，穩駝併做企弟參痾。③

一七三

熜對焿，烊對着，翻鑾對拗虐。闊辦對儉行，寬餘對約略。紮紮鰻，纏纏猹，僀顛對毛摸。失賊那一更，侃仔毛六月。千言總在一言中，上氣賣接下氣着。男大當婚，女大當嫁，事過心安。日進斗金，夜進斗銀，財多身弱。

---

① 録自《華報》176號，1932年4月30日第2版。

② 録自《華報》177號，1932年5月3日第2版。

③ 録自《華報》178號，1932年5月6日第2版。

（熜：出糉切。烌：熏籠切。烊：音羊，融化也。行：如杭切。摸：母勃切。更：音間。）[①]

一七四

巡對邏，接對迎，灰店對炭埕。難精對古怪，懺浸對驚晾。謝袍巷，打綫營，快去對慢行。乞犬都伓食，刣鷄做毛名。千日養兵一日用，務命生仔毛命攙。七其食飫，八其當家，難怪土地公流清汗。十隻尼姑，九隻病仔，帶累觀音佛拍腹寒。（難，去聲。晾，呂埕切。）[②]

一七五

鉢對盆，經對帖，當家對知客。糟菜對香菰，薯湯對芋汁。百衆三，四月八，消灾對解厄。三藐三菩提，一錢一功德。僧就不嫁嫁不僧，色即是空空是色。和尚和尚，上下相像，兩頭戳，兩頭惶。摩休摩休，清净比邱，半目開，半目尅。[③]

一七六

塌對沉，燒對破，家批對路儀。盤笞對排頒，鋪張對編派。箍桶司，掌盤使，腰牌對頂戴。七處跋八仙，一年嫁九婿。來朝早旦天又明，一路行程風似快。下邪王講下邪話，荒鷄伓驚箠荒仏毛面皮。勞碌命趁勞碌錢，好犬僻踏碓，好仔受苦債。[④]

一七七

檐對棞，瓦對椽，減半對求全。骨筒對毛管，尿道對肛門。敗尾仔，臭頭

---

① 録自《華報》179號，1932年5月9日第2版。

② 録自《華報》180號，1932年5月12日第2版。

③ 録自《華報》181號，1932年5月13日第2版。

④ 録自《華報》182號，1932年5月15日第2版。

王，懶惰對顛狂。錢多好做代，仔大不由娘。風颱一起務梨恰，海水伓冬使斗最。龍船鼓響，乍捌稷香，朝南厝，講北話。紙鷂冬起，賣累麥熟，挖東壁，補西墻。①

一七八

彈對唱，步對工，走雪對祭風。碰碑對拜塔，登殿對逼宮。余三勝，竇二墩，探母對投軍。張義食尾頓，廖化做先鋒。八鎚大鬧朱仙鎮，三司會審玉堂春。大鑼大鼓不停臺，三請軍師諸葛亮。真刀真槍連環打，九條好漢尉遲恭。②

一七九

害對傷，煩對惱，虛花對潦草。報信對投降，困賍對爬竇。三條戧，雙把鎖，至親對相好。看賭輸被單，食酒縮破襖。唐哺仅歘仔仅呆，和尚賣做嫫賣討。一世仸單認一條路，兵隨將，仔隨娘。倆個手那搗倆拳頭，人怕老，債怕倒。③

一八〇

梁對仰，闖對閂，行帳對困床。花衣對草履，蔗粕對籐囊。研研粿，屐屐糖，雙過對半長。傳男毛傳女，擒賊先擒王。一仸故加一臂手，倆胶儺踏倆船旁。野和尚哺食十一方，講錢歹成意。諸娘仔儺領兩家禮，做夢都伓存。④

一八一

插對扦，鋤對鍘，提包對拜匣。苦尾對甜頭，糖心對辣跋。活登登，行踏踏，葱珠對芥末。親叔郎罷頭，伊奶外奸燃。故呆甕蟻扛菩蠅，着務窨蜂治佳

---

① 録自《華報》183號，1932年5月18日第2版。

② 録自《華報》184號，1932年5月21日第2版。

③ 録自《華報》185號，1932年5月24日第2版。

④ 録自《華報》186號，1932年5月27日第2版。

蠓。沒猴通弄，老板嫂撟哺瀏，借其錢伓够攀。共犬相爭，單身哥富都渤，討啦嫫毛一粒。（渤：匹達切。）①

一八二

刳對剥，劈對抓，雜證對利拉。錘錘對棍棍，杖杖對叉叉。鴉片屎，猪油渣，手箸對心花。算盤的篤搭，京鼓宜都呀。君子問凶不問吉，生意求現毛求賒。膘手面賞月華，風水生的好，課黎做太老。肞脾骨雕仈仔，日頭單倒俥，新婦管台家。②

一八三

準遂猜，防對禦，閒情對冷語。駁水對拍花，巡風對躲雨。表弟人，外甥女，接神對抱主。破船當柴燒，務鍋毛米煮。舉手無回大丈夫，有恩不報非君子。三十千儊討啦半路嫫，菩蠅虎匌麻沙鰟。一百歲賣掏的下界香，青盲猫抱死老鼠。③

一八四

親對戚，誼對胞，起課對排爻。官艙對客棧，神廟對賊巢。隔壁衕，出街樓，紙鷂對油猴。毛目見肞面，空腹受拳頭。着做老爹癮隻過，昧討新婦瀇儊流。菜補醬檝一對加拉酥，話够嘴皮垅由汝講。芙蓉苜莉，出針就是利，胶生腹老下在伊跑。④

一八五

套對鑲，裝對襯，變遷對希横。跳架對踏俥，卡釘對拔綀。犬頭梨，馬齒

① 録自《華報》187號，1932年5月30日第2版。

② 録自《華報》188號，1932年6月3日第2版。

③ 録自《華報》189號，1932年6月6日第2版。

④ 録自《華報》190號，1932年6月9日第2版。

莧，簸箕對椿櫈。姑爺見面錢，轉奶點心店。明是公事暗荷包，好就棺材呆草薦。巴掌賣掩仏嘴，共汝講一囷好話伓捌聽。心肝都邁够胼，那伊務幾萬臭錢儺做擯。（横：虎店切。擯：朋甑切。）①

一八六

沈對塌，寂對湮，本事對原因。伸冤對抱怨，含盹對生瞋。真包秀，假撇清，補尾對抽心。真金不怕火，好鐵伓打釘。嘰嘰呱呱講南話，搖搖擺擺去北京。麻油滴犬頭，仔仔仔，毛拿荷包仔。鼻血流馬椅，親親親，大半草鞋親。②

一八七

命對財，婚對嫁，手巾對頭帕。節敬對夜工，月資對年假。二都蚶，大蒲鮓，長班對大駕。狀元天下才，皇帝衆仏罵。上司面前撞木鐘，佬媽背後夾紗褂。心肝把定定，只回乞鱉咬。下次扼緊鼎片梁，胶腿頒顋顋。都當伊犬肏，一晡面覷葡萄架。（顋：虛遮切。）③

一八八

藏對躲，走對蹓，含爛對臭焦。大橋對横嶼，中黨對後洲。死毛變，佬不修，添記對保標。無巧不成話，只大故做嬌。一家飽暖千家怨，前人田地後人收。柴在伊搬，米在伊搬，恩深似海難言報。縣禮仅误，府禮仅误，事大如天醉亦休。④

一八九

套對匡，倉對局，糟薑對醬兀。泡泡對膅膅，滗滗對渤渤。提掩掩，嘜嚼

① 録自《華報》191 號，1932 年 6 月 12 日第 2 版。

② 録自《華報》192 號，1932 年 6 月 15 日第 3 版。

③ 録自《華報》193 號，1932 年 6 月 18 日第 2 版。

④ 録自《華報》194 號，1932 年 6 月 21 日第 2 版。

嚼，風狂對火着。六出毛連符，一棰拍倆橛。通身那篆傻傻錢，一胶偕踏踬踬石。面前務佛賣曉拜，有眼不識泰山。背後乞伙禮書圓，將心去待明月。[①]

一九〇

財對禄，運對時，馬肉對猪腼。留鬏對結髮，抖鼻對畫眉。土師父，火孩兒，開剪對下棋。貪錢嫁佬婿，討嫫連細姨。那捌好心務好報，只爭來早與來遲。酒在肚裏，事在心頭，糟肉光餅三重悶。日求三餐，夜求一息，葱湯麥飯兩相宜。（抖：他卯切。）[②]

一九一

毒對妖，邪對歹，抽包對睨纂。覆地對翻天，移山對倒海。五更眠，正月擺，插標對開彩。沒柴領牛膘，大嘴撲犬屎。毛仔趁早換花盆，做鬼也着使錢紙。別伙胶踢犬，乞食罵猴，氣毛内通。倆個手拿鰻，皇帝罵馬錢都晡使。[③]

一九二

牽對攝，拭對拉，盞箸對刀叉。分收對碎割，強占對亂撾。釘板架，羅盤俥，滴搭對嶷伢。我兄養我嫂，伊奶攔伊爹。學盡南話共北話，過了東家又西家。九其九伓八傳，九嬸九嬸婆九怪。五十五故一蒞，五哥五哥嫂五唏。[④]

一九三

結對清，裁對迸，耳聞對心傻。褲斗對袍輪，帳鈎對裙鏡。磕磕皴，懵懵痛，鈴崙對磬嵌。毛鼓晡討鐘，無針不引綫。大伙筆尾偕超生，太奶旗頭着掏正。皇帝見監生抖抖顫，大王爺補庫——毛文。招姐做新婦忙忙眩，夫人奶抽

① 録自《華報》195號，1932年6月24日第2版。

② 録自《華報》196號，1932年6月27日第2版。

③ 録自《華報》197號，1932年6月30日第2版。

④ 録自《華報》198號，1932年7月3日第2版。

鐵——賣聖。（鈴：上平聲。嶔：區綫切。）[1]

一九四

瘰對泡，腫對麽，嘔噢對囉唆。賤胚對呆乇，野貨對佬遭。鄭二伯，丘八哥，行硬對食褒。毛親也務戚，嫌少不怕多。倆其姐妹去投井，三歲孩兒儺唱歌。膘手落批袋漢謝勞，放我褲斗裏栗碌。大命共田契一件重，爬伊頭頂當掠窩。（瘰：律衰切。麽：牧多切。落：旅閣切。掠：力紫切。）[2]

一九五

啝對跛，跐對跟，塌筆對開弓。餅粑對粿角，蔴稗對麪筋。瞎對瞎，兇起兇，財庫對命宮。先生倆胶轎，陶代一口鐘。小家小户弄籠厝，大街大市捲窿穹。上重下輕，獨脚桌墊板板哥賣載力。左支右絀，一八秤加錘錘仔伓彀斤。（啝：音乖。跐，初屐切。）[3]

一九六

陣對帮，□對伙，驚傷對樂補。搊蒂對抽芯，添花對結果。土生金，水尅火，功牌對族譜。私場演官場，好主屐呆主。河墘二姐見代婆，窑角諸娘和尚嫫。自做自受，趁這對頭錢，冤鬼放禮纏。仅惡仅横，夾着毛好夥，一世莫内躲。（樂，語效切。）[4]

一九七

扁對平，長對短，虎頭對蛇尾。厝運對門風，牌花對符水。八寶糖，九重粿，罪仸對冤鬼。破布包真珠，乾柴近烈火。千手千眼觀世音，三盲三日跳傀

---

① 録自《華報》199號，1932年7月6日第2版。

② 録自《華報》202號，1932年7月18日第2版。

③ 録自《華報》203號，1932年7月21日第2版。

④ 録自《華報》204號，1932年7月24日第2版。

偏。烏龜毛其認，轉去拍人命，俤婦撮大伯嘴鬚。緑帽滿天飛牱着沒奈何，佬媽抱別仈胶腿。①

一九八

悶對煩，虛對損，批評對揀選。磚竈對瓦窑，柴埕對石磉。斬鄭恩，罵王朗，手神對肩膀。繼娶補白裙，下科中藍榜。多年朋友會相逢，許夜話文難盡講。嘴叭務糞斗許大，錢鑪仅加啦錢鈀。性發比火礮故兇，鐵錘着對伊鐵鑵。②

一九九

堤對界，墈對墘，境遇對才情。想顛對妝惻，賭癮對嫖眩。同進士，如夫人，率直對高明。火燒糞坑厝，紙褙壽身亭。先生把筆號名字，武將提刀定太平。閒時伓差挪，急咾罵婆婆，眠床下放紙鷂。活咧賣快樂，死去硬榷榷，胶掌底生菩蠅。③

二〇〇

捧對推，誇對賀，公門對官道。謹慎對謙和，老成對高傲。補柴靴，戴冰帽，該衰對自暴。新人真作佳，乞食務俩號。伊嫂出仕賣楊桃，細婆做倿食胰皂。仅一番世界，鬍頭諸娘，跛胶知縣，都上臺盤。務八板文章，花面公子，草包師爺，咸登寶座。④

① 録自《華報》205號，1932年7月27日第2版。
② 録自《華報》206號，1932年7月30日第2版。
③ 録自《華報》207號，1932年8月3日第2版。
④ 録自《華報》208號，1932年8月6日第2版。

二、二〇一至四〇〇

二〇一

迷對媚，嗜對饞，金橘對珠蘭。香蝦對醉蟹，醬鴨對糟鰻。雙關柑，九連環，草率對麻煩。東街排米栳，大伯賣飾盤。件件關前共顧後，偏偏走北儺行南。伓使你倜短倜長，鷄務鷄籠，鴨務鴨罩。多謝伊做呆做好，馬歸馬廠，牛歸牛欄。①

二〇二

接對承，升對降，過盤對扛槓。煮打對搬單，排黎對曝晭。含顛脬，詐媚懵，落嘀對上當。姆相鴨雄聲，賊食鴉片困。一代那理一代伙，半盲着食半盲頓。伓講共甕一樣，福州話短捏。三句不離本行，哺贏着錢先行。湖北老空心，五朝故加絕算。（本行之行，如杭切。先行之行，其埕切。）②

二〇三

狀對行，腔對調，土猪對火鷂。實在對虛張，荒唐對悖謬。紅緞鞋，緑呢轎，當真對將就。親母儺做伙，外甥多似舅。風颱拍倒馬祖宮，大水衝裏龍王廟。痴人說夢，裱褙店搬厝，舊話重提。浪子回頭，下渡尾迎神，好看在後。③

---

① 録自《華報》209號，1932年8月9日第2版。

② 録自《華報》210號，1932年8月12日第2版。

③ 録自《華報》211號，1932年8月15日第2版。

二〇四

窩對宿，洞對巢，癲犬對惡猴。歇薯對雜蔗，重絮對賤茅。土眼鏡，竹頭鏊，謝謝對劉劉。務名頭磬磬，伓興鼻鐃鐃。倆耳鏅鬣草鞋鼻，一雙箸寄竈廊頭。佬媽爺單管老爺，罵伊唐晡骨頭賤。台家奶那驚少奶，討啦新婦目滓流。（宿：音秀。興：去聲。）①

二〇五

捨對施，容對讓，才情對名望。猴店對鼠船，龜糖對犬餅。單鼻鞋，齊眉杖，調停對救援。三寶做祖先，五帝拿和尚。卯年卯月卯時生，丑形丑狀丑的像。水牛姆譙晡死，那使倆其興化兄。鴉片鬼恰成囷，僣抵一隻諸葛亮。②

二〇六

牽對串，插對穿，横槓對扁箱。伸冤對叫屈，享福對遭殃。奴才賊，親母娼，在地對居鄉。半盲焗清餅，前世燒好香。三頓食，三頓吵，各伙洗面各伙光。梁惠王拍够完，横草伓拈直草伓動。劉伯溫尋毛主，茶行老李洋行老張。③

二〇七

尺對刀，規對矩，當班對得所。做客對會親，歸宗對轉祖。百壽圖，五更鼓，成雙對落伍。六八下加三，二一添作五。菩蠅噴絮真垃渣，草蜢掮旗也辛苦。蕃薯米餅配鯖盡務味，皇帝看鄭保長公。狐狸猫尾滿地放禮拖，表子假做先生母。④

---

① 録自《華報》212號，1932年8月18日第1版。

② 録自《華報》213號，1932年8月21日第2版。

③ 録自《華報》214號，1932年8月24日第2版。

④ 録自《華報》215號，1932年8月27日第2版。

二〇八

驚對顫，抖對皴，約約對匆匆。週年對滿月，消夜對接春。蒼耳子，白頭翁，發達對疏通。少爺阿哥舍，太上老平公。嘴鬆撮落羌房桶，頂戴捐便寫屏風。伲仔痞大仈灾，拿公做王那捌講豪套。乞食身皇帝嘴，嫖爹嚗奶就當請誥封。①

二〇九

定對安，停對妥，菜瓜對蘋果。換貼對代書，開尊對排譜。油蘇酥，豆腐乳，招夫對養嫫。引港請艄公，躲雨做厝主。搥椅打桌大做風，覆鑼蓋鍋毛舉火。鼇戥鉸刀尺，糞斗天平秤，管家媽下下抄心。猪肚鷄姆仔，魚翅馬胶鯧，好命仈頓頓食補。②

二一〇

誇對賽，鍊對操，地窨對天溝。關樞對肭節，躖斗對漏鬮。房桶角，尿缸兜，吊帶對搭鈎。請花親請請，薅草懿薅薅。倆隻耳仔像蒲扇，第一肞睥是荷包。買糟買糟錢買醬買醬錢，一滴含胡賣過字。務嫫務嫫累務仔務仔累，幾回跋摔僬開交。③

二一一

倒對斜，偏對側，夠伶對頃刻。折算對提成，長支對倒貼。頭腦漿，鼻目血，翻聲對卸色。你行我也行，先得後不得。象象叔公一房頭，獅獅太老諸仈捌。一言既出，張天師單賣保身符。三思而行，孔夫子佅收隔盲帖。（你行之行，其程切。）④

---

① 録自《華報》216號，1932年8月30日第2版。

② 録自《華報》217號，1932年9月3日第2版。

③ 録自《華報》218號，1932年9月6日第2版。

④ 録自《華報》219號，1932年9月9日第2版。

二一二

氳對漬，齈對乾，下作對高攀。企身對行老，遷世對過番。羅漢果，彌陀柑，七巧對雙闗。傻傻五十五，睹睹三月三。家伙篆啦蟚蜞跪，卒仔爬裹蜘蛛縵。開店先做啦招牌，買一包送一包。到任就碰着命案，告在官由在官。（齈：奴宋切，濕也。傻：斯條切。傻傻：頻頻也。）[1]

二一三

兩對斤，鼇對忽，賤胚對呆脚。倒板對完棋，進香對插燭。一聲雷，六月雪，燈籠對瓶爵。高曾祖父身，士農工商借。孔子門前讀孝經，魯般廟裹使曲尺。上行下效，財落君子手，米落乞食袋——毛辭。夫唱婦隨，汝務神仙法，我務鬼畫符——去歇。（借：足郭切。）[2]

二一四

糕對粿，粽對糋，背運對行時。月華對雷火，雨霂對風霾。親母鬧，姊夫徠，討罵對翻疑。太奶老姑太，姨媽親家姨。拳怕後生杖怕老，葱補丹田麥補脾。叫天天毛應，叫地地毛門，汝點香，我點燭。倚墻墻仅崩，倚壁壁仅倒，東拜斗，西拜旗。（霂：音妹。徠：音梨。）[3]

二一五

孽對慾，兇對怒，噶糟對攬滷。趨吉對避凶，貪新對嫌舊。姨呀姨，父不父，隔河對過渡。心正不怕邪，頭平好欺負。年年四季都平安，處處百神僣護助。一世仈昧見過好食好補，丁香飼數頭。二年半伓見覺只大只嘁，鯽魚仔排度。[4]

---

① 録自《華報》220號，1932年9月12日第2版。

② 録自《華報》221號，1932年9月15日第2版。

③ 録自《華報》223號，1932年9月21日第2版。

④ 録自《華報》224號，1932年9月24日第1版。

二一六

枷對鍊，剮對刣，董事對連財。當差對趁食，夥記對奴才。胶骨硬，腹老呆，換鼻對巴頦。討親連搬厝，看戲僫扛臺。好酒賣醉呆酒醉，大魚不來小魚來。拍段路，恰着銀，務這心田，務這福地。昧上床，先爭被，伓像膠手，伓像腹臍。（臍：實臺切。）①

二一七

判對詳，評對論，憑憑對碰碰。放膽對平肝，寒心對餓臟。養老金，斷能項，夾紗對竂緞。東墻壓西墻，後浪推前浪。冬節是前晦是遲，日頭仅出雨仅蕩。啼而啼，笑而笑，尼姑死婿，和尚討親。女不女，男不男，唐哺賭錢，佬媽告狀。②

二一八

符對咒，斗對乩，打棍對碰碑。紅花對紫草，烏豆對黃□。吞吐吐，笑唏唏，鶴突對鳩歁。五更燙清飰，四月賣新絲。堂堂白日莫閒過，淡淡青天不可欺。僫僾故昧親，僫罵隻是親，風顛哺講風流話。出疹那伓死，出痘也着死，心病還須心藥醫。③

二一九

棧對莊，牙對鋪，行房對上墓。看當對收租，加捐對繳課。舊時仈，新上貨，重修對改鑄。兵够紫牙關，酒排白面厝。五官那生十不全，一嘴僫講八其過。乞食婆論歲數，難爲伊八美走錢塘。孤老院選人才，僫講够三英戰呂布。④

---

① 録自《華報》225號，1932年9月27日第2版。

② 録自《華報》226號，1932年9月30日第2版。

③ 録自《華報》227號，1932年10月3日第2版。

④ 録自《華報》228號，1932年10月6日第2版。

二二〇

皮對膜，粕對縵，胎押對逐搬。成雙對加五，塌八對堆三。塔移影，水流灣，轉祖對過番。蜂王毛着厝，鷄姆僫叫關。孝順還生孝順仔，糊塗乍出糊塗官。城樓失火，殃及魚池，破鼓故僫救的月。田園大熟，何在鳥隻，好鑼怀使縮過山。[①]

二二一

諞對囮，謊對諁，喜神對陰宅。軟䏝對粗皮，小匡對大粒。胡梢梢，穢敧敧，四通對八達。嘴皮碌黜烏，目周牌點白。尚幹驗尸照襯搬，尼姑死婿暗柄吩。只胶門墊裏，許胶門墊外，自作孽毛面見伙。務時摸病尾，沒時摸病頭，怀捌證去胼捫脉。（囮：辭驢切。諁：祖活切。摸：母勃切。）[②]

二二二

曚對哄，清對凉，金箔對錫錆。鬧房對開市，裏院對出廳。拍鱉氣，出猪聲，炒麥對抽菁。卡撩手牽手，食飫胼尅胼。平講揀啦親母鬧，細婆收隻丫頭精。昧食三日菜，就想上西天。和尚和尚，莽爬莽癢。晡趁倆個錢，的着行下路。先生先生，仅興仅驚。（曚：滿東切。哄：府洞切。清：音秤。凉：吕廳切。）[③]

二二三

釉對錤，鑲對鍍，孤悽對衆怒。喜捨對歡迎，光臨對樂助。七除三，一當五，冤家對債户。外科生蛇頭，來福縮猪肚。別毛務蠻錢毛蠻，衆生好度人難度。直仸賣講假話，自牛自创自馬自剥皮。家事不可外傳，一鷄一菴一仔一新婦。[④]

---

① 録自《華報》229號，1932年10月9日第2版。

② 録自《華報》231號，1932年10月12日第2版。

③ 録自《華報》232號，1932年10月15日第2版。

④ 録自《華報》233號，1932年10月18日第2版。

二二四

孤對另，併對兼，落後對占先。磕頭對拱手，作揖對拍跸。半目拗，兩頭尖，紮脚對套肩。好犬伓擋路，做龍賣上天。儺講的出都是話，哺干伊死仅毛愆。篆這佬命放禮拼，倆隻齊齊做八十。好啦財星實在壯，一年算算務幾千。①

二二五

奶對嬷，婚對嫁，肥豬對大鮓。海賊對山魈，天帥對地霸。行傳單，拍遞解，幫支對接濟。八角水晶牌，十條香羅帕。倆胶亭下好歇凉，三叉路口來講價。威大勢大跟班故大，烏碌鬼頒帳抗洋槍。官差令差來人不差，保長公毛枷領醋架。②

二二六

煨對焨，焙對熯，扭捏對遮瞞。中秋對端午，小暑對大寒。豆干塊，光餅環，竹簍對花籃。目周困褲斗，面孔像蹄盤。東園載酒西園醉，早霞擝雨晚霞晴。不陰不陽聽其自然，車行直馬行日。一飲一啄莫非前定，犬毛罩猫毛盲。(熯：音閑，焚也。)③

二二七

出對存，通對塞，四時對八節。稠架對磨層，爐承對桌貼。澤毛油，榨出汁，鼻毛對頭血。行路認胶聲，裹門看面色。衣裳差寸鞋差分，郎罷十七仔十八。山藏海納，書的着讀，讀的着讀的深。柳暗花明，婢不如偷，偷不如偷不得。④

---

① 録自《華報》234號，1932年10月21日第2版。

② 録自《華報》235號，1932年10月24日第2版。

③ 録自《華報》236號，1932年10月27日第2版。

④ 録自《華報》237號，1932年10月30日第2版。

二二八

聯對搭，派對攤，落袋對加冠。銷差對放告，值宿對當班。麻沙噶，蕪塗謾，内應對旁觀。塌骨陞横槓，後門企旗杆。千年田地八百主，一晡當店十三櫥。三千兩其下程，知縣知縣，頭靠門殿。七八月之間早，先生先生，面覷鼓山。（謾：牧千切，在寒韵。）[①]

二二九

網對袿，邊對裹，披肩對戒指。舞打對歸除，調停對制止。食麭糟，捽鹽米，偏財對暗喜。硬弓慢禮開，後槓先爬起。知人知面不知心，講勢講錢毛講理。黄花魚倜春沚，趁其趁長長，賣趁去野長。真鳥仔啄瓦壠，食的食死死，毛食餓半死。[②]

二三〇

聯對接，塞對填，直透對横行。官山對祖墓，丁厝對祭田。熱衝清，苦滷鹹，緣半對魁爿。朗朗重夾夾，耀耀一層層。鍚禮魚蝦仅一徽，家當猫犬都毛閒。蛹尾星光彈彈，後生哥一心那想班班動。狼機銃拍隻隻，歇大漢七處僀舞榜榜沉。（重：下平。）[③]

二三一

種對栽，簪對採，長扛對短擺。發炮對跟燈，鋪氈對結綵。舊家私，破字紙，單方對小楷。蝦米下把抓，蚶殼當錢使。碎錢賣捨的拍施，現字伓存僀落解。牛馬犯冲，猪蛇行尅，運衰五帝攔門。龍虎相鬥，蝦鱉做灾，劫够八仙過海。[④]

---

① 録自《華報》238號，1932年11月3日第2版。

② 録自《華報》239號，1932年11月6日第2版。

③ 録自《華報》241號，1932年11月12日第2版。

④ 録自《華報》242號，1932年11月15日第2版。

二三二

驕對倨，順對從，懵懂對唧□。舒張對急遽，儉省對寬容。公較尺，庫平銀，醆醆對濃濃。合家離苦難，蓋世顯英雄。三鳥害人鴉雀鴿，四靈除汝鳳麟龍。排架排的呆，擂伙共馬仔一樣。剥皮剥伓副，看伊比犬骨故窮。①

二三三

妙對佳，奇對异，掛名對簽字。盤井對迸鄉，開堂對上市。陰包陽，天比地，收羅對設備。幫困扁擔頭，吊死尿壺耳。螞蜞嗦血伊嗦伊，蟆蝴食尾自食自。美人多薄命，務伙救劉錫，毛伙救二娘。小鬼好大頭，昧去拜嚴嵩，先去拜閻二。②

二三四

嗏對嘓，曝對晾，當當對贏贏。東湖對西澗，北庫對南營。前後手，上下名，浪舞對瀾攙。十證毛一證，七成凑三成。活水養魚清更好，狂風吹粟縫先行。南無佛力威，興鼓山，敗雪峰，火燒湧泉寺。東家財主様，銅延平，鐵邵武，紙褙福州城。(嗏：的查切，乾也。嘓：汝貢切，濕也。縫：匹粲切。當：去聲。)③

二三五

結對支，添對置，奇文對別致。善事對孽緣，惻心對厚意。過五關，加三利，托三對央四。頭腦賣開通，目周仅近昵。伓死也去一重皮，莽佬故留三寸氣。郎中講藥使，老鼠屎食伙賣死透伙腹腸。小鬼裝書生，土螺目縣禮毛名府禮黨蒂。(使：史債切。)④

---

① 録自《華報》243 號，1932 年 11 月 18 日第 2 版。

② 録自《華報》244 號，1932 年 11 月 21 日第 2 版。

③ 録自《華報》245 號，1932 年 11 月 24 日第 2 版。

④ 録自《華報》246 號，1932 年 11 月 27 日第 2 版。

二三六

孋對妗，奶對娘，世故對家常。惡寒對畏暖，食熱對貪凉。狀元墓，乞食洋，過板對添盆。堵袋迸堵袋，釦門換釦門。皇帝故務三分倚，細婆難揀十般全。一百句毛同聲，話講駁燥，轉厝破牌套。十八歲乍上運，命帶魁罡，喝鬼罵閻王。①

二三七

膜對縵，渣對炲，烏龍對魚筞。百味對千饈，八音對五彩。七條鬚，三吓指，龜胸對虎齩。伓值半爿錢，那篡一張紙。頭髪解散縛馬裙，手綱世長貯豬屎。虎頭牌透年抵煞，平安清吉值千金。犬尾草務日開花，生意興隆通四海。②

二三八

搖對漾，寂對湮，壽幛對銘旌。度繩對補鏍，箍桶對捎窨。竈君暴，皇帝星，齊發對自稱。馬救劉玄德，犬咬吕洞賓。生當亂世偏長命，富在深山有遠親。毛乇駁毛乇貪，賭錢儱利，故漢頭椿生意。在伊講在伊痛，看命賣真，那去一碗點心。③

二三九

餉對糧，修對束，之抓對的篤。躐蹋對蹺蹐，蹣跚對踢蹜。搼轉灣，排等仆，枇爬對栗碌。陶伐搖鈴鈴，土地掏拂拂。銀錢嫌少伓嫌多，手指亞裏毛亞出。貪得別伙牛，失去自家馬，莫疑陰錯陽差。寧爲太平犬，毛做離亂人，真正天翻地覆。④

---

① 録自《華報》247號，1932年11月30日第2版。

② 録自《華報》248號，1932年12月3日第2版。

③ 録自《華報》249號，1932年12月6日第2版。

④ 録自《華報》250號，1932年12月9日第2版。

二四〇

瘤對癬，痘對瘢，世外對凡間。坐收對行辦，開吊對合歡。拔虎尾，炒猪肝，歸位對企班。窮仆養驕仔，奸相害清官。野仔扛轎拍金鼓，老婆掏扇補紗衫。燈籠殼做枕頭，干汝圓就圓扁就扁。井闌圈當班指，搿伊死賣死生賣生。①

二四一

點對勾，裁對撇，養廉對敬節。經營對探查，撤銷對歸結。虎馱猪，龜笑鼈，綫包對針擎。做啦假殷勤，嫌伊病清潔。言三語四真五流，除零去半拍八折。腔寬僬闊够八棡厝，何苦惹蜂釘頭。鼻長故驢過六柱橋，哺想買蠣連篰。（驢：律梳切。）②

二四二

嘻對吓，喟對咳，前套對原來。排衙對歸局，擔閣對落臺。圓胳碻，矮脾排，拍鐵對燒硋。粗蘆當拐杖，捙板做棺材。犁頭仅笨牛仅笨，肉骨也呆犬也呆。百話鳥學樣薙仆聲，務屁都放够芋篚。隔盲蜆開嘴就是臭，毛肐僬看成米粲。③

二四三

醭對腥，臊對膩，流通對停滯。刮芋對□梨，駁桃對準柿。同同聲，獨獨味，臭頭對油耳。肘肘食輦張，肝肝做噶忌。唐晡那坐觀音堂，佬媽故寄和尚寺。趁倆吓錢故呆拔索尾，破稜犬賣益仆。拈一本筆即足掏鋤頭，青盲牛伓捌字。（稜：吕正切。）④

---

① 録自《華報》251號，1932年12月12日第2版。

② 録自《華報》252號，1932年12月15日第2版。

③ 録自《華報》253號，1932年12月18日第2版。

④ 録自《華報》254號，1932年12月21日第2版。

二四四

蒸對炖，泡對熗，做藥對當茶。晾霉對潑露，罵雨對禳霞。鴟雖目，蛺只牙，烏覡對白麻。半爿四角稜，倆隻一橛柴。閩縣真真七步犬，連江築築倆頭猫。能大能小能發能收，肞脾道臺驢毛襪。不後不前不倫不類，月經會伯嘴裂芽。（稜：吕正切；橛：苦霍切。）[①]

二四五

俊對香，兼對利，咬牙對貫鼻。實就對虛張，橫膝對直致。千家詩，三國誌，抽筋對扭蒂。少奶故大方，老爹真小器。寅月先支卯月糧，上喉賣接下喉氣。七月起陶代伓使糴米，腹老鰓鰓哺想發財。百件毛土地故昧掛袍，目周眤眤也徠考試。（□：所才切。）[②]

二四六

喂對飲，築對餂，桶石對鈎鐮。軟差對呆缺，開飰對碎錢。心肝搭，巴領擒，剪斷對磨圓。呆錢買豆腐，破船下私鹽。大王不知弟子苦，巧妻常伴拙夫眠。慍戇氣，起華光，南風剥暴，土沙拍到。細膩仈，保身體，秋分加領，續布捲墘。[③]

二四七

發對批，抽對採，註銷對塗改。脰骨對頭皮，鼻心對胶指。佬媽癲，洋裝歹，毛嫌對務使。秤格網明除，針過綫拉絭。當啦老將食馬糧，教伊唐哺恰猪屎。東食仈麥，西食仈豆，穿手哺想捫天。小時偷鷄，大時偷牛，盪褲故兼攔海。[④]

---

① 録自《華報》255號，1932年12月24日第2版。

② 録自《華報》256號，1932年12月27日第2版。

③ 録自《華報》257號，1932年12月30日第2版。

④ 録自《華報》259號，1933年1月6日第2版。

二四八

留對歇，住對居，踏實對懸虛。鋪陳對洗蕩，煮打對捐輸。喜蟹蟹，知猪猪，拍面對掛鬚。凡人不可度，小弟都毛拘。郎中轎槓三其擺，老板烟筒二把嘘。講許嘘扁擔頭故着帮鋪，躡躡胶做企弟，膘毛勢尿壺嘴共伙拚躍，犂犂面請軍師。（躡：尼獺切。）[1]

二四九

煞對收，完對罷，光鮮對華麗。占大對居多，好高對門価。比目魚，長胶蟹，公開對賤賣。走虎走下山，逐鷄逐上瓦。閒茶閒飰養閒仈，大聲大肴講大話。三日不打便成祖媽，梅香做夫人。一將無能累及千兵，李闖拍天下。[2]

二五〇

狸對獺，鱟對鰲，股蒂對牙槽。秋葵對冬菜，夏布對春羅。病笨姐，懶尸婆，落井對開河。老爺咡詉詉，伲仔荒嘮嘮。賣馬也賣田也賣，金龜仅毛叔仅毛。式褲帶知都都，下底爬龍船，□頂迎霜降。房桶蓋做鐣鐣。前頭吹烏賦，後斗拍破鑼。[3]

二五一

掛對抓，揑對擋，火燒對水淌。祖□對師豪，公攤對婆黨。梳頭衫，綑身襯，虛花對鹵莽。知縣刮地皮，解元迎天榜。強將手下無弱兵，呆仈背後毛好影。江西仔買魚種，本錢乞依嫂先烹。湖北老吹牛屄，閒話共表伯去講。（懞：蒙狀切。）[4]

---

① 録自《華報》260號，1933年1月9日第2版。

② 録自《華報》261號，1933年1月12日第2版。

③ 録自《華報》262號，1933年1月15日第2版。

④ 録自《華報》263號，1933年1月18日第2版。

二五二

填對塞，噶對黏，床閣對柱聯。跳墻對起衕，爬壁對搭檐。單腹脹，小腸炎，原諒對弃嫌。賣貨不吃貨，講錢就着錢。半世都因名利误，千金難買子孫賢。日日三十盲晡，犁屎猪，汗流共汗剃。年年正月初一，啼嘛蟹，目滓掛目墘。①

二五三

蒜對葱，薑對豉，耳蕪對嘴蕙。撮撮對拈拈，瞍瞍對瞭瞭。麻太爺，沙婆俤，斯文對了例。滿嘴食胡椒，一身斷紗絀。務裙毛褲番仔婆，同父异母親兄弟。呆仔細心喚，變猪變羊變啦貪食王。侯仈假正經，掃蟲掃蠓掃出門塹外。②

二五四

吟對唸，嗦對咂，暱□對晞膚。包捐對拍賣，討價對收租。灰灰鼠，碌碌烏，藉寡對托孤。毛皮芭蕉果，一對橄欖蘇。鮮貨糊鯊藉皮厚，塹劑火把磕齒穌。火燒厝好看難爲東家，嘴聖請糞坑頭去坐。拍落身鬧熱那漢喜事，髭駁叫錤碗担來箍。③

二五五

銲對鑪，錤對鑄，小家對大厝。官道對佛堂，洋樓對祖墓。釣魚牌，騎馬布，夾帮對添註。草鞋補禮跑，鐵轎扛賣過。信寄揚州甘四橋，家住上海十六鋪。假至誠偷掏佛，門後角，證做興化兄。倆其睏快活仙，被鋪墩，恰着廣東貨。④

---

① 録自《華報》264 號，1933 年 1 月 21 日第 2 版。

② 録自《華報》265 號，1933 年 1 月 24 日第 2 版。

③ 録自《華報》267 號，1933 年 1 月 30 日第 2 版。

④ 録自《華報》268 號，1933 年 2 月 3 日第 2 版。

二五六

圜對督，點對叉，酒令對詩巴。蚯嘘對蛇嗦，蝦領對蜘掩。目出火，鼻流沙，闊嘴對歪胶。拳頭拔出節，股穿坐生疤。荊州哺取酒哺食，梁山昧上刀昧擳。食一頓着拔蜈蚣胶，黄燜水鷄，火燒白菜，拍三錘賣過螯蜞唑，騗皮老鼠黨蒂西瓜。①

二五七

攝對兜，敲對蹶，簡單對矜貴。肥腿對罄顱，脞胸對缺嘴。老鼠鬚，丫髆髫，後生對前輩。關公斬顔良，瘋僧戲秦檜。背書儺背喇喇蘇，食酒乍食寢寢醉。臚雷表扁担兩頭竅，恰帮只一陣趁嘈。文藻山火把三條排，跋倒儺倆搪真脆。②

二五八

謊對錯，渺對茫，點主對拜堂。串湯對做藥，拌粉對調糖。傻傻硬，弭弭長，撇榭對迴廊。單抽佬虎翅，務佪死猫腸。門縫看仈總是扁，風前講話真正凉。能者多勞，嫁乞鷄趁鷄飛，嫁乞犬趁犬走。好仈難做。伺候牛討牛料，伺候馬討馬糧。③

二五九

病對痴，思對慕，投胎對報哺。莫怪對多疑，相爭對自誤。父母錢，陰陽簿，發心對起步。羊姆咩夕聲，犬仔囉囉嘯。務厝哺宙四架亭，毛水儺泅三鋪路。鹹魚蜆仔菜過的去，故勝咬薑督鹽。胡椒豉油醋貼賣完，好藝食薯賠芋。④

① 録自《華報》269 號，1933 年 2 月 6 日第 2 版。

② 録自《華報》271 號，1933 年 2 月 12 日第 2 版。

③ 録自《華報》272 號，1933 年 2 月 15 日第 2 版。

④ 録自《華報》273 號，1933 年 2 月 18 日第 2 版。

二六〇

憔對慄，懦對恂，失竅對滅踪。生疗對剥疠，過癩對遭瘟。孟姜女，費德公，落套對加封。話聽巴達□，書讀噶喋通。搬單着貼三個月，駛船那看一時風。頭菩屯宗，尾菩屯宗，好像番仔婆哈吧。前行斗舍，後行斗舍，那漢旗下拐鵪鶉。①

二六一

淌對冲，浮對涌，趁嘈對偵矓。嬔嬔對磨磨，乖乖對癑癑。闊嘴廳，秃頭巷，挑唆對挖咥。帶仔腹球球，念經嘴甕甕。一日够暗猴盤□，五更捌早犬咬粽。大婆算米數，只世修心後世罪輕。賭鬼講牌經，莊家拍夢旁家錢送。（涌：託甕切。矓：龍巷切。）②

二六二

查對察，套對探，嫖友對伬班。犁田對引港，討海對放山。烏碌鬼，紅毛番，能幹對達覾。平平兄弟卷，歲歲公婆龕。毛食酒也綃破襖，因爲錢着跋加冠。拿着鱉走着鼅，世上毛錢難講話。一頭犬兩頭兔，朝中務仈好做官。③

二六三

捨對捐，超對度，阿二對老五。蛤肉對蟶胶，鮓皮對鯖滷。姑老爺，俤新婦，幸灾對樂助。龍虎僤犯冲，鴨鷄伓成菢。破鉢單逗璃皮缸，大水賣移石舂臼。搭心肝來詛嘴，棺材數故着肘丁厝租。買膘手匌股穿，財主家僤變做欠債户。④

---

① 録自《華報》274號，1933年2月21日第2版。

② 録自《華報》275號，1933年2月24日第2版。

③ 録自《華報》276號，1933年2月27日第2版。

④ 録自《華報》277號，1933年3月3日第2版。

二六四

饅對罩，早對晡，應付對攀鋪。釘鞋對皮褲，鐵橋對柴靴。四不像，三下噓，鴉片對燕窩。養鼠咬布袋，走馬看真珠。椅墊氈條交杯盞，爐仔茶罐廣東鍋。講也講賣盡，講也講賣完，一帮來一帮去。生呀生真兼，生呀生真俊，仅好優仅好擤。①

二六五

散對居，歸對聚，長隨對常住。肅靜對安閒，寬舒對富裕。閒所閒，遇不遇，裝修對干預。出路萬般難，開門七件事。點心火把杏仁酥，潤肺漿冰豆腐箸。門後角奪車，城樓頂比炮。莫怨別仈着怨自家。鞋套釘糶米，梭頭甕貯銀，儺再絕嗣賣再玩具。②

二六六

灰對墨，靛對硼，芥辣對李鹹。七粗對八籟，四梭對半爿。毛大小，半浮沉，躲懶對貪閒。吾弟張翼德，家兄王化行。好花伓插門後角，自水賣流別仈田。居然一竅不通，三隻目周儺挖去倆隻，切莫半途而廢。十層樓梯都爬够九層。③

二六七

墓對田，鄉對里，茶丁對蓮子。家當對門標，名堂對年紀。讀死書，食生米，笑談對褒比。新鞋補鄭邊，號褂牌轉裏。大半殘生活賣成，將萬客氣當儺起。趁伊身邊過，隔一重布，伓捌伊是鬼是神。在汝手頭窮，着三分銀，昧共汝講情講理。④

---

① 録自《華報》278 號，1933 年 3 月 6 日第 2 版。

② 録自《華報》279 號，1933 年 3 月 9 日第 2 版。

③ 録自《華報》280 號，1933 年 3 月 12 日第 2 版。

④ 録自《華報》281 號，1933 年 3 月 15 日第 2 版。

二六八

生對旺，硬對僵，异姓對同鄉。花名對草案，篋片對菜張。公案桌，匡門磚，指省對封疆。延平過邵武，雲南透四川。今年着做尅神醮，前世儺燒斷頭香。紅蟳仔潹生潹死總賣紅，秀才嘴土土。白鷺命飛來飛去都是白，和尚頭光光。①

二六九

袋對筐，鈀對筅，清清對冷冷。大副對長班，中書對老板。真多餘，雜不等，菜刀對花剪。急水好討魚，捺屎碰着犬。歐奴講理講賣通，短命误仈误的很。毛乇賴，賴陶代，爭爭爭，儺爭够二三更。就是貪，貪後生，揀揀揀，故揀啦廿一點。②

二七〇

鎔對鍍，鑷對錤，軟骨對頑皮。記心對聽嘴，開肺對服脾。桶盤鍘，鼎爿糖，雪羔對花貍。頭發生白紵，股穿上青呢。一日硋担擔毛歇，雙斗旗杆企出徠。烟墨土丹硋硯盤，鄉下齋先生寫牛契。皮袍困帽金錢錶，洲邊厝仈客食鷄糍。③

二七一

帶對牽，懸對掛，離婚對吵嫁。鬥脆對學乖，謀謨對算跨。抱不平，尋相罵，結緣對抄化。話佤犬都嫌，禮多人必詐。真正金剛彈琵琶，野像番仔吹喇叭。衣裳憑尺寸，千針萬綫，上海工嫩嫩工。買賣論分毫，六整四除，福州價半半價。④

---

① 録自《華報》282號，1933年3月18日第2版。

② 録自《華報》283號，1933年3月21日第2版。

③ 録自《華報》284號，1933年3月24日第2版。

④ 録自《華報》285號，1933年3月27日第2版。

二七二

蔴對苧，稗對秷，分半對合同。臭鲔對扁鴨，錢鼠對蛀蟲。菩蠅硤，蚧蝨箣，鞠血對灌膿。肖蛇多心緒，拍犬欺主仸。半盲三更坐花轎，六月大夏烘火籠。上馬提金，下馬提銀，皇帝務錢難買萬萬歲。前門叫財，後門叫寶，郎中行運那捌日日紅。①

二七三

軟對風，麻對痺，長三對矮四。暢膽對丟皮，冒名對換記。豆腐渣，芋瓠蒂，折乾對納利。由頭看够胶，洗面待着鼻。鴨仔乍剎四對花，鷄屎也務三寸氣，仅驚鬼仅驚賊。銜撞八家將，講話噶屎噶濾。也着神也着人，褒護七姑爺，做代順頭順意。②

二七四

流對盪，變對遷，火炱對柴尖。上光對彈影，轉瞯對臭膻。出奶腹，倚娘肩，兔子對狐仙。務胶行毛路，沒膘飛上天。蜜薦猪肚哩唱濾，燉熟犬頭哈喇顛。那食閒屐閒伲，荔支對蜈蚣娘，全蒙翳□瞎。毛嫌粗餅粗菜，橄欖滃蜇蜞醬，故勝鹹酸甜。③

二七五

刮對刨，篩對研，迸模對彈染。老酒對鮮花，清湯對便點。自問心，不要臉，安安對顯顯。肚尾禮催糧，眉頭偝恰繭。看時容易做時難，搓的圓當捏的扁。頭嫁伓捌嫁，二嫁偝搭架，陳鎮犁麥敲猪。嫂侯就是侯，姑侯犯羅睺，杜殿爬壁假蟻。④

---

① 録自《華報》286號，1933年3月30日第2版。

② 録自《華報》287號，1933年4月3日第2版。

③ 録自《華報》288號，1933年4月6日第2版。

④ 録自《華報》289號，1933年4月9日第2版。

二七六

糊對熨，噴對縫，自重對斯文。蚶爿對蠘殼，鴨掌對魚唇。婆奶袋，狀元船，出閣對圓房。腹飽目昧飽，心同面不同。務話過身就賣記，無緣對面不相逢。嘰嘰叫糉籮毛，都捌伊天下儉出名，看錢許重。攤攤開蒲扇耳，昧共我地頭神講聖，鼓水難渾。[①]

二七七

席對筵，餐對宴，吊傷對過癮。暗算對明瞞，横拖對強占。和尚衣，將軍箭，敧爿對盪片。抵煞佬籐牌，去風破蒲扇。乞食伓存恰着銀，神仙也儺拍段劍。我是我，汝是汝，樓頂務仈，樓下都賣跏。東不東，西不西，船頭做戲，船尾伓聽見。[②]

二七八

噥對嚊，噲對䀹，骨髓對皮膚。談今對說古，道寡對稱孤。火籠帽，水桶箍，過嫩對拍粗。大媽僾孫壻，細姨見姊夫。衣裳愛新仈愛舊，銀錢是白目是烏。水裏去火裏徠，好朋友故勝親兄弟。磚何厚，瓦何薄，醜媳婦不免見翁姑。（噥：音鍾，吻也。嚊：音備，嗅也。）[③]

二七九

炖對炊，熬對燙，心思對理論。賽馬對教猴，刣龜對食蚌。桃花癲，蕃薯猣，遮瞞對倚傍。六味地黄丸，一疋天青緞。食啦馬屎含詐顛，抱隻雞牳去告狀。猣仔討親一晡賣離。鬣圭倒餌秫米糊，秀才造反三年不成，鶻筆想生天鵝蛋。[④]

---

① 録自《華報》290號，1933年4月12日第2版。

② 録自《華報》291號，1933年4月15日第2版。

③ 録自《華報》292號，1933年4月18日第2版。

④ 録自《華報》293號，1933年4月21日第2版。

二八〇

湔對浸，漉對渟，茶鈷對酒瓶。招招對飽飽，遞遞對停停。搶拍奪，敷應承，蟋蟀對螟蛉。三么出古怪，一鼓透天明。匹馬單槍拍天下，七疤八紐做夫人。春宵一刻值千金，花好月圓，更長夢価。太極兩儀生四象，風調雨順，福至心靈。（招：奴兜切。）①

二八一

忌對旬，生對誕，老師對太監。禮伯對道公，錢帮對伙販。掃手穥，鋤頭柄，弃嫌對稱贊。先生食軟糕，懶子擔重担。炒米馬蛋花生糖，扁擔鷄爬竹篙篡。一世仈僻紅看志運。窮毛攜蒂，富毛生根。三吓字拍白貼額頭。行不更名坐不改姓。②

二八二

台對世，配對諳，瑣碎對餘殘。出尖對闊闊，放大對拔平。真九怪，假三蠻，望北對回南。犁淺拍劍撞，驢倒打彈橫。歪奶做鞋歪仔補，初一段雨初二晴。初嫁從父母，再嫁自由身。猪剑白講價。好事伓出門，惡事傳千里，鮓伓洗臭礬。③

二八三

隻對雙，單對獨，纏挪對跋匐。七巧對五魁，三么對六噗。抱斗燈，拍包袱，漁樵對耕讀。有恩來報恩，使毒去攻毒。大聖北斗七元君，南無释迦牟尼佛。瞞心昧已，世情看冷暖，人面逐高低。劫富濟貧，論秤分金銀，換套穿衣服。④

---

① 録自《華報》294號，1933年4月24日第2版。

② 録自《華報》295號，1933年4月27日第2版。

③ 録自《華報》296號，1933年4月30日第2版。

④ 録自《華報》297號，1933年5月3日第2版。

二八四

囷對積，彙對堆，真悖對夸衰。持刀對拐杖，合扇對交杯。毛該債，伓是胚，長號對小吹。施全刺秦檜，雍正訪李魁。財主愛講毛錢話，巧婦難爲無米炊。武佬唱嘮嘮，拳不離手，曲不離口。大爺養化化，捏仅驚死，放仅驚飛。①

二八五

綪對綿，紗對絹，禮單對壽幛。當事對替工，藉題對借僩。西照斜，東陽�，年關對月建。務価鬼書符，假毛人情卷。牌套寄著無祀壇，破布綻做將軍帳。坐也賣離，行也賣離，佬公媽共蜜闖糖。罵仅伓驚，拍仅伓驚，伲仔哥伓糟便醬。②

二八六

時對運，會對緣，入利對還原。鏡箱對錢褡，扇袋對骰盆。侯官市，與化園，鄭重對周全。海賊做普度，書生中狀元。討三條簪做細姐，坐一頂轎逐上門。也毛面殼也毛燈，拍鼻馬，轉外媽。一把目滓一把濞，啼嘛猿，迎大王。③

二八七

瞎對麻，踐對髗，暗傷對虛腫。妝啞對詐聾，展威對含吨。千重糕，三凍粉，萬巴對千總。文章教爾曹，將相本無種。家花不及野花香，馬背何如牛背穩。急跳跳上山逐鹿，福無雙至，禍不單行。滑流流滿地拿鰻，蓋世聰明，一時懵懂。（践：屈和切，趾也。）④

---

① 録自《華報》298號，1933年5月6日第2版。

② 録自《華報》299號，1933年5月9日第2版。

③ 録自《華報》302號，1933年5月18日第2版。

④ 録自《華報》303號，1933年5月21日第2版。

二八八

沉對寂，化對渾，古迹對新聞。桌裙對被甕，鞋套對襖輪。兵隨將，老還童，得得對云云。腹裏光耀耀，背□氣蓬蓬。木筆斜題十樣錦，傘燈高照滿堂紅。早起去，盲晡炎，水帮魚也着魚帮水。天光□，日罩淀，船攏岸昧見岸攏船。①

二八九

駐對防，留對守，做盤對含斗。乍乍對常常，真真對了了。燒長香，倹大酒，抗肩對制肘。最毒婦人心，無异劊子手。恩愛由來不到頭，是非只爲多開口。講曹操就碰着曹操，在伊刀對刀槍對槍。成蕭何僣敗也蕭何，究竟花是花柳是柳。②

二九〇

容對縱，管對圈，雙料對單傳。循良對懦弱，柔軟對剛強。吊□壁，捫毛門，離散對團圓。真寒發假熱，老陰配少陽。命帶三座金銀庫，厝租四面風火墙。廿一歲昧討婦，講話臭腌膻，伓使瞞爹騙奶。十二月補綄褲，風流透骨髓，那捌拿公做王。③

二九一

核對瘕，疔對痱，闒闌對累贅。釘耳對纏跤，磕頭對搥背。買馬標，討魚稅，犯疑對追悔。羅漢請觀音，本平解元貴。陳摶大困三千年，彭祖命長八百歲。時來十二月受暑，丫鰣叫，荔支紅。嘴噴半數盲開葷，羊肉倹，老酒配。（痱：音背。噴：如惠切，饞也。）④

---

① 録自《華報》305號，1933年5月30日第2版。

② 録自《華報》306號，1933年6月3日第2版。

③ 録自《華報》307號，1933年6月6日第2版。

④ 録自《華報》308號，1933年6月9日第2版。

二九二

羅對絓，罩對帕，木匠對花司。柴□對石磨，水落對火叉。流清汗，着迷痧，殼殼對疤疤。小事化無事，千家過一家。賣嘴郎中毛好藥，鬍頭諸娘愛戴花。儺儉苦外苦，方爲人上人。凡事總着耐耐心想法。湏防仁不仁，莫信直中直。共伊趁早離離手開巴。（帕：上平，匹他切。）[①]

二九三

臭對鮮，葷對素，砑光對拍污。車站對機房，崗亭對船塢。自然然，如故故，凉風對潑露。無官一身輕，學賭三年富。英雄難過美人關，賊仔想偷布司庫。上句講天，下句擂地，左右真正做人難。前門拒虎，後門進狼，頭尾不能相兼顧。[②]

二九四

冤對悖，詘對懣，滿當對圍莊。添油對洗炭，落水對烘湯。半路孝，雙房喪，覆桌對佇缸。儺捌寅呀卯，受怪仔共孫。痴心女子負心漢，隔世冤仇現世恩。肩不離担，担不離肩。伓中做教師，也中做徒弟。命就是錢，錢就是命，儺瞞的施主，賣瞞的天尊。（詘：之滑切。懣：牧吞切。）[③]

二九五

祭對齋，祈對禳，唱湯對供飦。寬窄對高低，輸贏對衰旺。韃婆鞋，孝子杖，偏勞對絕望。海底毛許深，天邊故禮遠。昧算好也昧算呆，儺捌爭就儺捌讓。一日鑽諸娘仈縫，講話毛戇戇。好事多磨，半世做單身哥錘，務病自假捼，實心所願。[④]

---

① 録自《華報》309 號，1933 年 6 月 12 日第 2 版。

② 録自《華報》310 號，1933 年 6 月 15 日第 2 版。

③ 録自《華報》311 號，1933 年 6 月 18 日第 2 版。

④ 録自《華報》312 號，1933 年 6 月 21 日第 2 版。

二九六

聲對調，嗓對腔，坐賈對經商。監盤對愬斗，拜鏡對封箱。落地獄，破天荒，照相對撥光。娘奶傻尾仔，姑爺尅頭婚。剥皮剥骨破腹老，好頭好面臭股穿。長長索放，短短索收，寬寬板共你伙算數。尖尖刀䂱鈍鈍刀劘，嘁嘁樓看弟子遭殃。[①]

二九七

香對酒，碎對爐，爛糉對噶糊。采蓮對春蒜，製藥對懸蒲。雄黄肉，嘉素魚，重慶對相如。幾回一轉閏，真正五日餘。拍鑼拍鼓做新婦，結困結陣遊西湖。仅一回龍船鼓轉頭，香紋紗白扇臭丸袋。第二次鷚瓶丸落腹，午時書黄烟普庵符。[②]

二九八

聘對媒，招對贅，加租對過税。鳳尾對龍鬚，馬蹄對鷄髻。已酉哥，寅申妹，調停對安慰。省補衣裳新，飢荒柴米貴。世上毛錢難做伙，人生有酒須當醉。賭錢輸窮鬼，猪欄賣贏晡想贏牛欄。久病成郎中，甕嘴伓幔故着幔缸嘴。（註：幔：音鑾。鳳尾：筍也。龍鬚：草也。馬蹄：荸薺也。鷄髻：鷄冠花也。）[③]

二九九

機對會，運對緣，古老對賢良。換名對添記，討勢對當權。腹寒鬼，膏瘥王，仰板對匡門。三花做皇帝，百烏朝鳳凰。見著棺材隻下淚，擤啦油垢是諸娘。將心比心，蠻笑起疑心，伓存汝只拿字。務理毛理，啼嘛奪真理，那驚人賣捌傳。[④]

---

① 録自《華報》313號，1933年6月24日第2版。

② 録自《華報》314號，1933年6月27日第2版。

③ 録自《華報》315號，1933年6月30日第2版。

④ 録自《華報》316號，1933年7月3日第2版。

三〇〇

焫對熂，煨對烙，風搧對火鏊。設色對開光，簽名對掛號。白柴扛，黄土座，拖俥對挨磨。架搬來排排，錢抱去噢噢。伓存嘴快碰□釘，僙曉頭臭撮伊帽。驢仔伓捌虎，上猪八戒門倒拍猪八戒釘鈀。鹽甕自生蟲，食秦始皇飰，也講秦始皇無道。（熂：則時切。烙：音邏。搧：音仙。鏊：音傲。）①

三〇一

梟對鮓，鱉對鳧，灰鼠對草狐。雙簧對五祀，四色對十胡。賭錢鬼，扛轎奴，梅慼對芋瓠。屎捺豆腐甕，信寄字紙爐。虎奶手裏毛仔抱，蛇郎目周乞屎糊。女怕戴帽，男怕這補靴，天命買顧僙管珍珠寶塔。上毛樓枰，下毛雨傘。寸草俱無，故想瑪瑙珊瑚。②

三〇二

委對差，陞對薦，清查對積欠。帖式對婚書，籤條對字片。燒紙衣，拍錢劍，懷疑對討厭。鬍鬚換草包，膠毛當令箭。辦親房桶簡妝燈，審案籤筒筆架硯。百貨稅二五征，零零碎碎，够過卡仅着征一征。諸娘仔十八變，好好呆呆，臨上轎故僙變三變。③

三〇三

修對煉，戒對參，內應對旁觀。升旗對開印，拜表對企旛。錤碗擔，搖骰攤，廢寢對忘餐。刣仈毛起稿，請奶來過關。苦五絕六暗病七，肥二矮四尖頭三。一日數石板好藝行，近着眼前，遠着幾千里。將錢買炮仗倩仈放，困共老將食共興化兄。④

---

① 録自《華報》317號，1933年7月6日第2版。

② 録自《華報》318號，1933年7月9日第2版。

③ 録自《華報》319號，1933年7月12日第2版。

④ 録自《華報》320號，1933年7月15日第2版。

三〇四

發對售，沽對糶，呆番對假票。翗斗對拜香，唱伬對建醮。七巧圖，三脚釣，長班對闊少。肝火乍禮鬃，□角實□竂。遁落鹽甕苦滷鹹，摔破醋甏酸叫溜。吉凶前途未保。懿旨菜味大就僻開花。早晚時價不同，金銀仔故驚毛對作吊。①

三〇五

巴對魯，鄭對齊，混帳對雜牌。稅章對科學，生計對問題。跳三下，啼一排，狗尾對猫蹄。大鉢重細鉢，舊鞋換新鞋。真正半天拍霹靂，空遙大旱望雲霓。如今是世亂出刀兵，只怕伓出黃巢，也出李闖。自古道國亡做奴隸，可憐昧做印度，先做高麗。②

三〇六

填對擸，吊對提，做面對毛脾。獅敲對猫叭，馬遁對猴僛。開大礮，下半旗，草鱺對花貍。正柿六粒核，尖糉三角歧。蘿蔔生孫芥生子，芙蓉如面柳如眉。猪頭羊頭掛着竈頭，年盲兜乇頭，毛欠缺。桃仔李仔倫死伲仔，小兒科藥仔大行時。③

三〇七

串對通，穿對透，汪眩對佬嗽。夾罐對雙簧，大吹對横哨。野鷄船，佬虎竈，茶盤對酒碎。揀啦三倫鷄，擲着六骰豹。專吹牛屄耶耶胡，毛食猪肉回回教。一行風一行雨，呆天做變，雷拍秋莽毛收。伓像暖伓像寒，小暑曝霉，日彈罩禍就够。④

---

① 録自《華報》321號，1933年7月18日第2版。

② 録自《華報》322號，1933年7月21日第2版。

③ 録自《華報》323號，1933年7月24日第2版。

④ 録自《華報》324號，1933年7月30日第2版。

三〇八

駁對留，携對取，接神對抱主。心照對面交，手談對耳語。縛目牛，回头鼠，承差对帮侣。使钱铺路跻，務鎅毛米煮。曰富曰貴曰康寧，多福多壽多男子。起厝都寫萬年寶蓋，好像儱經的萬古千秋。做田那卜五穀豐登，幾回務碰着五風十雨。①

三〇九

鍋對鉢，罐對罎，張罩對轉圜。叉叉對板板，架架對欄欄。三層桌，七寸盤，正派對翻鑾。老鼠倏碎飦，流蜞跻窨墁。去日苦多來日少，別時容易見時難。七擒孟獲到花廳，做文趣儱講够東陽晡暝。三氣周瑜來下渡，全武行那拍伊北斗移南。②

三一〇

痘對疔，瘡對痢，清香對滋味。門角對竈眉，桸頭對桶耳。日月星，巳午未，通融對停滯。由命不由人，毛天共毛地。中秋姊妹賞月華，半夜客商等水字。大慈大悲，大捨大願，牟尼佛四大皆空。無憂無慮，無禍無灾，姜太公百無禁忌。③

三一一

承對繼，接對傳，伕價對產糧。江臺對趕市，歸位對吵場。教五子，見三娘，散本對還原。天下無難事，男兒當自強。水之江漢星之斗，春滿乾坤福滿門。共我捧够頭頂當，腹老儱笑穀篤臼。乞依□□胶掌底，心肝故結囫圇丸。④

---

① 録自《華報》325號，1933年8月3日第2版。

② 録自《華報》326號，1933年8月6日第2版。

③ 録自《華報》327號，1933年8月9日第2版。

④ 録自《華報》328號，1933年8月12日第2版。

三一二

活對鮮，枯對槁，乖乖對寶寶。潤肺對扶脾，安神對補腦。股穿花，膘手棗，舒排對跋倒。伲仔□芋頭，死仏搨薑㹋。寶貴如花過眼空，光陰似箭催人老。亂極必治，治極必亂，大鼓着對大鑼。來者不善，善者不來，巧匙僻開巧鎖。①

三一三

爲省一校舍落成而作

募對捐，邀對請，經營對主管。勤學對疎財，興工對集款。運動場，圖書館，參觀對展覽。獨木不成林，毛鐵拍破鏽。傖水着記開井仏，做戲賣段拍鑼仔。今年開花，明年結子，攙觭故着務許俩鹽。前人栽榠，後人乘凉，傖餅汝那漢伓使瀇。②

三一四

度對傳，期對望，參差對搖漾。恭敬對溫和，寬容對體諒。多的多，上等上，安閒對康健。單使別仏錢，乍傖番仔飫。講够傷心目滓流，看仏捺屎股穿癢。兵來將迎，水來土掩，管家仏一身債一身當。光咧布施，暗咧分明，老板嫂務這財務這量。③

三一五

房對庫，局對倉，合夥對分贜。樓梯對階座，户扇對門窗。赤答答，圓當當，辛苦對鹹酸。九仔十新婦，四代兩公孫。三成風水七成命，一夜夫妻百夜恩。厝瓦做蝴蝶□，賣累一園菓子榠。尿壺灯猪肚傖，故勝三碗人參湯。④

---

① 録自《華報》329號，1933年8月15日第2版。

② 録自《華報》330號，1933年8月18日第3版。

③ 録自《華報》331號，1933年8月21日第2版。

④ 録自《華報》332號，1933年8月24日第2版。

三一六

破對除，銷對燬，蒜苗對豆蕊。烙餅對酥糕，捲糒對炒粿。洗熱湯，燒猛火，軟腰對肥腿。講話企上風，捺尿成大水。七夕客鵲頭鬍毛，過午黄螺殼噶尾。毛倯猪也看見猪行路，親家變做冤家。昧刣犬就僢捌犬腹腸，窮鬼碰着餓鬼。（猛：母罕切。）[①]

三一七

聖對靈，威對護，投胎對賴蕹。敷衍對裝修，捐輸對輔助。多開三，數挫五，破頭對駁肚。死鬼對活仈，窮店強富户。一文就熟鏋邊糊，伓賣僢酸水豆腐。忘八奴才賊賣死，雷公困落眠。表妹親家姑齊倈，月姊做新婦。[②]

三一八

招對判，拷對敲，嘴臭對心焦。割靴對剪綹，光棍對流鏢。乾烤烤，渾飄飄，勞練對買休。呆仈佪目滓，土地毛嘴鬏。乞食共犬做生日，老鼠邀猫看元宵。汝掏刀我掏槍，拍的佬虎倒，大家務肉倯。西邊田，東邊厝，留得青山在，不怕毛柴燒。[③]

三一九

吉對祥，灾對异，平安對禁忌。呈紙對禮書，商標對告示。絞腸痧，噤口痢，小三對阿二。蜢肣菩蠅肝，猴頭老鼠耳。矮矮衕籬窄窄廳，紅紅牌匾金金字。看戲覷仈屁，窮毛笑賤，賤毛笑窮。掏杖齩自頭，是代伓做，做代伓是。[④]

---

① 録自《華報》333 號，1933 年 8 月 27 日第 2 版。

② 録自《華報》334 號，1933 年 8 月 30 日第 2 版。

③ 録自《華報》335 號，1933 年 9 月 3 日第 2 版。

④ 録自《華報》336 號，1933 年 9 月 6 日第 2 版。

三二〇

綢對繚，咧對呢，法海對鍾馗。青梅對緑豆，白棗對黄梨。過的竅，黏之錤，鬱悶對昏迷。武松拍佬虎，曹操釣蜑蜞。到底好心務好報，只爭來早與來遲。縱横廿一史，上下三千年，縣底仅误，府底仅误。前村四五家，高樓六七座，冬也相宜，夏也相宜。①

三二一

詐對欺，誆對局，牽纏對斷絕。駝背對鳶肩，牛溲對馬勃。長短差，上下兀，孤貧對老弱。赫老進袈裟，張飛賣膏藥。大錢伓爭小錢爭，雙日不着單日着。糊塗官退堂過癮，左嗦嗦二三筒，右嗦嗦二三筒。流蕩子到處爲家，東歪歪一半月，西歪歪一半月。②

三二二

酥對蜜，割對烹，全套對半邊。令郎對舍妹，貴姓對尊庚。蛤蛤蛤，鯉鯉鯉，通達對變更。毛菰火腿粥，髮菜海參羹。天皇一萬八千歲，太陽三月十九生。攤開錦被大家遮，故勝雪中送炭。踏破鐵鞋無處覓，當真海底掅針。③

三二三

辭對謝，讓對爭，壓桶對蹼棺。發酵對出滷，抹濫對曝乾。五帝朝，萬仸坑，上藝對夾班。孤老昧裹院，賊仔乍放監。人逢喜事精神爽，命帶魁罡鬼怪驚。去，慢慢跖，城隍頂判官落拓落拓。陪，排排坐，開元寺金剛闌單闌單。④

---

① 録自《華報》337號，1933年9月9日第2版。

② 録自《華報》338號，1933年9月12日第2版。

③ 録自《華報》339號，1933年9月15日第2版。

④ 録自《華報》341號，1933年9月21日第2版。

三二四

湽對焦，膻對䤋，猴仇對獼僾。退後對行前，托中對卓正。沒鼻針，大頭鏡，搜尋對拍迸。舉心手搖搖，合意頭嶔嶔。後九毛寒節節寒，大王賣聖娘娘聖。喚隻細哥真受罪，話賣講那曉的啼。討啦新婦毛開通，癢不爬𠑇挖够痛。（嶔：欺綫切。）①

三二五

拘對押，擂對搥，窺伺對偎挼。擒爬對抄𢇁，扯拍對包圍。鏡肘鏡，椎駁椎，合移對做媒。那瞞伊共我，故捌汝是誰。石螧自身伓捌臭，佬虎相抱那一回。大伓搓挪，細伓搓挪，荒唐𠑇搽四角屎。東賣平直，西賣平直，光棍那仗一重皮。②

三二六

影對紋，模對暈，施恩對絕望。書毒對醋心，烟容對酒量。小先生，大和尚，逢迎對祭禳。讓猫去㑇鹺，共犬徠爬癢。呆俥晡占好俥頭，細鑷𠑇煮大鑷飰。務柄枕頭毛柄傘，含盲去巖下收租。倆條燭蒂一條香，起早屈竈前喊愿。③

三二七

詳對究，審對招，再醮對兼祧。司書對主筆，企鏽對保鑣。馬膠手，羊嘴鬏，拿豹對踏鳩。久旱逢甘雨，早節暗中秋。無日不從愁裏過，誰人肯向死前休。唧唧水那養唧唧魚，腹老底催糧，巴掌中辦酒。蔑蔑仈𠑇騎蔑蔑馬，跤覆頭做路，股穿睥臭焦。（蔑：米齊切。）④

---

① 録自《華報》342號，1933年9月24日第2版。

② 録自《華報》343號，1933年9月27日第2版。

③ 録自《華報》344號，1933年9月30日第2版。

④ 録自《華報》345號，1933年10月4日第2版。

三二八

坑對勒，揹對嘀，目蛤對喉蛾。變還對衝突，破裂對消磨。解酒癮，病錢癆，拜鏡對傳鑼。佬仈全福壽，天子重英豪。姨娘面生菩蠅屎，財主頭戴雉鷄毛。藕斷絲連，事久見人心，解口着請獅公伯伯。瓜熟蒂落，急時抱佛脚，犯風乍捌馬祖婆婆。①

三二九

送對迎，辭對請，鹽硝對糕餅。討賤對尋□，貪閒對躲懶。搶熱鋪，燒熆鍋，奇離對希罕。趁倹趁卡調，越富越儉省。伲婿故勝一員官，傳仈那生倆嚇仔。作孽賣死毛面見鄉裏。落水要命，上山要財。逢證莫貪吞瀇問心肝。跖路驚跋，倹飵驚鯁。②

三三〇

鮮對幼，俊對雄，裙帶對帽絨。要求對援助，牽制對服從。夫人李，羅漢松，成陣對結困。驢仔伓捌虎，鯉魚僬化龍。皮袍剥下去換酒，門埶盪起徠爬銀。七嘴八股穿，鬼話連篇，先生講故事。三頭六臂膀，賊形難看，強盜畫喜容。③

三三一

彙對堆，區對部，功勞對過誤。冲喜對破財，招灾對惹禍。地下枰，天官步，稽查對巡捕。賣面不賣身，窮厝毛窮路。點心炒米花生糖，埶腹切麩豆腐芋。臨凶不凶，臨險不險，好比令脬墘磨刀。有恩報恩，有讎報讎，真正肩頭神上簿。④

---

① 録自《華報》346號，1933年10月6日第2版。

② 録自《華報》348號，1933年10月12日第2版。

③ 録自《華報》349號，1933年10月15日第2版。

④ 録自《華報》350號，1933年10月18日第2版。

三三二

公對正，暗對陰，桶石對斗升。同安對將樂，永定對宜興。香噴噴，凍冰冰，鄉里對姻親。心大膽故大，恩深怨亦深。拜天拜地拜菩薩，害人害己害自身。横心横腸，煮飰成楦。務錢儉够生，毛錢儉够死。沒禁沒忌做代都是，前世也非假，後世也非真。①

三三三

色對財，私對慾，參加對陸續。必得對合同，明珠對艮玉。轎後燈，棺底褥，歸宗對撇俗。七處尋地方，全家食天禄。伓死也去半重皮，莽呆故留一塊肉。丫螃㸰莽揑莽叫，心肝務毛莫受伊嗃。烘魚肞仅臭仅醃，面睥沒肉不可相熟。②

三三四

亂對荒，離對散，定蟲對光蛋。炊粿對賣糕，扒柴對洗炭。開倒俥，拍黨綫，避灾對使梵。登高登的崴，走反走野慣。蠶豆乍分七月般，蟹生仅儉重陽碰。好三碗葷，呆三碗菜，都做甕蟻公甕蟻婆。直一行雨，横一行風，那卜紙鷂神紙鷂聖。（碰：匹旦切。行：如杭切。）③

三三五

窑對竈，洞對坑，耳角對胶灣。心花對肉菜，骨架對皮丹。牛角管，猪油縵，金箔對錫錆。毛魚就睨窯，見馬僱思鞍。上界神仙下界鬼，在京和尚出京官。帮三年，學三年，響屁賣嗅，響皮賣皺。過一日，算一日，借傘着攤，借囉着寬。④

---

① 録自《華報》351號，1933年10月21日第2版。

② 録自《華報》352號，1933年10月24日第2版。

③ 録自《華報》353號，1933年10月27日第2版。

④ 録自《華報》354號，1933年10月30日第2版。

三三六

藥對丹，符對咒，二婚對再醮。油炸對粉包，糖燒對醋溜。榜榜沉，機機叫，長班對闊少。旺過衰就來，窮嫌富不要。英雄不怕出身低，人世幾回開口笑。呂蒙正祭竈三碗水，饑仅饑寒仅寒。韓克忠搬厝一頭跻，老而老幼而幼。①

三三七

薪對俸，餉對糧，左道對旁門。前緣對後福，假意對真言。禁子媽，相公娘，兩便對單傳。塔巷拍電話，王庄偣湯丸。汝奶養啦慍戇仔，我家出隻啼嘛王。小錢賣趁大錢賣徠，跑差門簽稿都着做。家火不起，野火不發，田厝糞坑石一下完。②

三三八

花會專作

牽對解，熟對生，井利對火官。抽籤對養字，覆棹對吊繙。肉擱餅，鷄啄蚶，做鎮對跑攤。伏桑花犬仔，音會鯉魚精。明珠照鏡現曰寶，天龍掏傘遮日山。相公娘也癲，李厝也癲，六陳六張六女六賊都着壓。下界爺一字，弟子一字，兩林兩鄭兩雲兩利伓够攀。③

三三九

爹對奶，仔對伲，米斗對茶匙。湖鰍對溪鯽，海虎對天鵝。翅猫太，麻獅爺，酒壑對飦池。鱒鰻水鷄鱉，蜈蚣青蛤蛇。門限仅鹹犬仅大，高官齊做馬齊騎。門後磕三個頭，哭哭啼啼，儺死都埋落飦鉢。街中捧一巴掌，吞吞吐吐，這嘴故密過笊籬。④

---

① 録自《華報》355號，1933年11月3日第2版。

② 録自《華報》356號，1933年11月6日第2版。

③ 録自《華報》357號，1933年11月9日第2版。

④ 録自《華報》358號，1933年11月12日第2版。

三四〇

記對題，簽對註，軍需對私鑄。出數對投標，沾光對門課。印度綢，琉球布，宿齋對拍鋪。得罪幾千伙，做惌那幾句。行家倒運拍破船，財主裏駁卡搭墓。火燒胶後單隻急，苜莉花赶頭水，甏先行，甏先行，屎够股穿口來捺。豆毛菜剃尾跟，桃也過，李也過。①

三四一

摹對塌，褙對張，北調對南腔。拜香對進斗，祭竈對寄箱。頭碗菜，尾條方，籠粟對磨槳。羊死目伓剋，鷄叫頭就光。一主分做兩主宙，十年遇着九年荒。三更富，四更窮，幾時幾時手邊就務當票。七轉灣，八轉曲，許遠許遠面前一隻牌坊。②

三四二

贊對稱，誇對唸，跖翻對落硬。正座對邊厢，前堂對後殿。閒仅閒，幸不幸，大挑對帮辦。毛胶行浦城，務信寄沙縣。布衣朋友不可忘，鐵桶江山毛許塾。仈佚笑，猫佚叫，小人得志，勝過登天。錢毛利，厝毛租，原主取贖，不拘年限。③

三四三

豐對嗇，栗對充，净穢對禁冲。小刀對平尺，軟綫對硬弓。拔透透，居中中，馬尾對牛筋。姊去妹仅大，姆跖嬸着跟。大風吹倒梧桐樹，孤王酒醉桃花宫。親母將萬粿怒糯，煮熟桐油，曝嗏橄欖。郎中那捌敷喝噬，腰酸杜仲，頭痛川芎。④

---

① 録自《華報》359號，1933年11月15日第2版。

② 録自《華報》360號，1933年11月18日第2版。

③ 録自《華報》361號，1933年11月21日第2版。

④ 録自《華報》362號，1933年11月24日第2版。

三四四

流對滴，漏對漊，艾烘對松明。當興對不敗，太過對毛成。侯官市，蒙古營，宿利對除名。錢財輪輪管，親戚淡淡跖。老爹講譫再講起，伲仔拍了着拍攙。講好就好，㑑好就呆，食碗面食碗底辨別。務錢使錢，毛錢使勢，搵刀柄搵刀尾輪贏。（烘：夫降切。譫：音鄭。攙：七埕切。）[1]

三四五

桁對犂，埕對閘，囑筋對着脉。窄嫩對寬舒，傻長對駁雜。硬丟丟，竅納納，碎唔對亂劃。懊懊眴眠眠，傻傻肘噶噶。老子道德五千言，大五元寶一百合。摩摩鷄假大客，手邊㑑篆錢，轉去沒盤纏。玃玃犬咬死㑊，胶底故毛襪僻講許活詘。（劃：如活切。懊：弱閣切。詘：滋奪切。）[2]

三四六

硝對炭，藥對磺，油甕對醬盆。鋪陳對護衛，苦楚對強梁。種子酒，肥兒丸，揭帝對張皇。留唎壓厝脊，再的壞城墻。姆嬸莽呆一總套，姑孫也算是同門。江山易改，秉性難移，後生毛執掌，够死害保長。禍福無門，惟人自召，三代莫罵天，養仔中狀元。[3]

三四七

盹對眠，酸對痛，磨光對臭靛。拖縋對纏綿，敧爿對拍迸。上上經，中中正，拍針對拔綫。漢口水烟箭，永春玻璃鏡。講七道八嘴毛修，托四央三頭㑑嵚。鈍鈍刀碰着利手，賭錢場僻驚走毛驚贏。重重帽㑑好剃頭，伲仔哥買捌親那捌傻。（縋：佇醉切。嵚：區鏡切。）[4]

---

[1] 録自《華報》363號，1933年11月27日第2版。

[2] 録自《華報》364號，1933年11月30日第2版。

[3] 録自《華報》365號，1933年12月3日第2版。

[4] 録自《華報》366號，1933年12月6日第2版。

三四八

張對補，掘對埋，討好對做呆。斡旋對收拾，整頓對安排。寧德剪，延平策，上頷對下頦。務魚蝦伓討，毛猪犬也刣。秀才能知天下事，好女不得外家財。馬頭潑水，馬尾難收，務刣罪毛餓罪。猴戲昧做，猴性先起。乍開臺就塌臺。[1]

三四九

量對跋，格對稱，長發對連陞。歪歪對扁扁，慢慢對輕輕。鷄毛筆，牛目燈，添置對合清。秀才當羅漢，佛子拜觀音。九世同居張公藝，五臺受戒魯智深。春花香，秋山開，萬紫千紅，一草那諳一滴露。冬節盲，夏至日，良辰美景，寸金難買寸光陰。[2]

三五〇

拌對搓，泥對塊，凉棚對暖閣。滴篤對俐拉，視睃對寐眊。莫貪情，伓像乇，歇囮對懰托。燕菜魚羹鍋，蟳草火腿索。出幼着過神霄闕，喊冤直上公案桌。老婆數竹莽數莽蹩，一句講，一句啼。翻仔賣糖趁賣趁嗆，半長歇，半長懰。（睃：音梭。囮：所豪切。）[3]

三五一

餿對腐，滑對粃，香片對條絲。銅鎚對鐵楯，柴塔對石碑。半死活，毛尊卑，看勢對投機。玄穹高上帝，靈寶大法司。清官難斷家務事，好女不穿嫁時衣。猴聖王去東海討茶，免的望梅止渴。餓道佛食南風過頓，強如畫餅充饑。（餿：音倫。滑：骨突切。粃：汝詩切。）[4]

---

① 録自《華報》367號，1933年12月9日第2版。

② 録自《華報》368號，1933年12月12日第2版。

③ 録自《華報》369號，1933年12月15日第2版。

④ 録自《華報》370號，1933年12月18日第2版。

三五二

替天行道

春對磨，捏對搓，細膩對禁訶。投糖對困餡，洗槎對燒鍋。水淌菊，雲片糕，細貨對佬遭。拜拜公婆嫣，排排兄弟哥。留着橘皮補破塊，倉完糋被唱洋歌。真真拍皷迎猪膘，逢錢都步抓，逢式都步出。道道掛牌賣犬肉，務屎在伊逝，務尿在伊屙。①

三五三

暢對舒，勞對倦，拖長對離遠。尋事對碰機，交盤對開仗。金鈎踐，鐵綫篆，奇形對异樣。伊奶閣伊爹，來福倜來旺。馬屁拍够馬面前，牛毛出着牛身上。量力擔担，九吊整十吊。轉厝慢慢收地租。洗胶上船，三冬靠一冬，居鄉閒閒食天飦。②

三五四

墘對角，底對旁，祭墓對拜堂。拖鞋對靠枕，拐杖對吊床。吉凶卜，上下忙，分店對同行。兩家結秦晉，三代行蘇杭。三國全歸司馬懿，八仙拍走呂純陽。慾不慾專做三條籤，難怪老板嫂米缸膨膨淀。佬莽佬故搗一把豆，莫笑怡順哥燭蒂弭弭長。③

三五五

駁對頗，歪對挪，活龜對死蟹。唸咒對燒符，行香對賣畫。野猫拖，癲犬咬，當初對是下。短儀搭長船，輕聲講重話。兄弟即足一橛柴，祖宗那留三塊瓦。是低講低，是好講好。蒼前山想番仔婆。愛假就假，愛真就真，白面厝做

① 録自《華報》371號，1933年12月21日第2版。

② 録自《華報》372號，1934年1月3日第2版。

③ 録自《華報》373號，1934年1月6日第2版。

企郎罷。(挪：奴畫切。)[①]

三五六

喘對哮，嗔對睨，安排對擁擠。跨角對讓邊，磨墘對漏底。躐踢膠，歪贅睥，務神對毛體。佬媽偷共伙，伲仔啼討奶。萬水千山有夢通，清風明月無錢買。洋裝歹沒猴通弄，吹牛屄都着布魯吉出關，唐哺仈比犬故呆，拍鱉氣去受安立間洗禮。[②]

三五七

拘對扣，揑對鬆，嗶卟對叮咚。殺山對登殿，拜塔對祭江。寒酸氣，辛苦工，票角對錢空。務啌鑽伓副，這闢拍賣通。倹飽蘢蘺做皇帝，倒販檳榔去廣東。笑我做工夫就做工夫，請伊三頓飵，請伊三頓酒。講呀務風水仅務風水，墓禮一條草，墓禮一條葱。[③]

三五八

健對康，虛對損，猫翡對狼骯。結結對鬆鬆，稀稀對郎朗。長犂犂，寬榜榜，側身對稽顙。務錢百件能，毛話三句講。跟前跟後只黏挪，務倹務□毛揀選，伓使驚這藝學賣上，頭髮綫僀染滲滲新。乞仈罵一句佬不修，下巴鬚故撮駁駁黨。[④]

三五九

絞對纅，纏對纘，該呆對夸笨。清炖对白炡，紅燒對黄燜。子時生。卯子運，毛明對伓順，使伊做這形，共我都毛份。姊妹寄落長三堂，神仙出着下八

---

① 録自《華報》374號，1934年1月24日第2版。

② 録自《華報》375號，1934年1月27日第2版。

③ 録自《華報》376號，1934年1月30日第2版。

④ 録自《華報》377號，1934年2月3日第2版。

洞。莫名其廟，自家做玩具，哺干仈老鼠變牛。偨曉的橋，佬媽毛正經，那漢伊遊龍戲鳳。[1]

三六〇

封對鎖，貼對黏，禮券對妝奩。□□對鎊秤，擂鑽對鈎鐮。長胶漉，爛目墘，拍瀉對通便。監生遞白卷，啞子食黄蓮。毛事偨做七出戲，再來不值一文錢。籐盤□拍滚斗出身，膠手葋毛。賣讀書偨叭册，房桶弄攤拳頭做式，嘴脾噶骨，務講話就搭檐。[2]

三六一

痔對瘤，疳對痞，形容對舉止。字草對算盤，竈兜對針黹。不聊生，可惜死，咬牙對切齒。貴人頭毛毛，啞子手比比。毛情毛義課黎婆，務福務壽先祖妣。本錢躐蹋柏，富過富其年，窮過窮其年。佬火碆襲棂，公爭公務理，媽爭媽務理。[3]

三六二

保對存，分對散，議齊對慶贊。接送對跟查，輪流對使喚。番仔名，夫人誕。麻胡對巴摵。乞食罵盡仈，金剛佪明旦。沒法盤數做磨釘，幾回告狀搗刀柄。上務例下務企，拜年拜年，毛橘也着錢。做伊了是伊仈，嫁漢嫁漢，穿衣共食飯。[4]

三六三

刻對雕，刨對鏨，朱紋對黄彈。轎館對船行，貨倉對俥站。七除三，五找

① 録自《華報》378號，1934年2月6日第2版。
② 録自《華報》379號，1934年2月9日第2版。
③ 録自《華報》380號，1934年2月12日第2版。
④ 録自《華報》381號，1934年2月18日第2版。

倆，灯糟對困餡。孤老得症仈，尼姑相思病。一碗甜湯夾粉包，半斤切麪芝蔗拌。拿着龜走着鱉，出路由路，待朋友賣容倆樣心。刣這鷄教這猴，隨鄉入鄉，擔神煞儺搧一把汗。[①]

三六四

溫對濕，飽對饑，普濟對慈悲。畫符對做契，築卷對盤詩。各自各，伊做伊，本體對根基，捐班鹽大使，匯兑布政司。須知世上多艱苦，切莫人前説是非。務過繼仔，毛過繼孫。親家母何必揀肥揀脂，耕着倜奴，織着倜婢，財主官儺做含盹含痴。[②]

三六五

降對升，留對替，查梨對比穡。值宿對輪班，當差對起解。毛伍顋，那捌快，紅羅對白綌。嘴舌軟糊糊，股穿白耧耧。有計不在年紀多，毛錢故加仔伲細。話重講討人嫌，戲重做伓好看，一筆勾銷。湯莽熱那是水，泔莽凍故黏挪，同舟共濟。（顋：虛遮切。）[③]

三六六

禱對祈，占對卜，窮忙對賤作。酒透對書包，米篩對飳犖。難上難，錯中錯，渾渾對噩噩。死馬當犬埋，佬蟲乞鷄啄。目周生着頭頂墩，腹皮塌够骿脊骨。暢够昂昂騰，捏緊都毛代計，真正長班鬼變蚡蝨。段落壑壑仔，侵死沒仈捌傳，那篆黄土山拿蟋蟀。[④]

① 録自《華報》382號，1934年2月21日第2版。

② 録自《華報》383號，1934年2月24日第2版。

③ 録自《華報》384號，1934年2月27日第2版。

④ 録自《華報》385號，1934年3月3日第2版。

三六七

氤對䅶，屖對氲，滴水對披風。律師對書辦，獵户對漁翁。三國氣，六書通，活佛對拿公。驚癢驚佬媽，望赦望新君。善惡到頭終有報，榮華過眼總成空。害伊夫妻子女不相逢，八字裱燈籠，火星照命。干汝猪鷄猫犬都賣叫，五帝查黄歷太歲遭瘟。（䅶：音僕。屖：音副。）[1]

三六八

住對停，撟對屈，珠蚶對墨□。守備對同知，按司對監督。丫螬頭，水蛇腹，行醫對走卒。務手托賣徠，這面變僫出。自鬻賣點點蠘跤，好塊伓爭爭骨肉。鞋换鞋套，汝去我也去，拔真透故免鏖糟。桶毛桶箍，膾粗心就粗，拿着了伓使擊縠。[2]

三六九

噥對咶，踤對蹬，私飽對公烹。筋伸對骨梗，血統對皮牽。青面虎，白頭鶯，小號對尊庚。跤手實在活，心肝毛内攖。弟子專跖卯字運，女兒難得午時生。廿五歲小夫妻，撦囉撦就做爹，擺囉擺就做奶。十三分好癖性，喝一喝變啦鴨，哼一哼變啦鯉。（咶：古活切。踤：卓箔切。蹬：音登。）[3]

三七〇

口對丁，生對旦，長隨對暗看。腰子對肝花，蹄科對胶柄。犬姆娼，猪仔販，竚缸對踏罐。股穿跛三空，胶毛蕩九擔。苦主那争人命錢，清官獨斷奸情案。現現成成春聯句，十年樹木百年樹人。早早暗暗風颶冬，六月防初十月防半。[4]

---

① 録自《華報》386號，1934年3月6日第2版。

② 録自《華報》387號，1934年3月9日第2版。

③ 録自《華報》388號，1934年3月15日第2版。

④ 録自《華報》389號，1934年3月27日第2版。

三七一

堤對壩，壑對塍，水巷對茶亭。拖長對縮小，減半對除零。歸累縋，迷靈眩，拔竹對穿籐。娘娘登寶座，媽媽邀新人。先學瘋癲後學戲，只愁富貴不愁貧。種豆得豆，種瓜得瓜，猫三犬四猪仔五。管山食山，管海食海，蜆餞蟹亂蛤太平。（縋：託醉切。眩：音形。）①

三七二

剌對穄，顋對驃，生蝝對上蛀。十指對五心，四蹄對七竅。變食符，發財票，模糊對機叫。耳鬼譙哺蕪，嘴神急僻跳。真話毛掏酒後鑾，務錢難買靈前吊。蚶開嘴新人禮放屁，腹老大黎黎。奶昧炎伲仔啼討錢，胶指嶷蹺蹺。（剌：音砌。穄：露苔切。驃：必究切。蝝：音羊。）②

三七三

驕對倨，懶對猷，籐簍對粽簔。然而對可以，並且對應該。姑董撻，婆當篩，花架對竹梯。敢食伓驚毒，除死毛大灾。油灰僻挩呢雨漏，草索賣縛的風颸。親家伯食牛膘含詐癲，捺尿也毛看風勢。嶺表兄搖鬣尾栗碌闊，跋倒故哺搗土沙。（詐：知嫁切。闊：屈罰切。）③

三七四

弃對休，干對涉，七雄對三傑。竹粉對絲綿，石花對金葉。玉麒麟，花蝴蝶，邪魔對妖孽。毛好也毛呆，不生亦不滅。讓伙三分昧算低，送君千里終須別。小老板欠前欠後都是債，連時興賭連時興嫖。大郎中配來配去伓成方，一隻藥凉一隻藥熱。（興：去聲。配：匹佩切。樂：音藕。）④

---

① 録自《華報》390號，1934年3月30日第2版。

② 録自《華報》391號，1934年4月3日第2版。

③ 録自《華報》392號，1934年4月6日第2版。

④ 録自《華報》393號，1934年4月9日第2版。

三七五

瘋對癲，鬍對翳，齷齪對齟齬。苦瓜對甜筍，幼竹對粗蘆。逐鵓鴿，拿蟆蝴，燒紙對勅符。使錢使兜搭，扛轎扛糊涂。看見雕鞍思寶馬，安排香餌釣鰲魚。做其別伙代，學的自家工，漿熟成糊，米熟成飦。滿身都是屎，何在一腹尿，人怕落局，鐵怕落爐。①

三七六

緊對寬，鬆對弛，傳宣對書啓。跨角對裁邊，搶前對彈底。荔支酸，葡萄紫，簡單對奢侈。田挩手掌中，井段襏桶裏。流犯故連鬬長監，老娘昧願坐清椅。賭跟嫖陣，嫖跟賭陣，一晡儺舞五六更。男假女妝，女假男妝，倆其老做十八扯。②

三七七

胸對臟，肚對腸，收納對包藏。抄裙對紮褲，合枕對同床。出街使，報鬬行，進斗對探囊。目周尅緊緊，耳仔拔長長。鎮殿將軍覺羅桂，和番傳相李中堂。書都讀頭頂墩，秀才哥舉人伯文章郁郁。話就着嘴皮口，男子漢大丈夫志氣昂昂。③

三七八

痺對麻，皴對顫，唇槍對舌箭。微末對孤單，通同對普遍。紫玉釵，香柴扇，封箱對寄硯。滿嘴發牢騷，一身段點玷。息倒塵埃二三行，歷盡滄桑千萬變。鄉下老連天叫苦，一年水一年旱一年做風颱。城裏伙坐地分贓，三山藏三山現三山看不見。④

---

① 録自《華報》394 號，1934 年 4 月 12 日第 2 版。

② 録自《華報》395 號，1934 年 4 月 15 日第 2 版。

③ 録自《華報》396 號，1934 年 4 月 18 日第 2 版。

④ 録自《華報》397 號，1934 年 4 月 21 日第 2 版。

三七九

栽對劈，劆對刲，煮汁對熬膠。逞功對干過，見好對作佳。捌字伯，使錢司。腸火對肝花。賊嘴出聖旨，曲蹄請親家。門上大哥呾䛟䛟，旗下企奶干巴巴。請着翕瘌瞎郎中，三貼方不離馬錢子。揀啦富通俊伲婿，一蒲花故插牛屎粑。（刲：音洼。司：音沙。）[①]

三八〇

哽對呻，呑對咯，賣咳對拍㖸。剔拍對搊拈，爬擒對蹬揆。務上經，毛下落，碎掩對殘擢。這屁放的呆，毛氣對啦唷。姐夫講話盡糊塗，老板使錢毛逮搨。高也不成，低也不就，轉厝飰蕃薯錢。一莫醫親，二莫醫鄰，關門賣瘍㾪藥。[②]

三八一

㷫對㶭，燉對煲，駁下對登高。佬□對細姐，誼女對契哥。鶏角斗，鯽魚刀，翻𣚺對倯褒。好講賣收受，呆亻仫倆禁訶。肯做那混半腹飽，毛倯僀抹一身鹺。排面子百樣難，青盲那漢開目真好過。帶腂手倆條命，乞倯僀嫌孤老臭腥臊。（下：菊謝切。抹：牧角切。）[③]

三八二

癧對疔，疤對痣，大挑對小試。鹽道對糧臺，海防對水利。撮猴毛，拍馬屁，貪情對悅意。九七六十三，五一尺凡四。斗笠棕篩高低鞋，鼎筅火管笊籬箄。生咧羈過日，死咧羈過七，爲誰辛苦爲誰甜。務花插亻仫後，毛花插亻仫前，討啦麻煩討啦氣。[④]

---

① 録自《華報》398號，1934年4月24日第2版。

② 録自《華報》399號，1934年4月27日第2版。

③ 録自《華報》400號，1934年4月30日第2版。

④ 録自《華報》402號，1934年5月12日第2版。

三八三

單對獨，弱對微，寡婦對孤兒。過肩對携手，接面對齊眉。驚破膽，氣脹脾，烟蟲對戲迷。夾生莫夾熟，掏去再掏徠。馬登棧道收繮晚，船到江心補漏遲。一腹老那塞偌壞柴糟，是話伓講，講話伓是。毛膠手僀跋幾十聖架，疑仈莫用，用仈莫疑。①

三八四

胥對肥，饑對飽，牌坊對號碼。十足對雙關，萬全對五假。一總包，連環打，粗成對細雅。敷啦兩面光，藉着一身寡。梭㔩昧做架先排，猪肝好倹鏰禮炒。地理老師羅盤當酒倹。毛法毛的着空手拿龍。度繩司務門杴使篾籠。務必務緒，共別仈出馬。（胥：音省，瘦肉也。）②

三八五

銷對算，理對攀，籌碼對片單。爭強對占大，認錯對求寬。添嫫黨，跋仔坑，賴債對關監。天他二五四，野講八十三。孩兒做官娘做鬼，唐哺過海仔過番。長跤補鞋，短跤出錢，侜死佬媽，別仈諸娘仔。黃犬倹肉，白犬當罪，事伊伯督，隔壁科場兄。③

三八六

性對情，脾對癖，開除對煞熄。惡惡對兇兇，匀匀對積積。旗下妝，廣東滃，牙關對鼻息。呆犬當路頭，土猫壓厝脊。床尾僀爬够床頭，鏰乾故加啦鏰燁。手關解的快，卵伓倹頭伓剃，細哥笑話成三。頭縮桶禮拚，錢仅去瀵仅流，翦子猜拳獨一。④

---

① 録自《華報》403號，1934年5月15日第2版。

② 録自《華報》404號，1934年5月18日第2版。

③ 録自《華報》405號，1934年5月21日第2版。

④ 録自《華報》406號，1934年5月24日第2版。

三八七

湔對漬，漠對烊，坐痛對騖庠。米船對柴塔，花圃對菜園。百歲酒，六君丸，刻苦對虔遑。狸猫換太子，泥馬渡康王。鴨㹴妝死嘴是扁，犬頭灯癮僋賣完。親上加親，上厝搬下厝，也着三疋布。客不送客，前門肘後門，那隔一重墻。①

三八八

臟對骸，胚對魄，天南對地北。鐵櫃對銀箱，票包對錢摔。伓在行，毛的摝，思量對見覺。犬頭假羊頭，蛤殼剖蜆殼。掌鞋司務使猪針，看命先生拍牛角。草生一春，人生一世，老爹等企百歲坊。蝨多不癢，債多不愁，乞食賣過三門檰。②

三八九

痏對痢，濁對淋，新樣對异形。粗糠對穲粉，宿糞對氲塵。湯婆子，竹夫人，靠枕對圍屏。學啦渾點點，詛够赫靈靈。居多好意變呆意，莫道無神却有神。仈身那務七尺長，做賊鞋瞞呢鄉里。骨頭故毛四兩重，相拍賣過的田塍。③

三九〇

契對條，根對證，當權對參政。八穩對四平，雙抽對十趁。假捌真，熱衝清，分爿對割稜。鳩膔三角肩，獅頭八卦面。關勝雪中擒索超，蕭何月下追韓信。暴乍下僋着燕窩席，目周就生够額頭。拍頂扦段落牛屎坑，腰手僻鷩踣坎頙。④

---

① 録自《華報》407號，1934年5月27日第2版。

② 録自《華報》408號，1934年5月30日第2版。

③ 録自《華報》409號，1934年6月3日第2版。

④ 録自《華報》410號，1934年6月6日第2版。

三九一

關對照，備對防，後福對前緣。貨倉對兵站，旅館對公園。造幣廠，拍毬場，落袋對傾盆。五鼠五義士，一獅一法門。應夢投軍薛仁貴，開科取士洪秀全。放啦屁干伊使紙來包。仅興反山東，仅興劫皇槓。趁其銀的着夾龕去�，一半養妻子，一半完錢糧。①

三九二

押對填，賒對買，灯燒對漂洗。落盪對當痕，出屯對雜擠。竈眉頭，床嘴陴，前夫對後奶。嘴舌糖霜甜，目周橄欖睨。外媽除起自家仪，本縣也是歹仔底。暗罵够光，光罵够暗，惻惻心詛嘴，生毛見死毛啼。烏𠐤變白，白𠐤變烏，犁犁面討情，做這官行這禮。②

三九三

姨對妗，奶對嬷，報國對傳家。輕飄對重揣，宿瞯對乾㗳。三重悶，一把摑，地照對天俥。大口食細口，短跤笑長跤。企奶額頭一粒痣，新人嘴陴俩對疤。居然起死回生，活馬當死馬醫。奪魂轉竹，都是瞞真騙假。白刀裹紅刀出，刣仔種瓜。③

三九四

猜對準，算對科，鐵罐對硋鍋。呆銀對好錫，假玉對真珠。倹白膳，困乾鋪，毛卜對相輸。闊少伓戴帽，課黎賣補靴。毛水扒船乾烤烤，務油點火暗捫捫。覆落門縫真瞕瞕，轉奶耐心揀伲婿。排着街墩之擠擠，惡婆創嘴罵唐哺。④

① 録自《華報》411號，1934年6月9日第2版。

② 録自《華報》412號，1934年6月12日第2版。

③ 録自《華報》413號，1934年6月15日第2版。

④ 録自《華報》414號，1934年6月18日第2版。

三九五

在對徵，期對約，批評對解説。熟手對生頭，衰胶對好脚。猫仔雲，鵝毛雪，坐莊對補缺。偷菜強看經，啼麻當唱曲。痛够賣止纔着捱，盪都伓副那趁剥。做仈莫做混等等，女大須嫁，男大須婚。起厝晡起孤伶伶，前不靠村，後不靠郭。[①]

三九六

牌對票，嘜對標，恰對對開週。三三對五五,六六對么么。鷄角衕，鴨牳洲，舌辯對肩挑。無梁不成殿，有路莫登舟。遇煩惱事莫煩惱，得好休時便好休。言三語四，都是聲音，亂□□炒蠶豆。横七直八，乞仈倜算，辣䠷蹉偷胡椒。[②]

三九七

值對抽，征對估，官章對台甫。出口對歸心，拚頭對夾股。中協埕，大王府，整齊對清楚。目飽腹中饑，嘴甜心裹苦。莫管他人瓦上霜，終須一個饅頭土。佬虎姆當權，百靈効順。犬守夜鷄司晨。海龍王做壽，萬派朝宗，鰻吹簫蟹拍鼓。[③]

三九八

迴對避，戒對嚴，踢拍對爬擒。拍獅對拿豹，騎虎對釣蟾。活跳跳，死綿綿，碗菜對刀鹽。四象生八卦，一計害三賢。如今事急無君子，自古心寬出少年。鲜其驚鹺，腌其驚鹺，道道鶍哥煎鲄仔。吞仅賣裹，吐仅賣出，真真親母偷烏黏。[④]

---

① 録自《華報》415 號，1934 年 6 月 24 日第 2 版。

② 録自《華報》416 號，1934 年 6 月 27 日第 2 版。

③ 録自《華報》416 號，1934 年 6 月 30 日第 2 版。

④ 録自《華報》418 號，1934 年 7 月 3 日第 2 版。

三九九

貂對獮，鱉對梟，手織對肩挑。歸除對整頓，攀發對開消。碰嘴卦，奪頭標，扛樂對擔憂。猪油調飦飡，馬屎當柴燒。五更想盡千條路，一量無常萬事休。窄路窄行，闊路闊行。窮仈愛算命，富仈愛夾檻。頭做頭著，尾做尾著。早仔看龍舟，莽仔看中秋。①

四〇〇

記對登，抄對録，聽伬對演劇。自得對相宜，不堪對該絕。本身經，大犅略，死拖對生嚼。見血就封喉，無痰不成瘧。揀親嫌醬共嫌糟，治病換湯毛換藥。求財得財，求子得子。劉海仙釣金錢，利重本輕。講假就假，講真就真。關老爺賣豆腐，仈強貨弱。②

① 録自《華報》419號，1934年7月6日第2版。

② 録自《華報》420號，1934年7月9日第2版。

三、四〇一至六〇〇

四〇一

攎對撈，剔對𠜱，癲犬對禿驢。奸官對䰰道，闊老對腐儒。安奶廟，范公祠，扯膀對趨踽。毛詩唱成曲，務飫去傢薯。千斤萬擔歸伊去，三求四請毛汝辭。和尚偷傢葷，鷄丁冬菜，燕窩髮菜，猪油酥落菜。親仈相欠債，新婦尤魚，細婆鯿魚，諸娘仔盆魚。(𠜱：取餘切。踽：奴渠切。落：音提。)①

四〇二

革對參，宣對召，新章對老調。倒店對搬家，把衙對宙廟。通通通，妙妙妙，斡旋對遷就。無巧不成書，莽硬那是屎。一日心緒亂糟糟，倆隻目周光耀耀。一個錢出口是願，佬媽攧蒲扇，凄凉。三塊瓦遮頭都毛，外甥掏燈籠，照舊。(攧：而展切。)②

四〇三

狼對狽，猾對猊，開目對藉題。本途對中道，正號對雜牌。羊肉袋，鳳尾鞋，薑米對蒜泥。野牛毛貫鼻，快馬不停蹄。五官先帶三分賤，十指難尋一樣齊。雲秘中秋月，雨打上元燈。麥芽糖，倆頭拔。街邊犬世長，墻角鷄叠厚。尾梨串，三粒排。③

---

① 録自《華報》421號，1934年7月12日第2版。

② 録自《華報》422號，1934年7月15日第2版。

③ 録自《華報》423號，1934年7月18日第2版。

四〇四

蒂對苗，芽對蕊，銷差對謝委。合意對同心，講頭對知尾。撮頭毛，豁骨髓，麵包對糖粿。倫鐵僻捺金，使紙去包火。竈君竈媽討藥方，墓主墓客講風水。衣食都羈馬肚帶，千里投主萬里投親。目盲倒輦鴉片鋪，三分像仸七分像鬼。①

四〇五

燒對烤，炸對炊，竹節對柴瘰。漏瓢對炒鑤，匡匣對交杯。半路嫫，長頭胎，縛把對結縲。承行做白蟻，乞食變烏龜。一朝權在跤牛目，八字帶著歇馬胚。細姐生的兼，幾隻大婆賣食醋。佬官死毛變，一討新婦就爬灰。②

四〇六

熟對生，明對昧，通瓏對賢匯。蝙蝠對鴛鴦，螟蛉對狼狽。七步槍，千斤墜，居間對務外。捐官大八成，倫酒長一位。倜病降降糞斗乩，借錢醵醵笊籬會。擠倒興化兄湯丸擔，青盲跖路到彈。倫慣福清哥蕃薯錢，歉子流澊務隧。（醵：音恰）③

四〇七

灰對釉，漆對澌，轉竹對採蓮。剥皮對削稜，缺角對欹爿。毛大小，半浮沉，擔糞對販能。借錢共借債，買厝連買田。講盡功勞拍天下，倫啦肥白出仸前。八旬壽考，五代同堂，一厝仔孫長長陣。十載寒窗，三元及第，倆其兄俤平平喊。④

---

① 録自《華報》424號，1934年7月21日第2版。

② 録自《華報》425號，1934年7月24日第2版。

③ 録自《華報》426號，1934年7月27日第2版。

④ 録自《華報》427號，1934年7月30日第2版。

四〇八

銼對磨，雕對刻，生蟓對上蝨。交份對結緣，犯冲對跖尅。喜年圖，寒食節，黄錢對素貼。念佛不離心，殺人須見血。年紀不多二十三，傢伙講少萬七八。講東一様話，講西一様話。耳聾聽鴨姆叫更。床頭也是錢，床尾也是錢，情願養猪哥倒貼。①

四〇九

頑對賤，拗對馴，依厝對偏房。千秋對十臘，三旦對六旬。靠手板，圍身裙，道長對行童。暢夠通街白，輪啦滿堂紅。太歲頭上徠起土，宰相腹老好撑船。清明門出，穀雨門長，到底強自強弱自弱。進士毛跤，舉人毛手，真正武不武文不文。②

四一〇

勸對和，爭對鬥，猪猪對豹豹。鞋拔對帽圍，床裙對桌罩。都盛盤，自鳴炮，請封對發奏。厝租大龍湫，官拜驍騎校。纂萬把銀在汝嘘，捺一腹屎乞伙掃。惡婆惡檄屐。揀啦好日子，京鼓花轎扛裹徠，番仔番牌簦。犯着下界爺，冥衣錢紙燒昧透。③

四一一

郎對舅，主對奴，務意對毛辭。干連對隔斷，迫窄對敷餘。乞食票，陞官圖，芥載對麻胡。盤盤拍八馬，滿滿斷九魚。請客東街三山座，開齋下渡十境祠。前伙馬後伙騎，前門磬岦夕，後門起帖仔。一把蚶，倆把殼，一帳噶糊糊，倆帳犯官符。④

---

① 録自《華報》428 號，1934 年 8 月 3 日第 2 版。

② 録自《華報》429 號，1934 年 8 月 6 日第 2 版。

③ 録自《華報》430 號，1934 年 8 月 9 日第 2 版。

④ 録自《華報》431 號，1934 年 8 月 12 日第 2 版。

四一二

薄對稀，遲對慢，監盤對包辦。折本對存根，加封對移贈。珠珠圓，鐵鐵硬，無端對有限。童生假秀才，翰林做知縣。好仔伓趁六月錢，無事不踏三寶殿。曲蹄仔㑚眩岸，皋突跤插落土煤漿。嶺表兄乍裏城，鬆覆掌鬭跋石門墊。[①]

四一三

撩對逗，駁對拼，北仔對南兄。吊傷對發汗，解熱對收驚。樸門翅，使瓦朋，醫院對官廳。目尾生釣釣，嘴鬆氣猏猏。少爺生成少爺癖，陶代拍死陶代聲。剜骨剥皮，舞够躐蹋精光，毛篆半粒老鼠屎。追魂奪魄，害伊朦朧顛倒，都是一陣土鷄精。[②]

四一四

保對扶，尊對拜，車輪對羅蓋。馬面對牛頭，鰕精對鱉怪。蝦蟆兵，蝙蝠派，貨捐對船儎。老做手網巴，單放屏風債。新人㑚剪竈君花，老板那倉雷公菜。莫貪紹長福長壽，故着配錢高北斗粟爛南倉。昧經過大雪大霜，都伓覺萬象回春三羊開泰。[③]

四一五

筋對脉，汗對膿，雅緻對通瓏。醋鷄對錢蝨，水蜢對柴蟲。歇膠手，大喉嚨，光瞎對臭聾。椶簑做馬褂，金被罩鷄籠。倉够嘴夥豪猪白，急啦面脾吉䊾紅。世事冷如冰，銀錢第的親，蕃薯籐縛牌套。人情迫似火，關門毛内躲，荔支紅送轉仈。[④]

---

① 録自《華報》432號，1934年8月15日第2版。

② 録自《華報》433號，1934年8月18日第2版。

③ 録自《華報》434號，1934年8月21日第2版。

④ 録自《華報》435號，1934年8月24日第2版。

四一六

（日來城市甚囂塵上，萬衆若狂，花會之聲，洋洋盈耳。而中下社會，尤爲顛倒。戲採市閭口語，編爲專號，聊以誌俗風之變。）

開對壓，替對輪，急駁對生從。坤山對合海，井利對漢雲。羅只得，雙合同，務讖對毛文。元貴做乞侬，天申撑溪船。元吉犯冲換安士，日山落解出天龍。三槐那跟定解衰，狂錢換碎錢。正叫做侬薯賠芋，五帝都賣拿伊去。上鬧跳下鬧，僬輪够務褲毛裙。（從：趨容切。）①

四一七

珠對寶，鬼對人，扭揑對搜尋。抽籤對養字，告佛對求神。宋正順，朱光明，三李對六陳。上超冲井利，元貴解太平。伏桑花贈鄭必得，攀桂香生方茂林。花會頭儘滑頭，只頭跳許頭，好比草蜢撩鷄角。台灣仔伓像仔，粤仔騙欵仔，故嫌佬虎侬菩蠅。②

四一八

納對交，爭對競，贏輸對折趁。肉胺對筋紋，皮單對血瘢。出海舟，翻天印，風聲對火證。賣箄洪塘街，討船臺江汛。財主當過表子頭，親姨待着娘奶面。侬生米碰着侬生豆，藉強欺弱，務八板大道生財。桶白裙換做桶紅裙，送舊迎新。仅一番良緣匹聘。③

四一九

嘈對哵，詖對嘘，凑担對帮鋪。花衣對水被，冰帽對土靴。滴韃韃，迷捫捫，肉桌對油鍋。傳仏僂伲婿，佬媽養唐哺。黄牛面前讀白契，佬虎脰骨掛素

---

① 録自《華報》437號，1934年8月30日第2版。

② 録自《華報》438號，1934年9月3日第2版。

③ 録自《華報》439號，1934年9月6日第2版。

珠。一樣米傑㑊百樣仈，傑揀賣算買餅當頓。三把刀也毛半把利，相拍吼救務贏沒輸。（誐：語靠切）[①]

四二〇

碾對礱，硠對硤，雜謅對亂瞯。栗碌對偎挼，接連對兜搭。房桶神蔴衣煞，鼻軀對目獺。自醉自伽投，仅淺仅拍濺。昧見佬鼠㑊鹽甏，野像菩蠅企亭蹥。棋子麵送生日，有喜當賀，中亭街洗厝曝牙。水豆腐辦苦差，奇貨可居，塔巷裏拍門討册。（碾：音研。硠：盧當切。謅：即條切。瞯：乃獺切。挼：汝爲切。）[②]

四二一

詞對摺，禀對呈，活動對生成。内容對外貌，後運對前程。拍鐵弄，洗銀營，雅座對凉棚。三吼四伓應，十輸九毛贏。盤數親家盤禮數，掛名董事掛啦名。專喚這毛野友喝六呼么，骰家兼賭，輸汝沒祖。伓聽伊老爹們講七道八，鄉下裏城，㑊咾就跖。[③]

四二二

袋對包，筐對簋，藥籤對花彩。錫箔對銅油，鐵砂對銀紙。天外天，海底海，傳聞對見解。老鼠存月糧，衰猪捺硬屎。開化和尚倆吓頭，下道大哥十一指。耳空掏紙丸來塞，都伓察皇帝老叔公。肚袋務銀粉拍施，驚伊毛丫頭伲仔使。（簋：呂乃切。）[④]

---

① 録自《華報》440號，1934年9月9日第2版。

② 録自《華報》441號，1934年9月12日第1版。

③ 録自《華報》442號，1934年9月15日第1版。

④ 録自《華報》443號，1934年9月18日第1版。

四二三

油對粉，蠟對脂，玉葉對金枝。抽包對具結，收數對寄批。裙釵會，鑼鼓伬，短算對長支。油蔴假老鼠，斗米養斤鷄。尚幹外甥大過舅，洪塘伲仔伓捌爹。犂犂壠，沒够擒，鴨卵哺共石頭門墊。定定懊倱務乇，犬嘴都毛飾粒拍施。[1]

四二四

箬對披，根對蕊，隔山對参水。革職對輪班，連陞對加委。猫筍乾龜桃粿，收成對摔毁。腹老寒脹風，目周碰出火。尖刀㓟着心肝窩，黄土埋够頭髮尾。鷄鳴狗盗，錢儕看籐枰椛大，螃蟹跤請親家。兔死狐悲，命那務紙媒蒂長，麒麟布出吊鬼。[2]

四二五

惆對悵，惻對烘，拍銃對企籠。生芽對剥秧，扯榜對拔穠。歪嘴蛤，磕頭蟲，刣白對掛紅。好心乞雷拍，急性使水滐。跤仔儕跑手儕弄，目周仅奭耳仅聾。燒回頭香，一碗飾供公婆，就當大魚大肉。倱空心酒，三錢銀買墓地，哺值石馬石仸。（秧：音養。）[3]

四二六

暗對陰，光對艷，當灾對拍爛。海闊對天高，沙明對水净。放平平，討定定，孤恓對輕健。在伊莽去嘘，共汝毛乇㨂。揾門逐犬一總包，行船走馬三分命。爭錢盡儕爭，尋骯拍駁迸，那見掏刀掏槍。講話伓像講，随嘴亂菩蘇，真正毛山毛岸。（艷：而净切。爛：奴净切。骯：苦喬切。）[4]

---

① 録自《華報》444號，1934年9月21日第1版。

② 録自《華報》445號，1934年9月24日第1版。

③ 録自《華報》446號，1934年9月27日第1版。

④ 録自《華報》447號，1934年9月30日第1版。

四二七

將對即，也對耶，鎖眊對磚伢。中材對大貨，細草對橫柴。鷄籠罩，馬桶枷，驢股對象牙。三家夾五黨，一正遏千邪。蝦蟆想食天鵝肉，強龍不厭地頭蛇。巴結佢故呆揀佛燒香，挖够己肉，心肝痛斷。卡調代那漢奉旨祀典，做盡人情，膠手搬斜。（斷：音蕩。）[1]

四二八

乏對勞，艱對苦，憑公對轉祖。耳翎對頭搖，目森對嘴努。知者來，得其所，蝦鬆對蠣肚。閒工補笊籬，好式拍茶鈷。賠了夫人又折兵，見着拳師就比武。只邊跤娘奶，許邊跤郎罷。姑舅表，好做親。先下手爲強，後下手遭殃。番仔兵，毛隊伍。[2]

四二九

浮對躁，薄對菲，討勢對乘機。通腸對補腹，接骨對晾尸。好脚色，呆傢私，停擺對敲欹。罵佢毛起稿，相體好裁衣。太婆自做自怨命，人子不可不知醫。講食偝趨踽，講錢更偝趨踽，耳角剥毛，額頭破棱。共佢夾賣落，共犬也夾賣落。膠手蠟隙，肞脾開絲。（踽：汝魚切。）[3]

四三〇

摔對□，丟對抣，風俥對火箭。少取對多來，通行對罕見。食布符，拍錢劍，裁縫對補綻。滿厝捫尿壺，謀天故鏰片。不生不滅火中蓮，自去自來梁上燕。天灾人禍，四萬八千刧，免不了水火刀兵。陰錯陽差，三十六槓箱，偝揀啦筆墨紙硯。（抣：許見切，擲也。）[4]

---

① 録自《華報》448號，1934年10月3日第1版。

② 録自《華報》449號，1934年10月6日第1版。

③ 録自《華報》451號，1934年10月15日第1版。

④ 録自《華報》452號，1934年10月18日第1版。

四三一

兵對匪，盜對娼，合股對分贓。西賓對東道，北派對南帮。糟菜糞，楊梅瘡，郭宅對潘墩。老帥見面禮，親母洗跤湯。知縣拍差差拍犯，郎罷管仔仔管孫。暴乍窮牿着暴乍富看輕，孫行者過火焰山醃醄燥。糊塗福註定糊塗伙受用。猪八戒食人參果囫圇吞。（牿：築角切。）①

四三二

舉對行，謀對幹，合盤對加貫。蹩脚對猾頭，潑皮對光蛋。鵝尾珠，鷄腿柄，相疑對自贊。山深虎豹藏，樹倒猢猻散。病啞講話自家聽，青盲洗湯快来看。冤枉生就務冤枉死，冤枉伙故着使冤枉錢。風流罪僻坐風流監，風流官賣曉判風流案。②

四三三

捐對稅，罰對賠，買板對開箠。洗清對解熱，消毒對曝霉。制電表，流星鎚，過竅對拍圍。做盡膘手款，保啦股穿皮。孟孫問孝於我我，賜也何敢望回回。討私情那值大量包涵，老爹老爹，恩典恩典。求差事的着內爻發動，姨太姨太，栽培栽培。③

四三四

栲對枷，鞭對撒，分居對競走。正配對私休，孽緣對佳偶。鐵骨鷄，金毛犺，堂堂對表表。股份四六開，仙家十八抖。許仙借傘遇白蛇，張生彎弓射天狗。凡事總着留三分退步，犬急爬墻，伙急跳梁。好命也伓通十足思豪，衣來伸手，飯來張口。④

---

① 録自《華報》453號，1934年10月21日第1版。

② 録自《華報》454號，1934年10月24日第1版。

③ 録自《華報》455號，1934年10月27日第1版。

④ 録自《華報》456號，1934年10月30日第1版。

四三五

擒對綁，刧對勦，閒坐對快跑。稱斤對量尺，叫局對抽骰。永祚社，開元樓，墘角對竂巢。死馬當活馬，大猴罵細猴。夫妻本來相欠債，朋友故勝親同胞。本仅着薄，利仅着豐，三錢銀晡見皇帝面。風冬娜起，禍冬娜落，一桶水都倒別仸頭。①

四三六

隧對塍，空對堤，直跖對倒退。活貨對呆裝，葷張對好塊。菩敦篩，爬躖擂，禁冲對攜晬。五花鄧將軍，三田都元帥。干伊家伙做糖霜，害我心肝叭粉碎。我養阿三，阿三養我，這猴仅着這乞倎徠犁。奴罵忘八，忘八罵奴。務豹當然務佬虎去對。②

四三七

奸對狡，直對剛，凋殿對鄉村。上轎對環井，起弄對拍墩。倎糒被，打麬缸，背義對忘恩。剃頭連請酒，擦背兼擔湯。箓啦一仔一新婦，扛够大伯大廳當。牛跤壑僻浸死仸，佬媽縛馬裙，一街邁冤狀。虎頭牌賣抵的煞，陶代倎犬肉，毛面見天尊。③

四三八

怪對妖，邪對薑，掃除對屠宰。滑溜對逆沙，噶糟對病氣。父母軒，公婆紙，官官對歹歹。短跤笑長跤，上□拍下齗。連江依嫂肥朊朊，長樂諸娘旖乃乃。目周困落褲衕，單爿狀晡想告死仸。膘手婆當火灰，發財票伓存着頭彩。（朊：女胎切。）④

---

① 録自《華報》457號，1934年11月3日第1版。

② 録自《華報》458號，1934年11月6日第1版。

③ 録自《華報》460號，1934年11月15日第1版。

④ 録自《華報》461號，1934年11月18日第1版。

四三九

痰對垢，穢對膻，朧角對解邊。耳刀對牙刷，手套對跤氈。面覷面，肩尅肩，猪尺對牛鞭。手腕實在活，嘴頭那捌甜。殺人不過頭點地，做賊真正膽包天。看伊胼眷骨哺豹出徠，足足五粒排算盤只。尅够跤肚灣都鳩賣直，真真三其困斧頭尖。①

四四〇

抱對邀，喂對菴，畝台對塌臼。豆醬對桐油，米粩對鹽滷。蜘蜘長，燭燭舊，火燒對電鍍。帶閏八十三，出屯二百五。暑往寒來又一年，山窮水盡疑無路。先着留人情，後時好相見，莫做癲犬狀癲犬形。家無流蕩子，官從何處來，務佴死猫腸死猫肚。②

四四一

諳對補，散對勻，機緞對纖絨。呆聲對笑色，凶信對喜容。百家利，一國窮，拘束對服從。小姐千金石，師爺四兩銀。李逵怒殺沂嶺虎，魏徵夢斬涇河龍。蠻笑話蠻笑僣狂。拍股穿仅兼啦放錢債。巴結仈巴結賣着，尚膘手故嫌汝臭齘齦。③

四四二

卷對宗，箋對稿，開差對退老。補缺對蒐遺，貤封對認保。淺腹腸，新頭腦，神經對命寶。死蛇干伊吞，佬虎拍的倒。不是知音莫與彈，究竟吃力賣討好。推牌九仅興，壓攤也興，一腹老僣兌着樏菘。買棺材務錢，倹藥毛錢，倆拳頭那撝啦薑拇。④

---

① 録自《華報》462號，1934年11月21日第1版。

② 録自《華報》463號，1934年11月24日第1版。

③ 録自《華報》464號，1934年11月27日第1版。

④ 録自《華報》465號，1934年11月30日第1版。

四四三

跑對蹦，跋對躥，銅片對銀圓。要人對重地，寶座對華筵。烏豆老，白梅丸，得法對從權。蘇州出美女，興化中解元。做官着做包文拯，養女毛養韓月娘。生我我生，與我同生，五百年前，衕柄頭舞杖。欠人人欠，無人不欠，三十盲晡，厝脊頂開門。①

四四四

撥對銷，歸對抵，謀人對克己。少禮對多情，不仁對無耻。毛輸贏，半生死，包捐對奉旨。窪市賣毛錢，窮伙儈貴米。騙伙僻騙珠珠炎，做家也做蓬蓬起。好伙相逢，呆伙遠離。野通野通，佳蠟屎去風。愛者不明，嫌者搜尋。恭喜恭喜，麻獅孱盪痞。（窪：如化切。）②

四四五

唆對咬，拌對撩，日食對夜遊。盤盤對碍碍，匣匣對瓢瓢。乞食袋，狀元籌，貪賭對興嫖。縫粟籠毛米，花生搾出油。四海之内皆兄弟，三年以後報冤讐。務這牢獄，闞這罪伙，一蟹伓如一蟹。好就棺材，呆就草薦，五蜆那是五蜆。（縫：匹旦切。）③

四四六

焊對熗，爊建熇，竈廊對床閣。行帳對搖籃，提箱對駁桌。蹌蹌蹌，懵懵懵，肩章對手帢。擒爬趁務錢，細膩儈毛乇。味當光棍當仙家，伓做度繩做細𨨗。遠水難救近火。三行四牌西，做代放禮挨。好山賣出呆柴，倆其一吓乇，伓傻乞人嘐。（懵：如閣切，慧也。帢：旅閣切，手套也。）④

---

① 録自《華報》466號，1934年12月3日第1版。

② 録自《華報》467號，1934年12月6日第1版。

③ 録自《華報》468號，1934年12月9日第1版。

④ 録自《華報》469號，1934年12月12日第1版。

四四七

歡對愛，惱對嗔，噏石對泥金。離婚對改嫁，定聘對成親。換甲子，守庚申，拍瀉對調經。畏首又畏尾，顧嘴伓顧身。干你頭仔奔虧佮，含伊腹老假捌真。僣做共孤哀子一樣悽涼，爹一句，奶一句。真正像佬公媽十分親熱，男有心，女有心。[①]

四四八

臼對倕，舂對碓，逞功對酬債。報孝對養廉，承歡對戀愛。小姑姑，老太太，三陞對八拜。目尾僣開櫸，牙仔昧擬艾。盤數務倆也務三，便宜可一不可再。面皮都伓顧，劉劉乞擔鯉肏，僣倜賣蛤掏錢。頭腦實在纏，現現是張三帽，晡盪李四去戴。[②]

四四九

粔對噶，剥對踬，熱火對寒沙。獅頭對鱉角，螺耳對鳩胶。長頭髮，大令脬，梯椅對桁叉。甘臭伓甘爛，毛粕共毛渣。病仏犯着半天吊，閒話講啦長地拖。肚袋毛錢含混過年，看汝七處做現世。巴掌莽大賣掩仏嘴，干伊一帳就駁家。（踬：虛遮切。拖：音淹。）[③]

四五〇

倒對崩，傷對壞，長扛對重艤。殼攡對虔遑，歪攢對塊㙟。都毛明，故禮昧，做呆對使摕。漢碼炮仗鹹，股穿釘板大。鷄毛務聖也務神，犬肉附勝不附敗。馬是趕路騎，賊是急仏做，由來君子防未然。牛着用錢買，仔着破腹生，真正成人不自在。（艤：石貸切，船儎重也。㙟：吾壞切。）[④]

---

① 録自《華報》470號，1934年12月15日第1版。

② 録自《華報》471號，1934年12月18日第1版。

③ 録自《華報》472號，1934年12月21日第1版。

④ 録自《華報》473號，1934年12月24日第1版。

四五一

讒對譖，謗對譩，嗶卟對吃唎。魚絨對肉醬，鯉餅對鷄絲。也務好，實在悲，公厕對台基。衫長手網短，帽正鼻梁攲。明日無錢明日事，自家有病自家知。病啞四賣飦盤，也趁一腤，儺銃着五年好志運。耳聾八傖糖粿，那𪘲啦嘴，伓管伊十絕呆傢私。①

四五二

犬對猪，羊對兔，招呼對看顧。烏米對緑茶，紅糟對白醋。離骨丹，還魂數，傳宣對起訴。偏風手先風，寒露身不露。老子一氣化三清，窮伙沒病扯半富。八百塊光番討細姐，愆做頭髮尾，里路講嫖經。十二月出世愛值錢，氣結心肝窩，後門開酒庫。②

四五三

悽對惻，愕對怔，拔納對抽經。過房對接店，回府對出廳。姑欺嫂，俤拍兄，鴨姐對猴精。賿手塞着嘴，心肝邁够胼。歇仔討親三不像，老爺講話倆吓聲。狐，狐鼻心。狐，像觀音。啼呀的伙俀，笑呀的伙俀。獅，獅頭眩。獅，獅酒醉。講伊也捌聽，罵伊也捌聽。③

四五四

活對殂，存對歿，加冠對成服。鐵漢對石伙，醋婆對糖佛。洋芥藍，野蘿蔔，拖延對褻瀆。十成算十成，一物降一物。做啦媒伙親保親，碰着呆乇毒肘毒。好仔出仕，呆仔玩具。空費伊半生心血毛收成。務錢當家，沒錢敲跤。莽讓汝一陣骨頭去跋匐。④

---

① 録自《華報》474 號，1934 年 12 月 27 日第 1 版。

② 録自《華報》476 號，1935 年 1 月 6 日第 1 版。

③ 録自《華報》477 號，1935 年 1 月 9 日第 1 版。

④ 録自《華報》478 號，1935 年 1 月 12 日第 1 版。

四五五

湔對漂，潑對潺，牌桌對戲枰。企身對使嘴，雜臂對丫鬟。治喪處，暖壽盲，現任對空銜。淺暖香乾緊，潘驢鄧小閒。驚蟄昧够雷先發，鴣雛禮叫雨阿晴。腹痛追使請郎中，老鼠屎焙灰，便呀伓便。面麻仍原做小姐，蜜蜂窩盖印，圖咾又圖。[①]

四五六

掃對除，斟對酌，單頭對獨脚。謀事對講情，求幫對謝借。拍嘴巴，割頭髮，商量對訂約。猶唱後庭花，獨釣寒江雪。一年四季都平安，八字五行毛欠缺。做官莫做小，一把凉傘雕遮偌壞亻。生女伓生男，十其燈馬伓如單條燭。

（註：猶唱後庭花：譏好男風也。獨釣寒江雪：麻雀牌之新章，名目也。）[②]

四五七

瓜對橘，豆對瓠，捎把對合符。維持對看顧，引惹對招呼。催命鬼，看財奴，警察對防虞。自然謝天地，大半跖江湖。後世變猪共變犬，他人騎馬我騎驢。好仔不在多，三把鋤頭，毛拿一本筆。善人終有后，單條香綫，着插倆个爐。[③]

四五八

劈對燒，埋對砍，通行對便覽。碎屐對流鏢，長琅對古板。西湖亭，北庫井，何曾對豈敢。一竅不通膏，滿身都是膽。磬齦頭碰磬齦頭，流淚眼觀流淚眼。毛事幹拍鑼驚鬼，可憐七處鬧昂昂。何苦來借刀刣亻，那見一街論反反。[④]

---

① 録自《華報》479號，1935年1月15日第1版。

② 録自《華報》480號，1935年1月18日第1版。

③ 録自《華報》481號，1935年1月21日第1版。

④ 録自《華報》483號，1935年1月27日第1版。

四五九

裙對帶，穗對條，節粽對年糕。閹書對狀紙，乩筆對屠刀。伓支事，毛禁訶，經罵對傖褒。鼠㹀拖蚨殼，猫妮傖魚鮭。萬古千秋賣剥落，三言兩語毛囉唆。破蒲扇儺去風，□使犬皮膏剔貼貼。新糞坑好捺屎，都毛菩蠅蟲凝哦哦。（哦：語訶切。）[①]

四六〇

塞對填，塗對泥，當初對是下。五蝠對雙獅，七龜對八蟹。粉包湯，飵黏劑，慌獐對尅猊。賈瑞單相思，蘇秦九不第。奴爹奴奶伓像伙，表兄表弟好排棣。暗箭難防，明槍易躲。看伊沒時遇着對頭伙。落花有意，流水無情，干汝務鬼儺啼毛郎罷。（泥：去聲。）[②]

四六一

檲對堵，架對槽，鉢仔對缸婆。模糊對邋遢，溷濈對囉嘈。平平偭，搭搭屙，困帽對光袍。自講自毛趣，無休無奈何。八隻神仙齊過海，倆其姊妹去投河。讀書那捫着書皮，腹老草包，做啦蜘蛛賣結網。講話單恰伙話屁，口頭花獵，看伊蠶繭儺變蛾。[③]

四六二

貼對糊，粔對噶，舒排對夾雜。扒炭對揀茶，討漁對打獵。搖楞楞，拍沓沓，甜脬對辣拔。我哥內政通，汝奶外奸燃。拿伙着務火管鞦，請客那使桶盤鍘。掌盤使爬錢爬够棧，掃完犬骨，草鞋補跤咧，好跑。大律師辯訴辯過珠，吹起牛屄，漿袋邁胼底，假活。[④]

---

① 録自《華報》484號，1935年1月30日第1版。

② 録自《華報》485號，1935年2月3日第1版。

③ 録自《華報》486號，1935年2月6日第1版。

④ 録自《華報》487號，1935年2月12日第1版。

四六三

安對頓，歇對停，做式對承情。財財對福福，德德對仁仁。皇帝殿，聖君亭，拍破對凑成。毛天共毛地，由命不由人。知止而後有定定，大學之道在明明。乾血痨護咧拜堂。上更咳咳呻，下更啌啌嗽。單腹脹，假啦喜。一步膨膨顫，兩步婼婼形。（呻：次亭切。啌：去籠切。婼：汝珠切。）[1]

四六四

票對番，鈔對錠，花罇對栗樾。滿當對過盤，包租對賠定。桃花顛，韭菜命，擔承對比掽。公侯伯子男，生旦丑末浄。五官中正福壽全，四季平安跤手健。大橋頭焊蠣餅，心横跖死路，僯做青衣旦祭江。鋪前頂看猴骰，酒醉出真言，野像曲蹄婆眩岸。[2]

四六五

強對壯，健對康，酒庫對鹽倉。蠣膏對蝦子，肉汁對魚湯。拿曹操，斬鄭恩，做陣對扛幫。水中空撈月，雪上又加霜。李固燕青盧俊義，哪吒楊戩土行孫。存心奪别仏功，東瞞西瞞，火頭軍那驚何宗憲。結果害自家命，汝死我死。桃花女毛讓袁天罡。[3]

四六六

偈對符，齋對醮，驗收對查照。管本對存根，轉機對開竅。親母胲，仙人跳，糖燒對醋溜。篤篤鳥仔飛，疾疾鼠牳叫。下水容易上水難，裏門煩惱出門笑。唸經學賣象，倹菜拜和尚，白白話叫汝題緣。告狀真正猪，掏錢倩律師，光光番换啦傳票。[4]

---

① 録自《華報》488號，1935年2月15日第1版。

② 録自《華報》489號，1935年2月18日第1版。

③ 録自《華報》490號，1935年2月21日第1版。

④ 録自《華報》491號，1935年2月24日第1版。

四六七

親對戚，友對鄰，鉢鉢對瓶瓶。開通對迷信，戀愛對精神。盤馬道，覆龜亭，介意對留情。藥醫不死病，佛度有緣人。龍王祖殿籤靈感，虎奶婆官駕降臨。腮手頭塗金鳳，仅硬仅紅，二品官員二品俸。骨骼下生榜魚，大模大樣，一朝天子一朝臣。①

四六八

欠對賠，賒對掛，笑談對怒罵。出賬對升旗，站崗對留駕。全包冬，半開化，良緣對惡霸。地牛禮轉肩，禄馬沒上卦。大士手執楊柳枝，新人面覷葡萄架。百里不同風，千里不同俗，難怪諸葛亮招親。三日就鬧米，俩日就鬧柴。故呆買臣媽吵嫁。②

四六九

清對白，濁對渾，夾合對通同。刧牢對越獄，摔店對鬧房。千斤墜，卍字文，虎齗對猴拳。鄉下卡搭墓，江中拍破船。陳宮可惜放曹操，關羽何曾怕呂蒙。毛配食猪肝，毛米食粉干。嘴皮努努證做親母。做祭論修墓，做福論起廟。捺屎紋紋褒護門輪。③

四七〇

遞對填，傳對繳，風俥對電表。能幹對捷勞，靈通對技巧。金銀湯，土木偶，火頭對水手。孀居半爿仸，喜字俩个口。短笛無腔信口吹，重帘不捲留香久。好食賣便宜，便宜賣好食，十碗菜也那揀五柳居。美人毛長命，長命毛美人，四盞燈故不如三花丑。

---

① 録自《華報》492號，1935年2月27日第1版。

② 録自《華報》493號，1935年3月3日第1版。

③ 録自《華報》494號，1935年3月6日第1版。

（註：短笛無腔一聯，舊爲烟館佳對，膾炙人口已久，竟成普通諺語。）①

四七一

瘤對癬，痔對疳，芥辣對榆甘。欗欗對座座，洞洞對坑坑。聖君殿，婆奶山，狗吊對鷄冠。跛跤跛跤六，斵子斵子三。苦瓠那生苦瓠仔，麻筍倱够麻筍乾。做戲癲諸，看戲歁諸，金龜母出路。捺屎昧臭，鼓屎故臭，佬虎姨坐甏。②

四七二

嚇對呼，哈對嗙，蓆堉對牌欖。出面對當頭，盤腸對截腊。上上籖，中中槻，燒硋對換甑。胡奎賣伙頭，武松拍飰店。昧見好也昧見呆，將様做就將様更。船裹老鼠，堵禮討倱，跤指拍算盤。井底蝦蟆，坐咧看天，鬍鬚掛草薦。（嗙：里倩切。蓆：楚藥切。堉：剔珠切。）③

四七三

抓對扭，插對捎，局騙對拗愀。駁桃對炒麥，食蔗對出枹。拍火熄，看水操，攏索對分鬮。死够賣曉倒，借了故着偷。窮伙賣倱四兩肉，和尚那管一個包。創嘴諸娘討伙嫌，目周儺剜倈滃醋。毛錢二婿欠晡數，腰手都割去炒糟。④

四七四

損對虛，成對毀，精靈對奸詭。柿餅對蔴酥，藕糕對芋粿。三角肩，一字腿，交盤對受賄。舉手不饒人，疑心多見鬼。小姐容貌一蒲花，佬伙腹老三斗水。歁仔有時務使用，坎爿藟儺墊的桌跤。呆伙毛法惹伊倞，帶魚頭賣配昵飰尾。⑤

---

① 録自《華報》495號，1935年3月9日第1版。

② 録自《華報》496號，1935年3月12日第1版。

③ 録自《華報》497號，1935年3月15日第1版。

④ 録自《華報》498號，1935年3月18日第1版。

⑤ 録自《華報》499號，1935年3月21日第1版。

四七五

封對割，痛對澳，中正對偏旁。襖輪對鞋放，桌單對俥閂。做文趣，無事忙，粵漢對蘇杭。出門不認貨，落轎就拜堂。閻王叫汝三更死，觀音賜伊四兩糖。水牛姆那賣三吓錢，肚袋底竅天毛辦法。草蜢腿僀拍八其過，跤後單搭地畫在行。（澳：滷堂切。）①

四七六

獎對封，迎對聘，長支對碎趁。人壽對年豊，國恩對家慶。輕重聲，起倒症，噶疤對臭癒。香爐覆墻頭，草薦掛廳面。餓鬼賣搶冥頭糈，教師那練手尾勁。雙拳難敵四手，萬般皆下品，難爲伊楊志賣刀。三旨不如一鞭，五帝驚呆仏，僀迫够劉璋過印。（勁：音逕。）②

四七七

鬆對緊，窄對寬，過竅對通關。灰爐對炭甕，滷鉢對糟甏。細姐奶，新郎官，接駕對輪班。講七多道八，除五下加三。務錢哺使鬼挨磨，講倰野像龍過山。地理先生毛内埋，十做燈籠暗眊眊。麻面諸娘愛塗粉，水禮畫眉影灣灣。（眊：牧閣切。）③

四七八

審對查，批對判，通行對習慣。掌鼓對掏旗，搖鈴對踏罐。小人家，男子漢，青光對烏暗。毛枷自討枷，逢担不過担。逢三着倰羅漢齋，頭七就拜玉皇懺。做官講官話，做名講字畫，算盤哺拍過榈。昧窮出窮鬼，昧富出妖精，米槌僀舞碌柄。④

---

① 録自《華報》501號，1935年3月30日第1版。
② 録自《華報》502號，1935年4月3日第1版。
③ 録自《華報》503號，1935年4月6日第1版。
④ 録自《華報》504號，1935年4月9日第1版。

四七九

嗆對嚓，嗅對呸，横垛對約儴。老班對前輩，同事對總裁。挨過月，鬧做雷，保護對栽培。呆仈捺臭屎，敗家出大膘。偷食台家疑新婦，破賴童生假秀才。挈一箸㞒够面前袿，横針賣曉直綫。猛倆步帕伊背後手，好鼓佅使重槌。(㞒：音賦。猛：母罕切。帕：匹他切。)①

四八〇

骨對筋，皮對膜，平長對碎戳。腿帶對腰牌，面盆對跤鐲。寬永文，光中薄，奪親對鬧學。半碗共半匙，一繭是一箬。白花佅開紅花開，黄箬昧落青箬落。食冬娜水，講冬娜話，教徒弟拍師父毛天良。看一時風，駛一時船，孫新婦啼大媽若情局。②

四八一

裁對撇，篤對圜，寡料對村盤。裙裙對罩罩，穗穗對環環。爽對爽，平肘平，十足對萬難。刣鷄做月痢，走馬看傷寒。跤踏白鷄柏小姐，身騎黑虎趙玄壇。東撮仈毛，西撮仈毛，野和尚布施，十方佅够飽。横出一式，直出一式，惡諸娘相駡，九主副煮饅。③

四八二

詐對謊，奸對巧，拍長對持久。點燭對燒香，穿花對勸酒。渾不拘，毛的了，燕丸對魚餃。出世先投胎，饒人不舉手。手内編書世間傳，錦上添花天下有。燈馬照前難照後，僬看見别仈，賣看見自家。黄金贈富不贈窮，東一幫交朋，西一幫結友。④

---

① 録自《華報》505號，1935年4月12日第1版。

② 録自《華報》506號，1935年4月15日第1版。

③ 録自《華報》507號，1935年4月18日第1版。

④ 録自《華報》508號，1935年4月21日第1版。

四八三

煨對熇，曝對晾，前套對現成。梅皮對柿核，草凍對松明。關爺巷，孫老營，換姓對冒名。捺尿落古井，喝市造羅城。南營轉灣中軍后，北庫跖出下土埕。跤跛嫌厝斜，拿架式野像搖輪俥，指霽衣歪呢哪。空寬乞伙罵，放腸風故呆連環炮，脾霆袍堂吱喤。（哪：奴話切。吱：耶卑切。）①

四八四

押對抽，支對領，辛酸對鹹醱。南澗對西禪，東湖對北嶺。打單眩，拼董跛，磨刀對補鐤。一碗粉包湯，倆擱火燒餅。闊少七處跋八仙，窮伙一哺生九仔。肚袋野像矮八鬼嘴舌，那看伊三日仅借五日仅賒。骨頭故重劉四佛土身，莽讓汝九其徠拖十其徠揑。（跛：品餅切。揑：剔鐤切。）②

四八五

□對趹，跣對瘸，獨蒜對嘉禾。金裝對墨搧，紙樣對土模。公衆地，私家厨，鍘蔗對尚茄。膽大歲味大，面和心不和。半日風飈半日雨，一行月影一行雺。回頭沒影，反面沒情，伲仔也那起啦坎爿塔。上山要財，落水要命，乞食都伓過這爛柴橋。（趹：音塊。瘸：乞和切。茄：音橋。雺：音模。）③

四八六

喟對喰，唏對嗄，投標對講價。面布對頭梳，腰包對手帕。火管鞦，錢爐掛，捐輪對抄化。鷄毛第一神，馬肉實在誌。鬍頭諸娘愛戴花，沒齖依婆僲俍鮓。百衲衣配忠孝帶，含癲不遂，文文轉草蜢捎旗。倆耳鐤座元神爐，捏方做圓。環環俥花眉跳架。（誌：余化切。捎：其展切。）④

---

① 録自《華報》509號，1935年4月24日第1版。

② 録自《華報》510號，1935年4月27日第1版。

③ 録自《華報》511號，1935年4月30日第1版。

④ 録自《華報》512號，1935年5月3日第1版。

四八七

搖對泊，盪對挨，濫鹿對傒屖。開倉對管庫，鎮殿對遊街。小朋友，老夫妻，吞鶴對做鵜。老板乍開店，先生毛噧齋。記着心頭雹雹熱，篆啦骨髓慢慢褪。留就毛去，去就毛留，半邊跤門塹裏，半邊跤門塹外。亂久必治，治久必亂，三十年水流東，三十年水流西。（傒：夫黎切。鵜：剔齋切。）[①]

四八八

嚙對嚌，嘰對吤，出丟對使搋。苦累對歡迎，笑談對冤賴。使呆錢，做壞代，過衰對落敗。家貧親戚疎，官去衙門在。做啦細膩仅畏羞，貪這便宜儺上癩。生的好伓使妝打，務身份伓使排打，老娘足足是這腓。死沒變故哺嘔蠻。厚皮臚故哺威蠻，呆毛真真毛内逮。（吤：機械切。腓：弼西切。）[②]

四八九

鳩對鷄，鶚對鵜，教館對排街。亞灣對拍涉，粉碎對犁噅。駕單馬，排禮屖，獨得對孤栖。藩臺出好缺，學院跔長差。月尾堪堪務大利，日頭寖寖過小齋。那鷩乞親戚轉占谿，腹老裏拍算盤，眉毛菁都賣捨。看見着公婆媽步數，頭頂當放茶罐，膠手指亂不揮。（鵜：剔齋切。）[③]

四九〇

靠對歸，幫對仗，拍長對去遠。換骨對脫胎，迸模對排樣。八其扛，三不像，安閒對康健。目周故禮森，膠手都毛尚。骨頭磨粉肉煎油，鼻屎當鹽尿渦飰。何苦過橋丟拐，沒我也務汝，沒眉毛也務嘴鬚。都毛飲水思源，使馬伓捌牛，使高陞伓捌來旺。（渦：夫郭切。）[④]

---

① 録自《華報》513號，1935年5月6日第1版。

② 録自《華報》514號，1935年5月9日第1版。

③ 録自《華報》515號，1935年5月12日第1版。

④ 録自《華報》516號，1935年5月15日第1版。

四九一

牽對串，透對穿，見笑對含冤。繁華對富裕，乾净對饑荒。酸梅藕，醬檝薑，爬癢對吊傷。鴨毛插鷄蛋，猫屎拌麝香。敗子回頭金不換，秀才人情紙一張。薪如桂，米如珠，受怪當家仈，爹也晡飡，奶也晡補。庫毛銀，倉毛粟，難爲生意店，東仅加税，西仅加捐。①

四九二

烤對熕，滃對瀛，添箱對潤筆。搭搭對匀匀，文文對即即。拍聯塍，起飛踢，填房對同室。大少真嘛吧，細哥多啾唧。人老珠黄不值錢，水流花謝成陳迹。應酬家都愛鋪攀面子，大事大應酬，小事小應酬。親戚轉無非勢利眼光，務錢務親戚，毛錢毛親戚。②

四九三

批對示，狀對呈，驚辣對臭煳。碎刲對雜凑，闊辦對直跖。大中寺，前左營，務份對毛成。捐官湖北老，做客廣東城。白犬拖徕去當罪，烏龜做過就出名。儘纏挪，犬面悸生毛，稿腿仔伓冬矚咧爬獵。莫貪紹，牛牱大捺尿，對頭仈總着拍啦輸羸。③

四九四

奭對聾，翳對瞎，胡盧對躐蹋。烏檄對白刀，黄蜚對青蛤。三劑灣，四圈搭，翻搜對抄紮。朋聚紮簰鰻，伍和掛爐鴨。飡爸補奶養鵪鶉，喝六呼么逐鵓鴿。竹報平安，花開富貴，入門有喜，六房兄弟圓當當。西園翰墨，東壁圖書，蓋世無雙。三字名聲赤韃韃。④

---

① 録自《華報》517號，1935年5月18日第1版。

② 録自《華報》518號，1935年5月21日第1版。

③ 録自《華報》519號，1935年5月24日第1版。

④ 録自《華報》520號，1935年5月27日第1版。

四九五

箝對鑷，杖對叉，轉嘲對裂顋。辣椒對酸豆，甜筍對苦瓜。由在我，不理他，鹽滷對飾粑。絲綫羈嘴舌，火管唠令脬。古墓石仏都變鬼，後門鐵槙儸開花。十三椆當店，敗够精光。賭着賭番攤，嫖着嫖蘇白。百二塊乾修，困咧受用。傖是傖公衆，趁是趁私家。[1]（嘲：汝俊切，濕也。顋：虛遮切，裂也。）

四九六

押對租，謄對贖，招財對進禄。自主對無他，非親對不俗。毛輪贏，半生熟，恭維對侮辱。閒閒曝舊書，熟熟買貴肉。捧啦飾碗對頭爭，拔起草鞋拼命逐。文章乃乃，一腹袋屎，難爲伊點鐵成金。議論紛紛，滿臉生春，多謝汝抛磚引玉。[2]

四九七

蕣對割，布對犁，扒柑對招牌。臘腸對燒腌，滷爪對紮蹄。開斗褲，拍球鞋，橙露對棗泥。與人不追悔，講話沒噶題。毛錢教伊數羅漢，討賬等够迎彌黎。毛生意店頭，那篆屎缸角傳單，横貼貼直貼貼。不成材蘽腿，即足鏊爐邊古董，東排排西排排。（蕣：許兜切。）[3]

四九八

病對殂，埋對葬，居喪對過頓。中堵對邊厢，後台對前槓。烏石山，白沙崙，無聊對的當。烏龜喚蛇交，老鼠共猫囷。讀書賣寫白話批，看命故精青盲算。和尚拍唠唠鐃，鋪前頂跻過都是聲。大王驚熔熔花，元宵盲務啌毛對鑽。（崙：老壯切。唠：匹巷切。鑽：音葬。）[4]

---

① 録自《華報》521 號，1935 年 5 月 30 日第 1 版。

② 録自《華報》522 號，1935 年 6 月 3 日第 1 版。

③ 録自《華報》523 號，1935 年 6 月 6 日第 1 版。

④ 録自《華報》524 號，1935 年 6 月 9 日第 1 版。

四九九

崒對埿，覡對饛，海菜對洋葱。巡官對巴仔，虢俤對包公。七晝夜，半寒冬，錢串對紙烘。好樣天天對，毛錢節節空。官運亨通陞八座，財源茂盛達三江。田塍居的水，道理居得伙。今旦講七，明旦講八。跻船莫占先，食酒莫退後。一句成單，倆句成雙。（崒：兹徽切。埿：汝窄切。饛：牧冬切。）①

五〇〇

撞對衝，擒對鬥，世傳對家教。嘴蟹對胼駝，頭獅對朧豹。股穿長，跤縫臭，皮牽對貌罩。番仔操籐牌，老婆揃酒碎。一日人情剔賣完，十年世事看的透。聰明却被聰明误。死虎留皮，死伙留名。忤逆還生忤逆兒。容猫上竈，容仔不孝。（揃：菊展切。）②

五〇一

撓對挖，搨對抓，水碓對風俥。伯公對娘舅，姐奶對婆嬤。務縫縫，毛渣渣，木匠對花司。講錢歹神氣，撩事尋冤家。泉州夥計帶神䄂，鼓山和尚送鍋粑。萬象回春，犬起水猫起水，篆佬伊婆賣起水。三羊開泰，蓮拍花草拍花，故加苦條仔也拍花。③

五〇二

嗶對唔，哼對噤，梟心對孽症。六踢對五頣，半爿對四稜。光肘光，政做政，剥霉對臭瘼。務贏伓見輸，毛涉就是趁。害命都是六粒骰，養家那靠一把秤。詩賣成詩，曲賣成曲。丑二學青衣，蜱螯乍吐絲。坐伓像坐，跻伓像跻。依大罵白面，犬牳毛一證。（頣：虚遮切。）④

---

① 録自《華報》525號，1935年6月12日第1版。

② 録自《華報》526號，1935年6月15日第1版。

③ 録自《華報》527號，1935年6月18日第1版。

④ 録自《華報》528號，1935年6月21日第1版。

五〇三

猋對䰕，雥對粗，詛罵對咥唔。連財對抬押，盤典對加租。七賢奶，三仙姑，舂醬對焙灰。好心妹呀妹，短命夫呵夫。隨手粗蘆當杖具，沒耳尿壺使篋箍。水臨身水不漂，火臨身火不燒，正叫做糊䰕藉皮厚。桃過面桃先摘，李過面李先偷，都當伊豆蠶磕齒酥。（猋：音標。䰕：音狃。雥：音雜。）①

五〇四

矩對規，機對械，抽丁對跖亥。登殿對迫宮，搶闢對壓寨。拍十歡，帶八敗，分贓對過癩。放屁使紙包，趁錢夾龕儓。得饒人處且饒人，中做代時着做代。偷酒齊醉，偷肉齊飽。姆讓嬸毛爭，三節都平安。務馬自騎，務牛自刣。娘死爺不在，一身無掛礙。②

五〇五

煨對燉，燜對炣，光餅對軟糕。貪歡對忍痛，耐苦對嫌䞓。搖鈴鼓，割紙刀，蝦滷對蜆膏。世景年年變，人心節節高。運氣逢凶僢化吉，銀錢嫌少不怕多。笑仅笑，啼仅啼，忽昧忽明，犯着上代公婆媽。生齊生，死齊死，有情有義，勝過同胞兄俤哥。③

五〇六

笑對嘻，啼對哭，荒塘對急谷。土擺對風顛，火狂對木鬱。犬舌鞋，鷄毛拂，逃兵對走卒。封條加臘叉，鉢碗牌等覆。那捌蚯蚓袍當胎，伓存蝦蟆袋一腹。城隍頂算盤拍真搭。氣尾聽見講禮抽。關帝廟膏藥貼夠完，膿頭故賣拔的出。（覆：撲谷切。）④

---

① 録自《華報》529號，1935年6月24日第1版。

② 録自《華報》530號，1935年6月27日第1版。

③ 録自《華報》531號，1935年6月30日第1版。

④ 録自《華報》532號，1935年7月3日第1版。

五〇七

佻對皂，矮對徘，歪嘴對脱頦。碰門對換户，担閣對跋臺。笑媚媚，嘆咳咳，佬使對奴才。轉厝拍巴掌，上床撲腹臍。當家仅惡犬仅惡，乞儈也呆猴也呆。流目滓投告一困窿，講咾仅啼，啼咾仅講。學拳頭頂拍毛幹使，來者不善，善者不來。①

五〇八

禁對封，搜對驗，經租對招佃。慢慢對雄雄，平平對現現。驚驚輪，打打辯，邏梭對勞鍊。保二落賭場，忘八裏貢院。三千毛够五千完，八百不如四百便。堂上交椅輪輪坐。衰極必旺，旺極必衰。江中破船齊齊沉。賤莫笑窮，窮莫笑賤。②

五〇九

窩對伴，靠對投，結髮對同胞。家豬對田鼠，野馬對山猴。請接面，夾姘頭，閒做對亂跑。屎捺橫頭桌，屎簌對面樓。青筋紫筋駁駁黨，大汗細汗渣渣流。做官七世愆，倆張封條故呆雙把鎖。學賭三年富，一場傢伙都覷六粒骰。③

五一〇

鋪對圖，區對段，鞋箱對褲桁。耳角對牙槽，鼻梁對頦臟。火燒山，水過浪，取齊對幫項。手指生蛇頭，目周像鵝蛋。蚯蚓賣做想做龍，蜱螯毛儈故儈蚌。臭棋栗碌，滿盤儈卒。馬後砲干汝鬱陶。籠粟枇莕，割草養牛。鵁爬杖共仅理論。④

---

① 録自《華報》533 號，1935 年 7 月 6 日第 1 版。

② 録自《華報》534 號，1935 年 7 月 9 日第 1 版。

③ 録自《華報》535 號，1935 年 7 月 12 日第 1 版。

④ 録自《華報》536 號，1935 年 7 月 15 日第 1 版。

五一一

原對入，出對存，透板對踏床。出勤對認錯，道歉對帮忙。煮飰嫣，賣油郎，上座對開堂。小事化無事，外行假內行。破衣遮體隨時過，淡飯充飢度日長。大缸重細缸，莫做大房當。肉昧買伲仔啼討奶。務利屐毛利，那捌務生意。鐵鶩灯教伊去賣糖。[①]

五一二

噗對咻，唆對咆，風凉對雨漏。鞠血對灌膿，噶膏對起泡。鼓樓前，劍池后，務心對毛貌。芥辣南樾蔶，荔支西瓜藕。滷鶏滷鴨配膏粱，呆銅呆鐵换蠶豆。好也伓聽見，呆也伓聽見：耳仔比水井故深。笑呀在伊仈，罵呀在伊仈：面皮務城墻許厚。[②]

五一三

謀對算，戀對貪，如此對這般。掛牌對封印，開筆對升冠。敗尾仔，刣頭官，花樣對菜乾。務命毛內死，沒理將樣生。借伊一斤還八兩，起着半幔困三更。秀才哥拈一本筆做文章，字字中環，篇篇錦綉。新人嫂戴四季花討衣食，年年如意，節節平安。[③]

五一四

畫對描，摹對倣，日幔對早暳。過硬對藉強，解鬆對落軟。夾粉包，燒鹽棬，大衱對小網。菜心僻拔穆，柴頭賣剥秧。膠手靠伊單爿肩，心肝搭汝三下掌。務錢樣樣闊，毛錢七敷八喝。大漢做乞侴，貪閒。好命慢慢徠，呆命三腹一時。小鬼搶饅頭，擒本。（穆：牧籠切。秧：音養。）[④]

---

① 録自《華報》537 號，1935 年 7 月 18 日第 1 版。

② 録自《華報》538 號，1935 年 7 月 21 日第 1 版。

③ 録自《華報》539 號，1935 年 7 月 24 日第 1 版。

④ 録自《華報》540 號，1935 年 7 月 27 日第 1 版。

五一五

兜對勒，搭對搵，累贅對利啦。鑌幫對習翣，嗚富對嶷鎅。一滴滴，毛渣渣，野草對家花。跤仔凍過節，股穿坐生疤。春鰻冬鰣夏白鰓，生蟳活鱟鮮黄瓜。罵伊賣威靈，仅儺威靈。歪跤歪只擠，過關謝娘奶。講呀務報應，都毛報應。惡婆惡之俥，拍婿治台家。（翣：式展切。嶷：魚磯切。鎅：語鴉切。）①

五一六

磨對礱，舂對搾，和奸對臭罵。出份對交緣，換班對留駕。乒乓球，鞦韆架，二婚對二嫁。騎鶴上揚州，搭船去興化。踈財仗義白玉堂，劫富濟貧黄天霸。務錢強講理，毛錢勒死死，知縣干犯仈補柴靴。乍見假畏羞，再見做嬌嬌，細姨共姊夫夾紗褂。②

五一七

堆對疊，積對囷，懇懇對懃懃。酸梅對辣菜，苦梗對甘松。唐伯虎，趙子龍，慷慨對從容。買絲綉和尚，煮酒論英雄。按司難判風流案，學院那趁歡喜銀。頭髮蒂扭緊拍出街。故凑花面公子做呈，喚伊告狀。腿輪骨跛傷，扛轉厝。也好瘸跤師翁使梵，替汝瘼瘲。（瘸：曲和切。瘼：牧越切。瘲：取容切。）③

五一八

屈對藏，遮對躲，盤纏對繳伙。扒洗對搬擔，裝修對包裹。敗够完，傖毛補，肝風對肺火。近廟欺負神，搬厝拍叚媄。廈門文旦西羅柑，瑄頭豉油紹興乳。詛伊沒好死，呆心肝乞犬都㑌傖，陳世美不認妻，挨够乜數時，大脚色出馬實在遲，劉伯溫尋毛主。（乳：即果切。）④

---

① 録自《華報》541號，1935年7月30日第1版。

② 録自《華報》542號，1935年8月3日第1版。

③ 録自《華報》543號，1935年8月6日第1版。

④ 録自《華報》544號，1935年8月9日第1版。

五一九

承對認，託對叮，厝王對鄉親。務加對沒減，不敗對該興。當賭棍，講嫖經。舍弟對家兄。心肝熱燒燒，跤手凍冰冰。死仈那使七尺地，伲仔故呆一營兵。賊去關門，尉遲恭、秦叔寶，管匙連管鎖。客徠請酒，鐵拐子、呂洞賓，顧嘴不顧身。①

五二〇

賊對官，兵對匪，超生對免死。吊膽對懸肝，交頭對接耳。豆腐渣，花生米，貪情對循理。京鼓迎財神，香案接聖旨。賭錢那驚落桌兇，討嫫先見臨門喜。牛豈牛，馬豈馬。連時冤家滾戰，拳頭跤踢一下徠。鴨仅鴨，鷄仅鷄。滿厝淘澤渣霾，掃帚糞斗仸掏起。②

五二一

恭對順，歇對松，調動對疏通。送年對壓歲，消夜對接春。台家奶，保長公，過印對爭鋒。換盆看花樸，打桌使酒風。舞手攤跤講豪套，嫖爹嘐奶請誥封。好馬着對好鞍。紅綫羈跤，成就汝百年配偶。臭錡那貯臭甕。烏烟泥面，嗦落伊九代祖宗。③

五二二

罵對捎，擒對鬥，闖盲對餓罩。醬鴨對糟鷄，封鰻對炒鱟。三仙丹，百子炮，爛槽對板透。細哥嘎骰床，老板喀鞬竈。硯池點水起蛟龍，筆架三山藏虎豹。財神賣上卦，生意扯啦尖肘直。趁幾千銀，涉幾千銀。酒鬼僣成精，瘾頭大够毛惹孩。早五十碲，暗五十碲。（嘎：其茶切。惹：奴遮切。）④

---

① 録自《華報》545 號，1935 年 8 月 12 日第 1 版。

② 録自《華報》546 號，1935 年 8 月 15 日第 1 版。

③ 録自《華報》547 號，1935 年 8 月 18 日第 1 版。

④ 録自《華報》548 號，1935 年 8 月 21 日第 1 版。

五二三

參對革，躪對搬，歪嘴對磬顱。惡猴對響馬，癲犬對禿驢。巷下廟，道南祠，兩可對九如。有例不可越，逢證都毛辭。上萬上千昧算富，講三講四真多餘。得意那一回，收篷好在順風時，關老爺賣馬。知音難再遇，把盞正逢明月夜，姜太公釣魚。（搬：趨虞切。）①

五二四

運對盤，裝對載，休妻對嫁婿。懷恨對解冤，犯疑對見怪。鞋面綢，褲頭帶，上梁對翻蓋。收啦手網巴，欠汝跤皮債。嘴講大話趁大錢，身著洋裝食洋菜。鷄牳仅愛，綢蛋仅愛。唏敷暱睭，渾不拘諸代都敢包。馬上也徠，台閣也徠。烏富知嗏，阿毛的務錢使啦快。（睭：汝獺切。嗏：知家切。）②

五二五

麻對痺，痡對□，活動對通融。猪哥對馬仔，鴨姐對猫雄。大做大，重咾重，雜拌對碎匀。做年燒火豹，走水放汽龍。將心待月多誠意，滿面添花長笑容。汝做汝的工，伊做伊的工，各仸米僀煮各仸飰。旺務旺其運，衰務衰其運，一百歲那趁一百銀。③

五二六

粕對渣，枯對槁，郵差對鋪保。玉鐲對銀針，金鈎對鐵鎖。石敢當，火之寶，白桃對烏棗。千真共萬真，一好毛倆好。鷄叫天光猫叫春，樹怕風吹人怕老。開一目尅一目，見怪不怪，男人爲盜女爲娼。食十方靠十方，求財得財，和尚也做嫫也討。④

---

① 録自《華報》549號，1935年8月24日第1版。

② 録自《華報》550號，1935年8月27日第1版。

③ 録自《華報》551號，1935年8月30日第1版。

④ 録自《華報》552號，1935年9月3日第1版。

五二七

煩對厭，嗜對酣，查夜對看更。添添對發發，吉吉對安安。孝義巷，吉祥山，齊整對孤單。務做務駁下，莽學莽翻生。鷄毛紥啦鷄毛拂，龍眼曝够龍眼乾。夥記哥忙够毛內栖生，老板賣諒情，么六單欺么五。諸娘仔大咾的着發撤，媒亻儛註話，廿九那假廿三。[1]

五二八

運對緣，灾對難，整批對雜拌。保險對消防，坐莊對流犯。椰飴甜，柑腐爛，成雙對起萬。留啦二撇鬚，搊着一把汗。大秤那配四兩錘，圓鑿故加三角鏨。做趁儈畏毛外水，粹糞連花彩，一年也恰十把千。慣當差都務靠山，鬍鬚換草包，七處共亻五找倆。[2]

五二九

嬌對媚，喜對嗔，帽穗對鞋釘。婚書對禮券，租榜對聘金。三吓指，半爿身，送客對迎親。半暝算米數，一嘴講牌經。賭錢場上無父子，落草山頭結弟兄。夏至居多喃嘲天，上厝曝曝霉，下厝曝曝粟。元宵也是卡調節，前街買買蚶，后街買買燈。[3]

五三〇

邏對巡，吹對哨，調停對計較。洗蕩對搬擔，鋪攀對打掃。太平橋，連發透，烏龍對赤豹。伊妹我的乖，先生汝毛拗。伲仔滿地甪□沙，細婆當家拍倒竈。元寶也昧糊，鎮庫也昧買，一頭鷄將樣中分年。炮燭故是借，包麵故是賒，別亻肉莽掏徠報孝。（註：烏龍：紅茶名。赤豹：厚烟名。中：去聲。）[4]

---

① 録自《華報》553號，1935年9月6日第1版。

② 録自《華報》554號，1935年9月9日第1版。

③ 録自《華報》555號，1935年9月12日第1版。

④ 録自《華報》556號，1935年9月15日第1版。

五三一

爊對焞，烤對煲，生炒對雜炯。印花對冰水，同佣對毫絲。三岔驛，十字坡，欒辣對驚𪊲。你爹討你奶，伊嫂養伊哥。招仪伓招嫁伓嫁，騙也賣騙褒賣褒。貪心各樣重，利心各樣長。錢當命，命當鷄腸屎。癮頭加倍深，毛頭加倍缺。鍣糶被，被糶鴉片膏。（欒：音藕。）[1]

五三二

合對分，離對別，伸冤對造孽。草把對花栽，柴爬對竹篾。参清寒，起燒熱，嘜蟶對臭蜆。目周圓俥俥，腹老淺碟碟。火燒够身昧驚惶，水盤過碗儺銷涉。小姐不獎俊，少爺盡惱瞤，原來女不女男不男。白面儺應酬，伊厝仪鮮潮，真正花是花葉是葉。[2]

五三三

填對補，枘對檯，少取對多來。採桑對摔稻，割草對披蔴。鐵門塾，硋棺材，磨命對賣頦。翸哥翸蹋隙，矮仔矮脾排。藥篩上厝搬下厝，觔斗前台跋後台。七砂八砂，毛拿別仈砂。天下沒皇帝，那捌跤手快。千算萬算，都篆自家算。左道賣發財，伓通心肝呆。（枘：汝位切。）[3]

五三四

痞對羓，斑對齪，拖延對含蓄。滷麵對油糋，肉包對糖粥。三伏鹽，六神釉，辭行對寄宿。場面着光單，厝頭恰淺促。伊爹講話耳儘蕪，佬媽彈聲跤就脑。貪倫婆八十四，嘴掛猪犅梁禮頂，蹄科故着揀肥肥。伴房媽百卅三，手掏鷄角斗做題，花彩都晡敲足足。[4]

---

① 録自《華報》557號，1935年9月18日第1版。

② 録自《華報》558號，1935年9月21日第1版。

③ 録自《華報》559號，1935年9月24日第1版。

④ 録自《華報》560號，1935年9月27日第1版。

五三五

籠對簍，篦對帕，滷汁對油渣。年兄對會伯，企對干奶嬷。女光棍，母夜叉，監察對稽查。股穿跋生垢，頭管摔開花。做啦郎中伓捌症，討隻新婦僫當家。一把扇哺掖三等五等伙，儒胸道袖，婆嬷胼後。幾條帶僫掏千樣百樣紮，南頭北跤，山鬼令脬。（帕：匹他切。垢：巨卯切。掖：羽屐切。）[1]

五三六

病對殞，埋對葬，刁難對沉當。板透對欄槽，地枰對樓栿。陳皮梅，芹菜蒜，飽朊對餓頓。猫雀搖楞楞，猪姆倜槓槓。仔上十歲鷄上斤，伙怕出名猪怕壯。大鉢重細鉢，毛做大家法，姑吵二更，嫂吵三更。呆番掉好番，將萬呆心肝，人有千算，天有一算。（栿：許艮切。朊：汝西切。欺：隙遮切。掉：音跳。）[2]

五三七

拘對管，縱對容，硬硬對雄雄。鲔油對蝦醬，鷄露對肉絨。永泰順，同豐隆，血痺對筋瘲。八隻賣八隻，一重過一重。準備寫弓擒猛虎，頓開金鎖走真龍。厝租花亭裹拍索埕，盪裙盪褲，做死賣富。命帶鉸刀爿鐵掃帚，想金想銀，搭底是窮。（瘲：取容切，重下平。）[3]

五三八

合對分，離對聚，探查對窺伺。异姓對同門，兼祧對出嗣。難爲情，靠不住，糊刀對銲箸。月上游西湖，天光去南嶼。盤碗借去請親家，裙褉留咧做佬具。卡調這呆柴卡調恰搭。着防伊回頭鼠僫咬伙。歧襲嗄寶物，歧襲賣痒。那漢我縛目牛伓捌事。[4]

---

① 録自《華報》561號，1935年9月30日第1版。

② 録自《華報》562號，1935年10月3日第1版。

③ 録自《華報》563號，1935年10月6日第1版。

④ 録自《華報》565號，1935年10月12日第1版。

五三九

窮對究，勒對追，胡鬧對亂吹。停爐對煞竈，把盞對傳杯。白目鷗，緑毛龜，潑釉對燒灰。儕拍汝毛骨，莫學伊這胚。大鑼大鼓擂毛歇，烠鍋烠鑷架咧炊。仔伲仔伲，三歲乖四歲呆，諸話儕講屎尿賣漢。生意生意，一年趁倆年涉，幾回裏駁本利無歸。①

五四〇

化對烊，銷對耗，強辭對惡報。變相對脫形，改裝對換套。心懸懸，面播播，碎拘對殘做。人情揚賣完，世事看的破。百姓做好官做呆，強盜拍徠賊拍徒。車弩境大王保外境，有求必應，心多事也多。後浦宮娘奶阿出宮，所爲何來，禮到話不到。（脫：讀落切。）②

五四一

根對蒂，秧對枒，佬黨對孩豁。替工對幫辦，出仕對兼差。錢塘巷，紙道街，薅草對插笸。心狠做后奶，病重犯前妻。臭氳臭宿臭網蛋，倓葷倓素倓花齋。一仫一癖性，氣味不調和，哥樂煮俤仅樂燉。倆隻倆派頭，元神賣會合，姊講急妹就講稊。（秧：音養。枒：語西切。樂：音藕。）③

五四二

賤對頑，凶對歹，鳥籠對魚簍。打算對裝修，調停對排解。胼肘胼，斟拍斟，柴糟對火炱。書讀浸浸通，錢趁儉儉使。伲婿帖稱大三元，親家厝宙內九彩。符咒有時活靈活現。七小姐做癇風，七姑爺請師翁。夫妻儕變莽佬莽俟，三叔公捺長屎，三嬸婆掏粗紙。④

---

① 録自《華報》566號，1935年10月15日第1版。

② 録自《華報》567號，1935年10月18日第1版。

③ 録自《華報》568號，1935年10月21日第1版。

④ 録自《華報》569號，1935年10月24日第1版。

五四三

鋞對鏟，呭對㖞，剪髮對留鬚。鼠瘺對牛瘷，獅疥對猫疽。雜種仔，私家師，㧐搽對吹噓。沒配伓倫飫，無巧不成書。元帥白俤烏哥狗，帝君天聾地啞駒。假不瞞真，做亻人着正大光明，何苦做猫做鼠。巧能濟拙，養仔那糊塗病笨，故呆養犬養猪。(鏟：乞學切。呭：語意切。㖞：五書切。)①

五四四

揀對抽，捜對掊，竊贓對受賄。都幹對員工，巡防對差委。肩𠓗肩，尾世尾，桃包對芋粿。真病毛乇醫，惡亻人儊做鬼。四更起看筅帚星，五月着防磨刀水。一到任就碰着命案，官星禮現，驚依毛攔轎喊冤。賣捌字也晡寫番書，手腕儊靈，都伓使起爐撥火。②

五四五

撩對撥，抹對撓，鱉角對鳩爻。碰符對壓寶，迸注對搖骰。皇帝殿，聖君樓，野碓對毛巢。米湯灌一腹，槺箬揮着頭。鐓其鷄牳仅毛卵，搯伊馬仔將萬跑。孫少奶羊眩儊做生驚，嘴皮烏碌烏，痰聲呼呼叫。姑太爺鴉片那昧過癮，目周獺咾獺，鼻水渣渣流。③

五四六

夙對鮮，清對洳，財財對禄禄。看鋪對巡街，把衙對監獄。耶耶呸，碰碰𩫌，稀奇對粗俗。貌合神先離，人生面不熟。聖水將軍單延珪，瀟湘妃子林黛玉。想賣够橫心橫腸只混賬，講幾句話單興撮亻人毛。且莫論施棺施襖許排場，借倆個錢故呆挖己肉。(洳：居欲切。)④

---

① 録自《華報》570號，1935年10月27日第1版。

② 録自《華報》571號，1935年10月30日第1版。

③ 録自《華報》572號，1935年11月3日第1版。

④ 録自《華報》573號，1935年11月6日第1版。

五四七

烘對烤，洗對湔，艱苦對清甜。拍風對燒火，起水對生烟。跳跳鬼，落落仙，舊滷對新鮮。伓够塞齩縫，故嫌臭腱膻。八條硃簽丟落地，明旦棺材扛起肩。官事得散，私事得休。土菩薩過江，自身難保。生不帶來，死不帶去。閻羅王出示，鬼話連篇。（滷：音路。）①

五四八

調對遣，充對委，桃包對芋粿。地主對家神，山魈對野鬼。葫蘆瓠，茉莉蕊，搜胸對飛腿。材棺扛上山，牌套蕩落水。茶梗儺企客儺徠，蘭花仅香命仅短。困一晡五心起燒熱，單倒怪郎中掏斧頭。聽這話六脉不調和，故那漢原差拔索尾。（搜：替犬切。）②

五四九

撩對撥，搭對挨，拜把對開差。雲霄對霞浦，光澤對尤溪。膘手棗，眉毛梶，四妾對三妻。拍粗拍短碼，傖素傖長齋。哥故昧窮妹昧富，汝愛跖東我跖西。延平水，鼓山坪。溪船幫盤咾過盤，貨儎仅加幾倍。上海紙福州使，錢店鬼利上起利，手鏡儺舞滿街。③

五五〇

曝對燒，晾對凍，漫曚對難瞷。起動對奉承，歸還對停頓。蜘蛛縵，蛤蜊縫，刺刀對夾棍。共伙毛利拉，養仔不獎俊。鉸刀剪斷粉綫彈，熨斗研光水花噴。活貨務伙捌，做單身哥鎚，昧苦毛嫫，那苦毛媒。軟樓莫禮貪，鑽諸娘仔縫，伓是傖屎，就是傖糞。（晾：呂程切。曚：上平。難：去聲。瞷：汝棟切。

---

① 録自《華報》574號，1935年11月9日第1版。

② 録自《華報》575號，1935年11月12日第1版。

③ 録自《華報》576號，1935年11月15日第1版。

縵：上平。鑽：音壯。)①

五五一

單對�，照對憑，怪狀對奇形。拖鞋對攏褲，跻帳對插屏。主子媽，先生人，後事對前情。深恩施雨露，大怒發雷霆。務話講啦心頭願，諸代困着腹裏明。莽講莽難爲仈，耳做詐聾，聽昧真先把繞。仅歇仅伓像仔，頭嵚挫腫，肏賣裏敷應承。(嵚：區鏡切。)②

五五二

鍊對枷，搥對擂，收盤對匯兑。除撤對串通，主張對賠累。隔煮包，搭聯袋，敝東對賤內。妹妹慢慢跻，哥哥排排坐。沒緣沒故買啦名，可憐可傷受這罪。倆隻和尚扛水食，鬼頭毛出，五朝仅重啦五朝。賣做媒仈扁担屙，腮嘴之顛，一代不及過一代。

(註：隔煮包，閩語所謂加注包也。)③

五五三

削對刎，划對剫，拖槍對拔鋸。搶槓對圍莊，躪符對迸注。眉擫擫，耳噳噳，翻搜對抗拒。使性強做風，懇恩乞求恕。過頓三隻隔煮包，壓寒一領破棉絮。野仔養一陣，威鑾加大，僻做毛腮手許謔。臭録積幾千，攤拍剥啼，昧務這目周去覷。(刎：音批。剫音縷。擫音嬚。噳：玉絮切。覷：音趣。)④

五五四

文對雅，注對于，衣架對桶箍。生炊對清炖，雜拌對真酥。小意思，大工

① 録自《華報》577號，1935年11月18日第1版。

② 録自《華報》578號，1935年11月24日第1版。

③ 録自《華報》580號，1935年11月30日第1版。

④ 録自《華報》581號，1935年12月3日第1版。

夫，揀幼對嫌粗。都是雙騎馬，不如一頭猪。大少先借屏風債，老爹單欠丁厝租。越佬越務精神，正當春暖花香，嘴鬏剃光討細姐。仅窮仅毛倚靠，逼够山窮水盡，頭髮剪去做尼姑。①

五五五

甲對丁，寅對卯，漏油對噶垢。橄欖對葡萄，枇杷對栱料。長池頭，横街口，猴毛對犬爪。乞咾故晡偷，拿着伓使走。倹補人参着論斤，鬥富真珠儺量斗。赢，赢死死。輸，輸死死。生意單做買空賣空。旺，旺連連。衰，衰連連。流年那驚明九暗九。②

五五六

蕩對游，居對住，前崎對後嶼。神媽對穩婆，法師對相士。長長聯，慢慢瘋，虚文對玩具。阿要難爲情，像煞有介事。芍藥芙蓉茉莉花，珍珠瑪瑙珊瑚樹。伲仔哥鬥晡補，孽糟孽醬，夾紗褂儺重半摺衫。親家母那興嗆，好菜好湯，不停匙故加連環箸。

（註:“阿要難爲情”一聯，係蘇諺，閩人近來亦普通用爲口頭禪矣。）③

五五七

筋對脉，骨對骸，栗碌對枇徘。傾銷對拍賣，倒貼對欹台。自作孽，伓成材，轉動對安排。捺尿賣上壁，掛衣儺扛臺。十章《大學》終言利，一部《周官》半理財。自做自成花，獨往獨來。前呀沒伙掩，後也沒伙搵。務駁務過扇，毛驚毛靳□，你儺捨的死，我賣捨的埋。（搵：剔餅切。）④

---

① 録自《華報》582號，1935年12月6日第1版。

② 録自《華報》583號，1935年12月9日第1版。

③ 録自《華報》584號，1935年12月12日第1版。

④ 録自《華報》585號，1935年12月15日第1版。

五五八

破對冲，生對尅，歪歪對側側。測字對抽籤，收盤對換帖。氣脹膠，窮出汁，相宜對自得。一家一行形，務貨務亻捌。現鐘不撞去借鑼，彎刀嫌鈍徠換鎅。毛錢阿講話頭起。士窮當街賣藝，虎瘦攔路傷人。凡事都是命中排，時來頑鐵生光，運退黃金減色。[①]

五五九

欺對詐，騙對瞞，瑣碎對餘殘。驚風對吐水，受暑對傷寒。孤兒院，無祀壇，草索對花籃。滿街敲竹槓，達主掏蒲團。減口濟生大布施，穿跤蹺倒打單横。水蛇腹三爺討親，排排睏，老鼠咬門閫。土螺目二府查夜，慢慢圜，流蜞跻暗嘤。[②]

五六〇

悶對愁，煩對惱，小生對太老。鐵桶對銅瓢，竹梯對柴鎖。蕃薯朧，芥菜腦，花花對草草。看命排五星，燒香醵十保。就身綻仅就身褪，務話起也務話倒。腹飢偣食姑姑落，一頓飰配菜頭，一頓飰配魚頭。氣斷那聽嬷嬷啼，半爿手搕薑栂，半爿手搕蝨栂。（飢：讀作歸。斷：讀作段。）[③]

五六一

搓對捻，撚對攮，叠骨對通腸。前崎對後浦，中選對下杭。光齋酒，祭竈糖，美女對才郎。煎炒偣恰熱，便宜去多長。訴訟民事變刑事，錢糧上忙借下忙。偣鴉片着務金包銀，起碼半數嘤，老共野諸娘扛槓。推牌九僻拈天配地，通心四點仔，伓存佬公媽拜堂。[④]

---

① 録自《華報》586號，1935年12月18日第1版。

② 録自《華報》587號，1935年12月21日第1版。

③ 録自《華報》588號，1935年12月24日第1版。

④ 録自《華報》589號，1935年12月27日第1版。

五六二

腫對虛，肥對臢，排班對邋簡。癟手對瘌頭，歪跤對笪眼。爬過墻，跳落井，商量對教管。養仔毛讀書，借錢當裹欵。企弟大咾做企哥，錢姆困咧生錢仔。倹酒倹酒陣，拍牌拍牌陣，交加大半毛正經。買糟買糟錢，買醬買醬錢，癖性僻容只古板。（臢：諸反切。癟：去禾切。笪：七夜切。）①

五六三

嘮對嘪，噏對咿，擒本對走梢，烰油對炸醬，驧粉對灯糟。樓頂角，門口兜，通底對漏闈。西風吹過午，明月照臭溝。轉奶百歲分手尾，姑爺三節掯蹄包。隔壁厝囉嘈，伲仔球跳跳轉唱洋歌，月光光風透透。鄉下齋鬧熱，學生碌同同聲讀對類，魚圂圂鳥交交。（嘪：古萬切。咿：母郊切。）②

五六四

窄對寬，横對笪，光鮮對華麗。軟綫對斜紋，粗胚對墊劑。冬節暝，元宵夜，餘鼊對含蟹。賠半毛賠全，挫買莫挫賣。鞠咧務氣毛内通，許了這願總着謝。孩兒俤出世，辦啦落梅地麪席，酸又酸，鹹又鹹。孫少奶懷胎，犯着半天吊婆官，上不上，下不下。（笪：七夜切。下：舉夜切。）③

五六五

膠對釉，粉對漿，拜表對題捐，修橋對鋪路，起廟對企坊。村前哨，嶺裹腔，挖啌對拍穿。一嘴下路話，全家西洋裝。務錢買餅當街咬，隔壁煎魚撲鼻香。伊大做生日，嫖客堆山，湊鬧熱務許佤龜糖馬浪。老板討細婆，高朋滿座，所交加我都是當店鹽商。④

---

① 録自《華報》590號，1935年12月30日第1版。

② 録自《華報》591號，1936年1月1日第1版。

③ 録自《華報》592號，1936年1月9日第1版。

④ 録自《華報》593號，1936年1月12日第1版。

五六六

抹對塗，湔對刮，顛狂對柔惡。縫縫對穿穿，疤疤對壑壑。嘴鬆梳，眉毛刷，犁扒對雕琢。嘴舌嗏穌穌，心腸硬駁駁。小鬼昧見大豬頭，犬仔怀㑚水鷄骨。尚書廟掏夾馬燭，奉旨祀典，小老板一路威鑾。布司埕看舞龍燈，慶賞元宵，大少爺半嘎碎犖。(嗏：知查切。)①

五六七

痰對痢，癲對癆，毒蜢對佬蜑。紅裙對緑帽，黄帳對白袍。禁子媽，媒伙婆，腹桶對牙槽。瓔珞不須施，文章教爾曹。不孝逆子怨父母，有道明君掌山河。犯官符再加犯病符，可憐寸草俱無。那篆啦藥渣鉛鐵碎，當賭棍仅兼當訟棍。如果雙方並進，哺舞伊瓠蒂薩菩陀。②

五六八

藝對工，書對畫，哯喁對呢哪。手尾對肩頭，胸前對跨下。完完完，罷罷罷，哎呵對嗚吓。白蟻絮過家，紅蚣爬上瓦。目連下界度亡魂，竈君上天講好話。横半路死，直半路死，故詛伊上山乞虎咬，落海乞魚吞。㑚趁後生，補趁後生，莫等够毛尉做太婆，務鬚做佬爸。(喁：宜居切。哪：汝晝切。爸：音罷。)③

五六九

跟對嫁，夾對□，晝卯對抽丁。經商對做客，在學對當兵。五幸臭，八成新，冷冷對清清。伯叔兄弟侄，高曾祖父身。孟宗哭竹地生筍，郭巨埋兒天賜金。佛告阿難言，色即是空，後生仔切莫貪嫖嗜賭。身似菩提樹，因能生果，

① 録自《華報》594號，1936年1月15日第1版。

② 録自《華報》595號，1936年1月18日第1版。

③ 録自《華報》596號，1936年1月21日第1版。

大家仈伓冬弄假成真。[1]

五七〇

醋對茶，鹽對米，蟶干對蝦子。八寶對三才，十歡對雙喜。梅柳橋，蘭荷里，花紋對草痞。店面好閹猫，山頭毛恰麂。青盲邀仔看元宵，病啞當街講道理。財神爺多交加幾隻，僩東沒錢，僩西總務錢。俥仔鬼那退送昧完，今旦伓死，明旦也着死。

（註：鄉諺："山頭毛恰麂，水裏毛恰鯉。"）[2]

五七一

攲對倒，碎對崩，裹剥對抽豐，講真對做假，踏實對落空。跂馬荳，歇螺菘，認祖對歸宗。半信半不信，含通含不通。六道輪迴去轉世，一毫關節不通風。耳報神那蓄一大拖，到處害仈，七古八怪跟跟轉。腹寒鬼僬纏毛的攏，沒時倒運，半嘎三更榷榷皴。（崩：必峰切。跂：溪野切。榷：區鶴切。）[3]

五七二

异對超，奇對特，寬舒對斬截。骨骨對皮皮，筋筋對脥脥。親保親，賊偷賊，歇三對活十。嘴哆僬占溪，皮厚經掏澤。前尖後肘三吓嘘，上吐下瀉倆頭拔。見錢就眩，見糟就醉，汝哥這鼻務爬枇許長。逢話都講，逢證都真，我俤其嘴比笊籬故密。（脥：居白切。哆：如惠切。嘘：宜珠切。）[4]

五七三

丟對摔，絆對抄，犬棍對鷄爬。萬豐對百愛，五福對九華。冬節□，午時

---

① 録自《華報》597號，1936年1月24日第1版。

② 録自《華報》598號，1936年1月30日第1版。

③ 録自《華報》599號，1936年2月3日第1版。

④ 録自《華報》600號，1936年2月6日第1版。

茶，炒蚻對烰蝦。嗆啦一腹飽，詛够四跤爬。硬命那怕出欄虎，興家賣養鑽竈猫。聲名伓顧，敗尾仔那捌使錢，一隻樂嫖，兩隻樂賭。光景只呆，當家仈難免受罪，今旦苦米，明旦苦柴。（烰：匹胡切。樂：音藕。）[①]

五七四

狀對批，簽對稿，洋刀對廣鎖。梯椅對榻床，鈎鐮對網□。花生糖，豆腐棗，紅花對紫草。嘴斗實在饞，腹桶僭許好。仅鮮仅蛙鮮荔支，越佬越辣佬薑犅。蛾，蠶繭變，拍賤汝杭綢蘇緞，都是只幾乇家蠟絲。鮰，魚字爿，鼓翻這活草鮮蓮，那使伊一頭潭蝨姆。[②]

五七五

寅對卯，甲對丁，重重對輕輕。犯頭對經手，出面對過身。壁裹角，臺中心，帮旺對落陰。乾柴莫近火，好鐵伓打釘。孝男先理藥篩債，皇帝也務草鞋親。開起祠堂門，乞養仔毛當塢，親生仔隻算數。排定男女命，唐晡仈進黃金，諸娘仈趁燈芯。[③]

五七六

棧對倉，埸對驛，堆山對列□。帽刷對鞋刀，燈鈎對钁钔。生敔敔，舊𨈆𨈆，奸邪對妖孽。一厝嬷嬷遑，滿街躃躃拿。目周覷鼻自心焦，耳仔朝口務乇食。親家母做仈雖然和氣，原來油嘴剃刀心。財主官生相毛乇稀奇，居多沙面元寶額。[④]

① 録自《華報》601號，1936年2月9日第1版。

② 録自《華報》602號，1936年2月12日第1版。

③ 録自《華報》603號，1936年2月15日第1版。

④ 録自《華報》604號，1936年2月18日第1版。

五七七

鋤對築，掘對犁，蒜醬對芋虀。緞靴對紗帽，草履對花鞋。不景氣，沒問題，急迫對舒排。草索羈牛鼻，花香襯馬蹄。先供墓前土地禮，三拜堂上祖宗牌。拖泥帶水，望雨祈晴，像儂家做田園，辛辛苦苦。閉月羞花，沉魚落雁，只一隊女裙釵，整整齊齊。（虀：音泥。）①

五七八

撥對攤，銷對抵，甜瓜對苦李。見面對談心，交頭對接耳。奴才胚，伲仔痞，神經對脉理。皇帝倉白糟，老爹糴鳥米。明偷暗偷都是偷，遲死早死總着死。百年好合，做啦新郎官添㸌淌，伓驚六脉不調和，十月懷胎，養隻唐哺仔落盆冲，真正一場空歡喜。②

五七九

移對換，變對遷，罪過對冤愆。開頭對世尾，插角對鑲邊。橄欖紙，檳榔箋，破棱對削尖。灠花潳四世，股穿竅半天。半碗清湯鷄絲麵，一盤下水猪肚尖。報應本循環，奸淫婦女，婦女奸淫，一大批風流債。陰陽成配偶，恩愛夫妻，夫妻恩愛，倆其困快活仙。③

五八〇

拭對塗，泥對抹，糟甏對粥鉢，喊化對歪攢，長琅對縫邋。下半旗，留全髮，畬婆對倭韃。一官一衙門，務廟務菩薩。跤仔毛歇羅盤俥，胆頭故衰燈芯撥。許一坐坐三年，許一跻跻千里。閒仅閒，忙仅忙，共仈賒賒過節，共仈借借够期。當毛乇當，押毛乇押。（攢：之歪切。縫：匹旦切。）④

---

① 録自《華報》605 號，1936 年 2 月 21 日第 1 版。

② 録自《華報》606 號，1936 年 2 月 24 日第 1 版。

③ 録自《華報》607 號，1936 年 2 月 27 日第 1 版。

④ 録自《華報》608 號，1936 年 3 月 3 日第 1 版。

五八一

强對壯，弱對虛，盤馬對駁車。爬單對谷碌，檄屐對呢帑。三花面，五柳鬚，布施對捐輸。毛鼻拿伲仔，臭頭做軍師。氣惱就是三分病，話長儩講一本書。做一工儉一冬，拍算東邊園栽薯，西邊園栽芋。熟毛放，生毛弄，仅通今年嘜養鴨，明年嘜養猪。（帑：女師切。）①

五八二

畫對妝，鑲對褙，餘殘對輕貴。紮脚對圍肩，掛鬚對假髻。紫葡萄，紅玫瑰，批評對比賽。知縣斬按司，城隍接太歲。地下無媒不成親，人生有酒須當醉。儉啦八十六，佬火只枘鑿。婆咾婆，聲聲句句賣師豪。貼伊百卅三，嫁裝够鋪攀。妹吓妹，千千萬萬聽伙嘴。②

五八三

昏對亂，惑對迷，犯怒對懷疑。寬心對縛腹，暢膽對開脾。臺灣籍，洋嶼旗，弱女對孤兒。毛乇食啦快，務錢趁賣徠。太爺太奶老姑太，姨公姨媽親家姨。一仔一伲，自馬自騎，何苦惹蜂釘頭。管南管北講話講理，儉毛儉昧，伓使畫蛇添足，爭早爭遲。③

五八四

樣對模，聲對響，來來對往往，承重對貤封，偷生對乞養。羊肚巾，馬蹄網，排頭對執掌。賣富也昧窮，毛罰故務賞。五成舊搭五成新，一句硬來一句軟。美雨西來，歐風東漸，留學生總着跖紐約巴黎。青山不老，緑水長存，大和尚故哺揀霍童方廣。④

---

① 録自《華報》609 號，1936 年 3 月 6 日第 1 版。

② 録自《華報》610 號，1936 年 3 月 9 日第 1 版。

③ 録自《華報》611 號，1936 年 3 月 24 日第 1 版。

④ 録自《華報》612 號，1936 年 3 月 27 日第 1 版。

五八五

瓜對李，豆對瓠，春欖對夜壺。生張對熟魏，大蔡對小盧。牧羊洞，落馬湖，鬍瞎對麻鬍。學法七星劍，煉丹八卦爐。務仔諸娘帮仔福，做官大少犯官符。捌傳大小姐佳期，薄禮毛嫌，送伊兩雙鞋面料。難得老先生光降，點心理便，請汝一碗鼎邊糊。①

五八六

膩對黏，污對穢，拖延對累贅。於术對黨參，川連對浙貝。倉角頭，河口嘴，蘇巴對爽脆。務譫務來回，越罕越輕貴。老板姘啦生仈妻，大班討隻鹹水妹。賭够伓愛賭，牌九跤麻雀跤凑嗵，前門去後門徠。于咾故哺于，財主嫣管家嫣兼差，上椅坐下棹蹶。（譫：音淡，錯也。嗵：與洞切。）②

五八七

拏對撆，蹼對蹅，碎碎對綿綿。過交對拿字，落後對提前。三夾米，五銖錢，罰俸對捐廉。光棍使假票，哨船拿私鹽。請啦律師喚伊告，免的冤鬼跟咧纏。訃文頭一行，罪孽深重，弗自殞滅，過延顯考。奏摺尾三句，末學新進，罔識忌諱，干犯宸嚴。（拏：汝柴切。撆：必罰切。蹼：匹伐切。蹅：七炎切。四字皆量步名詞。）③

五八八

閉對開，成對破，落倉對歸隩。漂白對過朱，染青對拍糙。打嚴嵩，罵曹操，辭行對報到。磁器漆棺材，檀香雕牌套。拿手工夫毛內尋，刣頭生意務仈做。虎落平洋乞犬欺，魚游淺水遭蝦戲，闊□儸够只支離。屋破更逢連夜雨，

---

① 録自《華報》613號，1936年3月30日第1版。

② 録自《華報》614號，1936年4月3日第1版。

③ 録自《華報》615號，1936年4月6日第1版。

船危又遇對頭風，苦命伓存許坎坷。①

五八九

跟對躐，攏對撈，嶺表對畲婆。亮紗對光緞，軟葛對横羅。龍湫巷，虎節河，小帽對長袍。疋頭爭尺寸，鼇戥論分毫。重利盤俥鷄啄米，私刑敲詐猴抱桃。莫嫌四碗四盤，閒咾卡調，沒一年也莽留半截。那死七㬠七日，暗哩受罪，游十殿故着過六曹。②

五九〇

孩提專號

搖對抱，坐對停，肥白對聰明。做嬌對好傻，務媚對真伶。狐鼻腦，獅頭形，手鐲對跤鈴。乖乖倉飽飽，㦉㦉困眠眠。尿燥褓裙馬毛被，□遮屎布牛能瓶。毛做聲拍門奈奈來，伊哥伓通啼，伊哥伓通吵。賣自在請隔壁婆婆唸，娘奶第一聖，娘奶第一神。③

五九一

唱對彈，歌對舞，開鑼對掌鼓。蓋一對成雙，搶三對落伍。過山龍，抓地虎，經文對緯武。大悲陀羅尼，奇勇巴圖魯。魚貨揭市中亭街，米帮議行番舍府。偷共伙睹睹好伙緣相得，日頭落山，表嫂後生。拍劫賊講講其賊運禮跖，西風過午，火鷄毛苦。④

五九二

收對養，督對圈，換碗對添盆。婆婆對媽媽，奶奶對娘娘。單倒水，雙車

① 録自《華報》616號，1936年4月9日第1版。

② 録自《華報》617號，1936年4月15日第1版。

③ 録自《華報》618號，1936年4月18日第1版。

④ 録自《華報》619號，1936年4月21日第1版。

墻，牛䩬對臭磺。按司歇餠店，小姐游花園。牡丹富貴芝如意，脩竹平安草吉祥。穿衣見父，脱衣見夫，禮是禮，情是情，僆容含混。男怕病頭，女怕病尾，生伓生，死伓死，何等張皇。（圈：區防切。）[1]

五九三

疿對痲，疤對痞，鹽梟對土匪。辛卯對甲寅，庚申對戊己。不聊生，可惜死，十歡對雙喜。鐵尺磨花針，銅鍋煮白米。共伙僆好務伙緣，這地賣發毛地理。在下向來酒當飰，伓察伊奶表子，務酒先解眼前愁。世間都是錢做伙，莽讓親家太爺，毛錢賣講話頭起。[2]

五九四

嚷對吵，咶對嘈，地網對天羅。鷄椆對鴨罩，犬宿對猪牢。板枰巷，柴鋪河，班架對駁槽。務心大伯伯，毛齗佬婆婆。出水蝦蟆穿緑襖，落湯螃蟹著紅袍。一滴膽也毛，驚政驚過餘。抖抖顫，好像風吹楊柳。半爿身都硬，拍寒拍的重。皺皺皺，故呆水浸葡萄。（咶：渠活切。宿：音狩。）[3]

五九五

訪對尋，探對偵，面辭對心領。擂户對拍門，爬山對挖嶺。四角甌，倆耳鍋，做糖對拍餅。面睥黄椑椑，嘴舌白醆醆。屎哥尿哥夾紗哥，金仔銀仔壓桶仔。愛趁倆個錢，那溜够頭汪目暗，晡拿我千解衰萬解衰。通心幾椿代，都伓捌屎臭尿香，毛共伊七攏擰八攏擰。（椑：匹題切。攏：音壟。擰：汝餅切。）[4]

---

① 録自《華報》620號，1936年4月24日第1版。

② 録自《華報》621號，1936年4月27日第1版。

③ 録自《華報》622號，1936年4月30日第3版。

④ 録自《華報》623號，1936年5月3日第2版。

五九六

翳對翳，翅對䳺，好看對難聽，□疤對痰迹，屎汁對尿馨。妹跟姊，俤拍兄，刮舌對爬胼。半爿單撇水，一座倒朝廳。一啼二鬧三上吊，七騷八媚九成精。五百同賊，五百同公，文武對台，便見一場真本色。三十年前，三十年後，仔孫落隸，那留上代好名聲。（䳺：吴廳切。）①

五九七

散對完，零對整，丈篙對鼇戥。花帽對草翎，玉牌對金頂。察院庄，狀元境，門風對市景。氣尾拔長長，錢頭□緊緊。千金難買好兒孫，七世務修做姆嬸。佬仈盡吞鶴，儉够嘴歛白雪雪，看的見五代同堂。刑事好閹猫，告啦命案血淋淋，故着務三司會審。②

五九八

行對動，歇對停，樂助對歡迎。甘心對苦口，悦意對貪情。七穿井，九曲亭，妥當對高明。青盲拿伲仔，黄腫做新人。惜食惜衣原惜福，求名求利總求榮。杏脯核桃酥，添倆碟五香橄欖，十錦檳榔，酸梅拌藕片。蚌湯干貝蛋，湊幾碗黄燜魚唇，紅燒鴨掌、冬筍炒蝦仁。③

五九九

浸對浮，流對涌，刮皮對鏤啌。碟碟對盤盤，甏甏對甕甕。豐井營，泰山巷，分糟對燃粽。聽書解心焦，講話夾鼻齆。大少高興養鶺鴒，細哥病痟食蟈蝀。豉油黄燜鴨，北仔包擱蹄科塊，一身儉够肥瓜瓜。蒜醬白片羊，南京肉配

① 録自《華報》624號，1936年5月6日第3版。

② 録自《華報》625號，1936年5月9日第2版。

③ 録自《華報》626號，1936年5月12日第3版。

高粱燒，滿嘴嚼啦辣嗱嗱。（涌：剔粽切。嗱：菊巷切。）①

六〇〇

詘對播，寂對窮，赶瓦對爬溝。掌盆對護桶，掏盒對拍包。城隍頂，塔仔兜，鑿鑿對鈎鈎。猪肝連猪尺，猫屎調猫糟。把總移營拿花會，鎮臺吹號看水操。何苦向親戚轉做威風，江中破船臭溝壑盤本。那篆共兄俤哥鬧癖性，仈前哲鼓門後角跋梢。②

① 録自《華報》627號，1936年5月15日第3版。

② 録自《華報》628號，1936年5月29日第4版。

四、六〇一至八〇〇

六〇一

挽對留，催對請，桃包對李餅。望柱對崗亭，插屏對覆鏴。丞相坑，大夫嶺，毛聲對務影。野女配野男，歪奶養歪仔。實授七品小京官，候補八旗正佐領。少爺福氣實在重，十矮九殘疾，土螺目仅兼耳聾。姨娘身架偌壞超，三跰四跏投，韞駝胼故連跤跛。

（註：望柱，俗呼瞯箸，墓上之石柱也。影：如嶺切。務影：俗言有效也。跛：匹領切。）[①]

六〇二

磯對柱，□對垠，崎頂對河滕。隩橋對井衕，廠巷對塔亭。論歲數，等時辰，手鐲對跤鈴。同心誼兄弟，移步出家庭。拍鑼拍鼓做新婦，無花無酒過清明。旱田使水俥俥，倩倆隻興化猴做工，呱踏踏倸踏踏。表伯乞颼颼，叫一位閩清獅唸咒，天靈靈地靈靈。（垠：音迎。）[②]

六〇三

破對殘，焦對窳，刨刀對銲箸。上殿對中亭，前崎對後嶼。玫瑰花，珊瑚樹，書生對相士。文官不要錢，庸人自生事。舌舔上頷做肝風，手托下頦想心緒。孀居仈六親求毛應，招夫攙仔，搭心肝萬分難爲情。大家法三節舞賣通，

---

① 録自《華報》629號，1936年5月30日第4版。

② 録自《華報》630號，1936年5月31日第4版。

賴債過年，拍巴掌一街對不住。（刨：吞堆切。𧮪：剔店切）①

六〇四

撩對撥，括對拉，姈姈對□□。墊腰對交指，靠背對掏跤。拍笪笪，做哇哇，噏噏對哈哈。懶尸僀躲世，散野毛噣家。評話先生蝦蟆俤，度繩師父蝙蝠司。看電戲仅連跑汽車，再三務意務心，花幾塊錢徠請我妹。撞木鐘故加敲竹槓。將萬毛規毛矩，掌倆巴捽去見汝爹。（笪：七夜切。躲：知慕切。）②

六〇五

忌對疑，慚對愧，聯歡對擇配。立嗣對填房，離婚對就贅。倉頭角，河口嘴，挾嫌對犯諱。東家過西家，後輩跟前輩。冬至百六是清明，年至廿九做小晦。趁戲枰中肩頭前尅過去，哺想共花旦拍笪笪捧場。鑽佬媽奶跤膀下爭出徠，故着叫道公搖鐒鐒浄穢。③

六〇六

承對舀，掬對掏，十足對三毛。長衫對小帽，大褂對光袍。靠手板，蓋頭羅，酒癮對錢癆。同胞親姊妹，隔壁佬婆婆。老健春寒秋後熱，更長夢偭日間勞。關門厝裏坐，禍從天上來，漢風就風，漢雨就雨。借汝口頭言，傳我心腹事，是李講李，是桃講桃。（舀：音有。）④

六〇七

惻對惶，慌對愎，寬舒對餘剩。減壽對迎年，奪魂對拚命。昂昂騰，肅肅靜，十全對一定。新官逐舊官，後任接前任。蒯呵蒯呵長短跤，班者班者大細

---

① 録自《華報》631號，1936年6月1日第4版。

② 録自《華報》632號，1936年6月2日第4版。

③ 録自《華報》633號，1936年6月3日第4版。

④ 録自《華報》634號，1936年6月4日第4版。

腎。覷汝頭毛想頭，覷汝鼻𠍲清痺，踢倆跤尖干汝去伽劉。看伊嘴只哆嘴，看伊胼晡成精，摔一巴掌，乞伊做記認。（蒯：兄任切。哆：雨惠切。）[1]

六〇八

磁對料，石對硋，布置對安排。竈眉對爐嘴，桌面對鍋臍。跖踏踏，嘆咳咳，接骨對抛骸。共馬咬一樣，比犬吠故呆。官星難照乞儂命，窮鬼賣得富家財。生𠍲好伓使梳頭，務身份伓使行頭，粗布衣晡儂伊酒。夾賣落仅着啞手，請出關仅着幫手，破船板也搭的臺。[2]

六〇九

瘠對瘂，瘤對癧，搜查對破獲。納妾對捐官，招兵對解賊。印色盆，流光宅，商量對計畫。藥籤實在靈，花會真正特。心慈筆尾超的生，嘴歉箸頭遮賣密。當賭棍務錢都落肚袋底，尖尖老鼠嘴，横財也發三五千。論請齋伊仔故儂光餅干，約約死蛇拖，佬命𠍲嗆八九十。[3]

六一〇

謀對計，測對猜，草把對花栽。柴盤對竹箄，柳栳對棕簑。膽只歉，心昧磙，長鼻對大顴。肥婆跖板透，矮仔爬樓梯。獅公鬥法病仈死，馬快查贓賊仔乖。土司務叠匡門磚，前碰壁，後碰墻，鋪幾塊明三暗五。伲仔哥起坎爿塔，汝點香，我點燭，踢一跤東倒西歪。[4]

六一一

很對頑，兇對暴，奸官對強盜。石楯對籐鞭，柴閂對鐵邏。四海春，三山

---

① 録自《華報》635號，1936年6月5日第4版。

② 録自《華報》636號，1936年6月6日第4版。

③ 録自《華報》637號，1936年6月7日第4版。

④ 録自《華報》638號，1936年6月8日第4版。

座，尊名對寶號。量腹灌米湯，比頭做紗帽。汝伯當着布司房，我公做過鑒法道。好呆仈相帶累，正防邪邪也防正。是誰將心比心，紅白運務輪流。窮變富富儺變窮，何苦毛傲做傲。①

六一二

呼對喚，引對招，編號對插標。傳鑼對掌鼓，拍板對吹簫。白頭髮，紅嘴鬏，八折對雙抽。務話當面講，毛仈解心焦。後生討嫫添嫫淌，伲仔務嬷做嬷嬌。食柿留核，食瓜留囊，務時儺許玀，毛時乾烤烤。做鬼賣靈，做神賣聖。生□那□貂，死□硬丢丢。（玀：旅套切。）②

六一三

奬對褒，懲對戒，風爐對電碓。鋪路對築墻，上梁對翻蓋。三嬸婆，五姨太，慈悲對慨慷。娶妻得妻財，養仔欠仔債。講書鐐鐐十訴牌，起土鐒鐒三燓拜。佬媽佬媽困暗起早，上落厝養鴨，下落厝養猪。姑夫姑夫食飰收租，東邊園栽薯，西邊園栽菜。③

六一四

拉對扭，撮對摔，缸蓋對磨層。頭先對背後，胯下對胸前。汝一稜，我半爿，有益對無能。夾字伓好寫，借其總着填。出關手叚半硬軟，落水身屍三浮沈。搬裏七柱扛梁廳，賀客盈門，滿厝紅丹丹□赤赤。補啦四袿破背褡，窮仈現世，一身抵斗斗形衡衡。（摔：去行切。）④

---

① 録自《華報》639號，1936年6月9日第3版。

② 録自《華報》640號，1936年6月10日第4版。

③ 録自《華報》641號，1936年6月11日第4版。

④ 録自《華報》642號，1936年6月12日第4版。

六一五

匯對儲，存對劃，幇閒對拍雜。户榻對籬笆，欄槽對閘苙。老章程，新生活，存糧對恰粒。錢趁毛內摎，話講都是竅。退光破襖油緵緵，潑在長衫窮納納。郵政差共老師同時出發，前隊黄俳俳，后隊緣澎澎。死着仏連喜事闔第舉行，上厝白茫茫，下厝紅伢伢。（劃：而滑切。竅：之活切。緵：上平聲。俳：汝靠切。伢：語滑切。）①

六一六

鉺對鐐，鏌對釾，鹽滷對藥渣。抽骰對剪綹，測字對跑巴。倹碗面，抱桌跤。盞箸對刀叉，好犬伓當路，野猫毛噶家。孫立孫新顧大嫂，薛葵薛猛樊梨花。公債公攀，私債私攀，水盡山窮，傻一隻故撟呀犬骨。好景好過，呆景呆過，柴荒米貴，那毛倹僣餓够仏疤。②

六一七

撤對銷，除對毀，員丁對差委。頭角對嘴唇，皮毛對骨髓。冬節糒，清明粿，爭風對走火。貪富做填房，賭錢輸窮鬼。年嘤廿五倹尾肴，六月初一趕頭水。苦其苦不勝，樂其樂毛快，富嫌命短，窮嫌命長。輸着輸通桌，病着病倒床，男怕運頭，女怕運尾。③

六一八

勾對篤，撇對叉，盪痦對噶疤。冬裘對夏葛，秋紡對春紗。跑快快，笑哈哈，苦滷對焦粑。呆胚毛乇欝，圬貨愛□巴。娘娘國舅平平大，奶奶相公樣樣砂。三小姐百媚千嬌，伓使塗粉畫眉，好傻樣都着目生水水。大少爺七敷八嚇，

---

① 録自《華報》643號，1936年6月13日第4版。

② 録自《華報》644號，1936年6月14日第4版。

③ 録自《華報》645號，1936年6月15日第3版。

那捌欺窮重富，賣像裝乞仏面拍花花。[①]

六一九

忌對誇，愁對悔，懷疑對犯諱。軟弱對溫柔，細微對輕貴。福清哥，寧德妹，刮鬚對梳髻。江西水納糧，福建山毛稅。羅漢儹排五百身，王爺自稱九千歲。四六哥錢水賣足，粗粗衣，淡淡飯，饑寒倆字總伓驚。五二伯草蟲只通，肥肥肉，濃濃茶，消補兼行儹相配。[②]

六二〇

犁對布，掘對鈀，討店對排衙。西輝對北忌，東亞對南華。三夾米，六和茶，拿隻對搾蝦。三日九頓粥，倆隻一橛柴。鳥衕傘衕茶葉衕，羊牙米牙菓子牙。做蕪圖，下下犯官符，老爹出告示賣捌也着捌。毛細膩，道道做噶忌。皇帝起糞坑伓捺干汝捺。

（註：鳥衕三衕，在鋪前頂。羊牙三牙，在水部街。）[③]

六二一

正對歪，斜對側，包抽對倒貼。接骨對鑲牙，洗腸對驗血。半摺衫，全頁帖，身題對口德。十成算十成，一色彈一色。伓顧目周攤攤開，毛份心肝生生惻。逐鹿得鹿，逐兔得兔，溪頭務燒山，伓是半嘎就五更。養猪刣猪，養羊刣羊，關口毛論節，那做重陽共十八。[④]

六二二

斜對倒，換對移，墨海對硯池。欄槽對廊斗，棬榻對櫳籬。金錢蟹，鐵綫

---

① 録自《華報》646號，1936年6月16日第3版。

② 録自《華報》647號，1936年6月17日第4版。

③ 録自《華報》648號，1936年6月18日第3版。

④ 録自《華報》649號，1936年6月19日第3版。

蛇，茶板對湯匙。共犬相爭食，務馬賣曉騎。魚翅燕窩鵜鴿蛋，墨蝀瑣蛇鰛鯷鰆。夏天開電扇，冬天燒火爐，寒伓見寒，暑伓見暑。死日搬藥篩，生日拜吉斗，笑伓着笑，啼伓着啼。[①]

六二三

痙對瘀，癘對朒，三牲對六畜。圓轉對光鮮，支離對屈曲。酒娘糟，醋姆籼，遷移對建築。家藏萬卷書，門對千竿竹。衣食省儉錢債輕，年歲豐登米糧足。山猪看見春菜，無不過膘親肊戚，大姨肘肘接妹夫。田鼠偷食冬瓜，都伓管屎臭尿香，兄嫂偏偏僁細叔。[②]

六二四

連對接，合對當，結竈對拍墩。飯瓢對茶碗，粥鉢對油缸。小花巷，舊米倉，擔菜對布秧。課黎賣泅水，乞食望落霜。親母做仏真細膩，姊夫講話伓像裝。哆嘴務花，那顧自家，軟糕食賣飽，僻怪老姨媽。後生愛脆，伓捌大輩，清飦放禮酸，毛養外甥孫。（哆：而惠切。）[③]

六二五

播對傳，稱對贊，青皮對光蛋。翅膀對肝花，蹄包對腿柄。三字經，百家姓，成雙對折半。出路跖外江，上山當好漢。愛食白米自做田，賣唱青衣哺學旦。伽藍爺記裹毛記出，不明不白，乖乖雙耳掏乞抩。牛頭口好請伓好辭，全捌全驚，定定着鼻莫敢嗅。[④]

---

① 録自《華報》650號，1936年6月20日第3版。

② 録自《華報》651號，1936年6月21日第3版。

③ 録自《華報》652號，1936年6月22日第3版。

④ 録自《華報》654號，1936年6月25日第3版。

六二六

剛對健，乏對疲，暗暗對遲遲。尖頭對禿尾，賤骨對頑皮。奶咾奶，姨呀姨，可恨對無疑。嘴闊賣過耳，眼高伓見眉。苦面難看看笑面，赢脾伓做輸脾。手毛歇故凑跤毛停，插過清明柳，種菜種瓜忙不了。鼻禮流沒够嘴禮嘞，食完冬節糒，破褲破襖補起徠。①

六二七

和對判，品對評，草率對麻煩。書符對燒紙，過板對開盤。婆婆洞，奶奶坪，跳硤對拍圜。自怨自流淚，莽講莽噶痰。賣馬英雄滾馬盜，擒虎容易從虎難。前鍋昧滾，後鍋滾脬脬。老爹伓做聲，太太沒的過字。頭醋賣酸，二醋酸溜溜。細婆先伴夜，奶奶毛內投嫚。②

六二八

賴對攀，擒對搶，椰胡對骰管。交指對過肩，開頭對搭掌。衰肘衰，軟對軟，偷生對乞養。吞瀵自問心，燒香毛折本。籐牌着對七步槍，竹篙故加雙把槳。媒仈昧徠，喜神先動，是姻緣到底是姻緣。郎中一够，病鬼就跑，務挽轉當然務挽轉。③

六二九

財對勢，利對權，够本對還原。珠花對金葉，紙幣對銀元。七穿井，九彩園，出店對回門。太歲補鞋套，孩兒坐鑼盆。竹篙量布價禮講，鐵尺磨針工賣完。頭闊只重心性仅浮，仈懶賣酬債，犬懶伓踏碓。能膻昧除跤骨先硬，仔大

① 録自《華報》655號，1936年6月26日第3版。

② 録自《華報》656號，1936年6月27日第3版。

③ 録自《華報》657號，1936年6月28日第3版。

不由娘，鷄大飛過墻。[①]

六三〇

解對纏，伸對鬱，横行對悖出。便益對繁難，簡單對重複。細婆精，伲仔碌，空頭對假腹。講啦許黏挪，拿了毛拮穀。抹着羊肉一身膻，恰隻銅錢三兩幅。女莫笑男，男莫笑女。左右鄰海底海，故事僆講一困窿。姑也罵嫂，嫂也罵姑，日嘵本街格街，戲文那排幾徠齣。[②]

六三一

油對汗，汁對漿，講瓦對談磚。老楊對小李，熟魏對生張。耳皮軟，腎氣奔，蜜棗對糖薑。僆捌寅呀卯，伓管臭共香。磬顱碰着硬頭骨，熱面對汝凊股穿。毛跤討路踮，十里牌坊五里亭，目周環汝排等白。務命沒塊死，三場告狀倆場火，家當舞够邋遢光。[③]

六三二

機對會，運對緣，使勢對爭權。土司對河督，城守對海防。上方頂，下底泉，蘿白對薑黄。蜘蛛賣結網，蛹蟻僆存糧。明旦拿猪去上架，這天拍犬伓出門。破病請郎中，君臣先生酒肉飫，草藥先生膘毛尚。積錢做傢伙，鄉下財主猪牛羊，城裏財主討姨娘。[④]

六三三

幼對粗，精對糙，混顛對浮躁。短欠對長支，碎攀對殘做。烏骨鷄，青鱗䱻，傳呈對抱告。南辰拍北辰，東暴埕西暴。大腎冰班冰凍班，噶嗷噫奥噫所

① 録自《華報》658號，1936年6月29日第3版。
② 録自《華報》659號，1936年6月30日第3版。
③ 録自《華報》660號，1936年7月1日第3版。
④ 録自《華報》661號，1936年7月2日第3版。

奧，細膩伙應該細膩，昧見伊仅驚鬼仅驚賊，三思又三思。風流代即管風流，結果是自做孽自做愆，一報還一報。①

六三四

硝對腦，炭對磺，出力對幇言。東京對西貢，北海對南洋。潤光厚，協順祥，率直對循良。新人請下轎，伲婿招上門。苦上更加苦上苦，強中還有強中強。街爿巷角，故事務伙傳，余府三鏰金，長池十八癩。世尾朝初，話文難盡講，福建出天子，江西做戰場。②

六三五

照對烘，啖對映，馬包對狼帳。加稅對勒捐，裁薪對欠餉。七煞神，八家將，酸粋對辣醬。倆境核桃酥，一拖尾梨串。火駁故加啦火狂，水淌那尋够水滂。五鬼穿心跻庫地，星君來解厄，全藉運尾務效神。兩耳垂肩大貴人，南無不居財，可惜目頭生破相。（啖：音談，波放切。）③

六三六

唧對咬，嗦對哑，幼秀對鹵粗。苦瓜對甜筍，淡菜對香菰。拍蟋蟀，飠鷓鴣，七里對三都。做官欠官項，起厝收厝租。柱珠也務瓦爿墊，柴把故着蔑皮箍，講飠就飠，講補就補，一家一家法，倆家敷搭喝。是親還親，是疎還疎，務姐務姐夫，毛姐碌黜烏。④

六三七

脂對臘，草對□，早早對遲遲。喜金對禮券，燭票對香儀。拿蟋蟀，釣蟚

① 録自《華報》662號，1936年7月3日第3版。

② 録自《華報》663號，1936年7月4日第3版。

③ 録自《華報》664號，1936年7月5日第3版。

④ 録自《華報》665號，1936年7月6日第4版。

蜞，擇日對定時。鈍刀扼咧縷，破碗恰去錤。十三太保仈仈捌，百二錢道講講其。片單單片亂不□，三桌菜加啦三桌葷，毛南味毛北味。人欠欠人都着截，數簿頭査够數簿尾，務上眉務下眉。[1]

六三八

歪對笪，拗對揉，生蝨對上蛤。鋪綿對織繽，換葛對披蔴。保定巷，平遠臺，小器對高材。同行賣夾手，野講僻脱頦。五更捌兒跻踏踏，一日够暗嘆咳咳。柴槓拔的雄，三四年醫運大跻，時來十二月受暑。鐵門攔賣帶，五六次山標連着，命好廿七少發財。（同行之行，如杭切。）[2]

六三九

罩對遮，圍對襊，頑膝對殺獵。雙壽對重喪，六旬對七臘。軟嚌嚌，衰詠詠，落衰對犯跋。病痡愛倉香，温瞷怀驚辣。何苦假公徠濟私，□成舍本去逐末。旗下仔燒冥衣錢紙，毛病毛痛，許三千化一千。福清哥排博浪糋攤，仅大仅甜，買一粒送一粒。（襊：匹代切。詠：屈達切。）[3]

六四〇

擦對捫，翔對籟，合婚對交拜。盤典對勒捐，加租對賴債。鞋面綢，褲頭帶，安閒對爽快。出名就居奇，倉飽仅作怪。醋甏醋甕摔渣梨，紗袿紗裙扯粉破。做老爹銀僻壓沈樓栿，大富特富，媒仈那捌拍嘴花。叫婆奶仔都坐够轎俥，死懵爛懵，趁倉將萬閏皮菜。[4]

---

① 録自《華報》666號，1936年7月7日第4版。

② 録自《華報》667號，1936年7月8日第4版。

③ 録自《華報》668號，1936年7月9日第4版。

④ 録自《華報》669號，1936年7月10日第4版。

六四一

糊對貼，掛對張，票櫃對銀箱。圓當對扁把，細嫩對平光。倫尾頓，燒頭香，雜稅對苛捐。制臺下賓第，提督丁汝昌。盆結糖調蕃薯米，油炸粿配豆腐漿。珠簪玉鐲换花生，把膽鼓擔，搬空金銀庫。烈士清官企牌匾，單身哥鎚，埕倒節孝坊。①

六四二

簡對繁，詳對略，拍金對换玉。魚白對蟹青，蛇黄對鴨緑。提拖拖，嚌嚼嚼，牽纏對綑縛。灌水灌的呆，督火督倠着。嘴講大話使小錢，手出真方賣假藥。菜攤倠拍賣，蝦米熟魚蟶都上市，斤六秤晡買伊一簸箕。木匠講工夫，刨刀斧頭鑿不停臺，丈二柴那刣够毛門鑰。②

六四三

僧對道，釋對儒，玉璽對金輿。堂姑對舍妹，令正對家慈。陳衙里，鄭厝祠，加減對乘除。無私却有弊，務請都毛辭。夏至務雷曝死犬，年兜做旱俥毛魚。毛倜你討椅租，坐坐惹内行，七講八痛也是好。故呆呀做田契，平平幾句話，三徵倆在儘多餘。③

六四四

嚬對困，殘對碎，多疑對怀愛。夾合對分離，齊全對配對。指揮刀，巴達擂，開包對揀塊。老鼠嘞猫肐，黄牛鑽犬囥。仈稱貪倫大王爺，官拜怕妻都元帥。啞子夢見媽，目滓流一把。四更望够五更早，孤恓。秀才遇着兵，道理講

① 録自《華報》670號，1936年7月11日第4版。

② 録自《華報》671號，1936年7月12日第4版。

③ 録自《華報》672號，1936年7月13日第4版。

不清。三步蹐做倆步跖，倒退。[①]

六四五

蒙對藏，佛對耶，屈曲對欹斜。鬱金對滑石，郁李對升麻。十滴水，六和茶，細草對呆柴。玄壇騎黑虎，法海收白蛇。頭尖伩愛戴高帽，跤正□使補歪鞋。孔夫子面前講孝經，真正一把米摔壁毛噶粒。王天君爐下做厭法，那使三張符鎮宅就驅邪。[②]

六四六

愣對慌，懵對倲，多思對在覺。除撤對牽連，保存對丟摔。一把抓，倆頭攏，橋南對窑北。菩蠅堆馬膘，老鼠拖蚨殼。我俤夸悖犯馬頭，老娘拍明包猪角。背時伩肯做肘坎坷，想起伓使做，燁鐇僠經柴塊燒。欠債仔一圈發顛狂，搭底毛乇圈，破船賣下竹篙剟。（倲：諸角切。圈：區常切。剟：敕角切。）[③]

六四七

割對裁，攤對裂，勞工對旅費。立券對經租，包捐對驗契。倉前營，濂浦熾，行香對上祭。三步倆回頭，千方百設計。大哥嗜賭抱桌跤，表伯鬧房掏籠臂。寂寞恨更長，歡娛嫌夜短。倆場牌九，一場詩巴。座上客常滿，樽中酒不空。上頓燕窩，下頓魚翅。[④]

六四八

焦對爛，漠對淵，遺臭對流芳。招兵對買馬，指省對封疆。桶內布，斗底磚，再造對重張。使伩務手段，養仔毛股穿。竈下柴糟頑頑着，帳前花露噴噴

---

① 録自《華報》673號，1936年7月14日第4版。

② 録自《華報》674號，1936年7月15日第4版。

③ 録自《華報》675號，1936年7月16日第4版。

④ 録自《華報》676號，1936年7月17日第4版。

香。八字帶驛馬賣思豪，能者多勞，即足猴盤俾毛的歇。一身生蠹蛇那驚死，醫不對症，僆做犬撲屎許滿慌。①

六四九

律對條，文對案，彌封對滿貫。跤習對肚尖，蹄科對腿柄。緑澎澎，藍灌灌，同知對通判。中秋八月中，半夜三更半。一夜憐蛾不點燈，三餐愛鼠常留飯。替相好浮埸，拍雙抽麻雀，八扇白故加元寶烏龜。共老爹拜斗，請六合齋工，滿堂紅着務穿花夾灌。②

六五〇

交對遞，接對傳，向意對從權。耐勞對受苦，貪懶對發狂。牙沓劑，股屯牆，後福對前緣。救人須救澈，求士莫求全。烟食三筒當歇氣，酒飲倆杯未開言。鬧饑荒可憐十室九空，財主新當店，太婆困草薦。講評話都是千篇一律，小姐游花園，書生中狀元。③

六五一

鑿對雕，鈎對鎖，超生對養老。額角對胼皮，耳心對鼻腦。走無常，跛不倒，呆胚對死寶。心粗膽也粗，命好運昧好。大爺乍包大猪牙，佬媽故惡佬虎牳。風吹南京店大鏈撣細鏈，擹擹惶櫃頭面夥記哥。火熾中亭街，鮮魚變熟魚。跳跳轉飫饅攤老板嫂。（撣：音埕。）④

六五二

清對潔，濁對渾，長輩對親房。婚男對嫁女，教子對訓蒙。窮變富，老還

---

① 録自《華報》677 號，1936 年 7 月 18 日第 4 版。

② 録自《華報》678 號，1936 年 7 月 19 日第 4 版。

③ 録自《華報》679 號，1936 年 7 月 20 日第 4 版。

④ 録自《華報》680 號，1936 年 7 月 21 日第 4 版。

童，褲斗對袍輪。轎轎先生轎，船船太古船。養仔不過盡人事，講書都是勸世文。務蓮蓮禮拜這香，那卜你一回如意倆回如意。毛鎮鎮賣行的道，伓管伊頭字相同尾字相同。[①]

六五三

屈對挍，藏對躲，喧賓對奪主。俗語對神方，家批對族譜。半爿風，三消火，招夫對死嫫。熱季莫貪凉，虛仈愛傢補。講來講去賣成花，做好做呆毛結果。十三老掛牌徠興化做縣，一任莆田，一任仙遊。二七庫押櫃去福寧包捐，五千賽岐，五千霞浦。[②]

六五四

殘對缺，塌對寵，踏實對落空。鹹鰻對鮮帶，乾鮝對臭鱷。寒酸氣，辛苦工，抱穩對拍通。新蓮乍上市，早粟昧收冬。筍仔出頭節節老，棉花結子粒粒雙。一日鐓九猪，九日沒猪鐓，生意鬧其鬧靜其靜。單俥駕雙馬，雙俥等馬駕，境況緊仅緊鬆仅鬆。[③]

六五五

控對批，呈對告，嫌疑對嗜好。照顧對搜羅，收容對倚靠。硬尾鰣，大頭魺，中衣對外套。膽歉心也虛，脾寒肺也燥。通前徹後扛連埋，指東話西嶷肘詠。務錢修公德，沒錢修私德，無非善果，靠俤佬不修。好命做師爺，呆命做大爺，都是奴才，便宜坐禮做。[④]

---

① 録自《華報》681號，1936年7月22日第4版。

② 録自《華報》682號，1936年7月23日第4版。

③ 録自《華報》683號，1936年7月24日第4版。

④ 録自《華報》684號，1936年7月25日第4版。

六五六

寬對闊，嫩對微，街幔對門帷。白桃對烏豆，紅棗對黄梨。脬脬滚，沓沓鏇，落薄對居奇。赢傢輸毛理，衰過旺就徠。儂家船快風來順，郎處山高月出遲。指甲染紅紅，能□豹豹，頭髮獅獅，相公娘果然出色。手腿塗白白，面孔鼊鼊，目周蟹蟹，孫少奶加倍跆時。①

六五七

噏對嘘，吹對噴，挨延對停頓。海賊對山魈，天師對地棍。番薯燒，杏仁凍，銷差對報竣。猪肝炒的香，鴨卵尋毛縫。北門鄉紳龔易圖，東街財主柯玉棟。見賭儘揚意，那幾盤四字寶，一把抓晡撮通桌頭毛。講困就愁眉，務八板三其鋪，半數嘤着䑧倆邊跤糞。②

六五八

薯對芋，蒜對葱，鮮帶對鹹熏。殺山對登殿，拜塔對祭江。手頭緊，毛孔鬆，坐北對朝東。汗流頭髮尾，屎塞股穿空。野詛諸娘毛長命，落敗大少當小工。那是瀰瀰水養瀰瀰魚。大趁大使，大傢大捺屎。不成閟閟柴瀹閟閟飰，越鞠越椶，越嚗越開通。（嚗：畢閣切。）③

六五九

碾對礱，舂對搾，竹鳌對茶卡。盤井對開溝，鋪橋對築壩。佬不修，尋相罵，驚惶對駭怕。跤踏蓮花缸，面覷葡萄架。生仔諸娘賣記時，發財老板盡在價。養猪賣厭，養仈僻厭。多的多見財起意，惡毒故勝兩頭蛇。教猴務工，教

① 録自《華報》685號，1936年7月26日第4版。

② 録自《華報》686號，1936年7月27日第4版。

③ 録自《華報》687號，1936年7月28日第4版。

仔毛工，動不動請奶過關，頑塍仅加大蒲鮓。[①]

六六〇

留對蓄，弃對丢，牛契對馬標。粗□對重搥，薄索對輕飄。七橋店，三縣洲，生醭對臭焦。單車破兩馬，一箭射雙雕。竹桁欄藻算一格，茶花艫榠賽兼祧。白露白茫茫，毛被難上床，夜凉似水眠方覺。清明清冷冷，傢酒當拍版，事大如天醉亦休。（搥：秃醉切。藻：音瓢，萍也。）[②]

六六一

順對和，兇對暴，奸官對強盗。補傘對鎮缸，修俥對鐓磨。討眼鞋，戴困帽，求神對得道。歪奶梳歪頭，番仔吹番號。散斗着使銅箍箍，大門故加鐵邏邏。家庭事藉端起口舌，管一飰甑食飰，兄俤哥掏槍刀。菩薩前拜把搭心肝，賣記同香爐燒香，朋友道生瘸疮。[③]

六六二

生對活，俐對伶，交代對應承，筐筐對簍簍，罐罐對瓶瓶。巷下廟，洋中亭，塔巷對河塍。賊名表子姓，姆相諸娘形。翰林拍退做知縣，細婆卓正是夫人。弟塊山頭毛人厝，弟塊嶺尾毛火烟，近其近，遠其遠。七處巷角務賭場，七處街爿務烟館，暗仅暗，明仅明。[④]

六六三

篦對梳，爬對刮，披頭對撒髪。醋甕對鹽甏，茶匙對粥鉢。掃帚神，簸箕煞，啞巴對光瞎。汝哥頭許尖，我仔嘴只窄。癲婆七處都哺癲，闊少一心那想

---

① 録自《華報》688號，1936年7月29日第4版。

② 録自《華報》689號，1936年7月30日第4版。

③ 録自《華報》690號，1936年7月31日第4版。

④ 録自《華報》691號，1936年8月1日第4版。

闊。天氣做的好，一日三碎老，倩飽榠下倒，漁翁過夏儘思豪。時道我敢包。七鑿八搭鈎，更深墻裹偷，賊仔發財故糕韃。（糕：牧罕切。）[1]

六六四

薦對推，科對舉，凄風對苦雨。舌戰對手談，心交對耳語。打神鞭，降魔杵，相帮對自煮。務冤毛的伸，這願總着許。亡仏見土如見金，世上篆男毛篆女。諸娘仔爬榠。土地公叫救，伊僬配青雲直上，獨占高魁。乞倩婆請花，夫人奶蹚跤，你也想白手成家，連生貴子。[2]

六六五

嗔對怨，妒對猜，齷齪對□奀。肥肥對髒髒，歁歁對乖乖。七七做，十十開，享福對當灾。表兄儘長鼻，親母好大顖。五月酸梅六月藕，大暑油蔴小暑黏。冤務冤家，仇務仇家，三叉路口會相逢，故的好五雷解厄。男看男命，女看女命，百花橋頭先註定，誰僬免十月懷胎。[3]

六六六

假對奭，沒對湮，當敗對該興。四房對三代，五族對六親。收賭債，講嫖經，幫手對企身。有容君子量，最毒婦人心。屠户拿猪來上架，狀元騎馬去看燈。務這公，務這婆，務嗄樹，生嗄桃，毛毛賴，賴陶代。一時風，一時雨，一鐳炊，倆鐳煮，第的怨，怨表兄。[4]

六六七

覶對睎，暲對睨，裝身對裸體。明騙對暗偷，軟求對強買。伏毒膠，歪躋

① 録自《華報》692號，1936年8月2日第4版。
② 録自《華報》693號，1936年8月3日第4版。
③ 録自《華報》694號，1936年8月4日第4版。
④ 録自《華報》695號，1936年8月5日第4版。

睥，多勞對少禮。門栿銃譫爿，棺材拍塌底。死着半路白柴扛，窮够一家清水洗。衆善奉行，萬邪歸正，關口拍老虎，全藉都天爺。一靈不昧，百怪潛藏，潭頭收妖精，多謝臨水奶。（睥：語箐切。）①

六六八

零對雜，碎對傻，銅片對票條。好莊對呆料，絕算對硬摟。上黃瘴，生白喉，巧計對良謀。三么出古怪，一子起高樓。千人落水千人福，一日當家一日愁。碎錢莽趁，權錢莽徠，歡喜錢着看臨時，伓使抄心拍腹。大仔得寵，細仔得抱，帶當仔毛人承坐，空由擺尾搖頭。②

六六九

破對傷，殘對缺，披肩對紮脚。水漬對火燒，風吹對雨濡。刳跤筋，割頭髮，跟燈對挺燭。發性一聲雷，使錢六月雪。黄忠獨斬夏侯淵，宋江大破呼延灼。客鵲嘴好心呆，老鴉嘴呆心好，到底所爲何來。鷺鷥項長身短，鴨姆項短身長，未免相形見拙。③

六七〇

椽對柱，堵對槽，寂寞對囉嘈。磨壠對塌底，落枘對充轎。吹長號，拍大鑼，開市對爬河。巡街八家將，停日四功曹。老哥看錢交朋友，媳婦毛仔怨公婆。禝菜堂那篆啦苦雨淒風，差不多虎婆奶西山得道。做睹棍儬輸够落花流水，也着學猴聖王東海養毛。（枘：女會切，渠豪切）④

① 録自《華報》696號，1936年8月6日第4版。
② 録自《華報》697號，1936年8月7日第4版。
③ 録自《華報》698號，1936年8月8日第4版。
④ 録自《華報》699號，1936年8月9日第4版。

六七一

暴對殘，剛對很，報鐘對文鉠。牛索對猪刀，馬鞭對狼筅。十七光，廿一點，相符對不等。講錢就碰釘，做代賣雜剪。噶喍一厝都賣通，隗魏滿街毛內揀。女愛男貪，無奇不有。相思病，桃花癲，相見好，糖淌甜。眉歡眼笑，隨遇而安。愛值錢，康熙板，愛倹肉，後腿瘠。①

六七二

光對潤，砌對鏟，各樣對合宜。苦頭對惻面，凸嘴對愁眉。炒酒肉，焊油糍，狡獪對稀奇。和尚是伙做，天師乞鬼迷。毛水扒船空由急，務米煮飰伓驚遲，師父作佳，毛拿自家。生出來是志氣，教出來是臭氣。命運偖順，伓使學問。沒伙請就退時，務伙請就跖時。②

六七三

泡對冲，溲對濾，接連對干預。吉吉對安安，同同對聚聚。伙警伙，自害自，祭儀對文具。靴帽起行頭，犂耙知世事。齊八乞恰做門生，鄭四正是中進士。小鬼去搶糭，跐翻菜湯飰，可憐仅餓仅慌。大王毛洗面，倹盡猪頭鵝，真正無憂無慮。③

六七四

坊對保，鋪對區，褒護對吹噓。纏跤對釘耳，剪髮對留鬚。龜笑鱉，虎駝猪，坎坷對崎嶇。開弓伓放箭，出炮去攔車。欲高門第須爲善，要好兒孫在讀書。前門企橫牌，後門企直牌，攤拍晡啼，無不過瞞生騙死。五日一大宴，三

---

① 録自《華報》700號，1936年8月10日第4版。

② 録自《華報》701號，1936年8月11日第4版。

③ 録自《華報》702號，1936年8月12日第4版。

日一小宴，開消許闊，阿毛的假公濟私。[①]

六七五

懺對經，齋對醮，香花對符咒。支據對收條，截單對匯票。三角歧，兩頭窮，歉哥對麻少。賣走那趁爬，昧跖先學跳。青盲也務開目牽，覆甲故乞提胸笑。這禮講，膽務鳳崗裏糖蒲許大，頭致被鋪中㩲㩲皺。自家吹，方比烏石山糞斗乩故靈，鬼屈招牌下咭咭叫。（咭：巨展切。）[②]

六七六

歲對躲，伏對蒠，狡獪對㹱㹳。將離對獨活，久鬥對斜題。戴冰帽，拍草鞋，石楯對籐牌。一直一曲尺，五柱五椆排。一碗菜湯一碗飦，五斤跤柄五斤蹄。行當一總包，講醬仅着糟。女嫁男婚，莽讓伊三花做皇帝。人情剔的透，務鑥也毛竈。膘親肸戚，故呆呀五子抱彌黎。（蒠：彌齊切。行：而杭切。當：去聲。剔：他直切。）[③]

六七七

癧對癌，疤對痞，贊成對褒比。水鬼對火夫，鹽梟對土匪。賽月亭，梯雲里，關防對制止。教頭犯天條，賊嘴出聖旨。講話務聲拍毛聲，冤家無理奪出理。頭回見情，倆回討厭，鴨蛋煎甏蜞，明旦伓通徠。福無雙至，禍不單行，滾湯潑老鼠，一窩都是死。[④]

六七八

刣對撤，扯對揞，詐欻對含痴。來回對長短，好歹對尊卑。講仅講，知不

---

① 録自《華報》703號，1936年8月13日第4版。

② 録自《華報》704號，1936年8月14日第3版。

③ 録自《華報》707號，1936年8月17日第3版。

④ 録自《華報》708號，1936年8月18日第3版。

知，海袋對洋衣。開張新字號，收買舊傢私。日日大王徠補庫，晡晡太子去登基。天良伓顧，死活都着錢，怪不得上山要財，落水要命。家賊難降，爸奶傻呆仔，講些名生兒防老，積穀防飢。①

六七九

通對透，托對承，拍散對湊成。松松對李李，葛葛對林林。美且有，公生明，白鰌對紅蟳。娘娘生太子，媽媽邀新人。今年菓子明年糗，七里牌坊五里亭。去請姨媽徠，姨媽就儕徠。今旦桶盤鍘儘便宜儘務味。邁乞孤老值，孤老也伓值。只隻伲仔哥仅貪倫仅爻塍。②

六八〇

跐對跙，蹚對踏，欒甜對驚辣。割草對纏松，抽菁對炒麥。火販街，水關鬧，結困對拍雜。賣贏就着輸，毛賞故務罰。金身菩薩儕駁僮，土擺郎中賣抲脉。細婆精屈被鋪中拍錢劍，罵長罵短，目周尅嘸伊目周開。唐晡仔困手網裏跋筊杯，揀肥揀衰，頭髮青嫁够頭髮白。（跐：趨屐切。跙：七殊切。欒：音藕。菁：取廳切。）③

六八一

削對裁，修對改，漪歪對旎乃。賤賤對良良，乖乖對歹歹。搭搭㮛，端端楷，移山對倒海。餓鬼搶麫糊，活仸使錢紙。惹伊五肚儕生烟，㞙我一身都是屎。呆仸意毛足，積四五萬仍原當羅漢，都伓顧害仔害孫。佬貨命只長，倫八九十賣捨見閻王，故晡留變精變蔓 。（㞙：音賦）④

---

① 録自《華報》709號，1936年8月19日第3版。

② 録自《華報》727號，1936年9月8日第3版。

③ 録自《華報》730號，1936年9月11日第3版。

④ 録自《華報》732號，1936年9月13日第3版。

六八二

熬對炖，燉對烱，勞練對禁呵。跤筒對腹桶，目箭對鼻刀。玫瑰露，磠砂膏，冤摔對佬遭。在家千日好，騰駕九霄高。遠離他方律令勑，阿悉陀夜婆娑訶。野和尚膽膽嘴食十方，鼻屎當鹽，一塊番故大吓網栳。小老板儍儍錢放四世，掌心迸火，五分利又加啦毫□。（儍，錫麻切。）①

六八三

懶對忙，衰對健，寬容對體諒。炒鑼對炊甑，裁衣對叉杖。圓俥圓，上等上，高陞對來旺。大代使大錢，閒工倹閒飰。窮仏留命看太平，財主出家當和尚。較場埕拍京鼓，帽帶罄磐，比炭簍故長。鋪前頂看伽骰，鞋盪頣頣，共筊杯一樣。（伽：舉遐切。頣：虛遮切。）②

六八四

煉對燒，烊對鑄，題緣對納課。孱脚對生頭，賤肧對呆貨。渾不拘，胡之註，巡街對看鋪。學生偷躲齋，財主卡搭墓。早仅毛錢暗毛錢，横也一句直一句。仔孫癲手，前輩家故着苦柴苦米，難爲兩老取東川。爸奶邁肼，後生哥那捌掏刀掏槍，敢講三英戰呂布。（癲：科禾切。）③

六八五

啼對罵，怒對嗔，點卯對抽丁。下層對前套，中襯對上經。女菩薩，男觀音，青黛對素馨。三日倹三頓，一仏保一身。大石拍墩細石塾，裹鑼煮飰外鑼烟。船艄公搖櫓，好比張果老騎驢，擺渡毛人管，自倹自洗碗。鴉片鬼倒鋪，

---

① 録自《華報》734號，1936年9月15日第3版。

② 録自《華報》737號，1936年9月18日第3版。

③ 録自《華報》738號，1936年9月19日第3版。

故贏諸葛亮拜斗，烟館交的親，務過務開燈。①

六八六

議對評，批對判，新聞對舊案。夾灌對抽包，抄賍對伙販。居中中，去半半，張羅對打扮。夫妻夾黏挪，奶姐詛烏暗。擔沙築壩延去工，搥椅打桌急發性。崴鼻石總務長跤指踼，冰山有日倒，何苦來做盡威蠻。黄土堆預備臭皮囊埋，鐵漢也着完，毛事幹留啦把柄。②

六八七

痛對呻，瘋對痺，破除對添置。肥腿對瘸跤，磬顧對歪鼻。出猪聲，拍鱉氣，芋頭對瓠蒂。帶閏八十三，拉雜二五四。一把投管一把簫，伓像笊籬伓像箄。單單呆，單單惡，看伊拳頭拔出節，伓管仈五勞七傷。半半假，半半真，害我目周望生花，乍捌你三心兩意。③

六八八

鬆對緊，密對稀，勸酒對盤詩。灣灣對曲曲，側側對欹欹。搭金篦，燒紙衣，詐歗對含痴。逢仈都哺罵，連我也不知。當初原是好仈仔，只隻真正呆傢私。叫天天毛應，叫地地毛門。沒事幹東討鑼西討鼓。做鬼鬼賣靈，做神神賣聖，何苦來横傏僮直傏乩。④

六八九

邊對底，角對旁，中等對内行。放寬對趕急，鬥快對幇忙。五子衙，三官堂，透板對踏床。歉哥望小姐，和尚做新郎。鎮殿將軍覺羅桂，封疆總督左宗

① 録自《華報》739號，1936年9月20日第3版。

② 録自《華報》741號，1936年9月22日第3版。

③ 録自《華報》743號，1936年9月24日第3版。

④ 録自《華報》744號，1936年9月25日第3版。

棠。家累實在深，鹹酸苦辣醶，件件都嘗，伓講共甕一樣。世情捌的透，生旦丑末淨，傻傻禮做，這話比書故長。①

六九〇

粟對糖，蔴對秕，蒐羅對救濟。雜躄對隨跖，前夫對後替。元宵丸，冬節□，猫疽對獅疥。驚輸就僆輸，愛快毛的快。當佬郎罷是奴才，騙別仈仔做皇帝。講錢啊啊是，講書賣裹耳。寬寬心過日子，伓歇伓痴。吼飡跋跋跑，吼做沒想頭。尖尖嘴罵盡仈，毛大毛細。（躄：音臂。快：乞濟切。當：去聲）②

六九一

牽對絆，縛對羈，教戲對學伬。糟鰻對醉蟹，醬鴨對湯鷄。澤澤落，嘩嘩施，生醭對臭脂。仙家膗豹豹，伲仔嘴蠛蠛。源裹青皮收把俤，洲邊白面拜乾爹。廿幾年仅只大只□，刀過冰冰凉凉，北較場拍棋料。一長陣都無憂無慮，酒醉歪歪跛跛，西禪寺□荔枝。（蠛：米脂切。）③

六九二

慌對惑，謪對怅，鰷粉對鋸糠。貪功對記過，謝罪對開恩。安奶廟，耿王庄，做陣對求幫。倆頓三升米，四盤一碗湯。急够心肝彭彭顫，做的跤手攋攋酸。錢就是命，命就是錢，笑窮莫笑賤，那捌米甏淀。白僆變烏，烏僆變白，生剥共生吞，使驚算盤村。（淀：音佃。）④

六九三

顴對額，項對頦，花様對藥材。鍍金對鑲玉，拍鐵對燒硋。硬駁駁，軟艒

① 録自《華報》747 號，1936 年 9 月 28 日第 3 版。
② 録自《華報》748 號，1936 年 9 月 29 日第 3 版。
③ 録自《華報》750 號，1936 年 10 月 1 日第 3 版。
④ 録自《華報》752 號，1936 年 10 月 4 日第 3 版。

鰓，生剥對活埋。新書乍出版，好戲昧開臺。肖兔肖鷄配賣落，呆牛呆馬拿去刣。諸娘仔着做大大方方，姊夫看見了，細姨伓使走。店頭家那捌如如意意，烏龜進門來，老板就發財。①

六九四

寸對分，斤對兩，烏龍對魚網。攤股對扣頭，拆梢對盤本。接官亭，乞食廠，風鰻對雪蓑。捌伊倆樣心，搭你三下掌。姐夫講話儘糊塗，老板掏錢徠發賞。舅吓舅，莫笑我大橋頭野轎，尚幹務外甥，前紀套擔螳。哥咾哥，都講你灣邊角竹篙，懷安毛保長，後斗跖盪漿。②

六九五

惡對兇，奸對詭，衰人對活鬼。闊嘴對大腊，跣腰對肥腿。拍鞦韆，跳傀儡，開除對摔毁。三醭百二毛，九頭十八尾。斷氣先卡四條釘，攔頭乞倒一桶水。飰賣曉的米煮，逢代都伓察。食咕咕落，困傲傲鼾，火儺掏使紙包。駁笫共伊徠，務鑣鑣糕，毛塌塌粿。（鼾：音韓。鑣：牧冬切。）③

六九六

樂對歡，狂對興，改邪對歸正。量斗對迸盤，裝箱對過秤。白帝城，朱仙鎮，戒嚴對開禁。跤尖踢令脬，膘手縮坎頷。三拳老酒拍通關，一帖經方療急症。古老莽古老，賽過山東棗，三頓二升米，大腊。時髦時髦，障滿廈門桃，一壑一坵田，麻面。④

---

① 録自《華報》753號，1936年10月5日第3版。

② 録自《華報》754號，1936年10月6日第3版。

③ 録自《華報》755號，1936年10月7日第3版。

④ 録自《華報》760號，1936年10月13日第3版。

六九七

撤對銷，開對革，堆七對塌八。接骨對抽筋，調經對補血。苦辛酸，瘀膨膈，海涵對津貼。隔壁搬藥篩，過街搭綵結。看戲愛看武十回，拍牌哺拍清一色。好諸伙捌，呆諸伙捌，人身七尺長，天下毛内藏。生務時辰，死務時辰，閻王一張貼，陽間留不得。①

六九八

油對滷，餅對糖，靠椅對搖床。芙蓉對茉莉，豆蔻對檳榔。演火棍，鎖雲囊，打倒對投降。送喪何九叔，探母楊四郎。岳飛直搗黄龍府，林冲误入白虎堂。天地賣公平，好伙仅餓仅受寒，一嫫一仔，毛柴刮鏽。陰陽沒報應，呆代務贓務干證，横心横腸，煮飾成甑。（降：音杭。甑：徐杭切）②

六九九

浮對涌，浵對沉，少禮對多能。當然對可以，並且對何曾。懶乍懶，閒味閒，盪片對叭爿。四角肘四角，一層加一層。發性罵爹共罵奶，得財買厝連買田。伊僯學四老爹理欠理賒，跤穿眠床下，心想伓是下。你那漢一歲仔爭糖爭餅，尿窽櫳籬前，皮厚毛伙前。（涌：踢甕切。浵：匹放切。曾：下平聲。）③

七〇〇

寫對抄，簽對註，驚惶對恐怖。驗税對催征，收捐對解課。青盲齋，白面厝，春紗對夏布。平水跖平船，現錢買現貨。滿天那看五色雲，毛水僯泅十把鋪。僯倹當請客，賣倹嘴斗窄。隨緣惜□，减口濟生。大氣餓死伙，小氣面皮

① 録自《華報》762號，1936年10月15日第3版。

② 録自《華報》763號，1936年10月16日第3版。

③ 録自《華報》764號，1936年10月17日第3版。

紅。欠債難償，少禮竊過。①

七〇一

唔對詛，叫對呻，花蛤對竹蟶。能癌對血塊，痰濕對汗斑。杏仁露，蓮子羹，慶賀對豐登。硬弓好搭箭，粗綫阿穿針。叫伊手叚即管使，害我心肝毛內攖。前怕墻塘，後怕池塘，世事讓三分，天高地闊。近看厝運，遠看墓運，心田留一點，子種孫耕。（呻：出庚切。斑：音崩。）②

七〇二

滃對湔，滂對滃，萬三對千七。軟軟對綿綿，文文對積積。陶陶居，借借室，正經對平匹。手頭放的鬆，尿尾驚僻滴。居多呆仈累好仈，莫作無益害有益。好猫賣鑽竈，好仔肯受教。敢爬我頭頂當擺窩。荒鷄佅驚篳，荒仈毛顧皮，都困着手網裏出式。③

七〇三

捼對揥，扯對搘，外套對中衣。皂礬對紅釉，赭石對黄豎。鹽法道，布政司，馬桶對狼機。門書那是紙，銀票昧够期。滿懷不樂雙眉鎖，一事無成兩鬢絲。婊子無情，情在戲班，爭鋒僻鬧反天。捔肘捔，好跛捽。婦人有罪，罪及夫主。邋褲晡想攔海，肞拍肞，毛驗屍。（捼：奴回切。搘：音詩。豎：音依。）④

七〇四

算對樺，評對估，龍翔對鳳舞。彈面對凑跤，當頭對夾股。撞木鐘，打花

---

① 録自《華報》765號，1936年10月18日第3版。

② 録自《華報》766號，1936年10月19日第3版。

③ 録自《華報》767號，1936年10月20日第3版。

④ 録自《華報》768號，1936年10月21日第3版。

鼓，横文對直武。爲公莫爲私，離鄉不離祖。菩蠅噴絮目金金，草蜢掮旗嘴土土。食葷賣加肥，食素賣加瘦。無酒學佛，有酒學仙。勸男莫做保，勸女莫做媒。下山防蛇，上山防虎。①

七〇五

調對拌，夾對叉，南棗對西瓜。糖燒對鹹醃，宿濃對乾嗏。拍水撇，賣山查，媄媄對娃娃。油麻塞齁縫，火管歕令脬。先認企奶後轉奶，好做親家呆冤家。八字帶驛馬，沒歇沒停，日做嘜做，毛錢買牌套。一厝點油猴，半飠半餓，東睺西睺，當被困綿花。②

七〇六

騙對敷，偷對侷，鹽硝對麵餑。糖豆對蜜桃，糟薑對醬樾。蜈蚣蛟，鬣蜞浡，三奇對十絕。一嘴油縵縵，毛齁嚌嚼嚼。使筆着使文苑堂，塗粉哺塗藍臺局。娘娘宫元宵大夜，牡丹喜年花，放起儘作佳。婆婆洞守本單方，酸楖病仔藥，尋伊毛的着。（縵：木甘切。）③

七〇七

缸對甕，鉢對鍋，金箔對銀硃。鼉砂對蟬退，蛇蛻對蜂窩。半開化，小登科，綫襪對釘靴。毛學規矩矩，那興媚捫捫。癖拗過身燒冷竈，錢輸轉厝搶熱鋪。做商家伓是畫柳畫花，巴掌兩塊記，發財也着碰運氣。講親事僣比買糖買餅，嘴皮一粒珠，滿心那想揀唐哺。④

---

① 録自《華報》769號，1936年10月22日第3版。

② 録自《華報》770號，1936年10月23日第3版。

③ 録自《華報》771號，1936年10月24日第3版。

④ 録自《華報》772號，1936年10月25日第3版。

七〇八

蓋對�，張對套，承行對抱告。積滯對流通，開除對銷耗。合溆蟆，台灣鯛，春温對秋燥。叮单叮屯單，噫奧噫所奧。閒者自閒忙自忙，補也賣補破賣破。三回五次鈍鈍刀乞伊劃，刻薄存心，弄假成真。四盤八缸窲窲飫在你碗，咡嗷掏報，偺倫賣做。（劃：音縷。嗷：魚耗切。）①

七〇九

查對辦，貼對賠，鼓架對鑼錘。辣椒對甜杏，淡菜對酸梅。狐鼠尾，鯊魚皮，細作對長隨。頭平好欺負，腹痛自偎挼。百般臭氣言難盡，一縷香魂喚不回。借即管借，賒即管賒，認真真伓使徵，認熟熟伓使逐。嚴仅着嚴，偎仅着偎，倫飽飽務經打，倫肥肥務經搥。（挼：汝爲切。）②

七一〇

詳對解，準對猜，油甕對米篩。鐓鶏對洗馬，餂鴨對拍獅。開風扇，上電梯，補腹對安胎。三千六百坎，八十一層階。毫韜先拍九五扣，回佣着掏四六開。爹死扛去埋，娘死等舅來，踏其路總着留三分地步。偎伊毛衣食，嫌伊姑的力，趁這橋故偺免一帳天灾。③

七一一

細對精，粗對糙，襖輪對鞋套。磚塊對瓦爿，藥渣對糞燥。死綿綿，生芼芼，稽查對報告。文齊福不齊，財破家昧破。銀錢伓通恰疎巴，光景偺存只坎坷。風透透，請公請媽來倫罩，今旦欣逢馬祖誕華筵。月光光，喚姐喚妹去燒

① 録自《華報》773號，1936年10月26日第3版。

② 録自《華報》775號，1936年10月28日第3版。

③ 録自《華報》777號，1936年10月30日第3版。原序號爲七〇九。

香，大家齊唸王靈官寶誥。①

七一二

撩對撥，搭對擒，鋸角對磨墘。灯糟對炒醬，滃醋對調鹽。帕帕滾，俥俥圓，行道對坐禪。做晦□毛月，收冬大務年。大王僻欠鬼仔債，少奶倒貼企哥錢。正正經經，夫唱婦隨。大大方方，毛事依假假益扼扼。直直捷捷，錢來貨去，清清楚楚，伓使秉絆絆停纏纏。②

七一三

遺對差，幇對雇，土雕對木塑。倚靠對欺凌，維持對照顧。縛蔴裙，補繽褲，務摟對毛塢。小姐儘風流，細婆做露污。妮仔賣通溝路通，奴夫昧富火管富。跖是跖，坐是坐，伓通毛規毛矩，的着學像像莊莊。辣就辣，酸就酸，何苦含汁含漿，總哺愛吞吞吐吐。③

七一四

娘對奶，仔對伲，鳥店對魚池。九哥對七姐，二婿對三爺。做受怪，貪便宜，躐蹋對蹺蹊。破衫重破襖，巧鎖配巧匙。野兔昧驚城裏犬，強龍不壓地頭蛇。耳皮只軟，巴結羈跖。呆話總哺聽，呆錢總哺使。肝火儘鬃，腹腸□淺。好伙賣曉用，好馬賣曉騎。④

七一五

傲對驕，乖對拗，瘤風對痰嗽。梯椅對桁叉，櫳籬對板透。趙子龍，申公豹，升旗對拍炮。賭錢手只猪，坐桌胼僻鱉。七夕客鵲頭沒毛，過午黄螺尾就

① 録自《華報》781號，1936年11月3日第3版。（刊號误為780號，更正爲781）。原序號爲七一〇，應为七一一。

② 録自《華報》782號，1936年11月4日第3版。（刊號误為781號，更正爲782）。

③ 録自《華報》784號，1936年11月6日第3版。

④ 録自《華報》785號，1936年11月7日第3版。

臭。五鋪接五鋪，喉嚨吞破布，驢夫趕站，斷茶斷湯。一溪流一溪，腹腸掛奔笥，船户過灘，餓瞜餓罩。①

七一六

秘對科，機對要，免捐對平糶。三煞對三婚，重喪對再醮。鼻鈎鈎，目吊吊，鹵粗對鮮笑。嘴臭齗仅疏，頭彈尾僣竅。菜花乍黄蚨蝶飛，荔支昧紅鴉螃叫。財跟財陣，闊傖闊補，喜神禮動，土地公揢着銀。壽看壽門，横心横腸，賊命故長，閻羅王拍斷票。②

七一七

怪對魔，妖對孽，龍潭對虎穴。歇站對打尖，跑山對趕驛。猪肝花，牛肚葉，沙埕對土潡。長鼻長犁犁，淺量淺碟碟。板板調調卡撩伙，邊邊角角講究傖。伓相信死鬼使錢紙，仔孫愛報孝，七王莽禮燒。都着讓惡伙削铰刀，世代做冤慫，五帝毛敢拿。③

七一八

箝對銃，褙對鑲，北調對南腔。層層對架架，板板對匡匡。清白社，朱紫坊，衙署對家鄉。荔支酸梅藕，菜補醬樾薑。八十故塗胭脂粉，百歲賣掏䰐鬟香。大腹假二囊虛，老共厨子俥夫，奶□那瞞啦奶奶。方腸捺四角屎，伓存賭場酒館，光棍僣碰着光光。④

七一九

柑對橘，柰對橙，新杏對舊蓮。灣邊對源裹，嶽後對倉前。白水醆，苦滷

---

① 録自《華報》786號，1936年11月8日第3版。

② 録自《華報》791號，1936年11月15日第3版。

③ 録自《華報》792號，1936年11月16日第3版。

④ 録自《華報》793號，1936年11月17日第3版。

鹹，桌罩對椆層。火烘熵熵熱，水浸浮浮沉。踐指也務長短節，肩頭賣儎輕重爿。賠錢解賊，替依擔偌壞責成。好仈難做，做仈難好。賣力操心，都那換一聲起動。能者多勞，勞者多能。[1]

七二〇

薦對推，承對委，窩賍對受賄。苦竹對賤茅，殘花對敗葦。不倒翁，無常鬼，銀包對票匭。瓦上五更霜，檐墘一滴水。春分下種夏布田，冬節搓丸年做粿。講話的着工夫仔，君子僣鑾嘴紐紐，何曾有口無心。做錢那趁歡喜銀，老爹務脚手雄雄，不必大頭細尾。[2]

七二一

俊對靈，粗對劣，規章對條約。勒揹對誇張，競爭對搶掠。五更霜，六月雪，爛頭對乾脚。子弟子弟兵，江湖江湖訣。一年四季都平安，八字五行毛欠缺。半半食，半半餓，紅青白緑黄昧見，幾回錢申乞你長。時時憂，時時愁，鹹酸苦辣醃都嘗，一日硋担擔毛歇。[3]

七二二

消對化，滾對烊，造幣對完糧。桃紅對菜緑，藕白對椰黄。棗泥巷，荔支園，做福對題緣。膽小驚賊賊，命好做娘娘。逢三着食竈君菜，十六直出貢院前。揚州路上採買替身，赫靈靈玄武大神、青龍太歲。達明河墘公建普度，活跳跳淨壇使者、焦面鬼王。[4]

---

① 録自《華報》794 號，1936 年 11 月 18 日第 3 版。

② 録自《華報》797 號，1936 年 11 月 21 日第 3 版。

③ 録自《華報》798 號，1936 年 11 月 22 日第 3 版。

④ 録自《華報》800 號，1936 年 11 月 24 日第 3 版。

七二三

嘈對咶，吵對嘸，摜桶對漏瓢。紅燒對黄燜，朱埸對白描。瀏陽續，印度綢，梅颰對荳苗。漢謝漢恭喜，趁飠趁客調。駁肚儕淵二月蠣，開嘴就臭隔腹蟷。蛋毛菴賣出仔，井毛滌賣出泉，曲蹄婆放炮仗駁水。書重講伓好聽，菜重揀伓好飠，興化兄跖板透猴譬。①

七二四

糠對粃，粕對穇，分半對合同。米缸對茶鈷，酒碊對油筩。噶鼻齈，流耳聵，花鳥對草蟲。厝租毫猪衕，墓做白鴿籠。佬虎莽呆伓飠仔，癲犬賣嗗儕咬伙。哺嚗一百句毛同聲，皇帝嘴乞食身，碰着財主官跤就胐。聽講三十歲昧討娸，自家頭別伙剃，見隻諸娘仔面儕紅。②

七二五

堆對套，副對雙，剥落對解鬆。穿穿對竅竅，縫縫對腔腔。爸噠楸，婆嚨椶，苦命對勞工。三三炒興化，六六煮山東。愛飠枇杷愛飠柿，一時韭菜一時葱。東蹦投，西蹦投，日日望山頭，十八錢尿壺那買啦嘴。早交際，暗交際，時時泊門翅，六月天火籠故抱禮燻。③

七二六

鮮對艷，麗對華，犬棍對鷄鈀。桃酥對柿瀌，瓜蒂對豆芽。紹興醋，普洱茶，柴馬對土猫。臭溝生香草，好山出呆柴。爐怕獅頭瓶怕耳，杯宜馬腦箸宜牙。搬啦新厝好舒排，也順事也居財，都講陽宅務幾成風水。討隻細婆儘漂亮，

① 録自《華報》801號，1936年11月25日第3版。

② 録自《華報》802號，1936年11月26日第3版。

③ 録自《華報》803號，1936年11月27日第3版。

倗當家倗理計，可惜額頭多倆粒花麻。①

七二七

脅對攀，扶對助，展威對遷怒。含濃對臭熅，生疤對出瀉。馬尾三，魷魚五，駁錘對碌臼。牛馬倗犯冲，鴨鷄伓成菴。昧見課黎做老爹，伓存財主變欠户。勢利勢利，毛勢也毛利，高朋滿座，都是孤老蟲認親。冤愆冤愆，務冤就務愆，怨鬼攔門，故呆鯽魚仔排度。②

七二八

窺對伺，偵對張，築銃對掏槍。箍膿對驗血，止痛對吊傷。武聖廟，文儒坊，品配對題捐。傖啦歇馬大，敗够邋螺光。共伊做目做跤仔，到底是嘴是股穿。平講伬故唱喇喇酥，璠間祭、三怕妻，場面伓像上海白。本地話倗講咾咾熟，崽羅哥、丟那媽，口頭不離廣東腔。③

七二九

攤對夾，派對匀，養活對收容。猪哥對鴨姐，犬姆對猫雄。三月菜，萬年松，好錫對呆銀。討租兇似虎，講食活成龍。一回見面倆回熟，十主交情九主窮。一身親母狀親母形，菱角褲好跻時，腿肉倗炡呢倆鉢。十足乞食胚乞食様，莨資包乍現世，面皮着剥去幾重。④

七三〇

籌對揀，算對科，評品對賭輸。官廳對客店，工廠對賊窩。獅銜劍，龍搶珠，鐵櫃對硋鍋。撟仈撟斗斗，硬漢硬踋踋。養老那領死仈項，隔腹仅驚生分

---

① 録自《華報》804號，1936年11月28日第3版。

② 録自《華報》805號，1936年11月29日第3版。

③ 録自《華報》806號，1936年11月30日第3版。

④ 録自《華報》807號，1936年12月1日第3版。

鋪。務冤毛內伸，草仏仔故偕駁僮，雙雙五離方散。逢債都敢欠。門塾户乞仏踏塌，日日三十嘍哺。(跔：舉珠切。)[1]

七三一

焦對爛，濃對嗏，七里對三沙。鼈頭對鬣尾，鴨掌對鷄脬。蚱蜢腿，蜈蚣跤，苦主對冤家。手巾香噴噴，肚袋乾疤疤。掏槌掏杖拍人命，買靴買帽做老爹。毛嫌篤鹽咬薑，那嫌七表八娼，臭蚔臭鯑偕鰜四勢。寧願挑葱賣菜，伓願倆嫫一婿，醋甏醋鉢都摔五顚。[2]

七三二

刺對箐，蹬對骾，經收對看管。茶棧對湯房，醬園對鹽舘。輕重肩，大細眼，栽贓對破產。講話圓俥俥，做代硬板板。烟除煩惱酒除愁，衣壯精神錢壯膽。龍游淺水遭蝦戲，皇帝出身苦仔，劉備賣草鞋。虎落平洋乞犬欺，英雄落魄窮途，秦瓊拍鐵鐧。[3]

七三三

糉對糋，□對粿，頭神對耳鬼。嘴臭對心焦，骿灣對跤□。肩尅肩，尾世尾，巡風對覷水。乞食罵盡仏，耶穌真僾我。再來伓值半爿錢，臨去故捺一腹屎。閒時毛燒香，急時抱佛脚，俤仏仅叫你上轎纏跤。窮日慣欠債，富日看財奴，儘早就搠伊過橋丢拐。[4]

七三四

招對贅，夾對姘，青黛對素馨。插頭對紮脚，圍肚對掛身。拍火把，放水

---

① 録自《華報》808號，1936年12月2日第3版。

② 録自《華報》809號，1936年12月3日第3版。

③ 録自《華報》810號，1936年12月4日第3版。

④ 録自《華報》811號，1936年12月5日第3版。

燈，𪎩粉對漿冰。神仙掏拂拂，道士搖□□。攢啦豬肚送轉奶，盪起狐皮寄表兄。仔孫仔孫，背義忘恩，死時做盡孝，活時拔透透。親戚親戚，藉題出式，好景假小心，呆景冷清清。[1]

七三五

俊對超，佳對妙，進財對增壽。頂馬對包俥，跖鋪對看轎。尼姑庵，娘奶廟，偏偏對又又。講好毛講呆，聽宣不聽調。三更起煞摔蕪蛇，九月登高放紙鷂。呂奉先轅門射戟，雙方讓步，你呀毛氣，伊呀毛爭。伍子胥吴市吹簫，萬里投荒，高也不成，低也不就。[2]

七三六

丢對摔，躐對踙，無故對有餘。伊乖對小寶，細婼對啊渠。孤兒院，烈士祠，革退對驅除。兩生合一旺，三多配九如。惡猫管够九家鼠，潭蝨鼓翻一池魚。滿厝捫毛尿壺，沒内尋將萬渾飄飄，一其困百其找。務仈下全頁帖。故成意僣做柄栟栟，七主請八主辭。（踙：七虞切。栟：比店切。）[3]

七三七

挼對挫，拌對鬮，搭搭對鈎鈎。紅丹對烏墨，青靛對白膠。八果□，一團糟，把繞對拗摇。爬伊櫃頭角，泊我門口兜。十其郎中十貼藥，一隻和尚一個包。甜嘴都賣抹着甜頭。開嘴拍秋風，秋風吹古井。好心故僣趁毛好報。將心待明月，明月照臭溝。（挼：汝爲切。摇：奴梢切。抹：牧角切。）[4]

---

① 録自《華報》812號，1936年12月6日第3版。

② 録自《華報》813號，1936年12月7日第3版。

③ 録自《華報》814號，1936年12月8日第3版。

④ 録自《華報》815號，1936年12月9日第3版。

七三八

凍對凝，和對冷，攤簧對倒板。暢膽對操心，滑頭對張朧。真自然，雜不等，貪歡對發狠。驚熱仅驚凉，儉肥伓儉瘤。七哥毛嫫十三年，四嫂做□廿一點。馬着鞭絆，賊着索絆，含半□獨獨步火管鞦。佛要金裝，人要衣裝，好幾套彈彈新鉸刀剪。（凝：宜興切。）①

七三九

犅對雄，雌對松，花籃對藥籠。生癬對噶疤，着痧對出疹。延平篥，長樂桶，頒頤對拉攏。轎上絕頂峰，船駛禿頭港。大暑先曝荔支乾，立冬預製菜頭鬏。做代那值切切實實，便宜毛合式，趁早拈開這脾花。待仈着務謙謙虛虛，和氣就生財，伓通排出嗄面孔。②

七四〇

把對拈，挨對擱，畏羞對學懵。箸衕對爐承，碗籃對匙托。落桌兇，上台嚗，挑梭對駁索。受咬伓肯捱，儉補又驚挹。哺趁伊錢好跋梢，乍聽這話儺瑣毦。檀口只通七姑奶，買倆瓶紹興酒，請伊試共親家伯對臺。目周伓尅三嬸婆，倜一卦靈前錢，因爲昧看諸娘孫出閣。③

七四一

栲對枷，囚對縛，逢迎對拒絕。踏路對攔門，收臺對落局。掃帚星，篦梳月，銜銜對嚼嚼。早花早春開，暗粟暗日曝。一頭蜜蠟一頭油，伓像芋瓠伓像檝。主心賣定，就害大命。半開門鴉片館，共我都毛摟。急博莫貪，着倜先生，

---

① 録自《華報》816號，1936年12月10日第3版。

② 録自《華報》817號，1936年12月11日第3版。

③ 録自《華報》818號，1936年12月12日第3版。

四字賓搖骰攤，乞伙拿去獏。①

七四二

強對健，勇對剛，市鎮對鄉村。莊家對票友，伙販對商幫。表叔侄，娘姑孫，好汁對清湯。癲犬毛乞咬，死蛇也着吞。搯啦大鑼七處拍，爬上亮轎在伙扛。做文章比三嬸婆跤帶故長，自稱句句中圈，篇篇中選。論針㳽借七小姐肚爿憑樣，真正花花相對，葉葉相當。②

七四三

奸對盜，騙對偷，迸注對拈鬮。儀門對引道，暖閣對燥溝。菊花餅，荷葉包，擒本對翻梢。踢落眠床下，拍够尿缸兜。鹽法衙門舞鹽弊，水師提督看水操。乍換其娘奶花盆，仍原十月懷胎。生仔仅生毛蒂蒂。作塌啦大老銃藥。含伊八營拍靶，練兵故練亂糟糟。③

七四四

兆對機，風對影，莫穤對該獮。草笠對花鞋，皮靴對羢領。七條鬚，千里眼，辛酸對鹹醆。鯉魚出西江，蝦鮮賣北嶺。爬板架頂偷香盤，蹲鏊爐邊偷光餅。看見普庵符流清汗。妻呀妻，賒柴賒米，節數故欠滿街。跖出繕寫室病顫風。仔吓仔，扣稅扣捐，薪工伓够補鏢。（影：羽嶺切。穤：奴鄒切。獮：詩領切。）④

七四五

防對戒，勸對懲，外殼對中心。鉗鉗對鑷鑷，鑿鑿對釘釘。鄭國姓，柴皇

---

① 録自《華報》819號，1936年12月13日第3版。

② 録自《華報》820號，1936年12月14日第3版。

③ 録自《華報》821號，1936年12月15日第3版。

④ 録自《華報》822號，1936年12月16日第3版。

親，練勇對招兵。務長也務短，毛假就毛真。做詩無過李太白，㑹酒着讓呂洞賓。趁早頭擔菜裹城，達主拍門，十㵎排都儺捌鄉下妹。够月尾寄批乞□，毛仈寫字，三行半着起動嶺表兄。①

七四六

痘對疔，瘤對痣，銅瓢對鐵箄。大耳對欹頭，短跤對長鼻。尖頭三，闊嘴四，掛名對添記。心安空就寬，口惠實不至。讀書都讀頭頂當，受罪故受尾後蒂。戴斗笠喚表細姨親嘴，不離不即，做這影戲故務神。拍草鞋當野淫婦落身，是色是空，貼啦本錢伓使氣。②

七四七

情對義，愛對恩，苦酒對甜湯。天醫對歲德，月忌對魁罡。本生父，承重孫，私事對公帮。拍球鼻拍拍，扛轎脛扛扛。倚婿爲兒成畫餅，毛男靠女做糖霜。無所不慂儺講賣完，三頓飰，跛八仙，爹樂灯奶仅樂燃。毛之噶涉也爭許惻，一塊柴，鋸倆橛，哥愛窄俤就愛滂。（樂：音藕。）③

七四八

足對餘，豐對滿，麞頭對鼠眼，緊緊對雄雄，胖胖對髒髒。霞浦街，漳湖坂，皮絛對氣管。官廳禮抽租，番仔仅做反。乾溼脚氣千鎚膏，偏正頭風一字散。賊心賊腸賤縲手，做一齣兵圍普救寺，無非坐地分贓。好頭好面臭股穿，倚這回威震逍遙津，真正倜大借膽。（編者按：天尺先生這一首最後長聯。可以移贈張學良。）④

① 録自《華報》823號，1936年12月17日第3版。

② 録自《華報》824號，1936年12月18日第3版。

③ 録自《華報》825號，1936年12月19日第3版。

④ 録自《華報》826號，1936年12月20日第3版。

七四九

掘對埋，鋤對掃，長啼對佬𠻹。族譜對行規，私財對公教。平平𥫃，寖寖透，桶箍對燈罩。做鼈毛笑龜，務獅故拿豹。含伊閫門自做俥，使你落井去拍炮。暗咧開臺基，明是租公館，真正前鑼炒醬後鑼炒糟。你那辦稅務，我就掛洋牌，免的東家倒墻，西家倒竈。（掃：速罩切。）[①]

七五〇

横對鑾，卑對鄙，監臨對經理。凑股對輪跤，當頭對序齒。扛扛扛，比比比，多勞對且喜。興化炒荳芽，高麗燉蓮子。膠手瀆够嘴皮埮，跤尖踢着令核只。□価口舌価，對付仅難，揚傳仅快，無故哺暢昂昂騰。事忙應酬忙，巴結賣上，運動賣徠，真正僻急吊吊死。（横：去聲。）

（註：興化，興化粉也。高麗：高麗參也。）[②]

七五一

湔對漂，曝對晾，活脫對生成。長街對古廟，窄巷對空埕。大雅里，小排營，草號對花名。務手當官薦，毛跤討路跰。家住江南蘇州府，信寄湖北武昌城。伊實在野荒唐，總務一日打單眩，看伊故敢許呆惡。你伓通渴欺負，那惹老哥婆陶操，共你就併啦輪贏。[③]

七五二

搥對捏，挫對捱，竹骨對棉胎。銅鈎對鐵絚，籐椅對索梯。七七做，十十開，解厄對消灾。可憐佬碻碻，好僾小乖乖。前隊那輪后隊朒，上梁不正下梁歪。窮時受怪，富時忘恩。氣起來僻共伊咬倆嘴。先看仸緣，後看志運。薦出

---

① 録自《華報》827號，1936年12月21日第3版。

② 録自《華報》828號，1936年12月22日第3版。

③ 録自《華報》829號，1936年12月23日第3版。

去也倚你趁一賠。(捱：吾皆切。碻：屈學切。朒：汝竹切。)①

七五三

稚對假，胎對養，瓦諳對灰仰。起鎮對拔篷，挨舵對盪漿。搭心肝，拍巴掌，象標對螺管。月無夜夜圓，草是年年長。燈掛上壁照賣明，鑼揹過山拍故響。十一指猜拳沒對手，隨便在你揀三元四喜、七巧五魁。二八天相體亂穿衣，難道都毛拘夏葛冬裘、春羅秋紡。②

七五四

燥對乾，枯對槁，拉長對拍倒。碗仔對缸婆，酒娘對醋㛞。半摺衫，百衲襖，交緣對取保。如何如之何，無可無不可。失意事從得意來，去年人到今年老。意見務參差，傻一樁都僯棉搭絮，早就捌我其鍚賣對汝甑。元神那會合，逢百證故勝蜜闔糖，總着借伊嗄匙徠開這鎖。(差：音嗤。甑：徐杭切。)③

七五五

湯對汁，滷對浆，戀愛對淫奔。冰梅對鹽豆，蜜棗對糟薑。謝袍巷，衣錦坊，過秤對添箱。目周燈盞大，頭髮眼鏡光。孝親勝唸千聲佛，濟衆強燒萬柱香。強將手下無弱兵，經過百折千磨，孟不離焦，焦不離孟。勬仔口頭賣算數，爭㥯半斤八兩，張莫笑李，李莫笑張。④

七五六

筐對斛，斗對升，厨子對社丁。苦差對肥缺，雜稅對逃兵。拍官話，認鄉親，義重對言輕。同名毛同姓，知面不知心。國家責任天來大，夫婦恩情海樣

① 録自《華報》830號，1936年12月24日第3版。

② 録自《華報》831號，1936年12月25日第3版。

③ 録自《華報》832號，1936年12月26日第3版。

④ 録自《華報》833號，1936年12月27日第3版。原序號误爲七五六，應爲七五五。

深。餞行就搭千里長棚，興盡悲來，再沒賣散其筵席。起厝都寫萬年寶蓋，墻歪壁倒，那有不壞的金身。①

七五七

破對傷，虛對損，長衫對短襯。帶鎖對披枷，吊梁對囤磉。菩提紗，金剛鑽，虛化對鹵莽。做仈着謙虛，食乇乇揀選。價廉物美諸仈貪，福至心靈在你講。覆栳神臨時務聖，發財票壓着頭彩，使錢也使喇喇疎。俥仔鬼退送賣完，普庵符縛落手闢，做代故做剥剥黨。②

七五八

蠢對靈，尖對笨，温馴對疲悶。冷拌對嗦糟，生炊對清炖。灯灯燒，打打繕，謙和對恭順。不滅亦不生，所答非所問。賣做蚯蚓賣做龍，伓像鳥鴉伓像鳳。急水好找魚，也着碰時道，生意固然務生意機緣。將軍不下馬，各自奔前程，長官真正拿長官身分。③

七五九

煩對惱，急對驚，噶垢對臭馨。咬牙對切齒，覆甲對灣胼。三排巷，五落廳，拔刺對抽菁。�Ꞝ扨野猫術，真像老鼠精。冒調吃調不够調，好聲呆聲伓是聲。蝴蝶面，務八版，慣做二花，那練這鼻啌攤攤，舌尖軟軟。鴉蠐頭，乍一紅，昧登兩榜，先學啦目寧釣釣，嘴鬆猏猏。④

七六〇

啞對聾，駝對瞎，巡丁對保甲。耳帽對肩章，腰包對背褡。卍字紋，四方

---

① 録自《華報》834號，1936年12月28日第3版。原序號误爲七五七，應爲七五六。

② 録自《華報》835號，1936年12月29日第3版。原序號爲七五八。

③ 録自《華報》837號，1936年12月31日第3版。原序號爲七五九。

④ 録自《華報》839號，1937年1月5日第3版。

格，征收對監察。山頭找鷓鴣，厝脊認鵓鴿。野猫毛主過家偷，小馬乍跻嫌路窄。親家伯橋灣灣半食半餓。扁担頭禮困，務人去幫鋪。諸娘孫那隻隻只大只喊。囊市覆卡調，伓存都做客。①

七六一

親對眷，誼對胞，監印對代庖。躐符對迸注，壓寶對抽骰。蝴蝶店，鴛鴦樓，驛馬對山猴。目滓涔涔落，瀺渤嚌嚌流。好曲休教愁裏聽，明珠莫向暗中投。猪牳那奔槽，猪豚就爭槽。務毛嗆賣頂呢嗆够嘴。蜂王沒着厝，蜂仔拍倒厝。毛人管就乞伊管過頭。（嗆：趨杭切。）②

七六二

鎚對鍊，棍對叉，油蠟對香花。改頭對換面，紮脚對纏跤。肞髀紐，股穿疤，俤俤對娃娃。瑜伽三密院，唐宋八大家。養肥白鴿放白鴿，賣去黄觚買黄觚。十二月雷，死仏毛棺材。送葬嬤嬤遑，汝燒轎，我燒紙。年暝廿五，老鼠做新婦。添箱膨膨鈿，姊送綢，妹送紗。③

七六三

靠對依，偎對傍，插標對掏磅。傘柄對俥閂，碗籃對燈桁。三劑灣，半長歇，折乾對幫項。東風拍西風，後浪推前浪。榮華富貴總是空，朋友親疏都毛論。來從來處來，去從去處去。和尚頭教徒弟，將萬坐禪。短其短仅短，長其長仅長。秀才伯做文章，故呆告狀。④

① 録自《華報》840號，1937年1月6日第3版。

② 録自《華報》841號，1937年1月7日第3版。

③ 録自《華報》843號，1937年1月9日第3版。

④ 録自《華報》844號，1937年1月10日第3版。序號原爲七六二，據前後校正。

七六四

鑢對雕，磨對鎅，倉前對巖下。盤井對搭檐，扒溝對趕瓦。毛猪鐓，乞馬咬，唱書對賣畫。麻麻做軍師，葛葛拍郎罷。够捌去稱仅毛銀，僻講的出都是話。讀萬卷書，跰萬里路。萬方多難，空空南跑够北，東跑够西。换一朝代，做一世伙，一事無成。白白秋忙過冬，春忙過夏。（鎅：音迓。）[1]

七六五

勾對搭，挖對撓，外貌對内爻。蘭孫對桂子，松茂對竹苞。白雲寺，明月樓，肚帶對頭鍪。眼觀對勿動，心急跤賣跑，蓄啦當差蓄啦馬，務這乞儉務這猴。兇起兇，踢着腹老筋，共猪共犬相爭，也驚失手。惡肘惡，拍傷心肝骨，務虎務豹禮對，何苦趁頭。（更正號數:《閩諺聲律啓蒙》第七五九號及七六二號均重號，兹按號推算本日號數當爲七六六。編者啓。）[2]

七六六

漲對浮，冲對湧，厲行對容縱。建醮對持齊，上香對排供。牛目燈，狼機銃，收成對布種。膽大伓驚人，皮厚假出衆。欠錢填錢毛乇推，務理講理伓使靳。鐓鴣雖賣着，鐓隻隻仔故賣着，沒時道共人出口總是輸。□喇叭毛聲，□啤啤響也毛聲，這脚色替我掏跤都伓中。[3]

七六七

雙對伍，伴對陪，合夥對做媒。集團對排陣，改組對拍圍。三折柳，二度梅，滿滿對回回。捺尿掏粗紙，舂米揀細槌。隔壁婆婆洗鍋蕩，當店俤俤曝箱霉。干我扁不要臉，干我圓仅毛錢，空嘴講賣怪的空嘴應。共伙挫沒這命，共

① 録自《華報》846 號，1937 年 1 月 12 日第 3 版。序號原爲七六三，據前後校正。

② 録自《華報》847 號，1937 年 1 月 13 日第 3 版。序號與原序號不一，據前後校正。

③ 録自《華報》848 號，1937 年 1 月 14 日第 3 版。原序號有误。

伙比着去死。自腹痛那篆啦自腹挼。①

七六八

雪對霜，雷對雹，替身對做目。青黛對皂礬，烏烟對白墨。㪲頭三，瘸手六，灯燒對濫漉。排隻正面龍，拍啦回頭鹿。鱟圭水管笊籬瓢，墨斗推刀鐵鎚鑿。青春不再來，白髮催人老，沒志運澈底總是窮。苦竹蛇兒口，黄蜂尾上針，呆心肝居多只滿毒。②

七六九

召對傳，呼對喚，瞎生對麻旦。東嶽對西禪，北湖對南澗。白湖亭，青都觀，雙簧對夾灌。昧拍也昧招，莽搓就莽散。人過後生花過時，年怕中秋月怕半。畫一幅八面威風岳元帥，先排啦馬前張保、馬後王横。演幾臺三軍司命楊令公，着配這關外孟良、關内焦贊。③

七七〇

圖對保，鋪對區，歇馬對肥猪。堪堪對的的，乍乍對于于。山邊炮，河墘車，炎熱對陰虚。媒伙俩吓嘴，會伯七條鬚。十字街頭去賣卜，俩跤亭下聽講書。學你真滑頭，伓願當差捧飰碗，那願當工毛人管。教伊僵吐血。故載共愽倒尿壺，賣載共歇做軍師。④

七七一

節對貞，廉對耻，磋商對評比。乏力對勞神，容情對講理。衰肘衰，喜冲喜，齊眉對序齒。好店使呆錢，窮伙食貴米。一頂綠帽滿天飛，百尺朱樓平地起。心肝共火燒，動不動受伊脅制。屈伙手下，讓伙三分。目周乞屎潑，現打

① 録自《華報》849號，1937年1月15日第3版。

② 録自《華報》850號，1937年1月16日第3版。

③ 録自《華報》851號，1937年1月17日第3版。

④ 録自《華報》852號，1937年1月18日第3版。

現看賣分明。近着面前，遠着千里。[1]

七七二

本對基，胚對劑，催銷對變賣。正座對套間，迴廊對撇榭。可然亭，同善社，徵求對倚藉。告狀扛連埋，賭錢日透夜。先教俤俤做哇哇，昧共姑姑漢謝謝。話箱開沒歇，五更捌早刮刮叫，嗄嘴真像老鴉。聖架跋賣完，一日够暗撝撝遑，這手故呆毛蟹。[2]

七七三

葱對蒜，芋對薯，沒够對多餘。跣腰對飛腿，歪鼻對禿齀。新生活，大掃除，好勢對強辭。鋪橋共鋪路，拜廟連拜祠。師傅工夫務够位，姑爺景况實在儒。棺材裏拍算盤，抖數過半瞑。夥計罵老板犬呀犬。竈廓頭排酒盞，好食那一碗。課黎請親家魚囉魚。[3]

七七四

前對後，始對終，紗帽對網巾。合歡對報喜，解煞對開冲。自鳴炮，不斷鐘，財庫對命宮。故差萬八丈，够重百三斤。萬慮能消惟有酒，一年之計在於春。真真劉玄德得人和，坐鎮東西川，丞相無雙諸葛亮。道道李世民務天意，掃平南北寨，將軍蓋一尉遲恭。[4]

七七五

糧對麥，豆對秧，築壩對拍墩。布商對柴客，米販對錢幫。金大力，土行孫，水巷對鹽倉。雲遮伓見月，雪重仅加霜。嘴皮僙掛的燈馬，手指賣做呢門楦。頭髮猙猙，務鬼看僙驚。留禮乞癲婆去拌落菜麵。目周矖矖逢人都哺嚇，

---

① 録自《華報》853號，1937年1月19日第3版。

② 録自《華報》854號，1937年1月20日第3版。

③ 録自《華報》855號，1937年1月21日第3版。

④ 録自《華報》856號，1937年1月22日第3版。

篆那騙歇仔來偷薑㭷湯。（䓍：音提。）[1]

七七六

運對銷，租對賣，圍棋對學畫。小暑對大寒，中秋對立夏。面𩐑𩐑，嘴蟹蟹，挖墻對爬瓦。出頭難難難，倒手罷罷罷。豬屎莽臭也值錢，牛屄𠍾吹都是話。五姨太罵伙，真真機叫。跤骨仔亞對橛，插汝股穿。三老爹出路，正正累追。令脬袋一長拖，掛伊腹下。[2]

七七七

瘟對疫，賴對瘋，討迹對跟踪。巡丁對保甲，縣伯對門公。半長懵，百件通，拔綫對爭鋒，講南𠍾走北，跖西又去東。半日黃沙半日雨，一時烏暗一時風。食飰快，捺屎粗，夥計哥支辛工，老板嫂𠍾算啦韃韃座。養仔紗，使錢大，相公娘鬧癖性，唐哺伙那驚够蝦蝦皺。[3]

七七八

傲對貪，煩對厭，糖燒對鹹醃。雙□對單刀，八鎚對三箭。安福膏，太平醮，詩巴對畫展。不即也不離，無聞亦無見。波平浪靜汪汪眩，日暖風和斗斗顫。忙裹添忙，地土都成寸寸寶。一鄉拍芋墈，七八鄉拍薯栽。苦上加苦，天氣也變時時翻。六月掏火籠，十二月掏蒲扇。[4]

七七九

鋤對灌，□對犁，玳瑁對玻璃。波斯對緬甸，捷克對高麗。烏蛇膽，白馬蹄，孽話對難題。衣裳褋去當，盞箸排啦齊。不看僧面看佛面，真像天牌拍地

① 録自《華報》857號，1937年1月23日第3版。
② 録自《華報》858號，1937年1月24日第3版。
③ 録自《華報》859號，1937年1月25日第3版。
④ 録自《華報》860號，1937年1月26日第3版。

牌。食芋賠薯，教嫖好比釣魚。當過馬肚帶，貼錢沒界載。飛墻泊壁，偷贓故快拿隻。換拉鶏毛鞋，做賊就舒排。（襆：音不。）[①]

七八〇

豐對嗇，儉對奢，捏緊對頒頣。汗巾對痰盒，尿燥對灠遮。撻撻轉，圝圝俥，雙料對單奇。汝公討汝媽，伊奶閣伊爹。俩其猜拳三其賭，七主欠數八主賒。姨娘卓正，故勝皇帝登基。十桌酒筵，俩張公座。和尚出喪，好像波斯進寶。一套鑼鈸，七件袈裟。（頣：虛遮切。奇：去遮切。）[②]

七八一

裹對包，裝對儎，聯歡對結拜。得罪對居功，懇恩對酬債。鞋面綢，褲頭帶，醃臢對尷尬。討嫫換衣裳，銷差捲鋪蓋。花旦倒串做大花，菜婆皈依飡長菜。頭仔羈本錢奔開□。拚啦伓成仸，土菩薩偕駁僮。膠手落批袋漢謝勞。揀著毛好婿，外家親做受怪。（落：旅閣切。）[③]

七八二

印對鈐，章對記，呆聲對臭氣。殼殼對皮皮，根根對蒂蒂。咺只哆，迦羅唎，高情對厚意。借刀去刣頭，掏箸來遮鼻。火鉗桌布釘板刀，水管鼎筅笊籬箅。大魚伓爭，小魚爭哺惻。面仔猴猴，老做對頭。左傳昧讀，右傳讀乍完。目周猊猊，那想考試。[④]

七八三

擒對扭，摘對抓，務味對毛渣。榨油對濾汁，研粉對熬膠。掏籠臂，起轎

---

① 録自《華報》861號，1937年1月27日第3版。

② 録自《華報》862號，1937年1月28日第3版。

③ 録自《華報》864號，1937年1月30日第3版。

④ 録自《華報》865號，1937年1月31日第3版。

跤，托腎對嚎脬，濫槽好躲世，刻薄不成家。近水樓臺先得月，滿城簫管盡開花。白面小姐，竹槓隨便莽敲。講牌就牌，講酒就酒。紅帶師爺米湯加倍好灌。種豆得豆，種瓜得瓜。（嚎：吁驢切。槽：足梳切。）①

七八四

助對捐，供對給，拍長對平匹。爭氣對掛心，勞神對煞息。偵查庭，編輯室，耳聞對目擊。錢勵共錢爬，鏍幹加□焊。貴造缺水又缺金，錯工拍銅連拍錫。米數一街欠够盡，米缸□榻柏，年嘎兜燈馬儺跑。酒錢一節都味攀，酒店禮纏松，大橋頭尿桶肘急。②

七八五

白對烏，乾對凈，金條對銀錠。鬍鬍對鬍鬍，光光對灩灩。嫌命長，慶糧賤，心安對力健。尼姑走下山，水鬼爬上岸。道士拍死道士聲，財主生成財主命。姨娘儘務式，做件蘿蔔絲皮襖，身分仅重，斤兩仅輕。大少伓是形，生啦橄欖核股穿，企跤賣噶，座位賣定。③

七八六

餘對另，缺對差，的篤對之抓。碗糕對缸豆，盆結對鍋粑。目出火，鼻流沙，閒講對細查。好面伓見客，白手自成家。五行山下孫行者，十字坡頭母夜叉。三腹戳仏客，毛酒又毛肴，那篆噶尉尤魚抽心白菜。五籌斬諸娘，歪奶養歪仔，盡像鬍頭老鼠黨蒂西瓜。④

① 録自《華報》866號，1937年2月01日第3版。
② 録自《華報》868號，1937年2月03日第3版。
③ 録自《華報》869號，1937年2月04日第3版。
④ 録自《華報》870號，1937年2月05日第3版。

七八七

早對遲，來對去，三回對五次。節節對枝枝，花花對絮絮。訓練班，審查處，周旋對挹注。半假共半真，毛憑也毛據。使錢容易積錢難，立法尊嚴行法恕。啞子吃黄蓮黄那那，吞賣裹吐賣出，可憐有口難言。闊哥戴緑帽緑彭彭，皮仅厚肉仅肥，真正毛目去覷。①

七八八

泡對煎，熬對燙，花秤對竹桁。肥□對衰頽，粗擹對細嫩。猪仔牙，鴨姆卵，干脩對幫項。兩老取東川，八美征西藏。抓着犬棍拍賤人。縛啦馬裙邁冤狀。大喉嚨務煞神許惡，喝咾喝干伊變鴨，呎咾呎干伊變鶏。呆癖性比強盜故兇，哼一哼叫你偣螻，碰一碰叫你偣蚌。②

七八九

重對叠，砌對堆，玉鎖對金杯。熬油對磨粉，研炭對燒灰。笑面虎，縮頭龜，死貨對呆胚。計多龍許活，事過馬難追。明人伓講背後話，好漢昧偣眼前虧。一池清水，倆下半鼓够俳俳渾。仅做湖鰍，仅做潭蛩。滿座春風，幾句話引仈哈哈笑。伓像客鵲，伓像鴣雛。③

七九〇

粥對糊，漿對□，賣刀對借傘。正面對偏心，愁眉對淚眼。蒙古營，福安館，強梁對古板。講話使呆錢，偣飵揀大碗。投河跳井上麻繩，踏罐竚缸拍鐵鐧。麻油拌韭菜，各人心裹愛。臭做香，香做臭。干仈五肚生烟□。荷包貯槨

① 録自《華報》872 號，1937 年 2 月 07 日第 3 版。

② 録自《華報》873 號，1937 年 2 月 16 日第 3 版。

③ 録自《華報》880 號，1937 年 2 月 23 日第 3 版。

檳，跟班手頭長。偷咗攝，攝咗偷，真正一身，都是膽。①

七九一

簫對笛，管對弦，璧合對珠聯。紡紗對織布，賣綫對彈棉。十樣錦，五銖錢，目水對心田。觀音請羅漢，嫦娥愛少年。邂逅相逢緣不淺，英雄只怕病來纏。請醫生相信這袋屎郎中，單腹脹那漢呢務身喜。揀促婿僆碰着噧痰子弟，大頭靠又加啦爛目墘。②

七九二

羈對吊，掛對懸，得道對參禪。纏纏對絆絆，絮絮對綿綿。刀出鞘，箭離弦，接洽對牽連。愆做頭髮尾，話够嘴皮墘。駿馬偏駝痴漢走，巧妻常伴拙夫眠。善惡到頭終有報，只爭來早與來遲。笑死牛皋氣死兀术，衙門舞弊本難除。大半講錢毛講理，昧拜嚴嵩先拜閻年。③

七九三

兇對很，詐對刁，火日對花朝。夾紗對剪綹，拐帶對流鏢。死毛救，麻的超，嘴苦對心焦，務仔受仔累，毛嬤做嬤嬌。鳳仙開，過蓮房，老燕子巢成柳絮飄。相罵沒好話，相拍沒好拳。牛皮瞞鼓終須破。能儉莫笑窮，能勤莫笑賤。馬屎當柴也着燒。④

七九四

半對全，奇對偶，才情對技巧。海賊對山神，畲婆對嶺表。一字師，三花丑，殘花對敗柳。弄假反成真，將無來作有。不關心處也關心，得放手時須放手。觀音佛七世那修一粒痣，悟得透香味色聲。青盲算三弦僆擰十歡伬，辨不

---

① 録自《華報》882號，1937年2月25日第3版。

② 録自《華報》883號，1937年2月26日第3版。

③ 録自《華報》887號，1937年3月2日第4版。原刊號爲886，按順序實爲887。

④ 録自《華報》888號，1937年3月3日第3版。

出精粗好醜。[1]

七九五

煨對焙，瀹對瀹，佛子對仙翁，調蟾對搿蟲，賣蛤對刣蜂。講豪套，打抽豐，引綫對爭鋒。做鬼脫伙後，毛位占代中。幾家飽暖千家怨，一竅聰明百竅通。講評話講出名，彈彈新清代奇書，年羹堯征西北藏。做佬生坐在價，刮刮叫京班好戲，諸葛亮祭東南風。[2]

七九六

拐對欺，瞞對誘，拍長對持久。兩兩對雙雙，三三對九九。馬牛羊，龍虎狗，居奇對出醜。揀佛乍燒香，饒人不舉手。功名事業不如閒，富貴神仙何處有。一職壓一職，都司管遊擊。官大架大七其册，八其扛。八珍加八珍，羅漢請觀音。菜滂席滂，倆頓飰，三頓酒。[3]

七九七

堵對富，攔對隔，跤聲對面色。轉動對騰挪，追加對勒迫。呆做呆，尅肘尅，花園對綵結。親母親母胲，僾婆僾婆塞。着了袈裟事更多，抱粒牌套啼儘惻。官親搓火腿索，烏雲黑暗。那見伊，只手去許手來。歇仔食薑㭘湯，清水白□。僬笑汝務目開毛日刻。[4]

七九八

足對豐，充對裕。報銷對斡預。手卷對腰包，骨牌對牙箸。抱不平，靠的住，狐疑對猶豫。半路乍修行，一冬做玩具。芍藥芙蓉茉莉球，珍珠瑪瑙珊瑚樹。一朝權在手，巴掌哺撩伙嘴，印柄乍攜想發財。念佛不離心，目周看透世

---

① 録自《華報》890號，1937年3月5日第3版。

② 録自《華報》892號，1937年3月7日第3版。

③ 録自《華報》893號，1937年3月8日第3版。

④ 録自《華報》894號，1937年3月9日第3版。

情，袈裟未著嫌多事。①

七九九

圓對點，撇對叉，闊少對名家。糖膏對蜜浸，蔗粕對糍粑。膠手棗，股穿花，野轎對家車。好呆賣配對，長短務參差。醉愛罵仏醒愛笑，坐成癆疾睡成痧。該食偌壞藥，着拍偌壞針，伓通醫即管醫，病即管病。務種些毛因，就結些毛果。到底豆還是豆，瓜還是瓜。②

八〇〇

唆對詛，嘆對咳，歪鼻對脫頦。爬灰對拍石，洗炭對燒硋。美且有，知者來，小器對庸材。矮仏休笑矮，財主善居財。狸猫屈落狸猫洞，鳳凰飛上鳳凰臺。倒東一擔柴，倒西一擔柴。看風勢全藉三角肩，毛横不直。朝南也是竈，朝北也是竈。冲火頭都着兩吓嘴，伓好便呆。③

編輯部郵筒

旅閩過客鑒，承詢二〇九《閩諺聲律啓蒙》“東街”何以對“大伯”。在字面上，似不工切，但以名詞對名詞，尚無十分差謬。託社折枝詞，柴門可對酒盞，白髮可對滄江，自有先例可援。若東南必對西北，則失之泥矣，僅以奉答。④

---

① 録自《華報》896號，1937年3月11日第3版。

② 録自《華報》897號，1937年3月14日第3版。

③ 録自《華報》899號，1937年3月16日第3版。原刊號爲898，按順序實爲899。

④ 録自《華報》212號，1932年8月18日第3版。

第五部分

其他著作

一、閩談正誤

外省人之旅閩者，恒謂福州土語，格磔鉤輈，解人難索。生長土著者，信口開河，彼此交談習慣不覺。若以普通國語校之，信乎佶屈聱牙，謬以千里也。天尺竊嘗留心考究，以爲土語必有所本。間擇其一二名詞之支離難解者，細爲紬繹，覺字字皆有意義。録之以質父老，咸以爲不謬，顧瑣屑之學，未嘗非里居之一得耳。

撇蘭

里人醵錢飲啖，謂之潑（下入聲）濫。外省人則名爲“撇蘭”，意“潑濫”即“撇蘭”之轉音耳。“撇蘭”之義，因醵錢不均，畫綫於紙而押其錢數於綫端。間有空白者，如十人則做十綫，七人則做七綫。横斜屈曲，如撇蘭葉。繕竟則摺疊之，隱其綫端，令各人簽名於綫尾。主其事者殿之，簽畢展視。則某也出錢若干，皆爲自認。有多至二三元者，有不名一錢者。福州人謂之“老鼠尾”，即“撇蘭”意也。①

灸

灸字上久下火，讀若救字。閩中醫者治病，以艾炷某穴，若干壯而病霍然。土語不曰炷而曰錮，錮字當即灸之轉音。閩人多不識灸字，乃以錮字爲通行之談話，而反讀針灸爲針炙。間有通人亦以訛傳訛。甚而懸壺於市者，亦大書特書曰針炙專家，可發一笑也。

① 録自《華報》5號，1930年11月21日第3版。

久嗽

閩中有一種籐蔓之草，結實若小球，比橘略小。有純圓者，有臃腫不甚圓者，名曰狗弔，或曰枸瘦，皆非也。此物《本草》未曾採及，其性苦澀，能已久嗽。患嗽疾者，切其實爲薄片，用冰糖和水炖服，頗有效驗，治小兒絞腸嗽尤佳。故名之曰久嗽，旌其功也。①

早晝晚

榕腔晨餐曰食早，盡人知之。午餐曰食罩，夜餐曰食蠻，則怪甚矣。實則罩即晝字之轉音，蠻即晚字之轉音耳。

豢

閩語謂撫字孩提曰喚。又通諺云，"呆仔細心喚"。謂頑劣小孩，須耐心撫字之也。喚字義殊乖謬。或曰恐即飯字，飯雖有喂餔之義，而究屬勉強，意當爲豢字之轉音耳。

弱

閩語以肢體疲軟爲約。諺云，"約約死蛇拖"。意謂力疾行動，如拖死蛇也，約有禁制之義。既疲軟矣，何以能約，當爲弱字之误。②

縫·彈

閩語謂鬆曰硼（品幹切），謂堅曰塹（直贈切），有音無字。俗或以"冇有"二字代之，未免孟浪。庚戌過漢陽，邂逅一僧，閩產也。與之暢談里事，頗相得。渠亦研究閩語者，舉以詢之，謂"硼"字係"縫"字之訛，"塹"字係"彈"字之訛，"縫、彈"皆讀去聲。物有隙曰縫，門縫、壁縫，皆言隙也。隙

① 録自《華報》12號，1930年12月12日第3版。

② 録自《華報》16號，1930年12月24日第3版。

多則質鬆矣，俗所云“空縫”者，如“空縫柴”“空縫蠟”之類，均謂其質鬆不實也。物有彈性者皆堅韌，堅莫過於彈丸。普通所云“彈柴”“彈炭”，誚人不通者曰“彈心”，其義同也。

肚繃

男女束在腹上者，俗呼肚爿。此物古名訶子，或曰抹胸，或曰圍肚是也。按爿字實爲繃字之误，繃者圍而束之。所謂倒繃孩兒者，即此繃也。

裲絝

貼身短衣，俗號爲襯。下身所穿者，俗號爲褲。襯褲二字，似係後人杜撰諧音之字，按襯正字爲裲。古之裲襠，即今之所謂襯褲也，褲實係絝字之误。習用之字眼，如紈絝、錦絝、絝褶、敝絝、窮絝等類，其義即今之褲也。[①]

坎腮

小兒顱門，俗呼爲卡鎮，蓋爲坎腮之误也。腮，汝性切，收入去聲十二震韵。嬰孩顱門未合，沾恙稍重。寒甚則微陷而凹，坎者象其形也。或有躍躍善動，俗呼爲魴魚鎮，即魴魚腮也。

毛樂

謂無曰毛，不但閩腔順口，他省亦頗普通。《佩觿集》云“河朔謂無曰毛”，粵蜀亦然。東坡三毛飯，毛亦作無用。《後漢書·馮衍傳》，“飢者毛食”，《國語》每用“沒”字，然不如逕用毛之爲妥也。閩語對人失感，面露不豫之色，謂之毛玁。玁字頗覺欠解，當爲樂字之误。毛樂意即不樂，所謂勃然變乎色也。[②]

---

① 録自《華報》22號，1931年1月9日第3版。

② 録自《華報》24號，1931年1月15日第3版。

豆乳豆方

豆乳之製，各省均有，閩中通呼爲豆主，主即乳之轉音，人皆知之。至於豆腐乾，普通呼爲豆官，實即豆腐乾之簡稱，略云腐字，但稱豆乾耳。惟此物水分居多，名以乾字，於義欠妥。嘗憶兒時聞一塾師云，豆官當係豆方之误。此物皆製成正方形，當中又蓋有硃色方印，名以豆方甚當也。

毛奈何

辭人以不能，曰毛惹孩。勞碌過度，肢體疲倦，亦曰毛惹孩。毛惹孩三字，實即毛奈何也。諺云，“羅漢毛惹窮鬼孩”，即羅漢毛奈窮鬼何也。

夜劬

婦女燈下作工，閩語謂之“謚書”。向不解謚書之義，以問宿儒。渠釋之曰：“古人學足三餘，夜者日之餘。謚書當是夜餘之误。”駁之者曰：“果爾當云日餘，不當云夜餘。”後復以詢諸陳季同前輩，謂係“夜劬”二字，於義較當。

趁

作小生意，營蠅頭之利，閩語曰“趁”。即外江習慣話，所謂賺錢也，惟當日不知趁字之合用。海禁開時，外人僑閩傳教，欲習土語，恒聘學究教授。學究每遇有音無字，窮於應付，只得互相聯絡，臨時隨意杜撰。以故教會學校，所出之白話書，及新舊約白話譯文，頗多不見經傳之字。即如趁字，竟撰爲“賰”。此字在福州教會中，居然通行無礙。移之外縣或他省，則茫然矣！《水滸》宋江傳中，“唐牛兒清早帶洗净糟薑一盤，在縣前趕趁”。趁字出處明白如此，何必另撰一“賰”字，徒亂人意乎？[1]

---

① 録自《華報》28號，1931年1月27日第3版。

醆

五味鹹酸苦辣淡，閩語謂淡曰“淨”，讀節癬切。但“淨”字不能代用，而音亦未符。天尺理想中認定必有此字，初用濺字，以爲甚合。繼思濺字訓爲水激，義亦未能確當。最近尋出“醆”字，在上聲十五潛韵。閩語薄酒謂之醆酒，此字當無疑義矣。

㔭・勱

閩語謂能曰“儰”。諺云“粗儰嫩儰”，謂事無巨細，皆能勝任也。不能曰“賣”。諺云：“賣行賣動”，謂筋力就衰，不能行動也。“儰”字係俗製之字，以立人加之鞋旁，殊無意義。“賣”字則取諧音而借用者，二者俱不妥也。查“儰”與“賣”，均有現成之字，俗不知耳，儰即“㔭”字，見去聲四寘韵。訓出力也，勤勞也。賣即“勱”字，見去聲十卦韵。訓勉強也，且通作老邁之邁，訓龍鍾無能也。兩字音義俱合。但閩俗狃於習慣，只識“儰賣”，果易以“㔭勱”二字，轉瞠目莫辨矣。[①]

回回進寶

閩俗於冬至前一夕，例有搓圓之舉。搓圓者，碾糯米爲粉，溲以水而搓之使圓，俗呼湯丸是也。是舉爲歲時伏臘一大典，合家男婦老幼，團聚於祖先龕前，高燭濃香，説吉祥語。置大栲栳，以裝所搓之丸。瓶則滿插水淌菊，燭奴則用緑色泥孩，泥孩名之曰“火之㸬”。有曲曰：“搓圓矢搓搓，年年節節高。紅紅水淌菊，排排兄弟哥。”所謂兄弟哥者，即指燭奴“火之㸬”也。向疑泥孩何以名爲“火之㸬”，殊屬怪誕。後聞之林畏廬先生云，冬節搓圓當時係民族一段痛史。胡元入主中華時，回族固受治於蒙官，而蒙官復受制於回教。因當時“喇馬”“譯言常師”，係回僧。“答喇罕”（譯言一國之長），亦崇信回教。“丞相哈唧哈孫，襲號答喇罕”，此回族勢力，所由暗長潛滋也。蒙兵駐防福州，多

---

① 録自《華報》30號，1931年2月3日第2版。

“顔不花歹”部落。蠻横虐民，無所不至，却賴回教爲之護符。年例回族貢品，於冬至前進呈。而各路蒙官，每届冬至，亦受回民貢獻。其貢品先行者，必有一對或數對孩像燭臺，其質或銀或銅，或楊木松木所刻，奇巧精緻。民間呼此貢品，謂爲：“回回進寶。”回教之乘機牟利者，乃以泥製孩像燭臺，售於里巷，認爲入教之標誌，亦名之曰：“回回進寶。”急口呼之，即成“火之牳”三字矣。至於冬至搓圓，則仿回教之糰糍，以牛羊以之爲餡，冬節製之，以享教中祆神。漢人則略仿其意，爲無餡之糯米丸以祭祖先。蒙兵入門見有孩像燭臺，則視爲回教之保護者，輒不敢進犯。由是相沿習慣，而輾轉成爲冬節之典禮矣。①

回回飰

閩俗每届除夕，家家當天設甑，供新炊之飯。甑則朱漆繪金，甑上滿插鮮花，及朱紅竹箸。飯上滿裝榛栗棗橘，各色乾果，名曰“供晦飰”。閩語呼歲曰晦，呼飯曰飰，意即歲飰耳。余少年時曾與羅醒塵前輩夜話，據渠所述，則又大异渠云。元英宗至治年間，平章“赤朵朵”率“八魯喇忽”部蒙兵來閩。所駐之地即今之蒙古營營也。該部蒙兵，較之“顔不花歹”，尤爲蠻横兇悖。歲闌除夕，恆闖入人家，遇有酒哺米麵，搶撈一空。甚且奸占婦女，無可控訴。時有“色目”②種之“欽察”部落“禿魯徹兒哥”者，爲回教駐閩領袖，憫無告編氓叠遭蒙兵蹂躪。於是導人依照教例，歲除之日，當門排設香案，裝飯於甑以祭天。家授紙符一張，黏之門額。蒙兵過門，望望便去，無敢進擾，比户始得安恬度歲。漢人遂號是飯爲“回回飯”。相沿既久，不識回回之義而误爲“晦飰”矣！然則信如斯言，亦地方一段痛史也。③

食酒

凡啜流質食物，如茶、酒、湯、水之類，正文曰飲，北語曰喝，粵人則土

① 録自《華報》32號，1931年2月9日第3版。

② 色目，底本作色日。

③ 録自《華報》37號，1931年2月24日第3版。

語亦曰飲。惟閩人則統稱之曰食，如食酒、食茶、食湯、食水、食汁、食醋與食飪、食餅、食肉、食魚、食菜，並行不悖。習國語者，或以爲無別，其實亦未可厚非也。《于定國傳》云："定國食酒數石不亂。"柳子厚序飲，亦云："吾病痞不能食酒。"酒之言食，固有所本，則與酒同爲流質，推之茶湯等類，何不可稱食乎？

諸葛菜

近日盛行市上，有一種醃菜，云自四川運閩者，名曰"炸菜"。味雜酸鹹而帶微辛，爲酒後之佳品。惟此菜實爲菜根，與閩產之"大頭菜"相似。略無炸性何以名爲炸菜，殊屬費解。近知其原名爲"諸葛菜"，當年武侯出師屯田時，命軍士種此，以供行營下飯之用。後人不忘所自，故稱爲"諸葛菜"云。諸葛二字，急口呼之，乃轉爲"炸"耳。①

能

外省呼乳曰奶，閩人謂乳曰能。小孩索食母乳，每重叠呼之曰"能能"。而能字又變爲上平聲矣。能字似即奶字之轉音，然外省之呼奶，亦甚不經，不如閩人呼能之當也。能字字典收入肉部，想古人亦必有稱乳爲能者，否則既入肉部，試問身體中捨乳而外，更以何處可以稱能乎？

枘

器之接筍處相和，閩語謂之"落桵"。桵，閩音讀爲奴會切。查桵字入四支韵，向無仄音，此字實不適用，當爲枘字之误。枘，奴會切，在去聲八霽韵內，並無第二音。閩人談爲入聲，與木訥之訥同讀，大錯也。語云，"方枘圓鑿不相入"，意謂以圓配方，不能落枘也。②

① 録自《華報》40號，1931年3月6日第3版。

② 録自《華報》42號，1931年3月12日第3版。

課黎

閩語稱蜑户爲曲蹄。或釋之曰，彼輩男婦，世以操舟弄潮爲業，其脚掌皆作曲綫式，以故上岸不得平步。曲蹄之稱，所由來也。此解似乎有理，然而牽强殊甚。天尺作客歇浦時，曾舉以質諸嚴幾道先生。先生曰："非'曲蹄'乃'課黎'也。"課黎之名所自始，其説頗長，是固數千年以前，地方一段痛史。閩粵當時號稱南蠻，漢晉之際，版圖有限，戰亂相乘，不能以治權奄有其土。李唐定鼎，海内敉平。南暨諸夷，雖亦賓服。然各國其國，類若滇黔之土司而已。閩王傳至無諸，王審知突率勁旅入閩，屠戮無算，戕無諸而自王。驅其民於海隅，而剥奪其公權，不往者殺無赦。所部之兵，則令分居民房，而占有其妻女。被徙水濱之民，老弱路斃，少壯無生。漸習捕魚操舟之役，久之漁業繁盛，户口殷庶，宋元間别其族爲蜑户。因其以水爲家，以漁爲田，官吏乃課其魚税，命爲"課黎"。黎之取義，謂其面色黧黑，而又爲剥奪公權之民族也。"課黎"二字習見於宋元明及清初公文間，民間苦於不知，輾轉稱號，遂误其音爲"曲蹄"耳。民國初元，閩政務院提案，蜑户始行復權。伏處强權壓制之下，不知其罪者數千年，其沉痛爲何如也。①

齉

病鼻淵者，説話含有鼻音，閩語呼爲"夾鼻膿"。膿讀上去聲，向疑其有音無字，只能姑借"膿"字，註以反切耳。查字典原有齉字，讀農甕切。最近所出《詞源》，鼻部亦收此字，註怒甕切，鼻淵也。然則，夾鼻齉云者，"齉"固其的字也。②

脽·姕

閩語呼男人生殖器爲膘，女人生殖器爲胑，惟此兩字不見經傳，他處又不

① 録自《華報》44號，1931年3月18日第3版。

② 録自《華報》45號，1931年3月21日第3版。

通行。而下等社會，每用爲罵語，兩字遂成爲習慣之方言。當時曾考究此字來源，或謂膠即𡲰之轉音，肞即屄之轉音。然𡲰、屄二字，亦係外省下流土語，與膠肞同一不典也。後聞之陳石遺先生云，膠即古脽字，肞即古𡰾字，音義既符，《說文》收之。當各有所本，第不足爲俗人道耳。

轜

殤者之棺，閩語號爲“諳仔”，言柩之小者也。“諳仔”係譯音，曾見壽板店帳簿，多書作“桉”。市儈能書“桉”字，尚爲通品。按：“桉”字不能借用。梁鴻舉案齊眉，案正書作桉，木碗也，讀如碗不讀如諳。如何寫法，無有能知之者。或曰是即函字轉音，近人多以“椷”字代函則“椷”字宜可用也。鄭無辯先生云：“當是車旁着一嬰字，謂嬰孩之殮具也。”無辯先生，素稱博雅，所言必非無據，似宜以“轜”字爲確。①

珓杯

問籤於神而枚卜之。其枚一合，製以木頭或竹頭。閩人呼爲家杯，或曰駕杯，皆非也。

韓詩：“手持杯珓導我擲，云此最吉餘難同。”杯珓，即閩人用以枚卜之家杯也。家杯即珓杯，閩人顛倒呼之耳。或書作筊。按筊：竹索也，入肴韵，音交。《汴都賦》“或笮或筊”。又簫也，入巧韵，音狡。《爾雅》“大簫言，小簫筊”，並無枚卜之義。珓音教，入去聲，效韵，無平聲。

鉸刀

福州呼剪刀爲家刀，謂屬家常日用。然家常日用之刀，如菜刀、柴刀、剃刀、裁刀之類，何不以家命名，而獨剪刀稱家乎。不知家字實爲“鉸”字之误。鉸者，刃相交也，此字常見於《石頭記》十七回“黛玉將前日寶玉囑咐他做而未完的香袋，拿起剪子來就鉸”。三十二回湘雲說：“把我做的扇套兒，拏着和

① 録自《華報》47號，1931年3月27日第3版。

人家比，賭氣又鉸了。”襲人說：“不知怎麽又惹惱了那一位，鉸了兩段。”鉸字皆作剪用，可知鉸刀固南北通用之名稱也。①

哈嚏

閩語謂嚏曰“喝市”，其名詞絕奇。初以爲是或“治夔離”之類，必有所自始也。故友鄭無辯先生解之曰：“喝市乃‘哈嚏’二字之轉音，凡人欲嚏，必口鼻並用，先哈而後嚏。是故嚏者口必先開，閉口則嚏不出矣。”其說有趣。

（註：《燕北録》：戎主太后噴嚏，近侍臣僚，齊聲呼“治夔離”，猶漢呼萬歲也。）②

半長

物之不及長者，謂之“半堂”，或引哥舒翰“半段槍”之典故，謂半堂即半段也。然，段之與堂，平仄殊音，似乎未當。按閩腔謂長曰堂，半堂當即半長之误，不如逕用半長爲妥。

對搪

物之中折者，謂之“對堂”。對堂者對斷也，閩語呼斷曰黨，何不曰對黨而曰對堂乎？黨與堂顯有平仄之分，疑亦非是。按堂字當係“搪”字之误。搪，訓搪塞，唐揬，亦訓撞折。則用“對搪”二字，音義較合。吾友薛耿齋教兒童寫白話信，恒用此字。

斡旋

閩語託人關說，輒曰“幹旋”，外省人亦慣用此話套，而不知其錯讀別字也。考“幹旋”實爲“斡旋”之误。斡讀作握，見入聲七曷韵。幹讀作諫，與斡字不能通用。然習俗相沿，積重難返，倘遽與校正，聽者必愕然不辨矣。最

---

① 録自《華報》50號，1931年4月3日第3版。

② 録自《華報》53號，1931年4月12日第3版。

好對人勿談此兩字，尚爲藏拙之道也。[①]

鰒魚

《家語》:“與不善人交，如入鮑魚之肆，久而不聞其臭。”《國語》:“鮑魚不登俎豆。”俗所謂鮑魚，爲肴中珍品，即石决明之肉也，未有以爲臭者。按石决明名爲“鰒魚”，鰒讀如雹，在入聲覺韵。《漢書王莽傳》“啗鰒魚”。顔注:“鰒，海魚也，音雹。”《廣志》:“鰒無鱗而有殼，狀橢圓，一面附石，細孔雜雜，或七或九，多至十二。”此即今之所謂鮑魚也，而不知實爲鰒魚之误耳。鮑魚一名漬魚，其氣腥臭，須醃漬日久，始可食，或謂即鮮魚翅也。魚翅未乾時，腥臭之味，不可嚮邇。或曰，殆即日本所售海蓮、黄澤之類歟？未知孰是。[②]

龔

閩音呼龔姓之龔爲拱，按龔字無仄音，居雝切，音恭，收平聲，冬韵，義與恭同。梁元帝《檄》:“中權後勁，龔行天罰。”龔行即恭行也。按龔姓爲共工之後，本作共，避難加龍爲龔。漢有龔舍、龔勝、龔遂，晉有龔祈。清初有龔鼎孳，號孝升。道咸時有龔自珍，號定盦。福州有龔易圖，號藹人。皆卓卓知名者。惟閩人咸讀其姓爲拱，未聞作恭讀者，蓋沿訛已久也。[③]

郝

郝，可各切，音壑。收入聲藥韵。考郝姓發原甚遠，《路史》:“伏羲之弟曰郝骨氏，其裔孫子期。殷帝乙封於太原之郝，後爲郝氏。”晉有郝隆，坦腹曬書。清嘉慶時，有郝懿行，字恂九，撰有《山海經註》《爾雅義疏》等書。今閩音不讀爲壑，竟讀爲哮，是大误也。或曰，鄢本音偃，而閩音亦呼鄢姓爲嫣，似與呼郝同病。然鄢原有兩音，一收先韵，一收阮韵，義本可通，非如郝之僅

---

① 録自《華報》55號，1931年4月18日第3版。

② 録自《華報》57號，1931年4月24日第3版。

③ 録自《華報》62號，1931年5月9日第3版。

有一音也。[①]

繆

繆字有三音，“綢繆”之繆讀作苗，在尤韵。“紕繆”之繆讀作妙，在宥韵。“昭繆”之繆讀作木，在屋韵。惟繆姓閩中皆讀作妙，此大謬也。按繆，即穆字，爲秦繆公之後，以謚爲氏。按魯繆公、關壯繆、岳武繆，穆字多有書作繆者。古人擇姓，斷無取義於錯繆之繆者，奈何子孫反願將錯就錯乎？是不可不速爲更正也！

輥

閩語稱匪類爲棍徒，或曰光棍，或曰地棍。以樗蒱之技獵財者，名之曰賭棍。棍字查無所本，而有時亦入公文布告中。考陶南村（九成）所著《輟耕録》內載淮南潘子素，嘗作“輥”卦，議世之突梯滑稽，以術撞騙者。然則所謂棍徒、光棍、地棍、賭棍之棍，當係“輥”字之误。[②]

挼

閩諺“自腹痛，自腹餒”。餒，讀下平聲，奴回切，謂以手摩挲也。考此字見於灰韵，正書作“挼”，音乃回切。手摩物碎也。然則不必以“餒”字之反切爲代矣。或作“挼”字。按挼音傪，見歌韵。義與“挼”微同而音則异。虞邵庵寄柯九思博士〔風入松〕詞，有“御溝冰泮水挼藍”句，挼讀作傪。知非灰韵之挼所能代也。[③]

貫

俗呼穿錢之繩，曰“錢卷”，或書爲“錢串”。又閩諺“牛仔昧卷鼻”。昧，

---

① 録自《華報》64號，1931年5月15日第3版。

② 録自《華報》66號，1931年5月21日第3版。

③ 録自《華報》72號，1931年6月9日第3版。

末也。卷鼻，謂以鐵環穿其鼻孔也，卷字係屬諧音，當非正文。串字義似可代，而究非叶音之字，蓋爲貫字之轉音也。貫與卷音所差甚微，而於義實無勉強假借。又諺云："床頭千萬卷，不如一日進一文。"所謂千萬卷者，實即千萬貫耳。

孝

閩中舉行喪禮，惟孝男孝孫之孝，所稱不錯。其餘孝字皆呼爲"嗄"（許嫁切）。如成服曰"上嗄"，守制曰"帶嗄"，孝子杖曰"嗄至杖"，孝堂曰"嗄堂"，孝帘曰"嗄帘"，服滿曰"盪嗄"。蓋"上嗄"即"上孝"，外省曰掛孝是也。"盪嗄"即"脱孝"，"帶嗄"即"帶孝"。此固盡人知之，而不能更正者也。[①]

茹

閩語謂病者神昏爲"女"（上去聲，讀努巨切）。喜睡疲倦亦曰"女"，惟"女"係借用之字，不足訓也。考《魏都賦》，"有靦瞢容神蕊形茹"，注"蕊，垂下也""茹，昏醉也"。茹，又訓臭敗也，收去聲，御韵，與□魚兩韵之茹殊。閩語所謂"女"者，"茹"殆其的字乎？

籹

閩語以糯米所製各種餻糰之類，統名之曰"粿女"。"女"，努巨切，頗疑粿女之"女"，亦或"茹"字之误。然查韵書有"籹"字，收上聲語韵。常用名詞，有"粔籹""粔籹"各類食品。"籹"，訓糖餌也，餻餈也。閩語呼年餻爲糖粿，則所謂"粿女"之女，正字必爲"籹"字無疑。

脰項

俗呼頸項爲"兜骨"，非也。或作"脰骨"，似矣。然骨字亦不妥，當爲"脰項"之误也。脰爲頭頸，收去聲宥韵，項亦頸也。閩人命名，多有雙名併舉

① 録自《華報》77號，1931年6月27日第3版。

者，如“脰項”是也。

桁叉

民間取木之雙歧者，以叉衣桁，名曰“叉杖”。鄉人則別名之曰“桁叉”，叉杖之稱。祇言杖之有叉而已，不及“桁叉”取名之當也。桁有三音，陽韵，爲桁楊之桁，刑具也。庚韵，爲屋桁之桁，屋横木也。漾韵，爲衣桁之桁。唐詩“庭前亞樹張衣桁”，桁叉者謂衣桁之叉也。①

捸

閩語，謂按摩痛楚爲“揱”，蘇莫切。“揱”，《集韵》，音朔。《博雅》，訓塗也。無搓摩之義，查係“捸”字之误。捸，《集韵》《韵會》《正韵》均訓摸捸。《揚子太玄經》：“三以捸數。”註：三三而索之以成數，亦有鄭重摩挲之義。②

菢

閩語謂鷄伏卵，曰褒，讀保護切。按《説文》，褒俗作抱。《書召誥》：“保抱携持厥婦子”。《詩大雅》：“亦既抱子”。《揚子方言》：“北燕朝鮮洌水之間，謂伏鷄抱。”則褒即抱字無疑，但抱、褒，《唐韵》均讀溥浩切。《正韵》均讀蒲皓切，閩音之保護切，當別有一字，查即“菢”字。菢直音，保護切，復也。《集韵》，鳥伏卵也。韓詩：“鶴翎不天生，變化在啄菢。”或曰：疑即孵字之轉音。按孵，《集韵》音孚，孵化也。陸績曰：“自孵而鷇”，含有化育之義，似與菢不能通用。③

㩇

閩語，以物擲地，謂之律。旋柱緣橦，亦謂之律。律字係諧音借用，於義

---

① 録自《華報》80號，1931年7月6日第3版。

② 録自《華報》676號，1936年7月17日第3版。

③ 録自《華報》738號，1936年9月19日第3版。

未當，按即“捽”字之误。《集韵》：捽，勒沒切，音律。《玉篇》：捽也，捋也。捽字含有轆轤意義。閩語轆轤謂之“捽餅”，猴緣柱謂之“猴捽柱”。無論升高擲遠，統謂之捽。字典原有此字，非律字所能代也。[①]

斡旋

代人出力轉圜，普通謂之幹旋。按幹旋之幹有误，實斡旋耳。斡字與《孟子》揠苗之揠同音。詩韵收入聲七曷韵。韓昌黎《祭河南張員外》文：“權臣不愛，南昌是斡”，與上文“邢官屬郎，引章訐奪”叶韵。《玉篇》：斡，轉也，柄也。《增韵》：旋也，運也。皆讀烏括切，無作幹字讀者，今則以訛傳訛，達官通儒，皆言幹旋，雖明知其錯，無敢易爲斡讀，則習慣误之也。[②]

舀

閩語：以瓢取水及湯，謂之“擾”，或簡寫作“有”，皆別字也。查字典原有此字，但普通不識耳。字典臼部“舀”字。《唐韵》《韵會》均以沼切。《正韵》：“伊鳥切。□讀遙，上聲。”《說文》：“挹彼注此謂之舀。”或書作舀。《水滸》“魯智深大鬧五臺山”文內，有“智深把那兩桶酒都提在亭子上，地下拾起璇子，開了桶蓋，只顧舀冷酒吃。”又智深道：“‘再打一桶來！’莊家只得又舀一桶來。”又《黃泥崗智取生辰綱》文內：有“那軍漢開了桶蓋，無甚舀吃，陪個小心，問客人借這椰瓢用一用。”可見舀字實爲日用通俗必需文字，不僅限於福州方言也。[③]

澆裹

閩語，人之食用開銷，或以日計需款若干，或以月計，以年計需款若干，此若干之款，名曰“缴夥”。缴夥云者，支出之預決算也。按：此語不但福州有

---

① 録自《華報》739號，1936年9月20日第3版。

② 録自《華報》740號，1936年9月21日第3版。

③ 録自《華報》741號，1936年9月22日第3版。

之。各省固一律通用，蓋即“澆裹”二字也。繳夥即澆裹之轉音，今之普通文牘中，亦常用之，不得僅指爲福州方言也。[1]

跤

閩語呼“脚”爲“胶”，與粵音同。惟“胶”字實爲误用，查月部之“胶”，《韵會小補》，與交同，日月之交道也。肉部之“胶”，《廣韵》：胡茅切，音爻，聲也。《集韵》，脛骨也，似不能借用作脚。惟足部之“跤”字，《玉篇》訓作脛。《集韵》：丘交切，與閩音之丘加切相近。或作骹，見骨部，與跤同。《周禮・冬官考工記・輪人》：“参分其股圍，去一以爲骹圍。”又《爾雅・釋畜》：“馬四骹皆白驓。”註，骹，膝下也。四骹猶言四脚也。是則閩音所謂胶者，正文爲“骹”，簡字爲跤，見於經文，固非俗字也。[2]

霂

閩語呼綿芊小雨曰“雨妹”。或曰：“妹妹雨”。名稱頗雅妙幽默，但此爲諧音借用之误。妹字實霂字之轉音。《爾雅・釋天》：“小雨謂之霢霂”。《詩・小雅》：“益之以霢霂。”然則閩語所謂雨妹者，即雨霂也。所謂妹妹雨者，即霂霂雨也。[3]

雺

閩語謂“霧”曰“模”，以其模糊遮眼也。“模”字實爲“雺”字之误。雺，《集韵》《韵會》均謨蓬切，音蒙，閩語轉音作模。《爾雅・釋天》：“天氣下地不應曰雺。”註：言蒙昧。《洪範・五行傳》：“厥咎雺。”註：雺者氣澤鬱鬱冥冥也，又與霿通。《素問》至真要大論：“則霿清瞑”。註：霿霧，謂霧暗不分似霧也，是爲雺字確切不移之注釋。[4]

---

① 録自《華報》742號，1936年9月23日第3版。

② 録自《華報》744號，1936年9月25日第3版。

③ 録自《華報》745號，1936年9月26日第3版。

④ 録自《華報》746號，1936年9月27日第3版。

腼皂

普通呼澣衣之皂曰胰皂，亦曰肥皂。肥字固從胰字轉音，即胰字亦未當也。查係腼字之误。腼字分有名詞、動詞。名詞之腼，訓猪脂也。猪脂之黏而滑者曰腼。閩語呼爲猪腼，亦作猪胒。製腼原料，必用猪脂參合，取其黏能起垢，滑可去著也。至動詞之腼，《玉篇》，訓煮熟也。《說文》：爛也。《揚子方言》亦云：腼，熟也。《左傳》“宣公二年”，宰夫腼熊蹯不熟。《楚辭·招魂》，“腼鱉炮羔，有柘漿些”。腼字之義，皆火候透爛之稱。皂爲化學中作鹼淺術，腼字實合化學元理也。[1]

脰項

閩語呼脖頸，曰兜骨。知其误者，更正之曰脰骨，實爲“脰項”兩字之误耳。脰，《說文》，項也。《玉篇》，頸也。《博雅》，脰項也。《左傳》“襄公十八年”，“兩矢夾脰”。註：脰，頸也。《史記·田單傳》：“自奮絕脰而死。”註：脰頸，齊語也。《爾雅·釋鳥》“燕白脰烏”。疏：白項而群飛者，謂之燕烏。燕烏者，白脰項之烏也。[2]

囝

閩人呼子爲仔，仔字讀作九醆切，粤音讀仔爲宰，亦稱其兒女之名詞。按仔字音兹。《詩·周頌》，“佛時仔肩”，義爲克也，任也。閩粤實慣假用仔字，實大錯误。考《青箱雜記》，“唐取閩子爲宦官，顧况有哀囝詩，又有囝別郎罷，郎罷別囝詩，以寓諷”。郎罷，閩人呼父也。囝，閩人呼子也。《集韵》：囝，九件切，音蹇，閩語習慣用□，實爲囝字之误，宜更正作囝，猶之蘇音呼女爲囡之義也。[3]

---

① 録自《華報》747號，1936年9月28日第3版。

② 録自《華報》748號，1936年9月29日第3版。

③ 録自《華報》750號，1936年10月1日第3版。

㭒

普通以柿爲果名。外省讀作士音，閩省讀作氣味切。考柿字與沛同音，削下木片也。閩語呼柴碎爲柴配，實即柴柿也。《後漢楊由傳》："風吹削柿。"《晉書王濬傳》："濬伐吴造船，木柿蔽江而下。"《後魏太祖紀》："營梓宫木柿盡生成林。" 柿非果子，果子實爲㭒字。《禮内則》："棗栗榛㭒。"《爾雅翼》："㭒有七絕，一壽，二多陰，三無鳥巢，四無蟲蠹，五霜葉可玩，六佳實可啖，七落葉肥大，可以臨書。" 今閩俗以訛傳訛，不識㭒爲何物，強以柿爲㭒，而木片之稱爲柿者，反以配字當之，此大误也，然而習慣已積重難返矣。①

門栓

閩語稱關門之横木，大者爲閂，小者爲寸。或曰門寸，或曰門楦。寸字，固爲借用，於義未合。楦字，原爲楥字之簡寫。《朝野僉載》："唐楊炯每呼朝士爲麒麟楦"。楦讀暄，去聲，非閉門之物也。閩諺："手指做不得門楦"。按實爲門栓之误。栓，《唐韵》：山員切。《類篇》：所員切，貫物也，讀若膻。閩音轉作宣耳，是則普通所稱門寸，及門楦者，即門栓兩字毫無疑義也。②

鷂

閩人呼鷙鳥曰佬藥，能擊殺小鳥，及小鷄鶩。名鳥曰藥，甚奇怪，或曰鷸字之误也。考鷸，翠鳥也。《爾雅・釋鳥》，郭註，鷸似燕，绀色生鬱林。疏：李巡曰，鷸，名翠，其羽可以爲飾。《左傳》"僖公廿四年"，鄭子臧好聚鷸冠，可知鷸非閩人所呼之藥也。藥字當係鷂字之轉音。鷂，《説文》，鷙鳥也。《列子・天瑞篇》，鷂爲鸇，閩人呼紙鳶爲紙鷂，又呼乘火打劫之賊曰"火鷂"。"佬藥"實爲"老鷂"二字之误無疑。鷂與古之鴥同，鴥，《正韵》音聿，《説文》，鸇飛貌。《詩・秦風》，"鴥彼晨風"。又《小雅》"鴥彼飛隼"。古稱是鳥爲鴥，

---

① 録自《華報》751號，1936年10月3日第3版。

② 録自《華報》752號，1936年10月4日第3版。

與閩音之呼藥近似。駇轉鷂，鷂轉藥，皆方言展轉之遽變也。[①]

薀菜

閩城菜蔬，種類雖有限，而以蕹菜爲鮮，出色之品。蕹菜亦有數種，有水蕹、園蕹、壓藤蕹、晚藝蕹之別。蕹訓鬱，不過諧音。究非正字，或曰是爲甕字轉音，此菜傳自殊方，爲舟車携帶便利，種在甕中，到地後始行分藝，遂名甕菜，是亦想當然之解釋。究竟此爲何菜，不能以含混了之也。按《左傳》“隱公三年”，“蘋蘩薀藻之菜”。薀，《唐韵》，烏渾切，音温，水草也，通作藴。薀讀三音，平聲收元韵，上聲收吻韵，去聲收問韵，皆與閩音相叶。[②]

鯪鯉

俗呼穿山甲魚，曰喇鯉，或曰獵鯉，蓋即鯪鯉之误。鯪，《廣韵》：力膺切。《集韵》：閭承切，音陵，魚名。《楚辭・天問》：鯪魚何所。《本草》：陶隱居云，鯪鯉形似鱉，又似鯉魚，有四足。异魚圖，鯪鯉皮曰穿山甲。周伯度《本草思辨録》，鯪鯉甲，一名穿山甲，閩音曰喇，曰臘，皆鯪字之轉音耳。[③]

惽憹

閩語爲愚魯者爲“慍頓”，或曰“當”即“渾敦”之轉音。（渾敦爲四凶之一）。惟“慍頓”兩字，實非正字。若以“渾敦”當之，未免太甚。閩音之“慍頓”，不過指其性之魯鈍耳，並無桀驁不馴之罪惡。查係“惽憹”二字之误。《集韵》：惽，鄔項切。憹，農貢切。惽憹，蠢也，愚也。懊憹，亦用此憹字，讀音不同，謂之奥挪，心亂也。或讀爲懊惱。《説文》：有所恨也。與惽憹音義俱异。[④]

---

① 録自《華報》753號，1936年10月5日第3版。

② 録自《華報》754號，1936年10月6日第3版。

③ 録自《華報》761號，1936年10月14日第3版。

④ 録自《華報》763號，1936年10月16日第3版。

濃

閩語謂物受濕，或地不乾，曰“灢”。考“灢”，《集韵》：奴朗切。《廣韵》：奴浪切，音“囊”，泱灢水濁也，似與受濕之義不符，或曰，瀼也。考《玉篇》：瀼，奴郎切，與灢同，水流貌，音義亦均不合。按製字之義，凡流者，多從水旁，凝者多從冰旁，冫，即冰字也。查冫部濃字，實爲閩語濃字之正字。濃，《集韵》：奴凍切，農去聲，訓爲濕地，或濕物。與閩語音義兩合。閩語呼受濕不乾之物曰，“轉濃”。呼霉濕天氣，曰“南濃天”，謂南風轉濃之天氣也。①

家需

閩人呼器具，曰傢私。傢字不見於經傳，私字似與器具無干。《水滸》：“并高廉所有家私，盡數裝載上山。”家私非指器用，當係私囊。閩語所謂傢私，應爲“家需”兩字之误。需者日用所必需也，椅桌床櫥，確爲家用不可缺之物，呼爲家需極當。又製舊家具之店，閩語呼爲“閒架店”，而市招上則無敢用此兩字者，亦當公然大書曰“家需店”爲宜。②

揩油

閩語謂外出玩耍，曰卡調，或作客游，或作卡撩，其實皆不對也。閩語之卡調兩字，不但爲玩耍遊戲之代名詞，而且含有討便宜之義，意即蘇白之“揩油”兩字轉音耳。凡受人戲謔者輒曰，“我被某某卡調了”，或欲算計戲弄某人，則曰“把他卡調一下罷”。試將卡調兩字，換作揩油，則意義非常明瞭，蓋蘇白所謂揩油，己之加諸人者，總占有多少便宜，人之加諸己者，總含有多少上當之意。近年以來，閩人識蘇語者不少，揩油兩字現在很普通上口了，而不知即吾閩語卡調兩字也。③

---

① 録自《華報》764號，1936年10月17日第3版。

② 録自《華報》766號，1936年10月19日第3版。

③ 録自《華報》770號，1936年10月23日第3版。

嘸

南人說話，凡屬語助，多用鼻音。閩語習慣所用之“不”字，每以“伓”字代之。“伓”，閩音讀烏仍切，如不去曰“伓去”，不用曰“伓使”，不肯曰“伓肯”，不愛曰“伓僾”，諸如此類，不勝枚舉。按“伓”字，《集韵》：晡枚切，音杯，山名。又貧悲切與伾同，並無烏仍切之音，此萬不能假借者也。蘇白言不字，多用嘸字，福州之“伓”，當係蘇白嘸字之误。嘸字之義，含有不欲不要不用之意旨。嘸之見於書籍者，《前漢韓信傳》：“諸將皆嘸然，陽應曰諾。”嘸然鼻音，表示不贊成也。閩中流行通俗之評話及閩腔市語，凡有“伓”字，均當以嘸字更正之。①

黄妃

閩語呼梔子爲黄衣，謂其色黄可作染料也。“衣”字，過諧音，當非正字。或曰：黄毉也，似乎近之。考毉，《集韵》：烟奚切，美石，黑色。《正韵》訓黑玉，與瑿字通。《本草》，琥珀千年者爲瑿，狀似玄玉，黑如純漆。詩：“滿天風雨黑如毉”。毉實爲墨色無疑，不能與黄色化合。梔子汁爲金黄色，雖濃煎亦不能化黑，藥品之黑山梔，係以火燒之使黑，非梔子本色，黄衣之稱未當也。查即黄妃之误，妃乃顔色之一，蘇杭製色，習用此品。蓋此色在淡紅緋紅之間，與黄相合，即成梔子之色，且黄妃二字，名稱甚雅，閩語固有所本也。②

歕

閩語以唇口吹氣，謂之“房”。或作“嗙”，皆俗撰之諧聲字也。按：此非方言，原有正字。班固《東都賦》：“欲野歕山。”歕字，實即閩語所謂房也。《唐韵》：普魂切。《說文》：吹氣也。《玉篇》：口含物歕散也。《穆天子傳·黄澤謠》：“黄之池，其馬歕沙，皇人威儀；黄之澤，其馬歕玉，皇人受歕。”又

① 録自《華報》771號，1936年10月24日第3版。

② 録自《華報》772號，1936年10月25日第3版。

《莊子·秋水篇》:“歕則大者如珠，小者如霧，雜而下者不可勝數也。”閩中孩童，以竹管醮皂莢水吹成泡，謂之歕金泡泡，與《秋水》篇語意甚類，可見歕者，實爲典雅之字也。①

闃

閩語謂人緘默曰“翕”。諺云:“翕哩輸贏”，謂沈着應付也。又云:“翕翕食兩碗半”，言此人不動聲色，有過人之才也。“翕”字訓和合。詩：兄弟即翕。無幽默意義。按：閩語所謂翕者，實爲闃字之误。闃，說文：靜也。易豐卦，窺其户，闃其无人。闃者幽默無聲也，寂寂寞寞也。②

張

從門隙窺人，閩語謂之“瞕”。按“瞕”字,《等韵》：之亮切，音障。《正字通》：通作障。《字彙》，目生瞕翳，並無窺視之義。查係張字之轉音，普通窺於隙謂之張。《水滸》“李逵獨劈羅真人”文內:“李逵爬上來，搠破紙窗張時，見羅真人獨自一個，坐在日間這件東西上。”可見張字原爲通俗習慣之語，不限於福州方言也。③

回潤

商家批發貨價，例有提成給予酬費，此款普通稱爲“回佣”，閩語謂之“佣錢”。佣字不收字典，爲商店簡寫之俗字，頗爲通行，猶之以价字代價字也。查係潤字之误，凡向人借貸，多稱河潤，售字畫之代價，名曰潤筆。或簡稱潤字，意謂無多之水，可以借潤乾涸也。回佣成數無幾，實爲回潤之簡書無疑。④

---

① 録自《華報》773號，1936年10月26日第3版。

② 録自《華報》774號，1936年10月27日第3版。

③ 録自《華報》775號，1936年10月28日第3版。

④ 録自《華報》776號，1936年10月29日第3版。

挖苦

福州謂譏誚之言，曰“畫箍”，語所謂冷嘲熱諷也。或解之曰：畫箍猶之畫圜，意謂彼之行爲，不出我所測度之圜兒也。所解不爲無理，但畫圜之義，謂夫預究推測，由其因而料其果也。與諷刺之意不合，當係“挖苦”二字之误書。挖苦爲普通習用之名詞，南北通俗語言，一致需用此二字，不限於閩省方言。挖苦云者，謂挖之使苦痛難受也，語以滑稽諧笑出之，對方入耳如啞子吃黄連也。①

晝晚

閩人每日用膳，概以三餐爲準，早膳，或曰吃粥，或曰吃早。午膳，或曰吃飯，或曰吃罩。夜膳，曰“吃腰”。“罩”字當即晝之轉音，“腰”字當即晚之轉音。閩人稱午睡曰：“困罩”，實即倦晝也。雨後午晴，曰“日弾罩”，實即日當晝也。稱夜曰“腰晡”，即晚晡也。元宵夜曰元宵“腰”，冬節夜曰“冬節腰”，即元宵晚，冬節晚也。除夕曰三十腰晡，即三十晚晡也。②

勩勱

福州話之最習慣而普通日用必須者，爲“㑖、賣”兩字。“㑖”可能也，“賣”不能也。閩人用熟見熟，而不知此兩字之杜撰久矣。“㑖”字不過諧以鞋音，其字無可考。賣字只訓爲售賣，並無不能意義也。按“㑖”字實爲“勩”之误。勩，《正韵》：以制切。《詩・小雅》：“莫知我勩”，訓能也，勞也。“賣”字實爲“勱”字之误。勱，《正韵》：莫懈切。《說文》訓爲勉力，含有不能勉強意義。惟今之土腔白話，若竟改㑖賣爲勩勱，必瞠目不之識矣！③

---

① 録自《華報》794號，1936年11月18日第3版。

② 録自《華報》796號，1936年11月20日第3版。

③ 録自《華報》797號，1936年11月21日第3版。

長

閩諺“務食，務㬋”。又“做官毛㬋錢，轉厝沒盤纏”。㬋者剩也，餘也。諧音借用之字，不可以訓，考正文原有此字，世俗特忽視之，不知所用耳。按“長”字計讀三音，一收陽韵，長短之長也。一收養韵，長幼之長也。一收漾韵，讀直亮切，即閩語叶音之㬋也。《集韵》：度長短曰長，訓餘也。《正韵》：多也，冗也，剩也。《論語》：“長一身有半”。《世說新語》：“平生無長物”。陸機《文賦》：“故無取乎冗長。”韓愈詩“得時方長王”，皆此長也。①

蠱癆

閩語呼大痲瘋曰“孤老”，成爲固定不易之名詞。痲院亦呼曰“孤老院”，解之者曰：“孤老”云者，謂得此不治之病，人事俱無所望，只有孤獨老羸，奄奄待斃而已。然老而無子曰獨，幼而無父曰孤，名痲瘋以“孤老”，殊無一字確切者。查係“蠱癆”二字之轉音，癩疾有蟲，吾閩人早已决定，不待德人漢森用顯微鏡驗出桿菌，始發明其爲蟲患也。蟲之最頑痼殘酷者曰蠱，痲瘋名以蠱癆，甚當也。閩諺“孤老蠱認親”，言蠱癆之桿菌，離稍遠，則不易傳染，必與之旦夕親近，或親人，與之寢處者，當積漸過渡。閩粵痲瘋婦女，有過癩之惡習，蓋以性之關係傳遞尤捷。②

隔煮包

福州小飯店，最習慣利便者，有一種裹飯之袋，袋以細草編就，有大小之殊。大者裝米兩盞，小者亦裝盞許，和袋漬水煮之，米熟成飯，氣味清香，較之大甑所炊，尤爲爽口，呼之曰“家注包”，省稱之曰“家注”。意義甚晦，詢之博學老前輩，曰：是乃“隔煮”兩字之误也。創是包者，原爲讀書諸生寄宿舍之用，凡寄宿者每人均自行備米，合爨分餐。飯量大者每人可五六包，小者

---

① 録自《華報》798號，1936年11月22日第3版。

② 録自《華報》799號，1936年11月23日第3版。

每人兩三包，便可果腹，猶之古人斷虀畫粥之義，名之曰“隔煮”，謂隔離煮之，不相混也。取名甚當。今乃呼曰“家注”，轉音相沿之訛耳。①

羞愧

閩語，憐人之不幸，輒曰可憐受怪。“受怪”兩字，殊莫明其意旨。閩諺有“看伊仅受怪，食飽仅作怪”之語，意謂窮時情狀良堪憫惻，至達時則又横行無忌了。釋之者曰：受怪元者，謂不合潮流，受各方面之藐視疑愕，而怪其不倫，簡單言之，即“無告”兩字之註脚也。雖然，此等註釋，未免拗曲，俗語斷不如是之深奥也。鄙見以爲即係“羞愧”兩字之轉音。羞愧者窮乏人自謙之辭，謂慚不如人也。窮乏對人自謙，引爲羞愧，輾轉傳述，竟成爲對方憐憫之名詞，於是遂误羞愧爲受怪矣。②

𥰭

閩人謂裱成之字畫爲“㡒”，“㡒”字俗製之字，不見字書。或謂是軸字轉音，似乎不類，惟此必有所本。詢之博雅君子，均不明瞭，近於舊書中得一𥰭字，知必係是字無疑。𥰭字，《集韵》，“千木切，音簇，幨也”。幨與幀同，訓張畫繪也，簇，與㡒音甚近，諺有“簇簇新”之語，閩音讀爲“㡒㡒新”亦一證也。③

三尸火

閩人譏暴怒者，謂“彼山魈火起矣”，山魈火或作“三消火”，其實皆非是，蓋爲“三尸火”之误耳。唐李頎《王母歌》：“若能鍊魄去三尸，後當見我大皇所。”又道書云：“人身中有三尸神，嘗以庚申日將本人罪過奏聞上帝，减其禄命，上尸神名曰彭倨，中尸神曰彭質，下尸神曰彭矯，每遇庚申日，徹夜不卧，

① 録自《華報》809號，1936年12月3日第3版。
② 録自《華報》810號，1936年12月4日第3版。
③ 録自《華報》820號，1936年12月14日第3版。

守之至曉，則三尸神不得上奏。"《天香樓偶得》云：(彭訓爲近，爲旁)易大有："九四，匪其彭，無咎"。疏：彭旁也。謂倨傲、質見、矯戾，三者人所不免，旁近於是，則道不成。所謂守庚申者，正欲人斷除此三種性情，方可入道。庚申取更新之義，是本喻言，豈真有三尸哉？吾儒克己復禮，内省不疚，亦即除滅三尸火之功也。①

風膊

福州市醫之習風科者，招牌上每書爲瘋科，最可笑者，或書祖傳瘋卜單方，何疾名爲"瘋卜"，雖遍考古今内外方書，未有此症也。凡病除真正瘋癲，或麻瘋癩疾，纔適用瘋字。其餘中風、病風、頭風、瘤風、歷節風、鶴膝風、流火風，症皆名風，不能鹵莽以瘋名也。市醫所謂"瘋卜"者，當屬"風膊"兩字所误。此係關節風、疾流注，其疾多發作於四肢，有時痛硬瘛瘲，甚而腫潰，名以風膊則可。若竟以瘋卜爲市招，不啻自鳴爲不識字之醫也，以視讀針灸爲針炙者，相去幾何。②

都盛盤

閩人呼案頭裝筆硯之長方盤，曰"杜丞盤"，或謂此杜姓中丞所創製也。然無可考證，抑亦想當然之名詞耳。或曰，當係"度繩盤"之误，閩語呼建屋之木匠爲"度繩"，而製造細工之器具，則稱之爲"細斲"。文具之盤，細斲製之，宜呼爲細斲盤。何以轉讓度繩匠享其名乎？考梁章鉅《巧對集》中，有"都盛盤"之名，謂案頭瑣碎拉雜之文具，筆也、墨也、硯也、水盂、鎮紙也、印色、圖書也、筆架、墨匣也，諸如此類，統盛於一盤之中，不致散亂無章。是則"都盛"兩字，極合邏輯之義，可謂名稱其實者矣。③

---

① 録自《華報》821號，1936年12月15日第3版。

② 録自《華報》822號，1936年12月16日第3版。

③ 録自《華報》823號，1936年12月17日第3版。

枹柚

閩語呼柚爲“抛”。“抛”，諧音也，實爲枹字之误。《爾雅·釋木》：樸，枹木。註：樸屬，叢生爲枹。《韵會》：班交切，音抛。《詩·大雅》：“芃芃棫樸。”《傳》：樸，木，閩音稱柚爲枹，當始於是，但閩人呼柚，統稱曰枹，而柚肉則仍稱爲柚，瓤之紅者曰紅柚，瓤之白者曰白柚。婦孺習慣上口，輒误爲“紅轎白轎”，則亦堪捧腹者也。①

拍連錢

閩中頑童有拍滚斗，“拍聯膖”之戲，滚斗實爲觔斗，《西游記》孫行者觔斗雲是也。“聯膖”，或曰“聯臚”。觔斗是直打，“聯臚”是横打；觔斗是翻身，“聯臚”是側身。姿勢不同，呼名遂别，但“聯臚”兩字，亦不甚當，應爲“連錢”之误。謂側身横打，手足並用，旋轉如“連錢”之圜，此象形也。馬之障泥，亦曰連錢。《古樂府》：“鐵㲯金面青連錢。”庾信《楊柳歌》：“連錢障泥渡水騎。”《晉書·王濟傳》，作連乾。唐賈至詩：“白馬紫連乾，嘶鳴丹闕前。”盧照鄰《長安古意》：“妖童寶馬鐵連錢。”大概爲古之馬飾。閩童之戲，借用其名耳。是戲良爲運動體育之初祖，余兒年曾在南較場（即今公共體育場），見有兩三童能環場而打。旋轉如意，繞四五匝而不乏不喘，亦吾閩一種尚武之風也。②

高腿囝

閩語呼小學生，及商店學徒，曰“稿腿仔”。三四十年以前，此稱尚盛行，今則漸消滅矣。昔之小學生，皆私塾中之生徒，所謂：“一陣烏鴉噪晚風，兒童齊逞好喉嚨。趙錢孫李周吴鄭，天地元黄宇宙洪者也。”呼之“稿腿”者，猶外省之呼猢猻也。（塾師者猢猻土之號）。“稿腿”兩字，頗難索解，詢之博雅前輩，曰：今之呼以是名，鄙夷而誚之也。昔之得是名，愛惜而珍之也，生徒中

---

① 録自《華報》824號，1936年12月18日第3版。

② 録自《華報》825號，1936年12月19日第3版。

不盡頑劣，亦有穎悟超常者，重視之呼之以高足，足字在閩語不順口，故易之以高腿。所謂“稿腿仔”者，乃“高腿囝”误也。“高腿囝”云者，謂是乃吾塾高足之兒童也。當時民風不但崇文，而且尚武，私塾以外，尚有習武。弓埸，及練拳之藝館，其所收之生徒，佳者亦皆呼以“高腿囝”。且此名之創始，實由武場拳館開之，而書塾店徒，積漸沿用之也。①

膈肢

《聊齋誌异·仙人島》文中：“芳雲呵手扭脇肉數四”，所謂撓人脅下作癢，閩語謂之“奇襲”。解之者曰，是猶出奇制勝，乘人不覺而襲之也。乍聞之，似有意義，然此乃小兒女嬉戲之舉動，不得爲奇，並不得爲襲。即普通諺語，亦無如是之深奥費解者。按呵手撓癢，不但閩中兒女有此戲劇，到處均有之。但不名“奇襲”，而名爲膈肢。《兒女英雄傳》第二十七回：“張姑娘道：姐姐，再不起來，我上去膈肢去了。原來姑娘天不怕，地不怕，單怕膈肢他的膈肢窪。纔聽得這句，便笑着說道：你敢！張姑娘真個上了炕，呵了呵手，要去膈肢他。他已經笑得咯咯咯咯亂顫，張姑娘便向他兩腋抓了兩把，他不由的兩隻小脚亂登。”此節足爲膈肢兩字名詞之確證，閩人之名爲奇襲，當係膈肢兩字之轉音。膈肢者指腋下之膈肢窪，觸之奇癢之所也。即名以膈肢者，化名詞爲動詞也。②

閣胳下

閩語呼腋下爲“骨骼下”，或作“閣胳下”，均不甚當。查係“閣胳下”之误，閣形容辭也，膊與□之隔，形如閣，故裁衣近腋處，亦謂之閣胳。《説文》：腋下也。《博雅》：胳謂之腋。腋下之呼爲閣胳下，其名甚當。閣胳下之焦點處，亦名膈肢窪，觸之則癢，詳於膈肢解釋，兹不具贅。③

---

① 録自《華報》826號，1936年12月20日第3版。

② 録自《華報》829號，1936年12月23日第3版。

③ 録自《華報》832號，1936年12月26日第3版。

棉搭絮

閩語誚人之說話重複，喋喋不休者，曰“黏打絮”，亦曰“連打四”，皆非也。蓋即曲牌名中之“棉搭絮”三字耳。解之者，棉搭絮者，棉與絮均係黏亂之物，棉而搭之以絮，所謂“纏煞纏不清”。猶《左傳》所云“治絲而棼之也”。最近閩人亦有簡當緊練之單字曰“絆”，意謂此人甚絆，難與言也。絆之云者，即棉搭絮之義也。①

三凍粉

閩垣有一種粉條類的點心，名曰：山東粉。不知者以爲此粉乃出山東人所製也，然詢之魯人之旋閩者，且不之識。余曩亦曾作客濟南膠州。市上並未見賣是粉，只有酸辣凉粉兒，與此粉殊不類。此粉决爲南邊出產品，與山東毫無關涉也。曾與老前輩偶談及之，據云：是乃三凍兩字之误。蓋製此粉者，係取資於緑豆粉、莘薺粉、𧄼粉三件，研末以水調之，俟其凍而未硬時粘合而製之，故曰三凍粉也。曰，今時亦有採擇蕃薯粉，或以洋膴□𧄼粉者，蓋利用其有黏合通明之質，外省人呼以粉條子者是也。閩垣人謂此粉與胃化不宜，而汕頭漳詔一帶，父老婦孺，則謂其易於消化，凡有病均以此粉及藕粉代點，此殆地氣與習慣不同歟！②

白字

閩人誚寫錯字者，曰“寫白字”。或曰，是“別字之误”，理或近之。但證以各地之通行白話，並未聞有“寫別字”之語，普通皆曰“寫白字”也。《兒女英雄傳》第二十七回：“要按俗語說，這就叫做沒溜兒，捉一個白字，便叫做沒路兒。”又第二十八回：“前後錯落添改，倒有十來處，依然還是白字連篇。”可證明錯字實稱白字，未曾稱爲別字也。閩中童謠及打油詩，均號爲白字詩，未

---

① 録自《華報》833號，1936年12月27日第3版。

② 録自《華報》834號，1936年12月28日第3版。

曾聞號爲別字詩也。讀書先生，自作聰明，於通俗學問，未曾涉躐，遽行指摘，是亦可笑也。①

箅

閩諺，厨房應用器具，有“鼎筅火管笊籬蔽”一語。蔽，或作筂，或作箄。《集韵》：“筂，□袂切，音庇，簟衣也”。《揚子方言》，“簙謂之筂”。《韵會》：“箄，邊迷切，音篦，小籠也。”《類篇》：“捕魚器。”又《集韵》：“蒲街切，音牌，大桴也。”《前漢岑彭傳》，“公孫述遣其將任蒲田戎程汎將數萬人乘枋箄，過江關，擊破馮駿，及田鴻等”。註：“枋箄以竹木爲之，浮於水上。”郭景純曰：“水中箄筏也，是即揚子江中撑泛鸚鵡洲之竹木排。”箄即排之正字也。閩人所用之筂箄兩字，均與厨房炊飯之竹蔽不合。考《廣韵》有箅字，訓甑箅也。《說文》：“蔽也，所以蔽甑底。”閩語所謂蔽者，確係箅字之误。②

饙

閩語，淘米水，及煮米之湯，盛於瓦缸，名之爲粠。村婦每晨肩挑空桶，挨户索粠，以低價轉購，舀盛於桶，挑回飼豕，即是物也。老粠字，閩音讀如蜂，《字彙補》確有此字。但不讀爲蜂，而讀爲糝。註：思感切，羹糝也。與“糝徑楊花鋪白氈”之糝音，不但讀音不符，而義亦未合。詢之博雅前輩謂爲“饙”字之误。《詩・大雅・泂酌篇》：“挹彼注兹，可以饙饎。”註：“饙者，蒸米一熟，而以水沃之。”按：以水沃之，必盛飯於竹箅，經冷水淋沃之後，灑下之水，即爲饙也。今之所謂饙者，不但淘米之水，即淋飯之水，亦合貯之，謂五穀之液，不宜弃之於地，貯之且可以飼豕，固廢物利用也。饙饎之饙，固爲動詞，盛下之饙，則化動詞爲名詞矣。音義兩符，可以更正習俗相沿之訛也。③

---

① 録自《華報》835號，1936年12月29日第3版。

② 録自《華報》836號，1936年12月30日第3版。

③ 録自《華報》837號，1936年12月31日第3版。

猛

閩語謂作事捷速曰熳，讀母罕切，實即“猛”字之轉音也。如煮物用武火，曰“燒猛鼎”。疾行幾步，曰“猛幾步”是也。

蚱蜢

閩人呼阜螽爲“草蜢”，外省人通呼曰“蚱蜢”。按“草”字即爲“蚱”字之误，既屬普通名詞，自應以“蚱蜢”爲正音。

忙

辭人以事冗曰“毛閒”。毛閒之義，即無暇也。按“毛閒”二字，實爲“忙”字之正切，急口讀之，即爲“忙”字。無暇而曰毛閒，於義原無舛錯，然何如簡稱之曰“忙”，寧不較爲文雅乎。①

擰

閩諺云“薯湯擰芋汁”，擰之爲言混也。閩音讀“汝餅切”，初以爲有音無字，嗣見燕北閒人《兒女英雄傳》中“店家說，我把鳳凰孔雀，兩種名稱記擰了。”始悟閩語所謂“擰”者，當爲此“擰”字。此亦南北音偶有相符之一證也。

枹

閩語呼柚曰“拋”。“拋”字借用其音也，按“拋”即“枹”字，收三肴韵中。或謂枹，鼓槌也。然鼓之“枹”讀如桴，另收虞尤兩韵中。獨肴韵之枹，義訓叢生之木，閩語所謂拋者，當係此字。

---

① 録自《華報》140號，1932年1月12日第2版。

袿

土語謂襟曰“溪”，或以“褑”代之，非正字也。按“褑”字係“衿”與“祛”之轉音，實爲“袿”字之误。袿在上平八齊韵中。閩諺所謂“挈一箸就污面前袿”者，當爲此袿字無疑。①

倚·卓

閩語呼凳爲“椅”，呼几爲“棹”。几凳之製已久，而通行呼爲椅、棹者，尚無專定之字。椅、棹兩字，均爲借用。椅音衣，《詩》“椅桐梓漆，爰伐琴瑟”，木名也，無仄音。棹即櫂字，船楫也，收去聲效韵，並無訓爲几凳者。嘗以質諸石遺先生，石遺先生以爲當時係假借“倚”“卓”兩字暫用。“倚”謂其可倚而坐也，“卓”謂其卓立於前也，後人嫌其不類，乃借用椅棹。又慮棹字與船棹混，改爲“桌”字，其實皆不妥也。②

殘·長

語云“食談食篆”。談，餘也。篆，剩也。談即“殘”字之轉音，所謂“殘羹冷炙”，即此殘也。篆即“長”字之訛寫，《論語》“長一身有半”，《世說》“平生無長物”即此長也。按長字有三音，一入陽韵，訓長短；一入養韵，訓長幼；一入漾韵，訓賸餘。

薅

耕者以犁除草，呼曰“虓草”，或疑有音無字，強代之以“虓”。虓，虎聲也，與除草之義，相去甚遠。查其本字，實爲“薅”字，並無須借用。“薅”讀乎兜切，音哮，訓除田草，收入豪韵。或作“穮”，音義相同，蕭韵有之。③

---

① 録自《華報》154號，1932年2月24日第2版。

② 録自《華報》164號，1932年3月24日第3版。

③ 録自《華報》174號，1932年4月24日第2版。

七步剪

閩中有一種毒蛇，俗呼“七步犬”，謂被噬者行七步則毒發而斃。查此蛇生於荒田蔓草間，恒夜出纏人足，名爲“七步剪”，非七步犬也。①

自牛自椎

閩諺有“自牛自刣，自馬自剥皮。”二語，謂自己可以料理，無庸他人干涉也。閩語謂殺曰“刣”，凡屬里諺，兩三語相連，多用叶韵。刣與皮韵脚不叶，疑其有误，質諸老宿。云係“自牛自椎”，非自刣也。按曾子云“椎牛以祭墓，不若鷄豚之逮存。”閩音皮讀如“裴”，椎與皮音恰相叶，自以“椎”字爲確。②

揑方搓圓

諺有“拿公做王”一語，向不知有何所本。以爲王爵在公之上，或係“黄袍加身”之意。然諺語本旨，乃責人矯揉造作，或詈人故意造謠，毫無勸進擁戴之義。後經細味此言，始知公王兩字，實係方圓之误，所謂拿公做王者，乃爲“揑方搓圓”耳。

輪字幕

俗有“攮市覆”之戲，蓋以錢卜也。錢面曰“市”，錢背曰“覆”，或以占休咎，或以角輸赢。按“攮市覆”三字，當係“輪字幕”之误。蒲留仙《聊齋志异》“錢卜巫”一則，“商授百錢，巫盡納木筒中，執跪座下，搖響如祈籖狀。已而起，傾錢入於手，而後於案上次第擺之，其法以（字）爲否，（幕）爲亨。”即閩語所呼市覆也。③

---

① 録自《華報》177號，1932年5月3日第2版。

② 録自《華報》204號，1932年7月24日第3版。

③ 録自《華報》210號，1932年8月12日第3版。

疥毒

俗稱疥瘡爲"痮瘥"。痮瘥，俗製之字也，向不知取名所本。昔曾詢之陳敬如丈，云閩語之稱痮瘥，亦猶北人之呼疙瘩，其實皆"疥毒"之轉音也。①

凍趾

俗呼凍瘡爲"冬子"，或解之曰："冬子，係'凍止'之误，謂血凍而止也。"然此爲想當然之詮解，未得爲當。今日市上草藥先生，售凍瘡藥，則書爲"凍瘨"。瘨，瘨痏也，似較有意義。但瘨字實未聞訓爲凍瘡，仍屬牽強。後聞之某前輩曰，血凍始於足趾，強名以瘡，已不甚妥，顯係"凍趾"兩字，意義俱全。何必牽扯穿鑿自作聰明耶？不禁爲之失笑。②

柹

"柹"，收上聲紙韵。而"柿"字與沛同音，則收去聲隊韵。自古沿訛至今，反不識"柹"爲何物。而以柿代柹，居然久假不歸，此字學不講之過也。③

棱

諺所云"半爿四另"，"額頭破另"。另讀去聲，律鎮切。按俗所常用稜角之稜，即此字也。考稜字，應從木旁，即圭棱觚棱之棱，收下平蒸韵。而稜字字典詩韵，均未之見。當日想即製此以代"另"字，而習用沿訛，轉弃木從禾，致兩字均無着落，殊不可解。鄙見字之平仄雙用甚多，當日棱字原可雙用，別製稜字，實屬多事。惟此字既□通俗習見，即許其獨立爲破稜之稜，免與棱字混淆，亦甚便也。（按《詞源》中棱字，平仄已分註甚詳。）④

---

① 録自《華報》227號，1932年10月3日第3版。

② 録自《華報》232號，1932年10月15日第3版。

③ 録自《華報》245號，1932年11月24日第3版。

④ 録自《華報》253號，1932年12月18日第2版。

突啖𩨜

語云“因噎廢食”。噎者，食物觸喉而𩨜，如有所塞，吞之不下，吐之不出，須力咳而咯之也。閩語謂之“着膽敢”，或曰“倒啖趕”，或曰“多啖梗”。其實皆非是。是爲“突啖𩨜”三字之误也。突者，事出倉猝也。啖𩨜者，所啖之物，既吞而未遽下，塞喉如有所𩨜也。𩨜通作哽，《韵會》：咽塞也。《後漢明帝紀》：“祝哽在前。”亦通作鯁。《前漢賈山傳》：“祝鯁在後。”《後漢殷穎傳》：“至今爲鯁”。其義均同。①

端

閩語兩手舉重謂之“卓”。遜清考武時，有手舉兩三百觔石頭之試，謂之卓頭號石，卓二號石。至於移動几櫈盆盎，凡以兩手平舉者，皆謂之卓。“卓”字不過通俗諧音借用之字，無訓爲舉物者，或曰當係“綽”字之簡書。或曰，當係“掇”字之误用。然遍考字典，“綽”“掇”兩字，亦無訓爲舉重之義。鄙見以爲實係“端”字之轉音也。北語凡兩手舉重，或物件平舉而起，均謂之“端”。《兒女英雄傳》第十五回：“那二百六十觔的頭號石頭，平端起來，在場上要走三個來回。”此兩手舉重之端也。第二十六回：“我一碗水往平處端。”第三十六回：“只見衆家人從二門外端進四個方盤來。”第三十七回：“從屋裏端裏出一碟兒玫瑰滷子。”此物件平舉不起之端也。閩中童歌“卓椅乞公坐，唱曲乞媽聽”，即“端椅給公公坐，唱曲給婆婆聽”也。凡語音之轉變，大概不離雙聲叠韵，或反切各途徑。端之與卓雙聲也。北音呼上平，每與入聲近似，此閩人所以轉“端”爲“卓”也。②

饛

閩語謂盛飯之滿盈，炊餢之隆起，曰㝫，讀牧冬切。還有一種糕餅，呼爲

---

① 録自《華報》839號，1937年1月5日第3版。

② 録自《華報》845號，1937年1月11日第3版。

僗僗糕。僗字應是饛字之误。饛，說文："盛器滿貌。"《詩·小雅》："有饛簋飧。"《傳》："饛滿簋貌。"是則饛字固見於經傳，而爲普通應用之字。閩儒略於考據，遂弃爲土語而不一正之，惜哉。①

飯

閩語呼飯爲飰，讀匹望切。查飰字雖收於《玉篇》字典，究竟即是飯字之俗書耳。各地方言，輾轉習慣，相去不遠。如望之讀悶，蔓之讀萬，皆口腔之轉變也。蘇詩："岸上游人暮不歸，清香入袖凉吹面。投壺擊鞠緑楊陰，共盡清尊餐白飯。"②

芒

稻香之稃，閩語謂之芒，讀牧籠切。查字典，檬檬，果名，並未註及稻稃，此字似未甚合。或曰秠也。秠，《集韵》"武力切，音邙，稻稃也"。此字當可决其不謬。考《正字通》，"秠通作芒"。則秠當係芒之副用字，不如逕用芒字，較爲正當。《說文》："芒，草端也。"束晳《補亡詩》"芒芒其稼"。立夏之後有"小滿""芒種"兩節。《禮·月令》，"其神勾芒"。芒之字源，極爲偉大，極爲普通。採用秠字固不必，取巧用檬字，更爲多餘也。③

泉

閩音呼井水之湧出者爲"城"。城讀若綫字之下平聲，實即"泉"字也。泉字正音應讀如禪，此詩韵收入先韵之證也。閩人乃讀作將羊切，是乃讀字之錯，非呼音之錯也。閩語呼井泉之泉如禪，可謂絕對符叶。閩人忽於研究，误以爲城。由是彼城之，我亦城之，遂不識泉字之本音矣。諺有"井水不上不出泉"之語。俗音上水误爲象水。井水在地下，汲而上之，故曰上水。外省亦有

① 録自《華報》846號，1937年1月12日第3版。

② 録自《華報》847號，1937年1月13日第3版。

③ 録自《華報》850號，1937年1月16日第3版。

“十五個吊桶，七上八下”之諺。閩中學者，對於通俗學問，异常疎略，任其展轉沿訛，象字且不敢更正爲上，城字自亦不敢更正爲泉，是可哂也。①

縫·彈

閩語謂物質之鬆者，曰冇。（匹旦切）謂物質之堅者，曰有。（音殿）此兩字乃閩人意造之字，毫無理由。按“冇”字實“縫”字之误。因物質之稀鬆者，皆含有漏縫也。“有”字實“彈”字之误。因物質之堅實者，皆含有彈性也，吾閩文人，不講通俗之學。往往日用習慣，極有充分理由之字而弃置之不加研究，無怪乎“冇”“有”兩字，久假不歸也。②

舺板

閩江大艘平底木船，正艙寬敞，陳設椅棹，可以宴客。後進房艙，鋪設卧床。雖具體而微，亦頗舒適。船行動時，駕槳張帆，尚稱利便。若欲其速，可用小輪船拖帶，此船名爲夾板，或書作舦舨。考舦字不見於字典，是爲俗製諧音之字，不足訓也。按此船係用大塊木板配製，原始名爲甲板，謂頭號木板也。但僅名甲板，與船類殊不相符。配以舟旁，則名義俱稱，是殆舺舨兩字之误歟。《集韵》，舺，古狎切，音甲，艀舺，舟。舨，補綰切，音版。艟舨，舟也。二字均詳於字典，則舺舨兩字，當可定爲確切不易之名矣。③

竁

閩音謂“竇”曰“退”。“退”字自係諧音代字，向疑字書既無此字。此音與竇相離甚遠，何自而來？及作客北平，多與北人攀談，則北語亦間有用之者。詢之如何寫法，他們書一“竁”字。考《字典》《集韵》《韵會》，並允芮切，音毳。《說文》：“穿地作穴也。”《周禮·地官》：“卜葬兆甫竁。”注：“始爲穴也。”

---

① 録自《華報》855號，1937年1月21日第3版。

② 録自《華報》858號，1937年1月24日第3版。

③ 録自《華報》860號，1937年1月26日第3版。

盜入□家，穿窬作竇，謂□，竇即“竁”字之誤也。“竁”與“退”，音甚近。閩語當係是字之變音。[1]

腹老姑

土語謂腹曰“腹老”。婦人有操神媽之術者，能入冥代覓死者之魂。逕據其腹，嗚咽與生人談話。其術俗呼爲“腹老姑”。或曰，巫也，非姑也。惟操是術者，恒爲婦人，從無男子充之者。按男巫曰巫，女巫曰覡。稱巫似不甚當，仍以從姑爲宜。鄉前輩林芾庭先生，撰《榕城樂府》中有“腹老姑”一首甚佳。詩云：“腹老姑，誕且誣，舊人已死姑能呼。姑腹鬼語聲喁喁，生死路殊不可見。死人羞見生人面，腹中有路達泉臺。頃刻歸來語親眷，死人來，生人哀。死人語，生人猜。模糊約略雜嘆咳。故鬼去，新鬼續，姑腹旋轉如運軸。茫茫泉路無拘束，腹乎腹乎鬼之鵠。危夷哉！終南進士弩雙目，衆鬼驚逃裂姑腹。”[2]

甗

諺云：“横心横腸，煮飦成橾。”又云：“圓鼎對四角橾。”橾讀所存切，甑也。橾爲俗製之字，而市面記賬，則直書飦甑，讀作飦橾。按甑音静，與俗製橾音，相去甚遠。間嘗疑之，遍詢宿儒，據云，橾即古之甗字。甗，無底甑也。甗字計有三音，一收上聲銑韵，一收去聲霰韵，一收上平元韵，其義均同。《左傳》紀甗玉磬與地，讀與獻同，則□霰之甗也。閩中之呼橾，實爲元韵之甗字。本地人家，所用炊飯之，原係無底，以竹箄代底，則然閩音固有所本矣！[3]

六書通

笑人自命聰明，好於人前强作解事者，曰“内政通”。或曰“雷津通”。順口詆訶，不求甚解也久矣！其實即“六書通”之誤。謂六書中之象形諧聲假借

---

① 録自《華報》864號，1937年1月30日第3版。

② 録自《華報》272號，1933年2月15日第3版。

③ 録自《華報》286號，1933年3月30日第3版。

等義，無不貫通也。①

蜥蜴

俗呼“壁虎”爲“蝬”。足冉切，音“蝬”。搗之萬杵，名曰“守宮砂”，以點處女之臂。閩人以壁虎爲五毒之一。自古未聞有仿製者。近世上藩籬盡撤，女貞已不成問題。守宮砂之製，直爲專制時代，侮辱女子之工具矣。②

亮尾星

閩語呼“螢火蟲”爲“南尾燈”，或作“藍尾星”，又作“爛尾星”，實爲“亮尾星”之误也。其光如星，其亮在尾，故方言以呼之。童歌云：“亮尾燈，光彈彈，拍鐵鼓，起凉棚。”音節鏗鏘，亦自可採。③

度繩·細斲

營屋之匠，俗呼“都成”。木器之匠，俗呼“細桌”，實則“度繩”“細斲”之误。屋匠之營造也，度木以“墨斗綫”，書所謂“木從繩則正”也，故曰“度繩”。屋匠工粗，器匠工細，孟子所謂“匠也斲而小之也”，人故曰“細斲”。④

鱘鰉魚

鱘鰉魚產於東北，閩人識之者頗少。然亦有時隨各海產入閩，閩人以其龐然大物，呼爲“秦皇魚”。因其產於瀋陽及秦皇島一帶，故有是名。其實即“鱘鰉魚”之误也。民國五六年間，魚貨攤頗有售是魚者，味甚肥美，豐腴如肉，價亦甚廉。按“鱘鰉魚”原名“牛魚”。金人以爲美肴，宴客奉爲第一品之饌，今則以罕有之物，無人敢用之矣。⑤

---

① 録自《華報》364號，1933年11月30日第3版。

② 録自《華報》398號，1934年4月24日第2版。

③ 録自《華報》629號，1936年5月30日第3版。

④ 録自《華報》635號，1936年6月5日第3版。

⑤ 録自《華報》637號，1936年6月7日第3版。

過窿穹

舊制，通衢之中，約離里許，或二三里，均建築一座過街墻，而開一大圓門於上，圓門之上，大書街名，或里名，若華表焉。此門號曰："廣龍宫"。名不稱其實，向甚疑之，詢之博雅前輩，曰：此名"過窿穹"。過者，爲熙來攘往者，通過之所也。窿穹，狀其高騫也，今則拆毀殆盡，夷爲車道，街衢廣袤。無復舊日之窿穹在望矣。①

笡

横直斜之斜字，閩語謂之"�"（七夜切）。按字典竹部，原有此字，行頭底下個且字，即笡字也。《廣韵》，訓爲包逆。《爾雅》，稕，謂之笡，樘詎也。按樘距，即椽之斜支者。閩語所謂笡，確爲經史之字，非隨意呼名。布之斜條，曰"笡縷"。眼之斜視，曰"笡眼"。皆此笡字也。②

晡

晚或夜時，閩語皆謂之晡。按晡字實爲正文，非限於福州方言也。晡訓午後，或訓晚。《玉篇》，申時也。《前漢書・五行志》："日中時食，從東北過半晡時復。"《淮南子・天文訓》曰："至於悲谷，是謂晡時。"晡，訓夜間。庚子山《春賦》："三晡未醉莫還家。"福州人所謂"晡時頭"，即言夜分也。③

忙

閩語：一時手足無措，謂之"莽"（牧康切）。諺有"招姐做新婦憐憐眩"。按"憐"字係上聲。《集韵》，滿補切，音姥。《類篇》，憐滷，心惑也。義雖略近，而音不符。查爲"忙"字之误，忙，謨當切，怖也。心亂也。《列子・楊朱

① 録自《華報》638號，1936年6月8日第3版。

② 録自《華報》639號，1936年6月9日第4版。

③ 録自《華報》640號，1936年6月10日第3版。

篇》，“惝然無以應”。音義俱合，確屬是字無疑。[①]

輪字幕

閩中兒童戲耍，以銅錢一個，輪之使旋轉，乘其疾轉時，以掌蓋之。開視陽曰“市”，陰曰“覆”，號爲“囊市覆”，實爲“輪字幕”三字之误。《聊齋志异·錢卜巫》一則，“商授百錢，巫盡納木筒中，搖響如祈籤狀，已而傾筒入於手在案上次第擺之，其法以字爲否，幕爲亨”。所云“字幕”者，即閩語之“市覆”也。囊即輪之轉音耳。[②]

皜皓

閩語，疥瘡呼爲皜癟，或作皜疟，皆疥毒兩字之轉音也。是當何從？查《集韵》有皜疟二字。皜，古老切。疟，魯皓切，註爲疥瘡。福州普通人亦但識皜疟二字，《康熙字典》疒部雙收之，均註爲疥瘡，知非杜撰之俗字也。[③]

魅

夢魘，夢囈，俗謂之“魑壓”。魑，木乃切，讀邁，上聲，但魑爲俗製之字，殊不足訓，盖即係“魅”字之轉音，普通習見之字不能用，而反製字以從俗音，不猶之削足適屨耶！[④]

鮭

吾閩出產黄魚，味極鮮美，土語呼爲黄瓜魚。或第稱爲瓜，以鹽醃之，則呼爲鹹瓜。魚稅公文，改爲黄花魚，似均非的確魚名。查此字本爲鮭字，收入上平佳韵，即讀如瓜，日本海亦產是魚，課本均作鮭字。横山亦鮭之一種，產

---

① 録自《華報》641號，1936年6月11日第3版。

② 録自《華報》642號，1936年6月12日第3版。

③ 録自《華報》643號，1936年6月13日第3版。

④ 録自《華報》644號，1936年6月14日第3版。

於三都口之横山，以地呼魚。横山魚殿黄鮭之後而出，氣候遲早懸殊，質鬆而薄，不及黄鮭之堅實。閩諺“黄鮭魚倜春子，一代不及過一代。”春子即横山之别名，謂其味遜於鮭也。①

瘠肉

肉之肥者，俗呼肥肉。肉之瘦者，俗呼“眚肉”。“眚”訓灾眚，不過諧音，實别字也。或曰當係胥字，胥有祭胥、殽胥、薦胥、豕胥，各種名詞，宜呼近之。惟胥與牲音相似，在下平蒸韵，未嘗訓瘦肉也。按瘦本稱瘠，收上聲梗韵，閩語所謂眚肉者，必係瘠字之误，無疑。②

瘲

病有“瘈瘲”，小兒發痙也。《前漢書·藝文志》，《全創瘈瘲方》，三十卷。閩語謂痛風，或傷跌手足筋掣爲“惷”，舒容切，按即瘲字之误。瘲，訓筋弛縱也。隱痛而微腫，轉動不便也。③

拍曝寒

閩語，瘧疾謂之“拍腹寒”。瘧屬少陽膽經，有熱有寒。其疾不在腹部，亦不僅寒邪，腹寒之名未當也，當係“曝寒”二字之误。《孟子》：“一日之暴之，十日寒之。”暴即曝也。瘧重時狂熱如曝於烈日，奇冷如入於寒帶。瘧疾有先寒後熱者，亦有先熱後寒者。忽寒忽曝，忽曝忽寒，此曝寒之所由取義也。“拍”之云者，猶言打也。打也者，猶言疾作而戰也。④

---

① 録自《華報》645號，1936年6月15日第3版。

② 録自《華報》646號，1936年6月16日第3版。

③ 録自《華報》647號，1936年6月17日第3版。

④ 録自《華報》648號，1936年6月18日第3版。

瘸

閩語呼跛者爲“跢跤”。“跢”，區和切，此字實爲俗製之字。查字典原有瘸字，《唐韵》《韵會》《正韵》，均巨靴切。《集韵》：衢靴切，註脚手病也。與閩語音義俱適合。不但福州人呼長短脚爲瘸，即外省人亦謂之瘸，可見是字原非臆造。《篇海》有瘸字，註：大跛也。音義亦同，但以瘸字爲最普通。①

望柱

墓前所植石柱兩條，閩語呼爲“悶箸”，殊不可解。或曰“夢柱”，謂人生如夢也，亦甚牽強。其實爲“望柱”之误耳。祖考窀穸既安，子孫春秋祭掃，每慮山路紆迴，迷冢所在，特植是柱，以爲稍遠可以望見，留爲標誌。“望”字粵人多讀似“悶”，閩語相沿，漸失本音耳。②

髒

閩語謂人身體肥壯，爲膞，諸管切，實即髒字也。《正韵》：“骯髒體胖”。《後漢書·趙壹傳》：“骯髒倚門邊。”皆訓肥胖也。近日相沿，咸以髒字爲齷齪，此大误也。按：骯髒讀爲抗壯，齷齪謂之腌臢。腌臢二字，見元人填詞，今人皆误腌臢爲骯髒矣！小學所編教科書，亦往往误用，不可不更正也。③

蠕

福州洪塘江，產黄蜆，小蛤也。閩語呼爲“流仔”，俗讀蜆爲“流”，相沿已久。考蜆字無平聲，收上聲□韵，及去聲霰韵，切音顯。《爾雅》：蜆，缢女。注：赤頭小黑鼎，喜自經死，當係另一種蟲。《類篇》：“呼典切，音顯，小蛤也。”《隋書·劉臻傳》：“好啖蜆，以父諱顯，因呼蜆爲扁螺。”按閩音稱

---

① 録自《華報》649號，1936年6月19日第3版。

② 録自《華報》650號，1936年6月20日第3版。

③ 録自《華報》651號，1936年6月21日第3版。

“流仔”，似不能以蜆字代之。查《康熙字典》，虫部原有蟉字，即“流仔”之“流”。《篇海》《玉篇》，均力求切，音流，貝類，小介也。足徵閩語所呼，自有所本。①

巖蔞

閩語，香需謂之顔樓，香草也。《本草别録》，香需氣味辛，微温無毒。主霍亂，腹痛吐下，散水腫。近醫有香需飲，可治傷暑之病。取其芳香解穢也。顔樓，係“巖蔞”二字之误。俗端午，兒童佩香囊，取香需裝入紗囊，呼爲巖蔞袋。②

龔·郝·鄢

閩音讀龔姓爲“拱”，郝姓爲“哮”，鄢姓爲“淵”。三字平仄皆念錯了。龔音宮，無仄音，收上平冬韵，漢渤海太守龔遂賣刀買犢是也。郝音確，收入聲藥韵，無平聲，郝隆坦腹曬書是也，並無讀作“哮”者。鄢音偃。《春秋》“鄭伯克段於鄢”。收上聲阮韵，鄢字有平仄兩音，又讀作“烟”，收下平先韵，但以讀偃爲普通。③

餑

閩城磨房店市招每書“滿漢餑餑”四字。餑餑讀作麼麼，謂麥粉所製之大包也。大包也，大包北五省用以爲飯，呼之曰餑餑，北音讀入聲，恆與上平聲近似。南方人不辨，误以爲麼麼耳。考餑字，《廣韵》《集韵》，均薄沒切，音勃。《玉篇》，麵餑也。閩語呼麵粉溲濕如漿，曰“麵餑”。麵餑之餑讀勃，餑餑又讀作麼麼，一字兩音，亦可哂也。④

---

① 録自《華報》652號，1936年6月22日第3版。

② 録自《華報》653號，1936年6月23日第3版。署名“昊玉”。

③ 録自《華報》653號，1936年6月23日第3版。

④ 録自《華報》654號，1936年6月25日第3版。

蛇

水母，通名爲鲊，相沿已久。考：鲊，藏魚也。實爲乾魚之屬，所謂鮝也。陶侃母封鲊，亦是鮝，果係水母，似未便封寄。《世說》："虞嘯父曰，'天時尚暖，魚鱉蝦鲊，未可致'。"皆指乾物，非鮮物也。考《爾雅翼》："蛇生東海，正白濛濛如沫，又如凝血，縱廣數尺，無頭目，故不知避人，衆蝦附之隨其東西，故有水母目蝦之語。"《集韵》："蛇，除駕切，水母也，形如羊胃，無目，以蝦爲目。"《玉篇》："形如覆笠，泛泛常浮隨水。"可證蛇字實爲正字，閩人所公認之鲊，误也。外江人多稱海蜇皮，按亦海蛇皮之误。《儒林外史》："諸葛天申云，這迸脆的東西倒好吃。"文中亦作海蜇皮，似亦未考。[①]

撒

閩語，小兒啼哭，呵之使止，曰"摌"，所暫切。按摌字，《集韵》《唐韵》，並所簡切，音産，以手擇物也，無止哭之義，當爲"撒"字之误。"撒"，《韵會》，桑葛切，音薩，散之也，放之也，音義與煞同。人死曰撒手西歸，含有停止制止之意。《吴志・潘濬傳》註：孫權數射雉，濬諫之，出見雉，翳手自"撒"。與呵止使停之義相近。[②]

揇

閩語，以桿支物謂之"赧"，乃敢切。赧，訓慚色，俗借用諧音，非支撑之義也，當係"揇"字之误。揇，《唐韵》，奴感切，與赧同音，訓支拄。俗與人角力，謂之"揇帳"，撑拒也。帆布之並一脚或四脚支起者，謂之"三跤揇，四跤揇"，實爲適用之字，不必假借於諧音之赧矣。[③]

---

① 録自《華報》655號，1936年6月26日第3版。

② 録自《華報》656號，1936年6月27日第3版。

③ 録自《華報》657號，1936年6月28日第3版。

馫

閩人多名其兒女爲媛，或曰媛媛，讀奴孫切，謂其細小嬌嫩也。實則此字古固有之，即馫字也。《廣韵》《集韵》並奴昆切，香也。《晉書·夷貊傳》："姚興太史令郭馫"，是古人亦有名馫者。字典收入麻部。詩韵，收上平元韵。今之詩家，多用温馫兩字，言軟温馥郁也，音義均極雅秀。①

唪藥師

閩俗，亡者之家，屍未殮時，必延道士入宅，誦經送亡，謂之"搬藥篩"。其名甚怪。藥篩之製，木架中豎一柱，柱旁層層有横枝，枝末有鐵環，可安放油盞，注油於盞，點以燈草，令層層有光。用秤桿横插柱孔，可以推之旋轉。亡者之妻婦子孫姊妹，披蔴束白，握桿而旋，道士擊動鐃鼓鉦鈴，念咒前導，此柱號爲"藥篩架"，又曰"藥篩榠"。始以爲巫者神秘之作用，詢之道士，亦茫然無以對也。月印和尚未圓寂時，曾與之談及，月印笑曰："'藥篩'云者，藥師之误耳。釋宗有'南無藥師琉璃光佛'，藥師佛傳有灌頂真言。'南無薄伽伐帝'，至'三沒揭諦娑訶'，計五千五字，即藥師咒也。可以接引亡魂，往生極樂。最先僧尼掌其事，喪家均延僧尼唪藥師咒，立菩提樹於堂前，作七層寶塔形，層層點琉璃燈，謂琉璃佛光，能普照十地也。繼而爲道士所掠奪，改誦他咒，易琉璃燈爲鐵油盞，而唪藥師之名義，仍未澌滅，久之展轉錯呼，遂成爲'搬藥篩'之怪名詞矣。搬者，唪也。唪者，高聲宣咒也。不曰唪藥師咒，而曰唪藥師者，歇後之簡詞也。②

做糖霜

閩語呼冰糖曰漳冰，或曰漿冰，亦曰糖霜。糖霜二字甚雅，閩人説慣，不覺其名詞之細緻耳。人或上當，或賠墊，呼爲"做糖霜"。謂種種吃虧，利人

---

① 録自《華報》658號，1936年6月29日第3版。

② 録自《華報》659號，1936年6月30日第3版。

損己猶之糖霜，入口則融化，食者但覺其甜醇可口，而爲糖霜者，已消化無餘剩也。形容之語，亦甚工巧！遇有此等語妙，而人云亦云，不咀嚼其設喻之有味，此大误也。①

博浪鼓

閩中小孩所玩之小鼓，兩耳有柄，可以搖打者，名曰“把擔鼓”。把膽二字，狀其音也。案此鼓仿於古之鼗。《書·益稷》，“下管鼗鼓”。《論語》：“插鼗武入於漢。”鼗製形與把膽鼓同，鼓長而大，柄粗而耳巨如圓鈴，孔廟祭丁，奏樂者必播鼗。民間之把膽鼓，則具體而微，鼓扁而耳錘甚小。市上小貨郎，挑裹雜碎東西，亦搖此鼓，名曰“把膽鼓擔”。惟“把膽”兩字，實非確號。或曰“播撣”也。《金瓶梅》小說，恒稱之爲“博浪鼓”。《金瓶梅》書中多方言，博浪雖非博浪椎之博浪，而形容其聲，極爲風華典雅。閩語呼鼓當以此二字爲最佳也。②

釬

五金器破裂，修之令相黏者，謂之□，武翰切，音旱，實釬字之误也。或作銲，與釬同。《廣韵》：“釬金銀器令相著。”《集韵》：“固金金鐵藥。”《正字通》：“釬藥以硼砂合銅爲之，用胡桐汁合銀，如堅石，今玉石刀柄之類，加銀一分其中，永不脱。”《管子》“弛弓脱釬”，其音義均同。閩銅錫匠釬物，恒用白膠，以釬筋燒紅，镕銅錫汁釬之，白膠即松明也。③

鑽

閩語呼錐曰“壯”。壯諧音也，實即“鑽”字之误。鑽，《集韵》《韵會》《正韵》，均祖官切，音攢，收上平寒韵。又《廣韵》，子算切。《集韵》，祖算

① 録自《華報》660號，1936年7月1日第3版。

② 録自《華報》661號，1936年7月2日第3版。

③ 録自《華報》662號，1936年7月3日第3版。

切，音壯，收去聲翰韵。雖有平仄兩音，而義取穿刺，則同。《爾雅·釋木》：“樝梨曰鑽之”，所謂鑽木取火也。《論語》：“鑽之彌堅。”班固《答賓戲》：“商鞅挾三術以鑽孝公。”皆有深入穿刺之義，與閩語呼錐爲鑽實同。大概動詞用平音，名詞用仄音，“磨磨擔擔”，其先例也。①

哈嚏

閩語，打嚏謂之“喝市”。初莫明其取義，以爲猶之“治夔離”之方言耳。及就博雅老宿研究之，始知爲“哈嚏”兩字之误，古作“鮯齂”，其義尤長。《廣韵》：“鮯齁鼻息。”《玉篇》：“鼻噴氣。”《詩邶風》：“願言則嚏。”箋注：“俗嚏則云人道我，古之遺語也。”《禮月令》：“民多鼽嚏。”鼽音求，《說文》：“病寒鼻窒，曰鼽。”鼽必須嚏，氣始稍蘇，哈也者，開口而出息也。②

儂爸儂奶　寄爸寄奶

閩語稱父曰“郎罷”，稱母曰“娘奶”，父母合稱，則曰“罷奶”。相沿習慣已久，無有正其非者。“郎罷”兩字，見《聊齋志异》，蓋蒲榴仙諧閩音爲笑談也。按郎罷實爲“儂爸”之误。娘奶兩字差爲近似，而實即“儂奶”之误。“儂”也者，閩人自稱之詞，猶之我也。“儂爸”猶言吾父也，“儂奶”猶言吾母也。至認他人爲義父母者，輒呼爲“企郎罷”，“企郎奶”。“企”字實爲“寄”字之误。謂寄名於某長者某老太之膝下也。簡稱則曰：“寄爸寄奶”。若夫換帖之弟兄，則從“義”字爲妥，所謂“結義”是也。古稱“假髻”爲“義髻”，未嘗稱“誼髻”也，俗習用誼字亦误。③

斵

閩語，呼刺曰“抒”，讀黜角切。諺有“抒破天窗講亮話”。又“竹篙□抒

① 録自《華報》664號，1936年7月5日第3版。

② 録自《華報》665號，1936年7月6日第3版。

③ 録自《華報》667號，1936年7月8日第3版。

船開頭”，則抒字固口頭常用之語也。按抒音伫，《前漢書·王褒傳》“略陳愚而抒情愫”。註：抒猶泄也，又訓除也，解也。《左傳》“文公六年”，“有此四德者，難必抒矣”。抒無作字剌訓，且音亦不符，查係“斸”字之误。斸，《集韵》《韵會》並株玉切。《五音集韵》，之魚切，又敕角切。琢也，刺也，收入聲沃韵，或作劚，福州習見之語。世人秘密，謂之斸破。象棋出卒初步，謂之斸卒，皆此義也。①

摗

以手推動人，寓有干求之意，閩語謂之聳。讀雙上聲，疎桶切。按此係慫慂兩字之合音。惟聳字不過借用，非正確之字也。音亦微不符，查係摗字之误。摗：《唐韵》，息拱切。《集韵》：荀勇切，執也，推也。《禮部韵略》：挺也。杜工部畫鷹詩“摗身思狡兔”。註：摗猶悚也。實形容其搖擺聳動之狀，與閩語音義甚合。②

兹

閩語，謂此物曰嚌，讀作諸回切。蓋語助中之有所指者，猶言“此”也。查嚌字確有是字，並不作“此”解。正字通，謂同於啜歠。《荀子·富國篇》“嚌菽飲水”，註：嚌與啜同，音義均不符，豈可借用。按閩語習用之嚌，即“兹”字之误，書所謂念兹在兹，與閩語之用義吻合。分明眼前習見之字不能用，而反杜撰以強符俗音，音復不合，徒亂人意，不能不歸咎於當年之執教會教鞭者始作俑也。或笑曰，閩人不但误兹爲嚌，且误嚌爲贅，常見市上名醫，所批方案，往往有“案詳前方，兹不復嚌”之語。婚帖“就贅”亦误作“就嚌”，則尤堪噴飯滿案者也。③

---

① 録自《華報》668號，1936年7月9日第3版。

② 録自《華報》669號，1936年7月10日第3版。

③ 録自《華報》670號，1936年7月11日第3版。

挖苦

閩語受人奚落，謂之“畫箍”，向以爲當即“背後畫圜”或“當面畫圜”之義。然果係“畫圜”，即曰畫圜已耳，何必改圜爲箍。及細思之，乃悟即爲“挖苦”兩字。外省普通俗語，凡受人冷嘲熱諷，皆謂之“挖苦”，閩人轉音爲“畫箍”耳。

戽

戽，滲水也。符故切，音副，收去聲，過韵。閩諺:“馬頭戽水，馬尾難收。”又“挈一筋就戽面而袿”，即此戽字也。

鑽

鑽，閩語呼作“壯”，如“錐”，名爲“壯”。鑽營之鑽，亦名爲“壯”。鑽穴，謂之“壯啌”。嗜好過甚，謂之“壯骨”。即《西厢》曲中，所謂“透骨髓”,《水滸傳》中，“入骨好弄拳棒”是也。其實皆“鑽”字之误，至“金剛鑽”及“鑽石”之鑽，則又轉去聲爲上聲矣。①

博浪鼓

小鼗鼓，閩語呼爲“吧嗶鼓”。業收買零星破爛物件者，肩一担，手搖此鼓，穿行衢巷，俗呼之“吧嗶鼓担”。前三十年，小貨郎之營蠅頭微利者，尚多業此，今則廣陵絕響矣。按“吧嗶鼓”，罕見記載，惟《金瓶梅》說部有之，其名爲“博浪鼓”，兒童玩物也，當以此名爲最雋。②

渥

閩語，以水灌花，或以湯泡飯，均謂之“渦”。渦讀烏郭切。按渦字字典確分數音，有讀戈、讀瓜、讀倭之别，並無作仄音者。泡飯之泡，亦係俗字，正

① 録自《華報》304號，1933年5月24日第2版。

② 録自《華報》386號，1934年3月6日第3版。

文爲“泇”字，閩音之烏郭切，當係“渥”字之轉音。《詩·小雅》:“既優既渥”，渥訓霑也。《詩·邶風》，“赫如渥赭”，渥訓漬也。霑漬之義，與灌相近。閩語，以茶漬飯，謂之“渦茶飯”，即渥茶之飯也。路上被雨濕衣，亦謂之渦，即此渥也。①

馬蹄

閩語荸薺曰“尾梨”，相沿久遠，遂以“尾梨”爲專名，按尾梨即爲“馬蹄”之误。自古閩粵語言，相去不遠，初無歧异，而物品尤有確定之名稱。粵人呼荸薺爲“馬蹄”，閩語亦曰馬蹄，後竟误爲尾梨，音相近也。閩紳梁章鉅輯《巧對録》，以龍眼對馬蹄，謂閩粵呼荸薺曰馬蹄，以果對果，天然工巧，蓋二名均象形也。②

---

① 録自《華報》843號，1937年1月9日第2版。

② 録自《華報》225號，1932年9月27日第2版。

二、滑稽擬易

華卦

華，亨，生花之筆，其焰熊熊。

彖曰：華也者，國粹之發皇也。集衆長而羅之紙上，含英咀華，雅俗共賞。故曰，生花之筆，其焰熊熊也，華之時義大矣哉！

象曰：皮裏陽秋。華，君子以揚風扢雅，或莊或諧。

初一：一字之褒，榮於華衮，吉。象曰：華衮之華，有經有緯也。一字之褒，榮其名也。

次二：華光大布施。象曰：華光大布施，大慈大悲也。

次三：洗髓伐毛，華佗以之。象曰：洗髓伐毛，醫術通神也。華佗復作，國手將以醫國也。

次四：華三十八，無往不利。象曰：華三十八，舌底生蓮也。無往不利，辯才無碍也。

次五：華元殺羊食士，無咎。象曰：殺羊食士，今日之羊，我爲政也。

上六：愠戇氣起華光。象曰：愠戇之氣，咄咄逼人也。愚者千慮，必有一得，華光所以起也。

（注："華光大布施""華光三十八""愠戇氣起華光"，三句皆閩諺。）①

腿卦

前期金羅漢撰《神女生涯》一篇，弁以電版影映少女之腿。乍視之，儼若

① 録自《華報》元號，1930年11月9日第2版。

南貨店陳列之紹興蘭腿然。戲作腿卦，爲金羅漢廣招徠。

腿，貞吝，退藏於密，玉雪可珍。赤條條而公之於衆，則麀鹿濯濯，白鳥鶴鶴，無以异於牛馬羊豕之肉也。苟許登厨，腊而乾之，非熊掌駝峰，所能專美於前矣。

彖曰：腿，下體之尤物也。果爲雪膚，而嚴裹於袴褶之間，視若禁臠。則腿之爲腿，斯無價之寶矣。故曰貞吝，謂貞而始吝也。如或不貞，猶之牲畜之腿也。腊而乾之，爲食譜别開生面。於是乎母夜叉孟州道之生意，足以供老饕之大嚼矣！腿之滋味，佳矣哉！

象曰：一絲不掛。腿，婦女以迷下蔡而惑陽城。

初一：金剛腿，碩大無朋。象曰：金剛之腿，大若牛腰，非凡腿所能例例。

次二：飛毛腿，瞬息千里。象曰：飛毛之腿，不脛而走也。瞬息千里，杳不知其所之也。

次三：草蜢腿，工於仙人跳者以之。象曰：草蜢之腿，躍躍欲試也。工於仙人跳，折白黨之本色也。

次四：一字腿，直爲肉屏風，横爲大體雙。象曰：一字之腿，冶容誨“淫”也。直爲肉屏風，遮不得羞也。横爲大體雙，無獨有偶也。

次五：親母自羨胶腿白，大出風頭，無往不利。象曰：親母之腿，彼白而我白之也。大出風頭，從其白於外也。

上六：突如其夾如，聳如兜如送如。象曰：突如其夾如，腿之絕技也。聳如兜如送如，翻腿爲雲，覆腿雨也。[①]

屁卦

前期某博士講演《説屁》一篇。屁之關係，如此重大，將來必有時髦人士，研究屁學。而吾國老舊之迷信家，亦將謂放屁一宗，含有吉凶禍福之朕兆矣！戲撰屁卦，以備動心於眼跳耳鳴者，作蓍龜之指南焉。

屁凶，不啻若自其口出，十年尚猶有臭。

---

① 録自《華報》7號，1930年11月27日第3版。

彖曰：屁利於放。放則通，不放則塞。避人而放之，藏拙之道也。大放特放，流毒無窮。故曰，十年尚猶有臭。

象曰：尸居餘氣。屁，君子以化神奇爲臭腐。

初九：狗屁，人皆掩鼻而過之。象曰：狗屁，背於人道也。人皆掩鼻，臭不可耐也。

六二：馬屁，利於拍。如入鮑魚之肆。暮夜乞憐，忘其臭。象曰：拍馬之屁，工媚術也。鮑魚遺臭，乞憐者以爲香也。

九三：腐儒之屁，其酸臭，無咎。象曰：腐儒之屁，子曰店之糟粕也。其臭酸，若醋在甕也。君子固窮，無大咎也。

六四：莽夫之屁，喑嗚叱咤，山岳崩頹。象曰：莽夫之屁，猛若過山炮也。山岳崩頹，震驚百里也。

九五：屁裹陽秋，予智自雄。象曰：屁裹陽秋，其見不出於袴中也。予智自雄，管窺蠡測也。

上六：東塗西抹，含粕咀渣。作爲文章，其屁滿家。象曰：含粕咀渣，清光去而渣滓來也。其屁滿家，兄弟妻子，皆疾首蹙頞也。①

碗卦

碗，元亨利貞。無老幼男女，無智愚賢否，咸視爲養生必需品。

彖曰：自燧人氏鑽木取火，教民烹飪以來，世界乃有熟食，而碗於是乎出世。大碗、小碗、金碗、玉碗、瓦碗、柴碗，碗質不同，而用以裝飯者多。碗類盛行，而民無飢色，碗之利益溥矣哉！

象曰：仰震覆艮。碗，君子以無量斛食，果腹撑腸。

初一：萬室之國。一人陶，吝而有悔。象曰：萬室之國，需碗多也。一人陶，碗不足用也。

次二：僧多粥少，飯後聞鐘。象曰：僧多粥少，枵腹者夥也。飯後聞鐘，捧碗無及也。

---

① 録自《華報》9號，1930年12月3日第3版。

次三：七碗之茶，腋下風生，盧仝以之。象曰：不飯而茶，療渴不療飢也。腋下風生，如食南風也。盧仝以之，廉頗則否也。

次四：捽碗咀嚼，其勢洶洶無咎。象曰：捽碗咀嚼，其志將以求食也。洶洶無咎，得食則喜也。

次五：燒碗。小兒不敢夜啼，大人則號咷。象曰：燒碗，殃及小兒也。大人號咷，向碗窑而痛哭也。

上六：其亡其亡，繫於飯碗。象曰，其亡其亡，在陳絕糧也。繫於飯碗，謂夫大家有飯，碗聲和鳴，天下定也。①

駡卦

讀前期《華報》，駡語滿紙。野老先生，未免肝火過盛。戲擬《駡卦》一篇，爲野老進一服清涼散。

駡，解悶不解駡，勿破口，破口不祥。

彖曰：駡，洩忿也。天下可駡之事多矣，駡不勝駡，不如其勿駡也。大駡而特駡，適以取忌招尤。故曰勿破口，破口不祥。

象曰：四馬縛蹄。駡，君子以掩耳緘口。

初一：灌夫駡座，怒髮衝冠，無咎。象曰：灌夫駡座，將以使酒也。怒髮衝冠，醉態可鞠也。

次二：王婆駡鷄，西鄰責言。象曰：王婆駡鷄，鷄不聞也。西鄰責言，怪其聒噪也。

次三：乞食駡猴，猴駡乞食，悔吝。象曰：乞食與猴，狼狽相倚也。若互相駡，猴性一起，乞道斯窮也。

次四：相駡九主副煮饅。象曰：相駡九主，九盈數也，猶及煮饅，發憤不忘食也。

次五：上聲沒好講，下聲沒好應。象曰：此講彼應，謾駡不休也。言歸於好，駡如不駡也。

---

① 録自《華報》15號，1930年12月21日第3版。

上六：惟口興戎，雖勝不武。象曰：惟口興戎，舌鋒太利也。雖勝不武，是以君子無所爭也。

（註：二三四五爻均闔諺。）①

針卦

針，无往不利，疾苦之所賴，鑽營之所資，能傷人亦能達人。

彖曰：針，干進之先鋒也。利之所在，針必及之。醫師牟利，是注是射。官僚附利，乃乞乃憐。故曰疾苦所賴，鑽營所資也。刺心心痛，刺股股痛，傷之謂也。求財得財，求位得位，達之謂也，針之作用神矣哉！

象曰：四通八達。針，君子以大鑽穴隙。

初九：針其脉絡，氣血流通，吉。象曰：針其脉絡，因勢利導也。氣血流通，諸病若失也。

六二：針其心肝窩，受者有奇痛。象曰：針其心肝窩，直刺隱微也。痛至於奇，欲不忍而不得也。

九三：針其糞門口，勿使屁如連環炮。象曰：針其糞門口，貫革直入也。勿使屁如連環炮，杜其大放而特放也。

九四：或錫之元牝，一針見血，大喜。象曰：元牝之牝，瓜未破也。一針見血，喜可知也。

六五：鉸刀引針，針引綫，針過綫拉絭。象曰：鉸刀引針，刀行而針隨也。針引綫而綫拉絭，難乎其爲綫也。

上九：鐵尺磨成針。象曰：鐵尺與針，粗細懸殊也。毀千針之材以成一針，太賣力也。

（註：五六爻皆闔諺。絭：侶乃切。）②

① 録自《華報》27號，1931年1月24日第3版。

② 録自《華報》31號，1931年2月6日第3版。

醋卦

醋，曲直作酸。有諸内必形諸外，足以亂七情，僨萬事，利小人不利君子。

彖曰：醋，非天地之正味也。曲直作酸，謂夫拗直使曲，味乃變酸也。內醋而外無不醋，故曰亂七情，僨萬事也。小人見利忘義，君子秉公廢私，有醋無醋之别也。

象曰：酸素發酵。醋，醫生以苦辛合化。

初一：秀才頭腦冬烘，酸溜溜，咬文嚼字，無咎。象曰：秀才酸溜溜，之乎者也之所化也。頭腦冬烘，書毒發作，釀爲醋糟炎也。

次二：頭醋不酸二醋薄。象曰：頭醋不酸，味不足以動人也。二醋薄，難乎爲繼也。

次三：甕裏醯鷄，其見不廣。象曰：甕裏醯鷄，酸質之寄生蟲也。其見不廣，不知世上甘苦也。

次四：醋娘子，打翻醋甕，摔破醋缸，醋海生波，有悔。象曰：醋娘子打甕摔缸，見金夫不有躬也。醋海生波，男子有滅頂之懼也。

次五：醋婆戴花，齲齒效顰，醜態萬狀。象曰：醋婆戴花，春興栩栩也，齲齒效顰，越媚越醜也。

上六：太羹元酒，可以薦馨，吉。象曰：太羹元酒，不攙以酸也，可以薦馨，淡泊明志也。

（註：或疑醋糟二字怎麽解。曰：我亦不知。請問《小五義》中的山西雁。醋糟炎是甚麽病？曰：請問西醫名家方聲濬先生。）[1]

掃卦

十五日為舉行大掃除運動之日，戲作掃卦。

掃，亨，去惡務盡，除道清宮，群策群力，芟夷蘊祟，剷刈穢草，滅捕害蟲。渣滓既去，神明乃通。

---

① 録自《華報》39號，1931年3月3日第3版。

彖曰：田園不掃，則蕪莠叢生矣。仕途不掃，則僉壬干進矣！萑苻不掃，則禍患蔓延矣！大掃而特掃之，勿使能殖。安良除暴，朝野以寧。故曰渣滓去而神明通也。

天上有箒帚星，所以除舊布新。人間有掃帚隊，所以滌瑕蕩穢。政府法天立極，此大掃除之運動，所由鄭而重之也，掃之時義大矣哉！

象曰：有帚在手，掃。官廳以教民苟日新，日日新。

初九：自家打掃門前雪，無咎。象曰：門前之雪，宜自掃也。人人苟知自掃，無大咎也。

九二：公衆廳中沒人掃，悔吝。象曰：公衆廳中，謂夫事不於己也。沒人掃，不負責任也。以私廢公，吝則有悔也。

六三：掃蟲掃蟻，掃出門限外。象曰：蟲蟻之掃，掃所當掃也。掃出門限外，所掃未遠，無益於人也。

九四：掃帚蕩滃屎，其勢汹汹，當者辟易。象曰：掃帚蕩滃屎，潑婦逐客之秘訣也。其勢汹汹，當者辟易，臭味差池，恐其涴我也。

六五：幾度呼僮掃不開，有悔。象曰：掃不開，虛與委蛇，徒勞無功也，幾度呼僮，一误再误也。

上九：筆陣橫掃千人軍，拒邪說，放淫辭。象曰：以筆爲陣，文事而寓武功也。橫掃千人軍，精悍無敵也。拒邪放淫，浩然之氣也。

（註：一二三四爻，皆閩諺。）①

鼻卦（上）

鼻，元哼，司氣之官，能辨薰蕕，呼吸無不利。

彖曰：鼻，位於元首之中樞。元哼者，哼則通，不哼則不通也。能辨薰蕕，已鼻有權也。夫苟仰人鼻息，則呼吸之道苦，而司氣之官危矣，利云乎哉！

象曰：太極生兩儀。鼻，君子以左宜右有，吐故納新。

初一：牛仔昧貫鼻，一身都是膽，無咎。（註一）象曰：牛仔昧貫鼻，不知

---

① 録自《華報》65號，1931年5月18日第3版。

世上艱苦也。一身都是膽，視天下無難事也。

次二：洗面待着鼻，闞前顧後，無咎。（註二）象曰：洗面所以去垢也，洗之不慎，垢去而鼻傷也。闞前顧後，無大咎也。

次三：掏箸遮鼻，醜態畢呈，有悔。（註三）象曰：掏箸遮鼻，瑜不掩瑕也。醜態畢呈，雖悔無及也。

次四：人中竅鼻，賣食廿四，凶。（註四）象曰：人中竅鼻，其間不能以寸也。賣食廿四，有衆生相，而無壽者相也。

次五：鼻屎當鹽食，悔吝。（註五）象曰：鼻屎無潤下之性，不能作鹹也。當鹽而食，人造之鹽，雖有運使，亦無奈之何也！

上六：掏乇倜仈討，鼻哩生牛腦，凶。（註六）象曰：掏乇倜仈討，既與而復悔之也。牛腦之生，癢而且痛，難乎其爲鼻也。

（註：一、昧，未也。乳牛齒穉，其鼻尚未貫環也。二、謂盥面須兼顧及鼻，有投鼠忌器意。三、箸小鼻大，言遮不得也。四、竅，上仰也。人中，在口鼻之間。賣食廿四，謂此非壽相，其食祿不能及廿四歲也。五、極言人之鄙吝也。六、亦譏人鄙吝。掏乇，送物與人也。倜仈討者，物既送人，而復向之索還也。牛腦，瘡名也。以上皆閩諺。）①

鼻卦（中）

鼻，中正不阿，百骸之祖。調和氣化，宣通藏府。勿失其用，如位九五。利令智昏，乃受人侮。

彖曰：鼻，人體之權輿也，君子守鼻，而羞惡是非之辨嚴。小人放鼻，而依阿諂佞之風起。故曰勿失其用，如位九五，利令智昏，乃受人侮也。人之所以异於禽獸者嘰晞。鼻也者，嘰晞之關竅也。

象曰：無偏無黨。鼻，君子以自賞孤芳，不逐惡臭。

初六：象，鼻鈎鈎，有齒而焚其身，有悔。象曰：象之有鼻，利於進取也。鈎鈎之鼻，足以攫利，巉巉之齒，又足以危身也。

① 録自《華報》68號，1931年5月27日第3版。

九二：長鼻乞猪咬，其血元黄，凶。象曰：鼻傷於猪，好與牧猪奴戲也。其血元黄，無妄之灾也。

九三：沒鼻拿伲囝，小兒不敢夜啼，無咎。象曰：沒鼻拿伲囝，欲以無鼻綁有鼻也。小兒不敢夜啼，反鼻無聲，綁票之技窮也。

九四：兩耳鼎覊草鞋鼻，溜之大吉。象曰：兩耳鼎覊草鞋鼻，悉索敝賦，家無長物也。溜之大吉，杳不知其所之也。

六五：呼鼻嘻呼呼，初一淌，十五浮。象曰：呼鼻嘻呼呼，祝其隆準也。初一淌，十五浮，弄鼻如弄潮也。

上九：一把目滓一把鼻，先號咷而後笑。象曰：一把目滓一把鼻，涕泗滂沱也。先號咷而後笑，搖鼻乞憐，鼻的已達也。

（註：六爻均閩諺。）①

鼻卦（下）

鼻，換面不換鼻，蚊子嗡嗡，蠅兒嚶嚶，砉然一嚏，百里震驚。

彖曰：換面不換鼻，鼻有主宰，不若人面之善逐高低也。鼻而可換，其鼻不足貴矣！砉然一嚏，百里震驚，謂夫鼻之暗嗚叱咤。非蚊子嗡嗡，蠅兒嚶嚶，所得摹倣其萬一也。

象曰：持其志勿暴其氣。鼻，君子以善養浩然，吞吐大荒。

初九：缺子流鼻務隧，無咎。（缺：音歉。）象曰：缺子之缺，唇亡齒寒也。流鼻務隧。唇缺而鼻涕補之，所謂大隧之中，其樂融融也。

九二：凸嘴凹鼻，猪八戒，哈迷嗤，同時出現。（凸：音土。凹：泥，入聲）象曰：凸嘴凹鼻，敢怒不敢言也。猪八戒嘴有餘，哈迷嗤鼻不足，一對搭蠟酥，互爲消長也。

六三：胶痺痺，紙貼鼻，無咎。象曰：胶痺痺，足將進而趦趄也，紙貼鼻，雖無神仙法，而有鬼畫符也。

六四：鼻長𨅊過桌，凶。（𨅊：呂梳切。）象曰：鼻長過桌，不可以尋丈計

---

① 録自《華報》70號，1931年6月3日第3版。

也。不當躔而躔，禍之根也。

九五：符鼻符鼻心，符啦像觀音。符鼻符鼻腦，符啦生的好。象曰：符鼻心，像觀音，我相而兼壽者相也。符鼻腦，生的好，人相而無衆生相也。

上九：菩蠅鼻，乞食耳，看真真，啄起起。象曰：菩蠅之鼻，無臭不逐也。乞食之耳，聞食則喜也。看真真，啄起起，徒餔啜也。

（註：六爻皆閩諺。）[1]

袋卦

袋亨，利儲蓄，不利流通。

彖曰：袋有盈虛消長之機。盈則長，虛則消，貧富於是判焉。袋之用途廣矣哉！

象曰：面團團而腹膨膨。袋，君子以招財進寶。

初一：乾坤袋，彌勒以之。象曰：乾坤之袋，空空如也。彌勒以之，捧腹一笑也。

次二：大夾袋，有財此有衆，吉。象曰：大夾袋，官僚之寶也。有財此有衆，以有貝之才，納無貝之才也。

次三：阮囊羞澀，日暮途窮，凶。象曰：阮囊羞澀，狀如矮八鬼之舌也。日暮途窮，蹩蹩靡所騁也。

次四：養鼠咬布袋，悔吝。象曰：鼠而可養，不知其爲鼠也。咬及布袋，雖悔無及也。

次五：符袋，佩之辟百邪，驚鬼魅，吉。象曰：符袋，保身之符，在其中也。辟百邪，驚鬼魅，謂夫神仙法勝於鬼畫符也。

上六：飯袋，大如五石瓠，無咎。象曰：袋以裝飯，不患飢也。大如五石瓠，飯量海也。

用六：金斗満，製袋大吉。象曰：金斗滿，財神出現也。製袋大吉，

---

① 録自《華報》73號，1931年6月12日第3版。

乘機利用攫也。[①]

糉卦

糉，元亨，利午節，能益智，大烹以餉老稺，適口充腸。

彖曰：糉，俊也，具有棱角，其品俊也。糉，衆也，可以果腹，其嗜衆也，利午節，數符天地也，能益智，其物雖蠢，其號則智也。大烹以餉老稺，含哺鼓腹，其樂只且也，故曰元亨。

象曰：葦葉其外，糯米其中。糉，君子以過厨門而大嚼。

初一：包糉，裹之以葉，扎之以草，尖其角，吉。象曰：包糉，狀舊禮教婦女之足也。裹之扎之尖其角，亦美觀也。

初二：懸糉，縛之纍之，四壁纍纍，多多益善，無咎。象曰：懸糉纍纍，與蒲艾爭輝也，多多益善，如韓信將兵也。

初三：煮糉，架柴於竈，熔湯於釜。文火武火，黍香噴溢。象曰：煮糉，文火武火，使之透熟也。黍香噴溢，火候到也。

初四：饋糉，或百之，或半之。媵之以燒酒豚蹄，親朋歡悅，大吉。象曰：饋糉，禮尚往來，崇令節也。媵以燒酒豚蹄，千歡萬悅也。

初五：供糉，高香明燭，潔粢豐盛。旨酒黄烟，祖考來格，亨。象曰：供糉，明德以薦馨香也。既醉以酒，既飽以糉，神降之福也。

初六：啖糉，侑以酒脯，觀我朵頤。婦孺欲炙，勿過饞，饞致病，有悔。象曰：啖糉，節後餕餘，可作三日糧也。侑以酒脯，朵頤欲炙，饞可知也，過饞致病，神䌷當行也。[②]

筍卦

筍，元烹利釘，不利有攸罔。

彖曰：筍，悚也。元烹云者，不知所悚，視爲元寶所在，而謀夾烹之也。

---

① 録自《華報》94號，1931年8月18日第3版。

② 録自《華報》653號，1936年6月23日第3版。

利釘云者，不知所悚，惟利是圖，宜其碰一大釘也。登龍斷而罔市利，其不利孰大於是。

象曰：滕薛爭長。筍，捐蠹以剥亮抽芽。

初九：甜筍，甘甜可口。象曰：甜筍，宜夏不宜秋。甘甜可口，美疢之美也。

六二：一心咒筍莫成竹。象曰：筍而成竹，硬不足食也。一心咒之，冀可長供其朶頤也。

九三：猫筍，清明鬥出，穀雨鬥長，利用攫。象曰：猫筍，筍之肥甘者也。清明鬥出，穀雨鬥長，乘時而攫。上下交征利也。

六四：食筍忘記栽竹人，悔吝。象曰：有竹而後有筍，食筍者不可不知也。苟忘所自，得魚忘筌，咎由自取也。

九五：筍殼包來，糉壳包去，夾蚤以之。象曰：筍壳包來。所謂一把抓也，糉壳包去，悖入者必悖出也。夾蚤難跳梁，無如糉壳何也。

上九：凍雷驚筍，突如其來如，監如察如檢如。象曰：凍雷驚筍，掩耳無及也。突如其來如，監如察如檢如，筍運蹇也。

（註：三四五爻皆閩諺。）①

紙卦

紙，知黑守白，可造幣亦可舞弊，是故不貪爲寶，君子懷刑。

彖曰：紙之爲言指也，指鹿爲馬也。紙之爲言宰也，宰肉不均也。知黑守白，謂夫貪墨必敗也。造幣者紙之利用宏，舞弊者紙之利心重也。不貪爲寶，君子懷刑。苟或慮禍，則不罹於刑矣。

象曰：重重叠叠。紙，巧宦以腰纏十萬貫，平底起樓臺。

初六：秀才人情紙半張，無咎。象曰：半張之紙。秀才以爲不薄也。薄禮強失禮，既盡人情，無他咎也。

六二：銅延平，鐵邵武，紙做福州城。象曰：延銅邵鐵，□匪所以垂涎也。

---

① 録自《華報》97號，1931年8月27日第3版。

紙做福州城，□匪之所以不要，墨吏據而撮之也。

九三：紙鷂季起，賣累麥熟，有悔。象曰：紙鳶季起，捐蠹滿天飛也。賣累麥熟，蹊田而奪也。

九四：門書那是紙，積牘累累，弊竇百出也。

六五：烏字上白紙，凶。象曰：烏字上白紙，法庭之所揭，報館之所攻，鐵證如山也。

上九：陰陽那隔一重紙，光裏中飽 ，暗裏分明。象曰：陰陽那隔一重紙，勿謂神不知鬼不覺也。光裏中飽，暗裏分明，破案猶反紙也。①

百卦

百，元亨利貞。世界事物，權輿於一，演著於百。卷之則退藏於釐忽，放之則彌滿於京垓。

象曰：百，盈數也。凡百之數生於一，是以舉一例百、懲一戒百、一通百通、一了百了也。自百而擴之，則恒河沙數，不可量矣！故曰放之則彌滿於京垓，百之動機大矣哉！

象曰：以十乘十，百。《華報》以錫我百朋。

初一：九十九，僩一百，謙謙君子，受益孔多。象曰：九十九，超於耄耋之齡也。僩一百者，自謂少食一歲之飯，其見容有未周也。謙則受益，君子所以爲君子也。

次二：一百歲賣捧的香盤，倚老賣老，悔吝。象曰：歲至一百，天下之大老也。賣捧香盤，壯不如人，老無能爲也。

次三：一樣米僙食百樣仏。象曰：一樣而養百樣，米之能事，不可測也。

次四：百鳥朝鳳凰，大吉。象曰：鳳凰，鳥之族長公也。百鳥朝之，知所從也。

次五：黄腫諸娘百般病，婦科門庭如市。象曰：百般之病，聚於一身，宜其黄腫也。諸娘多病，孫石溪醫運所由亨通也。

---

① 録自《華報》98號，1931年8月30日第3版。

上六：一百頭犬，一百樣聲，無咎。象曰：一犬吠影，百犬因而吠聲也。聲而百樣，知犬語者，當能譯也。

（註：六爻均閩諺。）[①]

侯卦

侯，不利貞，爲解放之方針，戀愛之導綫。

彖曰：侯，候也，言調情之火候也。不利貞云者，貞則不利於侯也。解放之方針，謂侯則解放多門，羅經可朝廿四向矣。戀愛之導綫，謂侯則戀愛廣有，算盤可拍十三間矣，侯之感電偉矣哉！象曰：巧笑美目。侯，粲者以冶容誨淫。

初九：侯仫假正經，守不守，嫁不嫁。象曰：侯仫假正經，未逢其會也。守不守，嫁不嫁，游意不決也。

初二：侯形侯狀，無耻之耻，吊膀子以之。象曰：侯形侯狀，不知人有羞耻事也。吊膀子之技，以侯爲時髦也。

初三：侯仫賣經三回惹，有悔。象曰：仫不經惹，侯之爲害也。惹至三回，不動心者，未之有也。

初四：侯毛定，佬不修。象曰：侯毛定，色膽方張，幹不怕也。佬不修，色心未死，怕不幹也。

初五：姑笑就是笑，嫂笑就是侯。象曰：笑是笑，侯是侯，不得以笑爲侯也。姑侯而污及嫂，難乎其爲嫂也。

初六：人侯笑，猫侯叫。象曰，不當笑而笑，侯在其中也。以猫例人，善叫猶之善笑也。

（註：六爻均用閩諺。）[②]

闊卦

闊，凶。滿招損，趾高氣揚，其命不長。豐屋蔀家，鬼瞰其旁。風中之燭，

---

① 録自《華報》100號，1931年9月6日第3版。

② 録自《華報》104號，1931年9月21日第3版。

石火之光。是故明哲，吐柔茹剛。

彖曰：閥，不祥之物也。其焰熊熊，其狀虎虎。天之所弃，衆之所嫉也。故曰，趾高氣揚，其命不長。象曰：倒戈於門。閥，君子以戒慎恐懼，隕越自虞。

初九：財閥。日進斗金。康華瑞、鄧通以之，爲富不仁，有悔。象曰：日進斗金，財之所以成閥也。康華瑞、鄧通，皆守財之虜也。爲富不仁，破產之朕也。

九二：官閥。老爺太太世其家，門庭如市。不轉瞬，可羅雀。象曰：老爺太太世其家，官僚之體面也。興則門庭如市，敗則鳥雀可羅也。

六三：軍閥。割據封疆，窮兵黷武，刮剥民膏，以潤其羽。千夫所指，暴疾而死。象曰：窮兵黷武，無人道也。刮膏潤羽，率獸食人也。暴疾而死，得保首領，猶幸也。

六四：法閥。峻其垣墉，莫余敢侮。財勢所在，廢然氣沮。象曰：峻其垣墉，法爲磚而律爲瓦也。莫余敢侮，法權在握也。見財勢而氣沮，遇剛則柔也。①

横卦

横，亨，有強權，無公理。利小人，不利君子。

彖曰：横，不直也。世無直道，公理不伸，強權出而稱霸横行。所謂梁山泊大王，替天行道也。小人道長，君子道消，其斯之謂夫！象曰：蠻理蠻法，横。國中以內爭未弭，外侮突來。

初九：横針賣曉直綫，顛倒裳衣，無咎。象曰：横針賣曉直綫，補苴無術也。顛倒裳衣，不利於己，尚無損人，無大咎也。

九二：毛横不直，蠢爾頑童，無毀無譽。象曰：毛横不直，不識不知也。性既蠢頑，毀譽非所計也。

六三：下界爺爬上横頭桌，凶。象曰：横頭之桌，南面者之所臨也。下界

① 録自《華報》105號，1931年9月21日第3版。

爺爬而據之，與三花做皇帝，無以异也。

九四：横爹爹，直奶奶，徒亂人意，有悔。象曰：横爹爹，直奶奶，朝令夕改也。徒亂人意，靡所適從也。

九五：横心横腸，煮飦成甑。（甑，史杭切）象曰：横心横腸，暴戾不近人情也。煮飦成甑，大飽而特飽也。

上九：穿胶擄倒，擄倒打單。横，外寇跳梁，主者不抵抗。（擄，魯梳切）象曰：穿胶擄倒，入其室而登其床也。擄倒打單横，擁其衾而據其枕也。外寇跳梁，主者不抵抗，太示弱也。

（註：六爻皆閩諺。）[1]

竈卦

今日爲夏曆臘月廿三，正值家家祭竈之辰。時局蒼黄，影響生計。蓬廬窘况，無异履冰。窮巷寒宵，有誰送炭。龜靈筮吉，馬衰毛長，請大家來聽在下的竈卦。

竈，元亨利貞。大家無患貧，與其媚於奧，寧媚於竈，祭之大吉。

彖曰：竈之爲言造也，能造人之生活也，故竈神曰司命。生活之元素在薪，與其急而乞薪，開罪於代庖，不若退而曲突徙薪，歸而釜底抽薪。媚奧無術，變爲媚竈。於是乎乃有祭竈之典。祭竈云何，“自煮”之謂也。天下之大吉之事，寧有過於自煮者。

象曰：水火既濟，竈，君子以每飯不忘。

初九：燒冷竈。星星之火，吹之可使燎原，凶。象曰：燒冷竈，挺而走險也。生計既窮，激之使吹野火也。

六二：大舌敨扛竈，齊齊死，有悔。象曰：大舌敨扛竈，舌大而竈不能移也。齊齊死，早知今日，悔不當初也。

九三：繞竈，一怒而衆生懼，無吝無譽。象曰：繞竈，肝火不可遏也。衆生知懼，忍飢者宜忍到底也。

---

[1] 録自《華報》120號，1931年11月9日第3版。

九四：容猫上竈，容仔不孝。象曰：猫上竈，仔不孝，有容之者，膽乃大也。果取嚴厲制裁，重則斃之，輕則驅之，不慮其不爲馴猫孝子也。

六五：祭竈祭葫蘆，竈君上天講好話，竈媽落地保護奴，吉。象曰：祭神如神在，典禮不可缺也。竈君竈媽，如果有靈，當無倒竈之患也。

上九：竈糖竈餅，食死伲仔。象曰：竈糖竈餅，食死伲仔，口腹不可縱也。飽之不如餓之，是故飽食終日，不如使之枵腹從公也。

（註：六爻均閩諺。）①

毒卦

序届端陽，舊名五毒之節。晴陰不定，霉濕四起，蟲氣囂張，利用消毒。今則國憂未艾，內亂如蒲，衆人皆醉，大毒簸揚，豈區區五蟲能例耶？戲占毒卦，雖屬滑稽，然亦傷時之作也。

毒，凶，民德澆薄，良心牿亡。苛政財涸，盜匪披猖，毒痡四塞，狼跋虎倀。青浦白酒。黄烟雄黄，何以辟毒，嗚呼端陽。

彖曰：毒，民害也。昔之毒有五，蛇、蝎、壁虎、蜈蚣、蟾蜍是也。今之毒亦有五，倭韃、□化、土匪、罌粟、戀愛是也。昔之五毒，蟲豸而已。今之五毒，烈於洪水猛獸，非青浦白酒，黄烟雄黄，所能辟也。故曰凶。

象曰：若迎若拒，毒。秉鈞者以其昏昏，使人昏昏。

端一："行毒步"，突如其來如、捐如稅如、勒如、配如。象曰：行毒步，竭澤而漁也。捐如、稅如、勒如、配如，非正當之負擔也。

端二："無毒不丈夫"。舍正路而不由，甘爭五毒使，凶。象曰：正路不由，反以從毒爲丈夫也，何謂五毒使，賣國奴、□□□、十一哥、鴉片捐，與馬肚帶也。

端三："伏毒膘侖死親家母"，有悔。象曰：伏毒之膘，其暴等於毒烟礮也。不以禦外侮，而親家母適當其衝，血流漂杵也。

端四："最毒婦人心"。無底之壑，面首枕藉，凶。象曰：最毒婦人心，戀

① 録自《華報》146號，1932年1月30日第3版。

愛之播種也。無底之壑，填以金錢而不滿也。面首枕藉，一邱之貉也。

端五：“以毒攻毒”，厲以除毒，烈以消毒。芟夷蘊崇，勿使能殖，大吉。象曰：以毒攻毒，大刀闊斧，密布網羅，迫其自相消滅也。芟夷蘊崇，猶之艾虎、蒲龍、臭丸、黄烟、普庵符、雄黄酒，同時並進也。

端六：“鼻空腹毛菩毒，賣喝市”，“敢食伓驚毒”。象曰：毛菩毒賣喝市，久懣思噎，必菩毒之，乃大噎而特噎也。敢食伓驚毒，有吞蝗之膽，而後有屠龍之功也。

（註：六爻均引用閩諺。）①

三卦

三日一出之吾報，竟達至三百期。繼持支柱，獨立不倚。在我輩筆墨生涯中，亦至難能而可貴矣。雖然，時局蒼黄，民生顑頷，蓋有加而無已。吾報闇人，於兹環境，惟有流涕太息。欲勉爲距躍三百，曲踊三百，而有所不能。久不布卦，姑拈“三”字，以代三百，發爲六爻，易云“吉凶悔吝生乎動。”吾卜前途之□機若何。或於是篇見其徵兆也。天尺弁言。

三，亨，三陰三陽，三折其肱，廢書三三眠三起，三緘其口一嘆，於今三年。

象曰：陰利於眠，陽利於起。眠則緘口，起則折肱。緘口藏身，折肱傷肘。群飛刺天，趨避乏術，所由廢書三嘆。荏苒至於三年也，三之關係大矣哉！

象曰：思而後行，三。君子以化莊爲諧，寓哭於笑。

初一：“無事不登三寶殿”，南無阿彌陀，有悔。象曰：三寶之殿，可登而不可登也。南無阿彌陀，事急沒奈何也。

次二：“乞食賣過三門檐”。半食半餓，民不聊生，凶。象曰：“乞食行大路”。非一門檐所得限也。民不聊生，雖乞亦不得食也。

次三：“葫蘆聖三嬸婆”，佯狂玩世，信口開河，吉。象曰：葫蘆聖三嬸婆，滑稽之流亞也。信口開河，顛形而顛狀也。

---

① 録自《華報》190號，1932年6月9日第2版。

次四:“三吓字拍白貼額頭”。舉世皆醉我獨醒，悔吝。象曰：舉世皆醉我獨醒，取忌之道也。額頭不尖，拍白不宜，拍烏則可也。

次五:“三司會審玉堂春”。烏雲黑暗。象曰：玉堂春之身世，色美而遇乖也。三司會審者，暗無天日也。

上六:“三國全歸司馬懿”。一着錯，滿盤輸。象曰：三國全歸司馬懿，數有前定也。一着之錯，乃大輸而特輸也。

（注：六爻皆採用閩諺。）

【編者按】天尺君此卦可謂善頌善禱。①

連環卦

匝歲謂之周，周，圓環也，兩周爲連環。戲撰是卦，倣之“既濟”“中孚”“同人”“大壯”之義云爾。

連環，元亨，一環而圓，再環而重圓。圓而復圓，大氣盤旋。筆歌墨舞，如箭在弦。二十四月，似水流年，嬉笑怒罵，一紙郵傳。

彖曰：連環者，接連無間，循環不歇也。《華報》之於社會也，主文譎諫，寓莊於諧。靈機環轉，妙緒環生，而其旨趣皆趨於圓滿。故曰，一環而圓，再環而重圓也。

象曰：兩周相盪，連環，《華報》以歲歲年年，自強不息。

初一:“環環帽”。寒風始至，肝火上炎，三家村學究用之，無咎。象曰：“環環帽”，冬烘先生所必需也，可以禦寒，亦可以通火。不怕風，不怕火，深得新聞記者之訣，故無咎也。

次二:“連環箸”。厨門大嚼，果其腹，朵其頤，老饕以之。象曰:“連環箸”，取之無禁也。厨門大嚼，材料美食也。果腹朵頤，能□讀者之慾望也。

次三:“□□環”。豐肌盛鬋，項上圓光，吉。象曰:“□□環”，短髮初齊也。豐肌盛鬋，項上圓光，秀外慧中，文章之上乘也。

次四:“光餅環”。和氏璧玉，價值連城。象曰:“光餅□環”，璞出匣匵，切

① 録自《華報》300號，1933年5月12日第2版。

磋琢磨，有目共賞也。價值連城，化玉振而爲金聲也。

次五："環環地轉掏蒲團"。依阿取容，枉尋直尺，悔吝。象曰："環環地轉掏蒲團"，暮夜乞憐，智者不屑也。依阿取容，枉尋直尺，無耻之耻，雖悔無益也。

上六："九連環"。卷之則爲九如，放之則彌六合。珠光寶氣，九九錯綜，大吉。象曰："九連環"，九盈數也，九九八十一。錯綜萬變，不離其宗也。如環無端，隨心所欲，宜乎卷九如而放六合也。

（註：六爻均引用閩諺。）①

樓卦

省一校長陳英弼君，以校樓落成告。英弼君具有百尺樓氣度，爲教育界有數人才。兹樓慘淡經營，爲莘莘學子造福，良足喜也。戲撰《樓卦》以張之。天尺弁言。

樓，亨，芝蘭毓秀，棫樸作人。鈎心鬥角，觸類引伸。集腋成裘，鳩工斲輪。美哉奂乎！咸與維新。

彖曰：新樓落成，功德圓滿，樓非凡樓也。毓芝蘭而作棫樸，宜其鈎心鬥角，觸類引伸也。樓之效果偉矣哉！

象曰：更上一層樓。學子以煦嫗春風，涵濡化雨。

初九："近水樓臺先得月"，吉。象曰：近水樓臺，謂夫近朱則赤，近墨則黑也。能先得月，渣滓去而清光來也。

九二："獨上江樓思悄然。"王粲以之。象曰：獨上江樓，盱衡時局，百感生也。悄然不樂，王粲之憂國憂民也。

六三："歌管樓臺聲細細"。羽音變徵，無咎。象曰：歌管樓臺，歌聲若出金石也。羽音變徵，愛國之音，哀而不傷也。

六四："山雨欲來風滿樓。"撥雲霧而見青天。亨。象曰：雨來風滿，國難未艾，願雲變色也。撥雲霧而見青天，有魯陽揮戈之概也。

---

① 録自《華報》240號，1932年11月9日第2版。

九五：“樓臺直與紫微連。”文光射斗。吉。象曰：樓接紫微，穿手可以捫天也。文光射斗，上燭霄漢也。

上九：“重重叠叠上樓臺。”升階納陛。象曰：重重叠叠，學無止境也。升階納陛，譬諸登高必自卑也。

（注：六爻均引用古人诗句。）[1]

巧卦

巧，利小人不利君子，利曲不利直。男利拆白，女利摩登。

彖曰：巧，七月之卦也。

造化忌巧，巧非福也。雖然，世風惡劣，人心險薄，非巧不足以圖存，無巧不足以奮鬥，於是乎乞巧之術尚焉。故曰：利小人不利君子，利曲不利直也。拆白、摩登，遍於城市，而男女之道苦矣。

象曰：“其次致曲。”巧，善男信女以顛倒黑白，淆亂是非。

初七：“巧笑倩兮，美目盼兮”。無綫以爲電兮。象曰：巧笑美目，無綫電之原子也。倩兮盼兮，電流之所届也。

七二：“零碎合巧六”。缺一不成七，徒勞無功。象曰：零碎合巧六，猶之三家夾五黨也。缺一不成七，烏合之衆也。

七三：“巧婦難爲無米炊”。悔吝。象曰：婦而善炊，中饋得人也。無米則炊不成，雖巧無所用也。

七四：“巧妻常伴拙夫眠”。牛女妒之。象曰：巧妻拙夫，缺憾之匹配也。曰常曰伴曰眠，其膩福強於牛女也。

七五：“敢將十指誇針巧”。倚門獻笑，招人注射，利不貞。象曰：針神之巧，宜古不宜今也。倚門獻笑，招人注射，謂夫指針利微，肉針利厚也。

上七：“無巧不成書”。滑稽亦傳爲史料。象曰：“無巧不成書”，天上之事，流播人間也。女織男耕，七夕一會，雖滑稽亦史料也。

用七：“巧匙開巧鎖”。巧言令色，無往不利。象曰：匙能開鎖，以巧爲前

---

[1] 録自《華報》330號，1933年8月18日第2版。

提也。巧言令色，盡活動逢迎之能事也。

（註：六爻均用閩諺。）[1]

十卦

十，一縱一横，一經一緯。泰則又安，否則晦塞。國難未已，苦中作樂。

彖曰：十，盈數也。盈則虧，滿則缺。失□經緯，而寇盗縱横矣。故曰：泰則又安，否則晦塞也。國難未已，慶虛文也。虛者實之，實者虛之。好事成雙，阿彌合十。亦粉飾昇平而已。

象曰：不上不下。十方國民以“四郊多壘”，憂心冲冲。

雙一：“和尚食十方”，無往不利。象曰：和尚食十方，兩肩扛一口也。無往不利，檀越猶無恙也。

雙二：“九仔十新婦”。牝鷄司晨，有悔。象曰：九仔十新婦，陰浮於陽也。牝鷄司晨，婦德無極也。

雙三：“十載寒窗磨鐵硯”。阮籍途窮。象曰：十載寒窗，文人無所脱其穎也。阮籍途窮，磨於鐵硯，芒刃悉頓也。

雙四：“十條香羅帕”。戀愛救國，無咎。象曰：十條香羅帕，情天之翻雲覆雨也。戀愛救國，亦慶典之所許也。

雙五：“十家富難濟一家窮”。一毛不拔，怨毒所府。凶。象曰：富不濟窮，非不能濟，不肯濟也。一毛不拔，資産階級，所以府衆怨也。

雙六：“青盲算僫十歡忺”。普天同慶，大吉。象曰：青盲算僫十歡忺。獨樂樂，不若與衆樂樂也。[2]

九卦

“一”……（九迴腸）

九，亢暘不雨，雲漢爲章，括囊無譽。刲羊无衁，野无青草，火炎崑岡。

---

① 録自《華報》333號，1933年8月27日第2版。

② 録自《華報》347號，1933年10月10日第2版。

彖曰：九，陽九之運也。其卦純綱，其象重陽。怨日不昃，恨月如霜。顛倒黑白，斷絕青黄。惟其不雨，故無㐬而刲羊。惟其爲章，故无譽而括囊。至於火炎崑岡，則明九暗九，其兆皆不祥也。

象曰：秋陽以暴之。九，群生以望澤不降，呼籲無門。

九一："天上九頭鳥"。怪聲磔磔，戾氣致异。凶。象曰：怪聲磔磔，九頭鳥之一鳴驚人也。戾氣致异，此鳳鳥之所以不至也。

九二："十個尼姑，九個病仔"。墨道大行，道路以目，無咎。象曰：尼姑病仔，明則廉潔，暗則貪墨也。道路以目，宜其無咎也。

九三："九十九，整一百"。大腹膨脝。象曰：九十九整一百，點滴不漏也。大腹膨脝，鈎距之動滿盈也。

九四："九哥戴眼鏡"。目迷五色，其視眈眈。象曰：九哥戴鏡，眼不能觀六面也。迷於五色，其視眈眈，謂秦無人也。

九五："劉九媽認譫婿"。鑄成大錯，有悔。象曰：劉九媽認譫婿，震於虛聲也，鑄成大錯。如水益深，如火益熱也。

九六："九家十一姓"。箕風畢雨，龐雜錯綜，悔吝。象曰：九家十一姓，自相矛盾也。箕風畢雨，龐雜錯綜，無恒産乃無恒心也。

九七："滿滿斷九魚"。弱者臨淵而羨，強者竭澤而嬉。象曰：滿滿斷九魚，池有數罟也。強者竭澤，弱者自無所得也。

九八："一字入公門，九牛拉不出"。訟則終凶。象曰：倉頡造字，神鬼夜哭，以字能召釁也。公門虎口，雖九牛無能爲力也。訟則終凶，必也使無訟也。

重九："一年嫁九婿，沒婿過年"。花瓶有耀。象曰：一年九婿，戀愛者率以爲常也。沒婿過年，過年用錢，無所用婿也。花瓶有耀，謂夫作嫁愈多，則"乾隆彩"愈有價值也。

（註：易卦只有六爻，今竟演到九爻。蓋內卦三爻，外卦三爻，不內不外之卦亦三爻。於是乎共成九爻之奇卦。謂夫積九成爻，歸奇於重，爲重九獨創之卦也。）①

---

① 録自《華報》353號，1933年10月27日第2版。

四卦

四，貞亨。四維失張，四德垂斁。擾擾四方，皇皇四顧。乃命四寶，以啓四聰。既屏四惡，亦慴四凶。四序遞流，四稔告熟。用戒四靈，刮明四目。

彖曰：四之爲言恣也。強權方恣，勿墜其穽也。四之爲言俟也。俟時而動，且韜其鋒也。故曰：擾擾四方，皇皇四顧，用戒四靈，刮明四目也。

象曰：扁方其臉，而八字其鬚。四，君子以居易俟命，憂心冲冲。

初一："圓鑪對四角甑"。悔吝。象曰：圓鑪四角甑，方圓不相容也。不對而強對之，宜其枘鑿也。

次二："四老爹伓察犬案"。無咎。象曰：四老爹，蓋有犬之性者也。伓察犬案，恐怕其原形出現也。

次三："四角十六斛"。稜角多而無當。象曰：既四角矣，而復十六斛。稜角太多，而且露也。

次四："荒唐捺四角屎"。其臭差池，凶。象曰：荒唐者，方其腸也。腸既方矣，其屎所由四角也。

次五："窮仸賣倹四兩肉"。無咎。象曰：窮仸，甕牖繩樞之子也。四兩肉，肉量之最少者也，猶不能食。藜藿之腸，不勝肥膿之味也。晚食當肉，故無咎也。

上六："張三帽，李四戴"。大吉。象曰，張三之帽，獬豸之帽也。李四戴之，以整頽風而警劣俗，難乎其爲李四也。

（註：六爻，均採用閩諺。）①

五卦

《華報》滿五百期，深可致賀，以五代五百，撰五卦。

五，元亨利貞，合天地之數，而調劑人和，於是乎五色之華，生於筆端。

彖曰：五者數之中也，天數五，地數五。散則彌於六合，卷則退密中藏，

---

① 録自《華報》459號，1934年11月9日第2版。

一本而化萬殊。此五色之華，所由生於筆端也。

象曰：位乎中庸。五，記者以勤宣令德，暢所欲言也。

初一：“五風十雨”。萬物咸熙，吉。象曰：五風十雨，雨暘時若也。萬物咸熙，平世之兆也。

次二：“五鼠鬧東京”。俠義出而奸宄震慴，無咎。象曰：鼠爲地支之首，非牛頭馬面，所能與之抗衡也。五鼠鬧而奸宄驚，俠義所以可貴也。

次三：“五子奪魁”。青年應運而起，大吉。象曰：五子奪魁，拔茅連茹，人才輩出也。青年應運，國之禎也。

次四：“五帝驚呆仈”。溫犀照怪，禹鼎象奸，吉。象曰：溫犀禹鼎，五帝之所視爲呆仈也。怪照而奸象，宜其失魂落魄也。

次五：“五十五故一箍”。老蚌生珠，亨貞。象曰：五十五故一箍，孳生不息也。老蚌生珠，光可照夜也。

上六：“五百年前天鑄定”。社運隆而文才萃，吉。象曰：五百年前，發源甚遠也，文才所萃，天鑄定之，非偶然也。

用六：“滿天那看五色雲”。魚龍曼衍，莊諧並列。萬目睽睽，視爲异彩。象曰：五色之雲，文字所變化也。萬目睽睽，視爲异彩，宜其紙貴洛陽也。

（註：諸爻均採用閩諺。）①

---

① 録自《華報》500號，1935年3月24日第2版。

三、國技聞所聞

雙成

“雙成女士”，毗陵產，父爲盛天澤，號西籥，拳術甲吴中。無子，僅一掌上珠，即雙成也。幼而慧，父以少林軟技授之，罄控縱送，批郤導窾。不數載，已青出於藍。西籥嘆曰：“此我家不櫛之武進士也，必當爲擇一佳偶，畢吾向平之願。”會郡中薛名士秋疇，爲子傑耜擇匹。因傑耜溫婉如處子，才富五車，而弱不勝衣，柔若無骨。意欲得一能武之內助，以調劑之。聞雙成及笄，因挽盛之摯友吴某，作冰上人。西籥風聞薛公子賢，且有衛玠璧人之譽，徵女同意，遂受其聘，聯秦晉焉。

仲春里社賽會，紅男緑女，轂擊肩摩，雙成亦往寓目。入夜繼以龍燈獅戲，觀者如堵。女側立人叢中，適有一慘緑少年，衣冠閒雅，立女側，伸手欠伸，左肘误觸女乳。女意其狂，且忿甚，以指微按少年肩。少年覺，徜徉自去。女亦索然歸家。詰朝，吴某奔告西籥曰：“汝婿晚觀燈賽，爲一女郎按其左肩，初不知痛。歸後半身麻痺，卧榻上不能起矣。秋疇以爲舍吾兄外，無能醫之者。”西籥揣必雙成所爲，因里中無此好身手也。喚出詢之，雙成大駭，長跪告曰：“兒意渠爲匪人，故下此軟擊手術，孰知爲薛傑耜耶，兒知過矣！”西籥怒曰：“汝懷技任氣，傷及己夫。汝自往治之耳，我不能越俎代庖也。”雙成泣下求父，父迄不應。雙成不得已，赧然隨吴某逕赴婿家向秋疇自白其孟浪。秋疇絕無厲色，惟乞爲兒解鈴。雙成入審傑耜，憐其輾轉伏枕，含淚施以按摩。杯茶之頃，霍然竟愈。傑耜笑謝雙成，雙成杏頰嫣紅，俯不能仰，審傑耜無恙，即辭歸。[1]

---

① 録自《華報》177號，1932年5月3日第3版。

某日，雙成隨父賈舟赴漢皋戚家，路經武穴。月黑夜晦，見有客舟停泊岸側。距丈餘遠，尾有小舟一艘，艙無人。惟舟子箕踞船唇，嗚嗚唱俚曲。西簫謂雙成曰："此盗舟也，唱曲者乃招其同侶之口號也，吾儕且注意。苟有异，當爲前舟將伯。"女然之，命操楫者緩進。忽聞水聲，則來二小艇，打槳飛划，瞬抵客舟之側，躍登均偉壯漢子。西簫謂女曰："是非行劫者乎？兒速赴援，此其時矣！"乃促榜人，艤舟傍岸，逕上客舟，擒數盗。握其衣領，擲於水中。叱曰："去去，赦汝輩一死。"一盗強項，出械與之抗。雙成飛脚踢之，械落，滚身墜江，水花飛濺丈許。盗知不敵，均鳧水四竄。舟客皆赴都者，老少不一，約十餘人，過船向西簫鳴謝。雙成忽暈紅雙頰，西簫怪詢之。雙成低告曰："翩翩者即薛家公子也。"西簫大喜，就與寒暄。傑耜拜謝岳翁，若不勝情。西簫憐其文弱，護送入都。即就都門，蠲吉結婚，合巹日歡洽逾常。賓散後，洞房叙舊，謂天下巧遇，未有若吾伉儷之奇者。

外史氏曰，昔者聞之"毗陵宫保"，談其家乘。云天澤即其堂叔祖，則"雙成女士"，係屬諸姑。此事當在嘉慶初年，斯時揚子江尚有盗船出沒，想非子虛也。①

蘇百了翁

奉賢之韓村，一例姓韓，聚族居，三百餘竈，半耕半讀。不涉時世理亂事，絶似武陵桃花源。村中頗小康，每遇吉凶事，鄰鄉南梁鎮，有青帽黨，恒出而向之索詐。黨中多虎而冠之惡少，呼群嘯類，不饜其慾不止。韓村父老苦之，窮於應付，乃商之奔牛鎮拳棒名家蘇白了翁。翁本武當衣鉢，壯爲鏢師，走燕趙魯鄭間，年邁戒鬥，不願更爲馮婦。村人哀懇再四，始允出爲排解。青帽黨盛氣不下，弗納良言，聚百餘不逞，蜂擁而來，刀矛耀目。村人聞警，驚惶失措，鷄犬不寧，共謀徙竈避禍。翁掀髯笑曰："鼠輩烏合，何足懼哉！諸君請備繩索以待，試觀老朽手段何如。"衆心稍定，咄嗟部署一切。翁則赤手空拳，率村之強有力者十餘人，伺於村南小木橋畔。望塵頭起處，青帽黨飛奔而來，翁

① 録自《華報》178號，1932年5月6日第3版。

始緩緩解腰間大巾，浣於水中，踞待橋背。前敵坌至，爲首者執大砍刀，當頭劈下。翁略不慌忙，撒巾以迎，一瞥眼間，刀已捲入翁手，敵即跌於橋下。繼進者槍劍亂刺，翁施展濕巾，如猛蛟掃尾，神龍轉身。青帽黨所持利器，猶之風捲殘葉，紛墜水際。遭跌仆而成擒者亦十餘人，後援始呼噪不前，惟有虛張聲勢。翁厲聲叱曰："小輩倘不怕死，速來一試，否則不汝宥矣。"衆知不敵，崩角哀懇。乃釋俘講和，自此南梁青帽黨，視韓村如神聖，不敢越雷池一步。村民感翁維護，於奉賢擇地，公築別墅，爲翁菟裘。翁鑒其誠，乃移宅居焉。至今韓村蘇姓亦十餘家，百了翁之後也。①

霍小韞

秣陵霍氏小韞，閨秀也。幼從母習綉，綦組剪裁，悉臻絕詣，父母鍾愛之。女性惡蠅，見輒驅之，蠅狡甚，驅復來，擊不中。女欲以針刺之，罕有獲者。乃以粉畫鵠於壁，若胡桃大。旦旦以針遥擲之，俟能著著命中，則縮小其鵠。如是年餘，已能於十餘步外，每擲必中。卒易以豆嵌壁上，擲針無稍爽，乃移以獵蠅，居然百發百中。不久而女室之蚊蠅且盡，女自秘不告人，旦夕仍習練手術不懈。一日與從姊倚闌閒眺，忽一彩蝶翔入花叢，困於蛛網。蛛方欲捉而飽噬之，從姊急呼婢取竿破網。女笑曰："勿須爾，苟能爲姊援此蝶，一揮手勞耳！"姊以其言夸，促試之。女拔髻上銀針，信手遥擲，果中蛛腹。蛛顛而墜，網破，蝶亦擺撲脫險去。姊駭問技所由來，女笑曰："妹豈真能此耶？蝶子該甦，僥倖偶中耳！"姊亦信之。越數歲，女年及笄，偶從母省姨，雇舟北行。未數日，夜忽中途遇盜，深更昏黑，盜划蜂集，皆執炬携械，來勢洶洶。擬入舟盡攫所有。舉家惶亂，莫知所措。且舟中男僕寥寥，無足與拒者。盜稔知無備，遽率衆登舷。一盜纔及艙户，忽噭然一聲仆。衆盜執炬俯視之，左目盲矣，一針長寸許，猶堅貫眼眶，血汩汩四流，蓋痛極而暈焉。②

盜衆不辨此針所自來，仍自恃人多，議破扉入，而一針又嗤然來，前導者

① 録自《華報》180號，1932年5月12日第3版。

② 録自《華報》185號，1932年5月24日第3版。

又盲矣。繼而吱吱紛至，或中目，或中顙，中頤，或頸或喉，皆痛澈心髓，不可復忍。人數雖夥，不能越雷池一步。於是始知舟內有勁敵，弗敢再事冒進，皆匆遽抬所傷之伙伴下舟。時女家人皆匿伏艙底，屏息弗敢聲。女見狀竊笑徐出船首，望賊舟已疾駛向蘆葦中去，女猶弗捨，更出一長針擲下中其魁耳際。魁反顧，僅一少女，殊出意外，亟令部下，操舟疾返，冀作困獸之鬥。女拈針笑曰："若輩猶敢動耶，真可謂愍不畏死者矣，今姑先創汝腕，聊以示儆。"一發而果洞其腕，魁懼甚，女復曰："更不退者，且洞汝顱矣。"魁大駭，亟麾舟盡退，已則暗伏水中，冀乘間得女而甘心。無如女目力鋭甚，魁甫近舟。女突覺有物上冒，亟以針投之，中腦而死，餘衆無主，嘩然四遁。女家人猶蹕伏不敢出，婦女輩則默宣佛號，以求庇佑。女一一喚出，猶弗信，示以水上盜屍，皆駭其荏弱，胡能殲此強暴。女笑拈針示之曰："吾未習武技，初無他能，特藉此物以却盜耳。吾性好弄，囊中每蓄數百針，以備不時擊射蟲鳥爲戲。不圖竟假此以退暴客，洵幸事。"由是戚屬遂傳播其能，贈以針神之譽，蓋非僅賞其女紅也[①]。

德大爺

德大爺，旗人，前清禮部主事、奉天刑部侍郎靈杰之子也。靈杰在遼時，豪奢稱最。門下食客，魚龍曼衍，緣橦技擊之輩，出沒其間。大爺幼名小德子，與門客善，從習拳術，飛跳競走，頗以自炫。靈杰死後，入都當差，揮霍無節，性尤喜蒐羅珠寶。琉璃廠，及都門各肆，均與之熟。始尚以鑒別者知名，嗣以澆裹不繼，乃變爲貿易生活，各廠肆與之交易者甚夥。某年傳聞東甫宅中，被盜竊去珠寶兩箱，價值巨萬。東甫者某大臣景澧之號也，報之九門提督。督遣坊官蒞驗，察其居宅三明兩暗，箱庋於耳房密室，出入必經正屋。下叠放四箱，而以珠寶巨篋，置於最高層。啓篋而兩箱已不翼而飛，篋外毫無撬鑿痕迹。繞室四覓，亦無失盜疑點，斷爲家賊，辭難著手。提督復派名捕旗人惠四爺，前往覆勘，惠詳視一周。駭然曰："此小五義中白菊花手段也。胠篋之技，高強至

① 録自《華報》186號，1932年5月27日第3版。

此，恐無人能捕之矣。”東甫詢其故，曰：“賊從外入，乃卸去廊前花格，竊後重行裝上者也。”衆嗤其妄，盖花格爲堅楠所製，鑲以銅質八仙。闊四尺餘，長且及丈，重量及數百斤，一人之力，斷不能既卸而復裝之。且卸裝均無聲響也。惠堅執此說，姑遣人以梯登視，則泥鬆釘脫，確如惠言，舉宅大駭。東甫集幕友，籌所以對待之法，僉議重賞之下，必有勇夫，擬懸榜購緝。①

景夫人才智兼全，有女諸葛之譽，聞幕友謀，力阻以爲不可。曰：“如是則賊必遠颺，珠寶永無璧返之望矣。不如呈請懸案，置之弗論。有詢及者，諱言無之。俟沉寂半載後，再籌他策，或有濟也。”景以爲然。閱六七月，夫人揚言將嫁女，擬以重價廣購各種珠飾。惟時各珠寶商店，聞風麕集，各號均有貨物送閱。中有原失珠器寶石數十件，查係爛麪胡同某肆，及琉璃廠某商所呈。密究來歷，皆云從德大爺處買進者。東甫一面密咨提督，一面由琉璃廠店東，邀請德大爺至店。時則提署已預派兵役，包圍店之四面。德不覺也，坐定後，店東詳詰珠寶所由來。德曰：“余在前門外某攤購來者，初未悉其姓名，容俟出外細訪。”而面已露忐忑之色，店東遂聳以危詞。德審形勢嚴重，作色曰：“余與爾十餘稔交誼，何遽咄咄逼人。爾如不之信，請以熱水一銚來，讓余盥洗後，帶爾往覓其人如何？”店東允之，呼滾熱大壺水至，德起立接壺，忽以壺水向階前天空猛擲。頓時熱氣散布，彌漫院宇，人眼昏花，如在濃雲迷霧中。瞬息德已杳然，盖乘勢飛騰上屋，一路跳縱，迅如飛隼，俄頃已抵李鐵拐斜街，某菊部住宅。輕輕縱下，蹲於墻隅暫憩。適一童登厠，驀睹一人自控而下，不覺驚唬。爲某武生所聞，手一鐵桿，力疾奔出，德復躍上屋。武生縱身躡追，以桿掃其脚，骨折從瓦上滾落，縛送提署，訊追立决。

外史氏曰：“德固男兒好身手，身爲公子，職在部曹，不知自愛，而陷身爲胠篋之盗，卒罹法網，此滿人凶終隙末之朕兆也。查此事在光緒廿八年間，去今未遠，武生聞係四喜班之俞莊兒云。”②

---

① 録自《華報》189號，1932年6月6日第3版。

② 録自《華報》191號，1932年6月12日第3版。

王東臯

前清道咸年間，有保定王東臯者，侍衛教師也，精“武三丰”拳術。性謙抑，若碌碌無所長，自膺數職，名日以大。京都貴族，咸呼以“老師”。於是老師遂爲其專有之名，東臯二字，轉因以晦。時有海川和尚者，少林寺巨擘也，聞王老師能，欲入都訪之。集寺僧，告以所往，衆弟子訊歸期。海川曰：“余果歸，則少林寺之光也，否則無復問矣。”遂詣京謁王，角數百合。海川不能占勝著，乘隙飛遁，瞬息百里，暫憩大樹之根。自思幸有縱跳一技，非王老師所及，彼當不能以五十步笑百步也。不意王老師已立其旁，睨之微哂。海川大懼，欲走。老師搖手止之，曰：“爾勿走，吾誠愛爾，否則殆矣。”令海川解衲自視其背，則衲上有數道裂痕，海川大感服，五體投地，願師事之。老師曰：“是何可者？爾爲少林宗領袖，今畔而就我，是自絕其宗矣，不如約爲兄弟。”海川逾感泣，遂携手入京，朝夕相依，既而自宮爲內監。大內侍衛，及宗室少年，技擊拳脚，間有嶄露頭角者，皆海川之嫡傳也。老師得聞，亦秘授海川以相撲之術，獨探奧窔。老師晚年，退而授徒，廣傳拳法，聞能步海川後塵者，惟武清鼻子李一人而已。然尚未足爲海川敵也。李號富東，爲天津武德會會長，貌奇醜，鼻有大窪，故有“鼻子李”之名。

外史氏曰：“甚矣拳術之難也，濟濟侍衛，皆親炙東臯者，曾未得其師法乳，而獨窺奧窔，乃爲門外之一秃一醜。‘以貌取人，失之子羽’，信然。”[①]

鼻子李

江湖盛傳能干之鼻子李，即武清之李富東也。貌不揚而鼻戹，少有神力，未冠已醉心於拳術，習煉不遑寢室，壯而技擊稱最。北方之學者，莫能爲之先也。在保定與諸名手周旋，均退避三舍。相搏者慫恿其入京。富東既抵都門，不三日，角勝相撲技師十餘人。此十餘人者，皆王老師東臯之高足也。老師聞訊自至，富東盛氣相向，進與角，不四五合，已跌尋丈外矣。富東慚懼，躍起

① 録自《華報》194號，1932年6月21日第3版。

便逃。老師不之追也。次日，老師自詣富東寓，謂之曰：“子傷我弟子多人，如之何？”富東曰：“師不跌我尋丈外乎？此我有生以來未受之辱也。我垂頭喪氣歸耳，復何言？”老師笑曰：“子歸後，尚以技自鳴乎？”曰：“我眼瞇不識泰山，向所詹詹自喜，曾不值一文錢耳，奚敢言技？”老師嘆曰：“我知子必作是想，故來此耳。以子天才，何慮不獨步海内，暱而就我何如？”富東大悟，遽屈膝下拜，於是旦夕追隨，形影不離。數年之間，得盡所傳，非群弟子所能及也。老師逝世，富東遂繼爲侍衛教師。富東自爲老師入室弟子後，傲氣盡除，藹如春風，座客常滿。一日有自稱柳去病者來訪，負一木刻横匾，隸書“天下第一”四字，云能勝我者，以匾奉之，嬲富東與角。居數日，校二百餘手，初無勝負。最後柳梢懈，富東突進，横掃以脚，柳覺立騰而上，破承塵，墜炕。力猛炕崩，賴海川和尚在旁，拯之以臂，柳得無傷，卒以匾上富東，由是富東名大噪。民國初年，被擁爲天津武德會會長。①

臨隆阿

臨隆阿，爲僧格林沁義子，非旗人也。其本名爲“裴元”，原籍湖北咸寧。幼時隨父作小貨郎於鍾祥。年十七，父死，窮困無以資生，墜落卑田院，又爲強丐所欺凌。賴老丐“厲十六弓”者，憐其瘦弱，收之爲伴。厲本黔中流犯，腹有武略，拳技稱百人敵。以“十六弓”名者，能開十六力弓射生，矢及三百步以外也。厲有女鐵娘，長於元一歲，自少亦精武技，能父所能，而尤擅高縱遠跳之術。元雖漂泊，而白皙細雅，動人憐愛。父女日夕教以鍊氣鍊力之法，不三稔而能倒挽奔牛矣。厲負絕技，而爲仇家所陷，有身世難言之痛。自念風燭殘年，遂以女托元而婿之。未幾病死，婿女均在窘鄉，痛哭薄葬，盡禮而已。紅羊之變，鍾祥爲墟，夫婦散失，元被亂兵擄去充役。咸豐中年，輾轉流落，入僧格林沁軍中，爲之刈芻拾馬矢，泥塗面目，尚無以自見也。僧適巡察，見其貌韶秀，與談而悦之，遽召入，令給事左右。及同治二年，僧移師雉河集勦捻，初戰失利，被困垓心。元突操矛躍馬，振臂大呼，軍威倏振。横矛所至，

① 録自《華報》195號，1932年6月24日第3版。

烏合之衆不能禦，大破之，擒斬捻酋張樂行。元由是爲僧所重，編入旗籍，始賜名“臨隆阿”，且以義子寵之。使將五百精鋭，與饒將陳國瑞偕，轉戰各省，所到勢如破竹，積功遷授，貴至副都統，賞穿黄馬褂，戴三眼翎。意氣自豪，不可一世，自以爲天下健兒，無出其右也。①

值四十初度，文武百僚，雜沓稱觴，大開轅門，盛張筵讌，馬龍車水，鼓吹闐闐。臨睥睨一切，頓忘出身微賤。鹽商公送京班菊部，方演出《鴻鸞禧》一劇，旦角聲容並茂，兼精繩蹋。座客嘖嘖驚嘆，各有厚賚。旦入座謝賞時，望見臨都統顔色，愕然失次，掩面汍瀾。臨以爲不祥，頤指巡捕，鞭之使出，一曲霓裳，因而罷演。越數夕，臨與妻妾夜飲微酣，帘際有聲，如飛鳥墜。咄嗟之頃，一人立於筵前，視之，即某班旦角也。口呼：“裴郎，尚憶厲鐵娘否，自經離亂，孑身遠走，覓郎不遇。爲苟全生命計，薙髮易裝，投身某部，先爲武生，邇復兼旦，昨登轅祝嘏，始悉吾夫之平步青雲也。七年伉儷，十五載别離，妾未失身，郎當念舊。雲泥雖隔，恩義猶新，郎將何以置妾也。”臨以新爲某將軍門婿，貴不可言，倘合破鏡，尷尬良多，不如反眼爲得。計決，拔劍疾起，大駡冒昧鼠賊，欲揕其胸。鐵娘亦出劍相抵，略鬥數合，指而叱曰：“吾不料爾之梟情背義至此也！②若以武技論，爾何足與吾敵，取爾首猶探囊耳。惟吾終不肯冒殺夫不韙之名，狼心狗肺，寧有好結果乎？爾富貴自享受，吾去矣！”瞥眼竟逝，屋瓦無聲，但覺如微風振葉而已。未幾，降捻木景詩叛，焚劫數十里，重臣多受譴。僧格林沁大軍，略地過光山，復有他路散捻，聯合詣軍前請降。諸將以前車可鑒，堅執不可，臨以爲無傷，獨排衆議，納之，編爲後備隊。同治四年，僧格林沁屯軍曹州，臨未隨行。曹爲捻匪曼延巢穴，向之嘯聚薛家湖馬頭寺等處。漏網之白蓮餘孽、妖婦林桂仙、林二仙姊妹，亦竄據其間，勢益剽悍。僧爲犁巢搗穴計，下令總攻，親冒矢石，不圖降捻與外捻通款，呼噪暴起，腹背夾擊。僧被圍困於荒莊，親兵潰亂。突有女飛將，飛入重圍，以利劍馘其首而去。元戎陣歿，精鋭覆亡。事聞疆吏，多以陷主議處，追

---

① 録自《華報》198號，1932年7月3日第3版。

② 録自《華報》202號，1932年7月18日第2版。

究禍魁，臨遂奉旨拏問。聞訊恐慌，弃軍及眷，變姓名亡命，卒之逃回鍾祥，匿不敢出。及捻亂既平，前事已成陳迹，遂復裴姓，更名曰盛，充鍾祥馬快。年七十餘，鬚髮皆白，猶矍鑠善飯。適過大士庵，邂逅老尼"恕元師"，彼此偶談身世，始知其即鐵娘也。患難餘生，重逢已老，佛前懺悔，自訟前愆，然而晚矣。

外史氏曰："此段情節離奇，演爲劇本，較之《鴻鸞禧》，尤奪目也。鐵娘自是天人，若裴元者，直畜生道中材料耳。"[①]

賣技之翁女

衛輝即古朝歌之邑，爲河北重郡，經捻亂更番兵燹，元氣久不能復。城内市鎮，尚有殘破荒凉陳迹。民風鄙僿，土木就簡，屋宇低暗，衣服粗陋。清季京漢鐵路通過後，服用居室，稍有進化，然亦僅矣。商場闃寂，賴有墟集之期，百貨從他方輸至，貿遷有無，日中爲市，尚能衝破甕居之空氣。憶及前二十七年，曾作此郡寓公。適值墟集開市，有翁女二人，趁火車至，擇空曠場所賣技。女携一肥澤綿羊，巨若小驢子，拳毛如騧。翁携兩石磨，各重百餘斤。女則以羊作馬，配以鞍轡，嚳控縱送，乘之環場疾走，舞動雙刀，驟如風雨。觀衆爭擲以銅圓，皆觸刀而墜，鏗鏘應節，散落如豆，無一着身，俄頃得數千枚。翁年逾古稀，鬚髮如銀，俟女演畢，繼而奏技。袒衣露腹，平卧場中，取一磨壓腹上，運氣鼓腹，磨乃徐徐上浮，高騰約二尺許，復徐徐墜腹。再鼓之，漸高及丈，忽起忽落，任意爲之。女乃叠磨於前磨之上，翁鼓氣如前，則上磨先起，下磨繼之。上者高騰丈許，下磨則略低，相距約兩三尺，俄而上下兩磨，互相叠擊，觸聲轟然。復次衝打漸烈，聲響愈壯，火星四迸，輕重砰訇，若合節奏。觀者嘖嘖驚奇，圍若堵墻。卒則女用手收磨，左右各一。翁起着衣，女則舞磨如盾，漸旋漸疾，兩手離磨，而磨能隨手翻飛。觀衆復爭投銅圓，亦一一觸磨散落。砰然巨響，兩磨叠置場間，女已距磨丈許遥立微笑，面不紅，氣不喘，若無事然。女綽約艷麗，年事不出二十左右。衆與之談，略不致答，惟老者代

① 録自《華報》204號，1932年7月24日第3版。

爲周旋。桃李其貌，冰霜其神，風塵中奇女子也。擬翌日往訪此翁，聞已趁早車北去矣！异人失之交臂，惜哉！①

李麻堵扒

英兵入雲南片馬時，分爲兩路，一由大金江北趨滚底，一由狼宋入他戞。搭竹橋過小江，出官寨至石刀關。由攔路呀口，向東復搭竹橋，渡王克河扎寨。沿途開路，直到上片馬屯一營。轉西至小江邊之古狼，又屯一營。斯時茶山五寨野夷，約一百六十餘户，均服英人，每户勒納門户費一元。獨“猓猓”有奇勇男子，“李麻堵扒”者，憤不欲生，率其衆“一百三十五家”，列陣與英兵抵抗。李麻堵扒者，年不滿三十，走及奔馬，力制怒牛。善戰術，一鋼叉一來復槍，縱横無敵。且精拳脚，能徒手與獅虎鬥。所部一百三十五家，皆其技擊信徒，奉李麻堵扒爲猓猓酋長。李麻堵扒有令，皆願爲之赴湯蹈火。此次英兵壓境，勢如破竹。李麻堵扒自爲先鋒，英兵之精悍者近死其叉，遠中其槍，無倖免。惟英兵衆盛，槍礮富足。李麻堵扒僅能自保猓猓一部落而已。英兵雖獼，亦不敢越雷池一步也。保山知縣陳文燦聞警，於三月初九日抵古炭河。而英兵以受創於李麻堵扒，業已退出段土司。所稱富户者，均爲英兵之順民，獨李麻堵扒率衆來見。陳知縣奬其忠勇，勗以大義，僅賞銀二十兩，仍令堅守大怕迭河。是役也，英兵計二千餘衆，小江戞山頂一帶，均爲所占。地距片馬一百六十餘里，爲騰越明光土司所轄，陳令以與保山無涉，竟不過問焉。

外史氏曰：“片馬之役，倘無義民李麻堵扒，英軍能不長驅直入，如今日之遼吉黑乎？嗟夫，不抵抗之貽禍，遂造成九一八慘史之一大頁。而吾國官吏尚夢夢焉！不知李麻堵扒之可寳也！哀哉！”②

邵竹園

合肥邵竹園，前清孝廉也，工詩詞，善撫七弦，文弱書生，不諳武技。惟

---

① 録自《華報》215號，1932年8月27日第3版。

② 録自《華報》222號，1932年9月18日第3版。

爲秀才時，嗜樗蒱，且好作狹邪游。父性方嚴，不敢公然晝出，出必以夜，而門已下鑰，不能啓閉自由。竹園讀書之樓，依墻而築，高於墻數尺，開窗可望鄰園。但距地三丈有餘。鄰許生，素與夜遊之友也，教以兩帶牢繫窗楣，縋之而下。許俟其及地，相率悄悄從園門出。入平康某妓家，飲博盡興，更闌即返，握帶登樓，習以爲常。雖不夜夜爲之，然月恒十餘度也。及竹園秋闈報捷，公車北上，許適銓選直隸之永年縣宰。竹園試事既竣，榜名康了，乃作永年之游，聞寶林寺爲是邑名勝，遂往隨喜。寺出臨洺關五里，巨刹也。住持海山，亦能詩與琴，談次遂成莫逆，遂與訂方外交。許以案牘鞅掌，無暇與良友盤桓，以故竹園間日輒詣寺中。僧俗結契，已數月矣。一日造寺，適海山外出，逕入方丈坐候之。偶見帳旁懸有銅鈴兩枚，大若胡桃，試一搖之，鈴響清澈。忽帳後有啓户聲，則一麗者探半身出視，見竹園，遂縮入。竹園駭極，思速避之，匆匆出寺。甫及門，海山已返，細審竹園神色，知春光之漏洩也。力挽之入，閉之小樓中，語之曰："今日吾秘已宣，吾之生命，懸於若手。若出則吾必死，勢不兩全，無怪吾之忍也。刀一繩一，限以一夕，容子自裁。吾不下手，即友誼耳！"竹園自分業無生望，是夜暴雨，雷電以風，樹枝掠窗有聲，頓得計。俟大枝拂過，極力抓住，躍出窗外。隨風而起，電光一閃，見他枝遠垂墻外，移而過。挽定垂枝，取僧所給之繩，緊縛枝幹，縋之而下。冒雨疾走，黑夜漫漫，賴有阿香照路。天未明，已達縣署，據實報告。許令立點幹役馳捕，則海山早已遠颺，僅搜得冶容幼婦三人，匿於僧房深處云。

外史氏曰："竹園之得以脱險者，賴有縋繩一技耳。雖不能武，而一技之長，已足以保身，然則武術其可忽乎哉！"①

畢著

奇女子畢著者，童穉好武，父爲薊邱總兵，延名武師教之，盡拳勇之術。而槍法尤精，世所傳"梨花槍萬人敵"者也。弱冠時隨父守薊邱，流賊暴發，夤夜焚劫，陷薊邱城。父與巷戰，不利，中弩陣亡，屍爲賊得。衆議請兵復仇，

① 録自《華報》228號，1932年10月6日第3版。

著痛苦激昂，謂請兵則曠日持久，賊且知備，不如冒險襲之。乃星夜率精鋭數十人，逕襲賊壘。賊正飲酒高會，出其不意，驚慌失措。著擎槍直入，刺殺賊將無數，逕取渠魁，□其胸。群寇懼潰，呼噪追擊。賊兵多自相踐踏，死者枕藉。乃從容覓父屍，輿櫬歸，葬於金陵。著後嫁吴中崑山"王聖開"。荊釵布裙，質樸無華，不施脂粉，自具天然神韵，見者不知其具有健兒好身手也。聖開爲吴中博學名士，著亦善詩文，暇則伉儷唱和。其稿署曰《韜文集》，某公爲之序，中警句云："梨花槍，萬人無敵。鐵胎弓，五石能開。""入軍營而殺賊，虎穴深探。奪父尸以生還，龍潭安葬。""室中椎髻，何殊仲孺之妻。隴土携鋤，可並龐公之偶。"

【編者按】畢著不特神勇堪欽，能爲父復仇，洵孝女也。[1]

土克寶

無錫靖海門内，西向五十步，有一石橋。迤西又十餘步，有溝，濶三尺，縱以尋丈計。溝之爲用，洩壅水也。溝上架石若梁，以便往來。居人呼之曰"克寶橋"，似橋而實非橋也。無錫"錢基博"君，嘗以此橋之掌故告余。曰：城南舊有水仙神廟，神之子曰"王克寶"。明嘉靖二十二年，神來知無錫縣事，時倭寇跳梁，蹂躪浙東西幾遍。無錫號稱富裕，爲浙緊鄰，僅隔太湖，一衣帶水耳。倭寇久垂涎斯地。而太平日久，城盡傾圮，百雉幾成虛設。神下車纔三日，召集邑父老子弟，告以寇患孔亟，非卧薪嘗膽，講武設防，禍至無日。乃挑選丁壯，半役版築，半練弓矛。操鋤枕戈，不容稍懈。計日程功，法令嚴厲。以公子克寶董其役，日督修城，夜課武事。公子年二十有四，拳勇中好身手也。弓戟槍標，均稱絕技。擇土地廟大庭，每夜明炬，教授技術，並傳諸葛武侯十弩之法。飛標桀石，批郤導窾，未半月，而速成者五六十人。惟錫民狃於懷安，不知慮禍。富者既吝輸財，貧者又惰陳力，且以爲越國鄙遠，寇不能至，徒抱杞憂，甚無謂也。公子雖懍遵父誡，三令五申，而城工仍憚勞苦，嘩然不樂受命。且怨言四起，謂吾民未死於寇，先殲於役。苟不須臾蘇息者，將死亡枕藉

---

① 録自《華報》241號，1932年11月12日第2版。

矣！公子亦憫其言，心不能無動，允予少休。衆乃額手稱頌公子仁愛，而絮絮恨神之苛也。①

適神巡察及此，見役夫捨其畚鍤，卧息橋旁，怒不可遏。責曰："爾曹誠不可訓之惰民也！寇至無日，而不知懼，尚荒工以嬉乎？"衆曰："吾儕小民，作苦過度，體痛力殫，幸得請於公子，纔許稍憩片晌耳。"神怒甚，趣召公子至，當衆詰曰："汝許衆休役乎？"公子曰："事誠有之。"神曰："吾令既出，而衆可任意犯之，法不可施於衆。汝實董其成，不汝之辜而誰辜乎？"立命斬於橋上，懸首以示，涕淚滂沱而告衆曰："知縣蒞事未久，無以慰恤吾民，而驟役焉，是知縣不德也。知縣非不愛其子，然恃陋不備，寇或猝至，城即被屠。知縣守土有責，且以身殉，遑顧及子。爾輩雖欲逃死，豈可得乎？吾之忍於出此，爲全城生命計也。"衆相顧震悚，有泣下者，乃呼嘯一聲，爭先赴役，且率妻女從事，晝夕無間。居無何，倭兵蜂至，城工未竟者，僅東南一角八丈餘。神率弩石手，埋伏缺口，寇圍城數匝，城堅厚不得下。呼噪從東南角入，弩石暴發，死亡無算。倭人出其不意，受此巨創，乃鼠竄解圍。錫民群頌神之保我，而又哀公子之無辜，爲衆伏法，遂以公子之名名是橋，以誌憾事。基博云："克賓者勇士而孝子也，犧牲一身，息民變而促城工，誠一邑之保障也。"

外史氏曰："是與戚公之思兒亭，足以後先輝映矣。然思兒亭膾炙人口，克賓橋則湮沒不彰，此搢紳士大之過也。戚公廟貌隆然，而王邑宰竟佚其名，僅以荒誕無稽之水仙，受人間香火。則當日王氏之骾直，取忌於權貴，可想見矣！嗚呼！死後留名，亦有幸有不幸耶！"②

吴廣泰　王金龍

拳術非小道也，聚精會神，延年却病，此但就個人裨益而言。倘能發展推廣，則可以强種禦侮。是故武師恒喜傳教，弟子樂得名師，名師亦樂得佳弟子。然師弟傳授，不可不擇端人。世之拳師，技不臻絕詣者無論耳。即有無雙絕技，

---

① 録自《華報》243號，1932年11月18日第2版。

② 録自《華報》246號，1932年11月27日第3版。

或靳而不傳，或不擇人而妄傳，皆非善道也。昔贛人吴廣泰者，爲“字門拳”之能手。一日閒行市上，見有肩承四石桐油者，愛其孔武有力。詢其姓名，識爲王金龍。約其至寓，謂之曰：“以子之勇，胡不習拳？”金龍曰：“乏師何？”廣泰曰：“子求師乎？我優爲之。”金龍藐其短瘦，請先角力。三角三跌，乃泥首信服，遂師事之。廣泰教以字門拳之第一字曰：“殘”者。金龍既得其訣，退而不知所之。越二稔，負錢數十貫至。廣泰詰之。曰：“儲錢以謝吾師，且面獻其所習之技，果升堂入室否。”廣泰使演之，則大駭。視其態度悍□，慮無以遏其後也。靳不敢教，並隱戒其門下諸弟子，勿再授金龍技。無何北平有拳士入贛，逕訪廣泰。先與約爲兄弟，而後校藝。拳士敗，乃師廣泰。廣泰喜其篤學，頗重視之。惟忘前戒，未以金龍往事告之也。金龍往學於拳士，一日而盡其術。會廣泰與拳士，授徒於某富室，期滿，富室設筵爲謝。金龍岸然直入，踞其首座。拳士怒曰：“役夫安得無禮！”金龍睨而視曰：“此座無常，惟能者得之耳！”拳士叱之曰：“狂奴學技幾日，而遽自以爲能耶？”廣泰愕然，暗躡其足。拳士覺，然悻悻見於面，心不能無介介也，不歡而散。以叩廣泰，廣泰告以前事。且曰：“字門拳訣雖有八，而一‘殘’字，已包括而無餘矣！吾悔误傳此傖！今爾我之技，彼邁之矣！”自是金龍之名，一旦縱橫於江西，廣泰反出其下。廣泰密教一未成年童子點穴秘訣。金龍嗜鴉片，適在烟肆横卧，童子袖鐵椎抵其脚，初不甚覺，歸而脚痺，半身癱瘓，數日竟斃。[①]

餓道佛

餓道佛者何，桂林市上之丐者也。衲衣被體，骨瘦如柴，居恒十餘日不食，食可盡數升米。烹巨狗，作一餐食竟，尚未果其腹。乞不強乞，與之則謝，不與則掉頭去。傲骨嶙峋，視顯者則藐之。市有羅姓土豪，虎而冠者，出必挾牙爪五六。遇少艾粲者，恒百計掠之歸，洩其肉慾。或狼藉致死，弃其尸於野。訟之官，則胥役皆與朋比，弗能捕，且無敢捕之。里人號之“羅睺”。值某蘭若浴佛節，士女如雲，道上香車，絡繹不絕。丐亦徜徉其際，香客憐其寒瘦，多

① 録自《華報》281號，1933年3月15日第3版。

解囊施濟。羅睺之鹵簿，分途獵艷，視主人意旨爲取捨。適有小家碧玉，纖素年華，脂粉不施，神如秋水。侍其母拜佛竟，徒步歸。沉魚落雁之容，爲羅所詗，沿途已密設探哨矣！近寺人多，不敢下手。折向歧路，母女追隨，約行里許，左右皆繁蔭修林，突有短衣窄袖利刃在手之劫賊四五輩，自林隙跳躍出。威嚇老媼，強掠麗人。母驚倒地，女掙扎呼援，力竭聲嘶。正在危機一發，驀聞樹杪咄然一聲，隨有細碎彈屑，如雨驟下，射着劫盜身首。陷入肌肉，痛不可忍，急弃其目的物疾走。復有一把彈屑，射其脊背，如中利鏃。奪命鼠竄而走。賊踪遠逝，樹間陡躍一人下，輕如飛鳥。母女視之，則所識餓道佛之丐者也。謂母女曰："此羅睺之惡僕也！小姐免禍幸矣！我護送爾母女歸。過此請勿外出。'羅睺'惡貫滿盈，我將懲之，否則小姐尚有後患。"劫賊歸報"羅睺"，遍體除兩腿外皆有傷痕，零星浴血。瘍醫鉗出細察之，則陷入肌肉者，非矢非彈，乃狗骨之碎屑耳。①

羅睺不自警覺，反詈鹵簿之無能。且不信狗骨之可充矢鏃也，怒斥瘍醫讕言。瘍醫知與辯無益，堅辭而去。出語其同儕曰："狗骨入肉，潰爛堪虞。且吾驗所中骨屑，兼有毒藥傅之。吾雖有解法，第此輩豺狼，活之何爲？聽其叫喊而死可耳！"夜午，羅睺仍照行其洩慾工課。秘室明燈如晝，裸其俘虜之幼婦，橫陳榻上，已則赤條條，立而媾之。正在酣暢淋漓之頃，突有嗤嗤之聲，陸續自窗檻射入。羅但覺穀道中如中利刃，接連三射，其快如電，避之不及，而痛不可當，嗷然數聲，倒地而絕。家人聞訊，破門入救。百般灌治，食頃始蘇。而股際血縷縷然，肛門劇痛，透入肚腸，甚於凌遲。遍延傷科，無一至者。乃改聘西醫某教士，至則腸部已潰爛，不可收拾矣。醫施手術剖解，得狗齒三枚於大腸中。而前陰腫如爛瓜，勢已蔓延下體。腎臟全壞，竟號嘶以死。向之助惡牙爪，亦以遍體腫潰，血肉模糊，不久相繼死亡。家人不知誰施毒手，訟於陽朔宰，宰遣幹役偵捕，年餘無獲。

桂林郡人，額手相慶，謂賊子已遭天譴，吾輩可免懸心吊膽矣。惟最奇者，羅睺死後，而市上日見之丐者餓道佛，亦竟杳無踪迹。猜者以爲是必適逢其會，

① 録自《華報》307號，1933年6月6日第3版。

填於溝壑，無生理也。曩中途遇難獲救之母女，雖略知之，而弗敢明言。不二年，女嫁於平樂滕生。生世服賈，營絲布業於羊城之槳欄街，母亦從養於婿。某日有瘦骨如柴之丐者，以大盂乞飯於肆前。母女及滕生均在肆，肆夥呼叱之。女瞥睹其狀，認爲桂林市上之餓道佛，與母婿耳語。滕生固日夕貫耳，欽佩此丐者。遽出邀之，迎入廳事。母女拜謝救命之恩，丐略無德色。滕生具酒飯使飽啖。丐索狗肉，粵中購此極便，號爲家羊。生市數腿，丐索鍋自烹。盡兩三簋，所弃之骨，皆貯於囊。啖次，略談羅睺往事，取書一小册，贈滕生，揚長而去，從此竟杳。生閱其書，則手録驗方，與世所傳迥异。試之良效。視爲秘本，不輕示人云。

外史氏曰："昔有一僧，喜啖狗肉，每劈伽藍作薪。曾賦詩云：'狗肉鍋中還未爛，伽藍再取一尊來'。是直餓鬼道中材料，烏足與我佛同日語哉！"

【編者按】澆浴如今，惜無千百之"餓道佛"以懲之。①

呼必辣吉

呼必辣吉者，喇嘛僧也。在紅教中，原爲位望最高之僧。滿人入主中華時，紅教喇嘛，供其驅使。"班第"輩排擠"呼必辣吉"，遂失"呼圖克圖"之位，憤懣而去。周遊各地，淪落閩南。幾三易寒暑，以吞刀吐火，桀石緣橦之枝，炫於晉惠馬灌之間。爲鄭成功所聞，召之入幕，試其武技，內外功皆精邃，厚遇之。臺灣既據，披堅執鋭，所向無前。生番騷動，呼每以一敵百，烏合之衆，披靡遠遁。成功乃禮爲大師。久之，益自驕蹇，悍厲之氣逼人。恒於廣衆中，斥辱將校。將校銜之。臺地孩提破首失腦，孕婦剞腹失胎，月必數起，人心皇皇。群疑呼必辣吉所爲，偵之果然。蓋紅教喇嘛，有秘傳左道之術，類多竊取兒腦胎肉，製造迷藥，以行其移尸、奪舍、變形、造畜，種種傷天害理之邪法也。呼必辣吉，欲吸收鄭家軍，拔幟易幟，據臺灣基礎。而恣睢暴戾，不可一世。知者密告鄭成功，成功欲除之，而慮其難制。因相傳呼必辣吉，精鍊

---

① 録自《華報》310號，1933年6月15日第3版。

鐵布衫外壯工夫，赤手袒裼，能禦刀劍，鋒刃不能傷，槍砲不能洞也。[①]

大將霍鉞，獨言可以計取，姑使試之。乃陽與交好，肆筵設席，燕會無虛日。或丐其演技，或嬲其教藝。口口大師，敬奉逾格，呼大悅之。一日酒半，霍鞠躬請曰："大師誠非凡人，佛言色即是空，縱使魔高一丈，當不至動及道心。擬令瑜珈男女，参歡喜禪。大師既以夢幻泡影視之。而能使麾下凡夫，及衆弟子，堅其信仰，豈不甚妙？"呼笑而諾之。乃盛張綵障，障外簫管雜奏，召預選之狡童妖女四十人，入障跳舞。漸裸體，漸抱躍，繼則燕燕於飛。雲蒸雨驟，極淫蕩之能事。霍則取緑玉樽，斟酒盈斗，歡笑爲呼壽。呼飲素豪，引滿三爵，淫聲褻態，雜然齣陳。初則視若無睹，良久忽闔眼不觀。霍侍側，疾掣所佩緬甸刀。自後項揮之，呼頭頓落，血飛濺尋丈，大憝遂除。馳報鄭成功，成功怪其神速。霍曰："此僧蠻悍驕矜，而未見其媠女色，與紅教喇嘛之採補房術，迥不同流。其刀劍槍彈不入者，全藉煉氣爲外壯。亦與鐵布衫法殊科。吾詗得其不近女之隙，乘虛而誘之。亦防其內壯之功精固，不易搖惑，置春藥於醇酒中，所以攻其內堅也。果而閉目，目閉則氣已散，所以一揮而馘其首耳。況緬甸刀有斫鐵如泥之利耶！"成功深服其智勇。

外史氏曰："清初有一'巴圖魯'，工運氣術，能以鐵剪夾銀，向其腦門擊之，銀碎而頭無傷痕。後因眷一'筆帖式'之妾，某都統耳其勇，面試之，則腦漿迸出而死。蓋此技，近女色，則氣散不能聚也。呼必辣吉，亦坐玆病耳。"[②]

---

① 録自《華報》320號，1933年7月15日第2版。

② 録自《華報》322號，1933年7月21日第3版。

四、燈猜叢話

燈猜一道，本非文字正軌，然鈎心鬥角，具有巧思。隱語廋詞，不無妙趣。是蓋於詼諧中別樹一幟者，此道固未可抹煞也。余於丁未丙午間，旅居滬瀆之榕廬。酒闌燈炧，偶與良友潘訓初君拈此排悶。同人以兹技大足解頤，花晨月夕，時或懸燈廬外，慫恿余與訓初撰句，以供嗜痂者之弋獲，頗不貽譏於大雅。年來江湖浪迹，強半遺忘，回憶前塵，都如夢寐。雨窗獨夜，鬱伊無聊，披覽枕亞《談虎録》，不覺見獵心喜。因雜摭新舊文虎，綴以評語，枕亞見之，得勿笑其學步東施乎！

盲左止戈爲武，反正爲乏，拆字兼會意，殆燈虎之權輿乎？至曹娥碑之"黄絹幼婦、外孫虀臼"，則儼然四字，絕好燈猜也！古人濫觴於前，今人炙輠於後，剥蕉抽繭，十色五光，是則燈猜雖小道，非錦心綉口，固未許率爾操觚也。然前人率視此爲雕蟲末技，雖有作者，而東鱗西爪，僅散見於小説雜誌中，向無專集刊行，誠爲憾事。余前數年與訓初、大楚諸友，議欲蒐羅古今燈謎之佳者，裒集一篇，以爲詞林遣興之資料。嗣以南北僢馳，有志未逮。今者訓初遠別，大楚云亡，雲散星零，顧影自吊，僅留此拉雜叢話，以當泥鴻，不無黑塞青林之感也。

拆字一格，爲製謎之初步，而單字尤難。謎面須不露斧鑿痕迹，斯爲合作。前見有人製一"熊"字云：明月半依雲脚下，殘花並落馬蹄前。綴合既巧，而造句尤爲嫻雅。余曾製一"蕪"字云：淺草遮牛角，疎籬露馬蹄。訓初賞余"牛角"二字之巧，謂與"殘花並落"可相伯仲。

余以"轉瞬承恩"射"湘"字，以"買酒賞中秋"射"湖"字，以"長安客"射"是"字，皆爲訓初所許可。然以視舊謎之"厢"字，以"眼看著衾兒枕兒"爲面，直如小巫見大巫矣！

拆字有合巧法，如近人所製之“半放紅梅”，射“繁”字是也。訓初嘗倣此格用“半老觀音”，射“睹”字。天衣無縫，較前作尤爲衆目共賞。

舊謎以“雙龍分守”，射“寵辱”兩字，甚佳。或倣其法，以“兩兔同穴”，射“冤卵”二字，自詡爲异曲同工。不知“寵辱”兩字，爲天然排偶字。“冤卵”則不成名詞。所謂畫虎反類狗也。

余友大楚，雅善製謎。嘗謂余曰：“‘彼白而我白之’，可射‘皆’字。”余嫌其直致。大楚曰：“然則‘修竹彈芭蕉’，射‘靜’字何如？”余以爲可。

大楚嘗製一小曲，云：“望去草青青，短堤外布穀催耕。長塍劃界最分明，秧歌聲裏，略彴又前横。”余問其射何物。曰“薑”字也。余不覺擊節嘆賞。

余友醒我，工於猜謎，而懶於製謎。偶製一二謎，皆足令人解頤。如“娩”字，射古文“千金之子”。“風神”射四書人名“司馬牛”。“蟒袍金頂”射《石頭記》人名“襲人”。“臼”字射詞牌“一半兒”。“宵”字射時人“張之洞”。“懸心吊膽”，射《西厢》“似這般掛肚牽腸”。“戎首”射“奠”字。“捲帘寧波路”，射“通”字。“謄黄”射“禦”字。均可傳之作也。

醒我以“一直兩點，一直兩點”射“慎”字。余贊其巧。大楚曰：“余亦有一字謎：‘一横一直，一横一直，一横一直，一直一横，一直一横，一直一横’。”請猜之。余苦思半晌未得，竟爲醒我所中。蓋“亞”字也。此字原無深意，而妙在落筆之先後，毫無差錯耳。

用拆字法射《四書》句，佳者甚夥。如舊謎“完”字，射四書六句不連。曰“冠乎，其間不能以寸。或曰：寇至，於女安乎，苟完矣。吾與點也。”此謎下筆如老吏斷獄，疑有神助。惜寇字竟從俗筆，破體甚多，不免白圭之玷。不如删去中間兩句，衹用四句，則完璧矣。又如“鐘”字，射四書五句不連：“去其金，童子見，無以立鯉退。（鯉叶作里）空空如也。展轉拆除，以至净盡。”巧不可階，惜第四句“里”字爲諧聲，犯拆字格之大忌，未免瑜不掩瑕。

前數年有人用拆字法，製“白圭曰”三字。其文爲“九十九，二十一，四除八進一”，妙在全用算訣，令人拍案叫絕。然亦有所本。舊謎以“六一下加四除八進一十”射“章”字。前謎即脱胎於此。

枕亞《談虎録》，以“四”字射“非其罪”也，又射“欲罷不能”。謂兩句無分軒輊，可以並存。余以爲不如改作射“四書兩句不連”，第一句“欲罷不能”，第二句“非其罪也”。則語氣更爲完足。

舊謎以“嗚嗚”二字，射四書“皆雅言”也絕妙。蓋“雅”字即古“鴉”字也。又以“胭”字射“人雖欲自絕，其何傷於日月乎”！可謂想入非非。

晚近製謎，有“蝦須”與“燕尾”二格。雖非上乘，然底面果無牽強痕迹，則亦堪中選。如近人所製蝦鬚，以“吾黨”二字，射“野人”也。燕尾以“有女懷春”，射“其人美且偲”。底面均極渾成，自是中肯之作。

製謎惡習有升冠、解帶、脱靴三格，最爲余所不喜。雖有佳句，寧從割愛，以其破碎不全，爲燈猜中之魔道也。

余雖不喜諧聲一格，而獨許可於“真女假兒”之射“耍”字。本題原非諧聲，而假途於諧聲，以爲影射，自是拆字正軌，又世俗所膾炙者。“將軍魏武之子孫”射罵語一句爲“□你的祖宗”。以操諧□字，雖曰虐謔，然故巧不傷雅也。

捲帘一格，最妙。然製之甚難，而猜之亦不易。一、成句倒讀須順口。二、成語之可作迴文者有限。三、底面均須圓潤，稍有艱澀，則敗筆矣。故余以爲捲帘謎之佳者，殆所謂文章本天成，妙手偶得之。非敷衍所能蕆事也。嘗見近人以“無花果”射“實繁有徒”，以“報道常山落將星”，射“故龍子”。曰毫無勉強痕迹，自是才子文字。次如“舊時憲書”，射四書“歷年多”。“願爲壓寨夫人”，射《聊齋》目“二王大愛奴”。“交章攻霍光，請亟罷之”，射四書“孟子去齊”。“洞房花燭夜”，射“倫敦”。“日本貢品”，射四書“用上敬下”。“名臣畫像記”，射“晉文本圖宦達”。“霜”字射唐詩“白露先時降”等謎，均爲不可多得之作。

大楚以“蛙盟”二字，射《詩經》“捲帘約之閣閣”。余以“孟春苦旱”，射毛詩篇名“雨無正，屢豐年”。“綏萬邦”，射孟子“霸必有大國”。皆爲訓初所贊賞。醒我以成句艱於搜索，乃作單字捲帘。如“雷天”射“奘”字。“夫子”射“食”字。“綿上”射“界”字。“木乃伊”射“居”字。“三友松梅非所好”，射“籜”字。雖無他奥妙，然皆爲取材也。

文虎之最醒目者，爲遙對格。惜所見佳者無多。如舊謎之“比無咎”射

《左傳》“對曰師有功”。“臧孫辰”，射《左傳》“穆叔未對”，均爲合作。大楚所製“楊柳陌頭春思深”，射《西厢》“恰對菱花樓上晚妝罷”。余製“可使制梃”，射“對曰將以釁鐘”。“誰爲赤鳳來”射《西厢》“他見黄鶯作對”。又“神龍”，射“良馬對”。“圯上”射“隆中對”。“名揚五子”，射“對影成三人”。“茶破睡”，射“對酒當歌”。“松化龍”，射“對竹思鶴”。“革帝制”，射“對揚王休”。“他自是有心病”，射“對此如何不淚垂”。“彼何爲蹈大海”，射“對此可以酣高樓”。“他飲酒興未闌”，射“對此讀書功更倍”。“牛山”射外國地名“對馬島”。“香海”，射《水滸》地名“對影山”。“王開國”，射“帝作邦作對”。諸如此類，均余與訓初所信口蒐羅者，工拙何如，未暇計也。

大楚以“餌地丁而延年”，射“敢對揚天子之休命”示余，余嘆其工整。醒我見而笑曰：不如“刮地皮以生財”尤工。大楚曰：“何以見其工？”醒我曰：“皮與子爲植物之類，生與休爲八陣之門，非工而何？”余撫掌大笑。[①]

燈猜叢話（二）

客或以遙對格謎底之對字，若可蠲免，則取途較寬。余曰：“如有天然佳偶，亦許花樣翻新。”客曰：“既以爲可，則‘環肥燕瘦’四字，射《左傳》一句誠佳偶矣！”余笑曰：“莫非‘筮短龜長’乎？”客點首。客曰：“以此類推，則單字亦有對偶。如‘堯眉’二字，可射‘瞬’字。‘虎頭”’二字，可射‘聾’字，等類。取無禁，而用不竭矣！”余笑曰：“如此射法，單取字面對仗，則任出一題，便有無數對偶，有何限制耶？譬如堯眉可對舜目之瞬，則禹足爲踽，禹齒爲齲。文口爲吝，文手爲拉。孔口爲吼，冉耳爲聃，臯羽爲翱，臯口爲嗥，何一非確對耶？虎頭可對龍耳之聾，則豚爲豕肉，臙爲燕肉，矓爲龍目，騏爲馬耳，攎爲鹰手。似皆可用矣。”客語塞。

以《西厢記》製謎，大有五花八門之觀。舊説部中均有佳搆，吉光片羽，令人忍俊不置。余與訓初、大楚諸君，亦恒取材於是。如訓初所製，“瀟湘妃子腹便便”，射“這是肚腸閣落淚珠多”。“單眼鏡測大風浪”，射“瞅一瞅古都都

---

① 此文録自《中華小説界》第2卷第1期。作者署“莫等閒齋主人”。

翻海波”。“看人風箏綫斷”，射“待颺下”。“三顧”，射“傾國傾城”。“方丈”，射“僧居禪室”。“女媧鍊石處”，射“是離恨天”。“南越王以桎梏待來使”，射“禁住陸賈”。“葉”字射“世間草木是無情”。猶有相兼並。余所製，如“兩人學私語”，射“我試悄悄相問，你便低低應”。“晴雯撕扇”，射“嗤扯做了紙條兒”。“南霽雲竟殺賀蘭”，射“不強如指頭兒恁”。“動物音樂隊”，射“一對對鳳簫象板雁瑟鸞笙”。“裹足不前”，射“料應他小脚兒難行”。大楚所製，如“迅雷不及掩耳”，射“忽聽一聲猛驚”。“日月爲鏡”，射“分明打個照面”。“十八扯”，射“兄妹爲之”。“髦兒戲園主”，射“仕女班頭”。“檻外人口號”，射“隔窗兒咳嗽一聲”。“鬼祟”，射“你是影兒似不離身”等類，均不落下乘。

醒我以“賈寶玉初試雲雨情”，射《西厢》兩句不連，爲“破題兒第一夜，做了偷花漢”。第二句花字緊扣襲人，則賈寶玉三字不落空否。近人射《西厢》儘多，可採之作，如“點睛人”，射“飛去半天”。“緘默而出”，射“縫了口的撮合山”。“言可復也，言可復也”，射“說哥哥”，此會意兼拆字法也。又“恒泰”二字，射“倒有個天長地久”。“燈光”，射“無夜無明”。“炙”字射“斜月殘燈”。“得見一錢亦可解饞”，射“要看個十分飽”。“信亡去”，射“何必苦追求”。“一個歡然兩個怏然”，射“暢懊惱”。“虚懷”二字，射“沒揣的”。則各體俱備，洵爲才人吐屬。其以《西厢》射他書者，如“分明是你過犯”，射“於予與何誅”。“他並頭效綢繆，倒鳳顛鸞百事有”，射詞牌“紅窗聽”。“伯勞東去燕西飛”，射“習相遠”也。“一個憔悴潘郎鬢有絲，一個杜韋娘不似舊時”，射“君子偕老”。以上諸謎，均耐人尋味。

以文虎猜物，蓋源流於咏體，而尤以雙管齊下，雅俗共賞爲合格。《石頭記》鏡謎云：“南面而坐，北面而朝，象憂亦憂，象喜亦喜”，自是最上乘文字。嘗見有人製一曲云：“風流子，風流子，紅粉佳人抱著你。一聲聲叫夫啊夫，未到光時不放你。”蓋吹火之火筒也。又有以“普天之下，惟我最大，張開兩眼，見人便打”，射骨牌中之地牌者。均能形容盡致。餘如近人以“黄昏”射食物“醬”。“十旬”，射食物“金針竹筍”。非不精當，但以拆字格猜物，較之咏體又次一等矣。不如晚近之以“革命軍興”，射“撲滿”。“燈猜吟”，射“文虎章”。就字義爲推敲，尚覺新穎也。

有目不識丁之厨子，見余輩談謎甚酣，不覺技癢，亦獻一俚謎曰："四對頭兒十九脚，九個面子七鷄巴。猜一用物。"余與訓初苦思不得其解。厨子曰："八仙桌也。"余時方午餐，不覺噴飯滿案。蓋八仙桌，即四方桌之別名。彼將八仙與桌拆開計算。所謂四對頭兒，指八仙八個頭也，李鐵拐跛一脚，則八仙僅以十五脚計而加以桌脚四個，適成十九脚。八仙八個面，加入桌面一個，則九面矣。末三字指八仙七男一女也。謎雖極俚，而不能不服其設想之巧。按此謎與舊作牛羊父母，同一用意。（舊謎：四隻頭，四隻手，八隻眼睛，十二隻脚，射牛羊父母。）然以較八仙桌一謎，尚不逮其工巧也。

文虎之射人名者，不無警句。舊謎以"吐氣如虹"，射四書人名"長息"。"外委"射左傳人名"夫差"。"免補同知，即行升用"，射漢人"班超、司馬遷"。"朋友之交也"，射"第五倫"。"執其手曰吾久負賢者"，射"景延廣"。近人嘗以"多買胭脂畫牡丹"，射《水滸》人名"朱富、朱貴"。"後生可畏"，射"童威"。"柒"字，射東漢人名"陸續"。以上諸作均堪入選。訓初以"一諾千金"，射"季子然"。余以爲不如改换"秦火"二字爲面，較爲簡鍊。余以"太白醉呼力士"，射元人"脱脱"。"鋼制四角形"，射清人"鐵良端方"。"上帝十誡，晉人用之"，射元人"耶律楚材"。雖非精邃之作，然亦無愧平穩矣。

以燈虎射俗諺，底俗而面宜雅。舊謎以"匪"字，射"是非只爲多開口"。"話"字射"說話沒舌頭"。"合"字射"拿不出手"。以拆字格詮題，頗爲簡當。余所製"鴻雁翱翔""鳳凰于飛"，射吴諺"懸空八隻脚"。"青蓮大學士"，射"白相"。"搜捕比干"，射"尋開心"。"短笛長鞭"，射"吹牛拍馬"。自謂頗不累贅。

曲牌詞牌，可供謎料者甚繁。訓初以"濃"字射"水龍吟"。"月球軌道"，射"繞地游"。"慈母手中綫"，射"絡絲娘"。"破涕爲笑"，射"泣顔回"。余以"萬籟無聲"，射"四邊靜"。"是猶治絲而棼之也"，射"棉搭絮"。"故人爲宰輔"，射"鬼三臺"。"尋尋覓覓冷冷清清悽悽慘慘戚戚"，射"字字雙"。均爲閲者所首肯。

晚近製謎，有所謂徐妃格者，如"誨人不倦"，射蟲名"蚯蚓"。"閻王出告示"，射蟲名"螟蛉"。"乳臭知兵"，射鳥名"鸚鵡"之類。硬削去蟲鳥偏旁，而用其半邊文字爲影射，殊屬無理取鬧。製謎之途甚寬，俯仰古今，萬物皆備於我。必採取此等破碎體格，以供消遣，吾無取也。[①]

燈謎叢録

一、燈謎十五則

（一）一諾千金　四書句一

（二）唯仁人放流之　又

（三）皆　又

（四）窅　時人名一

（五）冰人　上海報界人名一

（六）鍊成金鋼製正四角形　時人名二

（七）且緩恭維我輩　上海人名一

（八）十分體格細　評論字一

（九）精衛含冤　新小説名一

（十）自戊子直到如今都在羅剎國中度將昏曉　又

（十一）破涕爲笑　詞牌名一

（十二）寰球旅行　曲牌名一

（十三）戲子　又

（十四）牛山（對偶格）　外國地名一

（十五）臼　詞牌名一[②]

謎底

（一）季子然

（二）用其二

（三）彼白而我白之

① 録自《中華小説界》第2卷第2期。作者署“莫等閒齋主人”。

② 録自《月月小説》（1933年）第6號第238頁。

（四）張之洞

（五）冷血

（六）鐵良、端方

（七）徐敬吾

（八）謝

（九）恨海

（十）二十年目睹之怪現狀

（十一）泣顏回

（十二）繞地遊

（十三）耍孩兒

（十四）對馬島

（十五）一半兒[①]

二、《西廂》謎（謎底皆《西廂》句）

（一）檻外人　口號一句

（二）君命召不俟駕行矣　又

（三）嚥紅　又

（四）兩人學私語　二句

（五）一抹春山様入時，却嫌脂粉污顏色　又

（六）看人風箏綫斷　二句

（七）屈指一百八十日苦況　又

（八）淅淅瀝瀝嚶嚶唧此何聲也　又

（九）迅雷不及掩耳　又

（十）碧海青天，夜夜教他孤另　又

（十一）晴雯撕扇作何情狀　又

（十二）太史公不擇飲　又

---

① 録自《月月小説》（1933 年）第 7 號第 242 頁。

（十三）單眼鏡測大風浪　二句

（十四）妓女　一句

（十五）齒蛀　又

（十六）女媧補石處　又

（十七）普陀山主　又

（十八）佛殿回祿救援不到　又

（十九）苜蓿山中秋獵酣（對偶）二句

（二十）裹足不前　一句

（二一）懸心吊膽　又

（二二）肚裏開鐵路　又

（二三）髦兒戲一句

（二四）太陽銜山　又

（二五）小綠林　又

（二六）方丈　又

（二七）如盲似啞　又

（二八）守舊姬　又

（二九）莫言雲雨無消息，似向迢迢碧落尋　又

（三十）足將進而趦趄　又

（三一）南粵王設桎梏待來使　又

（三二）南霽雲胡弗殺賀蘭（解鈴）又

（三三）念緊箍咒不歇　又

（三四）我歌赤鳳來（對偶）又

（三五）深林夜靜誰放手槍　二句

（三六）鬼祟　一句

（三七）長生殿　二句

（三八）睡　一句

（三九）欲得飛燕輕身舞　又

（四十）崑岡摩訶薩　又

（四一）慢動金蓮　又

（四二）見一錢則忘餐　又

（四三）響屧廊邊，清華池裏，似此美人難再　二句不連

（四四）醉漢打翻筵席　一句

（四五）驚退兩步　又

（四六）發言盈廷　一字[①]

谜底

（一）隔窗兒咳嗽一聲

（二）似得了將軍全令

（三）腔子裏熱血權消渴

（四）我悄悄相問，你便低低應

（五）他眉兒是淺淺描，他臉兒是淡淡妝

（六）待颺下

（七）打算半年愁

（八）是暮雨催寒蛩

（九）忽聽一聲猛驚

（十）想嫦娥西沒東生有誰共

（十一）嗤扯做了紙條兒

（十二）渴司馬

（十三）我瞅一瞅古都都翻海波

（十四）賣笑倚門兒

（十五）螫得人牙疼

（十六）是離恨天

（十七）他是一尊救苦觀世音

（十八）那裏管焚燒了七寶迦藍

---

① 録自《月月小說》(1933) 年第 7 號第 243 頁。

（十九）恰對菱花，樓上晚妝罷
（二十）料應他小脚兒難行
（二一）似這般掛肚牽腸
（二二）輪轉得腸忙
（二三）仕女班頭
（二四）半個日頭
（二五）么魔草寇
（二六）僧居禪室
（二七）我眼花撩亂口難言
（二八）真是積世老婆婆
（二九）只聞巫山遠隔如天樣
（三十）躡着脚步兒
（三一）禁住陸賈
（三二）不强如指頭兒恁
（三三）煩惱耶唐三藏
（三四）他見黄鶯作對
（三五）忽聽得一聲猛驚，撲剌剌宿鳥飛騰
（三六）你是影兒似不離身
（三七）夜闌人静海誓山盟
（三八）分明眼底人千里
（三九）我定要手掌兒上寄擎
（四十）崑岡佛號
（四一）未將小脚兒挪
（四二）要看個十分飽
（四三）西子太真這般可喜娘罕曾見
（四四）霎時間杯盤狼藉
（四五）諕得我倒躲倒躲

（四六）呸[①]

三、西厢謎面（續前號）

感兩宮　一句

推廣自由結婚主義　二句

身隅掩泣　一句

情仇　一句

傷離當此夕牛女又參商　一句

和尚做生日　又

小相公初伴老斗　又

以面具爲贈　又

美人無首　又

灰布觀音　又

風掃桃花　一句

爲想壓衣花影重，金蓮約莫沒泥中　二句

懶和尚　又

諕得面如土色　一句

芭蕉拂檻萬籟無聲　又

科舉廢矣　又

不過寫意地圖　又

滿紙啼痕拆後添　二句

桃花飛盡劉晨在　一句

紅廟神誕無甚雅觀　二句

亻　一句

悟空就醫　三字

宿於書　一句

---

① 録自《月月小說》（1933 年）第 8 號第 231 頁。

納日　三字

上林殿更深火警　一句

天然伉儷　又

人妖　六字

棠梨經雨倍精神　一句

日東月西　一句

驚醜　一句

瞧秋波險化做針兒鼻　一句

除夕　一句

宋廣平東奔西走　三句

花襲人　三字

誇贈嫁豐厚　二句

開元錢背面指甲紋　一句

隔衣齧臂　又

接吻　又

鴉片灰　又

下筆成章　又

注意牡丹亭傳奇　又

相思鎮日無聊甚，聚到春山絕頂峰　二句

無意到天台　一句①

---

① 録自《月月小説》（1933年）第8號第232頁。未見謎底。

五、藥轉室墨剩

（一）嘆伯魚曲

滑稽筆墨，寓莊於諧，其能膾炙人口，令人不厭百回讀者，亦宇宙間有數文字也。余客居歇浦時，曾見某君《諧曲》一篇，極堪忍俊。某君久寓滬北，其僕名伯魚者，一日竊其衣箱而逃，某君無從追捕，只得付之一笑而已。戲作白話曲一首云："孔夫子，嘆聲唉。我的兒呵，我只道你早年不禄，難爲我破費了一具薄薄的棺材。不料你尚在人間，偷偷摸摸，做了盜跖的奴才。想起你從前趨庭的時候，怎樣的教導你學詩學禮，什麽全然不記在心懷。若被那竊寶玉大弓的陽貨知道了，叫我做聖人的面子，如何下得臺。呀罷了，我如今也窮得弄不開，那章身的縫掖，已經七穿八洞，千補百納。冬寒凛冽實難捱，你且將偷的衣裳拿來孝敬我。待我做老子的，試一試身材。那紅的紫的我都不要，只揀那羔裘麑裘厚的狐裘取過來。"此篇藉題發揮，可謂詼諧盡致，惟未免冤殺伯魚。然既有兩曾參，固無妨有兩伯魚也。①

（二）養馬行

清初，尚可喜開藩粤省時，廣州城内外三十里，民間所有廬舍墳墓，悉夷爲馳道。令藩兵築厩，養馬其中。居民竄徙，爲之一空。其瑣尾流離情狀，有不忍述者。粤士梁藥亭哀之，爲作《養馬行》一詩。尚藩聞而欲殺之，梁亡命入閩。耿精忠亦多方掩捕，爲閩浙總督范承謨匿之署中。幕客稽永仁，多智謀，乘貢差之便，帶之微服北行，遂免於禍。時耿、尚兩藩，逆迹尚未彰也。梁詩

① 録自《華報》61號，1931年5月6日第3版。

流傳遠邇，惜各家筆記，未有採摭及此。余總角時，從故家鈔本轉録，昨檢篋得之。詩云："賢王愛馬如愛人，人與馬並分皇仁。王樂養馬忘苦辛，供給王馬王之民。馬齕水草日百斤，大麥小麥十斗勻。小豆大豆驛遞頻，馬夜吃豆仍數巡。馬肥王喜王不嗔，馬瘦王怒王斬人。東山教場地廣闊，築厩養馬幾千群。北城馬厩先爲墳，馬厩養馬王官軍。城南馬厩近海濱，馬愛飲水海水清。西關馬厩在城下，城下放馬馬散行。城下空地多草生，馬頭食草馬尾横。王諭養馬要得馬性情，馬來自遼左馬不輕。人有齒馬，服以上刑。白馬王絡以珠勒，黑馬王絡以紫櫻。紫騮馬以桃花名。斑馬綴玉鎖，紅馬綴金鈴。王日數馬，點養馬丁。一馬不見，王心不寧。百姓乞爲王馬，王不應。"噫！率獸食人，良民横遭荼毒。衛懿乘軒之鶴，惡能逮其豪恣耶？①

（三）錢本草帖

曩於毗陵友人處，見有抄本《錢本草》一段，謂係張燕公所作。後讀時人《思荃館筆記》，亦有採録此篇，而語意繁冗，字句重複，當爲傳抄之误。民國十三年，重遊上海，適過薛椒生家，爲其妹診病。薛酷嗜金石，鐘鼎圖書而外，蒐集多種碑帖，而張燕公所撰《錢本草》一帖，羼入其中。裱工精緻，字爲樊厚所書。書法馱宕，力摹右軍，汪退谷、王虛舟、林吉人、徐誠齋諸名流，均有題跋。蓋此本爲《金石録》所無，罕而見珍也。其文曰："錢，味甘，大熱，有毒，偏能駐顔。采澤流潤，善療饑寒困頓之患，立驗。能利邦國，污賢達，畏清廉。貪者餌之，服法以均平爲良。如不均平，則冷熱相激，令人霍亂。其藥采無時，采之非禮，則令智昏。其流行也，能通神役鬼。積而不散，則有水火盜賊之灾生。散而不積，則有荒饉困窮之厄至。一積一散，謂之道。不以爲珍謂之德，取與合宜謂之義。得無非分謂之禮，博施濟衆謂之仁，出不失期謂之信，入不妨己謂之智。以此七術精鍊，乃可久服，令人長壽。"兹篇正喻夾寫，寓莊於諧，雖未甚工，究非下乘文字也。②

---

① 録自《華報》63號，1931年5月12日第2版。

② 録自《華報》68號，1931年5月27日第3版。

（四）許竹篔輓聯

庚子拳禍，不但爲北五省浩劫，而且爲中國大辱。然未圍攻使館之前，朝野若狂。智若慈禧，且受王公大臣之惑。斯時滿漢大員，豈無明於時勢者，而懼禍及身，多相率而爲仗馬寒蟬，無敢出陳利害。漢員惟許竹篔、袁爽秋、朱古微三人，上書極諫，痛斥拳民不可信。誠可謂鐵中錚錚者矣。許時官侍郎，審事變之亟，不得已秘密矯旨，通電東南各督撫，保護外僑。事發遂逢西后之怒，處以極刑。徐、袁亦相繼弃世，聯軍入京，玉石俱焚。東南各省，不隨之魚爛者，許公矯旨之力也。西狩回鑾，不爲之平反盆覆，識者寃之。當時楊子通星使，聞變自海外郵遞輓聯一合。一氣呵成，銖兩悉稱，洵爲傑搆。聯云："同治庚午試京兆獲解，附公鄉貢題名。光緒丁酉繇墨嶠移軺，代公俄都駐節。""中外交游什三輩，何獨天假吾兩人。邂逅相遇之緣。偶共避暑森堡近郊，諭將來隱憂，必在黨禍。勞臣莫知死所矣！歸甫逾年，不圖内訌遽作。朝衣赴菜市，從容慷慨，竟與徐尚書袁太常被極刑，遺腹未生男。瀛海疇傳專對稿。""伯利帕米爾屢搆違言，示我據圖爭界。旅順大連灣頓失重鎮，偕我啣命尋盟。前後奏議廿餘篇。每因日蹙國百里痛哭流涕以告，記曾引觀彼得故像，謂此君雄志，欲併亞洲，邊衅其無已時乎？言猶在耳，何意老成云亡。使輶歷環球，經濟文章，當合曾侍郎薛副憲爲一傳。私家先擬謚，湖山終建表忠碑。"①

（五）太平天國之闈墨

洪秀全定都金陵時，開科取士，有蘇州孝廉"張申伯"，改其姓名爲"褚維星"，亦往參預應試。其題目爲《平定江南文》，其行文不用古文體裁，悉依墨卷制度。榜出，"褚維星"遂發解。全篇闈墨，現已散失，只記其小講與起二比，小講云："昔東晉司馬之興也，南宋康王之渡也，長江數千里，皆恃爲恢復漢族之基。豈非以江南之人之獨具忠義哉？蓋其後由江南而成平寇之功勳，必其先由江南而定皇圖之鞏固。石頭無恙耶！鐵甕尚存耶！試一觀江上之風雲，

---

① 録自《華報》70號，1931年6月3日第3版。

覺東洛冠裳，西京鐘鼓，殆不啻天與之而人歸之已。”起比云：“銅駝荊棘，吾民之苦深矣！自唐虞三代，迄今四千餘年，中原文物之邦，竟一息奄奄，如病夫之不起。堯舜禹湯文武，神靈之痛哭何如？問何時殺盡妖魔，上答天恩之高厚。”“泥馬風波，吾君之厄至矣！自唐桂二藩，避地一萬餘里，故國衣冠之裔，竟長此寂寂。讓异種以稱雄，燕趙韓魏齊秦，禾黍之凄凉奚似？願從此掃除腥穢，重開一統之河山。”氣魄渾雄，雖爲一現曇花，究不失爲超超元箸。惜此本僅剩一葉，不得窺其全豹。或云是爲天南遯叟“王韜”所作，王韜聞係博學鴻詞科之會元，非是科解元也。又云，“王韜”即爲“張申伯”之化身，殆亦好事者附會其説歟？①

（六）苗沛霖之詩

前清苗沛霖，藪澤一梟雄也。曾受撫歸命，未久而復嘯聚山林，跅弛之性難馴。向以爲不讀書之莽夫耳。嘗於毗鄰故家，見其遺稿，始知其工書善畫且能詩，固一有數通人也。字體崛健不羈，略似鄭板橋。畫法尤佳，多寫意之作。曾繪巨石一幅，自題兩絶云：“星精耿耿列三臺，謫墮人間大可哀。知已縱邀顛米拜，摩挲終屈補天才。”“位置豪家白玉欄，終嫌格調太孤寒。何如飛去投榛莽，留與將軍作虎看。”聞此盡係歸命後所作。桀驁之氣，磅礴紙上，正喻夾寫，不啻宋江題反詩也。又《登峽石山》詩云：“長淮鼓浪壯千秋，峽石雙峰聳上游。江左元凶仍負固，中原偉績賴誰收。縱横事業成虚泡，老大光陰感逝流。稚子不知天下勢，啞啞向我笑無休。”又《書懷》一首云：“故園東望草離離，戰壘珠聯掩畫旂。乘勢漫吞狼虎肉，借刀爭剥馬牛皮。知兵亂世原非福，餓死寒窗不算奇。爲鱉爲魚渾不解，終歸大海作蛟螭。”滿懷鬱勃，積健爲雄，總不願作一平坦語。此所以成爲苗沛霖之詩也夫。嘗見石達開入川題壁詩云：“大盜亦有道，詩書所不屑。黄金若糞土，肝膽硬如鐵。策馬度懸崖，彎弓射明月。人頭作酒杯，飲盡仇讎血。”句句是強盜口氣，却句句是英雄本色。與苗沛霖之

---

① 録自《華報》72號，1931年6月9日第2版。

詩合觀之，殆一鼻孔出氣歟！①

（七）布袋和尚歌

布袋和尚，彌勒之化身也。相傳爲梁時人，其里族不可考。常寓明州奉化縣岳林寺，圓其頂，皤其腹，以杖荷一布囊，內貯供具。嘗卧雪中，雪不沾身。天將雨，即着濕草履疾走。晴則曳高木履，竪膝而睡，人以此爲天時之預報。貞明三年丙子三月，說偈曰："彌勒真彌勒，分身千百億。時時示時人，時人自不識。"坐石而化，尋復見於他州，仍負布袋。人爭圖其像，卒亦莫知所繪。常唱"呵呵笑"歌，純以嬉笑怒駡出之，大有抹煞一切之概。其歌曰："你道我終日裏笑呵呵，笑著的是誰？我也不笑那過去的骷髏，我也不笑那眼前的螻蟻。第一笑那牛頭的伏羲，你畫甚麽卦，惹是招非。把一個囫圇圇的太極兒，弄得粉花碎。我笑那吃草的神農，你嘗什麽藥，無事尋事，把那千萬般痛根兒都提起。我笑那堯與舜，你讓天子。我笑那湯與武，你奪天子。你道沒有個旁人兒覷，覷破了這意兒，也不過十字街頭小經紀。還有什麽龍逢、比干、伊和呂，也有什麽巢父、許由、夷與齊。只這般唧唧噥噥的，我也那裏工夫笑着你。我笑那李老聃，五千言的"道德"。我笑那釋迦佛，五千卷的文字。乾惹得那些道士們去打雲鑼，和尚們去敲木魚，生出無窮的活計。又笑那孔夫子老頭兒，你絮絮叨叨，說什麽道學文章，也平白地把好些活人都弄死。住住住，還有一笑。我笑那天上玉皇，地下閻王，與那古往今來的萬萬歲，你戴着平天冠，穿着滾龍袍，這俗套兒生出什麽好意思？你自去想一想，苦也麽苦，痴也麽痴，着什麽來由乾碌碌，大家喧喧嚷嚷無休息。去去去，這一笑，笑得那天也愁，地也愁，神也愁，鬼也愁。那管他燈籠兒缺了半邊的嘴。呵呵呵，這一笑。你道是畢竟笑着誰？罷罷罷！說明了，我也不笑那張三李四，我也不笑那七東八西。呀，笑殺了他的咱，却原來就是我的。"明末遺老《萬古曲愁》，流傳宇內，其詞意即係脫胎於此。②

---

① 録自《華報》74號，1931年6月15日第3版。

② 録自《華報》77號，1931年6月27日第2版。

（八）新遊仙詩

昔年晤海上李耕五君，見其摺扇上書有《新遊仙詩》八絕，措辭新穎，妙語解頤，亦可傳之作也，愛而録之。其詩曰："乘興清游興倍長，驂鸞駕鶴總尋常。神仙亦愛翻花樣，擬坐飛船謁玉皇。（一）""一曲清歌人不見，是誰高唱遏行雲。霓裳自入留聲器，仙樂風飄處處聞。（二）""鳳脯麟脂積滿盤，葡萄美酒醉人難。忙呼小玉鋪檯面，安置刀叉吃大餐。（三）""牛女年年恨不窮，銀河隔斷信難通。緑章夜奏通明殿，請設河干德律風。（四）""休言一步一蓮花，洛女淩波燦若霞。着得一雙弓椽襪，踏來水面自由車。（五）""廣寒宮殿桂花香，仙子如雲列幾行。聞得嫦娥新奉飭，清虚府改女操場。（六）""瑤池阿母綺窗開，窗外轟轟響似雷。侍女一聲齊報道，穆王今坐汽車來。（七）""三十六宮敞畫屏，御街仙杖擁娉婷。幾多玉女朝天闕，不佩鳴璫佩寶星。（八）"惜不知作者姓名，僅署"迷新"兩字云。[①]

（九）宦途口頭禪詩

前清新建程道存太守，嘗製"官途口頭禪"八律，文言道俗，描摹趨炎附勢形態，惟妙惟肖。此詩頗膾炙一時，録之可爲官僚派寫真也。

（甲）"糊頂棚"：門面鋪張大有權，直須着意頂棚邊。麵糊未必無長技，篾片何曾費本錢。似此人才真掃地，居然手段可遮天。祇愁一夕獰雷作，問爾如何得瓦全。

（乙）"戴高帽"：衮衮諸公帽子高，下官恭送敢辭勞。冰銜自命牧偏速，炭簍加多戴更牢。持與紅人鑽狗洞，勝他皂役插鷄毛。小冠子夏真無用，見异年年等弁髦。

（丙）"開棹面"：廉俸無多不救貧，大開棹面拜錢神。輕輕飛落洋圓票，滿滿堆來占寶銀。前箸代籌惟幕友，後門過付是官親。堪嗤贓敗查抄日，父母青天匾尚新。

---

① 録自《華報》80號，1931年7月6日第2版。

（丁）“提袴腰”：巴結紛紛向大僚，一聞着袴願提腰。解衣總爲將如厕，束帶何堪更立朝。誰謂胸中猶有物，自居袴下太無聊。不如裙褊功名好，衹有夫人敢放驕。

（戊）“敲竹槓”：宦途真與緑林同，多少生涯竹槓中。幾個分來寒乞相，一竿掃落富家翁。無錢莫進衙門大，持柄而搖報館凶。剛道平餘堪抵帳，又來惡客打秋風。

（己）“撞木鐘”：優缺優差運動多，其如徒撞木鐘何。耳聽消息空中斷，眼見招搖市上過。打到五更難破夢，思來一病倏成魔。念秧北道尤堪怕，慎莫輸金入網羅。

（庚）“拍馬屁”：誰人馬屁拍來強，此技年來讓宦場。眼界不愁前路遠，脚跟甘逐後蹄忙。貴官赴席爭扶鐙，公子尋花爲帶繮。笑汝遍嘗溲勃味，翻稱枵腹守官方。

（辛）“吹牛皮”：信口吹牛語盡空，人頭直與畜鳴同。奈何放膽全無忌，若使呵脬人有功。任汝求疵毛□外，讓他□響盎之中。匆匆狂叫奚奴起，快套騾車謁相公。

今日官僚，鑽營脅諂，愈出愈奇，其伎倆遠非八途所能盡。倘能別製新名詞以形容之，則詩家當有好題目也。①

（十）李闖覆史可法書

吴門邵心籟，博學士也。庋藏鐘鼎碑帖，如數家珍，尤喜摭録古今人名稿。余游虎邱時，曾寄宿其家，見其抄本中有《李自成覆史軍門書》一篇，桀驁恣睢之氣，磅礴紙上，不啻李賊一副寫真也。其書曰：“孤謂天命無常，任人自爲。故不惜勞兵費食，御馬牽車，跋涉道路，與李天子共鎮山河。集兵聚衆，業已四百餘萬。南面稱孤，挺刃横行，改元年，上尊號。誰得而非之？乃猶服諸侯之服，名諸侯之名，所行所爲，皆由節制，但不奉昭代律令耳！豈欲比明公匪躬蹇蹇，盡忠於朱皇帝之職分耶？頃者接明公諭，中間致撫剿之説，陳布

---

① 録自《華報》83號，1931年7月15日第2版。

陣之法，度費支之用，既井井昭明，勤王之事，明公真朱家第一人也。第職業有不克逮者，明公遠引往事，近援昭代。如某某興廢，以諭孤，孤豈不知？然若輩或以夷狄亂華，或以土司召釁，烏而合者翼而奪，鼠而竄者徐而斃。時勢不同，而攻取之術非也。今以若輩概孤，謬矣！孤之始末，明公雖知，然未得其詳。孤本山東人，父業屨，母織袛。二弟乘駿、乘虎皆讀書，獨孤屢試不遇。值逃兵二百餘人，奔小路，走河南，不意爲衆所獲。孤述生平行事，遂推孤爲盟主。而執事不量力而追捕之，孤遂與二百人挑戈接戰，决敵首領。因歸帳中，計招募義兵。一日數百餘人，十日之外，連歸幾萬。雲會雨聚，若天之所使，神之所翼。而招携所到，無往不附，近古以來所未有也。①

然孤無圖大之志，以希帝制自爲，與天子抗禮。乃衆公不諒，數上征伐之議，驅策百萬之師。倉愴之餘，無以逃命，始决心觸天子之怒，勞明公之力。耗有限之帑金，殺無辜之赤子。孤雖死罪萬千，亦由諸公激之也。衆公不能輔佐朝廷，以安兵武，今日欲圖孤，明日欲撫孤。聚訟盈庭，無有定準，是詐僞先自朝廷。孤即投戈釋甲，放馬歸牛，安知不爲籠絡之計。衆公既欲撫孤，而議伏兵襄側，列陣河南，孤是以有太行之役。且命數下罪，師復詭名，搗我巢穴，入我心腹，孤是以有半路之師。去年八月，孤以用兵勞苦稍出安息，一卒不殘，一人不殺也。而諸公議帥諸將，迫我士卒，亂我大軍，孤是以有平復之役。何往不由諸公所激者哉？今明公鞠躬盡瘁，何啻武侯。戰勝攻取，不啻淮陰。愛人養士，遠勝吴起。纂述兵法，奚遜孫臏。如此數長，誰克當之。而獨事之利害，計之得失，何明公不能逆睹也？夫孤自起兵二十年，少者壯，壯者老，當時豈無議滅孤而朝食者，而勢有不可。誠恐大師一動，安危倚伏，稍有敗亂，即孤乘勝之餘，誰敢當敵。雷震風疾，天下可席捲而定矣！②

即來諭云，精兵三十萬，餉四十萬，集師某處，據某地，倚某山，背某水。何以即生，何以即死。降者免戮，戰者依法。嗚呼，將安用此詭詞耶？孤雖駑，亦嘗竊讀兵法矣！書曰：‘上將洩者一軍歿，中將洩者罷金鐵。’今以萬難度之

① 録自《華報》84號，1931年7月18日第2版。

② 録自《華報》86號，1931年7月24日第2版。

事，而明公洩言。所謂愚將軍，只以欺士卒而已，非所以愚孤也。孤之略法，步兵六十萬，馬四萬匹，與明公會獵於襄江之北，太行之左，河南之右，前指武當，後背廣水，東南西北，陣伍俱齊。旗幟金鼓，號令嚴瑟，軍有紀律，所向無前，何敢侮明公誇口哉！至於撫孤一說，猶爲可笑。降兵有叙越次者，無一金之賞，無一米之施。或頭領願降者，僅一官半職而已，是明公以餌誘頭領也，掩耳盗鈴也。嗚呼！孤即願降，豈愛一官半職而被誘哉？能割襄陽一帶以屬孤，自此以往，行昭代律令，奉明朝正朔，有事可爲外援，無事即爲內鎮，主便也。賞給雖小必加，罪過雖微不宥，至當也。語云：獨坐窮山，放虎自衛，此之謂也。明公接此，奏之朱天子，俾得知孤無异心，彼此兩休，何待戰服？如不我允，以孤爲驕妄之談，孤好自此絶矣！孤武自此奮矣！孤與明公亦從事戎行矣！明公又何辭焉？嗚呼！大丈夫處世，不爲聖帝明王，即爲首君尊伯。如欲強自屈就，俯首求活，雖婦人女子不肯爲，况堂堂英雄，生有血性者哉！”①

（十一）葛雲飛妾歌

前清道光辛丑，英兵寇浙之定海。山陰葛將軍雲飛率師拒之，力戰三晝夜。援軍不至，彈罄師熸，逐戰死於東嶽宮。將軍有妾“尹月午”者，容止嫻雅，好武能軍，富有膽略。聞將軍死耗，悲憤填膺。立集侍妾婢媼之勇敢者，及殘卒數百人，乘夜突入英壘。奮不顧身，以一當十，竟奪回將軍屍，歸葬故里。人以比之明季沈雲英云。汪孝廉（芙生）爲製《葛將軍妾尹月午歌》，云：“舟山潮與東溟接，戰血模糊留雉堞。廢壘猶傳陸遜軍，行人尚說張巡妾。共道名姝越國生，苧蘿村畔早知名。自從嫁得騰雲婿，到處相隨却月營。清油幕底紅燈下，緩帶輕裘人儁雅。月明細柳喜論兵，日暖長楸看走馬。一朝開府海門東，歌舞聲傳畫角中。不問孤軍懸渤澥，但思長劍倚崆峒。新聲休唱丁都護，金盒牙旗多內助。②虎幄方吹少女風，鯨波忽起蚩尤霧。一軍如雪陣雲高，獨鑿凶

① 録自《華報》87號，1931年7月27日第3版。

② 録自《華報》88號，1931年7月30日第2版。

門入怒濤。誰使孝侯空按劍，可憐光弼竟抽刀。凄凉東嶽宫前路，消息傳來淚如注。三千鐵甲盡蒼黄，十二金釵齊縞素。綉旗素鉞雪紛紛，報主從來豈顧勛。已誓此身拼九死，頓教作氣動三軍。馬蹄濺盡胭脂血，苦戰緑沈槍欲折。歸元先軫面如生，殺賊龐娥心似鐵。一從巾幗戰場行，横海雌霓貫日明。不負將軍能報國，居然女子也知兵。歸來腸斷軍門柳，犀鎧龍泉亦何有。不作孤城李侃妻，尚留遺恨韓家婦。還鄉着取舊時裳，粉黛弓刀盡可傷。風雨曹娥江上住，夜深還夢舊沙場。”

按：將軍謚壯節，尹月午亦山陰人。似兹一身是膽，男兒且不可多得，况婦女乎！清廷略無奬贈及之，未免埋沒巾幗英雄。倘無汪孝廉一歌，後世誰知有“尹月午”者。其幸運不及“秦良玉”多矣！①

（十二）鑽穴隙相窺曲

明孫仁孺，撰有《東郭記傳奇》一部，以《孟子齊人章》，爲全書主人翁。以陳仲子、王驩、淳于髡、公行子、東郭氏、尹士、綿駒諸人，爲經緯。雖屬詼諧遊戲筆墨，亦煞費匠心。全稿甚長，不能備載。中有《鑽穴隙相窺》一齣，填用〔不是路〕兩闋極佳。其詞云：“爲覓紅芳，俏俏輕輕過畫堂。斜凝望，那多嬌可是試蘭湯。解羅裳，金蓮倚處香飄蕩。玉體窺時室渺茫，尋芳向。那門邊隱隱些兒亮。鑽他明朗，鑽他明朗。（一）”“細偷張，膚若凝脂乳正芳。翻銀浪，纖纖束素細腰香。俊嬌娘，如何不教人兒想，爲甚偏將那好處藏。無由向。他春羅半副中間放。沒些疎曠，沒些疎曠。（二）”上闕實寫“鑽”字，下闕實寫“窺”字，分明一幅窺浴圖也。②

（十三）撲滿歌

侯官孝廉林楓，號芾庭，前清嘉道時人。洪楊亂作，東南魚爛。閩中人士，乘機而起，投筆從戎，縛袴急裝，弋取儻來富貴者，實繁有徒。先生老屋三楹，

① 録自《華報》89號，1931年8月3日第2版。

② 録自《華報》91號，1931年8月9日第3版。

炊烟弗繼，杜門不出，以處士終其身。氣骨嶙峋，已足千古。其孫怡山先生，梓其遺篇，曰《聽秋山舘詩鈔》行世。中有《撲滿》一詩，極揮灑自如之致。詩曰："貧士本無錢，也有積錢癖。積錢亦無多，摶土作錢宅。形圓而腹皤，中乃開一隙。日用飲食餘，盡向此中擲。日計復月要，得寸亦得尺。聊免羞空囊，未必罪懷璧。素心不速來，呼酒興何劇。蘇叉既無餘，阮杖又屢厄。慢藏婦寡謀，床頭苦搜索。驀然得奇寶，睨視顏爲懌。一擲落階前，劃然混沌坼。大錢如散珠，撫掌笑啞啞。二分付酒家，一分治肴炙。不愁銅山傾，但憂酒户窄。陶然各大醉，不知何者客。吾友笑謂予，孤注殊可惜。蓄此凡幾時，賣菜日求益。一朝殉酒腸，請復恐無策。吾笑曰不然，剥復理互易。盈滿固爲灾，銖分或可積。吾欲命陶人，從頭事摶埴。依樣畫葫蘆，舊譜堪重繹。破甑雖難完，漏巵勿使滴。芥子納大千，我法通彼釋。恰如揲羲爻，萬象始一畫。源泉混混來，醉鄉任封殖。待破祖生慳，終殊夷甫癖。請寬十日來，重攝糟邱屐"。①

（十四）陳金鳳外傳

民十年，旅羊城。演廬主人沈演公示以門人徐謌栖孝廉所藏《陳金鳳外傳》。謂此稿得於高蓋山穴中，海内尚無刊本，良可寶也。照鈔一通，置之篋衍。昨適檢出，抹摭之以充吾墨剩。傳文曰：

陳后金鳳者，閩主王延鈞之后，福清萬安鄉人也。父侯倫，少年美丰姿。陳景福初，事閩觀察使唐，以色見嬖。起居與共，巖因得出入卧内。其妾陸氏，與之私通，有娠。未幾，巖卒。婿范暉，自稱留後，陸依於范，生一女。其夕夢飛鳳入懷，因名金鳳，冒姓陳。及王潮與其弟審知兵入閩，攻殺范氏。金鳳流落民間，巖族陳匡勝收養之。梁開平三年，審知封閩王，採良家女充後宫。時金鳳年十七，態度窈窕，善歌，通音律。審知聞之，召爲才人，特蒙寵倖，宫室服御之奉，與魯國黄夫人比。嘗築水晶宫於西湖，傍列亭榭，周迴十餘里。金鳳時扈駕，由子城複道中出游，然不及蕩。後唐同光三年，審知卒，子延翰繼之。延翰妃崔氏，醜而淫，性復妒。搜諸宫人之美者，輒幽之别室，械以三

① 録自《華報》93號，1931年8月15日第3版。

木，鑄銅爲人手，擊其頰。又以大錐刺其臂，一歲中死者八十四人。時金鳳已乞身爲尼，深自匿，故得免。次年，延翰爲周彦琛所弑，而延鈞立。延鈞爲審知次子，娶漢王女清遠公主，有美色，早世。繼選金氏、劉氏，皆賢而無寵。①

後宮數百，無可當意者。内侍李倣，極譽金鳳姿態超絕。延鈞御紫宸門宣見，大悦，封之爲淑妃。長興三年，民間有言真封宅龍見者，延鈞於其地造躍龍宮，自稱帝，國號閩，改元龍啓。進封金鳳爲皇后，追封其假父陳巖，爲威武軍節度使。庶母陸氏，爲長樂郡夫人。族人陳匡勝，爲殿使，特築長春宮以居之。延鈞數於其中爲長夜之宴，每宴輒敕宮中燃金鳳燭數百枝，環列左右，光明如晝。復敕宮女數百人，擎一杯盤，皆瓊瑤瑪瑙琥珀琉璃之屬，以隊遞進，不設几筵。酒酣，張長枕一床，擁金鳳及諸宮女裸卧，隨意幸之。又遣使於日南造水晶屏風，圍四丈二尺，延鈞與金鳳淫狎於内。令宮女隔屏覘之，嬉笑爲樂。三月上巳，延鈞修延桑溪，金鳳偕後宮，雜衣文錦，列坐水次，流觴娱暢，窮日而返。沈麝之氣，環珮之響，燎炬之光，達於遠近。途中絲竹弦管，繽紛和奏，清音入雲，觀者塞道不能前。端陽日，造彩舫，載宮女二三十人，衣短衣，鼓枻爭光。延鈞御大龍舟以觀。金鳳作樂游之曲，使宮女同聲歌之。曰："龍舟摇曳東復東，採蓮湖上紅更紅。波淡淡，水溶溶，奴隔荷花路不通""西湖南湖鬥彩舟，青蒲紫蓼滿中洲。波渺渺，水悠悠，長奉君王萬歲遊"。都人士女綺綉夾岸，雜沓如市。夜收宮女入宮，② 多有不知所之者，延鈞亦不問。有小吏歸守明，弱冠美皙如玉，延鈞嬖之，嘗呼爲歸郎。延鈞素多寵。守明侍禁中，夤緣與金鳳通。又有百工院使李可殷，與守明昵，因守明通於金鳳。可殷敏慧有智巧，守明令造縷金五彩九龍帳於長春宮，織八龍於帳外。而以延鈞爲一龍，既成進之，極其華靡。延鈞歡甚，益昵守明，數留宿於内不出。國人歌曰："誰道九龍帳，惟貯一歸郎。"初金鳳因李倣得進，及爲后，倣自矜其功，且微聞九龍帳中事，頗恣横不爲畏忌。金鳳弗能堪，令可殷譖之延鈞。倣知之，怨金鳳負己，謀所以奪之寵。乃盛飾其妹春燕進於上。春燕婉媚絕代，初入宮，顧盼

---

① 録自《華報》95號，1931年8月21日第2版。

② 録自《華報》96號，1931年8月24日第2版。

舉止，動移上意。因大見幸，册爲賢妃，以倣爲皇城使。擅愛專夕，延鈞自是不復御九龍帳矣。因爲春燕造東華宫，以珊瑚爲棁栭，琉璃爲檽瓦，檀楠爲梁棟，珍珠爲帘幕，范金爲柱礎。窮工極麗，宫中供匠作者萬人，用匱不給。倣舉薛文傑充國計使，文傑巧聚斂，多察富人隱事。文致之以罪，而藉沒其貲。被榜棰者胸背受痛，仍以銅斗熨之。建州大盜吴光來朝，文傑利其財，將求其罪治之。光大怒，率衆叛入吴。引吴人攻建州。①

延鈞遣將往救建州，兵行在道不進，曰得文傑乃進。延鈞不得已送於軍中，軍磔殺之。金鳳諷在省常侍李洵上言，文傑導九重淫，竭萬户脂膏，天怒人怨，禍亂叵測，皆由李妃與倣爲戎首。今文傑伏誅，妃、倣不宜在左右，延鈞意猶豫。明年元夕，大酺御殿，召前翰林承旨韓偓、宏文館直學士王倜、右補闕崔道融、吏部郎中夏侯淑等，觀燈賜宴。命各賦大酺樂，偓感長春宫失寵，賦詩曰："淚滴珠難盡，容殘玉易消。倘隨明月去，莫道夢魂遥。"延鈞爲動念，因返駕長春宫。李倣知罪己者衆，不自安，私與春燕畫全身之策。以太子繼鵬與陳氏有隙，乃言春燕之美於繼鵬。鵬入宫問疾，遇春燕於前廡，悦之，遂於其所居烝焉。匡勝聞而白其事，延鈞大怒，與次子繼韜，議殺繼鵬，鵬懼與李倣圖之。適醫工陳究，從宫中出，言延鈞病不起。倣遽命壯士，先殺李可殷於家。金鳳訴之，延鈞強起視朝，詰可殷死狀。倣聞驚怖，逼繼鵬，率皇城衛士入。延鈞聞鼓譟聲，走匿九龍帳中。衛士刺之不死，宫中不忍其苦，爲絶之。繼韜及金鳳歸守明陳匡勝，皆爲倣所殺。於是繼鵬即位，改永和二年，爲通文元年，立春燕爲皇后，加李倣判六軍諸衛事。繼鵬元妃梁國夫人李氏，同平章事李敏之女，繼鵬寵春燕，欲廢夫人。②

內宣徽使参政葉翹諫曰："夫人先帝甥，聘之以禮，奈何以新愛易乎？"繼鵬不聽，翹復上書極爭之。繼鵬批其疏曰："春色曾看紫陌頭，亂紅飛盡不禁秋。人情自厭芳華歇，一葉隨風落御溝。"放翹歸永泰，梁國竟廢。春燕信左道之術，繼鵬惑之。有妖人譚紫霄，言紫薇星臨后宫。繼鵬别建紫薇宫，爲春燕

---

① 録自《華報》99號，1931年9月3日第3版。

② 録自《華報》102號，1931年9月15日第2版。

游幸之所。土木之盛，倍於東華。又建三清臺三層於城中，括民間黄金千觔，鑄寶皇大帝、元始天尊、太上老君像。日焚篤耨旃檀諸香數十觔。導春燕諸後宫，齊宿其下，晝夜聚禱，謂爲繼鵬祈年永祚，而媟褻無忌，國人醜之。後紫霄事敗奔吴，倣復以异志見殺。春燕之寵寖衰，繼鵬徙居長春宫，夜坐忽忽不樂。俄聞悲泣聲將近，彷彿見金鳳唧哀至前。而歸守明、李可殷、陳匡勝等，自宫外領紅衣執戈矛者數千人，繼鵬趨而避之。有頃，宫中火起，紫薇、東華、躍龍諸處，頓成灰燼。繼鵬疑控鶴都將連重遇有异謀，將加誅。重遇懼，夜統軍圍長春宫。繼鵬挾春燕，率黄門衛士，斬關出奔。次梧桐嶺，追兵至，執繼鵬歸陁莊，醉而縊之。春燕度不免，觸墻死。時通文四年七月十三日也，葬蓮花山側，號曰康陵。先是金鳳與延鈞，亦葬是山，號惠陵。開運中，南唐師敗李仁達於古城，亂兵發諸陵，剔取寶玉。金鳳春燕，[①]容色如生，鮮血流漬，山爲之赤。後人名其山爲胭脂山云。

王永啓跋

予居高蓋山中，有農家掘地，遇土穴。得銀錢數枚，色黑如漆，石硯一，銅爐銅刀各一，有篆文乾德五年造。又石匣一，啓視有抄書一帙，爲《陳后金鳳外傳》，不著作者姓名，楮墨漫漶，而字迹猶可句讀。農家弗能省，予聞急往索歸，參之史乘諸書，始末多不异，因與友人徐𤇆訂正之。夫飛燕别傳，出諸壞墻。南部烟花，檢之廢閣。前人藏秘，後人搜傳，均有意焉。況諸王縱慾召亂，竟亡其國。固來世之明戒也，是宜傳之，而以存野史之一。

明萬曆甲辰夏五閩縣王宇識。

徐𤇆書後

王永啓既得《陳后傳》於農家，予借録一本。反復考覈，其姓名事迹，歲月地理。與史乘符合者勿論，中少有异者。史謂審知節儉，府舍卑陋，何至築離宫自娱。然西湖水晶宫之名，古志有之，豈立國拜王之後，游觀所不廢乎。

---

① 録自《華報》106號，1931年9月27日第2版。

《五代史·南唐書》俱謂延鈞妻早卒，繼娶金氏。《通鑑紀事本末》謂延鈞兩娶劉氏，傳稱初娶漢主劉巖女，繼選金氏劉氏。豈歐、馬二公未備載乎，史謂繼鵬因陳后請春燕於延鈞，鈞與之。[①]

傳稱延鈞怒欲殺繼鵬，豈陳后曾請之而延鈞未之許乎？史謂林興教繼鵬造三清臺，傳稱出於譚紫霄，豈妖巫之黨，史不一一書之乎？抑紫霄實主其謀乎？史謂延翰爲審知養子延稟所殺，傳稱出於周彥琛。而《資治通鑑》謂延鈞誅延稟，隨復其姓名，豈姑從其舊乎？李倣怒金鳳而進春燕，匡勝怒繼鵬而白其奸。雖無可證，然可殷譖李倣於閩王。匡勝無禮於福王，史之所載甚明，豈盡影響乎？金鳳爲陳巖之女，春燕爲李倣之妹，縱無可攷，然陳巖奪人之位。而妻子爲人所淫，或亦天道。而李倣不難弑君，何難獻其妹以要寵，豈史氏以其曖昧淫穢而略之乎？他若韓大酺樂詩，向疑與樂府題不切。乃今知其有所指，傳之言似不誣也。與李洵崔道融等，官爵姓名，雖史氏不載，乃於偓本傳及唐黄滔集中見之，豈當時諸公來依審知，至延鈞時猶在乎？蓮花山，閩主時陵寢甚多，惠陵康陵，想亦在其左右。而梧桐嶺、桑溪，宋《三山志》俱有。胭脂山之名，《閩都記》謂審知女洗妝水所染。傳稱金鳳、春燕，鮮血所漬者，則皆好事者爲之也。徐㶿題[②]。

沈演公書後

《通鑑輯覽》載閩主璘，嬖其父婢陳金鳳，立以爲后，后艷而淫。會璘得風疾，后與璘嬖臣歸守明及百工院使李可殷私通，國人皆惡之。（璘令錦工作九龍帳，國人歌之曰：誰謂九龍帳，惟貯一歸郎。郎謂守明也。）可殷常譖皇城使李倣於璘。后族陳匡勝無禮於福王繼鵬，倣及繼鵬皆恨之，乘璘疾甚，使人殺可殷。后訴之，璘力疾視朝，詰可殷死狀。倣懼而出，俄引步兵鼓譟入宫，璘匿帳下，亂兵刺殺之。倣遂與繼鵬殺陳后、陳守恩、陳匡勝（皆陳后族）、歸守明及繼鵬弟繼韜（璘次子，常欲殺繼鵬，故並殺之）。繼鵬即位，更名昶。既而自

① 録自《華報》108號，1931年10月3日第2版。

② 録自《華報》116號，1931年10月27日第2版。

稱權知福州節度事，遣使奉表於唐。立父婢李春燕爲德妃，以李倣判六軍諸衛事。倣專制朝政，陰養死士。昶患之，因享軍伏甲，擒殺之，梟首朝門，暴其罪告諭中外。案璘即延鈞，稱帝更名，傳稱周彥琛，即王延禀，乃審知之養子也。延翰多取民女充後庭，延鈞上書極諫。①

復使延禀爲之采擇，延禀復書不遜。於是合兵襲之，延禀殺延翰而納延鈞。“控鶴都”者，初閩以太祖元從爲“拱宸控鶴都”。及昶立，更募壯士爲腹心，號“宸衛都”。禄賜不均，二部怨望。昶數侮“拱宸控鶴使”朱文進、連重遇。會北宫火起，疑重遇知謀，欲誅之。重遇帥二都兵迎延曦（審知少子，更名曦，自立）共攻昶。昶與李后出北關，至梧桐嶺。延曦使兄子繼業將兵，迫及村舍，醉而縊之。梧桐嶺在侯官北九峰山之嶺也，審知墓曰宣陵。唐主遣使如閩，和閩王曦及其族弟建州刺史延政。延政遣牙將及女奴，持誓書及香鑪，至福州，與曦盟於宣陵，當在蓮花山之左右耳。

門人徐謂栖孝廉來粤主余寓，篋中有《陳金鳳外傳》鈔本，謂先世所貽，海内無刊本。余喜而讀之，借鈔一通，其有不自明釋者。随手參攷各書記之。徐公明季遺老，居鰲峰坊，有園林，自署爲緑玉齋主人云。演廬主人沈贊清誌於廣州牛巷之桐軒。（完了）②

（十五）沈文肅公夫人致饒鎮軍書

前清咸豐間，沈文肅公以名翰林出守江西廣信府。值洪楊之變，髮軍蔓延贛省各郡。而廣信得保全城，則以林夫人之力爲多。夫人爲林文忠公女，文學膽識俱優。某年月日，賊大股圍迫廣信，文肅因公出城，遠在百里外，夫人在署，咄嗟應變。自刺指血，作書乞援於浙將饒鎮軍。饒公故爲林文忠公舊部，得夫人書，火急統兵飛援。賊素震饒鎮軍之威，望見旌旗，解圍遠遁。原書世罕傳者，兹將全文備録如下：

將軍漳江戰績，嘖嘖人口。里曲婦孺，莫不知海内饒公矣，此將軍以援師

① 録自《華報》119號，1931年11月6日第2版。

② 録自《華報》122號，1931年11月18日第3版。

得名於天下者也。此間太守，聞吉安失守之信，預備城守，偕廉侍郎往河口籌餉招募。但爲勢已迫，招募恐無及，縱倉卒得募而返，驅市人而戰之，尤所難也。頃來探報，知昨日貴溪失守，人心惶惶。吏民鋪户，遷徙一空。署中僮僕，紛紛告去，死守之義，不足以責此輩，只得聽之。氏則倚劍與井，爲命而已。太守明早歸郡，夫婦二人，荷國厚恩，不得藉守以報，徒死負咎。將軍聞之，能無心惻乎？[①]將軍以浙軍駐玉山，固浙防也。廣信爲玉山屏蔽，賊得廣信，乘勝以抵玉山。雖孫吴不能爲謀，賁育不能爲守。衢嚴一帶，恐不可問，全廣信即以保玉山，不待智者辨之，浙大吏不能以越境咎將軍也。先宫保文忠公，奉詔出師，中道齎志，至今以爲心痛。今得死此，爲厲殺賊，在天之靈，實式憑之。鄉間士民，不喻其心，以輿來迎。赴封禁山避賊，指劍與井誓之，皆泣而去。太守明晨得餉歸後，再當專牘奉迓，得拔隊確音，當執爨以犒前部。敢對使幾拜，爲七邑生靈請命。昔睢陽嬰城，許遠亦以不朽。太守忠肝鐵石，固將軍所不吝與同傳者也。否則賀蘭之師，千秋同恨。惟將軍擇利而行之，刺血陳書，願聞明命。

讀是書，知夫人以南八自命，不第胸羅甲兵，智勇俱備。即行文一氣呵成，亦非老於文律者，不能辦也。噫，夫人往矣！眼前倭寇虔劉我邊陲。黑龍江馬占山，孤軍與之血戰。國内武人，曾未聞厲兵秣馬，步饒鎮軍後麈，慨然移師赴援者。嗚呼，是何賀蘭之多耶！[②]

---

① 録自《華報》131號，1931年12月15日第3版。

② 録自《華報》134號，1931年12月24日第2版。

六、其他

集四子連珠

一、蓋聞父母俱存，窮不失義。妻子好合，富而無驕。是以教以人倫，持其志勿暴其氣。脩其天爵，敏於事而慎於言。

二、蓋聞不得其門，居簡而行簡。寧媚於竈，執柯以伐柯。是以與讒諂面諛之人居。死矣盆成括，雖袒裼裸裎於我側，异哉子叔疑。①

三、蓋聞先進於禮樂，如鼓瑟琴。夫子之文章，若合符節。是以居移氣，養移體，威而不猛恭而安。富潤屋，德潤身，敏則有功，公則悦。

四、蓋聞魯欲使樂正子爲政，虞不用百里奚而亡。是以雖愚必明，雖柔必強。今有璞玉於此。不在其位，不謀其政，吾豈匏瓜也哉。②

五、蓋聞不遇故去，無若宋人然。盍歸乎來，是爲馮婦也。是以在所損乎，在所益乎？子謂之姑徐徐云爾，非其義也，非其道也，丘何爲是栖栖者歟？

六、蓋聞十目所視，見乎蓍龜。四體不勤，失諸正鵠。是以庶人召之役，爲其養小以失大也。弟子服其勞，非徒無益而又害之。③

七、蓋聞南人有言曰：行義以達其道。北方之學者，當仁不讓於師。是以樂善不倦，皆有怵惕惻隱之心。強恕而行，其爲父母兄弟足法。

八、蓋聞霜露所墜，君無尤焉。日月有明，民皆仰之。是以故大王事獯鬻，正惟弟子不能學也。若孔子主癰疽，然則聖人且有過歟！④

---

① 録自《華報》479號，1935年1月15日第4版。

② 録自《華報》480號，1935年1月18日第4版。

③ 録自《華報》481號，1935年1月21日第4版。

④ 録自《華報》483號，1935年1月27日第4版。

九、蓋聞令聞廣譽施於身，輔世長民莫如德，是以日月星辰繫焉。舜其大智也歟！江淮河漢是也，禹吾其無間然矣！

十、蓋聞範我馳驅，使有菽粟如水火。變其彀率，猶以杞柳爲桮棬。是以鷄鳴狗吠相聞，八家皆私百畝。獸蹄鳥迹之道，一朝而獲十禽。①

十一、蓋聞聞一以知十，可謂具臣矣。枉尺而直尋，願爲小相焉。是以管仲得君，爾何曾比予於是。儲子爲相，吾亦欲無加諸人。

十二、蓋聞原泉混混，若決江河。惟石巖巖，譬諸草木。是以瞻彼淇澳，魚鱉不可勝食也。欲若丘陵，牛羊又從而牧之。②

十三、蓋聞孳孳爲利者，捨正路而不由。旦旦而伐之，無能改於其德。是以必求龍斷而登之。夫我則不暇，亦爲烏獲而已矣，於予與何誅。

十四、蓋聞國君好仁，民德歸厚矣。上帝既命，山川其舍諸。是以城郭不完，兵甲不多，得衆則得國。犧牲既備，粢盛既潔，有土此有財。③

十五、蓋聞善人是富，樂以忘憂。君子固窮，敏而好學。是以被袗衣鼓琴，盎於背施於四體。飯疏食飲水，本諸身徵諸庶民。

十六、蓋聞管氏而知禮，何爲紛紛然。仲子惡能廉，胡不慥慥爾！是以小人喻於利，求則得之，捨則失之。君子耻其言，是不爲也，非不能也。④

十七、蓋聞西子蒙不潔，由由然與之偕。北辰居其所，皜皜乎不可尚。是以不知子都之姣者，是猶惡醉而强酒。故聞伯夷之風者，譬如登高必自卑。

十八、蓋聞雖有其位，苟無其德。不得於言，勿求於心。是以舉疾首蹙頞而相告曰：生於其心，害於其政。則讒諂面諛之人至矣！行一不義，殺一不辜。⑤

十九、蓋聞所謂大臣者，溥博淵泉。嘗爲委吏矣，綢繆牖户。是以視民如

---

① 録自《華報》484號，1935年1月30日第4版。

② 録自《華報》485號，1935年2月3日第4版。

③ 録自《華報》487號，1935年2月12日第4版。

④ 録自《華報》491號，1935年2月24日第4版。

⑤ 録自《華報》495號，1935年3月9日第4版。

傷。當今之世，捨我其誰也。取士必得，聖人復起，不易吾言矣。

二十、蓋聞君子行法，老吾老，親其親。小人犯刑，才不才，物交物。是以有諸內，必形諸外，知和而和。安其危而利其菑，無耻之耻。①

二三、蓋聞不容於堯舜之世，一介不以與人，附之以韓魏之家。萬物皆備於我，是以楊子取爲我，人見其濯濯也。葛伯率其民，則可以囂囂矣！

二四、蓋聞草木暢茂，禽獸繁殖。賊其民者也，言語必信，經德不回，志於仁而已，是以園囿污池沛澤多。周公方且膺之，百官牛羊倉廩備，文王何可當也。②

複姓之對偶

古今複姓甚多，閒嘗綴爲對偶，亦酒後茶餘之解頤雅事也。

諸葛，東郭，吐突，乙弗。

盧蒲，西門，叱羅，申屠。

呼畢，賀若，白乙，拔也。

伊婁，淳于，朱邪，宣于。

柳下，拓跋，耶律，右尹。

荔非，呼延，宇文，中行。

角里，皋蓋，家僕，太宰。

澹臺，覺羅，公賓，司空。

僕固，綦母，公冶，西乞，

尉遲，仇尼，子車，南宫，

百里，第五，皇甫，司馬，

九方，獨孤，叔孫，令狐。③

太史，子叔，女艾，孤竹。

① 録自《華報》496 號，1935 年 3 月 12 日第 4 版。

② 録自《華報》501 號，1935 年 3 月 30 日第 4 版。

③ 録自《華報》468 號，1934 年 12 月 9 日第 4 版。

司徒，王孫，賀蘭，終葵。
庫狄，沒奕，司鐸，端木。
章仇，達奚，慕輿，紇干。
芊尹，莫折，禿髮，乞伏。
豆盧，鮮卑，完顔，出連。
利鹿，平鄭，鐵弗，胡母。
樂羊，鮮虞，牒云，孟孫。
子濯，樂正，景丑，長勺。
公行，歐陽，微生，沮渠。
羅卜，東里，即墨，斛律。
鍼巫，北宮，爾朱，鍾離。[①]
羊舌，吐谷，叔仲，獲鹿。
豕韋，咸邱，公孫，闞龍。
少正，右宰，將陸，蒲坂。
長孫，上官，司城，穀梁。
滎錡，少皞，内史，公孟。
越裳，祝融，東方，哥舒。
顓頊，左尹，玄鳥，箴尹。
軒轅，右行，公羊，厨人。
黄父，吐萬，公甲，翟雉。
烏孫，昝單，子人，爽鳩。
斛拔，甘鹿，賀拔，勾曲。
赫連，御龍，慕容，野詩。[②]

① 録自《華報》469號，1934年12月12日第4版。
② 録自《華報》470號，1934年12月15日第4版。

後記

陳天尺是晚清民國福州著名的文人、學者、醫生，在文學創作、學術研究及中醫診治等方面都有很高的造詣。本人因編《福建文人戲曲集（元明清卷）》，初次接觸到陳天尺的戲曲作品《病玉緣傳奇》《孟諧傳奇》。後張曉燕同學以《陳天尺劇作研究》爲碩士論文選題，進而發現在《華報》等報刊上有很多陳天尺的作品。2012 年陳大聯先生有意編纂其祖父陳天尺的文集，後因瑣事未果。2018 年，陳大聯一家重提編纂《陳天尺全集》之事。我召集在讀的崔淑曉、陸凱明、劉川楠、鄒皓羽四位同學，讓他們檢索民國報刊雜志，拍照録校，年底編輯成書。此書得以問世，感謝陳大聯一家的信任，感謝溫州大學的大力支持，感謝福建師範大學陳澤平教授百忙之中幫忙校閲《閩諺聲律啓蒙》，感謝龍丹老師幫拍雜著中的一些照片，感謝所有爲本書提供幫助的單位與個人！

王漢民

2020 年 9 月 28 日